U0925135

本书是国家社会科学基金资助项目“近代岭南报刊小说整理与研究”（项目编号：17BZW018）中期成果

近代岭南报刊短篇小说初集

梁冬丽 刘晓宁 整理

凤凰出版社

图书在版编目（CIP）数据

近代岭南报刊短篇小说初集 / 梁冬丽，刘晓宁整理. -- 南京 : 凤凰出版社，2019.1
ISBN 978-7-5506-2899-1

Ⅰ. ①近… Ⅱ. ①梁… ②刘… Ⅲ. ①短篇小说－小说集－中国－近代 Ⅳ. ①I242.7

中国版本图书馆CIP数据核字(2018)第293986号

书　　名	近代岭南报刊短篇小说初集
整　　理	梁冬丽　刘晓宁
责任编辑	王清溪
装帧设计	徐　慧　陈贵子
出版发行	凤凰出版社(原江苏古籍出版社) 发行部电话025-83223462
出版社地址	南京市中央路165号,邮编:210009
出版社网址	http://www.fhcbs.com
照　　排	南京凯建图文制作有限公司
印　　刷	江苏省句容市排印厂 句容市春城镇南,邮编:212404
开　　本	890×1240毫米　1/32
印　　张	26.625
字　　数	622千字
版　　次	2019年1月第1版　2019年1月第1次印刷
标准书号	ISBN 978-7-5506-2899-1
定　　价	120.00元(全二册)

(本书凡印装错误可向承印厂调换,电话:0511-87871135)

目　录

上　册

导　言

《安雅书局世说编》

《中国日报》

《真光月报》

《广东日报》

《女界灯学报》

《唯一趣报有所谓》

《时事画报》

目　录

《珠江镜》

《香港少年报》

《赏奇画报》

《东方报》

《孔圣会星期报》

下 册

《广东戒烟新小说》

《广东白话报》

《农工商报》

《社会公报》

《中外小说林》

《振华五日大事记》

《半星期报》

《香山旬报》

《广粹旬报》

《南越报附张》

《天趣报》

《国民报》

《时谐新集》

导　言

自从涉足岭南报刊小说研究之后，首要的任务就是搜集与整理尽可能全面的小说篇目，使研究置于信实的原始资料的基础之上。在有意识地把短篇小说的整理作为一件专门的工作之后，要求就更高了，困惑与纠结更加明显。什么是短篇小说？岭南报刊的短篇小说一共有多少？最初确定篇目时，使用的是排除法：首先是从文体上净化，去除列入“小说”栏目却不是小说的作品，这种情形比较少，如《香山旬报》第8期“小说”栏下刊载的《薄命花传奇：小青吊影》和第21期“小说”栏下刊载的《博浪椎传奇》，这两篇显然是戏曲类作品，必然不能选录；其次是按篇幅长短来剔除，先是把报刊上连载的以章回体式创作的小说去掉，如《廿载繁华梦》《宦海潮》《东游记》等；其次是排除了长篇的翻译小说，如《几道山恩仇记》《黄金藏》《红露》等。经以上几步筛选之后，非小说体裁被排除在外，长篇小说也不作收录。但仍存在这样一些篇目，给“短篇小说”的收录工作带来了不少障碍。一部分小说的篇幅对比章回体小说为“短”，对比同时期及现今的短篇小说为“长”，虽连载数期，但没有章回体小说的印迹；另一部分篇目，兼有小说和新闻两种体裁的特征，尤其是早期报刊小说尚未从新闻栏目中脱离出来。该如何进一步确定？这时，则从栏目是否标注为“短篇小说”，或从小说类型是否标注为“短篇”来确定。若仍然无法从以上标准来确定，就需要从小说的体裁特征去判断。经过一段时间的探索、研究、细读文本，审视近代岭南报刊短篇小说的重心由外部特征转变为内在要素，同时掌握了近代岭南报刊短篇小说的刊载和发展历程，使得近代岭南报刊短篇小说研究范围的确定成为可能，在多次讨论和修改之后，才最终核准了本集所收录的篇目。

近代岭南报刊短篇小说就是刊载于近代岭南发行的报刊上短篇的小说，包括胡适所说的“烂调小说”和“西方的短篇小说”[①]或“新体短篇小说”。“烂调小说”是指中国古代篇幅短小的小说，主要是“笔记杂撰”；“西方的短篇小说”指“用最经济的文学手段，描写事实中最精采的一段，或一方面，而能使人充分满意的文章”，打破了中国古代短篇小说创作规律的小说，“有特别的性质”。近代岭南报刊中，有些采用传统手法创作的“短篇的小说”。从语言上看，包括文言、白话与粤语小说。另一些借用西方小说创作手法的“新体短篇小说”则是研究的重点，因其体现了近代岭南报刊短篇小说的时代特点。“继往开来”最能反映近代岭南报刊短篇小说的总趋势。受过中国传统教育的报人小说家，在中国这个文脉相承的环境中，不可避免地受到中国古代短篇小说创作、阅读氛围的熏陶，借鉴古代短篇小说优秀的创作手法来创作的小说不可能抛开不论。因此，首先要考察的是对传统的继承问题，因为继承不是照抄，而是创新性地接受。作为近代岭南报刊刊发的重要对象，即使被胡适称为“烂调小说”，也不应被置之不理。而被胡适称为“新体短篇小说”的作品，在近代异军突起，在岭南报刊中占据了重要的一席之地，自然是重点探讨的对象。

总体而言，写法上与中国古代短篇小说一脉相承的，造就了近代岭南报刊短篇小说的“传统性”；写法上受西方小说影响而打破旧传统的，造就其“革新性”。此外，既然单独拎出“岭南”一域之报刊小说进行全面探讨，必不能省略的步骤就是共时的比较和空间的对照。在创作的主题、主旨上能否反映时代思想主潮，其主旋律是否与其他区域的小说相通，关联着近代岭南报刊

① 胡适《论短篇小说》，见《新青年》，上海群益书社印行，1918年第4卷第5号，第395页。

短篇小说是否具有时代性；在方言选用、作家群体构成、自然空间构建方面是否为岭南所独有，是否能够反映岭南区域特色，便决定了近代岭南报刊短篇小说是否具有地域性。

一、近代岭南报刊短篇小说的刊载

中国古代短篇小说的发行主要依靠单独传抄、刻印或结集出版。近代以来，报刊兴起之后，报刊便成为短篇小说的主要载体，也是短篇小说发行最有效的载体。因为短篇小说篇幅短小，一般一期或一天即能刊载完毕；连载的，也仅一两期或一两天就能刊清，较长的亦不超过十期或十天。既可填补报尾之不足，亦可补救长篇创作或翻译作品耗时较久跟不上报刊出版进度的缺陷。同时，短篇小说能让读者在短时间内，花费更少的时间、更少的金钱即能消费，不像长篇小说那样需要追逐数月，甚至数年才能终结故事，这是短篇小说在近代更受报刊欢迎及读者青睐的主要原因。

中国古代短篇小说多以记、传名篇，以唐宋传奇和魏晋以来的笔记小说著称。如《世说新语》有文无篇名，不同内容的小说分类汇集成书。到《聊斋志异》，则终于有了正式的篇名，且有了真实的署名。近代岭南报刊小说因报刊这一载体的独特性，不但有小说篇名，大多数小说还有栏目名；大部分小说还标注了类型，或注明篇幅，或注明主旨性质，或注明题材内容，这是中国古代短篇小说所没有的；署名署的基本上是笔名，笔名取名方式各异，寓意丰富多彩，且署名处有时候能看到来稿的形式，如署名后有“来稿”“稿”“寄稿”附加文字的，说明非报刊创办或营运人员的作品，“译”“润辞”“述”“辑”等看出署名者的作用；开头按语往往说明创作的原因、素材的来源或阐述主旨,中国古代短篇小说一般把这些内容放在结尾处交待。

回顾近代岭南报刊刊载小说的历程,可知近代岭南报刊短篇小说在报刊上的刊载,从无到有,从类型标注、栏目上称之为“短篇小说”,到以文体的形式居于报刊的重要位置,有其自身的发展历程。

早期岭南报刊的性质比较单一,主要为政治、宗教、商业服务,文艺性作品比较缺乏,如《香港航运录》《香港船头货价纸》为商业服务。十九世纪六七十年代后,香港人开始自办报刊,如《香港中外新报》(1864)、《中外新闻七日报》(1871)、《华字日报》(1872)还是以社会事件的报导为主要内容。《广报》在1886年创刊,直到1887年的报头约售处才多了一句话:“凡有新闻、诗、古文、词、论说,俱可随时寄至本局摘录。惟原稿无论刊与不刊,概不检还。”可见,这时候才慢慢开始刊载文学作品。《中西日报》约在1892年开设了“诗章附录”一门,夹杂在广告之中,但位置相对固定。1900年才出现了专门刊载文学作品的副刊《鼓吹录》,这是香港创办的《中国日报》及其旬刊《中国旬报》的贡献之一。1900年,《中国旬报》刊载了《奉俄皇命记》翻译小说,此期目录上有“小说”二字,并不处于《鼓吹录》中。直到1904年5月10日的《中国日报》继“辑译”“新戏”“粤讴”“谐谈”等栏目之后,才在《鼓吹录》副刊中设置了“小说”栏目,但尚无“短篇小说”专栏。正如中国古代现存文本的文学作品从抒情的诗歌到叙事与议论结合的散文之后,才开始有了叙事为主的小说,近代岭南报刊的文学作品亦多从诗歌、散文开始,才逐渐出现了小说。现存该报最早标注其为“短篇小说”的作品始于1907年3月23日的《窃马贼》(见插图1),从花栏装饰看,是与刊载长篇翻译小说《黄金藏》的“小说”并列的栏目名称,与“小说”没有从属关系,亦与其他以小号字标注的“民族小说”“怪诞小说”“辟疫小说”“近事小说”等类型有异。另

中丁未二月初十日禮拜六　中國日報　西壹千九百零七年三月廿三號　第柒頁

鼓吹錄

小說

黃金藏

英國哈葛德原著　香港中國報編譯

第十五章（七十六續）

短篇小說

寫馬賊

（未完）

插图1 《中国日报》“短篇小说”栏目名的出现

外两篇《厌世之富翁》《钱神》也以“短篇小说”为栏目名。《中国日报》的短篇小说篇幅短小，属于常见的近代报刊短篇小说的形态，与其他长篇翻译小说判然有别。其连载的其他3篇翻译小说连载时间相当长，篇幅亦达数十万字，《几道山恩仇记》还出版了单行本。

早在1900年创刊的《安雅书局世说编》中，类似短篇小说这样的种子即萌芽了。1901年的“本省纪闻”一栏中有“民情”这一子栏目（见插图2），开始刊载一些作品，“新闻性”与“社会性”相对薄弱，十分富于趣味性与传奇性，情节也相对曲折婉转，有“类小说”①的倾向，值得关注。1902年9月27日，在文艺作品专栏“杂著附录”中刊载了“新译泰西小说”《千一夜夫妻》（见插图3），这是现存比较早的岭南报刊小说文本，可惜仅存此一期，未完待续部分已经无法考究，很难判断是长篇翻译小说还是短篇翻译小说。不

① “类小说”的概念，凌硕为《新闻传播与近代小说之转型》（浙江大学出版社2013年版）有详细的论述，他认为：《申报》新闻版上登载的类似于小说、笔记的文字，既非典型的新闻，又非典型的小说，作为新闻与小说的中间形态，具有模糊性的根本属性。相较于新闻，其真实性的追求不高，有虚构的成份；时效性较弱；追求娱乐和审美胜过信息本身。“类小说”在叙事上的探索为新小说的产生做了部分准备。《安雅书局世说编》中这部分文字即是“类小说”发展的表现形态，对报人的小说创作与报刊小说资源的拓展有很重要的意义。

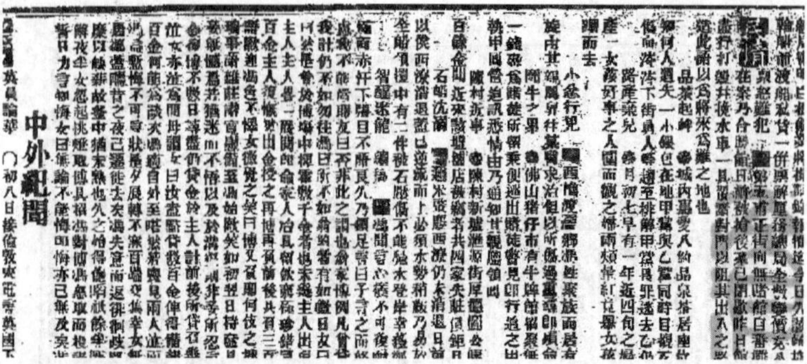
中外紀聞

插图2 《安雅书局世说编》“民情”处内容

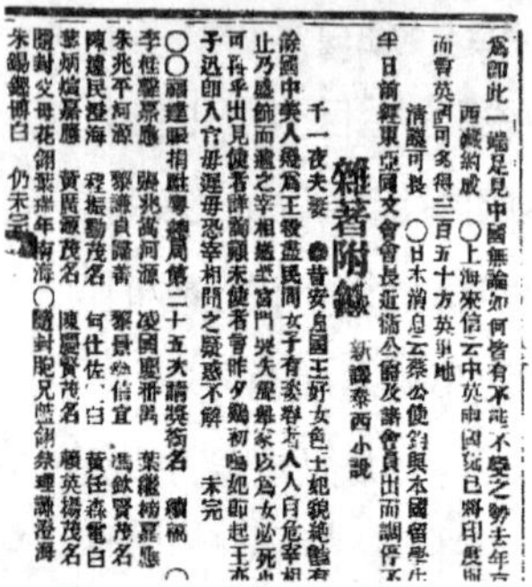
雜著附錄

千一夜夫妻

插图3 《千一夜夫妻》刊载位置

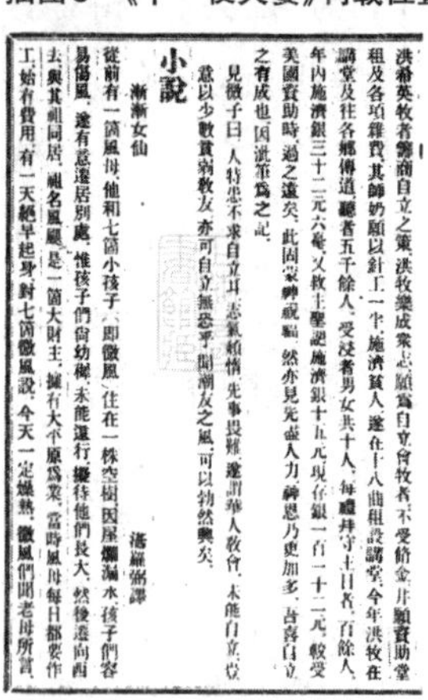
小說

漸漸女仙

湛羅弼譯

插图4 《真光月报》的“小说”《渐渐女仙》，可见栏目名、篇名、翻译者信息

过据此可知，这是比较早的《天方夜谭》故事的连载版译本。惜因报刊散失，此后未见该报再有“小说”字样。翻译笔法如《千一夜夫妻》稚拙的作品还有《真光月报》(1902创刊)现存唯一的小说《渐渐女仙》(1906年第2期，见插图4)，由报刊的创办者、南美浸信会教士谌罗弼译写，小说述七个可爱的微风机敏地让绿鬼渐渐变成女仙的故事，有“狼外婆”的痕迹。故事本身颇具可读性，可是文字实在过于佶屈聱牙，降低了艺术感染力。

现存岭南报刊中，最早标注为“短篇小说”栏目的作品应该是《广东日报》1905年7月26日的《一掴血》，另一篇作品《樱花梦》(1905年7月28日)也是比较典型的短篇小说，可是其标注的是小说的内容性质“记事小说”。此后，标注“短篇小说”的作品逐渐多起来了。

《时事画报》1906年第29期发表浣白女士的《老妪泪》，“短篇小说”四字放在题目的右边，字号特别大。而1906年第30期发表啸虎来稿的小说《纨绔镜》(见插图5)，于题目上方标示了类型“短篇小说”，字号较小，同时在题目右方标示了栏目名“短篇小说”，字号特别大，又有插画装饰。可见“短篇小说”既可以是栏目名称，跟“小说”并列，也可以作为类型名称。近代岭南报刊小说类型标注一般以内容性质来区分，如“近事小说”“义侠小说”“记事小说”“政治小说”“侦探小说”“艳情小说”“冒险小说”，以篇幅来命名的，仅有“短篇小说”，未见“长篇小说”“中篇小说”类别。在排版上，大部分是在题目的上方用小一号的字体标示，偶尔也会在旁边或题目后面用小号字加以说明，这可能是因为排版漏排而补排。而栏目的“短篇小说”主要放在栏目名的位置，一般比小说题目和类型标注的字体都要大，或者有花纹装饰，或者有插图配合。以上只是大致的区分，实际未必如此严格。不管如何，可以确定的是，凡是类型或栏目标注为“短篇小说”，其篇幅都比较短小，叙事方式符合短篇小说的要求与特征，这些小说都可以归入本集的整理范围。

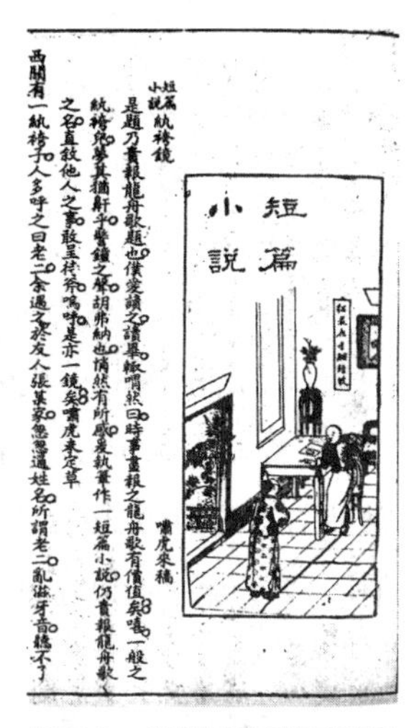

短篇小說

短篇小說 紈袴鏡

嘯虎來稿

是題乃書報龍舟歌題也。僕愛讀之。讀畢。輒喟然曰。時事畫報之龍舟歌有價值矣。嘻。一般之紈袴兒。夢其猶軒乎。警鐘之聲。胡弗納也。慨然有所感。爰執筆作一短篇小說。仍書報龍舟歌之名。直敘他人之事。敢呈祛斧。嗚呼。是亦一鏡矣。嘯虎來定草

西關有一紈袴子。人多呼之曰老二。余遇之於友人張某家。忽道姓名。所謂老二。亂滋牙齒。聽不了

插图5 《时事画报》同时用“短篇小说”标注其栏目与类型的代表作品《纨绔镜》

近代岭南以外，首先刊载短篇小说的杂志是《新新小说》(1904)，由陈景韩主编，长短篇合载，其中陈景韩自己创作的《路毙》颇有胡适所谓“西方的短篇小说”的样子，但无“短篇小说”的栏目，亦无明确“短篇小说”概念的意识。此时有意提倡真正短篇

小说的刊物是《月月小说》(1906),它在广告中专门提到短篇小说:“如有思想新奇之短篇小说部,愿交本社刊行者,本社当报以相当之利益。”[①]而且提出西方短篇小说与长篇小说一样是平行独立的体裁,有其自身价值[②]。它设立“短篇小说”专栏与“译本短篇小说”专栏,两栏共发表小说73种,占该刊发表小说113种的65%。此外,还开辟专门的笔记小说栏目“札记小说”。其他设立短篇小说专栏的杂志有《小说林》(1907),比《时事画报》1906年设立“短篇小说”栏目要晚,与《中国日报》的“短篇小说”栏目设立大约同时,此时岭南小说专刊《中外小说林》(1907)亦已设立“短篇小说”栏目。从1909年创刊的《小说时报》起,短篇小说栏目便常常排在长篇小说栏目之前,篇幅也有所扩大。民国初年还出现了《礼拜六》等主要刊登短篇小说的杂志,这意味着短篇小说的地位在不断提高[③]。

一般来说,小说栏目的名称主要有“说部”[④]“说部丛”“稗官署”“小说”。再细分子栏目,则有“翻译小说”或“短篇小说”诸栏,未见有“长篇小说”“中篇小说”这样的专栏。比较特殊的是《天趣报》,刊载小说的两个栏目名为“人天眼”“虞初语”(见插图6、7)。“人天眼”的栏目名比较独特,“天眼”是佛教五眼之一,宋代晦岩

---

① 月月小说编辑部《征文广告》,见《月月小说》,1903年第3期。

② 紫英《新庵谐译》,见《月月小说》,1906年第5期。

③ 袁进《近代短篇小说的崛起》,《上海大学学报》(社会科学版),2003年第4期。

④ 刘晓军《“说部”考》总结了“说部”被“小说”代替的过程:“说”的本义为“解释、说明”,可引申为“讲述、叙说”,由“说”之本义衍生出论说体,由“说”之引申义衍生出叙事体。早期的“说部”概念既包括阐释义理、考辨名物的论说体,如论、说、议、辨、诗文评、说书体、学术性笔记等,也包括记载史实、讲述故事的叙事体,如史料性笔记、故事性笔记、说话、小说等,是众多文章、文体、文类的汇聚与集合,而非单一的文体概念。晚清以来,随着以小说为主体的叙事体地位的提升,“说部”逐渐将论说体排除在外而专指叙事体,并最终成为“小说”之“部”。见《学术研究》,2009年第2期。

智昭编的《人天眼目》是禅宗典籍，当取义于此。“虞初”二字初见于班固《汉书·艺文志》所载《虞初周说》，明清有志怪、传奇、笔记小说系列《虞初语》《虞初新志》《虞初续志》等，“虞初语”当取义于此。前者命名有宗教哲理层次上的思考，后者有历史层面的思考。这是近代岭南少数以传统文言小说为主要刊载对象的报刊，取名与古代短篇小说有关联就不足为奇了。《赏奇画报》(1906)刊载小说的栏目名亦为传统的“说部”，多为笔记小说，传奇、志怪的取向十分明确，大约是清政府高压政治下，报人为了生存，刻意远离政治的一种折衷之法。

《农工商报》(1907)与《广东劝业报》(1908)是比较特殊的十分富于岭南特色的两份实业报，小说栏目名为“古仔”“讲古仔”(见插图8)。“古仔”是粤语区对富于趣味性、传奇性故事的称呼。

人天眼

短篇小說 某州牧 （大哀）

綉幔沈沈。。鴨爐煙細。。錦屏四照。。寶炬交輝。。此廻霞帶之華堂。。實爲某大員燕居之所。。大員龐眉皓首。。修髯繞其頷。。作商山四皓狀。。豐頤廣下。。若代表其雖任方面。。無損於養尊處優者。大員膝上擁一歌姬。妖冶無倫。。爲年可十五六。。其旁側侍者三五輩。。環肥燕瘦。。各臻其妙。。大員手執檀板。。口授京腔。。命擁諸膝上者。。按其音節。。以相唱和。。側侍諸姬。。或歌或舞。。偶有誤則執檀板指揮。。諸葛羽扇。。謝公麈尾。。殆不是過也。。歌舞未闌。。逸興更發。。忽置歌姬於地。。傳呼曰來。。斯時下。。即有三僕從。。鳧行以趨至

插图6 《天趣报》小说栏目“人天眼”

虞初語

短篇小說 海上花 李蘊玉 著者司花

李璞。。字蘊玉。。雉臯人。。年十七。。家無立錐。。親老拙於謀生。。移來滬上。。遂墮風塵。。與季郎爾結手帕交。。小家碧玉。。蘊藉可人。。裙下雙趺。。不盈三寸。。天眞爛熳。。秋水無塵。。不同名下妖姬。。有慘綠愁紅之慨。。丁亥夏。。思陵山人弘農邑宰榮陽伯子學稼山人。。集宴於金秀麟妝閣。。時姬廬山眞面。。不借妝飾。。與之坐則兩頰發赤。。掩袖懷慚。。有猶抱琵琶半遮面之態。。侍席甫終。。即縮縮向樓頭去矣。。學稼山人問。。習俗移人。。賢者不免。。彼謔浪笑傲者。。其始亦羞澀避人。。如姬之白璧無瑕。。誠爲本色。。試於半年後臨之。。未識猶能抱璞守貞否。。相與拊掌大笑。。城北生爲[illegible]葉圖小照。。爲譜浪淘沙一闋。。[illegible]。。身輕。。聽到秋聲。。佩林小立認分明。。回首故[illegible]風

插图7 《天趣报》栏目“虞初语”

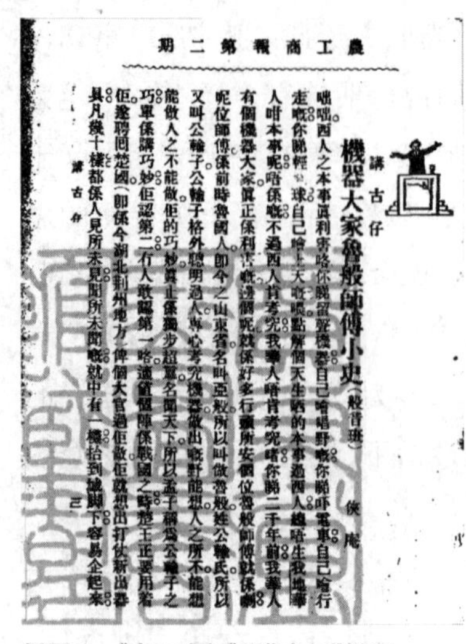

農工商報第二期

講古仔

機器大家魯般師傅小史（殷晋班）　俠庵

咄咄。西人之本事真利害咯。你睇留聲機器自己唱唱野。喉你睇呼電事自己喺行走。喉你睇輕氣球自己喺上天。咁嘅點解個天生晒的本事過西人。總唔生我地華人咁本事呢。唔係喉不過西人肯考究。我華人唔肯考究睹。你睇二千年前。我華人有個機器大家。真正係利害嘅。這個呢。就係好多行藝所安個位魯般師傅就係喇。呢位師傅係前時魯國人。即今之山東省。名叫亞般。所以叫做魯般。姓公輸氏。所以又叫公輸子。公輸子格外聰明過人。專心考究機器。做出嘅野。能想人之所不能想能做人之不能做。佢的巧妙。真正係獨步超羣。名聞天下。所以孟子稱爲公輸子之巧。單係講巧妙。佢認第二。冇人敢認第一。咯遠。値個陣係戰國之時。楚王正要用着佢。邀聘囘楚國。（即係今湖北荆州地方）。俾個大官過佢做。佢就想出打仗新出器具。凡幾十樣。都係人見所未見。聞所未聞嘅。就中有一樣。抬到城脚下。容易企起來

講古仔

插图8　《农工商报》“讲古仔”栏目

“讲古仔”就是讲故事的意思，其称呼别出心裁，因其面对的阅读群体是粤语区的读者，办报的目的就是要弘扬古今中外农工商伟人的事迹，呼唤民众从事实业，勇于创新，不断探索，在财富积累中不忘承担传扬信义、爱国等精神的重任。这些小说篇幅参差不齐，有的长篇连载，有的短到只有一百几十个字，但从其命名以“传”“小传”“小史”来看，模仿史传的初心显然可见。

近代岭南报刊刊载的短篇小说还呈现出以下几个特征：中篇化、系列化、微型化。

传记小说中篇化现象主要出在《农工商报》，世情小说中篇化现象主要出在《唯一趣报有所谓》。《农工商报》之《制造瓷器大家巴律西小传》，从题目看是比较典型的传记小说，正文内容对正面人物美化的、细致的刻画也可以看出其史传特色。可是，这篇小说的篇幅却相对较长，同报刊其他几篇小说一般在200字至1000字之间，较长的也就约1600字，且在一两期内完成刊载。这篇《制造瓷器大家巴律西小传》则长达4700余字，且连载期数达四期。《美国大北铁路公司发起人占士比儿小传》虽然只连载了两期，但是字数也近3500字，篇幅是其他小说的2倍以上。《兽肉霸王亚模小传》连载了四期，在缺少一期的情况下，文字也近6000字。《德国农业发达史演义》连载了四期，未完，而字数已达7000余字，其规模显然有中篇化的倾向。除了篇幅，更重要的是情节设置越来越

长，曲折化；人物塑造细致化，人物性格的形成渗透在反复的叙述与连续的文字渲染中，不再是作者在开头时说的“性本风流”或“性质和善”“性嗜赌”“性朴拙”这样的标签式性格；结构规模大开大合，穷极人物一生或事件之始末。以上因素造就了《农工商报》小说中篇化的品格。《唯一趣报有所谓》世情小说的渲染则更加细腻绵密，连载的期数也相当长，《佳人泪》有七续八期，《天涯恨》六续七期，《巾帼魂》五续六期，《闷葫芦》十一续十二期，《海底针》九续十期，《千钧一发》五续六期，《肝胆镜》五续六期，《专制果》五续六期，《阎应元》为历史人物小说，长达十二续十三期，字数则从3000至5000，甚至10000字不等。字数长、情节曲折多变、人物性格的形成过程较为复杂、结构开合大、细节绵密，类明代中篇传奇小说，可见其世情的描摹较为丰富。

对近代岭南报刊短篇小说系列化与微型化同时有贡献的是《时事画报》。《时事画报》刊载的短篇小说数量很多，更为引人注目的是有几篇小说连续发表于相近的几期，共同阐释一个主题。署名均为“述奇”的，连续发表了3篇短篇小说《骗之骗》《骗又骗》《骗上骗》，揭露的是棍骗伎俩的恶毒，显然是有意识组织创作而成的“骗骗”小系列。解读“尚武精神”的小说有1908年第6期的《械斗》、第7期的《蒙馆》、第8期的《争花》、第9期的《女权》、第10期的《兄弟》、第11期的《技勇》、第12期的《竞渡》共7篇，利用反语、讽刺的手法批判了社会上几种荒唐的“尚武精神”。《械斗》《争花》《兄弟》前还分别有“（一）”“（三）”“（五）”这样的序号，从前后篇目总数及发表的顺序看，正好从一至七可以排完7篇小说，其序列性明显。作者均是同一个人，署名“喆”。可见作者十分有意识地围绕共同的主题组织小说的创作，从邻里、师生、嫖客与妓女、夫妇、兄弟、技勇、竞渡等不同人际间的关系全面地、有计划地开展写作，其系统性极高，显然有别于其他随意选取素材撰写的小

说。署名“劳人”的“短篇小说滑稽小说”也是小系列，有两篇作品《过去及现在》（1908年第30期）、《现在及将来》（1909年第2期），显然也是经过整体构思与统一计划写成，发表于1908年最后一期和1909年第2期，发表时间的安排也是有意为之。第一篇的结尾还有这样的语言暗示下一篇的写作与发表计划：“罢了，年晚了，收工了，说也没得说了。待过了这个年，再与看官说说将来罢，请啊。”果然，第二篇发表在1909年第2期，在开头有这样的语言呼应上一篇末尾的话语：“看官还记得否，在下去年说过，待过了年，再与看官说说将来。今年第一期便忘记说了，如今补说还不算迟哩。”前后两篇之间的话语呼应得非常好，如果不是有意为之，很难有这样的契合。且两个故事发表的时间和讲述的事情非常切合年末与年初的时间场景：“过去-现在-将来”的时间构建正是岁末怀旧、年初迎新的时节。还有一组比较著名的系列小说是“趣致小说蠢侦探”系列，1909年第1期的《军装》、第5期的《满街革命党满街侦探》和第7期的《轮船》，如前几个系列，前后各篇之间既有共同的中心主旨：“蠢侦探”，又有变化：街上火拼、互相设计诱捕、轮船上乞求等几个场景，描绘的是“蠢侦探”的表现，这几篇小说内容与写法同中有异、异中有顺承。作者在末尾得出这样的结论：“如两弁者，亦谓之侦探乎？是直设阱陷人者耳。”“如此亦曰侦探乎？是直捕风捉影而已。”“如此亦曰侦探乎？是直哀乞耳，恳求耳。”发问的句式一致，根据场景回复的答案有异：设阱陷人、捕风捉影、哀乞恳求，最后的判断是完全一样的语句：“中国之侦探术，于此（又）可见一斑。”“有意为之”的痕迹显然可见。

《时事画报》1912年第3期的“最短短篇小说”系列则是短篇小说微型化的最初形态，分别署名“无”“弦”“客”（见插图9），三篇篇幅在240—260字，第一篇通过星洲医院与酒肆咫尺霄壤的对比，反映了社会贫富不均的现实；第二篇批判了与犹太人一样“有

金钱而无国家”的亡国奴思想；第三篇批判了资本家对“文明国民”的压榨。三篇之间，通过不同的侧面反映了西方国家的黑暗面，企图激发中国民众对全盘西化、一味以为西方文明即是人类文明的思想加以反醒。

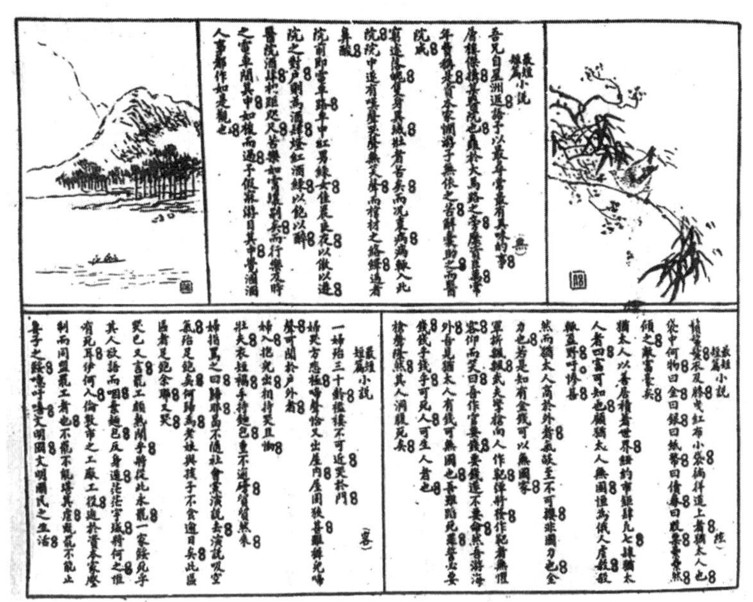
最短短篇小說

最短短篇小說

最短短篇小說

插图9 《时事画报》“最短短篇小说”版面

1908年以后的近代岭南报刊小说刊载时，基本上以“栏目名+类型名+小说名+署名”的固定形式出现在报刊的显著位置中，成功占领了报刊副刊的主导地位。至此，对近代岭南报刊刊载的短篇小说有了大致全面的了解，小说的刊载从无到有，短篇小说的刊载亦是从无到有，从类型的短篇小说，到栏目的短篇小说，再到文体上的短篇小说。在近代报刊这一载体的支持下，短篇小说出现了爆炸性的增长，甚至有了岭南报刊小说家的小说集。

第一部报刊小说家小说集应该是琼州报人王斧的《斧军说

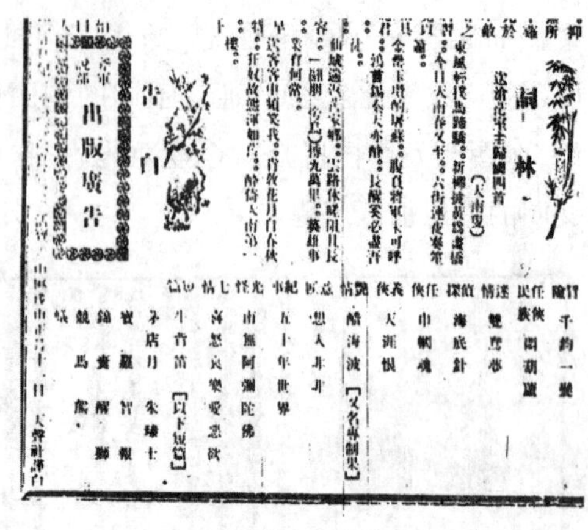

詞林

告白

斧軍說部 出版廣告

插图10 《斧军说部》出版广告——预告

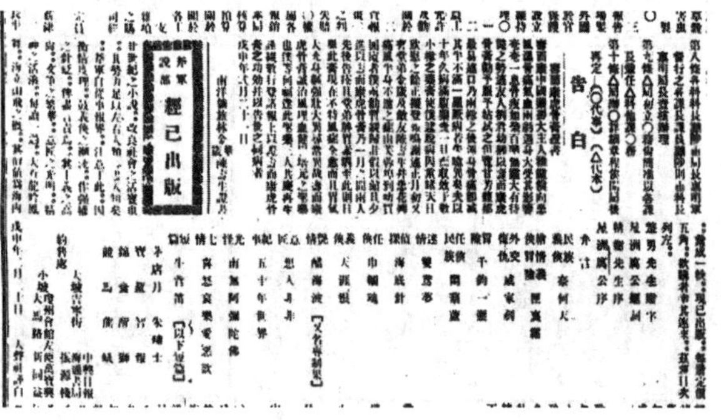

告白

斧軍說部 經已出版

插图11 《斧军说部》出世广告——正告

部》,《中兴日报》曾刊发过“天声社”的广告[①](见插图10、11),据此可知他有小说集命名为《斧军说部》,共列小说24篇,其中18篇篇名或事迹可与《唯一趣报有所谓》《香港少年报》《中兴日报》互证,尚有《民族义侠:奈何天》《外交复仇:咸家铲》《迷情双莺梦》《纪事:五十年世界》《智报》《竞马》6篇未见于现存报刊。《斧军说部》(1908年)的价值在于,据现有文献可知,这应该是岭南最早的报人小说集,因为郑贯公的《时谐新集》(1904年)不仅收集了报刊小说,还有报刊诗歌等作品,不是专门的报刊小说集。可惜的是,至今未见《斧军说部》原书。郑贯公的《时谐新集》分文界、小说、诗界、歌谣、粤曲、南音、小调、班本、传奇九类,共200篇报刊作品,其中“小说界”选录小说27篇。集前有郑贯公所作之《序》,并有

① 《中兴日报》1908年2月13日、14日刊载了《斧军说部出版广告》,3月26日、27日、28日又有《斧军说部经已出版》的广告,两者内容相同,后者只是增添了约售处。

"墨隐主人谨识"之《凡例》,这是最早的岭南报刊文学作品选集。

二、近代岭南报刊短篇小说的传统性

近代岭南报刊短篇小说是继承了中国古代短篇小说的传统,并借鉴了西方小说创作技巧,发表于新载体的作品,这就造就了岭南报刊短篇小说既有传统性,又有革新性、过渡性的特点。中国古代小说中,长篇小说是以人物的一生或某些事件的始末为叙述对象,详细地铺叙过程,以章回的体式出现。短篇小说主要有:传奇小说、笔记小说和话本小说。传奇或志异的属性造就了其主题或审美取向是希望达到拍案惊奇的效果。无论是传奇小说、笔记小说,还是话本小说,在题材内容、创作方法和主题追求上,都有相对稳定或固定的程式。

(一)在题材内容上,继承了中国古代短篇小说传奇或志异的审美趣味

中国古代短篇小说多传人物的奇异经历或志事件的怪奇经过,往往以简洁的笔墨传人物或精怪的奇行异志、变化的人身、奇异的经历,突出其精神闪光处的一面或一点,如红线、聂隐娘、虬髯客任侠的性格,或如《聊斋志异》灵魅精怪幻化成的人世之情。近代岭南报刊小说不乏此类题材内容。以《安雅书局世说编》为例,可以看到小说家依然追求传奇与志异的艺术效应,荟萃了中国古代不同种类的短篇小说。《智醒迷龙》可见古代短篇小说以智慧使浪子回头的影子,故事讲述素封人家的陈氏女,在未成礼前得知许聘的丈夫日淫于赌博,于是请兄长教其赌博之术,出嫁时坚决不带婢媪从嫁,仅带善博的苍头。经过耐心的等待与精心的

设计，在老苍头的帮助下，终于让丈夫浪子回头。故事未完，但可以看到这个故事沿袭的是智纵浪子，在绝路中幡然醒悟、痛改前非的故事模式，其戏剧性并不亚于《型世言》第十五回《灵台山老仆守义　合溪县败子回头》。《殇儿救母》是中国古代因果报应、鬼神现身、宣扬孝道小说的一种表现；《老尚多情》是忘年恋情、妓女情真的近代书写；《珠江狮吼》是妒妇小说、悍妻小说的具体化；《古董奇谈》是寓言、笑话小说的升级版；《同名被祟》看到志怪异的苍凉；《口腹之累》是贫穷与无知的真实写照；《述鬼趣图》无疑是《搜神记》、《聊斋志异》中最常见的写鬼之道以彰显人世情的模式：小说中以隐身人的身份，在某种技能（离魂、自视）的帮助下，能够以梦异或自视的方式看到鬼域之形，在游历地狱、鬼怪世界的过程中，折射人生社会的痛苦、贪腐或表达诉诸于异世报应的意图。《烦恼秀才》是科举考试中常见的情景：高中前后，妻子和小舅子对其态度发生了颠覆性变化，从而造成了人物性格、心理上的冲突，这则小说透露出秀才无奈的苦恼。

相比于《安雅书局世说编》的汇集性而言，《赏奇画报》则集中刊发传奇与志怪两类作品，《藜杖叟》《韦髯》《静禅》不出常见的唐传奇剑客故事的套路，同时也跟唐传奇一样喜欢借用时事以逼真其奇异性，一是将故事发生时间背景设置于乾隆中叶，一是置于洪杨倡乱金田的岭南之域。《僵尸》《毒蟒》《怪兽》是志异物的笔记小说，记录了令人惊悚的僵尸与错过宿头的夜行客较量的过程，比《宋定伯捉鬼》更扣人心弦，剿杀毒蟒的过程比《幼女斩蛇》还要精彩而令人毛骨悚然。《完婚》《谋杀案》是侠义与公案的结合体，传案件之异。《名妓知义》如其题，传人物之奇。《烹珠》是南方有奇物的博物体小说，传命运之奇异。《海外萍因》可见下南洋的中国百姓的海外奇遇及其艰苦与辛酸的历程。由此可见，中国古代短篇小说热衷的题材内容，令人拍案惊奇的传奇或志异类故事，也是近代岭南报刊垂青的对象。

（二）在写法上，继承了中国古代短篇小说的叙述程式

中国古代小说脱胎于史传，残存着史传的某些特征，如以“记”“传”字命名记传体小说，喜欢在开篇点明朝代、籍贯、人物出身等，结尾有“××曰”等语评论或标明与故事人物相关的历史渊源，或点明创作缘由，或以征其实。如《莺莺传》以“传”为题，文前有数语介绍朝代、人物出身、性情、品格等：

贞元中，有张生者，性温茂，美风容，内秉坚孤，非礼不可入。或朋从游宴，扰杂其间，他人皆汹汹拳拳，若将不及；张生容顺而已，终不能乱。以是年二十三，未尝近女色。

唐代贞元时的张生性情以数语介绍，说明为什么他在二十三岁这样大的年纪还没有结婚的原因。结尾的时候也有话语证实并点明创作起因：

贞元岁九月，执事李公垂宿于予靖安里第，语及于是。公垂卓然称异，遂为《莺莺歌》以传之。崔氏小名莺莺，公垂以命篇。

作者说这是贞元年九月听在家住宿的李公垂所说，且李公垂认为这件事非常奇“异”，因此作了一首《莺莺歌》来记述，以“莺莺”为名，是因为小说的主人公叫“莺莺”。又如《聊斋志异》大多数的小说文后多有“异史氏曰”为引首语引出评议，这与《史记》之“太史公曰”一脉相承。

近代岭南报刊短篇小说的开头、结尾方式亦继承这种程式。

从外部特征来看,开头以"××者,××人氏也。性……本……"方式开始,结尾有作者"××曰"或"按"语,中间讲述的是人、物、怪、精故事,继承的是传统短篇小说的写作手法。如糅合了古今中外流行题材的《匣里霜》[1],开头即是这样的句式:"叶芍农,秦之故家子。貌韶秀,性温雅。年十七为邑名士,以居父丧,故母未为之求凰。会……"姓名、家世、相貌、品性、年纪、地位以及父母婚姻,一语道齐,接着用"会"字马上引出核心故事,进行具体的叙述。这种故事写的是传统的才子佳人遇合的故事,采用这种模式比较得心应手,也符合审美需要。可是像《回生术》这样的故事,写的是巴黎富家子事,属于译写的性质,却也在开头运用这样的句式:"文先者,本巴黎富家子,性挥霍。父母亡后,性益纵,家遂中落。而文又不事家人生产,昔之高车驷马,今则裘敝衣鹑。只余一仆,仆亦颇善词令者。"[2]借外国故事写人生哲学,发迹变泰与人生遇合之情寄托在国外一个败家子身上,败家子看透世情,愚弄大众,揭露了众生相的丑恶面貌。诸如"某甲,富人子也,新承父业,名噪一时"之类的句式往往被用于叙事开头交待背景。

同样,在小说结尾需要发表正文未尽之言论,进行社会舆论导向的引伸时,也喜欢采用传奇或笔记小说的结尾方式。最常见的是另行低两字或小一号字印刷的按语,按语前有标识"按"或"按曰""评曰",或在按语后加上"××识""××附识"等标签,以示与正文的叙事不同,特意提醒大家这里是评论。评论的往往是故事人物行为的得失,点出故事的中心主旨,或揭示作者创作的指向与意图,有时候还回溯题材的来源。如:"按:中国女学未兴,软弱无才,恒为夫累,复多其奴婢。以一人劳动,供数人给养,已属力疲。况家庭细故,亦妇人天职。既不了家事,每假人为,又何

① 《艳情义侠 冒险小说:匣里霜(斧)》,见《中外小说林》,1906年第3期。

② 《短篇小说:回生术(放光)》,见《中外小说林》,1906年第3期。

必多一赘瘤耶?”[1]“按:此是何景像?其俄之莫斯科狱耶?法之巴士的狱耶?抑一般之革命党狱耶?然彼犹能于监牢里,与其亲戚朋友,偶一相见。以视吾国牢狱中之所谓革命党,一入狱门,则惟以秘密主义死之者,其相去为何如也?然而其他之狱,欲相见狱者,仍不免通门头矣,况党耶?甚矣!野蛮国之制度,无一而有人道。”[2]这种表达方式,在《国民报》的各篇小说中更多,因其独特的寓言化、戏剧化叙述方式,无法在正文中洋洋洒洒地发表言论,所以不尽之意,只能通过在文末附加评语的方式加以拓展。

在写法上,近代岭南报刊短篇小说最大的特点是摄取传统小说的各种要素,以近于无痕的创作技巧镶嵌了这些小说要素,成为全新的作品,如《熊》[3]写阮古迷于风水,在寻找龙穴的过程中,被熊捕捉,同行被撕食,他本人在十分惊险的情势下,利用羊皮掩饰而有幸逃生。回家后依然后怕不已,继而与人寻迹,踪影全无。这篇小说600余字,却可以看到志怪、志人、唐传奇、《桃花源记》、《补江总白猿传》、《陈巡检梅岭失妻记》(《清平山堂话本》)等多种文学作品嫁接、移植、变形的影子,可谓浓缩了话本、唐传奇、笔记小说、叙事散文、寓言散文多种文体的叙事方式:在偶然的机缘中,在化外之地,以半限知的视角,讲述了一个惊险的怪奇经历,再寻无踪的结尾给人遗憾的心理体验,又提升了审美趣味。稍后,这篇小说被《中兴日报》转载,名《阮古》[4]。总之,接受过传统教育的近代岭南报刊小说作者在创作小说时,不可能不受中国传统小说的滋养。

① 《手足奴》,见郑贯公《时谐新集》,1904年版。

② 《活动写真:会客(岁)》,见《国民报》,1910年7月18日。

③ 《短篇小说:熊(斧)》,见《香港少年报》,1906年10月22日。

④ 《短篇小说:阮古(虎军)》,见《中兴日报》,1907年11月24日。

三、近代岭南报刊短篇小说的时代性

近代中国的时代特征可以用“内外交困”这个词来形容。在外,受到欧美各强国的侵略,欧美列强从军事上压制中国,从经济上掠夺中国,从思想文化上钳制中国。在坚船利炮的保障下,借用鸦片战争攻破中国南大门广州之后,逐步沿海北上。这期间,一方面利用特殊的毒品鸦片残害中国百姓的身心健康,使其终日吞云吐雾,体魄变得羸弱,终日神思游散,对鸦片的精神依赖性增强,心理脆弱。另一方面用先进的器物威胁、引诱中国百姓,击垮了中国人抵抗侵略的信心,“弱民”丛生,“弱国”思想蔓延。在内,清政府高强压迫之下,百姓生活在水深火热的国土中,被迫反抗,在一次次疯狂的镇压之下,国民精神开始涣散。长年的战争及统治摧残,在“老大帝国”“东亚病夫”的精神侵害下,国民素质迅速下降。黄、赌、毒、骗、卖之风横行中国每个角落,毒害着中国百姓的身体与精神。久而久之,有些有识之士在满目洋人、满耳洋言、满街洋货的刺激之下,意识到要改变中国命运,避免神州陆沉的末世,必须奋起反抗,既要赶走外国这个“西夷”的侵略者,也要推翻满清这个“鞑虏”统治者。要反抗,必须要有强健的体魄,健康的精神,同时要有“中国之主公翁”意识,“民主、平等、自由”是必备的思想精神,维新、革命、独立是最好的武器。而能够掌控这些精神和武器的,就是“新民”。如何实现新民,也是近代岭南报刊短篇小说努力探讨的问题。近代岭南报刊短篇小说就是在这样的时代背景下,探讨新中国未来如何实现富强、民主的理想。浓郁的“家国情怀”贯注在近代岭南报刊小说中,与其他地区的小说一样,是为建立这样的新中国而助威呐喊。所浸染着的这种时代

特征,造就了近代岭南报刊短篇小说的时代性。

(一) 小说主题和宣扬的主旨与报刊言论同步、同调,二者相辅相成,相得益彰

近代岭南报刊短篇小说在主旨偏向上,将报刊社论、政论、新闻报导中提倡的民主、革命、平等、自由等观念灌注于小说中,以激励国人;不遗余力地批判嫖、赌、毒、卖(猪仔)、骗等各种歪风邪气,以警醒世人。大部分近代岭南报刊都宣扬彼时日渐产生的民主、革命、自由和平等等思想。《时事画报》是岭南地区刊行时间最长,停刊、复刊次数最多的近代报刊,其经历十分复杂,可以说是完整地记录了近代中国内外,特别是岭南地区重大新事件、新风潮变幻过程的底片。正如1912年复刊时,鲁达所作《画报复活感言》所说:"拒约风潮澒洞五洲,士大夫奔走于市,妇孺号叫于道,此非乙巳之秋耶?当此澎湃声中,《时事画报》乃出世,以提倡民气、启诱愚蒙为主旨,坚持平等、博爱、自由三大主义,风行一纸,遐迩传诵,政界缘是嫉之,屡施困厄。"[①]"平等、博爱、自由三大主义"是当时有识之士,特别是资产阶级民主革命派心中描绘的思想蓝图,《时事画报》在办刊过程中坚守这样的理想信念,故其应当时中国轰轰烈烈的拒约风潮而生,承担了提倡民气、启诱愚蒙的宗旨,一直坚持着"平等、博爱、自由三大主义"的原则,远近闻名,也因"妄议""时事"而遭受政界的嫌恶,因此还几次被查封,被迫停刊或迁址。为重大事件搭建舆论平台以宣泄社会强烈不满情绪的需求催生了报刊,而重大事件的转移和国内外形势事态的进一步转换,又

① 鲁达《画报复活感言》,见《时事画报》,1912年第1期。

促使报刊进一步发展。如办报者所言,《时事画报》经历了“与社会挑战的时代”和“与军人周旋之时代”[①] 的双重挑战。

《时事画报》的观点和办报的实际行动是岭南报刊生存的缩影,社会风潮的风起云涌也对办报宗旨及办报活动产生巨大影响,如清末粤汉铁路修建影响了广东一省,也辐射到港澳两地,由它引发的风潮在社会各界引起了轩然大波,对粤港地区的报业也带来了诸多影响。1906年风潮最盛之时,因粤港报刊直言路事、痛批政府和善堂黑幕,清政府官员利用强行查封、无理拘捕报社人员、禁止销售等手段,使得多家报刊遭到了极大打击。粤汉铁路风潮破坏了报刊市场的正常运行,但也加大了办报者对清廷的反抗力度。受到此事波及的报刊有广东地区《亚洲报》《亚东报》《时敏报》《时事画报》四家,香港的有《珠江镜》《唯一趣报有所谓》《中国日报》《世界公益报》《香港商报》《香港少年报》《东方报》七家。这反过来说明这些报刊的言论与时代风潮和社会呼声同步,因此遭受了统治者的查封、打击[②]。

从《时事画报》刊行《特别增刊大祝典》[③] 文集以赠读者的情形看,《时事画报》在创办的六年中,经历了海内外有关自由、民主、独立的重大事件:“萍醴之革命、钦廉之革命、云南之革命、潮惠之革命、徐锡麟之刺恩铭、吴樾之炸五大臣、安徽之兵变、吾粤新军之变乱,外而土耳之革命、波斯之革命,及无政府党之炸烈弹、女选举党之风潮。”特别是岭南地区彼时有关革命的惨剧、壮剧和悲剧,如“钦廉之革命”、“潮惠之革命”、“新军之变乱”等感染着群众,这些事件层出不穷,剧情风云变幻,都关乎百姓的“民生、民

① 《光复辞英伯》,见《时事画报》,1912年第1期。

② 程国赋、刘晓宁《论清末粤汉铁路风潮对粤港地区报业的影响》,见《新闻界》,2006年第7期。

③ 见《时事画报》,1910第2期。

权、民族三大主义”，有待报刊继承关注。而《时事画报》的小说，不外乎“人”“情”“时”“世”，企图在小说中寻找可以复兴民族国家的“侠骨”“民族”“道义”精神。近代岭南报刊短篇小说类型标注多为“侠情”“侠义”“侠侣”“豪侠”“义侠”“任侠”“复仇”“民族”“伟人”“警醒”“涤垢”“警世”等，寄寓的是儿女英雄强国、复仇、兴邦、富民的豪侠情怀，这些情怀往往可以化为救国救民的动力，追求平等自由的武器，为国家民族献身的伟人复仇行动。

同时，近代岭南报刊短篇小说对毒害了中国民众身体素质的鸦片（毒）、嫖、赌、骗、卖（猪仔）等歪风邪气加以猛烈的抨击或毫不留情的讽刺。小说家们尤其对鸦片充满深深的愤恨，除了有专刊《广东戒烟新小说》刊载中国民众被鸦片毒害的小说以警示世人外，许多报刊小说也描绘了鸦片毒害下的中国百姓吞吐的是“芙蓉血”，过着的是人非人、鬼不鬼的生活，在“鬼王会”“活地狱”般的世界中挣扎着，揭露了“烟猪”的悲惨下场，这种生活如“琉璃世界”一样，或“昙花”般盛行一时，是虚幻的、注定覆灭的幻影；告诫烟鬼们要破除“烟魔镜”的禁锢，从“烟窟”中逃离，以“新民”的姿态独立于天地间，成为他日新中国之主人翁；同时讽刺了“烟缉捕”“烟侦探”的无耻行径。其他小说描写了因浪嫖、纵赌而导致倾家荡产，又诱发卖（猪仔）、“强骗”、“狡骗”等丧尽天良的社会坏习，使中国社会处于妖魔横行、盗贼丛生、“野兽性”暴发的“阴寒世界”，这些社会毒瘤必定要铲除，哪怕是“铲穿地球”，也在所不惜。除了这些淋漓尽致的刻画、如在目前的小说场面呈现外，近代岭南报刊还通过新闻、消息、短评、政论等其他形式引导舆论倾向，劝诫世人，拒绝精神引诱，保证身体健康，以实现人格独立。

正因为当时社会中存在着这种因受到内外恶势力的夹击、残害、麻痹而从身体到精神均羸弱不堪的中国国民，所以小说总是企图构建一条既可强壮中国人体魄，又可塑造独立人格之精神的新民途径。

（二）在内容上，浓墨描绘了“欲新一国之民，游学外洋”的现象

十九世纪末二十世纪初，中国正处于内外交困的时期，有识之士认为中国积弱的源头是其国民缺乏国民性格，得出了“欲维新吾国，当先维新吾民”[①] 的结论。中国自唐代以后，特别是明朝以来，科举成为唯一立功之途，“北上秋闱”是男子主要的人生追求。“北上游学，功成名就”的母题成为唐传奇、明清小说争相渲染的佳话。然而，清政府统治下的天朝上国的风气却发生了变化，不是微风细雨式的潜移默化，而是狂风骤雨式的激荡，让中国士子在惊愕中，不得不被动应对。绝大部分士子是在哀叹举业不再、求生无门的悲凉中丧失了人格，而对于一部分有识之士，这却是莫大的机缘，他们在末世摸索，在混乱的欧风美雨中，打开了新思路：“经商南洋”“留学东洋”“崇尚西洋”，以开通民智，以挽救民族危亡。当时如火如荼的留学风潮，使不少先驱之士获得了有甚于“北上秋闱”的成功或骄傲。“谈论新学”成为最高尚的行为，“游学外洋”成为最流行的新潮，“即为利禄计，亦捷径也”[②]，瞬间可以成为弄潮儿，一时间，“新民”成为近代岭南报刊小说浓墨书写的思想文化景观。仅《唯一趣报有所谓》的19篇小说中，就有10篇小说涉及游学外洋的描写，其中2篇小说所写的人物去的是南洋诸岛，2篇小说去的是东洋日本，4篇小说去的是欧美，2篇为统称“外洋”。

新民们“游学”外洋的方式有三种：一是留学，可系统地学习

---

① 《本报告白》，见《新民丛报》，1902年第1号。

② 《记事小说：樱花梦（伟）》，见《广东日报》，1905年7月28日。小说原文如下：“近日少年，必以能谈新学为高尚，且多游学外洋者。会中表某，新自东洋归，踵谈竟日，盛道留学之增长识见，且曰：‘即为利禄计，亦捷径也。’”

新知，归国后提出教育兴国的实际方略，因为“中国人久失教育，无爱国心”，以冀成为“中国他日主人翁”[1]。这是最常见、最普遍的形式，目的地以日本、欧美各国为主，与清政府派遣青少年留学的主潮相符。二是务工，主要是到南洋诸岛或美国经营各业，在工商实业实践中开发智识。三是旅行，主动见识大千世界的美好生活，以荡涤心胸。

新民，其实往往是在末世，或国家、民族出现危机的时刻，历史、时代风潮呼唤的挺身而出的精英，或民族先锋、时代英雄。从小说形象构建的思路看，“新民”均是指近代中国在欧风美雨的冲击下，成为大陆之将沉的“老大帝国”时，能挽救民族危亡、振兴国家的“主人翁”。因此，“少年”“青年”往往被文学家描写成最富先驱性的新民形象，作者将“他日中国之主翁”的理想寄托在他们身上。青少年们无论男女，欲成新民，需经过一定的仪式，接受一定的洗礼，思想上才能达到“新的标准”“新的要求”。

首先在外表上要更新，剪长辫、换洋装是最能表明新民态度的外在行为。“剪辫易服”是远涉外洋求得新知之前最庄重的仪式，通过外表的变化，遍告世人，自己要开通文明的决心。特别是女性放足，更是“力”的塑造的准备。黄汉生出游前，先到香港，“预购数式西衣，剪去野蛮辫子，为文明之公装”[2]。

其次，在日常生活中，新民们要看新报，博览欧亚群史，善谈新学。这是近代开发民智的主要途径，所以游学外洋者纷纷放弃科举，积极参与办报、演说。少年们要通过报刊、新书，通读中西兴亡史，了解商战世界、文明世界、斗智世界的时代大势，了解中国积贫积弱的原由。因此他们都有购买、订阅报章的习惯。女志

① 《政治小说：天涯恨（亚斧）》，见《唯一趣报有所谓》，1905年7月31日至8月7日连载。

② 《冒险小说：片帆影（伯）》，见《中外小说林》，1908年第8期。

士们亦读报,《肝胆镜》[①] 女主人公阿玉白天在鼓浪屿演讲,“发言以爱国为主义”,晚上又“探首购买日报”。更有先进的志士,纷纷办报,以求开通更广的民智,如秋瑾,沥尽心血办《中国女报》,欲“办得长长久久,替二万万同胞姊妹造福”[②]。

再次,在实际行动上,要有游学外洋、归国救民的行为。这是塑造新民潮流所趋之首选途径,能够在学习东西洋先进器械、制度或文化文明中,提高智力水平。近代岭南报刊小说会花大量笔墨书写青少年男女们,如何即日治装,附轮出洋,历经旅途险阻,到外洋后又如何如饥似渴地饱学新智,最后学成归来,提出救国治民方略。可以看到,马车为主的陆上世界是狭窄的,短视的,而轮船为主的海洋世界是开阔的,是有远见的。

但从现实来看,经历了欧风美雨冲刷之后的“中国魂”,并不是最终都能修成正果,成为真正的“新民”。不少志士亦意识到在中国这样的国势下,所学到的救国兴民手段在中国无处可施,苦闷、失落之情难以言说。同时也有异形之相的回归,并时有变形与扭曲的“新民”假象出现:德力塑造的全面失败。“假洋鬼子”仰仗外国人的庇护,以西装、短发为武器,横行街头巷尾,“假志士”“女学生”“洋教民”等贬义词也随着欧风美雨夹裹而来,“反心贼”[③] 的行径应运而生。

(三)在文体类别上,“近事小说”是报章体作品追求时效性的文学影像

现代意义的新闻最大的特征就是时效性,在网络时代,甚至

---

① 《义侠小说:肝胆镜(斧)》,见《唯一趣报有所谓》,1906年5月28日至6月2日。

② 《冤情小说:女侠血(庐)》,见《广东白话报》,1907年第7期。

③ 《反心贼(自觉)》,见《时事画报》,1909年第10期。

能够做到新闻的即时性。可是在近代，由于受交通与通讯技术的限制，“新闻”的时效性还是要打一些折扣。一般来说，近代获得新闻的途径一般靠驻地记者或通讯员，传达消息比较常见的交通工具是轮船或火车，传递形式主要是书信。随着通讯技术的发展，开始出现了电话与电报，因此，一些重大信息可以通过电报或电话快速地传达到报馆，于是不少报刊开设“电音”一栏，专门刊发简短的新闻。若是日报，其发表的时效性则已经非常强了：可以即日刊出标题式新闻。但若要得到详尽事宜，尚需等待随后而来的详细新闻通讯稿。可是，中国近代早期的国外新闻，还依赖翻译西方报刊上刊载的新闻，其时效性更弱。若能够做到“近”的层次，已经是比较先进的了。早期报刊的新闻性最强的，即是做到刊发“近事”，如1857年创刊于上海的第一家中文报刊《六合丛谈》，介绍西方近来发生之事，采用“区域(地域)+近事”的标题，如“泰西近事”“印度近事”“金陵近事”“粤省近事”“南洋近事”“澳大利亚近事”“中华近事”“南海近事”“日本近事”等。在无法追求即时的情况下，能够做到报导“近事”就是报刊从业者最大努力的结果。又如1897年在澳门创办的《知新报》也多以“近事”标其栏目：“京外近事”“亚洲近事”“欧洲近事”“非洲近事”“澳洲近事”等，从词汇学意义来看，依然是以“近事”为核心，以“澳洲”等地理为限定。从新闻业的追求与阅报者的兴趣看，事件发生的时间远近才是重点。其他栏目虽不以“近”为显，但以“事”为主，如“农事”“工事”“商事”“矿事”都是当时十分热门的新闻对象，这里以行业限定“事”，不强调时效性、新闻性，强调行业性，与当时提倡实业的办刊思潮有关，这些已经是非新闻类的作品了。可见“近事”是新闻体裁最早的文类之一，其特点就是强调新闻时效性，“近事”成为区分新闻性栏目与非新闻类栏目的依据之一。甚至有些报刊直接以“近事”命名，如1863年香港罗郎也、王韬负责的《近事编

录》与1864年的《香港近事编录》、1884年广州的《中西近事汇编》，都是近代著名的报刊。“广译五洲近事”“详录各省新政”是新闻报刊事业的职责所在，“新”与“近”相对，时效的追求是非常明显的。

随着报刊事业的发展，除了新闻、消息用“近事”外，叙事类、非新闻类的“小说”等文艺作品亦开始使用“近事”作为标类，“近事”成为“小说”的限定，核心是“小说”，但触目者为“近事”，与报刊这一载体有关。后来，“班本”等其他文体亦开始使用，如1912年《民生日报》除了新闻消息部分有“佛山近事”外，还有“近事班本”与“即事板眼”，可见“近事”是近代报刊各类文体热心追求的一种效果，不管是消息类，还是偏向于娱乐、劝导、新民效果的小说、戏曲、传奇等文艺作品，均狂热地追求这种效应。广东近代著名小说家黄世仲、黄伯耀兄弟即是最早着力于此创作的岭南报刊小说家。“近事小说”是黄世仲、黄伯耀兄弟创作的主要小说类别。研究者认为黄世仲、黄伯耀兄弟将取材于现实社会生活和政治生活的小说多称为“近事小说”，如1907年发表于《中外小说林》的“近事小说”《宦海恶涛》《小复仇》《恶因果》《花月痕》《黄粱梦》，“广东近事小说”《宦海潮》，1909年香港实报馆排印本有“近世小说”《宦海升沉录》，以及约于1909年连载于《南越报》的“近事小说”《朝鲜血》和1911年的《五日风声》。其他近代岭南报刊小说作品以“近事”名之者，约有70种。

“近事小说”的兴盛，除了报人小说家从骨子里追求的时效性之外，统治者对新闻的控制也是促成其兴盛的一个原因。近代报刊兴盛之时，清政府对新闻舆论的控制十分严酷，也是催生新闻性小说文体出现的客观原因。1900年创刊于广州的《商务日报》，因“当时清政府对言论控制甚严，该报只得把新闻事实用小说文体写出，这样就成为当时各报刊登小说的先导”[①]，这种判断应该

① 史和、姚福申、叶翠娣编《中国近代报刊名录》，福建人民出版社1991年版。

是比较符合实情，且反映了报刊文体的变革意义：这是从新闻向小说演变的过渡性文类，冲破这条界线，便是1902年后，在小说界革命思潮席卷下兴起小说导民的思想意识。

近事小说是从新闻到小说的最好结合，它既能满足时效性追求的需要，又符合故事性审美要求，其表现即是取新闻、时事、近事入小说。资产阶级革命派与保皇(立宪)派之间，发生过不少冲突，1907年10月，梁启超等人在东京成立政闻社，在锦辉馆召开政闻社成立大会，革命党员数百人到场，破坏了演讲，还打伤了康有为的徒弟徐勤[①]，期间情节，便被革命党人马上写成小说，先是1907年11月22日、25日《中国日报》发表的“辟疫小说”《打》即以此为题材，《时事画报》1908年第20期之“没头没尾的小说”《国会潮》和《中外小说林》1908年第3期的“短篇小说”《现形妖》写的也是同一事件，不过三篇小说均进行了相应的艺术构思，艺术效果各有千秋。

近事小说是“报章体”的典型代表：报章讲究时效与连载，而小说讲究虚构，二者结合成了报章体小说。近代报刊将近来的事情与最新的事情共同登载其中，强调其时间的“近”，有新闻意识，这是报刊对小说创作影响的表现之一，可以写新近发生的事情，不再是“演义”的天下。

四、近代岭南报刊短篇小说的地域性

近代岭南报刊短篇小说作为地域文学，包含两种形态：一是普通的岭南报刊小说，二是典型的岭南报刊小说。前者指岭南小

① 冯自由《革命逸史》之《中和党小史》，金城出版社2014年版，第421页。

说家或外地小说家创作的、刊载在岭南报刊上的小说。后者指岭南本地或外地报刊小说家以粤方言创作的、刊载在岭南报刊上的小说,从目前的作家群体构成来看,基本上是岭南本地作家为主。其共同点是均刊载于岭南报刊,差异在于后者是以粤方言创作。

典型的岭南报刊短篇小说(以粤语写就的"白话小说"),既与时代呼唤的晚清"白话文"同步,又使岭南报刊短篇小说的革新性有了岭南特色,具备了岭南地域文学的三大要素:一是以粤方言写就;二是展现了岭南的风土人情;三是传达了岭南人的价值观念。这造就了近代岭南报刊短篇小说的三大现象:一是短篇粤语小说创作出现;二是活跃了岭南报人为主的小说家群体;三是展现了岭南的自然空间特色。

(一) 短篇粤语小说创作出现

近代白话文运动形成于"戊戌变法"前后,黄遵宪、梁启超等人力主倡导白话文运动,以浅显的文言白话来"新民",在这样的背景下,落实到报刊界,就是用白话文办报。白话报的创办和发展,扩大了白话在社会上的影响,形成了一种白话氛围,全国各地创办白话报成为时代风尚。这为胡适等人在"五四"新文化运动时期发动更高层次上的白话文运动,创造了社会条件,培植了舆论空间,培育了运动主体。

广白是汉语四大白话文之一[①],岭南报人也响应时代潮流的呼唤,用白话文办报,倡议白话小说。所谓"白话小说者,则又于各体小说之外,而利用白话以为方言之引掖者也","则何如以白话小说之为愈也"。时值"二十世纪开幕,为吾国小说界腾达之烧

① 其他三种为:官话白话文(京白)、吴语白话文(苏白)以及韵白(明代官话——中州韵白话文)。

点。文人学士,虑文字因缘之未能普及也,曾组设《中国白话》,而内附小说,以谋进化”,以期“渐而化之,会而通之,其即沐浴社会、改革社会之龙象力哉!”[①]办粤语白话报、写粤语白话小说便在这样的思想背景下兴起。

岭南地区主要出现了四种白话报刊:《潮州白话报》,1903年底创刊于潮州,主编杨守愚;《广东白话报》,1907年5月2日创刊于广州,全部用广东方言写作;《岭南白话杂志》,1908年1月创刊于香港;《桂林白话报》,1910创刊,在广西桂林发行,目前已不见原刊。其中《广东白话报》和《岭南白话杂志》,作为典型的粤语白话报刊而被《中国早期白话报汇编》[②]收录。刊发在两份报刊上的小说不管是长篇还是短篇,不管是自创还是翻译,均用粤语写就。总体上来看,粤语小说在报刊上的形态有三种:一是在粤语报刊中发表的粤语小说,如《广东白话报》刊载的5篇短篇小说都用粤语创作。二是用粤语创作的小说,不是发表在粤语白话报刊,而是普通的岭南报刊,如《香港少年报》、《南越报附张》等报刊中的部分小说,虽然整份报刊不全用粤语写就,但是有部分小说采用粤语创作,如《西狩》[③]《冤业》[④]《阎应元》[⑤];《农工商报》与《广东劝业报》的新闻类文字并非粤语,但大部分小说为粤语。三是整篇小说不全用粤语,但是使用了很多粤语词汇或语句,如《附骨

---

① 老伯:《曲本小说与白话小说之宜于普通社会》,见《中外小说林》,1908年第6期。

② 陈湛绮主编:《中国早期白话报汇编》,全国图书馆文献缩微复制中心,2009年版。

③ 《白话小说:西狩(朕)》,见《香港少年报》,1906年11月15日。

④ 《薄命小说:冤业(逖生)》,见《香港少年报》,1906年11月26日。

⑤ 《民族伟人:阎应元〔白话〕(萍初四郎)》,见《唯一趣报有所谓》,1905年8月8日至8月21日。

疽》[①]、《本地状元》[②]、《文明战》[③]、《女侠》[④]。

具体观察，粤语在岭南报刊短篇小说中的使用又呈现以下特点：

早期的岭南报刊短篇小说，常常出现文言、官话白话文和粤语混杂的情况。有些小说为了突出人物的声气口吻，叙述文字使用的是文言，但在对话与书信中采用粤语，如《本地状元》：

妇自某出门去后，扬扬得意，遂扃门返状元家，对状元公说曰："佢个衰鬼于昨日已经去咗喇，而家唔驶咁慌咯。"于是他二人如胶似漆，刻不能离，其爱情愈浓，则其刺激力愈涨，相摩相荡，遂居然二奶矣。

甚至一些描写心理活动的语言也采用了粤语，如"某自与妇分手，携了数百金，出门径去。大丈夫磊磊落落，驶忧冇老婆，故对于妇已绝无半点爱情"这句话中，"某"的心理活动就掺杂了粤语"驶忧冇老婆"。这篇小说的末尾，还引用了小说人物"某"的书信，采用不少粤语句式和词汇：

字示状元知悉。我与你为同宗，闻你之大名久矣。今何幸辱蒙体贴，宠及贱内，并以一项绿帽，慨然持赠，何乐如之？惟我不善于戴，谨将老婆一个，随物送回，你亦可谓捞单顺矣。至于五百金之惠，当不敢忘。今闻你上京高中，捞了头名状元，可为你宗族交游光宠。惟闻你反郁郁不乐，岂一状元尚未满意耶？你亦知你高中之关节，谁人所买乎？我已将你数百金买通上下路，你知之

① 《短篇小说：附骨疽（斧）》，见《香港少年报》，1906年12月20、12月21日。

② 《涤垢小说：本地状元》，见《珠江镜》，1906年6月6日、6月11日。

③ 《短篇小说：文明战（耀）》，见《社会公报》，1907年12月13日。

④ 《短篇小说：女侠（耀）》，见《社会公报》，1907年12月14日。

否？自今以后，你可不必闭翳，功名女色，快绝一时，岂不乐甚？书不尽言，你自思之。此达，某某字。

在"文雅"的书信用语当中，夹杂了粤语元素，读来充满喜剧效果。

有些小说开头即使用粤语发声，通过拟声引起读者注意，兼有设问、感叹句式的综合运用，吸引读者的兴趣，带出后续的故事场景。例如：

"轰铃！""冰崩！""盲，盲，盲"。吔野呀？烧炮仗喎，贺孔圣诞咁话啫。烧完又试静盈盈咯，唔记得孔夫子咯，所以《南越报》唔敢附和嗟。

"呤——呤——呤——"电话嚟咯，频频鳞鳞，接耳筒嚟听。原来报到一声，话船话船，又话摇摇。哈，唔通约我扒艇仔？[①]

有部分小说全篇以粤语对话构成，戏剧化地表现人物言行，场景化地展现人物性格，缺乏完整的叙事进程。《社会公报》之《撞饮》[②]即是一例。这篇小说，几乎都由对话组成，连过渡语、叙述语都没有，似乎仅存对话中的"话"，如何对，也没有解释，仅靠人物语气来判断段落，断句十分困难。《香港少年报》之《西狩》[③]（见插图12）采用同样手法，不过因排版独立特行，因此断句分段还相对容易。

有意思的是，《南越报附张》之《三叩首》[④]还写了一个"金课员"通过辨识粤语土音而破了一大案情的事件。龙川县人陈亚良的妻子在前一年冬天潜逃了，某天在路上看见一个妇女，便认为是潜逃之妻，即行上前质问，二人纠缠不休，被抓到了警局。巡官

① 《逼迫小说：加快引（棱）》，见《南越报附张》，1910年10月8日。

② 《白话小说：撞饮（太岁）》，见《社会公报》，1907年12月26日。

③ 《白话小说：西狩（朕）》，见《香港少年报》，1906年11月15日。

④ 《近事离奇小说：三叩首（棱）》，见《南越报附张》，1910年3月24日。

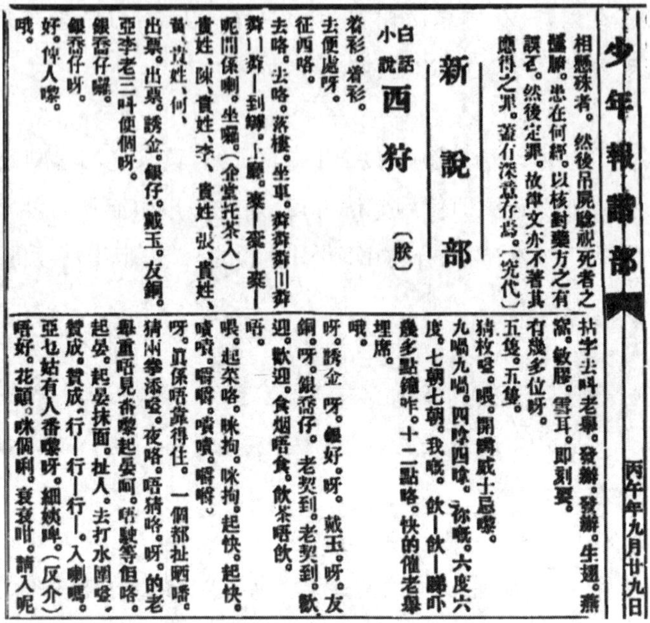

少年報諧部

丙午年九月廿九日

相懸殊者。然後吊屍驗視死者之傷腑。患在何經。以核對藥方之有誤否。然後定罪。故律文亦不著其應得之罪。蓋有深意存焉。(究代)

新說部

白話小說 西狩 (朕)

着彩。着彩。去便處呀。征西咯。去咯。去咯。落樓。坐車。犇犇犇川犇犇川犇—到埗。上廳。乘—乘—乘—呢間係喇。坐囉。(企堂托茶入)貴姓，陳、貴姓、李、貴姓、張、貴姓、黃、貴姓、何、出幕。出幕。誘金。銀仔。戴玉。友銅。亞李老三叫便個呀。銀香仔囉。銀香仔呀。好。俾人嚟。哦。

扰学去叫老舉。發辮。發辮。生翅。燕窩。鮑膠。雪耳。即刻要。有幾多位呀。五隻。五隻。猜枚咯。喂。開瓣威士忌嚟。九喝九喝。四啄四啄。你嘅。六度六度。七朝七朝。我嘅。飲—飲—歸咋幾多點鐘咋。十二點咯。快的催老舉埋席。哦。呀。誘金呀。銀好。呀。戴玉。呀。友銅。呀。銀香仔。老契到。老契到。歡迎。歡迎。食烟唔食。飲茶唔飲。唔。喂。起菜咯。咪拘。咪拘。起快。起快。嘖嘖。嘢嘢。嘖嘖。嘢嘢。呀。真係唔靠得住。一個都扯晒唔。猜兩拳添啦。夜咯。唔猜咯。呀。的老舉重唔見番嚟起晏呵。唔駛等佢咯。起晏。起晏抹面。扯人。去打水圍啦。贊成。贊成。行—行—行—。入喇嗎。亞乜姑有人香嚟呀。細姨啤。(反介)唔好。花頭。咪個啊。衰衰咁。請入呢

插图12 《香港少年报》之《西狩》排版

审出二人同姓陈，依据“若果真夫妇，则某御史日前所谏之勿弛同姓联婚一折，个老陈已先犯之矣”，二人夫妻关系不成立。可是陈亚良与妇人依然争执不休，审判官一时之间无法判断。“长于声学，能立辨各人之声音”的金课员却使案情立判：“知陈良之妇为龙川县人，而该妇则口操东莞土音，因此知良之冒认，遂唤良上前细认。”这篇小说写出了“冒认”妻子的趣味故事，编织故事的基础元素却是龙川口音与东莞土音之间的差异。粤语之趣，不止是小说语言，小说本身关于粤语的故事，也能产生新鲜感。又如“盘上人头”[①]会说话令时人惊奇不已，而作此戏的西人竟然能“仿香山土音答之”，更令人奇上惊奇。

非常罕见的情况是，有一篇小说引用了粤语歌谣作为“篇首

① 《盘上人头》，见《安雅书局世说编》，1902年1月15日、1月16日。

诗”，仅见于《香山旬报》的《温犀影》[1]，这篇小说分两段，第一段为“扑朔迷离之品花宴”，开首引用了“父女姑侄，同埋一席。招技[妓]侑觞，自由到极。咁嘅叫自治职员咩？唔值”这样的俚句，第二段为“经营惨淡之招兵谈”，开头引用了“弊家伙，又嚟过。唔怕嘅，招多几个”这样的俚句。这些俚句纯用粤语口吻写成，有评论、感叹色彩，充当了传统小说中“篇首诗”的角色与功能。目前仅见此一篇，此问题的深入还有待日后之发见。

（二）活跃了岭南报人为主的小说家群体

近代岭南，特别是广州作为唯一通商的口岸，“得风气之先”，是办报活动的先驱之域，后来在殖民势力的扩张之下，其他城市如上海等被迫开放，办报活动也随之而转移阵地，上海、天津、北京成为办报活动的中心，并有后来居上的趋势。可是在戊戌变法失败后，中国开始出现办报高潮，大约从1900年开始，中国资产阶级民主革命派兴起，在岭南地区迅速发展。岭南报人也随着岭南报刊的发展而发生了变化，报人群体身份的变迁也是非常明显的：最早的报人是到中国传教的外国人，接着是主张洋务的官员或有卓识的开明官员，最能成派系化、有组织的报人是维新派报人，在百日维新失败之后，他们逐渐衍化成保皇派，承维新派的思潮主张继续办报。在维新（保皇）派的激发下，革命派在遭受因舆论宣传不足而导致失败的教训后，也觉醒起来，开始办报宣传革命思想。这时候，由保皇派演变而来的立宪派亦继续办报，与革命派展开论争。

而报人小说家则是在报人活动的主导之下孕育的报人群体，这些报人小说家基本上为报刊或报刊背后的党派服务。维新派

① 《短篇小说：温犀影（然者）》，见《香山旬报》，1910年第63期。

以前的报刊很少刊载小说,更无报人小说家,彼时纯报人小说家李伯元、吴趼人等多活动于上海。1900年以后,虽然“小说界革命”的思想是由梁启超提出的,但是梁启超等保皇派报人因政治原因,不能在岭南区域内活动,只能占据华侨华人市场,多在日本、东南亚、欧美等进行报刊活动,小说创作、刊载平台也多依托于彼地。因此近代岭南报刊小说史,实际上是革命派报人的天下,特别是1905年以后,革命派在香港、广州等地创办了大量旗帜鲜明的报刊,并通过小说宣传革命、抨击保皇派(并及立宪派),造就了一批岭南报人小说家。近代岭南报人往往一身多任,作品文体、类型多样化的趋势反映了岭南报人的文艺成就,也体现了他们为国家、民族理想而大声疾呼的热情。

岭南报人的组成主要有维新(保皇)派、革命派两大阵营,还有部分自由办报人,亦有报人为重大时事专门创办临时报刊,如《铁路公言报》《粤路丛报》《美禁华工拒约报》等。《赏奇画报》《天趣报》在统治者的政治高压下,避谈政治,报人党派倾向不明显,所创作小说趋向娱乐化与趣味性。

岭南报刊小说家的组成主要有报社成员与自由撰稿人。报社成员所撰写的小说具有系统化、针对性的特点,艺术成就较高,影响较大。如《中外小说林》黄世仲兄弟的小说;《时事画报》“述奇”的所有作品及“蠢侦探”“尚武精神”“活地狱”诸系列小说的作者。自由撰稿人的数量不多,署名时一般注明是“来稿”或“××来稿”,其作品多受报社成员小说或其他作品启发而创作,亦较精致。《香山旬报》小说作者构成比较丰富,有自创小说作者醒广、绛树、然者、醉墨、晓峰,这是岭南报刊小说作者的主体;有译述者宏道、本立主人、铁魂、中兴,这块作者的比例比其他报刊要高;有来稿作者方容均,方容均为香山人,旅居上海,据《香山旬报》捐款者名单,他也是该报的主要资助人;有转录自《神州日报》的作品,其作者是鲁源，这是少数岭南转录、转载其他报人作品的篇目。这四大块作者的构成使得《香山旬报》的作者构成丰富化，在以本报报社成员为主的基础上，接纳自由撰稿，译述国内外其他作品，转载其他报刊优秀作品。《南越报附张》亦接纳了警黄、禅侦探、铁蕴、百钢少年和腾芳等多人投稿，使其作者队伍更加庞大。早期百钢少年的作品注明是“稿”“来稿”，到了后期，就没有了“稿”“来稿”等字样，看来由原来的自由撰稿人，慢慢上升为该报的固定作者。

岭南报人创作的文学类型有多样化的特点，岭南报人其他文学作品与所创作的小说关系密切。黄世仲、黄伯耀、欧拍鸣、王斧、杨计伯、李哲、方容均等是典型的多产报人作家，粤讴、班本、论说、杂著均有相应成就，与其小说作品互见。各报出世、周年纪念均有论说、班本、小说等同时阐释报刊主旨、开办过程与特色等，亦可见其多样化创作。

近代岭南报刊上反映报人交流、互动与日常活动的诗文唱和，可以看到报人有哪些休闲娱乐方式，还可以通过这些诗文了解他们的个性，甚至可以透视他们的身份。《香山旬报》第40期汉衡《步晓峰君韵寄赠宗奭君以志慕思》、约寰的《送岸父之京师》，第59期侭超的《初夏偶成即简晓峰》和晓峰的《奉答侭超君初夏绝句原韵》，等等，可以看到报刊作者之间互相往来酬答很频繁，既是工作上的合作者，也是生活上的好友，思想比较接近，否则也无法共事。因此，研究近代岭南报刊小说作者信息时，不能仅仅从小说本身提供的信息入手，还要旁见相关的诗、文、词、班本、粤讴、论说等其他文体提供的更真实、丰富的信息，以确保研究的信度。《唯一趣报有所谓》也常见小说家们互动的文字。《佳人泪》[①]作

① 《艳情小说：佳人泪（亚父）》，见《唯一趣报有所谓》，1905年7月20日至7月28日。

者王斧在小说中写到当时岭南报人小说家计伯，旧年曾在《广东报》（全名应是《广东日报》）发表所著之小说《离恨天》，小说男女爱情深深地感动着《佳人泪》的主人公许宝玉和陆月珠。王斧甚至设置了一个情节，许宝玉因陆月珠死后，离家出走，找到了计伯，计伯身边有丽人宝兰相伴，三人相见甚欢，最后“计伯更与宝兰约宝玉观风，漫游马交石，长啸襟海楼，兼驰车前山寨，小憩于亦圃。亦圃主人有孟尝风，惜不在家，宝玉因题诗壁上而归”。可见岭南报人小说家之间互相有来往，对对方的作品十分熟悉，甚至将现实人物镶嵌于自己创作的小说中，设置了小说人物与小说作者见面、互相质询的情节，这些构思增强了小说的趣味性。又如《天涯恨》作者在结尾谈到：“荫友亚侠，适自东洋归，为亚斧述之。亚斧曰：‘是不可以不记也，作《天涯恨》。’”点明了故事来源。

本集收录了作品的24份报刊或报刊作品集，基本上为岭南人创办，岭南报人围绕某一份报刊或几份报刊，形成了报人群体，也集结了一批小说家群体。只有《真光月报》一份较为特殊，由驻粤传道的南美浸信教士湛罗弼创办，只有一篇小说《渐渐女仙》，由湛罗弼翻译，与修道有关，符合传教士报刊的宗旨。总体上，岭南报人往往以报刊为中心，形成了报人圈群。近代岭南报人小说家主要有以下几个中心：

一是以郑贯公所办报刊为中心的小说家群体，郑贯公创办多份报刊，以文体革新与革命思想结合的方式弘扬时代思想主旋律。郑贯公主要参与的报刊有《中国日报》《世界公益报》《广东日报》《香港少年报》《唯一趣报有所谓》，这几份报刊刊载了短篇小说42篇，产生了王斧、杨计伯两位岭南报人小说家。王斧又曾到东南亚《中兴日报》任职，亦发表了5篇短篇小说，说明岭南与东南亚报刊之间有双向互动关系。王斧在广州、香港与南洋的报刊活动和小说创作，使其与《中兴日报》的另一主笔“天汉世民”[①] 能够并驾齐驱。

二是以黄世仲、黄伯耀兄弟为中心的小说家群体，这一群体的中、外小说的创作与翻译、引进、模仿、创新自成一体，催生了“近事小说”[②]，并创办了岭南最早的专门小说刊物《中外小说林》。该群体又参与过《中国日报》《天南新报》《世界公益报》《广东日报》《社会公报》《唯一趣报有所谓》《广东白话报》《南越报》《新汉日报》等报刊的笔政，或投稿其中。其中《廿载繁华梦》《洪秀全演义》《宦海潮》《黄粱梦》等章回小说均在岭南报刊上连载过，随后因影响很大、阅读量大，报刊连载无法满足读者需求而出版了单行本。这个作家群为近代岭南贡献了短篇小说34篇。

三是以《时事画报》为中心的小说家群体，往往集报人、画家、小说家于一体，《时事画报》则成为时事入小说、短篇小说系列化与微型化的试验中心，小说插图慢慢走上专业化的道路。这个主创群体的政治倾向体现了他们的个性，求变、敢为的性格又为他们的报刊、小说增添了别样的风采。这份画报中的小说几乎没有才子佳人这类传统小说的题材，在小说篇幅上，也以短篇为主，体现出灵活多变、紧随时事、手法新颖等特点。此群体贡献短篇小说共71篇。

四是以《农工商报》为代表的报人小说家群体，反映了岭南人务实的价值观，塑造了一批商人及实业伟人形象。小说署名主要有“侠庵”与“铁庵”，应该是《农工商报》创始人江宝珩的笔名。“明

① “天汉世民”是何虞颂的笔名，又有“沧桑旧主”“玄理”“世民”等笔名，曾与王斧产生分歧。在《中兴日报》辞职后，又到《南洋总汇报》任职，与王斧发生笔战。曾经亦在岭南任过《珠江镜》《中国日报》的主笔。在《中兴日报》1907年8月26日起连载的小说《崖山哀》被王斧认为是抄袭《珠江镜》的小说《崖门余痛》。参见《中兴日报》1908年5月2日署名“斧”的《总汇报记者何虞颂之丑相》的长篇“按语”及1908年5月5日署名“斧”的《总汇报记者何虞颂之十大罪恶》。

② 梁冬丽《黄小配近事小说研究》，广州大学2006年硕士学位论文。

园主人""明园"的作品也较多，其余为谭鼎来、李鼐、铁汉的来稿。此群体贡献短篇小说17篇。

相对独立的报人小说家群体之间又有交叉、交流，如黄世仲、王斧，即在不同群体之间转移，因为他们都有相似的政治理念或文学主张，不同时期服务于不同报刊，但都服务于资产阶级民主革命的需要。总的来说，吴趼人、梁启超等人的报刊活动和小说创作基本上不在岭南本土开展，主要在北京、上海或海外，对北方政府或北方民众及留洋学生的影响最大。可是真正对岭南人(包括两广、香港、澳门及东南亚一带在粤语文化的势力范围之内的华侨华人)的报刊阅读和小说审美产生非常具体影响的还是以岭南报人为主的小说家群体。

（三）展现了岭南的自然空间特色

近代岭南报刊小说抓住了临珠水、靠大海、通外洋的地理环境，描绘了以珠江为中心的江上图景、以琼海为主的海陆图景，还有以广州和香港为中心的城市空间及"以村喻国"的农村空间。像《廿载繁华梦》这样长篇连载的小说固然以岭南之于近代中国新思想形成有影响力的人、事、物为中心，进行浓墨重彩的描绘，但短篇小说亦能以简洁的笔调、白描的手法，反映近代岭南的琼海图景和农村图景。以珠江为中心的江上图景，以及以广州和香港为中心的城市空间，主要由长篇的或章回小说完成，不在此处的论述范围之内。以下主要就短篇小说突出描写的琼海图景和农村空间进行分析。

1. 近代岭南报刊短篇小说描绘的琼海图景

近代岭南报刊短篇小说描写的琼海人事，离不开"海"，近接香港、江门、崖门，最远到江浙、沪上，是中国东部沿海最南端起点；东可到日本，南可到南洋，跨太平洋可至美国，离不开海，亦离不开海航；追述南宋末年崖门海战，这是中国历史上最著名的海战战例之一，离不开海域的描述；讲述近代琼海儿女英雄"存种族、复国仇"活动离不开海，离不开海上活动，离不开海上交通工具。海的浩渺与海的广大，神秘中富含大气磅礴的铁血性质，遗民精神贯注小说之中。概括起来，近代岭南报刊短篇小说描绘的琼海图景实质是：海的儿女在海上发生的故事。

第一，注意到其靠海、通洋、接内陆的天然优势。海南历来与南洋各地有密切的关系，自汉朝海上丝绸之路形成后，它便是古代海上丝绸之路上的交通要道。无论是从泉州、广州出发，还是从香港出发，到越南、东南亚，甚至到东非各国都要经过海南岛，它优越的地理位置是它经济政治发展的重要原因。此时大陆到外洋贸易、游学需要经过这里，有的人物在此处有生死两重天的感受。近代岭南报刊短篇小说书写过小说人物如何从海南逃往南洋的路线。《唯一趣报有所谓》之《天涯恨》[①]所述主人翁为浙人黄祖荫，其太高祖为明末参将，清军入关时遇害，其子孙流寓于粤之琼州，因替伯父报仇，被迫逃难。其逃难的路线非大陆，而是南洋，大约因往南洋交通方便。书中写道："荫仓猝向海口，适有船往南洋，荫附之而去。"逃难往南洋，是黄祖荫遇事后凭第一直觉做出的判断。大概是因为海口是当时海南岛唯一的关口，也是通往南洋的港口，否则不会经常有轮船往南洋。《唯一趣报有所谓》另一篇小说《牛背笛》[②]则说明从美国归来的航线经过海南岛海域，与黄祖荫往南洋的路线相反，证明来或往的航线都是畅通的，但风险也比较大。蜀人张忠，据资游美，备受刁难，附轮归国过太平洋时，遭受飓风，九死一生，为琼州渔民所救："船过太平洋，卒

① 《政治小说：天涯恨（亚斧）》，见《唯一趣报有所谓》，1905年7月31日至8月7日。

② 《短篇小说：牛背笛（亚斧）》，见《唯一趣报有所谓》，1906年2月16、2月17日。

遇飓风,全船尽没。忠力抱一板,随波上下,历一昼夜,飘至一岛,为渔人所救,得不死。询其地,盖琼州也。"琼州面临太平洋,是中国通往美国的必经海域,张忠回国时船遭海难,抱着船板能够漂泊至岛岸,可见其位置正在中国与美国往返航线上,若是不在航线上,张忠亦不能生还。

第二,描绘了海南荒远而天然的陆地自然风光,展现了海南特有的自然人文景观。海南最具标志性的自然景观之一五指山,《巾帼魂》称之为"五指岭",从"五峰如指"的描述看,即是今天的五指山[①]。小说称山内有著名的东坡祠[②],东坡祠环境清静,有和尚寄钵其间。祠之有门通向一座高楼,叫"海南第一楼"。笔峰从自然景观转向人文景观的介绍。近代岭南报刊小说笔下的海南历史痕迹主要有三类:一是人文建筑,二是崖山战场遗址,三是宋室遗物。《崖门余痛》[③]《海镜光》[④]介绍了崖山海战各种遗迹遗址,开篇即写崖门[⑤]之东有宋国母祠[⑥],主人公赵玉在国母沉江海域中,得到宋室宫中遗物明镜一枚,宝镜光彩异常,宝镜成为赵玉的

① 丘濬《题五指山》,方厚、王弘、王佐、夏升等均有诗咏五指山。

② 正名为"苏公祠",明万历四十年(1617)为纪念苏东坡而建,位于五公祠东侧。五公祠又称"海南第一楼",建于清光绪十五年(1889),为纪念唐宋年间被贬海南的五位名贤李德裕、李纲、赵鼎、胡铨和李光而建。小说以"东坡祠"称之,其地理位置与现海南遗迹相符。但称东坡祠与海南第一楼均在五指岭上,当误。

③ 《短篇小说:崖门余痛(崖西六郎)》,见《珠江镜》报,1906年6月20日至7月3日。

④ 《侠情小说:海镜光(轩辕之胄)》,见《振华五日大事记》第8至13期、第15期、第17期、第18期。

⑤ 崖门位于今广东新会县。崖门之东有崖山,西有汤瓶山,两山相夹处,正是粤西珠江入海口,地势险要。宋军崖山海战全军覆没,标志着南宋的灭亡。崖门对面是海南,海域与海南相通。从小说描述来看,赵玉、文生祥父子往来二地极为方便,海南船只随时可以通往新会,可见二者海域的边界。

⑥ 此祠原叫国母庙,庙中有"国母殿",原庙建于1491年,是由陈白沙向布政司刘大夏建议,由三江赵思仁出资建造。起初定名为慈元殿,后来奉敕改为全节庙,以表彰崖门海战的壮烈牺牲者。

精神支柱和精神信仰,得宝镜而精神饱满,复仇之心坚定;失宝镜而精神涣散,魂随镜去。海镜之光象征着宋室覆亡战争中誓死不降外族的民族气节,这种精神引领着赵玉的精神意志。

第三,探究了琼海以渔为生的海上生活环境。《海镜光》首先描写了一个以渔为生的家庭:“蛋户赵梦才,世代浮家于崖门,业渔,与张旭为友。”渔女赵玉,善水性,素习海底游行,入水四五日可以不出,过着“浮家泛宅”的日子。以渔女入小说,并成为主角,在过去的小说中比较少见,大概这是近代报刊小说呼唤的“新人”“新民”之一种,也是非常独特的。赵玉结交的人物基本上也是渔人,鱼父、鱼妇、舟子、榜人为人物群体,他们的交通与生活工具都是以小舟渔船为主。其次,回溯了崖门渔户的来历:渔户们并非广东人(彼时琼州属广东),崖门海战后,善于水性者逃生,“以广东烟瘴之地,岸不能居,遂相率作楫为家,渔鱼为食”,于是形成了蛋户渔人群体[①]。再次,讲述了与渔家生活密切相关的歌唱形式咸水歌的由来、特点与意义,以及衰落的原因及其影响。琼海以宋师水军遗民为主的渔民渔食之余,“须臾不忘国仇,痛陈亡国之惨状,编成歌谣,以遗子孙,即今之咸水歌是也”,这是民间歌唱“咸水歌”文学形式的由来。其艺术特点是:“其始歌谣之词句,慷慨淋漓,皆嘱子孙世世不可忘仇敌者,以存种族之观念焉。”还探寻了这种歌唱形式衰败的原因及其影响:“然而叠遭飓风,讴本皆遗失,由是子孙之志亦懈。”这种说唱形式的最初本意是用于讲述宋亡崖山的历史事迹,以激发子孙勿忘种族之观念。后来,这些歌本反复遭受飓风的侵袭,逐渐遗失了,致使子孙后代存种族、复

① 研究者认为,海南疍民形成于元明时期,常年在海上漂泊,与广东交流密切。这篇小说认为是元灭南宋后,崖山海战善水性者存留人间,被迫海上渔生,才形成疍民,并伴生了咸水歌,比当今学术界公认的时间要早。不过此为小说家言,不足以推翻学界的现有研究成果,仅是作为生长于斯的近代琼州报人对乡梓历史特别关注的一个例证。

国仇的观念逐渐淡薄。新宁人赵旭以读书人的责任感与道义精神，“每逢朔日，必集蛋户，以俗语演词”，以代替咸水歌的传播功能，用来激励蛋户不忘祖先之志。《崖门余痛》提到，赵玉夫妇到海底寻访宋室遗民赵安等群体时，利用了“入水器”，可见琼海渔民发明了比较可靠的潜水器具，让水性不佳之人能够入水几日夜，探寻琼海水底神秘的居所。《海镜光》小说的最后，写赵玉夫妇“泛于江湖”，“游九洲洋”[1]，无疑，二人依然不脱渔家生活习性。近代岭南报刊所书写的贯注忧愤之情的海居渔业图景，与珠江繁华浮浅的河上生活图景又迥然不同。河上生活笙歌彻夜，声色纵情，而海上生活寂寞伤情，故赵玉夜半无聊，荒夜中寻访有共同志向的书生陈生（或文生祥），十分难得。而陈生（或文生祥）闭门读书，痛思国史，不像珠江上的男子，日日在妓馆楼船中纵情声色，不谈国事。

第四，构筑了世外桃源式海底遗民的理想居所。宋师水军覆没的事件历来为人所道，是否有遗民，成为历史之迷。关于宋室覆亡的传说非常多，陈白沙加一“宋”字的传说即是一种。赵玉得海镜又是一说。近代国家主权受到严重威胁的时候，有识之士从宋室反抗元朝的战争中寻找到极大的精神支柱，宋军王师的民族气节深深地感染着后人[2]。宋室遗民存在的幻想，符合民众的意志，也是作者的心愿。据后人考察，现今广东四邑一带的多个村

---

① 唐代称“九州”，现为“七洲洋”，位于台湾海峡西南至海南岛东北之间的海域。自宋朝以来，七洲洋是泛海到外国必经之地，为海上丝绸之路的重要海段，海南是七洲洋的一个重要节点。据《南洋记》记载：“七洲洋在琼岛万州之东南，凡往南洋者，必经之所。”见清代陈伦炯撰，李长傅校注，陈代光整理，《〈海国闻见录〉校注》，中州古籍出版社，1984年版，第49页。

② 宋室遗民精神对文学作品书写影响的具体情况，可参看左鹏军《厓山记忆与岭南遗民精神》、《厓山记忆与岭南遗民精神的发生》，见《岭南文献与文学考论》，中山大学出版社，2016年。

庄，均聚居着当年随朝廷南下的太宗派与魏王派宋朝皇室幸存后裔，如台山斗山镇浮石赵氏、新会古井镇霞路赵氏、新会三江赵氏及珠海斗门昆山赵氏。不过不是纯朴的海底世界，而是真实的社会人生。

《崖门余痛》用小说家的笔法，小说家的心眼，想象了一个海底世界，来安置这些备受称道的遗民。小说述赵玉因寻找丢失的铜镜，在辽阔的广海深处，发现了一个海底洞天：

“……（赵玉）持镜四照，见石侧有穴，大可尺余，照而窥之，另有天地。此时疑甚，不敢入，亦不欲即行。无何穴内有人伸手夺镜去，乃放胆蛇行而入。举首四望，全为平地。石穴之水，流向小河去。正徘徊间，有人自背后呼曰：‘尔何人，擅至此地？’回首视之，其人古装者，持镜而立……”赵安……曰：“吾祖若父，皆宋水军。当日船沉，以为必死，幸有数人精于泅水，苍[仓]皇间，寻得此地。是以昔日水军，多居此者。迄今千百年来，养生送死，子孙藩衍，此间乐不复思人世矣。当时著史者，必谓全军无一生存也。此盖天之所为设此地以位置我辈者乎？”陈曰：“海底世界，原属常事，探险家每多遇之，特人不知之，以为奇耳。”安曰：“今为何时？”陈曰：“自异族窃据宋土，有明崛兴，驱之。不料二百余年，今复为异族窃据，其间兴亡痛苦，异日当详告也。”谈已，安乃带陈及女，遍游其地，数日始尽。

偶至异境，得遇逃难至此的古民，民风纯朴，安居乐业，不知今日为何日，不复思人世，正是《桃花源记》式的叙事结构。赵玉能够带着文生祥第二次找到这片海底世界，与桃花源不能再寻踪迹不同。作者设置这样的情节，大概是想通过游历海底世界的奇异经历，憧憬能够与深知兴亡痛苦的古宋遗民共同起事，弃此乐土，以复国仇。可惜,起事仓促,赵玉夫妇被迫逃居此间,再次来到心中的理想居所,这时候才给小说以“不知所终”的结局。这个“不知所终”,才是桃花源式古宋遗民的最终结局。作者似乎跟赵玉夫妇一样迷茫,没有找到合适的出路。

2. 近代岭南报刊短篇小说描绘的农村图景

相比较而言,近代岭南报刊小说观测农村空间与城市的视角维度是不同的,以致书写的方法也有差异。书写城市时,采用了“厚描”的方法细致地描摹市民生活,往往在家居与酒楼、妓艇、烟馆、赌场之间转换,在切换场景时选取了管窥式的小视点,外部视野并不开阔,所以其特点是大城市小视角。相反,书写农村空间却采用了比喻的方法,从大视野、大思维入手写小村景:“以村喻国”的寓言方式虚拟了以宗法世系伦理制度为村庄运行主导的世界,即以东方某一华族大村寓意中国大陆地处东方的地理特性。同样是书写中国大陆沦陷前的图景,城市与农村的表现是不一样的,但都想达到这样的效果:无论是城市还是乡村,因市民或村民的迂腐愚昧,已经不可救药。不是因为外贼太过强大,而是因为祸起萧墙、自我争斗的内耗,才招致外贼能够乘虚而入,占据家园。小说敏锐地察觉到城市已经深受外来风气的冲击,完全被西风薰染而沾上了自由放纵的腐气,而农村因为强大的宗法制度和封闭的空间导致其思想的禁锢未能开解,近代岭南报刊小说书写的这种农村原始生态环境正是历史的折射。

近代岭南报刊小说仅有少数几篇短篇小说,以惜墨如金的态度,描画过彼时的农村图景,正是这经济的文学手段,描写了农村生活及其生存空间最精彩的一面或一段。“以村喻国”的农村空间描写,反映了近代岭南乡村存在的财产纷争、武力争夺土地、教育腐化等诸多原始生态环境,构筑了农村生存空间的立体图景。清政府长期闭关锁国的政策造成民贫国弱的境况,封闭、隔绝的自然地理空间使国民精神也陷入自闭的境地，且未找到有效的自救途径。只有少数小说提出，似乎唯有实业才可以改善腐朽的乡村生态[①]。《家之盗》[②]写一家为“华族”，暗寓中国地理与历史之兴盛，深沉寄寓的“以村喻国”的思路显然可见。生存空间极为优越：位于大街之东，“峻宇雕墙，重楼叠阁，观瞻壮丽而堂皇”，是“为一邑冠”，这似乎暗喻着中国曾经在世界的东方强大屹立的历史。又有显赫的家世，是华胄，而人口亦繁盛，又是礼义、声名、文物之家，深为邻里妒恨，这也暗合了中国因其富强文明而被西方列强觊觎的时势。当此之时，祸起萧墙，同室操戈，自相残杀，不同派系为了自身利益的最优化，竟然开门揖盗，终被盗贼所控制，最后亦人财两空，可见农村宗法制度根本无法守护自身的生存空间，反被外族恣意蹂躏家园。这段描写完全是中国时势的最忠实反映。在描写土地被侵吞之迅速时以时间变换结合数字重复来完成：“今日让一楼，明日让一阁。”写财产被侵占之迅速则用空间变换和数字递进来完成：“东邻赠千缗，西邻赠万贯。”简短的时空变换就能看到农村宗族财产争夺的剧烈之态，崩溃之状明显。“尚武精神”系列小说之《械斗》[③]描写了村邻间为争夺名誉或土地而发生械斗的惨状，这是农村土地纠纷、治安自理引发的暴力行为，暴露了农村治理的无序与无据。相邻的甲乙两村，世代敦睦——以喻中、日、韩三国在历史上长期处于和平友好的关系。但因为甲乙两村两个孩子放学后发生小小口角，暴发了大规模、长时间的械斗。“两村各筑炮垒，设险要，购军械”，以致“兵连祸结，两村死伤不可以数计”的惨烈，不禁令人叹息，村民誓死守护的宗族荣誉

① 梁冬丽《文学地理视野下近代岭南报刊小说书写的农村图景》，《临沂大学学报》，2017年第2期。

② 《短篇小说：家之盗（非）》，见《时事画报》，1908年第1期。

③ 《社会小说　尚武精神：（一）械斗（喆）》，见《时事画报》，1908年第6期。

观是如此可笑。另一份报刊《南越报附张》刊载的《自残同种》[①]则在题目中点明其主旨，其结构、内容与《械斗》相似。《吞产案》[②]则看到宗族失守时更为剧烈的下场。原本甲第连云、产业遍置各处的中村——以喻中国曾为世界文明中心的历史，却在近代式微，子孙虽众，却无有能守业的。看到这里，读者自然会想到，这不正像中国近代的运势？再看，写到村政为异姓代握，可想而知就是清廷专制的喻体。写到东村仗着是中村远裔，干涉中村之政，让人马上想到日本凭着同种同文的借口，干涉清政府的历史。此间再写各方势力的较量、算计，正如列强观望与威胁中国的情形。东北角之田很快被东村占领，使人想到日俄东三省之战，中国于此役失去东三省领土的痛史。南方又失去一处产业，不禁想到台湾、香港、澳门的割让耻辱。东村对中村的侵占与欺压，实际上是日本对中国侵略的缩影。这种寓言式写法，“以村喻国”的思路也非常明显，一方面写出了中国农村宗族伦理维持的家园模式极为脆弱，一方面寄托了对国家土地失陷、民族将亡的忧心。因为，在中国古代宗法制之下，农村为家、为族、为国，国而族，族而家，都是正常的相喻之体。

值得一谈的是，岭南报刊小说在近乎窒息的文化场域中，构筑了与时俱进的世外桃源：处于海洋深处的孤岛。全面重建孤岛独国的设想，无疑是舶来品，显然是鲁宾逊世界的中国版[③]。孤岛生态环境好，生存条件平和，人伦关系处于原始的空白，从无到有的重建，可能更容易。这种重建、重生，淡化了割瘤般治理现有农村世系社会种种疑难杂症带来的隐痛，能够符合理想家的纯粹。建

① 《社会小说：自残同种（百钢少年）》，见《南越报附张》，1910年9月27日至10月7日连载。

② 《短篇小说：吞产案（少琼）》，见《时事画报》，1909年第6期。

③ 《冒险小说：片帆影（伯）》，见《中外小说林》，1908年第8期。

立新世界，也不用像大观园一样建筑在污浊的基础之上，应该另僻新天地。所建筑的世界，亦不再是被遗忘的角落，而是在重新自我觉醒的精神指导下，开拓全新的天地。海洋新世界的想象，得益于轮船时代的到来，只有像哥伦布一样富于冒险、创新精神的航海家，才有资格参与这种新境界的构建。马车时代的桃花源，是逃避的、被动的选择，一箪食、一瓢饮足矣，营造的是自给自足的生态空间。而孤岛世界，是主动的、积极追求的结果，对文明重建有强烈的热望，建造的是家园的自然图景。可是，这样的空中构图，无法解决现实的近代岭南农村问题、农民问题。因为这只是文学的想象，并没有相应的现实政治变革加以推动。

五、近代岭南报刊短篇小说的整理

广东省立中山图书馆、上海图书馆、北京大学图书馆、香港公共图书馆等图书馆保存了各类近代岭南报刊，“小说”是大部分报刊的主要、固定栏目，目前已统计的刊载过小说的报刊有58份，刊载小说共计570篇(部)，数量可观，质量较高，其所反映的时代精神与地域特色均值得关注。在近代小说传播新媒介报刊的影响下，为了适应新载体的需求——连载、每日或每期更新、讲究时效性，长篇章回小说的刊载与创作方法都被迫改造。同时，短篇小说的创作数量暴增，因为短篇小说短、平、快的创作更方便报刊采用，也能满足读者的需求。

(一) 近代岭南报刊小说整理、研究的成就与得失

学界关注近代小说时，多将精力集中在长篇小说的整理与研

究方面,短篇小说略显寂寞。目前有于润琦整理的"清末民初小说书系",实即清末民初短篇小说集的出版,在一定程度上弥补了这一缺陷。不过,这套书系的大部分篇幅都献给了民初作品,对近代的,特别是岭南报刊的短篇小说涉足不多。

目前整理岭南报刊小说的主要方式有两种:一是报刊的汇编,二是再版已经单独印行过的长篇小说。如台湾方面的汇编资料有:罗家伦主编"中华民国史料丛编"的《中国旬报》(1968),黄季陆主编"中华民国史料丛编"《中国日报》(1969)。大陆方面,则有桑兵主编"民国文献资料丛编"《辛亥革命稀见文献汇编》收入桂林出版的《南报》,全国图书文献缩微复制中心整理的系列资料,《民国珍稀短刊断刊》(广东卷)(2006)收入的《广东中西星期报》,《中国早期白话报汇编》收入的《广东白话报》、《岭南白话杂志》,对小说的保存有一定贡献。但是这些资料汇编主要还是为近代史或报刊史服务,尚没有为小说研究或小说整理而做的资料集,这给小说研究者带来了诸多不便:搜集困难,购买浪费,阅读费时,检阅不便,甚至因此容易出现错漏。

已经整理出版的近代岭南报刊小说主要是长篇或当时单独印行过的长篇小说,主要有黄世仲相关的《廿载繁华梦》《宦海潮》《宦海升沉录》《洪秀全演义》《黄粱梦》等,版本极多,也容易得见。香港纪念黄世仲基金会印行了《重印黄世仲小说六种》,颜廷亮、赵淑妍两位先生校点的《西太后李莲英艳史》(原名《镜中影》)、《宦海冤魂》《党人碑》《朝鲜血》《十日建国志》《妾薄命》等稀见岭南报刊小说得以面世。《广州大典》则收入《羊石园演义》、《拈花微笑续编》,为影印本。这些已经逐渐聚拢,逐渐靠近服务小说研究的需求。这些都是保存状态良好的报刊小说,还有大量长篇巨著没有得到整理,那些残断连载的长篇小说也给整理带来相当大的困难,这可能也是这项工作一直没有全面展开的重大障碍。

有鉴于此，目前又急需有利于小说研究者使用的岭南报刊小说资料汇编，本课题组在长期从事这项工作后得出的经验就是：先从短篇小说入手，一是短篇小说分布面极广，查找最为困难；二是因其连载期数不多反而容易搜获全篇，对整理者来说，这是十分难得的状况。

对近代小说、近代报刊小说、近代翻译小说进行研究的专著与论文都比较多，但对近代短篇小说、近代报刊短篇小说进行专题研究的著述并不多。最早提出"短篇小说"概念的，主要是近代几份小说杂志受到"近时东西各报"，特别是"日本各日报各杂志"影响，在征稿启示中提出了"短篇小说"这个词，募集并刊发了不少短篇小说，不过这时候的"短篇小说"不一定是具有现代意义的"短篇小说"，也有可能是"短篇的小说"。1921年，胡适才在《十七年的回顾》一文中提出《时报》翻译或创作的如《福尔摩斯来华侦探案》等小说是"中国人做新体小说最早的一段历史"[①]，"新体短篇小说"才是现代意义的短篇小说。1927年，范烟桥在《中国小说史》中提出，《时报》的"短篇小说"受域外小说的刺激，"章句之构成，与意思的表示"，"打破从来小说之传统规律"，成为首创[②]。在现代文学的实践中，短篇小说成为重要的文类，"短篇小说"这个概念才逐渐定型。

近年来，有关近代报刊与短篇小说之关系的研究出现了不少专题论文。于润琦《清末民初的短篇小说》[③]、袁进《近代短篇小说的崛起》[④]、李德超与邓静《清末民初对外国短篇小说的译介

① 胡适《十七年的回顾》，原载1921年10月10日《时报》，转引自戈公振《中国报学史》，生活·读书·新知三联书店，1955年版，第144页。

② 范烟桥《中国小说史》，苏州秋叶社，1927年版，第259页。

③ 见《明清小说研究》，1997年第3期。

④ 见《上海大学学报》(社会科学版)，2003年第4期。

(1898—1919)》[①]、谢晓霞《杂志空间与民初短篇小说的兴盛》[②]、朱秀梅《"小说界革命"与晚清短篇小说的崛起》[③]、文际平《吴趼人与晚清短篇小说的重新崛起》[④]、杜慧敏《域外小说译介与晚清小说期刊的"短篇小说"》[⑤]、王龙洋《论近代报刊与小说文体变革》[⑥]等基本上探讨了报刊与短篇小说出现、兴盛的关系,揭示了"短篇"的小说作品的艺术贡献,也意识到短篇小说在近代与现代之间有过渡性、革新性的特点,但是对"短篇小说"这个概念的辨析比较薄弱,致使"短篇小说"的概念不能明晰。

随着研究视野的扩展和研究思维的提升,短篇小说从晚清向民初"过渡性"是如何实现的,便进入了研究者的视野,并对二者之间的脉络与肌理进行了深入的剖析,扛鼎之作便是张丽华的《现代中国"短篇小说"的兴起——以文类形构为视角》,该书选择了"现代文学中最具主导性的文类——'短篇小说'作为切入点","从梅光迪与钱锺书分别对胡适和周作人的批评入手,解读他们超越了整体性的文学与时代的视野,从文类的角度所提出的对于文学史的新洞见","分别从短篇小说的刊载媒体、域外形式的翻译、本土的创作实践以及文类话语的建构这四个维度,对其制度形构过程展开考察"[⑦],还原了近代报刊小说如何成为现代短篇小说的历史复杂性。

以上成果都在不同程度上对近代(晚清)短篇小说的过渡性、

① 见《中国翻译》,2003年第6期。
② 见《北京工业大学学报》(社会科学版),2004年第2期。
③ 见《南阳师范学院学报》(社会科学版),2006年第5期。
④ 见《湖北师范学院学报》(哲学社会科学版),2007年第3期。
⑤ 见《北方论坛》,2007年第6期。
⑥ 见《江西师范大学学报》(哲学社会科学版),2015年第6期。
⑦ 张丽华《现代中国"短篇小说"的兴起——以文类形构为视角》,北京大学出版社2011年版,第5-6页。

变革性进行了多角度与多维度的讨论，其中不乏从报刊这一媒介或载体切入，在实证与理论上都有突破。然而，岭南作为得风气之先的区域，其发行的报刊所刊载的短篇小说，除了近代短篇小说普遍存在的过渡性与变革性外，在传统性的继承方面有哪些表现，有哪些突出特点，值得深入研究。岭南与西方接触有先驱窗口的历史作用，是资产阶级民主革命派形成与活跃的水火之地。岭南报刊短篇小说的创作，在语言使用习惯上，在题材内容的选择上，在主题主旨的倾向方面，在艺术创新方面，都有哪些典型特征，无疑是区域文学研究不可回避的重要领域。这就非常有必要立专题对其进行全面地探讨，摸清楚近代岭南报刊短篇小说的传统性、时代性与地域性。

近代小说研究与小说史书写也呼唤着这样的工作顺利开展。近代小说研究或小说史书写方面，岭南小说是薄弱点，近代岭南报刊小说的研究长期处于空白状态。直到2015年产生了第一部《岭南古代小说史》[①]，以典型小说为案例，分门别类地对每一时期的小说进行细致分析，岭南古代小说的发展过程得以完整呈现，在结论中提到了近代岭南小说具有极大的先锋性，有近代意义。

（二）近代岭南报刊短篇小说整理的意义

对近代岭南报刊短篇小说进行全面整理，有极为重要的意义。

第 ，可整理出大量散藏、散逸在各地的短篇小说，为保存近代岭南报刊小说做出贡献，填补无岭南报刊短篇小说单行本、整理本、集成的空白，为研究者提供集中、简便的资料汇编。为普通

① 耿淑艳《岭南古代小说史》，社会科学文献出版社，2015年版。

读者全方位阅读近代岭南报刊短篇小说提供了简便的文本。

第二,为近代小说史书写与岭南文化研究带来新的活力与增长点。能增补、更新近代小说数据库,改变岭南地区报刊小说资料收集薄弱的现状,为近代小说史书写提供丰富、切实的写作材料。诸多以粤语书写粤地、粤人、粤事、粤俗的短篇小说对传承优秀的岭南文化有积极的意义。

第三,本课题具有极强的时间延展性与空间延展性,可以在整理1911年以前岭南报刊短篇小说的基础上,进一步整理1912年至1919年的报刊短篇小说,再进一步整理1919—1949年的报刊短篇小说,以见清末与民初岭南报刊小说的延续性与区别点,更可综观中国古代小说向现代小说转变的变革性与近代性,如何实现现代性的革新。东亚是汉文化圈,东南亚(特别是南洋)则主要受岭南文化影响,岭南报刊与东南亚汉文报刊密切相关,近代东南亚汉文报刊及其短篇小说可逐步纳入整理视野,如新马的《叻报》,印尼的《泗水新报》,菲律宾的《华报》,泰国《华暹日报》,越南《大越新报》,缅甸《中国日报》等,最终可以做成“岭南与东南亚汉文报刊小说整理与研究”。

(三)近代岭南报刊短篇小说整理的思路与方法

全集构架设计如下:导言+正文+近代岭南报刊短篇小说一览表。其中导言要阐明近代岭南报刊及其刊载小说的发展脉络,刊载短篇小说的基本情况,整理的意义、方法等。正文要按报刊出现的先后顺序排列,每份报刊的小说又按发表时间的先后排列。

本集整理的具体范围如下:

1. 区域范围:岭南地区刊行的报刊。岭南指五岭以南,按当今行政区划分,包括广东、广西、海南、香港、澳门。

2. 时间范围：整理1911年以前岭南报刊所载短篇小说，另外《时事画报》、《国民报》在1911年以前发行，小说刊载止于1919年，亦收入1912年以后的作品。《香港少年报》中之《宦海冤魂》为颜廷亮、赵淑妍校点之《重印黄世仲小说六种》[①]所收录，不再重复工作。

3. 数量范围：共整理24份报刊、1部报刊作品集，凡377篇小说，具体篇目见《近代岭南报刊短篇小说一览表》。特别需要说明的是：一是《安雅书局世说编》为"类小说"，亦收入23篇，以见岭南报刊小说由新闻性文字过渡到小说的形态。二是《时谐新集》之"小说"部分为报人郑贯公收录当时报刊刊载过的小说，共27篇，这是当时报人开创的报刊作品保存一种新途径，此处整理，以补岭南报刊小说不断散佚，踪迹渐行渐渺的遗憾。

4. 报刊提要应包含的信息内容：刊名、创始年份、主办者、发行所、代售点、刊载小说基本概况、其他变更说明、现在保存情况等。在整理者田野调查、文献普查的基础上，部分观点参考由史和、姚福申、叶翠娣编的《中国近代报刊名录》[②]。

最后，说明一下整理文本的一些技术性细节。

《中外小说林》按香港夏菲尔国际出版有限公司2000年版整理；《广东白话报》按全国图书馆缩微文献复制中心2008年版《中国早期白话报汇编》影印本整理；《中国日报》按台湾《中华民国史料丛编》1969年版影印本《中国日报》整理；《时事画报》按广东人民出版社2014年影印本整理。其他作品均按原刊整理。

集中题目据报刊底本以"类型：+题名+（署名）"的方式标示。如：短篇小说：老妪泪（浣白女士）。括号为整理者所加，避免与题名文字混淆。署名方式及文字按底本照录。原文无类型名称或

① 颜廷亮、赵淑妍校点《重印黄世仲小说六种》，纪念黄世仲基金会2003年印行。

② 史和、姚福申、叶翠娣编《中国近代报刊名录》，福建人民出版社1991年版。

没有署名的，仅标示“题名+（署名）”或“类型：+题名”或“题名”。如有一些说明性文字，如“选录”、“白话”等，加〔〕标明。

日期标注方式统一为：日报类标注公历日期，如1906年7月10日；期刊类则标注年份与期号，如1906年第1期。

原刊文本中有使用标点符号而不符合现行《标点符号用法》（GB/T 15834-2011）的地方，一律改为规范用法。原刊文本繁体字、异体字，依照新版《通用规范汉字表》规范为简体字。粤语字，如“嘅”、“嚟”、“咁”等，予以保留。因字迹模糊或缺白而由整理者根据上下文推断的文字，加【】标明；校订明显错字的，加［］标明。

梁冬丽　刘晓宁

2017年7月15日

《安雅书局世说编》

1900年创刊于广州，日报，局设第七甫。约1908年改名《安雅报》，1918年停刊。主办人南海进士、吏部主事梁志文（字伯伊），主笔朱鹤、谭海俭、詹菊隐；民国后主办人黎佩诗。早期“本省纪闻”栏目中有“民情”这一子目，刊载了“类小说”的文字，1902年开始，改在“杂著附录”或“谐谈”中刊载。1902年9月27日在“杂著附录”中刊载的《千一夜夫妻》，题名前注明为“新译泰西小说”，是现存该报唯一称之为“小说”的作品，为译作，未完，此日所刊内容为阿拉伯民间故事集《一千零一夜》开头的情节。该报“类小说”文章较多，难以核计，本集精选23篇整理。

智醒迷龙

陈氏女者，南海人，父素封，自幼论婚于冯氏，亦邑中富室也。女生而慧丽，为父母所钟爱。稍长，见诸兄读，心窃慕之，问曰：“女子而不教之读者，何也？”兄曰：“女子以无才为德，读书识字，非所贵也。”女曰：“兄误矣。妇人相夫教子，非才曷济？且曩者尝闻兄言，古来贤妃淑媛，以才智见称者，何可胜道？彼倡为此说者，不过世俗之见耳，愿兄卒教妹子。”兄戏曰：“汝殷殷于是，亦将为相夫教子计乎？”女曰：“兄妹之间，实不敢作妄语，诚如兄之言。”兄因授以唐诗。女读之，多悲愁放旷之言，非所好也。谓其兄曰：“妹不愿作女博士，请易之。”兄乃授以《女孝经》，旁及书算之属。读之期年，便已卒业。佐父理家政，具有条理，父益怜爱之，因预储千金为嫁资。其时，女年已十六矣。

无何，冯翁死，其子日淫于博，女闻，窃以为忧。一日，笑谓诸兄曰:“兄亦解博否?”兄曰:“能之。”女曰:“愿以教妹子。”兄曰:“学之何为?”女曰:“昼长多暇,聊藉此排遣耳。”自是日与诸兄博,习以为常。家有老仆,固善博,诸兄常就而问焉,由是女伎亦日益进,遂不复博。既而,冯氏子服阕,娶有日矣。女请于父,只以五百金备奁具,而以五百金俾作私蓄,父从之。嫁之日,挈老仆以从,诸兄请易以婢媪,女不可,谓摒挡琐务,非此老仆不任也。

女于归后,冯氏子博益豪,女几谏不听,反目者屡矣。女知不可谏,则益纵之,或取奁具付作孤注,胜负皆不问,每夕归则置酒相慰劳,酒酣后,女辄抵掌谈博事,战胜攻取,皆有法度。冯氏子闻而大乐舞蹈,不禁起而问曰:“汝亦解此乎?”女曰:“我固女蟠龙,如卿辈,当奴畜之耳。”言已大笑。冯自是恨相知之晚,伉俪甚笃。一夕,女于奁中出博具,谓冯曰:“卿终日奔走博场中,盍亦与闺人一博为戏乎?”冯曰:“诺。”于是两人相对博。女揎袖攘臂,故作狂奴状,终夕欢呼酣肆,意兴甚豪。及局终,谓冯曰:“今夕之博乐乎?”冯曰:“乐哉!”女曰:“视奔走博场何如?”冯曰:“博场中无此乐也。”女曰:“继自今请与君约,两人永为闺中博友,勿复与他人博,可乎?”冯曰:“迂哉!攘家中之物而自以为富,虽至愚者不为,而谓智者为之乎?卿勿令我齿冷也。”女曰:“君论诚然。吾聊与君戏耳。”自是两人亦不复博。他日,女密召老仆,计议良久,授以数百金,急遣之去。

阅数日,冯自博场归,遇友人于途,执手而谓之曰:“今日当必大捷,不然,归何早也?”冯曰:“殆闺人百金之饰又付之一掷矣。”友曰:“胡不再博?”冯曰:“苦无博资,且为奈何?”友曰:“子日往来博场,宁不闻有广大教主乎?”冯曰:“云何?”友曰:“近有某富翁,新设博场,凡欲博无资者,可贷金署券,三日为期,计子母而归之。雅望如君,虽贷数百金不难,某能为子一作曹邱也。”冯闻而大喜,拜求先容,友许之,乃相将而去。友于途中为言场中陈设之

华丽，供馔之丰美，财物之充牣，为从来囊家所未有。(未完)

(续稿)冯闻言，心痒不可复耐。行且至，友忽反身走，自言曰："适忘之，几误乃公事。今且与子暂别，异日当奉教也。"冯急极，面赤汗下，张目不语。良久，乃顿足言曰："子言之，而终靳之，闷杀我矣。"友徐笑曰："子毋然。吾知子固最无信者，故不如勿往。"冯曰："区区百金，岂虑我不能偿耶？"友曰："否，非此之谓也。翁家博例，凡曾贷百金者，不得复与别家博，违者罚及保人。倘子得金后，又顾而之他，则重累我矣。子为我计，仍不如勿往。"冯曰："所不如翁约者，有如皦日。"友曰："能如是乎？"因径偕。冯入大宅中，宅中人望见冯，争相趋承，问其友曰："此即冯公子乎？"友曰："然。是曾于博场中挥霍数千金者也。"未几，主人出，与冯为礼。寒暄毕，友向主人耳语良久，主人慨然出百金授冯，友令冯如前约暑[署]券，以授主人。主人略一展阅，即命家人治具留饮，穷极珍错，司席者数人，类贵介公子。主人伛偻甚恭，酒阑后出具纵博。冯两掷而负，欲乞主人更贷百金。主人复慨然出金授之，再博再负，前后共负三百金，乃踉跄归。友从之，途中屡申前约，冯唯唯。及抵家，女犹未寝，支颐坐灯下，见冯入，笑语欢迎。冯色不怿，女微觉之，笑曰："博又负耶？何伎之拙也？"冯语之故。女曰："奁具尚余三百金可将去，后此则难为继矣。"冯意少舒。女复絮絮谈琐事，语杂庄谐，宽慰备至，冯始欢笑如初。翌日，持奁具偿主人。是日复博，又负四百金，归谋诸女。女曰："奁具已空，君之所知也。君能从此戒博，妾无憾焉。若犹迷而不悟，以及于沟壑，则非妾所忍言矣。维君图之。"冯不听，乃谋货其沃产，得八百金，不使女知，潜以四百金偿欠负，以四百金复博。不数日，寻尽，仍贷金于主人。计前后所贷负，几及万金，而冯之家产荡然矣。

冯固有母，素姑息事事，维恐拂冯意，至是始悔之，对女而泣。女亦泣，为问。母谓女曰："汝盍归贷数百金，俾得备朝夕，否

则饥寒立至矣。”女曰:“郎君不知稼穑,日事游荡,虽再与以万金,可立尽也。藐兹数百金,何能为谈次?”冯适自外至,嗒然若丧。见两人泣,面有惭色,嘿[默]然枯坐。母泣而诟詈之,冯亦泣。是日适断炊,母货其神前供具,始得备晚膳。冯益惭悔,不可言状。是夕,展转不寐,百端交集,幸女无怨言,得少安。晨兴而出,思向主人贷数百金作小负贩。至则双扉虚掩,阒其无人。问之居邻,盖畴昔之夜已迁徙去矣。冯失意而返,徘徊歧路,思觅其友人,又不可得。日已向午,饥肠辘辘,不能复忍,急奔而归,则母及女方屑麦为糜,以缺薪,故釜中犹未熟也。久之,始得饱啖,只余半瓯许,母与女分啜之。冯为之恻然,退而自怨自艾,复以两手自挝。女曲意宽慰之,未尝少解。

夜半,女忽起,挑灯取博具,招冯对博,冯怒,取而投诸火,曰:“衣食尚不给,焉有闲心及此耶?”女曰:“使有一线生机,难保不故态复萌耳?”冯指天誓日,力言知悔。女曰:“无论不能悔,即悔,亦已无及矣。”冯不答,相对默然。(未完)

(1901年7月24日、7月25日)

勇爷私逃

粤谚称妻之兄弟曰舅爷,妾之兄弟曰勇爷。盖勇字与舅字相似,故戏以为称也。城西某富室主人,年三十许,侍妾十余人。少妾某氏,贫家女也,既厕副室,宠擅专房。其弟阿奇,风度秀整,举止闲雅,每月必数至讯姊起居。主人怜其美而文,邀之来馆,以别室不敢待为上客,又不忍侪诸仆,隶令家人呼之曰奇官。奇官于是衣服炫丽,气体舒畅。主人外出辄与偕行,门客欲媚主人,且与奇官为异姓昆弟。奇官之宠,不亚其姊矣。

居有顷，主人与其友合伙经商于浔州，友病殁，当倩人往代。主人令奇官往，奇官去三年而返，丝毫无侵取。主人嘉其诚笃，益加怜爱。家中出纳，悉委奇官司之。氏以为不可，苦劝主人，主人弗听。阻奇官，奇官亦弗听。氏不怿，谓人曰："奇官若此，他日必贻我羞矣。"饮泣数日，人咸哂其过虑。又有顷，奇官渐游荡，狎珠海某妓，费千余金，惧主人知，私就氏谋。氏曰："此非我所能为。但主人不务琐碎，亦未必即知，汝嗣后毋再蹈故辙可耳。"奇官愤甚，私取主人千金赴博场，冀有所获，偿前所失，不幸大败，因匿他所，馈不食，寝不寐，筹思无策。忽念偶尔不慎，遂耗主人多金，负主人实甚。与其负主人矣，不如多窃资以逃，他日可谋生计。乃归而再取银纸千余员，托词回乡，遁往别处。

旬日以后，主人盼奇官甚切，遣人至其家，速之来省。奇官之母谓奇官未尝归，主人疑之。月初，门客某遇奇官于上海，询其何事远游。奇官唯唯，邀门客饮于某园，临别谓门客曰："君归粤，晤主人，幸代我问讯，并言假款三千余金，容日返璧也。"客诺之。昨归而具述于主人，主人茫然不解。入询之氏，氏谓不知，沉思久之，曰："阿奇岂窃资以逃乎？"主人姑稽出入之数，果失三千余金，笑曰："奇官假我款，胡不明言，乃为是狡狯也？"氏曰："明明窃取矣，可曰假乎？"主人曰："奇官非负我者，可诬之为窃耶？"闻者皆笑之。

（1901年7月31日）

烦恼秀才

某邑某生，畴昔之夜，翩然来谈。生工举业，本届岁考，新补学官弟子者也。坐既定，客或问之曰："童军报捷，贺客盈门，君亦乐乎?”生曰:“否,否。”客曰:“岂蕞尔一衿,不足重君乎?抑不能裒然居首坐,是不快乎?”生又曰:“否,否。”客曰:“然则君何不乐耶?”生曰:“言之殊可笑耳。”客曰:“何如?”生曰:“月廿八日复试后,某君招余饮于珠江,意谓移船纳凉,携妓纵酒,及时行乐,固当尔尔。余乃入告老母,讦词友人邀余洗笔,设宴城中,不久即返,语妇亦如之。甫出门,大雨不止,襟袖尽湿,遂乘舆往。至河干,误陷淖中,泥满双履。某君笑曰:‘狼狈如此,岂不溅污画船乎?’相与登某舫,兰灯已上,绮席旋张。余命呼某妓侍饮,久之不至,余促之。舟人曰:‘渠方侍某公子,公子不许其行,愿恕之也。’余殊郁郁。众令他妓坐余旁,妓手挥羽扇不止。余素畏风,戒妓毋然。妓抽身遽去,状若微愠,同人皆笑余戆。余叹曰:‘狎妓固买笑也,今余直买烦恼矣。’愤而离坐,刺小船归。抵家,老母曰:‘归何迟也?今将三鼓矣,未知汝果获隽否?’余唯唯。返妇室,妇已先寝,呼之不应。余疑其熟睡,掀帐视之,妇则秋波荧荧,睨余不语。余亟问故。妇良久乃曰:‘吾谓君不返矣,乃亦返欤?’余曰:‘睡迟每被侍儿嗔,故不如早归。’妇曰:‘早归不患娘子嗔耶?’余浪游数年,妇即闻知,亦不絜诘,至是似极不怿。余因曰:‘偶尔评花,何损于卿,乃亦效世俗妒妇态也?’妇默然,而问余曰:‘君今日布衣耳,尚欲杖我。明日君举秀才,不将杀我欤?’余骤闻不解曰:‘谁言杖卿者?’妇曰:‘君言之。’余益不解,枯坐窗下,心事纷拏。须臾,出溲,妇竟掩户卧。余不得已,姑宿于外枕上。见灯残欲灭,聆阶下虫鸣,不能自遣,起而瀹茗。取《茶花女遗事》,支颐读之,一叶未终,闻数人挝门甚急,司户者纳之,咸呼曰:‘速写头报来,速写头报来!’余入告母,母便跃起曰:‘果不谬乎!’遣苍头往观。须臾,苍头多持炮竹返,燃之轰轰然。余妇扶婢出,叩首母前,礼毕入室,不言,亦不笑。余戏之曰:‘苏季子裘敝还家,妻不下纴。今日之事,宜与彼异何?’默默也。妇曰:‘今已夜深,来朝再数郎之轻薄，使众听之。’余极意慰藉，妇终不怡。翌晨，余先起，儿子问余曰：‘昨夕阿舅曾来，今尚在乎？’余顾妇曰：‘汝弟几时来者？’妇曰：‘渠昨宵亦饮于珠江，君不知耶？渠挟某妓，君欲夺之，至于大怒，尚瞒我耶？渠来一一为我言，戒我毋诘君。我谓我固不畏，君必穷诘之。渠谓君性颇烈，我若责君，恐君怒我。我曰怒便何如。渠曰杖汝耳。我曰恐未必然。渠曰君曾与之言，若我责君浪游，君必杖我。我今愿受杖矣，君不杖我，是食言也。’余闻妇言，乃悟昨宵所谓某公子者，固妇弟也，怒余呼其妓，故以余事告余妇。既告余妇，又虑余知，乃以不近情之词绐之，使畏惧而不敢泄。于是令余妇半宵不欢，而余亦因此虚惹烦恼。廿八之夜，余劳苦多乐少也。”客曰：“然则君乃烦恼秀才矣。”

（1901年8月16日）

殇儿救母

新会荷塘乡孀妇某氏，早丧所天，时孤子犹在襁褓，氏矢志孀守，之死靡他。以家贫故，乃为人接生，得资以糊其口，遇贫乏者恒不论值，以故人多重之。氏饮蘗茹冰，阅十余年，孤子成立，而氏之心力竭矣。奈其子不务正业，饮食衣服皆仰给于其母，氏复拮据，筹措为其子娶某氏女为妇。日夕望切抱孙，为先夫延似[嗣]续，故待妇恒有恩礼。而妇素慢姑，稍不当意，即肆口诟詈。氏自伤命薄，惟有吞声饮泣而已。日前氏抱病，呻吟床褥，子若妇竟视同陌路，惟朝夕望其速死而已。一日，氏病中恍怫，魂已离舍，出门行二三里，觉道路纷歧，行人稀少。自觉病后足弱，步履终艰，乃憩息路隅，以俟问讯。未几，有麻面男子，近与为礼，寒暄既毕，叩氏何往。氏以失路对，因求指南。其人曰：“此非安乐土，姆幸遇我，不然，行将不返矣。”乃促氏急去。氏告以足弱，其人乃背负以归。俄顷到门，谓氏曰：“可入矣。”氏延其人入室，敬询里居姓氏。其人笑不答。苦诘之。其人曰：“姆自忘之耳，我亚洪也。”语毕，匆匆而去。氏追送出门，一蹶而醒，则身在床中，盖死已一日夜矣。自是不药而愈，日渐康健。回忆所谓阿洪者，其年岁状貌，固氏子之幼殇者也。盖洪以患痘死，拒［距］今已二十余年，故冥中不复能记忆云。

（1901年8月30日）

导淫孽报

省城线香街，有画工某甲者，东莞人也，精绘事，尤善写仕女人物，几如韩干写九天玄女，令人不敢逼视。甲为人甚和蔼，有恂恂儒者之目，故一时贵游多与之游。尝寓某巨家，宾主相得甚欢。每以暇日，为主人捉笔渲染，主人未尝不击节也。一日，独居无事，偶作秘戏图，心摹笔追，颇臻神妙。画既竟，秘不敢示人，而又不忍弃去，每于无人处时出一展玩之。偶置案头，为主人所见，不觉失声叹赏，谓仇十洲不能专美于前也。既而事闻于某公子，坚嘱主人为之先容，以重金购去。自是，求画者踵相接，而甲之造孽深矣。去年，甲得咯血疾，每一握管则呕血数升许，友或劝之辍业，甲不听。今年四月，其妻以疫死，子年近弱冠，亦相继夭逝。甲连遭大故，疾益以深，日前屡濒于危。适其友过访，就榻慰问。甲执友手呜咽言曰：“吾生平无大过行，惟以笔墨造孽，遂遘此悯凶，今悔之已无及矣。愿吾友以此事传语于人，为故人补过也。”友唯唯而退，因述于执笔人，嘱泚笔记之如右。

（1901年8月31日）

夫妇道苦

黄某,不知何许人,携妻僦居城西贤梓里。迩来忽染心疾,失厥常性,终日喃喃自语,咄咄书空。黄家固贫,得病后,饮食、衣服尽仰给于其妻,妻遂颇萌异志。月之某日,黄家祀先,妻令黄出市猪肉、香烛之属,以供祀事,黄误买鱼肉以归。粤中家祭,鲜有用鱼者,妻以黄误购,诟詈不休。黄以平日屡被挫辱,至此益觉怒不可遏,竟执菜刀猛刺之,幸得邻右极力劝阻,黄始掷刀而去。迨夜,黄登楼而寝,其妻因日间事,怒气未平,乃持刀执黄而数之,谓尔不杀我,我亦将杀尔矣。黄大惊欲逃,仓猝间竟从窗跳下,及坠地,手足皆伤。邻右闻声趋救,舁之归寝,则已奄奄一息,恐不免有性命之虞也。

（1901年9月5日）

是真是幻

（再续稿）甲且惊且喜,问曰:“似此如何?”道士曰:“可备素纸一张来。”甲如言买回,道士令其于纸后亲笔署名,戒之曰:“子归持斋独宿,将此纸谨藏身中。吾今夕子末丑初,为汝步罡礼斗,通诚祖帅,祈求感应,不出寅初,此纸必有异矣。”甲唯唯,不知何用。至夕三鼓启视,依然素纸,悚息无寐。五鼓展视,则墨瀋未干,煌煌数百言,盖祖师谕也。谕中大旨谓:“汝前世积德施贫,今世应得福报,财逾百万,子嗣五人,寿至八十。惟误毙无罪一命,阴间许令于某年月日报冤。今汝知机求庇,吾已用大神力解冤释结。惟必须先出私财，为此鬼造福，俾伊投生善地，永无后灾。可放鸟雀几千命，放水族几千命，交银若干与某人，到某山，造某功德。交银若干与某人，寄某省，办某善事。一届某月，当命守藏神以横财运送赏汝。如不遵吾言，必无逸罚。"云云。甲悚惕起跪，焚香拜读，懔懔然知仙灵去人不远也，誓愿破产行善，补过修福。未明即踵道士门，顿首曰："仙师灵感哉！"出此纸相示。道士起敬曰："此吾师手翰也，吾凡再见，今并子而三矣。子之福固大，亦心之诚也。子今意谓何？"甲曰："仙谕敢不遵？"道士顾召相士至，示之曰："今祖师命汝襄办善举，汝之缘厚矣。"相士惶恐曰："吾贫士持重资，虑不克任。"道士曰："子逆祖师旨乎？"相士急谢罪，遂与甲偕归，为之放生，为之赠药，凡数日而用银一万余元云。

识者曰：君子可欺以其方，如今之云似托天言，殆出乎方之外矣。然谓为豫书，则纸其所自购也；谓为盗换，则名其所亲书也。岂真伪之间，有不可以寻常测者乎？大抵外物之来，多乘其隙，以所易入，物腐而后虫生，气馁而后邪至。非其人贪财而恶死，则方术固不得而中之也。嗟夫！

（1901年9月10日）

骗中骗

（续稿）丙曰："先生之言似是，特恐相我未真，则种不出来，连本也干没矣。"乙怂恿曰："子盍少试之？虽干没亦无多也。"甲曰："善。"丙乃以银一毫与之，甲为之什袭以藏，令翌日来视。丙如期至，发之，果得一员。丙笑曰："怪事怪事，一毫可种一员，千员不可种万员乎?”甲曰:“然。”丙曰:“然则奇货可居也。”因于怀中取出千元银单,以示甲曰:“迟我五日,迨银到期,予将起与先生种也。”甲睨之,果某银号期单也。既而丙复沉吟曰:“天下既无是理,天下宁竟有是事耶?”又率然问曰:“先生既有此术,何不以之教我,我可自种之,毋劳先生。”甲曰:“教尔不难,但尔会种时,亦如我之不能自种耳。”丙曰:“先生没福,不能自种;我有福,何难自种? 先生不教我,吝乎哉?”甲笑睨乙,丙亦笑睨乙。丙又曰:“先生不教我,我亦不怪先生。但我终疑先生小财可种,而大财不可种也。”甲不得已,令多试之。丙授以五员,甲欲坚其信也,强增至五十员以示丙。丙翌日来观,曰:“灵哉灵哉。”持其银以去,曰:“迟日我将千金至。”则以后不果来矣,甲知被乙等欺。前数日,遇乙于路,直斥其非。乙反唇相稽曰:“尔骗人多矣,人骗尔乃不堪耶?”甲掩耳而走。有知其事者,叹曰:“此世所谓光棍遇着没皮柴也。”

(1901年9月23日)

琉璃世界

有商于三佛兰昔士哥者,十数年于兹矣。近则归卧蓬庐,不复逐什一之利,而年丰而儿啼饥,春暖而妻号寒,恒贷于其亲。其亲以人之贾于旧金山也,类能积资致富,商胡独贫? 诘之,商口:“琉璃世界误予哉,琉璃世界误予哉!”其亲曰:“何居? 我未之前闻也。”商曰:“子不厌听,我详语子。初,我之作贾于美之旧金山也,息交绝游,夜眠早起,贸迁有无,权衡子母,以为可以一而十、十而百、百而千、千而万,将来回华,一生吃着不尽矣。讵久之而倦于作事,又久之,而乐于闲行,将平日创业成家之心,置之脑后。一日,有不速之客一人来曰:‘子好游乎? 吾与子往琉璃世界一望,可乎?'予曰:'何处有此佳境?'友曰:'往自知之。'乃相将而行,转瞬即至其处,见其城郭莹澈,果以玻璃砌成。时当日中,灯光尚复照耀,界之四境,遍植芙蓉,香气袭人,久而不散,故游人多迷乱于此。而予与友亦留连其间,与其大夫及其士庶游,得以悉其人情,知其风俗。界之人不下数百万,均嗜芙蓉膏为生,虽有稻粱,不适于口也。尝含哺拍股而歌曰:'田彼南山,芜秽不治。种一顷粟,落取其脂。人生行乐耳,须富贵兮何时。'故其城又名曰'芙蓉城',其人则每号为'芙蓉仙子'。然其膏价殊贵,贫者不易饱尝,因此二渣、三渣,犹有食之不厌者。虽旁观或以羌螂尝粪、蚯蚓食泥诮之,而彼不以为羞也,恬然安之而已。"(未完)

(三续)其亲曰:"彼处亦有以能诗者乎?"商曰:"然。特其句语不同,此则译其意如此耳。然而习俗相沿,牢不可破,口纵称是行则终非。而予亦自兹游以来,不能自已,不待吾友即出其途,从前一切经营,至此不复顾虑。日中所入,悉散无余,取之尽锱铢,用之如泥沙,自今视之,亦不甚惜矣。当时,彼都人士,亦有以善言劝我者曰:'子固万里求财,不可一时陷溺。'予不听,今日甚悔之。界之主号不夜侯,予友与之交好,因亦引予拜谒。至则见一人形神鹤立,古肃衣冠,屹如蓬岛仙官,不着人间色相。友告予曰:'此侯也。'又告侯曰:'此予友某也。'侯曰:'久闻先生大名,恨不一见,今者辱临弊邑,愿与不穀同好,如何?'友谓予曰:'侯与君结不解缘,相见恨晚,子能有以利其国,则太公望子久矣。'予曰:'鲰生不佞其好恶,与人殊往者,不出户庭,胶执成见。不知君侯近在咫尺,局面堂皇,遂阙音问,死罪死罪。'侯曰:'昔宋太祖谓卧榻之侧,不客[容]他人鼾睡。此专制之君则然耳,非共和之治也。嗣今以往,请与先生联床共话,可乎?'予曰:'不敢请耳,固所愿也。'予因问侯都此几年,始封何君。侯曰:'我先君太公初封于印度,其后为英人所略。寡人以丸泥不足以封关,火枪不足以御侮，乃迁避诸此。而印度尚有先人之弊庐。至云南、四川，则李太之遗裔所居，与寡人同类而不同宗。现其生齿日繁，然而薰莸异气也。'予因称其国家之富，民物之庶，教化之美，风俗之淳。侯曰：'嘻！若论弊邑之民，溺于嗜好，其与贵国男子之时文、女子之缠足，将毋同？'予曰：'中国之弊在彼不在此也。'于是予因久游其地，终丧资斧而归。然至今思之，犹萦梦寐也。"商之演说如此，盖以其亲亦黑籍中人，故为诵之，而不料其亲卒不悟也。曰："幸而中国不近此界焉。否则，不知陷尽几人矣。"商曰："尔今非日游芙蓉城中也乎？曷言不近此界也？"其亲怃然为间曰："命予矣，明日戒烟。"（已完）

（1901年9月25日、9月27日）

老尚多情

（三续）先是，校书以翁负气而去，谓不久当复来，笑置之。既而见翁数日不来，颇切疑虑。久之，闻翁病且剧，益痛自怨艾，每于深夜焚香吁天，祈翁早愈，诸姊妹揶揄之不顾也。阅数日，忽有招校书侑酒者。粤俗招妓，每以素纸草草书名而已，而此独用红柬作蝇头小楷，称谓皆极㧑谦，见者怪之。及妆竟而出，则肩舆已候于门，复以二人持纱灯前导。校书坐舆中，惘惘不知所为。既至，则有长衣者数辈，恭候于门，若俟贵宾。校书降舆，长衣者揖之入，校书答揖，足趄趑不敢进，心中徜恍迷离，而以为梦也。长衣者请进，然后进。既就坐，则进茗者、奉烟者往来奔走于前。校书念自堕混以来，从未有如此奉承者，惟有敛容默坐而已。筵既设，长衣者咸请校书首坐，校书固辞不获，再三让，然后坐。校书性固爽直，尤极警敏，至是已微有所窥，乃执爵起而言曰："妾以青楼弱质，蒙此异数，感何可言诸君？若有所驱遣，幸早言之，陷胸断胫所不敢辞。幸勿为此仪文，使福薄人折杀也。”长衣者唯唯，酒三巡，长衣者泫然流涕，乃作而言曰：“老父危在旦夕，非阿姐勿救。请阿姐亟归服老父，某等已敬备彩舆仪从矣，阿姐其无辞！”盖粤东方言称父妾为阿姐，彼长衣者，实某翁之子，为接校书而来者，自计今日之事必得当乃已，故遽以是称之也。(仍未完)

(1901年10月23日)

古董奇谈

尝谓西人求新理，而中国多尚古义。西人制新器，而中国多好古董，盛衰强弱之故，未必不由于此。城西有某甲者，嗜古成癖，有以赝鼎求售者，每不惜重价购之，室中殷彝、周鼎、秦瓦、汉砖，旁午罗列，下至彭祖之溺器，太真之秽玉，严东楼之淫筹，莫不刻意搜求，珍同拱璧。或谓此等秽物，陈之几案，未免太觉不雅。甲辄目为伧父，谓：“我辈所以称雅人者，以其能好古耳。是故钱本铜臭也，而能好古钱则甚雅，罗绮本俗物也，而独以宋锦为可珍，亦可见物之秽与不秽，不以物为断，而以古今为断矣，子乌乎知之？”他日，甲欲纳篷室。有某乙者，力以冰人自任，为极言某氏女之美，甲信之。逮妾入门，则面有赤痣，貌既不扬，是夜定情，复非完璧，自知为乙所欺，因以怼乙。乙曰：“君好古董，今既已得之矣，何恨焉？”甲曰：“云何？”乙曰：“此女固一绝妙古董也。吾闻君好蓄古铜，必以有朱砂斑者为可宝。今此女【疤】痕宛然，满面参错，所谓如海日初升、云霞异影者非耶？吾又闻蓄竹器者，贵手泽，此女手泽多矣。彭祖溺器不如其浓郁，太真秽玉不如其沉酣，东楼淫筹则归而求之，当足以供子之把玩，一举而数善备焉，谓非一绝大古董乎?”甲曰:“子且休矣!”自是乃绝口不复谈古董。

(1901年10月30日)

夫也不良

蛋民某甲,少即无赖,长复嗜赌,娶妻某氏,生有一女,朝夕饔飧[①],恒患不给。氏屡苦谏,甲终不悛,赌败计穷时,攫氏衣饰易资供赌。久之,氏不能堪,乃舍甲而携其幼女,泛舟于城西龙母庙河干,渡客往来,自谋衣食。甲既见绝于氏,益穷无所归,日惟与歹人游处。昨二十早,忽偕歹人数辈,径造氏舟。盖视女为奇货,将掳而售之也。氏遥见甲率党以至,知非好意,先令其女从邻舟逃匿。甲登舟,觅女不得,挥其党使散,己仍强颜与氏闲话。氏积忿已久,今又以甲欲售其女,乃对众数甲之非,且詈且泣,好事者簇而观之,多助氏骂甲云。

(1901年11月1日)

珠江狮吼

某甲,富家儿也,风姿秀整,神采甚都,娶妻某氏,美而贤,伉俪之乐,同侪咸钦羡之。甲束身自好,行年三十,未尝为狎邪游。前月,其友某君强偕之赴饮于迎珠街某花舫,甲初犹踽躇不安。酒数巡,友所狎之妓,故与甲软语,甲为所惑,大有此间乐意。既归,终日与人言妓之艳。友与妓交情本浅,知甲之悦妓也,他日再往,使

① “饔”字为推测,按“饔飧”一词推出,原字上部为“败”的倒写,下部为“食”,可能是手民以此代替“饔”字。

妓坐甲旁，殷勤侑甲饮。甲固深于情，妓喜其诚挚，亦颇属意，相见数次，即酒阑促膝，絮絮谈心，两意缠绵，如旧相识，旁观者群笑其具有前缘也。月十九夕，复饮妓所，绮筵既张，清歌继作，红酣翠晌，乐正未央。忽船头有一人，探首入望，曰："在是矣。在是矣。"甲识为家童，欲呼之使前，未及发声，而其妻某氏已手扶两仆妇，珊珊其来。甫下船，便大诟骂。同席者纷纷走避，甲据案把酒，兀然不动。其妻骂益甚。甲从容曰："卿来大佳，洗盏更酌，何如？"妻愤不能遏，掀案使翻，杯盘堕地。甲默无一言，刺船竟去。

（1901年11月1日）

同名被祟

刘亚列者，新会荷塘乡人，佣于潮连某杂货店。刘为人少年勤谨，极为东主所倚重。畴昔之夜，刘从睡梦中，忽闻人呼其名，启关出视，见一女郎，颜色悲惨，怒目相向。刘大错愕，方将致诘，女突前，以纤手批其颊，骂曰："薄倖郎亦知有今日耶？"刘益错愕，以为素无一面，缘何便唐突若此？方欲申辨，而女子已渺，乃踉跄奔归，以其事告同伴，同伴皆代为之危。已而刘寒热大作，谵语喃喃。翌日，东主即命人送归。家人就榻慰问，刘忽瞋目大言曰："我以薄命女子，为君所诱，始乱终弃，致饮恨以终，此仇无不报者。今幸相值，请赴阎罗老子对簿去也。"家人疑刘有遗行，祈祷百端，卒不应。未几，病少间，举以质之，刘亦茫如也。先是，有容亚列者，亦荷塘人，与东主有蒹葭亲，曾在店司会计。邻有某氏婢，时以购物往来店中，容悦之，百计挑引，遭投梭之拒者屡矣。既而容遇婢于无人处，要而与之盟矢，以白头相守，婢乃许之。未几，婢有身，为主人所察觉，拷掠备至，婢乘间以情告，且乞主人玉成其事。主人固长厚，令人亟召容，愿廉其值，以婢归之。容不承，反谓婢诬己，声色俱厉。主人益挞婢，婢羞且忿，遂成疾。濒危时，犹私遣人以情达容，愿终侍巾栉。容坚却之，且谓婢无耻也。婢闻言以手自挞。是时，容已聘某氏女，娶有日矣。合卺之夕，婢于是日仰药死，此去年事也。容娶后，即辞主人而归，而刘适承其乏。是夜，鬼呼亚列，盖实呼容，而刘以同名故，误以为呼己也，遂为鬼所祟。嗣其家人闻容列事，乃历历向鬼申辨，鬼仍不恤刘，至今犹未愈。夫以婢之与容稔奸数月，竟以同名之故，误认颜标，可谓愦愦矣。至家人向之申辨，而犹怙过以终，然则其见弃于容，固非其不幸也。

（1901年11月2日）

口腹之累

某甲者，不知何许人，寄寓某街歇业店。贫无所事事，日唯拾取字纸转售得资，藉以糊口。月十九早，昧爽之际，提筐出门，路经晚景大街，瞥见某猪肉店门外蹲有一鼠，大而且肥。甲涎其味之美，乃掩而取之。察视鼠身已受微伤，状似曾被猫噬者。甲以为果猫噬也，漫不加意，烹而供膳，并邀同寓者乙、丙、丁三人共食，乙食最少。食毕，丙、丁均外出。须臾，甲腹痛甚，乙疑鼠有毒。甲曰："丙、丁亦皆食此，若渠亦腹痛，吾始信鼠之有毒耳。"正辨论间，丙、丁已狼狈归。乙曰："汝两人得毋腹痛乎？"皆应曰："然。"乙曰："以我测之，所食之鼠，殆已食鼠药者也，今但求解鼠药之方，病庶可止也。"急用药遍灌数人，丙得不死，甲则毒深不救矣。

（1901年11月4日）

伧父解嘲

有某甲者，好狎妓，终日在花天酒地中。顾其为人不辨姘[妍]媸，苟意之所当，虽无盐、嫫母，无不乐与留连，朋辈每揶揄之不顾也。城西有某妓者，面麻而黑，日病愠羝。甲狎之，情好甚笃。甲固翩翩美少年，性好修饰，粉泽不去手，故妓亦深眷之。有见之者称为"瓦鬼伴观音"，盖粤谚语也。甲既与妓狎，掷缠头以千百计，且为之购罗绮、备珠翠，凡可以博妓欢者，不遗余力，势将破其家。朋辈微规之，甲不纳。一日，甲窃得金诃子，置诸怀中，过其友家坐谈。友人觉有异味，流溢座间，非粪非溺，不可向迩。细察之，始知从甲袖中喷薄而出。友人不觉大吐，涕泪交下，若中恶然。甲意其病也，乃兴辞而出。甲去后，友亟命家人爇沉檀、浣蔷薇露，三薰三沐，而衣袂间犹有余臭焉。顾念甲平日颇有洁癖，袖中乌得有此？既而甲之昆仲有知其事者，以告其友，乃相与鼓掌粲然。(未完)

（1901年11月4日）

偷儿巧窃

有黎某者，邀友人饮于凝珠街之某花舫，既入座，咸解长衣，挂诸帘栊间，轻罗单袷，五色灿然。既而黎挟雏姬出，坐艇头，乃尽出所有，以示豪侈。旁睨之，则黑沉沉者，墨晶眼镜也；黄澄澄者，黄金手钏也；绿油油者，翡翠攀指也；听之窸窸有声者，时辰表也；闻之醰醰有味者，鼻烟壶也。或曰非也。是□酒罇底也，京料器也，铜质而金饰也。姑不具论。未几入席，宾主轰饮甚豪，顷刻之间，盘飧俱尽，司樽者亦告瓶罄。宾主犹耽耽不肯遽散。漏下四刻，诸妓相率引去，客乃兴辞。黎与友人同卧舟中，一灯相对，作烟云供养，旋以黑粮告匮，乃据榻假寐。忽有人从鹢首雅步而入，衣履整洁，就榻前低唤二少。黎与友从梦中漫应之。其人曰："醉矣醉矣。朔风渐厉，孤睡舟中，一旦触凉，二少奶又将见责矣。"言次，乃取罗衾代覆其体。忽又低唤二少，曰："夜深矣，我辈先归，可乎？"黎与友复从梦中应曰："诺。"其人乃取罗衣折叠之，及榻畔眼镜、时表、烟壶等物，尽取而纳诸怀中，且言曰："二少亦太不检点，若非我关心及此，又被偷儿窃去矣。"检拾已遂，不复呼二少，仍雅步而出，回顾谓舟人曰："我已为二少检带衣物，幸传语二少，侵晨可缓缓归也。"时舟人亦渴睡，纵横枕藉舟中，且以为黎之家人也，置不问。翌日昧爽，黎与友皆起，盥洗已，命舟人取长衣，则诸物皆不翼而飞矣。相与徐忆夜来事，乃知被人巧窃以去。黎与友大怒，谓舟人串窃，责之偿，且开列失单至四百余金，遂以其事鸣诸官，迄不知其作何了结也。

（1901年11月6日）

述鬼趣图

南属某乡，有目能视鬼者为余言。日将暮，则鬼影憧憧，与人杂处。察其情状，似恒苦饥。偶过热食肆，有以物悬诸门首者，则群鬼就而舐之，馋涎滴沥，洒满阶砌。每屋皆有地主，其状尤可哂。或祀以肴馔，则两手捧而遍舐之，耽耽然目视他品，若惟恐主人知彻[撤]俎也。主人彻[撤]俎去，则怒目作切齿状。或向人拜揖，求其勿彻[撤]，而苦于人不闻，则又张目左右顾，握两手作无可奈何状。某从旁笑之,不觉也。惟祭先者,其鬼每对食长吁,或呜咽至不能举箸,不知何故。其先人去后,则群鬼从而享之,争先恐后,纷纷攘夺,或执杯,或执箸,或执匕。后至者,则染指而尝之,餍餍不足。有因而相殴者,顾好揶揄人。座有蓝缕客,则群鬼聚观,指点讪谤,或掇其发,或牵其衣,或向之作鬼脸,千态万状,虽禹鼎莫能铸也。然遇衣冠齐整者,则伛偻甚恭,或望尘而拜。若遇当道鸣驺而过,则群鬼匿避如恐不及,有折屐者,有失屦者,有履阈而仆者,有遁入厕中者,有窜入灶下者,其状尤可观。鸣驺者去后,群鬼始探头而出,或互相讥笑,或各为大言,若忘夫前者之丑态者。呜呼!此其所以为鬼欤?乡人有因其说作"鬼趣图"者,某纨绔见而酷爱之,乃购而藏于家。

(1901年11月6日)

负痴情

(再续稿)他日述其语于生,生不能置一辞,唯唯而已。友归后,恨校书薄己,誓终身不履其地,而心恋其美,恒忽忽如有所失。既而念校书往日待己厚,特为某生所移耳,因阴沮某生,使不复往。而某生以碍于友人,故亦未尝往也。一日,友人复诣校书所,校书落落如故。友人谋所以媚校书者,百进而百见却,窘极,无可为计,因谓之曰:"卿何见却之深也?"校书曰:"实告君,妾阅人多,无如某生者。君能为我致某生,请与君为三夕欢。否则,任君掷百万缠头,终不以好面目相向也。"友人曰:"良宵易尽,请益之。"校书曰:"作平原十日之约,何如?"友人曰:"诺。则请自今夕始矣。"校书曰:"是儿最无信者,请矢之。"友人取席间箸折之为二,曰:"所不如约者,有如此箸。"校书曰:"如君言。"酒阑后,友人

笑曰："请赴约。"校书曰："君之惠，所不敢忘，请先以身报也。"阅十日，友人果偕某生来。(仍未完)

(三续)校书执生手谓之曰："胡久不来，令人想欲死?"生笑曰："十日之约未毕，吾置身其间，宁非赘疣耶?"校书不觉失笑。友人亦笑。已，乃命治具留生及友人饮。酒数巡，友人兴辞，生苦留之。友笑曰："君既不愿为赘疣，胡独赘疣我也?"掉臂竟出，顾谓校书曰："汝二人好为之，吾去矣。"校书既得生，情好之间，非笔墨所能罄。生感其意，亦曲尽绸缪，惟床笫之间不及于乱。校书疑其不解，戏之曰："君须眉男子，何无丈夫气?"生曰："否。吾年行当有室，平生发轫之始，不忍使卿等先之也。"校书闻言，殊怏怏，而待生之意未尝少衰。留连匝月，而生以婚事得家书，促其返里，以告校书。校书闻生将归，则怅然以悲，念生将娶，则輾然以喜。未几，行有日矣，乃与生坚订后期，絮语终夜，至达旦不寐。先期，手刺鸳鸯荷囊，及剪发一缕为赠，曰："归见物如见妾也。"行之日，设筵祖饯，送之登舟，再三申订前约。舟将解缆，始呜咽而别，临行复以所持巾赠生，展视之，泪痕如洗。生娶后，阅数月复来，则校书已随某客脱籍去矣。先是，校书以待生久，思忆良苦，既有谓生不复来者，至是逾约已三月，始决计从某客去，而实非校书志也。有举以告生，生以从此失一腻友，亦怅惘者久之。(仍未完)

(四续)居无何，其地有雏姬某者，为生所眷。姬貌仪中人，而姿态柔媚。生遇之情好，过于校书，低帷昵枕之际，不复能以礼自节。是时，校书既归客，而院中鸨母辈，时相过从。校书私问生近耗，鸨母为述生昵雏姬事甚详。校书私念，雏姬何人，能令生溺惑乃尔?因亟欲一见之。他日诡词谓客曰："久不领略珠江风月，俗尘又添几许，愿效鸱夷故事，与君泛舟，为珠湄之游，君亦有此清兴否?"客曰："卿既脱风尘，尚游心及此耶?"因笑谢之。校书不

乐，面有愠色，是夜不食而寝。客固昵校书，不忍重拂其意，乃命人买舟，相偕宴于珠江之湄。校书席间遣人召雏姬，客问何为。校书曰："君等男子，每以征歌侑酒为乐，独不许妾一效颦耶？"客曰："卿既爱此，某且征集群花，为卿权置面首，何如？"校书曰："他非敢望，但勿幽闭深居作闺中囚虏足矣。"相与一笑而罢。未几，雏姬至，校书呼之使前，执手审视，笑问曰："某生今夕来否？"姬曰："伊一住兼旬，昨已去矣。"校书曰："咦！吾以为西施、王嫱耳，固尔尔耶！"遂连呼某生负我不置，虽客在座不顾也。言已，即探怀出银一饼授雏姬，挥之去，曰："烦汝寄语某生，请渠将眸子抉去也。"客不解所谓，痴立不语。校书起谓之曰："盍归休乎？妾亦不复作珠江游矣。"遂相偕下小舟，鼓櫂而归。客或问某生事，校书终不言，长叹而已。(已完)

(1902年1月1日、1月2日、1月3日)

以身试法

西人刑法以电死为最重，死亦最速，惟大辟之刑，则泰西各国皆无之。故遇市曹决犯，西人往往拍照以去。盖因性好考察，而亦以罕见为奇也。日前有西士女数人，到法场游览，时适决犯已毕，西人欲究其状，乃出银一枚与刽子手，因解其刃以示之，西人意犹未足，必欲观受刑状。适有老叟龙钟鹤发，伛偻而来，刽子招之使前，语之故，令俯其首，曲其背，反接而跪，引颈以待，刽子乃举刃向空中一挥，老叟作仰仆状，乃起而瓜其资，刽得七，叟得三也。旁观者谓叟曰："子以是区区者，而甘蹈此不祥，何也？"叟曰："嘻！利之所在，不祥奚择焉？夫利旁倚刀，古有明训。吾见世人赴汤火，蹈白刃，有以身殉利而不悔者矣。况以受刑之虚名，而享获利之厚实，又何惮而不为哉？子休矣，老夫得此，已足供数日酒资，行将向市上酒家买醉去也。”客不能难而去。或谓西人到观者，月凡几次，叟藉此博资者屡矣，客实少见而多怪云。

（1902年1月7日）

盘上人头

光绪初年，有西人某赁肆城西，榜诸门曰：“内看人头。”好事者往观，每客纳洋一角，肆主人即导入内，历重门，右转偏间，循长廊，得一轩，窗间悬布幕，遮护甚周。客皆立檐下，约来十人。主人手按电钟，窗幕豁然尽开。室中置一圆桌，桌上有磁盘，内一西人头，面外向，目能瞬，口能言。客或与语，约略置对，遇中国人，则仿香山土音答之。观者多目为幻术。其好深思者，则以为人头非真，目之动，盖以机巧。其能言，则他人隔室代之，怀疑莫决。有刘君者，江右人，性绝慧，平时讲求格物学，独有心得。闻人头之奇，偕其友张君往观，室之上下四旁及一切陈设，俱一一注察之。刘归而语人曰：“此真人头也，岂伪者哉！”（未完）

（续稿）张亦曰：“吾知为真人头，第不识其藏身何处耳。”刘曰：“此不难解也。彼以男子，我将易以美人首，彼居省会，我将设肆于乡镇。若得一妙龄女子，事可谐矣。”张亟请其术。刘偕之至城西，复观西人头。窗幕甫启，刘低声语张曰：“见壁间花布乎？”张曰：“见之。”又曰：“见地上禾草乎？”张曰：“见之。”又曰：“见桌旁两煤油灯乎？”张曰：“见之。”刘曰：“术在是矣。”张叩之，仍不肯言。阅数月，刘于佛山税一屋，盘上置女子首，素面如玉，风致妍媚，客或以言调之，女子色辄赪。（仍未完）

（1902年1月15日、1月16日）

书娟娘事

某孀妇，豪于资。有女小字娟娘，才姿慧丽，母宝爱之，以苛于择婿，故及笄犹未字也。乡人赛会，女瞩眺门外，有少年趋而过，衣冠朴陋，而丰采甚都。娟娘注目久之，归而冥想，渐废寝食，数日遂病。母深以为忧，就榻慰问，女涕泣不语，而日益加剧，乃使女伴私叩所苦。女为述曩事，且以情告之，女伴以白母。母遣人寻访，则少年者，固前村某生，失怙恃，家贫而寄食于其舅者也。乃亟通媒妁，舅亦慕其富，事遂谐。就榻告女，女病寻愈。未几，赘生于其家。定情之夕，女具道相思之苦，生亦感其情，伉俪之间，有逾胶膝。会七夕，女设瓜果于庭，与生凭肩私语，效明皇贵妃故事，愿祝生生世世为夫妇。生偶病，女焚香默祷，愿以身代。生不食，女亦不食，病愈乃已。邻有某氏子者，父兄官显秩，为邑中之豪，慕女美，常登墙窥之，女辄走避。某氏子复贿邻妪，私以金钏赠女，女返其钏而以大义责之。知其事者，辄啧啧称女贤。生就试郡中，友人邀作狭斜游，生拒不赴，曰："吾不忍负贤妇也。"或强拉之，不终席设引去，曰："吾不忍使妇疑也。"朋辈间无识与不识，咸谓恩爱之笃，无如女与生者。

（1902年2月1日）

新译泰西小说：千一夜夫妻

昔安息国王好女色，王妃貌绝艳，有殊宠。或谮妃于王，言内侍与妃私通，王杀妃。嗣是立新妃，御一夜即杀之。阅年余，国中美人几为王杀尽。民间女子有姿容者，人人自危。宰相之女，国色也，王闻之，欲选为妃。宰相谋所以却之。女独自愿入宫，母泣劝不能止，乃盛饰而遣之。宰相送至宫门，哭失声，举家以为女必死也。翌晨，忽有内侍数辈，驾安车至，言王宣召丞相次女。宰相大惊，曰："一之为甚，其可再乎？"出见使者，详询颠末。使者言，昨夕鸡初鸣，妃即起，王亦随之起。妃倚镜晓妆，王坐而观之。妆既毕，王传命召宰相次女。妃亦言可，语妹子迅即入宫，毋迟毋恐。宰相闻之，疑惑不解。(未完)

（1902年9月27日）

《中国日报》

1900年创刊于香港，辛亥革命后迁广州，1913年被军阀龙济光查封。日报，创始人为孙中山密友陈少白，陈少白、冯自由、谢英伯、卢信等先后任社长。现存1904年至1908年间报刊，有断漏。内地发行所主要在广州、佛山、陈村、石龙、江门、海口、北海、广州湾、梧州、汕头、厦门、福州、上海、南昌、天津、北京、胶州、汉口，外国主要在小吕宋、新加坡、南斐洲讷他、横滨、神户、东京、金山、温哥华、鸟约、新金山、檀香山、河内、西贡等。副刊《鼓吹录》刊载各类文艺作品，其中“小说”为主要的固定栏目。现存小说共11篇，其中长篇连载4篇。短篇小说7篇，仅1篇短篇小说不完整，但不影响故事情节的理解，本集整理7篇。

短篇小说：窃马贼

崇祯三年六月，总兵曹文诏奉命追王嘉允于河曲，军兴仓卒，所需良马甚急。忽有控双卫至，自言求售。文诏视之，毛黑而骨峻，河北之产也，遂以五百金署券。既归槽矣，复念敌在咫尺，恐为窃取，乃命健军数人，秉烛夜守。及天明循视，已失其一。细阅踪迹，盖越马槽而去者，由是全军皆惧，以为贼既有此奇人，剿灭不易矣。继思尚余其一，彼贼或者再来。及夜，乃伏兵潜伺。夜将半，守军闻槽中有剥啄声，急燃灯呼众，则已骑马去。火光明灭之中，只认贼为一僧人而已。于是文诏益慎。

是时军中有刘某者，善刀槊，且尤长于侦探，于是群举于文诏，使裹粮缉贼。刘承命往，乃循马踪而北行，渐行渐远。盖在乱山中而非敌营者，乃更登岩峦而迹之，穷三四日不得其究竟，而归路亦渐失。忽远望岩畔茅屋数椽，杂以花木，俨有人往来其间者，乃造庐而谒之。主人出,貌瘠而神清,知为有道之士。刘遂白来意。主人曰:"是不足虑,但记由此去三四里,有小兰若,颓焉而不葺者,即得之矣。"刘遂如命而行,不数里,果如所见,且闻隐隐钟磬声。正踌躇际,忽有弹丸从左来,刘以手接之。右至,刘不觉,将着面,刘急以齿承之,如嚼物然。神方定,忽见一人鼓掌而出,大笑曰:"刘将军真壮士哉! 马今在是,谨当奉还矣。"刘视之,盖四十以来之莽僧也。叩其姓名,皆不答,自言为亡命者。固留刘小住,为出佳酿佐谈,曰:"吾非有意窃马者。但以煌煌总兵,必有胜人处,乃故作儿戏以试之。不料帐下貔貅,尚勇猛如是,区区嘉允,何难灭哉?"就中复与刘论武术甚详,皆刘生平所未闻者,因邀其共出破贼。僧曰:"疏野之性,本不中使。且曹将军固足以杀贼者,何必多此一举为?"刘乃乘双卫而返,盖去营已十余日矣。

及破嘉允,刘复谒之,且代达文诏意。至则松风泱泱,兰若俨然,而僧不知去向云。

(1907年3月23日)

民族小说:情侠

(再续)亦自喜主持家内有人,相得颇深,无稍诟谇。斯亦庸中之皎皎者矣。□□忆绿意之心未已也。是年七月,【新架】坡风俗迷信烧衣之说,踵事奢□,□尤以青楼丑业丛中,为唯一之□□,未能免俗,聊复尔尔。运兴是【夕】□□而行,以观风景。遇友陈氏,□□□为新山之游。新山即古柔佛国【也】,【去】新架坡十五英里,亏历一打钟,而火车可至矣。其地为马来苏丹管辖。近年赌码繁盛,星期六日,坡人士多往焉。是时运兴应陈氏约,陈氏握手别,预约某妓等入新山,为运兴壮行色,运兴不知也。

明早各赴火车站，与陈相见后，火车未至。运兴伫望栏边，忽背后有人以手微拍之，轻腕温然，令人酥醒。回头一顾，愕然。该妓曰："君而忘谷埠楼船中，月白风清之夜，凄然拿破仑、苏菲亚之绪论耶？妾固亡命人绿意也。"运兴惊定，大喜。细询之，则固陈氏友所约携以为运兴伴者也，斯亦奇外无奇更出奇矣。

顷，火车到站，运兴偕绿意及陈等登火车，转瞬抵新山。是夕宿于某宝码，两人具道契阔之苦，及何以到南洋之故，有不自知其情之何若、泪之何从者。绿意曰："侬阅人多矣。然大抵亡国奴，花天酒地者多，如痛饮焚屋之下、清歌漏舟之中，无所谓爱国思想者也。妾不幸，惨受二百余年来女界专制毒焰，虽有热血，其奈无从挥洒何？白头之约，宁再渡仍无济耶？"运兴具道已有妇。绿意曰："无拘，齐人行径，固非豪杰所为。然民族平权，则左右偏裨，亦殊不岑寂。"运兴笑颔之，未实行也。居无何，运兴父母急电至，

促运兴归，乃往绿意言别。绿意初亦苦之，继曰："直缘悭若是耶？虽然，大局危亡，诚非志士醇酒美人之日，君其东返乎！内地云烟，愁惨万状，前途珍重，否则言论家之发挥，亦足稍破民贼胆也。妾女流，何足介念？然妾非不自励者。"泣而别，运兴遂偕陈氏归。则幸父母仍存，兄弟无恙也。乃复假笔政，以尽天职。年余产子一、女一。陈氏亡后，运兴眷念绿意，凡南洋客之往来者，必托踪访之。或云，绿意【选】一民贼者流刺杀之，以为救国纪念，遂隐不知所往云。呜呼！亦祝后来之会合已矣。

评曰：才子佳人，天涯流落。离合之间，天若故为妒忌，且潦倒坎坷而后已。是岂天之梦梦耶？抑自古英雄之际遇如是也？寄语天下有情人，对于民族主义之实行，前扑后起，不必沾沾遇合机会之迟早也。呵呵！

（1907年9月9日）

怪诞小说：鬼王会

长夜漫漫，四邻阒寂。仰观天际，惟觉星光灿烂，如悬无数金刚石于空中。是夜正当夏尽秋初之际，寒暑表尚升至九十度有奇。其时有一极不得意之少年，屈居于数椽小室之中，正苦热不能成寐，起坐窗前，挥汗如雨。少顷，衣其衣，履其履，冠其冠，径辟门直向海滨而去。

噫！彼少年者，将何往乎？将何往乎？盖欲徘徊于海滨，一吸清新之空气，以洗其郁郁之烦恼也。

是夜为月之晦日，绝无月色。惟觉照耀于目前者，舍光气熠熠之星点外，只有三数半明不灭之街灯而已。

少年行至将转角之处，忽闻"橐、橐、橐、橐"之声，渐而愈近，其声亦愈响，因自念曰："噫！此何声欤？此何声欤？岂当此深夜，尚有与予同行者欤？否，予趣往视之。"

"噫！来者盖警察也。予顷间何故竟不悟耶？虽然，彼之来往巡逻者，彼之职也。予之缓步独行者，予之乐也。彼何碍于予，予亦何畏于彼？予且随意所之，彼有何事于予乎？"遂直向东面而去。

咄！面前之煤气街灯，何故忽而全数熄灭乎？岂煤灯局有例，至此时即制其机耶？奇极！

咄！咄！扑面而来者其飓风欤？其秋风欤？惟觉冷气直逼心坎，上下齿相击成声。噫！岂天将雨雨耶？仰首一望，又觉明星皎皎，绝无半朵雨云。然则此阴沉之气象，何由而至耶？奇极！奇极！

咄！咄！咄！于伸手不辨黑白之中，忽而发出万道金光，顷所见者依然在目，煤气灯何故而又忽燃耶？逼人之冷气，何故而又忽散耶?"警察,警察!"噫!岂此地为警察所不及到欤?何竟无一人以应吾问者?奇极!奇极!奇极!

俄而一片嘈声,如万马奔腾,由远而近。咄!咄咄!咄咄咄!此又何声欤?岂有人在此滋闹乎?"警察,警察,警察!"卒无应者。(未完)

(续昨)否,否,否!岂有鬼物现余目前耶?余当隐身僻处窥之。

噫!此大树之下,正余隐身之所矣。趣前往,伏于树后,全体为树身所掩,无有能见之者。

小顷,觉嘈声渐近,阴风又飒飒而起。瞥见前面来者小卒数人,与一高大而老者蜂拥而至。

老者之前,侍以小卒二,各举一牌,上书"穷鬼县正堂"五字。其人皆以破衣被体,状类乞丐。噫!此盖穷鬼也。穷鬼至后,与各小卒瑟缩路旁,若有所待者。

无何,前面喊声又大振。斜睨之,见来者如人山人海,瞬息已至目前。人声中又见有屹然高耸者九人,面前各侍以少卒二。小卒又各举一牌,一如穷鬼之初至。

咄咄!牌上又作何字耶?凝神细视之:

(一)赌国大统领。(二)野鸡大王。(三)枵腹将军。(四)芙蓉城大元帅。(五)醉生梦死天尊。(六)鸡笼洲菩萨。(七)盐仓土地。(八)枉死城开路先锋。(九)阴司大霸皇。

噫!此牌上所书者,果何名目耶?否,否。余当释之:

(一)赌鬼。(二)嫖鬼。(三)饿鬼。(四)烟鬼。(五)醉鬼。(六)衰鬼。(七)咸鬼。(八)冤鬼。(九)恶鬼。

噫！彼屹然高耸者，其必为各鬼之鬼王矣。

众鬼王既集，穷鬼亦与一一点首毕。各小卒皆环立而待。少选，嘈声顿止，若静候命令者然。

其时众鬼王皆蹙额相对。细审之，觉其细语喁喁，隐约不可辨。

约数分钟，若事已议妥者。众小卒亦相对愕然，莫释其故。既而，穷鬼王先率其部下小卒，下令征讨金银山，于是又蜂拥而去。

穷鬼王既去后，继之者为赌国大统领下令承办赌捐，野鸡大王下令承办花捐，枵腹将军下令承办谷米捐，芙蓉城大元帅下令承办鸦片烟捐，醉生梦死天尊下令承办酒捐，盐仓土地下令承办盐捐。于是各引其部下小鬼，分途散去。最后者为鸡笼洲菩萨，向其部下垂涕曰："孤家尚未衰了，你们随我回去再衰罢。"又次之者为枉死城开路先锋，亦含怒向众曰："我们冤气腾腾，不知何日始得雪了，权且回城安歇罢。"又次之者为阴司大霸王，睁圆双眼，向众大喝曰："奋勇，奋勇！我们将来不论阴阳世界，也要全行蹂躏的。"说毕，又各率其部下分途而去。瞬息，已杳无一鬼矣。

各鬼既散后，已觉晨光熹微，阴气亦渐散。少年乃缓步思【归】，徐徐向海滨依旧路而返。噫！少年所见者，其人耶？其鬼耶？如其鬼也，何故彼之承办各捐，一一与人间暗合耶？如其人也，又何故有此鬼形、鬼状、鬼声、鬼气耶？岂人而鬼耶？岂鬼而人耶？岂半人半鬼耶？岂非鬼非人耶？岂先有此鬼，然后生此人耶？岂先有此人，然后变此鬼耶？岂此辈为不鬼不人，而亦鬼亦人耶？咄咄！奇极！怪极！(完)

（1907年9月10日、9月11日）

辟疫小说:打

秋风萧瑟,天气晴和。有一少年逛徉大街之上,信步而至神田锦辉馆前。此盖西历一千九百零七年十月十七日正午十二点顷也。

噫!锦辉馆今日果何庆典,乃如是热闹耶?余不得不一穷其究竟。

既而履声橐橐,联群而至者愈不可胜数矣。转瞬,锦辉馆之内,竟无容足地,所列位次,早已告满矣。

少年昂其首,见灿烂之花球,辉映目前。再细审其横额,乃知是日为政闻社开幕演说之期。呜呼!此政闻社者,为何人所组织乎?今日所演说者,将发挥其如何伟论乎?

少年思至此,其目力全注于演台上,若静候演说者之出现者然。

继而探其囊,出时计审之,盖一点矣。

无何,忽有高其帽、礼其服,皇然而立演台上者。

“注意,注意,注意!”果伊谁者?噫!余固知之矣。少年至是垂其首,丧其气,若深悔此行之不值。

忽闻演说台上演说之声大发:“谛听,谛听。”少年乃略举其首。

台上人口讲指画,略无濡滞,其喜悦之情,见于颜色。

少年目注其形,而耳听其论。

“民族主议,前数年可以讲,今日是万不能讲的。今日之中国,只可行君主立宪。今我们政府立宪,我们大家都欢迎的。惟凡国家须有机关,政府须要监督。今日我们政府立宪,我们须设机关以监督之。”

演说者正说至此,兴高采烈。方欲再言,而“薯薯”声,“巴假”

声，渐作矣。

噫！此何声欤？此何故欤？为此者得毋扰乱演说场乎？台上演说人三十余之护卫，至此乃互相惊讶，面面相觑。审其色，惨白如死灰。

“薯，薯，薯，薯。”“巴假，巴假，巴假，巴假。”此声愈作而愈烈矣。

更一望顷方演说者，其惊惶之状，匪笔墨所能形容其万一。

俄而阖场骚动矣，前之坐者皆起立矣。“打，打，打，打”之声，如平地雷鸣，惊震天地。

人丛中忽拥出一大汉，双眼圆睁，眉发倒竖，一望而知为盛怒者，大喝“打”一声，一跃而立于演坛上。(未完)

(续)大汉既至演坛，演说者急抱头鼠窜而去。

人丛挤拥之中，竟失演说者所在。噫！果何往耶？

是矣，是矣！伏于某商人后者，非即其人耶？其时，阖堂人之眼光，咸注视之。

忽有盛怒者数人，如风而至，或批其颊，或踢其臀，且更有以鞭竿作当头棒者。其人之狼狈瑟缩，至不可名状。

演说者既受此痛击之后，急思图遁。于人丛中左穿右窜，竟被其逃去。然顷所穿之礼服，已片片如碎纸矣。

演说者既逃，而“打”声又作。视之，则衿上插有徽章之招待员，仝受此劫也。

忽闻大汉高呼曰：“认之，认之！凡插有徽章者皆打！”

此语一出，插徽章者仓惶愈甚。不转瞬，而顷方宝贵之徽章，已纷纷掷地矣。

呜呼！此高帽者，何氏之物耶？则演说者逃命时所遗也。咄咄！可怜，可怜！

“警察至矣，警察至矣！”则有武装者数人，鱼贯而入。

一望顷方被打之招待员，欣然有喜色，若已得外援者。然其数不过仅余三五人而已。

警察既入，大汉与握手，复转入横厅，互作谈话，约片晌，而警察复出。三五之招待员，则又愁容可掬矣。

无何，大汉复登坛，而众怒亦稍息，嘈闹之声忽而顿止。

大汉探囊出一册，册面题以“政论”二字，盖即政闻社之机关报矣。大汉逐条痛驳之，淋漓尽致，慷慨激昂，一语一拍掌，而掌声雷动矣。

大汉驳论既毕，继之者复有数人，座上听者皆鼓掌以酬之。大汉复上台，宣布散会，听者遂纷纷出门去。

人散将尽之际，忽一胡子复上台演说。听之，略谓：“我等是宪政派，主张立宪的，并非主张革命的，各位如愿听，请留在此。”语方毕，而人散殆尽矣。

再一望胡子之形容颜色，备极可怜。

少年至此，亦徒步去。甫出门，而议者纷纷矣。

至晚，购一报阅之，则某氏演说被打之事，已详纪之矣。

越日，闻有受伤入医院调治者。询之，则被打之某氏，已奄奄一息矣。

越月，则环球中西各报，无不争纪之矣。

越年，则宪政党人，皆已尽变其奴隶根性，不复敢谈宪政矣。

越数年，则反对宪政者竟大告成功矣。而宪政党人，亦尽知其昔日之谬误，而深服反对党之光明矣。虽然，其功在打。（已完）

（1907年11月22日、11月25日）

短篇小说:厌世之富翁(英国霍尔克尼著)

文希者,美之弗罗利达人也,生于千八百四十二年。少孤贫而性情慷慨,执木工业,乖于遇,所谋辄左。其妻常呵之曰:“穷措大,龌龌龊龊,日耽逐于里党间,岂能为床头人生色乎?”谇诟时闻,指谪交遍。以故希不能安于室,惟踯躅于街南巷北而已。戚友里人,亦见而讥之曰:“范叔何一寒至此乎?贴耳垂头,俨若丧家之狗,得毋为尊阃所逐欤?”希忍气受之,缄默无以应。忽一日拊膺长叹曰:“大丈夫毫无作用,是负此昂藏七尺耳。彼支那之买臣季子,果何人哉?吾安能久居此?”

于是摒挡行李,徒步而行。路经一村,其名吉里,素闻此地梓匠轮舆,皆可获利,因投旅馆焉。而逆旅馆主人亦觇其贫而薄之曰:“客何能?”曰:“无能也。顾稍娴公输术耳。”主人曰:“噫,子挟此薄技以游,遽思偿子大希望乎?恐一盂冷粥尚不能落子之手、沾子之唇。吾明告子,某处有一金穴,人未及知,果能得之,虽邓通不是过也。吾敢预为子贺。”

希素鲁钝,闻之大喜,意逆旅主人推诚相告,深感之,初不虞其戏己也。翌日即荷锄往,人咸以痴目之,爰就地开掘。有顷,见金光遍地,琐碎杂沙砾中,拔之拣之,得数十万。海市蜃楼,竟成实境。斯时戏希、痴希者闻之,其歆羡嫉忌,当何如也。

时又有某矿股票,价值大减,希又购收数十纸,不日价骤昂,合前后计,盖无虑数百万。由是鸠形鹄面,易为广额丰颐,憨直痴呆,转成聪明智慧。昔之背笈肩囊,今则高车驷马。昔之他乡乞食,今则衣锦荣归。曩日之受人鄙笑揶揄,傲慢戏侮,此日则受人承颜望色,贡媚乞怜矣。

无何，希以久客寡俦，思归甚切。束装就道，气象一新。将抵家，其戚友里人，皆预闻其富，欢迎数十里，奔走骇汗，喧阗道路，争以一睹风采为幸。甫至家，其妻乃艳赃[妆]出迎，负荆请罪。其不敢入见者，凡数十人。希左右顾盼，招待不暇。居未久，而告贷求欣者，日以百十计，户限几为之穿。希又昂首笑曰："富贵之逼人，竟至于此极也。回思畴昔，苦贫望富，回肠绞脑，萦绕于残更梦呓之间，恨不与阿堵、孔方订金兰谊，庸讵知斯时之富，较烦恼于向者之贫，吾又安能郁郁久居于此？"

爰出所积金资，半济亲朋，半充公益。然后携美眷挈余囊，逃隐伦敦，杜门不出。右顾稚子，左对徐娘，笑傲云烟，不与人世相酬酢。艳其所为者，咸目为西国陶朱云。

（1907年12月17日）

短篇小说：钱神

粤东仇生，世家也。以中落故，居村中为蒙师，性颇开通，新报新书，多所寓目。一日，因有事往省城，遂与周某同舟。周固近日所称保皇党也，颇善言论，又能迎合人意。仇与语，颇爱之，因问舍馆所在。周曰："仓卒晋[进]城，无暇及也。"仇自念己亦孤客，不如同寻旅舍，相谈幸不寂寞。商之周，周亦颇以为然。而彼此世系历史，固弗及详也。既抵旅舍后，仇遽命沽酒，与周同醉。时则暮鼓冬冬，汽灯星点矣。周以寒故，不快夜出，仇亦醉甚，便回己房安歇。

忽酣梦醒时，觉灯下兀坐一人，细视之，觉又非周。衣深绿之衣，眼方面阔，状貌魁然。仇怪甚，急起询姓氏。客自言孔姓名方。宵深寂寞，逆料彼此旅况，初不以不速之客自嫌也。仇与之谈，腹笥亦甚宏富，而尤精于财政，历言三代秦汉以来诸圜法，皆能握要钩元，洞中肯綮。仇益异之。客因问顷与同酌之人，果素稔乎。仇以初识对。客喜曰："幸先领教。不然，几害好人。"仇以其所言离奇，穷诘之。客曰："敝族原甚蕃盛，自太昊以来，已散处中原。上自庙堂，下跻闾里，无不有吾族足迹。音容所至，无或拒也。虽然，吾族虽大，从不见传流谬种，老幼一心，皆以济急扶危为己任。世间善恶不齐，间有暴君污相，奸商市侩，纵款纳殷勤，然举动不善，妄意挥霍，吾族必舍而去之，而尤以纨绔儿为尤甚。昔者商纣专权，尝置吾族于鹿台之上，吾族不甘，后彼亦为武王所戮。他若石崇豪侈，肆意声歌，家道凌夷，吾族亦去。此可见吾族之嫉恶如仇，洁身自爱。些须不合，亦以远引为高。岂肯颜奴婢膝，强为攀附乎？然而世衰道敝，亦有烦吾忧虑者。近日海禁大开，五洲买易，南洋欧美，下及非澳，无不有汉人足迹，而吾族亦辄随之，得与外人交接，未为无益。而孰知弥天灾患，遂伏于是乎！"客言至此，不禁泪随声下。仇急慰问之曰："君今所言，鄙人究不能悉其究竟。贵族之所谓灾患，其因美禁华工耶？抑以荷属重加入[人]口身税耶？抑昨年俄沉华人数百于黑龙江，贵族竟在其内耶？"客曰："不然。盖吾族之所谓灾患，乃为汉人所鱼肉，而非为外人所侮虐也。当吾族在外埠时，亦与汉人杂处，士绅远莅，尤敬爱之。戊戌以来，有所谓大清进士康有为者，率其党羽数百人，蔓延各埠。吾族以为彼固官绅，无敢闭拒。(未完)

(续)孰知所居未久，康等辄用笼牢手段，迫吾族与彼周旋。稍不加慎，辄被彼用术骗去，踪迹全无，骨肉殆尽。前后丧失，计已达数百万矣。当吾族被骗时，初不疑彼党所为，后乃探悉底里，知彼等骗吾族后，无不肆为苛虐之举。或处之奴隶乡中，或沉之无底潭里，或驱之于花天酒地，或埋之于欲壑贪泉。狎友私人，得所快志。娈童劣妓，亦与分甘。以是观之，比之南洋卖猪仔，真有过之无不及。言之可为痛心，今吾之哭，正为此也。”仇曰：“然则君之到来，究有何意？”客曰：“吾忝[忝]为一族之长，昨听族人诉告，谓种族日微，大害不可不救。故吾特勉力一行，五洲遥遥，及乎内地，拟将走遍，盖将以穷元凶之迹，欲得而甘心也。然作事必须由近及远，现探悉与君对酌之周某，实康党一流人。仇人相遇，当必有以惩警之。”因问周之所在。仇曰：“已被酒睡矣。”客强仇为指示。仇不能却，乃略为指点，而恳之曰：“足下宜少留余地。不然，弟与之同寓，设偶有不测，祸且及弟矣。”客笑曰：“君毋虑，吾将以药之，非加害也。”言已径去。仇以股慄，不能起窥，因欹床假寐。

少顷，客复至，喜曰：“今吾族又多除一害矣。”仇问如何。客曰：“凡世间邪恶之人，脑中皆带有病筋，此筋一除，自然还归良善。不啻视前事如隔世，即偶题及，亦无不愤愤不平，正不知自己曾从此出身也。虽然，亦必视其病筋之深浅。若深重者，纵尽出巧技，终不能洗剔，只有杀之一法，使毋为世害而已。某昨观周生，知其病筋未甚深，故姑为洗刷之，今当愈也。”仇因问洗刷之法如何。客曰：“亦不过如医生之剖割。先将其神经迷住，使无知觉，然后徐徐以奏吾技。将其脑袋，按而剖，如俗剖柚然，一挑而半剔，使去其旧染之污，后乃用药为之敷补。彼无痛，而病亦已失矣。然须受病较浅，乃能医治。否则，若康梁等辈，恐卢扁复生，亦不能为力也。”言罢，翻身辞去。仇亦不及留，比客去，则已晨鸡动声，纸窗透晓矣。

仇因夜间为客担搁，不及睡，因又怀念周生之事，便急披衣往看。则周固高卧未起，乃托词醒之，微探夜来如何，则周始终茫然。细视枕畔，只有血痕数片，脑际微有药迹而已。仇因告周所见，并语容貌，周大赧曰：“误从疫党，五内愧惶。今得神人赐救，亦未尝非小生之福也。”因太息者久之。自是周生大改所为，凡康

梁之谬说，不唯无所依附，且攻之唯恐不力云。而仇生经此一度，又多增见识无限。(完)

(1907年12月18日、12月19日)

近事小说：无形骗

马扁之术，层出不穷，大都无贪不受其饵，然终至败露，鲜有堕其术中，而反德彼者。昔有纨绔子某，出省就学，乔于西关，裘马甚都，奚童亦秀，路人皆艳羡之。然某生颇能自检，少出外。

忽一日，大雨滂沱，门外水尺许，时值隆冬，冷气逼人。某拥炉拨灰以自遣，偶呼童进茗，童于静中打睡，屡呼不至。某出斋四顾，见一人年已中寿，暖帽轻裘，状貌闲雅，一仆携刺囊相随，在门外避雨，甚形狼狈。某见之颇生怜惜。时童已至，某令肃之入，长揖就座。自言浙人陈某。叩某姓氏，某以实告。陈讶曰："不意故交之子，邂逅于此，诚三生石上，必有前因。尊君听鼓于浙，与仆曾通兰谱，情逾骨肉。某今候官于粤，久未会晤，梦寐常萦，今得见小凤，如见老凤矣。初闻尊君有子二人，长者有十余岁，不意事隔数年，兰桂忽长，屈指君龄，今当二九。英姿伟度，想非池物。闻君诞时，腰有紫痣，今还留否？"某见陈言之凿凿，真以为乃父在外所交之密友，不敢怠慢。陈又将某家事历言，中有隐密，亦被道尽，如谂知者。某益信为父执，复谓某曰："君在省就学，志甚可嘉。然省垣为繁盛之区，良莠不齐。且嫖赌洋烟，遍处皆有，少年执性未定，每堕其中。君虽志迈庸流，然亦不可不慎其行检。仆初次相逢，本不应唐突。但与尊大人为莫逆交，若即犹子，故尽片言，君当为仆谅。"某闻此，离座曲躬，称谨受教。彼此纵谈，日暮雨晴，始行辞返。

从此数日一至某处，意甚殷勤。时扣某所学，某出窗稿就正，中有瑕疵，亦被指出。论及题径握要，多有深旨，似负积学者，某甚折服。与之谈次，屡诩其擅治麻疯恶疾，言经其医治，不下百十，无不应手，面无痕迹。惟治一症，非千金不应其请，屡收实效，门常如市云。交处月余，皆系彼就某处。某曰："屡枉驾，未及踵寓答拜，心甚歉然。惟未悉桃源，徒作题凤之想，故乞将仙府示人，以得踵谒。"陈曰："彼此世交，何必拘于俗套？君正宜潜心闭户，免失分阴，何必作应酬故事？且仆处正为互乡，更不宜辱高人芳躅。"某屡请，陈亦屡却。某不解其意。一日陈又到坐，遇某令其童市物归，货皆伪者。某不胜怒。陈曰："粤中市侩惯于捉丁。况此童初到省中，乡音未脱，他知彼易愚，更试其伎俩。此后君有所需，可着予之仆阿升，代为采办，此人忠厚，(未完)

(续)且善于经纪。"生如其言，觉亚升代市之物，价廉而美，故甚德其主仆。

某又向阿升询以住所，初犹隐讳，某请之坚，遂导某往。将至寓所，见路旁屋中一丽人，傍门含笑，丰采夺人。某已魂为色授。及抵陈寓，见其陈设甚整，古画名琴，皆异代珍品。即与陈为礼。陈甚怪其来，又责仆不应为其乡道。某询其意。陈曰："无他，此非乐土。不欲君来，恐陷意外耳。君时赐教，亦慰渴想。但须自爱，毋待鄙人嘱也。"某心恋丽人，常到陈处，以饱眼福。丽人每见某过，必以目挑，秋波一转，真个销魂。某于无人处，以游语挑之，亦不见拒。从此野鹜水鸡共效于飞，已非一日。适某偶与丽人依倚，突见一麻疯人，自外至，衣服甚都，惟红云满面，手足拘挛，令人骇怕。丽人曰："丈夫已回，教生暂避。"生闻之魂魄丧失，回寓痛哭，以为七尺昂藏，从此断送。转念陈平日自诩善治此症，求他或可挽救。但事出暧昧，恐受笃责，筹箸[躇]久之，不得已诣陈处，见陈长跪。陈惊讶问故。生以实告。陈曰："仆不欲君到某寓中，正恐年少，堕其陷阱。今果若是，教仆何以对君尊人？"某受责不发一语，惟痛哭求救。陈故作难状。求之不已。徐徐言曰："仆疗此等症，非千金不为下药。今与君人善，最难言此。但取回药费六百金，余作仆尽义务，不知君能筹此巨款否？"某闻之，即称可勉强从事，惟求务尽心力，以期症不发作。陈曰："限百日外无事，方收药资。"彼此言定，某即返家，诳其母，称有关节路，需六百金打点。母素爱某，且望功名心切，即如数与之。某返省，即交三百与陈。陈即投刀圭数服，酸苦不等。逾百日外，某觉安然，续交三百。陈又至嘱一番，无非戒食毒物，保无意外等语。此后往来渐疏。

逾数月，辞某回淅[浙]。某送至渡头，作依依状。某旋返家，心犹惴惴之。过年余无事，心甚德陈。值父自淅[浙]归，某以陈事问父，父云无此密友。某尚疑惑，偶语此事于友，友曰："子堕骗术矣。"某问故，友曰："他先侦得君家世，故设此局，初诩其善治麻疯，以为伏线。知君少年易为色动，故卖[买]妓伪作疯人妇以吓君，使君受骗于不觉，而反德之，术亦巧矣。"某始如梦初觉，徒呼负负而已。(完)

（1908年1月14日、1月15日）

《真光月报》

1902年创刊，月刊，驻粤传道的南美浸信会教士湛罗弼创办，陈禹廷协理，湛罗弼为主笔，廖卓庵（云翔）为副主笔。1906年改名《真光报》后有经筵、教镜、灵粮、传记、新闻等栏目。1912年附张有故事新闻、时事新闻等栏目。1917年改名《真光杂志》，有画图、布道要论、圣约说林等栏目，1942年停刊。现存小说仅1篇，为译作，短篇，本集整理。

小说：渐渐女仙（湛罗弼译）

从前有一个风母，他和七个小孩子（即微风）住在一株空树，因屋烂漏水，孩子们容易伤风，遂有意迁居别处。惟孩子们尚幼稚，未能远行，拟待他们长大，然后迁向西去，与其祖同居。祖名风飓，是一个大财主，据有大平原为业。当时风母每日都要作工，始有费用。有一天绝早起身，对七个微风说：“今天一定燥热。”微风们闻老母所言，知道其母要去日落湖（湖名）尽日作工，就对母亲说：“好啊！我们都同你去。”母说：“我所爱微风呀，这做不得！若我去一点钟，或两点钟，你可同去。但今天要去够一日，你们力量不足，万万不能同行。”说完，就穿起工裙，又缚实做工夫的双翼，又拿一张树叶，封住门口。小孩们见他封门，就喊哭起来说：“在此处这样黑暗，这样逼窄，怎能见面顽耍呢？”风母因为见惯，就不理会他。但吩咐他们说：“若是绿鬼来，你扪切不可放他入来。”各微风说：“我们飞出外便与他顽耍，做得不？”母说：“这断不可。今日天气很热，你们出来，不转瞬间，必被吸吞尽绝。”有一微风很好讲话，就说："我们和他讲话，做得不？"母说："这可做得，但切不可放他入来。"有一微风很好喜笑，说："我们笑他，做得不？"母说："这可做得，但切不可放他入来。"有一微风很好操权，说："我们怒他、责他，做得不？"母说："这可做得，但切不可放他入来。"有一微风喜令人得安乐，说："我赞誉他，做得不？"母说："这可做得，但切不可放他入来。"有一微风耳甚聪听，说："我们听他讲话，做得不？"母说："这可做得，但切不可放他入来。"有一微风善能爱人，说："我们爱他，做得不？"母说："这可做得，但切不可放他入来。"有一微风喜以食食人，说："我们请他食晚餐，做得不？"母说："这可做得，但切不可放他入来。"风母和微风们讲完，就以小术将树叶封固。微风们看见更大声喊哭起来，说："这样黑暗，又逼窄，又寒冷，怎能忍耐得呢？"风母因寻常听惯，不理会他，见所糊树叶经已干固，就放心起程，赴日落湖作工。

微风们知母已去，就破涕为笑，尽力顽耍。阅点有余钟，就听闻日头说话，今已十二点钟了。微风们即时取出碗碟等件，食午餐，刚才食完，闻外边有大嘈闹。他们听见，就肃静，放下碗碟，屏绝呼吸，细声互相传语说："绿鬼来了，因他来一定带同嘈闹，故可知是绿鬼。"言时，忽听外边有话说："微风微风，你在这里不在？我来探候你。"微风们向外一看，知是绿鬼，就细声互相传语说："确是绿鬼来了。"喜讲话的微风以手掩唇，示各微风勿轻动，他就向住绿鬼说："我们不在这里。"绿鬼说："我知你们实在这里。"微风说："你倒错了，我们甚静，你必不能听见。但我们知道你是一个绿鬼，因你出行，必定带同嘈闹。"绿鬼说："不然，我不是绿鬼。我是一个好女仙，特来探候你。"微风说："你更错了，你不是女仙。因女仙出游必静，惟你则必带同嘈闹，你快去罢！"绿鬼知不可入，无奈垂头丧气而去。微风们见他已去，就洗净碗碟放回原处。

绿鬼怏怏走去雷处，对雷说："我今定意不用嘈闹，你可用他不？"雷说："自然做得，不独一个，即四十个亦不多。但你要应允一件，此后勿和他及他的家人相与，才做得。"绿鬼说："这个自然，应允照行就是。"说完，静静复回树下，对微风说："微风，你在家不？我来探候你。"好笑的微风说："你是何人？来为何干？"绿鬼说："我是一个好看的女仙，特来探候你。"微风闻言，笑不可仰，说："你是女仙吗？女仙的声很温柔，很甜滑，很好听。但你的声是绿鬼的声，你快去罢。"

绿鬼无奈，怏怏走到溪涧处，说："溪涧呀，求你俾的好声过我。"是时溪涧正在唱诗，即在诗中答绿鬼说："哦，这都可以的。但你要应允一件，此后勿再搅浊溪水才做得。"绿鬼说："这个自然，应允照行就是。"说完，即回树下，以至调和、至悦耳之音对微风说："微风呀，你在家不？我是女仙，是至好看的女仙。"微风们闻他的言，十分悦耳，差不多欲开了叶门，听他入来（因母亲曾对他们说，若有紧要事件，亦可开门）。喜讲话的微风说："老母并未准我们接女仙入来，这断不可。"以食食人的微风说："老母准我们和女仙顽耍，又准我们请女仙入食餐，有何不可？"喜操权的微风说："我有一个法子待他，无论他是不是女仙，直当他是绿鬼可也，我们可去责他。"因即向绿鬼说："恶、恶、恶绿鬼，你因何自称是女仙呢？女仙眼是天蓝，你的眼全是绿的。女仙皮是白，你的皮全是绿的，你快去罢。"

绿鬼无奈，直走到青天处说："青天呀，求俾你的蓝，放入我的眼儿呀！"青天说："哦，这都可以的。但你要应允一件，不再藐视我才做得。"绿鬼说："这个自然，应允照行就是。"绿鬼又走去苹果树处，当时树已生花，有红白两色，绿鬼说："树呀，求你俾白色做我的皮，俾浅红贴我的腮。"树说："哦，这都可以的。但你要应允一件，不再摇动我枝、不坏雀巢才做得。"绿鬼说："这个自然，应允照行就是。”说完，复回树下，对微风说：“微风，你在家不？我是一个好看的女仙，特来探候你。”喜赞誉人的微风说：“你们来看，外边有一个顶好看的绿鬼。他的头毛全是绿色，他的身好像一个桶子，放在两条竹上。我见鬼忒多，但未曾见这样好看。”

绿鬼听闻这些说话，快快走到包粟处说：“包粟呀，求俾你的须做我头毛。”包粟说：“哦，这都可以的。但你要应允一件，勿再俾黑霉放我身上才做得。”绿鬼说：“这个自然，应允照行就是。”绿鬼又走到凤尾草处说：“凤尾草呀，求俾你的好衣服赐我。”草说：“哦，这都可以的。但你要应允一件，勿再以脚踏我才做得。”绿鬼说：“这个自然，应允照行就是。”说完，复回树下，对微风说：“微风，你在家不？我是一个好看的女仙，特来探候你。”聪听的微风说：“好，果然好看，你是一个好看的女仙。但我听你心跳，可惜你的心是绿鬼的心，与别样心大有分别。”

绿鬼无奈，又走去一只好狗处说：“狗呀，求俾你的心跳赐我。”狗说：“哦，这都可以的。但你要应允一【件】，俾我常有好处才做得。”绿鬼说：“这个自然，应允照行就是。”说完，复回树下。看见自己身上，大与往时不同，脚皮如凤尾草一样好看，手足俱白，发如金丝，自思自想，自言自语：“我确是一个女仙，但出世时并非如此，又非一朝一夕便能如此，实是由渐而成，我实可称为‘渐渐女仙’了。”又想：“我得做女仙，用去价钱甚少，只是应允不再作恶，便可成就。日今心跳，与前不同，自觉极喜乐，极仁慈。”是时仍欲入微风处，但开口就说：“微风呀，今天很热，你们切勿出来，免被吸吞尽绝。你们至好听老母说话，在家静坐，六点钟时候，你老母一定回来。”爱人的微风说：“多谢你替我们关心，除女仙之外，无别个能讲这样好话。”喜以食食人的微风说：“我们请你食晚餐，你肯不？”女仙说：“好啊，我在外边保护你，等你母亲回来，你们不用惊慌，放心憩息也罢。”微风们就一同睡去，至六点钟不醒。母回,揭叶而入,他们方才起来。母说:“我要快的食餐。因外边有个至华美、至好看的女仙,我已经请他同食晚餐。我是至安乐的,又是天晴,又是多有工夫可做。我的孩子们又尽日安乐,目今又得一个女仙同食,我岂不是至安乐的么?”

译者曰:助人为善,自己亦必得益。观于微风可见。

又曰:人特患不求自新耳。汤之盘铭曰:“苟日新,日日新;又日新,为圣人亦不难。”女仙其小焉者也。

（1906年第2期）

《广东日报》

1904年创刊于香港，日报，1906年4月停刊。香港开智社发行，郑贯公主编，岭南报人黄世仲、陈树人、胡子晋等参与编撰。以“发挥民族主义，提倡革命精神”为宗旨。一年后李汉生接办，言论激烈，因股东惧祸而于1906年停办。代售点有广州城内、佛山、江门、大良、梧州、石龙、澳门、海防、横滨、上海、陈村、新加坡、新金山、檀香山、石岐、海口。文学作品主要发表在副刊《无所谓》、《一声钟》里。现存小说共4篇，其中长篇小说1篇，不完整，不列入整理对象。其余3篇均为短篇小说，本集全部整理。

短篇小说：一掴血（伟）

陆某，性顽固，而妄自尊大。有与扳谈者，辄鼻高于眼，如俗所谓大架子者，人遂以大陆呼之。居恒不出门户，年及壮，犹不知外事。嗣有盛道外洋之美者，陆始暂营洋务，时与外人交接矣，而顽钝如故，妄自尊大如故。某日因购高丽参，与外人争值，外人势甚凶横，陆之私人有劝陆退让者。陆以为天下谁敢我抗，争辨不休。外人怒甚，伸掌一掴，陆几殆，自是垂头丧气，事事让外人矣。外人亦昌言曰：“东方有大陆，可以威吓者也。”闻陆近已老大，益哀惫，向之自尊大者，至是又多疑忌，每读史至“神州陆沉”之句，以为是不祥之谶云。

（1905年7月26日）

记事小说:樱花梦(伟)

少年某,美丰仪。年十八,娶妇矣。妇故旧家裔,略通文翰,如世所谓才女者。归某后,伉俪甚笃,非有大故,跬步不离也。某虽深处,亦日阅报章,藉以消遣,间举一二事,为闺房谈噱。因习闻近日少年,必以能谈新学为高尚,且多游学外洋者。会中表某,新自东洋归,踵谈竟日,盛道留学之增长识见,且曰:"即为利禄计,亦捷径也。"某初畏辞家之苦,继又艳羡不置。妇微窥其意,故从旁怂恿之,某遂决意东行。装成,告行于常所知交,知交有设筵以饯者,且祝其将为中国主人翁也。某颇自豪,因酣饮,归已夜深矣。妇为检点行箧,犹未眠也。某慰之曰:"卿今夕劳矣。我远行后,卿得毋以岑寂怨我否?"妇曰:"妾虽别君,犹家居也,何寂之有?君自此客异域矣,旅愁枨触,毋以闺中人为念,使妾累君荒学也。"某大言曰:"男儿志四方,床头人岂屑介意者?"妇颔之。翌日遂行。

抵东后,月必有一两函回,以慰妇也。越半年,忽一月不见书至,妇以为寄书邮或效殷洪乔故事。然邮便流通之地,又当不出此。再阅一月,而书仍不至。妇萦念綦切。时方暮春,燕影帘前,莺声陌畔。吟"忽见陌头杨柳色,悔教夫婿觅封侯"之句,神思黯然,奄奄睡去。恍惚身登轮舟,飘荡海际。俄抵岸,则道路宽敞,楼阁平列,纸窗竹屋,时点缀于其间。路旁一园,信步而入,曲径通幽,回栏掩映,草茵铺地,樱花蔽天,隐约露亭宇。妇思小憩,突见有女子,徙倚栏畔,髻鬟高拥,长裾大袖,飘飘若仙。旁一男子,偎之而立,喁喁私语。妇急退避,男子似觉之者,反身向内。转移之际,妇瞥见之,则其夫少年某也。妇遽前执其手曰:"我以君为远游求学，乃在此狎邪耶？”少年面有惭色，因低声曰：“卿勿孟浪，此东邦女志士也。”妇曰：“在此奚为？”曰：“渠以我青年向学，已与我结婚矣。我亦藉渠为磨砺之具也。”妇大怼，思以情直告女，女忽不见，因怒詈某。某无地自容，大言曰：“我已言之，男儿志四方，床头人岂屑介意者。门以外非卿所能干预，况异国乎？”妇大恚，哭失声。侍婢疑其梦魇也，推之醒，则日向暮矣。迴思梦境，历历在目，益悒悒不乐，然未尝向人道也。

俄亲串中有知某之事者，扬言某已与外人结婚，得外助矣。妇微闻之。报章亦隐约道其事，妇愈抑郁。有劝妇直抵东洋，援不得重婚例与某争者。妇曰：“郎初行时，妾以毋念闺中人告，虑其思家念切，半途而归耳。今得外助，是绝其思家之念，益坚留学之心矣。妾以是自慰而已。”人皆贤妇之善怨云。

（1905年7月28日）

小说：百合花〔选录〕

话说西历一千八百七十九年间，法国大统领麦马韩，忽然辞职去。一时新闻纸喧传，都说是别有深意，所以皇位也不要了（法国是共和国，大统领就是皇上）。那知这，并不为什么，被一枝百合花，误的事呀。百合花的历史，话说起来是很长，今把他编成小说，内容的事迹，很有瞧头。也可以算是写情小说，也可以算是政治小说，也可以算是侦探小说，千奇万妙，五花八门。此中很有趣味儿，可以醒看官的睡魔，可以愈看官的头风，可以增看官的智识。看官们请坐下，慢慢儿的看，细细儿的看。别忙，忙了就瞧不出妙处了。麦马韩，是拿破仑三世的陆军大将，因立大功，封到将军。性情温厚，爱国心最重。拿破仑三世被擒后，人民都说麦马韩忠义,就公举为大统领。

麦自小就有爱花癖。做统领后,在自己住屋内外,摆满了许多名花,得空儿就赏花玩乐。有一天,早起,见花瓶中,不知何人,插了一把百合花,香气袭人,跟寻常花大两样。且扎得很巧致,知道是闺阁中物,心中大为诧异。正想要查问,因事忙,也没有得问。

第二天,见瓶中又换了一把新百合花,更为惊异。就唤齐诸婢仆,问此花的由来,都说不知道。惟有一个常在身边伺候的小仆,神色中仿佛有知道的意思。麦就连连追问:"这花是那儿来的,你知道么?"小仆答道:"我连着两天,在街上遇着一个年轻的女子,拿了这个花,交给我带回,敬呈大统领殿下,并且教我安置在案上,不必声张。那女子用宫纱覆面,没有看见真相,大约总不是寻常人。"麦听了,暗暗的想道:"这是谁家女子,怎么这样多情?我若自己出去访他,必能一亲颜色。"就出门去访了一遭,没有遇着。(未完)

(续前)第三天,见瓶中百合花,比前更妍丽。然美人信息,竟一点影儿没有。再问那小仆,还是那样说。麦情急,就坐了马车,四处的去寻访,又没有遇着。

又一天,正在无聊的时候,取这花反覆玩弄,忽见花瓣儿内,隐隐的有一小纸条。拿出来一瞧,见有字一行,译意是:"妾爱君,所以赠君此花。君若将此花插钮扣中,爱花就是爱妾了。"麦一瞧,明白词意,知是美人暗递消息,必有佳遇。就把这花,插在襟上十字勋章处(各国君主的衣服,左襟上,必挂一个十字大勋章,作为表记),到波罗湖边,最热闹的地处,时时来往游玩。但见车马络绎,游女之如云,留神细瞧,却没有带百合花的。正在怅望的时际,忽见一辆马车,迎面而来,车中坐着一位美人,衣襟上,插着同样百合花两枝。麦就定睛瞧着,车中人也秋波一转,仿佛暗暗

送情似的。说时慢,那时快,一晃车已过去了。麦大喜欲狂,欣欣然回去了。(未完)

(二续)次日,花中又有一纸条,译意是“感谢深情”。麦就把这纸条,密藏衣兜内,日夜盼望再遇,睡梦中也仿佛美人在前,几乎成相思病了。

又过了几天,正在玩弄那花,花中忽掉出一物,如同鸽衔橄榄状,拆开来一看,不是别的,是一封情书。但见上写着:

君爱此花,足见情深。但不知君究竟是爱花呀,还是爱妾呀?倘若果因爱花,不忘情于妾身,那就请君明日午后十下钟,到英黎慈花园一小角门内,妾必定在那处等候。勿令外人知道,至要。

麦看完,魂飞魄散,真快活得要死。次日就如约前去,到花园时,钟正敲十下,见角门半开半掩,似已有人进内状。麦正要进门,瞧见一美人,慢慢的一步一步,已从花阴中迎来。麦赶紧上前拉手,但见美人宫纱半露,真如碧蟾新吐,娇妍万状。然流丽中觉有一种庄严气象,凛凛不可犯。麦此时神魂颠倒,不知怎么是好。忽听美人问这:“今日相遇,真是难得。今有一言相告,谅君决不见怪。”麦连答唯唯。停了半晌,向女说道:“我们二人相遇,虽不是偶然,然而都是因卿多情,所以我也不能忘情。我为了一枝百合花,吃也吃不了,睡也睡不着,今卿忽然说出这种话,真是太不见怜了。”(仍未完)

(三续)女子听毕,嫣然笑道:“君既然这样情深,从此以后,请君即呼妾为百合花史,好不好呀?但不知这花与政治上有关系没有呀?”麦一听“政治”二字,陡然一惊,暗暗的自想道:“可了不得了!百合花这个名目,是法兰西王族的徽章。这女子忽把这花赠我,居心不测。我是法国共和府的大统领,今因为寻一美人的缘故，带了这百合章，出入巴黎城中，倘然被人瞧见，国家大事，可就要去了。”心中暗暗猜度，脸上不觉得露出怒容。女子忽又娇滴滴说道：“冒昧说错一句话，是妾的过处。今日彼此相遇，却没有别的什么意思。君倘然不蒙原谅，妾就请告辞了罢。”说定，就把宫纱解去，用袖遮面要哭泣状。麦本是多情人，见了美人这样情景，不觉心又一动，就转怒为笑，再三的安慰女子。彼此又说了许多话，直到夜深更阑，两人才散。看官可知道，有他二人这一次夜会，巴黎城中，就起了大风潮了。

原来百合花这名目，是法国的旧旗章。麦登位后，改为共和政体，另用三色旗。王党恨他得了不得，就用了这美人计，令麦佩这百合花，以便倾覆他责任。这美人就是王党阿力五世的爱姬，寓在台尔利士旅馆。这旅馆中，半都是王党居住的。麦虽已看破机关，然恋恋女子，色令智昏，竟赴女子的密约，又到旅馆中去。那知两日前，总监官已密受内阁命，查探大统领的动静，今见麦果在王党旅馆内，警查官就随入旅馆，向麦行接见礼道：“总统既与王党密谋，请即把这个意旨，宣布国民，今日就是大统领下职的日期了。”

麦此时，才知中了美人的奸计，然已无可挽回。到了第二日，元老院中，有麦统领辞职表一件，布告全国人民，大统领的皇位，就让给了“孤特依”了。(完)

（1906年1月4日至1月8日）

《女界灯学报》

1905年创刊于佛山，月刊，由何志新创办，“以新学理开妇女之智”为主旨但全年仅出版十册。发行所在佛山镇走马路女界灯学社文白兼用，设社说、白话、时论、实业、歌谣等栏目。代售点有佛山、广州、香港。现存小说仅1篇，为短篇小说，本集整理。

小说：丽娘（女雄）

丽娘，佛山近乡人，其姓氏不详。幼鬻于佛山杨氏之家，貌端丽，略通文义，然口讷，谈吐间极形困拙，以故年二十，犹未适人。去岁，有业麻何某，以三百金买之为妾。初颇相得，然大妇悍甚，何某遂另税屋与丽娘居。数月后，大妇侦知之，乃率童仆往问罪，迫何某与丽娘同返己室。何某素惧内，即奉令惟谨。自是之后，大妇日施其威逼强横手段，以对待丽娘。鞭朴横施，迄无宁日。无论鲜衣美食，不得与闻。即残羹冷啜，破衣败絮，亦几有不获饱暖者。丽娘亦无如之何，惟日以泪洗面而已。

某与何氏少有瓜葛，会以事至其家，留滞数日。入门，丽娘适在座。某见其衣衫垢敝，病骨如柴，以为邻右之贫寠者，偶至此耳。迨相见后，乃始知即丽娘也。是时，某已窃窃疑之，以为何某素豪富，即令与丽娘绝无爱情，然亦非与彼绝无干系者，胡贱视之如是？是夕晚餐，丽娘不与，惟侍于大妇之旁。既大妇命往取他物，丽娘适他顾，该妇遂谓其简慢，狂挞之。丽娘哭极声嘶，面无人色。某见其过恶，乃代丽娘请罪。妇怒犹未息，尚欲再施鞭挞，顾碍于情面，卒亦不果。入夜后，某与其家人絮谈，谓彼御下太忍，君等与彼为一家人，宜有以劝导之。其家人曰："妇恶悍出于天性。今夕之事，我等殆视为习惯，姑娘特少见多怪耳。劝导之责，我辈亦尝任之，然亦何足补救？岂独我辈，即妇之父若兄来，屡督责之，亦未尝少悛也。犹忆今春二月时，以些小细故，挞之几死。较之今夕，其狠戾尤甚也。"某问何故，对曰："是夕主人自店中归，欲为夜宴，呼丽娘起炊。时夜已深，丽娘适睡，妇谓其不遵命令，乃大施鞭挞，几一小时，复以锥刺其手腕及足，流血遍地，丽娘遂倒地不能起。我等恐其酿成人命事，乃共劝止之。而以姜汤等灌救丽娘，少顷复苏，乃扶之入房，略为休息。翌晨，始无事，然已不良于行矣。"某闻言，疑信参半，顾欲一询诸丽娘，乃浼其家人，将某意请于其大妇，欲与丽娘一谋面。大妇诺之，家人遂导某以往，至一小室，幽暗潮湿，于地上支一薄板，则丽娘之床也。夹褥一袭，则丽娘之衿褥也。时天气尚寒，某时拥厚衣，犹觉寒气彻骨，何况其单寒若此？乃邀之入某房中，与之谈话，谓之曰："卿以何故，受此磨折？"丽娘曰："妾亦不自知。然自问无大过失，乃受刑戮若是。妾思动物中，惟人最贵。然以姑娘视妾，较之犬马之获主人豢养，饮啄自得，曾及万一否？"言已，泣数行下。某为展其手腕视之，则刺痕班然，尚可考见当日狠戾之情状也。某亦不觉惨然泣下。翌日，某为向大妇游说，并陈述上下当平等之理，冀消灭其嫉妒之意见，妇略不醒悟。后数日，某妇既则报丽娘一病不起，嗣闻丽娘当弥留时，其生母曾来与永诀，自称现佣于佛山，并言所生只此一女云。

女雄曰：呜呼！吾女子日言男女平等，吾不知在家庭中，其对待婢妾何如，是果主仆相爱否？呜呼！吾女子日言脱离专制，吾不知在家庭中，其对待婢妾何如，是果用温和手段否？以吾所见，何氏妇对待丽娘一事，其惨酷之状，有如刑官之苛待犯人，几有令人不忍闻者。世每谓女子素性多妒，是诚然，然亦不尽缘此。大约由于习惯与无学问者半，由于嫉妒者亦半。凡中人以上之家，婢仆必盛，彼女子平日习见其父兄之对于婢妾，颐指气使，以是之故，其自视亦如天上人。至于婢仆，则可任意凌辱，曾犬马之不如矣。又吾国女子，素不读书，平居除针黹以外，懵无所见。若夫人类当平等之理，更茫然不解所谓。吾与何氏妇，本非有嫌怨，顾见其御下刻酷，好个温婉女儿，乃受磨折如此，且并赍志以没。呜呼！吾国纳妾之风，自数千年以来矣，身为大妇，悍妒者何限？何氏妇特其代表者耳。寄语吾女界中人，汝婢妾诚多，然孰非人类？切勿以何氏妇所施于其妾者，施于汝婢妾。谚曰："热火棒，掉不得转头。"设令卿等身受之，其痛苦又作何状？且并告一般之顽固男子，自今以往，尚反对一夫一妻之制度否？呜呼！吾欲作五月花，其如天下无林肯何？

（1905年第3期）

《唯一趣报有所谓》

1905年创刊于香港，日报，由开智社负责，总编辑兼督印人郑贯公，分庄、谐两部，尤以谐部嬉笑怒骂之文章著名，言辞激烈，鼓吹反清，风行省港。被迫于1906年7月12日停刊。主要代售点有广州、澳门、佛山、大良、石岐、梧州、石龙等。小说作品主要发表在谐部中的“小说林”栏目。现存小说共19篇，其中翻译长篇小说3篇，不列入整理对象。其余16篇均为短篇小说，本集全部整理。

艳情小说：佳人泪（亚父）

许宝玉，少痴情，家世性质，仿佛贾宝玉，故名其名。且酷好《红楼梦》一书，十年来，常以伴眠食，当渠十五岁时，与两姨表亲，最亲密。一名赵慧琴，一名陆月珠。俱才貌标新，闺中之媛，而两氏亦腻意留夷，欲结初果，是以皆恳挚來往。然情深是妒，妒即深情，慧琴与月珠两人，雖花下灯前，影朋形友，而镜边帘次，貌合神离矣。至于宝玉，倚无轻颇，决乏从违，且伊两氏者，絜才玉质，轩轾难分，无怪局中人方针定向也。惟慧琴，则敏黠类宝钗，而月珠感情同黛玉，微为頡顽[颃]耳。一日，慧琴过访宝玉，适宝玉小憩于茜纱窗下，手持报纸一卷，丛□翻阅，凝神入妙，殊不知慧琴之珊珊而来者。且慧琴又是不速客，故丫鬟辈，亦罕为通传，一任慧琴行止。慧琴于是蹑足轻近窗畔，试觇宝玉所看何报。转视时，原来系旧年《广东报》，计伯所著之《离恨天》，恰看至第三回“地错天差，系赤绳于白石；花残月缺，葬红粉于黄垆”一章，摇头叹惜，至再至三。慧琴因微拍其肩曰：“宝哥，胡为夫而伤感如是也？”宝玉蓦然惊，蘧然起，见是慧琴，遂转而为喜曰：“慧妹，几时才来者？而行踪殊令人疑煞也。”慧琴曰:“诚久矣。其如宝哥不我知何?”宝玉闻言,为之悄焉,知其意有所关,因曰:“慧妹慎毋以愚兄愚,而以知之为不知也而自误。”乃顺相让坐,呼侍儿添香倒茗。慧琴取宝玉手中之报而言曰:“娟娘之遇虽可惜,而娟娘之名亦诚可爱矣。惟未晓其结果何若,深令人有黄莺醒梦之慕。著书如计伯,亦大赣煞。”宝玉曰:“现闻娟娘已绕道回中国。当计伯在羽田见伊时,题诗壁间,托名欲圆。今吾同窗中,间亦有知其端倪者。第其出没谲异,弗能的确耳,至于计伯著书之不完亦有故。”(未完)

(初续)慧琴【曰】:“姑舍是。敢问宝哥,娟娘之交际,与妾何若?”宝玉曰:“唯唯。”慧琴曰“然【妾】与月珠妹,又何若?”宝玉曰:“唯唯。”慧琴曰:“宝哥既模棱,然则妾与月【珠】妹果何若也?”宝玉曰:“妹妹应自知,奚余是问为?”慧琴腼然,无何退。恰月珠携□过访,既入,宝玉承迎逊坐。月珠见烟氤炉畔,茶泻盆栏,问谁是曾经室处者。宝玉以慧琴告。月珠复问何所谈判。宝玉以论《离恨天》娟娘事告。月珠曰:“渠亦爱娟娘欤? 余犹悲悼之也。敢问宝哥,当日吴士奇,闻娟娘强婚于某氏,将何以为情也?”宝玉曰:“噫! 难言也。弥亦痛心流涕耳。”月珠曰:“妹愚,倘异日闻宝哥与人结婚,其情有以异同于吴氏子乎?”语罢,双眸红现,扑落鲛珠。宝玉引袖中丝巾,忙与拉拭,曰:“贤妹妹,放心,倘愚兄异日不幸与人结婚,必将有以告慰夫贤妹妹。”月珠曰:“然耶?”宝玉曰:“然。倘愚兄异日不幸与人结婚,必将有以告慰夫贤妹妹。”月珠曰:“然耶? 能设誓耶?”宝玉曰“能。”因指天曰:“倘愚兄异日不幸与人结婚,必将有以告慰夫贤妹妹,言出于舌,有如皦日。”于是月珠忍悲饰笑,复谈论些微而散。第耳属于垣,为慧琴侍儿丽婵所闻,归告乃主。慧琴曰:“咄,异哉! 彼能与宝哥约誓乎? 吾将破之。然事寖急矣,此行未可缓。”遂起,穿花拂柳,复往宝玉处。时【已】半天红日,挨近黄昏,雀噪竹梢,蝉藏叶底矣。迨至,适厨娘托侍儿碧筒，禀命受餐，而宝玉亦允以适时。恰见慧琴来，因曰：“慧妹何复来也？”慧琴曰：“偶看鹭乱鸳群，浑忘归思耳。”宝玉曰：“然则慧妹倦矣，盍小憩乎？”（未完）

（二续）慧琴点首就座，侍儿复加双箸同膳。慧琴谓宝玉曰：“今日诚倦矣，能为我略备杜康乎？”宝玉曰：“诺。”命碧筒开威士忌。慧琴举杯相让，殷殷推宝玉共酌。宝玉平素徇情，恐失其欢，遂亦陶然相对。慧琴于斟饮时，觉宝玉已有酒意，因长叹曰：“我两人洵佳会哉？独惜其不能久也，奈何？”语时隐忧之状，现于言表。宝玉慰之曰：“妹妹无须尔。倘老天无意憎红粉，何患芙蓉不蒂开？”慧琴曰：“宝哥虽如是云，恐未必作如是想。若宝哥肯□玉爱，雪鸿佳话，将何以定其缘？”言次，以目频睨宝玉指约。宝玉会意，乃除指约相赠。慧琴□喜，拜受，即解衿头如意结相酬，复握宝玉之手曰：“今夕何夕，宝玉唯爱侬一人耳？”宝玉酒力弗胜，亦

偎腻作答，而未忆月珠之何居也。且月珠于用晚膳时，不见慧琴，颇为诧异，度其必在宝玉处，因潜往测之。过纱窗外，见烛影摇红，觉一双影儿，忽远忽近，忽离忽合，不辨谁为宝玉，谁为慧琴，乃心为之摇，气为之□，自啮指尖堕泪着地曰：“负心人误妾矣。”恨恨而退。（未完）

（三续）时半钩新月，斜挂松梢，一派清泉，奔流石壁。月珠扶栏欲渡，忽回念竞争世界，退伏者亡，今岂宜因囫囵映响，贻憾终身？未可以如是之愚且弱也。且宝玉平素多情，此番怪象，又安知非慧琴之诡度？况甘色如饴，寰瀛常事，曷不观西国英雄，如西杂耳，讷耳逊，拿颇伦，与吾国人之信陵君、楚霸王，以掀天揭地之才，犹沉迷圈套，况区区一年少之许宝玉哉？吾当身观亲□□之也。遂转身复回，直入宝玉处，见慧琴与宝玉正值酣饮密谈，究属胜衣弱质，涵养未到，即时柳眉竖碧，杏脸舒红，频呼曰：“咄咄怪事，宝哥能毋忝乎？”宝玉闻言，如受一枚醒酒石，醉气全消，赧怍

不迭。方欲遁词掩饰，而慧琴转羞成怒，大声曰："此吾两造事，于月妹何预？月妹宜自谅，且今而后月妹如与宝哥，有所言，当递愚姊权下可。"月珠闻言，更为愤突，欲与抗辩，而不知言之从何起，惟直视宝玉。而宝玉又不发一词，因怒极曰："负心郎！因果殊不爽也！因果殊不爽也！"三致词而出，狼狈妇[归]去，呜咽自挫。复猝然起，命小□携纱笼导引归家，并谓司阍曰："如许公子来觅妾，汝当如此如此覆之可也。"司阍应诺。而月珠转身一斩瞬，【而】宝玉果喘喘而至，亟问曰："月珠小姐，曾回府乎？"司阍曰："然。且整装出门去矣。"宝玉曰："果乎？夫何去？"司阍曰："谁敢说谎？第未知其何去耳。"宝玉闻言曰："呜！吾杀月珠妹妹矣！慧琴假吾手杀月珠妹妹矣！然言犹在耳，吾不敢忘也。吾将扑索浑球，以搜罗贤妹妹。"遂亦掉头不顾而去。(未完)

(四续)先由附近姻娅中物色，罕觏踪迹，然后乘轮出香江，经福州，泊海上，亦全无影响。不得已暂停奔走，欲小寓三马【路】，则润母舅处，以得便于观察。殆通传入门，适伊父许应麟，出京办□，正与□则润对坐茗谈。此际宝玉心惊脑悸，惟趋步上前，肃拜而已。应麟见宝玉无端撞至，亦为诧异曰："顽儿来此何故？得毋家中有异耶？"而宝玉倏然被问，仓猝未能作答。无奈，因以实告。应麟大怒，严加斥责。殆威稍霁，则润代为缓颊，命家人即时拘送回粤。应麟并修书一封，付与夫人霍氏，内有"此儿痴顽，可从姻眷择一严慧女子范围之，便宜行事，赵氏女则称之矣"云云。无何至家，家人因是夜宝玉出门不归，俱已魂沉魄散矣。今一旦回来，胜获珠宝，于是老少挤集根究。宝玉惟双眸闪闪不发一言。唯徐家人代为表白，兼呈上万金。霍夫人看后，即委媒谋诸赵氏处。赵姊素爱宝玉，闻介所请，一诺肯成。霍夫人上承夫命，卜吉行六礼，无由宝玉主。迨日换月移，佳期已届。慧琴故色舞神飞，而殊不知宝玉之心烦意乱也。且宝玉溯自酒后迷离，一时

忘怀月珠,实非素性。况誓词犹在,口血未干,步彳亍以迟迟,心忐忑而怅怅。于所谓迓轮合卺,不知为何物而洞房【花】烛,懵灼双辉,长枕文鸳,安知独宿。慧琴睹此情景,又觉更深人静,因微笑曰:"宝哥千金良夜,胡为不豫者?"宝玉不答。慧琴复言曰:"千金良夜……"忽叩户声频频敲扑。宝玉趋启之,侍儿碧筒持书入曰:"顷来大至急,故扰以交公子。"宝玉取就烛下,见表面上书"许公子宝玉亲展"七字。启之系一白绫帕,鲜血晶莹,画成一心一手,互相连属,料必嚼指所图者。拱持默视良久,赖[顿]足发叹曰:"噫,我知之矣! 此乃月珠贤妹所贻而怼我者也。"语时,泪落帕中,灌溶血渍,散润如残荷【着】雨,虾泛微红,惨目伤心,莫此为甚。世有钟情人,能无三呜咽欤?

(五续)是时慧琴,亦并肩同拟此帕。慧琴曰:"宝哥,错误会矣。此诚月妹所诒,第以妾意,恐非对怼之微词,而实遥祝之好意也。曷不观红为喜像,一心一手,互相连属,画成得心应手之图欤?"宝玉摇首曰:"慧卿休矣。此诚对怼之意,责余抚心自问也。如月妹无好果,余与卿,断无好果也。"语讫,伏案啜泣。慧琴不敢强劝,一任玉壶滴漏,暗倍长叹之声,鱼鼓传更,枉度销魂之会。俄而东方既白,各媵婢恰启朱扉,慧琴正值带闷晨妆,典行庙见。倏侍儿碧筒匆匆入,趋近案侧,乱摇宝玉曰:"醒,醒,醒!"宝玉从梦中岸然回顾。碧筒曰:"月珠小姐,昨夜死矣。"正是:鹊桥初度双星夕,潇湘魂梦赴瑶池。人间第一伤心事,竟让卿卿独自知。宝玉听毕,双眸直射碧筒,顿后一倒,堕地而绝。众人大惊,急以通关散、还魂香灌救,约半时许,始转呼吸,微微一顾垂泪满腮。众人见此,心为之小定,即扶护榻上安息。复一小时,隐约人散,只余碧筒一人,伏侍身畔。宝玉轻谓之曰:"碧筒,月珠小姐既死,不得复生。然我当尽此心,汝可于此际人静,持我素服来,余将往吊之也。"碧筒固是情种,不以家法惧,即捧素冠素服,替宝玉装束,兼启园中衡门，带宝玉出。宝玉既离府第，□如诡衔破辔，直驰而轶。行走间，至陆氏府，见鸦雀无声，寂寥绝迹，遂放胆直入。四望愔然，惟觉一老家人，折向西边回廊，己亦随与偕往。回绕数处，及一高轩，一漆棺陈于厅侧，殓而未盖。月珠之侍儿秋云，寝□侍侧而已。宝玉睹此惨剧，抢步上前，哭不成生，抚棺一恸，绝而复苏，觉月珠之神色如生，惟双目不瞑，炯炯犹带怒气。（仍未完）

（六续）宝玉曲跪俯视，血泪洒落月珠衾覆上。月珠似若有知者，两眼亦涌出珠泪无数。宝玉大惧，以头撞棺，用力过猛，脑眩而倒。当秋云见宝玉之来也，恨为主人之仇仇，刻欲甘噬其肉，故全无瞅睬意。今见其气绝倒地，又似甚怜宥，即唤家院拯救送归。比归精神复原时，月珠已卜窀穸矣。但从此宝玉，如醉如痴，如癫如戆，众人百端慰卫，亦殊无少误［娱］。一日，谓慧琴曰："吾与子，有名无实，辜负佳期，天乎人乎？自作之孽乎？"慧琴俯首不答，惟泪涔涔下。久之，宝玉复曰："吾与子，闷然人世，夫复何味？余欲将余辈三人事，表白地球，然后寻一死所，卿意何如？"慧琴仍俯首不答，泪涔涔下。宝玉因伟然起，大踏步出门，意欲寻计伯，代编小说，以披露其事。访诸同窗，云计伯避热于南环，遂买舟过访。至，叩门投刺，有小奚肃客入，绕导西厢，见计伯方与一丽人对弈，然亦大家起迎让坐。计伯曰："许君辱临，究何示谕？"宝玉曰："有苦衷，敢求计君代著一书，流传于世耳。"因将自己历史，源源本本，和泪陈述。该丽人亦为之酸鼻。而计伯待其说毕，则曰："许君洵苦楚，仆亦为之腹澹。第此事无影响于社会上，且仆迩来善病，恐弗克为君助臂也。谅谅。"宝玉曰："否否。余巳［已］筹之熟矣，余弗止影响乎社会，余将有以报命夫民族也。"言时，慷慨雄豪，推倒四座。计伯壮其言曰："许君果能如是乎？试言之，如果，余友亚父，有雕绣之才，吾当介绍子而撰其事也。"（仍未完）

（七续）于是宝玉曰："领厚爱。夫仆一介书生，深处阃范，翳何能影响社会与报命国民？然天下事无大小，如肯牺牲生命，何事不可成？故仆今日蒿目时艰，蹇遭不幸，忝延残喘，徒益伤悲。何如轰轰烈烈，将我同胞之公敌炸杀之，既能救世，复可成名，奚不乐而为之？故仆立此毅心，决无昙幻，只惧泯灭不彰，是以有所拜求计君也。"计伯击节曰："壮快哉许君！英雄哉许君！吾将翘企尸祝之也。"并持桌上红酒作贺。丽人取杯在手，倾满而进诸宝玉。宝玉接杯曰："忘问卿卿佳名，幸祈我告。"丽人曰："妾宝兰氏也。祝君伟绩，愿敬一杯。"因相浥注欢饮。计伯更与宝兰约宝玉观风，漫游马交石，长啸襟海楼，兼驰车前山寨，小憩于亦圃。亦圃主人有孟尝风，惜不在家，宝玉因题诗壁上而归。诗曰："丈夫不轻生，丈夫不轻死。生当据虎头，死或骑箕尾。岂肯羌无故，污秽廿世纪。余今憬然悟，洗刷囚牢耻。焚毒扫羶腥，责尽一分子。同胞谛听者，拭目观畸绮。题诗亦圃中，乃作记念史。"时车如流水，已回故处。翌日，宝玉告归，计伯与宝兰送至马[码]头，固是一番离绪，且俱有口占痛别。计伯诗曰："此日牺牲身救国，当时饕餮眼看花。快哉两极英雄事，不外钟情特别家。"宝兰诗曰："自惭薄命皆儿女，谁料囚形到丈夫。砥砺翻成君伟绩，爱怜妒慕泪糊模。"无何宝玉去后，恰亚父之《佳人泪》出世，而宝玉亦成万世不灭之伟业，将我同胞之第一民贼爆炸，死于通衢。慧琴感宝玉所为，亦舍身救世，将我同胞之第二民贼爆炸，死于华夏。猗欤休哉！他日巍峨铜像，高耸云霄，塑成一双佳人，岂非雄武风流哉。（已完）

（1905年7月20日至7月28日）

政治小说:天涯恨(亚斧)

黄祖荫浙人,太高祖为明末参将,满清入关时遇害。其子孙遂流寓于粤之琼州,家世清贫,无仕宦者。至荫大父,始青一衿。荫少失乎怙恃,赖大父舌耕抚养,兼教之读。无何,大父去世,荫年仅十四,伶仃无依,往靠母舅伍氏,伍氏家颇饶,仍使之从塾师学。荫聪明过人,经目能忆,及诵《史记》,尤慕楚项羽之为人。性尚武,豪爽自喜。每戏其同学曰:"观公等皆一介书生,即得志,亦不过衣锦绣,餍甘肥,执三寸管,舞文弄墨,坐享太平耳。若遇惊天动地、移山倒海之伟事业,还当让诸乃公。"以故,同学咸呼之为大话黄,荫弗恤也。俄闻文宗案临,学生辈,争先预备。或有诘荫曰:"足下素轻文重武,此科能勿考否?"荫答之曰:"大丈夫之喜功名,本欲藉之以施其怀抱,若志只在□功名,而无所表白于世,何取焉?"言罢,上堂辞塾师回家,捡点先人所遗之文具,以待入场之用。偶开竹笥,见有一破盒,面上书"血嘱"两字,急启视,则数重纸裹一血书曰:"大明不幸,被满洲窃夺神器。今者,兵败城陷,誓以身殉。然我既死于忠,儿不可死于孝,宜速寻生路,延此一线宗祧,以期日后复仇。父(师义)绝笔。"荫阅至此,始知其祖宗之忠烈,与满人实有不共戴天之仇,不禁汨涔涔下,顿足大悲曰:"天乎天乎！何使吾见此书之晚也!"于是考试之念,如冷水浇背,决意别业归家,闭门学剑,将所存之旧书册,尽售以度日。(未完)

(初续)不两年,坐食资罄,仍仰给于舅氏。舅情念至亲,亦时周济,每责其无故弃学,惟低头长叹,不肯将心事泄出。一日,正在家闭户舞剑,忽叩门声甚急,启关,则妗母刘氏也,泣告荫曰:"你舅父昨因与富人邱某,争买一婢,不料邱凶暴不仁,诟骂两句,竟将你舅踢死，望甥速为出力。”荫怒气填胸，奔诉邑令。而邱某神通广大，百般贿赂，令为利所动，模糊结案。妗屈无可伸，只对荫流涕。荫愤极，慰之曰：“此事即遇路人，亦当代抱不平，何况戚族攸关，倘不能为妗昭雪，请以死继之。”是夜遽带剑逡巡入令署，令方偕其爱妾对酌，荫突到前，挥剑指之曰：“民贼识吾否！”令欲号，荫割去其耳，令魄落魂荡，负痛伏地，震慄问故。荫曰：“你受钱枉法，使吾舅父【冤】沉海底，今特来取你之头耳。”遂一剑斫之，其妾已昏倒。荫以孽由令作，不忍加害，移一大衣箱压之，逾垣飞出。随寻邱某，正遇邱携灯自外归，荫匿于暗处，候邱行近，礫石猛击之，中脑而毙。荫立返报妗知，妗以后患难免，赠资着其速逃。荫仓猝向海口，适有船往南洋，荫附之而去。妗恐祸，亦自缢。次日，令妾及邱家果控官追拿，但已无人可究矣。荫抵叻，税居客寓，思觅一枝栖，奈无门径。不数月，资斧断绝，店主人不容逗留，迫得行乞过吉隆，卖字糊口。每念年华已长，上不能报祖宗九世之仇，已则遭此艰难奇险，无家可归，天涯沦落，只身万里，不觉仰天痛哭，拔剑尽断其发。先是，有李生，为人佣书者，见荫墨迹，深羡之，访荫于旅次，谈言微中，彼此恨相见晚，然李非处好境，势不能为之分忧，心照而已。一晚，李偕一友，邀荫到青楼叙饮，荫久羁寂寞，正欲借酒浇愁，闻招，同往入院。李为之呼妓侑酒，妓名删粉，姿容绝代，沉默少语，荫询其名为谁所命。粉以己对。荫戏之曰：“噫！卿故读书识字者耶？度卿命名，得毋欲寄巾帼丈夫之意乎？”粉闻，眉头一攒，秋波频频瞩荫。李大笑，引以大觥，罚两人饮。荫量豪，一吸十觞。（仍未完）

（二续）既而筵终，荫大醉不能行。李与友扶入删粉房，嘱善视之。少顷，荫酒醒，见粉坐灯下，独自观书，起而谢之曰：“不图过醉，渎卿床褥，尚望勿罪。”粉亦揽衣起，含笑答曰：“君曾作呕知否？妾近前招呼，而罗袄尽为酒渍。”荫索看，污秽不堪，心滋愧愿。粉接置椅间,曰:"此区区微件,何足介怀?不过聊示君之酩酊耳。"荫益德之。谈次,编其所阅书,乃《聊斋》一卷。中夹有绝诗一首云:"一身漂泊到天涯,去国文姬信可悲。搔首几回眠未得,半钩斜月照娥眉。"尾书"删粉稿"。荫击节称赏,谓之曰:"顾卿命名,已征明慧。得读佳作,益令人景仰。然卿处勾栏中,文字从何学来,想必有原因在,能为仆道否?"粉悲哽曰:"告君量亦无妨。妾长安钱氏女,父梧州太守,因不善逢迎上司,致被去官。闲住年余,不幸大人中疫弃养。妾母早死,继娘狐鼠心肠,改嫁他人,复将妾鬻于香港水坑口为娼。而鸨母贪利,转又卖来石叻,故流落到此。妾幼无兄妹,父在时,爱妾不啻掌珠,常请师教妾读,故略识之无。至诗词,尤非所长,仅能咿喔成声,聊以自遣,不意为君所睹,实觉贻讥大雅。"(仍未完)

(三续)荫闻言为之酸鼻,且嘉其聪颖,叹置不已。粉转诘颠末,荫吐以衷曲。荫故服清装而无辫发,粉疑而询之。荫曰:"卿有所不知,我辈汉人,本系束发。二百余年前,被满人窃夺中原,国人惨遭杀戮。吾祖曾被难,复下薙发令,垂拖此辫,牛马奴隶吾汉族。迩者,中外交通,文明日进,凡出洋者,每受半边和尚、长尾猪之诮,稍有热血之人,无不奋起芟夷之。"粉喜曰:"君诚谙熟古今时事者。但闻中国将有瓜分之祸,尚有援救之策否?幸为缕述。"荫曰:"处现在之中国,非覆却专制政府,俘彼独夫民贼,先破坏,而后建设,则日趋劣败,坐待一亡而再亡。就今日俄而论,日本以积弱之岛国,至明治,始革旧维新,改定宪法,只卅年间。此次与俄战,卒能丧其水陆雄师,骎骎乎为地球上之一大国。而俄国继大彼得之伟绩,藏囊括宇内之祸心,率数十万貔貅,势欲鲸吞全亚。而日人卒挫其锋,兵败求和,盖二十世纪天演竞争世界,专制气运衰减之时代也。"粉侧耳倾心,注听入妙,拍掌曰:"噫!妾今得闻所未闻矣!然妾女流,焉得早晚亲君训诲?妾有一言,敬

敢相质，窃妾谪居烟花地，良非素志。况以皮肉作生涯，迎新送旧，耻辱孰有其匹？君非儇薄，妾本有心，倘垂怜悯，乞君援手，愿为婢妾，以备案头驱使。”荫曰：“感卿盛情，不能自巳[已]。然仆非惟客囊羞涩，不敢作此妄想。忖思仆抱祖宗之大仇，抚此昂藏七尺，尚未卜流血于何日，岂肯以生死未预之人，而累及卿？所请量难如命。”(仍未完)

(四续)粉闻言，怏怏不乐，泫然曰：“君言诚是，妾安能勉强？然他日若酬君志，亦肯普渡薄命人登彼岸否？”荫起握腕曰：“仆与卿，萍水相逢，蒙垂青睐，如万一能偿我愿，当筑黄金之屋，以贮阿娇。”粉辗然动色曰：“语出君口，量不子虚。妾敬留此身以候君，倘不谐，誓不别事他人矣。”荫感其诚，亦以白首相矢。二人喁喁作终夜谈，不觉朝暾已上，荫辞归。粉出所拍踏雪寻梅小像索题。荫率笔书一绝曰：“南枝折得尚盘桓，欲寄相思珍重看。如此孤山风雪里，热心转觉为卿寒。”粉漫声吟哦，珍而藏之，握手询荫住址，殷勤送荫出。荫归寓，落魄无以自活。过数日，往商李生，且道删粉情节，因而欷歔。李曰：“君境况仆已代筹及，然足下向未经权子母，各行商店，皆非藏龙之所。仆拟另组织一书庄，足下可往日本贩购新书，资本则谋诸敝友。此举本少利厚，亦最合足下品格，足下以为何如？”荫喜极，李差价往请其友。友到，告以所商，友故慷慨，闻命欣然放下数百金而去。李促荫回寓束装。入门先有一函在，启视之，词曰：“君去后，忽忽如有所失，尚乞过我一叙，以消渴想，盼切勿却，黄君鉴。删粉扶病手此。”荫收齐行李，急往删粉处。抵院，闻粉卧病在床，迅步入房，见镜窗半掩，仅露微光，轻揭绛帐，粉启目见荫，勉强起坐，残妆懒理，云鬓蓬松，十指支颐曰：“君来乎？”(仍未完)

(五续)荫曰：“诺。何以数天不晤，玉体忽尔违和？”粉曰：“亦不自知，觉君去后，心忐忑而头作痛耳。”荫告以友人助资谋生，将有日本之行。粉离榻遽然起曰:“妾之病。为君所病,今闻有此美举,不患君无噉饭处。妾已占勿药矣。妾少有蓄积,愿为君臂助。”启椟出二百金,递与荫。荫再三致谢曰:“受卿厚惠,良非浅鲜,何时乃能图报?”言下洒泪而别。荫回寓,雇夫挑行箧到李生处,并道以删粉所赠,李亦德之。于是□船期,辞李生,出石叻,即日附邮船向日本。数日抵长崎,次经马关、神户,乃履横滨,换坐火车直到东京,税居客栈,暂息征尘,修函寄李生。次日访中国留学生会馆,有同乡某君,出与周旋,各通姓氏,叩荫来意,知系同志中人,格外优待。复偕荫到书肆,调查新书,分类定办。荫逗留月余,闲辄适各学校,与学生辈,谈论日本教育政治,考察农工商业,以广见识。闻清风亭为日本胜境,一日独往游览,江山秀丽,人物文明,蒿目中原,腥羶遍地,荆棘盈途,无限兴衰之感,不禁忧从中来。却步返寓,而小童特【持】来电报一封,急折[拆]阅,电曰:“接信悉君抵日,十七晚,花街火烧妓院十余间,删粉遭劫,事毕速归,荫照李电。”荫大恸曰:“红颜多薄命,信矣夫!悠悠彼苍,曷其有极!”刻日起程,匆匆载书旋吉隆。及见李生,细问删粉凶耗,相对呜呼。李从中劝慰,一面租店开市。荫以死者之不能复生也,置诸无可奈何,立志经营,各书颇畅消。荫通信日本,挽[浼]同乡代为续购,日则持筹握算,夜则下帏诵读,学问日进。(仍未完)

(六续)积年余,一晚兀坐无聊,窗外月明如昼,偶忆删粉,百感横生,伏案假寐。忽闻履声橐橐入户,举头见一西装女子,上前握手,不禁骇愕,谛视之,删粉也。荫悲曰:“闻卿已玉殒香埋,何尚在人间游戏?”粉侧坐,哽咽曰:“妾昔实未罹劫,时祝融肆虐,妾仓皇逃出,欲往日本访君,奈身无余物而止,飘絮随风,自嗟命薄。适有姊妹往上海,因随之行。又耻仍操旧业,遂在【海】上招考女学生处,报名投考,幸膺其选,派往日本留学,且喜此行可以与君相遇。讵抵日,而君先返,现恰放暑假,故归来一省君耳。”荫

始破涕为笑，问以所学。粉曰："妾在高等女学校，肄业高等普通学，程度实与男子中等学级相若。然吾国人，每谓与日人同种同文，有唇齿之切，但观其胜俄后，骄炎之气，咄咄逼人。吾同胞若不发奋为雄，后患何堪设想？但中国人久失教育，无爱国心，欲振兴，必自广设学校始。"荫大喜曰："别卿一易春秋，学问如此进步，卿之思想，诚高人一等。仆近来生意，颇获赢余，行将偕卿就东邻游学，以博中国他日主人翁之称。"粉亦欣然曰："果尔，则君志可偿，妾愿可遂矣。"正畅谈间，邻鸡一唱，蓦然而觉，起视空阶，月影西斜，疏星欲晓，回溯梦中人，音容宛若，只增嗟叹而已。于是动游兴，明日邀李生来，告以己志，将设书肆之利，剖分之，径辞李携资游日本。荫友亚侠，适自东洋归，为亚斧述之。亚斧曰："是不可以不记也，作《天涯恨》。"（已完）

（1905年7月31日至8月7日）

民族伟人：阎应元〔白话〕（萍初四郎）

世界上嘅事理，不论种种，盛极则有衰，衰极必反盛。合久则必分，分久归于合，断冇话一定不易的。但系易之【之】道，要得其平。譬如一天之内嘅时候，有二十四点钟，其中有十二点钟为白日，有十二点钟为黑夜，依此日夜循环，作为盛衰分合计去。我地做人嘅，就安安乐乐，各事其事过日子了。若使白日之中，连天大雨，则此大雨不知阻却了几多事干。以好天白日，而侵入大雨，这就谓之易之之道，不得其平。我地做人嘅，因为个的雨，阻我地做事干，是必生出一种不平嘅心，要想出一样法子，能够可以将个的雨嚟抵挡，故所以就整出雨遮、雨帽、蓑衣个几样挡雨嘅物件嚟用，然后方能照常去做事干。然当日想出雨遮、雨帽、蓑衣嘅法子，你估系个个都想得出咩，不过系由一个有学问、有本事嘅人整出嚟，后来就有好多人去学佢做，到而家落起雨嚟，个个已晓得揸个几件物，去抵挡的雨咯。以上个层譬喻，系最浅近嘅道理，等我再将此浅近譬喻，放大嚟讲吓历代国家更易嘅实事。

我地中国混沌初开之时，凡有土地人民立国而做皇帝嘅，并无历史可稽。即有等书上所载，盘古、天皇、地皇、人皇都系拟议附会，大抵这盘古皇、天皇、地皇、人皇，不过系在草昧初辟嘅时候，做一分嘅人类而已，无所谓之一国嘅皇帝。后来轩辕黄帝出世，大刀阔斧、披荆斩棘，制作许多用物，教育好多人才。而后国人心悦诚服，始上表奉他为帝，惟是黄帝既做【了】开辟中国嘅始祖，唔通黄帝以前，就冇的来历么？所以有人就凭空杜撰出一个盘古氏，左手棒[捧]日，右手棒[捧]月，一日成天，二日成地嘅怪谈，嚟去欺朦后世。唉，在我睇来，当时混一人类，不过突然挺出一个绝大伟人，建有中国，这就黄帝以前嘅来历咯。(未完)

(续)今日传落太古时代嘅历史，虚渺无凭，中西一辙。自黄帝之后，直至到两晋，二千三百余年，其间易姓相代，都系中国人做皇帝。不料晋末，竟有一班外族侵入嚟，纷纷将我地中国土地占据，当时满地腥膻。南方一带，肆毒三百五十余年。更有黄河北岸，直占据至六百余年，好得隋文帝用兵，方能将个的外族，一概赶出山面之外。及至宋末，有一班外族，叫做女真，又一班叫做蒙古，好似饿虎一般，走入嚟中国，攘夺了我地嘅土地，其中又搅扰九十余年。个的女真嘅改国号叫做金，蒙古嘅，改国号叫做元朝。做皇帝第一个，就系名叫忽必列，佢吞了宋朝，灭了辽金，喺我地中国处，做一个白食皇帝。谁不知传到第三代，又俾我地中国人朱元璋，将佢逐回原籍，才得番一块干净【土】。个个朱元璋，就系明太祖咯。以上所讲嘅，系历代国家更易事实，就与好天落雨嘅譬喻，同一样见解。何以呢？兴衰隆替，自【不】免，的朝代虽然更易，如果系中国人与中国争，任【佢】系边个做帝皇，总期做得好，就听边个做。即如前说一天之内，二十四点钟，有光有黑，安安乐乐做事干，心中重有乜不平呀。但系个的异族，既唔系中国人，又唔系轩辕黄帝嘅子孙，霎然间走嚟到，乱抢乱食，佢不止乱抢乱食，重要当我地奴隶一般看待，咁样即系譬如好天好时，平空落了连天大雨，你话叫我地要揾惹嚟抵挡唔要？落雨都晓揾雨遮、雨帽、蓑衣，嚟去抵挡，免去阻住做事干。个的异族，嚟到抢夺占据我地嘅土地，唔通就唔晓出法子，嚟去抵挡么？所以当日个的异族入嚟嘅时候，我地中国人，个个都磨拳擦掌，揸起枪刀，去共佢打杀，直至打佢唔住，佢监硬做哓皇帝，我地中国嘅人，重日日思量抵挡。一日不能至到一年，一年不得，至到十年，十年不得，至到百年，百年不得，至到数百年。卒之有一日，要抢回异族所占嘅土地，光复汉人本有嘅江山。是以晋末至到隋初，宋末到明初，总共七百余年，都要将一概土地抢番嚟，务要我地中国人，自己治理自己的地方，然后正得心甘气平。惟系遮帽去挡雨极易，执枪刀去挡个的异族就难。唔系净我地难，同个的异族，两家都有咁难嘅，两军相见，大战沙场，自然系各有伤亡。各有伤亡，就算系两家都咁难咯。(仍未完)

（二续）所以当日执枪刀、挡异族，个的黄帝嘅孝子顺孙，不知伤亡几多，惟其不畏难、不怕伤亡，然后正有明太祖朱元璋出。个个朱元璋，系我地黄帝种族，正一中国人，自从赶去个的蒙古佬之后，做哓皇帝。不料传到崇祯，就俾一班奸臣，搅乱朝政，整到民不聊生，个个时候，就譬如到了六点钟，人夜嘅时候，算系崇祯点样子英明，都要更易。因为凡事都系，有番咁上下日子，就要改革一次，要改革过，然后人人知到振作，正有好世界捞。当时有好多草泽强人，已知到个层道理，故此四处起事，群思改革，但系不学无术。如李自成、方国珍、张献忠这班等辈，只知杀人放火，抢掠财帛,不知道应天顺人、开基创业的章法,故此人怀怨心,当佢仇人一样看待。有睇得到嘅,早已知得不能成功,算系李自成声势咁大,打破北京,只因抢哓吴三桂一个爱妾陈圆圆,咁就累到我地汉人,好好一个江山,又落在异族手里。点解李自成抢哓陈圆圆,哙关系到异族占据我地土地?因为个个陈圆圆,系当时北京有名一个美妓,在先由田畹带了上街。后来田畹见贼势已逼,要求吴三机[桂]保护,吴三桂乘机挟制田畹,要将圆圆送过佢做妾侍。北京破后,又俾李自成抢去。个阵吴三桂,已经奉诏出镇山海关,故此不及救护。何以吴三桂一向跟住佢父亲吴襄,同守京城,忽然又出镇山海关?皆因有满洲人多尔衮,睇见我地中国内乱,已经有一枝人马,扎喺锦州处,想话乘机抢掠地方。吴三桂自从听见陈圆圆被抢,就想起兵抢番,都唔计到话国破君亡个份咯。但系自己想吓,恐妨唔够李自成打,想到冇得好想,就想出倚赖外人嘅意思。一阵昏天黑地,将个把头发嚟剪哓一半,鬟过一条三手【辫】,扮成一个奴隶咁样子,一直跑到多尔衮大营,跪倒处,就自称奴才,架起一条大题目,话李自成逼死崇祯帝,要求乞借兵报仇。谁知多尔衮【一】听见佢咁话,好似有人送到一大盆狗肉,个的口水,一直流湿个件大襟衫。更兼有两个新上任嘅奴才,叫做洪承畴、祖大寿,喺侧边处拨起,咁个个多尔衮,就一啖应承,叫吴三桂带着自己人马,先去打头阵。呢,你地想吓,着数唔着数?(仍未完)

(三续)个阵吴三桂,好似拜哓灵菩萨,讨得一道灵符,一路杀到入北京。李自成阵阵打输,顶唔住势头,就邀齐手下,望着山西大路走去。当时吴三桂入到京城,系哙想嘅,应该要出示安民,揾番一个明朝后代,立做皇帝,定住人心。就系唔立明朝后代,自己做哓皇帝,一面使人带兵顶住多尔衮人马,好好说话多谢佢,咪被佢走过嚟,咁样都系仍然我地汉人做皇帝,冇乜相干。不料吴三桂,蠢到唔记得。入京之后,唔见陈圆圆面,就知到必定系李自成

带埋逃走，即刻起兵追去。以上个两条法子，都唔哙做，为着一个女人，咁就将大局误到贴地。吴三桂追李自成去后，多尔衮跟住尾入到北京，睇见咁嘅情形，忍唔住大笑起嚟，立刻出榜安民，写出乜惹“大清国摄政豫亲王示谕”一篇文文。吁嘘，个个时候，汉人做皇帝嘅说话，唔到我地讲咯。个的满洲佬，入中国嚟做皇帝嘅，第一个名叫觉罗福临，当时改元顺治，因为年纪细小，故此叫豫王多尔衮嚟摄政。多尔衮为人，狼夹狂，等到吴三桂追杀哓李自成，得番陈圆圆，就即刻封佢做平西王，又叫佢去打各省嘅地方。吴三桂知到有几分上当，恨错难翻，惟是唔舍得咁架势嘅平西王，削性做一遍，将自己人对唔住，咁就逢州破州，逢府破府。冇耐，山陕、两湖、云贵、四川，都被三桂打破。同埋个阵时，英王多铎，另带一大队人马，去打江南。有一班忘本嘅奴才，如李成栋、刘良佐、左良玉等等，逞出戕同媚异嘅手段，帮住满洲佬，去打自己嘅地方。有几耐，江南一带，接续失守。又将福王杀害，到个个时候，明朝朱家后代，只剩得永明王、唐王、鲁王几个，流离奔走，无一处实地，可以安身。当时甘心从贼嘅有咁多，执枪刀挡异族嘅，亦都唔少。惟有刘良佐个个叛奴，好似发狂一样，带住一枝贼兵，连破几十个大城，一直打到江阴县(属江苏省)，将个县城嚟围困。你想佢几十个大城都破得，去到江阴县，自然料定一举打破，谁知出晒意外，要死打八十几日，正打得破。你估因乜事，个个江阴城，得咁硬呀。谁不知里便有一个人，系好大本领嘅。你估个个人，叫做乜野名，系点样来历，等我慢慢讲过你地知。(仍未完)

(四续)个个人，就系呢一篇白话小说嘅主人，佢姓阎，名应元，别字叫丽亨。原本系浙江绍兴人，自从四世祖喺北京处做官，就寄居在北直隶通州，传到应元，已经做阻好多代通州人。应元由书吏出身，做一个小小嘅京仓大使。崇祯十四年，改任江阴典史。初到任嘅时候，有千几海贼，驶着大船成百只，顺住东风水

涨，扯起桅帆，闯入内地，将近到城。当时江阴县官，因兼署无锡县事，故不在城。个的县丞主薄，彷徨急燥，慌到冇影。城中男女，纷纷逃走。个阵阎典史，见势头唔好，就立刻揸起一把大刀，骑一匹高马，跑到市上，大声对住众人话："你地要走，走去边处？有胆嘅，好跟住我嚟杀贼，然后正保得住身家性命。"阎公个几句说话，重未讲完，就有成千人，愿跟尾去杀贼。但系一时聚集，冇旗帜刀枪嚟使，阎公就带埋个千人，跑到一处竹林，指住叫人去斩竹。一阵间，每人各斩得一枝竹，将嚟削尖，摆起队伍，排列喺江边处，远望好似一幅墙咁样。个的贼嚟到，已自慌咗三分，重点敢想话上岸，阎公跑起个匹马，两头来往，开箭乱射。每一箭射过去，必定射死一个贼，冇一枝空过，一连射死好多贼。又兼有咁多百姓，喺处嚟喝起号，助住威势。个的贼，见顶唔顺，料到唔够打，咁就一阵风，扯起帆走清光。江苏巡抚，闻得【个】件事，十分奖赏，又着阎公去署理县丞。唉，你估阎公系为贪功起见咩，佢不过见天下纷纷，睇得气机有几分唔妥，故此要借的事嚟，教城中的人练吓胆，谁不知真系使得，可见得阎公，系一个有智识嘅人。论计就要升到好大官正系事，点估到挨咗几年资格，正话循例改授广东英德县主薄，江阴县丞，要另委一个姓陈名明选嚟代任。你话明末个的政体，睇得唔睇得？当时阎公，虽系卸咗江阴县丞嘅任，但因为母亲有病，故此未即时去广东上新任，就喺江阴租一间屋，暂时住落，嚟同母亲医病。冇几耐，略略闻得，李自成打破北京，又俾满洲人赶扯，已将北京城占据。东南虽然隔绝，真假未确，惟系阎公信得过必真，因虑到将来避乱起见，唔想住城，故此又举家搬出城东外，有一处叫做砂山嚟住。（仍未完）[1]

（五续）个年系乙酉五月，江阴重未知到崇祯皇帝，已在昨年

---

① 此处有"正误"一则：昨日第三续白话小说，豫亲王之豫字，及豫王多尔衮之豫之，系睿字之误。英王多铎之英字，系豫字之误，特此更正。

甲申三月十九日，吊死喺煤山个间万寿阁处。清国个的满洲佬，已自顺治二年，直至到清朝差出豫王多铎，渡江破金陵，杀福王宏光，分遣贝勒，打到江阴，然后正知到详细。个个江阴城，临江背野，实在系一个弹丸小县。多铎檄文一到，话要限三日献城，不论军民人等，一律要剃头归顺。城中人，一闻咁话，个个气愤填胸。内中有一个秀才，叫做许用德，倡议头不可剃。自六月初一日，在明伦堂挂起明太祖御像，邀埋全县读书人，哭告之后，公举县丞陈明选守城，嚟去抵挡个的满洲佬。明选对住众人话："你地举我守城，为保护百姓，我岂有推辞？惟系我自问智勇，无及阎公，今日咁【大】件嘅事，是必阎公嚟，然后正有把握。"众人听见咁话，就漏夜马上去迎接阎公。阎公闻报，立刻拜别母亲妻子，带埋四十几个家丁，连夜入城。当时城中，剩得兵勇唔够一千，又冇粮饷，阎公到个时候，睇见咁嘅情形，不得不要出尽自己平生工夫，就料理粮饷，整顿水师。下令每家各出男人一名，执刀守城，余外嘅要担水煮饭。又打开兵备道衙门，将前时道台曾化龙，制落个的火药、火器，搬上城楼。又劝各殷户捐钱，有钱嘅出钱，冇钱嘅出谷米，与及柴炭、布匹各样物件，布置妥当。就有一个监生，叫做程璧，首先捐银二万五千两，跟住尾嚟捐嘅，计唔出几多。阎公亲自巡城，逐样查点，计过有火药三百罂，弹子一千石，大炮一百条，鸟枪一千枝，钱银十万两，米麦豆约一万石。又分开责任嚟守城，武举黄略守东门，把总李兆栋守南门，陈明选守西门，自己去守北门，仍做番四门嘅总巡。(仍未完)

(六续)正话分发完，城外个的贼兵，十几万，将城围住，喺城楼望见，围困得数十重，营盘【有】几百座。个个贼兵□弓向住城楼射上嚟，城上开炮放箭，由高打下。第一日，打得个的贼兵，七零八落，城兵亦有损伤。唉，列位睇小说嘅兄弟，睇我写到话打得个的贼兵，七零八落，想必系好欢喜咯。但系当日在场睇见嘅，不知点样子伤心，料得系一自打，一自喊咯。点解呢？个的贼兵，虽然系十几万，内中只得【二】成系满洲佬，其余都系汉人，自己打自己人，你话心伤唔心伤呢？记住喇，但凡外人嚟打我地中国人，佢有咁远正嚟得到，自然系唔带得几多兵嚟。佢一面打，一面就招我地汉人嚟做兵。等我地自己杀自己人，打头阵，开血路，几时杀到佢地呢。总系我地个的无耻败类嘅同胞，甘心去从贼。初之时，以为为着自己衣食，不妨做一阵，打完就冇事。谁不知打完，就哙俾人做皇帝，自己就做一个异族嘅奴隶。以前过阻去嘅，唔驶讲，今日务须同心发奋，认认真真，做起人嚟，实实在在去抵挡，唔系呢，就变晓波兰犹太，唔知边处，正系我地祖家咯。泥的伤心说话，我而家不须多讲，等我再讲埋当日江阴个件惨事，过列位知到。（仍未完）

（七续）以江阴一个小小孤城，真正嘅兵，唔够一千，其余都系新招嘅民兵，围困喺城里，死一个，就少一个。况且有兵火嘅时候，就哙有瘟疫，与及各样嘅怪□。因为个的死哓嘅，唔出城外哓嚟葬，就葬喺城里便，太过死得多，葬唔彻，就哙悭工夫，葬得浅，个的尸气薰起嚟，你话哙薰坏人唔哙？咁样孤立无助，点敌得住个的贼兵十几万，更兼佢死咁多，添咁多，陆续有得嚟，你话点顶得顺？个个江阴城，隔一条扬子江，就系扬州，右面隔几□路，就系嘉定县。当日未围城，已经闻得打破扬州，封城大杀十日，杀阻八十几万人，又知道打破嘉定，杀唔够本，又杀过，足足杀哓三次，然后正饶手。佢已经知道个的满洲佬咁狼心，问计就要好怕，就要早早归顺，点解重哙闭城嚟抗拒呢？呢的就要内中，有的热血嘅人，知到吓将来嘅大势，知到将来，如果俾个的满洲佬得志，我地就冇一啖饭好食，咁然后正起意嚟抗拒。你地列位睇呢篇白话小说嘅，约约摸摸，大抵都有几千人，想内中有的，听见我讲到呢句说话，必定驳我话，一个小小县城，【就】算你硬晒，济得乜野

事？唉，咁【就】揸错用神剌。大凡世事，至怕□有。当日江阴城里的人，佢心愿都唔知几大，佢想话打退个的贼兵之后，就去帮第二县手。你咪当佢地方少，总唔济事，大海个的水，点样嚟嘅呀？都系由个的山，沈沈吓嚟嘅之马。故此江阴城里，阎典史佢地，就立定咁嘅主意，一于要打。谁不知个的满洲佬，睇见佢咁烂柴，就怒气冲天，立刻分调淞江、嘉兴各处嘅人马几万嚟到，连埋旧时有嘅，总共二十几万，日夜用大炮攻城。（仍未完）

（八续）有一日，一炮摧裂城墙成丈，阎公即时用铁链铁板补好，又用空棺材装泥，去补墙心。有一日，一炮打穿北门，阎公又叫人搬石嚟塞，又趁势筑一个石炮台，还炮打过去。约摸守晓成个月，一自自个的箭，少起上【嚟】，阎公趁住月黑，叫人札起多多草人，摟晒衣服，点起灯笼火把，企喺城围处，个的兵伏埋一边，打起锣鼓，喝起号，好似要落城踩大营一样。哈哈，个的贼兵慌起上嚟，乱咁放箭，射到天光，正知到上当，不知已经送阻好多箭上城咯。呢个法子，十似系《三国演义》所讲个段孔明借箭一样。不过一个系在水面，一个系在城楼，差的咁多啫。自试过个次，个的满洲佬，知到要拜孔明做师父，故此顺治七年，叫一个奴才，叫做范文程，翻译《三国演义》，教个的唔识汉文嘅满洲佬，去打仗。后来的确知到此事有用，因设局译做官书，据满洲家史所讲话，打四川、打甘肃、打青海，都系得个部《三国演义》嘅功用。呢，你话当日甘心从贼个的叛奴，要佢点样死正好？闲话少讲，书归正段，等我再讲江阴城里，自从借倒箭之后，勇气百倍，乘着月黑，召埋一班有胆有识嘅壮士，漏夜用绳吊出城外。个的贼兵，已经闻得人声，惟是以为又嚟借箭，上过当，就估实系假野，总唔提防。谁不知个的壮士，风咁快，踹到入大营，逢贼就杀，顺风放火，个的贼乱起嚟，唔理三七二十一，揸起刀乱斩，乱到天光大白，查点人马，足足杀死五六千之多。验过个的死尸，个个都系剃头鬟辫嘅，冇一

个系盘髫嘅，然后正知到自己杀自己，又上第二次当，无意奈何，就将人马退离城外三里札落。（仍未完）

（九续）有一日城上，望见一个人，清装便服，骑一匹马，慢慢跑到城下，大叫话："我同阎公系旧相好，而家想见吓面，多烦列位代我通传。"适值阎公巡城嚟到，咁就企喺城上一望，睇见原来系刘良佐。阎公已知到佢来意，不见犹自可，一见面就怒气冲天，想话一箭射死佢，回心一想，佢既然嚟到，必定有事，姑且听佢讲过说话先。刘良佐隔远见哓阎公面，就拱一拱手话："阎公，宏光帝已经死咀。江南现在有主，我劝你趁早投降，保全富贵，免至打破城池，就悔恨唔嚟喇。"阎公听见佢咁话，就碌起双眼，指住刘良佐嚟闹，话："先帝待你个畜生唔薄，封到你为广昌伯，倚仗你做四镇之一，分茅裂土，望你保守江淮。谁知你良心尽丧，投降异族，到处去打头阵，杀戮同胞。我不过做明朝小小一个典史，亦知大义，守住呢个孤城，希冀我地汉人气运，捱落去有个中兴嘅日子。谁想你认贼作父，带埋一班贱种，苦苦嚟到攻杀，我问你有乜面目见我？"阎公讲完呢番说话，城上个的百姓兵，个个眼水眼火，一齐标出嚟，大喝话："咁嘅人，该杀、该杀！"个阵刘良佐，被阎公闹得面红红，抱头掩面，遮住丑跑番去。喂，你地列位睇小说嘅，唔好睇咁快，要睇番转头，睇真吓阎公讲个番说话，各人自己想吓，然后正叫做真正睇呢篇白话小说嘅人。（仍未完）

（十续）当下阎公见刘良佐去后，更加留意守城。阎公生得身体肥大，面目紫黑，长两撇须，十似宋朝个个包文拯咁样，性格刚毅，号令又严明，有犯法嘅，无不鞭责。惟系轻财仗义，赏赐冇乜吝惜。有打伤嘅，又亲手代人包札伤口，细心铺药。有打死嘅，又亲自睇住收敛临葬，个阵时又祭奠一番，痛哭一场，同埋个的壮士讲偈，必定称好兄弟，永冇叫名。陈明选，为人忠厚正直，每巡城一过，遇见个的民兵，必定好好心机嚟安慰佢，甚至讲到国破家亡,唫做人奴隶,又泪流满面,哭声不止。因此两公极得人心,个个乐得打死仗。当时个的满洲佬,见刘良佐垂头丧气番嚟,知到一定讲唔入,实在束手无策。无可奈何,又缚着两名降将,跪倒城下,逼渠向阎公说降。阎公指住个两名降将大骂话:"败军之将,既已被捉,何不早的死阻佢?喺处讲咁多说话做乜?"痛骂一番,个的满洲佬,又冇法,又使人谮阎公话:"西门兵十分可恶,如果将嚟杀哓一两个,就即刻退兵。"阎公又骂佢话:"你宁可斩我个头,断不能白杀我一个百姓。"到个个时候,个的满洲佬,不止话冇法,正系冇厘味道。你估佢点解?要阎公白白杀一两个百姓,佢就退兵,你地咪话怪阎公,杀一两个百姓,能救生满城嘅百姓,咁都唔应承佢?唉,世事冇咁错啱嘅。佢个的满洲佬,不过想话借的意,嚟去离散江阴城嘅人心,然后正易泡制,谁不知阎公已知道佢嘅诡计,总唔上佢嘅钓。呢,呢的就讲学问喇。(仍未完)

(十一续)不经不觉,个个江阴城,自六月起,死守到八月,计有两个几月。个日适值中秋,散给军民嘅赏月钱。阎公同埋各人,搬齐食物上城楼,大家痛饮,饮一杯又指住贼营嚟闹一回,好似当佢系送酒嘅物件咁样。个的军民百姓,咬牙切齿,想着食个的贼寇嘅肉,嚟送酒。个个许用德秀才,写出几首新乐府,叫做《五更转》,叫埋一班讴歌者,喺处嚟唱,一连三夜,唱得各人雄心勃勃,个阵各人,都唔理个死字点写,一味顾住杀贼嘛咯。城外个的满洲佬。睇见咁嘅情形,知到城中人,冇投降嘅意思,越发攻打得交关,架起云梯,拼死冲上城。城上民兵,举起刀乱咁劈。谁不知个的贼兵,戴晒铁帽,着晒铁甲,一刀劈过去,劈得铛铛声,正所谓斩崩刀,真正系冇错。个的炮火,你打嚟,我打去,足足日夜唔歇,成十铺路,地都震晒。城中人越死越多,死到冇地嚟葬。阎公睇见,心痛到极,个的眼水,真系可以装埋嚟洗面。一日早起,好地地倾盆大雨,一直落到晏昼。霎时间睇见对面贼营,发起一处红光,直向住城中射嚟,又听得好似天崩地裂。一阵见守西门嘅民兵,跑到嚟话,已经大炮打破西城,贼兵大队纷纷拥入。个个阎公闻报,带着一班壮士,跑去救护。去到一望,果然见个的贼兵,冒着大雨,由烂城根处扒上,有好多已见自入阻城,不得已就逢贼便杀。当着阎公面前嘅,有一个唔分开两辘。大约杀死有千多贼,换过几张刀,都经已斩到变铁板。个阵阎公,自知不免,叹一口大气话:“天不祚汉,心愿难谐。我惟有一死,以谢江阴百姓而已。”话完就一跳,跌落前湖内,可惜湖水唔系点深,要死唔得死,就被个的贼兵捉住。适值刘良佐,又下令要捉生功,故此将阎公解到良佐大营。大营扎喺乾明寺内,良佐装定腔,蟠脚坐在上面,一见阎公解到,突然跳落嚟,抱住阎公喊起上嚟。佢已为诈假可怜吓,就等阎公唔闹佢,不知佢自从个日被阎公闹过,个个心都唔知点样子衔恨咯。阎公知到佢诈,总唔睇佢,一味望住天大笑。话:“喊乜野?事到临头,至多系死,重有点样呀?”后至解阎公去见个个满洲贝勒。阎公直立唔跪。有一个满洲兵,喺后便一枪就照住阎公脚拗笃过去,当堂笃折一只右脚,成个惯落地下。喂,好朋友,睇吓喇,睇吓有咁野蛮嘅冇?佢咁好人事,我地要记住,迟得吓,要请佢饮一大餐正好。(仍未完)

(十二续)个个满洲贝勒,见过阎公之后,就叫人送到栖霞禅院收禁。个晚院中和尚,听见阎公密密咁大叫:“速杀我!速杀我!”叫到三更正歇口。个的和尚,想话送粥过佢食,谁不知已经死阻。唉,好好一个民族伟人,都唔俾佢偿还心愿,真系可惜咯。个个江阴城,自阎公被捉之后,全城尽失。计前后两家攻守八十一日,围城嘅满洲兵,二十五万。未失城以前,打死有六万七千几。入城后,喺城里处打,又死七千几,总共贼兵死嘅,七万四千有多。另打死贝勒三个,大将八名。城兵死嘅,亦有五六万,真正系尸横遍地,血流成渠。有一件最令后人钦仰敬慕嘅,系宁愿杀头,有一个愿投降,为现在嘅人心所做唔到。城破个时,陈明选下马大战,打到兵备道衙门前被杀,周身刀伤,死后重手执大刀,企定唔跌。渠家里各人,自己闭紧门,放火合家烧死。唉,惨有边样惨得过乱世,痛有边样痛得过亡国?阎公当日,未尝唔知到小不可以敌大,弱不可以敌强。更兼江南全省,皆已失陷,个的满洲佬,全力注视,一个小小江阴,点肯轻易罢手?亦无罢手嘅道理。惟人心未忘明朝,顶硬死守。列位睇呢篇白话小说嘅兄弟朋友,要记住当日阎公捱过呢番气运,守落去,望汉人有个中兴嘅日子,个几句说话,就知到当日阎公嘅苦心,唔系话白白将个的百姓嚟陷害。又望你地列位,个个都要学定个几句说话,他日正哙讲,唔系临时哑口无言,只知难讲、难讲两个字,咁就好累世咯。(已完)

(1905年8月8日至8月21日)

任侠小说:巾帼魂(亚斧)

颜润,厦门人,少丧父母,家窭贫,好读书。娶妻柳氏,贤而美。岳爱女及婿,时助膏火,藉以下帏攻学。润博览新书,有所心得。妻每劝其应试,润曰:"读书岂志在科举哉?"无何,岳卒。润临丧尽礼,妻兄弟素鄙其贫,翁死后,无以青眼加。女以世态炎凉也,戒夫勿往,已亦绝迹外家,从此不能自给,时仰屋兴嗟。妻曰:"牛衣对泣庸何补,男儿患不自立,何患贫?妾嫁时,父与黄金一锭压奁,今尚存,可将去出门学权子母。妾居家纺织,谅不至饿殍终也。"润深然之,遂弃士就贾,附轮往上海,一去年余,音耗断绝。女引领啜涕,晨占雀噪,夕卜灯花而已。里有孙公子者,居润比邻,睹女姿色,羡慕不已。闻润久别,竟生野心,乃设狡谋,假润病终遗书,使人贻柳氏,欲绝其望而乘之。女得书,果痛不欲生,只自伤命薄而已。不数日有媒到，通孙款曲，女怒甚，唾其面而逐之，媒狼狈复命。孙弗能耐，竟于是夜，带仆役至女室，撬扉而入。女狂号，孙用布塞其口，掠女返舍，闭置卧房，挟求欢好。女不从，孙出刃相吓，女伸麻姑爪攫之，伤及腕，血涔涔下。正撑拒间，砉然一声，一妙龄女子，裂窗棂入，叱曰："如此行为，尚有天日耶？留此淫贼，终污世界。"遽拔剑砍之，立毙，推女先出，然后随之。复负女从空一跃，越过重垣，息诸路隅。女惊定，细询姓氏，且谢活命之恩。女子曰："妾浙人，父为仇家所陷，与孙有葭莩亲，故来相依。不徒散步中庭，闻娘子声，伏窗窥听，知抱奇辱，不觉愤火中烧，故相救耳。(未完)

(初续)妾名雪梅，姓任。娘子既脱罗网，愿即送归，此非倾盖处。"两人起行，甫入门，则四壁仅存，中无一物，盖孙已尽火其家私故也。女益悲，无奈，席地而坐。雪梅转诘颠末，女一一相告，愈为之切齿。女呜咽曰："微独悬磬不能居，且恐明日孙贼事发，奈何？"梅曰："妾自忖亦无家可依，惟有师母公孙氏，现在粤之琼州五指岭修炼。倘不惮跋涉，偕姐到彼藏身，何如？"女此际心如悬旌，走投没路，慨然诺之，相率趁夜买掉[棹]来香江。梅售其钻石指约，以作资斧。挂帆往琼，抵海口，入乡寻五指岭，蛮烟瘴雨，猿啸鹃啼，道阻且长，不堪其苦。俄睹五峰如指，直插云汉，曲水长流，众山环绕，斜通一径，攀藤附葛而上。抵巅，遥见茅屋数椽，中一少女，踞坐观书。梅呼曰："凤妹速援我，我惫矣。"少女急抛书出迓，握手问曰："大冤昭雪乎？何遽还山也？"相将入屋，坐定，历述所遭，且道柳氏意。凤曰："此亦大佳。但师母半月前，已云游西湖去，嘱妹看管山门，想不日便返。"梅曰："阿姐心事未了，不能久盘桓。柳姐可留此相候。余明早行矣。"谈次，柳呻脚痛，凤采药敷之立痊，并出酒肴相款。入晚，三人共榻，各吐生平。翌日，梅仓卒辞别两女，仍然下山。

先是，润离家往沪，中途遇飓风，全船尽没。幸润力抱一板，随波上下，漂流至滩畔，为渔船所救，不致葬身鱼腹。询其地，盖即上海，心亦少安，遂登岸。惜顾厥身无长物，进退维谷，饥火中焚，迫得行乞度日。一日，登一贵人门，适遇贵人，观润似非贫贱相，戏之曰："以子好身首，何不事家人生产，而效王孙以求食？"润曰："噫！君未闻乎？穷则独善其身，达则兼善天下。英雄多草泽，国士半屠沽。他日饶三寸舌，将百万师，报父仇，覆强楚者，焉知非今日之吹箫吴市人？"贵人伟其言，降阶执手曰："子故吴将军之流亚耶？(仍未完)

(再续)今日幸与子邂逅，否则交臂相失矣。"请润入座，叩以姓字。转诘贵人阀阅。曰："仆钱少宝，世居山阴，因敝亲遭变，恐株累，故流寓于此。"润谈吐间，颇倾肝胆。宝离席曰："子诚慷慨丈夫，辱叨不弃，愿订刎颈交，何如？"润喜，各询年谱，宝少一岁，弟之。于是呼童洒扫西斋，为润下榻。彼此或浇花煮酒，或促膝谈心，甚相莫逆。一晚，润郁郁寡欢，宝问之。润曰："蒙弟垂爱，情逾手足，留居此间，虽幸安乐，然一别桑梓，两易寒暑，家无担石，未卜室人将何以度日。"言讫不禁泫然。宝亦为之凄楚，且曰："兄既思家，当即措资，供其行李，何戚戚为？"润稍慰。宝辞归寝。润辗转榻中，不能入寐，披衣起坐，窗外月明如镜，花影婆娑，蛩鸣唧唧，客怀益怆。俄风声飙飙，黑云漫空，雷雨交作。忽电光一闪，有物堕于庭，其声甚厉。正惶骇间，一女子拔关遽入，腥气触鼻。微睨之，见其衣带沾濡，血痕狼藉。润恐甚。女从容卸湿衣，觅水盥濯，上前敛衽曰："吓煞郎君矣。"谛审逼真，姿态嫣然，一绝代佳丽也。乃转骇为喜，拉坐问故。女曰："实告君，妾剑侠也。今夜入仇家，得仇人而甘心焉。恐人觉，复乘气球升空际，不意触电裂球，倏落于地，幸勿见疑。"润肃然起敬，剪烛进茗，共话衷曲。(仍未完)

（三续）润曰："顾卿弱质娉婷，卒能报仇雪恨，诚女中丈夫哉！"女呜咽曰："妾髫龄即遭恶豪横噬，以至家破人亡，琐尾流离，飘泊如秋燕。后遇吾师收养，录为弟子，授以剑术，荒山岁月，不觉数年。每念前仇未报，寸心耿耿，乃特辞帅[师]迹仇踪，为报复计。奈素志未能偿，留厦门半载，寓戚好孙某家。讵孙不仁，强掳邻妇柳氏，欲施横暴，柳不从，拼命抵拒。妾闻知，弗能平，遽诛孙，复携女安置吾帅[师]处。顷知仇人在沪，乃追随到此，幸大冤已雪。自顾虽女流，然经手刃两贼矣。"润闻言，愕然曰："柳氏之夫何人？"曰："据彼称其夫贸易上海，久已物故。"并拔髻上钗示曰，"此柳所赠。"润细认之，果妻首【饰】，不觉悲从中来，泣曰："柳吾妻也。卿生死人而肉白骨，何以报德。"女答曰："噫！天下事竟有如此之凑巧耶？君遇妾诚有天缘在，否则无晤尊阃之日矣。"润急询妻近况，女为之缕陈，且言孙家仆役，曾控官追究，但凶手无踪，【只】作疑案了结，倘要访寻夫人，可直到琼州，无须返厦。"润邀女同往。曰："妾师在西湖，久相候，急欲相见，请君先发，后会自有期。"既而风雨已晴，更漏将残。女撩衣起告辞，润谨志姓名送之行。女出门，逡巡庭际，手探一袋曰："此中仇人头也。"含笑而别。次早见宝，道以情节。宝顿足曰："惜哉，夜昨何不告知？此即曩所谓，敝亲遭变，恐祸累及之任氏幼女也。难作时，女才七八岁，不料任氏冤，竟藉此女昭雪。恨不一见，懊悔殊甚。"润亦惘然，于是决计往琼。宝代办行装，馈以川资，曰："君至彼晤女，千万代致意。"润敬诺，刻日就道。宝送之登船，悒悒而别。不久抵琼，向五指岭行，俄至岭脚，夕阳西下，谷口笼烟矣。踯躅山径，只见峰岩突兀，云树苍茫，绝无踪迹，孤影茕茕，怅然思返。（仍未完）

（四续）却步下山，重寻旧路，而暝色已侵。遥望人村隐约不辨，焦灼万分。无何皓月初升，始克纵步。俄见远处一院宇，疾赶赴之，盖东坡祠也。一老衲挂锡其中，见润起问曰："尊客夜深至此何故?”润答以迷途,且告腹馁。僧曰:“贫道一粟庵主,爱此地清静,寄钵其中。君既不嫌荒寒自当方便。”遂出斋素相供,款谈甚惬。润谢之曰:“一饭之德,古人不忘,敢问方丈道号?”曰:“世外人了凡,尊客口音略异,请示邦族。”润告以里居。僧曰:“此局促乏卧榻,足下可扑褥暂宿左厢,何如?”润唯唯辞出。徘徊间,见横通一门,双扉微扃,趋进则危楼一座,额曰:海南第一楼。隐无人居,扶梯而上,凭栏俯瞰。乍睹异乡风景,枨触离踪,回忆室人,倍增惆怅。移时月落,拂地而寝。忽闻履声橐橐自下而上,直出骑楼,手挥扇不停,昏暗中,不辨谁何。继闻划壁有声,少顷下楼去。润疑惧不能寐,坐以达旦。昧爽仰观壁间,划有绝诗一首云:“新愁旧怨几经秋,何事苍苍薄女流。历劫尚思还故剑,拼将铁血洗娇羞。”诵读回还,知系女子佳作,惟惜未一通款曲为憾。亟叩僧舍,述以夜来所遇。僧曰:“此吾师妹弟子柳氏也,向在五指岭。现欲游海上,故一临存,今早已登程矣。”润讶曰:“此即山荆也!万里来寻,彼此相左,令人徒唤奈何?”因而欷歔。僧曰:“彼去未久,或可追及。”润匆匆揖别,赶出海口,则先有一船开行,迫得另搭他船至沪。抵埠,急诣少宝居,则见居者已易主,江山依旧故人非,无限鸿雪之感,掉头而退。(仍未完)

(五续)自忖无可栖止,暂税居旅店。偶探客囊,金钱有限,百感丛生,无奈出外游行,期消郁闷。倏一洋车过,中坐一女,宛然妻也。急尾之,至一处,女停车,回头见润,注目不移,审视逼真,上前握手,呜咽不能成声。良久良久,女曰:“君尚在人间耶?妾以为不能复相见矣。”相携入室,各吐别后情状,伤怛不已。柳曰:“妾自琼来新赁此屋,本拟小住半月,便往省师母。今既相遇,不果行矣。”润曰:“何不偕往?”女曰:“此则不能。师母公孙氏,剑术绝伦,所受徒,必择处女,或未亡人,方始传授。盖师母一腔热血,嫉恶如仇,凡遇奇冤,无不代白。主义在实行暗杀,或亲担责任,或命徒弟便宜行事,必达其目的而后已。恐收留有夫之妇,儿女爱情难割,不肯舍身为世人肩义务,故拜门墙者三十人,仅妾一人经出阁,余皆未字者,两人到彼似不便也。”润曰:“然则焉所去向?”女曰:“不若暂返厦门,再作良图。”润以仇家为虑,女言不妨。商定,作书谢师及雪梅。不两日复音曰:“柳娘视线,师命笔,雪梅书。来书已悉,既欲偕婿旋里,此亦人情。但际此多事之秋,幸勿以儿女情深,遂使英雄气短,勉旃,勉旃!”夫妇得书后,刻日起程返厦。迨至故居,门前冷落,屋宇尘封,不胜悲感。迨扫除户庭,检点家具,而夜已阑,闭户而寝。忽有数人破扉入,并拘之去。盖孙某死后,家人屡出赏捕柳氏,今闻归,故乘夜捉将官里去也。令素贪黩,不由剖办[辨],定案充云南军。至戍所,解交地方官管束。官见润,呼使前,彼此双眸一瞬,则乘车戴笠之旧知交也,盖宝已俨然官矣。亟松桎梏,相将携手入后堂,备述所遭,悲喜交集。宝曰:“幸还故剑,至为欣慰。弟自兄行后,适选此缺,履任以来,无时不萦念。今之相值,未必非天假之缘。然吾既涉宦途,觉蝇营狗苟,有不能一刻居者,久欲弃官,往外洋游学,恨无其侣,君等表同情否乎?愿即以一言决。”润夫妇闻之甚喜,刻期附轮去,此后不知究竟。(已完)

(1905年8月24日、25日,9月1日至4日)

义侠小说:闷葫芦(亚斧)

陆生玉璜,淅[浙]江世家子,父早殁。母周氏,有慈德,每欲为子得佳妇,苦无当意者,故生年十七,尚未定婚。生少豪纵,慷慨好客,士无贤不肖,皆乐与交游。厦屋连渠,食客常满,每出游,则宾从如云,由是好客之名播远近。偶会客有孙蔼如者,随带一老苍头，踵门投刺求见，生延之入室。客自言洛阳人，闻公子有孟尝风，故效冯驩之干谒。生见其词旨超洒，气宇轩昂，谈吐间，颇倾肝鬲。喜甚，恨相见晚，除舍馆孙，待以优礼。于是或浇花煮酒，或纵论时事，或游山水，或宴宾客，非孙不乐。孙亦乐与之俱焉。生母间有拂意事，得孙一言则怡然释，故母亦喜孙。家事时与商及，遂成莫逆，彼此订为为［衍字，删之］兄弟。孙稍长，兄之。积半载，语生曰："蒙弟爱我情逾手足，不得不忠告。大丈夫处世，不可不结交，亦不可过于滥交。仆观座上客，皆碌碌辈，不徒无益，且恐有损，弟其留意焉。"生曰："唯。奈寡人有疾，寡人好客何？"终如故。无何日用浩繁，家渐落，酬应不如从前，客亦渐疏。至是始信孙言，然其爱客之心如故，虽百计张挪，所不恤也。一日孙出不复归，四处访寻，杳如黄鹤。疑而询随孙来之老苍头，亦以不知对。欲挥之去，又怜其老而无依，姑留之以营门户。然自忖待孙不薄，何以不辞径行。冥索焦思，莫明其故。时对座客议孙寡情，客向嫉孙，闻之窃笑，且以冷语相嘲。生隐而忍已。比岁暮，生债台高筑，登门索偿者，无以应，户限为穿。客睹此景，竟绝迹于陆氏之门。（未完）

（初续）生踌躇无计，乃尽鬻产业以备还债。客闻耗，不期复集，是夜重置酒饷客。忽门外人声鼎沸，俄见强盗数十人，明火破扉入，皆裹巾涂面，持刀相向。生恐甚，与客匿一暗隅。闻一盗喝曰："财物恣取，毋惊若母。"其声稔熟，仓猝不辨。俄盗去，家无孑遗，幸未及其母寝室。入视母，则母闻盗，已昏倒于榻。以药灌之，少顷始苏。生出与客述盗状，追忆其"毋惊若母"之声，恍悟盗即孙蔼如也。客于是反怼生交友之误，母知亦痛责之。生恨之切齿，悔之无及。呼老苍头细审孙之踪迹，称曰彼系在沪上相雇，服役来此，其人如何，实不知也。无奈，自咎而已。次早客去，而债家责负日亟，且出恶语相侵。生不得已又售厦屋以偿，迁母赁居小室，从前婢仆，以次逃散。所恋恋不去者，惟孙之老苍头而已。母更郁郁成病，医药无以自给。幸老苍头出素蓄，为之调理。母子皆德之，而病卒不愈，临终，谓生曰："吾以溺爱故，任儿施为，以致人亡家破，夫复何言？今顾儿年尚少，身外无长物，何以自存？堂伯仲丹，久宦粤省，吾死可往依之。彼六十无子，见儿必喜，当能为儿娶妇继宗祧，吾死瞑目矣。"言讫而亡，生大恸，痛不欲生。苍头从旁劝解，出资为之殓葬。生感激无地，叩其名字，以志不忘，则以阿宝对，从此呼宝叔，不复拘主仆。而日前之客，号知己称兄弟者，绝无一人慰吊。生叹人情之狡狯，慨世态之炎凉，结客之念，有如冷水浇背。(仍未完)

(再续)欲践母遗训往粤，奈苦乏资斧。谋之宝叔，复倾囊出数十金，剖半与之。生泣曰："屡承深惠，何以为报？今将别矣，叔焉往？"宝曰："老奴久别乡井，公子若远行，我亦作归计矣。"生刻日束装，拜辞宝叔，泫然登轮。不日抵广东，访伯寓。入门，则伯父母骇问何来。生历诉所遭，不禁为之哽咽。且曰："年少折磨，须自刻励，以承先志。吾今虽卸事家居，尚能自给，迟当使尔从学，不至坠其书香焉。"生稍慰。不数日，果送之往学校受业。生弥自刻苦，又酷嗜新书报纸，故理想日新，学问大进。有同窗某生，一顾影少年也，丰仪秀美，聪颖绝伦，偶过生斋见所作文，大加击节。起诘姓氏，自言吴爱群。略一倾谈，襟怀乍豁，彼此投机，结为研友。从此功课余暇，时过从，甚相得也。生见吴服西装而束发，怪询之。曰："仆迫于庭训，故不得自由耳。"会中秋放假，相约泛棹珠江。时清风习习，月印波心，画舫兰桡，往来如鲫，红颜翠袖，翩翩欲仙。既而锣鼓喧天，鸣声聒耳。吴忽叹曰："此亡国之音，何不幸震吾耳鼓！"生问故。曰："此乐名《什番》，乃满人入关时所奏者，可谓汉族不知亡国恨矣。"生亦为之感慨。俄榜人罢棹，罗列杯盘，索然对酌。酒半酣，生曰："今夕偶有所触，致败佳兴,如此良夜何?”吴跃起曰:“万事不如杯在手,一年几见月当头?不可不尽欢也。此间一妓名小桃,与仆文字交,愿折柬招之,以取美人醇酒之乐,何如?”生曰:“幸甚!”随命榜人,呼艇驰书去。移时,妓偕一仆妇,抱琵琶过船,故垂髫丽姝也。衣雪湖帔,香气袭人,吴掖之坐,(仍未完)

(三续)曰:“前聆雅曲,最是赏心,何不更转莺喉,使我销魂真个?”妓笑曰:“愧哉!寺人亦解真个销魂耶?”乃起抱琵琶,唱《薄幸郎》一阕。吴拍板相和,听者神怡。生大嘉赏,飞一觥向妓曰:“引此酬卿。”妓一吸而尽,两颊微红,秋波频瞩。吴大笑,促使再饮,辞以酒力不胜乃已。无何,月球西转,夜色将阑,妓起辞,偕仆妇登艇,回眸嫣然而别。生与吴转亦返棹。翌晨生至校,吴执手曰:“刚接家兄竹报,催仆往日本游学,行将分袂,不能更相盘桓。回念彼此情好如斯,方欣聚首,遽赋骊歌,得不神伤离索耶?”生闻言,不知所对。良久良久,惘然曰:“兄去耶?”吴曰:“然。”乃偕吴往店,仝拍一照,以为纪念。遽整行装,匆匆握别。生自吴去后,辄忽忽如有所失。偶对镜,觉形容顿减,抚然曰:“我为吴生憔悴矣。”从此浓思转淡,唯勤于学,偶经书肆,购得《革命军》一册,晨夕揣摩,醉心民族,每蒿目时艰,则书空咄咄。一日,伯狼狈至校,呼生出,于怀中取诗一首,询谁作。生接阅,诗云:“国破家亡恨自多,沉沉民梦费呼呵。伤残骨肉啼新鬼,摇落江山啸野魔。我辈岂无诛贼者,匹夫其奈事仇何?猩[腥]膻遍地天难晓,每饭焉能忘例[倒]戈。”诵毕以己对。伯顿足曰:“危哉!死无地矣!”(仍未完)

(四续)生惊问故,曰:“此诗已为人首于官。今官府罗织党祸甚严,幸同寅抄此稿密通消息,侄可速逃,后患我自当之。”生曰:“儿作事,安忍累长者?”伯曰:“宗祧为大,宜遵我命。否则两皆不免。”与以盘费,促之行。生无奈,仓皇附船,潜出香江。次日果有差勇围寓索生,叔对以远行,勇径拘之去。吏贪酷,即日详文参革,

榜掠备至,家人多方营脱,卒不免。叔年老,不堪其虐,竟死狱中,而家属一贫如洗,且主死无依,乃贱鬻家具,以为盘川旋里。越数晚,吏方在内署,与其幕友叉麻雀。倏有伟丈夫突入,怒眦欲裂,叱问谁是民贼。吏惊欲遁,客拔枪轰之,立毙。其幕魂魄丧失,伏地乞命,客逾垣遽去。凌晨闻于大吏,四处缉凶,则鸿飞冥冥矣。

先是,生抵香港,税居逆旅,屡次函询乃叔,均无耗,焦灼万分,偶检报纸,见有《快快快杀人者今竟被人杀》一段曰:“淅[浙]江陆某,在粤候补有年。其侄系某学校学生,因吟诗自遣,意寓排满,为仇家首诸官。官久欲兴文字狱,以为升官捷径,特派勇围陆寓。时其侄已逃,只擒某去。某年老不堪其酷,竟瘦[瘐]死。曾纪前报,讵昨晚官与幕友,方叉麻雀,突遭刺客枪毙,凶手至今不获。噫!快哉!一般戕同媚异之奴才,看者看者。”生阅竟,始悉颠末,悲愤交集。(仍未完)

(五续)念民贼已受诛,则展然喜。转念伯惨死,伯母流离,则潸然泣。及回溯半生所为,无往而不陷于苦境,则仰天大恸。如是月余,抑郁无聊,偶散步游公园。适值礼拜日,中西士女,往来如市。循阶而进,则苍松翳日,碧草铺毡,山鸟啁啾,万花争放。中一池,水清如镜,游鱼可数。客三五成群,或行或坐,甚自由也。生乍睹风景,愁怀为之一遣。偶回首,瞥见巍巍铜像,高矗山隈。瞻眺间,俯仰河山,倦怀祖国,顿增无限兴亡之感,痴立久之。忽闻人声曰:“陆郎别来无恙乎?”愕然回顾,则似曾相识珠江之小桃也。生恐游人属耳,不敢遽通款曲,悄问之曰:“寓何处?”小桃会意,以伞颠划“锦绣堂”三字于地,以日喻意,嫣然而行。俄夕阳返照,暮色笼烟,亟旋寓。晚餐后,乘车访小桃,至则含笑相迓,握手登楼,殷殷话旧。曰:“妾以假母贪利,转鬻香江。自从晤君,寸心耿耿,方谓缘悭难见,讵意萍水重逢,其慰何极?”转叩生近况,生缕述苦衷。小桃不禁呜咽,既而询及吴。生答以游学日

本。小桃信口曰:“是随夫婿去乎?”生讶其言之不伦,继曰:“吴故男子,安得有婿?卿何乱言?”小桃笑曰:“噫,懵哉!枉君与彼称密友矣。彼原巾帼而丈夫者。昔在珠江,屡偕友招妾侑酒,察其眉目略异,为妾窥其隐,嘱妾秘之。今彼远游,告君无碍。”生闻言,顿忆小桃前戏呼之为寺人,洵有故也。(仍未完)

(六续)默对良久,曰:“卿欺吾,胡竟谓吴爱群非丈夫也?”小桃曰:“妾何敢相欺?”复证其确。生曰:“绝世佳人,失之交臂,惜哉!”言次,颇切凝思。小桃曰:“彼意中自有郎如玉,如有意属君,则不待妾相告,至劳君梦想矣。”生曰:“虽然,其如感情何?”小桃怫然曰:“妾与君虽一面之好,然对此怀彼,令人难堪。”生谢曰:“仆自作多情,得卿吾慰矣。”小桃嫣然斜盼,若有所嗔,生遂杂以他语。次早生辞,殷勤订后约,从此月余往来无间。无何,床头金尽,偶对小桃欷歔曰:“我两人情好将尽,奈何?”小桃愕然问故。生曰:“仆落魄江湖,卿所知也。今客囊告罄,势难久处矣。”小桃闻言,默默不作一语。俄趋出,久不复至。生疑之,闻隔房有昵笑声,探隙一窥,见其正偕一少年,喁喁细语。倾听之,隐约不辨,只闻曰:“妾与彼不过金钱主义,今死尚不悟。”生闻愤火中烧,恍如梦觉,促媪至,披衣遽行。小桃闻生去,走相送,曰:“君少安无躁,妾与姊妹有事商也。”生亦推有事,怅然而返。抵寓,意兴索然,蒙衿而卧。忽店伴摇醒,呈邮信一函。急拆阅,则二千两汇票一纸,随书曰:“玉璜鉴,汇上银二千两,望整行装速往外洋游学。苦海茫茫,回首是岸,毋自弃也。”生喜逾望外,然细阅来书,不列名姓,终不悉何人所寄者。(仍未完)

(七续)叹曰:“此天相吾也,不奋志前途,负此人矣。”次日,凭票取资,遂剪辫易服,束装附轮往日本,且喜此行可以一晤爱群。无何抵日,肄业同文书院,每于学界物色吴,则渺无其人,厥念渐灰,惟研于学。荏苒流光,倏已卒业。拟更往欧美留学,转念伯既死，伯母存亡无耗，宜先还里一省，乃决行止，买棹东旋。船次遇一军人装束之伟少年，往来仓面，近与周旋。少年曰："仆山左周国奇，在东京陆军士官学校，因有事暂且归国。"转叩生，生具以姓名告。谈未竟，忽闻船头呼国奇，少年急辞去。生目逆之，见一西装女郎，斜倚铁栏，手指海中群鸥示少年，但相离颇远，不知作何语。注视之，其貌仿佛如爱群，诧曰："得毋即意中人耶？"然见少年在其旁，不敢向前唐突。正踌躇间，忽疾雷霹雳，黑云漫空，风雨交作，波浪滔天，船摇摇欲覆，搭客皆惶怖不能起立。历数昼夜，而船已抵上海。女郎早登码头。少年见生，趋前握手曰："仆寓四马路中市棋盘街，第廿七号，足下履沪，尚乞过我一叙。"生唯唯，随捡行李上岸，入客栈，急欲一探少年，以侦女郎，遽更衣出门访少年。至则无斯仆应门，乃纵步登楼，见女郎方伏案写书，闻客到投笔起，彼者审谛逼真，女骇曰："噫，君非陆玉璜耶？"生曰："诺，卿非易髻而冠之吴爱群乎？"女赧颜曰："然。"（仍未完）

（八续）挽臂让座，生缅述别后情状，爱群扼腕久之，腼然曰："妾别君时，仍易女服入高等女学校，故君到彼，调查未及。然妾此回，区区之意窃为君耳。今不期而遇，诚有天缘在。"生闻言，俯首不语。移时乃曰："使君虽无妇，奈罗敷已有夫何？"不禁双目涨红，鲛珠欲坠。爱群忙以罗巾代拭泪曰："噫，君疑妾耶？何竟出此言？日前所以不即露出本来面目者，恐以儿女爱情，堕我两人求学之志。国奇妾中表，幸勿误以妾为罗敷也。"生于是始转悲为喜。而履声橐橐，国奇已登楼，见生与女神色颇异，疑之。女为之缕述前愫，且示以己意。国奇释然曰："既如此，则吾家表妹倩也，不可不贺。"起取拂兰地酒，满斟三盏，举杯并酌。国奇乘醉语生曰："舍表妹欲结自由婚姻，久属意足下。仆不才，愿为月老，赞成美举。事后相率返粤西，一见乃兄，我三人方别图远游，何如？"生曰："倘不嫌寒陋，自当如命。然先伯惨死囹圄，伯母未卜尚在广

东否，家庭之感情，吾未尝去诸怀也。若到广西，亦可顺道访寻。”（未完）

（九续）国奇亟问曰：“伯何名？”生以仲丹对。国奇拍案曰：“果尔！则吾为君雪仇久矣！仆当年往粤访爱妹，至则妹已东渡。恰闻民贼兴党狱，愤极故诛之。”生始悉杀贼者国奇也。离席谢曰：“代雪大仇，何以报德？”国奇曰：“仆抱不平，为同胞诛公敌，非为君也，何谢为？”既而就坐。国奇曰：“爱妹已许君，愿即就赘此间。”生以目视女，女不置可否，而意若甚适者。生辞归，携行李过寓。次日遂举行文明结婚典礼。是日也，天朗气清，屋四围绕以鲜花，张绮筵，奏西乐，邻人皆至贺，宾主尽欢，合卺礼成，客醉人静。生笑谓女曰：“我两人可谓奇巧因缘矣。回忆珠江赏月，顾卿豪情逸兴，居然一弱质书生，雌雄扑索，古之木兰卿何多让？”女亦戏曰：“姑勿论与君邂逅相逢，而方针遽能自定。顾久羁异国，

奔波万里，卒能怀璧归赵，其机警缜密，岂今日之所谓女志士者，所能及哉？”生笑曰：“夫人如此，本总统愿拜下风矣。”次早齐会国奇于餐楼，商定行期，起程赴香港。（仍未完）

（十续）抵港，寓西人酒店，偶对女谈及小桃，女亟欲一见之，拉生邀国奇同往锦绣堂。至则屋梁依旧，燕子全非，惟供使之老媪，尚依稀认识。询以小桃，媪凝注久之，愕然曰：“郎君非陆老大耶？”生曰：“然。”媪叹曰：“君去后，小桃与某轻薄少年，结不解缘，半载如胶漆，平日私蓄，悉遭荡尽，竟绝迹不复至。而小桃又以高窭自居，客皆鄙之，无过问者，衣饰典尽褴褛如丐妇。鸨母微责之，悻悻然，与姊妹少乞旅资，逃去澳门，别营生活矣。”言竟，三人索然返寓。不数天，同赴广西，抵桂林，西行十余里，至一深山。女苦跋涉，国奇出一银鸡吹之，俄一大汉飞骑至，见女与国奇，下马趋前数语，复超乘去。生骇问何人。国奇曰：“此即表兄本山之第一驿飞探队也。因爱妹行已疲，故呼之觅代步耳。”语未毕，大

汉已另率三骑至，捉勒受国奇，方上鞍并辔而行。大汉腾身策马，瞬息不见。生不知乃兄是何人物，甚以为怪，然不敢径问，惟留心以觇其异。将过山腰，瞥见武士一簇各执兵器，虬髯阔颔，纠纠逼人，鹄立两旁，若有所伺。三人纵骑直过，皆声喏。国奇谓生曰："此警察队也。"（未完）

（十一续）俄经一石桥，阔仅盈尺，按鞚徐行，时虞颠坠。俯视其下，则绝壑危崖，深可百丈。过此则山路岖崎，不能复骑，即有人代牵其马。蹀躞间，遥睹洞门一座，两壁巉岩，嶙嶙屹立。中竖旗一，飘拂半空，隐约有"兴汉"字样。迨至，闻钟声一鸣，见数十少年，戎装佩剑，趋出欢迎，揭帽握手，意甚殷勤。相率入洞，别有天地，殿宇堂皇，历数重门，导至一厅。国奇指生示诸少年曰："此即爱妹快婿也。"各展姓氏，分宾主坐。一少年向女曰："令兄于半月前已往安南，何至之迟也？"女曰："此来适欲一见，今竟相左，令人怏怏。"国奇询以归期，答言未定。谈次，钟鸣五句，少年齐起，请过别舍晚餐。饭毕，呼童引生及女别至一室，几榻光洁，颇自适。举首见璧[壁]悬一像，细认盖孙蔼如也。题赞之书，与日前汇票随信之笔迹无异，骇问女。女曰："此即家兄像。"益骇，叩其历史。女曰："家兄字殿亚，少离桑梓，志存兴汉排满，故姓名不一，专结四海少年豪杰，奠守此山，以为辨[办]事之总机关。"生叹曰："如此则仆落乃兄术中久矣。"因而详述前因。女笑曰："若然则亲上加亲矣。"生询老苍头系何人。女已不能记忆，复道其面貌，女曰："斯人即国奇之父也，现已去世。"次日告国奇，国奇亦为嗟呀。居数日，国奇持来电报一纸，电文曰："接电悉三人返山，望速往外国留学，无庸相待。璜之伯母，我当照拂，勿念。殿覆。"得电遂定行期，本洞人员，设筵祖践，即日同往欧洲，而亚斧之闷葫芦随亦打破。（已完）

（1905年11月20日至12月2日）

意匠小说：郑生（死国青年）

龚定庵诗云："游山五岳东道主，拥书百城南面王。万人丛中一握手，使我衣袖三年香。"此诗雄壮风流，人多诵之，予亦雅爱其句。忆少年游学日本，时以之吟哦自适，比从事报界，搁置之已久。偶见友人题扇，竟写此诗，因再读之，蓦忆及旅日本所闻郑生事。

郑生，原藉福建省莆田县人，即郑成功之后。父商于日本横滨，娶日妇，乃生生。父早亡，薄遗资产，方病亟时，嘱妇曰："卿宜守此子，不可使其不学。果克或立，则从父从母听之可也。"妇遵遗嘱抚孤，随母姓，名之曰高田生一郎。稍长，使负笈幼稚园。妇设一旅人宿（即客栈）为业。生衣装如日本童。晨趋校，暮依母，孳孳于学，如是数年。迨已垂髫，转令其就寻常小学，继而入高等小学，寻常中学，至高等中学，均卒业。生既聪慧，故考验皆列前矛[茅]，妇亦甚望其成材，乃更使其就学于早稻田专门学校，时年已十八矣。至校，呈其从前卒业证书于校长，即蒙收录。由是潜心刻苦，日就月将。偶值暮春，大和魂之撄[樱]花，灿烂如锦。适日曜日休假，散步于上野公园，以遨以游。瞻仰伟人西乡隆盛遗像，感情悠然而生，时尚不自知身为何国人也。旋至不忍池，见新荷始茁，一望里余，绿波荡漾，骋怀游目，徘徊不遽行，而小时计已一点半矣。乃转乘铁道马车，赴浅草地名，径欲遍览名胜。既观日清战争活景，与水族馆鳞介，余兴未尽，拾级登凌云阁巅，阁高十二层，凭栏俯眺，觉东京全景如绘。无何，浓云似墨，雨急风狂，兴致索然，扶梯而下。时腹已馁，亟投浅田御料理所（即酒馆）。主人延之入座，以肴酒进。（未完）

（初续）生擎杯独酌，正苦无侣，俄有两少年偬偬从外至，生微睨见其择座邻厅，与生处仅隔一纸屏风而已。听语音知为汉人，然虽识汉文，从未谙汉语，第闻其忽而吟哦，忽而拍手，彼酬此酢，若甚适者。乃故觇之，则见墨迹淋漓，正题两诗于壁。一曰："地黯天乌日，行人不自由。高楼一回首，凄绝指神洲。"一曰："怕对留人雨，偏增爱国情。一肩家国重，七尺死生轻。"细味其句，热诚爱国，著于笔端，亟欲投刺一通殷勤（日人初晤，辄以小片互通名姓，无相问者。其小片颜之曰"名刺"，深合吾国古人意）。转嫌唐突，寸心怦怦不已，乃奋笔自题一诗曰："东亚风云剧，樱花藉雨催。可怜亡国恨，偏向此中来。"一读一击节，满引大白，陶然若狂。少年闻声，从屏隙窥之，疑甚。迫欲请见，终惭孟浪，足趑趄不前。旋为生觉，彼此眼光所及，恍如电触，不禁掀帘肃之入。客次不分宾主，随意坐谈。阅其刺，一郑道通，自称广东香山人，亦为福建郑成功后，其祖祠门联有"秀发莆田"字样。一为洪继全，广东花县人。前六十年汉族大革命家洪秀全后，自天国不祚，少子逃亡于日本，安居已三世矣。二人皆受业于东京同文书院，志投道合，相得忘形。适休假同游公园，避雨至此。生问之曰："君以支那人留学敝国，可谓有志，顷题佳句，何其悲也？"洪曰："偶有所感，信口而成。不虞君竟窥其隐。"郑曰："祖国山河，竟非吾有，积懑已久，不自觉流露诣吟咏，君是解人，幸毋见哂。"（仍未完）

（1905年12月8日、12月10日）

侦探小说:海底针(亚斧)

噫!吁戏!新年已度,马齿徒增,屈指国亡,又多一载。回忆昨日斗酒只鸡,偕同人度岁,彼此抚怀时世,不禁蹙然忧,眳然悲,索然对酌。而同人忽拍肩曰:"逝者如斯,人生如斯,不借杯中物,一涤愁肠,如此戚戚胡为乎?"予闻言,恍然悟,一吸数觞。酒后,乘醉游街衢,而爆竹之声震耳鼓,彩狮之舞刺目帘。予素恶尘嚣,睹此举动,愈觉怏怏。曲折而东,意欲游愉园,一遣积闷。彳亍间,遥见洋楼一座,高矗一隅,闼四面,障以纱,栏数曲,绕以花。一少妇斜倚骑楼,俯首俯注,下立一少年,彼此眉目送情,似有所会。予怪之,故缓步以觇其异,忽闻钟声一响,少妇急入内,少年亦遁去。一贵客乘三人车,风拥而前。□停车,客遂拾级登楼。予睹此,益生疑窦,暗忖安得福尔摩斯其人,一侦此中情状。冥想之际,猛忆三年前旅厦时,某僧所谈故事,亟返寓录出,以饷阅报之主人翁。

癸卯客厦,时值炎夏,常避暑于南普陀寺(厦门八景之一),寺后古山耸翠,苍松翳日,清泉一带,遥自山巅泻下,筑石驾之,直涌洗心池。石屋一,外凿"卧云"两字,两壁则一般名士派,题诗殆满。旁一花园,时山鸟一声,则万花争放。而寺僧道号忏尘,略知书,颇不俗。遇有客到,吸泉煮茗,拂石看花,偶一倾谈,豁人胸鬲,令人顿怀厌世主义也。余往来既稔,与忏尘甚相得。一日早往,忏尘执手曰:"夜来有一奇案,子能为我测摸否?"询其故,答曰:"园内兰花两本,乃闽中第一种,花时香闻十里,屡为游客所觊觎。今朝到花所,则山门关锁如故,而兰花则无有矣。"予曰:"此事出离奇,惜无福尔摩斯,一为侦探。"僧闻言,曰:"子心目中只有一福尔摩斯,如得我友邓某,此案亦不难破露也。"予奇其言,询以邓某何人。僧曰："邓某叻产，少受业于外国学堂。其侦探术，诚神出鬼没，不可思议。生平历史，惟老衲知之。子欲悉其详，非三数日，不能备述。"予曰："方丈能将底蕴相告幸甚，予愿闻而不惮烦也。"僧点首，呼小徒，携茶具，相率入寺后，蹯坐石屋中。(未完)

(初续)僧曰："吾国向乏侦探家，今逢子，谅此事不至湮殁。假将其颠末闻于世，亦一快事。"予唯唯。复曰：

邓某字碧山，祖籍台湾，曾与同乡马福如为友。马幼丧父母，家赤贫，被人拐往南洋小岛，为人担泥挖矿。积年余，不堪其苦，羸瘦如柴。工头甚悯之，察其人，颇不钝，转命其督种架非。于是竭力效劳，多方献媚，兼之连年架非丰收，益得工头欢。工头故饶于资而乏嗣者，遂认之为螟蛉子。无何工头卒，所存尽为己有。工头之妻闻丧自故乡奔来，马恐夺回遗产，竟绝之。工头之妻愤极，欲控诸官，而资斧已罄，无奈自缢。邻近闻之，咸抱不平。马惊，囊其所有，潜出石叻，税屋而居，专放债谋业。不数年，财雄一方，面团团作富家翁矣。居则崇楼广厦，出则骏马高车，声势赫一时，骄炎之气，咄咄逼人，遽忘其昔时苦彻骨，终岁为人奴，脸沾泥尺许厚，龌龊逾乞丐。偶念行年已长，尚无家室，刻呼媒为之物色。奈选择半月，无一当意者。一日，往梨园观剧，瞥见邻座一少女，姿容秀丽，态致嫣然，诚绝代佳人也。注目久之，神为之荡。询诸同座，知为赵氏女，名宝姑。归家，命媒往通殷勤。媒返，摇首曰："彼已许字杨家儿，事不谐矣。"马大失所望，谓媒曰："我自睹颜色，昕夕难忘，阿姥能为我图之，当谢以五百金。"媒曰："难矣。闻杨某故纨绔子，非穷措大可以利动。"马再三商之，媒沉思良久，脱然自任曰："请宽三日，容再谋之。"马喜。媒匆匆辞去。越晚媒含笑至，偕登顶楼，袖中出一小照曰："幸不辱命，此宝姑肖像，费五金，赂某梳佣偷得来。可密倩画工，将此相合郎君之相，细描一男女并肩图，然后拍之，悬诸壁间。设法故与杨氏子来往，

彼如见此相，自生狐疑，必退赵婚，则落我术矣。”马大喜，如计而行。复设宴使素识杨者，为之介绍，邀杨饮。杨本不羁，闻招便到。忽见所悬相，果大疑，勉强酬酢，筵终辞归，懊恨万分。但无实据，不敢决裂。况洋界女权最重，恐贻笑柄，只得托病旋里，伪作临终遗书寄赵氏。赵得书伤怛不已。马闻复通媒焉，赵仰其富，遂许之。即日纳彩，卜吉迎亲。(仍未完)

(再续)合卺后，如数谢媒。女自入门，鱼水相得。然性好观戏，一年三百六十日，半在剧场也。且善怒，偶有所拂，则泣不食。马以恩爱故，不敢少逆。

先是，碧山在叻，屡考西学列前茅，名大噪。马闻属同乡，欲结之，登门进谒，献千金为寿。碧山素廉介，却不受。旋赠以钻石指约，感其诚，始领之。马之行为，碧山略有所闻，交既熟，每婉词窥谏，晓以大义，辄娓尾[娓]动听，颇悔前非。由此益重邓，凡遇邓言，无不乐闻。邓亦善视之。一日告邓曰："室人性有所癖，而内政懒修，每思雇一亲信妇人，为我权主中馈，未卜有胜任者否？”邓曰："李氏阿三，向为先兄管家。自先兄去世，闲住此间，荐诸足下何如？”马喜，呼阿三出见，带之回家。阿三年约二旬许，容貌端好，宝姑一见，便厚遇之，一切杂务概相委。女得阿三愈纵情观戏。马无可如何，听之而已。时值西人赛马，女呼阿三同往。适马他出，阿三以主人不在，屋中只数幼婢，恐遭主人谴为辞。女固拉之，阿三坚执不往。女怒，佛然作色曰："尔女与我夫有私耶？利我出，候渠归，好便宜行事耶？何以不肯伴我行？”阿三耻，亦反唇相稽。少顷马返，女为之述。马力为劝解，嘱女隐忍，勿失荐主面。女虽怒稍霁，然终憎阿三也。一夜，邓偶因事过访，叩其门，久不应。力敲之，砰然启关，一雏鬟搔首痴立，贪睡之态可掬。询以主人，答言不知，随即伏卧椅间。仰视壁间，煤灯微光如豆，闪缩欲灭。大声唤福如，寂无闻，仍曳婢扃户，愕然而返。辨行辨

诧，抵寓不能寐。凌晨复往，则双扉已辟，入室闻啼声咿喔。骇极，亟登楼，见群幼婢环两死尸而哭。（仍未完）

（三续）近视，则一男一女，裸体卧地，浑身腥血淋漓，面部刀痕纵横，已不能认识。方惊讶，婢见邓起曰："夜昨奴辈睡熟，阿三杀主夫妇而逃矣。"始知死者为马夫妇，益骇。细询婢，告以宝姑曾与阿三相骂。邓念妇人口角，亦系常情，何至杀二命？急命婢报女母，母至痛不欲生。邓曰："哭无可补，乃速往捕房报案。"母如言，移时，官医及警察长至验。医验竟，曰："死者暗服以毒药，垂毙时，复用刀斫伤者。"邓述其夜昨过访情景。医曰："想此时已下手矣。"警察长名丹加泥，英人，与邓有素，问死者因何被杀，凶手何名。邓道婢言。警察曰："此必有故，家具全否？"邓请同验，呼女母次第启箱，则贵重物件，孑然无存。方悟其谋财害命，非挟仇也。警察曰："为今计，宜先殓死者，此屋暂归女母。仆一面缉凶便是，是否一决俾覆命。"邓善之。医偕警察辞去。邓料理丧葬毕，临行，谓女母曰："我与尔婿交好，自不能漠视，当代雪此冤。"女母深感之。归，耿耿于怀。候月余，渺无消息，寸心焦灼。偶检卷，得《福尔摩斯传》，编阅之余，深羡其侦探之神。自念人生学问，半由读书，半由阅历，何不一竭脑力，侦探阿三，一可以忠于朋友，二可以试己聪明。志既决，次日遂到警察所。入内，丹加泥起握手曰："凶手尚无踪迹也，奈何？"言罢，眼光射邓，手捻髯，似甚怒。（仍未完）①

（四续）邓曰："噫！丹君，吾知矣。得毋怪我辈空相劳，而无一杯佛兰地酬君也？我方有事与君商，幸勿作此态！我友即我也，迟迟当报尔。"丹闻言，解颜谢曰："我戏足下耳，勿罪勿罪！"忙逊坐，叩以所商。邓告之，并挽其臂助。丹加泥笑曰："足下能为此案侦探耶？"邓曰："然。效果何如，非我所知，志则决矣。"丹复

① 此处有"更正"一则：昨日小说，"尔（女）与我夫有私耶"句，该"女"字乃误加，特更正。

笑曰:“足下志决耶?果能为此案侦探耶?能自矢耶?”邓攘臂曰:“我誓为此案侦探!言出于口,有如皎日!”丹至此辗然喜,邀邓入密室,谓邓曰:“实告子,我以此案与子有关系,我疑子,故试子。我自干此案,日夜所侦探者,侦探子。我疑子者有三:一闻阿三乃子所荐;一事变尚无人知,而子一早便到,为之出头;一子自称此夜曾到,似微露破绽。今察子无他,我疑释矣!”邓听毕,愕然曰:“噫!不料足下竟疑及我,可谓想入非非。幸仆此来剖白相示,荷君洞鉴!否则指鹿为马,守雌变雄,误无底止矣!然仆度阿三女人,决无杀两人而夺其财之胆量,此案必有同谋者。我自今日始,身许此案侦探。足下既同筹画,须秘密,勿漏机关。”丹曰:“此自然,但我逆料阿三,断不敢匿迹本埠。彼何方人,子知否?”邓答未详。既而曰:“如寻得其相片,刊登报纸,出赏构之,或可罗致。足下可否同往马室一察?设无相片,倘有些瑕隙可寻,亦不致茫无头绪。”丹随偕邓往,到则女母啜泣相向。慰语罢,同入阿三卧房。四顾无他物,惟床下一破椟。急启视,则衣服尚存,搜之,获一邮筒,面书:“要信寄星架坡老巴察口十一号马绍德堂李氏阿三查收,由惠州李缄。”丹接阅,大喜曰:“此函系阿三家信无疑,子何不往惠一探?”邓曰:“惜此函无住址,尚费踌躇。我拟明日起程,事体如何,当以电报传递。”商讫,各辞归。翌日到警察所,与丹作别,遂赴轮去。(仍未完)

(五续)不久抵惠,税居逆旅。每于李姓查问阿三,殊无其人。住数月,倍觉无聊,偶纵步出门,行里许,遥见波光【鳞】片,碧水弥漫,游人泛棹其中,往来如鲫,询诸旁人,曰:“此西湖也(惠州胜景)。”中一亭,石梁通焉。直趋之,先有三五游客,对酌其间。方欲却步,客已窥觉,起与招呼,让邓坐,各展姓氏。一客曰:“君即在叻,屡考第一之邓碧山乎?”邓曰:“然。何以辱识?”客曰:“仆在叻,执影相业,久闻大名,每以无缘晤面为憾。今不期而遇,岂偶然哉?”随呼童洗杯,揖邓入席饮次。郑曰:“足下此来,未悉有何贵干?”鄧以游历对,转叩郑何时返叻,能否同行。郑曰:“仆因病旋里,拟就本地操旧业,不复往矣。足下如嫌客中寂寞,可移寓敝店。”邓感谢之。酒半酣,各起凭栏眺瞩,遥望一塔高插云霄。客曰:“此菖蒲塔也。”复指对面一亭曰:“此六如亭,乃当日苏东坡所建。旁一冢,即东坡爱妾朝云之墓也。”纵观久之,只觉荒草离离,斜阳半壁,不胜美人黄土之感。回念身羁异地,一事无成,徒劳跋涉,对景怆怀,惘然痴立。客忽曰:“邓君有所枨触欤?请浮一白,以浇胸中块垒何如?”邓喜复就席,引樽豪酌。筵终,不觉大醉,客遂扶之归。俄酒醒,启目怪非己寓,闻鼻鼾声。起视,则郑某酣眠竹榻,方悟酒醉,同人扶归郑店。乃挑灯独坐,见架中相片重叠,取而玩之。忽见一男女并肩图,细审则马福如夫妇也。背有“庚子六月初旬影”数字,恍忆马乃庚子十一月完婚,安得六月前,先已并肩拍相?(仍未完)

(六续)窃疑之,天明以问郑,并乞相赠。郑曰:“此相乃在叻时,有人携一画图来翻影者,想非真容。足下既爱,可将去。”邓志谢,假称有事,遽辞返,念此事颇诡异,而阿三尚无踪迹,不如南旋,遂买掉[棹]返叻。敷[数]日登岸,往马室,出相询女母,亦骇然,且曰:“亡女始许字杨姓,杨不幸病终。适马来求婚,故嫁之。”邓问阿谁为媒。母曰:“金榜七十号梁氏。”转叩所探如何。邓答言尚未,刻往警察所,将别后所遇,述诸丹加泥。丹曰:“此中想有枝节,何不访媒一考?”邓颔之,乘车去。时当六月,酷热异常,烈日当头,风尘扑扑,汗淫淫下。叹曰:“奔驰数月,虽尢影响。然艰苦备尝,亦可慰马于泉下矣。”而车如水流,须臾已至金榜,按数门牌,下车直入。一媪见邓,问何来。答觅梁氏。媪曰:“即我也。郎君贵趾光临,有何喜事?”急拂榻拉坐。邓戏之曰:“某氏女貌美赛西施,令人一见便销魂,惟已受人家聘。素闻妈妈口如簧,舌如莲，能为我谋否？愿若遂，金不靳。”媒笑曰：“此何难？但得黄金在，略施我计，虽嫦娥不愁不到手。”邓闻言欲觇之，复绐之曰：“妈妈毋大言，使我喜欲狂。”谈次，故托腹馁，出数洋着媒沽酒肴，以炫己有，而徐挑之。媒如命去。移时呼来，相对把盏。饮间，邓佯作皱眉状，频频问计。媒乘醉曰：“郎君太痴矣。如此小事何忧为？请将老身故智为郎道，恐郎愿拜下风不遑矣。”遂将其从前与马所谋以告邓。邓亟叩杨某姓氏里居。媒曰：“彼泉州人，字则仁，茶商也。”邓已得梗概，喜极，略一叮咛，仓卒辞去。（仍未完）

（七续）仍往晤丹，详述媒言，转即仰卧榻间。丹曰：“子料此案与杨某有关系否？”邓瞑然不答。丹意其疲倦，不复问。久之跃起曰：“丹君，我得此案端倪矣。杀马夫妇者，必杨则仁与阿三无疑。”丹敬问故。邓曰：“我料马与媒设计赚杨后，阴谋为杨侦悉，心衔之，故与阿三私通，杀之以泄恨也。”丹曰：“如子所言，则杀之以报仇似宜。然杨故富室子，何至劫其财物？”邓曰：“君真戆矣！夫能杀人者，则无所不为。岂富有者，便不为盗贼耶？”丹不禁足蹈手舞，拍掌曰：“足下神明，佩服佩服！”邓曰：“仆明日便往漳州，足下可拭目以观此案之结果。”谈竟，握别。越日遂束装往漳，僦屋与杨比邻居，自忖如寻见阿三，则事有凭据矣。彷徨数日，无路入杨家一探。一晚间人言曰：“杨某之母明日寿辰，请戏班到家演剧，我辈可以入内一观矣。”邓偷喜有机可乘。次早果大启重门，任人往来，邓杂众而入。无何，台上锣声大作，杨偕女眷一齐出观。邓留心观察，不见阿三，索然失望，颇悔此行无济。徘徊间，忽听笙歌流亮，娇声聒耳。众喧曰：“蛇仔秋出矣。”邓趋前，翘首观之，见伶人装杨贵妃演马嵬故事。俄贵妃手持罗带，作自缢状，倏见其手中钻石指约，光彩夺目，细视，则与马赠己者无少异。记马曾言，该指约乃由美京用七千金购来一对，一留己用，一以相赠，何得竟落伶人手？心疑之。演毕，伶人下场，邓遂尾之行。

忏尘语予至此，不觉夕阳西下，山谷笼烟，而松声滔滔，泉声淙淙，小徒盘石酣眠矣。盖言者津津有味，听者节节传神，竟忘饥也。忏尘曰："此案告君过半矣。明日再来，当终之。"殷勤送予出。（仍未完）

（八续）翌日复往，不见忏尘。小徒曰："今晨虎蹊山住持来，偕师云游去。"问以归期，答言一月数月不定。予急欲穷此案之奥妙，闻言不胜惆怅。独步入寺后，踯躅山径，心惴惴如有所失。忽闻呼王君，声自石屋出，趋之，则忏尘先在，见予笑欲倒，予始知其恶作剧。坐定，忏尘敛容曰："吾料子今日必到，故嘱小徒相戏耳。然闲话休说，此案以子断之，能决谁为凶手否？"予曰："未能也。"僧曰：

邓既尾之行，此时天已暮，或前或后，伶人不之觉。至一窄巷，伶人伫立，叩一矮屋户。内问阿谁，伶曰："我也。"门辟伶入，转即扃之。邓伏户窥之，见伶偕一女郎携手入内，微闻女曰："归何迟？"余未睹，久之寂然。寻途返寓，念女郎得勿即阿三。惜仓卒不能辨其声，连伺数日，殊无影响。窃思中国妇女最迷信者神权，当假此以侦之。次日遂迁寓与伶同巷住，冒称道士沿街托钵。邓故善于词令，为人判休咎，无不微中，于是大名播远近。一日过伶门，伶忽招以手，邓入，延进内室诘祸福。邓略一相之，便讶曰："可惜可惜！"伶问故。邓曰："相君之貌，应富百万，寿十八。然细看阴骘纹，渐已丧尽，不但不利，恐难得善终也。"伶闻言，面色忽变，作青蓝色。邓见其如此，益疑之。既而笑曰："无妨。如能将心事相告，为君作牒文，设坛求祷，则冤抑自消矣。"伶颜稍霁，欲言不言，续闻房中有嗟叹声。邓故意起辞曰："若信我，宜早决，否则贫道明日将他适。"伶唯唯。入房细语移时，复出曰："请今夜来，当相烦。"随送邓出。（仍未完）

（九续）邓归，追审情形，念杀马者必此伶，房中者必阿三。然

甚恐阿三之窥破本来面目也。入晚复往,伶已先备冥物。邓曰:“须候夜静方作法,早则诸神未集。然必将前孽示我,俾为文以忏之。”伶欲言者屡。良久,叹曰:“我想以心腹相告,然终恐道长泄漏也。”邓笑曰:“贫道为世人忏祸祈福,岁以千计,何常泄人事?如见疑,请行矣。”伶谢曰:“我愿将难对人言之苦衷,为道长缕陈,幸勿怪。仆梨园弟子,曩在叻演戏,与马某妇宝姑有私。嗣以此非长久计,每与妇谋,不如杀马而归我。适妇与女仆阿三有隙,遂乘机先投以毒药,一并杀之,用刀乱斩面部,以掩人目。故人皆疑阿三杀主夫妇而逃,绝不料及妇与我也。道长谓我之阴德丧尽,殆即因此。如能为我拔除此孽,当报以百金。”邓听罢,恍如梦觉,从容曰:“此无碍,禳之当礽。”随即代书符咒,披发跣足,据案喃喃而语。顷之,诈晕倒地,复跳起,拍案曰:“我马福如死得惨,贱人何处?速来受死。”妇惊,震慄自房中出,与伶齐跪案前。邓微睨之果宝姑,叱曰:“尔通奸杀我则已,何竟诛及阿三,而蒙之以罪?”女叩头曰:“知罪!愿饶命!”邓持手中桃剑猛击之曰:“幸道士百般解脱,否则难免死。”言罢仍晕。女□入房。俄邓醒,伶为之述,邓佯推不知。事毕,伶如言相谢。邓辞归,刻电告丹加泥,旋有电照会地方官,将伶及女拿解归案。闻者无不叹邓侦探之神。

忏尘说罢,嘱予传焉。(已完)

(1906年1月29日至2月7日)

义侠小说:茅店月〔短篇〕(亚斧)

庚子拳祸,浙人柳若陶,仓皇自津门附轮逃归。登岸,夜已深,去里门尚远,暂宿逆旅。回忆枪林弹雨,幸庆生还,不禁惊定而喜。悄坐之际,遥望窗外,月明如昼,秋声萧萧,寒砧彻耳,故乡风景，颇觉撩人，乃起散步中庭。忽闻隔壁哭声甚哀，倾听良久，叩店主人而询之。店主曰："邻人欧子敬，曩设帐于叶公子家，去秋病故，其妻无以殓葬，遂与公子贷百金。今限期已迫，不能还，公子窥其女阿月美，欲媵之以抵债。而女已字他人，母子相对无计，故悲耳。"柳闻言，凄然动念，着店伙乘夜呼母来，给以百金，母感泣而去。须臾复偕女来叩谢。母含泪曰："蒙郎君再造之恩，殁存均感。倘不以寒贱见介，小女阿月，愿拜郎君为谊父。"柳却不敢当。店主人从旁谓母曰："柳官人与令千金，年纪相若，兄之可矣。"母随呼女上前为礼。柳微睨之，虽荆钗裙布，然眉目如画，神情清爽，故非长沦落者。临返，柳复赠以五十金，母子敬志姓名，再拜而去。次日系装将行，叶公子忽裘马诣寓，奉还百金，并谢曰："足下过往之客，尚如此仗义，仆何敢取偿?"转叩柳门阀，匆匆委金径去。柳颇讶之。既归，恰遇妻病，而公子复登门进谒。闻柳妻病，回家赠以上等参桂，以资调治，三数日必一临存。柳感其诚，往来月余，甚形周密。无何，柳妻病卒，公子到执绋，并代料理一切，心益德之。一日，柳偶向公子流涕道妻贤，且言念切。公子劝曰："死者不能复活，痛何补？然中馈不可一日无人。舍表妹，少孤，向依仆，年仅十八，貌略好，若不嫌，愿续弦焉。"柳以井臼乏人也，诺之。倩公子为媒，择吉娶女。女入门启障，姿容秀婉，丰致娟娟，诚绝代佳人也。洞房之夕，略与温语，女羞涩无言，默然弄带而已。(未完)

(续)柳对新怀旧，不禁抚然，不欢而寝。翌日，公子命肩舆来，女忽抱恙，不能归宁。数日未愈，柳忧之。往请医，值医他出。候入夜，尚未返，只得回家。入室见房门坚扃，敲之不应，窃怪之。呼婢力推扉入，见女悬缢梁上，骇绝，急解带施救，已无及矣。正惊惶失错[措]间，见案头一函，亟折[拆]阅，书云："妾李月娥，疯女也。叶某以金啖妾母，买妾以祸君，君与叶有何仇怨，非妾所知。然妾自入门,察君诚君子,不忍加害,故以一死相报。妾死,君可速逃,否则叶必藉妾死以颂[讼]君,后患无穷。倘情缘未尽,愿结来生,临死哀鸣,不知所言。”读毕始悉,因代阿月偿债,而叶实衔己,故设此毒谋也。刻遣婢去,随拾行李,乘夜亡去。次日叶闻耗,竟命人火其屋。先是,柳宵遁,误入深山,披榛涉莽,不堪其苦。遥闻虎啸猿啼,心怵魂悸,不敢前进,屏息路隅。无何,山月初吐,仍起纵步。行数里,遥望前山似有村落,疾趋之,乃一大第,便卸装坐以待旦。昧爽苍头启关见客,问何来。柳答以迷途,且告腹馁。苍头怜之,呼入,啖以宿肴。食顷,见一女郎,窄袖戎装,偕数婢各持毛瑟自内出,柳不敢仰视。女郎瞥见柳,诧曰:“客非柳若陶耶?”柳举头审顾,盖阿月也。彼此惊喜交集,急延柳入内,问因何到此。柳为之详述,女呜咽曰:“因妹故,累兄不浅矣。兄去后,母嗣逝世,叶贼屡乘隙欲夺妹志。适良人林津自外洋归,遂娶妹居此,始离却虎口。每以无缘相见为惑,今朝拟偕婢子出猎,不期相遇,否则交臂相失矣。尚望暂住此间,候通信良人,再定行止。”柳问丈夫何往,答言出洋。问何业,曰:“迟当自知。”旋即除舍馆柳,备极优待。积月余,一晚,女仓卒到柳所,笑曰:“大仇昭雪矣。”出林手书示柳,略曰:“月娘贤侣眼光,叶贼已以炸弹对待矣,恩人柳若陶,祈速来此相见。夫婿林津书。”柳大喜,女刻日设筵祖践,柳遂附轮去。(已完)

(1906年2月10日、2月11日)

短篇小说:牛背笛(亚斧)

地球上,最不平等者,亡国之民。最可怜者,亦亡国之民。昔岁,蜀人张忠,据资游美,抵埠,为关吏所留难,不获登岸,因羁木屋,几两阅月,始克附轮归国。船过太平洋,卒遇飓风,全船尽没。忠力抱一板，随波上下，历一昼夜，飘至一岛，为渔人所救，得不死。询其地，盖琼州也。忠虽幸庆生还，然腰橐无存，饥寒交迫，悲来刺心。无奈，向北郭行，里许，瞥见群牧童煮薯陇亩间，近乞两枚充饥。牧童曰："偌大人，竟无钱买食，而赚小儿食耶？"忠略晓之。牧童曰："既如此，可暂候。吾村杜哥哥，尚未到，不能先飨子。"问杜系何人，牧童各嬉笑不答，忠只得姑坐相待。无何，西山日落，古寺钟鸣，遥见隔溪一少年，跨牛吹笛而来，笛声凄情［清］，响彻云霄。牧童喧曰："杜哥哥到矣！"而笛声顿止，少年复叩角而歌曰："怒气阿谁虹化白，雄心阿谁斩蛇赤。英刚角逐燕雀争，安知鸿鹄冲天翮。功人功狗尽茫然，行肉走尸魔鬼魄。誓将铁血荡尘氛，胡奴岂宁逃三尺。吁嗟呼！天涯惆怅一回首，汉殿春深空销碧。"忠听罢，奇之，而少年已到，见忠下牛叩姓字。忠历述所遭。少年为之扼腕，既而曰："仆杜绝胡，敝庐不远，乞一光临何如？"忠喜，少年呼牧童牵牛去，随偕忠归。（未完）

（续）俄见隔溪一院，疏竹为篱，柴扉半掩，板桥通焉。曲折入院，明窗净几，四壁图画，清景幽绝。少年刻呼童市酒肴相款。忠谢曰："乍聆雅奏，已窥君志，英雄多草泽，洵不诬也。仆万里飘蓬，辱蒙下榻，何以报德？"少年曰："仆世承先志，无仕宦者，混迹此间，躬耕为活。每以深仇未雪，抑郁牢骚，故发为诗歌，聊以自遣耳。今日得遇足下，尤幸事也。"忠问乃祖何名。少年出一遗像观之，展视，则一衣冠长者，玉簪象笏，须眉欲动。审其题，盖即满酋入粤，屠城后，退守琼州，宁死不降之杜永和也。（略见前报《汉血痕》）[①]忠肃然起敬，悬而再拜之，谓少年曰："子故汉族伟人之英嗣，竟伏处岩穴，何不出山一游，结联同志，徐图报复？"少年叹曰："仆有志久矣。奈家贫何？"忠曰："实告子，仆虽目前拮据，如能同

① 《有所谓报》1906年1月29日始，有"汉血痕"栏目，多载清入关血腥屠杀事，亦有抗清将领事迹，但未见杜永和一事，当已佚失。

到西川去，当有以报子也。”少年大喜，筹措资斧，盘桓数日，嘱童守院，遂偕忠入蜀。

亚斧曰：张忠以上流人物，游历美洲，竟未获登岸，卒至人羁木屋，身陷重洋，九死一生，依然无恙。而游子方切穷途之哭，主人忽来爱国之歌，握手偕归，由来同志，暗教才士一双，联翩入蜀。观此，毋亦黄祖之有灵，默佑我汉族有志之贤子孙欤？噫嘻！汉族可以兴矣！

（1906年2月16日、2月17日）

冒险小说：千钧一发（粗斧）

寒夜拥衾，百感交集，辗转未能入寐。披衣起坐，顾壁钟已两句，孤灯独对，万籁俱寂。取烟而吸，熏团团作旋螺状，凝视久之。忽闻窗外猫捕鼠子声，犬嗷然追逐声，甚急。亟秉烛出观，则猫目灼灼，犬吐舌喘立，唇中微染猩[腥]血，鼠子已不知所之。余睹此，恍忆昔者，法国驻华领事柏君，所语故事，因濡笔记之。

当千八百年，巴黎附近之勃灵，有一七尸八命之暗杀案，久悬未结，侦探者为菲罗斯。菲从事半载，已略得端倪，转为此案凶手所中伤，垂敝死。其侄古剌氏，近抚之，菲连呼“克隆、克隆”而瞑。盖克隆乃山名，向为盗贼之根据地，无敢到者。古剌本肄业高等兵学校，胆略过人，愤乃叔之死也，料必为贼所害，刻往司法院存案，誓为乃叔复仇。每藏短枪，往伏克隆山之丛莽中，以侦贼。如是半月，殊无影响。一夕，北风四起，林木萧萧，寒不能禁，幸月色微芒，方欲却步，遥见一肥汉，伛偻而来，直趋山顶。古遂跋履尾之，曲折抵巅，入深林，至一蜗屋。肥者伫立发暗号，双扉顿启。桌上灯光，闪缩如豆，一老者支颐而卧。古随影倏入，隐身一破屏后，肥者转扃户，挑灯呼老者啵啵而语。(未完)

(初续)须臾复有一人来，闻谓两人曰："我今日到尹里麦布处，有一机密事相商。彼言碑顿之女，姿容无匹，心实恋之。奈女不愿与之缔婚，约我辈礼拜晚，往抢之。尹可候诸半山，突出搁截，彼此用空枪相击，吾辈可佯败，让尹救女去，则女必德而嫁之，此计妙否?"肥者曰："甚善。但须慎密。"已而闻开樽声，酌酒声。古听之了了，想一认识之，乃从屏后挺身探隙一窥，见后来者，面目黧黑，羸[羸]瘦如柴，肥者形貌丑恶，狰狞可畏。老者背坐，不能辨。方欲俯低，误触破屏，砰然忽倒。贼见古，大骇，齐上捉之。搜其身，无他物。问几时匿此，古俯首不答。瘦者曰："此必奸细无疑。"遽拔枪轰之。古急躲避，弹贯壁战战有声。复欲发机，肥者摇手曰："且勿，且勿。可掷之门外，一飨群獒。"老者曰："善。"遂捽之出，拍掌一呼，遥见数巨犬，狼奔虎突，咆哮而来，贼立阖门。古危极，力驰，至一大树，一跃而上。群犬奔到，不见人，索然而返。惟有两头退稍缓，昂首见古，复啮树。古出枪连毙之，跳下遁去。盖古入屋时，将枪藏于袴下，故搜未及也。贼既捽之出，意其必葬獒腹，正饮酒相贺，忽闻枪响，诧甚。瘦者曰："乍检其身并无寸铁，此声何来?"肥者曰："得勿有外援耶? 然有群犬在，谅断难漏网也!"瘦者心疑，呼老者守门，偕肥者各持打灯出探，逡巡半里，瞥见血迹淋漓，两犬横地，一帽落树下，拾视帽里有古名字。瘦者惊讶曰："殆哉! 此即菲某之侄，彼曾登报纸，为叔雪仇。此来必系侦探我，今已逃脱，奈何?"(未完)

(再续)肥者曰："此山周围数十里，量彼走未远，可纵犬追之。"遂拍掌一呼，犬骤至，将古遗帽，抛之一嗅，犬便驰去，两贼随往。盖所豢犬，一闻汗气，便能踪迹其人也。追至一溪，犬立不前，驱之渡水亦不渡。踌躇间，见溪边大树一株，垂阴亩余，提灯一照，绿叶森森，宿鸟啾然。近视，则树旁一穴，深无底止。疑古藏身其中，捉犬入内，犬不敢入，贼出枪向穴轰之，微闻嗥然有声，猩[腥]氛一阵，自穴扑出。贼大喜，意其必死，鞭犬入穴。俄顷犬狼狠跃出，满口鲜血，验之唇皮尽脱，似被物抓伤者。贼窃疑，复轰数弹，率犬而返。

先是，古仓皇走时，归途莫辨，奔至溪边，横流隔断，无计可渡。回首遥见灯光，知有人赶来，危急之际，瞥见大树，攀枝而上，由树杪吊过对岸，遂获免。而贼所毙者，乃一野兽久巢穴中者。古逃归惊定而喜，翌日短枪匹马，出门访啤顿，欲告以贼谋，俾防之也。至一桥梁，忽见一女郎，仓猝超乘而来。背后一男子，跨健骡，追之甚急。古怪之，伸手按其辔，女郎窘甚，大声呼救。古亟问故。女曰："尔不必多问，速放吾行，否则吾命休矣。"言未罢，男子已追及，女益窘，伏鞍娇啼。男子见古，指女谢曰："此山荆也，素有癫病，乍偷骑而出，恐误祸行人，故追之。蒙足下代挽阻，幸甚！"女郎怒曰："你恃势欲强我为妇，尚巧言以惑人，我宁死不愿嫁你！"古闻言大骇。男子怒，上前欲曳女骑。古叱之曰："何处强徒，胆敢如此！"男子迁怒古，遽欲拔枪相向，古先出枪指之，男子惊，恨恨越骑去，女始敛容谢古。询其颠末。女曰："此贼名尹里麦布，乃敝处土恶，平日专与盗贼交通，横行无忌。每至我家强我与之结婚，已非一日。而我父自顾势不能敌，惟隐忍而已。(仍未完)

(三续)今日单骑往探亲，遇彼于途，欲挟我至渠家，我不愿，故相逐到此。"古听毕，顿悉贼所图者，即此女也。信口答曰："令尊非啤顿耶？"女曰："然。何以相识？"古曰："是我故友，此来正欲晤之。"女喜，并骑同归。抵家，见屋宇华好，类世家。女偕古登楼，对父详述情形。父见古，讶非素识。古遂将贼谋告之。女与父大惊，叹曰："老迈向贾于英京，第以老妻去世，己又年衰，故携弱女归国，筑舍居此。今不幸尹贼频来陵迫，将奈何？"言罢，不禁哽咽。偷视女郎，双目涨红，鲛珠凝睫，梨花带雨，锦雀惊弓，令人凄楚。古脱然自任曰："仆与贼有杀叔之仇，已誓报复，今趁此时机，正可以歼除之，请勿虑。"女与父稍慰。既而询尹来往时候。女父曰："彼多以夜间过此。至时，尝在楼下，独自彷徨，绝少与我倾谈。吾闻彼来，或观书，或弹琴，必待其去，而后归寝。然亦不敢慢之，时呼家人饮以咖啡、水酒等。"言间，忽闻庭外履声橐橐，同起探窗一窥，则尹里麦布也。古恐其见己，急促女父下楼缓之，由后门辞去。女惊惶失措，欲偕古行。古不可，并嘱善视之，勿使心疑，明日礼拜当再来。女无奈匆匆导古出。古归，寸心怦怦。次早复往，则女父他出。女殷勤逊坐，叩以别后事体何如。女曰："当家君下楼时，彼此三数语，便询及妾，家君以观剧对，彼盘桓片刻，便辞去。(仍未完)

（四续）然今夜之祸已逼，计将焉出？"古沉思良久，尚未及答。女复曰："妾刻下方寸已乱，不能自主，区区之意，愿托君以终身，未卜肯援手否？"古愕然谢曰："仆所以越俎代谋者，只以不平则鸣耳，非有所希望于娘子，何出此言？"女蹙然曰："妾志已决，倘君见嫌拼弃，惟有一死，了此青春，断不忍赧颜事贼也！"言罢，泪如雨洒，罗衾尽湿。古不知所措，婉慰间，女父已返。见古执手曰："仆望君甚殷，适往造访，不图相左。"古答以早到。举目睹女啼痕，诘之，女含羞示以己意。父喜谓古曰："小女已属意郎君，此意正与我合，幸勿以临难见却，尤感。"古再三辞之，父固请，古不得已诺之。女始转悲为喜，共筹对待贼策。古曰："尹贼今晚如先来探听消息，则必中吾饵。只恐其夜半，仓猝率贼榜掠，无可防耳。"女父曰："小女可否预藏君家？"古曰："此甚善，但须倩一婢子，假办[扮]令爱，任彼抢去，仆自有计，须图之。"女起，略按电钟，一婢趋上，年貌与女相若。古曰："得矣。"遂将谋告之。婢概然允许,随呼女卸裙履衣之,装竟,俨然女也。嘱其暂归女房,倘遇变,可巾蒙头弗露面目。商定,刻偕女归家,黄昏独往。食顷,尹果骑马来,系马门外,入室踯躅楼下,似有所伺。古故使女父弹琴唱歌,一如平日。乐作时,尹在下放声而和。古亲调咖啡一杯,命仆进之。尹接饮,问女何在。仆以独卧闺中对。移时,钟响十打,尹出门誇[跨]马去,古遂尾之行。(仍未完)

(五续)直向克隆山,将近山腰,尹昏昏欲睡,按勒徐行。俄转入深林,下马倚□石卧,鼻鼾如雷。盖古冲咖啡时,暗服以迷药,到此药发,不能前也。古遂潜近,含枪于口而毙之。换穿其衣服,以已者覆之。腾身策马,驰过别林,出镖而视,已一点矣。此时风声飕飕,天黑如墨。忽闻号泣声,隐见两贼扛婢而来。古遽扑出,贼料系尹某,发空枪相击。古拔枪轰之,肥者立蹶,瘦者意其诈败,故略一抵抗,俄中弹,亦倒。古急挽婢登骑,加鞭驶返。入门,则女父被贼惊吓,已晕在榻,救之不及,遂逝。古报女归,女痛不欲生。古从旁劝之。女念死者不能复活,而贼人已诛,只得收泪,殓葬之。事毕,赘古焉。翁无子,资产尽属之。过半月,有樵者误经克隆山,闻臭味逼人,迹之,见三尸横地,一缢树间,归报官。官派人四处侦探。古闻,不知缢者何人,往验,则仿佛守门之老者,随偕女到案,直认不讳。官嘉其志,不罪,案遂结。古与女由此专学侦探,法国之巨案,多为破露云。(已完)

斧曰:观古剌氏以一学生,卒能雪仇歼贼,巧获娇妻,坐享安乐,此无他,能冒险耳。然则冒险者,安乐之导线也。吾国丁此深仇未雪,民贼待除,吾民欲寻安乐,非冒险其何从?噫!同胞同胞,曷打醒精神,以求安乐?

(1906年2月21日、22日、28日,3月1日、3日)

短篇小说：秃（亚斧）

昔日亚斧铅椠毕，听壁钟丁东四打，起而踯躅骑楼，俯瞰则车马往来【如】鲫，仰观则风云变态无常。正有所思，忽闻履声橐橐，自下而上。视之，一文明公装者，戴金丝眼镜，胸垂金链，长尺许，左揽大衣，右携包袱，伛偻而来。向予询某君，予答以他出。诘其姓字，自言伍佐臣，特来访某君。予曰："彼顷间便返晚餐，足下欲晤之，可下三楼少候。"伍匆匆下楼去。当酬酢间，觉其精神恍惚，应对嗫嚅。衣虽鲜，而不称体，且无颈领。鬼鬼祟祟，面目黧黑，俨然一烟精，兼带一种药气，臭不可闻。予窃疑，因下楼觇之。适某君已返，伍约与三数语，便解袱，出洋绒一匹，示某君曰："此刚由美国购来以制衣服者，价值甚昂，非吾辈不舍购也。"某君唯唯。吴[伍]随裹之。旋指所悬冯夏威之遗像，谓予曰："此冯先生之相乎？观若形貌，想是少年也。"予曰："诺。"既而相对寂然。药气阵阵扑人，闷不可耐。某君斜倚睡椅，合目而卧。移时，伍辞去，某君亦起。予急问："此何人斯？此何人斯？"某君以手装打木鱼状。予不解。复合掌，念"阿弥陀佛"。予仍未悟。某君大笑曰："此即海幢寺之和尚也。每来港，辄变其相以欺人。"吾闻言，骇欲绝。去后，药气尚未消灭。审之，则花柳药"埃地荒"无疑。噫嘻！此秃好思想、好胆汁。我无以名之，名之曰《秃妖》。

斧曰：天下最可恶、最无用者莫如秃奴，不耕而食，不织而衣。拥万姓之资产，供一己之挥霍。假慈悲以惑世，托佛教以骗人。每一谈及，未尝不痛恨切齿。去岁长寿寺凶秃毁学，旋遭查封。吾闻之方喜当此天演时代，此等无用秃奴，必渐淘汰。此次虽不能驱除净尽，然一般秃奴，亦必稍知警惕，安守本分。不意今日竟有此特别秃奴出现，竟有此自称伍佐臣，冒穿文明公装，戴金丝眼镜，垂金链长尺许，周身花柳，专买美货之秃妖，忽变其魑魅魍魉之相，出现于光天化日之下，掩映于吾人之眼帘中。大胆哉，海幢寺之秃妖！阔绰哉，海幢寺之秃妖！可与（别流）前后辉映矣。虽然，吾甚为一般粤吏惜。何惜乎？惜其每办一事，则左捐右剥，而不能化无用之秃产为有用也。呵呵，秃妖！呵呵，粤吏！

（1906年3月19日）

义侠小说：贼（斧）

李翁闽人，向开酒肆，颇有蓄积。妻早殁，一子字如春，从塾师读，肆中生意，翁独操之。一日，有客登门沽酒一瓮，持出，倚门而饮，顷刻半之，不觉酩酊大醉，将余酒以次倒诸口而喷之壁间。时观者如堵，咸道其狂。俄酒尽，碎客瓮踉跚而去。瓮方自诧间，适对户铁匠张某，仓猝入店，密语翁曰："老兄之祸不远矣！客何人，君知否？"翁愕然问故。张曰："吾察客之举动，故梁上君子无疑，彼所以含酒喷壁者，盖欲使泥砖渍湿，今夜易于隙墙而入也。"张故六十无子，膝下只一幼女，素与翁善。翁闻言大惊，急求计于张。张曰："凡事所忌者，未能先事预防耳。今彼阴谋已被窥破，当有以对待之，请勿虑。"翁稍安，是夜留张共宿。俄鱼更三跃，微闻壁外切切有声。张偕翁起，灭灯以觇之。霎时，壁间豁辟一隙如斗大，隐见两贼蹲伏墙外，伸物以试隙者三。张急出绳装圈，与翁各持绳端而伺之。俄一贼引颈入，遂尽力系其颈，顺牵之入。贼被勒不能少动，而壁外之贼，久候不见贼出，已又不敢复入，逡巡良久，疑虑交集。无何，鸡声频唱，夜色将阑，贼始仓皇去。亟篝灯视贼，则依然沽酒者，然已喉结气而绝矣。翁惊曰："本拟执之以送官宰，今已毙命，将奈何？"张曰："无碍，可埋之以掩人耳目。"遽抬其尸入店后，掘猪圈而埋之。天明扬言遭贼，随筑其隙，无人知者。(未完)

(初续)一贼既归，料入者必已不测，日往邻近侦探，奈无影响。顾肆中独老翁一人，度其断无擒贼能力。彷徨数日，殊无端倪。一日，瞥见张某熔铁对户，贼驻足谛审久之。张偶举目，彼此双眸一瞬，贼昂然而去。张忙过翁店谓之曰："事发矣，我之性命恐亦难保。"翁惊叩之。曰："自除贼后，尝见一人，徘徊此间，窃怪之，每留心以察其异。今日彼偶见我，便抽身去，吾料斯人必系党贼，将有不利于我矣。"翁问："何以知之？"张曰："贼党所以不即报复者，料老兄无杀贼手段，其中必有人臂助，故迟迟访查耳。今忽见我，怒形于色，似衔我入骨，我谅彼必已窥破我两人同谋，今夜必来暗杀。"翁曰："然则将何以御之？"张曰："吾筹之熟矣。所豢之猪乞惠一头，可以脱此危。"翁诺。相卒[率]入后，取布袋囊猪，候黄昏荷之店返，置诸卧榻，盖以棉被，并出蒙药迷猪，防其鸣也。呼女先过翁店，张随即杜门逾垣而出，是夕同匿翁店。翁谢曰："吾兄不忍老迈遭变，竭力拯救，致相连累，未卜何以报德。"张曰："微劳何足介介？实告翁，仆十年前，亦此中人物也。第以杀人为活，终无好果，故跳出绿林，偕女居此。贼之秘偈，无不洞悉。今夜易猪以代，不过一时瞒之，然终不能插足此间，行将混迹他乡。然贼既得猪而甘心焉？老兄可以不妨，盖贼所切齿者主谋之人也。"翁然之，(仍未完)

(初续)而深奇之。达旦，张潜归，见店门已启，近榻揭被，见血濡床褥，刀痕直贯猪胸而毙。随嘱翁市棺亲殡之，诡托张无故被人暴杀，使女麻服而葬之。事毕，张便辞别。翁赠以厚资。张携女乘夜遁去。越日，翁子如春偶自塾中归，翁为之缕述，不胜浩叹。春曰:"虎口不可终居,愿父他徙。"翁善之,迁往别处。不二日,忽有皂役登门,立封其店,将翁父子捉将官里去。到则官宰已升堂而候,叱问何以杀人。翁不知所措,惟称冤枉。宰复拍案曰:"不杀人,何以有死尸藏于猪圈中?"先是,翁搬后,贼入店掘得贼尸,即日报案,赂宰中伤之。翁不得已,直陈不讳,宰怒不由分说,械梏臻至。翁年老,不堪其虐,一晕而绝。翁子愤父惨死,以头触地,血流如注。宰大怒曰:"尔亦欲以死挟我耶?"命役以火烙之。春痛彻心脾,大呼曰:"吾李某誓死不屈,刀锯斧钺,吾不惊也!"宰无奈,殓翁而下春于狱。春苦禁囹圄,狱吏屡索贿,无以应之,辄鞭挞从事,惟隐忍而已。积年余,一日新降一犯,春微睨之,丰姿俊秀,固一文弱书生也。生乍见春,亦频频瞩目,既而询其所犯。生略道冤抑,转诘春。春历诉痛苦,相对咨嗟。是夜就寝,忽闻外间,人声鼎沸,火光蔽天,盖署中失火也。呼号之声,震动四邻。俄火势益猛,延及监房。春大呼曰:"我辈不死于刑,而死于火,殆亦数耳!"诸囚闻言皆相抱而泣。危急间,生忽置春于背,一跃从火光中越过重垣,出药水断却锁链,曳春奔数里。入一小屋,春惊定而骇。生喘息语春曰:"君亦知吾何如人否?"答言不知。生脱帽示春曰:"妾固易髻而冠,张某之幼女也。"春益骇。女曰:"自别翁后,避居于此。妾父暇辄教妾以拳术。昨大人偶出,闻君罹难,已非中,大人情惶急[1],设法故侑[贿]民贼,假以罪名,拘妾入狱。约父从外举火,焚烧民贼,而妾从中相救也。"言次,女父已返。春感泣而再拜之。张曰:"大仇已雪,此间不可久居。"遂刻日束装同往南洋。以女妻春,鱼水甚得。无何翁逝,贫不可支,春设帐而授徒焉。女每于学生中择精壮者,教以武艺。一月,便能飞檐越壁,闻者多归之,得修金颇丰,旋解馆偕女游德京。(已完)

(1906年3月23日至3月26日)

① 此处当为排印之误,当为"已非大人,中情惶急"。

离奇小说：新妇智（侠）

粤俗婚娶，洞房之夕，恒邀集案友作闹房之举，野蛮习俗，牢不可破。然每因此酿成巨祸，殊可慨也。顺德县周某，富家子也，年仅弱冠，父母为其成婚，妻马氏，貌颇娟好。却扇之夕，其案友等竞作闹房之戏，备极狎亵，直至四鼓始散。新郎归寝室，方与新妇温存，絮絮谈家事。不料各案友等，兴犹未已，相率缘登瓦上，窃欲一瞯其隐。惟乡间房舍，四周俱密，乏隙可窥。友等计无所出，相对寂然。中有卢某，固黠者，曰："君等勿虑，仆有防身刃，长可盈尺，倘钻得一隙，则内容毕露矣。"乃从怀中拔出小刃，将屋瓦撤起。不料持刃不牢，刃从瓦隙堕下，适中新郎之首，新郎血流如注，登即晕绝。案友等见刃已堕下，妨室中人惊觉，遂相率鸟兽散，而不虞其有他也。新妇睹此情状，悲泣不胜，仓皇无措。阴念必为案友作剧所致，然使此时出堂自首，必难得此案正凶，微特夫冤莫白，且翁姑必疑己谋杀亲夫，身死名败，于事无济。心中顿生一计，乃开奁取白布一匹，裂而为二，以一端将尸身卷固，舁置床底，以一端将血痕用水拭净，不动声色。翌早出堂，参见舅姑，神色自若。舅姑以新郎询，即伪应之曰："渠侵晨即起，云往某村有要事，午间即返。"家人莫之疑。粤俗娶妇，三日内，案友皆可随意作种种戏剧，谓之闹新娘。翌日中，诸案友又作闹新娘诸戏。新妇志气自豪，毫不作羞怯态，乃乘机进言曰："昨夕诸君，太恶作剧，遗下利刃一柄，为妾所拾。然物各有主，妾获此无所用之，诸君中谁为此物之主者，妾愿以见还。"各友咸相顾卢某作笑。卢某漫应之曰："此固鄙人物，愿嫂嫂见还。"新妇乃出刃相示曰："此物固为君所遗耶？"卢曰："然。"新妇乃立禀舅姑，具以实告。遂执卢

控于有司，治以误杀之罪，而此案遂白。闻者咸服新妇之智云。

（1906年5月17日[①]）

短篇小说：巴上刀（斧）

粤人李桂，自少服贾檀岛，偶念年逾不惑，尚为［未］家室，顿动宗祧之念，遂罢贾囊资归国。抵家，戚友闻之，咸来话旧。李久别乍归，寒暄之际，悲喜交集，随即设筵款客。席间微告以己意，并倩亲友为之物色佳偶。座中有梁少歧者，桂之表侄也，自言其邻女周阿凤，深闺待字，貌美无双，倘中意，当为执斧。李喜，即挽梁作冰人，然必欲一见其人而后可。梁曰："此无难。周女时与室人往还，请明日到舍上，当获睹芳容也。"李诺之。筵终，客各辞去。翌晨梁果来偕李同往。入门，见一垂髫女郎与周妻对坐，俯首刺绣鸳鸯枕。闻履声，举目见李，推枕疾趋入内，裙下钩双［双钩］，瘦不盈掬。李大悦，不觉神为之荡。坐定，略数话，便托梁夫妇代通殷勤于周氏，叮咛而返。次日，梁至，称周母已允，但年老家贫，须聘金五百，方能如命。李如言，刻日纳采，择吉亲迎。一切事体，皆赖梁经纪，李良德之。合卺之夕，女斜倚妆台，盈盈而立。李戏之曰："昨睹仙姿，令人魂梦交萦。今夕得伴玉人，可谓愿遂三生矣。"女羞涩默无一语，唯俯首弄带而已。既而归寝，则蓝田先毁，太璞不完。李不禁愤火中烧，擢女发而起。女惊，面色如土，伏地嘤嘤啜泣，自言知罪。李拔刀置案曰："速将秽行明白告我，当饶尔命，否

① 原报版头题"1906年5月15日"，当误。因原报版头题中历为"丙午年四月廿一日"者，西历为"1906年5月14日"，"新闻纸第292号"。而中历题为"丙午年四月廿二日"者，西历为"1906年5月15日"，"新闻纸第293号"。按理类推，刊载此小说的报刊按其标注的中历"丙午年四月廿四日"，当为西历"1906年5月17日"，而恰巧与"新闻纸第295号"相称。

则不免死。”女震慄诉曰：“诱妾者梁少歧也。被污后，自忖不能偕白首，妾中情惶急，屡询彼焉置妾，彼辄含糊因循。妾恐事泄，欲以一死了之，彼始应允为妾设法。适君自外洋返，彼以为金山丁易愚，故畀妾归君。事已至此，生死惟唯命是听。”李默想良久，谓女曰：“尔如从我言，或可赦。”女言愿闻命。李曰：“吾明日阳言往某处省亲，而阴匿于房内。梁贼闻吾外出，必入房叩尔夜来情景，候彼进房时，尔可猛剪其辫，则前衍尽赎矣。”女闻言，慨然遵从。天明李晤梁，故意赞羡新人之完美，并言有事往探亲，嘱其照料一切。饭后匆匆遽去，旋由后门潜归，伏女床下伺之。无何，梁果突入女房，将近抱女。女出其不意，倏剪其辫。梁方骇诧，李自床下扑出，举刀劈女，女立毙。梁惊极，亟逃。李大呼捉奸，婢媪俱集。李遂执其辫，而首诸官，乃以迫奸毙命论，拿梁到案，科以死罪。而此中底蕴，无知之者。事后李仍服贾于檀，始稍稍对人谈及。

（1906年5月18日[①]）

义侠小说：肝胆镜（斧）

张生蜀人，因寇乱，流于厦，囊空如洗，无可投止，日既暮，宿于鸿山寺。昧爽，有茶商李某到寺参佛，见生，略叩姓氏，生历述所遭。谈吐间，李甚倾慕，旋聘之为记室。生从事半载，持筹握算，颇形劳惫，乃散步出游，期消积闷。行里许，偶经废墅，逡巡入内。见一石壁屹立，大书“入我门来”四字。古榕数十株，垂阴亩余，曲折而西。有大石二，一篆“听松”，一凿“倚竹”，两旁则松竹翳日，斜通一径。趋之，瞥见有“摩青阁”一座，高数丈，拾级而登，隐无人居。中

① 此处日期当为“1906年5月18日”，情况及理由与《离奇小说新妇智》同。

有石碑，已为青苔所掩，细读其文，盖丹崖先生之榕林别墅也。凭栏眺瞩，觉阁外云水苍茫，青山入画，幽绝人寰。刚欲却步，忽闻人声细碎，遥自阁后来。探窗窥之，见阁后一池中一亭，颜曰“半笠”，小桥通焉。一青衣女垂钓其间，数女郎环立而观，喁喁相语。良久，竟无所获。旁一垂髫女，衣雪湖帔，貌尤冠诸美，笑曰：“曩者，娥姐未嫁时，金钩抛去，非鳌则鲤，未尝虚发，何以一作人家妇，便如斯不利耶？”言罢，诸女皆掩口笑。青衣者不禁两颊涨红，反唇相稽曰：“长舌妇岂终守斋而不嫁耶？他日必当有以报汝！”女欲上前夺取钓竿，青衣不肯，彼此争执。女双钩荏弱，立地不牢，翻然倒于池中，诸女相顾大惊，呼救无灵，仓皇鸟散。生亟奔下，见女尚浮沉池中，急凫水负女起，置诸亭中，则女已不省人事，施救久之，吐水斗余，须臾复苏。见生羞涩不已，起谢曰：“妾与姊妹游戏，几遭灭顶，蒙君活命，何以报德？”生曰：“仆早旦来此，于阁中偷睹仙容，令人乐而忘返。猝见娘子沉溺，焉有不援手之理？”女再三感谢。生斜瞬之，云鬟蓬松，裙服尽湿，然眉目如画，举世殆无其匹。（未完）

（初续）相对间，女默默含情，频以秋波送娇。询其家世，女惘然曰：“妾东邻何氏女，少孤，赖婶母抚育。”转诘生阀阅，生告之。女曰：“今者与君已有附体之缘，区区之意，愿托以终身，倘不嫌寒陋，乞通媒妁。”生谢曰：“仆篱下依人，无家可归，安敢负此重任？”女曰：“大丈夫患不自立，何患贪[贫]？如赐援拾，糟糠固故所愿也。”生复婉却之。女不乐，俯首寂然，鲛珠欲坠。生不得已诺之。女喜，起而理发，水泻如注。方欲卸衣而曝，忽闻人语喧腾。视之，则青衣者，偕一男子及数女郎，驰来救女。见生与女，骇愕问故，并向女谢罪。女曰：“此系出于无意，何足介介。然非郎君拯救，妹妹已被水晶宫招去矣。”言次，青衣谛视生，已而附耳与女细语，既而拍女肩曰：“小妮子既胸有成竹，勿劳阿姐饶舌矣。”随指生示男子曰：“此玉妹属意郎君，可上前相见。”生与之招呼，自言吴侠生，年十七。微睨之，虎头燕颔，气宇轩昂，伟少年也。无何，西山日落，古寺鸣钟，各起辞归。诸女郎掖女而行，穿过小桥，回头一顾，嫣然而别。生痴立久之，索然而返。次日，倩媒前往。媒归，丧气曰："彼婶母谓，若女子，以倾城姿，本欲留待王子聘。郎君既中意，亦无难，如能备千金，使老身略得温饱，则无所可否云。"生闻言，恍如冷水浇背，深怼女之食言。媒去，仰卧斋中，寸心耿耿。晨起，小童持来一函，急折[拆]阅。书云："张郎鉴，昨遣媒来，婶氏迳以妄语相加，妾闻，懊恨欲死。婶母惧，愿如妾志。但彼十载劬劳，原望妾长，以申返哺。今妾一旦归君，则彼无人可依。尚祈张挪百金，以作聘礼。妾当怀璧归赵也。妾阿玉上言。"另纸裹一物，启视，盖女小像，细审之，神情酷肖，娇态欲动。生自忖，人地生疏，无可告贷。况百金诚非易筹，瞑索焦思，计无所出。而花晨月夕，对影怀人，不觉寝食俱废。(仍未完)

(二续)一日，李过斋，见生形容枯槁，问有何病。生始犹遁词，嗣直告之。李笑曰："此易事耳，胡不早谋？当效棉薄以遂子愿。"李喜，感激无地。次日，李命媒赍百金纳采于何，赁屋为生娶女。花烛之夕，生呼女出而谢李，谓女曰："我两人得璧合珠联者，此公之赐也，愿兄事之。"女上前裣衽。李见女，艳之，淫心忽起，颇生觊觎。辞归，踌躇终夜，想乘间施其狡谋。越数日，适李有一店在金山，忽来电云："某司事病故，着觅人瓜代。"李大喜，便促生往，并谓生曰："足下甚称其职，幸勿辞跋涉，为仆一行。尊阃在此，自应照料一切，请放心。"生以曾受惠故，不忍相却，许之。生归告女，女亦无可如何，但觉新妇乍闻离别语，伤心夫婿太无情，不禁面壁娇啼，泪如雨洒。生慰之曰："人生离别，各有前因，莫作此态，令人气短也。"女始破涕曰："君此行，妾虽不能以儿女爱情，误君前程，然归期何日？"生以三年对。女于是起而检点行装。生方欲出门晤李，忽见吴侠生，跣足狼狈而以来，见生蹙然曰："慈母不幸弃养，无以治具，属在瓜葛，敢乞臂助。”生诺而商诸女。女曰：“若母即妾姨太母，理应□助。”奈家无余蓄，只得出簪珥亲自与之，吴拱手匆匆遽去。生便往辞李，旋别女，附轮赴金山。（仍未完）

（三续）生一去经年，女望穿秋水，渺无音信。李每过从，温存之余，酬送有加，盖欲讨好于女也。女不知其诈，良德之。女偶询生消息，李辄太息而不肯道。力叩之，始曰：“实告娘子，尔夫自履金山，嫖赌饮吹，无所不至。刻虽栖身仆店，实乃不足齿之伧，故同事咸鄙之。彼自别家门，绝无片纸只字与娘子，即此亦可觇其无良矣。顷店中密通函与仆，故悉其底蕴。蒙娘子诘问，不敢不直告。”女闻言，愤恨交集，呜咽一声，泪凝紫帕。李复挑之曰：“人之无情，至斯已极。以娘子好姿首，不愁无富贵，又何必长甘藜藿，独泣牛衣，而守此生寡哉？”女颇怪其出言孟浪，拭泪曰：“彼虽矫情，妾岂忘义？倘彼终置妾于不顾，惟有一死，了此青春而已！”

李料非言可动，便辞归。次日，李仓猝登门，手持电报语女曰：“卿夫抱花柳病，医药无灵，已被走无常拉去矣。”女闻报，晕而绝，少顷复苏，哭不成声。李曰：“卿夫在金山负欠累累，皆赖仆代偿。今彼已死，娘子宜早自为计，此后仆不能纳无粮之税，而为人家养妇也。”女至此益痛不欲生。李去，女扃户归寝，独自流涕。无何鱼更三跃，忽闻敲门声，女问谁何，李答以己。女诧其夜深至此，必有要事，起而启关。李掩入，问何事，李笑曰：“怜娘子独眠寂寞，适来伴枕耳。”女大骇，叱曰：“妾夫死骨尚未寒，彼此谊属朋友，何竟作此头畜鸣耶？”李怒，遽欲施其强硬手段，狎亵万端。女暗思弱质，势难撑持，便解颜绐之曰：“妾意君试妾，固相拒。果蒙见爱，妾复有何顾忌，而不遵从？所虑者，唯恐不能始终耳。”李愿立誓。女曰：“无须，若能质五百金于妾，当唯命是听。”李喜，如言回家取银，移时携银至，则女已不知所之。（仍未完）

（四续）骇极，遍搜之亦不见。料女宵遁不远，急携灯出门迹之。行经河边，见紫帕浮于水面，验之，女物也。度女已沉江而死，怅望间，只觉烟波飘渺，涛声幽咽而已。悵悵而返。

先是，生抵金山，店中一切，尽归司理，且善居积，商场中咸推重之。每寄银信与女，俱浼李转递，李尽灭之，而生无由知也。一日，接李手书，略谓自生远游，女多秽行，昨事发，遂耻而投水。生得书，愤气填膺，然以中媾之羞，不欲宣扬，隐忍而已。女死无所挂虑，益勤劳商务，奈生意日见繁盛，而李则不时电取资本，积年余经济困乏，张罗无计，竟尔倒闭，亏空十余万。债家控官，遂拘生入狱，定罪廿年。生屡次告急于李，皆置诸不理，至此顿悟陷己者实李也。且妻死非命，此中难保无恶因。言念及斯，仰天大哭，楚囚对泣，呼吁无门，自分必死缧绁。一日，闻人喧曰："李生之案有人翻告矣。"旋见押者传命，呼生出堂，鹄立案旁，见某状师为之侃侃辩护。俄讯者话塞，生竟获免，惊喜欲绝，然终不知何人为之出力。方历阶而出，忽闻有人呼张哥，视之，则吴侠生也。忙握生手曰："兄在此罹此大祸，仆实不知。昨偶阅日报，始悉颠末，故竭力为兄斡[斡]旋。今冤抑已白，乞暂到敝寓。"生始悉吴为救星，相率返寓，致谢不遑。见吴已易西装，便从头叩其行止。吴叹曰："自家慈去世，便上船为人执贱役，赖某船主青眼，旌送仆入武备学校肄业，计离桑梓，已数易寒暑。每以受君厚惠，愧无寸答为憾。此次为君营脱，计年来屡试列前茅，所得奖金不下数万，然已为君耗去大半矣。"生泣曰："子轻财仗义，生死人而肉白骨，碎身不足言报矣。"（仍未完）

（五续）并历述所遭，且告以妻亡。吴闻之，良深浩叹，颇疑李之所为。既而曰："兄今已离苦海，请先潜归，秘蜜[密]侦探，若得端倪，当助兄扑杀此獠也。"李称善，复曰："弟约暑假归国，兄达厦时，希通电，俾知住址。"商讫，赠以资斧，刻日遄返。登陆，于僻处赁屋而居。每于夜静，过访故室，期有所遇。至则门庭依旧，故主已非，不胜鸿雪之感。如是月余，殊无影响。偶览女遗相，情不自禁，泪涔涔下。一晚，闻鼓浪屿某礼拜堂大集会，因搭渡往观。至则人山人海，拥滞异常。生于人丛中，倏见一西装女子登檀[坛]演说。此时万头钻涌，生翘首视女，面貌酷肖阿玉，逼近细审，果女也。然女界芸芸，恐有类之者，不敢遽然唐突。焦急间，女发言以爱国为主义，演毕，反身退入，掌声雷动。生伫立良久，怅然随众而散。归寓凝想，辗转达旦。晨兴，复往伺之，自朝至夕，杳无所睹。将近黄【昏】，忽有一呼卖日报者过，砉然一声，礼拜堂之肖窗忽启，见女探首购买日报，瞥见生，彼此双眸一瞬，女欲言还茹者再巿[三]。生情急，不禁失声曰："卿，卿！卿非张某之妻阿玉耶？"女急止之，举手相生亟趋之。甫入门，相抱哭失声。良久良久，女始收泪曰："妾固知郎不死，故苟延薄命耳。"夫妻痛数李恶，相与切齿。女曰："妾逃后，混迹此间，归化耶稣宗教，蒙师怜爱，得有今日。君既归，宜同去。"便与生往谢牧师，偕返寓所。入门，则吴侠生已坐候久矣，见女愕然。嗣得其辞，为之发指。吴曰："弟有一策，暗杀此贼，能使无疑我者。兄可税一屋，假言迎亲，届日备彩舆来，即以玉姐应命。是晚大奏鼓乐，张筵宴客，弟当担任以杀此贼。"生刻日如计而行。合卺之夕，客尚未散，忽见吴自外携一囊入，呼生入内，解囊而共视之，仇人头也。笑曰："大仇已雪，请从此别。"夫妻泣留之。曰："后会有期。仆有事不能久羁也。"问何事，笑不答。再问，声色俱变，抚膺挥泪曰："兄之家仇已报，奈国仇何？"言罢，去不顾。(已完)

(1906年5月28日至6月2日)

盲情小说：专制果（粗斧）

呜呼！吾今日搦笔而著此小说，汗浃背而泪凝睫者，神经为之乱。呜呼！世之阅此小说者，吾不知其感情将如何也。鼓浪屿之南，古木撑天，闲花遍地，楼屋轩厰[敞]，爱静者多舍焉。有汉慕虬，年少业医者，新来僦居，与甄魏姓为左右邻。然汉未常通款曲，日唯闭户著书而已。倦时，凭栏眺瞩，面对朱楼，曲槛回环，中列素兰数十种，微风飘送，满寓皆香，故甚为眷注。然珠帘半卷，隐露桃花人面，恍如大小乔，因又不敢肆意。

一日，修缉东西医案，颇劳惫，起而流览，觉红日斜西，彩霞反照，遥与兰花掩映，朵朵生新。倏见一女郎，袅娜楼头，樱口含丹，柳眉缀翠，洵二八佳人也。且绮情幽邃，娇态缠绵，轻捻兰条，秋波斜盼，仿佛有无限难言之隐者。汉却步曰："噫！尤物哉！英雄之魔障哉！虽然，善处之，亦无外家庭之幸福耳。"复细觇诸，而女郎唇似动而还茹，眉欲语而垂羞，或娉或婷，低徊久之而退。傍晚，明月初上，清风徐来，汉乃映光披卷，谋与姝丽，聊效双星。俄果掀帘出现，步近画栏，默默半晌，始撩云鬓，展星眸，对月含颦，支颐太息。汉愕然释卷曰："是长叹夫哉？底甚如斯之愁损也？"（未完）

（初续）然属邂逅，情愫未通，姑置之，遂隐几凝睇。而女郎忽款款如有所得，忽遑遑如有所失，愁喜错综，莫明其妙。且时已嫦娥西赴，漏报三更，汉寂寞【相府】，兴致半减。女郎才移步而入，入时，引踵蹴地，出罗巾从眉稍[梢]一漾，首微摇，似拭泪状，懒慢以没。汉颇诧异，方欲就寝，忽门声砰然，女郎复出，拉小椅侧坐屏外，手持白罗巾作辘轳转，宛若冰球赛空，弥久弗辍。无何，邻鸡一声，芳心自警，乃逡巡入。于是汉起彳亍书橱，私语曰："美兮美兮,何所恋而深情如此其抑郁也?怀远人耶?有所思耶?抑不佞枨触于寸心儿无休歇耶?”喃喃叩手,竟白东方,潦草赴榻,辗转入梦。醒,壁钟已鸣十句。趋视意中人,则已居然端坐卓[桌]畔矣。旁立雏环,年龄虽未及瓜,颜色殊娟好,亦艳质也。手拱报章,聆教于女郎。女郎细为剖解,姿态蓬勃,色舞神飞,且声浪澄清,略可闻喻,而视线时相交谛,似假此以传情者。汉喜极,不禁附髀曰:“人生得一知己,可以无憾矣!第红娘已殁,孰为传递机关哉?然至诚感天,吾将尽吾爱情耳。”由是日日遥相会晤,披露曲衷。然卒不能博女郎心印,反觉其玉容憔悴,隐存病状。寻少出入,递而绝迹。汉大惑,心绪丛沓,翘首痴立。突来一侍儿,呈上小刺,向汉万福曰:“我家主人恳请郎君诊脉。”词色若甚仓皇,汉接阅,上注“华崇古”三字。叩以主人阀阅。曰:“对门耳,深愿郎君速行。”汉窃度曰:“是之矣,斯人为情魔所压[魇]矣。”亟曰:“诺。余当与汝以偕行。”刻携医具,随侍儿匆匆出门去。至,华候于门,肃汉入,曰:“小女偶染沉疴,群医束手,顷侦悉国手,近在咫尺,故见邀。”汉谦逊曰:“此仆责任。何敢劳丈人过奖?只今愿赐呼委。”华唯唯,直引汉转步登楼。(未完)

曲折达女所,侍儿导入,瞥见罗帏半亸,绣被横垂,女郎蜷眠榻上,脸兆瓜黄,奄奄一息。悄然恫之,因细问华曰:“令嫒缘何至于此极也?请为仆约略言之。”华曰:“旬日间,少御饮食,云觉乍寒乍热,每况欲甚。然渠究竟,尚难臆断也。”汉点首,蹑近榻前,低唤卿卿者屡。女双眸微睨,启而复合。侍儿代披锦覆,轻引纤手。汉诊之,左脉沉数如游丝,右之,则略洪而弦。毕,退谓华曰:“仆愚,但细审令嫒恙,似系气结痰邪,蔽塞所至,然亦易易,三四药准可瘳矣。”华闻言,喜曰:“全仗足下!”乃偕汉出外轩款茶。汉乘便寓目,觉槛中幽兰,殊失曩时精致。回视己室,窗扇洞开。而右邻魏氏骑楼,呆立一男子,衣裳修楚,貌仅中人,双瞳炯炯,直射女郎寝室，形神恍惚，似大有轇轕。汉诧甚，奈碍华在，不敢角露，因告辞，并曰："愿丈人勿虑，当速为配药候取也。"华谢焉。归，调药已，侍儿恰至，即与之。随问侍儿何名，对以碧荷。复问知女郎病原否。曰："我家小姐，赋性闲雅，自夫人去世，更为沉默。姊妹二人，长名慎菱，次名弱菱，日惟读书刺绣而已。病原则非小婢所知也。"汉曰："然则汝家小姐曾雀屏中选否？"曰："未。唯日来芳邻魏家长公子来问名耳。"语罢径去。汉俯首沉吟，良久，顿足曰："误矣！误矣！余自作多情，以为若而人者，余脑绕之兆象也，岂意渠别有所眷哉！诚无怪夫诊脉时，冷眼相看，殊无感情也。诚无怪夫魏氏子中情之惶急也！唯此女亦戆煞，燕婉之求，得此戚斯，宁毋悫乎！"复仰仰咄咄曰："癞虾蟆竟食去天鹅肉耶？"(未完)

（三续）言竟愀然。数日女愈，嗣闻已受魏家聘，不日结褵矣。汉益怏怏，因曰："然则若病为婚事耳，非余药之效也。第其思想薄弱，福非其艳，余将怜惜之不暇，岂有他哉！"无何，吉日是将，华府张灯结彩，百辆盈门，魏氏扬扬亲迎。先是，魏某涎慎菱美，倩媒屡通殷勤，华瞰其富，不以告女，竟许之，殊不顾自由婚姻之良果。且因女善病，纳采之日，旧症复发，藉词冲喜，急为之成礼。慎菱带病于归，泪洒涟如，怆怀几绝。弱菱以为姊氏伤心离别，百端劝慰，而慎菱俱呜咽不答，只出阁时，握弱菱手泣曰："贤妹妹，苦汝矣。愿贤妹妹念父年迈，勤修定省。姊姊从此逝矣。异时纵有相见，其在夜台魂梦中欤？"言罢，血泪盈眶，哭不成声。弱菱亦泣曰："姊姊胡为出此伤心语？今日乃姊姊佳期，况婿家又属邻近，何愁无相见日？"慎菱复吞声曰："贤妹妹，吾与尔，自幼闺闼相处，愚姊心事尚未悉欤？愚姊，从此无心于人世矣。"遂拜父登舆。汉闻鼓乐声，从窗际俯窥。须臾，夫马已散，汉尚伫望。忽而人声喧嘈，魏家侍役怆惶奔走。异之，下楼侦探，适与一人相值，径执汉手曰："请从我来，迟不及矣。"汉姑从之行。入魏门，见

青毡铺地，银烛辉煌，新人艳妆背立，魏某横躺椅上，家人急拉汉施救，已无及矣。盖魏突遭逆血冲脑，不治之暴症也。家人于是环尸而哭，新人亦卸去吉服，呜呜啜泣，然哭而不哀，声缓且怨。汉颇讶之，辞返。偷疑曰："怪事，怪事！新婚未燕，遽失所天，千古痛怀，谁能遣此？然察女举止，殊不率真，果何道欤？"(未完)

(四续)乃挈医书研究，用以解忧。倚楼之举，已无心作茧矣。然衣香人影，隐约帘笼，似是弱菱，遂亦膜然。一夕，团月初升，忽闻莺燕声，如泣如诉。趋视，乃弱菱姊妹，蒂坐楼头，谈吐哀悃。而慎菱浑身缟素，弱不胜衣，消瘦丰姿，使人怜绝。盖女自魏死后，辄假归宁，以慰岑寂。姊妹二人，每于月下灯前，未言先泪。常掩袂谓弱菱曰："愚姐命薄，抱憾终身，素愿未酬，虽死犹难瞑目也。"弱菱强慰之，情不自禁，相对叹息，故为汉所觉。汉见慎菱双眼晕红，精球右转，则两串鲛珠，扑落不能已。汉怪之，欲穷其视线所集，探首左邻，碍于壁，遽出门瞻之。遥见甄生临窗映读，芝宇韶秀，儒稚温文，顿悟女所注者斯人也，点首不置。而甄生偶伸首见汉，以为与己招呼，忙作答。汉亦误会，意生相召，趋之。甄亟下楼揖迓，相将入座。互通姓氏毕，汉曰："艳羡哉，足下也！然胡为不谋之于前，而始悔于后也？"生愕然曰："何居乎子之所谓也？愿明以教我。"汉曰："噫！谲哉足下！"因指慎菱曰："足下非与若女郎有素欤？"甄曰："否否！何所见而然也？"汉曰："足下尚掩饰耶？仆将指证以质子。"乃细将前事缕述。生听罢，怃然曰："然乎？岂其然乎？惟吾亦何尝不留意哉？然吾以为彼之所爱者子也，非吾也！诚如是，则吾辜负佳人，有目如盲，罪何容逭？"语竟，咨嗟流涕，汉慰藉之而返。生即瞪目视慎菱，慎菱恰以意来，四目交投，慎菱俯首垂视，一缕情丝，直绕脑海，涕泗滂沱，恨恨而入。生睹此情状，不知所措，嚼齿自挫曰："罪孽，罪孽！倘此心一日不白，百世后人将以木偶詈我矣。即执笔急书一函(未完)

（五续）与汉，即以手铳自杀。诘朝，汉得书，略云：

大丈夫不为国死，当为情死。仆一无所能，殊忝厥生，况以绝世佳人，倾肝胆而愿委身左右，竟昧昧然而失诸，罪莫甚！仆反覆感怍，毅然自戕。呜呼！耿耿寸心，知我者，其惟衰杨残月欤？

阅罢，惊叹曰："儿女情长，英雄命短，是亦社会上一烦恼劫也。然余将何以慰死者？"乃伺碧荷出，将书浼交慎菱。慎菱晨起，见镜边压寸柬，诵之，大悲。旋闻外间梵音，料是甄邸殡事，急出楼，俯栏凭吊，魂魄摇荡。一朱棺从甄宅出，甫至己门，若有吸力不即行者。慎菱此际，欲哭不知因何而哭，欲不哭，不知因何而止。遂取剪刀，顿将青丝截下，飘然出门。迩弱菱，情慧并长，爱月眠迟，三竿才起。突见梳妆台上，团覆螺云，大惊，连呼姊姊，无应者。因合掌曰："善哉！善哉！吾姊悬解矣。第未知妾灵台孽根儿，几时方化作菩提清净树也。"从此奄息枕席，镇日弥深。病中裁句曰：

未忏春蚕痴作茧，更怜书蠹锢成仙。众生不觉尘寰梦，回首波罗一怃然。

其情良可悯也。而汉自递书与慎菱，深虞乃父察觉，便他徙，荏苒数年。一日，于途中闻人呼汉郎，回顾，则似曾相识华氏之碧荷也。汉惊喜，问往事。碧荷蹙然告以慎菱已削发召提，弱菱亦【经】物化，并于怀中出小卷与汉曰："此弱菱小姐临终时，嘱寄郎君者。"言罢遽去。汉急披读，乃相思句。一字一泪，盖弱菱之死，竟为己也。汉恸曰："造化离奇，颠倒众生，使我侪备尝此恶果。吾虽不能效甄生，然必报之。遂抱无妻主义以终。（已完）

（1906年6月29日至7月4日）

《时事画报》

1905年创刊于广州,旬刊,主要创始人有潘达微、何剑士、高剑父等,以开通群智,振发精神为宗旨。1908年迁入香港,1911年又迁回广州,并与《平民画报》合并,称《广州时事画报》,邓警亚主编。除了广州、香港、澳门和云南省城外,有代理发行处之所:海防、安南、大吡叻、暹罗、新加坡、檀香山、吉隆坡、坤甸、仰光、庇坡、日本东京、旧金山、壩罗等。2014年已由广东人民出版社整理出版。小说作品主要发表在谐部"小说"或"短篇小说"栏目中。现存小说共80篇,其中长篇小说9篇,不列入整理对象。其余71篇均为短篇小说,本集全部整理。

短篇小说:老妪泪(浣白女士)

有一妪,年将五十,侨寓城北之某街。室小而雅洁,明窗净几,书报外无长物。无子,有女二人。长者年约十七八,次者仅十四,均貌秀而文,邻右集视线。妪终日阖户,惟琅琅书声,达诸四壁,人诧甚。方侧耳际,又闻啜泣声,愈诧,如是者旬日。邻有少年某,不能忍,孔穿墙穴而管瞷之,则见妪持报纸一张,凭几看,读一句一摇首,首一摇而泪涔涔下。怪之,惟不辨此是何报。夜静则以小刀再穴墙孔,可容千里镜。越日再瞷之,妪如前状,二女、长者方伏案写字,次者则倚母作娇憨态,妪仍不乐,未几泪下如雨。少年用千里镜窥之,则所阅乃省某报也,窥其年月日甚悉。少年诧甚,即往某报,浼其代搜旧报纸而得之,上下而反复,少年眼颇慧,见一段载陆仙根出逃事綦详,及黄崇阐控案事,少年豁然曰:"泪在是矣。"归,时已暮,复窥之,不见妪。煤油灯悬诸室中,亮如白昼。二女、则长者方持石板计算学,次者披画报看,俄而嘻嘻作笑。少年疑之，惟不知该画报是《时事》，抑《赏奇》，恼甚。又窥以千里镜，觉女所看乃《辟女蠹说》，下署“拔剑狂歌客”五字。少年暗自忖曰：“此文余曾寓目，不过痛骂一二放纵女蠹，乃母见之，定多一番氿澜，何母女殊致若此？”怪极。无何，妪自房中出，倦眼惺忪，问女何笑。女以某年十六七而欧洲高等学校毕业，某与书吏对吹食鸦片烟、某割去髻发对。姊曰：“小孩子浑不解事，汝非女耶？汝非女耶？毋触阿母怒。”妹笑愈狂，且骂拔剑狂歌客作此文，不详三氏之姓名为恨。母瞪目呆立不一语，若不胜哀感者，不觉泪又盈睫矣。少年睊之久，惫甚，以纸塞其穴而灭灯就寝。惟心甚怪妪之所为，复起，时已近子，就其穴复睊，不见二女，独妪持一相片怒目相视。无何举笔题三字于相片上，曰：“女界贼。”少年自揣，得毋陆仙根之小照乎？抑张捞家、余爱七之肖像也？(皆女贼)疑未定，隐约间见一梁字，少年暗忖曰：“梁氏有此女界贼，梁氏有此女界贼，又无何？”妪切齿声声曰：“菱亚菱，菱亚菱。”语未毕，泪随声下。少年顿为所激刺，遂不忍睹其究竟。

女史氏曰：天下惟多情人乃有泪。妪其多情于女界者耶？然陆仙根、梁亚菱之流，乃以多情败也。既以多情败，文雅者则以“自由”二字寓微词，粗鄙者又以“淫荡”二字上徽号。妪以五十岁人，而多情于女界若是。视一般之士夫，纵其妻、若妹、若女，放纵卑劣而不知检，迨至名誉扫地，尤以人言不足恤为解嘲。呜呼！视此妪何如？女学界如斯，妪泪尽则血矣。

（1906年第29期）

短篇小说:纨绔镜(啸虎来稿)

是题乃贵报龙舟歌题也。仆爱读之,读毕,辄喟然曰:“《时事画报》之龙舟歌有价值矣!嘻,一般之纨绔儿,梦其犹鼾乎?警钟之声,胡弗纳也。悄然有所感,爰执笔作一短篇小说,仍贵报龙舟歌之名。直叙他人之事,敢呈待斧。呜呼!是亦一镜矣!啸虎未定草。①

西关有一纨绔子,人多呼之曰“老二”。余遇之于友人张某家,匆匆通姓名,所谓老二,乱滋牙音,听不了了。而座中人盈半以老二来相哄,余不求甚解,亦以老二称之。老二座未定,牙音又作。即以“个单野”、“个条路”为暗号。余暗忖曰:“陈塘南、新填地已火矣,暗号或非在是?”张友则会意会意,一笑答之。无何,老二去。余叩张友曰:“此何人,此何人?”张笑。余又叩张友曰:“‘个单野’、‘个条路’二语,此何指,此何指?”张又笑。余觑其或有隐情,笑谓之曰:“子真婴宁哉?”辞去。

越半月又访张,张外出,余以稔故,径入,踞几坐,小童茶烟来。余动案上书,未十篇,有一信在,暗忖曰:“此必秘缄。”遂偷阅之,中有“昨夜意中人、竟以恶语相纸、冲突、刻风潮尚列、君能来作一鲁仲运否?”等语。余豁然曰:“所谓‘个单野’,‘个条路’,谅即所谓意中人矣。惟缄中“相纸”之“纸”,得毋“诋”字之误?“尚列”之“列”,得毋“烈”字之误?“仲运”之“运”,得毋“连”字之误?张友一定是个中人,可窃此缄以索其吐实。囊之,欲出,而张回。

① “龙舟歌”栏目之《纨绔镜》(浑公)见1906年第二十一期及第二十二期。

张曰："君到许久耶？坐坐。"余诺之，复坐。张谓余曰："君枯坐此，何以遣情？"余曰："观书耳。"张彷徨曰："看何书，看何书？"余曰："看书，并看得书中书。"张情急，会意。即检案上书一过，如有所失，强笑谓余曰："子眼中有神，囊中必有物。子为□物来耶？"余曰："君何必言眼中神，只言意中人可矣，仲运有功否？"

张不能复为老二讳，语余曰："书中多讹字，西关仔应尔，何责老二？"余曰："君言甚通，奉教。请君言彼之意中人冲突事，少资谭柄。"张曰："君试猜彼意中人之人格乎？"余曰："妓耶？蛋女耶？抑尼耶？孀妇耶？"张笑曰："非妓、非蛋、非尼、非孀，君再猜之。"余曰："抑今之伪自由女耶？"张曰："似也。"余曰："似伪自由女，得毋真者耶？"张曰："实告君，盖《安雅报》月前所刊睇戏一流人物也。"余曰："会意会意。(《安雅报》曾刊《奶妈睇戏》一则)请君陈之。"张曰："所谓老二者，乃多宝坊附近之一削野也，姑讳其姓，以存忠厚。所谓意中人，君已了了。初，老二新娶妇，妇之近身曰亚六，颇韵。老二固淫界一份子，久之而彼此均自由自由矣。妇觉，六逃，而金屋已有所，妇亦懵懵不复究。久之，六以老二昂昂七尺，无寸长，终日与纨绔子叉麻雀、推牌狗度日，或则吹三五心鸦片。现象如此，终身何堪？以故郁郁不乐。老二觉之，疑其有外遇，彼此啧有烦言，遂于日昨冲突。六固余妇之旧近身，而与余妇有密切之关系者，故倩余作鲁仲连。"余曰："君言止此乎？毋靳。"张曰："中有绝大风潮，绝大议论，君盍请我一酌，少借酒兴以助谭锋？"余曰："奉教。"遂出囊中钱，浼其厨子办酒菜，二小时而肴酒进。张乃把杯而言曰："老二与亚六之冲突也，事缘赌吹起。六勖以忠告，老二怒其逆耳。六大声言曰：'李鸿章为总督，许承赌饷，岑因之，均犯舆论之大不韪。近日中兴草盛行，西关振武社，河南自强社，志士苦口以提倡之，郎以志士自诩，何如此？何如此？明以告我。'老二不知李鸿章为何人，振武、自强社在何处，

既妒六博，又恶六刁，怒甚，大声答曰：'你只管自由来，只管自由去。'逐六，六不肯行。(此皆夜间冲突语述之于黠婢)翌早，老二怒仍未息，谓六曰：'你只管去，你只管去。'二语未完，而余至，老二口中则声声叫六行，而意则否。盖官仔皮气类如此，不然，何以有鲁仲运之书?"张言至此，彼此大笑。余曰："止此乎?"张曰："先共罄此杯酒，余再道其详。"一吸即尽。张曰："当老二说至'你只管去'第二句时，六柔声答曰：'郎毋怒，郎毋怒。余见尽多少西关仔矣。席祖父之余荫，敦少爷之烂款，若言文字，能如黄副办者曾有几人？他更无论。其余酒色征逐，否则吹赌，所谓少爷，如是如是。我辈虽奴隶，郎负主人资格，能如我辈之自食其力否?'言时，频以目注余。余曰：'仲运至矣。'老二觉，面微赧。亚六则若不胜情，若甚愠老二之无能，而又甚望老二之改性也者。余曰：'彼此少句，今日宁不念当初耶?'老二所雇之老女佣，亦曰：'二少无言，二奶亦可以少句。'余顾谓亚六曰：'汝甚望老二之有事业乎?'六答曰：'然，大少为渠谋之。'余曰："二哥不能胜繁任，刻下敝友揽开一报馆，盍做三五百股本，谋一对稿席位?"六急应曰：'赞成，赞成！且可以少受记者教育，文字自有裨益，但未知渠意如何耳。'余目老二，【时】老二不语，而若不敢逆亚六意者。余知彼此和议，可即刻画押。余兴辞，老二送诸门曰：'好行，好行。'所谓意中人冲突事之巅末如此。"张友述语毕，连酌数杯，酒力若不胜，余亦颇酩酊，时已入黑矣。是夕宿诸张友家。

右为友人啸虎氏来稿，稿中描摹尽致，宛然一幅纨绔镜。中有少爷为梳佣睥睨语，令一般之纨绔子读之汗颜。呜呼！亚六之言论伟矣。顾亚六何以熟时事若此，即函诘啸虎。啸虎转诘张友，张友曰："何奇？亚六为余妇近身者三年。去后，亦时相过从。子不信亚六，能信余否?"啸虎以是答，而余惑乃大

解。(兰父附识)

(1906年第30期)

白话写生小说:瞒瘾(亚退)

呵、呵、呵、呵、呸。(打欠呵声)呸、呸、呸。做乜、做乜,咁眼瞓唎喂,眼瞓呀。枝笔都揸唔起咯。捱、捱、捱。(伸腰介)唔做得,出去行阵咋,呵、呵、呵、呵、呸。

喂、喂、喂、喂,去边处亚?写埋个字咋喂,唔系出恭呀马?哦、敢就去晒啰喎。

系、系、系,就番嚟。去一阵唧,办公事呀。

走、走、走,走、走、走,走呀、走呀,到北帝庙咯。而咦?好风大亚。双脚冇晒力,行唔稳,就吹起咯。唔怕、唔怕,伸开双手,撑硬,哋风吹着背脊,好似驶风敢。跳、跳、跳,走呀、走呀。

见咯,二烟开灯,二烟开灯。到咯、到咯。望、望、望、望,冇人,一跳、跳入门去。唉、安乐晒咯,重怕你?

乜先生,乜先生,乜今日嚟得咁迟亚?开晒灯添,点唎?

真、真、㗎。(沉声)嗏、嗏。(平声)衰咯,衰衰都冇咁衰咯。你睇、你睇,冇地位添假,咁啱啹,死咯,该死咯。

都冇法呀,等半点钟就有嘅咯,企住一吓先嗌。

乜先生,乜先生,嗏好嘞,埋嚟咦处喇,冇床剩,系得咦张桥凳咯。缩埋哋将就吓嗏喇。

好、好、好,敢、就敢,得咯、得咯。咦吔,侧侧身敢就瞓落去咯。喂、喂,细佬哥,快快哋同我挑戥烟嚟先喇,快哋喇。

唧、唧、唧,真吊气咯,盏火又咁猛。细佬哥,拈把铰剪嚟添咋，又冇斗布，刁□[①]妈。嚟咯、嚟咯。好咯，快啲打荷，只手唔知震乜野唎，闹（上声）咁教，快啲熟喇。喧喧喧（平读）（烧烟声）一挑，吓，唉吔，挑埋个鼻处。痛呀、痛呀，烧死我咯。

唉，搅得嚟冇时候咯。打过、打过。一口，两口。哥、哥、哥、哥，好过瘾呀。再打、再打。嗄、嗄。手软软，侧侧头，唔觉唔觉敢就睏着啰喎。

吓，冰零砰冷（平）。乜家伙？一骨碌屹起身。唉吔，弊咯，吓烂盏灯啰，冇得过瘾添。拍、拍、拍（拍手也），冇作。

呀，都够算咯。扯咯，等我塱过口咋。呵、呵、呵（呵气声），冇除（口气声）咯。呢阵好精神呀。大步、大步、派番去。

哦、哦、哦，好惹，好家伙，我唔知装几耐咯。你又话唔食烟，喺人面前输倒顶硬，衰咯，我话，我番去一定打穿沙煲。

六哥，六哥。唔好，揾啲敢惹顽（仄声），我请食惹喺喇。喂、喂、喂，弊咯，俾佢走去添。

一步步行，个心突突咁跳，慌乜嘢唧？慌乜嘢唧？知唔系知，知都敢话之马，重好唎。往后我就拼烂嘘。

骑、骑、骑、骑（笑声）。系啰、系啰，烟精有边个有气度假？想我戒烟咩？想我死易过咯朋友。

（1906年第30期）

喻言小说：无私会（剑）

数人闻山城海市之胜，偕往游焉。至其处，时渐昏黑，误趋歧径，初无所睹，惟见蛮雾笼山，禽啼兽吼，仿佛行丛棘中，阴险不

---

① 原文印刷即为□，照录。可能是“刁那妈”，粤语中的粗口。

测。然游者仰止之热心，不计利害，必冀达目的而后已，故虽身沦怪境，不自觉其迷途之多沮也。

呜呼！冒险，诚冒险。原以游者之孤诣心，奋身造极，不穷其境不止，诚欲一旦快睹奇迹为幸。岂知背道而驰，适堕魔劫，至生种种恐怖，蹉跌随之，究之目达不可达，徒贻后悔而已。维时黑云滃滃然，如絮如缕，迷漫密布，愈结愈厚，倏幢幢矗立几处，倏行列数十处，风过处，屹然不动。时昏昧愈甚，仅约略可辨。少焉，若楼阁，若堂院，若连云之广厦，若参天之舞台，一霎呈象，若隐若现，依山以成。游者顾而乐甚，而私念犹以视线窒暗为憾。正冥想间，讵一回首，毫光一线，自山之对面直射而至，即纤屑如在鉴中。游者喜，乃相约入境以穷其胜，方彼此相庆，欢然以为希世之遭遇焉。

渐近，闻人声汹汹然，如怒涛澎涌。初甚骇惧，顾念至此何可空返？试蹑步观望而前。乍见道上行人如织，舆马喧攘，宛别一世界。惟其人往来匆遽，皆面带忧色。斯时反射之光，恍如不夜，行人固仍若无睹，闭目以手摸索而行。异之。一人前致殷勤，兼讯乡俗，则又类皆聋聩，所答非所问。但闻众口一词，蠢蠢呶呼，第曰“赴会、赴会”而已。

噫！伊何会？伊赴会何事？使游客殊闷闷。不得已，姑随之往。而若辈东冲西突，殆无定向，不知何所适从，乃舍之，信步行。无何至一处，厦屋连衡，双门紧闭，陡见一巨虎当户立，垂首丧气，众大惧。幸其未觉，急转身循墙疾奔，墙尽处，转折数十武，露一旁门，内未扃，径掩入下键，彼此乃互相告慰，谓已脱险厄而适彼乐土矣。

喘息甫定，各张目四顾，则又暗如漆园，阴气袭人，毛发为悚。时复有铜磺气触鼻观，臭不可耐。谛听万籁阒寂，群疑此或是矿场。忽睹远处磷火荧然，似有人声，趋就之，见是小院落，悬灯作碧绿色，火光即由是外彻。中设长桌，桌上放大铁柜，不知内载何物。百十人围列而坐。首座者乃一老僧，色甚霁。旁一黄衣人，貌狞恶，目瞬灼灼不定。下对坐九人。又数十人，则形状不一，各胸配荷囊，囊露匕首，恍然知必绿林豪客。又不禁股慄，以为出一危机，复蹈一危机。且入人私室，误窥隐秘，祸将不测，面面相觑，迨亦深悔此行唐突，而莫可如何也。

当数人惴惴欲引避，内似已觉，黄衣人忽起，长啸下阶。拱客入座，曰："佳客来何迟也？君等到此，亦非易易，见者固当享有一分利权。然客初到此，曾与外人交通乎？"佥曰："否。"黄衣人乃喜，复笑曰："然则客苦饥矣，可开点心来。"即有小奚奴应声捧大盆至，内盛冷馍馍数枚，洋酒水每各一盏。客鞠躬立，以手攫食讫。黄衣人又出一红册使签名，乃引手导客，使就下座之列。斯时诸客无语，客亦无语，一座默然，各各如有所思。惟黄衣人与首座者，附耳啧啧，辨论不已。但坐位悬隔太远，不知何所云。

良久，良久，壁上钟铮然鸣十响。首座乃起立，扬言曰："时至矣。今日之事，承诸君举我为盟主，义不容辞。惟兹事关系身家性命，今日事已至此，似宜即决定行止，迟必两败。而不才自顾老拙，又恐命令不行，贻误全局，奈何？"众默然。

首座者四顾，又言曰："我辈结此死会，原属大公无私。今有所获，应尽储为他日之度支，勿露人眼目，庶可维持全体，多享一日之幸福，诸君岂犹有不满耶？"众默然如故。首座者摇首太息不已。

黄衣人忿忿，握拳而起曰："罗浮上人，计太沮。我辈出尽死力，亦欲骤博眼前富贵。岂有已得之物，尚图延缓？一旦为人觉察，所得几何，岂不前功尽废？今盍即按高下等级而均分之？如是不尤公道无私乎？汝何怯懦为也？"言未毕，群起举手如林，百喙嗥嗥，曰："赞成，赞成。"首座乃不敢再言。

已又太息曰："鄙人顾此，无不可共表同情。惟欲缓图，免太显露耳。且均分之后，自私自利，志得意满，团体解散，实非我福。今诸君既持急进主义，好自为之，可否准我自由，置身局外，听诸君指挥如何？"

黄衣人不可。曰："汝今日始退，不亦已晚？且汝应分之权利，则未必减让。徒以意见稍偏，即思委责，何放弃义务如是耶？"一时众口交攻。僧面赧赤，俛首不作一语。

客闻所议，虽茫然不知何指，惟形迹是劫盗，则无可疑。转念名注册籍，获利不可知。偶或事败，必受波累。念至此，踢蹐座间，而势又不可逃脱，惟心怦怦瞠目注视桌上铁柜，观其如何究竟已矣。（未完）

（续前）是时，座上喧成一片。突一人起，大言曰："诸君毋多疑，吾当为汝众立剖此问题。"袖中陡出大铁锤，向铁柜力击。砉然一声，柜碎，鈥铮之声，四散不绝，耳为之聋，目为之眩。视之，皆黄白物也。于是复纷纷呶争。正欲均分，岂知一声震荡，如传声空谷中，不闻其渐远而止，但闻远处隐隐且有应声而起者。噫！此何声，此何声？群错愕耸耳而听，惧形于色。俄顷，俄顷，声渐近而渐大，似有数万毛瑟，霹雳齐响，金铁皆鸣，人声汹汹如海摇波啸。众失色欲走。首座者乃起传令曰："止止！此皆诸君迟疑所至，然若辈皆盲目，不能为我祸也。今日之事，惟有尽歼之以泄愤，否则与俱伤，必不任令恢复其利权。"众嗷然应声出刁首，狞目以待后命。

声达外阌，黄衣人颇露张皇，曰："吾当往侦察敌情。"众未答，已耸身逾垣，去如飞鸟。首座者仍不动，第曰："有巴山将军在，若辈岂能得志？"言未已，一人狼狈奔入，喘呼曰："走，走，走。巴山将军为我辈守门，众寡不敌，已受窘被逐去。若辈并不瞎，大股破门入矣。"众始大惊，急欲敛资遁。外众已拥入，兵锋耀眼，其人皆有目如电，非复如前所见。众乃大乱。一霎时，血肉相薄，腥风四溢。但闻"饶命！饶命！"之声，震耳骇魄，丑类迨无孑遗矣。

于此兵戈剧战中，有数人焉，手无寸铁，冲围突出。伊何人？即冒险探奇之诸客也。时各各亡命，如突豕，如疯犬。弟向前光处疾走，数百步外不敢立足。彼迨亦已忘遭遇之为幻象也者。战声渐远，相顾幸各无恙，瞥睹出路处，有祠宇。趋就歇息，见额有"无私会生祠"五字。坐甫定，一人忽举首失声欲号，众又警，视线向内集视，则见壁间塑像无数。审视，即所遇暗室中百十强盗之肖像。众诧甚，急自首座下数至弟□□[1]等位，则诸客俨然同列，愈惊，不知所措。噫，彼像何时所塑耶？咄咄怪事。

惊疑间，大声又发，如天崩地塌，诸客亟出视，前山已不复见，黑翳消灭，楼阁尽渺，眼前现大光明。盖幻象已隐，迷惘亦一昼夜矣。客乃大喜，悟幻象之魅人，相与入祠尽毁其像。题诗壁间，循大路而返。诗曰："莫道无私显见私，旁观谁复任维持。一场泡影冰山倒，可见文明有复时。"（已完）

（1906年第32期、第33期）

短篇小说：长辫梦（铁苍）

前两月同事陶陶梦剪辫，作《剪辫梦记》以自慰，快绝。彼至今虽仍未实践，当时固尝抱此志，梦中亦如愿以偿。乃曾几何时，余昨又梦长辫，竟与陶陶反对。窃思余本无此志，此梦何因而来？果吾志犹有未坚耶？愤绝，恨绝，爰笔记其事，作《长辫梦》小说以志恶感。

---

① 原文作□□。

是日天气暖甚，晨起盥沐毕，略习柔软操，热度愈涨，觉顶发奇痒不可耐。揽镜，见种种者如许长，一笑，起，披外套顶冠，匆匆出门去。

某处一修发店，晨光熹微，玻璃门已半启。维时中座一人，自领以下围大白布，半欹椅上，目垂下，频频作欠呵。一匠人持剪刀，代理发，团团而剪，其声铡铡然可听。剪未竟，其人以早行倦极故，竟沉沉睡去。

栩栩然漆园之蛱蝶乎？我之灵魂，我之灵魂，飘忽靡定。一霎易境，山河非故，此身遂幻。人世沧桑，类如此矣。

时而豁眸四望，密云蔽野，朔风吹面，倏已堕于两峰之间，壁立万仞，下临绝壑。余所立者则靠后之山也。噫！罗山乎？浮山乎？前山何其险巇，后山何其葱郁，吾又甚爱此后山也。

闻鹤唳林皋，声清泠彻远近。余自觉寒甚，徐步丛薄，循小径至一处。精舍数楹，竹篱周折，柴扉俨然。内植梅树万株，花开正盛，清馥袭人。伫听久不闻人声，从篱隙试窥，见飞者、鸣者、行者、立者，羽衣回翔，一白如雪，皆鹤也。睹风景之清妍，吸文明之空气，此际几疑身涉仙境。

瞥睹梅花树下，红裙冉冉，一古装美人，珊珊然来，以手调鹤，嫣然微笑。忽回首见余，绝不疑怪，且含笑招以手。余无奈，乃免冠入，一路花香鸟迹，了非尘世。

既至前，余俯首正欲有所白，即闻美人发如簧之声曰："嘻！子何修至此耶？此前代某山人之别业也。自山人谢世，吾居此，与世隔绝。今又不知几度甲子，子今至此，缘分诚不浅哉。"

余未及答，美人复指示群鹤曰："此前人遗种，至今日滋生日繁，吾甚厌恶之，子来此，吾可望卸肩矣。然子状类僧人，似难占此俗缘，盍留此蓄发。吾审子之志坚，而后纸帐双栖，共消清福。料理鹤粮门尽掩，梅花如雨扑帘旌，其乐为何如也。"

余此时万念冰释，大有《红楼梦》柳二郎之冷心，与《聊斋》蒲留仙遇花神之奇想，不觉卒尔对曰："倘能长驻仙境，相对玉人，吾亦乐持厌世主义矣。"

美人喜，遂相偕入室，荏苒三日，余已发长委地。美人乃殷勤代梳理，已又遍为巨绠。既竟，以手摩挲笑曰："子真服从之可人哉！今可出而料理鹤粮矣。"

余生长温带之热人也，一旦处此冷境，究非所宜。且自蓄发后，日受美人驱策，与群鹤伍，所谓清福者如是。数日愈形缚束，乃忽悟曰："嘻！吾迨为彼美所买耶？所谓双栖者竟如是耶？一鹤奴而已，一鹤奴而已！"

既而念美人亦我种类，何忍出此？犹疑间，美人倏至，一若已觉余之有去志者，径前握余发曰："咄！负心郎，汝欲舍我而逃乎？亦知汝今日之身，操纵由我，不任汝之自由否乎？"余愤极，让其侮已。美人愈怒，一手握辫发，一手出巨刃，势将决裂。忽群鹤大鸣，林杪一人如飞鸟坠，剑光一闪，辫发尽断，回视美人已失所在。视其人，即吾同事亚剑也，大喜。告以所遭。剑曰："君毋为魔鬼所惑，至易本来。此山深险不测，人鲜知者，可亟去此别业，恋恋此群鹤何为？"乃以手掖余臂，喝曰："起。"即觉轩然高举，直入云际，耳畔风鸣，一惊而觉，则宛然犹在薙发店。匠人已剪发毕，代余拂拭，且进盥矣。怪哉，此梦！余以剪发而来，梦中几蓄发而去，魔鬼之易惑人也如是乎？

（1906年第34期）

短篇小说：捉贼（示武）

声声爆竹，万户春风，此新年佳景也。桑柘影斜，扶归人醉，此村居逸趣也。当此佳景，耽此逸趣。忽闻有窃贼，非一败兴事乎？然当此佳景，耽此逸趣，忽闻有窃贼，忽闻有窃贼而被捉，忽闻捉窃贼者乃在一二女子，不又一快心事乎？此何事？其惟顺德勒楼伍文之妻若妾捉贼一事乎？光绪三十三年正月初三日，日甫入，更鼓隆隆作声。一家门半掩，神前香烟上篆，灯火摇摇，半明不灭。堂上坐一少妇人，隐几支颐，默默无一语。此何人？盖文之妾也。

入门而阶，阶尽升堂，厅事当中，睡室两旁，则三间而两廊也。水琤琮响，作盥漱声，声自睡室中来，则文之妻闭门濯足也。有顷，室门开，文妻捧盘出，触门限，几仆。

妾闻人触门声，愕然回顾，遽然起立，沉吟若有所思，心窃自忖曰："奇哉，何一人而二影也？一高一矮，一大一小。此出彼入，影憧憧然。唏，其鬼也耶？抑吾眼花也？"既又自思曰："适吾注目门外，有黑影一团，闪烁于门，欲入不入。呜呼，其贼也欤？"

文妻犹茫然无所见也，注水于阶，返身升堂，便欲入室。妾曳其衣，举手作势，使之勿入。复以手指对室，偕入其中，附耳蚁语，曰："有贼，有贼。"

文妻骤闻慄慄危惧，颤声问曰："贼何在？"妾曰："在房，汝出彼入，未之见耶。"文妻曰："若此奈何？"妾曰："捉之。"文妻曰："男子外出，吾二人恐非所敌。"妾曰："不妨，不妨。吾有所恃而无恐，汝若胆怯，则但作壁上观，看吾擒贼可也。"

妾出，扃其门，且下钥焉。卸去外衣，以带束裤脚，如剧台上之武旦，令文妻装束亦如之。摸向床头，得刀一枪一，以刀授文妻，己则左手握枪，扳机外向，右手持巨梃，英姿爽飒，此何意态雄且杰也。

文妻伏室门外，不敢入，惟紧握其刃。俟有人出，则出其不意，力扑之。妾略一纠搜，径奔对室，摄步如飞，提首四望，一无所见，乃向桌上挑灯令猛，蹲伏地上，持梃向床下乱撩。觉有物碍梃,力击之。忽一贼从床下奔出,向腋下掠过,夺门欲出。见文妻伏门外,举刀欲砍,略一回步,妾已追到,掷去巨梃,力掣其发。贼奋力挣脱,妾以枪拟其心际,瞋目视之,喝曰:“勿动。”贼乃俯首受缚,缚而悬之梁。

而文犹未之知也。昆仲行有治春茗者,招之往饮,饮罢而归,略带几分醉意,施施从外来,骄其妻妾,方欲效齐人所为,备言与饮者之谁富谁贵也。曳步登堂,牙噬噬如炰熟狗头,笑容可掬,狂呼曰:“我醉矣,我醉矣。为我瀹茗,以解我酒。为我治寝具,我玉山颓矣。”正言间,忽惊惶无措,手指足蹈,大声疾呼,曰:“不好了!不好了!”往后便倒,倒坐榻上。

妻妾闻声,齐出看视。文惊魂稍定,睁目谛视,指其妻曰:“汝在耶?”复指其妾曰:“汝在耶?噫!吾以汝为死矣,二者必死其一矣,今果皆在耶?抑汝死心未息,现形来见我耶?抑我为汝吓死,今相见在黄泉耶?”妻妾齐声叱曰:“汝何一醉至此?”文曰:“吾何醉,吾何醉?”言时举目视梁间,指贼曰:“此何人?吾以为汝二人打闹,有一不忿,悬梁自尽也。今果何人耶?”妾白其故。文始释然,乃将贼游刑,略示之罚而释之。

嗟夫!中国女子,素称柔弱,更深人静,窗棂风动,则疑鬼疑贼,缩作一团,牙震震有声矣。其素豪于胆者,亦惟仅作咳嗽声,槌床伪作吓鼠耳。夫谁敢挺身捉贼耶?若伍文之妻若妾者,殆超出寻常女子万万哉?

(1907年第1期)

短篇小说:棋贼(述奇)

夜静风寒,樵楼冬冬报四鼓。一室寂然,竹帘低下,两人对桌坐，一主一客。有纸平方，线画经纬，中界以河，盖棋盘也。残棋数子，客沉吟许久，始下一着，主人则频敦促之。璀璨灯花，为其所敲落者数矣。月影低沉，露下无声。帘外隐隐一人影，闪缩而前，为蛇行，为鼠伏，踩灯花而入。帘钩轻动，铮然有声，贼也。幸二人对弈，全神注视局中，目不旁瞬，并不之觉。

贼伏床下，约半时许，闻二人弈，一局完，又一局。主人恒胜，客恒负。主人曰："让君二子，仍非敌手，盍再让君先举三着？"客唯唯，棋声复作。未几，又闻客负矣。主人曰："君众我寡，又避君三舍，终为我败。孔子曰：'我战必克。'君可谓'我战必败'矣。"客曰："棋高一着，伏手伏脚。力之不敌，非战之罪也。虽然，楚项羽七十二战，战无不利，忽闻楚歌，一败涂地，胜券又何可操耶？夫安知君之不若彼也？"主人曰："一饭之顷，已三遗矢，还作此自大语。君不自羞，吾亦为君羞也。"客曰："以力服人，究难心服。盍再作背城之战？"言已，棋子又丁丁作响。

床下贼蜷伏久，俟二人睡，二人迄不睡，不复可耐，伸头出，摄步而行，启箧得衣饰数事，包裹置床头。时二人弈兴最高，将将之声，声震四壁。贼见主人志气扬扬，目中无敌，又出语侵客，言谑而虐，代客抱不平，竟自忘其为贼也，间行至主人后窥之。

局中所布各子，客占白者，主人占红者。甫下数着，红子已据险要，白子四面皆敌，应接不暇，局又大危。贼代打算，孰平几度，孰进几度，便可脱险。奈客所行，着着皆出下策，按捺不住，不觉失声曰："速上士，回马象步以守之。"主人鼓掌曰："若此，方可与吾为敌也。"

客举目视贼，并足立主人后，目灼灼下视，默然若有所思，手摹作势，头略一点，即有妙着见示。窃念夜深得入此室，非主人之亲即戚。但主人家素丰，又极豪侠，果与有瓜葛，必不听其蓝缕若此，意者其主人之仆乎？伺候主人，夜深不睡，诚良仆也。郑婢能诗,此仆能棋。薰德善良,良有以夫。而主人则胸中块然,并不计其为谁氏,一若看竹何须问主人,看棋更无须问主人者。终夜与客弈,要车得车,要马得马,如摧枯,如破竹,几若王师所至,无或有敢犯顺者,实觉毫无意味。忽得劲敌,乐不可支,忘其时之为夜,更奚问其人之是谁。然亦万不料其人之为贼也。得此对手,惟恐其舍此他去而已。与弈未久,主人语客曰:“君非我敌,盍不让彼对局乎?”客闻言,如释重负,急起让坐,从旁观看,无着不出己意外,诧以为神。

主人与贼弈,棋逢敌手,各逞奇能,冲围解围,如临巨敌,忽忽不知东方之已白也。此时贼始自觉,己为图窃而来,何竟与人对弈?万一主人察觉,有不执赴法廷者耶?然察主人貌极慈善,蔼然可亲,既以奇技受知,即知来意,或亦见释。然已险极矣,彼今与我下棋,争胜之心,杀机默寓。我与对敌,密为之防,严为之拒,致彼无从下手,彼力求战胜,欲得我而甘心。今虽迷于局中,终必省悟,斯时从何脱身耶?一面与弈,一面打算,心不在弈,连失数子,主人不觉狂喜。

贼为逃走计,将子一拍,喝曰:“将!”故意将子失落桌下,主人俯拾之,贼遽起欲走。主人牵其裾,曰:“不完此局,誓不放汝去。”贼曰:“吾有要事他往,改日再来,决一胜负。”主人曰:“不可,不可!我决不放汝去。”贼挣之愈力,主人持之愈坚,苦苦乞留,言恳且挚。贼见主人犹未觉其为贼,心略安。然为时已晏,主人之眷属,想渐起来,主人不觉,亦必为人看破,不如乘此自首,或可邀免也。乃实告主人曰:“君以我为何如人耶?我非他,乃为窃物而来者也。昨见君弈,不觉技痒,冒昧为此。此时始自觉悟,求君省释,万幸万幸。”

主人闻言,始知贼之贼也,喜跃而言曰:“幸哉!我之获此贼也,相见恨晚矣。君抱此绝技,何不早来行窃,使我棋无敌手,悒悒不乐。吾家幸有薄产，君有何需，即自携取。钱乃傥来物，君乃真知己也。"问贼家住何址，月需几金。贼指床头包裹曰："得此，可作数月粮矣。"主人乃遣仆往送之门，留贼，与之同寝食。终日无他事，惟相对下棋而已。

贼留寓数月。一日早起，失贼所在。案上留函作别，略言："雄飞不能雌伏，人各有家，宁作贼谋食，未便仰给于人也。承君不弃，小作勾留，答君雅意耳。棋一人敌，非万人敌，愿君更远图之。"主人得函，遂不复与人弈。

（1907年第2期）

短篇小说：肉枕（振瞶）

吾闻泰西说部，有林畏庐所释哈葛德《吟边燕语》中《肉券》一则，欠人钱债，到期不还，则割肉以偿，窃以为奇矣。何居竟有所谓肉枕者，供吾短篇小说之资料，以支配彼《肉券》之奇闻，不使之专美于前，殆所谓物必有偶耶？

顺德妇女素以不落家闻，三群五队结袂而行，大言狂笑，毫无所忌。采桑也，互茧也，日中所入，除衣食外，尚有余蓄。所谓良人，不必倚之为终身所仰望，此则中国女子之能自立者。惜乎有姊妹行，无夫妻乐。则不特非人情，而伦理学亦甚欠缺也。悲哉！一唱百和，遂相习而成风。

出污泥而不染，力足以挽颓风者，其某氏女乎？女虽不识字，亦非生长大家，第习见乎归宁不返，致滋讼藤，或更酿成命案，一死殊不值，而缠讼亦甚无谓。既不愿落家，何不剃发自度，而拥此夫妇之虚名？若以夫妇为人伦之大，不可缺去，则既出阁，即当落家，徇此陋俗胡为者？意见既卓，执行遂坚，襟怀落落，与俗情恒相忤矣。

言告师氏，言告言归，女亦不废归宁之礼也。姊妹行有唆以结金兰者，女一笑谢之。母询其夫家所苦，女不作一言，或更摇首，示无所苦意。时则有以女为傻者，宛其相谑，继之以虐，女亦安焉。

姊妹中之有热肠者，时为微言以讽女，曰："某娘子其可风哉，嫁夫十五年，未落家焉。"女闻寂然无所动。曰："某娘子真梦梦，嫁十年便落儿女林，眠干睡湿，日日为人担柴米忧，了无生人趣。"女闻，块然无所戚。曰："某娘子死甚冤，时节往夫家，竟为翁若姑虐死，今鸣之官，未得直。"女闻，安然无所惧。曰："某娘子狗彘诚不若，只知有夫婿，不知有姊妹，身在母家，心惓惓不忘夫家也，宜众姊妹不以人相齿。"女闻，更恬然不以为耻。

女不欲第以身说法也，更聒之以言焉，曰："吾见打相知者亦苦矣。凶终隙末，无人不以是收场。谚曰：揽郎好过揽相知。此言虽俚，未尝无见也。"姊妹闻，群啐以唾，不复与言。而父母未之知也，归宁日久，不遣还夫家。

节届清明，夫遣人来接，母婉却之，女父亦稍识大体者，劝母勿尔，则应之曰："汝能保我女不为人所虐，不死于非命，则遣之。"女父不敢复言。

夫家再遣人至，女母又却之。数日数至，数却。厥后，价持函来，乃以与女者。母问何事，女以函呈母。母以授父，令读与听。父阅毕，哂曰："吾以为速女返，乃不然，但讨枕头耳。"母问女曰："汝带他枕头归乎？"女曰："然。"母曰："何不反之。"女勃然变色，指其臂曰："若要还他枕头，除非斩却此。"母始知女与婿之情也，笑遣之返。

可爱哉，顺俗之有此女也！安得化作千万身，一变其恶习哉？女不识字，又非生长大家，而能若是，可以愧煞生长大家而识字者矣。然以此风俗,犹有非六七年不落家者。

(1907年第3期)

短篇小说:一夕之险影(法国Courier著,中国燕红生译)

翘出地中海之中央,有地曰:架拉罢。Carabre盖属意大利之一荒岛也。此岛居民鲜少,素著犷悍之名,海盗出没其间者,踵相错。以余所闻,世界上人类,罔有为其所爱。而最切恨为吾法兰西人,几若不共戴天者。溯其原因,余亦不得详。惟闻故老言,苟吾法人不幸,陷此岛居民之势力圈,必无生还之望而已。

一日,余与友人,作该岛之冒险行。驰骏马,跋涉于峰峦峻处,道路崎岖,余马不堪其惫。迨穿几道菁林,竟失归路,二人形影相吊,倘徉不知所之。无何白日忽暮,夜景逼人。友偕余前行,恰瞥见一破扉半掩,似为樵爨人家。余甫入,即不能无疑于中。盖余早有此岛民之恶影,摄于脑际,惟以迷路故,姑投一夕之宿。迨主人出迎,面态黝黑,一望而知非温文之辈。询其执业,知操煤炭生涯。其家十余人。四壁罗列者,多猎枪、刺刀、长剑、短铳等,睒睒射目,俨一军械局焉。

当时余不觉生恐怖之心,疑彼辈名执煤业,难保非绿林之流。然余虽慑,绝无乞怜之念,以彼辈纵属凶徒,慑复何裨?惟有徐筹对待之策。而吾友反是,谈笑自若,俨在家庭。微特无畏祸之心,且极与彼辈叨絮谈吾等之行状,其疏诞不谨之处,令人愤闷不耐。至余听一言,而使汗流浃背者,则对彼辈,直陈吾等为法人。噫,独不闻该岛民之深恶吾法人乎?一言不智,驷不及舌,可谓酣歌漏舟之中,靡知祸之将至矣。

余友既无惧容,死复何惜?所求脱厄者,唯余个人。凝思半响[晌],苦无乞援之策。又视吾友,尚作慷慨豪恣之容,解粲粲之佛郎(法币也)酬招待之劳致,彼辈果以余等为贵介富豪而无疑。及后彼辈欲别贮其旅囊,余友反锲不舍,谓将以作枕者。愦哉少年!死期将至,区区何靳?余甚怜尔之少不更事也。

晚餐已撤,主人挽余登一小楼,楼宽仅七八步,由一竹梯而升,主人即宿其下。楼上空气极浊,似久无人居,而累累积于榻旁者,多野获之食品。余触景伤情,又因陋而生惧。正思与友扳谭,奈其颓然已卧,料必疲甚所致,而其首紧枕于囊,若恐人之攘己者。余暗笑其愚,以智与童騃若也。移时余亦就寝,展转终不成寐,乃起燃烛以觇动静。觉万籁俱寂,余心稍安,历算时计滴滴作响,计与天晓尚遥。忽闻在下隐隐有声,余遂置耳于煤筒暗听,只闻主人私语其妇曰:“是二者均当戮之乎?”

妇答曰:“诚然。”寥寥二语,最足清晰,余后一无所闻。余聆毕毛发森竖,几不能呼吸,浑身僵冷如石。呜呼!余其殆,余其殆!惟私祷彼苍,悯余二人。垂饵虎口,手无寸柄,何与彼敌?况彼又得利器以助乎。回视余友,鼾声如雷。欲呼醒告以故,转恐主人所觉,祸即发见。又欲孑身潜逃,苦于地形不谙,楼距地虽不甚高,奈其下有如狼之两獒,狺狺相伺,冥想此情,固已束手无策,惟俟险象之若何而呈耳。

既而时计四响,余脑筋乱动,遂作臆想,仿佛间觉楼下似有人拾级而上。余在门隙一觑,果见主人,一手持煤灯,一手握利刃,与灯光莹然相映,其妇尾后。余急匿门侧。彼旋撬门赤体而入,以灯授诸妇。妇露纤手,蔽灯之光线,微语其夫曰:“慢乎,慢慢乎。”余嗫嚅不成声,幸彼终未察觉。既,彼含刃跃于友床,余睹友露秀项,彼挥如雪之刀,闪灼殆不可视。余知友断送七尺,忍不住双泪迸流,神经益瞀。未几见门复掩,灯复灭,遽然如梦初醒,余尚兀坐炉侧,友亦黑甜正酣,方知前之种种幻景,皆为脑界抽象。

须臾，嘐嘐之声，鸣于四野矣。

迨天明，主人即趋视余，殷勤询余睡状。余勉酬数语，前虑大释。主人复留早餐，余更感其厚意，恶念尽归乌有。既入坐，主人随致词曰："蒙两大雅辱临，有光敝庐，欣感实甚。奈野人僻处山陬，无盘飧以兼味，不腆家禽四翼，聊供朵颐。"余与友答谢之。谛视两鸡，果盛簋上。余猛触昨夜之语曰："是二者均当戮之乎？"不禁恍然大悟，而知主人与妇谋者，乃宰两鸡，而非加害于吾侪二人也。然吾之枉吃虚惊，徒增烦扰，几自投于险境，诚不及吾友清谈高卧，快然自得。可知天下事，常有出意外，为心理所不可测者。余纪此篇，以告世之旅行家，毋徒耳食人言，而短却冒险之精神也。

（1907年第3期）

短篇小说：骗之骗（述奇）

天寒欲雪，风声萧萧。有衣敝缊袍，与狐貉者立，一老一少，道旁握手，絮絮有言。噫！贫富不相交，何今日尚有仲由之风欤？

奇矣，乘车戴笠，相逢下车揖，友谊已不可多得，恶更有执一寒士，而认为爱婿者？然则其误认也欤？果也认者之误也，且明知其误而故认之也，少年色然喜，遂随老者归。

甫入门，仆从奔走如云集，越厅事数重，坐少年于书室，呼婢为姑爷沐浴更衣，居然一翩翩公子矣。引见丈母，惊喜交集，即诹吉行赘婿礼。却扇之夕，与谐伉俪者夫人也。馆甥于室，一寝一食，备极奢丽，复为之纳资捐官，遍拜大老者门。所与交游，非富则贵，应酬几无虚日，如是者年余。

夫以一窭人子，骤遭此境，何啻一跃而升于天，其喜无待言。其喜中而有惧心，不以富贵逼人，为一己分所应得，则难其人矣。

既知晏安为鸩毒，利己者将以害己，而不思为兔之脱，因利乘便，借之以为己用者，则更难其人矣。螳螂捕蝉，所虞者黄雀之在其后矣，容讵知蝉即黄雀哉？

少年境虽贫，而性好奇，富有冒险性质，常欲出其智以与人斗。骤与老者遇，见其形迹，已窃疑之。及观其女容冶而荡，虽强作大家风范，终觉不得其似。而父女间又无一种至性于其间，且有所作为常于己前故示豪侈，益疑其以己为饵矣。

少年欲窥其破绽，计术莫宜于媚内，于是百计以得其欢心，女果若有所动。少年即乘间以语女曰："卿良爱我，惜我难长爱卿矣。"女曰："何出此言？"少年曰："卿父行径，莫谓我不知，我知之而不去，所难舍者卿耳。呜呼！吾复何言？惟以一死报卿而已。我死而卿得其利，死亦奚惜？所虑者狡兔死，走狗烹，卿亦未必利矣。"女惊曰："君何由知？知之将奈何？"少年曰："卿从父耶？抑从夫？"女曰："人尽父也，夫一而已，愿从夫。"少年曰："誓之。"女乃矢之于天。少年鼓掌起曰："吾生矣！吾与卿并生矣！"于是以女为谍，老者有所为，则以之告少年。

一日女语少年曰："明日遣君往某富者家，鸩之而后往，将以君图利也，可若何？"少年曰："鸩耶？吾早已贿买膳夫矣，膳夫先卿告我矣。卿且为壁上观，吾与卿将生于鸩毒，而死于富贵矣。"

翌日，午餐后，老者使少年赴某富家席，少年舆从往。约二小时，仆返谓老者曰："姑爷休矣，在某家疾大作，今垂毙矣。"老者即命驾往入室，见少年仰卧床上，大呼腹痛。老者一见即出恶声，谓某富家图陷其婿，富家见其以横逆相加，亦以恶声相拒。吵闹移时，老者亦大呼腹痛。富家有异，欲觅舆扛之返，老者已七窍喷血，一呼而绝。少年跃起，抱尸大哭，家人归报女，女率多人命舆往，与富家索命。富家稔知其声势之赫赫，托人关说，许以重资，乃肯和息焉。

初，老者与少年同食午餐，暗伏毒于中。少年早知之，乃着厨人颠倒其符志，老者不知其计，以有毒者为无毒而误食焉。少年至某富家，伪作腹痛，家人返报老者，恐其迟则着人扛返也，急往理论，到则毒发毙命。少年将计就计，遂得此巨资，与女终身享之。

（1907年第4期）

短篇小说：骗又骗（述奇）

某太史，讳其名，好酬应而无才，嗜钻营而无术。散馆后，隐居不出，在籍为绅，实据土为霸也。

太史出入公门，若官、若幕、若门丁、若吏、若差，罔不论交，罔非其手足。包揽词讼，无所不为。然渡虽能撑，每至中流，则有撑不动者。以太史只知有己，不知有人，过付之数不清，而事辄中变也，故一撑再撑而渡遂停摆也。

太史盘据公局，某绅、某耆、某富家、某无赖，罔不罗织，罔非其爪牙，武断乡曲，无恶不作。然权虽在握，观于其乡，无不心焉非之者。以太史只知有利，不知有名，威福太雄，人遂群起而抵制之也。故始以串举而得在局，终则公逐出局也。

太史既不容于一县，复不容于一乡，翻然改计曰："大海多鱼，何必在冲仔钓虾也？某某吾座师，今当某任，某某吾同年，今得某缺，踩中门，端茶碗，岂不沠沠然有余阔哉？吾上与达者交，下与利者游，以一身居利达之间，贵吾所自有，富亦不难致也。"计遂决，遂出省，遂租大屋，娶少妾，捻靓跟，出入长班轿，往来公司艇。红黑字灯笼挂于门首，太史第横扁悬于门楣，"某某科举人，赐进士出身，翰林院编修"之朱底金字高脚牌，摆列于大门以内。

中门以外，数年之所得，遂一举而空之。空之而复益以张罗，其张罗之苦，较入京时之埋硬会、借公款、打抽封，尤苦百倍。

今日赴某局，明日赴某局，局无太史不欢，太史亦无局不乐。亚丁、亚庚、亚茂等，奔走不遑，窃窃然自嚓自曰："捻阔佬，捻阔佬。"太史约不可不践，太史事不可不力，太史借助不可不应。不小往，无大来也。心中、目中、口中无不有一太史。

今日识一人，明日识一人，太史无人不欲识，人亦无不欲太史识。扮丁，扮庚，扮茂等，夤缘而来，殷殷然各劝各曰："捉羊牯，捉羊牯。"太史约不可不践，太史事不可不力，太史借助不可不应。不小往，无大来也。心中、目中、口中亦无不有一太史。

太史与亚丁、亚庚、亚茂等游，又与扮丁、扮庚、扮茂者游。亚丁、亚庚、亚茂等之手段，必不及扮丁、扮庚、扮茂者之阔绰也。亚丁、亚庚、亚茂等之容止，又不及扮丁、扮庚、扮茂者之谐媚也。亚丁、亚庚、亚茂等之奉承太史也，奉承其言，言出而亚丁、亚庚、亚茂等随之也。扮丁、扮庚、扮茂者之奉承太史也，奉承其心，心动而扮丁、扮庚、扮茂者应之也。太史乃与扮丁、扮庚、扮茂者日益亲，与亚丁、亚庚、亚茂者日益疏。

太史既撑其局面，以广交游，饮局、赌局，自相因而并至。叉麻雀也，推牌九也，打十五湖也，摇骰摊也，太史几无赌不好，无赌不精。扮丁、扮庚、扮茂者遂日与太史赌，太史赌少赢，志益骄，遂无日不邀扮丁、扮庚、扮茂者赌。太史赌虽赢，而所赢甚少，遂无日不嬲扮丁、扮庚、扮茂者大赌。

扮丁、扮庚、扮茂者曰："此其时矣。"乃钻窿，洗沓，上落章，出其鷄哥，而太史未之知之也，输甚巨。服赌不服输，太史之性质然也，益嬲扮丁、扮庚、扮茂者豪赌。扮丁、扮庚、扮茂者不允，被嬲不过，始允之。赌又大北，先现银、继银纸、继期单、继凭券、继首饰，锱铢而积之，泥沙而去之。太史睹此，又气、又恨、又懊悔、又冀幸，卒也冀幸之心胜，太史又赌矣。欲赌无资，乃乞扮丁、扮庚、扮茂者之见信，立揭单而赌焉。嗟夫！与扮丁、扮庚、扮茂者赌，乌有能赢之者？终亦必输而已矣。

夫人当赌兴最豪之时，其性失、其心迷，一若赌无不可返其本者，又若舍赌则无以复其资者。迨兴已过，智乍明，则有深讶乎赌之何以惟我独输，我之何以每赌必输者，于是乎疑人之设局以诱我矣，且深信人之设局以骗我矣。吾观赌败之太史，亦不外乎常情，忽怨、忽悼、忽疑、忽惑、忽决然深信曰："扮丁、扮庚、扮茂者之骗我。"

果也，扮丁、扮庚、扮茂者得资而去。一去半月不来，按其居址访之，无一在者。太史愤愤然曰："扮丁、扮庚、扮茂者，恨无一人敢见我，恨我不一见其人。"

俄焉一人突然入，则扮茂者也。太史一则以喜，一则以怒。怒者，怒其人之敢骗我也，喜者，喜其人之来见我，我将执而付之有司，勒缴其所骗之款也。扮茂者忽行西礼，趋前与之握手。太史张口，欲叫拿人。扮茂者曰："毋妄言，言则于君不利，我识君，我之枪恐不识君也。"太史谛视其手，则枪口露出袖外者盈寸，膝摇股慄，声震震而言曰："君何为？君取我财，更欲取我命乎？"扮茂者捺太史使坐，己亦并坐其右，语太史曰："君待我等厚，我等深感君恩，何敢骗君？实欲君知我等之术之神耳。君广交游，故投身门下，欲以君作介绍，招人入局，而攫其资。所得资，君取其七，我等共取其三，君允所请，则不特骗去之资可复还君，富亦逼人来也。"太史转惧为喜，雀跃而言曰："有是哉？君等能与我以致富之术哉？若然，则我且深感君，更何报复之足言也？我决恕君，君请放我。"

扮茂者曰："我若放君，君一开声，则我命悬君手矣。"太史曰："然则奈何？"扮茂者曰："誓之。"太史指天而誓曰："予所否者天。"扮茂者止之曰："不可，不可！口誓无凭，君果发誓，则同烧黄纸乃可也。”太史允之，就案各书一纸当阶焚之。扮丁、扮庚者掩入，夺扮茂者之枪，掷之阶下，应声而碎，则非真枪，乃一火水灯之灯枪，以墨釉黑其裹者也。太史拾而视之，哄堂一笑。

太史与扮丁、扮庚、扮茂者重修旧好，交谊有加。盖昔则以走狗待之，今则同恶相济者也。太史曰：“昔所取去之款，何不先还我？”扮丁者曰：“皆已挥霍去，君欲此款璧返，则招致富贵中人到作赌局，不患不倍蓰以偿之也。”太史果极力延致赌友之到者，日皆满座。旬日间得资以万计，拈阄为权理人，扮庚者得，故所得资，皆操之扮庚者一人。月余，戚友到赌皆输，渐疑其局之作伪。一日为某友识出，当场道破，嗜赌者咸裹足不前。

太史见赌局不可复设，以扮丁、扮庚、扮茂者无用着处，顿生鄙厌，复以威福临之，勒令将前骗去之资清还外，另照前议，余资三七均分。时扮庚者已外出数日，款项皆存彼处，扮丁、扮茂者遂以此相推。再俟数日，仍不见返，扮茂、扮庚者托词往寻，亦一去不返。

太史愤欲狂，恨不得诸人之肉而生啖之，禀官购缉。一日，函寄一信，托名其至好，邀往某酒楼宴叙。太史往，则扮丁、扮庚、扮茂者在焉。太史欲返身奔出，已为扮庚者所阻，出枪以相要挟，曰：“此非掷诸阶下者等也。”太史逼得坐下，酒数巡后，扮茂者曰：“仆劝君毋再追禀，否则于君不利。”言次，出太史亲笔所书之誓章示之曰：“此物何尝烧去，我若被拿，则将此纸呈验，我罪难逃，君罪亦有应得也。”太史瞠目结舌而退。

（1907年第5期）

心理小说：医之神用（剑）

西史载神医事甚诡谲，而具有心理。神医之者，精神作用之术也。尝有一人病，延医至，医不诊脉，但对之熟视，久之病若失。又一人本无病，而与一医赌赛，能使之病，寿[酎]以百金，医至亦对之熟视，或按摩良久，其人果晕眩而病。盖精神纯注，有不自知而然者。其动机甚细，其演理甚精，有如今日中国迷信之求神方愈病，其虚理一也。犹记前某西报载一事，颇堪发噱，译录之以饷阅者。

法国医生，甲、乙二人，盖同学而得有第一、第二之证书，最有名誉之医学士也。一日同附火车，至某站。时夜已深，望店投止。西例凡旅店夜当枕息时，即灯火全灭。甲、乙到店时，已逾限，不得已但请旅店主人启钥，租得一单房，乃暗中携衣篋而入。主人指与卧床后，乃扃门去。

甲、乙既入房，四顾黝黑，壁又灰色，伸手几不辨五指，颇怏怏。幸镇日在火车震荡，至此倦极，一觉黑甜，亦颇畅快，遂安焉，伏枕移时卧去。

约数时许，甲先醒，见昏黯如故，陡忆此房如是狭隘，今两人同住，炭气必甚盛，于卫生诚大碍。愈思愈闷，无可为计。辗转间乙亦醒。甲语以故，乙亦觉气闷不可耐。久而弥甚，鼻渐塞，目渐眩，耳渐欲鸣，所呼吸尽异。时虽寒夜，已觉遍体发炎，几如置身火窖中矣。

二人乃推枕起坐，略卸去身上衣，已倦极，复卧，又起，尽揭其帐。甲忽一举首，见墙之暗陬处，略有光影，凝视久之，不觉喜极。语乙曰："我辈诚痴人，徒自苦恼，须知此房虽隘，安得无窗？汝盍观此非透光之白玻璃乎？"乙顿悟，亦狂喜不置。

"噫，吾辈思想脑力，何竟不及此？汝试听听，礼拜堂之钟仅两下，若无此窗，困卧数点钟，始天晓，不闷死乎？好友，汝盍起洞开此窗，以透空气，使我一快意乎？"乙迟迟曰："吾欲卧，请君速为之。彼此同一受闷，何别尔我为？"甲曰："余此际气略舒畅，然奁甚,汝卧久何不谅我若是?”乙唯唯。既而甲又唯唯。异哉,前此惟恐无一得策,今既得,而又迟迟不发,人情之常,大抵如是耶?

久之,久之。甲不能忍,乃奋身而起,下床着屐,足蹑而手扪,前行至光影处,约略果得一窗,且甚长,喜不可言。及欲起闩启扃,乃遍索不得,又复懊怅,竟大顿其足不置。乙闻声息问故。甲告之,并言此际忿不可遏,惟有碎此窗以泄恨,即闻“砉砰”一声,窗碎而甲已喜跃至床曰:“快哉!今可不受诸闷苦矣。”旋觉暗室凉生,心神顿快,既而披衣,既而撤帐,久之且拥毡沉沉睡去,不知东方之既白也。

咄咄,奇事!咄咄,怪事!迨晨钟初动,旅店主人起,忆夜间似闻某房碎物声,试一巡视。及扣户,甲、乙二人起,户启,主人入。忽目注地下,碎玻璃,色变,甲、乙亦色变。无何,主人色转怒,殆欲发难。甲、乙相顾,略一沉思,乃不觉大噱。主人不解,怒益甚。甲、乙始语以夜间所为,主人亦相与哄然。嘻!此何故,此何故?则盖夜来甲、乙所碎者并非窗,而实一贮衣柜之玻璃镜门也。

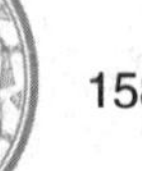

（1907年第5期）

短篇小说:骗上骗(述奇)

同执一业,同干一事,智慧悬殊,则有此见及而彼不见及者。同执一业,同干一事,智慧不相上下,亦有此见及而彼不见及者。从前之说,以生平之识力言也。从后之说,以一时之眼光言也。语有之:“一山还有一山高。”又曰:“棋高一着,服手服脚。”人之度量相越,岂不远哉?为学然,为艺然,惟骗亦然。

有王生者,丰于资,雅好挥霍,爱花如命,借酒合欢,无局不作，有局必赴。初徘徊于局外，继周旋于局间，终迷恋于局内。局中人，局中人，此时之王生，虽有局外旁观者呼之，亦充耳不闻矣。

从来饮局，每以赌局为消遣。从来赌局，每以饮局为阶梯。而世之设骗局以诱人者，则更以饮局为介绍之人，以赌局为陷阱之地。若王生者始流连于饮局，非饮不欢，寻取偿于赌局，非赌不畅，饮兴与赌兴并豪，则有起而伺之者矣。而王生乃由饮局而入赌局，由赌局而入骗局。

珠江春夜，明月在水。一舸飞来，下舵于东濠之口，仙花麇集，衣影皆香。管弦呕哑，杂以笑语，中更闻有悉索声者，则推牌九也。貂裘公子数辈，围一圆桌，或坐或立，姊妹花绕之成匝。有从背后窥者，有在膝上坐者，目盈盈咸注于桌上，视线唯一。桌分四门，杂以四角。注马排列，如长蛇，如聚星。三方大杀，则两手合抱，左扫右拉。人间快意，事无过于此者矣。

俄有声从船头来，大呼曰："发财，发财！"大踏步入。众视之王生也，以手探囊，且行且探，小褂未卸，银纸已脱囊出矣。一人兴曰："吾倦矣，此席即以遗君。今日旺气聚于此门，吾获资已不菲，背孤击虚，占地利多矣。君其好自为之。"王素以好注马自称，驾轻就熟，罄控如志，惜牌神不降，着着失败，不数分钟，盈握银纸，已尽入他人手。王乃以注马代，此时目中所见者惟石子，视之益轻，赌益豪，输益甚。完场核算，王所输已过万金矣。是日赢最多者为程□□[①]观察，索王立清欠款。工请缓时日，观察不可。得友代为缓颊，乃立券限三日清交。

王有新相知，云新从安南归者，人皆呼为黄七姑，私娼也。赌时黄作壁上观，屡蹑王足，示不可赌意，王不听。输后追思，始悔不从黄言，向黄道歉。黄曰："君入人局中而不自知也。君被骗

① 原文作□□。

矣,是能出鹩哥者也。”王曰:“诚哉,吾之被骗也!有能为我报复者,吾愿倍其资以奉之。”黄曰:“然则吾受君赐多矣。君即措资来,看吾取君之白水于他人手也。”

翌日,王买舟邀程等博,到即开场,出多金以炫程眼。程心大动,贪涎欲流。庄数巡,王皆从小买,输赢不过百金,欠呵而起曰:“烟瘾发矣。”召黄前以资授黄曰:“盍为我作权理人。输于卿无与,赢即以予卿。”黄欣然从。时程方作庄,黄指其资曰:“即以此作孤注,与君为背城之战。”程笑曰:“倩卿作云南千总,感谢感谢。”及开程得地子九,黄得天子九,程殊错愕。及庄轮至黄,程亦尽出其资,曰:“即此作孤注,以报一矢之仇。”黄笑颔之,叠牌成沓,举骰乱摇,开视之,其数七。程即拈牌,以手一扪,得天,再扪其一,则屏风十也。噫,肥十娶二奶,不输何待?黄催程开牌,程以指一弹,则屏风十已多钻两孔,成一对大天矣。黄曰:“毋妄喜,今时尚早,三点六个骨耳。”将牌往桌上一拍,则一副至尊也。于是王所输之款,尽复赢于黄七姑之手,比对外尚有盈余焉。王果如约以资畀黄,黄大喜,而程则惑甚。

程伺王去,诣黄问曰:“卿技何神?”黄曰:“君轻谅秦无人耶?”程曰:“何敢轻谅?卿秦楼中伟人也。然果操何术以至此?”黄曰:“我能往,寇亦能往。子以上落章、洗骰、洗沓为绝技耶?侬之胜君,不在生平之识力,而在一刻之眼光,略移步换形,便使君一败涂地,无他妙术也。君洗骰、洗沓时,我则上落章。君上落章时,我则洗骰、洗沓。非先君一着,特紧君一着耳。”程曰:“卿操此绝技,能与我合伴乎?”黄曰:“否。此技吾少即娴习,以吾父若兄,皆马扁子也。而吾卒未一试,则以吾父死于是,吾兄囚于是。吾怀抱此技不出以问世,而野花飘混者亦已十年,故不欲再以此折来世福也。所以为黄雀以捕螳螂者,欲使君猛省耳。”程曰:“吾欲收山,如两手空空何?卿盍偕我再入宝山,得少凭籍,然后买舟与卿共泛西湖也。”黄曰：“噫，癞猫儿想食天鹅肉。君为骗子足耳，更欲为拐子耶？虽然，吾阅人多矣，无如君之猛省者。无以，盍为君再作冯妇？”

程复招富贵交者十数人，放舟中流，开局纵博。黄与程各占一门，黄约程伪作输，而使赢资尽归于彼，以饰人耳目。程从其计，三国果尽归于司马。约略计之，是夕所得，又不下万金。黄语程曰：“是可作归隐计矣。”程曰：“事尚可为也，倍然后可。”黄笑允其请。及暮，程使人招黄，则仅以一书覆命，略曰：“侬合两夕之所获，于愿足矣。知君无厌，不足与图也。功成身退，侬自问无愧西施，君则日与黑白猪相对，只合作豢猪之陶公，未克为泛舟之范蠡，不耐再俟矣。侬先君入西湖矣。”程得书，懊悔不置，曰：“又上了他当。”

（1907年第6期）

短篇小说　喻言小说：色魔（铁龛）

粤中某生，郁郁不得志，行吟泽畔，有入海想。忽遇一佳人，拈花轩渠，导之行。至于海际，则舟系焉。佳人引生入，与坐，燕语笑歌，意甚相得。俄而缆启舟行，一叶凌波，飘然飞去，水天一色，弥望无涯。生与佳人并坐舟中，时而啸天风，时而评海物，喁喁私语，相爱相依。间遇波浪颠翻，生亦不觉其苦，反乐甚忘日。舟行迅速，不知经历几何时，已达一海岛矣。佳人谓生曰：“此妾家也，君如不弃，请君留居。”生喜诺，佳人乃偕生登岸，导之为徉狂游，恣意所之。百花眩目，好鸟迎人。山野之间，饶有清气。虽未尽开辟，然有此天然美丽，苟复佐之以人力，真天地间第一乐国也。生好幽居，因止于山。山下临海，两山之间，别有一洞。生与佳人居，近半年。

一日，有数佳人来访，乍见生，秋波流动，频频注之，若甚爱而示意者。生碍同居佳人之监察，不敢回视。数佳人去，生垂首若有思，佳人惧生之为数佳人惑也，乃防生甚，出入必偕，不令独行。己独出，则锁闭之一室。生自是受佳人制，郁郁不得志，视行吟泽畔时尤甚。而数佳人之欲得生益急，惟无术可以通。适佳人病，防生之精神稍懈。生乘间逸出，道遇数佳人，因偕归焉。数佳人既得生，皆欣欣争投生所好，生左顾右盼，始则颇自豪，继则精力倦矣，终则疲于奔命，头晕目眩，濒于死。数佳人遂弃生。

生既被弃，独行于野，又遇一生，两生相遇，相视衣冠两相若也，相视相貌两相近也，相视举动，两相同也。是胡为者？于是被弃生则色骇神惊，而彼一生则若不甚介意，未交语，且将行，被弃生忽牵其衣曰："兄、兄、兄何处人者？"彼一生答曰："尔、尔、尔又来奴耶？"被弃生闻言益骇异曰："听兄音是予乡音，实惊余心。兄何为在此中？兄何为言我又来奴者？"彼一生曰："噫，尔大梦未醒，尔不知佳人魔乎？是岛佳人，专诱少年人，别有深意，乃弄其种种冶态。少年人往往堕其彀，彼于是挟少年人而去。然彼之所以爱少年人者，不过如说部之狐，采补者耳。既吸尽精髓，使奄奄无生人气，则彼弃而不顾，放之于山野间，驱迫之以贱役，如羊牛然。稍壮者尚或能苟延残喘，弱者则直填沟壑以死。今一岛之内，到处皆有吾国少年人，如我与尔，则精髓既尽而为奴者也，其他如我与尔者不可胜数。又其他，则精髓未尽者，彼现在方得意，然为欢几何？转瞬又吾侪等矣。即得意之时，视奴似乐，然受制佳人，一举一动，为之监视，又何趣味？亦较为奴相去无几耳。尔今遇我，相视惊骇，不知可惊、可骇者不知凡几。尔初来未深悉，尔如不死，久自饱尝风味也。"言竟，匆匆去。被弃生呆立如木鸡，久之清风吹两袖间，生醒然起行，默念所闻之言，不知何若。乃怀匿志，昼伏于山

野中,夜则出觅食草木实,静听国人消息,如是者数年。

一夜,生伏于山中树丛间,橐橐之声,自远而近,止于树丛外。生移步微眮之,则二佳人坐焉。一佳人曰:“昔日我国往东方诱彼辈来,彼辈受一时蛊惑,不知堕吾术中。今日彼辈嗜欲既开,明知冒险,犹沓杂而至,不速之客,异于昔日,喧宾夺主。甚忧将来,若不设法严禁,杜其来源,以刻酷手段挫其来意,吾虽合众,他日恐不敌也。”一佳人鼓掌曰:“善、善,请禁之,请益虐之。”乃相与大笑一声去。生伏树间,备闻斯言,自是知国人益受惨酷,心忐忑不自安。尝夜游至旧居之山,瞰旧与居之佳人,则不知所往。山故临海,每月明之夕,生则至山巅隐身眺望,海之旁尝泊有大舟。一日方早,人声喧阗,生窃疑焉,惟未敢出视。既而不能忍,壮胆出窥,则舟泊岸,而来客方纷纷进岸去也。独有一群,如被阻挠,徘徊不能去者。生审视之,则皆其同国人。目击其受佳人种种逼勒,俄而尽驱入之一屋,其群或叹息,或哀号,垂首丧气。生愤极,欲出与辨论,然私念己身隐伏已久,今一旦出见,未知奚若。且寄人肘腋下,虽有武力,将何所施?不如姑且隐忍以为后图,乃恨恨去。然久居终非长策,遂起意夜盗一舟,航海而归。立意既定,是夜即乘舟人熟寐,潜入舟觅刀杀之,仅留舵工一,胁令启缆放行。适大风作,乘风出海,遂得归。

生既归,乃为国人述其状曰:“佳人初时诱我国人至其国,竭我国人精髓,供其私欲乐,甚丁媚人狐。既又惧我国人来之多,而以刻酷手段禁制之,佳人又甚于食人虎。原佳人之所以如是者,因我国人后来者多善葆其精髓,不尽为其私欲之奴隶,且或能反其道而行之,以成我之采补。故窘甚而肆毒益深,今我国人既受其虐,不可不思有以制之。吾愿我国人知是而共筹一法也。”因到处演说,且自道其所经历。予在黑甜乡中演说坛,曾亲闻之,故序之于此。(完)

按:吾国小说,类多离奇猥亵之谭,为外人所讥。此作仍未尽脱窠臼,惟词义颇蕴藉,且为迷向者醒以警钟,命意良远。噫! 作者殆伤心人,别有怀抱者耶?(陶志)

(1907年第7期)

短篇小说:冯秋绮(述奇)

野店秋高,霜气欲滴,午间人静,隐隐闻邻鸡粥粥声。推窗远望,见高柳衰黄,夹着一条大路。一车从山脚转来,蹇驴两头,牵之慢走,跨车沿者二人,一持鞭,知为车夫,余一人男女尚未分晰。呆呆望着,不知已历时许。

俄闻轧轹声,则车已近。向所望未分晰者,为一蓬头婢,年可十五六,鞭稍一策,驴行匆速,车声为之高扬。数步后又复疲缓,一策再策,驴乃狂奔。一片隆隆声,至门首骤止,知为下店打尖者矣(午餐谓之打尖)。蓬头婢一跳便下,撇去车帘,一女子探头出,天人也。婢扶之下车,一步一可怜,目逆而送之,至入门而魂与俱没。

失望移时,忽闻隔房启门声,车夫搬运声,则非打尖而投宿者矣。既闻二人步履衣裳綷縩,举止娉婷,似语人以此乃大家闺秀者。噫! 其即畴昔所见之女子乎? 入房少憩,婢为之捧水盥漱,莺声沥沥曰:"今日惫甚矣,征尘扑人,烦不可耐。"其声口绝类秦人。婢进食,女曰:"吾能下咽乎?"婢曰:"姑娘不食,恐非来意。辄冤家狭路相逢,姑娘能……"女喝止之。婢乃不敢复言,既而嘻嘻言曰:"我辈秦人,此地湘乡。我言,人谁辨乎?"复强女食,女为之食数箸,即命撤去。

噫! 此女非善良,否则醋味绝深,千里来寻其夫者也。冤家谁氏，来意云何，胡言间竟露杀机也。婢亦太欺人，人纵非秦产，岂遂不能秦语耶？此时好奇之心，迫欲一见其人。乃出房伪为他往也者，过其门，冀得一见。奈帘幕深垂，人影隔帘，徒咏“桃花流水”之句而已。

索然返室中，默思其人，果何为者。既念各家扫雪，理甚他人。辄女而强盗，亦紧防之而已。心虽如是云，而神光离合，终为女子之电力所摄，隔房一举一动，在在为之系心。但食后即不复他动，亦不语，似已皆偃卧者。则又念女子旅行，甚惫定百倍于男子，其偃息也，宜也。

循视壁间，见有一隙透明，曰：“得之矣。”伏而视之，则惟一婢在，女子已不知何往。初犹意偶然他出矣，频频视之，至夕仍不返，益诧为奇。男子卸车下店，尚惮劳动，况女子乎？果何往乎？忽有骡声自窗外来，迹之，则彼女子下骡入店也。如是者三日，朝出暮归，只留婢看守。

一夕风峭天高，人声尽灭，灯花欲灺，其光闪闪。闻隔房动作声，声甚怪，起视之，主婢皆已杳，只斗室寂然而已。历数时许，正踌躇间，声又复作。鼠伏而窥，见女与婢皆戎装，腰横剑长数尺，手一包裹，就灯下启视。咄咄！此何物，此何物？则血模糊，发蓬松，一人头也。大惊绝倒，头触壁有声。镇定后再窥，则又俱杳矣。唤店主人入视，则桌上一函并银在焉：

余父为某所害，母闻变亦缢死，阅数年矣。今寻得仇人所在，手刃之，余愿毕矣。所欠房饭资，如数奉上。冯氏秋绮。

观者皆为之咋舌，咄咄称奇事。后闻某宦深夜被杀，失去其头，知属女之所为也。店主人恐为牵累，相戒勿扬。

（1907年第7期）

短篇小说:孖指印(述奇)

串爆数声,房门双掩,房外人齐声贺曰:"百子千孙,百子千孙!"既而寂然,则房外人已散,只遗房中新郎、新妇而已。

新郎肃就寝,忽闻瓦脊响动,不觉翻然起,遽然立,取火秉烛。去移时,乃复返。曰:"幸吾醒觉,不然窃去吾物矣。"下帷再寝。未几,复起,启箱匣,沉吟语曰:"今夜睡亦不着,不如出陪友坐。"出房竟去,天明不返。

俄闻呼噪声,则有婢自天棚下,云见新郎僵卧瓦上。众往视之,则心下一刀,戳入深际,犹未拔出,衣履皆失所在。举室惊惶,有啜泣者,有号哭者。

会友闻此耗,兴致索然,愁见于色,叹形于声。中有忽然失笑者,众怪其不近情,彼乃指一人之履曰:"看他穿的是鸳鸯鞋。"各人视线,遂集于此一人之履。方错愕间,有作大声疾呼者曰:"贼在是矣,此履之一,非即昨夜新郎之所失者耶?"众谛视之,亦群声和曰:"不错,不错。"其人默然无以辩,唯双目下视其履。众争穷诘。良久良久,其人始嗫嚅言曰:"吾亦不自知。吾昨夜起来小解,触户限而仆,失去一履,摸许久始获,意者其误耶?"众曰:"天下事有误得如此巧合者耶?且新郎上天棚,不经此路,何至失履在此?"有不平者,径前掴之曰:"汝真善误,却误着人家新鞋。"翁闻斯言,恍然悟曰:"此亦未必实。吾唤新妇来,如不省识君,亦未可据以为实也。"其人不觉雀跃喜,曰:"请即唤来,或能一白此冤。"

未几,新妇出,遍视众人,无一识者,其人以为可得解脱。翁徐徐询妇曰:"若此者无一认识者耶。"妇曰:"恶乎识?新郎吾犹未识也。所识者新郎唯孖指耳。"翁愕然曰:"吾儿非孖指者。"嗟夫悲哉！财色命一夜而三劫也！翁哭，妇更大哭。

于时众之视线，又群集于其人之手。其人袖手不以示人，强出其手验之，则果孖指者，证益确凿，而其人顾抵死呼冤。新妇含羞答答，从怀中掏出一巾，掷之于地曰："盍视此巾？指印犹在，吾岂污已以污人耶？"翁拾视之，则与其人之指印宛合也。其人曰："祸从天来，然吾无言以自白矣。速送我于官，偿若儿命可也。"众闻是言，咸难乎其为诈。

众方议送官事，一嬛自内奔出，曰："新人房有妖，吁吁在柜中响，盍往观乎？"众随嬛入室，启柜，则一贼在焉。众曰："汝来得凑巧，一并送官可也。"贼曰："我来固欲作贼，然作贼不成，则请为君家缉贼，以赎此罪。"言时，已拥出外庭。贼语翁曰："翁无冤枉好人。翁之心疑，不如我之目击。令郎被杀，乃孖指李杀之。吾夜行窥见，随彼入室，将欲挟令分赃。讵下来时，吾匿柜中，为彼所觉，潜下钥以困吾于内，彼乃逍遥携赃遁去。速往捕之，当不能逸也。"翁即以之为线，密遣人往捕，送之公庭，一鞫而服。

盖是夜某起小解，适遇贼出，贼急避之，触物而遗其履。某亦以失履故，从黑中摸索，得所取于新郎者之履而着之，事已巧极。而孖指又与贼同，一巧再巧，遂致险罹斯难也。

（1907年第9期）

短篇小说：玉蟾蜍（述奇）

黄汝衡，以玉器起家，与陈生秋田邻居。衡老、秋少，作忘年交，交甚稔。秋托衡购三万三件头。衡搜之宫中，得玉蟾蜍焉，即以见赠。秋视之，真伪不可决，而色质殊未佳，以友所赠，不忍却，姑受之，随手悬诸襟头，称谢而去。

衡妻亡已久，只一少妾侍衾枕。衡以年老故，恒别榻而宿。一夕，鼍更四下，婢仆尽寝。衡独宿书房，不能成寐，挑灯起坐，把卷披阅。忽闻门外鼓掌声，声三作则少辍，既而复鼓。衡奇之，秉烛出，蹑足门内，俟其再鼓，亦鼓掌三声和之。门外鼓掌者易三声而四，衡亦如之，门外人敦促之曰："速开门，速开门！"衡顿起疑念，谓必妾之奸夫无疑也。灭烛启门，门外人入，衡双手力抱之。门外人扪衡见须，尽力挣脱，金蝉脱壳遁去。衡促[捉]奸不获，只获其衣，愤极，掷衣于地，有物铮然响。拾之，就灯下抚视，则襟头悬有己所赠与秋田之玉蟾蜍，乃知奸夫非他人，即秋田也。

衡悻悻然，转入妾室，妾已熟睡，衡力挽之起，曰："情人来矣，胡不欢迎？"妾闻言，殊错愕，急叩言所自来。衡曰："春风已泄，还作夜雨瞒人耶？"掷衣妾怀，曰："汝自看看。"妾茫然不知所指，振衣细视，见襟上悬有玉蟾蜍，曰："是非君所赠与秋田者耶？胡复

返之于君？"衡曰："微此，亦不足以为汝二人苟合之铁证也。"妾骇极，不知所云。衡取刀一绳一，令妾自尽。曰："速死之，吾将觅彼与汝同死，不患夜台岑寂也。"言已即出，妾以言自辩，亦置罔闻。

妾骤得此不白之冤，无词以自剖，欲生不可，欲死又不值。自念已确贞洁，蒙此奇冤，终有水落石出之一日，则欲忍死以俟之。然证据确凿，势难解释，不死而终有以自白则可，不死而终无以自白，则臭名益张，而终不免一死，则又觉不如早死之为愈。既而忽有所触曰："死不得，死不得！死一己何足惜，累及他人与己同死，则断不可也。不忆适间将觉陈生与我同死之言乎？我死无辜，彼死更无辜也。乌乎可？"立意既定，乃私启后门，逃返母家。

衡见妾逃，益信妾与陈私合，此去必匿陈家。天犹未亮，挝门访陈，陈披衣出会。衡一见即大加詈骂，责陈不义，私勾其妾，特来寻杀。陈妻从屏后窃听，闻衡言，露半面，向衡点首。衡意妻已知情，益信为然，遽出刃劚陈腹。陈急避仅免，夺门而奔，衡挟刃

追之。时天甫曙，道无行人为之阻挡，唯一人急步随之而已。衡追陈至野外，所未及者数武，绕一大树走，左右闪烁，相持时许。追踪者至，举手高摇，曰："且勿，且勿。汝二人何故追杀？盍为我言之，看与我意中所忖恻者同否？不同，吾无与汝二人事。若其同也，则汝二人之猜嫌，吾可一言释之也。"陈闻，促其急言。衡亦以气力疲乏，任彼言之，俾得休息。其人曰："二君其为奸情而追杀乎？"陈曰："然。"其人曰："然则谁为奸者，谁为被奸者？"衡曰："吾妾为彼所奸，不杀之曷下吾气？"其人曰："不然。以吾所见，则被奸者不在君妾，而在彼妻也。"陈曰："何以言之"其人曰："二君盍休乎？嗣吾言毕，乃相杀未晚也。"衡与陈从之，令述其所见。

其人曰："二君以余为何等人？余非好人，乃匪人也。瞷陈家富厚，拟由瓦脊下，行窃其家，苦不得间。从窗伏窥，见夜深时有赴私约者，鼓掌以代挝门，遂变计由踩灯花入。昨夜往，久俟不至，见门首炷有香火，取以吸烟，随吸随行，随手将香火插衡门首。无何，一人从黑中来见香火所在，即鼓掌作号。余始悟香火之为标识也。门启，人即入，未久，狂奔而出。吾意使二君追杀者必此人也。"衡闻言，涣然冰释，向陈谢罪。然终不解玉蟾蜍之何以能悬彼襟头也。其人曰："是亦非吾不悉。吾从瓦脊伏窥，见奸夫至时，天适下雨，其衣尽湿，乃取陈衣与之更换，见其衣襟上有物悬挂，但不辨何物耳。彼昨夜穿此衣复往，故落君手也。"衡益释然，深责己之冒昧，曰："奸与杀恒相因，君家遭此不幸，宜急图之，无为所害也。"陈请画策，衡令陈躲避他所。己归，复至陈家，佯言索陈刺杀。陈妻料陈不敢返家，约奸夫到叙，陈俟其人后，径行掩执，执之送官。奸夫奸妇，同治罪焉。衡妾闻信，知冤大白，乃返其夫家。

（1907年第10期）

近事小说：精卫冤（溥）

五娘小名月月，粤东某太史女，美而静淑，颇通书史，能作小诗。太史误信友人之媒介，以女适同里赌商子某甲。甲不通文，又佻达放纵，喜作狭邪游，性极暴戾。有宠妾十余，建别业居之，而甚憎女。遇女刻虐役之，甚于奴婢，小不适意，辄挥以拳，或掴以掌。女见之生畏，犹犴狴中人仰狱吏之尊也，遂因抑郁过甚，得狂疾。投井，自缢，吞金环，又取剪刀自刺其喉，皆遇救。久之狂愈甚，衣裳颠倒，啼笑不常，言语绝无伦次。甲置之不理，惟锁锢之，命仆婢看守而已。后竟送入颠狂院中，与活埋无异也。其弟十郎有生挽联云："弱质纵仍存，可怜精卫冤魂，久归天上；来生倘重降，不遇孟光佳婿，莫到人间。"又云："精卫竟含冤，罚罪终当请于帝；婿乡何足恋，灵魂胡不离而身。"女所作诗，亦幽雅可诵，佳者如《登楼》五律一首云："若何消昼永？倦绣且登楼。烟树浓于黛，午风凉似秋。层峦排闼近，孤塔插天遒（楼面山并望见某观塔）。唯有书千卷，披吟更久留。"《偶忆》七绝二首，其一云："七年生长在京华，少小无知记忆差。独有故居忘不了，崇真观侧是吾家。"其二云："湖海经过万里秋，章江门外喜停舟。开窗恰对滕王阁，为避闲人不敢游。"

（1907年第12期）

近事小说：女昙花（溥）

琪琪，广州苏氏女，美而慧。父母钟爱之，使易男子妆。圆肤六寸，天足不缠。延师教之读，女过目不忘，年十一二，便工诗文，所作师不能赞一辞。父尝曰："吾家有女学士，惜非真弁耳。"女独对曰："世俗重男轻女，闭塞其思想，残毁其肢体，闺阁地狱，美人玩物，故成今日之女界耳。安见女他日钗不如弁也？"父益奇之。女有表姊归同里某生，某生能文学，又工图画雕刻诸美术。女时请教，诗文益进。学画两月，所绘花卉，居然秀绝。见生刻印，取刀试为之，亦楚楚可观。去岁忽得喉痛病，不能言食，医药罔效，遂卒，时年才十五耳。某生挽之曰："琪草慧灵天帝吝，昙花圣洁女儿魂。"

（1907年第12期）

短篇小说：烟猪（述奇）

一室如墨，短榻数具，灯光荧荧，烟流有声。形容黝黑，皮黄骨瘠者数辈，捉襟露肘，对榻横眠，相与谈天下事，声沉而浊，喉间若有格格不吐之痰。斯何地？二烟间也。

俄闻莺声呖呖，自外而来。各烟友精神一振，奋然并起，钻向板隙伏窥，见一美梳傭，年可三八，发光可鉴，肌润如玉，对司柜者言曰："事头不好了！我家女主人，相偕往观剧，男主人起来，无为之打荷者，烟瘾大发，软卧胡床，不醒人事者历时许矣。贵号有善打荷者乎？盍往代劳，事后必得厚酬也。

司柜者对众烟友言曰："此美差也，谁愿往者？"众烟友相顾，莫敢发。有某甲应声曰："仆愿往。"梳傭闻而大喜，反手而招之曰："随我来。"甲乃蹑手蹑脚随之行。

行不远，至一巨宅，门面辉皇，砖皆过水磨者，横排约四五间过。梳傭至，即有司阍者拉栊与之入。梳傭引甲而行，越四五厅事，陈设皆目所未睹。至一室，梳傭以手按门轨，门即自启，人入后，门复自闭。粉香扑人，令人神醉。桌幂以绣毯，流苏垂四周，椅榻皆光洁照人。梳傭让甲坐，甲自惭形秽，恐污椅榻，不敢遽坐，让之再四，仍兀然立，梳傭一笑置之。

当中一纱厨，梳傭启厨扉，以手定之使甲入内。甲入，厨扉遂闭，梳傭隔扉语甲曰："此即吾主人，烦君为打烟荷，与之吸食也。"甲视之，见一人拥夹被而卧，头侧垂，倾于枕畔，涕泪交流，甲望而知为大烟瘾之发作矣。视烟具，皆极精良，每一具皆可百十金。侧身躺下，挑烟向灯然之，香浓郁而有旧味，一嗅再嗅，荷乃成。梳傭又隔扉语甲曰："彼如今不能吸食矣，烦吸其烟以喷之。"甲如教，连喷数口，男主人始能转侧。梳傭曰："可矣，彼如今可以自吸矣。"甲连打荷数十筒与食之，男主人始能言，向甲称谢。

再吸数十筒，精神略振，怒问梳傭曰："彼等何往？"梳傭曰："皆往观剧。"主人曰："昨晚往观剧，何至今未回？"梳傭曰："今晨

翻巨风，至今仍未息。他们观剧，皆往河南，或以不能渡海故也。"主人怒甚，斤斤詈不休，甲以语调和之，主人怒始少息。随展邦族，乃知主人姓陈氏，排行十三，不以字行，宦裔也。约甲无事即过谭，濒行赠以十元银币一纸，甲致谢而去。

翼日，梳傭来招甲，甲往见妖姬数辈，拥主人而坐，见甲逡巡避去。主人款甲意极周洽，约甲嗣后每日必来，毋俟人往邀。甲颔之，往来遂密。主人时以资周甲，使不至困乏，如是者月余。

一日主人谓甲曰："某轮船乃吾所有，批与某洋行行驶，积欠租项数万。吾欲约数十人往讨，到时齐声辱骂，彼畏恶声外扬，吾款必有归着也。汝有稔友，可为我招之同往。每人吾愿谢以洋蚨两翼，闹出事来，惟吾担带，于彼等无涉也。"甲诺之，到烟间对众烟友说，烟友皆踊跃愿往。甲遂约烟友廿余人，往见陈，陈率之至一轮船。船主见陈至，貌殊张皇，招呼陈及陈带同之人入内舱坐，许以下水船即扫数清交。陈有难色，船主再三恳之，陈始允许。

船主即令开大餐以款各人，临行每人复馈以轿金二元。各烟友喜极，向陈称谢。陈又如约，以洋蚨一元与之，订期下一礼拜再往，并多约数十人。

烟友在烟间将此事播传于众，众皆恳甲带往，到时计愿往者共百余人。甲率往见陈，陈大喜，复偕至某轮船。船主一见，惶悚如前，悉数招入前次所坐之内舱。众坐甫定，船主语陈曰："款已贮便，请君到账房点交。"陈随之往。忽有声如雷，舱板坚闭，百余人皆困于其中，驶往南洋作猪仔卖矣。

（1907年第15期）

短篇小说：错认夫婿（述奇）

离村落里许，有一香火庙，庙前搭盖竹棚，演傀儡之戏。台下百十乡人，并足而立，妇妪则横凳其前，坐而观焉。管弦歌唱，虽下里之音，亦足令人倾听也。

一男子呆立台前，目不转瞬，观听有顷。忽回过头来，口卷烟，与人借火，为一少妇所瞥见。凝神注视，若有所触，口欲呼之，而讷不出口，手欲招之，而碍难举手，乃与旁坐之老妇耳语。老妇目光，遂集于借火吸烟之某男子，而某茫无所觉也。

日既下，少妇与老妇，相将离坐归。至半途，老妇返身向戏棚来，惟余少妇独归而已。

某观剧正酣，忽闻耳后一人呼曰："天晚矣，盍到吾家晚膳？吾儿杀鸡为黍以俟子矣。"某闻言，殊错愕，回首看时，见呼己者为一老妇，若相识，若不相识。乡间人虽属亲串，往来亦不甚密，某意必与己有戚谊者，特不记忆彼为谁耳，支吾以应之曰："好，好。"老妇曰："彼此至亲，何客气为？一次生，两次熟矣。"再四敦促其往。某观剧终日，腹中雷鸣，计返乡则途甚远，应招而往，谋一果腹，计甚得，乃足蹜蹜随之行。

既抵家，妇引某入，招呼使坐，茶烟备至，所言必带笑容。须臾一少妇捧盥盘入，置某前，赧颜言曰："尽日观剧，汗流夹背矣，盍先盥洗，后乃用膳？"某见少妇，羞敬交集，无以为礼，口噏张而不闻为何言。老妇从旁间以词，某只得从之。

盥甫毕，肴馔集陈于己前。虽无珍品，而黄鸡白酒，已不俗矣。少妇避去，唯老妇伴食。席间所言，有问候语，有勉励语，有挽留语。某随意答词，其为己何亲何戚，终捉摸不着也。

俄焉，天油然布云，沛然下雨，倾盘而落，沟壑皆盈，直至夜后，雨不少息，而益加大。某频仰天盼望，有急欲归去之意，时形诸言。老妇曰："人留三分假，雨留十分真。即使雨晴，路上亦泥泞不易行，今夜在此下榻可矣。"某固辞曰："雨晴即行，雨晴即行。"

无何，雨下如注，稍歇即复再下，接续无少间断。计其时，已三鼓下矣。屋为三间两廊，老妇就厅事设榻，令某寝息，明早乃归。某慢应之，然仍望天晴即去，危坐以待。老妇曰："何拘迂乃尔，盍寝休？老身今日倦甚，不再陪矣。"言已即归寝。

老妇寝后，余某独坐，闷极，嘘气作叹声。少妇从房间出，曰："何自讨烦恼若此？有榻不寝，将何待耶？"某不作一声。少妇抚茶瓶，见茶已冷，为之烹茗以进，继复于房中取饼饵以奉之，曰："渴耶，可饮此；饥耶，可食此。"某不知云何，惟默然而已。窃念此为何亲，何此少妇不避嫌至此？百思不得其解，乃卧床假寐。

正纳闷间，少妇又以夹被来，曰："今夜雨来，令人肌慄不可无所盖覆。"循行至床前，亲为某盖之。纤手触肤，某心大动，掀唇一笑，目斜而睨。少妇亦以一笑答之。随即趺坐床沿，背某而坐，坐久不去。某心动益不可支，既而转念曰："使君自有妇，罗敷自有夫。安可冒昧至此？"奋然而起，拔关出，冒雨疾走。

某获此奇遇，心恒疑惑，不知老妇为何如人，少妇更为何如人。翌年，以扫墓故，回家过清明节，与兄嫂仝屋居，闻兄嫂诟谇声。嫂曰："去年，汝到吾乡观傀儡戏，吾母留汝晚膳，适天大雨，汝归不得，在吾家下榻，吾持被与汝覆，何罪于汝？汝乃冒雨夜走，使吾母子至今心不安。"兄力白其无，并疑嫂之为人所污。某急自剖，言是夜之为此者实己也，乃各释然。

盖某之与其兄，貌极相汇。是处风俗，妇女多不落家，唯年与节始一返夫室，故夫之庐山，未能十分认识，而某貌与之相似，故致错认也。使某不为柳下惠之坐怀不乱，则叔婶之间，几何不为禽兽之行也？

陶陶氏曰：观于此篇，世之人，当恍然于女子之缠绵于夫婿之情之不能自已也。"不落家、不落家"之云云，伪然者耳，否则囿于陋俗而强迫使然者耳。吾粤不落家之风，吾顺德尤剧焉。有丝厂之工以赡其口，则负隅之虎也。其甚者则以金兰之团体，间夫婿之爱情。呜呼！姊妹太不仁矣！观此篇所纪之少妇，于夫婿若斯其缠绵，殆亦深于情而略矫乎俗者。然何为夫婿面目，犹未认识。中国女界偌大之名节，几几乎为陋俗殉。婚姻不自由，种种流弊，千条万绪，此其一也。至某某之坐怀不乱，则近日之自由男，对之有赧色否？

（1907年第16期）

短篇小说：秀才娘（述奇）

苗生，文有奇气，顾孤高不与时合。县府试，屡拔前茅，卒以数奇，不能青一衿。每案榜发，辄愤卧数日不起，书空咄咄，杂以歌泣。生原名而秀，以屡试不售，易名不秀。然终不信其才之弗能见售也，立誓以自矢曰："吾终此身而童也者，吾亦终此身而鳏，人不能弋取一秀才，以秀才其娘，何娶为？为吾娘者，必秀才娘然后可也。以故年近而立，聘有妻而犹未过门。

妻聘某富绅女，绅无子，只一女，以贪墨免官，家居无事，借课女以消遣时日。绅学无根柢，而当帖括时代，亦以能文名，遂举其所长以课女。女尽绅之道，八股试帖，出诡名应乡社文会，辄冠一军。绅动骄人曰："吾家有不栉进士。"人亦无词以折之。绅奇生文，许字以女，盖以才取也。闻生誓不童而娶，益嘉其志，曾未一遣媒催逼。生无所窘，志乃益坚。而有女怀春，则恒郁郁不乐矣。赋诗见志，情见乎词，而绅固不之觉也者。女急欲自白，而赧于启齿，其情终难径遂，空自沉郁而已。

科举将废时代，枪替之风极盛。生应试入场，见作枪者，请枪者，为作枪、请枪之介绍人者，奔走旁皇于路侧，三者举非生所屑为。一领卷，即觅号归坐。坐甫定，见一美少年，招邻号者往他处耳语，未几返。邻号者匆匆拾试具他往，而美少年乃携试具来，生望而知其为买号者也。少年坐定，生心知其为枪手，故意兜搭之。询其姓，姓苗。询其字，字而秀。生愕然，曰："君吾同姓，君之名又与吾昔者所名之名同名。天下事有巧合至此者乎？顾吾以屡试不售故，故易名不秀。君今应此小试，亦与吾苗之不秀等耳，安见君之苗而独秀也？"少年曰："君之苗与吾苗不同，吾苗而秀久矣，吾入应此试，为助苗长耳。"相与一噱。

俄闻云板珰珰声，少年故作仓皇曰："败矣，墨污吾卷，吾为人谋而不忠矣。"生视之，墨盒倒覆卷面，墨迹污卷如掌大。生曰："何伤乎？君助苗长，则此为脚卷耳。"少年低声曰："否，我固与人换卷者。今若此，可奈何？难道呆坐终日乎？"既而輾然向生曰："君负奇才，吾素耳君名。然观君文字，太高深，恶能见知于跑马看花者？我辈驰骤文场，百发百中，非有谬巧，能为典显浅文字耳。君今日所作文字，盍彼此磋商，或能为君臂助也。"生笑颔之。初念不以为然，既思屡蹶文场，失败原因，或即以此。少年之言，金石也，心意渐倾向于少年。

无何，题下，题为虚缩而截搭者，生蹙然曰："去矣，题又为吾所素短者。"盖生平日为文，雄才无范，一遇此等题，即无所施其才，故怵目惊心，而形为慨叹也。生搔首瞠目，执笔醮墨，屡改不能破一题。视少年，则向纸上作春蚕食叶声，摇首哦诵，声如苍蝇，轰轰聒耳，至不可耐。忽掷笔面生，曰："顷成一讲，请君指教。如以为可用，即誊真盖戳，吾不索君值。万一获售，饮我一杯喜酒，于愿足矣。"生视之，确为小场利器。欲录之，心又不能抑然下，负此奇才，青紫如拾芥耳，何至假手他人？然视时表，则去盖戳时无几，卷尚空无一字，舍此不录，不又虚望一案乎？少年在旁敦促之，生乃录。少年文思极敏，一讲录完，起对已作就。由是而中渡，而后股，而次篇，而试帖，陆续告完。生承少年美意，不复支吾，稿来，即录之，唯加意作端楷焉耳。

将放头门，少年取生卷细阅一遍，曰："有此字不负此文，竟体不讹一字，尤难得也。"生余试帖未写，计不能赶出头门，让少年先出。详询少年住址，以俟出场拜谢。少年含糊应之。少年出场后，生视卷面浮签，已失去，知为少年所取，感激少年之心，一变而为愤怒，曰："彼将藉此以索吾资也。"出场后，急往觅少年，恐其亲到索取，扬己丑于人前，则平日文名扫地，不如袖金往谢之之为愈也。乃如少年所告之住址往访，则无其人，又不见一来访己。生不敢以告人，而心窃窃以为奇。

然犹意彼之撤去浮签，不求笔资，而求花红也。乃招覆牌挂，生有名，而少年不一见其来。红号出实，生有名而少年亦不一见其来。斯时也，生之心窃窃然喜，而仍窃窃然以为奇。

今而后之苗生，非苗不秀，苗而秀矣。卸却童之头衔，可以有妻矣。弋得一秀才，以秀才其娘，可以娶秀才娘归矣。立诹吉，以拜堂之日拜祖。却扇夕，新人盈盈笑，生睨之，一若似曾相识者，而究未尝相见也。生执卺以饮新人，新人却焉。生曰："夫妻初见，在礼则然，何却为？"新人曰："今始相见耶？吾尝与君并坐横肱，看君挥毫落纸，几至竟日矣。"生力辩其非。新人曰："君今次应试，非坐某字第几号乎？尚忆邻号有终日不去其冠之苗而秀否？"言毕，探怀取寸纸示生，则生所失之卷面浮签也。生乃知是日捉刀者即其妻。

翌岁，生应乡试，聊捷中式第几名举人。接宴日，归骄其妻曰："我今为举人公，妻凭夫贵，汝亦得为举人婆，不徒以秀才娘称矣。"妻应之曰："举人公优为之，而秀才则非老娘不办，有举人可无秀才，无秀才要不能有举人也。公自举人，娘自秀才可矣。"述之以博一粲。

陶陶曰：男女人之大欲存焉。苗秀才竟以科举之虚名，强遏男女之大欲，此亦可见科举毒之中人深矣。

（1907年第19期）

短篇小说：鬼侦探（述者亚剑）

寓西关乐善剧院侧洪安里东闸第一家，主人罗姓，固即今美术专家，本报社之同人也。[1]主人性好奇，与余交最洽，故每有奇遇，必以告余。

① 应为《时事画报》美术同人罗宝珊。

洪安里为一曲折之长弄，前后可达通衢，地本非僻。惟每入夜则东闸闭，巷内居人，往来仅以西闸，至交三鼓，则西闸亦闭，阒无行人矣。

据主人言，奇事即发见于是，迄今且两月余矣。当发现兹事最先者，为伊之馆童。前月一夕，以夜中溽暑故，主人不耐，遽促童子起，启扉以纳凉飔。扉启，月光射入，非常愉快。主人正挥笔作画，忽童子失声返走，骇极几晕仆。主人怪问时，童子面色如死灰，齿尚震震有声，谓骤睹一黑物，硕而长，冲门过，其疾如电，其飘忽则如轻烟，迨鬼也。

主人虽好奇，然闻此滋不信，力斥其妄，云否则目眩见眚。童体战战，犹手指向外，谓必不诬。主人察有异，乃径出户外，疾行至巷西，闸已掩闭。呼问守闸者，则浓睡不醒，而邻户尽扃。四周巡视，实无迹，侧听，惟数家妇子絮絮谈，间作抚儿声，或缝衣声，挥扇声，时止时作而已。时月光如昼，主人旋行旋察，耳倾目注，蹑步屏息，迨类侦探。既还至东闸，知下键已久，必无由此进出之理。然使自西闸来，但至转湾处，即见东闸已闭，何至到闸始返走，且如是慌遽。疑是穿逾之盗，则墙户细勘，都无影迹，何也？寻思此事，亦颇滋惑。乃入户再询童子："其物果自东而西趋乎？"曰："然"。主人遂默识之，谓童子曰："盗耳。今已遁去，安睡可矣。"

越数夕，主人仍作画未寝，户仍启，时仅二鼓余，伊夫人方归寝，内外寂然，盖闸闭即路无行人，适尝言之矣。讵灯光外彻，主人无意中，视线忽若为光影所摄，一瞬间，瞥见户外仿佛一中年妇人，被玄色衣，赤足趋步，自东而西，其双脚净白如雪，云至今尚不忘。主人初不觉，继忆前事，乃复起外出，侦察如前，然终竟一无所得。因疑东闸或尚有匿藏处所，及匿藏之迹，再一细勘，则除两闸门外，右惟一土地神龛，两土偶，一石香炉，地光如镜，一目了然，决无可隐。以手撼闸门，仍坚闭如故。无奈隐忍入户，而夫人已惊起，问何故。主人约略告之，且谓：“必盗无疑，吾必有以侦之。”

主人之为是言，盖不欲家人疑骇，至生枝节，实亦不信鬼灵之能为厉也。然主人虽为是言，家人终属妇子之见，怀疑莫释。不意仅越一夜，主人未归，有仆妇外出市物，正返身掩户，玄衣妇人又复出现，竟掠其肩而过，仆妇大恐欲号，转眼一黑影又自暗陬突出，皆迅如飞隼，一瞥即逝。仆妇惊极入室，力扃其户，家人咸起，讶问所见。迨闻仆妇言，愈迷惑不定，渐至妄相忖测。其事不久即外扬，好事者遂决其为土地之显灵。自是日入后，相戒闭门，禁童孩出入。至夜但闻闸外人行，亦疑鬼灵来魅，洪安里之鬼迹，遂几于风声鹤唳，日暮行人视为戒途矣。

主人为旷达之士，又好奇，遇此等怪事，正足怂其探奇之胜心，故不以群疑为忧虑，必欲身穷其究竟，藉资谈料，即群疑亦当尽释。窃思鬼迹每见必二三鼓，衣饰又时有更换，且或一二不等，衷以所见之中年妇人，确有形质，决非鬼灵。于是每夕虚掩其门户，留心伺察，画务亦几置之矣。记者述至此，几欲失笑语阅此小说者，曰：“前两期本报出报之迟，岂非罗君闹鬼，忘记交稿耶？”

主人以如是之毅力，乃卒获其结果。然当虚掩门户，伺至半月，仍无头绪。在此半月之久，无论何人，亦当懈弛矣。主人当告余时亦云：“若非此数夜暑酷，鬼迹亦或难破败。”盖讵今前数夕，主人画务毕，已键户睡矣。然转侧枕席，炙体如火，挥汗不止，小儿又啼聒，闷愈甚，念为时尚早，盍出外散步，或至剧场觅小饮食，遂起。不欲惊童仆，乃启关出户，悄掩其扉。举首见星光满天，近西一带屋梁月上，其光反映街上，甚为清晰。方欲举步，倏见巷西转湾处，一黑衣人迎面而来，其行步绝轻而速，目光专注东闸，转瞬已至前。主人正欲迎审其貌，其人忽回首见人，翻身疾走，主人亦疾步尾之。将至西闸，一家门首墙侧突出一妇人，其人行近，向之耳语，亟挥手令去。妇人遂先奔，拟冲闸而出。主人意释然，以必欲一观其容光，亦腾步越男子而前。至闸外，遮道立，是处适燃街灯，光可鉴物。妇旋冲出，虽以手障面，而两颊赪晕已不可掩，匆匆趋西去。据主人言，三十许之徐娘也。回视闸门又响动，男子已如风飞驰，亦趋西而遁。由后忖其衣饰，殆类一小肆中之经纪人，主人乃大笑，遥遥呼曰："君等何必太忙？警察行且干涉汝矣。"

噫！咄咄怪剧！似此生鬼，乃震慑一坊，初非土地之真显鬼灵，实土地之窝奸闹鬼耳。自此鬼案破后，闻坊人尚有欲市爆竹旺土地者，主人笑止之。尝谓余曰："幸事起之先，坊人生畏怖心，未暇迷信，浪费元宝、蜡烛拜土地、求山票者，亦云幸矣。"余曰："早耳。稍迟，一为神棍所知，必将藉口，又有第二之灵土地出现矣。"世之迷信盲从，类此者，不一而足。安得尽如罗君者，打破此鬼葫芦也？可慨哉！

（1907年第20期）

喻言小说：健蟀（美魂女士）

伟哉，健蟀！飞俊誉于一时。

体魄，雄壮也；羽翼，丰满也；爪牙，利捷也。

一朝崛起于草间，如蠖之伸，鹏之搏，见知于主人。

主人罩以金丝，贮以玉盘，饲以稻粱，茹以甘露。

问主人何为爱蟀至如是。曰："以其能立功故，能赢金钱故。"

蟀以为主人之恩深且重也，亦思衔环结草以报，精力竭之不顾，身命舍之弗顾。

于是主人率之与甲蟀战，胜。与乙蟀战，胜。与丙蟀战，亦胜。所向披靡,莫敢与抗。

由是主人爱蟀也益切,凡所以能荣蟀者,靡不施。

蟀之思报主人也益坚,凡所以忠于主者莫不为。

一夜金风撼檐,玉露敲牖。蟀静怀身世,不能成寐。主恩之深,湛入骨髓,韶华有尽,报称无穷。沉吟之间,有蚊从户昂然而入,意气洒然。

蟀揖而进之曰:"子何为深夜而至于斯,将有所说乎?"

蚊曰:"然。将忠告一言耳。子今日之势诚荣矣,名诚高矣。虽然,子亦自知为功耶?抑为罪耶?"

蟀骇然作色曰:"仆虽不才,受主知遇,努力报效,大小百战,所向无前,厥功虽寡,何至有罪?"

蚊哂之曰:"子不闻戕杀同种,君子弗取?受他人有限之惠,贻同胞无算之害。今日子之荣施声誉,非子同胞之性命膏血所制成乎?戕同胞,乌得无罪?子尚以为功乎?何无良一至于斯?"

蟀始而惭,继而怒,终而嗒然若丧,卒不能听蚊之言。

主人复率之战,胜如故。一撄厥锋,粉身齑骨者有矣,断头裂肠者有矣,涂肝碎脑者有矣。蟀遂称无敌而收猎焉。

主人之荷囊满矣,烧猪抬其百数十只矣,高标担其千百枝矣。吁!蟀之报主可谓至矣。

无何秋尽矣,各处之蟀猎散矣。而昔日最雄壮之健蟀,至今日亦颓唐衰萎,有灞陵憔悴故将军之慨矣。

主人以蟀之无用也,昔日爱蟀之热心,至今日亦冰涣烟消,而养之徒形费事,遂以之饲鸡云。

(1907年第21期)

短篇小说:科举梦(陶)

城西某寺,颓垣半圮。寺之西偏,有亭翼然,旁有石凳二,尘积寸许,人迹罕到也。寺中有老僧一,年近五十,寺中租项年中不及百元,以故无资顾仆。寺之东偏,有书馆二,一为某老翁吸鸦片别墅,一为老秀才课徒之所。徒三十余人,每人修金五六元,终日咿唔,皋比高拥。老秀才差自幸事畜有所凭藉,如是者凡数年。值癸卯改试论策,呼咄咄者再,论首题为《管仲相桓公通轻重之权》,题到束手无策,潦草完卷,以不贴出为幸。自是心灰意冷,然犹冀八股可复,则孝廉太史,老夫兴复不浅。

乙巳秋八月,上谕废科举,其戚友有阅报得悉者,汗喘走相告。老秀才一闻此耗,眼泪不自知其盈眶也。今年闻徐锡麟案发,周爰诹、黄运藩等,次第请废学堂复科举,戚友又汗喘走相告。老秀才又眉飞色舞,如校书捧白水,穷汉中山票者然。戚友退后,喜极,乃市肴半斤,沽酒四两,意陶陶甚自得也。酒酣,时则风动疏梧,月凉如水,魂儿飘忽无着。到一处,多人聚观,有长衫者,有短衣者,语喃喃,不可辨。有读毕而诧为奇事者,有读未毕而鼓掌不置者。老秀才方举足欲前,则见人丛中有一人招己以手,笑容可掬。近视之,则二十年前老同案也。此人指而循读之,两广总督誊黄之复科举。上谕内有"学堂成效未著,而徐匪乃学堂中人,自今而后,各省学堂,均着即行停办,以防流弊。科举乃我朝二百六十年抡才大典,八股文乃取士旧章。年前误听浮言,猝行废去,于祖宗成法,未免违背,朕甚歉焉。朕明年四旬万寿,着先举行恩科,以昭成法,而惠士林"等语。老秀才读毕,喜不自胜,两足皇急,无何抵家,见老妻背负一子,在厨间淅米,拊妻背曰:"秀才娘将为状元

婆矣。”妻乃龙山人，稔闻左小竹近事，谐之曰：“君为第二之左小竹耶？”老秀才颇愤，连骂妻曰：“你的女人，不足与言！吾将检乡会墨选温熟，摩厉以须矣。”甫从案上检出墨选第一卷，袖阔拂墨砚堕地，砰然一声，魂为之惊醒，始知为梦。惺忪之态，贻愕之状，不可言喻。时适余过访，到不为礼，而呆偎书案。余猛呼之，始大醒，为余道梦中事。余怜其顽，复悯其贫，姑慰之曰：“乌知今日之幻梦，不为异日之实音乎？”老秀才曰：“你估科举究竟唥复唔唥呢？”余复答之曰：“唥嘅，唥嘅。”遂辞退，不敢再恩乃公矣。余返报，述之以告一般之渴望科举中人之大有表同情者。

（1907年第24期）

烟魔镜　绝妙写真　短篇小说：晏起（述奇）

“丁、丁、丁，丁、丁。”时辰钟声。“吖啱。”打喊露声。[①]“吖、吖、吖、吖、啱——”频频打喊露声。“乞痴！”打喷嚏声。“霹北！”画火柴声。“啡——（沉读）”火柴着声。“的得！”开烟盒声。“啪。”烟荷燂大起泡声。“吖、吖、吖、吖、啱——”又打喊露声。“居居居，居居居，居居居居居居，居居，居居。”蟋蟀叫声，而非蟋蟀叫声，丹田力食鸦片烟声。

“洗面喇大少。”此何声？雏嬛声。雏嬛虽唤，而大少不应也。嬛捧匜而伺于前矣，久伺不复可耐，放匜于架而去。

“洗喇，水冻咯。”此何声？少妾声。少妾唤，大少应矣，应声曰：“唔（音吾）。”唔声短而沉。

大少虽应，而吸烟如故，“吖啱”、“乞痴”之声，以次渐减，大少

① “喊露”粤语中即指呵欠。

可以起矣。大少虽起,身半抬,复眠下,则又吸烟。

少妾不复可耐,探水已冷,呼雏嬛加以热水,自起扭巾,复舒之,递大少。大少接巾,略略将面一抹,即给还少妾。少妾浣巾,烟油浮于水面几半寸,少妾复扭巾以进。大少曰:"造得咯。"少妾曰:"洗吓添都唔怕唎。"大少迟迟语曰:"话话造得就造得喇。"其声在喉,虽有怒意,而不能达之于言。

少妾收巾去,雏嬛进膳来矣。早膳耶?晚膳耶?以其时考之,则晚膳可也,而在大少则为早膳。少妾语大少曰:"食啖饭先至唎。"大少应声稍爽矣,不曰"唭"而曰"哦","哦"声舒以长。

大少虽应,吸烟仍如故也。少妾知大少意,移桌榻前,絮羹而语曰:"饮多啖汤唎,爬齿萝葡煲金银肾呀,煲晓成日嘅咯,解烟积呀。"少妾皆含有献殷勤意,而大少若不之闻,惟频频吸烟而已。

少妾絮羹已,则又扬饭。饭虽扬,而无烟起。少妾以手轻按之曰:"唞,咁快生冷降咯喎。"呼雏嬛命再以热者进。久而久之,少妾敦促之曰:"好食咯,唔系第二碗又冻噃。"大少应声曰:"哦。"振夺精神,连吸数口,皆倍大于寻常者。吸罢,大少乃徐徐抬身起。

少妾坐床沿,以扇扇大少。大少弱不禁风,摇首令免。少妾移羹大少前,大少举匙,略一尝,即放下。举箸,视饭有难色。数啖后,即淘以羹。又数啖,则又放下箸矣。视其碗,口径不及三寸,深亦仅二寸耳。饭余碗中,尚有三分之二也。少妾以茶进,大少命置床前,膳具未收去,吸烟声又大作矣。

(1907年第26期)

滑稽短篇小说:中国魂(奇)

中国有个老大,魄力固之唔得壮,魂头亦都唔得齐。一日过横水渡，遇啱只渡系七穿八烂嘅，的水沁入去，几乎沁到成只渡都浸满咯。重兼遇着一阵鬼旋风吹嚟添，将只渡一转，好似一个车歪咁，把柁唔定，睇住就要钻入个海中心嚟。个老大俾佢一吓，三个魂头，平日已经唔见减两个嘅咯，剩得呢一个，俾佢吓吓添，登时就魂不附体，一飞飞上半空中，东流西荡，冇厘下落，周围咁舂，行路唔带眼，一撞撞着一条失魂鱼，个魂头就俾佢撞散楚，随处飞转，几多辛苦，都唔收拾得番。一个魂头，报销楚半个先咋，剩番呢半个魂头，四处去钻。

忽然间遇着一个女人，叫造销魂柳，生得鬼火咁靓嘅，咿开棚牙笑吓，俾只眼角射吓佢，个半个魂头，不经不觉，就跟楚去，成日吊住佢尾，估话有作。点知销魂柳拧转个头睇见，见佢行嚟呢处又跟往，行去个处又跟往，知佢变楚生螆猫入眼，不禁恨从心上起，怒向眼中生，拉起衫帔，向正佢嚟冧楚几冧。个老大你知喇，闲时人地大声的都怕嘅，个心都跳起上嚟嘅，你话点禁得的女人冧吖？冧一冧，个魂头又去减一成，冧一冧个魂头又去减一成。冧得两冧，半个魂头，又去五份二咯。

色心未息，穷心又起，经过的番摊馆，又想入去勾两手。点知勾佢唔到，重俾佢勾凸，个魂又俾佢去三份一，凑着得个唔好伴魂，系终日造打斋鹤嘅。带佢去饮，叫哓一个老举，有账俾。老举个银钱，都听得挞，唔问佢攞咯。惟有花捐老爷唔肯，是必要佢俾哓加多个三成。个老大话："我一个魂头都系剩得二成啫，边处揾得够三成俾你啊？如果你是必要收，我就情愿连条命都唔要，俾你收楚呢二成嗱啊。"花捐老爷睇见咁样，唔通真系攞佢条命咩，死死哋气收哓佢一成就扯。

剩得呢一成魂头，荡吓荡吓，荡入个芙蓉城处。睇见人摆开个迷魂阵，食的迷魂药，食得咁香，佢又去食，居然食上瘾，终日嗱个乌天黑地里头，冤魂不息，游魂为变，连呢一成魂头，都死减半橛添。

有个招魂使者，见佢升仙，想度佢变番人，成日举高只手嚟招佢，唔招得佢嚟。又走去斩枝青竹，挂个筛机，同埋佢平日着过的衫喺处嚟招，招极都唔得佢变番成人。后来得个引魂童子，担起枝魂旛嚟，同佢开路，渐渐渐渐，引佢出嚟，睇见滑稽魂擘开个口大声笑一笑，咁就冚个醒哓，变成一个中国魂。个的日本魂讲得架势，都唔似佢嗰。

（1907年第27期）

最新短篇小说：封女摊（述奇）

大厦沉沉，双门紧闭。街上鼍更三下，声籁俱寂。一老妇扣门，门内者鼓掌作暗号，妇鼓掌答之，门呀然开。妇入，即复寂然。

未几，门外复有数人至，麕聚门首，耳语不可闻，呆立许久，不扣门，亦不去。俄焉，妇自内出，招数人随之入，门复闭，即又寂然。

忽而人声喧阗，哄动全室。门启，室内人蜂拥而出，计百十人，多操外江口音者，音殊清越。太太、二太之声，传呼于道路，狼狈情形，如走兵燹。噫！此何人斯？悉宦家妇女也。

琅珰一声，数男子出，即适间聚立门首者也。簇拥一妇人，系颈以链，觳觫如衅钟之牛。途人指而目之曰："余二姑，余三姑。"

回视大厦，门复紧闭，红黑字纱纸长条者二，贴作十字形。噫！此大厦盖已为官所封矣。彼自内出者，非皆宦家妇女耶？然果谁氏官眷，胡群雌粥粥，如是之多耶？侧耳听之，闻邻右人之作壁上观者，相聚而细语曰："女摊，女摊。"

咄！私开女摊，抵封。招集官家妇女赌摊，抵封。日来警局查封女摊，风行雷厉，异常严密，犹敢愍不畏法，私开女摊，招官家妇女聚赌,更抵封。屋封矣,屋内之什物,悉与之俱封矣。私开女摊,罪不容赦。此屋之揭封,难矣。即有揭封者,亦必久需时日矣。噫!余三姑,上得山多遇着虎。屋不易揭封,恐人亦不易释放也。

而不谓一俄顷间,拿去之俞[余]三姑,已释放矣。而不谓一俄顷间,被封之大厦,已为余三姑归来揭封矣。余三姑入,数十人扛家私出,嘘嚟上,嘘嚟上,曾不转瞬,而宝山已空矣。

哦,吾知之矣,余三姑非真开女摊者。余三姑所寓之屋,非真开女摊以招人聚赌者。适间之拿为误拿,适间之封,亦为误封也。不然,恶有堂堂官眷,而赌女摊者乎?而听余三姑招之往赌女摊者乎?警局之侦探,殊不足靠,胡乱拿人,胡乱封屋,且胡乱拿封官家之人之屋,绳之以律,当论坐。

而不知不然,余三姑或属误拿,余三姑所寓之屋,则非误封也。余三姑一放不再拿,余三姑所寓之屋,则旋封旋揭,旋揭又旋封也。非真开女摊,屋何以终归被封?然则余三姑之开女摊诚真也。余三姑拿而旋释,所以保存余三姑。余三姑所寓之屋,封而旋揭,所以保存余三姑之家私也。保存之者谁?某道为之说情也。奉劝开女摊者,不可不招官眷聚赌,以为说情地步。

(1907年第32期)

短篇小说　言情小说:谁薄幸(慭)

夜色将阑,人语尚杂,有声喁喁,自斗室中出。曰卿,曰我,曰哥,曰妹,曰卿卿我我,曰哥哥妹妹。其声细碎,若男若女,错杂不可辨。

已而声似渐大,闻男子声曰:“我爱卿耶?抑卿爱我也?”又闻女子声曰:“妹爱哥耶? 抑哥爱妹也?”种种男女相悦之情,溢于言表。

天渐曙,声始寂然。无何,自鸣钟锵锵报八下,见一男子,自斗室中,惺忪而出。伊何地? 新填地之浣花楼也,浣花楼之妓房也。男为谁? 客也。女为谁? 妓也。

客林姓,名弗详。妓名阿桂。初,林好作狎邪游,花天酒地,殆无虚夕。然美人恩最难消受,物色久之,花丛竟无当意者。

好事多磨,古今同慨。林既老于花丛,缠头费不知掷去几许,不免自悔前此者之无谓,心口相商,收山之想,不禁跃跃。噫嘻! 使林果作收山想,则此《谁薄幸》之小说,何由作乎?

林有友,名亚瓜,姓字亦未详。粤人呼行四者曰瓜,而手段阔绰者亦曰瓜。伊殆行四欤? 抑手段阔绰欤? 是不可知。然林之作收山想,屡矣,后卒不果,则以瓜故。

一日,林偶他出,忽闻唤声曰:“若林老几,非乎? 适从何来? 今何处去也?”

林视之,非他人,即应之曰:“亚瓜,久不见。君又何往?”瓜曰:“默坐寡欢,思得一逍遣法。今遇君,大佳,同往可乎?”林曰:“君云何? 逍遣法何谓? 同往非不可,请明告乃行。”瓜曰:“何必? 吾岂拐汝者?”林不忍固却,亦步亦趋,相将去。

红日西沉,电灯吐焰。林与瓜,行行复行行,至一处,危楼高耸,对宇连衡,人影衣香,灯红酒绿。沪之四马路耶? 港之新水坑耶? 否否,粤之新填地也。

林至,反步欲走。瓜急挽其手曰:“林老几,何为者? 君与吾酒杯底几摸至滑,何生外至此?”

林曰:“君不知耶? 吾收山矣。收山几一星期矣,焉有复作冯妇者? 君勿作打斋鹤,渡我再升仙也。归休,归休!”(下期完咯)

(续前)瓜曰:“勿勿! 君收山之意,吾知之。君且行,当令君收山复出也。君且勉行。”

林闻言,色然喜曰:“然乎?当必有当吾意者。果尔,冯妇何惮为?君其与吾往,其与吾速往。”

瓜诺。且行且语。无何至,至浣花楼。

瓜曰:“是矣。”相将入,拾级登楼。

“瓜来乎?瓜来何迟也?林老几来乎?林老几何久不来也?”听者知为妓院仆妇之逆客语,然其对于瓜与林,语意又自不同也。

瓜、林各唯唯应,已入妓房,已入瓜所昵之妓房。爇灯、冲茶之声未已。而灯已爇,茶已冲。瓜所昵之妓遂意,亦随之至。

瓜与意,一番狎昵语。林颇不耐,遽曰:“所谓当吾意者,彼耶?然吾可决其非。”

瓜曰:“吾正忘。”乃问妓曰:“阿桂在乎?”意未答,桂已应声至。瓜语桂曰:“好好,吾带得好客来矣。”又语林曰:“好好,君之当意者,此也。君果当意否?”

林与桂,甫觌面,已如针引铁,视线相贯。瓜言林弗闻,桂亦弗闻也。

瓜视此,哑然笑,乃曰:“愿有情人,都成眷属。吾当作一东道主。”乃出金,使治具,与林对饮。

林得桂,如获异宝,痛饮至醉,瓜令扶之往桂房。

至夜半,林酒略解,顾已身在桂房。桂卧于侧,几疑一段好姻缘,得神力暗助。再思之,助之者,实瓜也。良友玉成,乌可负之?此《谁薄幸》小说之发端,“我我卿卿”数言,即言于此时矣。

竟夜绸缪,越日乃去。客去未久,而客复来。

客来乎?客何人?林乎?否否,乃另一客也。

客何人?马其姓,名亦未详。马仔北,其绰号也。(仍未完)

(再续)马仔北,本市井无赖,日事赌博,得资辄作狎邪游,昵桂盖已年余矣。

桂与马，结不解缘，桂誓从马，马誓脱桂籍，心心相印，殆非一日。奈有心无力，徒作奢想。桂曾语马曰："君且耐，妾当有以报君，愿勿负妾也。"马喜，复自矢，而往来仍无间。

是日，马适赌败，徘徊道左，偶一举首，则浣花楼也。迳入，入阿桂之房。

桂见马，喜色现于面，语马曰："君来乎？昨宵有客至，幸此时来。若早，则冲房矣。"

言未已，马怒形于色曰："亏汝，亏汝尚语我。"愤然欲行。

桂急止之，曰："毋尔。何不能容物？玉成吾两人者，此客也。"

马反怒为喜，问计。桂驸马耳，喁喁然语，马点首者数数。桂复曰："记取三月后，吾计成，君待我于河干。勿忘，勿忘。"

马意以为迟。桂曰："欲速则不达，天下事大抵然也。前此年余，君不以为迟。区区三月，独嫌之耶？"

马喜诺。桂又曰："此后若来，宜令仆妇引进。若径入，万一客在，则费唇舌矣。"

马俱诺，两意缠绵。久之，马欲去。桂以林所掷之缠头费，分为二，以半与马。马喜得博资，欣然行。

至暮，林自至，不待瓜之作打斋鹤。桂闻林至，急支颐坐，作不豫之色。林行近桌畔，低唤曰："卿卿，我来矣。"

桂猝回首，作强笑状。林视此，心摇摇不自持。桂唤茶唤烟。林急言："不必，吾稍坐自去。"

桂曰："无此理。既来，宁有稍坐即去者？岂妾与君，仅一夜缘耶？妾向闻人言，君乃情种，妾得侍君，幸也。君何弃妾？"

林急曰："卿不弃吾，幸矣。吾何弃卿？吾不去，吾不去。"

乃解囊，令治酒。宴罢，一夜之绸缪如昨。

林曰："吾至时，卿何故不豫？"桂曰："心事也，而可以告人者？"林曰："卿以吾为何如人？不告我，将告谁也？"桂曰："本欲以告,与君识未久,若告君,君必鄙妾。人知之,亦将鄙妾。妾所以不告,所以不豫也。"

林曰:"若然,卿不然,吾知卿心事矣。"乃探怀,出银币一小束,与桂曰:"卿之心事,其以此耶?请视此,足否?"

桂拆视,则港纸五十元也。乃曰:"得君如此,报之何日?午间,阿妈语妾,言明日会期,令妾筹三十洋,则三十足矣,不敢多取。"言已,以二十仍纳林手。

林曰:"毋尔。既以与卿,卿自用之,区区者非所吝也。"桂曰:"勿强妾。妾非贪此者。君若此,直以金钱买妾欢耳。情种固如是乎?"

林不能强,复纳于怀,尽一夜之欢,乃归。

既归,逢人辄道桂真情种,非金钱可动摇者。

自此每夜辄往。林以夜,马以日,忽忽将旬日矣。(仍未完)

(三续)林既昵桂,即镇日营金屋,为贮阿娇计。言于桂曰:"吾将与卿偕归,卿亦从我乎?"

桂窃喜,曰:"君诳妾也。几见未与阿母订价,即欲与妾偕归者。"

林曰:"卿从我,我即订议,弗吝也。卿只言,果从我否?"

桂曰:"然欤?妾实不信。"林曰:"然则如何而信?"桂曰:"盍誓乎?"林曰:"易耳。然卿否从我,亦请一言。"桂曰:"君果不弃妾,岂妾独弃君?从,从,从!"

林曰:"彼既有此意,何必誓?"桂曰:"不誓即诳妾。"林曰:"誓,誓,誓!"

于是林誓,桂亦誓,演一场发誓之活剧。

誓已,桂即令人唤假母至,指林曰:"伊欲脱儿籍,母索价几许,请一言为定也。"

母索值,亦甚廉。林慨然诺。议既定,订日交易。林喜,即归措资。时届桂与马约三月之期不远也。

马既与桂关照，越日即知其事，乃于河干，如计以待。

林既措资，向母交纳。是夕，即设宴于浣花楼，宾友毕至，群向林贺，林喜欲狂。

焚琴煮鹤，大煞风景。踌躇满志之时，偏遇失意之事，夫亦大难为情矣。

林之意，是夕饮罢，翌日即以肩舆迎桂去。岂意好事多磨，席未终，一阵轰传鹦鹉已透笼飞去矣。(仍未完)

(四续)警耗一传，林魂几丧。急曰："桂，逃乎？逃将何往？"同座之友，亦觉扫兴。相与指挥龟奴，侦骑四出，越日而桂已获。

桂既获，鸨思送往林家。桂不从，曰："吾意不属林，谁乐从之？"鸨曰："不从亦大佳，苟风尘未厌，番阉亦可。"桂曰："吾身已非属汝，谁肯番阉？无已，请送吾于善堂，听命于善长仁翁。"鸨不得已，听听。

林闻桂已获，喜曰："有福依然在，合浦珠还矣。"欣欣然往浣花楼，思与桂偕归。

既至，始知桂已入善堂，不禁大怒。然恋恋于桂，无所用其怒，乃日踯躅于善堂之门，冀得与桂一见，试桂作何语。守门者屡阻之，不得见。

林斯时，束手无策，奈情实钟于桂，摆之不脱。一日，忽遇一友，云能与之往桂所。林喜欲狂，急怀资廿元，与友往。

至善堂，桂仅与一面，不发一语。林出资，托友与桂。桂受之，仍不发一语。少焉，竟返身入。林怅然，与友俱归。

居积月余，林闻桂已从良去。访之，知为马仔北，乃叹曰："吾自作多情。彼乃属意于一无赖。吾过矣，吾过矣！"

述者曰：欲海茫茫，情天渺渺。花界中如桂者固多，如林者亦岂少哉？噫！乐此者，盍自返乎？

（1907年第29期、第30期、第32期，1908年第2期、第3期）

短篇小说：家之盗（非）

有一家焉，华族也。

宅位大衢之东，峻宇雕墙，重楼叠阁，观瞻壮丽而堂皇，为一邑冠。

主人华胄也。阖家人口，约四百余，咸聪颖灵敏，知诗书，秉礼义，以故声名文物，倾动四邻。

邻人有羡之者，有嫉之者，有托其庇荫者，有仰而结交者。

乐业安居，数百年如一日。

无何家人以故操戈，连争不决。

有群盗以其富也，伺之久矣，然无隙可乘。

比闻其家内乱，藉势阑入，而图行窃。

不肖子弟，开门揖之，而引为己助。

盗固强悍，且狠黠。虎有伥，狼有狈，益恣其志而为所欲为。

奸淫杀抢，惨无天日。

未几，夺主人之席，奴其子弟，据其田庐，括其玉帛金宝。

由是其家所行之政，所操之权，罔不归盗掌握。

然盗党羽，不过五人已，终恐不能以少数掣多数，不得已引其室之汉奸，以为纣助。

复多方以愚弄其子弟，使不畔己。

时而残贼以示威，时而阴柔以笼络。

久之，家人亦忘盗之为盗，主之非主。

膏梁[粱]文绣，则盗衣之食之，主人则粗粝布衣耳。

华堂绮室，则盗处之，主人则破壁茅茨耳。

倒行逆施，安之如素。盗之入此室处者，近三十年。

而其家自盗入寇而后，衣冠涂炭，文化坠地，教育剥丧，丑声亦渐闻于外。

邻之黠者，洞察其内容，群思染指于鼎。

有撩是斗非者，有假拉相好者，有恃势吓威者，形态不一，手段万变，探其来意，无非欲向此大肉各割一脔。

盗以此是傥来之物耳，视之亦不甚惜。

今日让一楼，明日让一阁。

东邻赠千缗，西邻赠万贯。

不数年其家之地日蹙，财日绌，其败且亡，有岌岌不可终日之势。

家人有一二知大义者，愤盗无状，思所以去之，争复故物，遂有家庭革命之军起。

而不谓兄弟中竟有倒戈相向，残同胞而媚外族者。

从此盗益仇视其家人，坚抱其“宁赠邻友，不失家奴”之唯一主义。

不多时，邻人又察其内容，有谓为之代平家贼者，有谓保护其独立者，有谓维持其和平者，探其来意，又如前。

盗又能善体人情也，让土地又如前，赠金钱又如前，不唯如前，且优丁前。

此时家人非复如前日之懵懵，知盗之不足靠，睹其所为，大愤，群起与抗。

盗以家人之抗己，而益施压力。

家人以盗之大施压力，而益加反抗。

而此家之内讧日剧，后不知其结局。

去非子曰：以素号聪明之华族，人口蕃，财产厚，不能振兴其家，实可耻已。乃至为外盗所侵入，侵入不已，复至篡夺。篡夺不已，竟至暴弃其产业于外人，几至灭亡不保终日。呜呼！此咎岂在盗乎？吾知其乃祖若宗，含痛九京，不知其何状也。假令彼华族一旦发奋，痛改前非，而以最聪明、最多数之大族，而又生于最大、最富之家，兴旺之事，易于反手，何止彼么麽鼠盗，歼在目前，抑且四邻亦望风而仰戴，其光荣为何如乎？寄语彼华族，其急起直追，挽救尚未晚也。

（1908年第1期）

短篇小说　近事小说：警警警（喆）

一河两岸，群舟蚁集。一小艇，容三四人，穿插其间。至一舟，艇中人蝉联跃过，曰："拿。"曰："锁。"曰："搜。"喧扰移时，果锁二人，搜出布匹枪码等物，纷然搬运过艇，乃鼓棹去。

小艇者何人？水巡官徐士龙也。余则巡兵也；舟，贼船也；被锁者，贼也；搜出之布匹，赃物也；枪码，用之拒捕者也。

"噫，了不得，了不得！同党者尚有八人，汝辈当如此如此，勿使漏网。"斯时徐语巡兵，兵领命，再鼓棹至贼船附近。

迎面又一小艇，坐四人，衣长衣，四望互语，如寻人者。巡兵乃如法绐之。四人果贼，果中计。盖巡兵伪为指路者，贼不察，亦被捕。

"噫！尚有四人，汝辈再如此如此，勿使漏网。"巡兵又诺而去。既暮，四人亦就获。

盖巡兵授命侦探，时已薄暮，瞥见一小艇，形迹亦可疑者，因喝谓夜行无灯，须解局议罚，无与搭客事。贼不知其计，然亦无可逃,乃被捕。

全案破获,修文解犯。各事既毕,总办巡官等,议曰:"犯既捉获,办法自有营务处,但起出如许赃物,办法将若何?"众曰:"沽之。""沽之又若何?"曰:"以半充赏。""充赏之法若何?"乃议以三十份之一,赏出力之巡兵。"余将若何?"曰:"瓜分。""更余将若何?"因更议得一消遣法。

珠江春暖,何可虚负?花地之烟花又大好,即以余资尽购之。至夜,乃大放烟花。

麻雀为消遣不可少之物,何忍舍之?又更大开麻雀局,尽一夜之欢,乃已。

此题上一"警"字,巡警也;中一"警"字,机警也;下一"警"字,奇警也。巡警能机警,而后能破案,破案后有此消遣法,岂非奇警?故曰:警、警、警。

(1908年第2期)

短篇小说　警幻小说:驱鬼(少琼)

顾生者,失其名,粤之富家儿也。性佻达,好冶游。妻陈氏,屡劝弗听,渐至反目,积而成怨,怨成病。生以妻之忤己也,漠视之,曾未稍加慰问焉。无何,疾倍剧,告终。当陈宛转弥留之际,正生灯红酒绿之时,连呼恨恨而绝。夫也不良,红颜薄命,遭遇如斯,亦婚姻恶果,是可慨矣。

未几,生以素所最眷妓秋莲,为之脱籍,迎归,营金屋以贮阿娇,醉玉楼而歌春燕。只见新人笑,不闻旧人哭。膏粱纨绔之儿,薄幸夫婿，大抵如是。某日，秋莲因过亡妇室，偶沾感冒，致成疾，遂疑故妻作祟，礼神问卜，延巫祈禳。惟是病而不求医，神未必能瘳厥疾。而生也，爱妾情深，惧鬼心甚，见病久不愈，益信鬼之为厉。生恐妾为鬼召，日夜守护，目未尝交捷[睫]。兼以野巫神媪之钱财敲诈，家人仆妇之草木皆兵，夜黑灯青，风声鹤唳，而一点不散之幽魂，竟出现于眼帘脑海之间，若怨若怒，旅进旅退。生大恐，蒙头而睡，不敢启视。翌晨，延僧作法事，祈祷备至，无奈怨之于鬼，尤甚于人，虽设坛建醮，全无功效。每更阑夜静，一凝念间，幽魂仿佛出现，生苦之而莫如何。

会同学友过访，因告以所遭。友曰："余有方外交某僧者，道行高洁，佛理深邃。近更新自东洋参考佛道而回。盍与君临存，一问个中因果?"遂相偕访僧于某兰若。僧固博于群学，而性潇洒，追佛印、修明一流人物也。既相见，介绍毕，生白来意，且道所苦，求以禳除之术。僧曰："是易易事，当略施小法，为君驱之，毋忧也。"生喜过望。僧款之以肴馔。濒行，又求，兼许以重酬，但请毋为生人扰。僧因向席间顺抓瓜子一撮，封以纸囊，书以指符，曰："太上老君急急如律令敕。"嘱生曰："此瓜子经用符法，撒豆成兵，可化为千军万马。子归如是如是，鬼可驱，宅可镇，人可安。礼拜后，当来见吾。但慎勿启封，泄漏符法，则不灵矣。"生谨受教，袖而归。一更之后，万籁无声，直视纸窗，嗖嗖作响。一刹那间，鬼已如应而显，生既有所恃，胆遂壮，直斥之曰："汝屡屡作祟，祈祷不允，致贻家人妇子忧。予虽不德，汝亦毋太忘情。今吾已请得某太师法宝在此，汝当速去。否则一经遭劫，永堕轮回，毋谓言之不预也。"鬼嗤之曰："汝之法宝，是迨瓜子也，曷能伤吾?必索秋莲之命，以偿吾怨。"言已逼前。生急遽间，疾以手中法宝，尽力劈面掷去。觉空中无数神兵，纷纷营绕，一转瞬，眼前之鬼已随影而灭。喜不可言，乃偎告少妾曰："吾今已驱鬼去矣，汝当毋恐。此皆某师之力，明日应重酬之。”至是数日，鬼竟绝迹。

生德僧甚，择日沐浴往，极道谢意，呈上香资三百。僧受之，留以小酌。席间，生因请曰：“予闻人言，道行高者，撒豆可以成兵。今吾师撒瓜子能召天将，足见道法高强。窃愿受为弟子，而求以术相授。”僧见其迷信甚深而可笑也，遂明示之曰：“吾所谓法者，实非法。而子所谓鬼者，亦非真有鬼也。不过吾以子之道，还以治子之病耳。”生惑甚，叩其故。曰：“夫人死灵魂散，躯壳腐，安有所谓鬼，且能作祟而为生人害？子之所见者，是特子之脑筋作用，而显形耳。子前妻自告病以至弥留，子以反目故，始终未一临存。期服未除，新婚燕尔。子表面虽乐，而心常不自安，以为鬼若有知，含恨曷已。适也姬人抱恙，且病有由来，家人妇子，鹤唳风声。子既迷惑于左道，恐惧于鬼神，精神恍惚，遂隐若亡人在即，祈祷无灵，由知结怨已甚。后诚心而来，求吾驱治，是深信吾之道法高强，能治鬼也。吾因子之迷信，而利用之。夫瓜子，子所目见，故鬼必知。法宝可召天将，子所深信，故鬼必惧。鬼者，由子之脑制造出之物也。子惧则鬼能为厉，子强则人能胜鬼。故曰：精神之作用也。”生稍悟，又问曰：“然则鬼者，果有乎？无乎？人死为鬼，其说何来？更求明示。”曰：“《列子·天瑞篇》有言，精神者天之分，骨骸者地之分，属天清而散，属地浊而聚，精神离形，各归其真，故谓之鬼。鬼者，归也。归其真宅，盖《列子》所谓精神、骨骸，即耶氏之灵魂躯壳。子能悟此，则知吾人之身，不过为太极中之一微点份子，此身非吾之所有。生非吾之所有，一切世界物，皆非吾之所有。由是处来，还从是处去，杀身成仁，舍生取义，入地狱以生莲花，流我血以救世界，此孔子、释迦牟尼、耶和华，三教之所同也。更何区区迷信之有?”生大悟，自是破除旧想不复迷信，而成为中国近代一烈士焉。

（1908年第5期）

社会小说　尚武精神:(一)械斗(喆)

甲乙二村,相毗连,素相敦睦。

甲村有小儿,自塾归,与乙村儿戏于道,始而戏,继而口角。终而用武,甲非乙敌。甲败,哭至家,诉其事于父母。

父怒曰:“彼儿欺我也。”命儿前导,至乙村。乙儿尚口讲指画,逞斗胜甲儿之能。甲儿指之曰:“欺儿者,是此人。”

甲父径执之,力掴之,乃释之,与儿偕归。

乙儿又哭诉至家,父母亦怒。父曰:“彼欺我也。吾当投诸宗祠,岂吾族人,惯受人欺者?”

即传签至祠,绅耆毕集。乙父备述其事,一人曰:“彼欺汝,即欺吾族也。是可忍,孰不可忍!无已,将与之斗。”好事者争附和之。

甲村闻其事,又集议。一人曰:“以此小事,欲与吾族斗,是又欺我也。彼欲斗,斯斗矣,夫何惧?”好事者又争附和之。

议既成,两村各筑炮垒,设险要,购军械。甲村遇乙村人,殴之。乙村遇甲村人,掳之。此掳彼殴,彼掳此殴,兵连祸结,两村死伤不可以数计。

甲村恐村人斗心之或懈也,号于众曰:“能生擒乙村某等人者,受某赏,能获乙村某等人首级者,受某赏。”重赏之下,必有勇夫,于是乎甲村胜。

乙村既败,又号于众曰:“能复此一败之仇,更能转败为胜者,受某赏。”锐气复盛,于是乎乙村又胜。

甲村败,召外寇助之,复再胜。乙村又召外寇,而乙村又再胜。

官闻之曰:“是殆可为也。”即率师至,曰:“弹压,勒缴枪械,勒交不肖子弟。”两村为之一空，官乃归，两村之斗始息。

喆曰：粤人勇于私斗，其起衅之由，每以小故。如此甲乙二村者，不有外寇之乘，不有官兵之掠，彼之斗，将无了日也。是故械斗既息，官反自以为功曰：“微我，彼之祸宁有穷耶？”嗟夫，吾粤人抑何愚也！或曰：“此吾中国之尚武精神固如此。”

（1908年第6期）

短篇小说　社会小说　尚武精神：蒙馆（喆）

茅屋两椽，书声琅琅，达户外。

中一长者，踞案高坐，儿童十数辈，错坐其前。长者厉声曰：“读书。”童于是乎读。长者又以界方击桌，曰：“读书。”声厉于前，童又读，声朗于前。

约数时，读已辍，长者出。

户内哗然，如趁市，童以师出，若囚遇赦，手舞足蹈，以塾中为游乐场。

甲童曰：“散嬉何趣？盍以座中人，别两党，两党角斗，见一雌雄？众若赞成，吾为一党首。”

众曰：“善。”乙曰：“汝为党首，领一党，吾亦为党首，领一党。”

两党首，各领党人，以书案椅了，围作壁垒，以毛扫等物为器械，候党首之令。

党首令一举，两党人齐出，彼来此往，若大敌。

无何，隆然一声，乙党溃矣，壁垒破矣。乙党有责其不济，率众再举。

无何，又隆然一声，甲党又溃矣，壁垒破矣。两党中，头破额裂者，三四人。

各喘息。移时，思再战。户外咳嗽一声，众失色，师回矣。

师见之，怒不可遏，喝问谁为此者。众指出两党首。

师乃举界方，分别首从，责掌心之数，各有差。

复喝令读，童不得已读。

至暮，师曰："放学。"哗然一声，诸童皆出。既出，聚于一处，两党首曰："此老物，妄作威福。此仇不报，何得谓人？"众曰："必报必报！"言际，甲指曰："来矣！来矣！盍环击之？"众曰："善。"

师果自远蹒跚至。殆近，童群起，推之仆，拳脚交加。及起，已鸟兽散。

旧日之教育，有此先生，有此学生，蒙塾改良之所以不容缓也。虽然，师也，生也，出手便打，非所谓尚武精神也耶？

（1908年第7期）

社会小说　尚武精神：（三）争花（喆）

饮客数辈，豪饮于酒楼。

开筵坐花，兴高彩[采]烈。忽一人下哀的美敦书，约拇战，一人应之，拳即随之至，彼来此往，互有胜负。

又一人曰："两人互角，未足言勇。谁为元帅，吾打之，敢者只管来。"又一人应之，拳又随之至，兵对兵，将对将。战许久，既判胜负，负者乃轰饮。

又一人攘臂起曰："打元帅仍以一敌一，未足言勇。吾打通关，汝辈各固壁垒，看吾势如破竹也。”众皆坚壁以待。其人贾勇进，或胜或负，锐气不少减，卒乃直捣黄龙，负者复轰饮。

已而醉倒数人，玉山颓者有之，若灌夫之骂座者有之，遂各散。

数人醉行于路，一人曰：“打水围，打水围。”众曰：“善。”相率行。无何，至一处，相将入，入一妓院。

妓认为熟客，备极优待，意良殷。数人在妓房，或坐，或卧，或言，或笑，一室喧然。

喧扰间，房外哗然曰：“醉汉至！醉汉至！速避，否将得奇辱。”又闻仆妇曰：“房有人，勿冲房，隔房可容驾，请来此。”言未已，醉汉已入，随之者数人，皆酒气薰人者。

醉汉入，号曰：“此吾相好，汝何得强夺？某老儿，汝不识之耶？”

数人大怒，群起曰：“识汝为老鼠？谁是汝相好？孟浪若此，思用武乎？”

醉汉曰：“来来来，吾岂惧汝？”

此数人，彼亦数人，以妓房为战地，妓房陈设，横扫一空。

忽“啤啤”之声彻耳，数龟奴引巡警至，格斗者乃遁，而天晓矣。

喆曰：此亦尚武精神之一也。

（1908年第8期）

滑稽小说　尚武精神：女权（喆）

良夜及半，万籁寂然。一室之中，残灯欲灭。微闻有声喁喁然，渐大渐急，忽而隆然一声，一庞然大物，自床下坠，呻吟之声随之起。忽又蓦然一物自床跃出，怒骂之声大作。嘻嘻！何物？何事？坠下者，一男子。跃出者，一妇人也。

妇跃出，指男子骂不辍，男子仰卧，呻吟亦不辍，惟不敢动。

妇击指詈曰："汝尚呻耶？"即腾身跨男子之腹，如牛如马，捶以拳，密如擂鼓。男子不得已求饶，低声曰："请息怒，不敢呻矣。"

妇曰："果尔，姑恕汝。"乃起。男子觉痛甚，复呻。妇曰："又呻耶？"再思跨而捶之，男子急曰："不敢。"乃哑忍。

妇曰："虽恕汝，然此绝大案件，不讯确，汝将不服，汝起，吾讯汝。"

男子曰："何必讯？吾服矣。"妇曰："汝虽云云，然不讯，吾心终不安也，必讯。"

男子曰："果心不安，则请讯。谓吾不服，则吾岂敢？"乃起。

妇曰："汝今日自某屋出，果何作？不直言，有阃令在。"男子茹不敢吐。妇之拳已举，男子乃吐实。

妇曰："然则冤汝乎？"男子曰："罪有应得，何敢言冤？"妇曰："虽然，未足蔽辜，须再受责，为他日纪念。"男子曰："足矣，区区事，纪念何为者？"

妇曰："足乎？吾谓不足。"举手一挥，男子仆，复跨之，捶之，如前状。其后如何，不可知矣。

嘻嘻！妇谁？男子之妻也。男子谁？怕老婆的都元帅也。

此则女界之尚武精神也。女权之发达如此，此等女子，尚谓之柔筋脆骨也？彼之老拳，肯放过耶？

（1908年第9期）

短篇小说　社会小说　尚武精神:(五)兄弟(喆)

某巨室,以富著,眈眈视其产业者,凡十余人。

十余人者谁?皆巨室之子,兄弟也。十余人行志各异,执业亦各异,惟对于产业之眈眈逐逐,则十余人之心如一心。

翁殁,其产业遗各兄弟。长者曰:“天子之有天下,亦传位于长子。今所遗产业,宜吾独享,汝辈各自创业,勿过问也。”

仲起曰:“无是理,无是理。普通族例,利益均沾,各占其一。然兄既出嗣他房,应自享彼所遗。此产业宜归吾辈,尚何待言?”

仲与伯争,叔季等既与伯争,复与仲争,以至十余兄弟,彼与此争,此与彼亦争,果成一竞争世界,无一非为己者。

争之久,不决。有好勇者倡言曰:“争之非一日,未知鹿死谁手。无已,惟斗乎?斗而胜,遗业任之取携。斗而不胜,请勿复过问矣。”中更有好勇者,群和之,其柔懦者虽有所慊,然亦不得不强从。

于是以遗业作彩物,决胜负。兄弟阋于墙,尚武精神乃一振。

越数月,兄弟十余人,斗而死者二三,斗而伤、而病、而死者,三四。十余兄弟,仅存其半,而斗亦息。

第遗业之争尚未决,息事者曰:“本是同根生,相煎何人急?盍如前议,各占其一乎?”主争者必不可,然则将死者所应得,亦拨之均分乎?仍执不可,不可将何如?主争曰:“无已,惟讼,听命于官。”乃讼。

官择肥而噬,缠讼数年,遗业已去八九。而争者年亦老,相继卒,子孙乃蠲前怨,请息讼,复为相好如初。

鸣呼！同室操戈，狭言之则一家，广言之则一国，自相残杀，亦为自利计耳。然未见其利，先见其害者，比比皆然。则亦何贵有此尚武精神也哉？

（1908年第10期）

社会小说　尚武精神：技勇（喆）

一最阔平地之北，有演武厅，红顶白须者十数辈，高坐其上，官差书役，奔走其下。

平地之南，一大蓬厰[敞]，乘骏马，持弓矢者若干人，鱼贯而出，眼光皆注一处。

眼光所注之处，号旗忽举，乘马者跃出，搭箭弦上，飞驰而过。马道设箭垛三，每垛发一箭。中，金鼓齐鸣，演武厅即有人报曰："中。"或三箭，或二箭，或一箭，视其所中之数以报。如此者数日，事乃毕。

伊何事？科举时代，考武试，射马箭也。

又一箭道，广数里，扃其门，内容如射马箭之平地，距演武厅一箭之遥，树箭鹄二，是日，则射步箭也。

赳赳者若干人，环立演武厅前，各带弓矢，闻点名声，即二人就位，弓开如满月，箭去若流星。中，亦金鼓齐鸣，报者亦如前。每发六箭，始退。甲退，而乙进。如是亦数日，事始毕。

至技勇，赳赳者复至，环立如前。视厅际，陈大刀若干，大石若干，硬弓若干。

红顶者曰："开弓。"赳赳者即趋至，择其最硬者，左手如托泰山，右手如抱婴儿，连拽之。报曰："十四力。"或十三力，十二力。

红顶者曰："舞刀。"赳赳者即趋至，择其重者举之。若为腰花，若为背花，锁喉花，托塔，斩四门，风吹荷叶，种种名色。舞毕，报者曰："刀一百二十斤。"

红顶者曰："试石。"赳赳者即挽三百斤之大石，若上胸，若石里藏人，美人照镜，等等名色。有力大如牛者，更石上加刀，至加三刀，见者群赞曰："盖场技勇。"

如许赳赳武夫，皆孔武有力者，得非谓尚武精神也耶？张彪之设武学存古队，盖所以保存之也。

（1908年第11期）

社会小说　尚武精神：竞渡（喆）

端午日，一河两岸，不期而集者，恒河沙数，人观竞渡也。

金鼓齐鸣，人声鼎沸，龙舟来矣。

众桡并发，争先恐后，海上扒龙船，岸上人有眼。观者评之曰："某也速，某也缓。"

缓者乃不甘落后也，于是贾勇再发，一跃而出人头地。此贾勇，彼亦贾勇，其速力等，不少让。

有新志士一流，亦往观焉，交赞曰："尚武精神，尚武精神。"

龙舟之后，更有小艇一队，鼓棹如飞，紧衔龙舟之尾。艇中何物？则军火也。

竞渡者先后未判，忽而不竞渡而斗。

烟雾漫空，枪声隆隆，兵连祸结，如临大敌。砉然坠水者，受伤者也。满江俱红者，人血也。

或仍誉之曰："尚武精神，尚武精神。"

喆曰：竞渡之典，滥觞于吊屈原。今乃变本加厉，年年如是，成一不知所谓之恶习。然国民性质素懦，无一事不主退让。若竞渡则否，不可谓非尚武精神也。乃以竞渡小故，动辄酿成械斗，是血气之勇，虽尚武精神，又奚取焉？吾国民当知所务矣。

（1908年第12期）

短篇小说　寓言小说：贱格鬼（喆）

乜地有个女子，生得几好样嘅，重满肚文才，满手针黹，好精乖，好深识嘅添嚅。有的揸大葵扇嘅，就共佢做媒喇。点知佢唔嫁咧，人地知佢话唔嫁，就由佢喇，见佢真系周日都吟诗作对，拈花绣朵，好深闺嘅嚅。的媒人婆咁讲吓，引得的后生仔，口水流流，之佢唔嫁嘅，恨得咁多咩。哦点知佢话唔嫁唔嫁，卒之重走去做老举添。

喂，你估佢点样咁做老举呢？的烂聪明咁嘅，一定就话："俾人拐去卖定嘅喇。"点不知唔系，佢自己去嘅。"唔，真估唔到咯。"

你估佢因乜野走去做老举呀？因系佢往时好睇书，好睇新闻纸，至中意睇《花林报》添。的烂聪明嘅一定又话："呀，冇错嘞！《花林报》咁赞个个咁吟诗嘅老举，佢故此去做，又等《花林报》赞吓佢系定嘞。"点不知又唔系，因递样嘅。"唔，又估唔到咯。"

佢睇见《花林报》话的老举要抽加三，又有间花捐公司，个的花捐老爷，周时吤的老举大婶嚟糟质，又话封艇，又话拆寨，柳柳乱，佢就唔抵得，佢话："老举都系人呀吗，乱咁哈都得嘅咩？我共佢大家都系女人，唔得，等我走去做楚老举，然后去花捐公司，共佢开个正式谈判，等佢咪咁专制至得。"

故此，咁就去做左老举。哦，一去去楚，见做老举咁快活，做做吓，都唔记得楚开谈判个件事添。唔记得不特已，收尾重教的花捐佬哈人添嚺。

有晚有班花捐佬去饮，个班人去饮，自不然系唔阔都整成阔嘅喇。一叫叫着佢，佢见系阔佬嚊，了不得咁巴结。个花捐佬又俾的白水嘐引佢添，佢就头㒸尾窍，送左个花捐佬。收尾个花捐佬，讲起的花捐恶收，佢就教楚好多法子，首先泡制人客，个条法子，好利害嘅。唉，我都唔讲咯。

有人知得佢碟米，就话佢喇："咦！个单野，真贱格咯。"佢驳番你添嚺，佢话："贱格哙点呀？贱得过龟公龟婆？我都系咁叫佢做亞爹亞妈嘅喇，你嬲得？"

超，呢段小说，唔知吸乜。我自己都话唔知吸乜，心水清嘅想吓就知嘅咯，讲住咁多罢咯。

（1908年第14期）

短篇小说：明日黄花之七夕谈（劳人）

粤省水灾，波及银河，牛郎织女，依期至止，望洋兴叹，无所为计。忽见上流大船数艘，顺流而下，牛郎喜，急呼曰："船乎？其渡吾！"

船中人闻呼泊岸，郎下船，乃知为赈灾之船，感谢不已。言际，已至对岸。

织女忽闻郎得渡，大喜。既见郎，悄然而悲，乃问曰："郎乎？何不见一年，遂一老至此也？"时牛郎须发皆白，如剧场之公脚矣。

郎曰："卿尚问耶？一日不见，如三秋兮。吾与卿不见一年，伸之当一百零八年矣，如之何不老？然卿亦老矣。"

女曰："吾亦老乎？吾不信。"郎曰："惜无镜，不然，足令汝信也。虽无镜，盍一照水影?”女果临流一顾，觉昔之玉貌，已如村妪，于是更悲。

郎慰之曰:“勿尔，人老何曾转少年? 第愿吾二人，年虽老，心不老，年年如常相会足矣，何悲为?”女乃止悲。

于是两老缕缕言情，如大碌藕抬色，尽地快活。忽郎又握腕叹息，女问何故。郎曰:“言之羞煞人。吾二人男耕女织，悠悠若干年，仍不能偿买妇债，如何不愁?”女曰:“郎亦太忠厚，不善生计。郎有牛能生牛子，牛子可卖钱也。”郎曰:“何尝不生? 但近来上界好西式，吾之牛宰作牛扒矣。余一老牛，须耕田，不能卖者，何处得钱?”【女曰】:“汝之牛宰作牛扒，不给汝钱耶?”郎曰:“弱肉强食，尚有何说?”女亦为之太息。

□而郎问女曰:“汝年亦老，恐所织不如前矣。”女曰:“是何言? 吾连日手不停机，将送往下界慈善会赈灾用也。”郎曰:“给汝钱否?”女曰:“捐送品耳。”郎曰:“汝何苦?”女曰:“郎尚不知，下界囚徒亦织布捐送，吾何人，乃囚徒不如耶?”郎乃无语。

女又问郎曰:“往岁汝跨牛至，今不见牛，牛何之?”郎曰:“水涨不易渡，吾任之在对岸。彼自望月，甚乐也。”

言际，忽牛从空下，大风怒吼，省港之风飓尾至。郎曰:“此飓风也，牛亦吹过河，何处可避?”言未已，风愈大，吹牛郎至欧洲，吹织女于美洲，自此永无见期。

(1908年第16期)

没头没尾的小说:国会潮(劳人)

一回　　请立宪政闻社集同人　　劾大臣陈景仁获重咎

却说中国自从宣布了预备立宪的谕旨，心醉立宪的子民，真个欢喜的了不得，到处运动，不是请宣布立宪期限，便是请开国会，好不高兴。就中单表保皇党里面的人，奉了这道谕旨，正是一个绝好的机会，便在海外，纠合这热心的华侨，立了一个甚么帝国宪政会，没一日不是函电交驰。有等没事忙的，曾替电报局，算了算数，年中多了保皇党的电报，整整干多万数千金的生意，这且不表。再说该党的人，以为单在海外只可运动华侨，内国少一个机关，呼应还未十分灵通，便在国内号召同侣，又立了一个甚么政闻社。

俗语说的"树起旛杆有鬼到"，果然这个政闻社一开，平日同党的人，纷至沓来，自不必说。便是党外的人，也源源而来。你道这是甚么缘故呢？原来这个政闻社，却不道是保皇党人立的，他党中人自知道这个保皇，社会中人知得他不是好货，便不敢把这个保皇张扬出来，只道是个立宪机关罢了，局外人那知得许【多】委曲。闻说是立宪机关，在希望立宪的，便不知不觉入了他们彀中。社内的社员，说不尽官绅士庶，农工商贾，种种色色的人物，但肯入社，便搜罗去了。真个是济济跄跄，好不闹热。其中的社员，没一个不以政党自居，几乎中国没了政闻社，便是不能立宪。大言炎炎，"语不惊人死不休"这一句诗，原来为政闻社员咏的。

闲话休提，单说政闻社有位社员，姓陈，名景仁，官至法部主事，平日也是希望立宪的一流人物，不然，便不是个政闻社员了。看官，你道希望立宪的，真个心醉立宪么？不是说书的得罪他，不过架着立宪的大题目，为名为利罢了。那陈景仁自从入了政闻社，暗想自己不过一个主事，有甚么出头？好歹要寻个机会，博得天下知名。可巧出使德国考察宪政大臣于式枚，递了一件封奏，历言中国不必立宪的理由。那陈景仁见了，不胜之喜，回想当日这康有为，也是一个主事，只面奏几句说话，便礼部尚书侍郎，一总都要罢职。康有为是人，我陈景仁也是人，难道不能步武他么？想到得意之处，便不暇多计较，随拟了一通奏稿，中有请革于式枚以谢天下的说话，给各社员阅看。各社员见着，极力赞他能为人所不敢为。陈景仁越发欢喜，连随呈请代奏。那知不消半月，降了一道谕旨，说陈景仁是政闻社员，妄言惑众，连这法部主事，也斥革去了。谕内还有"查传管束"的字样。这道谕旨一下，政闻社中人，知得不是路，便鸡飞狗走，各自逃散，连这政闻社也解散了。再说那法部奉了谕旨，把陈景仁查传管束，随调官册阅看，那知并无陈景仁名字。随又各部细查，也是没有。闻说陈景仁是广东人，只得咨行广东严缉。但说书的敢说一句，就是广东也未必有这个人，这可不必缉了。未知陈景仁究竟有无其人，实在不知，不敢强解。(完)

（1908年第20期）

短篇小说　社会小说　活地狱:公堂(劳人)

神号鬼哭，毒雾蔽空，露一巨室，颜曰:某某正堂。盖官衙也。

门以外，赌博者，卖物者，纷然杂处。门以内，自头门至大堂，书役奔走，若忙甚。

忽闻扬声曰:"皂班企堂。"曰:"传供。"书役急入内，曲折抵一厰[敞]厅，中设公案，陈笔砚签筒数事。伺候者环集。阶置刑具，若杠，若凳，若鞭，种种不可枚举。

少焉，官出，踞案坐，书役以名单进。

官首颔，提笔一点，皂役应声，提一人至，手镣脚靠[铐]，发蓬蓬然，视其状，已非人。众叱曰:"跪!"其人跪，盖所谓犯也。

官拍案，若雷鸣:"汝剧盗欤？汝陆兰清党欤？汝行劫欤？速招！否，试看阶下刑，不汝恕者。"

犯闻言，欲辩。官曰："汝尚辩耶？汝欲逞刁耶？不打，汝必不招。打！重打！结实打！"

如虎狼之役，奉令，将其人乱打一顿。官曰："仅打，犹未足！此等贼首头，阶下诸刑，当尽使受用。"

役如言，五毒备施，犯遂死，官退堂。

越数日，上峰接具报犯人病故之详文矣。

呜呼！活地狱又送一命矣！

生不入官门，死不入地狱。官门地狱，有以异乎？一而二，二而一耳。故曰"活地狱"。

（1908年第21期）

短篇小说　社会小说　活地狱：烟窟（劳人）

劳人得一梦，梦醒，悚然，急志之，作《活地狱》一则。

梦里至一处，乌天暗地，气象愁惨，使人不寒而慄，欲退步而来路已忘。

不得已，信步所之，则熙来攘往，人多若趁市，然街道狭隘，臭秽薰蒸，归当作三日呕，急掩鼻而过，不觉达一公署，径入，无阻之者。

视堂上，一古衣冠人，踞案高坐，侍立者多人，若讯案然。

少顷，闻一片呼喝声，一皂衣人，引十数人至，数皂衣人随其后，若恐其遁也者。

十数人中，依稀可辨，某街之地保，闸夫，某县令，及所识之某阔少俱在。因自思曰："彼数人犯何罪，乃至于此？"

时十数人已环跪案前，古衣冠人挨次讯问，语隐约不可闻。十数人中或俯首认过，或哓哓置辩。侍立者以簿据进，古衣冠人阅已，高喝曰："汝辈所为，吾尽悉，毫发不爽，尚赖耶？毋多言，速押赴吞火地狱去。"

咄咄！此果地狱耶？乃有吞火地狱耶？既来此，愈不得不一观矣。

于是尾诸人之后，亦步亦趋。少焉，抵一黑暗地狱。鬼声呜呜，然十数人已心醉如泥。既入地狱，皂衣人各授以矮灯一具，直竹一枝，视其吞火之法，则以竹对矮灯，鼓丹田力吸之，火未灭，而烟雾从口鼻中出矣。

咄咄！吞火地狱，乃如此耶？梦至此，蓦然遂醒。忆所见之吞火地狱，恍惚如某街之烟京也。

呵呵！以为地狱，其实则活地狱。呵呵！烟精，烟精，汝不入地狱，谁入地狱？

（1908年第23期）

短篇小说　趣致小说：古井潮（救人）

甲乙二人，甲淘得一古井，乙亦淘得一古井。甲喜，乙亦喜。

初，甲涎某妇美，且多资，乃演偷香手段。妇亦喜甲，遂相燕好。

妇殊挥霍，对于甲，多所要求，鲜衣美食，金玉珠翠。稍靳，即不乐，辄求去。甲利其富，念财寄外府，终为己有，竭力应之，唯妇所命，相安非一日。

乙所识之妇，亦美，亦多资。乙亦如甲所为，亦相燕好，相安亦非一日。

甲乙固素识者，每相遇，辄举己之古井为赛，一若无边艳福，惟二人乃足享之者。

一日，复相遇，甲语乙曰："吾自得古井，自谓福不薄。然挥霍殊甚，似君之吝，恐不餍所欲也。”乙曰：“我说如何？吾之古井则不尔，且出资使吾营业，以此比例，果谁优也？”甲默然。

不知乙之云云，实以骄甲。乙之古井，其挥霍正与甲妇等。

一日，又相遇，乙语甲曰：“吾自得古井，亦自谓福不薄。然有一事颇可异，妇每订夜会，吾若午归，彼即不喜，此又何也？”甲曰：“我说如何？吾日夜相对，彼唯恐吾之去，以此比例，果谁优也？”乙默然。

不知甲之云云，亦以骄乙。甲之古井，亦如乙之夜会。

久之，甲渐悟妇为放白鸽者，以被骗多资，心实不甘，控妇于案。乙亦渐悟妇为放白鸽者，亦不甘，控妇于案。

同日传讯，四面相逢，俱愕然。盖甲之古井，即乙妻。乙之古井，又甲妻也。颠鸾倒凤，不知是何因果，彼此互商，各具悔结了案。

此所谓无巧不成书也。亦如阴骘文所云“淫人妻女，妻女人淫者”耶？淘古井者慎旃，勿谓烂棉胎换烂布，究亦无所损益也。

（1908年第24期）

短篇小说　喻言小说：三绝（劳人）

旅行客，途遇风雨，苦无可避，遥见一大院落，疾趋之。至，则废疾院也。因白于门役，暂止焉。

俄而疾风迅雷，一时并作，山岳震动，天日无光。忽而院内之废疾者大哗，其势汹汹，若将暴动者。急入内，叩其故。

乃知废疾之人，皆盲者、聋者、哑者也。聋者能视而不能听，盲者能听而不能视，哑者能视、能听而不能言。当风雨交作，聋者聚语曰："天地何故变色也?"盲者亦聚语曰："天何为而发此隆隆之声也?"各不知其故，于是聋者相约质诸盲者，盲者亦质诸聋者。

聋者曰："天地何尝发声？吾见天地变色耳。汝诳我也?"盲者曰："天地何尝变色？吾闻天地发声耳。汝诳我也?"聋者怒，盲者亦怒，又相约质诸哑者。

哑者既闻其声，又见其形，欲语其故于聋者、盲者，苦于口不能言，呜呜不已。

至是而三者皆怒，聋者怒盲者之不见，哑者之不言。盲者怒聋者之不闻，哑者之不言也。而哑者亦怒聋者不闻，盲者不见，又不能会己之意也。彼此皆怒，因而大哗。

客不忍乃语以故，三者仍不悟。客以三者不可与语，仰视天已晴，客遂归，其后如何，不可知矣。

嗟夫，同是人也，岂天故生此缺憾于人者乎？闻外国有聋盲哑学堂，是真可补造化之不足者也。吾国独无也，焉得不遍地皆此等陋种耶？

（1908年第25期）

短篇小说：尊制（子民）

有客航海远游，舟次太平洋，遇飓风，惊涛骇浪中，舟子无所为计，殆将同葬鱼腹矣。

越数时，风息，天日复暗，喜出望外，觉有涯岸，遂泊焉。

登陆，见舆马往来，人物颇盛。然所遇者皆缟素，一望俱白，衣服宫室，无不如是，犹以为俗尚然也，不之怪。

行未里许，有纠纠者若干人，若警察者，拘获男女老幼多人。窃以为异，因从诸后以觇之。

无何，抵一公署，诸人鱼贯入。客亦入。守门者呵曰："何来莽客？速止！不见门首之虎头牌耶？"客视之，果有"闲人免进"字样，不得已，姑退。

仅数步，迎面一警察，指客曰："汝罪合死，速随吾来。"客自问无罪，然不知其故。警察曰："今日何日？汝尚架金丝镜，乌得无罪？"客曰："嗤！架金丝镜，即罪至死乎？吾固不知今日为何日也。吾甫至此，未尝问禁，请明告我。"警察色稍霁，曰："子来幸遇我，否将不免。汝且摘眼镜，吾为子言之。"客如言。

警察曰："吾国大皇帝，不幸驾崩。吾国向例，凡遇国恤，官军士庶，持服三年，违者以大辟论。例虽如此，视为具文者多矣。自办警察，乃不少假借，民间有误服、误用者，警察有干涉之权。适所拘者，即违例者也。"

客闻言，摇首吐舌。乃知国恤定例，乃如此者。警察因国恤而罪民，又如此者。

记者书已，不禁自幸。自幸生于中国也。此次国恤，示谕皇皇，人所共见，未尝有持服三年之说也，未尝有违者至死之说也。若挨户干涉，则巡警应尽之义务。无知男妇，不遵国制，而被无赖抢掠者，则自取之耳，丁人乎何尤？

（1908年第27期）

短篇小说　神怪小说：天上之国丧〔录《神洲报》〕

下民听者，现在天上大行玉皇大帝上宾，观音圣母升遐。先后一日之间，天上就出了这两种惊天动地的国丧，真是一时天昏地暗，鬼哭神号，慌得那些三十六天罡，七十二地煞，手忙脚乱，无可不可。谁知玉皇大帝，在位时并无储贰，只得命文昌帝君，草了一个遗诏，奉天潢托塔天王，监国摄政，并立哪吒太子入承大统，继嗣玉皇大帝，传旨令二十四诸天治丧。但目下上清宫中，天翻地覆的情形，真难以言语形容。就是下界风声鹤唳的消息，也非笔墨所可宣罄。

当下欧美的天主上帝，及东洋的太阳星君，闻信都纷纷惊悼，致词吊唁。还有西方自在佛，前次来朝，尚在玉京，躬逢此次国丧，也并代为讽经诵咒，以祈祷冥福。正内外惶惑间，太上老君，乃从勘验太白山万年吉地回来，传闻忽然回光返照，因之天上更是传疑传信，纷扰不休。一般天怪天魔，有在神界上的，还知观天文报章，成服举哀。那在鬼界的，只是妆造不知有此大丧的事一般，依然兴高彩[采]烈，一如平日。因为是神鬼不同道，这却不能怪他。

话分两头，却说齐天大圣孙行者，听得这个天上大丧的凶耗，不觉暗暗想道，我从前大闹天宫的时候，惟有观音圣母的掌中，翻不过我十万八千里的筋斗。正在想时，忽然又作起急来道："呵呀呵呀，不好了！那个太上老君，如今听说，怎么也将要仙去了？他从前曾将我放在先天炉内，炼过七七四十九天，后来见我神通广大，倒也和我一个鼻孔里出气。惟愿他逝世之说是假的，以免我孤掌难鸣。"正是：

四大未空驰意马，六根不净扰情魔。

要知后事如何,看官请刮目以待便知。

(1908年第28期)

短篇小说　滑稽小说:过去及现在(劳人)

看官,你看这个题目,不是说过去及现在么?嗳哟,说来话长了。

过去的事,我们中国,自从那个轩辕皇帝,在帕米尔高原,手拿大刀阔斧,开辟大大的这个中国地方,给我们子子孙孙,世世居住,可不是极快意的事吗?现在是怎么样啊?嗳哟,说不得了,弄掉了。

过去的事,我中国百姓,是尊贵不过的。《尚书》说的好:"民为邦本。"孟夫子说的也好:"民为贵。"历古圣贤,都把我们百姓,抬到天顶怎么高,可不是极尊贵的吗?现在是怎么样啊?嗳唷,不要说起了,贱了。

过去的事,我们中国,在世界上算是进化最早的。历古以来,尧、舜、禹、汤、文武,周公,孔子,颜、曾、思、孟,许多圣人贤者,教导我们的道德学术,可不是极荣幸的事吗?现在是怎么样啊?嗳哟,不消说了,退化至极点了。

过去的事,我们中国地大物博,自不必说。还有许多属土,臣服了我,朝鲜啊,越南啊,交趾啊,暹逻啊,我也记不得许多,可不是极英雄的事吗?现在是怎么样啊?嗳唷,不要提起了,没有了。

过去的事,我们中国,历代相传,守着始祖遗下这一块大地,花团锦簇也似的,从未敢轻易把来割舍,可不是极能守成的吗?现在是怎么样啊?嗳哟,不说也罢了,不知怎了。

只说得这几宗,我也不愿说下去了。俗语说的,今昔情形大不同,果然是一些儿不错的。罢了,年晚了,收工了,说也没得说了。待过了这个年，再与看官说说将来罢，请啊。

（1908年第30期）

神怪小说：牛仔佛（佛仇）

某乡有无赖，不知何自来，为人工心计，小有才，然一贫如洗。邑有富户，见而怜之，收养于家，使牧牛。

无赖故作勤俭，深得富户欢，颇获信任，渐而家政皆属焉，无赖窃喜。

富户殁，子孙皆不肖。无赖知其可欺也，乃举富户所有，尽归诸己。不肖子孙，无能与争，亦不敢与争也。

无赖既富，更置田产，营商业，娶妻买妾，蓄婢仆，如世家焉。

时富户之子孙，落薄已不堪问。无赖乃市小惠，收养之，使作世奴。不肖子孙，得噉饭所，非惟不耻，且以为乐。与人言，辄夸主人之待己，恩深且重。识者哂之。

无赖既为邑乡中富户，武断乡曲，事无大小，咸决诸无赖。

乡又有富户某，病殁，其子兄弟数人，争承遗业，久不决。弟思与兄阋墙，必无助己者，有之惟某氏。某氏即无赖也。

乃谒无赖，白己意，且许重酬，无赖慨然诺，助之尽夺兄业。弟喜，如约酬之。无赖不餍所欲，卒尽夺之而后已。彼兄弟亦渐落薄，衣食至不给。无赖又市小惠，使兄弟皆作世奴。兄弟迫于势，强从之，自是始悔。然寄人篱下，悔亦无及矣。

时无赖已生子，爱若掌珠。人知无赖初本牧者，因呼其子曰牛仔。无赖从俗，命名取猪狗牛之类，亦以牛仔呼之。

牛仔长数岁，偶戏树下，猝然死，无赖悲不已。继思其子虽死，反多一谋利之门，乃转悲作喜。知乡人素迷信，计必行也。即以药制其尸,使不变。

乃号于众曰:"牛仔本佛,下降其家,今肉身坐化矣。"更命舞神棍者流,故神其说。乡愚果信之,膜拜者如归市。

无赖更将尸饰以金身,建庙享祀。当升座之日,远近赴庙拜佛者,不可以数计,无赖以是而愈富。至今香火不绝,即世所称牛仔佛者是也。

迷信性质,其与生俱来者耶?此而可信,无怪乎土木偶、石头,无不可以为神也。嗟夫!民智不开,其可怜可笑如此。

(1908年第30期)

警世小说:鸡谈(美魂女史)

哥哥哥——嘐然一声,惊动四邻。

于时永夜沉沉,尚未破晓,惟极目东方,曙色才露一线。

一猪浓睡正酣,忽被惊醒,怒甚。回头一顾,则见栏邻之鸡,鸣自笼中。猪益怒,厉声诘问:"何来恶物,扰人清梦?"

鸡:"天已亮矣,犹不知起,得我警醒,不以为德,反以为仇,何良心之没绝也?"

猪:"天亮自天亮,我睡还我睡,两不相关,何劳汝之多事。"

鸡:"贪睡晏起可乎?"

猪:"此我自由之事,非汝所宜干涉。"

鸡:"司晨报晓,是我应尽之天职,纵不为汝计,宁不为大众计乎?"

猪:"汝为大众之事,我原弗宜管。但于我有妨碍,势不能任汝胡闹。"

鸡:“将为汝而废大众乎？以少数服从多数,方合公理,况事属公益,何所用其阻挠?”

两下剌剌不休,口角益形激烈,由辩论而至谩骂。

猪:“汝藐然小物,智识有限。我伟大之器,才能自博。以小抗大,胡不自量?”

鸡:“汝大而无当,未尝有一事益人,尚不知愧。我虽微弱,喔喔一声,唤醒天下魂梦,厥功最伟,世人以五德相誉,亦不是过。”

猪:“人类在世间,尚如轻尘栖弱草,瞬息即杳,是以厌世绝俗之士,恒愿作一自了汉。况乎我等微物,更不必言矣。”

鸡:“汝所言差矣。我观英雄豪杰,莫不流芳万世。彼自了汉曾不数十寒暑,即与草木同腐。且英雄豪杰,之所以竭其心志,捐其性命,而不辞者,非徒为一己之身后名誉计,实为拯生民之艰苦,而为之谋百世罔替之幸福也。而自了汉以一条食米大虫,岂特于世无益,实有损也。二者比较,其优劣尚何待判?”

猪:“如汝所言,亦未见汝之优于我,我之劣于汝也。汝骨瘦皮枯,日夜劳顿,无时安息。岂若我体胖心泰,优游自在,长日无事,苦乐劳逸之相去,真不啻天渊也。”

言次,猪大有骄色。忽闻厨房物音顿作,知家中主人,夫妻齐起。妻曰:“今日元旦,要三牲拜神。家中所蓄一猪一鸡,当宰何者?”夫曰:“鸡尚羸瘠,且能司晨,杀之未免可惜,不如猪也。”妻曰:“诺。”遂磨刀霍霍,烧水浮浮。猪至是,悔恨已无及矣。

(1909年第1期)

短篇小说　趣致小说　蠢侦探:军装(劳人)

甲弁,奉命作侦探。乙弁,亦奉命作侦探。

甲弁委差后，广购眼线，酒楼茶馆，旅舍妓寮，以至横街小巷，侦骑遍布，惟渺无所得。甲自谓秘密，而党人贼匪，其秘密更过之。

乙弁委差后，亦如甲之所为，亦渺无所得。而两弁各不相照，各行其是，如是者非一日。

某日，甲弁得密报，谓某处有人，形迹可疑，若私卖军火者。甲喜，以为时机至也。亲往侦之，良确，乃定计遣人伪作买者。成议后，即举号召集众，一擒可得。人诺而去。甲乃坐待好音。

而乙亦得密报，谓某处有私买军火者。乙喜，亦以为时机至也。亲侦之，亦确，于是遣人伪作卖者。相约号众捕之。人亦诺而去。乙又坐待。

某日，甲果捕得私卖者归，乙亦捕得私买者归。

此巨案，破获之，其功非小，升官发财，指顾间事耳。遂各解所获犯，赴大吏署请功。

大吏提讯，则卖军火者供为乙弁所使，买军火者，则供为甲弁所使。水落石出，两弁几得莫大之罪名。

甲弁乃自陈。盖甲料盗匪猖獗，必有接济军火者，因伪作私卖，使盗匪入彀，不虞竟为乙弁所侦悉，遽捕之也。

乙弁亦自陈。盖乙以为私售军火，必为盗匪所买。然私售者秘密，不易侦察，因伪作买者，使卖者中计，不虞又为甲弁侦悉，亦捕之也。

大吏乃大笑曰："吾派侦探，所以捕盗匪，岂知竟是侦探捕侦探。"

如两弁者，亦谓之侦探乎？是直设阱陷人者耳。中国之侦探术，于此可见一斑。

（1909年第1期）

滑稽小说：现在及将来(劳人)

看官还记得否，在下去年说过，待过了年，再与看官说说将来。今年第一期便忘记说了，如今补说还不算迟哩。

立宪的现在及将来

“立宪，立宪”那句话听的耳也熟了。这时说预备，那时说预备，不知预备些甚么。有人说道，立宪是假的，好比拿烧饼来哄小儿罢了。但这是从前的话，如今好了，立宪有期了，现在这个摄政王，恪守着九年的期限，实行立宪，还把那个光绪帝，尊为中国立宪第一君主哩。据此看来，将来一定立宪无疑了。心醉立宪的不用望了。

革命的现在及将来

“革命，革命”这两个字，好不怕人。那革命的，拼着身家不要，性命不要，也去革命，毕竟图些甚么？据他说道，要推翻专制，博个自由哩。从前朝廷，因忌那革命党，把他拿的拿，杀的杀，那革命的不特不怕，还更猖獗起来。现在朝廷，无奈他何。顺着他意，说道立宪，准予人民自由。好了，这遭大约自由了，将来一定没有革命党了，可以高枕无忧了。

满汉界之现在及将来

满人是满人，汉人是汉人，界限是有的。但彼此都是人，又分甚么界限呢？因为从前有个满人刚毅，不合说了“满人瘦，汉人肥；汉人强，满人亡”这两句语，动了汉人的恶感。因此满人要排汉,汉人也要排满,竟是势不两立了。现在那个摄政王,他却极有见识,见得彼此都是人,同在中国,这般两不相容,成个甚么说话?不如照着先帝的遗谕,早些融和了罢。看官,大约满汉的界限,将来一定融和了。满也不要排汉,汉也不必排满了。

现在及将来的事,那止这几样?但这几样是人人所注意的,在下所以把来说说,说的是也不是,看官也不必赞,也不必骂,总之放在心上就好了。

(1909年第2期)

趣致小说　蠢侦探:满街革命党满街侦探(劳人)

良夜及半,万籁寂然。

甲乙两人,携手而行,行且语,语且止。

丙丁两人,亦携手而行,行且语,语且止。

甲乙在前,丙丁尾其后。甲乙步,丙丁亦步。甲乙趋,丙丁亦趋,若甚注意者。而甲乙屡屡回顾,亦甚注意者。

丙悄语丁曰:"前行者两人,必革命党。吾忆某日,于某处捕得党人。党人之貌,不肥不瘦,此两人亦不肥不瘦;党人之身,不高不矮,此两人亦不高不矮;党人衣长衣,冠小帽,此两人亦衣长衣,冠小帽;党人携手夜行,口讲指画,此两人亦携手夜行,口讲指画。天下间宁有若是之相似者?是矣。盍捕之?"丁曰:"勿忙,容再探。彼只两人,当飞走不去。"

而甲亦悄语乙曰:"后随者两人,必革命党。吾忆某日,于某处捕得党人。党人之貌,不肥不瘦,此两人亦不肥不瘦;党人之身,不高不矮,此两人亦不高不矮;党人衣长衣,冠小帽,此两人亦衣长衣,冠小帽;党人携手夜行,口讲指画,此两人亦携手夜行,口讲指画。天下间宁有若是之似者？是矣。盍捕之？”乙亦曰：“勿忙，且再探。彼只两人，当飞走不去。”

于是甲乙之注意于丙丁也如故，丙丁之注意于甲乙也亦如故。

久之，甲乙不能忍，丙丁亦不能忍。甲乙返身以捕丙丁，丙丁白前以捕甲乙。甲乙丙丁俱被捕。

甲语乙曰：“吾捕得一人。”乙语甲曰：“吾亦捕得一人。”丙语丁曰：“吾捕得一人。”丁语丙曰：“吾亦捕得一人。”

始则四侦探，继而两侦探，两革党，终而四人皆革党。既被捕，竟不辨是革党捕革党，抑侦探捕侦探。解官请赏，讯悉其故，乃各哑然。

如此亦曰侦探乎？是真捕风捉影而已。中国之侦探术，于此又可见一班[斑]。

（1909年第5期）

短篇小说：吞产案（少琼）

某乡之中，有村，曰中村。村有富户，曰夏姓，其先世发达最早，甲第连云，产业遍置各处。近代式微，子孙虽众，然无能守业者，其村政为异姓某代握行权，政事不修。以是故，附近各村之强姓者，明谋暗取，皆占利益而去，中村人惟忍之不敢较。

无何，东村有强族出，原夏氏远裔也，家世寒微。数年前，因隙，与中村失和。近暴发，见各强姓者皆得志于中村，更思逞欲，乃出其阴柔术，以鸣于众曰：“若村若姓，我同族也，顷被异姓欺侮，我不可不仗义出而维持。若族大而无教，我愿为教之。”于是遣其子弟，纷至中村，代握其教育权。又曰：“若村大而无防，吾愿为保其治安，使防盗窃。”于是纷运枪械至中村，暗济其内乱。

中村人不知其隐谋，方额手相庆曰："吾有强族，相为表里，能拒外侮，可无忧。"慕东村之风者，遂群争效之，亲之，媚之，惟恐不相肖。

嗣，东村某一变其阴柔术，而用强硬手段，明谋暗取，一如各强姓者之所为而为。

中村人见其不可靠，顿失感情，始相恶，相嫉视。虽然，是非中村之排异，而东村某之行为，有以召之。

东北角有田一区，中村产业也。东村某以其近界址，谓为东村地，使其子弟往垦焉。中村人与之争，曰："尔无契据。"既出契，曰："是乃假契也。"恃强弗恤，竟耘其田。

中村之南，有小屋一椽，日前东村某偶至其地，曰："是殆无人居者也。"洒除粪垢，竟入居之，改其名曰：东村别墅。

顷，中村人经其处，见又为所吞占，归告族众，集祠会议。东村某以其不利于己也，出其恫喝手段，札饬村长异姓某，使严禁中村人会议，曰："以免伤两村人士和气。"

惟中村人现苦无对待法，欲将东角之田，及南方之屋，前后案件，统交官为之审断。闻东村某始终恃强，不肯到案，今尚不知作何了结也。

（1909年第6期）

短篇小说　趣致小说　蠢侦探：轮船（劳人）

有客由港来省，客固西装者。

甫下船，即有一人随之至，坐其侧，目炯炯视客。客以为亦赴轮往省者，不之怪。

船既启碇，其人更细视客，若甚留意者。客乃疑，视其人，行箧俱无，惟以巾裹一物，珍重笼于其袖。

少顷，其人离座去，往来踯躅，瞥见隔座又一人，与之眉听目语。客更大疑。

其人复座，猝然问客曰："先生往省乎？"客曰："然。"又曰："先生往省何事？"客曰："吾自有吾事，君何必问？"

其人不语，乃俯首寻思，又问曰："先生往省寓何处？"客曰："吾自有寓处，君何必问？"

其人又不语，寻思如故。又问曰："然则先生在港寓何处？"客曰："吾自有寓处，君又何必问？"

其人复离座，踯躅如故，与隔座者眉听目语如故。客愈大疑，继而恍然曰："是矣。"

无何，其人复坐，怡色问客曰："仆正忘，未请教先生尊姓？"客曰："同坐数刻，即各自东西，尚留姓名作纪念乎？君不必问吾，吾亦不问君。君好谈，即谈可也。"

其人吃吃笑，又谓客曰："仆在船上，阅人多矣，无如先生者，先生真不能以姓名相告乎？"

客曰："告汝即不妨，然告汝亦无所谓，故不如不告。"

其人又笑曰："仆甚欲知先生姓名，君幸告我，受赐多矣。"客颇厌之，乃拒之曰："吾姓名必不告汝，汝欲知之胡为者？"

其人又笑曰："先生毋怒，不告姓名，庸何伤？先生之行箧，能使仆一观乎？"

客曰："异哉，君也！相叙数刻，既斤斤问姓名，又欲观吾行箧，君此来果胡为者？"

其人曰："非仆欲知之，欲观之，徒以有责任在，不得不尔，先生幸谅之也。"

客曰："异哉，竟有以问人姓氏，及观人行箧为责任者乎？然此责任，谁以畀汝者？"

其人袖出一物，曰："实告君，仆奉某协戎命充驻港侦探。君自问无他，盍即以姓氏告？更赐行箧一观，仆可销差也。"

客大笑曰："如此诚易易，仆名某，行箧尽可细检也。"

其人大喜拜谢，至是不复言。

如此亦曰侦探乎？是直哀乞耳，恳求耳。中国之侦探术，于此可见一斑。

（1909年第7期）

小说　短篇小说　诛奸小说：反心贼（自觉）

断发易服，文明装束，高视阔步，徘徊申道，俨然一新人物。咄！此何人？乃一从东洋归国之留学生。

口有谈，谈种族；志所向，向民族。辄曰："国魂不起，汉族其奴，胡为乎四万万同胞酣梦而不醒耶？"

他人闻此，咸欢迎，佥曰："此救国志士也。此民族大家也。伟男子，伟男子！"

未几，见顶子思血染，见金钱思卖命，宗旨一变，为虎作伥。昔日热血家，今日凉血物。噫！侦探，侦探，升官发财之机会哉？

党人大疑骇，集谋以对待。一壮士愤而起曰："反心贼，辱志败群，乌可不淘汰哉？吾当有以报复之。"

红日西下，乌鸦南归。反心贼触侦探事，恨不立卖党人血，巩固其献媚异族之根据地，利禄迷脑中，匆匆出门去。

行数步，路遇一壮士，迎面而来，纠纠雄气，扑人眉宇。

反心贼探首四望，人影渺然，如是一想，心中像有几担水桶，七上八下，急足而趋。

行近寿康里，忽闻轰然一声，咬牙切齿，大声骂曰："看看反心贼就是如此下场。”壮哉，言乎！何等光明磊落！

反心贼急遁不及，枪已中其背，弹由胸出，正欲奔告捕房，情急疾趋，适与某成衣匠撞，彼此皆仆。

反心贼不与校，一跃而起，奔至捕房，诉曰：“吾维扬汪公权也，吾为侦探党人秘密事，仇而报复。是晚欲至寿康里访友，遇王金发于途，一见遁去，及行近寿康里，忽闻枪声，竟为所中。惟黑暗中莫辨何人所发，大约王金发所为也。”语毕，颜色渐变，口吐鲜红，跌倒于地。呜呼哀哉！警察睹此，四出查缉。方入寿康里之门，忽闻人呼“黄景风”之声，误以为王金发也。立拘而讯之，始知指鹿为马之误，乃一笑而释之。

然而侠士鸿飞冥冥，依然无恙矣。

快哉，反心贼之结局如是！侠哉，大壮士之手段如是！

不意这种反心贼，而立有这种报应。不意这种报应，而出有这种侠士。

噫嘻！金钱何在？噫嘻！顶子何在？

呜呼，警警！呜呼，警警！

（1909年第10期）

短篇小说：摄青鬼（苍生）

摄青鬼者，实不知何物，视之无形，听之无声，专盘据人家，毁坏家具，或台椅屏镜，凌空飞舞，或床榻被褥，无故自焚，遭之者，必破家而后宁焉。

昔日有某大宅，值家庭变乱，衰气所感，突来一摄青鬼，盘而据之。此鬼凶悍异常，匪徒破坏家具已也，宅中之家人妇子，多遭其残杀，偶片语及鬼，鬼即怒杀之。于是，宅中人之生命，皆操之鬼手。鬼益大乐，不忍舍去，且生子孙焉。宅中人苦甚，然悚于鬼威，无可奈何也。

突于某岁，闻第二摄青鬼出，宅中人大恐，恐其为厉过于其远祖，盖此鬼亦前鬼之遗孽也。于是聚而谋赶鬼之术，有延钟旭[馗]至者，鬼以进士授之，遂变节，且助鬼为虐。无耻者，乃欲求鬼放一线之生路，立为法律，以定人鬼之权限，鬼笑而颔之，即借此以鬼弄宅中人。于是全宅中人几尽饮鬼之迷汤，日日盼望人鬼相安处。有某勇者，见鬼威日盛一日，恐为厉无穷期，闻齐天大圣孙行者，专收妖魔鬼怪，乃往求之。大圣允之，乃遣其徒，携治鬼灵药数瓶，潜入鬼居以杀鬼。惟鬼殊机警，竟将灵药搜出，于是鬼令严查药所自来。后知为齐天大圣所运入者，乃大惊，积惊成病，遂成一怯症，闻此症颇难治云。

谈鬼氏曰：吾闻人言，摄青鬼者，非鬼也，实人也。人有欲作摄清[青]鬼者，须先在荒野弃置之棺底下，睡四十九昼夜，继而日呼棺中主人之名，若得其应，即可起而为鬼。则斯时人不见鬼，独鬼能见人而已。呜呼！光天化日之下，乃有此若人若鬼、即人即鬼之摄青鬼出，宜乎？宅中人之不安，孙行者之震怒也。

（1910年第4期）

小说　短篇小说：时事（承露）

客有欷嘘于富翁贫汉之前者，太息言曰："泯泯棼棼，时事洵不可为矣。"

富翁曰："嘻！人自人，我自我。吾之时事，则方大有可为也，请为子述之：

一年之计在于春，则垄断市肆之时也。夏日长而可爱，则傭于我者，工钱少而力役多，好算数之时也。秋高气爽，耕者收获，则催收租值之时也。岁聿云暮，则算利讨账之时也，此一年之时事也，而无不可为者。

日当午正，舆马喧于闾巷，拜客之时也。夕阳既下，笙歌彻于高楼，筵宴之时也。鱼鼓冬冬，好梦回于香阁，绮腻之时也。炎日逾墙，犹展转于帐席，慵起之时也。此一日之时事也。而无不可为者，客有词乎？”

客摇首不能作一语，已而曰：“子富人，应作富语，度富日，作富事，吾诚无以难子。”

顾贫汉曰：“汝何如者？盍有以语予，且令富人闻之也？”

贫汉曰：“噫！予之时事乎，乌得言？”客固请之，曰：“姑为述之：

春耘植而夏刈获，秋冬如之，役与牛俱，居与牛共，犹幸无故，足供饱暖，水乎旱乎，不堪问矣。此一年之时事也，无一可为者。

日出而起，与牛同役。日中而曝，背如炙也。足之浸于泥淖中者，日十小时以上。日入而饱薯芋，助妇织焉，抚子女焉。夜半，则酣于石上秆上，帐砖而盖絮也。此予一日之时也，而无一可为者。”言已惨然。

客曰：“吾所云时事，固非此之谓。而不图获聆两君之时事甚悉，且一富一贫，若相反然，我知之矣。”摇首而去。

（1912年第1期）

短篇小说：猴（幺凤）

周生，生而荏弱，又多疾，其幼时饮料，乳药参半，三龄弗能独步，母呼曰“猴”，状其尪也。顾猴矫捷，周大异是。母孀守，惟此子是赖，适又孱质，恒为是伤厥怀。邻右恶少，族人也，少无赖，利孀富储，常逼贷，不遂，则辱殴猴，已不一次。

猴愤，思有以报之。会有某叟，技艺闻于时，以浪迹江湖至此。猴思师之，虑己弱，特以见欺于人，召侮过甚，计非精一技无以泄积愤。遂造叟，道来意，长跽而请，继以哭。叟曰：“吾子席履丰厚，正当逸乐，胡自苦为？”猴请益固，叟曰：“子殆有不惬于中，思假武力纾其气耶？不尔，胡若恳繁？”猴辨无之，第言母孀已孤，妨易召侮，预为后日地耳。叟曰：“吾可教人技，弗能教人死人。子将以是致人死，吾忏悔十年，倾于一旦矣。”猴矢誓不轻乘衅，叟始诺。日命叠纸，左右扫拨，居二年。一日，仆以茗进，不细，沾案上书，猴挥之，仆退丈外仆。猴喜其技之潜进也，益力学。更二年，剑棒无弗精。会恶少强贷于孀，弗之许。恶少夜挟刃踵门，破扉入，眦欲裂。孀恐，思与之金。猴不可，出乘之。恶少猝值猴，刃遽下。猴反身执其膊，恶少弗少动。俄释之，恶少仆，展衣视膊，碎矣，手颤软。猴亟出药治之，曰：“吾侪族昆弟，胡可以些事虞姓命？聊以戏兄耳。”厚馈之金使去。恶少惶愧，不敢受而去。猴名遂噪，昔之藐猴者胥畏敬如神，值必俯首，行必让道。

翌年，猴以事东出吴会。道逾山阴，旅次遇少女。婉淑恬逸，而华采逼人。目尤灼灼，艳媚中恒露英气不可掩，娇嗔之余，雌威慑人。猴羡其色，然又惧不敢逼视。女固悦猴之轻盈，时窃窥之，猴弗觉。女乃侦于逆旅主人，探悉猴将以次晨附舟去，正喜同道，亟命纲纪收拾，紧随而至。

舟行及莫，泊于常所。顾隐静，夜半盗莅之，凡七人。猴闻舟子窃窃筹防御，心动，思一展厥能。视女，方酣睡。未几，火光彻野，群盗持械至，女微动，遽出弹中一盗额际。盗晕而仆，没水中。余盗未之见，复继进。弹辄如雨下，群盗惊骇，夺路去。猴立船旁，悉弹自女出，辄大倾服，揖而与语。女笑曰："小慧，胡足夸羡？"猴曰："小子幼为人陵，愤而苦求之，差幸得绪余，然勿足当姑姑万一也。"女聆此，喜猴亦同道也，曰："君茕茕如斯，亦能武，天下士未可轻谅也。"言已莞然。猴曰："人每明于察人，昧于省己。小子固不胜衣，姑姑盍一自审，殆亦飞燕之伦也。"相与大笑。女问："顷言习武之故，未得其详，盍悉以告？"猴尽语之故。女叹曰："妾之遇，胡与君肖也？妾贫而孤，曩几为人辱，誓专一技，将以自固。审是，吾二人者，俱以所遭而逼就此，天其玉成之欤？抑世之人，皆被动物耳。吾辈何尝非被动之一也？"猴笑曰："予等前事甚相若，而又恰相值，殆天假缘耶？抑亦都为被动耶？"女俯而不答。

翩俱至吴，女白于其母，而婚之。猴皖人也。

（1912年第1期）

短篇小说　短篇小说：如是观（拨弦）

"鬼有之乎？"猝来此声，声出自树下，吾审为友拙公之声，音至圆润也，吾谂闻，故一聆而辨。然此问题，从天而降，吾不能遽答。

吾与拙公居傅氏之园，秋月白，秋声亮，作半夜谈，亹亹弗倦。

拙公自欧洲归，谓白人靡所不究，独神鬼若有若无，未之敢断，发明其理，迢迢无期。谓吾人不得躬遇，憾事也。

吾喜与拙公谈物理，恒终夕。昨之夕，谈神道转相驳诘，终不决，而所举证，深印拙公脑矣。

越夜，拙公爱风，独栖树下，无烛。月光自枝叶间射入，至暗暖，不辨人。茕茕自思，不知作何想。

吾未及答拙公问题，转瞬置之，寂然。吾则与三人围桌啖梨，大嚼而甘之。

俄，拙公哗然曰："鬼！鬼！"予三人笑，仍嚼梨。

拙公叫且跳，声凄以悲。予诧骇，趋之。拙公抱树而号，顾廓然无一物也。

拙公面色灰白，足颤几仆。予亦畏，呼余二人者，二人大笑。

予思殆真有鬼耶？既终夕诘难，不得究竟，宁敢武断之曰无耶？

念一动，目一眩，光怪陆离，毕现吾前。有张牙舞爪者，有长首跛足者，有目大于碗者，有掌巨如扇者。

予呼急，凄烈甚于顷拙公之号也。二人亦骇，且趋予。予则迷目握拳，惧极而不能声。

二人更呼仆，掖予等出园门。入室，登榻，盖以被，南柯一梦，霍然醒。拙公亦醒，几午过矣。食已，相与讨论昨夕事。二人弗置词。拙公谓所见非误，即误矣，予宁又误耶？予述所见，与拙公不同。

辨之久，絮絮不休。二人曰："幻耳。两君谭此事，逾日弗止，举例以证。凡百十事，存之心，讵能免所见？"

予与拙公俱不服，则寝而勿更言。

又逾日，相与作白云之游。

秋风拂拂，秋色可餐，行歌相答，至足乐也。

及云岩，轻烟笼罩，黄叶委地作悉索声，景凄然。而丈以外不辨，细审，更行，石嶙嶙然。

予短视，忘携镜，如失明然。余人者虽朗目，而迷离惝恍中，真所谓舆薪不见者。

当前有物庞然巨，憧憧黑影，不审为何物。则各随其心理，作幻相观而已。

拙公胆尤怯，则谓虎也，反身欲遁。予与各人笑，更恐之。一人者，初附和予，继而疑，哗曰："虎虎！确虎！来矣，其行如驶。"

余人则谓："犹屹然未动，乌得是行？"其人愈睇愈惧，亟奔匿于林。

拙公一呼，众人如醉，顷力辨者，至是亦谓有虎。

久而久之，声因弗闻，形且无有。予镇静以出之，众亦定其神志，相与默然。

予倡言："盍鼓勇气，往觇之？"众遥望有顷，无所睹，则从予行。比近，固昂然巨石，所谓虎者此，所谓来者此，所谓其行如驶者亦此。石重且万斤，百人不易动咫尺，胡可行？均大笑。

当趋前时，人人目中只有是物，则庞然肩舆，呼吆而来，触吾人肩，几为所仆，而未之或见。噫！幻相欤？吾人以见鬼、见虎之眼光观察事物久矣。谓于此可得真是非，得无颠耶？而画鬼市虎，举世喧然，一笑。

（1912第2期）

短篇小说　纪事小说：侠女盗（香草）

古来女流奇侠，如红线、隐娘辈，皆是掀天揭地，震月惊雷，目以女流不可，谓为勇流亦不可，是直床头提刀，奇流无两而已。

清道光中，某富家郎（谈者佚其名），藉父遗产，纳粟官淅［浙］，数年间，宦囊丰满，命其子捆载而归，作孽钱，盈箱垒箧，毕生吃著都不能尽。时行旅不宁，遍地皆盗，乃募勇士数人，护公子以行。至途中遇一女郎，花容月貌，艳丽无匹，而裙下双钩，端小如束笋。骑后随以姣童。公子眩其色，入以游辞，女亦弗怒，互谈甚洽。抵暮，过长林，女郎忽曰："公捆载之物，皆得自非理，曷若假侬以为济贫之用？"公子始晤彼乃绿林中人，急呼勇士。女郎急加鞭前进，童亦疾走如风。行约半里许，飞一弹中勇士之耳，诸勇士均持兵欲与角，寻弹如雨发，遍中其耳。女郎复返骑谓夫役曰："从我者生，逆我者死。"诸勇士遂弃械罗拜马前。公子急策骑从间道而逸。女郎乃指挥夫役,从容搬运而去。

公子归诉于父,即命人四出侦缉。逾月,公子访求技勇之士,偕游西湖。瞥睹女郎行堤上,两美婢随之,公子令从者突出擒捉。女郎嘤然微笑,一美婢略举手,而扑者三人,余皆不敢动。公子惧欲逃,女郎令婢挟至舟中。则画舫泊岸边,揖公子及从者登焉。乃设筵压惊,席中肴馔,极丰,非富贵家不能备。女郎所谈,皆劫富济贫,锄强扶弱事。公子辄欲有言,女郎辄献巨觞。酒酣,女郎谓公子曰:“为侬转达尊翁,无相迫也。”呼榜人设笔砚,握管疾书。偕公子登岸,共览湖景。笑语公子曰:“宜勉为善人,干父之蛊,侬欲将此水涤汝胸襟也。”袖出一函与别,临行复叮嘱从者,谓毋以琐物介长者怀,日间当有消息到。公子归告其父。拆函阅之,所言皆其平生罪恶。读毕,为之悚然。翌日,父子晨起,所卧之枕,皆截为两段。旁有白绢一幅,大书曰:“官改前非,子改父恶。聊示薄惩,以枕代尔。”遂召还捕者,改过迁善,卒获令名。

(1912年第3期)

最短短篇小说:无题(无)

吾兄自星洲返,语予以最寻常、最有异味的事。

层楼杰构,某医院也。矗于大马路之旁,糜资巨万,常年费,称是资本家悯游子无依之苦,解囊助之,而医院成。

穷途落魄,只身异域,壮者苦矣,而况衰病?病辄入此院,院中遂有叹声、哭声、无笑声,而棺材之络绎,过者鼻酸。

院前即电车路。车中红男绿女,佳晨良夜,以傲以游。院之对户,则为酒肆,灯红酒绿,以饱以醉。

医院、酒肆，相距咫尺，苦乐如霄壤别矣。而行乐及时之电车间其中，如梭而过。予假寐游目其中，觉混混人事，都作如是观也。

（1912年第3期）

最短短篇小说：无题（弦）

须鬑鬑，衣及膝，曳红布小袋，徜徉道上者，犹太人也。袋中何物？曰金、曰银、曰纸币、曰债券、曰股票，累累然，倾之，敌富豪矣。

犹太人以善居积著世界，纽约市巨肆凡七，隶犹太人者四，富可知也。顾犹太人无国，恒为俄人虐杀。杀辄盈野。吁，惨甚！

然而犹太人商于外者，气焰至不可撄，非国力也，金力也，若是知有金钱可以无国家。

军旗飘飘，武夫擎枪向人作靶。弹将发，作靶者无惧容，仰而笑曰："吾作官要钱，要钱遂不要命。然吾游海外，吾见犹太人有钱可无国也。吾虽蹈死罪，誓必要钱。钱乎？钱乎！可死人，可生人者也。"

枪声隆然，其人洞腹死矣。

（1912年第3期）

最短短篇小说：无题（客）

一妇殆三十龄，褴褛不可近，哭于门。

妇哭方悲极，啼声恰又出屋内。屋固狭甚，虽稚儿啼声，可闻于户外者。

妇入，抱儿出，相持哭且恸。

壮夫，衣短褐，手持面包，重不逾磅，贸贸然来。

妇指骂之曰："归耶？曷不随社会党演说去？演说吸空气，殆足饱矣，何归为？老娘与孩子不食逾日矣，此区区者足饱余耶？"又哭。

哭已又言："罢工颇热闹乎？将从此永罢，一家馁死乎？"其人欲语而咽，弃面包，反身遁。茫茫宇域，将何之？惟有死耳。伊何人？伦敦市之工厂工役，迫于资本家压制而同盟罢工者也，不罢不能堪其虐，既罢不能止妻子之馁。噫吁嘻！文明国，文明国民之生活。

（1912年第3期）

畸人记

东海徐生者，佚其名。风流潇洒，神采奕奕，而聪明有辨才，虽老宿不能及。父母爱之，戚党爱之。凡与徐氏有旧者，莫不称之，以为徐氏佳公子也。弱冠，忽遘异疾。其疾也，非世俗之所谓疾，非肝非胃，非心非脾，而出于性。药石不能收其功，针灸不能致其效，而疾乃与徐生相终身。

其初也，颠倒妍媸，以为好恶，疾佳丽若仇，而美丑陋。日与村妪陋妇游，人有嗤之者，则怒目而视。父母不知其为疾，以为生年且长，欲有妇也，为娶于高氏。高氏，粲者也，而徐生厌恶之，析屋而居，绝不与交一语。父母以为奇，与之游名山大川，以旷其心思，欲有以愈其疾者，而所至率厌弃之，反喜与小儿嬉。久之，其性愈奇，好人之所恶，而恶人之所好。黑者白之，白者黑之。甘者苦之，苦者甘之。积而致其一举一动，一行一止，每与人背道而驰。生，人之所大欲，死，人之所大痛。而徐生则不然，平居辄涕泣而言曰："群氓扰扰，艰难辛苦，以求生存，何其愚也！"戚串有丧者，生辄衣冠往贺。甚有见匪人犯大辟者，亦仰天大笑，为之颂佛号不止。父母知其疾之终不能愈也，渐失宠。戚党之爱之者，亦因而日弛。而昔日称道之者，今且言而不欲闻之矣。

生辞父母出行，父母不能禁也，听之。于是，生衣短褐，履芒鞋，披发，持短伞，扬长登道去。生既在道，就人语，无应之者，生亦不以为病也。渡五湖，登泰岱，足迹遍天下，迄无好之者。无何，至一村，其村牧人子，亦有奇性，好与人辨难，虽理穷词屈，嚣嚣不肯罢休。生大喜，呼之曰："孺子其来！我与汝共游。"牧人子甚愿，乃与之行，所言无不中生意。生曰："是可以传吾道矣。"而牧人子者，五官之好恶，心腑之是非，无不与生同。所不能一致者，惟妍媸之别耳。牧人子偶至城，睹美色，心动，窃好之，乃盗生物，售而宿于娼家。自是其性乃渐与生相左，衣食器皿，不愿与生共。生知之，太息而言曰："吾道其不传乎？"遂归，遣牧人子去，而自沉于河。其地有识生者，为之殡殓，并告其家，父母亦不痛惜矣。呜呼！徐生其庄子之流亚欤？非极伤心，胡以至此耶？然而足悲矣！

大觉君偕余往花埭癫狂医院观焉，谓予曰："癫者非癫也，而世人癫之。不自知其己之癫而癫人，冤哉！"予记徐生事，有感焉。徐生之所为，癫狂医院早虚位以俟彼必矣。虽然，徐果癫乎哉？爱嗔随人，原无定律。多数以为是则是，多数以为非则非。少数背乎多数者，则多数者必目少数者为癫。然多数者遂必不妄矣乎？大宇之初辟也，物本无名，而人自名之。一切名词，无非相对待而起。有所谓美，然后见有所谓恶。亦有所谓恶，然后见有所谓美。美恶如此，余莫不皆然。是可知好恶分明者，不已为造物颠倒而播弄之欤？然而此道至难言哉！天涯海角，同调者一牧童耳。举世蒙蒙，赏音谁是？乃亦为德不卒，无以葆其真。坠混之花，泥涂同没。悲乎！悲乎！生之不得不转而伍波臣者也。然吾亦仰天大笑,为生颂佛号不止耳。冰弦识。

(1912年第4期)

短篇小说　豪侠小说:杀人慈善会(升平)

月黑风高,天地如死,火车轮轴之进行声,与汽笛之悲鸣声,由远而近,瞬息已抵车站之站台。登者、降者、送往迎来者,纷纷如蚁。铃声一响,车又前进。俄顷而万喧又寂。

车站之侧,森木之旁,高低不平之道中,有一肩负布囊、手握短烟管、行色匆匆之旅客,行行重行行,愈行觉愈远。此旅客以归思甚切,遂不惜冒此黑夜旅行之危险,以期早睹其家人,享骨肉团圆之乐。不觉两颊汗出,气喘不绝。欲就道旁山下小憩,而空山怪枭,声振毛发,乃不得不以肢体上之劳苦,赎精神上之恐怖。怪树夹道,状如蹲人,风来摇曳,宛欲行动。而此黑夜旅行之孤客,已飞其神志于家庭,捐弃一切恐怖于不顾,仍俯首努力而前进。

猛觉道旁森林中,足音跫然,若断若续,即至宁神谛听,又为大风撼树声所混淆。方举足前行,森林中之足音又起,愈听愈真确,愈行愈切近,不觉全身颤动,如冷水浇背,两足僵立,几不能行动。而此时又有一种可怖之声浪,起于数十步以外。噫! 枪声,枪声! 旅客此时眼前火星乱迸,木立移时,即至神志稍定,开目四顾,则已有一身体伟岸之大汉,立于其侧。夜色深沉,五步外即都无所见,且旅客此时,非常恐怖,亦不暇观其何如人。但见一新式之枪,自大汉之肩头,露其半截。此时旅客噤不能声,其喉间若有一言,哽而未发。似曰:"囊中无多资,欲取即取去。"而此踪迹怪异之大汉,忽发一种温婉之声曰:"客无恐,予非害人者。"旅客闻大汉言，恐怖稍杀。而亦不能不滋疑惧，乃徐徐仰首于夜色微茫中，视大汉面，其人美丰仪，眉目间含有一种慈善之气，望而知其非凶徒，于是旅客之恐怖又稍杀。大汉徐徐言曰："客何事？急急而冒险夜行，监狱之逸犯欤？负债之逃人欤？有不可告人之困难事欤？可悉语我，我固能为人破除烦恼者。"旅客不觉哑言失笑，私念若人，毋乃干涉人太甚，乃谓大汉曰："予糊口于四方者数年，今一旦得归故乡，急欲见予家人耳。"大汉闻旅客言，若有所失，微叹曰："此事诚难，此事诚难。"乃以手抚旅客之肩而言曰："君昏夜行路，毋乃太苦？盍随我来，我将赠君以火。"旅客视大汉无恶意，乃随之右，折入森森中之小径。行未数武，乃问大汉曰："适闻枪声，出自何所？君知之否？"大汉略沉吟，答曰："予不知。"俄于林薄中，睹星火渐近，渐明。至，则为一老树构成之矮屋，一灯荧然。有大汉三人，席地坐。导旅客至此之大汉，乃向内言曰："速

取一火来，与此昏夜旅行之孤客。"三人同时应声起。须臾，以浸透脂油之木材一枝，爇火递入旅客之手。而此昏夜旅行，归心如箭之旅客，至此则好奇之心，油然而生，手执燃着之木材，痴立屋外，而不去，愈五分钟。大汉促之曰："君已得火，可以行矣。"旅客嗫嚅而言曰："予尚有所请。"大汉曰："君试言之。吾侪力所能及者，无不为君图之。即力所不能者，亦必为君图之。"旅客曰："予欲问君辈为何如人。"大汉闻旅客言，状若惊恐。目视其余之三人，三人面部亦现惊恐之色。大汉心口商量良久，似已得最后之决心，握旅客之手曰："灭而火，从我来。"旅客从其言，灭火从大汉后，入矮屋。至屋后揭地上之石块，得一穴，穴中有土级约三十七八。旅客从大汉后，次第降级，尽一平坦地，左折又有石级数十，又拾级登，则身已在绝大山谷之内。大汉导旅客入一石室，闭门释枪，燃灯席地坐。旅客亦卸其肩上之布囊，危坐吸烟，听大汉语。大汉曰："观君恳挚，当不致泄吾秘密。第吾侪之事业，有不

可告人之苦衷。然吾侪唯一之宗旨,在使人不失希望。君之希望,欲知吾侪,将尽吾之秘密以告。"旅客唯唯。大汉曰:"吾侪之事业,慈善之事业也,其宗旨在使人人不失希望。然果至吾侪希望绝时,亦惟有使其不知希望而已。质而言之,吾侪以救人为目的,以杀人为一种之方法。"(未完)

(续前)旅客闻大汉言,心血震荡,所吸之烟管,不觉坠地,乃指大汉大呼曰:"贼!"胡子大汉此时垂首,其和霭可亲之态,甚于以面包与人之慈善家,绝无一毫凶恶之气、严厉之色,仍发一种温婉之声曰:"君毋躁,容予毕其辞。"旅客略镇定。大汉乃徐徐续言曰:"适所云杀人者,不过救人方法中之一种方法。吾侪固以救人为宗旨者也,吾侪之团体,本以慈善会名,此间为本部,其势力已普及于各行省。徒以所操之方法,多此杀人之一种,特异于一切慈善团体,故即以杀人慈善会名,非专以杀人为事也。"旅客曰:"太辩,太辩。虽然,杀人何以能救人?"大汉探衣囊出一纸,示旅客曰:"此为本会之命意及规则,君试观之。"旅客受而读之,其上书曰:

杀人慈善会之命意:

(一)本会以破除世人一切烦恼为宗旨。

(二)本会务使世人不失希望。

(三)设男女小学校、贫民习艺所、病院、老弱院等种种慈善事业,其愿望在不使一人陷于愁苦之域。

(四)凡人无论抱有何种困难疾苦,本会必以全力扶持之,即至本会无可为力时,亦必代谋精神上之快乐(即杀人主义)。

杀人慈善会之规则:

(一)本会施行特别方法,必使受者毫不知觉,以免种种恐怖痛苦,故本会会员不得轻以本会主义告人。

(二)施行最后之特别方法,必须慎之又慎,非至本会断绝希望时,绝不轻易下手。

(三)本会万一观察有误,须速谋补救,并赔偿受者相当之损失。

旅客阅既竟,点首叹曰:"异哉,君辈之生涯!吾此行不可不谓为增一新智识。"乃以所阅之纸还大汉。大汉曰:"吾侪具非常之毅力,固不虑他人之干预。君长者,谅亦不致泄吾秘密,使受吾救济者,先以此事印入脑筋,而仍不免于恐怖也。君之希望已满足,君其行欤?"大汉已荷枪于肩,灭灯启户。旅客乃重负布囊,就地上拾取烟管,从大汉后出石室。降石级,登土级,出土穴,而出矮屋。矮屋中之三人,仍以燃烧之木材,递入旅客之手,目送之行。大汉乃执旅客之手而言曰:"君尚有疑窦未明乎?吾不能使君失希望也。吾之问君为何如,盖以君冒险夜行,虑君有非常困难事耳。至君闻之枪声,则断送一本会希望已绝之可怜儿也。吾言已罄,君其行欤?祝君平安。"未几,杳无人迹之大道中,已有一肩负布囊,手握短烟管,行色匆匆之旅客。时已月落参横,晓风拂拂矣。(已完)

(1912年第5期、第6期)

短篇小说:水怪(大悲)

秋山之趺,拓为旷地,松杉阴黯,村舍田园,攒三聚五,相杂错,类犬齿。小河前横,河之广才可容舠。黄昏渐近,骄阳西匿,乡野之间,转觉荒凉可怖。入夜,山气渐寒,两三星火,散见于林屋间。天上白云如山,层层密布,无少罅隙,且舒徐不前,态极闲暇。忽风伯命驾来,力驱之使四散,骤见月魄当头,直劈树蹊而下,仿佛水银泄地,无孔不入,至于目所不见为止。天月水月相印，尤觉皑皑四照，银海生花。然乡月较城月，景象为凄惨，初不觉其华丽可爱也。

已而月明之下，忽有声发自河干，使人心碎若碾，盖秋砧之声也。一半老妇人，偕一及笄娘，若母也女者，携杵捣衣于砧。两人絮絮细语，为砧声所乱，模糊至不可辨。西风挟云，东向疾走，月则捷出捷入，乍明乍暗，变化万状。二人捣衣既毕，方将收拾筐筥等器。是时万籁都寂，阒无声闻，斗然河水作响，浪花四溅，一怪物探头出水面，颅大若斗，双眸炯炯，圆而且巨，其状可丑。二人狂骇丧魄，不敢回顾细辨，相与兽行而归。幸家临河岸，去砧仅十余丈，入门急闭双扉，二人已面无人色矣。

斗室深广各约丈许，室中陈设书案一，榻一，木凳竹凳并各四五。案旁一巨竹椅，案上乱书如山，秃笔及朱墨之砚，杂陈于书堆中。尤有界方一枝，压字纸高盈尺。一老者貌黑瘦如鬼，泥垢厚可盈寸，方犬卧榻上，吸阿芙蓉膏。灯光如豆，作惨绿色。书籍烟具，狼藉枕边。老者盖村中之塾师，即妇之夫而女之父也。见二人狼狈状，急起欲问故，而口已哑。二人亦身颤如发疟疾，口作牛喘，不能道只字。先生睹此情形，愈益惶骇，哮咳大作。少顷，女已喘止能言，乃述所见。塾师惊曰："此、此、此必水怪为灾，非扑杀之，吾、吾、吾乡无噍类矣。"

夜半，忽闻锣声彭彭然，远近村龙和之，狂吠如豹。村人斗从梦中惊醒，疑是回禄，急披衣起，开门仰视，月轮隐于云后，大黑于墨，如入睡乡，绝无火光。又猜或是盗劫，遂各携枪械，然松萌为烛，向锣声近处，蜂拥而去。至则塾师家也，已先有邻居数人在。塾师夫妇，方指手画脚，以水怪状告众，非蛟非龙，非介非兽，不能名为何物。众议喧杂，至不可闻。众中有少年大声倡议，使壮年善泅者，入水以求。或和之，议遂决，于是众鸟兽散。

一日，两日，三日，村中善泅者，咸入水搜求殆遍，而所谓水怪者，卒杳无踪迹。众志已懈，佥谓先生夫妇，非诳语即眼眩，乌得怪物？先生无言可答，亦惟有以“见怪不怪，其怪自败”一语自慰而已。

先是，村中农家子某甲，年十三四，顽劣异常，能泅入水底，伏行数里外。向从塾师读，每视泽国为逋逃之佳薮。师痛责之，复告其父，归而再受挞楚，以是恨师。知师母常偕其女，捣衣于河干，乃解裤露臀，倩同学辈，用松烟和油，代画其臀，眉目悉具，从远处泅近岸边，倒身涌出水面，以臀内向，转瞬已杳。二人惊余，不及辨为何物，遂讹传为水怪出现。日久诸童偶泄其事，众始知此好火之面孔，实不过油画之小照耳。

（1912年第7期）

短篇小说　短篇小说：回头岸（尘根）

陈生者，南海故家子也。工诗文，屡应童子试，不售。居常悒悒，闻樵西佳山水，可纾郁滞，遂往游焉。时值仲春，杂花生树，流莺送声，生乐之，因就仙观羽流，假墨庄下榻。

每日惜花早起，扶筇览胜，觉暖香顽艳，沁入心脾。无何东风解冻，转眼暮春，杜宇一声，则万花齐落。生枨触无聊，信步至巄嵷间，倦而假寐。恍惚此身在枕瀑亭边，看涧水流红，声声幽咽，不免有流水落花，春去人间之感。俄见一僧卓锡，飘然而来，生意是本山白云寺缁流，起与为礼。僧亦合掌问讯，且谓生曰：“君非眷落红、惜余春，而伤美人易暮者乎？此乃情缚，幸勿复尔。曷从老僧游，以蠲尘累？”生不觉随之行。至一峭壁下，僧仰指所题“壁立千仞”四字曰：“结体寻丈，而书法峭劲，足与石壁相辉映，我与君共跻其颠。”生方踌躇，僧忽握其手曰：“起。”觉足下冉冉云生。

须臾，置身千仞，其风景幽雅，又别有天地。复行数百步，见林间露一古刹，僧启扉，肃生入。堂室皎洁，中有石禅床，旁列石凳二，石案上清磬梵经外，无长物。僧自踞禅床，以旁坐让生。生见此僧风骨珊珊，知为有道士，乃违坐稽首问休咎。僧曰："君虽雅才，非功名中人也，寿亦不永。"生嗒然若丧。僧笑曰："愚哉！百年富贵如花坞春光，弹指即过。"生闻而顿悟，泣求解脱。僧曰："我有一楹联赠君，君归书悬斋壁，朝夕讽诵，倘能参彻，即立证菩提。"生俯受教。僧朗诵曰："认境为心，作无限喜喜悲悲，悲悲喜喜；万年一劫，逃不出生生死死，死死生生。"诵毕，以杖叩生曰："志之可去矣。"生豁然顿醒，此身仍在巃嵸阁上。时春雨初霁，喷瀑跳珠，但闻飞流千尺间，声如万壑松涛而已。

生归如僧言，家人议其痴。一日，忽大笑，声彻户外。旋入室，谓其妻子曰："好自为之，我往樵西领略春光去矣。"久而不归，妻子寻之，不知所终。

（1912年第8期）

短篇小说：医医（自在）

木叶萧萧，夕阳黄瘦，秋风阴惨。路人状至瑟缩，捉襟掩肘，若恐寒气之袭体者。风际耳边过，呜呜作响。故路人有所闻，闻风声、树声，一片交杂耳。路人尽贫苦者流，路为村落通市孔道，有荷锄者，有肩挑者。锄末撮以竹筐一，茶器一，一望而知为农罢耕者。挑两端挂以竹筐二，鲜肉少许，一黄犬尾其行，此农而售其产物于市者也。行行重行行，欲早宁家，一慰妻儿倚门苦。远见淡烟凝空际，知村中晚炊已熟，杯酒半鱼，以偿终日辛勤，状至乐也。

忽闻悲声彻耳，前行者愕然，后行者住足左右望，欲得声之所自。声呜咽，细且惨，知为女儿声。女儿胡只身此间，其遇盗耶？其足痛不良于行，以是而悲耶？前行者曰："空言无益，盍一侦之？"秋深草枯，林深而不密。一少女端坐其中，手抱娇儿，以避风姨，面惨白，若魂已脱躯。比闻人声，乃亟呼曰："趣以沸汤来，用活吾儿。不尔者，吾儿死矣。"路人不知所措，路距村落半，距市亦半，忙急中安得有沸汤？一勺水且难觅。睹此惨状，不忍恝然去。有诘者曰："谁怀中有洋火者？"声未毕，而划然见火光矣。乃拾败叶作薪，叠石作灶，端农夫茶器于其上，炙之使沸。忙未已，闻少女呼曰："儿急醒！"儿口吐唾沫，面灰目闭，唇往上缩，昏然罔觉慈母之呼吁也。一老者上前抚之，曰："儿僵矣，沸汤胡为者？而盍置诸草上，搂抱何益？速归而家，觅器埋之可矣。"少女闻言，目直视，身颤弗已，迨将晕。路人乃灌以茶，及苏，于是大哭曰："儿乎？儿乎？竟别汝母而去乎？而母茹痛抚汝，儿竟不余偕乎？汝父死甫经年，汝复从父去乎？"哭声惨怛，闻者伤心。路人劝慰者再，少女哭止。群助其窆儿毕，少女不谢竟去。众哀其志，亦勿责谢。秋去冬来，时过境迁，亦莫知其究竟矣。

（1913年第11期）

短篇小说：贼！贼！（不文）

夜色沉沉，空中星斗闪烁作微明，照映街衢电灯，亦惨淡无色。此时繁华之市，几如北半球雪山，剩有残日，为乱云掩蔽，或明或灭，如斯景象，谈者为之毛竖。此何地？不料即地球上最大之都会，其名则已忘之矣。噫，华屋邱山，乃不待百十年后而已见耶？

"……贼……贼！"此时街上一男子舍命前奔，衣服破败，气喘不属，蹲于路隅，少息即起，复奔。后一人亦疾步相随，百丈外灯光之下，已见璀璨襟章，一股寒气，直逼霄汉，使人疑为革命健儿佩此勋章夜行，有项羽富贵不归故乡之叹。不知！（哈哈）不知乃一警察逐宵小后。细视之，警察大人之面，扬扬得意，似明朝将献俘奏凯之功，一团喜气尽现于眉宇者。盗乃不辰，再奔已倒于路上。警察随行随鸣其警笛，再鸣，三鸣。东方隐现白色，盗之命愈促矣。时复有璀璨其衿章者数辈咸集。大声曰："贼何在？"鸣号者曰："在此，在此！"集者叱曰："寒乞耳，何能盗？"鸣号者笑竖其中指曰："惟乞故能盗。今日之功，汝辈不能争也。"集者嘔曰："速起之。"地下有一黑团，陷新泥内，尚不辨其是人是物。鸣号者用力蹴之，掀使起，蹲者呻。集者拳交下，蹲者无声。鸣号者曰："汝欲死乎？欲累汝祖宗乎？咄！"行人少集，嚣嚣然曰："贼耶？是不可纵……死之……否……检其身，赃物安在？"检盗身，得敝时钟一，铜币数十。"赃在是矣！长官拘之……拘……拘。"警察拥盗行，盗不欲前，奈脚跟移动疾甚，已不由自主矣。

迟明，森严大厦内，高坐一警察官，翘其两棱之须，似琐屑细事不足系其怀者。原告与有功之警察分列两行，阶下挺一死人。警官曰："何事？"有功之警察足向前道："盗案。"警官曰："阶下者盗耶？"两旁曰："是！"警官曰："盗何名？"不料挺卧者尚未死，闻言微应曰："吾非贼。"言毕，强起。

警官曰："汝非贼耶？赃物俱在，本官固英明者，盗何能狡脱？"盗曰："小人不食数日，乞大人怜悯。"警察官曰："汝饿胡不死，吾恶能怜汝者？"盗曰："能死不致如是矣。"警官曰："汝何必为盗？"盗曰："不盗何为？吾侪小人，焉能如大人不盗而得多金乎？"警官曰："咄！死囚！"

盗曰："何致于死？苟吾有多金，尚可赎也。"警官曰："原告在此，汝之所为，法律岂能恕汝？"盗曰："法律亦许人自卫，吾不盗且死，是盗即自卫也。"警官曰："汝固自卫，恐富者无立足地矣。"盗曰:“大人只为富者忧,不为贫者一想。贫者若不盗,岂能留此残喘供富者牛马?”

警官曰:“贫而牛马分耳。苟不自立而死,于政府何损?于国体何碍?汝乃欲以死动本官耶?”原告曰:“彼既自认,罪有应得。上官……”盗疾声呼曰:“罪乎!吾良心上、公理上实无所谓罪,汝等妄用强权,此仇会当雪也。”时观者愈众,闻铮铮声,一警察持铁链出。盗仰天大哭,晕极倒地。警官他顾,手扪其须棱,似有声从鼻孔中放出:“带下!”警察即用链匝盗颈,拽之出,额拼阶石,见一二点血映旭日作殷红色也。警官起立,微伸其体,力搓双手入,众亦散去。是何事?或曰:“现世纪屠人之肆,在此作自由贸易也。”(完)

(1913年第12期)

《珠江镜》

1906年创刊于广州，日报，总编辑何言。1906年5月迁至香港，因鼓吹民主革命，受到粤汉铁路风潮的影响，被禁止在广州发行，因此停刊。广东省立中山图书馆存有迁至香港后的报纸。发行所在香港德辅道中门牌卅九号三楼，代售点有广州、佛山、江门、石歧、东莞、澳门、西南、沙头、大良、新宁、新加坡等。现存小说共6篇，均为短篇小说，本集全部整理。

写情小说：情侠（彰武）

去夏日光炎炎，热度逾百。余作白云之游，偕爱友二三，携壶以往。徐步山下，仰见能仁寺，拾级登。方半，后呼余声颇急，顾之，旧仝学某氏也。相与入寺，于后楼席坐焉，彼此谈别况。某曰：“吾自东京归，道经上海，逗留数阅月，抵粤甫旬余耳。”询其所得。曰：“于学业之外，别有当意者。”因向怀中出一小卷，居沪时日记之一种也。余为之述焉。（未完）

（初续）汉蔚，苏州吴县人，其父商于沪。蔚聪慧，美丰采，聪明过人。母黄氏，极贤慈。蔚虽聪慧，而其学优识伟，未始不基于庭训也。年十五，随父旅学申江，师每器重之。尝读《民约论》诸书。居恒以挽祖国、拯同胞为己任。仝邑有女杰，孀妇也，设女学于沪。一夕，课毕欲就寝，忽闻呜呜哭声，启窗视之，则见一少年，泪盈盈哭于野。妇遽动其悯心，呼婢随己下楼，及少年身。噫！是何人耶？是即十五龄之伟少年汉蔚也。妇执之曰：“寒风霎霎，子以羸[羸]弱之躯,孤身只影,夜哭于此胡为?盍至我室,权作栖止?”蔚初有难色,妇促之,遂相与偕登。抵楼则见铺陈雅洁,尽属西式,俨然学校之寝室也。方四顾靡定,妇曰:“蔚子饱尝风雪矣,得毋冷乎?”以棉袄覆之。蔚讶曰:“吾与娘子素未谋面,今蒙抚慰殷勤,感激奚似。然有欲问于娘子者,何以知我名,且娘是何处人?尊姓大名敢请见告。”妇曰:“然。吾乃尔邑之罗冠钗也。吾家距尔只里许,常见汝丰度翩翩,心窃喜之。今夜哭于此必有故,盍告我?”(未完)

(再续)蔚曰:“今者薄暮,纵步佚游,行近僻处,忽闻呼救声甚切,趋视之,阒然无人,但闻虫声即即而已。无何复隐隐闻哭声,声自林出。更入,则见一老妪仰卧于地,鲜血淋漓,喃喃自语曰:‘吾其死矣。’呼之不应,俄气绝矣。斯时惟余一人,风寒砭骨,且悲且怖,乃行,意归而侦其事。行数武,忽闻呼余声,时已入暮,隐约不可辨。复行,适与仝学黄君遇,余曰:‘顷呼余者非子也耶?’黄曰:‘然。’询其到此之故。黄遥指曰:‘子见这妪否?’余曰:‘死矣。’(未完)

(三续)黄顿足曰:‘天乎,【彼】斯吾之乳母也!吾之得悉所谓国家、种族者,彼之赐也。今者彼为人所害,宁勿恫欤?’余诧甚曰:‘盍为之复仇?余当助力。’于是黄一面报知家人,为之殡敛。乃偕余且行且语,曰:‘妪姓唐氏,生有熟[热]血,尝晓吾以国界、种界大义。近方谋倡女侠会,忽为人中伤,仇人所在,尚未悉也,吾当与子侦之。’谈次,闻前面有人私语声,乃窃听之。一人曰:‘现吾所最忧者,遗下尸骸,恐终有泄漏之一日。’一人曰:‘可憾当时不并埋之。’少顷,一人出,凶狼可畏。黄为其所见,彼即喝曰:‘乳臭儿敢在此窃听!’余股慄,曰:‘吾等游至此,非窃听者。’其人曰:‘为何伏于是?’乃命二人一执余、一执黄以行。俄至岐路,黄之左,余之右,直抵此处,闻有人声,余乃喊救。其人惧,弃余遁。

呼者再,寂无人声。余不禁仓皇失措,幸为娘子所救,现黄氏友尚未知何若。”妇具聆是言,默不作语。良久,曰:“妪姓唐氏乎?”蔚曰:“然。”妇曰:“状貌若何?子尚记一二否?”蔚曰:“年可五旬,身矮而貌慈。”妇曰:“嘻,彼曾为吾儿当乳娘者。今天令子报吾者也。然子侠气如此,可儿哉!洵人杰也。”(仍未完)

(四续)时更阑人静,忽闻剥啄声,少焉一少女至,态度苗条,睹蔚作愕状。妇曰:“夜深矣,尚未寝耶?”女曰:“顷吾母特命仆妇来,言吾表戚家之乳娘被害,吾表兄曾归令家人为之殡殓,匆匆复去,久未返云。”妇与蔚均讶甚。妇曰:“汝戚黄姓否?”女曰:“然。”妇指蔚示女曰:“此君亦缘此事而至此者。”于是备陈始末于女。女恍然曰:“然则吾表兄何如,未之知也。烦为我侦之,有消息告我。”遂出。妇谓蔚曰:“此吾甥王凤嫦也,肄业于本校。人聪慧,有侠概,抱民族思想,与子并埒者也。”蔚赧然。时风声萧瑟,夜雨廉纤,远听冬冬,五鼓矣。妇曰:“昔吾在家时,见汝慕羡不置。今夕何夕,岂非天假之缘耶?吾不幸中之幸也。”蔚曰:“娘子云何?”妇曰:“吾儿不寿,七龄遽逝,如失掌珠。今幸得子,差堪告慰也。行将以汝为谊子。”爱情殷殷,互作竟夕谈。无何东方渐白,蔚告退,妇依依不舍,声为之咽,默然无语。蔚曰:“吾往一探黄君消息,此后必常至,奚悲为?”遂去。(仍未完)

(五续)蔚直返寓,托别故告知乃父,旋往学校请假。抵校则见黄在焉,相顾愕然。蔚备述所遭,反询黄。黄曰:“吾自被拘,直抵一村庄,禁余于黑室。五鼓时,忽火光熊熊,自左邻起。惟时扑救甚忙,余藉以遁。行数武,睹尸骸三具,焦头烂额。有 人约似昨执余者,谅被火者必贼,惟未悉纵火者为谁耳。”蔚曰:“盍往穷其究竟?”黄诺之,遂与出门而去。行未远,见少女珊珊而来,移时及近,颔蔚曰:“子将焉往?”蔚睹之,则王凤嫦也。王见黄在,喜甚,曰:“表兄及几于难矣。”彼此略致言。蔚曰:“□处殊非谈话之地，盍另觅所在？”乃复至女校，至则罗妇恰课毕，见蔚即握其手曰：“吾今始释愁怀。”王谓妇曰：“此即吾表兄黄起也。”相坐下，黄以昨事告女。女曰：“纵火乃吾母命仆人为之，欲以救兄者也。”黄作感激语。俄用朝膳毕，各告退。妇雅不欲别蔚，挽留甚力，不得已黄先去，女亦及上课时间，只余蔚与妇。纵谈时局，慷慨欷歔。妇益爱之，备告其家世于蔚，始悉其夫为国而死，遗子七龄遽折，创兹校三载，己任教员，历历在蔚脑中。及午，忽接黄来函谓“顷得来[东]京友电，促余日内起程前赴，须与君等别”云云，盖黄早蓄是志矣。(仍未完)

(六续)及暮，蔚别妇返校，叩黄行止。黄告以“友自东来电，促余往”云云。相对欷歔，大有离情之感，不禁泪珠欲坠，握手言别。翌日，黄附轮东渡。蔚以仝志遽别，郁郁不怿。次日，接罗妇信，谓王女病重，非子来莫疗。蔚摩挲久之，不得已去，则见女病态可人怜。睹蔚泣然曰：“吾聆君言论，觇君行事，久已魂绕于君矣。君不我弃，当为我筹之。”蔚曰：“藐兹余躬，无所擅善，遽蒙青睐，敢不唯命？”女喜，病若失。蔚以黄东游事告女。女顿曰：“内地学界，不可立足。吾亦久怀是志，安得携手同往？”于是谋诸妇。妇曰：“为子学业计，不得不尔，其如远别何？”蔚曰：“英雄事业，离合焉可决？吾娘毋以儿女态短英雄气也。”妇伟之，刻备资斧，女与蔚凑有数百金，已敷去时用，妇继之可矣。蔚即回苏，禀命若母，旋检行装，与女偕行。妇远送望船解缆至没见乃返。虽为蔚义言所感，然一缕情丝，安能辄断？自是闷闷不乐，日后之于望空怀想而已。蔚与女自□□□，分投学校。光阴若箭，屈指三秋，卒业之期见报，喜不自胜。乃返国，与妇重聚，其殷綮不待赘。居无何，各见大势岌岌，不可终日，共图行事，不果，遂相与入山，隐以待时云。(已完)

(1906年5月27日至6月5日)

涤垢小说:本地状元

(八续三月廿五日稿)妇自某出门去后,扬扬得意,遂扃门返状元家,对状元公说曰:"佢个衰鬼于昨日已经去哓唎,而家唔驶咁慌咯。"于是他二人如胶似漆,刻不能离,其爱情愈浓,则其刺激力愈涨,相摩相荡,遂居然二奶矣。无何,毒发。又未几,而面部点点作金钱样。心大骇,以为平日并未有滥交,何以得此?忽而暗自忖度:"莫不是此妇系三代的?然而伊丈夫则明明是好人一个。若妇是疯种,则某已得之在先,又何以轮至到我?"心中大惑不解,妇亦思疑状元公未曾去别处番嚟,特以情之所钟,故亦安之若素。状元公无奈,莫自明其原因,惟求法治之而已。闻人说用马血敷治,将马腹割开,藏身于内,则毒虫自出。如法治之,几乎局死,不效。于是倩医生用坠法,故其面目虽已全非,亦不至如东门外之状元院一流人物,尚得以逍遥于社会上云。(仍未完)

(九续)某自与妇分手,携了数百金,出门径去。大丈夫磊磊落落,驶忧冇老婆,故对于妇已绝无半点爱情。越数月,知状元公已领野,心中窃喜,以为此愤可以泄了。惟此事甚为秘密,微特状元公不知其来历,即此妇亦不知其高中之原因,究竟来历不明,终唔见得我之本领,较不如写一封书,与之揭晓,庶使天下后世,皆知我某某一人之手段,非如呆汉一流,到时佢虽欲找我悔[晦]气,究竟唔奈我乜何。因欲执笔写一封书,惟生平于文理不甚通晓,只得浅浅俗俗,随意写一封书来:

字示状元知悉。我与你为同宗,闻你之大名久矣。今何幸辱蒙体贴,宠及贱内,并以一顶绿帽,慨然持赠,何乐如之?惟我不善于戴，谨将老婆一个，随物送回，你亦可谓捞单顺矣。至于五百金之惠，当不敢忘。今闻你上京高中，捞了头名状元，可为你宗族交游光宠。惟闻你反郁郁不乐，岂一状元尚未满意耶？你亦知你高中之关节，谁人所买乎？我已将你数百金买通上下路，你知之否？自今以后，你可不必闭翳，功名女色，快绝一时，岂不乐甚？书不尽言，你自思之。此达，某某字。

状元公得书后，方始知中了佢计，因大骂不绝，欲即得某而甘心。奈此事暧昧异常，终难下手。又欲将妇诘问，妇以不知对，且谓某并无别事。状元公不信。妇只得对以某夜与夫畅饮，如是而已。言论之际，更弄出一种柔情，状元公骨都软晒，只得哑忍而已。迄今该妇尚在家中，而状元公则居然修撰矣。客述毕，命余记之。余苦无文，因以俚言述之如右，名之曰《本地状元》。（此稿已完）

（1906年6月6日、6月11日）

短篇小说：戇旅行（止戈）

夏振，广东花县人。生有戇性，常只身远行，一去不知所之。或旬或月乃返，询其所往，则愕然不应。家人亦不之怪，盖已司空见惯矣。甲辰夏，佣于佛山某店，时当酷暑。一日将暮时，散步门外。时振莫名一钱，赤身跣足，信步所之，一去如黄鹤。久之久之，将届三秋，尚不见返。家人咸曰："戇子其死矣。"忽一日，见振倚门外，拉之入，则已易西装矣。觇其行止，迥异曩日。叩其所往。振曰："吾自禅去，昏迷不悟，横卧于地。逾时喧声震耳，始知己身在船，已抵省矣。船人屡讨船费，将动手，吾疾声呼救。登岸，一人执吾往不知何处，其人亦素不谋面者。无何送吾往德国某邮船傭工，日操船业，直至船泊，入德京柏灵，遂藏发于帽易装。逗遛两阅月，再傭于船。复走东北，之俄国。时七月，俄地积雪盈尺。入俄京圣彼德堡，适日俄将启衅，恐日人来处入为间谍，故抵城必验。余幸发未尽截，得入。旋之瑞士，山之秀，水之清，足为全球冠。乙年春，往英，又傭于英京伦敦之旅店，直至冬乃返，获资颇不少。”复询之，则戆态复作，愕然无语矣。

（1906年6月7日）

短篇小说：险里姻缘（止戈）

袁孙粤人，纨绔子也。恒作狭邪游，烟花场中，足迹迨遍矣。父以舐犊之情，不忍过责。然心恋功名，屡劝攻书。年十八，负笈于城内某大馆。一晚，偶散步通衢，徐徐而行。忽来一梳傭，年可廿余，娇容可爱，遽问袁曰：“少爷何以久不晤面？吾三小姐望眼将穿矣。”袁讶甚，问汝三小姐何人，并询所在。傭以前街张公馆对，并促袁往。袁偕行，移时已到。傭曰：“请少候。”己乃入。袁细睹之，果公馆也。少顷傭出，导袁转横厅，入至房，雅洁异常，一尘不染，竟如飘入广寒。俄一少女至，年约二九，齿皓唇红，香气袭人，发光可鉴，袅娜而来。秋波一盼，袁已神驰目眩矣。女遽出其纤纤玉手，抚袁曰：“妾何获罪郎君，竟我遐弃？妾自别郎，未尝有泪已之时也。”莺声了亮，贯袁耳鼓，心摇然，且喜且惧，不知所答。无何傭辈捧果饵源源以进，与女对桌。无何，婢收拾食具。女亦出，谓袁曰：“郎且休息，妾恐夫侦悉，不敢久陪。”遂去，扃其房门，并加以钥。袁怪甚，彷徨中夜，其卖疯者欤？抑诱拐者欤？百思莫得其故。（未完）

（续昨稿）继而遍搜房中笥箍，空无所有，袁益怪之。翌晨女又至，周旋约一句钟，复去，去必如前扃其门并加钥焉，如是者五六天。一日，女来，袁瞷其别顾，窃其钥，纳诸囊，女出遍觅不获。袁曰："吾欲出外散步，如无碍，可不扃门。"女诺之，遂去。是夜更阑人靖，袁乃步出前厅，偶启尘箍，禀件累累，细检阅之，其关于命案者数起，余禀批等无算。次日，袁伺隙而遁，径返馆，而一个闷葫芦，犹未打破。迨月余，忽一日乃父来，怒目而言曰："吾儿不知干犯何罪，为人控告，今者县差来传询矣。"袁骤聆之下，怪诧不置，又未便遽以前事告，强谓并无干甚事。其父遂谓："如确没罪名，何括往辩？"于是与袁同往县署。乍睹女在，并一外省人。判官方对讯，女供本许聘袁者，后为候补县张某强娶为妾，情有不甘，故控诸公庭等。判官录供转询袁，袁不知所对。其父则曰："吾子并未订婚，亦并无许聘此女为媳事。"官命悉置署内俟再

讯。是夕女告袁曰："张某游人，来粤候补者也。据云前经数次设计陷人，用以替犯死罪者，盖犯罪者賄以重金，彼乃出此。今又复令妾陷君，妾不忍为此，正拟设法为君解此厄。讵布置未周，君已遁。欲寻君罔知所向，故控张于官。君如怜妾，当援我。"言时泪下不已。袁允之，并以告其父。父曰："得脱斯险，彼之力也。彼德于我，背之又祥，当许之。"翌日复讯，袁以是照供，遂判置张于法，女配袁为妻。袁于是税居羊垣，女出其所蓄，簪铒等所值三千余金，另获张某契据等物，亦数千金，遂相与偕老云。（已完）

（1906年6月8日、6月9日）

短篇小说：意外缘（云慧）

沈允谐者，世家子也。年十七八，勇力过人，为乃父所最钟

爱。而性躁急，又为父所最恶。父因教其和平，冀成大器，而允谐辄不听而去。父以舐犊情深，不忍苟责，听之而已。然由是愈恶之。一日，有梁文到访，语允谐曰："际此秋高气爽，盍游猎以博一乐乎？"允谐曰："吾技痒久矣。今兄有意，快甚。"遂并约里中诸少年，各携枪械，同向深山而去。自辰至午，所获禽兽不少。文曰："吾辈辛苦已甚，宜暂休息，看谁人所获最多。"乃互相比较，以允谐为最，同辈均钻[赞]羡不已，允谐觉甚得意。正谈论间，瞽[瞥]见对山有一小豹，垂头而行。梁文正拟发枪轰击，允谐急止之曰："勿勿，吾当生获之，归献父母。"遂即向前追去，豹亦发脚狂奔。愈追愈远，约十余里，而豹已不见所在。允谐气喘不已，乃坐树下，藉养神气。陡闻阵阵花香送来，透入心脑，遍望各山，均无花朵，不胜诧异。拟登高一望，惟疲倦实甚，几不能步。然心极焦急，务欲寻花香所在，破此疑团，乃勉强匍匐前行。约一句钟，始至山顶。俯首一览，见有村庄一座，四围遍种菊花，喜甚，又复勉强前行。(未完)

(再续)旋顾侍婢曰："沈郎饿矣，亟具酒馔。"无何珍馐备列，世罕其俦。中有荷包旦，味尤美，沈称赏不置。女复亲自献酒，备极殷勤。沈酒量本大，至此亦醉矣。然沈犹勉强曰："适卿欲游猎，此时虽晚，盍一行乎？"女颔之，乃命侍婢各携枪械，相将出门。才渡小桥，适秋雁排行飞过，女谓沈曰："盍各发枪，看谁能中？"十是沈先女后，各中其一，侍婢齐声喝彩。少顷沈酒气发作，支持不得，遂不能行。女乃命侍婢扶归，另备一房，为沈居处。沈感激不已。忽一日侍婢入报曰："大少游学回矣，现在厅前，布置行李。"女喜甚，乃偕沈往见，各道情由。道培曰："吾妹孤寂，得兄陪伴，何幸如之？"沈亦称谢女挽留之恩。至夕，女与乃兄在别室少语片刻，俄而道培独来谓沈曰："舍妹今不自慊，属意于君，愿以终身奉托。尊意不嫌鄙陋，其俯纳乎？"沈赧[赧]然者久之，但曰

“不敢、不敢”而已。然闻此语时，如乍膺九锡，惊善交集矣。过数天，道培遂命女与沈行结婚礼，其鱼水之情，恩爱之处，无容笔述。由是沈居则与道培谈学，出则与女游猎，此间乐不思蜀矣。孰料兴尽悲来，乐境变成苦境，有情几至无情，此固沈与女非所料也。一日敲门声甚急。(未完)

(三续)沈诧甚，亲往开门，则敲门者梁文也。状甚彷徨，见沈便顿足曰：“自游猎之日，足追小豹，吾辈候至晚，不得已回，归告汝父，怒而骂曰：‘要此不肖子何为？’止此一语。及告汝母，则哀哭不已，且因而致病，今病且甚。噫！汝果何为乐此不归乎？汝不念及爱亲乎？吾几经苦楚，始克到此，宜即归也！”沈闻之，凄然而泪，且泣且诉，具告情形，遂即与梁文往见道培及女，备诉来意。道培曰：“何忧为？吾当亲谒尊翁，然后来迎舍妹，事无不谐。”沈曰：“善。”乃与女握手曰：“别只暂时，此后当长相聚。”女不胜惆怅。于是沈三人便即起行，无何抵家。道培见沈父略谈数语，沈父即骂曰：“不肖子背亲私婚，吾誓弃此不正媳妇。”道培拂袖而退。沈追之不及，乃哀母向父求情，不允。且即为聘金氏女，无何成婚。沈无奈，姑如父命。婚后又借别往为名，暗到女处，至则菊花零落，人面不知何处去矣。沈此时哭不成声，苦无可诉，勉强回家，抑郁不乐。日惟四处周游，无地不到，冀获女之所在。一日偶独至某尼庵，瞥见一尼，貌酷似女，然转瞬已入别房。沈追前见之，果女也。女欲避之，沈牵衣长跪曰：“仆知罪矣。然非仆之愿也，卿其怜我。”女切齿曰：“无情人尚有面见我乎？自吾兄归告我后，吾即不愿在情天孽海。及兄入供职，我尘念绝无，乃弃家至此，无望我复回矣。”言已泪湿衣襟。沈百法哀求，意不稍转。沈曰：“我留此可乎？”女沉思良久，始允曰：“可。”沈遂留焉。如是者三年，父丧亦不归。后女劝沈曰：“长久居此，亦无了日，盍向宦途一走，冀博一官，亦男儿份内事。”沈善之，遂即用数万金，拜某权贵，历宦至蕃臬。适遇匪乱，帝避祸出走，女曰："妙哉机会，富贵此其时也！"劝沈勤王。时帝不食数日，女乃亲煎荷包旦，由沈跪献，帝大加称赏。返京后，女复劝沈献菊，以表晚节留芳之意。帝由是异常宠眷，后总督某省，每事任性妄为，且常因酒误事。女力劝不听，凄然曰："富贵止此耳。"因是忧郁而死。沈哭之恸，思有以报之，乃奏保其兄官至盐道。初沈之行事，皆女为之筹画，故事皆妥洽，民皆爱戴，至是女死，沈如鱼失水，复为属员所蒙蔽，名誉遂坏，因某事而动全省民怨，言官交章参之，遂至罢职云。(已完)

（1906年6月12日、6月14日、6月15日）

短篇小说：崖门余痛（崖西六郎）

崖门之东，有宋国母祠焉。去祠里余，山边有石，屹然临海，俗名锁江石，以其石大如海之门户也。昔宋张宏[弘]范，为元作伥，灭宋于此，复自题于石上曰："张宏范灭宋于此。"以纪其功。后陈白沙先生游览其地，一见数字，突生愤恨，为之加一宋字，合为"宋张[弘]范灭宋于此"。且有《崖门吊古诗》云："纪功铭石张宏范，不是胡儿是汉儿。"至今字迹模糊，犹能辨识，读之令人泪下。噫！种族观念之于人甚矣哉！自古及今，无贤不肖，谁能忘也？惟当时宋水军既灭，间有逃生者，冀复大仇，浮舟为家，取鱼为业，即今之蛋家是也。遗书敦嘱，皆纪当时惨痛情形，以示子孙世世不忘仇敌。故该处水族，皆有国仇之一念存焉。然日久志懈，逐渐遗忘，几疑此中之无人矣，而不料英雄出于巾帼。相传前廿年，有女子赵玉者，宋水军之苗裔也。早孤，随母金氏浮家泛宅，亦以取鱼为业。貌美性聪，闲尝听父兄之闲谈，言亡国之余痛，玉每听辄泪。故时过锁江石下，抚摩遗字，涕泪交流。至愤极时,则慷慨曰:“吾虽女子,然国仇不复,爰戴异族,何以为人?”时复以大义规其同侪,同侪既羡其容貌,且爱其性情,□莫不交口称道,以是远近皆耳其名。(未完)

玉名既驰,然人以其榜人女鄙之,多不谅其为宋水军之苗裔也。玉亦不好与人来往,暇则专学泅水之术,日久渐精,能入水四五日可以不出。一夕船泊锁江石侧,时六月中旬,月明如昼,波平如镜,方眺瞩间,忽觉锁江石下,海之浅处,豪光闪烁,与月辉映。玉异之,终以海上波光,随时皆有,亦不之怪。然如是者三四夜,玉诧甚,语母曰:“此间得毋有宋宝存乎?”母曰:“然。当日我水军轮船为营,遇风全覆。皇后、皇子,悉遭于难。宫中贵物,沉于此间者不少。”玉听罢,乃涉水向光发处搜寻,有物触手,半陷于泥,扳起视之,铜质之手镜也。急返船上,与母反复审视,半有泥积,用水洗去,复以袖擦之,光彩异常,以之一照,肖容毕现。试向月对照,回光数丈。母曰:“无怪其深藏海底,亦有光芒,非当年宫中御用之物,无此贵异。”(未完)

玉闻之凄然,曰:“我母女何幸遇此,见镜如见其人。虽非贵异,能无敬爱?”遂对镜三拜而珍藏之,秘不示人,防招忌也。玉由是热愈血增[①],雄心愈益,一若即复大宋河山,驱除异族,方完心恨者。故每当朝日开帆之际,夕阳返棹之时,时而倚桅流泪,时而抚镜兴嗟,时而俯江长啸,时而击楫狂歌,状如狂者。母慰之曰:“一镜之微,何所关系,而悲苦若此,汝其颠乎?”玉凄然者久之,始失声曰:“女之所悲者不在镜,在夫大宋之仇未复耳。今日者有镜而无宋,吾母女久而不脱榜人圈,得无悲乎?”言已泪益不已,母亦泣下。由是抑郁不乐,时露愁容,无何染病,瘦骨如柴。母求医药,且百法劝解,亦不能愈。一夕,玉正伏枕嗟叹,闻母呼曰:“际此更

① 当为排印之误,语序当为“热血愈增”。

阑人静，秋风明月，吾儿盍往山上一行，吸吸空气，稍解心病乎？”女乃勉强扶病缓步而行。约数十武，陡闻书声，清响彻耳。举首一望，见前山有灯光一点，由窗射出，向前窥之，则读书者曾顾己艇之陈生也。玉喜而自语曰：“此人才貌兼美，而有侠气，今夕何夕，遇此良人。”遂敲其门，则书声已停，而久不应。（仍未完）

（三续）玉曰：“陈郎陈郎，夜深矣，尚未睡乎？”语毕，旋见陈开门，玉乃掩入。陈正色曰：“玉姑夜深至此何故？吾不暇谈也。”乃扶玉使出。玉拂然曰：“妾之来此，岂淫奔者？徒以君好谈民族，故不自嫌，深夜奔波，扶病至此，亦欲聆君清诲耳。今若此，吾过矣，吾过矣！”拂袖欲行。陈急谢过曰：“坐，吾语汝，汝得毋欲听宋末之事乎？”玉曰：“然。”陈乃正襟危坐，历谈宋之所以灭亡之故，水军失败之痛，且此后复仇之方，滔滔雄辩。至痛苦处，则流其泪；至爽快处，则拍其掌。玉愉然曰：“妾十日病，聆君一夕话，今且愈矣。”东[陈]讶曰：“卿有病乎？”玉曰：“妾之病想君亦同。”陈曰：“穷困乎？辛勤乎？”玉曰：“否。侬病不在此。”乃将获镜感伤一事，备告之故。陈曰：“卿其巾帼英雄哉！我知己也！”时天将曙，玉曰：“我去矣，明日再来领教。”陈亦不留。由是玉无日不到陈处，陈亦无玉不欢，如是者约一月。陈一夕对玉言曰：“吾欲明日归家省亲，须一二日，始能返此。”玉曰：“君家何处？”陈曰：“距此八里，经村是也。”玉默然者久之曰：“妾不敢以个人交情，累君省亲大义。惟祝高堂无恙，君早回耳。”是夕两皆默默无言，愁对而已。玉觉无味，遂早兴辞。次日陈束装就道，途默起计玉之才貌性情，并皆佳妙，且彼此未婚而年相若，倘得成眷属，他日复仇，可收臂助。沿途启幸，甫抵家，与父母略谈数事，便将玉之来历，及己之意，详告父母。其父作色曰：“吾家虽贫，亦何至婚及榜人女，贻门户羞乎？”陈曰：“彼何尝为榜人女？乃前宋水军之苗裔也。”父曰：“世俗谁有知者？若群来耻笑，将若之何？天下多美妇

人,何必是?吾儿恋彼何为?”陈再欲有言,父则乱以他语,乃默而退。(仍未完)

(四续)越数日,返读书处,终日不乐,忧形于面,惟盼玉来。是夕玉果到坐,甫入门,即曰:“妾来探望者屡矣,郎返何迟也?”旋讶曰:“郎何为而有不豫色者?”陈低头不语。玉曰:“即病耶?抑痴耶?何为而作此态。”陈哽咽曰:“我两人同志若此,愿成连理,以图大事。谁料归告父母,竟尔不许,月来心愿,如付东流,是以怨耳。”玉正色曰:“以君民族伟人,故尔订交,何图君竟谋及儿女丑态。而且国事未谋,何及私事?彼床第[笫]缠绵,短人志气。儿女牵累,误及前途。此后君以大宋为妻,妾以大宋为夫,斯可耳,何懊恼为?”陈曰:“卿虽云此,奈仆终不去诸怀何?”玉乃极力劝慰,遂别而去。次日,陈父有书来促即归家,不许居此。陈接书后,焦灼万分。归则与玉分离,不归则恐触父怒,进退难谷。乃不待玉来,即往见玉,握玉手曰:“我两人缘分恐止此矣。”(仍未完)

(五续)玉母从旁睹此情形,讶极问故。陈具告之。玉母曰:“吾女自遇君后,我每遣渠到君处,藉解愁怀,方深欢幸,今何竟尔赋别离也?”言已,若不胜惆怅。玉至此亦动离情,不禁泣下。陈见玉泣亦泣。玉母曰:“哭亦无济,即且暂归,以图后聚。”陈乃起别,玉挥泪送曰:“郎暇到此,毋相忘也。”言已,登船高处以望陈归。陈亦数步一回顾,不见始止。陈归家,父责之曰:“今之读书者,洒[酒]色耳,焉知学问?今尔染此气习,宜即弃书学贾。”陈闻言,如冷水浇背。然父素严,不敢置一辞,乃求母向父求情,始允居家。惟不得出门一步,陈勉受命。如是年余,若笼中鸟,无限凄凉。一日,父以事命随乡人至崖门,陈得此机会,喜曰:“玉姑候我久矣。此次必得见之,然不知若何之怨恨也。”及至崖门事毕,即往寻玉,至则玉人已不知何处去。问诸邻近各船,均曰离此数月矣。有谓其往江门者,有谓其往广海者,诸说纷纭,黄[莫]衷一

是。最后有一老妇前而谓陈曰:“郎其陈生乎?”陈曰:“然。”老妇曰:“我适由广海返者,(仍未完)

(六续)知之最详。玉姑自与郎别后,旧病重发,均疑其狂,无何渐愈。后其母以此间鱼少,转往广海。前数日玉姑偶玩一镜,误沉于海,即入水寻觅,今三日矣,尚不见回。渠母现正痛哭不已也。”陈顿足曰:“悲乎,镜之累也!”乃往嘱乡人先归,旋雇老妇船往广海。及见玉母问之,一如老妇言,且哭曰:“谅为鱼饵矣,可奈何?”陈闻此言,一恸晕倒。玉母施救,良久渐苏。徐徐起坐,仰天叹曰:“予所惜玉姑者,以其热心国仇,能助我力耳。今遭不幸,其天乎?”玉母慰曰:“玉能混水,或不致死。即暂归,消息如何,当亲来禀告。”陈乃俯海长叹,不得已行,归见父母。询悉其故,交声责曰:“因一女子,竟致如是,谈何国家大事耶?”陈曰:“亡国遗民,有四万万,然惟知媚异族。求此间之有国仇观念者,只此女子。(仍未完)

(七续)儿对于此等女子,苟得知其生也,能不爱?其死也,能不惜?”其父母听此,亦嗟叹不已。少顷忽见玉与母来。陈此际如梦相见,呆立不知所措。陈父乃问玉母女何人,玉揖告之。陈母从旁赞曰:“玉姑言词举止均属大家,而貌美性聪,我见犹怜,无怪痴儿称道不置也。”陈父亦喜。良久,陈乃问玉曰:“今何幸而复见卿乎?”玉曰:“海底游行,妾所素习。曩日镜沉于海,妾追寻之,意必易获。不料愈行愈深,渐觉黑暗。忽见有光发露,约离数丈,及行至光处,果见镜在石上。乃持镜四照,见石侧有穴,大可尺余,照而窥之,另有天地。此时疑甚,不敢入,亦不欲即行。无何穴内有人伸手夺镜去,乃放胆蛇行而入。举首四望,全为平地。石穴之水,流向小河去。正徘徊间,有人自背后呼曰:‘尔何人,擅至此地?’回首视之,其人古装者,持镜而立。妾告之故。其人自言赵安,乃还妾镜,并带至其家,所言皆古事,妾悉不知。居数日,妾兴辞，苦留不已。妾言再至，遂送妾行，由石穴出。”陈曰：“其间天地日月如何？”玉曰：“日月不见，而天地日夜及各事物，悉如人世，无一少异。”陈曰：“此殆海底别有世界也？”玉曰：“迟数日，妾拟与郎一行，一观其异，以广见闻。”陈颔之。玉母女遂留陈处。越日，陈父母耳语良久，对玉母言曰：“吾欲成儿女结婚之愿，尊意如何？”玉母唯唯。陈父乃即命行结婚礼。约旬日，玉曰：“海底之行此其时也。”陈乃穿入水器，详告父母，即起行，玉寻至石穴，相将而入。(仍未完)

(七续[①])直至赵安处，玉为之介绍。安曰：“吾祖若父，皆宋水军。当日船沉，以为必死，幸有数人精于泅水，苍[仓]皇间，寻得此地。是以昔日水军，多居此者。迄今千百年来，养生送死，子孙藩衍，此间乐不复思人世矣。当时著史者，必谓全军无一生存也。此盖天之所为设此地以位置我辈者乎？”陈曰：“海底世界，原属常事，探险家每多遇之，特人不知之，以为奇耳。”安曰：“今为何时？”陈曰：“自异族窃据宋土，有明崛兴，驱之。不料二百余年，今复为异族窃据，其间兴亡痛苦，异日当详告也。”谈已，安乃带陈及女，遍游其地，数日始尽。惟乡中并无寺观，只奉祀宋太祖而已。一日，安悉集乡人于宋祖祠中，乃请陈登台演说，求讲宋亡以后之事。陈逐一备述，纤悉无遗。乡人闻之，无不感泣，均愿弃此乐土，以复国仇。陈曰：“吾请先返崖门，练就水军，及飞拟天下，俟四处响应，俟有机可乘，然后请诸君出而助力，可乎？”众赞成，因共出于所藏约数百金，助为军需。陈与女即日辞行而归，传知乡人。女亦传知榜人，共约于七月五日，齐集于锁江石山上。陈乃捧镜之于锁江石上，指昔日陈白沙所题之字，备陈亡国之苦，及今欲复仇之意，慷慨泣下，悲不成声。玉继之而谈，听者数百人，皆

① 此处“七续”，当为“八续”。

愿效力。陈乃即日祭旗举事,拟檄布告同胞。不料事机不密,当陈初归之传知乡人也,乡中无赖,往县告发。是日兵数千,穴然掩至,被执多人。陈与玉乃泅水逃亡返赵安处,备告之。安曰:"子力薄而急举事,无怪其然。姑暂居此,俟机可耳。"玉亦力劝,陈无奈,乃乘夜带各入水器,与玉背父母,逃居此间。(完)

(1906年6月20日至7月3日)

《香港少年报》

1906年创刊于香港，日报，又名《少年报》、《少年日报》，以“开通民智，监督政府，纠正社会，提倡民族”为宗旨。因经费拮据而于1907年停刊。总编辑兼督印人黄棣荪（黄世仲）。发行所在香港海傍干诺道一百零八号。代售点有广州、佛山、大良、梧州、石岐、澳门、仰光、华城等地。小说作品主要刊登于“新说部”、“稗官署”栏目中。现存小说共26篇，均为短篇小说，本集全部整理。

幻情小说：生死恨（计三郎）

计伯氏小说，久已知名于报界。其结构之离奇，行文之卓越，措词之情挚，询足横扫一切也。噫！二十世纪小说家位置上，可以据一席地矣。故余走片言于版端，以告阅者。粗斧志。

吾邑，杨生，早丧父。母何氏，钟爱如活宝。且生秀美，善理想，乡党咸称重之。初，何氏有族姊，随夫潘姓，贾于羊城，后卒而业居焉。至是生母，遗[遣]生诣之，授以书曰：“以此呈姨母，勿妄开也。”生诺而私启之，系重订指腹约者，生欣喜。抵省，旅陈媪舍。媪故外祖母侍儿，后嫁去，今虽已老，然工刺绣，喜谈谑，多往来富贵家。生试问姨母家事，媪备道细微，且为之先容。何惊喜，使亟召生。至，再拜，呈母书。顷间，一小童子出，娟娟若琼瑶。何曰：“小儿尚武也，可拜表哥哥。”已，复命侍儿唤蕊瑛。须臾，双婢拥一少姝，穿绣幕来，曰：“小女也。”亦命拜生。已，退立何坐右。生睨之，秀色晶莹，如明月团团于海棠花下。时何，略与生寒温，则治具，亲酌饮生。生跪受赐，又顾谓瑛曰：“郎君长汝，汝兄事之可。”

因使与尚武齐献生。既浥注毕，家僮引生就宿东厢。居月余，念姨虽甚曲爱，而绝不言及姻事，殊烦懑极。

一日，早起，散步苑中，见满地荷花，红艳荡映，令人意趣，因信道赏玩。不觉过小桥，绕曲栏，而至蕊瑛之闺闼，愕然欲退。一转瞬，见瑛低俯半鬟，穿著罗袜，而盘脚加膝，柳腰轻曳，使人魂销真个也。侍儿红豆，瞷以报。蕊瑛怒，欲将出白母。生惶悚揖谢，亦小解，更以瓶上夜香赠生，委红豆送出。生重赂之，使寄书于瑛。瑛约以夜来，生喜。迨暮至，瑛让坐于外轩，叹曰："人非木石，谁独无情？今日捧读瑶笺，脑海波澜，为之涨落不能已。况二十世纪自由婚姻，得人如君，亦复何憾。第妾与郎君，权力限于年龄，还宜隐听母命才是。"生曰："然，诚是之。第恐好事多磨，失诸谈笑间耳。"瑛默然。生起，求啮臂。瑛曰："无已，吾惟吾母未寝之是惧。如郎君惠我，明夜将拜访以酬雅爱。"生颔之，退。翌日，恰媪生辰，邀生饮，生不防其雅思泉涌，艳谑云飘，竟玉山颓然而反，高卧于石上。时瑛乘间赴约，而生大醉，呼之弗醒。乃怅然书一绝于案上，有"襄王自是无情绪，酣卧月明花影中"之句。生觉，愕然追恨者久之。后数日，何往白云山作佛事，瑛与生送之，及密语生以践前约。(未完)

(初续)忽接急电，云生母病亟，促生回，仓卒告归。及事竣，再来省，以意属媪，使探何。会何使媪觅婿，媪曰："颇牧自在禁中，奚他求为？"何曰："杨生欤？佳则佳矣，但路远且长，以爱女靳相见，素所不忍也。"媪告生。生曰："此母命，且言犹在耳，天地鬼神，昭布森列，岂宜背弃盟好？愿媪伸以大义，其或庶几乎？"媪如言复进。何曰："即苏张再生，弗敢受教。"且容色悻悻，媪知难而退。生叹息曰："死生之期，从此始矣。"乃促装欲归。瑛亦知之，悉何就寝，召生入与诀。至，则相持而泣，魂断心摧，叨怛莫状。红豆在旁，亦哽咽凄怆，不能仰视。瑛曰："郎君不来矣乎？秋云命薄，朝露身轻。谁能中道见捐，沉浮人世？妾将出而游学，誓与郎君重寻星水也。倘仍造化侥倖，夺人情爱，当毕命穷泉而已。”生曰：“女界冤枉，由来久矣，深愿卿卿家庭革命以矫正之。然仆亦不敢少懒慢以负厚谊。”遂殷殷握别。明日，生行，何嘱瑛送程。瑛不肯出，只命红豆付寸缄与生。途次视之，乃短词也。词云：

逝水落花，脱弦飞箭。痛而今何处能相见？长江纵使向西流，也应不尽生平怨。　　盟誓无凭，因缘无便。愿痴魂化作衔泥燕。一年一度一归来，伤心独入郎庭院。

蕊瑛自别生，镜里愁容，枕边泪渍，常忽忽如有所失，寻而眠食俱废，且病势垂绝。何忧之，莫明底蕴，研问侍儿，俱以不知对。后质之肖瑛，始得其概，懊恼无及矣。一日，瑛沐浴梳饰，服靓装，袅娜拜母前，纷纷洒泪曰：“儿不孝，死在刹那间矣。惟深恩未报，来日方长，辜负北堂，九泉有知，应亦难为鬼也处。”说到此，哽不成声。何亦殒涕及泗曰：“我儿，谁人无年灾月祸？何为出此晦气语？容将天相汝矣。”瑛复曰：“赖有幼弟，可为终养。母亲年老，宜割不忍之爱毋念儿。”何听此伤心语，忍不住乌乌而哭。尚武亦哭，红豆等一齐俱哭。瑛又对尚武曰：“愚姊命薄促年，更夺慈母愉快，万望贤弟，力承孝养。愚姊夜台回首，稍卸人间罪孽，则姊弟之情，算是报我念我矣。”尚武恸绝不能答。红豆则力扶之入室。甫就榻，气已塞矣。唯双眸红泪如涌，忽一触首，卒，年仅十五。家人漆棺敛之，寄园中荷池侧听雨亭。噫！余著书至此，搁笔殊无趣。虽然，余墨正浓，余纸正袤，余犹联缀之不暇。尔阅者，试想想，文明世界之小说，询跳脱人意坎也。且当时杨生回家后，即赴东洋游学。(仍未完)

(二续)讵非一枯窘问题欤？然荏苒数年，已卒业回祖国矣。

第蕊瑛之消息沉绝，因径往访媪，以资问讯。入门，媪讶曰："噫！郎君来何濡滞也！郎君意中人，已化作望帝鸟久矣。"生大惊，问故。媪缕述之。生悲苦极，少然曰："余岂不能抚棺尽哀，用慰九京耶？"即急足奔何处。何出，掩袂诉往事。生询殡棺所在，导之往听雨亭。见漆棺，便号咷大哭，以头撞地，曰："卿，忍情，舍我而去，使我孑然于浑球上，我复何心苟活？然卿灵魂不灭，其将何以而对待我？"语罢恸绝，红豆承何命，从旁强相劝慰，及将蕊瑛遗书献上。生拭泪拆读曰：

憾笃弥留，情储遗痛。海枯石烂，永相诀绝人蕊瑛氏，致意于表哥哥爱下。呜呼！妾也，情命两薄，今竟死矣。夫当时与哥哥别，以为暂相阕阂，无害也。岂意家庭专制，竟无形而杀周凯，使五羊左右间，啸恨海，倒愁山，霾顽天，沉大陆，从此永无闲散地，殆亦惨且酷矣。况我二人之意味，迥异凡众，寖有龙象，犹难悬解。则苦雨酸风之际，枯杨衰草之冤魂，残漏孤灯之情种子，将如何者？诚恫矣。虽然，儿女情长，英雄义烈，妾尤深冀哥哥光复神州以普渡大千而后死。此布。

毕，更为扼腕。遂退处旧日东厢，兀坐床沿，心神撩乱。且时届黄昏，景物悲凉，犹增惆恨不迭。遂却用晚膳，闭户爇灯，以潜修万虑。无如百感交集，愈接愈厉，隐约已漏报三更矣。乃和衣伏枕，或冀暂憩元神。俄见蕊瑛珊珊[姗姗]而来，愁容可掬，然脑部似是觉其已死者。起，拥之放声哭，不意从梦中惊醒。醒时，余声余痛，尚仿仿佛佛，且桌上残灯半碧，窗外悉悉作响，若有人觇探状。开窗察之，一望，正与蕊瑛陈柩相对，景触志夺，顿足愕然。忽门声少动，回视，果蕊瑛闪身入。衣裳淡素，颜色慌张。生急迓之曰："噫！卿卿！尚在人间世耶？喜煞我也！"女连声曰：

“止，止！”（仍未完）

（三续）生寂然。女曰：“郎君以妾为复生欤？死者不可以复生，妾鬼也。”生曰：“否，人有电则生，无电则死。所谓灵魂不灭者，则电也。电可以为鬼乎？此决无之事，智者所共喻，而卿卿犹赚仆欤？”因于残灯明灭中，细视之，而身材面部，洵蕊瑛无少疑，又欲与之亲近。女曰：“郎君，毋须尔。郎君阳气炽焰，迫妾殊热。”生惑甚。女复曰：“郎君果疑妾非鬼乎？妾愿先与郎君以言鬼。”生诺。

女曰：“妾闻人死为鬼，善即为神，天上有神乎？”

生曰：“无。”

女曰：“何以有雷、雨、风、云各怪剧？”

生曰：“阴阳二电，发则生光，薄则成雷。雷者，电相激也。日球吸海面水汽上升，愈积愈厚，堕而为雨。雨者，水汽堕也。地面热气升降，寒气补入而成风。风者，寒气也。山气与炭气合则为烟，与湿气结则为云。云者，山气合湿气也。”

女曰：“然则地下有鬼乎？”

生曰：“无。”

女曰：“何以有地狱、奈何桥、望乡台等等？”

生曰：“此无所依据，人与我俱未经历验夫是。”

女曰：“否。妾将翘人间实迹以证郎君，郎君曾见鬼火乎？”

生曰：“见。”

女曰：“何以故？”

生曰：“是非鬼火，磷火也。养气所化合，动物之鳞骨亦有之。”

女曰：“何以鬼哭？”

生曰：“林中鬼哭欤？地风吹洞心树也。山中鬼声欤？石受火气爆裂也。”

女曰：“何以鬼压？”

生曰：“睡时凝寒间碍人身电气，故欲起无力，急鼓气乃可以醒。”

女曰:“何以鬼祟?”

生曰:“人以脑为天君,然脑部分大脑、小脑、中脑。中脑主萌志,大脑主思想,小脑主运动,三脑合而为用。倘或病亟时,大恐怖时,则三脑分而神经乱,以理想演现象,往往将平日亏心昧理事,反光脱眼帘而被祟。”

女曰:“何以尸变?”

生曰:“尸身余电未清,感雷霆而面变,遇孕猫而身起。盖电学家知猫电最烈,而孕猫尤甚。相触而相吸,若磁与铁。”

女曰:“何以夜鸭喊、老鸦叫,与狗嗷而人多死?”

生曰:“非鸭与鸦与狗之见鬼,及为鬼所使。不过此三物,感天地冻烘之厉气而鸣耳。然此气也,病人所最忌,其死有攸值。”

女曰:“然则烧符使法,岂非使鬼之铁案乎?”

生曰:“更不然,此非符咒之功,药术之功耳。小把术,固不足道。如大把术,牵牛入埕,先用摄细镜座,乘一大桶,人见其小如埕,其实入一牛有余裕。及劏人,爇臬金以行离身法,俱非符咒之功也。”

女曰:“诚如郎君言,即小儿之请担杆神,闺女之伏仙姑,与僧道之扶乩,果何所使而然也?”(仍未完)

(四续)生垂默未答。女重曰:“幽冥之义,奚可抹也?是以妾独处夜台,中怀抑郁,感郎君之泪沁九泉,哀闻三界,不得不再来阳世,聊慰厚情。然今亦无他求,惟愿郎君,力光九世之公仇,而后三生之私恨,即异日功成身退,何患无后会期哉?郎君勉旃,深望郎君勉旃!”语毕,却步灭。生摇首欷歔,仰见银河横空,牛女既渡,怅天上佳期,触人间死别,感情鬵赜,迷乱神经,遂莽然倒。

时而东方半白,红豆出,以周旋生之起居。入,见生躺地上,大惊,亟呼拯救。家人齐集,觉已四肢冰冷,只余微丝一息。因异往医院，以便调治。俄数句钟，报生死，各人纷纷啜泣不置，而于何尤切。忽又喧噪二小姐肖瑛自经。何闻言，抢奔入室，护抱遗骸，痛哭几绝。家人分头劝救，幸肖瑛脑蒂未断，准可药理。递而呼吸连通，众始安定。于是何为之细心抚摩，忍咽柔声曰："吾儿，苦汝矣！汝究何因而自寻短见也？能为娘言之乎？"肖瑛长叹堕泪曰："不孝儿，以姿容猥肖姐姐，厚蒙大人掬育，恩海德山，未酬万一。今竟懵寻短见，洵无颜对慈母。"说至此，惨状两伤，摧残五内。何曰："儿，母虑，宜尽言。倘有梗逆，母必能随汝欲。"即示红豆，进以参汤。肖瑛吻少许，复曰："第儿所为，亦实出无奈，今愿为我大人言之。夜昨，从姐姐灵柩焚香回，路过表哥哥窗外，闻哭泣叫喊声，一时失检，意谓兄妹情谊，可以视问。岂料表哥哥误以儿是姐姐，拟欲款曲。故儿监成冒姐姐之阴魂，而慰人而脱己也。"（仍未完）

（五续）何曰："此无心之失，人所常有，吾儿何必芥蒂为？"乃分付各保重要节而出。寻而韶光逝水，已届重阳，宿草虽残，憾情未歇。肖瑛命红豆结束鲜花，圈陈姐姐棺灵前，亲柱片香，敛袂下拜，红豆亦相随而拜。毕，默对凝眸，团团珠泪扑落不能止。久之，红豆背面掩拭，然后扶肖瑛反。肖瑛垂帘静坐，对影支颐。无何，暮景昏迷，秋风萧瑟，侍儿掌灯至。而此际窗前射月，更益愁思。万籁俱无，只觉沉沉夜漏。忽隐隐闻哭泣声，愈听愈切，骇甚。倚窗谛察之，盖从苑中来者，即蹑步往，绕道听雨亭，遥见一人，俯伏棺次，诧极。遂躲身丛竹中，觇之，是人起，绕棺低徊，举止如杨生。及于光线下睏其颜面，果杨生也。女曰："噫！杨生乎？杨生胡为在于世？吾将有以释吾疑。"刻大踏步进，呼曰："表哥哥，来唁吾家姐姐之幽魂欤？"生突闻是言，亟张望，见肖瑛，又疑为蕊瑛，曰："卿卿，胡为颠倒不侫如此其惨也？深愿卿卿明以教我。"瑛曰："诺。哥哥请少歇，妹即将委曲以奉告汝。"于是相坐石上，肖瑛将自己个人历史陈述。生点首再四，曰："我固谓无鬼，如妹妹曩者最后之诘问(催眠术书中)，已言之凿凿，且仆倒地时，何尝非死去？而何尝有毫厘知觉哉？"肖瑛曰："然。唯误传哥哥之死，诚何故也。"生曰："此隐身政策，是我所授意，欲假此而侦探妹妹耳。"瑛曰："噫！是亦惨矣。"因将假冒蕊瑛，与己自经之理由重述之。生感其情，大为酸鼻，殆则肖瑛而旁触蕊瑛，不觉盈盈双泪，湿透青衫。肖瑛睹此苦况，肝液亦潸潸而下。稍之，生似无限衷曲，欲对瑛言，茹而还止者再。瑛觉，面若热，即一缕爱情，冲击脑部，不自知其所以，遂放声呜咽，如有重忧者。生亦觉，引衿代为拔拭，而涕泗滂沱，沾腻若泽。忽闻踪迹声，仓卒与英别。翌日，视衿上，泪痕红晕，赤血斑斓。呜呼！生恨耶？死恨耶？幻情所使而然耶？渠侬宁无抱憾终身哉？惨矣!(已完)

(1906年8月22日至8月27日)

贼情小说：醋海波(亚斧)

贯公逝，而《有所谓》亡。《有所谓》亡，而亚斧之小说得以藏拙藏拙。今者，同志黄君，复命从事说部，而亚斧之小说，又觉献丑，献丑于《少年报》矣。

法侦探麦露，偶踯躅江干，俯瞰清流，遥望浪花片片，白鹭拳立，意颇自适。忽而霹雳一声，风雨交作，波浪滔天。刚欲趋避，倏见一人赤身冲波，顺流而下，乃冒雨以觇之。将近，其人遂一跃登岸，迅步入深林去。麦骇极，急迹之，俄见其僵卧林里之大石上。近叩之，不语亦不动，益骇。伸手略推之，翻然倒地，双目灼灼而已。麦大声曰："噫，子胡为者？病狂耶？醉懵耶？何竟演此怪剧，令人疑煞耶？文明世界，乌容无廉耻之人，裸体出现耶？我将行干涉主义，呼警兵以拘子矣。”其人仍缄默如故。麦怒，遂疾吹响号。须臾，警兵至，遽舁之归。抵家，衣之则衣，食之则不食。命役逻守，竟日无少异，惟不食。麦无奈，乃将其年貌及现象，披露报章，俾有知其事者。翌辰，有某伯爵登门投刺，延入，约三数语，便言：“愿担保凫水者。”问有何瓜葛，曰：“内侄也。向抱颠病，动贻笑柄，顷阅新闻，又悉其唐突足下，故不揣冒昧，特来领彼回家耳。”麦闻言，刻纵之，使随伯爵去。其人始见伯爵时，睁眼审顾，似未曾相识者。麦以其颠也，亦不之怪。盖伯爵名也丁泥，久居泉下，年六十，饶于资而无子。性嗜赌，尤好事，多为人之所不能为。偶悉其事，故脱然自任，实与其人绝无轇轕也。(未完)

(初续)先是，伯爵蓄一骅骝，善驰骋，为巴黎群马冠。每遇赛马，辄第一，所赢金钱以万计，遐迩无不知之。无何，赛马期近。

忽报都中来一飞黄，系某富商购自露国者，特欲与伯爵马一决胜负。伯爵闻之，殊不为意。至日，竟北，再试亦然。伯爵怒，复与赛，于是屡赌屡败，资产几为输尽，始大惊，然懊悔已无及矣。一晚，枯坐纳闷，闻控门声，起启关，昏暗中，突有一兽冲入，亟烛之，马骨也。毛鬣浑黑，四蹄瘦不胜鞍，且腹缩气喘，若饿甚，度系失途者。随呼圉人牵去，喂以草料，候主人来寻。方欲归寝，忽听马嘶声甚厉，似群马奔斗然。急篝灯往观，则己马因争草，被客马所伤，已蠢然倒于厩中。伯爵大恚，刻请马医至，已不及。怒甚，系而鞭之，昂头张目，不少动，一若追悔状。伯爵颇疑讶，念己马如此之雄健，竟为所毙，此马得毋千里驹乎？天明，命饲马者乘往原野，使试之，则超山越水，如踏平地，瞬息百里也。伯爵大喜，如获活宝。归，向[饷]以金粟，笼以纱厨。刻日约富商，愿倾家一博，富商亦尽出资与赌。此役也，输赢至一万磅。闻者争睹，众乍见伯爵马，驽骇不堪，皆代危。少顷，富商至，腾身上马，并辔而立。

一声炮响，各纵勒绝驰。俄而富商之马，胜一马首矣，俄又胜一马身矣，俄又胜一丈矣，五丈矣，十丈矣。而伯爵之马，更蹶前蹄矣。危急间，马忽振蹄一跃，恍若飞龙，则前者。胜一马首者胜之，胜一马身者胜之，胜一丈者胜之，五丈、十丈亦胜之，遂夺首彩。观者咸惊为神助，掌声如雷。(未完)

(再续)遽囊资跨马返。至中途，日已就暮，微光仅辨归程。惟辛劳半日，此时甚觉疲惫，乃伏鞍徐行。移时，山月始吐，偶回首，隐约有人赶来。审顾间，忽闻枪响，一弹自腋下穿过，惧绝，猛欲加鞭，而追者已至。径扭之下骑，罄其所有，复推入路侧之深潭，超乘而去。伯爵浮沉水面，自分必死。那顷，于晕迷中，似有人拯之以起，并闻曰："吁！我来迟矣，我来迟矣！援公不及矣。"醒，启目杳无人，惊讶不已。然终不知何以忽而遇贼，忽而遇救也。挺身起，重寻旧路，将近里门，瞥见二人相逐入一古屋，异之。恰屋旁有大树一株，遂攀枝而上，隐身从窗隙窥之。屋内一灯如彗，光摇欲灭。细视二人，一则面貌丑恶，狰狞如鬼，一则背面而立不能辨。始则喃喃不知作何语，嗣则面红耳热，拳脚交加。而丑者竟拔出短刀，刺毙其一。睹此魂魄俱丧，自树跌下，误触头颅，鲜血迸出，急抱头忍痛归。抵家，愤恨交集。然九死一生，幸尔无恙，亦稍自慰。奈资财则一举而空，无可如何。卧病之际，忽有警察入室，云干犯巨案，请刻赴审。未及措词，率捉将官里去。(仍未完)

(1906年9月1日、9月2日、9月3日)

短篇小说：女贼(父)

冬！冬！冬！此何声？此何声？樵鼓声也。

柳生,冬夜笼灯自他归,此际雪花片片,风寒贬骨。踯躅间,闻呜咽声与鼓声相杂,讶而照之,瞥见一青衣女,掩泣路侧。

生愕然问曰:“卿迷途耶?遇劫耶?抑别有他故耶?何霜寒如许,更漏已深,而独自伶仃道左耶?”

女默然不答,再问,女始吞声曰:“继母不仁,欲鬻妾勾拦去。自忖家门清白,岂可为人摇钱树,以争蝇头耶?故妾宁死不作茧,夤夜逃出也。”

生曰:“噫!卿固坚贞自操者。然夜深将安适?倘不以男女见嫌,寒舍不远,可以暂憩。”

女闻言似喜,振衣起,相率回家。入室,微睨之,虽裙布荆钗,类贫家女,然柳眉缀翠,樱口含丹,举世更无其匹。

生狂喜,逊坐进茗。女含羞谢曰:“跋涉半宵,蒙君下榻,何以报德?”生曰:“怜卿飘泊,聊尽博爱耳,何谢为?”

谈间,女质弱衣单,寒不自禁,齿震震有声。生为之凄然,急出狐裘衣之,女稍安。

既而相对寂然,女忽秋波一瞬,生神魂为之颠倒,遂归寝。既醒,四肢酸痛欲折,启目不见女。

惊而起,则四壁仅存,财物已空,顿悟遇贼,懊悔欲死。盖女登榻时,实以蒙药迷之也。亟出赏购捐,终无所获。

(1906年9月12日)

故事小说:媒祸(斧)

番禺邬翁,富于资,一子字芹香,生而秀美,七岁能文章,翁珍爱之。稍长,每欲为儿求佳妇,奈无当意者。故生年十七,尚未委禽也。会翁初度,戚友皆踵门贺。翁于座中对众宣言曰:“世承祖德，坐食亦可温饱，实无憾。然老迈年逾知命，情切抱孙。惟惜尚乏弄玉其人，未卜亲朋中能为一物色否？”有李媪者，生之族姑也，答曰：“此大易事，胡不早谋？我邻黎某，有女名下玉，年方二八，且善诗词，工刺绣，貌美赛西施。来问名者，辄因低昂不就，我家门户正与彼相登，而芹香才貌亦不亚若女。如许老身代执柯，事无不谐也。”翁喜，即浼其为媒，刻日通殷勤于黎。

先是，黎某固无子，爱女逾掌珠。五岁便使从师读，女聪慧绝伦，过目能忆。黎尝谓：“有女如此，胜生数男，倘无袒腹其人，我不婿也。”适媪来通款曲，黎素耳生才名，心然许之，第欲一叩东床，以观右军何如而后可。媪返命，导生往。及相见，黎大喜，欣然诺之。归即致聘。无何，结婚有日，媪忽登门索谢，翁出五十金与之，不纳，百金亦嫌少。翁怒曰：“新妇未入门，而先索谢，于理已不合，何尚作无厌之求耶？”掷金于地，拂袖竟入。媪老羞成怒，亦悻悻而出，径往黎室造谣，云生年少不慎，顿遭疯疾。亲事既由合说，不愿祸小姐，故偷相告，从违由黎也。黎闻言大惊，刻翻前约，（未完）

（初续）迫使退婚。翁大骇，倩人力辩。黎不信，迫愈切。翁忿，颂之。宰固贪黩，黎多方贿赂，未及验媒，竟判女别嫁。女闻，痛不欲生，向父流涕曰：“假邬郎之果疯也，既有成约在先，亦当归之，而事其父母。况长舌妇之捏造黑白，而遽欲儿改醮乎？误儿终身不足惜，然何颜见戚里？”黎不听，女气不食，遂卧病不起。尝于魂梦中，低唤邬郎者再，委顿呻吟，涓滴不下咽，泪凝枕席，病骨支离，奄奄待弊矣。黎妻柳氏，因大忧，怨曰：“老奴杀我爱女矣。”转慰女曰：“吾儿亦何憔悴至此？有母在，海可枯，石可烂，志不可夺也。可少安勿躁。”女闻言，始稍进饮食，数日病略愈。柳氏随着人向翁道歉，黎闻大怒。而媪复四处播扬，以实其说。黎遂与妻反目，事益决裂。翁以子名誉所关即宗祧所系，将控诸大吏。

黎惧,携家逃于香江,赁屋而居。翁无奈,亦命芹香负笈来香,想伺隙而图之。有同学生张某与生善,询悉其事,大为不平,嗣曰:“文明治下,婚姻自由,不能相强。未稔若女与足下之感情何如?倘其属意也,则指顾可珠还,否则亦徒然耳。”生曰:“此则未知。”张沉思良久,拍掌曰:“得之矣。仆拟移寓与彼比邻居,故使内人与女往还,而徐侦之,则内容不愁不露矣。”生感激称善。(仍未完)

(再续)张归商诸妻,如计而行。张妻云娘,美而贤,且善词令。女一见便大悦,订为闺中良友。由是月夕花晨,镜边帘次,或吟或奕,非云娘不乐。云娘一日故怀生小像,含笑示女曰:“妹妹识斯人否?此固吾家司马之鲍叔也。英才冠一时,而温婉如处女。惜中馈尚虚,若得妹妹其人而配之,天下无双矣。”女未及接视,忽支颐太息,似有无限凄楚也者。云娘料可乘,佯恼然曰:“噫!此长叹乎,何事如此之愁煞?若有隐衷,不妨为姊告,当代解决也。”女闻问,双目涨红,鲛珠欲堕,俯首不作一语。云娘睹此,遂亦辞去。越数日,复往觇之,则女旧恙复萌,卧病已非一日。迅步入房,罗帏半掩,锦被横垂,病者蜷眠绣榻。趋近微呼之,女启目见云娘,伸手使掖之起。云娘曰:“且勿,妹妹慢拘,睽违未旬日,何为若此也?”女执手使坐榻旁,哽咽曰:“造化无情,红颜薄命。姊妹情好从此尽矣,妹妹将化精卫以填恨海矣。”云娘惊问何事。女复掩泣曰:“曩不欲告姊以心事者,只以一息尚存,终有转机日,不愿彰父过。今将逝矣,如秘而不宣,人将唾骂妹妹无情矣。”寻一一述以情节,并言乃父,刻下已别受人家聘,故不欲赧颜人世。云娘至是更悉详细。(仍未完)

(三续)亟问受谁氏聘。女曰:“贾氏,固纨绔子。”云娘大惊,嗣察女无他,遂将隐谋为之缕述,且曰:“昔日示妹小像,即妹婿之真容也。”女闻言,遽然起,叹曰:“如此则落姊术中久矣,然何不早白?”云娘曰:“人心不同,各如其面,安敢遽以相告?”女曰:“事于至是，计将焉出？”云娘曰：“容归谋诸男人，当相机而行。”女索像细观，不禁泪潸潸下。云娘急起别，云三日内必有好消息，请勿虑。女含泪曰：“妹妹生死，专靠吾姊，尚乞寄语邬郎，勿放宽也。”并取《小姑曲》一阕，属致生。云娘颔之，匆匆怀曲归。抵家，告张以颠末。张大喜，刻往报生，出曲而共读之。词曰：

凄凄苍苍曙色迷，咿咿屋屋晨鸡啼。小姑早起懒对镜，卧病深闺非待聘。明珠岂无十斛投，密布荆棘驱凤凰。华屋岂容茑萝附，奁妆劳母仍贮藏。相思休咏桃夭诗，妾有苦心人未知。妾身自比无瑕玉，不嫁长安轻薄儿。(仍未完)

(四续)诵罢，张抚髀曰：“贤哉此女！事急矣，宜速讼之，勿使癞虾蟆妄作天鹅想也。”生如言，遂控黎造谤负约。官刻日提审，两造俱至，女亦扶病上堂。讯间，问女志愿如何。女泣曰：“逆父则不孝，违夫则不义，不孝不义，何面见人？”遽出剪力[刀]，欲自裁。官急止之，而已会女意，遂判女归生，命即日亲迎。黎愤恨甚，归，使女孑身出门，且誓与女绝。女拜母登舆，泣泪盈眶。母以痛女故，亦哭不能成声。抵寓，侍婢拥女坐青庐，闻者争相来观，咸道新妇贤德。花烛之夕，翁始履港，伫看佳儿佳妇，喜不自胜。因张筵，遍酌来宾，尽欢而散。而生私语女曰：“蒙卿垂爱，百折不摇，古烈女无以过也。”女蹙然曰：“妾父为人所惑，以致倒行逆施。然情属父子，尚望不念旧恶，明日当偕郎前往谢罪也。”生许之，翌晨同往。则黎命阍者，闭门不纳，索然而返。无何，生应满洲试，一举而捷。黎仰之，始稍稍来往，而黎妻则不时有馈送也。此案乃香江三十年前事，至今人尚道之。

按：世俗之三姑六婆，能祸人，亦能福人。当鼓其如簧之口以说法，则无事不能破坏，亦无事不能造就，要在察与不察耳。黎某愦愦，致受其惑，而倒行逆施。假女非铁中铮铮者，则一段好因缘，将变为一场恶冤孽矣。虽然，非文明法律，婚姻自由，女即百死，亦不足以敌彼专制毒也。噫，悲夫！（已完）

（1906年9月14日至9月18日）

怪诞小说：硫黄马（逖生）

夜雨淋漓，苦境苦境。

陈大平，实一无赖子耳。处此闷况，更觉中心怦怦。

适邻家有陆氏，夫病，欲以金钗质长生库，而应门乏三尺，惨惨惨。忽忆陈固善奔走，乃持钗与之商。

陈曰："小事，小事！我愿与娘子当义务。"遂持钗去。

呜呼！陆娘子，既伤夫病，又候陈归，苦况，苦况！

陈方未与陆氏代庖时，已千思万想，欲谋黄金为白水，以昵旧好银娇欢。适逢此巧，窃喜曰："洵哉，天无绝人路也！"殆质毕，得金二十饼，径往妓寮饮，酒绿灯红，阔绝一时也。时银娇见陈趾高气扬，必多通神物，亦曲意承迎，以尽摇钱手段。

无奈饮场易散，少顷，既完花天乐，银娇携之入，贴意逢迎，问与己款，陈特作阔绰态，然后从袋中，搜纸银与之。

巧巧巧！岂斜醉中已失去纸银，仅质票而已，且盲然出之以与银娇，银娇就灯下一看——

丑绝，绝丑！

陈此际，醉眼虽朦，色心顿冷，即翻身复上硫黄马，直度疏林与密林。

（1906年10月8日）

光怪小说：南无阿弥陀佛(斧)

“南无阿弥陀佛，南无阿弥陀佛。”此何声？此何声？梵音也。

“钞，钞钞，钞钞钞。”此何声？此何声？钹音也。

地球之东，亚洲之南，来一和尚。

和尚，眇一目，跛一足，衣破衲，披袈裟，左锡而右钹。口儿喃喃。

咄咄！和尚胡为乎来哉？

众见而喧曰：“秃奴来，秃奴来。将假募缘以赚食，曷逐之？”

和尚闻，睁一目，踵一足，撕破衲，擘袈裟。清风一阵，衲也，裟也，片片化作万千蝶，散满空中。

众见而复喧曰：“和尚哉，和尚哉！将假左道以惑人，曷避之？”

和尚怒，裂一目，曲一足，取钹一抛，立地化为尊，拾而鼓之，忽大如瓶、如甑、如埕、如瓮，遂止于地。而对众大呼曰：“世间无不达之目的，无不偿之希望，有能酒满此瓮者，当福之。”

众见而咋舌曰：“神仙乎，神仙乎？将假酒以福人，曷就之。”

于是乎，好事者遂斗石而满之。

和尚拥瓮作牛饮，顷刻尽，腹膨如阿罗。

忽而举杖猛击腹，响若雷鸣。

俄而大呕，呕者非酒亦非肴。咄咄咄！是何物？是何物？

众视之：

陆裕东也，史坚如也，杨衢云也，邹容也，陈天华也，吴樾也。将也，兵也，船也，炮也，车也，马也，枪也，刀也，炸药也，旗帜也，次第腾空飞去。

忽而有物自空落。咄咄！是何物？是何物？

众视之：

胡后也，胡帝也，民贼也，奴隶也，一一纳诸瓮。用杖一击，瓮碎而化为钹，杖折而化为龙，和尚跨之。

复“南无阿弥陀佛，南无阿弥陀佛”、“钞钞”竟去。出酒者，见地土遗一瓮碎，拾视黑金也，易之，得千贯。

（1906年10月9日）

复仇小说：蚁阵（斧）

阴霾四布，狂风怒号。

有樵者自山中负薪归。

半途，忽见一大蛇盘踞道左，昂首吐舌，状类伺人。

樵者惊，不敢前。适路旁有大树一株，亟椽上，隐身以觇之。

俄，蛇忽翻身一滚，浑身遍贴泥沙，恍为枯木，不知者不以为蛇也。

俄，伸其舌，适有群蚁过。闻腥赴之，舌一缩，则蚁尽吞。

如是者数，吞蚁以亿计，无一漏网。

樵者顿晤其藏形者，计在诱蚁也，遂留心作壁上观。

俄，吞如故。

一蚁略机变，望而却走。

俄，蚁忽率群蚁疾趋至，一若愤蛇，而为其同类复仇者。直奔之，不敌，俱葬蛇腹。

惟前蚁则在逃。

俄，蚁复率群蚁疾趋至，奔之，不敌如故。

如是者数，吞蚁以兆计。

惟前蚁仍在逃。

久之，沓无所睹。

樵者方欲下树，由他山遄返。

倏见前蚁大率群蚁疾趋至。综之，约万亿，再综之约万兆，俄而万京，万垓矣。一望数里，络绎不绝。

遂绕蛇而噬之。

蛇欲动不得。

瞬息而蛇皮去矣。

又瞬惜而蛇肉尽矣。

又瞬息而蛇骨粉矣。

此刻则只见蚁而不见蛇矣。樵乃浩叹归。

呜呼！蛇，动物中之至恶者。蚁，动物中之至微者。卒能号召同类，复仇雪恨。呜呼！四百兆之轩辕遗裔，势力等于蚁，而仇雠之恶未若蛇，反沉沉千百载，受羶厉毒祸而不能谋抵制。轩辕遗裔，已可怜矣。夫未得侪细微之蝼蚁之智识以敌蛇，奚望其与豺狼博哉？死耳！（计三郎按）

（1906年10月10日）

警醒小说：醒狮（斧）

美哉，狮乎！酣睡于昆仑之巅。

闭其目，鼾其鼻，俯其首，贴其耳，躺其身，垂其尾。

群童见而欲醒之。

鸣之以锣，睡如故。

击之以棍，睡如故。

泼之以水，睡如故。

爇之以火，睡如故。

掷之以石，睡如故。

群童哗曰:“狮乎狮乎! 曷恶乎其睡!”

一童曰:“狮其死矣! 狮其死矣! 焉有鸣之、击之、泼之、爇之、掷之,而不悟者?”

一童曰:“恶! 此何言? 此何言? 吾闻狮为百兽尊,不眠则不眠,一眠则千年,不吼则不吼,一吼则惊人。天下灵物,岂长此而终古耶?”遽攘臂上前。

擘其目,不醒如故。

刺其鼻,不醒如故。

撼其首,不醒如故。

聒其耳,不醒如故。

摇其身,不醒如故。

曳其尾,不醒如故。

童笑曰:“子休矣! 子休矣! 狮其死矣! 焉有擘之、刺之、撼之、聒之、摇之、曳之,而不悟者?”

童怒,擘如故,刺如故,撼如故,聒如故,摇如故,曳如故,不醒如故。

童复笑曰:“子休矣! 子休矣! 狮其死矣! 焉有再擘、再刺、再撼、再聒、再摇、再曳,而不悟者?”

童大怒,愤气填膺,热血涌出,遂掬血而淘狮。

于是乎——

狮忽圆其目,仰其鼻,昂其首,竖其耳,挺其身,翘其尾,大吼一声,演其雄鸷瑰玮烈剧于廿世纪。噫! 吁戏! 醒狮者童子,虽然,其功在血。

(1906年10月12日)

短篇小说：锦囊（斧）

一灯如穗，唧唧蛩鸣。

贾生兀坐萧斋，觉窗外明月绕庐，秋风瑟瑟。

抚时感事，自顾行年三十，不能光祖国，逐满胡，一为同胞洗却数百年奴隶羞。偃息人寰，光阴虚掷，能不愧死？

乃起翻瓮独酌，初而颓然醉，寻而拔剑起舞，递而揽镜自照，忽见白发数茎，垂生两鬓。

因喟然叹曰："人生百年如朝露耳。回忆邯郸市上，朝过朱肆，暮宿候门，结知己于屠沽，访英雄于草泽，挥金如土，醇酒有人，逸兴豪情，一时贯绝。今则床头已罄，壮志皆灰。"言念及此，遂浩然有厌世之概。

忽而剥啄一声，一少女推扉入，谛视之。

固文明公装之好女子也。手囊而履革，貌美如花。笑曰："子萌退志耶？妾于门外偷听久之，已略得梗概。语曰时势造英雄，英雄造时势。所贵者，坚忍耳，子其勉旃。"

生狂喜，亟逊坐，随入内淘茗。出，则女已不知所之。骇极，惟案头遗一囊。启视，则小册一，细阅，盖灭胡秘策也。大喜，刻日治装赴北。

（1906年10月13日）

趣致小说：走狗（嗤）

夜深人静，忽闻有"狺狺"声。

已而闻“咄咄”声，“嘴嘴”声。(狺狺，狗声也。咄咄，嘴嘴，唤狗声也。)推窗一看，见一客踽踽行，一狗跳跃，或前或后。

客手一物，若饵狗也者。狗见之，涎欲滴，复作“狺狺”声。客手一挥，狗即狂奔，略远，四周嗅视。嗅未竟，而客又作“咄咄”声，“嘴嘴”声，狗复回。如是者数次，狗卒向客一跃，衔其手中物，大嚼，嚼未竟，而客已潜遁去。

遥见复有一客来，骤睹之，与前客无异，所异者貌耳。

行渐近，狗已食罄，未饱所欲。见客已去，“狺狺”之声又作。

瞥睹后来客，即一跃噬客手。客惊，狗再噬。客痛极倒地，狗更乱噬，客体无完肤，竟展转毙矣。

方欲逐狗，而狗已走，瞬息不见，心乍有所悟。噫！毒哉，前客乎！彼盖仇后客，乃效其装，饵狗。种种作用，使狗噬之也。

狗既走，不知所之。

翌日，乃见狗睡于某寺，以狂奔一夜，倦极故睡。

一和尚见之，喜，烹而食之。狗于是乎死。

噫！何乐而为走狗哉？

（1906年10月20日）

七情小说：听（斧）

莽莽乾坤，漫漫长夜。

亚杰徘徊斗室，方有所思。忽飞蛾逐队，扑灭孤灯，复欲再篝，而火种适绝。无奈，推窗以偷光。幸斜月半钩，众星泻碧，可辨咫尺，乃平心息虑，抱膝兀坐。觉群声汹涌，递耳者不一，谛听之。

呵呵者，军人之奏凯声。呱呱者，小儿之堕地声。嘻嘻者，措大之中彩声。呵欠者，死人之复活声。

霍霍者，残贼之磨刀声。打打者，酷吏之用刑声。噎吔者，赌败之争斗声。喂喂者，皂役之呵叱声。

吁吁者，遇险之呼救声。哽咽者，临歧之离别声。呜呜者，寡妇之哭泣声。嗷嗷者，绝粒之号啼声。

哈哈者，酒楼之拇战声。丁东者，剧场之锣鼓声。格格者，邻生之敲棋声。喁喁者，男女之对语声。

咄咄者，志士之演说声。哑哑者，童子之读书声。锵锵者，侠客之击剑声。啤啤者，学校之喇叭声。

碎碎者，悍妇之诟骂声。喃喃者，僧尼之诵经声。嗤嗤者，烟精之吸烟声。喋喋者，债家之责负声。

铛铛者，富翁之量钱声。隆隆者，报喜之爆竹声。切切者，少年之剪辫声。吃吃者，美人之珊笑声。

俄而猫捕鼠子声，犬吠声，虎啸声，猿啼声，鹤泪[唳]声，马蹄声，摇橹声，叶落声，蛩吟声，风声，雨声，潮长声，更漏声。

忽而“咿喔”一声，长天垂白，听钟声“冬冬”六打，始归寝。

（1906年10月21日）

短篇小说：熊（斧）

阮古生平迷信风水，适丧母，欲卜牛眠而乏其地，乃偕某堪舆，日从事于原野。一日登一山，正寻龙觅穴间，遥闻有羊咩声，念此山周围数百里，本无人居，何处来此苏武牧？怪而下山以觇之，约趋里余。

瞥见千百成群，或跪乳，或啮草，布满山腰。益讶之，因笑谓某曰：“此刻幸无微生高其人，倘有晋武癖，易攘一二，今晚一饱老饕乎？”语尚未竟，忽听嗥然一声，一巨熊自林中跳出。惧绝，欲奔。而熊已扑至，并攫之去。熊复回首一啸，群羊齐起随之以行。阮与某此时如兔遇鹰，魄丧胆裂，呼救无灵，自分必死。

俄至一洞，怪石嵯峨，两壁屹立，一大石横塞洞口。熊以背退石，驱羊先进，次推之入。移石仍塞洞口，牵手疾行入内，黑暗如漆，头触壁，血尽出。

顷，微露漏光，熊遂止，纵阮手。掇某发尽剥其衣，掬洞底流泉以浴之。浴毕，遂抱而食之，如猫噬鼠。阮睹此，一晕而绝。

移时，复苏，则熊依石熟睡，鼻息如雷。顿悟熊为人心所醉，亟起欲遁，奈无生路。惶急间，见群羊栖处，有军器，盖熊夺自打猎者。近视，半皆生锈不能用，惟短刃两，锋芒如乍。遽怀之，蹑近熊前，向两目力刺。熊大叫一声，拔却刃，血流如注，负痛乱逐。阮混入羊群，羊走亦走，羊止亦止。

熊盲然难分，愤甚。俯首一思，复摸出洞口，去石而放羊。羊出，必用手一摩，计在羊尽则人获。羊将过半，阮大惊，举首见石壁，悬有羊皮无数，急取一披之。杂羊蛇行而出，熊不觉，遂幸免。

阮逃归。次日，集人持械往，则熊已倚洞口之大石而死。欲移石入内一验，则尽众力不能少动。乃荷熊返，群羊则已不知所之。

（1906年10月22日）

绘情小说：芙蓉血（计伯）

力学无非谋救国，
十年兀坐对青灯。
嫦娥知否英雄志，
缱绻花前示爱情。
刻苦哉钟生！毅力哉钟生！

钟生，壮岁立志，好学爱国。尝自谓吾亡国遗民，赋生浑球上，寖假不能光复旧物，徒枉父母之精珠耳。故绞脑谛思，冥搜奥索，欲获一救国无上法门以辅情志，是以日夜研究弗少辍。

比邻胡月娇，娥眉凤眼，杏脸樱唇，二八丽人也。春日凝妆，倚楼眺望。陌头杨柳，殊系侬心。及转步西窗，见生端坐读书，睨之，面如冠玉，唇肖涂脂，翩翩少年也。

爱极，慕极，感情缕缕，环绕寸衷。偷拟曰："青灯对读，红袖添香，得婿如斯，夫复何憾？"注意久之，忽眉低敛，面泛红，复曰："张生云，此二三月间，将索我于枯鱼之肆矣。男女同情，良有以乎？"

遂以白绫巾，乘风一漾，恰堕生席上。私自喜曰："是有因缘耶？何其巧凑哉！"

而生似无睹。

女心中突突若小鹿。

爱也。

忧也。

惧也。

爱风之知意，忧生之未觉，惧人之旁窥。七情变乱，如长江泛滥之孤舟，如大地飘摇之败絮。

久之，皓月东上，花影招翦粉壁间。生去。

顷，匆匆复回，读如故。且读时，将白绫巾，拂拭书上尘迹。

女点首微笑，意趣甚，曰："郎惠爱侬，故惠爱侬绫巾儿者。然郎固畏羞耶，曷不与侬通款曲也？"

久之，仍无影响。女逡巡欲退，行而止，去而留者屡屡。且楼台漫水，夜已三更，不得已回寝室，和衣躺下。而此际，芳衾妒梦，玉漏惊魂，伊何能睡得着？倏砰然有声，女亟起，意谓生逾垣来。殆摄足物色，无有也。反，索然无味，默默倚枕畔。俄而鼠啮声，

犬猜声，鸡拍翼声，断续不休更惹人恼绪。(未完)

强起。

袅娜出前窗，对长天而懊恼，顾孤影以流连。俯视生，读仍故，辗转思索，莫明奇妙。

忽勃然怒曰："是叔宝也，全无心肝者，负侬殊太甚！"悻悻入。俄自慰曰："彼孤诣研磨，固莫知侬之用意者。且世上书痴，多有此性质，未可怪也，侬将曲就诸。"

遂对镜理妆，翠黛湾蛾，莲钩蹴凤，徐徐下小楼，启衡门，迷离达生所。然窗外围绕短栏，无可贴立处。不得已，从玻璃罩中，轻弹玉指，以传递消息，而声浪阕阕不通，苦甚。

且遥闻路上人声，喁喁私语，已逼近左右。惧，躲身积草中。盖巡逻者也。

比远去，复出，复叩生，生复不少觉。没奈，低声连续呼唤之，生亦不少觉。

女意丧，摇首长叹，珠泪涔涔下。乃转从来路回，及推门，而门已内扃矣。

惨，惨惨！

况欲去而无从，欲归而无路，惨惨惨！

且一片痴心，尚摸索数四，而终不得门而入。此时进退维谷之景象，咄咄逼人。城头霍霍擂鼓声，已五更矣。窥自念，倘少间天晓，将何颜面对父母？噫！妾命休矣，天亡我也！

急足又至生处，猛将食指啮破，鲜血淋漏，大书："女儿毕竟为花亡"七字，死。

(1906年10月23日、10月24日)

短篇小说:偷侦探(斧)

寓伦敦法侦探非士,一日,约英侦探啤泥过叙。谈间,偶说及法国盗贼之利害,诚有不可思议者。而啤泥则说英国盗贼之神出鬼没,尤胜法国。非士力与辩。啤泥曰:“无已。昨日捕房,释一著名贼,君如不信,呼来一试何如?”非士曰:“吾友某,固与子相识者,有名画一幅,如使偷得,则仆方拜服。”啤泥曰:“果能之,将何物以酬?”曰:“愿出五十傍[磅]一博。”啤泥颔之,立挥一函,命小厮持往与贼。

移时,闻履声橐橐,小厮导贼至。视之,固一蠢夫也。卑泥延之坐,而告以谋,并许州[酬]以二十五磅。贼欣然领命。将行,非士哂之曰:“吾闻善于盗者,捷如猿,轻如鸟。观若如此粗莽,勿亦徒劳而已。”贼惭,深衔之,匆匆遽去。

卑泥曰:“君幸勿小睹,入夜君自知。”非士殊不为意,随请卑泥晚餐。食毕,谓卑泥曰:“子深羡此贼,可否同往伺之,一窥其手段?”卑泥喜,遂扃户相率出门。

迨抵友家,从僻处一觑,见前门一穴如斗大。非士顾卑泥曰:“吾言如何?贼之智愚,一观此穴便悉,焉有由前门穴墙,而不虞巡警察及者?”语犹未毕。

忽闻屋内呼贼甚急,卑泥恐其伤人,亟与非士叩门入,则贼已被执。友骇问何来,诡对曰:“偶过此,闻喊声,故趋进。”视贼,并非前者,大异之。刻偕卑泥辞返,则室门洞开,财物一空,大惊。继悟贼预料二人必往侦探,故别使一生贼冒己往,乘机而席卷也。非士至是,懊悔不及,只怨卑泥而已。

(1906年10月26日)

短篇小说:鸟媒(斧)

日露之役,李生慧芝,自旅顺逃归,将近复州,资斧断绝,因止于金花村,设帐而授徒焉。一夕,方秉烛月旦课程,闻窗外隐隐有低诵声,疑为学生,探首一窥,则新月弯眉,疏星垂碧而已。心窃异之,既而就寝。忽闻吟曰:

一身飘泊到天涯,
去国文姬信可悲。
何事恼人眠不得,
半钩斜月照娥眉。

余音袅袅,不啻绕梁。生诧曰:“此固女人声浪也,胡为乎来哉?”亟起觇之,杳无所睹,骇极。方欲登榻,吟声又作,复起拔关出,而四望寂然,益讶之。徘徊移时,始扃户返。如此者数次,不胜疑怪。无何,邻鸡一唱,吟顿止。次晚亦然。生乃潜伏丛莽中,以瞻其变。俄,娇音复发,谛听之,遥自墙东来,梯墙而侦之。见一少女,著白罗帔,斜对银灯,独坐碧纱窗下,细自观书。生恍然悟女所为,遂亦置之。越数日,偶他适,及归,漏已三下,入室方将篝灯,闻窗外小语曰:“若郎君日夜攻书,得勿苦煞?敝庐近在咫尺,曷一临存,以破此寂寥也?”生狂喜,迅步而出,则渺无人,料系邻女无疑。刻逾垣过,则女恰坐月下,倏见生,愕然惊起,疾奔入内,以扉自障,叱曰:“何处无赖,敢来窥伺?如不去,当呼邻人,执送有司。”生睹此情景,不禁骇绝。答曰:“噫!呼之使来,又复挥之使去。卿何恶作剧乃尔?”(未完)

(续)说犹未毕,女大声呼陆姥。生惧,急遁归。细忖以女子弱质，焉能任意逾重墙？假能之，断不邀之而又避之者。然回忆音声，历历在耳，岂神经撩乱，幻想误致耶？抑为邪魔所祟耶？冥索焦思，莫明其故。自此遂不能忘情于女，乃留心徐察，俾一破此惑。一日，飓风暴作，垣忽倒。生喜曰："此天假我以侦探此女也。"迨风定，散步庭中。遥一注之，瞥见女手挽小篮，俯腰俯拾门前落花。举首见生，嫣然而入，朱唇翠黛，秀色可餐。却步偷喜曰："若女子乍见我无怒容，亦何前倨而后恭也？前者得莫试我而厌我佻薄耶？"反覆怀思，至夜而病。辗转床褥间，忽听东邻喊贼声。强起观之，门才启，女忽掩入。生惊问何来。女喘息曰："贼，贼！"生问："贼何在？"曰："将由后门入妾家矣，乞速援手。"生急操械同往，则贼已窜。女胆怯不敢独居，乞与共宿。生允之。刻携细缁随生返斋，谢曰："顷闻贼云破扉入，故仓卒冒进，幸恕唐突。"生问："何以独处？"女哽咽曰："实吾[告]君，妾父桂州通判，因难作，妾乘夜逃出，飘泊到此。伶仃如秋燕，每欲择人而事，又不得其人。夜昨君逾垣过，妾度为轻薄儿，故拒艳。继知君固风雅士，颇自悔。不图今夕复意外相会，可谓奇缘矣。"生大喜，遂订欢好。转告以往夜所遇，且责女狡狯。女自矢并无其事，于是共异之。无何，偕女他徙。途次，忽见一秦吉了立于绿杨之上，作人语曰："孙小姐嫁得快婿，便忘媒妁耶？前途好自珍重，我去矣。"说罢，遽翔。女惊曰："噫！此物乃旧时先大人所珍蓄，焉得在此？"细想"勿忘媒妁"一言，顿悟吟诗及邀生而吓以贼者，皆吉了也。夫妻咸德之。(已完)

(1906年10月29日、10月30日)

义侠小说：中国之摆伦(斧)

德人朱臻士，慷慨侠义，少游中国，历任长江炮台总教习。虚怀若谷，每与汉人谈时事，辄痛斥满清之祸毒，而汉人竟蜷倦肘下，任其蹂躏，而不知所以对待。说至愤时，发指资[眦]裂。然汉人不特漠置之，且有谓其狂，而腹诽之者。无何，满清献东三省于俄，料中国必一亡而再亡也，痛哭流涕，居恒郁郁，然疾俄尤甚。出沪，遇一俄人，诘以东三省事，而责其虐待汉人，惨于牛马，实有背公理。俄人笑而答曰："子以中国尚可救药乎？子未闻满人之言乎？'宁赠友邦，莫与家奴。'彼满人以傥来之物，朝割其南，夕贡其北，一般家奴，尚无异言。子以一异国人，为人作嫁。鷦鷯巢树，不过一枝。偃[鼹]鼠饮河，不过饱腹。何劳喋喋？噫！子休矣！"朱闻言，貌若痴。归寓，不语亦不食。星夜回江阴，见汉人告以中国祸已迫于眉睫，若不醒，必为万国奴，而汉人不听如故。朱至此，愤极。一日，忽携牛酒邀同人登君山，酒酣，起而俯瞰形胜，觉山岳之钟灵，江流之浩荡，叹曰："阴平强寇非难御，如此江山坐付人。呜呼！我欲为英国之摆伦不可得！虽然，我将为中国人矣。"同事颇讶其言。归，阖户寝。中夜闻呼"中国不可救、中国不可救"者再，推扉人，则朱已自戕。手持血书一纸言："朱臻士自戕，与中国无涉，德人不得藉口与中国为难。"其爱中国也如此。

死希腊者英之摆伦。

死中国者德之朱臻士。

呜呼！摆伦死，而希腊独立；朱臻士死，而中国不能光复。

呜呼！朱臻士死矣，吾同胞未尽死也。虽然，观此而不思以慰朱臻士之死者，虽生犹死。

否，则朱臻士不死。

（1906年11月1日）

短篇小说：葡萄酒（斧）

吕生与谢生，有刎颈交。会重阳，招谢过家，设座东篱，出新酿葡萄酒，共饮豆棚花花架下。杯浮绿蚁，筵坐黄花，乐如也。无何，陶然俱醉，而新月已高挂松梢，遂罢酌归斋，同榻而卧。迨醒，窗外红日三竿矣。见谢尚蒙衾睡，呼之不应，推之僵，细视竟瞑然逝。大惧报家人，举室惶骇，无所为计。亟命童走告谢翁。翁奔至哭几绝，既而察问死由。生言实不知。翁以痛子故，尽翻前好，陈尸而讼之。官问平素有嫌怨否，翁对以无。曰："既无瑕隙，此中必有原故。"命翁先殓死者，逮生而徐审之，然屡讯卒无词。官顾生，固一脉斯文，不类杀人者，未忍鞫以重刑，此案遂悬延不能决。生心迹难白，惟有延颈待死。一日，家人入狱喜告曰："官人不久可以省释矣。"愕问何故。曰："今早市得一鳖归，验之，并非鳖，乃化骨鱼。食之，则骨肉皆化也，因投诸河。乍不知何人复钓起，而售与谢家，如是则原控将灭亡，可指日脱此囚牢矣。"生曰："憶[噫]！我既无杀人，自有水落石出之一日，岂可因此，而见死不救乎？"亟挥函命家人迅投翁。翁得书，始犹疑之，继不敢即烹，姑悬诸厨中。入夜闻鸡鸣声甚急，一若遇鹰者。急往视，瞥见鳖伸颈约长三四尺，节节紫黑，与蛇无异，乱噬笼中鸡。翁大异。（未完）

（续完）立刻杖毙而埋之，因窃疑彼此固仇家，何不利我死而反为我污，得勿设计为此，以讨好我而贷其死耶？越日方欲再控，而官适挂牌传审，至则见生已伏跪案前。官问当日与死者共饮，席设何所。曰："园中之豆棚下。"官急问曰："豆棚之下所饮是否葡萄酒？"曰："然。"官拍案顾翁曰："若然，则杀汝子非吕生也。"随掷一医书与阅，内有数行云："豆树中有一种毒虫，名豆猿，其微细如丝,若误落酒中,饮之必毙,然尤忌葡萄酒云。”翁至是始知生冤,泣谢前愆。生亦流涕曰:“使吾伯为伯道之续者,皆侄之罪也,何谢为?”官以翁止一子也,判翁娶一媳,当生为螟蛉,俾生儿以继宗祧。翁善之,咸称廉明焉。而生自此遂往来于两间。后谢家妻无所出,己妻产二子,长者名殿亚,三岁已能口诵《逐满歌》,父母以其慧也,命归谢。

(1906年11月7日、11月8日)

白话小说:西狩(朕)

“着衫! 着衫!”

“去便处呀?”

“征西咯!”

“去咯! 去咯!”落楼,坐车。彝彝彝! 彝彝! 彝!“到罅。”上厅,橐——橐——橐——

“呢间系喇,坐啰。”(企堂托茶入)

“贵姓?”“陈。”“贵姓?”“李。”“贵姓?”“张。”“贵姓?”“黄。”“贵姓?”“何。”

“出票,出票。诱金、银子、戴玉、友铜,亚李老三叫便个呀?”

“银乔仔啰!”

“银乔仔呀。”

“好! 俾人嚟。”

“哦。”

“拈字去叫老举。”“发办,发办。生翅、燕窝、敏胶、雪耳,即刻要!”

“有几多位呀?”

“五只，五只。”

“猜枚嗌。喂，开樽威士忌嚟。”

“九喝九喝，四嗱四嗱。你嘅。”“六度六度。”“七朝七朝，我嘅。”“饮！饮！”“睇吓几多点钟咋？”“十二点咯，快的催老举埋席。”

“哦。”

“呀，诱玉。”“呀，银好。”“呀，戴玉。”“呀，友铜。”“呀，银乔仔。”“老契到，老契到！欢迎，欢迎！食烟唔食？饮茶唔饮？”

“唔。”

“喂，起菜咯。咪拘，咪拘！起快，起快！”

啧啧，嚼嚼。啧啧，嚼嚼。

“呀，真是唔靠得住，一个都扯晒嚐，猜两拳添嗌。”“夜咯，唔猜咯。”“呀，的老举重唔见番嚟起晏呵？”“唔驶等佢咯。起晏，起晏。抹面，扯人！”“去打水围嗌。”“赞成，赞成！”行——行——行——“入喇吗？亚乜姑有人番嚟呀，细姨啤。”（反介）“唔好，花颠，咪个啲，衰衰咁，请入呢间房坐住先，佢房有人饮紧。阿四冲茶，开烟盘食鸦片烟嗌。”“都好呀。”（隔房闻老举喁喁倾偈声）

“你估我真系有心同佢瘟咩？不过想佢的钱之嚐。”

“我都是咁话啫。好似十一欠落咁多账，如果唔俾的假情假义过佢呀，连账都挞埋咯。”

“呵欠，你两个倾乜野呀？”

“亚陈老二咁衰嘅啫。人地讲闭翳，都系处嚟听，唔知听乜野呢？病病咁。等吓我话过诱金，你就衰咯。”

“超，唔驶慌。”

“系唔[唔]系呀？呀，诱金落嚟罅，饮完未？”

“未。”

“扯咯！扯咯！”

“坐吓添者。”

"系唔系真架？唔坐咯。"

"早的番去抖喇吓，第晚早的嚟喇吓。"

"唔——唔——"(喂，心肝痛唔痛呀？)

"车呀！"隆隆！隆！隆隆！隆隆隆！

嗌咿噫嘻，嗌咿噫嘻。

（1906年11月15日）

短篇小说：美人墓（斧）

东三省既夺于俄罗斯，留俄学生陈宗彦，愤俄强横也，毅然归国。讵中途遇马贼，寸物无遗，孑身丐履保定。偶经枇杷巷口，一妓见而讶其非类乞儿相，四顾无人，招之入，私语曰："以郎君好身手，何不事家人生产，而效王孙以食人之食？"陈奇其言，蹙然曰："大丈夫遇则扬名天下，不遇则老死沟壑。此千古同情也，又何足异？"妓闻言，喜曰："噫！君固达士也。然何以落魄至此？"陈直告之。妓为之怃然，嗣出金十饼相赠曰："请将去税店居，今晚可复来。"陈感激怀金出。至夜，略事修饰而往。至则妓含笑相迓，坐叩名字里居。妓泫然曰："妾名爱桃[①]，世居山东，继母不仁，鬻妾勾栏，故飘泊至斯。"既而殷殷道衷曲，意欲委身事陈。陈谢曰："感卿青眼，衔环不足云报。第仆异乡沦落，壮志未偿，岂敢以萍踪未定之人，而辜累卿乎？"妓悄然悲曰："君言诚是。然妾所以赧颜自荐者，非敢以儿女爱情，误君前途。不过欲挂名君藉，俾离此火坑，免使他日有老大嫁作商人妇之叹，而抱终身憾耳。"言罢，泪如雨洒。陈不知所措。（未完）

① 此人名字在文中未能统一，时而"爱桃"，时而"碧梅"，时而"碧桃"，见下文。

(续)嗣曰:“卿意良殷,讵仆一身之外无物,何处谋千金为卿宝筏?”碧梅曰:“妾虽少蓄积,然尽变首饰,可值数百金。君归能再筹一百,则拾日登君彼岸矣。”曰:“归凑百数,即亦非难。奈乏资斧何?”曰:“此易事耳。”乃别出资为生治装。临行,坚盟而别。次日,买棹南旋。抵里,则桑田变沧海,华屋作山邱矣。盖数月前祝融肆虐,举村屋遭焚如也,因大哭,而窘益甚。欲复如保定,又惭无以践女约。乃就邻村,设帐[帐]而授徒焉。寸心耿耿,常不亡[忘]怀于碧梅。越年,适某学东官保定,欲聘生为记室。生喜,解馆偕去。抵定,急访碧梅,至则桃花依旧,人面已非。询诸鸨母,云:“碧桃自尔去后,日伺消息,因想成恨,因恨成病,已化江头望夫石矣。”生大悲,泣询葬所。曰:“高坡二十里,一冢西向者是也。”迅步而往,于荒野茫茫,残碑屹屹中,遥见一新筑孤坟,趋之,果然。临风流涕,只觉斜阳半壁,衰草离离,泪尽而返。自是行坐怀思,居恒郁郁。会清明,匹马出门,拟往一哭碧梅。途中遇一女郎,乘舆匆匆过,面貌酷肖碧梅,纵勒亟审之,彼此双眸一瞬,女颜色忽变,举袖自障。生骇极,大声呼碧梅,追过曲巷,倏然不见。(已完)

(1906年11月16日、11月19日)

因果小说:蒸人甑(计伯译)

仆,年来,清闲似佛,飘逸如仙,美酒鲜花,浑忘时岁。惟日与爱友斧君,笑言酣乐而已。所谓呼我为马者,应之以为马,呼我为牛者,应之以为牛。虫臂鼠肝,随天赋与之意欤?然如蛇脱附,知余心者,其在海棠花下乎?顷,索案头书,见说部有《花之蠹》,著者为西乡氏,因翻译之,以消遣余笔墨。

林雪樱，绝代佳人也。眉湾黛绿，脸泛桃红。态度风流，学识富丽。然实命不由，早失怙恃。虽拥百万遗金，而顾影茕茕，殊可怜人者。一日，独倚朱欄，遥瞻绣陌，见翩迁粉蝶，双戏花丛，顿触柔情，准有春意恼人浑不似之感慨。乃命侍儿，委驾温泉，用淘抑郁。比至，居停劝勤毕，雪樱则入室浣浴。解带宽衣，觉镜里姿容，玉白燕红，如芙蓉出水，娇娆标卓，我见犹怜。荡漾间，星眸乍转，壁畔有胡须儿，偷视嫦娥，目灼灼似贼。雪樱遂侧身背起，草草揩拭出，即携侍儿反。曲径闲花，长途野草。回顾时，而者人儿，步影潜踪，复不离夫左右。诧甚，暗里防范之。忽突而近前曰："令娘，林雪樱乎？"语次，便将小刺递上。雪樱漫视之，列"伊藤勗太郎"五字。彼复道："仆与令娘，固通家也，第令娘年少未知端倪耳。"（未完）

（续）雪樱曰："然乎？"伊便顺数家系，接叠不休，且内容多吻合。及至通衢，雪樱乘车时，则邀枉过从。伊连声诺诺。入门，相让坐。而伊殊扮谦，言词爱护，大有以担当自任意。第雪樱，无往而不失之子羽。伊，察言观色，亦中心了了，遂告退。由是惯相往来。伊谓雪樱曰："令娘孑处零丁，良堪悯惜，第笄年已过，终身事，曷不早为之所也？且逝水流光，容易菱花悲白发哉。"雪樱默然，徐曰："是之。奈尘世间多不如意事何？"相视而罢。寻伊与一美少年来，绍介于雪樱曰："此柴十郎，余中表亲也。笃慎好学，愿令娘与之友。"雪樱瞬之，秀如冠玉，表若相金，因与为礼，酬酢欢欣，惠订交好。久之，互萌婚姻意。伊从旁恿怂，事遂成。惟涓吉后，柴则回雪樱处，主持家务耳。无何，赴约成礼。合卺之夕，拥被偎眠，畅谭衷曲，惺惺惜惜，感爱弥深。忽梦醒时，见四围昏黑，雪樱推柴问故。柴曰："息灯而寝，是余生平常事也。"雪樱无言。俄，东方白，齐起，秋波送情，半羞半笑。越二三日，柴紧握雪樱纤手曰："余有言，卿能谅我乎？"雪樱曰："噫，颠哉郎君矣！夫夫妇之亲，何事而不能见谅者？怪莫甚！”柴即曰：“似此，卿以余为何如人？”雪樱曰：“不知。”柴曰：“余女人也。”且披露以相示。雪樱愕然，顿而敛容曰：“然则与妾为夫妇者，若何人也？”柴曰：“伊藤勗大朗耳。”更从帐后启壁户出之。伊，稽首谢过，殷道爱慕。（仍未完）

（续）雪樱微笑曰：“事已至此矣，夫复何言哉？”乃问伊：“柴是何如人？”伊答以妓而妾我者。雪樱点首，携伊归，并谓柴曰：“顷则夫妻，今则姊妹。恩情厚谊，不敢弭忘。妾与太耶先行，然后委家人迎姊姊，以共享富贵也。”柴欣诺。逾时，健仆驰马车来，接柴去，登乘，关关就道。至，雪樱候于门，携手肃入，回互升堂。见绣屏锦垫，珠箔银瓶，灿烂繁华，如广寒宫殿。俄而调管弦，陈水陆，相将践席。主客交欢，红袖提壶，雏鬟侑酒。中设大鼎，脔肉甘香，且雪樱殷勤劝箸。柴餍饫之，曰：“如此嘉肴，固是何名者？”雪樱曰：“宛狼。”柴曰：“噫，美哉！然余生平不唯未曾尝此味，且未曾见此兽也。”心中复忖道：“伊籐夫何去，而未获与之必共饱者？”然不敢动问。雪樱乃曰：“君欲见是物欤？此易事。”乃吩咐左右负之来。少选，两人荷一瓦甑置于阶级，浓烟薰馥，珠沸有声。雪樱引柴就视之，见伊籐勗太郎头颅，耸牙凹目，昂盎正中。大叫一声，晕绝地上，猝然已惊魂离壳矣。雪樱徐徐曰：“此恶剧。夫夫，应得之果报也。”家人慎瘗诸。

计伯氏曰：《西厢》云：“珠围翠绕，黄卷青灯。”咄！尔癞虾蟆，竟食去天鹅肉，是亦鬼神所共恶者。然施之以应得之惨报，良快人心。寄语白鼻哥，慎勿谓浑球上无燕人甑也。（已完）

（1906年11月22日、11月23日、11月24日）

薄命小说：冤业（逖生）

“查磅，查磅，查查磅！”

此何声？此何声？推窗一望：

呵呵，东邻嫁女，西邻娶媳也。

夫男有室，女有家，此平常事，且闭窗睡。

久之，从梦中醒，闻号咷哀哭声，断续不休。

此何声？此何声？且推窗再望。

咄咄，声从西邻来，哭绝命也。

披衣往，侦探之。至，一少女尸，横躺也。一白发叟，掩袂泣。怪绝，怪绝！

侧立听，听其详细。家人纷纷传述弗休，云：

“殊可惜，殊可惜！此少女也，可谓红颜薄命矣。”

“其父若母，贪黄白物，竟以八百金，买去女儿命矣。”

“此老头儿，又太不自谅，几十岁，尚混账乃尔。”

“大抵渠，先服鸦片才出阁者也。”

余退，曰：“噫！是之矣！此不自由婚姻的恶果也。”

诘朝，街谈巷议，始明其底蕴。

盖女之死也，错极，错到极。

盖女之母者，非其生母也，继母耳。始女受胚时，已与牛姓者指腹为婚，母不幸死于产难。殆长，牛氏子来践约，继母恶其贫，逼退婚。后牛氏子傭于某农家，与人蓄牧，夜宿空山。适此白发叟遇盗，为彼救免。酬之值，弗受。问所欲，以满胸愁绪无家人，不愿黄金对。白发叟再诘之，始将隐情吐。白发叟曰：“此易事。如有黄金，何愁好事不成哉？吾能与汝玉成诸。”乃归托媒与商。

而此悍妇惧为人指责，不从于前，而成于后，力辞。白发叟知无法，乃以己身欲娶妻商之，竟肯。喜，自谓可以替牛氏子冒虚名。不料未通知女，而有此惨剧，而有此惨剧。

（1906年11月26日）

侦探小说：疑团（斧）

英著名侦探古尼，有年少弟子巴士顿者，胆略智慧不亚已，常善视之。会外出，一人揭帽道左曰："先生即古尼乎？"曰："然。"其人四顾无人，而悄声曰："仆乃伦敦暗差。久耳先生大名，今幸拜识。顷得一秘密消息，闻某大盗，今晚将有不利于某店之红宝石，愿转达店东防范之，而先生之意何如？"古曰："有如是乎？此我辈应尽之责任也。"遂匆匆返寓，呼巴而告之，并嘱前往，通知一切。巴如命去，述以隐谋，店东大惊。巴曰："无碍，请以一假石换之，仍贮原处。该宝石乞携至有司先存案，然后交吾师代藏，则万无一失矣。"店东如计行，随将宝石交巴，巴乃藏诸小帽里。归，出石与古，珍袭而锁诸柜。是夕因赴友人召，即命巴守卧己房。次日午后始返，见巴尚蒙衾睡，便呼醒，往餐楼用膳。巴起，盥栉毕，略三数语，便取架上小帽欲行。古笑曰："往用膳，焉用戴帽？"巴尚执帽彷徨。古复曰："无须矣。"巴始挂帽而去。古闲坐无事，拟出宝石一玩，启柜，则宝石竟失所在，骇绝。遍搜之亦不见，因大惧。（未完）

继想房中别无他人，纳匙处，惟巴知之。况临出房时，坚要戴帽，神色殊异，得勿即巴所为耶？急翻其帽则宝石宛然。念生平最亲信之，竟敢以贼相报，忿极。亟趋餐楼，见巴尚饮食自若，遽拍案而痛斥之，要执送官宰。巴闻言，形容俱变，力为剖白，并曰："倘弟子为此盗行，则当物经手时，何不遁去？尚待物归夫子，始偷而后窜，天下宁有如此蠢贼耶？况追随数载，寸心尚未蒙洞鉴乎？”说毕，愿自矢。古尼似纳其言，然宝石则明明自帽中寻出。沉思良久，顿疑巴士顿有离魂病。盖人如有离魂病，则所为何事，茫然不能记。乃解颜谢之，并告以所疑，巴亦恍然，遂与相好如始。至晚，复他适，于友人处。忽计及日间事，自忖人心不同，各如其面，万一巴果贼也，将若之何？因夤夜辞回，入室，不作声。静自探窗窥之，见巴自梦中起，取匙启柜，取宝石纳诸帽而仍然躺。久之无异，始叩门入，道以所见，巴自诧不已。后事过数年，古偶忆及此，终是抱憾。盖巴确有离魂病也，则可无疑，否则不可测也。每对人言，生平破巨案不少，然最难决者，莫若此问题。(续完)

（1906年11月27日、11月28日）

短篇小说：附骨疽（斧）

“我——知到你系噉样嘅呀，十世冇老婆都唔驶恨。”

“噎吔！重讲便宜说活添，我死都唔忿你，我死都唔放手过你。”平零崩冷——平零崩冷——咄！此何声？咄咄！此何声？此室人交谪，悍妻施威之争斗声也。

粤人李岳，自日游学归，寓西竹寺，欲组织学务以反哺祖国，而窘于资，闷甚，因出门寻友，冀共筹画。至则遇一女郎于室，意为友眷也，愕然却步。女郎已觉，问客何来。生以访友对，曰：“表亲周子绍，因母病返家，属妹代管斋门。”生始悟为周瓜葛，唯唯欲退。女复逊坐曰：“足下远行跋涉，何不小憩？”生乃就座而询其阀阅。女掩口微笑曰：“妾字柔女徐氏。”转问有何事见访。生遽告之。女辗然曰：“君能为同胞谋教育，此大好事。惜妹辈无能力，为君臂助耳。”生闻言，颇嘉其慧。微睨之，衣羽罗帔，手巾而履革，桃腮杏脸，杨柳腰肢，体态轻盈，令人怜绝。谈间，女起汲酒代茶，满斟而酌，把盏之际，秋波流盼，脑电交驰。生神魂颠倒，乘醉而归，慕想终宵。翌日晨起，忽小奚递来一函，急拆阅。略云：

昨蒙枉驾，藉聆伟谕。足下抱救世之鸿才，被时机所厄，未克一展素衷，为祖国青年增幸福，浩叹奚如。虽然，欲速不达，惟忍乃济，仍望毅力坚持，终必有达的之日。倘不以弱质见捐，愿再赐教，当竭棉力，以附骥尾，而成君志。呜呼！欧风美雨，咄咄迫人，教育前途，黑暗如漆，惟君图之。（小妹徐柔女披露）

生得书大喜，（未完）

（初续）反复细玩，欣然复往。入门，一老苍头叠书架下，叩以女。曰："徐小姐今晨云游白云去，大约晚上方归矣。"怅然而返。甫抵寓，见一女子倏入己所，迅步随视，则徐柔女也。喜曰："仆才至卿处，不意彼此竟相左。"亟移椅请坐。女屏息而言曰："刻拟登能仁寺一涤尘嚣，闻君旅此，故顺道拜谒。日昨一缄，未卜已否览及。"生曰："辱叨赠言，铭甚。卿热心如斯，有光学界矣。"女曰："此应尽之义务，多则不敢担任。倘有基础，数百金固能筹措。"生乃取章程与看。女点首称善，约期兑交经费，协力同办。生不胜感激。与吐生平，自言父母早丧，常往依周，周母爱若己出，故使随子绍读。询其芳龄，则年方十六。生长一岁，以兄相呼。俄，时钟冬冬二报，女警起曰："欢君倾盖，贪言忘行矣。"遂振衣告辞。生送出禅林，绕过长堤，回首嫣然而别。生自忖人生得一知己，可以无憾，何况女知己乎？何况女知己而兼有思想者乎？归斋，喜欲狂。越日，择地设校，而女适送款到，遂开幕而讲学焉。女往来既稔，自此爱情益厚。会放暑假，各生徒皆回家，生独自居，女特过从，隐露附萝意。生自仰容华，每欲得妇若女者。今察女意已默许,心偷欣忭。然碍于男女界线,羞涩不能自主,索然遂罢。无何,子绍母病愈,自乡中来,夤夜过生。奏煊毕,生极赞女贤。周已会意,因曰:“舍表妹颇不钝,且稍知公益,现尚待聘,若不以荆钗见嫌,愿结姻娅。”生急谢曰:“足下不以长卿贫贱,谬承垂爱,敢烦执柯,何出此言也?”(仍未完)

(1906年12月20日、12月21日)

短篇小说[①]:泼妇(金人)

陆氏女,娇生宠养于阿保,比嫁犹不改其野蛮性质,视妯娌如奴婢,等翁姑于弁髦,而夫婿之重轻,亦随其喜怒。故家室常勃溪,且偶有乖违,辄以一死相抵赖。始而鬼鬼祟祟,以投井吓家人,继而隐隐约约,以服毒警夫婿。然大小虽知其意,奈究竟不敢置诸度外,时多惊扰,而日无宁晷焉。况近更演自缢手段,于男子外出,侦其入门,则上吊去踏,双手挽绳,以待撞户破扃而获救。为其夫也,亦苦绝矣。第一日,复因口角事,用此伎俩,奈夫入门时,为父要与盘计家政,久而久之,俱未入内。而陆氏女也,踏脚离矣,两手惫矣。呜呼,哀哉!一命死矣!而以死要人者,固如是也。其归宿抵可怜否?女界秽德夫何奇?咄咄!

(1906年12月22日)

① 原排印为“小篇短说”,当是“短”与“小”异位排放所致。现改成“短篇小说”。

奇遇小说：粉侠（神父）

癸卯，予南游于叻。始到人地生疏，旅况萧条，因散步郊原，以期消遣。行数里，忽闻鸟声厉乱，花气氤氲。隔溪一院，疏竹为篱，苍松翳日。中有危楼一座，高数丈，琴声遥自牖中出。予性好幽雅，睹此，自忖可不虚此行，便更度小桥，徘徊近院。而琴音悲壮，大有曲中流水，丝上悲风之慨，不禁为之扼腕，客怀益觉凄绝。无何，钟声冬冬，车声隆隆，马车一辆，驾一黄族少年，赤帽白衿，腰悬佩剑，气宇轩昂，望院直驰。少年倏见予，似讶予，而视线频频注于予。俄少年下车登楼，琴音顿止。南洋地本热，予盘桓既久，焦渴殊甚，而溪水澄清如镜，因就浅处掬水漱口。一回首，则少年偕一女郎，向楼头并肩立，似顾我而相语者。转忽携手下楼，出院与我握手曰："足下何来？足下得勿渴而思饮乎？既适敝庐，敢劳下驾。"予见其口操粤音，喜属同乡，不遑相问，便随之入。登楼，则四壁俱悬地球，报纸、新书，重叠如山。中间圆桌一，藤椅四，窗下则洋琴张焉。遂各分宾主坐，于是开沸兰地酒，倒柠檬水，满斟而酌。叩其姓字，少年含笑不答，惟指女郎曰："此山荆也，颇不钝，可与谈。"予便询以中国大势。女郎尤热心革命，谈及受异族之专制，痛祖国之沦亡，则姿容忽变，凛如风霜，发欲竖，眦欲裂，连浮大白，挺身起，取佩剑，击节而舞。双龙一跃，光摇如电，锋芒迫人眼帘，铮锵震人耳鼓。少年急出 ·角吹发助豪，呜喑一声，女郎不见矣。惟有白雪一团，向空转旋。少年复抛角，举酒乱洒。俄舞罢，白雪消矣，女郎现矣，鲜衣如故，无半点儿酒痕。向前致辞曰："同魂贲临，痛谈时事，偶触素怀，故一击剑，以破此愁懑，而助足下与吾夫子之精神。吾夫子与足下其各尽一觞。"言

罢，飞二杯来。予谢而后饮，请观其剑。剑长约三尺，广寸许，锋利无比。背面有铭曰："操纵在手，宽猛如心。诛奸杀暴，勿教冤沉。"又一行云："宝剑光起光如电，宝剑气迫寒如铁。剑胆跃跃心谁许，要染满州仇人血。"上篆"粉侠所佩"四字。再三摩挲，方奉还之。始本目之为女士，不意乃支那之女侠也，令予惊骇赞叹不已。逗留已久，夕阳将下，吾起辞，复叩其夫妻姓字。夫妻齐应曰："总是天涯沦落人，相期何必曾相识。"欷歔而未允告。惟夫妻殷殷送出，并嘱彼此有缘，后会有期，揭帽而别。时欲寻旧路，已失来踪。一一询途而返，抵寓细测，终莫解其何以隐姓字，而不肯相告。其妻则剑中所篆粉侠无疑矣。予钦仰之，因为之记。

（1906年12月29日）

贼情小说：孽姻缘（弟）

某甲，粤之南海人也，籍于佛山附近某乡。承父小康，甲复以经营致富，遂拥巨资。旅港垂二十年，近五旬矣。母垂暮，与妻同居于乡。妻有奇妒，以故甲虽子嗣尚虚，终不能置小星为后续计。女名翠，颇知书，已及笄矣。有侍婢名小梅，颇慧洁，年亦与女相若。闺中谈笑，颇不寂寥，以故女与婢如形影相依，若姊妹焉。

初，甲既富，回籍营别业。落成后，忽转念以旧居为发祥之地，弗欲离也，遂留妻旧居，而迁母于新舍。复以母既垂暮，自以经商不能修定省礼，乃并移女与婢并居焉。新舍颇宏丽，前后分三进，母因老有聋疾，听门户不便，遂舍后堂，女与婢共舍于厅中。甲始以裁缝需人，乃雇一缝衣匠。匠名冯本，美少年也。甲既经商于外，每岁只一二返，妻与女又另舍而居，母老不能执家法，故女无所约束。积数月，遂与匠私，婢亦附女，均与匠有啮齿臂盟。无何秽声渐播，族中皆衔匠入骨，奔告其母，而母不之信，以为渎捏其女也。时族中有谋杀匠者，匠侦知之，知不能久居，乃诡对女及婢曰："吾与卿等情结不解，而人言啧啧，将奈之何？"女曰："吾行之吾自能任之，吾无惧也。"匠曰："诚然。然露水相逢，终非长久计。尊父又未必以卿等妻寒酸子，无已，其另筹一策可乎？"女曰："信如吾言，若能筹之，固是善策。但不知策将安在，盍言之？不然，则济与不济，其权在妾，焉有所志已定，而人能强夺者乎？"（未完）

（初续）匠曰："惧尊父不能以卿妻吾者，固吾自知其贫耳。卿若以所蓄者赠吾，使吾往港营商业，托友人游扬于尊父之前，为订秦晋好，事无不谐也。"女曰："倘吾父不允，又将奈何？"匠曰："如此，则吾力不能再谋。所志如何，全在卿耳。"女曰："诺。"遂发所蓄，得六百金，继典钗环，共成千金，悉以附匠，并嘱曰："事若不谐，当回报妾，妾将以情夺之，毋相负也。"匠拜受讫，矢誓而去。既去，女候久无音耗，欲驰函责之，而不知其处，徒恨匠之负己而已。

盖匠知甲以富厚中人，目无余子，而女族中又不相容，故骗女所蓄以为避地计，而女不知也。又匝月，女恨匠未已，乃叹曰："人之无良，乃至于此。"遂抑郁成病。婢谏之曰："天下多美少年，何必是，致掷千金之体而不顾哉？"女曰："吾岂不知？只以失身在前，彼若不负余，尚得从一而终耳。今若此，吾复何畏哉？"会村邻演戏剧，约离里许，中隔一田基，实一箭路耳。某日早膳后，女扶婢往观剧焉。时该村以演戏防意外，设一防勇厂于戏棚附近。女与婢适从厂外过，有防勇朱某者，适立厂前，见婢携水烟角，两皆殊色。朱貌美赛于冯匠，见女、婢之频顾己也，乃谑曰："若彼水烟角者，苟得而尝之，死无憾矣。"婢曰："汝既欲之，吾何吝焉？"朱犹以一笑置之。婢言已而行，旋购票登座位。未几笙歌动地，傀儡登场。座中人皆兴高采烈，女若有所事者，坐不自宁。迄下午，钟甫三下，即与婢返。归时复经勇厂前，睹朱复立于途中。（仍未完）

（再续）约行十数武，女故遗巾于基路之下田亩之上，欲拾回不得。顾谓朱曰："烦阿叔，请为二姑娘拾回此巾，可乎？"朱曰："诺。"遂殷勤致前，为女取巾以还女。女称谢。婢密谓朱曰："吾姑娘敬慕君，倘君能以爱情相加，请以夜过从，不知君有嫌意否？"朱初犹不自信，只闻婢语，信口应之曰："诺。"婢适告以房屋所在，并告以何路而行，某巷而进，房屋如何样式，一一甚悉，言已遂去。朱听已，犹付之一笑。以为年幼娉婷，乡间闺阁，未必有是也。既而日暮，婢复至，遍视勇厂中，不见朱在焉。潜侦至赌馆，呼庐喝雉之声，震人耳鼓。婢熟视，则朱在焉。但以村邻认识者固多，良不便呼朱也。婢熟思，骤得一计。遽呼曰："如许远路，使人买物，以小洋毫低色不用，又劳往返，纵不畏跋涉，如日暮何？"时行者赌者，纷闻婢语，如娇啼婉转，莫不回头顾视。朱乍睹之，见是小梅，急奔至前，问以何故。婢如前语告之。朱索小洋毫观看，随曰："银非低伪，卖物者何苦人哉？"婢曰："既如此，烦阿叔一行，为致语卖物者则幸矣。"朱遂行。实则小洋毫殊非不适用，婢以奉女命，再约朱，兼备夜膳，又以朱在丛众中，不便致言，故伪言以诱朱出也。朱随行至一处，婢密谓之曰："适以伪言诱君出，因方才忘却一语，姑娘嘱君，至时勿呼门，恐惊邻舍。姑娘房在西偏，君取瓦画墙壁，房内闻之，吾当启门迎君矣。"（仍未完）

（三续）朱至是，方知女出真心，遂连声允诺。朱复询门户甚悉，婢始去。朱遂以为意外奇缘，得享人间艳福矣。忽又思奇遇之中，每为奇灾所伏，是不可不慎。急追婢而问曰："室中除姑娘及姐姐外，还有何人，请相告。"婢曰："妾与姑娘居其中，而后堂则老太太也。老者久患聋，不闻问事，何忧为？"朱益心安，回至厂，神不自主，惟翘以待夜。鱼更甫动，朱修整而往。既至，如婢教，取瓦画墙。未几砰然辟户，朱视之，则婢小梅也。朱狂喜，婢益欣慰，竟忘扃户，相将入厅事，进兰闺，遂苟合焉。

初，女、婢皆以名誉秽闻，故一举一动，皆为族中昆弟留意，又嫉甲妻之不信人言也，故益伺察之。当戏场热闹，往来如织，会甲族中无赖数辈，在赌场中，瞥见朱与婢耳语也，遂远远尾朱之行，瞷见朱入女室，逆奔告甲妻，具告所见。甲妻叹曰："吾何仇于汝辈耶？初诬吾女与缝衣匠通，致匠畏羞逃去，今缝衣无人，汝辈犹不满意，再复诬之。吾女年少，尚无知识，焉有此事？且深闺待字之人，须顾名节，妄以秽名加之，天若有知，其将殛汝！"无赖辈见甲妻不信，要之赌赛，甲妻慨然允诺，遂定赌赛以千金，立字以指模作据。无赖辈遂要甲妻至女室，适门未扃，潜步至房中，朱与女、婢皆裸体亵甚。野鸳鸯惊皇失措，无赖辈并获之，谓甲妻曰："今何如？所赌千金，毋视儿戏也。"甲妻放声大哭，谓女曰："女儿何不顾祖宗清白，与父毋名声，乃至如此？"女曰："诚然。然娘亦失机，岂但女罪？倘因其所欲而成之，补救未晚也。"甲妻曰："吾家门岂为此等事耶？"复骂婢曰："贼尼子，害吾女矣！"婢曰："姑娘已言之矣，姑娘自主，何与婢事？"（仍未完）

（四续）甲妻怒甚，取竹挞婢。无赖辈曰："今笞之亦无及矣。"遂缚三人于庭中。朱屈膝求绕[饶]，且告之悔。女、婢皆无语，昂首受缚。女并责朱曰："若事未必致死，何无丈失气，乃至屈膝乞怜哉？"时无赖辈恐甲妻之食言也，留一人守之，齐往致电促甲归，伪称其母已故。甲闻母凶耗，涕泣欲绝，星夜乡旋。无赖辈要于路，谓甲曰："君尊堂固无恙，毋悲为。"言已，乃以女事及赌赛事告之。甲闻而愤甚，谓无赖曰："事已至此，请毋多言，致彰秽德，区区千金，当以奉赠。"无赖皆欣慰。甲至家，先以千金付无赖，随责妻不检束，致堕清白。甲妻且为女辨[辩]护，而以朱为强奸也。甲益怒，送朱到县署，控以强奸。县令裴某，婪吏也。得甲贿，为之委曲，鞫朱以淫刑，使以强奸诬服。朱以女、婢相邀始末供之，且曰："焉有一人而可以强奸二女者哉？且女、婢未到堂，焉能定谳?”由是极口呼冤。裴县令语塞,遂传女、婢到堂,以为女、婢名誉所关,必以强奸证朱也。及女、婢至,朱复指婢如何相遇,如何相请,如数家珍。令乃讯婢。婢曰:“是诚有之。然此姑娘命也。”裴令色变,责婢糊[胡]说。复讯女,女曰:“相爱成奸,事诚在我,何与婢与朱事?且天下安有一人而能强二女者?父台身为民上,宁不知耶?”裴令无法,遂退堂,旋竟禁朱而释女、婢。(仍未完)

(五续)女以朱在禁,心殊不安。恨父与人之无道也?复奔致大堂,高声狂哭,极口为朱讼冤。裴令惧,复留女,而释婢焉。婢复依女,不忍离也,且曰:“妾从姑娘久,蒙姑娘以姊妹相视,姑娘不幸而死,安忍独生哉?”女曰:“事诚然。然并禁羁中,朱郎无出脱身矣。汝姑去,吾舅父方举孝廉,告以事之原起,父母之不明,及县令之无状,请为之营救,或可无事也。纵不然,归典钗环,贿狼差,免朱郎苦,亦无不可。吾将以死为朱郎争矣。”婢泣受命而去,既而女臼[舅]惑于甲妻之言,置之不理。次日令复讯女,女曰:“父台自不悟耳,一人强一人,犹且不可。即强而允之,是谓和奸。若诬一人以强奸两人,其可以定谳。且妾自作之而自受之,断不祸他人也。”令无奈,复设法释女,并绐之曰:“既如此,汝可去,寻人保朱,尚可为也。”女信之,遂去。归谓婢曰:“吾父必将鬻汝,汝不妨去,吾权听朱郎消息。汝当告我以所在,吾当从之。”婢曰:“诺。”甲果鬻婢,女哭送之。久之不获朱耗。先是,朱闻女供,甚德女,乃叹曰:“吾死亦瞑矣。”后甲以此案未定,复贿令,朱遂死于狱中,以病毙报闻。女闻之,哭之恸,旋得婢函,女遂逃去,不知所终。噫,如甲者其真贼矣哉!(完)

(1907年1月7日至1月12日)

《赏奇画报》

1906年创刊于广州，旬刊，季毓主办。图画结合，以“灌输新理，开辟灵性”为宗旨。发行所在广州故衣街二十七号门牌仁信西药房后座三楼上，后迁光雅里。代售点有广州、香港、澳门、三水、佛山、陈村、顺德、大良、新宁、香山、石歧、清远、西南、青歧、四会、韶州、东安、肇庆、广西藤县、乐昌、英德、新桥、南雄、永安、廉州、都骑、德庆、西宁、乳源、广宁、怀集、封川、禄步、罗定、六都、仁化、上海、广西梧州、广西贵县、广西南宁。小说作品主要发表在“说部”栏目中。现存小说共11篇，均为短篇小说，本集全部整理。

藜杖叟

乾隆中叶，京师各巨室，珍玩每多不翼飞去，而盗踪诡秘，控案累累，无一破获。日者某藩邸，有御赐珍玩多品，为置密室，翌旦检阅，全行失去，箧衍如故，窗棂无损。因大怒，责让管有司，勒限破获。官为严比诸捕役，无消息，继复思及藩邸仆御，或有勾串情弊，穷治之，亦无影响。街谈巷说，事【颇】上闻。[①]上亦骇异，即诏步军统领，暨五城司坊，一体严缉。

有名捕郭容者，年五十余，向尝受役于提督府，业辞役矣。善缉捕，所获大憝以百计。诸捕苦于限比，醵金哀之，乞其再出勾当此案。郭曰：“嘻！此非常事，不可以轻心视之也。夫捕之与匪，灵【铳】相悬，彼萃其智力精神以窥瞷，我于不及审察之地，故往往贼智而捕愚，捕劳而贼逸。善业此者，即乘间以入之，变貌易形，

① 此处原空一格。

察微知著，如螳螂捕蝉，如饿貍伺鼠，稍纵即逝。仆少业此，虽薄有名，今老矣。无已，姑为若一行。”遂共诣官曰：“今盗踪未形，而悬赏比捕，徒饰表面，直驱之去耳。”官曰：“奈[1]上意严切何？”郭曰：“上意固严，亦欲得其人耳。某愿以妻子为质，身任侦缉。但须宽其一切，佯若无事，始克有济。”官许之。

郭乃易装为博徒，混迹场市，经旬无所遇。一日从酒家饮归，已二鼓余，方半途，闻有声，戛然如唳鹤。仰视见黑影，蹁跹半空，横掠而过。郭讶曰：“时方深夜，何来大鸟？此可疑也。”郭素工超距，一跃上屋檐，鹤行鹭伏，阴尾其后。不远抵一巨室，黑影自牖入。郭伏其外，约四鼓许，黑影出，郭发连珠袖箭攻之。盖郭善用袖箭，首尾三矢，衔接一片，虽至矫捷者，莫能当也。黑影见箭至，张两翼以御，如兔起，如鹘落，一刹那间，三矢均被扑落，无一中者。徐闻声曰：“若非郭某耶？若眼光如豆，乃亦学人作捕，混迹赌场，目灼灼左右顾，谓我不见耶？休矣。若非藜杖叟，不足饱我利剑也。”声烈烈如鹗鸣，印入脑际。言已一瞥即逝，捷于飞鸟。郭面色灰败，呆立片刻，自咎曰：“平生所见，诚不为少，何见所未见之多也？今而后，不敢轻量天下士矣。”翌日巨室复喧传失盗，计赃巨万。郭默不言，惟物色其所谓藜杖叟者。

时积雨新霁，泥潦纵横。偶出前门外，见一叟，策骡车来，骡陷于淖。骡夫鞭之不起，叟怒自车跃下，只手挽其尾出之，观者百人，罔不啧舌。郭阴骇曰：“得非所谓藜杖叟耶？”逶迤随之，至一陋巷，叟下车入，郭前致词哀恳援助。叟曰：“仆老朽余生，百无一能，尊客无乃误会？”郭以曩夜所闻之言告。叟笑曰：“此秃又作孽矣。”郭问故。叟曰：“此河南嵩山圆觉寺僧慧业也。工技击，且通剑术，与某少同师。某浪迹江湖，常持一铁杖，人因呼某藜杖叟。惟彼好酒、贪色，血案累累。某屡规谏，因有隙。去腊闻自汴抵

① 此处原空一格。

此，兹事大不易。但彼恶贯久盈，某当为佛门除此败类。法宜先迹其巢穴，方可下手。三日内，当有以报命。"郭郑重而去。

翌日薄暮，叟诣郭曰："某已悉其穴，在西山某观，地绝幽僻。今夜与子偕往，择骁健者三数人随行足矣。"郭诺。集其党徒，得好身手，久惯办案者，五人。黄昏后，偕至叟处。叟启箧出黑衣披之，张两袖阔尺许，如鸟舒翼。谓郭曰："某先行于观前岩石伺子。"砭［眨］眼已去，若隼之翔空。郭诧叹不已。如言率众抵其处，岩石上有黑影即叟也。低语郭曰："彼在内矣，可诱之使出。"即于袖中出一曲柄小管，吹之作怪声。未已，忽观内一黑影飞出，叟见之，腾身而起，互相扑击。朔风萧飕，林木怒号，若巨鸟之交斗也。食顷，陡异光一闪，彼应手坠落。叟亦徐下，笑曰："此不足污吾剑。"郭党有赵铁腿者，性躁急，突飞左腿踢之，其人以手絜其膝，赵大呼倒地，如中刀斧。叟顿足曰："若何鲁莽，我尚不敢轻忽。"骈二指点其胁，始不能动。郭与众燃炬烛之，黑衣中，岸然一秃，血模糊满面，双睛失矣。惟作恨声曰："某好饶舌，使竖子得以成名，亦数也。"入观穷搜，珍玩山积，藩邸所失物亦在。郭喜率众捆载返。

翌旦犯赃解案。官大喜，出其妻子于狱，厚赏郭。继询之，功出于叟，召叟并加赏赉。叟辞曰："某少负气，好替人间锄不平事，忽忽数十年。兹僧尝与某同学，不轨于正，规之不可，始行破坏，非因以为利也。今受赏，人其谓我何？"强之，固辞而退。郭他日重往过访，则已扃户他徙，不知所终。

（1906年第1期）

韦髯（季毓）

韦某，吾粤铁城人也。家素封，任侠好义，急人之急，慕古朱家、郭解为人,故又号拜侠。凡客有闻风来者,虽片长薄技,必为之授餐设馆,极力嘘拂。孟尝门下,宾至如归。家缘是中落,然志不稍移。性坦率,无声乐之好,酷嗜技击,驰马试剑,气雄万夫。尝宴客,酒数巡,舞剑射圃。舞酣时,惟见白光飞腾,如天外双虹,蜿蜒而下。座客瞠目,抚掌叫绝。一司阍老叟侍侧,睨之微哂。韦收剑问曰:“叟来前,吾剑岂有破绽可指乎?愿明以告。”叟唯唯,不置一词。再叩,仍不答。韦心异之,邀入密室,长跪请曰:“某少好剑,未得真传。叟如不弃,愿终身厕弟子列,幸毋吝教。”叟挽使起,逡巡对曰:“仆非敢尔也。顾剑术深远,岂一蹴可践其上者?飞腾变化,艺通于仙。即次者,谈笑杀人,亦不失为侠。非穷年累月,莫殚其技。窃见郎君所习,类似花刀,可以壮外观,而不可以示识者。持此以往,恐简子之车,终败于沟中之驾耳。”韦大惭怍,五体投地曰:“日求名师,而大匠在前,目盲无睹,宁不自愧?必请业,没齿无二。”叟乃授以炼目、炼心、炼手诸法。其炼目者,每晨日光乍出,凝目视之,初辄苦目眩不支,久乃渐适。及乎其至,则泰山崩于前而色不变,麋鹿游于左而睫不眴,技斯进矣。然后以心运手,徐讲击刺超距之术。

习二年,曲尽其妙,韦有自得色。叟曰:“未也。郎君持此与寻常健儿较,势已无敌。然天下之大,何奇不备?时方多故,轶材异能,随在多有,躁急视之,必败乃公事。”韦不甚谓然,强颔之。叟窥其意,笑曰:“今夕月色大佳,盍与老夫戏乎?”韦欣然随往后园,立定,韦手剑进。叟止之曰:“吾二人对搏,殊伤寂寞。盍召门下善技击者,合斗老夫,聊博一噱?”韦择骁健者得二十人,矛槊并举,如墙而进。叟徒手跳身入,众攒刺之,叟矫捷,刃莫能及。韦挺剑前,叟狙伏猱身出韦胯下,挤之颠,夺剑飞舞。众见白光起处,剑锋锵然。审视则矛槊之类削去半截,随手坠落。韦大骇,急止众罢斗。叟掀髯冷笑曰:“此即所谓空手入白刃也。”韦惊喜,愿学。叟为留三年，毕授以技。日者叟屏人谓韦曰："子知我乎？夫技击有内外家之分。少林为内家，吾师张真人本武当山道士，为外家，素所从学。某老矣，闲云野鹤，飘然一身，念世皆儇薄少年，无足传吾术者。今感厚意，悉心指授，自信识逢老马，感君于成。然谦益满损，善自爱重，勿负期望。"言讫别去。韦由是以拳勇名，因为人保镖。

时海内多事，鸣镝探丸，随处伏莽。韦保镖至山东德州道上，陡闻呼啸声，一骲头矢著车左，车夫即停歇。盖北道响马均用骲头矢为暗号，以止行者。如仍前进，则应弦倒矣。韦睁目徐视林间，三十余骑联辔出。为首者猿臂蜂目，手弹弓，连发三弹，联接飞至。韦以两手各接其一，末一丸辗唇衔之。盗首马奔逸，不可羁勒。韦俟其近，吐口中丸如矢之激，盗应声坠马。从骑争上，盗翻身起立，手麾使退，目韦曰："壮士尊师为谁，何手段类武当外家一派？"韦告之。盗亟拜曰："是某叟耶？今让子矣！"反马驰去。韦为人虬髯伟岸，因以髯号。自是大江南北绿林中，无不知有韦髯其人者。护送镖车，丝毫无恙，久之郁郁不自得。

于时周公敬修，开府湖广，韦往依焉。周有上客某，工拳术，骄甚，气陵其工。韦傲不为礼，某衔之，猝然问曰："客何能？"韦曰："能击剑。"某狂笑曰："剧佳剧佳，聊与子戏，佐诸君一觞。"韦逊谢。某益玩视，固嬲不已，乃笑诺。周麾下材官宾客观者以百计。甫交绥，韦佯北，某进迫韦，返身以手拨其腕，倒仆阶下，笑声雷动，某沮丧去。某固与湖广提军罗公思举为密友，归诉其事。罗固健者，以平教匪起家，材武绝伦，笑曰："彼安敢尔？折简宴周。"兼招韦往。酒甫行，罗与韦谈，舌辩蜂起，罗不能屈，因难之曰："闻剑术中有空手人白刃名色，吾子能乎？"韦曰："能。"罗目侍者示意。少顷，二人扛大刀出，光如沃雪。罗执之立筵前，曰："兄弟持此刀，荡平教匪，血人无算。今投闲日久，髀月复生。吾子解人，窃愿领教。"韦阴计此，殆为某报复也，辞亦不免，慨诺。罗喜呼左右,酌酒三巨觥,进韦饮之尽,垂手立。罗持刀急砍,韦跳而左,薄之跳而右。罗以拖刀法诱韦,韦少懈。罗横刀直逼,刀临切近,万无可避,观者变色。韦飞腿猛踢,刀铿然坠。未及地只手接刀,单膝跪献。罗大悦,手抚其肩,连称好壮士,啧啧良久,与结忘年交。韦后赖罗力,积功至专阃。

时洪杨倡乱金田,官军合围诸永安州。韦由湖北率选锋会剿,战最力,贼呼之韦铁牛。卒为贼引入穷谷,积薪纵火焚之。当火烈时,有人遥望,犹见翎顶闪烁山腰,其超跃能力可见。及殁,诸军夺气,贼遂溃围窜楚,旋陷鄂皖云。

(1906年第2期)

完婚(季毓)

湖州张某,工刀笔,唆讼渔利,变乱黑白,所颠倒破家者,不知凡几。后为邑尊访拿,避居乡曲,憬然大悟,自誓不作冯妇。忽忽数年,偶步前溪。时春水方生,潮流陡涨。骤睹一好女子,破瓜年纪,衣饰雅洁,而颜色凄绝,若重有忧者。趦趄不前,最后竟奋身赴水。张急往拯之。女大诟曰:“夫夫也,素无半面识,横来干涉,令妾不得死所。”张笑曰:“异哉!世有为德而反以怨报者?夫视溺不援,人其谓我何?”女曰:“诚然。顾人各有怀,不能掬以相示,归休矣,毋相阻也。”张曰:“予不获睹则已,既见之,断不忍坐视。且天下之大,何事不可为,而蹈此下策?予张某也,夙抱热血,苟可以臂助者,无不竭力。”女再拜曰:“能如是乎?不敢忘报。”相随返。张令室人款接,为之换湿衣,置酒压惊。从容详叩,始悉为邻村巨室钟姓女,幼字李生,望族也。生父卒,生少不更事,童仆侵渔,家渐窘迫,迭遇意外,资产荡然,伶仃孤苦,惟与寡母相依为命。钟阴萌悔意，使人微探其旨，愿厚给以资，俾另婚。生怒骂不可。钟恚，欲计陷之。适附近盗劫，逻缉严紧。钟贿捕役，布置一切，假事召生饮，阴令家人手赃物一囊，叩李户，伪传生命，委之而去。生母老迈龙钟，漫以为真【其】子物，略不检阅。比生返大醉，更不暇致诘。翌晨甫起，闻叩门人声雷动。启视，县捕数辈哄然入，遍室搜视，遇囊物，大哗曰："个秀才而作贼耶？无怪吾等屡受杖限也。"蜂拥而前，捉将官里去。县官某贪酷嗜酒，固饮糙亦醉者。见赃证，下生于狱，牒移广文详革。比堂讯，生极口呼冤。官怒曰："赃证现在，而云冤耶？即非作贼，亦是窝藏，严刑鞫问。"生欲诉原委，则其人已去。事无左证，不胜楚毒，遂诬服。恤刑使虑囚至，颇疑其事，行文驳审。钟惧，重赂县令，极力顶详，狱遂定。故事案经恤刑处者，别官不敢轻翻，铁案如山，延颈以待秋决矣。

初，钟之陷李也，女在闺中，略闻其事，心愤惋，欲代赴府署，上控鸣冤，继复闻钟将以已改字富室，益决计，寅夜逃出。惟是茕茕弱质，行路维艰，虽激义愤，终难达其目的。更虑为彼侦获，重贻挫辱，故拟一死完节。不图适与张遇，缅述原委。张搔首曰："大难大难，罗网已成，虽有羽毛，不易飞越。且以女控父，其言不顺。"女掩面痛哭曰："妾所以自溺者此也。公如不援，请速放行，决不相累。"张止之曰："勿尔，容吾细思。"乃命其妻伴女宿，己独秉烛厅事，蹀躞焦思。漏三下，尚茫无端绪，心如乱丝，棼扰万状。且行且语曰："数十年老娘，而倒绷孩儿耶？"时在内室者，惟闻张步履声，叹息声，烛影瞳曚，竟夕不寐，知其构思良苦。晨鸡乍鸣，闻张大呼曰："得之矣！"女惊起，见张抽毫布纸，一挥而就，呼女前曰："兹呈词非吾所能为，若有神助，事之济否，则视汝福命。吾计此案，决宜上控。本府陈公，端人也，性刚直，傲上而不虐下，吾送汝赴诉，庶万一望理。"附耳教以供词。女泣谢，相与束装于湖。湖守陈公，由京员出守，素著风骨，然极执拗，所判行者，虽威胁利诱，屹不可改。乍阅女词，厉声叱曰："汝党夫控父耶？"女低颜对曰："罪妾未离恩养也。"守色稍霁，从头详阅，至最痛切处，有"告则害父，不告害夫，语默两难，抚心泣血"四句，不禁拍案曰："此情良确。"飞檄提全案人犯，躬亲研讯。见李生恂恂儒雅，似非行盗者，详鞠得其实情。随召李母至曰："日前付物者，尚能指认乎？"母曰："虽匆匆一面，依稀记得。"守乃密拘钟某家人，全数解案。先出署内厮舆数辈，令李母指认，母曰："无之。"即杂以钟仆，母执一人曰："此是矣。"守刑讯钟仆，尽情吐露，始知前后狡谋，皆钟一人，大怒曰："光天化日之下，有此魑魅。"柬钟赴署，钟与守固有年谊，自恃无恐，坦然往。守掷供词示之，钟惶怖，长跪谢罪。守怒责曰："反坐之条，自问当得何咎？幸有女干蛊，姑从薄谴，罚若半产，【当】汝胥膏伙，甘服否？"钟唯唯。守乃为之分析，命李生与女当堂交拜，舆乐送归。县令旋以失入罢官。生女均德张甚，呼为谊父，迎养终其身。

（1906年第3期）

谋杀案

中国司法无侦探专门学，凡命盗巨案，除证供确凿外，其稍涉疑似者，率凭南面者任意判决，方针偶误，流敝无极。间或寄耳目于吏胥，此辈嗜利如命，亦不可恃。故案情稍幻，辄废推究，而鲁莽用事，祸桑树以烹老龟者，比比皆然。捶楚之下，何求弗得？此警察一科，所以不可不实力研究也。

陕省某县民韩某，年逾六十，孑然只身，无妻、子。然行踪怪僻，时而裘服辉煌，时而鹑衣百结。忽闭户数日不出，邻右疑之，相约里保排闼入视，则韩仆毙地上，背上受刃伤。大骇，里正急奔赴县禀报。县令鸣驺诣验,入门验讫,仵工喝报死者背受致命一伤,身旁遗屠刀尚染血色,的是凶器。令步行周视室中,环堵萧然,破几绳床,位置如故,丝毫无动。沉吟曰:“伤在背后,则非斗;一物不取,则非盗;年已逾迈,则非奸;其殆仇杀乎?”随传左右邻细询死者履历,众邻亦不能备悉,仅就所知供吐。词曰:

死者韩姓名誉,外县人,徙居此地十年有奇。无执业,无妻室,行状甚怪。数年前,恒有妇人往来其室,云是戚属,后不复睹。日前曾因小嫌,与屠户某角口,势将决裂,经众劝释,含愤各散。以后即无所知。不审缘何致毙云云。

令得供,了然一切。返署密拘屠户至,出屠刀示之,佯好语曰:“汝识此物否?”屠捧视曰:“然,固小人所用也。昨负担道上,偶行失落,未悉何人捡拾,缴存案下?”令怒拍案曰:“汝杀韩誉,尚饰说耶?”屠大惊,战栗失色。却是心理学家言,大凡人陡遇意外,未有不震慑失常度,况以谋杀重案,横加己身,乌得不怖?令见屠变色,益信。叱曰:“速供。”屠呼冤,极口诉说。惟令先入为主,虽仪秦舌辨,莫解其惑。自午堂熬审至夜分,五刑备用,屠死而复苏者数,恹恹一息。迫得画供,挟嫌谋杀,令据以定谳,申详大府。

时中丞某公,满人也,乍阅狱词,疑其事,谓虽至愚,断无甫与争论,辄往谋杀,致启人疑者,批行指驳。令再三顶详,以为南山可移,此案终不可动。中丞怒,提案发府另审。郡守某,模棱两可,亦未得要领。适三原令夏君,济武衔参,夏久任刑曹,以【武】取外补,夙称健吏。中丞面谕赴府帮审。夏因事颇棘手,力辞。中丞责让严切,不得已受命赴府。禀商郡守,调查全案卷宗,提屠面讯数语。守曰:“此案情节甚明,谅无疑义。”夏曰:“某正以其太明也。凡案情必两面互勘,批郤导窍,始无遁饰,若太浅易,转滋疑窦。”守曰：“然则奈何？”夏曰：“容徐思之。”夏退，披阅屠供，破绽百出，愈征其枉。惟既非屠杀，则必另有其人。全案问题，即重在求其所谓凶手者。此人能架[嫁]祸于屠，必甚狡谲，弥缝周密，从何侦缉？夏竭思索，终无主脑，焦燥万状。复阅狱词百十遍，良久手一纸起，疾曰：“吾得之矣。”噫，此何物？此何物？盖韩邻初供也。夏览毕，命召众邻至，温颜语曰：“若向言韩誉数载前，辄有妇人往来其室，踪迹颇密否？”邻曰：“大约月可五六次。”夏又曰：“彼妇寓居，汝等或悉？”中一人答曰：“吾知之。彼妇所寓，距韩室不远，后迁徙去，犹记其濒行时，雇吾里中车夫代运家具也。”夏闻默不语，面有喜色，善遣众令去。

微服潜出，亲诣韩里访某车夫，备悉彼妇徙居某处。地颇辽远，逶迤寻至，室绝宏厰[敞]，门条赫然，大署“中宪第”。夏徘徊附近，见茶店一区，入座少憩。诸君听者，西人侦探名家，福尔摩斯说的好，茶坊酒肆，即研究新闻之中心点，此语不诬。夏无意中，与店主人扳谈，知彼寓主为张姓，常偕纨绔子游。室中妇女数辈，每倚门眺望，似非大家闺范。夏觉所语与意中理想渐符合。叩曰：“公深知彼乎？”主人曰：“然。伊暇辄来此啜茗。”夏徐别去，改易豪富子弟装束，日诣该店品茗。果见张至，借事与谈，备极款洽。张工酬应，雅意趋奉，偕夏返所居，出妇拜之。徐娘半老，尚饶丰韵，眉目隐含荡意。张则目频眴而下视，显呈诡谲。夏一一默识，伪相结纳，自是过从甚欢。他日折简招张饮，半酣，佯叹曰：“江湖荆棘良可畏怖。某前遭巨骗，丧失资斧，今犹心悸。”张曰：“何谓？”夏切齿曰：“某误交匪人韩誉，为所局骗，洵非人类。”张曰：“今后料不复见此等事矣。”夏曰：“良然。吾深谢某屠。”张冲口曰：“果否？真为某屠力乎？”夏曰：“君有所见耶？”张陡觉失言，嗫嚅曰：“否。吾只闻途人颇有谓屠冤者。”嘻！此老奸洵谲甚，偶失检，旋掩覆无迹。惟夏神经锐敏，如利刀快弹，不可抵御。疾入

曰："人谓君与韩戚谊，想备知彼恶历史。"张忸怩曰："不然。第有半面识，外人妄言耳。"张为此语，欲盖弥彰。夏急乱以他词，故不经意，恐惊使逸。

酒阑客散，夏随踵府署，商知郡守，立发火签拿张。谆勗诸役曰："纵之惟汝咎。"役蜂拥去，未几拘张返。夏与郡守升堂提讯，张昂然上曰："职员何罪，横被拘执？"守未及答，夏旁叱曰："汝以美人局诱韩誉，复戕其命，何谓无罪？试仰视我。"张闻字字打入心坎，谛视，则高坐堂皇者，即夏也，大惊，恃无证佐，仍狡赖。夏笑曰："试挑汝破绽。汝适言非某屠力，非汝所谋，安从知？汝妇往来韩室，佥云戚属，汝乃言仅半面识，种种支离。不吐实，刑法加汝身。好男子，毋空讨苦吃也。"夏所发语，如犀燃镜烛，莫可遁形。张忖辩亦无益，无奈引伏。

盖张固骗子一流，羽党众盛，常以美人局诱浪少年，如北人所谓扎火囤者。韩本无赖，向与朋谋，乘间通其妇。张明知，利韩资不为怪，往来綦密。后韩资渐匮，遭白眼。惟韩持张阴事相胁制，张患之。会韩与某屠角口，张立人丛，陡萌杀机，潜携屠刀去，思事成可架[嫁]祸于屠。乘夜至韩居，韩出迎。诱韩返顾，力刺其背，韩仆。张自内扃户，逾垣出。续闻屠被逮，欣欣自得，不虞夏之发其覆也。录供案定，出屠于狱，详报中丞。中丞大喜，奖励有加。或叩夏曰："公何以确知屠非凶人？"夏曰："此易耳。屠果杀韩，必不致疏忽遗下屠刀。纵误遗，亦必远逃。纵未及逃，亦万不肯认刀为己物。今屠直认不讳，断非所杀。若谓彼籍此愚问官耳目，则非积猾大憝不能如是。若屠特呆竖子，非其类也。吾阅韩邻供，谓韩孑身独居，行迹诡秘。数载前，频有妇人履其室，窃意韩非善类，或与彼妇夙有暧昧。夫'奸近于杀'，古有明训。故就此推勘，幸达目的。"咸叹服。某县令以失入罢官。

（1906年第4期）

海外萍因(钜鹿六郎)

风城陈生,门祚衰薄,自祖上至生,五世单传。逮生复早丧父母,幸家尚温饱。弱冠翩翩,擅璧人誉。娶妇杨氏,美甚,伉俪綦笃。高柔,爱玩贤妻,有终焉之志。闺房内事,更甚于画眉。然杨颇妒,以生貌都,恐拈花惹草,防闲惟谨,生缘是杜门寡出。闲与朋游、通庆吊,均刻期返,无敢淹留信宿,佥以为异。有知其内容者曰:“陈君床头胭脂虎可畏哉。”因述其故,众大噱。适同学友远行,众公饯之,强拉生往,生固不知为妓席也。甫至,歌姬数辈踵集,生踧踖欲辞去。友嗤以鼻曰:“陈君道学乎?抑别有说?”或曰:“娘子军虽精明,断无如此秘密侦探,君勿忧。”众哄然一笑,生面赧勉留。友私告妓曰:“个雏儿貌美而家富,得其欢心,一生吃着不尽矣。”诸妓曲意承迎,生终漠然。盖非太上忘情比,特以其于杨也,爱之畏之,诚如卑士麦所言,一刻离其妻,则不乐者。脑筋中欢苗爱叶,洋溢充积,如茧自缚,若旁用其情,非惟不敢,抑且不忍。众□其呆,思愚弄之,故作苛令,行觞政。生意不属,迭犯令,连罚巨觥,醉仆伏座上,玉山颓倒。众饬仆扶置卧榻,潜摘诸妓鬓边花串,纳生怀中,盖欲使归受娇嗔,藉博笑谑。初无他意,亦不料演出若许怪剧也。

生旋略醒别众,扶醉而返,街鼓咚咚,已报四下。生妇灯下候生久未归来,凉风砭肌,婢子尽卧,方寸萦扰万状。比生返,醉态不支,解衣酣眠。妇薄怒不语,旋闻一缕幽香,透入鼻观,大疑。力搜生衾,得素馨花串,嗅之脂香粉腻,知为美人所贻,不禁愤焰中烧,嘤嘤啜泣。生梦觉,忽见妇作此态,惊问何故,不答。再叩,妇颤声曰:“若所作事,当自知,假猩猩何为?”生茫然。妇掷花串桌上，生始悟友之戏己。力白原委，妇不听，哭益悲，双目尽肿。大约妇人驾驭男子，其术有三，始则惑之以色，厚结其欢；继则动之以情，阴挫其气；终则胁制既久，积威所致，乾纲委靡，虽服丈夫再造散，无能为力。古今来文穆四畏之堂，王导九锡之诮，未必不由于此。妇之待生，第二重关头也。生不见答于妇者累日，出则为同人讪笑，闷甚。猛醒曰："好男子而恋恋儿女情耶？"蓄志远游。念有戚属南洋行贾，欲往依焉。留书别妇，轻装潜出，附输往港，直抵南洋。

比至，询其戚，因年老收庄，日前返粤去。生窘极，暂止旅店，米珠薪桂，居大不易。赖店主人本粤产，念乡谊，转荐于某广帮司笔札事。生性最慧，居未久，能操英语，及巫来由语，众咸刮目。英商某素往来店中，喜生温婉，辄与谈，稍稔，泥生过所居。商无子，有少女名加芝顿，绮龄玉貌，西方美人，丰韵弥胜。睨生若甚属意，流波送睐，谈笑欣合。无何商卒，女与生过从益密，微露自荐意。坐对丽质，人孰无情？此中不可究竟矣。女艳名夙著，视线咸集，羡且妒者，大不乏人。英人某少年，醉心于女，尝屡求婚。女恶其猥薄，不许。嗣闻与生接洽，波生醋海，潜怀暗杀主义。生偶外出，背后闻枪声陡发，弹丸穿右袂过。亟回首视，一年少西人，驾自行车，风驰去，瞬息已渺。生念无仇，良不可解，为女道及，女失色，尽情详告。生嗣是出入警备。某计不得逞，益大怒，遗书请决斗。所谓决斗者，西人挟仇愤，或争风等事，不愿涉讼，相约携刀剑互斗于野，各邀亲友作证，伤毙勿论。如两人中一不愿斗，则众以为无勇，讥笑百出，必避居他处乃免，风俗如此。女闻耗诣生曰："某约君决斗，微论君文弱书生，断非所敌。即幸获胜，彼党羽多众，亦防不胜防。妾闻瑞士山水，冠绝全欧，妾当偕君前往游历，避此风潮，何如？"生以店务为虑。女曰："迂哉！妾承遗产，虽不甚丰，自问足供君挥霍，请决行，毋多虑。"生乃摒挡一切，与女偕赴便轮进发。女习闻生语，略解操华言，如新莺学啭，呖呖可听。船行数天，风日晴美，竟日晤对，消受艳福。

然风云不测，狂飙倏作，船主命鼓轮猛进，势已无及。轰然一声，误触暗礁，全船震动，船主急放舢板渡客。生携女仓猝登舟，船小载重，启棹未几，奔涛山立，从后送至，怒卷数人下海，女与其列。生亟援手不及，隐约间，似闻女号【援】声。呜呼！绝代佳人，竟随流水矣。生悲痛无极，怒涛复作，挟舟如飞，直送一荒岛前，沙碛搁浅不动。惊定，检视船中，仅存三人。一英人祈里士，一法人巴觐，其次则生也。三人匍匐抵岸，茂林阴翳，四无人迹。生如痴如醉，二人询悉原故，互慰之。惟俱徒手至，未携资粮，无所为计。幸枝头山果，黄熟可食。生偶步深林，飞湍激注，间溅颈上，始不为意，以手搔之，渐渐痒痛，大惊走返，倩二人验视。祈愕然曰："是蛇毒也，误中之万无生理，奈何？"生自女死，益厌世，即亦无惧。但体如火炙，烦热不耐，踯躅出。遥见深涧流泉，清澈可爱，解衣浴其中。少顷，凉透肺腑，无复痒痛，大喜。旋觉精莹耀目，俯视有物累然，类钻石者，堆置涧旁穴中，随手掬数枚出，示二人。二人惊喜曰："此钻石胡为乎来？"生告之，偕往，尽力运取，数颇不菲。惜困守绝岛，无法他适。日者偶见海边数人驾舢板取水，巴觐急系衣长竿，招展作势以示之。舢板上人瞥见，驶近岛前，登岸诘问，却是荷国汽船，名云丹，前赴香港者。三人略诉被难情由，忙下船，转附荷轮返港。抵港后，三人瓜分所得。生售四分之一，获善价，随旋里。

初，生妇杨闻生负气远适，懊悔不已，侦骑四出，渺无音耗，苦思成疾。乍睹生返，喜极，执手诉说，病体渐愈。惟生怆念西女，前尘如梦，花晨月夕，无非伤心者，自号萍因子。尝诵昔人诗"无可奈何花溅泪，不如归去鸟催人"二句，以自排遣云。

（1906年第5期）

僵　尸

僵尸之患,北省多有。盖缘土脉深厚,常有葬至十余年,尸犹未化,每破土出而为祟。其类有白僵、绿僵、飞僵之别。凡僵尸垂毫遍体,白、绿均就其色言,飞僵则飞行绝迹,不可思议。然除飞僵外,余者土人亦不甚畏。偶与相值,为所挟持,以枣核七枚,钉尸脑后,辄释手仆,故无大害。至若南省,恒不数觏,惟停厝日久不葬者,吸受日月精华,间作妖异。

粤垣某伶,班中武角也,尝下乡演剧毕,同伴先返,伶便道旋家。行独后,道经某村,时值薄暮,错过宿站,风雨疾作,居人均各键户。以异乡孤客,踽踽独行,又不敢冒昧叩门投宿。四顾踌躇,无托足所。正窘迫间,见废宅一区,僻近旷野,双扉虚掩。伶时冒雨,衣履沾湿殆遍,狼狈万状。阴计曰:"此中必有守者,吾入与熟商,假一席地,权度此宵,拼赂以资,犹胜于踯躅歧路。"排闼入,大呼,无应者,人踪阒然。惟庭间蛛网,梁上燕泥,代表其荒落。正室三楹,颇宏厰[敞],雀粪没地,蓬蒿蔽阶,触目荒凉,不可复耐。步转厅后,小阁巍然,稍觉洁净,似曾经粪除,意为守者所居,拾级登其上,几榻位置齐整,笑曰:"吾宿此可矣。"卸装暂憩。伶固有阿芙蓉癖,燃灯对吸,餐云吐雾,几忘行路苦况。默念如此巨室,任其废弃,不胜华屋山邱之感。慨叹未已,乍闻胡梯得得声,有客径上。伶急起,肃客。客昂然入,略不瞻顾。伶达求宿意,并道歉。客不答,微颔其首。

初,客之来也,伶固未着意,至是觉情状怪甚,座间冷风袭人,灯焰作碧绿色,摇摇欲灭,心知有异。注视其貌,面枯瘠深黑,目眶内陷,双眸炯炯,指爪尖锐如钩,迥非人类,不禁骇极。抽身欲

遁，客已豫知，作势起立，阻其去路。伶复坐，客亦随之坐。睨伶狂笑，口吻翕张，馋涎垂尺许。使他人处此，必怖欲死。伶胆素壮，虽在危急，仍不慌乱，默默筹策。适座后有牖洞开，下临小院落，伶暗喜。佯吸烟毕，以烟管授客，客漫接之。伶乘客接受时，出不意，执管一端，力按其体，使不得起，飞身自牖下，则小斋也。伶入，反阖其扉。方庆脱险，续闻砰然有声，客已相继跃下，户阖不得入，长啸者三，其声哀惨而促，令人股栗丧魄。双扉呀然自开，客倏入，猛扑伶。绕桌走，客逐之，旋转三匝，如走马灯。伶惶遽推桌，倒压客身，客仆。伶纵步出户，拔关狂奔数里，背后风声鹤唳，如相追逐。渐远，恰遇乡练夜巡瞥睹，疑为歹类，厉声叱之，伶结舌不能语。少间，详述一切。众啃曰："彼处乃某巨室废宅，僵尸为厉，夜出攫人。附近居民，黄昏闭户，非结伴不敢外出，君脱虎口，大是幸事。姑止吾所何如？"伶感谢，偕众返。

翌日纠合乡人，驰往，入门，抵东轩内，阴气萧森。一僵尸仆焉，桌压其上，乌爪狞目，状殊可怖。聚薪焚之，啾啧作声，血涌骨鸣，自是怪绝。

（1906年第6期）

毒　蟒

炎方污下，蛇虺所窟穴，诸家纪载，奇奇怪怪，不可胜数。如有所谓量人蛇者，长而多足，见人必昂其体，以量人。人遇之，耸身跳跃，呼曰："我高。"彼便坠下，应声毙。不如是，即为所啖。有所谓席蛇者，仰卧山僻，恍如敝席，人畜误践其上，辄卷合，不数刻，化去，仅余皮骨，皆可畏也。

又说部载唐元宗宠一内侍，因忤旨，谪岭南安置。遣发日，内侍泣辞，元宗意怜之，而不欲废法，授以小金盒，谕曰："此为波斯胡进奉，内藏神龟，能制蛇虺。汝往南方，持作自卫。"内侍叩领，启视，中一小龟，如钱大，遍体金黄色，可供把玩，佩于身畔，朝夕不离。行抵岭南，度大庾岭。时已薄暮，地绝荒僻，日堕崦嵫，腥风陡起。内侍闻后有呼其名者，不觉返顾，榛莽中一妇人，仅露其首。惊愕疾行。抵旅店，偶与主人说及。主人急曰："客应之乎？"曰："然。"主人失色曰："客殆矣。此名人首蛇，往往从岭上呼过客名，猛行不顾，则无患。倘应声，彼夜间必寻踪至，无得免者。贾客坐不知而被害，已数见不鲜。今客又蹈此，可奈何？"内侍乍闻是言，毛发森立，转忆怀中物，略觉胆壮，徐曰："毋虑，吾自有策。"是夜秉烛危坐，不敢熟寐。甫三鼓许，骤闻暴风疾雨，声自远而近，仰视星月皎然，其声已至门外。怀间物在匣，击撞不已。内侍大悟，急取出，置案上，启其匣，神龟跃出，蹲阶下吐气，若匹练腾空上。少顷风雨声渐息，龟亦返匣。内侍竟夕惊惕，目不交睫。次早起视，户外毙巨蛇，长数丈，人首披发，不禁咋舌。此事见唐人杂记，虽极怪幻，然肆毒犹未甚，若所闻一事，则更奇。

铁城某乡，地连万山，异物数见。岭上一古塔，建自元代，以荒废故，人迹鲜至。惟穷氓无告者，或缢其中，久之传有怪异，附近牲畜，无故亡失。或行客偶履其地，辄被摄去。异迹传播，视为畏途。有牧竖放牛陇畔，与众嬉戏。俄回首视牛，走轶去，不知何往，惧归受责，急与众童，分头追逐，辗转寻觅。至塔下，素闻怪异，欲返身去，然恐怖之心，终不敌惧责之心胜。徘徊瞻顾，觉塔最上层，有物摇动，谛视，露双角，竖阴计曰："得无吾牛果为所摄耶？"四望无术，惟离塔不远，古树交柯，其高参天。竖大喜，蹑足往，猱升其上，以枝柯自蔽，平视塔中，历历在目。原来一巨蟒，首如五斗栲栳，鳞甲森然，眼射金光。适空中群雁飞过，蟒仰首呼吸，雁翩然坠下，如矢投壶，蟒一一啖尽。竖骤睹，悸魂丧魄，莫可名状，几堕者再。竖抱树徐下,狂奔返告众。众骇曰:“深山大泽,实生龙蛇。若此,吾属无噍类矣。”因集议筹所以除之者。或献火攻策,众以为善,挟硝磺、束苇往,劲弩随其后。甫抵岭下,蟒若豫知,昂首塔外,嘘气成云,毒焰薰灼。前行者,当之辄仆地毙。余众惧,狼狈走返。嗣是岭下居人远徙,每夜间有遥望者,时见塔上光焰烛霄,虽月晦亦然,度必蟒珠。屡悬厚赏,募人捕获,无敢应召。

荏苒岁余,一老翁经其地,日暮叩门投宿,乡人款之。询悉翁古姓,外省人,流寓粤垣,世业蛇师,操术至精,佥告以所患。翁微笑曰:“客[容]往视后报命。”众喜前导,翁探怀出小瓶,以药涂鼻端,并分给众人。既至,翁审视一周,曰:“彼畜现倦寐。”随扳登树杪,窥觇良久,吐舌而下曰:“此锦鳞蟒也。仆祖若父曾言仆,往来江湖数十年,未见此毒物,无怪若等受创。”乡人苦恳捕治,愿厚酬。翁曰:“仆竭绵力,替一方除害,岂为是区区者?但尚无把握,须招门弟子数辈至,通力合作,或冀能克。”乡人争馆于家,供给丰隆。数日门人继至,翁日率之登峰采药,归辄捣碎。列茅絮为长束,凡十余,傅药其上,曝日中令干。豫备毕,集众告曰:“此蟒每于子午二时吐毒,锐不可当,惟未后可往。”众如言,偕至岭下。翁命众湿泥涂身,搀以末药,使奋力鸣金,曰:“蟒性畏金声,可惊之。”急与诸弟子登树,分燃药束,烟焰向塔上注射,随见黑气自塔冲出,弥漫蔽天。诸人虽涂药,尚晕眩,头目摇摇,不能自持,益力鸣金,响振山谷。黑气渐微,翁更燃药束助之,药束尽,黑气亦灭。翁跃下招手谓众曰:“速登,彼畜业醉吾药,刻无能为,少缓不可制矣。”身先众人,驰登塔顶,腥秽触脑,人畜诸骨,狼藉遍地。蟒蟠其间,瞑目不动,五色斑然,大逾数围。众惊呼却立。翁前刃其首,毙。剖脑获巨珠,类桃核大,纳怀内,挺斧伐去双角,授众曰:“此最辟毒,凡中诸毒,磨水灌之,立愈。”众扛蟒下,聚薪焚之,臭闻数里。翁曰:“诸蟒中,惟黑蟒性颇驯,无大害,余均毒甚。锦鳞蟒,则尤蟒中

巨擘，不多觏，即仆马齿叨长，亦见仅第一次。幸捕治尚早，稍延岁月，变幻莫测，虽有智者，无可为力。"众大悦，愿酬之，翁不顾而去。

（1906年第7期）

静禅（钜鹿六郎）

迩来火器盛行，杀人于百步外。技击一道，几如广陵散。然火器只求命中，浅近易明，技击则功颇深奥，非浅尝所悉。火器用于冲锋破锐，势不可当。至若两军相薄，短兵接战，技击亦须谙练。日俄之役，日陆军获胜，其得力于武士道者不少也。

粤垣刘耀，家小康，伉直好义，设肆于归德门四牌楼，贸易有年。虽隐商贾中，夙抱热血，坊邻有事，辄挺身排解，群以鲁仲连相目。市上忽来一游僧，作三楚口音，环眼铁面，肩荷巨钟二，各重百余斤，沿门募化，视商业丰啬，以为多寡，不餍其欲，坐索不去，以钟阻门首。人多患苦，莫如之何。适至刘店，所索甚奢，给青蚨数百，掉首不顾。刘理论之，僧合什对曰："居士拥厚资，出家人所求区区，犹吝不舍耶？能舁此钟起，衲不索一钱。"刘本雄于力，怒其言侮己，因力提钟。僧乘间拍刘背曰："勇哉。"急荷钟去。刘旋觉背伛偻如籧篨，非复故我，大惊。延医诊治，无效，呻吟床席。素与附近某寺僧静禅善，时相过从，然不知其能也。静禅偶以事诣刘，见之，讶曰："若与谁斗耶？"刘曰："无之。"静禅曰："勿诳说，此点穴法也，惜术尚浅。"刘乃详告始末。静禅命店伙二人，紧持刘左右手，推其胁者三，刘哇然吐瘀血成团出。静曰："幸治尚早，否则成疾，终至残废。"刘渐平复，愤欲寻僧。静曰："毋尔，彼必再来侦消息，吾小弄之，藉示惩诫。"徐作别去。他日游僧果复临，见刘无恙，爽然自失。刘伪致敬，延入款茗，阴遣伴召静。静至，与僧寒暄数语，绐曰："若背后为谁？"僧不觉回视，静轻掇其项，僧首竟左顾，不能转动，骇极。知为静所愚，合什求恕。静微哂曰："班门弄斧，后敢复尔否？"僧惶恐，矢誓不敢。静探袖出小丸一，予之，狼狈而去。静笑曰："彼虽能愈，但欲复原，恐多废时日，亦足为鲁莽者戒。"刘愈惊服，与静交益密。

尝私叩静出家端末。静慨然曰："言之长矣。余俗家吴姓，自少无赖，好技击，从明师请业，术颇精，浪迹四方。至苏垣，闻元妙观雅擅名胜，士女云集，因往游。瞥睹阶前，古松浓阴匝地，思炫其技，解衣以手坚抱树本，叶簌簌自下，众皆称赏。一虬髯客旁立，笑曰：'吾亦试验吾技何如？'观者极力恿【怂】，彼徐效余法，树寂不动，众多匿笑。虬曰：'彼外功，吾内功，诸君请少待，便知分晰。'俄顷树果黄落，枝叶婆娑，了无生趣。虬径掉臂行。余不禁羡慕，尾其后。行里许，虬返顾曰：'视君大有深意，盍一过我乎？'余正中下怀，唯唯。虬逶迤导至所居，地绝幽僻，华屋数楹，傍山而处。入门仆役环侍，虬偕入内室，铺陈富丽，若王侯第宅。互叩邦族，始悉虬家一母、一妻、二女，长适人而寡，次待字。余登堂拜母毕，向虬致词，愿厕弟子列，虬乱以他语。越日忽与余商，愿以次女奉箕帚。方思习彼技，不敢固拒。择吉馆甥，贺客骈集。婚礼之盛，目所未睹。女美而勇，绰有父风，伉俪极相得。惟虬踪迹诡秘，恒屡月外出，所与往还，半幽燕壮士。屏人私语，行状殆非良善，心怀疑惧。且离乡日久，枨触归思。夜与女言及，女愕曰：'君坚意归，妾不敢留，亦不能相从，只恐归良不易。'言讫，凄然。余漠不解。因俟虬回与语，虬点首曰：'吴郎思归甚善，当明日饯行。'余喜告女，女失色曰：'殆矣！'余亟问故，女叹曰：'实告君，妾家绿林之雄也。祖传绝技，自为讲习，誓不以授外人。此间向例赘婿，不许辄归，归则以饯行杀之。所谓饯行者，自祖母至妾姊，层递守户，能力敌众人，或可逃生。不，即立毙。昔妾姊夫，缘是

而死。今君又蹈此，奈何？'余怖曰：'然则余止不行可乎？'女曰：'无益。君言已出，彼令已发，驷不及舌也。'余大惧，哀词乞援。女沉思曰：'妾姊技仅与妾伯仲，妾母岂无儿女情，均无大害。所虑者祖母耳。'彻夜筹划，嚱吁不乐。余深悔此举之误。翌晨整装欲行，虬已他往。甫履阈，女姊挺刃前曰：'闻妹夫归，敬来饯别。'余与角仅数合，力不支，赖女相助始免。至厅事，有中年妇，横刀立，女急牵余齐跪曰：'姊夫之殁，吾母常萌悔心，今忍更为此耶？'掩面痛哭。女母挥泪，佯左顾，余乘机遁出。户外一老妪，白发飘萧，拄杖横门，笑曰：'娇客远行，老身在此候送。'挥杖当头棒喝，余藐其老，运剑格之，妪力猛杖沉，如泰山压顶，万分危急。女飞步上，尽两人力，仅能暂支片刻。妪陡见女，掷杖叹曰：'去休。女生外向，今果然矣。'余喜脱虎口，回首视女，尚依依泪眼，目送远人，大恸而别。及抵家，人面全非，父母久经亡故，顿足痛恨。念前尘如梦，万缘枯寂，遂祝发招提。今皈依蒲团，四大皆空。而追念畴昔，佛心多情，犹下慈悲之泪。吾子解人，幸勿为外间道也。"刘闻言惊叹良久，后不能忍，渐泄于人，其事始著。

（1906年第12期）

怪兽（淮沃）

宁古塔僻处关外，[①]国初流徙人犯之所，额设将军驻防，土厚泉甘，最宜卫生。居此者虽苦寒冷，而颜貌丰泽，绝无不服水土之弊。吴汉槎先生，尝因案谪戍于此。居人多以游牧为业，森林数百里，不见天日，天然围场，异物甚伙。地产人参，价颇贱。然携

① 此处原空一格。

以越境，征税綦重。在彼服之，殊不获效。先生甫至，煎服数两，竟患腹泄，委顿逾日。惟水泉绝佳，俗呼人参水，味甘而腴，玉腋[液]不啻也。

高阳王某，其父为胜国遗臣，守土殉节。城破，王就俘军中。事平后，发旗下为奴，以衣冠子弟，下侪厮养，触目悲戚。其主遇之酷，稍违意，鞭扑从事，不堪其苦，伺隙逃出。时江南大侠甘祈，高义薄云，名动遐迩，与王父有樽酒之雅，因间关往投。甘一见泣下，授餐易服，馆于密室。[①]国初功令，逃人之禁甚严，十家连坐。甘邻伧父娄某，暴富而骄，尝驰骑郊外，马铁蹂躏甘田禾，佃人阻之，反遭毒殴，乃奔告。甘怒眦欲裂曰："牧猪奴，吾犹及见彼街头唱莲花落，甫得志，辄敢乃尔耶？"诉诸官，笞娄从仆。娄衔甘，日夕思寻衅，侦得斯耗，大喜，装点情节，诬甘窝庇逃人，蓄谋不轨，具词首告。当道素耳甘名，第事关重要，檄所司拘讯。甘、王俱被逮下狱，祸且不测。赖官吏心悉其枉，甘更破产行赂，极力斡旋，得从末减。[②]旨下，二人均遣戍宁古塔。王泫然曰："以仆累君，情则何忍？"甘慷慨自若，如不置意。琅珰就道，北上出居庸关。

此地为国门雄镇，人烟辐辏。一术士童颜鹤发，立人丛中，自署知机子，术善星卜。甘不觉心动，排众入求卜。卦成，其繇曰："[③]祸得福，咎遇喜。有象濈濈怀其曲，涉波不濡，从风不靡。"甘详玩再三，不解。术者曰："异哉，君等此行，大有奇缘。卦词甚明，当慎藏之，后自验。"二人抵戍所，将军夙重甘，且怜王为忠臣裔，均授闲散职事，得无苦。居数月，患贫，资用渐匮。二人肩荷火枪，更番猎兽自给。甘、王所居，乃二十八台，地僻甚，日落即闭户不敢出。同侣戒曰："君等游猎，距某戈壁（译言沙漠）不远，为深

① 此处原空一格。

② 此处原空一格。

③ 此处原空一格。

林，绵亘百余里，怪兽极多，误入无得免者，须谨志。”甘颔之，王年少气盛，不以为意。

他日往猎，驰逐平林间，见角鹿极雄伟，燃枪轰击，旋被轶去。王意不舍，辗转寻觅。初至地形不熟，遂迷路。日堕崦嵫，暮色欲瞑［暝］，狼嗥虎啸，怪声四起。转瞬腥风扑鼻，意愈恐怖。猱升高树，蹲伏不敢动，微睨林下，巴蛇巨象，狂奔而来，若惶恐被捕状。俄而群猴继至，捧首号呼，皆列队向前面巨石下齐跪，踽蹐不堪。王正骇诧，异声陡作，一弹指间，风沙眯目，耳畔汹涌如怒潮鸣。风定，巨石蹲一怪物，兽首人身，尻垂尾尺许。旁立人熊四，若侍者。诸兽战慄待命。怪颐略动，熊即共捽一巨象投其前，擘而献之。怪啖讫，又啖数猴，抚腹狂笑，咯咯如枭鸣，曳尾徐去，余兽星散。王惊惕汗雨下，竟夕不敢交睫。天明辨途返，则众人已侦骑四出，彻夜喧扰。详述所遇，咸吐舌称庆。王以此杜门者旬日。

一夕月明如昼，猝未能寐。有叩门者势颇急，询何人，不答。从门隙窥觇，见一人披发赤体，跨白象。王骇绝，急蒙被卧，默不语。良久闻咿哑声如小儿曰：“仆为猩猩，此间群象受怪兽虐，思仗君高义，解脱此厄。苦不解语，倩仆传言，君能援手，当不吝报。”王无奈，力撼甘帐，甘醒，惊以为奇，手械出，王从之。猩猩拱立道左，撮口微呼，巨象数头奔集。二人各乘其一，逶迤导至高原。猩猩下，仰指林树。二人随升树杪，擎枪满贮子药，扳机以待。食顷暴风又作，风过处悉如前状。甘提枪拟准怪兽，轰然一声，双枪齐发，中其要害。【滚】地怒号，声震林木，辗转仆甈沙碛。诸兽惊窜。猩猩遥遥招手，二人缘树下，群象环绕喜跃，引至岩洞，大约怪穴。兽革山积，诸象见而悲嘶。续入内层，光怪耀目，所蓄东珠，及文犀象齿等，珍贝罗列。象一一以鼻摄纳二人怀袖间。甘悟，解衣尽力捆载。猩猩送出，指归路令返。二人回不敢隐，潜白于将军，大为惊叹。

未几适逢[①]恩赦，将军特疏代陈请，奉[②]诏俞允，竟生入玉关。归后渐出藏珍货之，得善价，富甲一乡。比邻娄某负愧遁去，始悟卜语不爽，但所遇怪兽，遍谘识者，终莫测其何物也。

（1906年第15期）

名妓知义（槎客）

南海某生，本世家子，家又富豪，以故年未三十，即登北榜。生少孤，其母爱若掌珠，不敢稍拂其意。美衣俊仆，阔绰异常。所往来戚友，尽属逢迎一流，导之珠海花丛，偎红倚翠，低唱浅斟，人生至乐事也。生每饮，必呼某画舫校书侑觞。校书名小容，明眸皓齿，娇小温柔，最善伺人意。生昵之，已非一日。久欲经营金屋，命掌锦巾。校书睹生年少翩翩，又稔悉其家资饶裕，盟同齿臂，誓必委身。而生以慈母在堂，此事谅非所喜，且千金蕴椟，未能挥手自如，以是桃叶津头，犹属量珠有待。

六月时，母一病不起，生资财到手，益发骄纵，为所欲为。俟母七虞已毕，移柩厝庄，即拟出重金，赎校书以归，快偿夙愿，计其母丧未逾百日。前夕生即剃发，邀同狎友，作大沙头放舟之游。罗绮满筵，笙歌彻夜。酒至数巡，生自击鼓板，唱梆簧一曲。诸妓凝神倾听，生益意气豪奢，不自知其为苫块余生，犹称棘人者也。迨至酒阑，与校书聚于姻缘小艇，抚校书肩笑曰："自吾母去世，我已无人拘管，随时皆可载卿归矣。明日为语阿母，千金之价，何日领给，俾先备单送来。后日吉期，我当拥王郎之楫。顾卿乐否？"

① 此处原空一格。

② 此处原空一格。

校书闻而蹙然曰："公子忍言是耶？太夫人不幸西归，妾一闻凶耗，以此身许属于君，致为哀泣。妾意公子读书守法，纯孝性成，自必哀毁逾恒，音容思慕，除访寻葬穴外，一切闲事，付之不闻。妾不图今日见君，君乍上船头，妾先为惊讶，方欲问讯，以当场人众，未便明言。继思君交游者尽纨绔少年，目不识丁，何谙诗礼？定强拉君来，不能辞耳。及闻君顾曲当筵，自为传唱，然后叹君真忘哀之人也。妾虽堕落烟花，记十岁时，父为塾师，妾在旁，颇闻讲古贤泣血三年，未尝见齿之义。人有天性，丧服未满，尚不忍赴饮歌筵。君母骨肉未寒，牛眠未卜，乃于花天酒地之中，肆行欢笑，他人闻知，君名必坏。复思亟亟买河下人作妾耶？君既登贤书，当畏清议，剃发娶妓，国法具在，恐他人构君图财，事不可测也。"生闻而恧然，红晕于腮，背汗涔涔俱下，遂托故夜归。然心恋校书之美，翌日复嘱其友，劝校书不必拘迂，当密营别屋，为藏娇之所。而校书终以良人者，所仰望终身，今公子天性浇漓，妾何敢托足？婉辞以三载之后焉。然生之不足当娉婷青眼，已可概见矣。

昔扬州有女伶，为某公子所赏，欲狎之。公子之父，方以大员失守，囚于狱中，候旨斩决。伶语人曰："伊父负罪监牢，其子乃欲狎优作乐，此人全无心肝，不意天壤竟有是儿也。"遂不与之见。赖虚舟先生曾作长歌一篇，记其事，曰《快语伶》。余顷闻小容却赎之举，亦拟赋一诗，窃叹世道衰微、礼义败坏。歌妓席中，曾见素衣白履，挥弦度曲者矣。悠悠之辈不足怪，独怪其系出阀阅，名号孝廉，不知循名核实，亦《春秋》责备贤者之意也。昔张江陵短丧以夺情，阮步兵闻耗而痛饮。后人至今，犹多訾议之。小容却赎数语，其足以挽颓风，发猛省欤？

（1906年第17期）

烹珠(钜鹿六郎)

珠为珍玩,种类繁多,有蟒珠、蛇珠、虫珠、蚌珠之分,惟蚌珠良而适用,其余咸不易得。蚌珠盛产于吾粤廉州合浦。南汉时置珠池,发役夫数千,没深渊采取,所得绝少,而役夫狎弄波涛,常有溺毙者,民怨沸腾。

逮刘鋹降宋,版图混一,朝廷从谏臣言,诏罢珠池,遐迩传诵盛德。大约蚌老然后孕珠,年代愈久,珠亦愈佳。每当月圆夜,辄张壳吸采月华,故宝光莹澈。珠以蚌之自吐者为上,其次剖壳生取。若蚌斃,珠色黯淡而败,不值一钱。

相传昔有贪吏守是邦,珠竟远徙无迹。廉吏继至,珠乃复回,所谓神物不予人以可测。渔人采珠,亦殊冒险。凡涉波必厚以物围下体,否则异鱼群集,争啮其身。蚌恒藏岩穴,探穴以求,若巨鱼横亘穴外,则殆矣。虽间有缘此致富,不过等性命于鸿毛也。

合浦某渔,老于采珠,惟机缘未遇,贫窘无聊,郁郁不自得。闻市上新来术者,精星命学,走诣卜之。术者骇曰:“君本巨富,何作此状? 游戏市廛,将以验吾目耶?”渔笑曰:“休休。仆求糊口,尚不可得,巨富何来?”术者再三审视,曰:“无误。”渔以实告,术者掐指轮算毕,击桌曰:“异哉! 君造本巨富,而运则多厄,可惜可惜!”渔曰:“造与运歧而二乎?”术者曰:“然二者辅车相依,缺一不可。吾细推尊造,某年月日,略有一线机缘,但成否仍不敢必,过此非所知已。”渔漫应而去。匆匆逾年,操业如故。日者捞获蛐蚌之属甚多,天晚未及烹治,储盎中。刚就寝卧,一古装妇人,展拜床下曰:“妾误罹厄,未敢怨君。幸稍宽假,于君未必无补。”渔含糊应之,妇冉冉退。比及天曙,闻门外叩户声急,盖朋游中因事倩渔佐理，匆促往。殆事毕，返至半途，猛忆所梦，疾足奔回抵家，见釜鬵气蒸蒸然，妻方治炊，一物自釜中跃起，高数丈，坠地。检视，则尺许巨蚌，已斃，砑然自开，堕径寸珠，希世珍也。为火所伤，作砗磲色。老渔顿足悼惜，痛殴其妻。渔户群集，靡不摇首惊叹。回忆其时，正术者豫推之岁月，始信数有前定。

时袁简斋先生，薄游广州，闻其事哀之，为赋《烹珠叹》一篇。词云：

渔人烹蚌蚌忽怒，飞上青天如欲诉。须臾明月一丸沉，满江船户都生怖。谛视乃是牟尼珠，圆圆一寸宽有余。可怜熠乘惊星色，已作焦桐烂梓枯。我闻珠能辟火灾，岂知火为珠祸胎。万物各有遇不遇，人世原无才不才。又闻鲛人采珠苦，抛掷千夫性命取。岂知费尽骊龙求，一旦混同鱼目煮。怪底珠犹愤气含，冲烟跋浪飞再三。玉呈楚国冤虽雪，剑化延津死未甘。从此渔人生悔心，捞蚶不敢付釜鬵。奈他堆积如山蚌，一点珠光没处寻。

（1906年第19期）

《东方报》

1906年7月29日创刊于香港，日报，鼓吹民族主义。1907年1月13日因经费不足而被迫停刊。基本上由《唯一趣报有所谓》原班编辑人员组成。谢英伯主办。发行所在香港德辅道中一百三十七号顶楼。曾几次迁址。代售点有广州、佛山、大良、梧州、石岐、沙头、澳门、西南、狮山、小吕宋、新加坡、日本东京、檀香山、西贡、鸟约。小说作品主要发表在"说部丛"栏目中。现存小说共5篇，其中翻译长篇小说2篇，不列入整理对象。其余3篇均为短篇小说，本集全部整理。

警世小说：指环故事（陆生）

少年卡里墨克，利基国人。有大志而诡谲，甚爱国，家愈贫而心愈热。尝语人曰："我爱利基国，举国皆如我，国无不兴。"逢人必励，从者颇多。一日牧羊山僻，四顾无人，大叫曰："伤哉贫也！爱国何为？尚不能博一箪食。"语未竟，忽闻訇然一声，石壁开裂。初入穴，仅容人，俄而渐广，然黑暗无漏光，摸索而行。少顷触一物，挈之瓶也。携以出，细玩之，表面有铭，其言曰："基赛斯指环。其赖卡里墨克而发现乎？得此可以兴国，当善用之，勿羡幸福而变初心。"云云。倒瓶而视，果一黄金指环。窃喜曰："兴国犹后，图得此可免一时冻馁。"乃钳于中指。

比归，呼曰："今日得一异宝。"其家人曰："怪哉，何闻其声而不见其人？"卡里氏知有异，脱之，形露。复钳之，又失其所在。卡里氏喜，告人曰："藉此磔王，可革专制，而成共和。"言已，闯入王宫。适王与后游御苑，谈秘密国事，卡里氏拔剑奔之。将及王，忽闻亭北有人语曰："湖水清漪，游鱼可数。婢子为我取竿来。"卡里氏回头一顾,见沉鱼落雁,斜倚栏杆,魄为之夺,呆目注视,手中宝剑,铮铮坠地。女惧,狂奔告王曰:“有剑飞来,恐必刺客,盍速返?”卡里氏随女入闺。至夜,登榻抚之,女大号,宫人悉集。王命烛之,无所得。大索十日,杳无踪迹。卡里氏愈喜,复起不良心,谋谐夙愿。将入宫门,而足又趦趄,辗转思之,深恐爱国之心,因此消灭。既而情不自已,决念曰:“吾宁为美人死,不能为国死矣。”凝思未已,而指环破空飞去。忽闻宫婢大呼有贼。卡里氏知真相已露,急遁,乘夜出奔卑尔斯国,谒其王西里尧司。举其母国政治上、军事上秘密之事,并其地图献王,且述其颠末为证。西里尧斯王喜,率大兵沿基革尔河岸,逼利基国边陲。阿里河边,利基王率师御之。

先是,王荒于嬉,宦途滥进,为将校者,皆以苞苴出身,既无他长,专以扣军粮虚兵额为能事,兵卒离心,敌人突至,不战而溃。西里尧司王围其首府,城陷灭之。利几[基]王走萨尔多,仅以身免。西里尧司王宣卡里墨克,问其所欲,曰:“愿得利基王公主为室,死瞑目矣。”王怒曰:“以一女子而倾人国,志士固如是乎?吾不愿吾国有是人。”喝左右缚而杀之。临刑,卡里氏悔甚,大呼曰:“为佳人而卖国,愿天下人,莫卡里墨克若!”后指环为利基国人萨戎所得,终藉其力恢复利基国云。

(1907年1月11日)

警示小说:色迷(破迷)

清同治间,有子何雪者,貌文雅,似上流人物,携千金登舟,赴两洋学贩货者。同舱有少妇,体态可人,时送眉目,雪素谨厚,未注意。一日遇风,弗能寝食。少妇与之近,赠以薯干,殷勤致问,雪德之。扣其姓氏,氏言姓胡。谈次间云,是初嫁贾人,大妇不容逐出者。有兄商庇能,将往依焉。微露择婿意。雪以其将再醮,故与近。亡何风愈烈,舟益摇,氏云:“寒甚。”雪戏云:“同衾而可。”氏曰:“患难之际,何避嫌疑。”遂如其言,后竟及乱。

既而舟抵埠,氏约同居,周旅如家,日相对。然一刻离,氏忽曰:“来时忘携金饰,明日某人喜宴,吾往假诸邻。”出门片时,特[持]金手钏、髻押、钻石、耳头数饰归。视之,价值数百。雪益爱之,疑其为金穴也。越日,赴席返,掷各物于床,嘱雪代臧[藏],不甚介意。雪捡置匣中。十余日,忽有中年妇来索物,氏呼雪还之。雪启匣,大惊,不知何时,已不翼而飞耳。惶恐中,急生一计,伪云失匙,使妇去,乃邀告之故。氏急欲死。雪曰:“无伤也,行囊存有千金,足偿失数。乃使氏如式制造,还故主。中年妇若不知其另制者,纳怀而去。然统计赔偿,已近九百余金,月中日费,又去百金,数日后,饔飧告竭。氏曰:“君若何?”雪曰:“一事无成,千金已散,何面目归土?宁老死他乡。”氏又曰:“盍作佣乎?吾有戚在埠里,与子偕往。子月得薪金养家,吾亦助之以针黹,则我与子可终身聚首,何足为忧?”雪送随往。既作工,闻人私语曰:“何雪貌类富家子,何鬻身为猪仔?”雪闻之疑,欲得胡氏问之,入宫不见,询之主人,始知为氏所卖,乃跪乞怜。土人亦重其才,待之颇优,年余始得脱归。

(1907年1月12日)

短篇小说:醋海波(斌次郎)

杭州陈权,驰誉丹青,尤擅长传真,【其】渊源出陈春泉。春泉盖写生神手,陈遂尽得其秘,一时誉之者,比之陈良之徒陈相焉。

先是，有陈姓孀妇，无子，每嘱邻妪物色螟蛉。居无何而妪挈陈来，时才八九岁，一表非俗，妇大喜，遂抚为己子。陈妇家资颇裕，饮食供给，不减富家。陈常喜独居一室，母为特僱仆妇维持调护之，且为延师课读，宛然母子也。既而家渐落。陈年已十四，丰神秀逸，貌娟娟如好女子，见者辄惊其艳。推[惟]不喜读书，暇则握笔临镜，自绘其容，积年余，颇得形似。母见其不类书种，因谓之曰："尔既乐此，盍从事焉？但须名师传授，若此东涂西抹何益？"于是乃委贽春泉。陈姓本慧，致力复专，数年后，神明变化，无妙不臻，而陈某之名大噪矣。稍长，母为择配，陈婉辞以谢。母以似续故，再四谕之，不从。母怒，乃徐曰："母诚见逼，儿当依命。但须听儿自择，否则惟有赴东海死耳。"母惧拂儿意，颔之，意谓此举不知何年也。讵越数日，陈告母，儿已得妇，十日内即当成礼。母不许，陈投母怀，作儿啼状。母无如何。即为草草完娶。七月即生一女，人并不为异也，旋移家丰乐桥，开装镖铺。

初，同业金三保，亦少年秀美，丰采殊绝，陈因与友善。昼同行，夜同寝，敬爱如夫妇，时有余桃断袖之疑。凡三保有所馈遗，陈受之，从无李报。陈偶被窃，失去服饰约三百余金。三保素有声势，为遍访质库，廉得其赃而归诸陈，由是金陈之交愈密。一日权独坐，悄然凝思，若有不乐。三保忽来，相引登楼，喁喁私语。适店友亦登楼取物，甫及门，闻权小语曰："一妻一妾，亦寻常事。君但往谋，勿以我为虑。"又闻权作怨恨声，三保作慰藉声。友初不解，竟入取物，而权犹泪涔涔也。三保将去，权更以别事嘱之，约以晚饭重聚。三保唯唯，出门去。权悄居楼上。

薄暮，三保来，径登楼。视门已闭，叩之不应，急呼店友，相与坏门而进，见权自缢床头，气已绝矣。三保抱尸痛哭，家人环集，权母亦至，遂共含泪视殓。殡礼丰备，如富家子。有某甲当为权沐浴更衣时，眷属咸在，宾朋满室。甲甫卸权上下衣，忽惊走，大呼奇事奇事。群询其故,甲惟攒眉摇手,咄咄称怪。争视其尸,乃女郎身也。方权之死也,三保泣谓权母曰:“请勿悲。罪我之由,玉树既摧,我复何情,而不相从于地下乎?”至是三保逸去,群疑大释。友又述所闻语,始知为三保二色,故权愤,旋自殒也。

母亦恍然于所生之女,非己孙,然忆平时爱养,悲悼不自胜。心念三保非人,愤欲与讼,阴使人踪迹之,而三保亦自经矣。母无如何,事遂寝。后母于三保家,得权小像,为镖而悬之,即权手笔云。

（1907年1月13日）

《孔圣会星期报》

《祖国文明报》,1906年创刊于广州,半月刊。1909年第83期改为《孔圣会旬报》,旬刊。1911年又改为《孔圣会星期报》,周刊。辛亥革命后停刊,共发行180期。其小说所在栏目为“说部”或“小说”。现存小说共3篇,其中长篇小说2篇,不列入整理对象。其余1篇为短篇小说,本集整理。

寓言小说:盗(黄魂)

盗魁者,自别于四民而成一派也。盗有大小,大盗窃国,小盗窃钩。庄子曰:“窃钩者诛,窃国者侯。”诸侯之门,仁义存焉。故人有盗行者,当勉为大盗,毋为小盗以干咎也。自盗跖以盗行号召于天下,天下之从风而靡者,徒卒九千人,横行于诸侯之国,日脍人肝而哺之,而诸侯之有兼并力者,终不能出一术以散其党羽,则盗之势力为大可用矣。庄子曰:“盗有五德。五德者,妄意室中之藏,圣也。入先,勇也。出后,义也。均分,仁也。知可否,智也。五德具备,斯称盗魁。”故其出也,劫富济贫以行其仁,敢死急公以行其义,迹其舍身救世之宗旨,无不有任侠之气,以行于人间,循是以往,固不难复人道于平等也。乃有专制之魔王出,悉盗天下而纳于私橐之中,于是威权所及,凡有不利于私产者,皆斥为畔逆。别立严刑峻法,恣意芟锄,而盗乃不复与齐民齿。时有盗魁者,尚任好义,谋复党中固有之特权,集徒众,起义师,直与残酷之官吏为难,嗣以势力不敌,卒为所擒。酷吏擅用私刑,严行讯鞠,瞋目视之。盗魁曰:“某不幸为竖子所擒,男儿亦死耳,何怒为?汝不自反,迳以盗名科我罪,固不自知汝亦一盗官也?请稍缓须臾,俾某毕其说可乎?”其略曰:

古者，盗之名在上，不在下。其以民为盗者，殆始于法网烦苛之世也。夷考春秋之世，有盗臣，如阳虎窃玉是也。孟献子深恶聚敛之为民害者，亦曰“宁有盗臣”。战国之世，有盗国，如田成子弑君是也。庄子谓其盗有齐国，且并仁与义而盗之，大国不敢罪，小国不敢非。三代以降，有盗君。日集其鲸吞虎视之势力，尽盗天下之公器，而私于一家，故其所以力征经营者，皆盗之行为也。当其始也，兴甲兵，危士臣，构怨于邻国。毁人之宗庙，以崇奉其祖先。缧人之子弟，以供给其仆役。有责其穷兵黩武，特声其蹂躏人道之罪者，彼将曰：“朕为天下平群盗也，而乌知秦始、汉高、宋赵、明朱之所以盗神器者，皆为千古之盗魁者乎？由是盗君接踵，而盗官亦为之攀龙鳞，附凤翼，相与奋起以盗人世之功名。非独盗名也，而且盗利。上则盗国库之储藏，以资中饱，下则盗民生之膏血，以为自肥。吾见今之为官者，狗偷鼠窃，争趋于盗之一途，殆亦万方一概矣。然则汝辈之所盗者，大率私之于已，而无济众之心。孰若我辈之所盗者，犹能分之于人，而行均富之策，之为愈耶？是故以势而论，则汝为大盗，而我为小盗。以理而论，则汝为私盗，而我尤为公盗也。今不自责汝之为官，而独名我为盗民，岂得为公论乎？在昔陈涉之揭竿，张良之击椎，皆专制魔王之所名为盗者也。而孰知迁史列陈涉为世家，陶诗咏张良为义士，并未以盗之恶名号之。今我等号召党众，将揭陈涉之竿，奋张良之椎，推翻专制，为民请命，以复人道之平等而已。于盗乎何有？子休矣！以若所为，求若所欲，终有制汝之腹而饮汝血者。今我先汝而死，杀身成仁，行见铜像巍巍，高立云表，群仰为人道之开幕人也。”

说毕，快然自适，浩然自豪。承审官卒无以难之，乃释盗魁。

右稿虽属寓言，而暮鼓晨钟，究足以发人深醒也。(本报识)

（1910年第106期）

近代岭南报刊短篇小说初集

梁冬丽 刘晓宁 整理

凤凰出版社

《广东戒烟新小说》

1907年创刊于广州，周刊。总编辑李哲，撰述员有平庵、芳郎、计伯、我评、雪炭、妙珠、啸鲸等，司理员谢琼石。内容基本上以小说为主，兼及论说、戏文、谐文等。总代理处为广州十八甫朱英兰。代售点有广州、香港、香山。上海图书馆仅存第7期、第9期。小说作品主要发表在“说部”栏目中。现存小说共9篇，其中长篇连载小说5篇，未完，不列入整理对象。其余4篇均为短篇小说，本集全部整理。

戒烟小说：烟侦探：（哲）

良夜将半，万籁俱寂。

一人横卧一榻，身曲作虾形，以竹管对矮灯，呵气成云，呜呜作响。忽而灯闪闪欲灭，其人喃喃语曰：“油干矣，灯将灭矣。”

翻身起，穿上燕尾鞋，俯其身，向床下摸索。又喃喃语曰：“咄！何往？咄咄！竟何往者？”

摸索者何？觅油壶也。喃喃者何？油壶失去也。

其人曰：“此油壶只供我烟灯用，谁携之去？”语已，又大索，卒不得。

顷，其人忽作喜怒交集声，曰：“咦，在是矣！此非油壶盖乎？然油壶卒何往者？”

遍觅久之，竟杳。

其人复喃喃语曰：“油壶无足复无翼，料飞走不去。当穷吾智力，侦探之，务令必得而后已。”

视矮灯，灭已久，一室黯然，暗中摸索。

俄闻有声如裂细帛，一室通明，则其人以火柴取火也。复燃以纸条，向床下遍照。

咦！淋漓遍地者，非油也耶？偷油者，为鼠子无疑义矣。咄，鼠真可恶！咄咄，真可恶之鼠！

虽然，吾岂姑容之？吾必竭吾智，尽吾力，必冀罪鼠斯得乃已。

念油壶存油不多，鼠偷去，食不久当罄，罄必复偷，乃以火遍照之，果得一小穴。

以身蔽火，复以手向穴际，作擒拿势。

果穴中支咄作声，而门外又呀然响，其人注意于鼠，不之顾。

支咄声中，鼠果自穴出，其人一手捕之，喜曰："汝今尚欲逃耶？不可得矣。"

其后亦应声曰："汝今尚欲逃耶？不可得矣。"鼠被捕，其人亦被捕。

捕其人者，巡士也。其人固烟精，无牌私食者。当烟精侦探鼠时，巡士正侦探烟精。烟精之门，忘下键，巡士入，亦不之觉，乃被捕。

（1907年第7期）

短篇小说：昙化影（毅伯著）

生劳名璐，粤之富家子也。其父商于外，常往来于漠阳间，长袖善舞，亿则屡中。及生，家资累巨万，富甲王侯。虽然，大利所在，易动觊觎，暮夜怀金，路人侧目，鹰瞵虎视，环而窥伺者，不知凡几。生复不善居积，利权几落人手。

幸生有父执，老谋深算，智虑过人。时适远官在外，闻生被困，顿足叹曰："余早知吾老友之有今日也，余与若父为刎颈交，宁忍坐视不救？且他日泉台相见，能不愧色乎？”遂慨然起而抗争，惨淡经营，年余始克恢复。人方谓几经挫折，艰苦备尝，正时势之造英雄也，果能振拔精神，克全先业，何难长享富贵，以终天年？岂知生仍不悟，所与游者，均邓通之流亚，吮痈最[嘬]痔，无所不为。

先有京兆、安定二生，为生司会计，条理井井。若辈以其不利于己，日夕谗之，生于是礼貌渐疏，二生遂即洁身引退。小人益无所忌惮，百计陷生。知明攫豪夺之非计，于是易为狐媚阴柔之手段，导生为北里游，且揄扬校书之若何技能，若何娇媚，口讲指画，生大乐之。生既美丰姿，胸襟尤洒脱，绝无城府，纯任天真，方以为刘阮之入天台也。至则朱门半掩，花木扶疏。入门，幽室数楹，陈列雅洁。无何，小鬟捧茶而出，笑谓生曰：“劳客久待，我家姑子，方晚妆也。”生颔之，然心怀彼美，意往神迷，频目注时计，虽数分钟，亦犹一刻三秋也。正在烦燥，忽见绣幕斜开，锵然环佩，数鬟导丽人出，凤鬟雾鬓，瓜字年华，徐裣衽于生前，兰射袭人，钏声微动。微睨之，天人也。既而酒淆集陈，劝酬交错，各友复猜拳行令，以助生欢。生于是手把巨觥，目送丽人，豪兴端飞，不觉沉醉。丽人命小婢扶生入寝室，亲煮香茗，为生解醉。生此时宿酒渐醒，慵眸半启，乍睹绣闼，突然若惊。丽人遂伴生坐，笑曰：“郎醒耶？”生始恍惚忆前事，回眸四顾，银擎吐焰，香绕金貌，姬方晚妆，尤觉艳绝。遂与姬喁喁私语，始知其韩姓，小字琼姑，初本故家，后以中道式微，遂至倚门买笑，言已愀然而悲。生亦为之希嘘叹息。是夕遂宿焉。绻恋之情，匪言可喻。流连数月，乐而忘返。

一夕生薄醉，琼姑坐榻畔，娓娓向生言曰：“妾以蒲柳之姿，劳君青盼，深慰素心。妾亦厌倦风尘，阅人多矣。如君敦厚，曾无其人，若不以陋质见讥，窃欲委身以侍君子。且鸨母以缠头小故，絮絮向君，逆耳之言，令人气短。君苟能以三千金为妾脱籍，当亦易办。促更有请者，妾论[沦]落数年，负累不少，君复能以五千金付

妾，俾偿夙欠，则妾生死随君。但恐心恋金钱，顿忘情好耳。”生慨然曰：“黄金粪土矣。既得美人顾盼，仆又何吝区区？”明日遂往某银店取万金，以三千归鸨母，以五千付姬，其余为姬办妆奁，且营金屋。

初，生之女君，郑氏女也，朴愿寡谋，绝无机械，闻生纳妾，心甚憾之，然亦无可如何。姬既入宫，以郑为大妇，颇忌惮之，每事少为退让。及见黔驴无技，遂任意欺陵。生既耽姬色，宠擅专房。郑氏之室，久以[已]无生足迹，一切家政，悉以授姬，披[跋]扈飞扬，郑氏反为疣赘。郑亦知非其敌，饮泣吞声，且恐飞短流长，祸生不侧，只有托病不出，枯坐闺中。郑之婢媪童仆，见主人失势，益噤若寒蝉。姬既拔去眼中钉，更无所畏忌，纵情挥霍，广树私恩，弄生如傀儡。生固豪族，家中颇擅亭台花木之胜。有斋名访画，姬每与生游咏其间，或弹棋，或视句，家业财政，茫然置之。姬有婢曰小芙，貌艳而性黠，与姬互相朋比，狼狈为奸。生于此时，方知欲海茫茫，望慈航而欲渡，情恨种种，如蚕缚之自牢。内为艳妾所把持，外被淫朋之浸食，隆隆巨业，转瞬几空。生有昆季多人，客游海上。闻生历史，怒眦欲裂。急付轮回粤，则生已万分疲惫，几至不支。于是群谋逐姬，并为之收拾余烬云。

（1907年第7期）

短篇小说：警痴（佥夫）

何某，粤人也。寄寓羊垣，工作为生，而善弦歌，凡班本、帮王、南北歌曲，悉能合拍按腔也。其邻有叶某者，适家有善事，宾客盈门，连宵雇瞽姬度曲。有识何者，殷勤说项，令叶邀之至。何果欣然而来，与瞽姬唱和，尔能各奏，听者莫不推羡。何更逸兴遄飞，乐而忘倦。

叶有女，年已及笄，尚待字。小立屏后，聆音顾曲，不觉樱唇半启，瓠犀微露，顾何而笑。何偶窥见，自以为箫史之技，能引凤凰，今日知音，不难得一弄玉也。于是若会于心，频送情以是，而女听到入神，亦忘授受之嫌，不甚嫌避。而何平视之余，心中忖测，私谓佳人爱我。及昧爽，瞽姬去，叶留何早膳，遂与闲谈，问及家事，且询其已结婚否。何至是胸存成见，以为叶知女之意，将许之以东床，问答之间，选词为妙，意有双关。既归，日夕焦思，以望冰人之至。乃时过一日，佳音意杳，不禁时形叹息。仝伴有知其隐者，更假叶意慰之，再须时日，好事必谐，子姑少安勿躁。何信以为然，顿生狂喜，即以其事遍告友人，居然自命为叶婿也。

事为叶所闻，甚怒其妄，欲往示其非，方嫌唐突，因思以播弄之，特亲诣何所，会晤之下，偏言及婚事，因指何而言曰："吾家小姑，终必是人家物，得有婿如君者，于愿足矣。"何乍闻之余，如下纶音，以为仝伴之言，今日验矣，遂手舞足蹈，忘形而言曰："吾乃贫贱之人，何敢奢望，至今过爱如是。"叶见其狂妄已极，又对李而言曰："惟君家无担石，寒酸欲死。吾小姑在家，不惯操作，恐一入君门，不能为助，反累君多一重忧累，将如之何？然生财亦易易耳，君不见大围姓、小围姓乎？彩票、山票乎？果能猜而中之，则囊中既实，而婚事可成。不然，空谈无补也。"何闻而面赭气沮，不能置对，唯唯而已。叶去，何知好事难谐，良缘莫卜，恒以叶炎凉太甚，不免欺人贫贱，言之切齿，隐自伤心。由是食不甘、寝不寐，心神痴丧，时发狂言，谓叶若背初心，终不以女归我，则拼一命以相填，誓不干休云。闻者莫不窃笑，而何始终不一悟，时复冀叶佳音焉。

噫！癞虾蟆想食天鹅肉，馋涎吐尽，美味空思。岂知一脔之甘，亦属三生之幸，茫茫尘世，错因像[缘]有几多乎？

（1907年第9期）

戒烟小说:烟缉捕(哲)

有客自香港来,言港来之烟缉捕。

客曰:“港之投烟码者,几数十万,以是故,截缉私烟,不得不严。

海之滨,有酒店曰‘中华’,华人旅此者多,吾寓此数日。

每省轮泊岸,烟缉捕早候于岸侧。烟缉捕何如人?数印人,数华人。华人中则有男亦有女,纠纠分之,若奉旨者。

客登岸,各分截之,行李等物,一一穷搜,有捕去者,有放行者。

岸际一木屋,设之何用?亦搜私烟者,设以搜妇女之带私烟者。

有少妇,甫登岸,一夜叉状之中年妇,突前握其手,设有木屋,彼不引之入,众目所视,即遍身摸索之。至私处,中年妇喝曰:‘汝带私烟,毋多言,随吾来,由公司议罚。’

少妇羞答之,辨其非。中年妇不之信,迫令行。

纷扰间,一老年妇向中年妇耳语,中年妇仍不信。

良久良久,中年妇始曰:‘果尔,吾当放之行。然吾不信,须得吾一观,乃可。’老妇复语少妇,少妇以为耻,执不可,中年妇喝如前。

老妇居间,语中年妇,复语少妇。少妇不得已,随中年妇至一隅,解视。中年妇始令行,然少妇已蒙大耻辱矣。

耻辱何谓?吾不言,请以意会之。

吾又寓某店,与店伙谈笑间,一人昂然来,云买物,低昂不就。欲去,又云喝[渴],乃款以茶,徘徊片刻始去。

有认之者,曰:‘此烟公司之缉捕也。’吾习闻港有插烟事,闻言,疑之,即自其徘徊处搜之,果得烟。

店伙以为幸,思弃烟,冀无事。吾曰:‘不可,此辈须有以警之。’

即携赴公司,白其事,请派人往店,候之来。初不肯,坚请之,乃遣一人,吾与之返店。

无何,其人果至,声言搜烟。店伙斥之。吾曰:‘毋尔。吾店无烟,搜何碍?’彼果穷搜不得,吾乃破其谋,与公司伴,扭之至公司,反罚之。

然此幸耳脱,不然,几何不为若辈所陷耶?”

哲曰:港之搜烟者,人皆知其扰。然承烟码与搜烟者,吾不之怪,盖此辈不足责。使吾同胞不吸烟,烟码何由承?更何有搜烟者?

(1907年第9期)

《广东白话报》

1907年创刊于广州，旬刊，从第七期改为周刊，设时评、杂文、戏曲、小说等栏目，用广州方言写成。黄世仲、黄伯耀主办，发行所在广州靖海门外迎祥街。代售点有广州各处、香港、澳门、江门、石岐、佛山、新加坡。小说作品主要发表于“大笪地”一栏。现存小说共6篇，其中长篇小说1篇，不列入整理对象。其余5篇均为短篇小说，本集全部整理。

寓言小说：打贼（凿）

有一个大贼头，同我地中国人唔同种嘅。

佢初初嚟中国个阵时，因为中国有贼作反，兵唔够驶，顺便叫佢嚟帮吓手。

点知到佢个贼头，带了五万个娄啰嚟到，见中国咁多地方，好食好住，敢就借势据住一笪。

个阵时啲人，想赶佢唔赶得，又唔够佢打嗅，逼住要佢话敢就敢噃。

一自自势力大起上嚟，佢就唔理三七二十一，当你地啲人唔系人咁待法，好似俾个箍嚟箍住你地一样咯。

重兼时时作威作福，虾霸到了不得添㗎。今日发张令，话要钱；明日又发张令，话要钱。各人都哑口无言，个个咁就要拈钱出嚟，孝敬佢咯。

计起佢啲贼仔贼孙，据阻笪地，已经二百几年咯。

有日，忽然喺山中传出一张令嚟，话要挑选民间美女入山，于是个班娄啰，周处咁搜，挑阻好多良家妇女去咯。

贼头个第七传孙，见阻，选得一个，刚刚选着系我地广东嘅人，将佢嚟做一个压寨嘧嚁。

第七传孙死了，轮到第八传、第九传，都系个压寨一人打理贼巢中嘅事干，调度军马，皆系佢一人撑持。

点知佢个人，专门系贪风流，多多钱都唔够佢驶，一味系剥削，所用的手下人，一味叫佢出嚟民间处打劫。计吓佢一年嘅入息，总之计数唔玷。

你有你穷，佢一于唔听见，更兼开口就话要杀，又话要捉，凡受佢拘管的人，都不知几惨。

近来有人知到受辖得滞，是必要将个的贼仔贼孙，赶到佢绝，一唔系就学俄国焚王宫噉样，俾火嚟烧阻佢个贼窦嚟。立阻呢个咁嘅大志，的贼听见，个个都慌到心惊胆震嘑。

立刻叫五个头目过来，佢就对五个头目讲，佢话："而家弊咯，要诈诈谛谛至得咯。我想你地五个人出去别处，捞吓翻嚟，话俾各人听，话'我地从今以后，唔出嚟劫你地咁多咯，你地安心乐脏黎瞓都唔怕咯，保你地更夜太平咯'敢话。虽系呃佢啫，都怕可以瞒得佢住呀，你话好唔好唎？"

五个头目听见，你又话好，我又话好，敢就一齐打叠行程，预便去第处捞吓咯播。

点知到俾个的有眼力嘅人听见，觑住佢五个头目临行，用一个惊天动地、义肠铁胆嘅丈夫，藏阻一大包炸药喺身嚟，觑佢行到至近个阵，一掟掟过去。

"嗳约"一声，走有走，死有死，以为五个头目，一定死阻喺包火药处咯。点知到有的烧亲把头发，有的烧亲块面，有的烧阻把须，五个人都未曾死到，算佢大命，都算佢好大命。

佢五个个阵，即刻走翻去贼巢处，报知贼头，贼头一边慌，一边嬲，敢就四围揾个个掷火药嘅人嘧播。

做得唔怕，怕得唔做喇。揿火药个人，唔系即管去，即管认，即管死，死得确英雄。

后来贼头都系慌架，过得三两个月，静静地又叫五个头目，去过第二躺。

有几耐，去完翻嚟，个哋唔晓事嘅人，就欢天喜地，以为真系佢唔出嚟打劫，以为真系可以安心乐脏嚟瞓，以为真系更夜太平嘑。

点知佢翻阻嚟，佢话要等十年，唔系就要等十五年，然后正可以敢样做法。唉，等到咁耐，蚊都瞓嘑。

所以近来有胆有识嘅人，知到晒佢杠嘢，一实要将哋佢贼仔贼孙，赶到佢绝，一唔系就要俾火药嚟烧佢个贼窦敢话唎。

喂，朋友，你估呢个贼窦，重有几耐命唎？你估个哋受辖嘅人，重有几耐凄凉唎？

闻得人人都知到的贼，唔过相与，个个都走晒入去个孙真人间庙嚟。哀求个位孙真人，叫佢教哋孙子家传嘅兵法，等大众出嚟杀阻的贼咁话噃。你地知到呢件事唔知呀？你地都要醒吓正得咯，唔好认个的贼做老窦咁笨咯。你估的贼喺边处嚟呀？喺满洲嚟啫噃。

（1907年第2期）

趣致小说：好箭法（来稿）

有一条村，适值一日，忽然嚟左一只老虎，咁就通村都震左喇，个阵墟咁嘈，巴咁闭，唔知占［点］算好啰播。有的话开枪打，有的话开炮弹，整到屎都滚左。有个二撇须，椿吓椿吓埋个堆人林处，佢就指手笃脚，就话："你地千祈咪个乱嚟亚，凡事要商量过至好做亚。譬如你地话开枪、开炮嚟打只老虎喇，实在边个系至好眼界呢？你地只管指出一个至好眼界嘅出嚟呀。”当时大众听见个二撇须咁话，个个都眼光光、面青青，你眼望我眼，整到冇主，正一系癞痢和尚冇法。个二撇须见佢地大众咁情形，睇白都系冇个孱马的嘅人，打得死只老虎咯。佢连随就举出一个人嚟喇。你估边个嚟呢？谁知佢叫倒个个系喺省城弓箭铺处打工嘅，系平日做惯弓箭嘅。二撇须话佢一定好眼界，点解呢？因为佢时时射惯箭，必定练得的工夫喇。个阵大众听见咁话，就个个都话伯爷公有见识咯噃，齐口合声，叫伯爷公邀佢嚟喇，一于系要佢至得嘅咯。于是个二撇须就去请个整弓箭师傅嚟喇。

点知个个工[弓]箭师傅，确系有的胆识，一叫佢就肯嚟咯。执齐弓箭，整得醒醒然，咁仝埋二撇须一齐嚟到。个工[弓]箭师傅叫本村的人，带去到山脚个处，一眼罩见，果然有只班白老虎喺处瞌眼瞓。立刻叫几个好胆嘅后生哥，走埋去赶只老虎起身喇，个弓箭师傅拈起弓，搭定箭，装生马步。果然一棍打只老虎，吼一声就跑。点知只老虎用力太猛，有咁哜得咁哜，有一条大树挡住条路，生得好似丫叉噉样，个只老虎失魂咁跑，俾个兜树丫夹住佢，郁不得其正。个个弓箭师傅，照正只虎尾棚，尽力一箭，射正只老虎个个粪门。当时只老虎受左伤，立即就呆左喇。个弓箭师傅放落弓箭，孖旁边的人接转枝棍，把只老虎拦腰一棍，当堂打死只老虎。嗳吔，个阵大众一见，齐声喝彩，个个都话师傅确好屎弗箭，赏银二百做花红添播。

一时左三右二嘅乡村传蒲左喇，刚啱隔离村有个大难，听闻人人都咁话嗍，个晚去做夜摩，作致个师傅个二百银，带定一抽锁匙，预备嚟开箱、开杠至得架。但系自己静静想吓，闻得个师傅个枝屎弗箭咁灵擎嘅，一定要出法子抵挡至得喇。首先去揾定一块烂锅铁，驼住喺后便，遮住自己嘅尾棚，敢就唔怕佢射得亲喇吗。样样整齐，到晓夜晚，佢就一直摸到个师傅间屋处，轻轻撬开左度大门,着层着层撬开晒,静静喺房门口听吓里便有乜声气。然后撬开房门,正话想入去,忽然听闻床上人声,吟吟沉沉,你估佢两公【婆】话乜野呢?唔听见就自可咋,一听见呀,吓死你亚。个师傅话一定出去至得,个女人话就喺床口射得喇,咁哆地方你怕重唔射得正咩。矮乜,个个鼠摩,一听见呢的说话,魂都失阻,发脚咁走。走走,走走走,走亚走。一自走一自慌,卑哩卜碌,老年咁大声喊起上嚟。翳乜,好紧要亚,枝枝到位亚。又试走,走走,走走走,走到番自己屋企,辫都直阻,气都绝阻。然后慢慢抖过,揩手摩吓个块铁,睇吓有射穿冇冇。谁知个抽锁匙驼正喺块铁侧边,故此走起上嚟,个抽锁匙,温咁砍块铁,砍得卑哩卜碌,原来自己吓自己。

又点解佢两公婆又咁醒瞓呢?又点知个晚有夜摩嚟作致佢呢?点知一哋唔知嘅。个个师傅瞓瞓吓,尿急起嚟,想着起身出去小便。佢个老婆锡住佢,话尔日头去射过老虎嚟番,一定系够算嘅咯,唔好出去嘑。谁不知佢预备有一个痰盂喺床口处,刚啱个贼仔撬开阻房门,正话想入,就听倒佢敢话,你话吓唔吓呢?你地有的女人嘅学吓都冇舌底喋,止得吓咳喋。之呢阵唔驶得咯,哋诡枪哙转湾嘅,动不动就擒吓裈头出六火喇,哋腐败弓箭重吓得人倒嘅咩。

(1907年第2期)

辟疫小说:妖魔声(庐亚)

呜呜——呜呜呜——“噎吔,到啰嗼。”“嗱,灯光火着个庶唔系石塘嘴咩?”“有点钟未呢喂?”“未,重争个骨至够十二点亚。”“哈,确算快船,大稔保安影都未见亚。”“好,执家伙。”

琼擒——琼擒——罗罗，罗罗罗，罗罗罗罗。“咁快泊好码头添啰播。”

“埋栈呀！”“鸿安栈喇！”“广来栈喇。”“担野呀事头，驶叫咕哩唔驶亚孖毡？”

“好，上岸。”行行，行行行，行行行行。“嚟，咪行自。”

“喽，驶乜摸身摸世呀？我抵制鸦片烟嘅。”“车亚，海旁□[①]报隔篱。”林林，林林林，林林林林。“拍拍拍”，落车。“朴朴”，打门。

“咿噶。喂，唔见久亚。”“大家咁话，今晚落呀？”“系亚，就至埋头。”“哦，咁早？正为想瞓。”“省城有乜新闻呀？”“至新闻系天字码头摆阻几百盆残花系喇。喺船上怕未有瞓到卦？”“系喇，船上唔瞓得着嘅。”“哦，抖罢喇，明日至倾喇。”“好好。”

“亚乜，带呢位先生上二楼瞓。”“唔，请乍。明日至倾吓。”

谁不知喺船上震过个心，一来暴床瞓唔着，二来又唔瞓惯冇蚊帐嘅床，奄奄尖尖，左转右转，眼光光睇住个钟上下行到一点，都唔瞓得入教。有法，起身开左个夹必袋，攞部《亡国惨记》出嚟睇。睇得几篇，滴出眼泪嚟。想起当时腥胡残杀我汉人，愤到了不得。忽然听闻“吟吟沉沉”、“吴吴谐谐”声，吓得一惊，静耳听吓，声越加大。奇奇！

个阵时已经点半钟咯。哈，三更半夜，因乜事有的咁嘅声呢？系人声呀睩禽兽声，抑或妖怪声呢？隐隐约约分唔真究竟系乜野声。哈，出奇奇出！

越至越大声，慌起上嚟，拍响张台大声喝话：“你系乜野妖怪，敢在本少爷庶作怪，搅住本少爷瞓教，快的跪上嚟就罢，唔系你就知本少爷的利害。”

说话未完，声就静左。“哈哈，唔通真系鬼怪嚟？我总唔信唔

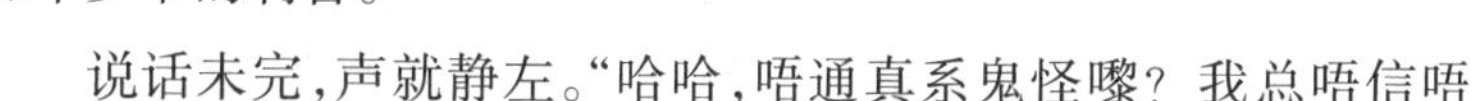

① 原文印刷即为□。

信。"出奇奇出罅。

之虽系冇阻声啫,个心都唔得安,要探真佢至得㗎。再听真吓,听见的咁大声,隐隐约约似系人声。再听到真,人声无疑咯。哈,因乜事三更半夜喺呢处喊呢?唔通系守寡婆?抑或有乜苦楚心事呢?因何咁凄凉呢?一实要听真你,有个溺岳溺岳讲新宁声嘅,有个头洛头洛讲三水声嘅,吟吟沉沉,略略都可以分得开。哈,因乜事三更半夜喺庶喊咧?如果因家事,又唔系咁夜至喊亚。再要探真佢乜野事,忽然"吴吴谐谐"声又一样。哈,时候唔早嘅喇,聚埋喊得咁凄凉,因乜事呢?奇,真奇。

既然冇法探真佢,拧部《亡国惨记》再睇喇,眼泪又滴滴声落。个的喊声越高。忽然想起,莫非革命党,因徐锡麟不幸失手,故此喺庶喊?想到呢层,颈喉咽住唔出得声,之始终要探真佢因乜事,即刻起身出骑楼偷偷听吓。

原来的声喺隔篱□①报嚟嘅。一个人呻声话:"谐,徐大哥,弊咯!自从康先生设立保皇会,全权交过我,周围去揾丁,三几年间揾得几方野。谁知俾的革命党,将我地的棍骗事情,日日宣布,日日攻击,鼓动人心,至到会内有识嘅人,纷纷退会。退会都冇紧要呀,重将我会内棍骗事情,泄漏出嚟,整到十分企唔住。冇法,要改做国民宪政会,以为借满洲佬话立宪个机会,可以又揾得倒丁喇。谁知又俾的革命党大闹,而且俾皇上谕饬各省,严查我地党人。金山客见左,边得重供钱过我地阔咁笨呀?康先生都重以为可以挽救,又飞信去各埠叫改名帝国宪政会,又俾革命党攻击到粒声唔敢出。想起番嚟,冇丁揾添嘅罅。徐大哥,你话弊唔弊呢?"一自讲一自"吴吴谐谐"声,似系讲新宁声嘅。有个讲三水声嘅答话:"谐,叶大哥,到呢个日子,静系喊都无为咯。大家都要想条善法至得,唔

① 原文印刷即为□。

系真系连饭都冇得食㗎。”“吴吴谐谐”声更加大起上嚟。

歇一阵，又听见讲新宁声嘅话：“谐，之个哋系大众事啫。至弊系自己一身嘅事呀！自从冇人肯入我地会，我估自后冇丁揾喇。凑啱遇着粤汉铁路招股，我就乘呢个机会，又跑出外洋，话系奉公司命嚟招股。个的人又确系亚丁嘅，唔理我真定假，一味交银过我，交第一期都不特已喇，重连第二三期都交埋添。我一句唔该，丢落兜肚，汇番嚟港，估话火烧旗杆长炭喇。后来唔知点个的做左亚丁嘅，识出我系光棍，将个条假收条，寄番嚟铁路公司，要告我，要拉我。谐，呢件野，我睇一实唔得了顶咯。而家周围都知晒咯，从今后唔驶指拟再揾丁咯，点算呢徐大哥。”一自讲一自“吴吴谐谐”声震裂瓦面。

讲三水话嘅答话：“谐，正所谓愁人莫对愁人说咯。你因呢件野，虽系俾人闹啫，之荷包重丫。我呢排重衰亚，俾人闹到一只屐咁亚。我地不过借‘保皇’两个字出嚟揾丁，个心不离喺钱吼里头，边得有递样心丫？故此见徐锡麟打死恩铭个条电，一时良心发现，唔记得自己持乜野宗旨，连报律都唔记得阻，揸起笔赞阻佢几句，点知第二日就俾《□[①]国》、《□[②]益》个两间革命报，抽我后脚，闹我唔怕丑背宗旨都不持己罅。至弊话我违背报律劝杀丫，万一俾官见左，真系连窦口都冇得枭亚。之死鸡仔都要撑吓丫，逼住支支离离，第二日又作篇野，明知系强词夺理咯，好彩望洗甩身啫。谁不知重弊吓添，两间报拍住拖嚟驳，甚至谐谈、谐文、粤讴，一哋都系闹我嘅。至弊系《□[③]益报》哋画丫，第一日将我反覆小人两便面嘅妖形画出嚟，第二日重当我系蛤添。唉，惨咯，驳又驳唔嚟咯，道理确实亏嗥，冇乜法丫。唉，个两间系极有名誉嘅

① 原文印刷即为□。
② 原文印刷即为□。
③ 原文印刷即为□。

报，外埠销流极多，人人睇倒，知到晒我地杠野，边得重有亚丁俾我地揾丫。谐，叶大哥，唔提起上嚟犹自可乍，提起上嚟真系同病相怜咯。”“吴吴谐谐”一排，竟然居居声大声喊起上嚟。忽然喊绝气，七国咁乱，有人叫救命，有人叫攞姜汤嚟，有人话唔得唔得，快哋痾碗尿嚟贯佢喇。个阵时我喺骑楼亦大声叫过去话：“着咯着咯，抵佢饮尿咯。”

（1907年第5期）

趣致小说：七姐（辑）

哈哈，居然有的秋意咯噃，唔做得，等我打闻[开]个窗，鉴赏吓秋色至得。

听吓，听吓，乜个亚茂咁快就打三更嘅嘑？计起都唔早咯，各人都瞓静咯。

奇怪嚡，乜半空中好似有女人讲说话咁唎？咪嘈，咪嘈，等我听吓佢讲乜野乍。

咦，你睇吓，天河岸边，有几个菗髦妹，喺个处嘻哈大笑，整乜野家伙呢？

哦，唔怪得，今晚系七月初六亚，呢几个一定系七姐几姊妹喺喇，佢真正风骚咯。你估佢讲乜野唎。

大姐话：“听（平声）晚就系七夕咯，一年三百六十晚至望倒个半晚，你就巧咯。”七姐话：“系就巧嘑。”

二姐话：“佢系仙家，佢好正经嘅，唔系似人巧巧咁嘅，唔系？”七姐话：“系就好嚩。”

三姐话：“系唔系要你正知，巧唔巧要你正知。你要系就系，你要巧就巧，有边个知你系唔系，巧唔巧啫。你系都唔认巧，巧都唔认系,都做得之吗?"七姐话:"系就巧罅。"

四姐话:"佢驶乜唔系,佢驶乜唔巧啫?横竖人人都知到佢系咁巧嘅咯,佢唔巧都笨丫。你地话系唔系亚?"七姐话:"系就巧罅。"

五姐话:"我就话唔系罅,明白同人巧,都唔好认系。心里头巧巧,都咪巧出面,俾人睇出系巧,咁样格外见得巧嘅。"七姐话:"系就巧罅。"

六姐话:"而家你话巧又似系,话唔巧又似系嘅。等到听(平声)晚,我信你唔巧呀盲鬼,我怕你巧到唔记得添亚。"七姐话:"系就巧罅。"

唉,我估讲乜野喎,成晚"巧巧"声,听得我一头雾水。系咯,我知你巧咯,至巧系咁嗱喇。

衰咯,你地的女仔,几多唔巧学,想学佢咁巧法,讲出我都见唔巧听呀。

按:边得系有七姐个件事㗎。不过哋蠢人迷信神权,安实话系有嘅咯,亦即管随人乱噏,借题发挥,等的女仔睇吓,原来系巧成咁样嘅喎,自后唔敢再乞巧喇。女子之家,讲出嚟丑嘅嗜,你估系唔系呢?呢段估仔,要眼睇吓,似系游戏笔墨,无关紧要,之踏(响读)落有味,令的女仔唔敢再提,亦都系因势利导嘅法子嚟,唔系无谓得晒嘅。

(1907年第7期)

冤情小说:女侠血(庐)

(续前期)秋氏原本想集足一万银股,办个间《中国女报》,办得长长久久，替二万万同胞姊妹造福。谁不知中国哋人系咁衰嘅咯，有大把钱情愿拧去嫖赌饮吹，拧去捐奴隶做，叫佢拧敢的出嚟办公益事呀，雷劈落嚟都双手掩实个大荷包喇。故此秋氏集股集左几月，都冇厘成数，剩得几个同志嘅朋友，尽力拈一千几百出嚟，逼住都要开办先，望办开佢，至好有人侵股喇。一唔系就开捐，多少捐得的，或者可以支持得住。唉，办报个种难法，未办过嘅就唔知，重估好好捞，好得意乍。谁不知个种辛苦法都冇人赔，不过系公益嘅事，虽粉身碎骨都要做，漫讲话办报敢样辛苦作喇。点解办报咁难呢，因为费用大呀？就打你主笔系半义务半权利，而印费租项等等，一个月至悭都要几百银至得过，自己要拈一大臼出去先，慢慢至碎碎湿湿收番嚟，一千几百银顶得几耐呀？故此《中国女报》出得一期，轰硬去左几百银，睇白唔嚟倾咯。

秋氏于是乎分派传单，定期某某日，在某园设茶会演说劝捐，分请各界光临。到得个日，秋氏派定招待员，大早去到某园布置一切。冇耐陆续人山人海咁到齐，女界更多人添，几乎插针都插唔落。听住打响十二点钟，纠议员企起身拧个钟啷两啷，人声噏静。秋氏英姿飒爽，上到演说台，举吓手同各人见过个礼，就大声演说话：

我最亲爱之各位姊姊妹妹，我虽是个没有大学问的人，却是个最热心爱国爱同胞的人，如今中国不是说道有四万万同胞吗？但是那而二万万男子，已渐渐进了文明新世界了，智识也长了，见闻也广了，学问也高了，身名是一日一日进了，这都得了从前书报的功效。今日到了这地步，你说可羡不可羡呢？所以人说书报是最容易开通人的智识。唉，二万万的男子，是入了文明新世界，我的二万万女同胞，还依然黑暗沉沦在十八层地狱，一层也不想爬上来，足儿缠得小小的，头儿梳得光光的，花儿、朵儿扎的、镶的戴着，绸儿、缎儿滚的、盘的穿着，粉儿白白、脂儿红红的搽抹着。一生只晓得依傍男子，穿的、吃的全靠着男子，身儿是柔柔顺顺的媚着，气儿是闷闷的受着，泪珠儿是常常的滴着，生活儿是巴巴结结的做着。一世的囚徒，半生的牛马。试问诸位姊妹，为人一世，可曾受着些自由自在的幸福未曾呢？还有那安富尊荣家资广有的女同胞，一呼百诺，奴仆成群，一出门真个是前呼后拥，荣耀得了不得。在家时颐指气使，威阔了不得。自己以为我的命好，前生修到，竟靠着好丈夫，有此尊享的日子。外人也就啧啧称美“某太太好命，某太太好福气，好荣耀、好尊贵”的赞美。却不晓得他在家里，何尝不是受气受苦的？这些花儿、朵儿，好比玉的锁、金的镣。那些绸缎，好比锦的绳、绣的带，将你束缚得紧紧的。那些奴仆，直是牢头禁子，看守着。那丈夫不必说，就是问官狱吏了，凡百命令，皆要听他一人喜怒了。试问这些富贵的太太奶奶们，虽然安享，也没有一毫自主的权柄罢咧。总是男的占主人的位子，女的处了奴隶的地位。为着要倚靠别人，自己没有一毫独立的性质。这个幽禁闺中的囚犯，也就自己都不觉得苦了。阿呀，诸位姊妹，天下这奴隶的名儿，是全球万国没有一个人肯受的，为什么我姊妹却受得恬不为辱呢？

诸姊妹必说我们女子不能自己争[挣]钱，又没有本事，一生荣辱，皆要靠着夫子，任受诸般苦恼，也就无可奈何，安之曰“命也”这句没志气的话。唉，但凡一个人只怕自己没有志气，如有志气，何尝不可求一个自立的基础，自活的艺业呢？如今女学堂也多了，女工艺也兴了，但学得科学、工艺，做教习、开工厂，何尝不可自己养活自己吗？也不致坐食，累及父兄夫子了。一来呢可使家业兴隆，二来呢可使男子敬重。洗了无用的名，收了自由的福。归来得家族的欢迎，在外有朋友的教益。夫妻携手同游，姊妹联袂而语，反目口角的事都没有的。如再志趣高的，思想好的，或受高等的名誉,或为伟大的功业,中外称扬,通国敬慕,这样美丽文明的世界,你说好不好?难道我诸姊妹真个安于牛马奴隶的生涯,不思自拔么?无非僻处深闺,不能知道外事。又没有书报,足以开化知识思想的。就是有个《女学报》,只出了三四期,就因事停止了。如今虽然有个《女子世界》,然而文法又太深了。我姊妹不懂文字又十居八九,若是粗浅的报,尚可同白话的念念,若太深了,简直不能明白呢。

所以我办这个《中国女报》,就是有鉴于此。内中文字都是文俗并用的,以便姊妹的浏览,却也就算为同胞一片苦心了。惟是凡办一个报,如经费多的,自然是好办了。如没有钱,未免就有种种为难。所以前头想集个万金股本(二十元做一股),租座房子,置个机器,印报编书,请撰述编辑执事各员,像像样样、长长久久的办一办,也不枉是《中国女报》,为二万万同胞生一生色,也算我们不落人后,自己也能立个基础,后来诸事要便利得多呢。就将章程登了《中外日报》,并将另印的章程,分送各女学堂,想诸位姊妹,必已有看过的了。然而日子是过得不少了,入股的除四五人以外,连问都没人问起,我们女界的情形,也就可想而知了。想起来实在痛心的呢。我说到这里,泪也来了,心也痛了,笔也写不下去了。但这《中国女报》,不就是这样不办吗?却又不忍使我最亲爱的姊妹,长埋在这样地狱中,只得勉强凑点经费,和血和泪的做点报出来,供诸姊妹的赏阅。今日虽然出了首册,下期再勉力的做去,但是经费狠为难呢!天下凡百事独力难成,众擎易举,如有热心的姊妹肯来协助,则《中国女报》幸甚,中国女界幸甚。(仍未完)

(1907年第7期)

《农工商报》

1907年创刊于广州，旬刊，江宝珩(侠庵)主办，劝导实业。发行所在广州城西光雅里西头闸外卅二号门牌发行所兼编辑所《农工商报》。代售点有广州、佛山、香港、澳门、东莞、顺德、香山、新会、鹤山、清远、韶州、英德、肇庆、梧州、南宁、百色、龙州、桂林、桂平、安南、小吕宋、美国纽约。原名《商工旬报》，第2期即改为《农工商报》。小说刊载于“讲古仔”一栏。1908年，《农工商报》第57期(宣统元年正月十一日)改名为《广东劝业报》，旬刊，共出版122期，于1909年停刊。发行人、编辑人仍为江宝珩。现存小说共17篇，均为短篇小说，本集全部整理。

陶朱公致富来历记(侠庵①)

我广东嘅新年门对，好多都写有“陶朱事业，管晏高风”八个字。管晏故事，后日再讲。今日且先讲陶朱公。好友，陶朱公系乜野人物呢？好多都知到，系我中国最有钱、极本事的人，但系点样发财、点样本事，我睇重有好多未曾知到透彻，想听下佢的底细嘅，等我将佢个故事谈谈。

陶朱公，系楚国人，生在二千年前，姓范名蠡，最会做生意，系眼眉通孔，食葱送饭的人。越王闻他本事，封为宰相。在越国西北境嘅，就系吴国。吴国都城，系今日江苏省苏州府。越国都城，系今日浙江省绍兴府。两处相离不过百数十里。当时吴国有一位宰相叫伍子胥，极之本事，同范蠡都系数一数二之人物了。两国世代成仇，总系吴国地方广阔，人强马壮，越国点能比得上呢？

① 第1期未署名，第2期始署名“侠庵”。

所以越国常被吴人欺负,不止一次了。越王名勾践者,心怀不忿,起兵打吴。范蠡知越一定唔系敌手,日日苦谏。勾践不同听,吴战[1],果被吴国打败。伍子胥要烧祠堂,铲村屋,杀绝越国的人。范蠡不得不用美人计去讲和。好友,我的中国人,动不动话有人靓过西施,你估西施边时人呢?就系范蠡买来,献过吴王嘅美女嚟。个阵时吴王得左西施,同越讲和,仍迫越王同往吴国。范蠡知祸尚未了,乃吩咐副丞相文种,把守越国,自己跟勾践到吴,随机应变,想把越王救出,住三年仍未得脱。当日有一件笑话,话系勾践同吴王食屎,点解呢?个时吴王有病,想杀越王,蠡教勾践在问病时,请尝其粪,话可以决生死。尝完恭贺吴王曰:"凡病症粪甘者必死,苦者必生,今粪苦无忧也。"吴王果中范蠡之计,放勾践回越,然后慢慢出法子,以报吴仇。

个阵时,越国被吴败后,子民少,货物小,人材少,就系生神仙,恐都难医呢个病症了。你的试睇下范蠡的才情,第一件先教越王卧薪尝胆,以报大仇。然后下令国中曰:"老人不得娶少妇,少人不得娶老妇。添男丁一名,赏酒二埕,狗一只;添女丁一名,赏酒二埕,猪二只。人民便渐渐多起来。(未完)

(续第一期)兴工艺,通商贾,物产便渐渐多起来。出黄榜,招贤能,有本事人到,蠡极之恭敬,人材便渐渐多起来。于是反间吴王,杀了伍子胥。计自越王阴吴至此二十年,事机已熟,一战灭吴,报了前时大辱。承机南征北讨。周天子封勾践为霸君,可谓一时之盛。越王想将全国之半,封俾范蠡。蠡忽飘然挂冠而去,绝迹无踪。

哈哈,奇咯奇咯!天下有咁古怪嘅人呢?后有人查出其带西施隐于五湖,又逃往齐国,即系今山东省地方,改名换姓,自号为

① 此处当为排印之误,当为"勾践不听,同吴战"。

鸱夷子皮。父子耕田，致大富。齐王闻他本事，拜为宰相，不久又唔愿做，挂冠而逃。一日去到今日山东省曹州府定陶县地方，地名叫做“陶”，就在此居住，自号为朱公，所以人称之为陶朱公。

现在讲到陶朱公本传。有一件事，要列位留意嘅，就系陶系乜野地方呢？何以朱公在陶能发大财呢？因为陶的地方，旧时曾做过帝尧嘅皇城，所以帝尧号为陶唐氏。因此处据住黄河渡口，居天下之中，四方诸候及客商，来往必经，货物多到了不得。到了陶朱公时，成左极大埠头了，所以陶朱公弃农做商，将本钱就做起生意来。朱公为人，有眼力、有胆量，打听极广，消息极灵，运筹决策，算无遗着，将天下之事，如指诸掌，如精于捉棋之人，能识得几十度棋，故人弃我取，人取我予，因得大利。其办事，因人所长而用，各称其职，不已自劳。复出其赢余，揭借与人，人亦无挞债者。十九年中，三致千金，俱系分散与贫交戚友及疏远兄弟。喂，朱公系烂头吗？唔系，你估佢睇得个的系钱咩？不过本事过人，无可泄发，故此将钱银来顽吓，以显出其本事啫。

初，朱公在越逃出时，曾寄一封信过大夫文种云：“狡兔死，走狗烹；飞鸟尽，良弓藏；敌国破，良臣亡。君王为人，可与共患难，不可共安乐，子急去可也。”文种接信想辞官去，就为越王所杀。朱公之聪明，真过人哉。朱公年老，以家产传之子孙，家资累巨万，享晚省以终天得云。（完）

记者曰：陶朱公在几千年前，经商之才已如此。如果俾佢生在今日，本事当点样呢？共生意不过在陶埠，发达已如此。如果俾佢在现在之广东，致富又富点样呢？陶朱公真古今经济的伟人矣！诸君诸君，有为者亦若是，既生在咁好嘅广东，何不立志为第二之陶朱公，使后世钦仰无穷呢？

（1907年第1期、第3期）

机器大家鲁般师傅小史①(侠庵)

咄咄！西人之本事真利害咯！你睇留声机器，自己唫唱野嘅。你睇下电车，自己唫行走嘅。你睇轻气球，自己唫上天嘅。喂，点解个天生晒的本事过西人，总唔生我地华人咁本事呢？唔系嘅，不过西人肯考究，我华人唔肯考究啫。

你睇二千年前，我华人有个机器大家，真正系利害嘅。边个呢？就系好多行头所安个位鲁般师傅就系喇。呢位师傅，系前时鲁国人，即今之山东省，名叫亚般，所以叫做鲁般。姓公输氏，所以又叫公输子。公输子格外聪明过人，专心考究机器，做出嘅野能想人之所不能想，能做人之所不能做。佢的巧妙，真止系独步超群，名闻天下，所以孟子称为“公输子之巧”。单系讲巧妙，佢认第二，有人敢认第一咯。适值个阵系战国之时，楚王正要用着佢，遂聘回楚国(即系今湖北荆州地方)，俾个大官过佢做。佢就想出打仗新出器具，凡几十样，都系人见所未见，闻所未闻嘅。就中有一样，抬到城脚下，容易企起来，高出城池之上，一息间就过左城，好似自天飞下，真正令人可怕嘅，个件系叫做云梯。楚国得左佢的战具，打亲仗就赢，攻亲城就得，真系马到功成，人人赞赏咯。

忽一日，楚王同佢去攻一座小小城池，系宋国嘅都城，在今日河南归德府地方。佢的家伙，冚咁唔使得，几十样器具，件件皆破。谁知宋国城中，有一个本事的人，名叫墨子，周身八宝，天咁义气，见地不平担锹铲嘅。当时帮左宋国，搅到鲁般无法。可谓棋逢敌手，将遇良才，天生本事人，算系战国时最多咯。喂，家下

① 原题后有括号下小字“般音班”。

西人咁本事，能做倒轻气球上天，但佢想做一只雀，飞在空中，尚未曾做得嚟，点估我地鲁般师傅做得嚟呢？据古书所讲，当时鲁般师傅刻木为鹤，飞舞天空，一飞就飞至七百里多路。

不止鲁般有本事嚡，就其妻云氏女，亦天生神妙架。当时齐鲁大旱，蝗虫为灾，云氏用木做成麻鹰几千只，听其飞舞空中，击死蝗虫，禾造得以不至失收，可谓无独有偶咯。

二千年前，我中国咁多本事人，点解今日衰到噉样呢？无他，古人肯考究，后世懒考究啫。好友，我黄人聪明唔输嘅，咪嘅长他人志气，灭自己威风。肯认真求学问，何尝不可同白人争英雄。如果唔肯讲求学问，但捧出个鲁般师傅嚟做外国人，我华人工艺就永无发达之日。诸君其猛醒！

（1907年第2期）

红毛大制造家矮克办脱致富来历记(铁汉来稿，侠庵参订)

哈哈，我地唐山人，动不动就话工字不出头，我最唔服呢句说话。你话手作之中，重有下作过剃头一门唔呢？在我唐山，冇人睇得佢上，佢亦世唔敢望发迹嘅咯。谁知西洋人中，竟有做剃头佬而发得巨富身家者，奇极强极(强读倾上声)。

朋友，古语话："将相本无种，男儿当自强。"将相尚且无种，何况发财公。我话无论边个人，首先唔好睇低自己，天生我系人，就有聪明，就有本事嘅。就系目前手困，如果肯事事苦心思索，百折不挠，终须有屈极而伸，飞腾上达之一日。自古道："英雄莫论出身低。"尽在各人立志啫。家下试讲一只古仔过各位听下亚。

话说顺治年间，红毛国有一件剃头佬嘅故事，呢件事载在佢国史书之中，极能激励人之志气。凡系读过几年英文书嘅，冇个唔知嘅咯。此人叫做矮克办脱,佢的祖家,世代都系开剃头铺,家中极之咸苦,无钱读书,不过读过几年义学,到大来就学佢老子剃头揾饭食。到三十岁时,忽一日,想起剃头的事,止系顾住两餐,冇乜出尺。于是左右计较,在剃头生意内,想出一个法子。就将剃埋的头发,卖过别人,做别样材料。因此就剩得的钱,娶个老婆,家中用度,稍可够算。

得闲时,又最中意细想秤物的道理,及时晨钟摆动的道理,西人叫做重学。呢种学问,就浅者论,可以秤物轻重;就深者论,可以推出世间万样物件行动之原故,与及地有几大,日月星辰离地几远,都可以算出。即如机器个样,唔系深明重学,不能想得新法子出来。佢虽系读书不多,惟系运用心思既久,就熟了其中道理,推陈出新。有日经过一间织布公司,听见人话现在机器,依然大笨,出布有限。佢因此心中一醒,就触起佢平日想埋个的重学道理。如此如此,这般这般,想出一个织布便捷法子来。嗄法子虽有,无钱来试,点算呢?佢就将平日粗积埋的钱,买材料来试吓。谁知上了当,买晒呢氼野,无一样驶得。若再买过,钱又唔够咯,点算呢?佢心中一想,如果试过,我个法子系驶得,唔止我子孙世代享福,就系世界都沾其恩惠咯。嘻!唔理咁多,宁可冇饭食,断唔肯罢手。就谷(借用)清家伙,都要将来试验咯。不料佢个老婆,见佢噉样,唔做得,论日吵闹,闹到街坊都知到。一人传十,十人传百,不久就将呢段笑话,传入织布公司处。个的工人,慌怕佢试验成功,独专其利,噉唔系打烂了只饭碗。冇作,唔做得。(未完)

(1907年第7期)

中国农工商伟人事迹：端木赐（明园主人）

喂，好友，你古端木赐系边个来呢？原来就系孔夫子嘅学生，姓端木名赐，别字叫做子贡，系至精做生意嘅。喂，好友，尔又试想下，乜子贡点解噉晓揾钱呢？原来当时孔夫子教人嘅法子，与今日学堂差不多，样样都有学嘅。有商业，又有农业，又有文学，又有道德，所以教得个个出来，都系飞佬嘅。况且子贡做生意，又好机窍，又晓变通，又日日周流各国去考察。所以某处某样生意，做得过，某处有机会可乘，某样货物好揸劏，佢一一二二都打听明白，所以揾得噉多钱之马。重兼佢去到国国都欢迎，个的国王个个都了不得噉钦敬佢，当佢系上等人客，与佢平肩而坐。好友，尔话一个人晓捞世界，好唔好呢？

（1907年第8期）

制造瓷器大家巴律西小传（侠庵）[①]

世间至快乐，冇野及得试炼成功之时。世间至痛苦，亦冇及得试炼未成功之时。点解呢？各位试想吓成功之候，个种欢喜，真系洞房花烛夜，金榜挂名时，都比唔上咯。但系将成未成嘅时候，都唔知经历几多曲折，几多咸苦嚸。大众见人地后来享福，唔知点样羡慕喇。乜知天下公理，有咁多快乐，就要咁多痛苦，方博得来。即如试炼各种工艺，有的小者一试就成喇。个种大利呢，

① 第35期、38署名为“铁庵”。第38期题目仅为“巴律西”三字。

唔刊定一试就成功井嘅。如果因试炼唔成，遽然罢手，半途而废，尽弃前功，岂不可惜？喂，外国咁多好野，都唔轻易新创出来嘅，有好多先时倾家荡产，到后来然后享永远之福嘅。古语话："凿山通大海，炼石补青天。世上无难事，人心自不坚。"诸君试炼者，总要忍耐，唔好轻易灰心嚁，等我将法国一件故事谈谈。

法国有一位名人，叫做巴律西，生于明朝正德年间，佢老豆极穷，故细时只在乡间读过几年书。后生仔时，同人测量，及画玻璃，以此度日。及后长大，娶埋老婆，家用更大，就不能糊口咯。喂，养家都冇暇，边个重有咁得闲，留心去改良工艺呢？个阵时，法国瓷器，极之粗拙，个的色水，好似栗色一样。谁知巴律西立意要将瓷器改好，及后买得邻邦意大利名工所做的瓷杯，精致华美，遂专心此事，为后来成功之基础。

如果巴律西系家中够算，驶话都亲身到意大利国，入他工厂，学习秘诀，容易成功咯。无奈佢一贫如洗，有心无力，唔通噉就罢手？嘻，噉重系巴律西咩，重有今日嘅鼎鼎大名咩！巴律西乃将自己之揣测，随时试验，日夜不辍。喂，须知巴氏唔系凭空乱试嚁。佢系靠平时的学问，买药料翻来，涂上瓦器，费尽时日资本心力，终不能查其秘。又再做返旧时事业，顾住两餐，但其心志仍未少屈。无钱买药料及柴火，巴氏遂就近瓦窟，屡屡试验，总不见分毫之效。巴氏又变计，想做一次大大的试验，集埋土器三百几件，每件用各样药料涂上，入窑内去烧，几个时内取出。其中有一件，火候先退，次第成白色。喜极，急走返去告其老婆知，但依然得些少头绪啫。（未完）

（续前）大凡试验工艺，最怕全无头绪，如狗咬龟，唔知从何处入手呢。就系有头绪咯，仍未必遽然成功。古人话："欲求生富贵，须用死功夫。"你睇吓小说家所讲，狐狸成精，不知要经几多劫难。所以不拚死去打过一番硬寨，终须于事无济嘅。巴律西得了头绪，以后屡次试验,尚未成功。巴氏志不少屈,遂谋一次打硬寨功夫。

巴氏知到将近成功,乃在家中作灶,用砖石筑造,亲自落手,又搓土做器,亦亲身做。凡劳苦七八个月,终无倦怠,制器既成,涂以药,放入灶内,用火烧一昼夜。晚上不眠,因恐其光或断,坐其旁到天光。红日初升,光与火映,灿灿然照住其颜色。其妻搬朝饭过佢食,仍不忍离。到第二日,而质终未融,不久日落衔山,仍然不去,又待其旁。当此时,巴氏蓬头垢面,颜色如泥,身上十分憔悴,瘦到鬼咁样,终日被风吹露冷,仍守住不肯去。哈哈,古怪古怪,不料等到三日、四日、五日、六日,直到第七日,过了一个礼拜,终不见成功,真系激死人咯。巴氏以为药之未合,因药里头尚有未纯净之质啫。又再调匀新药而烧炼,或烧十余日,或二十余日,务求其事之抵于成。(未完)

(续第十一期)当此之时,巴律西已经用尽半生心力,真系心血都用左几担咯,都重未成功。于是愁绪万分,食都食唔落,睡都睡唔宁,无半刻唔想念制造瓷器嘅法子。左思右想,必要想出其所以然之故。个样莫不是所用个的药料唔啱估亚?抑或质地未纯呢?抑或火候未到呢?虾虾,点解呢?真系奇怪咯!真正难明咯!个条道理,系必然可以成功嘅罅,何以屡屡试验,偏偏唔得成功,又点解呢?睇见佢自己一人独坐,一味絮絮叨叨,自言自语,心共口讲,口共心讲,或时又用吓手势,指指画画,足足有半日咁耐,连住话左几百句“点解呢、点解呢”。忽然间企起身,大声话:“唔做得!一实要再制过,一实做得嚟嘅,世冇话咁就罢手。”佢个老婆睇见佢个动静,又觉好笑,又觉心焦,就话:“罢咯罢咯,你咪咁多思多想咯。我见你已经做左十年功夫,纵然有成功,都成左好耐罅。不若叠埋个心,另揾别样工夫做,都可以揾得多个钱,唔驶咁穷,重好过日日将个把骨头嚟去磨,做的劳而无功嘅事业。如果系做别样工夫,有咁用心,而家都唫剩钱添咯。”巴律西听见就话："蠢妇，我有我做事，驶乜你嚟翘舌呀？从今不许你干涉我。"佢个老婆话："我唔系干涉你。于今你试睇吓家中，能有几日粮添呀？你于今又想再制过，我问你边处揾钱买药料？"巴律西闻到个句说话，就目定口呆，半晌不语，摇头而言曰："是真难事，是真难事。"此时心内好滚油一般，十分焦燥。忽然省起，就话："啱晒啱晒！我有一个朋友，极之相厚嘅，现由外埠发财回家，不若去佢处打个抽丰，断唔怕托手争咯。"果然个个朋友，借左十两银俾佢。个阵欢欢喜喜，买齐所用各物[①]再制。

本钱已有，药材已齐，于是细心制造。制造完备，立刻发火。不惊不觉，已经七日。此时巴律西，郁都唔敢郁，打雀敢眼嚟睇住。不特话唔觉辛苦，且生好多滋味，犹如蚁哄黄糖一样。刚刚将近成功，谁不知冇柴，此时之物质又未融，又不能减火。倘若稍歇火一时，必定前功尽弃。想话叫人去买柴，自己分文未有，你话难唔难呢？巴律西个阵，俾佢整到冇法，于是将园篱之木，拔嚟做柴烧，一阵间就烧完，个阵越发心急[illegible]。巴律西自念，所争仅在十点钟，便可成功，无论何样物件，苟能可以着火者，无论佢平贵，都将来烧。先将家中所有台椅等物，将来斩烂嚟烧火。谁知烧晒，都重未熔。巴律西个阵欲罢不能。噎吔，一不做，二不休，索性想将老婆个嫁妆柜，都破烂嚟烧。佢个老婆一定吾肯嘑，睇见佢将个的家俬什物，斩烂嚟烧，重估佢得着神经病，颠左，戆阻，都唔定咯，一定唔俾佢烧。巴律西一定要烧，于是闹起交上嚟，整得家嘈屋闭，惊动到隔离二叔婆嚟劝交。佢个老婆就一五一十讲俾人听。好彩有个二叔公，见佢咁苦志，就话："公婆上头，唔好相争，你想要柴揸吗？过我个起担两担嚟烧系嘑。"巴律西听见咁话，犹如绝处逢生一样，欢喜到了不得，就对二叔公多谢一番，连忙就担

① 此处后有"右第二章"四字。

阻两担柴番嚟，就向处嚟烧咯。是时佢个老婆，怒犹未息，还在此嚟闹。巴律西塞埋两耳，任得佢闹，以为我有柴就能够成功，任得你乱七省都好嘑。一时间睇见所烧之质溶阻，佢就即时歇火，及至停冷，变阻白色，且光泽异常，巴律西已得其梗概矣。试想巴律西本系打工仔遮，初时系晓画玻璃而已，一旦转行学造瓷器，既无师傅指教，又唔系有成绩仿效，所用之料，及所造之法，必要出自一己之心裁，若非绝顶聪明，万不能做得到嘅。今日佢能够试出咁样嘅成效，亦可谓极本事咯。更有一样添呀，“工欲善其事，必先利其器”，想做精美之工作，必有精良之器械至得噃。巴律西系一个贫寒家，边处有钱买器具呀，一样都要出左自己个双手。欲想制造极靓嘅野，你话难唔难呢？咁在别人呢，都话极难咯，独巴律西不以为难，必要做到自己个目的而后已，即系法皇拿破仑有话“法兰西字典，不许落个难字”嘅志气。惟独是境与愿违，英雄无用武之地，佢嘅心胸里头，不知郁气到点样咯。

巴律西虽系制成此器，然究竟未得精良，未能揾得钱，况且又无资本，可以再试。自从烧左个的台椅之后，家道更为紧短，佢个老婆成日喃巫咁喃嚟闹佢。俗语话，柴米夫妻，世俗上大抵如此嘅咯。后至争隘得多次，奈颈唔何，行左出外，任得有食好，冇食好，总不归家。刚刚遇着城里有个卖酒嘅店主，见佢有百折不回嘅志气，十分敬重佢，招呼佢在店中寄食，然后始得个安身之所。佢既得笪食饭门口，佢又再于野外，作一个灶，亦系自己一个人担任。稍揾得的钱，又将来买药料试验。谁不知试去试番，都系一样，烧出之瓷器，虽然色水光泽，惟是不能美观，未有分毫进步，徒费时日，而终未能成功也。(未完)

(续三十五期)巴律西试验已经十年，仍未能偿其心愿，且历尽种种之苦楚，受尽世人之耻笑，于是担高个头，抖声大气，佢话：“天亚天，为何使我捞到咁极地呢？凡人劳苦忧愁，无疑系人嘅常事,我亦甘受无辞,不敢有半句埋怨。惟是自古以来,未有受尽千辛万苦,想做一件事,都做唔嚟,似我之咁耐而且咁惨嘅咯。莫不是个天故意困我嘅境遇,使我大器晚成唔呢?唉,唔系嘅,个天隔我咁远,未必理得到我嘅。大抵由于我之命运唔好系噃。别人有失意之事,尚有家人妇子开解吓。我嘅家人妇子,不特话唔开解我,反转要隘我,闹我,终日整到炒家闹宅,令人真系难堪咯。想我当日在灶口烧器之时,上冇片瓦遮头,任得风吹日晒,雨水淋头,长坐终夜,四无人声。或因风雨太甚,不得已走入屋暂避一时。此时或欲想抖吓精神,无奈衫裤尽湿,满身泥浆,身世似猪狗一般,我亦未常有悔恨。惟是家里头个的盲雨蛮风,真正系难抵咯,岂不是我嘅命招咩?唉,命亚命,我劝你唔好共我斗气,你到底唔斗得我住嘅。除是我巴律西死左,至俾你斗赢啫。我有一日生命,便做一日工夫,将来必能成就嘅。唉,天与命个两件,都系无凭无据,最冇揸拿嘅,一日都系自己工夫未曾到步啫。不若丢开愁闷,慢慢细心寻绎,或者颇得改良方法,使乜在此长嗟短叹呢?”

当时巴律西大失所望,郁郁不得志。一日游行野外,遇着一班旧朋友。个的朋友睇一睇佢,见佢形容枯槁,颜色憔悴,骨瘦如柴,个件衫穿得钱唔包得米,睇见佢个样,十足活画一幅李铁拐嘅形圆,一般无二。于是个的朋友就劝佢话:“巴君,唔着咁死心造个件野咯,快的转行揾世界捞罢噃。舍得别二样有恳心,亦都可以揾得钱嘅遮,驶乜呆守住整瓷器呢?况且创造物件嘅野,自古至今,不知经过几多人手脚,得到系可以做得嘅。前人都已经做左好耐咯,重驶留番过你做咩?唔好制咯,笨。”巴律西话:“唔系咁讲嘅。世界嘅事业,愈出愈新,变化无穷。若系依君所说,样样都依番前人嘅事业,唔去改良,个个世界边得有进步呢?我之所以不为其易,勉任其难,亦系因此故耳。古人有话:‘学无前后,达者为师。’就可知其中嘅道理咯。”有一个带讲带笑,又话:“你地唔晓巴君嘅意思咯，他日巴君制成呢的瓷器，皇家准其专利，个阵时通程师地球万国，都要揾巴君嘅瓷器嚟买，个阵就知到巴君嘅本事咯。”巴律西知到佢系作耍自己，就话：“诸君唔驶取笑，各有各人嘅志向，最难相强嘅。弟之志向，凡天下之中、四海之内，弟心目中只知有瓷器一件野，其余则未有丝毫介意嘅。所谓江山易改，品性难移。今日之事无他，各行其志而已。请亚请亚。”

巴律西见个班朋友，话不投机，只得勉强应了几句，就辞别了众人。一路垂低个头，自思自想，又羞又恼。“唉，今日所造未得成功，又俾朋友取笑，真系激颈咯。”个心一味十五十六，然亦无可奈何，惟有用心研究，以雪此耻系噱。不觉行到个灶前，于是细心察看，睇见灶内嘅石，微有爆痕，就即时省起，讶，原来所造之器，唔得精良，都系此故咯（盖灶内之石，因盛热之时，每致爆烈，粘于所造以[之]器上，故不能善也）。巴律西既寻出个个原故，又立刻再建过一个灶，加意改良。足足经历十八年，然后至成功。盖巴律西积试验之功，由败绩而得进步，心坚如铁，万变不移，经练得多，乃尽能知透药嘅功用、泥嘅性质、窑嘅造法，故能得心应手。所制造之器皿，质地之纯粹，色泽之光亮，十足似无瑕之美玉，真系绝后空前、天下无双嘅瓷器咯。后来果得法国皇家，借本过佢，又许佢专利添咯。个阵并冇人话佢颠，话佢戆，话佢吽咯。

巴律西大功既成，心愿已遂，然犹以为未能尽善尽美。因瓷器上嘅花样，多系旧式，必要花样翻新，方能合人情嘅嗜好。于是多方搜集各等鸟兽昆虫，草木花卉，各种真形，专工幕画。又再做左几年工夫，所以佢绘出个的花样，神情生动，玲珑浮凸，奕奕然有生气嘅，真系绝后空前嘅工艺咯。有人曾在英国伦敦，见过巴律西所制造一只碟，其径系一尺二寸，碟中画一条蜥蜴（即石龙子），精妙绝伦，真系人见人爱嘅。此碟之价值，系一千九百四十磅云。一碟如此，其他可知。巴律西遂成一个大富翁咯，享极荣之名誉咯。此时好不快乐呢,所有前时之忧劳、之烦恼,已取偿于今日矣。故曰:"忧劳烦恼者,实快乐之根基也。"

(1907年第10期、第11期,1908年第35期、第38期)

爱国商人弦高之伟绩[①](陈铁庵)

咳,诸君近来有人叫今日个世界,叫做商战世界,比如系点解呢?乃系西人去人地个国嚟做生意,慢慢噤晒人地的钱银,好似慢火煎鱼咁样,嚟煎干人地个国,佢就垂手而得,重利害过千军万马,所以叫做商战世界。何解乜咁要紧呢?大凡国家嘅钱银,可比一个人嘅血脉,若系个个人血脉虚弱,稍有阻滞,必定有病,病到重就哙死。一个国家,钱银穷困,唔得流通,必定孱弱,弱到极就要亡咯。诸君,唔信试睇吓个印度国吖,俾个英国来噤佢,先办的货物向佢处嚟发卖,共佢嚟通商。再后又设一间公司,生借的钱银过佢印度,等印度人共英国揭银,嚟买番英嘅货物,个的钱一日都系归番英国,故此俾英国噤吓噤吓,噤晒佢印度的钱。个阵时要印度嚟还债,印度个阵时,以[已]经穷穷极极咯,重边处有钱还债呢?佢唔还得出,英国就要佢俾个印度国嚟准债,咁就眼白白将个完完全全嘅印度,俾过英人咯,就要做英人嘅奴隶咯。唉,恶讲吖,鬼叫你欠人钱咩?诸君,你睇今日咁多外国人嚟我中国做生意,个的洋货又咁盛行,容乜易俾佢噤晒我的钱呢?个阵就要做第二个印度咯,重怕想学番印度咁样都唔得添嘙。乜野呢?印度单系一个英国揾佢做亚庚喳。若系中国,则有好多国揾我嚟埋手,恐怕重要分得七镕八烂添嘙。噎

① 第12期篇名为《爱国商人弦高小史》。且有说明文字如下:前期手民误登入"论说"一栏,本期更正。

吔！咁唔系敞家伙？唔怕，如果诸君各人，肯齐心，肯鼎力，就唔怕嘅咯。你估我中国人真系冇用嘅咩？听我讲中国二千余年以前，有一个爱国嘅生意人吖。

周朝列国个阵时，有一个国，叫做郑国，则今之河南省开封府郑州，乃系一个小国啫，屡屡被邻国侵伐。是时又有一个秦国，今陕西省，极其强盛。其国君叫做秦穆公，现为西方诸侯之长，专一锄强扶弱。虽然，若系真个锄强扶弱，后来边处重有得讲呢？大抵霸者所为，都系一片假仁假义嘅啫。是时睇见个个郑国，遇时俾邻国欺侮，个个秦穆公，就命三个大将嚟帮助佢守城。三个大将叫做乜名呢？一个叫杞子，一个叫杨孙，一个叫逢孙，郑国以为得人帮助佢，就倚赖佢个三个，共佢镇守北门。(未完)

(续)点知个个杞子，立起无良之心，调转枪头，想作致佢个郑国！静静写左一封信，系话现在郑人使我镇守北门，若系静静地起兵嚟伐郑，我在郑国，做个里应外合，郑国可以垂手而得，咁话。

秦穆公接到个封信，立刻就命孟明氏、西乞术、白乙丙个三个大元帅，带领人马，一路偃旗息鼓，向住郑国埋手。谁知来到郑国边境，啱啱遇着有个郑国商人，姓弦名高。个个人虽然系生意仔啫，惟是有才有智，因去邻国贩卖牛马，路上撞着秦国个枝兵，一见就吓左一惊。噫吔，敞家伙！今日兵临城下，眼睁睁就要国破家亡咯，点算好呢？左思右想，忽然想起一条计策，尽将自己的牛马，嚟犒赏秦军，当作系郑君之命，使秦兵知到郑国有备，不敢遽行取袭。一面立刻通知郑君，预备迎敌。郑君闻得此信，即速着人侦探杞子个间寓所，见佢三个人已经执正家伙，磨定刀，洗定马，一心等候秦兵到来，就一齐发作。点知俾郑人识破佢机关，督穿佢个煲，睇白系唔竖(读如店)，三个就逃之夭夭，走左去别国咯。孟明氏等三个元帅，见郑国已经预备迎战，知到此计不成，仅灭左郑国一个小小都邑，发吓利市，就班师回国咯。

诸君,你试想吓,个个弦高,本系一个生意人啫,为着国家嘅义务,不惜牺牲自己私财,能使郑国转危为安,都系得佢一人之力,都算商界中嘅英雄。咕亚,个件事,诸君读过《左传》都知到嘅嘑。试想我中国,二千年前嘅商人,已经有咁本事,今日我商界中人,自应要的起心肝,共顾大局,使外人知到我中国嘅商人,都肯为国家出力,自然不敢藐视我中国,又何忧商战不胜呢?(完)

(1907年第11期、第12期)

五文钱发财十万小史(谭鼎铭来稿)

今日之时代,系商战嘅时代嚟,如果唔做的新出嘅工艺嚟揾钱,咁就唅俾个的老西欺晒嘑。我记得细佬哥个阵时,八月十五个晚,同埋叔亚、伯亚、哥亚、睇亚,亚姐亚、亚妹亚、老母亚,十几个人嚟倾偈。适啱亚爹,自外嚟,笑嘻嘻咁大声话:"嗄嗄嗄,有件野真奇咯,五文钱可以发大财喎。"十几人都争问佢点解亚、点解亚。亚爹话:"你地唔驶嘈,等我慢慢讲俾你听。"咁就个个都净耳嚟听,佢乜野五文钱可以发大财嘅。话老豆举起两个手指头话:"我尚先在一个朋友处坐,睇见一张字纸,系朋友抄起嚟自己劝自己嘅。其文好深嘅,我今揩俗话讲俾你地知,个张文记一个古人嘅,上有话:

本朝乾隆皇帝个阵时,四川省有个重庆府,府治下有个县,县内有个峨眉山,山下有一个居民,姓安名叫做国全,个老豆系做担尿嘅。你想吓,担尿有几多钱呢?国全十岁死左个老母,十二岁连个老豆都死埋,家中一个钱都驶洒嚟医老豆。老豆死后,典当家私,卖什物,尽地都卖晒,始能葬老豆。七七四十九日之后,国全想食饭都冇得食喇。点解亚?为葬老豆有剩个的钱,差不多够

佢食埋个七旬啫。冇到饭食个阵时，系别人必定去乞咯嚅，惟有国全唔肯做此丢架嘅野。搜匀间屋，只有五文大康熙钱。国全大喜，咁就即刻出街，执的香头烂纸，三个钱买三色颜料，红呀、绿呀、黄呀几样，又买的灰面嚟煮浆糊，即刻郁手。你估佢整乜古怪野呢？原来系整个的公仔呀、禽兽呀、花灯呀，俾的红红绿绿，搽得五颜六色，真系好似，令人可爱。共埋整左一日，整得二百十三件，到晚噉就闩门瞓教咯嚅。第朝天光一早起身，洗阻口面，就拈的物件去街卖，十五文一件。个的细佬哥，个个都欢喜佢嘅野，唔够一个时辰，就买起晒，计埋得钱二千二百九十五文。国全噉就揩九十五文买菜，二百文买米，饱食一餐。二千拈出去买的应用东西，整的公仔哙打交嘅，鸡哙啼，狗哙吠，色色好似生嘅噉样。一连整左八日，共整得九千七百八十八副，一副卖钱二百文。拈出去买，人人中意，或买一件二件不等，有买十多廿件去送礼不等。唔驶一日就卖完，计得钱一百九十五万七千六百文。咁多钱何以拈呢？因为当时已经有银驶，一个银钱换钱九百五十文，总计得银二千零六十六毛。如是日新月异，不足二月，竟然发财十万。生子五人，后来不知其去了何处。只系见佢所剩落嘅器物，真系精巧，十年都不能学足佢嘅。”

你地话振兴工艺好唔好喇？如国全嘅真可叫做一代伟人咯，可惜无人传佢嘅历史啫。喂，好朋友，今日世界比几十年前更唔同，有的多本领，都可以显出，所谓如锥落囊中，尖锋立见。何况有个《农工商报》，为诸君提倡，何不各人努力，做第二个安国全呢？

（1907年第12期）

信义商家朱紫弃传(文屏来稿)

朋友,你睇各家店铺,都贴有“最重本心人”五个字,点解呢?都因有本心人少,所以见得贵重啫。不知“本心”两字,原系处世立身之宝,如果系有本心的人,其精光耿耿,不可磨灭,等我讲一位至有本心的人,过诸君听吓。

话说数十年前,漳州府属,有一人姓朱名紫贵,本系读书之人,家亦小康。因为此人品性耿直,所以文章出性格,作出的文章,不免古板,是以屡试不售,半生潦倒。他就发起愤恨来,弃儒业商,更名为朱紫弃,他是愤弃功名的意,故改此名。岂知运途不顺,且初涉商途,疏于行情计画,生理又不前,折了好些资本,只剩得数亩地瓜田(漳潮唤番薯为地瓜),一间住屋。无可奈何,别了妻子,往新嘉坡,投奔其戚之铺,帮帮柜面。不料又为邻家失火,延连烧去,歇了生理。其时朱紫弃,异乡无靠,十分凄惨。更且乡亲朋友,见佢去到亲戚处,招此天灾,都说他不吉利,人人厌弃,不肯招接,又改他一个花名,叫他“猪屎屁”,话其讨人厌的意思。总系天冇绝人之路,适值一个同乡的番客头人,开间客栈,欠一个书算的人,就雇他作伙伴。三两年来,栈东见他银钱可以交托,就改他一个职事。每年六月、十二月,两次回漳州,分交各番客(漳潮人往南洋群岛作工商的皆名为番客),汇寄回家的银信,经手数年,漳属地方,四处熟识。每每同乡的有十元八元,无多之数,就不交栈主,都托朱紫弃代带。因为栈主不稀罕此零星汇寄,所以栈主亦不嫌朱紫弃做私帮生理。原来栈主接了各番客的汇款,不用携带现银回漳州的。或将银交与庄口店,尚有汇水补回,归栈主所赚,各番客不能自己交庄口汇的原故,因每人一百几十,庄口

嫌他锁[琐]碎，唔肯接汇，而且又要人持单到汕收取，诸多不便。或时栈主，将此艮[银]办货回汕厦，亦可获利。

有日适值栈东，接埋有三二万的汇款，尽行办货。朱紫弃私帮，亦接得千元的汇款，他便将三百接同他人处，向庄口汇兑，其余七百，亦办了货，同埋栈主所写的轮船，一齐装运，欲回汕厦销售。不料中途遇雾触礁，轮船沉破，货物浸没。栈东冒了风寒，得病而亡。栈东之子，怕番客追赔汇款，乘势收庄。朱紫弃紧紧执翻条命，所带汇款，尽付海中。移转别人，个的冇腰骨的，都话各安天命，大家冇彩，就了事咯。如果朱紫弃真系如此，重有呢只古仔，传到今日咩？朋友，你话朱紫弃点样？佢当日将历年积埋的银两，拈来赔偿尚且不够，直把田地卖完，房屋押借，方一一照信交妥，重回星嘉坡。各番客闻船沉，再打听一吓，方知栈东及朱紫弃之货，未买燕梳，又见栈主收庄，以为朱紫弃手汇寄之银，一定系剔手边加个达咯。不料朱紫弃，今日回埠，各人收有回信，得知家内一一收到，银两丝毫不少，于是人人欢喜。后来闻得，系朱紫弃倾产赔偿，各番客无不钦羡。有几个朋友，助些资本，耸动他接顶起东家的旧业，开起一间客栈来做。一人传十，十人传百，都话朱紫弃系一个信义之人，多人投他的栈，各番客的汇款多的少的，都交托他寄，生意十分兴旺。不数年间，赚得巨万家财，满载而归享福。

可见“信”字就系发财的本钱咯。试使他昧了良心，收了庄口三百汇款，不回新嘉坡，点有这个日子呢？故此为商的资本，唔系单靠银钱为资本，“信”一个字，亦是资本。譬如其店司理人，诚信可靠，每每拿一万银资本，便可挪揭数万，得来周转。如果司理人平常，所有银号的人，秤过你的资本一样，查你与某几家出入银两，合埋约有若干，总唔肯被你借出额去。如果在事人荒唐，虽有一万银真本，想去揭一二千银，亦不容易。又如银行出的银则银纸，系一张纸啫，值乜野钱呢？如果佢了之哥，番去祖家，真正系问鬼攞咩？因为可信有此事嘅，呢张纸，一到就可以取银嘅，故此咁通行，就可以当千当万嚟使用啫。故此，“信”字系造生理的第二个资本。凡人出来为商，不可无嘅。就系打工仔，亦靠一个“信”字，至造得上等脚式。譬如一个在事，或一个掌柜，查佢身家全无，而东家大者万计，小者百计，肯交与他，岂非靠个“信”字，始当得呢个重任，受上等薪工，上等花红咩？喂，朋友，唔怕冇本钱，至怕冇“信”呀，学吓个老朱喇。

（1907年第13期）

广东忠信商家袁友信小传（李鼐来稿）

呢段小说，谅各位都知得咧，但系书中所讲，都系错嘅多。我曾经闻个乡下的伯父话，我地个第几祖，藏下一张纸仔，写住乜朝乜时，有个乜人，系忠信商家，系够好嘅，系佢自己亲眼见嘅。等我讲过你地的细的听下丫，你估佢点话呢？佢话：

广东省广州府东莞县温唐乡有一个人，叫造友信，姓袁嘅，在佢村边个间茶亭处卖茶。之个处系好人众嘅，故此的来往人客，都歇吓脚，一来，有的松阴遮住，可以抖凉，又有茶饮。人多手脚乱，系至易失野嘅。一日有一个人，自别处来，一定系抖脚就唔在讲，一时见得天色尚近挨晚，即时就扯人咯。去后卖茶公睇下个石凳处，有一只野，猫唔似猫，狗唔似狗，见得咁蛊怪，走埋去睇吓，不随个的唔系乜野，就系个黑布袋，拧起睇吓，暇暇咁奇怪，乜咁重架？原来的系银嚟。俾第个见左，一定系好似狗仔跌落屎坑，乱咁食嘎咧，不随佢就粒声唔出，快的挤埋落只箩处。你估佢贪心咩，唔系嘅，不过慌唔见左，人地来攞，就冇得俾咁啫。故此朝担晚担，担左出去，夜晚又担番入嚟，家人又都知嘅嚅。

忽然又试第年，又嚟番个个人客，就叫声话："饮茶啰贵客。"个人客话："我唔饮得咁贵茶。"友信话："一文钱一碗都重话贵，重话叫你饮城外个呢姑苏馆，分六银一盅嘅咩？"人客话："贵极都系分六啫，盖有水仙龙井饮咯。你的二百银一碗，都系安玉骨啫吗。"友信话："乜话？伶伶俐俐系一文碗，点解又话二百银一碗呢？讲明过我知丫。"人客话："得宝重诈耳聋，我估你光鲜番咯喎，不随你又系卖茶呢？"友信猛然间醒得，就在箩处取出二百银话："系唔系呢的亚？"人客见得，原口未开，大惊话："伯伯贵姓大名，何以此时重在？烦伯伯讲过我知。"友信话："我姓袁，叫造友信。你真系冇阴功，累我朝担晚担，夜晚又慌鼠摩，要我成晚看更，真唔值咯。贵客高姓大名，何处人氏，因何剩落的银都唔记得拈呢？讲明过我知。"人客话："我姓何，系江南苏州人。来广东放官账，因行得够驶，就在此处抖凉，手忙脚乱，一时唔记得拧，落到船然后至醒起，我估一实冇得攞，盖（借用）行啫。为今老伯真忠信人也，天下不可多得嘅，我送一半回老伯，恭喜罢咯。"友信话："我系想爱你嘅，我重驶乜俾番过你呢？罢咯！"人客去归之后，四处传扬。

不随此人在东莞城外，开一间□[1]行。（未完）

（续十五期）因系旧时个司事，不甚好嘅，故此人人都唔帮衬佢。个人客就即时打轿去请友信，友信亦都唔愿去。后来的男男女女，都劝佢话："好过喺间茶亭处，日日受的风吹喇。"友信被强不过，只得上轿出城。原来城内城外的人，大大细细，都闻过袁友信个名，个个都争来帮衬佢。唔够一年，就好过前头多多声，兼之友信系满肚文字嘅，故此数目清楚，极得行主欢心。人工花红，一年年就自己都有钱起来，就在左右开一间洋货铺。开张个日，边

① 原文印刷即为□。

个唔知系信义商家，童叟无欺，故此人人都帮衬佢买货。至到西人亦都知到佢个名，争同佢交易，所以大大兴旺。小弟前年曾经去过，闻人地话，此乡系忠信卖茶公嘅后裔嚟，全村都系姓袁嘅，男女统共有一万八千名口称，为一条大富乡村咯。

各位你话温唐乡咁有钱，系因乜事呢？都系揸住个“信”字过底啫。可知做生意，钱唔系多紧要，“信”字就紧要呢。以孔子所话：“言忠信，虽蛮貊之邦可行；言不忠信，虽州里都唔行得嘅嚡。”说话忠信，蛮貊都行，何况事事都忠信咩。各位千祈唔好忘记左个袁叔嚡，学吓佢都有益嘅啫嚡。（完）

（1907年第15期、第16期）

召信臣（明园）

召信臣，字翁卿，九江寿春人，以高第升上蔡县官，待百姓如仔。冇几耐又去做南阳知府，亲身劝百姓耕种，开几十条水路，俾处处都不忧水旱嘅地方，多到三万顷。又造均水约束（要将个的水分匀佢嘅章程），使个个利益均沾。因此个的百姓个个都来依付佢，当系老窦咁，叫佢系召父都抵咯。

明园曰：我国唔讲求水利好耐咯。一来个的官唔肯提倡，二来我地的百姓唔肯讲究。又迷信风水，提亲都话动龙脊。舍得个的官都学得召父噉留心，又使乜至到十分饥荒呢？我地咪咁迷信风水，由得佢开沟渠好，筑铁路好，开矿山好，开商场好，都咪去阻挡，又使乜至到中国噉穷呢？如果你地话风水有凭据，我都话有，点有法呢？即如就以商务而论，有一处地方，前面空空一片平阳地，地前汪汪一条四通水，如果装的生勾勾嘅人落去，叫佢响个处开商场，可料佢必定发财咯。都唔使讲噉远，就系而家香港、澳门啫,亚够好风水咯,嗄嗄!

（1907年第16期）

猗顿(明园)

猗顿,一鲁国蒲川县之穷佬也。去耕田时时都肚饿,去种桑时时都身寒。因闻知朱公发左大财,于是走去朱公处来请教佢。个朱公见佢噉忠厚志诚,就教佢养畜牲咯嚅。于是个猗顿就揸住佢个的法子,去到西河个处地方,来养羊喇,随不知都不出十年之内,就赚左大钱,天下都闻名,重多钱过大皇帝咯。嗄嗄,可知一个人唔怕穷嘅,唔怕呆嘅,善于揾钱,就得嘅咯。而家我中国噉穷,舍得我落力的,用心的,何难即刻揾起铺(借用)大世界来呢?有钱嘅出吓善心,冇钱嘅出吓心力,自己有边的好地道,快的提倡下。自己唔晓嘅,讲究吓亚,或出洋考察吓亚,唔使慌怕话冇世界捞嘅化呆。

（1907年第19期）

李悝(明园)

李悝,战国时人,事魏文侯做丞相。务尽地力,凡种植、开垦等事,无不竭力提倡,教民以富强之术,因此魏国富强。列国无不敬畏,不敢侵犯者几十年。后来李悝死左,魏国便渐渐弱起来,列国便睇小佢咯。可知人富人怕,人穷人欺,是一定的。况且我地中国,又冇一定嘅国规,所以其人存则其政举,未免可惜。之而家唔怕咯,朝廷有旨,叫我地百姓,快趣的学多的野,揾多的钱,预备立宪咯。我地的百姓,如果系有血性嘅,就要即刻发奋,士农工商，各精其艺，出亲台都使得嘅，就唔使俾人来欺侮喇。

（1907年第19期）

美国大北铁路公司发起人占士比儿小传〔用演说体〕（张石朋遣词）

大凡一个人，见识唔广，就唔敢造人所怕造嘅事业。见识唔定，又唔能实行我已经见得到嘅议论。咁就世上一切有益国计民生嘅事业，都难望有成咯。点解呀，世上最有大利嘅事业，成功亦最难，唔系人人都见得到、造得到嘅。偶然有位伟人提起个件事业，系极有利益喎，亦唔系人人都信以为真嘅。岂只唔信得过，佢重多多说话，嚟阻止、嚟破坏添嚡。唔信你睇吓中国，想话改良一件实业，开矿呀，办铁路呀，办轮船呀，用机器呀，十年廿年都冇人理会吓嘅，都系阻挠嘅人多，提倡嘅人少啫吗。所以系话一个人，见识唔广唔定，点能究实力提倡，坚持到底，嚟办个费有益国计民生嘅事业呢？

譬如铁路嘅件事业，系最有益国计民生嘅喇。点解呀？地方阻隔，消息唔灵通，若有铁路，就行军、运货，件件都利便。况且铁路所到之处，游人必多，渐渐哙成左市镇，铁路烧煤咁多，必要四围采挖，矿产又不能不兴。等等利益，讲之不尽。但系未兴办个阵时，未必人人都知到嘅嚡。有的话资本重大，防到亏空。有的话，工程咁大，难以办成。多多阻挠，眼白白睇住咁大利益嘅事业，都造唔成喇。呢样情形，我中国见得多咯。埃唔只我地中国呀，就系世上最有钱嘅美国，都有呢样流弊。我讲吓美国大北铁路公司嘅缘起过列位听吓喇。

而家我先讲明美国嘅地理，然后再讲大北铁路公司嘅历史。

美国系在北阿美利加洲中间个处，东便隔一个大西洋，同英、法两国打对面。西便格一个太平洋，同中国、日本打对面。近住太平洋个便地方，有条最大嘅山，叫做落机大山。自英国属地个处南下，直穿过美国西偏，下头走入墨西哥国。呢条大山，在美国西北个方，更之高大，山上常有积雪。历来有美洲一种土番，叫做"红夷"，系在大山左近居住嘅。

美国立国唔系耐得啫，西历千七百八十二年（即一百二十六年前）始成为国。不过系得现时美国东方海边，十三省地方啫。后来渐渐开辟，嚟到密士失必河美国中间嘅大河西岸。而西方海边，重未曾繁盛。至到西北个幅，落机大山左近，全未打理到咯。直至西历千八百八十七年，大北铁路公司成立之后，然后渐渐开辟咋。

你估美国当一千八百八十七年以前（即二十一年前），繁盛之地，在边处地方嚟呢？大概系东方海边一带，同英、法两国交易，商务系几盛嘅。与及密士失必河左右，出产棉花米麦，农务系几旺嘅。除此之外，冇乜好地方咯。西北个幅荒弃嘅地，深山内头，冰雪堆积。树林内头，禽兽往来，间中有三几个红夷，时出时入。你话个一幅数千万里嘅地方，同我中国嘅西藏、青海、新疆、蒙古，与及我广东省琼州五指山左近地方，大约个种荒废嘅情景，我估唔差得几远咯。

咦？上天好生之德，每唔想地利唔兴，驶我地人唔得享受其福。个阵时有一个英雄出现，佢嘅名字叫造"占士比儿"。列位以为佢系大北铁路公司发起人，一定系世家子弟，或富商大贾嚟咯。谁知占士比儿，系一个穷苦造小工出身，年二十几岁，重在密士失必河口嚟做挑夫，每日得工银一元、两元，仅可自顾（列位要知道美国食用使费，系地球上最贵嘅，与别处不同）。占士儿为人极之勤恳悭俭，久而久之，得人推荐，造某铁路公司嘅代表人，经理铁路事务。列位,呢处系占士儿,得到经验以及阅历嘅地位嚟喇。

大凡一个人,造到个样事情,必定知得到个样事嘅利益。占士比儿在某铁路公司打工,话有二十年咁耐,所以深知到铁路有开辟荒地,变成闹热效力。又睇见本国西北个幅地方,咁样荒弃,实在可惜,于是发表佢嘅阅历有得嘅意见,请大众研究。佢话要造条“大北铁路”,自密士失必河上流,圣保罗埠起,横过落机大山,西便至到太平洋岸边止。呢条铁路,有三样好处。

(一)可以开辟西北落机大山左近土地,唔驶荒废。

(二)可以联埋美国东西两便嘅地方,唔驶隔膜。

(三)将来再图东洋航路,扩张美国嘅势力,来中国、日本、南洋等地。

个阵时,就系西历千八百七十五年。喂,列位,若果占士比儿系一位富翁嚟,佢就可以独力办成呢条铁路喇。无如佢系打工仔,佢就有资本,唔能有咁大力量,所以要求人地赞成,帮助股本。又设驶占士比儿,系一位有势位嘅人,说话重或者易得人听信,无如佢又无势力,更难得人过信咯噃。所以佢呢番要造大北铁路嘅议论,乃一发出嚟,当时美国嘅人,都唔答应。大概都话本国西北荒地,几万年嚟,未层开辟。而且大山横住,大湖大树林,无数恶兽生番,哙同人作对。坚冰积雪,蛮烟瘴气,件件都哙害人。起条铁路在呢处嚟,造工就极之艰难,重讲要拈几千万资本,放落去添咩,咪咯咪咯,舌左本问边一个赔番呀。列位,占士比儿嘅议论,原本系极有道理,但系利益在后日,人人好难见得到。艰难在目前,人人都讲得出。所以占士比儿咁绝顶见识嘅议论,咁绝大利益嘅事业,总冇人打理佢咯。咳,古语讲得好:“细民可与乐成,难与图始。”中西同一样嘅咯。

咦,设驶占士比儿,自从有人阻挠佢之后,佢就毫无趣志,再唔提起呢件铁路事业,咁就美国西北荒地,永世唔望开辟咯。但系占士比儿，系个见识高、主意定嘅人。佢知得到呢件铁路事业，系最有益嘅，不过当时嘅人，未层细心想吓，唔肯赞成我啫。若果我再三、再四讲明佢听，佢必定有警醒日子。有心唔怕迟，总会有人帮助我嚟办成呢条铁路嘅。占士比儿，揸定呢个主意，日日嚟演说，日日嚟运动，不知不觉，又隔左十几年。占士比儿，都算辛苦到极地咯。究竟呢条铁路，果然系可以开辟西北荒地，其利无穷。美国嘅人，听得占士比儿嘅议论多，渐渐都明白起嚟。刚啱个阵时，美国东南部一带富源，已经被人经营净尽，大资本家嘅财力，冇乜地方嚟销流。呢阵时，正系占士比儿得意嘅时候嚟喇。

西历千八百八十七年，占士比儿，实行日前嘅铁路议论，大集资本，埋起公司，于是乎大北铁路公司，始初出现。虽然，占士比儿呢阵时，醒醒然造公司总办，得意之极咯挂。点知到正系占士比儿，极难埋手嘅时候嚟。点解呀？呢条铁路，要打横穿过成千英里嘅大山，工程非轻容易。况且好似上头所讲嘅恶兽、生番、坚冰、积雪、蛮烟、瘴气，件件都系有碍工程嘅。当时筑路嘅艰难情形，实在难讲得尽。大约唔哙半途罢手，都系占士比儿咁有毅力正造得到嘅咯。闻得呢条铁路，经过落机大山个处，不能竟直穿过，只可在山边架铁枝成桥，上边铺木垫。好似四川省嘅栈道一样，上山落山嘅路线，屈曲成螺旋形，被火车慢慢上、慢慢落，就呢一样嚟讲，可知佢想尽方法，正造得成喇。俄国嘅西伯利亚铁路，亦系在冰天雪地内头嚟造工夫，究竟西伯利亚绝冇大山，唔似呢条铁路嘅工程，咁难造嘅。

占士比儿自埋成公司，直至到测量筑路，始终都亲身指点，唔怕艰难，唔怕辛苦。足足捱过五个年头，铁路就筑到太平洋岸边个个舍路埠，大工算造全成咯。统计全路长六千几英里，约莫我国二万几里。咦翳！咁难嘅工程，咁长嘅路线，五年造起，可知到占士比儿，唔单只有远大嘅见识，坚忍嘅心力，而且有敏捷嘅才程添嚅。列位，重记得占士比儿当初经营呢个铁路公司，驶十几年咁耐。唔记得呀？蓄志咁多年，唔怪得佢咁快趣成工喇。

列位，呢条大北铁路告成之后，有乜野成效呢？当时西北荒地，大概有人居住，就系红夷，亦有几多。自从铁路既成，各处嘅人民，搬嚟呢处居住，约莫不及十年，成左几千条大村庄，几处大市镇。现在美国政府，划分为几个省分，每年呢的新辟嘅地方，出产七千万石以上小麦，供应世界食料。我地中国，所食嘅花旗面粉，就系个处出产嘅喇。其余各种物产无算，金银铜铁煤矿，亦在落机山左近挖出。至今日盛一日，实有止境。列位，你知到西北诸省嘅住民，尊敬占士比儿，到乜野地位呢？叫佢做“大北之父”喎。咦，西北诸省出世嘅时期，即系大北铁路造成嘅时期，呢个名号，真正安得几贴切嚅。

大北铁路既经通行，美国西方海边，就发现著名商埠，现下更在舍路埠(即系大北铁路嘅止点)，设立一个大北轮船公司，行驶最大嘅轮船，每只可载客二三千人，装货二三万吨。由美国西方来日本、中国各埠，贩美国货物，行销外国。美国嘅财源，越发广大咯。呢层，都系占士比儿当日造铁路个阵时曾经料及。不过照住佢嘅说话嚟行事啫。咦！占士比儿，亦可以称得伟人咯挂。

喂，列位，讲起美国嘅富庶，重了得嘅？谁知美国全靠有占士比儿咁样嘅人物，有一个占士比儿，就兴起一方嘅地利。有多几个占士比儿，咁就有一处地方嘅利益。唔振兴喇，唔系出奇啫。而家且慢讲外国，我地中国嘅地方，好似美国旧时西北荒地一样，未曾开辟嘅，不知几多。就系我广东亦唔系少，点望有占士比儿咁样嘅人物出嚟整顿吓，咁就我中国、我广东唔驶忧穷喇。

列位，咪估占士比儿咁样嘅人物，难搵得到嘅。佢唔系大有钱佬，又唔系有势位嘅人，不过系见识广大，毅力过人，咁就被佢造成咁大嘅事业啫。我地中国咁大，我广东咁大，岂有人有咁样嘅见识,咁样嘅毅力咩？我中国、我广东志士诸君勉吓力喇。

（1908年第31期、第32期）

临邛卓氏打铁发财小传(铁庵)

话说汉朝年间,有一个财主佬,叫做卓王孙,即系夜奔司马相如,个个卓文君嘅父亲,谅诸君都知到嘅咯。佢的家财,真系计唔了咁多嘅,佢家童都有三千人,别二样就可知喇。佢所住嘅笪地方,叫做临邛县。个县地方,有名至多财主佬嘅咯。个个卓王孙,能够一个人,压倒通县咁多财主佬,真系富敌王公,财雄天下,故此世人都称佢做临邛富人卓王孙,都算阔咯。估亚,你估佢咁多钱,系点样得嚟嘅呢？个的钱,唔系卓王孙手揾嚟嘅噃,都系佢祖公剩埋钱过佢叹嘅啫。正所谓“牛耕田,马食谷。老豆剩钱仔享福”系喇。

你估佢祖公,点样子发财呢？佢个祖公,已经失左佢个名咯,就叫佢做卓氏系嘑。当初个个卓氏系周朝赵国人,虽然系一个庶民百姓啫,惟是佢极好才干,极深见识嘅。当初秦将白起,在长平一晚就杀左佢赵国四十万人,故此卓氏宗族,几乎死绝,单独剩番卓氏两公婆。故此卓氏虽有才干,亦唔肯去揾官做,情愿两公婆在此打铁度日。谁不知后来遇着秦始皇并吞六国,灭左赵国,卓氏个阵真系国破家亡咯噃。遇着个个秦始皇,又系自古及今,第一个至暴虐、至无道嘅,佢灭左赵国,就要赶赵国的百姓行,唔俾系番赵国嚟居住,出左大张告示,限时限刻要搬迁。唔肯搬迁,就要杀头。话起杀头,边一个唔怕呀。系咯,搬就搬系喇。诸君诸君,想吓“亡国”两个字,你话惨唔惨？亡左国就要受咁样刑辱,你话惨唔惨？有的困在梦中嚟嘅,佢重话转朝任得佢转朝,位位做皇帝，都系要纳粮嘅咯咁讲，你听闻你话激唔激呢？唔系咁讲亚大懵仔，不过你未曾见过亡国咋。提起“亡国”两个字，真系鬼见过都乜毛亚，一遇国破，家都要亡埋添啤。呢呢呢，你唔信就听吓秦始皇个阵呀呢。

好咯，书归正路咯。当时卓氏见左呢张示，不得不要遵从咯嚂。番去归同埋个个老婆，收拾行李喇。惟是一家之中，有咁多家私什物，两公婆点样担得咁多呢？欲想话唔要，又冇得嚟用。监住推一辆车子，执齐个的家私什物，个阵想一想，重苦楚添亚。睇吓个间屋咁好，从今以后，就唔住得咯。睇吓个的田，系平日用尽心力嚟开荒嘅，转一吓眼，就落在他人手咯。虽然卓氏系一个豪杰嘅人，对着此等情形，不觉也流起眼泪来。后至回心一想，噎也，使乜咁冇气色呀，大丈夫四海为家，有本事边处唔发得达呀。于是带埋个老婆，推着辆车子，重要去揾着秦国嘅官吏，攞人情纸，听从佢发落搬去边一处添嚂。斯时赵国个的百姓，人人都俾的钱去官，求佢发落在近处。惟独个个卓氏与人不同，佢反转求去远处。因佢平时知到汶山之地，下有大把芋头，个处嘅人，一世到老都唔怕抵肚饿嘅。况且又有市场，可以做得生意。果果然然，发佢去临邛县，卓氏就大喜喇，正系从心所欲喇。于是去到临邛，就开一间打铁铺。佢个处刚刚又有一个铁山，卓氏就在此嚟开矿铸铁咯嚂。

后来秦始皇，慌住人作乱，不许人有军器，甚至切菜刀都唔许人用，十家人方准设一把刀，如果违令者斩。卓氏睇见有个咁嘅机会，佢就贴起张字，嚟收买烂铁，个阵时买埋个的烂铁，堆积如山，买到冇本买。个的人都重陆续拈来，送都送俾过佢。因为有刀在家者，要斩啤，边一个唔怕呀？何解卓氏又唔怕呢？因系佢买倒即时熔左就唔怕喇。佢禁军器遮，唔系禁铁呀。迟得十零年，又到陈涉亚、吴广亚、张耳亚、陈余亚、项燕亚、汉高祖亚、楚项羽亚，个班嚟乱佢秦朝个天下。无疑初时真系斩竹为竿,所用个的家火[伙],都系担挑亚、禾枪亚、竹棍亚咁啫,后来就必要用军器喇。旧时个的军器,一的都熔晒,不得不要从新造过咯嚼。个阵个的打铁铺,都极好生意,惟是各家所存之铁有限,转吓眼就卖清楚咯。单独卓氏个处,一座山咁大堆嘅铁,几时卖得完呀?足足请一千几百个火计,都打叠唔通,个个机会,赚个的钱,真系不计其数咁多咯。

诸君,卓氏咁样发财,唔系讲好彩数,好店头嘅嚼,系卓氏本事啫嚼。实系佢于买铁之时,已经知到物极必反,一定有今日日子见面嘅嘑。唔系佢买埋咁多烂铁,真至系铸铁山咩?故白圭曰:"人弃我取,人取我与。"为治生之要道也。

（1908年第33期）

著名船商特琼司小传(铁庵)

世上嘅人,无人话唔想发达嘅。设使有人话佢冇发达,佢听闻一定好嬲嘅咯,可知人人都希望将来大发达嘅喇。虽系人人都想发达,惟是到底能认真发达嘅人,一千人之中,唔得几多个嚼。因系发达个件事,唔系好易嘅嚼,唔系空口讲白话,讲得嚟嘅嚼,必要个个人,聪明过人,才智过人,见识深远,坚心毅力,用尽千辛万苦,方能达得到呢个目的嘅,所以英国传颂有几句名言,佢讲:"凡人想发达,冇乜法子嘅,单系辛苦经营,就能做得到咯。"又话:"命运无凭,人力可恃。"呢几句说话,确系真言咯。你估边个讲出来先嘅呢?乃系特琼司亲身经历,亲见效验,以勉励众人嘅说话咯。等鄙人讲吓特琼司嘅事业,佢点样用人事,点样能发达,着一着二,从头至尾,讲过诸君听下。

西历一千八百四十三年个阵时(即中国乾隆九年啫),英国威耳斯个笪地方,有个人叫做特琼司,佢出世仅仅三岁,就跟住父亲去利物浦个笪地方,嚟造生意。利物浦系英国嘅大市场,商贾云集之地。个个特琼司睇见人地做生意咁兴旺,就触发起佢想学做生意嘅念头咯。后至长成有六七岁之时,虽然佢性品系十分沉静嘅,惟是最好游水,终日在海边嚟洗浴。天时寒冷,佢唔游水,又在海边嚟放龙舟,即系个的嫩仔,俾块板仔,做成船仔,向海边顺水嚟放放吓个的呢。重有一件,话造扒船扒艇,佢就唔食饭,佢都去扒嘅咯。佢个父亲屡屡禁止佢都唔从。后来送佢入学堂读书,佢常时对个班书友讲,佢话我平生心头高,我时常思想创一宗大发达嘅商业。故佢在学堂中,所学算学一科最为留意,逢考算学,场场都第一。为乜事佢恳心于算学呢?盖算学系生意中之极有关系嘅勒。

及至到十五岁个年,入利物浦个间非洲轮船公司,做一个帮柜嘅脚式。个间轮船公司,系来往非洲西岸,以通商为业嘅。此时特琼司在个处,有两年之久,于商业上嘅实验,略略晓得几多咯。惟是在呢间公司,工金甚微,而工夫又极多,故佢时常郁郁不得志,有英雄无用武之地之感。然仍日则尽番公司嘅义务,夜间则往近处之商业学堂嚟肄业,都算极勤力咯。估亚,自此之后,佢之学问极有进步,遂升佢管海关钞票嘅师爷。又一两年,更专司船货载运之数。个阵时,稍稍可以显得佢嘅本事咯。如是又数年,此时特琼司之资望既深,名誉日进,将可望为轮船公司之总理咯。谁知好事多磨,啱啱个间公司,有所更改,众股东开特别会议,乃拟自选总理,虽亦有延揽特琼司之意,后至竟不成事。个阵时特琼司,一胸热血,化作冷水浇头咯。于是心灰意沮,好似个天特意厄其境遇,以磨练佢嘅才能咁样。就系特琼司自己,亦以为时运吾好咯,命水唔就咯。无疑佢系唔信命运嘅,因此系最失意之时,亦不得不作此没奈何之话,以开解吓自己系喇。于是不得已,自己揾过生意嚟做。

因系资本无多,不能做大嘅事业。特琼司平日睇倒非洲西部一带之商务,将来可以推广嘅。于是将所有之资本,买得商船二艘,就敢与非洲轮船公司嚟争利咯,都算本事。估亚,迟得三几年,赚得的钱,又再埋一间轮船公司,系叫做波斯得公司。此公司就有轮船二十余艘,其至大者,可载货二千余吨。特琼个阵,可以遂心头之愿喇,可以大开拳脚咯。正所谓如鱼得水,帆遇顺风,可不得意。个阵真系信得万样都由人事斡[斡]旋,有志者事竟成也,更知到“命运”二字,到底不足信嘅咯。特琼司遂于一二年间,细心考察其商务之盛衰,而极力扩充,于是船额大增喇。再过得几年,非洲轮船公司之轮船,尽入特琼司之手咯。昔日不愿举特琼司为总理之股东,点知到有今日嘅日子呢?此时特琼司资本既雄,又熟悉非洲嘅商情,而且办事热心,素为非洲各商家所信服,所以生意蒸蒸日上。不过十年之间,波斯得公司,已有轮船一百二十艘,归其掌握咯,计可载货六十几万吨咯。

诸君,诸君,你睇吓特琼司啫,就可知一个人发达,不关于命运嘅喇。佢发达之原因,唔系领有专利之权,亦唔系有秘密之诀,不过系见识深远,坚心毅力啫。试睇佢当日无聊困顿之时,有坚忍刻苦之精神,有百折不回嘅定力,一味是必做到达其目的而后已。正所谓勤劳者,实成事之基础也。特琼司之为人,办事敏捷,绝无倚赖性质,无延迟半刻之时间,凡事皆亲身力为。自伦敦利物浦各商界观之,事务之繁多,无出其右者,佢办事之停当,认左第二,就无人敢认第一。佢绝早起身就去办事,别人尚在梦中,重话临天光个觉(音教)正系好训添亚,点晓佢经办左半日嘅事咯。做到上午十点钟,佢能将一日嘅事务,一的都办妥晒咯,真正系抵佢发达嘅咯。佢有一句说话,时时卦[挂]在口唇边,不论有人冇人,都系咁自念嘅。佢话:“船与人,船与人。”你估佢点解呢?因系佢以经理船业为天职，心中无一刻不记念者，系航海之船，与经理之人。感之于心，不觉发之于口。

后来又见美洲之嘉纳利群岛，商业萧条，地利不辟，乃尽力为之振兴农业，教人种花椒、番薯各物。后来该岛之生意，多得佢兴复番，以是非洲西部一带个的商民，无人不敬重佢嘅。又西印度诸岛嘅糖商，日趋颓败，亦系得佢设法使之复盛。兼之品性慈详，贫寒家之求助，无不应者，惟是最憎人懒。佢常时话，凡人能航海而到嘉纳利岛，吸其新鲜空气，便可能强筋骨而振精神咁讲。故贫困嘅商人，求佢借钱，佢必搬佢去嘉纳利岛，俾本过佢做生意。以此成就者极众，其中大半系繁盛埠头嘅商人。后来搵倒钱回家，无不感恩戴德咁讲。如果国内有咁样嘅人，真系一国之福咯。一省有咁嘅人，亦系一省之福咯。真正系商界中嘅万家生佛咯。好咯，呢段古仔已经讲完咯。诸君，诸君，有能学到佢，就系我中国嘅福咯。请亚。

（1908年第34期）

兽肉霸王亚模小传(铁庵)

(续四十五期)是年系西历一千八百三十年，即系中国咸丰十年，个阵时因为美国之南方，多买黑人为奴。美国之在北方嘅，以买奴之事，为不合公理，因倡议放奴之举。谁不知南方之人，不肯从其议，故此两家生起气上嚟，眼见得有决裂之势咯。亚模默察时机，知到北美将来定有一场恶战，系非同小可嘅，就系发达嘅机会咯。点解呢？亚模唔系黑心亚，大凡世界嘅野，人人都望太平呀，讲起兵戈扰乱，边一个唔怕呢？何以亚模反以此为发达嘅机会，又点解亚？唔通真系幸灾乐祸咩？真系望人船沉搵板执咩？

唔系咁讲嘅，俗话所讲“宁做太平犬，莫做乱世人”两句说话，不过系庸夫俗子，冇见识、冇本领嘅人所讲嘅啫。若系有本领嘅英雄人物，正在利用其机会，以展布其才能，此所谓时会变迁，实为英雄用武之地也。亚模以明照千里嘅眼光，窥测其动静，复以斩钉截铁嘅手段，以定其趋向。趁此战事未开，早图良策，以应此时机。于是一晚就决定，就与雷多利商议，将自己在芝加哥埠所做个间“约生谷米店”，搬去纽约。将合股所做嘅罐头生意，搬往芝加哥咁讲。雷多利向来事事都拜服亚模嘅才智，自己真系加一百匹马都追佢唔上。既系想搬迁生意，定有机谋在内，自不然欢喜乐从，唔在讲喇。惟是未明其搬换生意之目的如何，只得请教于亚模。亚模曰：“君知南北美之战事将起乎？”雷多利曰：“尚未可料定。”亚模曰：“非也。此次南北美之冲突，非战不止，断不能以平和了结。以愚意度之，迟则两年，快则一战[载]，定有一场恶战出现。倘战事一开，道路梗塞，转运必难，纽约必然欠缺肉类，芝加哥必然欠缺谷米。我先为积贮，待价而沽，此莫大之利也。”

主意既定，于是将两店货物，起齐人马，刻日搬迁，不数日间，就布置得停停当当咯。设使别人身居此境，个等墨墨黑嘅，兵临城下，尚在梦中，个等人更唔驶讲佢喇。至若稍有见识，及能料到将来必有战祸嘅咯，都系话事关大局，难以挽回嘅咯，恶讲呀，听天行道系喇。今日已经在个处做落咁耐咯，纵然想话搬去别处，又奈何人生路不熟，唔知搬去边处系得是。系咁算上又难算落，又难毫无成见，船头慌鬼，船尾慌贼。有等迷信嘅，重去求签问卜，以决忧疑。重有求菩萨保护佢添番，你话好笑唔好笑呢？唉，个等人，重驶共佢讲生意经咩？唔驶慌佢有大发达咯。嗱嗱嗱，试睇吓亚模呀，佢以此常人所难能之事，一经佢手，坦然行之，毫无顾忌，措置裕如，确系非常人做事，与众不同咯，正所谓英雄自有真，抵佢发财嘅咯。

亚模所虑者，因见自己现在所有之资本，尚未足扩充其生意，因今时不比往日做法。前日所做，系流动生意，卖货就有银，车轮咁转，吹糠见米嘅。今日系做积贮生意，非有极大嘅资本，不能做得，你估佢有乜法子呢？佢就将平日积蓄埋个的无形嘅资本，以扩充其生意。乜野叫做无形嘅资本亚？既系无形嘅，又何以能积蓄呢？真难解咯。凡生意家，事事诚实，话得做得，冇失口齿，自然人人信用，将此信用出嚟，与人措借银两，能令人深信不疑，而且多多应附。所谓无形资本者，即个“信”字就系咯。设使凭空拈个“信”字出来，与人借银得唔得呢？一定唔得。何以唔得呢？信用者，在平日能见信于人，人见其有可信之处，自能放心应附。若平日无见信之处，一旦与人借贷，自问本心，虽有十足信用，人亦不敢信你。此所谓无形资本，由于平日积蓄得嚟嘅咯。亚模出其平日之信用，借债于各地之资本家，资本家亦多深信不疑，故亚模所得甚巨。资本既多，亚模预料两地后来必需之物，多多积贮，以待善价而沽咯。

未及半年，果然开战之局面既成，避兵之人，皆搬往美国西便一带居住，故纽约及芝加哥埠人口日增，生意繁盛到了不得，殊出于常人意料之外。然在亚模早已料定，成竹在胸，布置得井井有条，如驾轻车而就熟道。在他人正系手忙脚乱之时，在亚模则极从容淡定，一味打开个大荷包，拂钱入袋系喇。冇几耐，战祸一开，商业交通嘅道路，被佢塞断，不能转运，故此芝加哥埠嘅肉类，与及纽约嘅谷米，皆利市三倍，贵到了不可当。此时做个两样生意嘅商家，都系眼光如豆，未能见及呢个机会，就将近存之货，唔够几日间，都买[卖]个罄尽，真系卖到冇。唯独亚模计算最早，所存之货，堆积如山，有取携不尽之势，足足供够战军期中之所求，不至稍有欠缺。通天下万国做生意发财嘅人，皆未如亚模之快且多也。你估佢此次机会，赚有几多钱呢？佢所得嘅溢利，共有八

十五兆美金,亚模确系人杰咯。(仍未完)

(续四十六期)当时有计学家,调查因得此次战事发财嘅,总共有三百五十一人。此三百五十一人之中,除左亚模以外,其余三百五十人,总共所得之数,尚欠十几兆元,至能及得亚模一人所得之数咁讲,你话奇唔奇呢?又有历史家所讲,佢话世界自有人类以来,远及五洲万国,发财嘅人好多,钱多过现在亚模嘅亦好多。惟是别人发财,皆系由于渐渐积嚟嘅啫,边处有几年之间捞到八十几兆嘅呢?由此看来,置系自古及今,富豪人物之中,未有嘅第一伟人咯。

喂,朋友,试想当初亚模,不过系一个梃身穷汉,亦唔系话有七手八臂,三头六眼嘅,佢所以发财得咁快,得咁多者,乃系由佢嘅心思才力,眼明手快啫嚅。佢所以有咁好心思,咁好才力者,亦系由于学问得来嘅啫嚅,唔系财帛星君庇祐佢嘅嚅。我国的无见识的嘅人,欲去发财,就买的元宝腊[蜡]烛,去拜财帛星君,甚至到三尖石头都拜过。唉,个位财帛星君,系泥挑[桃]木塑嘅,点保祐得人地发财家?不特唔保祐得人发财就了事嚅,重兼破人财添嚅。何解呢?不论佢年中神诞,大者就建醮出会,演戏酬恩,耗财费日喇。甚至至少嘅,亦要花费几分银宝烛,岂不是破费钱财咩?朋友,唔着咯,悭番个的钱,散个三分六,买部《农工商报》睇吓,开吓见识。内中睇亚模做生意嘅法子,学吓佢,亚模就系财帛星君咯。朋友,唔使学佢十足亚,学得佢一成,就竖(读如店)过一支笔咯。

好咯,闲话少讲咯。是时美国南北之人,大悟同类相残之非计。鹬蚌相缠,渔人得利,又何苦自相残杀呢?况且近今世界,如果唔系全国统一,必势分力薄,兄弟阋墙,外遇其侮,一定见灭于外人啫,故此有罢战之势咯。当日美国西便一带,人迹罕到之地,已变成繁盛之区咯。因为战争个阵时,个的避兵嘅人,相率迁居于此地,尽力开荒嚟耕种。此地又十分肥沃,故此人口日增,土地日辟,物产日多,此所谓有人此有土,有土此有财喇。大凡地方上,人又多,财又足,在此做生意嘅,一定系好做定喇。因此亚模嘅生意,亦日加发达。后来战祸止息,就有人倡议,建筑东西贯通嘅铁路,未久即见诸实行。此路一成,其西便[边]一带地方,越加繁盛到了不得,因为前时要行廿几日旱路嘅,如今就可以朝发夕至咯。前时搬运货物极之艰难,如今则交通极便咯。自此亚模嘅生意,犹如四水归源一样,正所谓顺水行舟加二桨,天公又赐一帆风,可不快哉!

当时有某报记者,与亚模谈论,请问佢做生意嘅学术。亚模答曰:"凡做生意之所以致富者,虽系属于一家一身之事,然其中千头万绪,变化莫测,断非言语所能形容,运用之妙,存乎一心而已。但其致富之由来,亦皆有始终本末,可以寻求,实与国家之学术无异。所以然者,盖欲建一个良国家,必先有良法制;欲创一间良铺店,亦先要有良规制。若系规制唔好,虽有改良之心,到底亦无补于事实。故生意日后之成败,已先兆于初立规制之时矣。"某报记者曰:"以规制约束人于范围之内,则人将死守成法,而阻碍佢自动嘅能力,蔽固佢新鲜嘅思想,恐怕将来结果,但有板滞之形式,而无活泼之精神,不无可虑乎?"亚模驳曰:"不然。大凡世界嘅物件,自有能力,而能抵拒外物者,此物一定系定质,断不是流质。其流质或能抵拒外物,亦是有范围以约束之也。然其能力,终不及定质。而定质之物,必曾受压力而成者也。是以人之所以成材者,必仗于规制以防范之。个条道理,亦犹之乎定质嘅物件,必曾经受过压力一样。如果唔系咁样,纵然心思灵活,亦不能中节,必至于流荡忘返为止,可不惧哉?此所谓一子错,满盘皆落索之谓也。"亚模发出此议论,深入至理。当时闻者,皆莫喻其妙,慢讲话寻常嘅生意家,固知唔能发出咁嘅议论喇。就系能晓佢嘅道理,亦颇难其人嗹。独有美国哲学家,名惠尔生者,则闻而折服,叹为精理名言,遂与亚模结为道义之交。从此亚模嘅名誉,更因之而日隆矣。

当是时,亚模所做之罐头生意,已经通行于全国,北至坎拿大,南至中美洲诸小国,皆源源而来,运往贩卖。惟尚未有运出大西洋,与及太平洋,而至于欧亚两洲者。亚模犹以为未能达到其目的,必思设法以扩充之。细查其原因,皆由于饲养畜生之时,犹未得法。且所用之肉类,未能拣选尽善。制造之法,亦尚多缺点。故未能与欧洲各国所制者并驾齐驱,不无美中不足之憾也。(仍未完)

亚模既识持满保盈之道,睇见自己嘅生意,已经高到绝顶,加无可加,自己平生之目的已达,就将昔日奋勇进取嘅雄心,一变而为坚稳保守嘅主义,以后亦唔去做别样生意。又各处之分栈,亦不多开,确系知进知退,唔学得常人之好高骛远,漫无知足者比也。曾有人记佢当时嘅财产,世上罕有比并,真系称佢做商业大王,都系抵嘅咯。佢一年之中,所卖出个的肉类罐头,与及米谷个两件,其价值多至美金一万万余元。就单指猪肉个一件,每年卖出嘅,亦一百七十五万元。鸡鸭之类,约有一百二十万元。牛与羊,各值六百万元以上。更有一件,在佢处打工嘅人,多至一万一千八百几人。我料个的小国嘅皇帝,所任用通国大小官员,尚怕未及得佢嘅伙计咁多啫。每年支出伙伴嘅薪水,多至五百五十几万元。凡铁路上装货嘅火车,系亚模自己所有嘅,多至四千辆。其余送货物嘅马车,犹不计其数,所养之马,多至一千七百几匹。佢制肉厂所附属嘅制胶厂,厂内所用嘅工人,亦有八九百名,此不过系副业最小之一部份,已经如此,其正业则可由此而知喇。其生意既有如此之大,其机关皆由亚模一手经理。亚模乃能于每日七点半钟到事务所办事,午后四点半钟即返家。以此最短嘅时间,办此最大最繁嘅事业,都算强(读如项)极咯。

佢既有咁多伙计，管理诚非易事，设若请着三几个不良嘅人，慢吓手，就俾佢搅得糟糟乱，亦有之嘅嚍。亚模所以严定一个请伙记嘅规则，其用人之法，必要精神充足，言语不苟，信实有恒，平日唔怕驶乱一个钱嘅，方为合格。若系不及格嘅，虽有冲天本事，极好声名，佢亦一概不用。且于订约之时，必先问受雇者之家计若何，现所订之薪金能够佢嘅家用唔够。若系佢所得嘅薪金都唔够佢嘅家用，此等人，亚模宁可不用。若此人果系人材出众，宁可加高工价，然后至用佢，必使此人家用有余，宁丰莫俭。人问其故，点解？亚模话："凡一个人之出嚟求工，多要养父母妻儿呀。今日佢所得嘅工钱，上不足以养父母，下不足以蓄妻子，竟至挨饥受饥。欲想佢尽心于我，断断系不能嘅呀，故宁可勿用。若必欲用佢，又当要厚其薪水，使无内顾之忧，然后方能乐为我用也。"可笑世人不明此理，区区吝惜此薪金，而欲得伙计之为我尽心尽力，难矣。亚模之忠厚待人如此，又咁嚍。凡各伙伴，少有行为不正，有犯铺规，虽系佢平时最心爱之人，于此时亦不少有假借，任是什么情面，亦要立刻开除，此所谓恩威并济。所以佢咁多伙计，个个都能遵循守法，无敢越出佢嘅范围。

是时有一个意大利人，留学美国嘅，名叫龙培德，素慕亚模之为人，因得亚模之友介绍，往见亚模，而问以致富之术。亚模告之曰："小富由于勤俭而成。若大富则勤俭之外，尚要等待机会，必须豫积本领以应之。如何叫做豫积本领呢？一则要明万货盈虚消息之情，一则贮蓄母财就系咯。今自十九世纪以来，日界之粉[纷]纭更变，实系吾人嘅用武地。所患者系未有本领啫，不患无机会嘅。且看近来事业日新，商场□辟，世界进步，正当未艾，且随时皆有新思想、新发明，以施于制造。若具有本领，又何患一事无成呢？如君等之青年，苟能具有何等之才能智识，必有可赴之机会。若能务于正直节俭，而更从事于积蓄母财，以为起手之凭藉，则尤不患无成就咯。君欲求致富之术，不可不先从勤俭下手。”龙培德拜服而去。后来毕业回国，依住亚模个几句说话嚟做，方及十年，即为米伦最有名嘅实业家咁讲。亚模之教人，确系所过者化咯。

亚模一生做生意嘅手段，其机警处，确系非常人所能望其肩背嘅。曾记得佢于西历一千八百九十三年（即十五年前），个阵时美国有一个豪商，系专买土地嚟收租嘅生意，佢见亚模财源日进，名誉日盛，遂起妒忌之心，想嚟丢吓亚模架。是年凑着亚模在格斯岛，买落小麦数百万吨，个个豪商，就想趁此机会，施以狼毒嘅手段，嚟倾陷亚模。乃大行运动，用本伤人，将全岛所有可以湾泊船只之地，及各处晒地，仓场屯积之处，尽行租去。盖欲使亚模无地可以晒晾，又无步可以泊船，则经一月之后，小麦必至发芽腐败，亚模就要损失几百万咯。若系亚模有咁多嘅损失，必至根基摇动，则其所做开之生意，亦不能自保嘅咯。个个豪商扭个条偈，都算毒咯。移转别二人，必至惊慌无措，唔知点算好咯。谁知亚模探听得此消息，镇静如常，乃于豪商意料所不及之处，租得海边之一笪小小地方，丁方唔够三丈（初时豪商以此小地段为不足用，故不租），安置一副极大起重嘅上落机器，使可直接拖货落船者。又使工役多人，到处话过卖麦嘅人知，约定某日至某日，三日内交麦，如逾期者不取。及至期交麦者，一路联络不绝。亚模亦于是日点齐人马，配置得停停当当，故是日收麦皆有次序，毫无纷乱，就将称过之麦，即时入于大袋，由上落机移入大船中。计是日装麦之大船，多至百余艘。船中皆安设去湿气嘅风扇机器，故绝无积沤之患，所有几百万吨嘅小麦，仅费两日零，就一粒都搬清楚咯。豪商之扭计，赚得徒费心力，不能加损于亚模，真系枉作小人咯。

又西历一千八百九十六年间，美国嘅财政上，忽生极大恐慌，商场之影响极大，因此而倒闭者，不知凡几。先是亚模方在欧洲游历,忽一日想出其原故,立刻乘船返归纽约,即时大集各店经理人,讨论近日生意嘅状况,且告以故。乃云:“诸君亦知我国经济界,将有大恐慌出现唔呢?”众人闻此言,都不知其故,大约都系信者少,唔信者多系喇。亚模见众经理人,不信其言,是时又适有气滞病,故亦不更申前说,但系话:“我在欧洲曾闻有此说,我亦未得其实。我之返纽约,不过系因自己身子有事啫。”及亚模嘅朋友,闻得此言,就来问亚模,亚模托病不见。即日去芝加哥埠,大集资本家来募债。佢平日已经信用既著,自不然人地深信佢喇。唔够一日间,已集得现金八百万元咯。果然未够一个月,最大之恐慌,由如风飓吹来一样,惊天震地。凡资本不足者,固无庸讲喇。即此有资本者,无奈现金未备,无不手忙脚乱。因而倒闭者,由如风吹落叶,断线纸鸢。独亚模之商业,稳如泰山,好似金城铁壁一样,坚不可攻。设使亚模唔系有此先见之明,当此不测之变,犹如山崩地裂,令人不及躲避嘅风潮,亚模亦不免为其推倒定咯。无疑佢嘅生意虽系大,若一时叫起,边处有八百万现金呀?倘若系有现金,任你生意更大,亦要倒闭嚡。强(读如倾)咯,确系强咯。由此观之,亚模一生行事,不独话德性坚定,而智虑沉深,无微不到,实为世界上嘅伟人。岂止话商界中一个做肉业嘅霸王,就足以概亚模嘅本事嘅咩。(讲完咯)

(1908年第45期、第46期、第47期、第49期)

德国农业发达史演义(铁庵)

开　端

通地球万国之中,论人多,就至多系中国;论地域,亦算至阔系中国；土地富饶，亦算中国；物产丰盈，亦算中国。庶矣哉，富矣哉，好一个如花似锦。最可爱者，就系我地四万万同胞，现时所住嘅中国咯。诸君，你话系唔系呢？料必诸君亦公认咯。估亚，然则我中国好富强、好兴盛，至系咯噃。弟辈与诸君等，皆安安乐乐，享吓太平嘅幸福，至系嘅噃。因乜事弄成今日咁嘅现象，弄成一个穷中国、弱中国，债万中国，砧上肉中国，半生半死嘅中国。因乜事，因乜事，到底确系因乜事？真系难讲咯，诸君试睇吓个幅地球图呀，东望日本，不过区区三岛；西望英国，亦系区区三岛，地方唔够我中国十份之一，人民唔够我中国八份之一，人地居然称第一等强国。我中国人又多，地又大，去到海牙万国和平会，几乎要俾人排落第三等国。唉，以我地堂堂中国，要做到此等地位，你话丢架唔丢架？耻辱唔耻辱？个的耻辱点样得嚟架？呢，呢，就系由于开口就话堂堂中国，埋口亦话堂堂中国，得嚟嘅咯。点解亚？皆因我中国人，平时自高自大，动不动就话我地天朝堂堂大国，动不动又话四夷率伏，万国来朝，估话真系天上天下，惟我独尊咁嘅。见外国人，就话人系死番鬼，话人系夷狄，我地堂堂中国，不屑与夷狄为伍嘅。设使有个略略开通吓嘅人话，唔系咁讲嘅，中国与外国，亦不过系兄弟班啫，咁添噃。今日想话振兴中国，致富图强，重要效法吓外人添至得噃。个个亚乜听见，就突起对眼，犹如灯笼仔咁大，就闹人系"洋奴"，系"进教"。唉，你的烧坏瓦，唔入踏嘅，唔共你讲得埋。我地堂堂中国，边一样冇呀，使乜效法个的死老番呀。佢重丢两句咁多书抛，佢话："拿，拿，拿，孔夫子都有讲咯：'吾闻用夏变夷者，未有变于夷者也。'咁唔通孔夫子都唔足效法，反去效法夷狄咩。不过系佢的老番行得个好运，碰着我中国未有能人出，他日我中国有能人出，重要将佢各国老番，铲为平地添番。"嘻嘻，诸君诸君，我睇个种说话，诸君谅亦闻到熟咯。第一系乡吓个的树头老父，至讲得多添亚。今日我中国做到咁嘅时代，偏偏有的咁嘅顽固子民，总唔肯效法人，一味揸住古板，任你讲到唇焦舌弊，佢亦系风过驴耳，真系可叹咯。弟辈今日讲呢段古仔，乃系提倡各人效法外国嘅农业嘅，少不免要先提呢一笔，后来至慢慢讲落去。任得佢信我讲亦好，唔信我讲亦好，听亦好，唔听亦好，甚至闹我亦好，弟辈也要尽下提倡嘅义务，就系我嘅天职咯。

今日欲想话保全中国，个个都晓得话要发奋图强喇，到底点样至得强呢？唔系空口讲白话，就强得嘅嚁。你睇下呀，练兵啯，钱呢？兴学啯，钱呢？开办海军啯，钱呢？装战船啯，钱呢？置枪炮啯，钱呢？想个国家强盛，免至俾人欺我，就件件都要钱，边处有咁多钱亚？个的钱由边处出亚，都系我四万万同胞嚟担任啫嚁。个个都有钱就易喇，就唔使讲喇。若系个的百姓，个个穷到极地，就点能够担任得起呢？纵然系政府横抽竖剥，卒之由皮剥到肉，由肉剥到骨，由骨剥到六腑，剥到五脏，就要同归于尽系喇。今日若要国强，必先要国富。若要国富，必先要民富。即系有子所讲话“百姓足，君孰与不足；百姓不足，君孰与足”个条道理喇。然则有乜法子可以富民呢？当以振兴实业为第一要义咯。实业之中，农喇，工喇，商喇，矿喇，又当以农为第一要义嚁。因我地中国系以农立国，地味肥沃，处于温热二带之间，寒暖适宜，植物畅茂，远胜过欧洲各国。而且农业个件，人人易做，处处可行，若得在上者提倡吓，奖励吓，就自不然蒸蒸日进嘅咯。而今想话提倡奖励，有乜野最善嘅法子呢？有喇，效吓法、德国昔日兴农嘅政策喇。

德国原名“德意志”，又叫做“日耳曼”，系在欧罗巴洲为一个富强嘅大国，现时有人口五千六百三十万。佢个国嘅陆军，世界各国都公认佢为第一嘅咯。当日法兰西国，个个拿破仑第三，于德法之战争，都要败于德人手下，可知到佢嘅兵，确系强喇。德国嘅物产，以矿产森林为第一。煤炭产额，近年已至一万万吨，似觉系唔及英国与美国咁多,然世界上都称佢为第三咯。佢哀耳士山个个银矿,又系欧洲各国都要称佢为第一嘅,其余铁、锌、铜、铅、石盐、石料等矿,皆极之丰富。佢嘅森林,共占地有三千五百万英亩之多,只以官林而论,每年入息,亦有四千万元。佢农业极盛,地无不辟,可耕之地,占全国面积,百份之九十四。牧畜亦盛,牛有二千万头,马有四百万匹,猪与羊各有一千数百万头以上。佢嘅国亦可谓富啦。佢嘅工业,以制铁厂为第一,克虏伯炮,就系德国所出嘅喇。其次系织造,以呢绒为主,绸绢棉花次之。其余如木器、纸张、机器、玻璃、瓷器、皮料、首饰,各样亦十分兴盛。(未完)

(续五十期)又制造玩器一业,系佢德国至精,冇边国及得佢到嘅。当初时辰表,乃系德国创出嘅啫嚅,印字机器亦系佢德国创出嘅。佢国嘅工业,亦可谓精良咯。近来商务,犹复年盛一年。通国内外,共有商船七千余艘,共有三百五十万吨数。全国铁路,共长至九万里。近年经营东亚航路,著著争先,不遗余力,占据中国胶洲湾,做个消货嘅大市场,佢嘅商业越加兴旺得紧要咯。诸君诸君,今日德国咁富庶,咁强盛,点样得嚟嘅呢?其原起亦系由农业发达得来嘅啫嚅。今日佢咁强盛,就各国人都钦羡佢喇。唉,不知佢当时,唔知费尽几多心血,挨尽几多咸苦,做尽几多工夫,方能得有今日啫嚅。诸君宁心坐定,待弟辈将佢德国当日情形,及佢点样振兴嘅法子,从头至尾,一回一回,排演出来,讲过诸君听吓。

第一回　白兰丁堡创国基　威廉第一兴农业

话说欧洲大陆之中,有一个国,名叫德意志国。此国居于欧洲嘅中心点,北界丹国,西北界北海,与英国斜对面,北界波罗的海,与瑞典国相对面,东北界俄罗斯,南界奥地利亚,与及瑞士,西界比利时、荷兰、法兰西诸国,实为欧洲最冲要嘅地方。当初之时,本系二十六个小国,各有君主自治,不相统属嘅。犹如我地中国,春秋、战国之时一样,后来睇见西便皆系强邻,若不联邦,终归见灭于强邻啫。故于西历一千八百七十一年(即前廿七年),共立联邦宪法,就系把二十六国,合成一国。议定各国永远联合,以保国家人民,永享和平嘅幸福。佢二十六国之中,至强大嘅,就系普鲁士国。因为普鲁士一国嘅人民土地,多过佢二十五国嘅几乎一倍。故此二十五国,都情愿奉普鲁士王,为德意志皇帝。凡军务要政,皆归于普鲁士王管理。凡有外交事件,亦系普鲁士王为全国嘅代表,此系现德国嘅情形咯。

且讲普鲁士嘅始祖,名叫做何轩索。当初于十世纪之时(即前九百年),不过系一个守城官。日耳曼皇,命佢去镇守白兰丁堡,以御野蛮民俗。后来传至十三世纪(前六百年)之时,白兰丁堡嘅人民,渐渐强盛起来。是时何轩索第七代玄孙,叫何尔连。睇见民气已经发达,就将白兰丁堡嘅人民,编为团练,教以射骑,嚟征打蛮民。果然一战成功,尽将蛮民赶逐往别处,遂并有易北、阿得两河之地。后至西历一千三百五十六年,始升为侯爵,称白兰丁堡侯,自此相传罔替。传至一千六百六十八年,师奇士继登侯位,兼领普鲁士,始称普鲁士公爵。

再讲当日十三世纪之时,何轩索之族人,名叫做亚勒伯,佢为人英雄武勇,志气过人。佢睇见波罗的海东岸,维士都一带地方,多是野蛮民族。遂纠合勇士数百人,编为马队,联为一个团体会,就出征打蛮民,竟把个的野蛮民族,赶到净绝。遂占有其地,皆归亚勒伯统治。传至十五世纪之时,却被波兰王征服,将佢所有之地,分为东西普鲁士,西普鲁士归波兰管属,将东普鲁士,封亚拉伯子孙,为普鲁士公,此就系普鲁士开国之始咯。后来传至一千六百一十八年,亚拉伯十世绝嗣,而白兰丁堡侯师奇士系亚拉伯嘅同族，遂兼领普鲁士地，以继亚拉伯之后，始称为普鲁士公。师奇士兼领普鲁士公之后，极力整顿，并有甲里符，与及维士都之地，遂骎骎然有凌驾诸侯之势咯。谁知师奇士有志未伸，竟然一病不起，就死左咯。是时系西历一千六百二十九年也。

师奇士死后，其子若仪治，嗣立为普鲁士公。是时适值新教与旧教相争，酿成大乱起来，遂至兵连祸结，民不聊生。普鲁士又在欧洲各国之中心点，几夫[乎]要做左各国嘅战场。若仪治又系庸懦之君，毫无振作，故此白兰丁堡一带，大遭损害，人口视往日几乎少减一半。田园荒芜，仓库空虚，满目都系苍凉嘅景象。及至一千六百四十年，若仪治死，公子维廉继位为君，是为维廉第一。个个维廉第一，志大才长，以振兴为己任。自从继位以来，眼见得国家咁贫弱，个的百姓流离困苦，不堪言状。于是与群臣会议，请求振兴之法。当时有农科博士富之基，上前献议，就话："国以民为本，民以食为天。今日欲想救国，必要先救民。欲想救民，先要足食。欲想足食，首在兴农。近因屡经兵战，民无定所。依臣愚见，必先要招集失业游民，开垦各属荒地。俾得民有恒产，国有余财矣，望主公察之。"普鲁士公闻议大喜曰："富博士所言，正合孤意。"即命富之基，往各属查勘荒地，并筹开垦之法。一面命参议官波民士，往各处招集无业游民，善为抚恤。各人领命，就分头去办事咯。此去有分教：哈肥河畔，增多万顷良田；普鲁士邦，开辟无穷利路。正是：

明君发议开荒地，穷民可望出生天。

欲知后事如何，且听下回分解。

(续前期)第二回　富博士竹林逢友　屈隐者茅舍留宾

话说农科博士富之基，领过了普鲁士公之命，往各属查勘荒地。于是回转家中,预备一切旅行嘅物件,带了些干粮,又带一副最简便嘅测量仪器,骑了一匹马,带了一只狗,就起程咯。于是一路留心细察,凡有各处田亩之无人耕作者,必细细想出其何以无人耕作嘅原因。先辨其土质之肥瘠,或犯干旱;或犯低湿;或因道路难行;或因水道不便;或因所种之物与土宜不合,以至凶收;或因耕理不善,以致半途废弃。就将各种原由,一一详记于日记册中。一路上亦皆如此,不用细表喇。

个个富博士,已经行左大半日,肚中微觉有些饥饿咯,于是想寻的咁多地方,嚟休息吓,然后至走。惟是四围望尽眼,都系荒田,并无有的咁多好所在,可以为歇脚处嘅。于是再趱一程,远望着一座土山,山背后隐隐有的树林发现,青葱可爱。富博士就策马加鞭,直望土山而来。及上得山来,举头一看,殊觉风景宜人,犹如别有天地一样。睇见半山之中,有一座小小地嘅竹林,竹林右便新种有松树数千株,似系种后三几年而未成林。林下一带平坡,大可数十亩,青草繁生,有子母羊数十头,在此坡中食草,好一个天然嘅牧场。坡下有田百数十亩,尽皆种麦,田边有涧,流水滔滔,此涧似系用人工凿成,导引山水,以灌溉此块麦田者。富博士看罢,满心欢喜,“哈哈,势唔估到此间,有咁好地方咯,细想吓个笪地方,布置咁得法。哈哈,势唔估到此间有咁好嘅人才咯。”想话访问此人,惟是四围一看,渺无人迹。只闻竹林里面,数声啼鸟而已。富之基随即下了马,就将个只马,放在坡中食草。自己却走到竹林边坐着,就从皮袋里取出面包,食了几件,又饮了半盅白兰地酒。随又取出两块面包,将嚟喂个只跟尾狗。回头一看,都唔知个只狗走左去边处。起身一望,却原来个只狗跑左对山,担高个头,向处乱吠啊。却原来对山之上,来了一只小狼,想食坡中个的群羊嚁。谁知被个只狗一眼看见,故此跑往对山,对着个只小狼乱吠。个只小狼,被个只狗吠住,逡巡不敢下山。富博士睇见，不觉大叫一声，弊家伙，“狼来嘑，狼来嘑”。说声未了，忽见麦田下有一个人，从涧边钻左上来，手持一面铜锣，彭彭声咁打。个只小狼，闻得人声，又听得锣声，一溜烟也似就跑去咯，个只狗也跑了回来。个个人呢？睇见个只狼去了，佢亦一步一步踱上竹林来。行至将近，就脱帽与富博士见礼。富博士也还过罢礼，二人就在竹林坐下。个个人话：“小弟在涧下做工，一时唔知到有狼来。若不是先生在此，小弟的羊，就要有些不美咯。小弟特来多谢先生美意，大胆请问先生贵姓名，盛乡人氏。为何独自一人，来到此山僻之区呢？”富博士睇见此人，虽属系农夫打扮，而言语却是十分文雅，就知佢非系庸俗之流。一意要结识佢喇，就话：“好话咯，在下名叫富之基，因奉了普鲁士公之命，往各处察农业，偶尔经临此地啫。”个个人听了，话：“原来富博士，恕小弟有眼不识了。小弟在报纸里头，屡见先生的大名，恨无缘不能拜访。今日得先生枉驾到此，真系三生有幸咯。此去舍下不远，请先生屈驾到舍下一谈，未识先生肯增光吓唔呢？”富博士话：“仁兄如此过爱，请问仁兄高姓大名？”个个人答曰：“小弟姓屈名贤，本系荷兰国人氏，只因避乱，迁来贵国。睇见此间山水，颇可作为，故一意在此开荒，亦经已有四年之久，目下亦颇有可观咯。今日有缘幸遇先生，请先生暂在此略坐一息间，待小弟往涧边拾取农具，与先生到茅舍倾谈吓。”富之基话：“难道又嚟打搅仁兄么？”屈贤话：“唔使拘，唔使拘，四海之内，皆兄弟也啫吗。”一头话，一头走，往涧边去了。富博士亦将皮袋拾好，将个只马牵回。一阵间睇见屈贤跑在山峰，将铜锣打了两声，富博士听见一惊，以为狼又再来啫嚅。及至四围一望，又见毫无踪影，屈贤又从山峰跑下，到底唔知佢因乜事干。正在思疑之间，忽见山嘴处，转出一个童子，如飞的也似跑来。看看行近屈贤面前，屈贤把铜锣交过童子，说道：“你可去坡上看羊，我因有客到，要返家。”童子应一声就去咯。屈贤

就携了一张锄，一把锹，行近竹林边，请富博士上马。富博士也上了马，屈贤犹如马夫一样，将马头带转，直望山嘴而行。转过了山嘴，又换转一幅天然嘅山水画图。但见山不高而青，水不深而秀。两山环抱之中，一条曲径，径边有一道流泉，水声丁当作响。涧边有樱桃几树，伴住一度小桥，过得桥来，望见一所茅庄，隐在竹林之内。及到门前，富博士随即下马，屈贤放下锄锹，就恭请富博士入门，于右手下一间小轩坐下。轩内虽无陈设，但觉得清雅异常，对此清幽景致，确令精神快爽，不知有尘俗事嘅咯。富博士乃叹曰："吾今既始知农家之真乐也。(未完)

(续五十三期)当时二人分宾主坐下，屈贤就话："富先生屈驾到来，确令我地蓬荜生辉。如果唔嫌简慢，求先生多住几日，每事指教吓，开吓细佬嘅茅塞都好呀。"富之基就话："好极好极，兄弟到来打搅，恐有误仁兄嘅农业嗜。"答话："唔拘，近嚟几日，工夫颇闲，至啱咯。"话未完就出了小轩，捉倒一只鸡，教家人安排晚膳。吩咐完，复入小轩，与富博士闲谈。一会就见童子搬有几个菜来。二人用过膳，不觉就天黑咯。于是点上灯烛，二人再坐下倾谈，富博士曰："小弟奉公命往各处调查农业，仁兄久居农界，必知其中弊病。今日想改良农事，当从何处下手，以边一件为最紧要呢？"屈贤答道："细佬本系一匹村夫，素无学问，点敢当得先生此问亚。虽然，先生此问，实足为我地农民开无穷嘅幸福咯，点敢话唔开心见诚，举其所知以对呢？或者愚者千虑，偶有一得都未定呀。试思农家之最苦事，莫惨于水旱两灾，水旱虽出自天时，而人力亦未尝不可补救。想话补救有乜野法子呢？第一件最紧要嘅，就系大兴水利咯。富先生你话系唔系呢？"富之基答话："诚然诚然，然则欲兴水利，当从何处下手，有乜野最妙嘅方法呢？再求仁兄指示其详。"屈贤又话："本国地处平原，势多卑下，每每积水难通，至使肥沃之区，都变成湴湖一样，想望农事进步，非疏河泄水

不可。因为本国嘅地势低平，唔驶慌怕旱，所患者系在于湿嘅嗻。即系我初到此地之时，一望都系芦荻丛生，四围都系积水。稍低之地，竟至水深数尺，想行一步，都天咁艰难，重驶讲耕种添咩。后来我察看此地，其地味本属十分肥美，尽可以从事开垦嘅，就立定主意，求开垦嘅方法嚊。于是查看其积水嘅来源，与及泄水嘅去路，走上后山一看，见两山合抱，水源甚大，此地实不容得起，倘若雨水过多，一定要堤崩岸塌嘅咯。后来再行查看，忽现有一山坑，别出而向东嘅，因被浮泥充塞，以至此水归并一流。若将此坑口挖开，以分水势，纵有大雨，亦可以无碍喇。复跑下山来，四围查看泄水嘅去路，但见漫无界线，凹凸不匀，深浅不一。及细察一回，亦似乎有路可寻咁。原来旧日原有水坑嘅，因为年深日久，山上冲下个的沙泥，把原日嘅水坑都塞断左，坑底嘅沙，反积到高过地面，故此水不得不要由地面而行咯嚊。行之愈久，积沙愈多，水则有来路冇去路，失了水之常性，故此一带都变作平湖咯。我既四便看完，复寻原日嘅水道，惟是若隐若伏，颇费精神，足足寻左三日方知此水道，系直出哈肥河嘅，所隔不过十余里就系咯。因为佢被浮泥堵塞，以至迂回曲折，反变为经过数十里，至能出得河边，唔怪得佢处处都系积水喇。后来我想出个法子，将坑内之积泥挖开，使水归正道而行，想不过要一万工人，就可以做得到咯，于是回乡招集一班乡里，搅成一个合股嘅办法。你估点样合股法呢？个的有钱嘅，就出钱嚟做米饭，买耕牛，置农器，以出银五元者为一股。个的冇钱嘅，就出力，以做十工为一股，恰可埋得现银股份二千份，共有一万元。又得出力做股份嘅六十人，于是立刻兴工，果然仅及半年，水道就挖成咯。四处之积水，尽皆干涸，一面开耕种植，先种薯芋萝萄各种根菜类。因为个几样植物，都系收成甚快，几个月就可以有收成，得嚟帮轻下耕本。而且各种根菜类，入土深，掘取个阵时，兼得锄松地土，下年种禾种麦，都得其益。计第一年,可耕之地,已得三百余亩。第二年,就将上年已成嘅田,尽种禾麦,更得新垦嘅田五百亩。今年系开手之第四年,可耕嘅田已达一千八百亩咯。目下可垦而未垦嘅地,尚有好多,现目又将公司每年嘅公积银,将嚟广种树林,不出三十年,就有过万元嘅公积银咯。即系我与先生相遇个处,所以个的新种树林,就系敝公司嘅公积产业喇。"富博士听见佢讲得津津有味,有咁好法子,又咁易发财,不觉点头叹服。自己心下想道:"枉费我做一个农科博士,想来我嘅学问,却不及佢一个耕田公。我从今以后,知道农业个件,言论家唔似实行家咯。"屈贤又取出一本地图,交与富之基观看,图上写着哈肥河南岸水利之图。屈贤用手指道:"此图系哈肥河南岸一带地方,现亦因水道不通,以至荒废,此地横纵五六十方里,地极肥沃。现则满目荒凉,人踪少到。小弟闲暇时,亦曾往调查数次。惟是渺无居人可问,此图不过以意想得嚟嘅啫。未能详尽,本来不足以示人嘅。今日既承先生下问,不妨献吓丑系喇。"富博士将此图细看,见佢将各处水道,边一处宜疏通,边一处宜挖深,边一处要加阔,边一处要筑堤,点样能引嚟灌溉田亩,可以通行舟楫,无一不规划得井井有条,看罢不胜叹服。二人正在说话投机,不觉夜已将半。屈贤企起身话声:"抖咧抖咧。"就两个都睡着咯。

莫道草茅无异士,当知浑璞是真材。欲知后事如何,且听下回分解。

(1908年第50期、第51期、第52期、第54期)

《社会公报》

1907年12月5日于香港创刊，日报，总编辑为黄耀公（黄伯耀），宣传民族民主革命思想和空想社会主义。发行所在香港德辅道中门牌六十一号三楼。代售点有广州、佛山、石歧、澳门、大良、沙头、暹罗、新加坡、吉隆坡等。小说作品主要发表于"稗官署"一栏。现存小说共9篇，均为短篇小说，本集全部整理。

警嫖小说：浪嫖镜（贤）

粤人杨海田，聪慧绝伦。父杨龙，大腹贾也，每以门户低弱为憾。尝指海田谓曰："吾虽小倾家产，亦必教汝成名。汝其毋负吾志可也。"海七岁，因即延师教之读。海甫就学，即过目成诵，弗小遗忘。越二年，竟能下笔成文，虽非字句惊人，然亦理明词达矣。龙知之，喜过所望，又以功名念切，遂即使海应童子试。适是岁学使为徐基。徐固有奇癖，每案临一郡，得入选者，皆以貌美年轻。海时刚十岁，且眉目清雅，以故亦得掇芹香。簪花后，海刻志益苦。奈文章憎命，时数限人，屡战棘闱，依然铩羽。海心志顿灰，愧赧弗已。有黄成浩者，海之中表亲也。值将往游学扶桑，闻其懊恼，因婉劝之曰："子岂不尝言'富贵若浮云'乎？君本达人，何竟于此事遂自丧其志耶？"生闻言微悟，曰："如此将何以教我？"黄曰："业贵求实，艺贵求精。子终日'咿唔'案头，实足以消磨壮志。况以科举区区之得失，萦□于胸中哉？吾将求学东洋，欲与子偕行，愿之否乎？"生聆竟，意为之稍舒。随自思偕往外洋，一览此间风景，计亦良得。因曰："闻君言，今而茅塞顿开矣。请俟异

日复明何如?”黄曰:“可。”(未完)

并语以行期。翌日,生瞯便言于其父杨龙,龙亦不之拒。因询生以就道日,生具以告。龙为之置备行装,与洋佛五千尊以作旅费。越数日,话别临歧。龙嘱咐叮咛,谆谆告诫。生遂偕成浩先往港以候船期。港地繁华,自与乡间迥异也。无何,适有船赴沪滨。黄因语生曰:“上洋人物,比港地更增华。吾等盍假道此间,稍开腐儒眼界耶?”生曰:“唯命是听。君欲如何则如何可矣。”计议既定,遂检点行李,相将登轮。未几,【汽】笛一声,轮机已动。沿途波浪滔天,海水壁立。生以初出门,不禁风浪,黄为之调护臻至。不数天,船抵吴淞,乃舍船登岸,暂寓逆旅。客况凄清,无可消遣,镇日惟相对弈棋。暇或散步黄浦滩边,领略江天水月而已。一日,薄暮,生以愁绪无聊,隐几假寐。醒,不见黄,询诸侍役,知已他往。因亦道上逍遥,藉消积闷,信步所之,不知历程途几许也。正览流间,遥闻动地笙歌,响彻耳鼓。惟未知其声之所自,错愕弗已。忽一人从后牵其裾曰:“子来几日矣?何以不向敝庐而枉驾耶?”生闻言,讶甚。急回身,熟视何人,始知为昔年共笔砚之胡用也。(未完)

(再续)即与握手为礼,致候殷勤,并备道来意。胡素不羁,又以久别乍逢,他乡话旧,即设筵于某酒楼,藉作畅谈心曲。生正以甫到此间,未得乡导为憾,今遇胡恰如所望,遂允其所请。联步登楼,搴帘入座。甫坐下,胡曰:“两人闷对,殊苦寂寥,不有名花,实无乐趣。”生曰:“何谓也?”胡曰:“南朝粉黛,素负盛名。况有一雏妓,名李啜冰,由金陵来,瓜字年华,苗条态度,画书歌咏,靡不优长。故甫卸行装,即高张艳帜。君素喜闺阁中而通翰墨者,何不招之侑觞?料破客中岑寂耶?”生曰:“固所愿也,第恐介绍无人耳。”胡曰:“此大易事,吾与彼有半面缘,至时自当为君效力。”遂即挥花笺,并招其所欢者。俄有娘姨先以绣囊将琵琶至,少顷,一丽姝入,年可十六七，红妆艳绝，仿若天人，盖即李啜冰也。胡即掖至生前，寒喧甫罢，生瑟缩不自安。啜冰微哂曰："个儿郎畏羞如闺女，犹学人于风月场中买笑耶？"语时，秋波流动，眉宇含情。继竟坐于生怀，若有无限缠绵也者。偎傍之际，生神魂几为所夺。未几，嘉肴旨酒，桌畔纷陈。胡之所欢，亦联翩而至。（仍未完）

（四续）一夕，生宿啜冰家。夜半，啜冰喟然曰："妾为良家女，非风尘者比。幼时被匪人掠去，是以误堕青楼。迄今落絮飞花，都是沉沦孽海，久思择人而事，奈所与交者，类皆富商大贾，性质粗豪。今遇君，不知几生修到矣。然而君将何以处妾耶？"生曰："卿见疑耶？"冰曰："呜，是何言也？忍心哉君乎？君此言折煞妾寿数矣。"语际，呜咽不成声。生睹此情状，遂被其所惑，因曰："予岂无心肝者哉？惟事有两难耳。"冰曰："何谓两难？"生曰："予此来固为游学东洋者，长途跋涉，卿又不能偕行。且前曾委禽于某家，背之恐不祥。纵卿能与予偕行，其将何以位置卿耶？若置卿于小星之列，则非予之初心也。"冰曰："妾何敢萌敌体之望哉？但得旦夕追陪，于愿足矣。"生曰："虽然，惟卿之身值，又不知何若也。"冰曰："鸨母奢心，可置勿论。但得四千金，事无不谐矣。"生曰："若此，予安忍作薄幸郎哉？"遂即日为啜冰脱藉，金屋别营，居然双栖双宿矣。事为黄所闻，诫之曰："血气未定，戒之在色。此语子岂不闻乎？况浪嫖无度，掷金钱于虚牝，以贻父母忧耶？"生唯唯不敢辨，又欲饰黄以无他也。因亦连日杜门不出，孰意冰已乘机逃匿矣。一日，生瞯黄外游，遂径奔冰寓，至则门庭冷落，燕子巢空。所谓'人面不知何处去，桃花依旧笑春风'矣。遍询邻人，云已他徙，心知众［中］计，徒呼荷荷而已。亟返寓，恼悔不迭。翌日，遂即偕黄附轮东往焉。（完）

（1907年12月5日至12月8日）

423 

短篇小说：寒丐（蕘）

有不识姓名之寒丐，相传世家之后。饱学，善剑侠，类江湖武士，而识见卓绝。所过乡落，日则沿门，夜则宿露。爱长歌，而不谐音节，人莫之解。得意时，辄拔剑起舞，浑脱浏丽，随舞随歌，恒动人引观。每当豪情勃发，或有俯仰天地之慨。人以其气宇落落，多与以钱，日数十千。惟自奉甚廉，饔飧外无他费。每到之处，或留十余日，或留三五日，或留一二日不等，视其乡之大小，以为久暂。糊口用足，所得之钱，必择乡中一老成而殷富者附之。计所余，寡极亦以百金计。随由此以之彼，皆循程途，以相达赴。不五载，而远近皆耳寒丐之名，且盛道其所丐之奇，知非下流。恒有将其所附者，为之权营子金。遇有好事者问之曰："子所得钱，辄以附人，不虞亏折耶？且子朝南夕北，寄迹四方，契券毫无。纵子与人，以大信相孚，容当以叵测人心为念。"寒丐曰："吾岂以铜臭为利薮？如海外术士，日偕师徒，奔走欧美，搜括华侨血汗，以为保囊计耶？子不见吾所过境，以剑气自励耶？吾盖藉此以观人心趋向也。区区经济，脑后置之矣。"人聆其言，皆以其有长孺之戆，且有谓之为染得心病，咸相目笑。会某年，有海贼乌合大众，四出劫掠，各乡蹂躏几遍。居民护寝，夜不贴席。寒丐闻警，时适在外，欲图挽救，而无其隙。久之，贼益肆，意图大举，声动四境。寒丐乃厉剑以出，循旧路直趋各乡。乡人见之，群相依附，而寒丐复舞剑如故。人又谓之曰："当此四郊多难，盗贼蜂起，正子成名之日也。盍出求一官、领一旅以作偏裨之助？胡为怀抱利器，郁郁以适兹土也？"寒丐曰："吾高祖曾作官而死于贼，吾祖又曾作官而亦死于贼。吾宁不贼，而死于贼，断不捕贼而为贼死也。虽然

贼固害，吾当除之。”闻者益以其戆，嗤之以鼻。（未完）

（续稿）适一日，乞至某乡，该乡亦为其前所曾有母金寄者。乡人见其至，遂对之曰：“此间数月来，无一夕太平夜。前所附托者，幸自携取，无令慢【藏之】悔。”寒丐诺，且曰：“吾适至某乡，而某乡如此云云。至此乡，亦如之。然则遍地皆患盗乎？子盍以资还我？”乡人乃出资，共计子母，以相持赠。是夕，群盗蜂至。乡人告警，寒丐闻报，入仗剑登短垣上，大呼曰：“兄弟们至此耶？某在斯，幸少留意，愿贡一言。”群盗闻之，答曰：“子为谁？”寒丐乃曰：“兄弟兄弟。”盗以其党也，曰：“既同道，何尚以高位骄人？”丐乃一跃而下，与盗把臂，两不相认。且见其倚有长剑，欲夺而轰击之。丐乃徐徐言曰：“慢休慢休。诸君迨欲得财耳，吾久矣为诸君蓄之。”盗察其状，身破衲而足脱屦，衣履不完，怪甚。丐乃引盗至一古庙内，尽出所藏以予之。盗得金，又欲往他。丐亟止其行曰：“诸君毋为邻人害。吾所蓄尤不止此也。”群盗诧其言，乃环伺其旁，各置械，相与语。丐乃将日前所经之地，所得之资，尽附乡人以告。盗曰：“然则子此举胡为者？”丐曰：“早知兄弟今日之来，故先为兄弟作一实地预备，吾非不知凡[兄]弟之为此者势也。然民生凋零久矣，更促其斃，行将不堪。与其强硬对掠之，为良民累，无宁集良民之所乐附于我者，腋而成之之为愈乎？此吾舞剑行乞之所由来也。”群盗闻言，感德无任，随星夜联队，拉寒丐而去。连日偕往各乡，取所附金以归。计所得，数逾钜万，得所藉手，遂据之以为一方拱护。初，乡人以弭盗之策请于官，官置弗恤，民皆解体。及闻寒丐出金御盗，益德之。凡有集款，群皆趋就。每募一债，不弥月而所得逾原额之数。盗亦以丐有豪侠，争相拥戴。自是各乡，经世无盗风，稍自治焉。（完）

（1907年12月8日、12月12日）

短篇小说:文明战(耀)

"丁冬!丁冬!"打鼓声。呀,三更啰鼻,点解总总硬训唔着唎喂,唔造得,我都要翕着眼,抖吓,好采训着眼至得。有几耐,累累瘁瘁,人又唔见声咯,更又唔见打咯。个个魂儿,好似游游荡荡敢样,行到一处,一路都系平壤地方嚟嘅。远望见有两道乡落敢样,个阵见得个的地方,就思疑起嚟。侧着耳,闻轰轰声,隆隆声,乜野加伙呢喂?抬头又见一阵黑烟喷起,直浮向天上去。呀,古怪咯,古怪咯!忽转眼间,个两道乡落,整整的现出两个战阵嚟。左一队虽得系人少的,惟个枝大旗动起,威威猛猛,现出"文明国"字样。为首的,手执新式毛瑟枪,后便粮草,了唔得咁多,猛欲前进嘅模样。惟右一队,乌乌暗暗,好似黑云遮住一般。个枝大旗,摇郁不定,重认得旗上写有"野蛮大帝"字样敢话。呀,古怪咯!地球上有敢嘅国嘅喂?唔通喺欧亚洲嚟嘅?系唔系呢?心里度来度去,忽然喇吧的声,震人耳朵。个文明大旗一摇,为首的拍马前进,跟尾的兵一队队跑上,枝枝毛瑟枪,急似烧快引炮仗一样。唉,势子大啰。回头睇吓右便一堆人,就似风扫残雪敢咯。个阵时,奔得奔,扑得扑,个枝野蛮大帝旗,都唔见咯。哈,文明国点解恶呢?我咕都系炮火利害,人心奋勇喺喇。话唔查完,轰的一声,震动天地,吓倒扑地。惊定,一望,正值月明窗外,【一】无所有,方知系南柯一梦嚟。哈,朋友,你话奇唔奇呢?发梦啫吗?敢就见倒两国人打仗咯。故此我记起番嚟,就拈笔写起,洽与列位朋友听听,改条题目系《文明战》敢话。朋友,睇吓啰,讲完咯。

(1907年12月13日)

短篇小说:女侠(耀)

名媛黄秀英,浙江人。父名汉谱,母明氏,亦大家阀阅也。秀英赋性聪颖,读书过目成诵。稍长,胸怀大志,雅爱淡素,一切奢华积习,力扫而空之,而尤酷鄙脂粉艳态。年及笄,父母以伯道无儿故,择婿颇苛。故久之,未赋于归一什,恒以为忧。秀英微察之,每妥慰之。因曰:"人生儿女债,何足萦念?儿虽女流,夫安敢有亏孝养,致贻高堂忧耶?"父母悦之。惟秀英既长,骑马好剑,大有红玉英雄爽飒气概。父母以掌珠故,微特不介意,且反视女如儿矣。

初,该处有贩商,系外来土豪,姓胡名金。窥秀英美丽,思娶之。汉谱拒之。胡金怒,遂怀构陷谋害意。一夜,秀英尚在绣房中披读书史,还未就寝。忽闻外厅里头寝室,有嘈杂声,窃听良久,若有人行动者。亟携剑燃灯探视,该人已飞越瓦面而去。再由厅事入视,见父之寝门调开,疑之。旋呼父名弗应。携灯入察,则见老父母一对,尸横枕席,颈有刀痕,大叫一声,晕扑于地。家人惊觉,燃火齐集,灌救秀英。醒定后,大哭不止,家人劝之,方才止泪。哄传一室,不明所以,群以为贼也。惟时,秀英心絮虽乱,暗忖既为贼杀,胡不劫去财帛?就知内中有的原故。无奈,着人报官候缉。举哀成服,随后细访,方知为胡金之所谋害。盖胡金欲图秀英不得,遽谋杀之以泄恨。而不知昏夜之间,却误入秀英父母房中,陡见一双男女,遂错认而杀之也。秀英侦知后,自思以自己一女儿身,而贻父母杀身祸,愤不欲生。转念,此仇不报,虽死何为?乃守秘密主义,于某夜风雪大作时候,人影寂静,急将身上结束停当,暗怀利刃,固居然一巾帼须眉伟男子矣。悄悄的,行到胡金宅边，张眼一望，踊身从屋后跃上，伏瓦窥下，适是房子。见得胡金正当欲睡之际，自言自语曰："此事好彩无人知觉。"话完，息灯就寝。无何，鼻声大作。秀英听得明白，知他熟睡，撬开窗口，用绳系住，轻纵而下。近前，掀帐一望，的是胡金。适是晚胡金独宿，并无人觉。秀英旋出利刃，向他颈上一刺，深入喉际，当即毙命。秀英指骂云："你个狗奴才，意欲夺人女儿，杀人父母，恶孽已满天仓，还能行凶否？"言毕，复游绳而上，走回自己屋里，神鬼不知。翌日，胡宅家人禀官，请验缉凶，日久此案遂沉灭。知其事者，咸暗赞秀英孝义两全，不愧女侠。后秀英嫁朱氏，至今子孙繁衍云。

（1907年12月14日）

近事小说：自作孽（贤）

羊城毛赖，幼失怙恃，家赤贫，年弱冠，执待诏业。貌娟好，性又嗜嫖，以故青楼妓妇，一与他姘识，靡不绻恋缠绵。有爱金者，居城内鸣凤巷，犹更与赖幼啮臂盟。然赖以操业卑微，入息有限，因而缠头之费，未免拮据。金盖知之，而又怜其贫困，是以所有蓄藏，已倒贴殆尽。鸨母知其事，屡加赖以白眼。奈爱金又诸多回护，故亦莫可如何。一夕，赖宿爱金家，铜漏将残，人声静寂之际，金语赖曰："妾节衣缩食，积有些须，为君故，月来已消耗矣。然妾非不知君者，今而后，将若之何哉？"赖曰："受卿盛惠，何敢或忘？惟我虽竭一月之薪金，亦不足偿两宵之嫖账。似此，则爱情虽深，愿力仍未逮也。今若此，夫复何言？惟有听卿之所欲而已。"金曰："虽然，然妾岂以君金尽床头，遂将从前恩爱，尽付东流哉？容熟思之，以图万全为妙。"细语喁喁，此唱彼和。无何，鸡筹报晓。

赖迫披衣起，漱濯已毕，即亦兴辞。别际，金曰：“君今夕即移玉来，请勿靳此一行，自有好音报命。”赖曰：“诺。”遂返寓。然万般愁绪，度日已如度岁矣。（未完）

（续前）早餐甫罢，赖已盼断夕阳。奈数尽时辰，依然日惟向午，惟有踌躇搔首，静坐听之而已。未几金乌西坠，玉兔东升。赖睹此时光，如获异宝。遂略事修饰，径访爱金。甫坐下，即仓猝问曰：“卿所云如何，盍明以告我？”金曰：“君何其操觚哉？妾不云计图万全乎？今若此，是自放弃之也。”赖曰：“然则将如何而后可？”金曰：“请俟俄倾可乎？”赖闻言，遂不复多问。金亦治馔以飨之。酒数行，呜咽曰：“妾自与君邂逅，寸心耿耿，已不能忘。然不以君外强中干，缠头之费且不敷，遑论其他耶？是以屡欲启齿，而未敢言。今察君无他，故虽委曲多端，仍欲以一身相托，君其愿之否乎？”赖曰：“乌，是何言也？吾何有不愿哉？但如洗荷囊，虽不言而卿亦悉，其将何以偿恶鸨之奢愿哉？”金曰：“秘密行事，彼恶知之？无已，私逃可乎？”商议既定。次夕，金即托故外游，聊消郁闷。路经市肆，乘人丛拥塞，金遂别窜他方。而赖久已候于中途，见金至，即亦引与俱归。野外流莺，固亦居然入幕。然自是以后，度用渐不敷给。赖心焉忧之，因而昧却良心，竟至辜恩负义矣。（仍未完）

（续前）初，赖有中表亲黄大者，以比之匪人，遂不见容于官府。故略携细软，匿迹于江浙之衢州。而又不善治生，因傭丁某娼家，为司出纳。居恒常与赖往来音问，然亦不过两字平安，藉通消息而已。会赖思欲居金为奇货，又恐程途不远，事易中迂。一夕因诡词以诳金曰：“内地谋生，殊难发达。吾之中表亲黄大者，固江浙之大腹贾也，盍往依之以图机会可乎？”金无奈检点行李，相将出门。仆仆长征，固不知程途几许也。逾数日抵衢州，寓逆旅。赖眴便，觅黄语以故，并恳黄作介绍人。黄素性固狡猾者，闻赖言，暗自筹思曰："彼将卖妾已不仁也。然彼既已不仁，我亦何妨以不义待他哉？况以金之年貌，所值尽不资，要而有之，亦稍解鲋鱼涸澈也。"默议既决，遂诺赖之请。而金此后亦重坠火坑矣。惟所得身值，黄据为己有，靳不与赖。莫奈伊何，徒敢怒不敢言矣。因屡思报复之，而未得其间。一日，时已入暮，黄适他出，赖侦知，携利刃暗蹑其后。黄途经郊外，赖四顾无人，遽前刺之，中要害，黄遂死。赖以深仇已报，喜乐无极，仰天嘻哈。不意狂笑过度，绕乱脑筋，遂亦顿失常性，如醉如痴而终其身焉。(完)

（1907年12月16日、12月17日、12月18日）

理想小说：幻境（莬）

何生，游历至巴黎，时暮春，岑寂客邸。偶步庭外，秾花闲路，苍翠交檐，半壁斜阳，返照麟瓦。何伫立四顾，忽见两丽人，由花间出。妆雅淡而容憔悴，急回步，意甚惊讶。且行且止，若笑若詈，语模糊不可辨。何尾其后，至一短垣下，二人遽逾去。何彳亍其际，不得越。仰视，见荔墙支遍藤蔓，知为邻眷。呆目驻望，冀其复至，终亦寂寂。遽发狂躁，叠椅攀援而过，跃下，却是小园，只见苍璧一畦。时天已侵晚，黑云低盖如墨。隐约间，曲径内有微光闪射。斜步趋近，见小屋一座，殊类山庄。檐与树齐，一望深曲。门犹未阖，堂中悬一联曰："夏日烈，秋风肃，冬雪寒，可怜春去如飞，杀种独留三利器；清梦寂，身世微，生命薄，借问魂归何处，伤心又送一华年。"何徘徊环读，顿触异感，知非庸俗托迹之所，遂叩扉。俄，一妙鬟出应客，察何状貌，忽返身急趋入，旋复向门内语曰："夜矣，何物狂生，径至人住宅？我家姑娘有事，未便肃客。明日请来也。"何气丧，遂续书一联于壁上曰："不见李龟年，愁煞江南风景好;可怜林黛玉,枉从林下月明来。"乃拂袖去。行数武,妙鬟追唤曰:"先生回也。"何急转,鬟曰:"曩姑娘以君俗客,今知文士。姑娘已粪除敝庐,愿先生须臾焉。"(未完)

(续稿)何狂喜,随鬟缓步入。至中堂,谓何曰:"子姑待,山家不谙礼数。少选,当扶姑娘出拜也。"数语而入。何坐顷,仰俯环顾,若于大千世界中,别有一耶和华,从新缔造出来之天地。临窗际瞻瞩一过,觉门外残英叠锦,坠絮飘茵,一片落红,虫声幽咽。何至此,无量感慨,遂几不知此身,乃承佳人之命而来,约此守候,但觉灵魂飞越脑际。铿然一声,内扉双辟,何乃起立。见妙鬟扶持一丽人出,年可瓜字,状貌略带一分愁态,长揖不拜。各通音问,自言绛珠。略志寒暄,即以失迓道歉,何亦自谢孟浪,彼此询及家世。绛珠凄然泪下,呜咽不能成语。随曰:"妾少居瑶宫,与世事无争,与人亦无与,清净境界,故不生、不灭、不贪、不孽、不痴、不爱。岂料苑宇忽为罡风吹倒,前因顿昧,不知不觉,竟堕于此。名欤?利欤?色欤?食欤?家欤?国欤?社会欤?种族欤?皆所不解。重以人事竞争,狂风怒号,使人不耐。或悲、或喜、或离、或合、或怨、或慕。贪孽痴爱之抑结,衰老病死,由是而生。泡影半朝,昙云一瞬,诚可哀也。"言次,泪痕点点,苔衣尽湿。何曰:"孤零旅况,漂薄[泊]无依。聆卿一夕言,触起我寸肠如割矣。然卿趁此妙年,曷亦择人而事乎?"绛珠曰:"妾年虽盛,而生不辰。四海茫茫,谁为知己?且妾凄寂之身,又为世情所厌。欲妾遽贬节,而为卑贱之举动,素所不屑。今何幸得君枉顾,使我一空胸腹,朋友之爱逾伉俪多矣。"何聆言,忖思巴黎多丽人,半以繁华相眩,此何以自甘高洁?岂此地为匏子坪?有马克格尼尔姑娘其人者,再为出现耶?因对绛珠曰:"予游历至此,夜已渐深。然旅馆密迩芳邻,幸相从,作竟夕话。"绛珠不可,且曰:"妾命将绝,妾今与君撤尽帘幕,呈此色相,以君雅士,且与妾同遇耳。

长夜漫漫，前途自爱，毋妄涉魔想也。”言已不见。何乃急足返寓，终夕不寐。侵晨，援梯察墙外，与前夕所见，无少异。惟绝无苑宇，只有杂花树树，委谢春前而已。（完）

（1907年12月19日、12月20日）

短篇小说：恶姻缘（耀）

石济，南海县人，寄居佛山，娶妻梁氏。梁氏者，亦居寓佛山，其父以贩鱼为业者也。赋性妒而恶，石常畏之，有类季常之惧矣。初，石在某绸庄，供任行街收账之职，月中薪水，不过十余元。梁氏用度，固未免稍为宽阔。且彩票等等，石又倚为性命，故所入恒不敷所出。年华苒苒，转瞬又届冬来，孔方兄愈形棘手，室人交谪，在所不免也。石无如之何，常叹曰：“人生在世，富贵都似浮云一样，或去或来，胡戚戚为哉？况世上有彩票买，则世上无穷人，亦奚可自量？”斯言也，人多嗤之。一日，梁氏外家有喜事，石以姻亲故，躬赴筵席。适岳家自嫌屋小，仅堪容膝，弗足以周旋娇婿，因假邻家某姓厅事，暂摆筵宴。在石自顾岁暮催人，银根异常困绌，而梁氏又叨叨絮絮，令人难耐，夫更何心于杯酒，亦聊叙姻谊耳。不料是时，方举杯酬酢间，恰见一女子自内而出，年方二八，生得眉如秋月，眼若横波，莲脸桃腮，羞搽脂粉。而且前数年风气未开，一般惜玉怜香客，酷爱金莲小足，该女子莲钩二寸，丰神袅娜，真是瑶池仙子下凡来，一见令人魂消真个。石凝神久之，女亦回头一望，闪身而去。一阵兰麝香，尚扑人鼻观，石不觉为之神往矣。席散后，石尚盘桓未去。时有黄生者，亦在座未去。石忍不住，向黄生请叩曰：“顷见女子自内而出者，生得如许标致，果谁家之女耶？”黄生曰：“是对户许氏女也。以色论，诚羞花闭月，可人怜矣。未知谁个富家儿，能享受人间艳福者，斯得之耳。"石闻言，竟失口道曰："如鄙人等，诚莫得而享此艳福矣。然三生石上，大有前因。顷得美人一顾，眼福料非偶然。倘幸而彩票有灵，吾誓倾一斛明珠以娶之。"言罢，相与大笑。旋亦告退。斯数言，在石不过谐谈偶及。若以目前境遇论，诚不啻癞虾蟆想食天鹅肉矣。而曾不意月老谐缘，后来遇合，竟若前言之预兆也，亦奇矣。（未完）

（续稿）石自筵后退归，每一念及许氏女，便个灵魂儿都飞上半天去，以至终日自言自语，口中喃喃曰："安得中得彩票来，消受美人福？"家人亦莫知其故，亦姑听之而已。时也，仲冬将暮，石所经手的账项，不无挪移用过的。倏忽年暮，容易水落石出，又深以为忧。故言语之间，一若失其常性者。惟终日以得中彩票为望矣。一日方承主人命，出街收账。午后，向交易各号，收得账银约数十元。行行不觉到了石柱街口，一眼望着"两合"二字，盖系代收彩票者。该店中人，见石系素所交易者，延之入，因告石曰："是会系吕宋票双会，盍购一条以占头彩？"石闻言，又触起许氏女一段邂逅姻缘，非吕宋票何能有济？况此会系双会，彩银更多，加以现届年暮，万难棘手，不如尽将此账银，博一孤注。乃随出银购了数条，一路归来。又暗忖此系账银，万一输去，更何以自解？此时心上如辘轳百转，甚而日不安食，夜不安眠。即家中梁氏，亦不知其中底细。一夜石方合眼间，忽见一白衣人对石所睡之床一揖而去，旋见有鼓乐声，如世人之迎娶者。俄而大惊即醒，却是南柯一梦。以当时人迷信神权，好详梦事，诚不知若何吉凶矣。越数日，适在街上，遇见黄生。石遽询之曰："许氏女，果已许字人否？"黄生曰："未也，此系许氏长女，单名一个杏字，委聘者多矣。奈伊母索价颇昂，故未谐耳。"石曰："吾固言之矣，如中得吕宋票，誓必娶之，以践前言。"黄随意答之，良不介意。言罢，分道而别。无何，石方街上闲行。乍闻路人言,轰传已开吕宋票矣。石喜惧交集间。又闻人言,石柱街口两合,带得头票矣。石急趋至两合,店中人喜迎之曰:“石老济,你中头彩矣!”石一看,果然。计双会头票一条,共得银十万余元。于是笑嘻嘻回归,告知梁氏,即绸庄号各件,亦皆道贺。石喜极,言曰:“吾今日信能消受美人福矣,是殆许氏女三生缘幸也。吾前言岂偶然哉?”翌日,即请媒婆到许宅说聘。并伸明石氏前言,谓今日之聘,系娶作平妻看待云云。许女之母允之,索聘一千元,另聘物各事,媒婆覆命。石喜不自胜,遂委禽焉。(仍未完)

(再续)许宅自允将女儿许字石济,所订约各项聘物,石亦一一许诺。随择个良期吉日,雇备彩舆迎接新娘过门。是时,石妻梁氏,睹此情景,虽不能明为阻止,然暗自伤心,怨怼之气,现于词色。人慰之。梁氏曰:“若个老头儿,乃贪彼小娇娆,不管老娘沤气,我早晚好教他看。”说罢,竟大哭起来。石亦温劝之,旋走入房里去。无何,许氏女已乘舆到门矣。入门,交拜天地,谒见祖先后,次请梁氏见礼。梁愤愤而出,却不以平权礼相待,而以妾呼之,为之取其名曰“顺彩”,言顺我者乃睬之也。许女此时真无可如何矣。入房自思,两泪交流,眼见恶娘如此蛮顽,将来怎消受得一肚气?深怨亲娘何苦贪有千金,乃纳儿于此不自由的地位?忽又转念人生在世,姑且忍奈而已,乃拭泪寂坐。至夜,石入房劝慰,一种卖弄其骤富的状态,向新娘极力奉承,至此中情形,在人意中,不必赘矣。却说许氏女自入石门后,梁氏暴戾备至,许弗能受,要石与梁拆居而住。石从之。梁氏又时到氏处滋闹,虐待惨无人理。石又懦夫,不能为左右袒。一夜,许氏对石言曰:“蒙君见爱,亦良足感。然恶娘日夕凌逼,甚于苦地狱,胡有生趣?古人有言‘红颜多薄命’,妾诚不意鲜花遭狂暴,一至于此。且君宁不为妾怜耶?”石低头不语,只摇头叹气。许氏女知其能无为也,愁

思百结，抑郁成病。越明年之秋间，许氏已郁病去世，凄楚之情，斯亦令人酸鼻者矣。后不及数年，石之财产以彩票来，以赌博去，家以就落。梁氏亦无子，至今境遇亦不甚佳云。(已完)

(1907年12月21日、12月23日、12月25日)

白话小说：撞饮(太岁)

“饿，饿，饿。呢账唔揾倒你，原来你走嚟呢处啫唎？”

“喂，喂，喂。请坐请坐，去边处嚟亚？”

“冇地方去，行街啫。”“俄，坐啰坐啰。”

“贵姓？”“劳。老兄？”“何。尊别？”“贞臣。阁下？”“黼锦。”

“呢位贵姓？”“吴聚财。哥处？”“何黼锦。”

“呢位贵姓？”“未清驾。何黼锦，钟之趺。”“随便坐，随便坐。”

叫人冲茶。“亚嫂，冲四杯茶。系咯，食烟食烟。爱银，叫人挪两包烟仔呀。”“做得咯，生果六，挪两包烟仔上嚟，要派律呀。”

“今挽喺边处饮呀周老梦？”“冇，唔饮好耐咯。不过同埋几位朋友行吓啫，敢就喺呢处罢唎。”“唔驶拘，唔驶拘。”

“驶乜拘啫，我同周老梦，冇乜两句嘅。”“倾吓啫，有几何呀？嚟呢的地方，咪拘至得架。”

“爱银呀，叫佢整三个银钱菜。顽烟呀，顽烟呀。”“好好好，唔驶拘。去啰，伸吓呀。”

“劳大哥恭喜在！喺佛山便，几时到？”“昨日同埋吴亚地一齐到嘅。好唎，唔中用。何大哥甚恭喜。”“好话，有乜好处呀。总之一味颠喺唎。”

“呢位老契就系。”“系系系。唉，甚超卓，无所谓。”

“摆抬唔会话？”“吓，摆啰。”声零相冷，声零相冷。“出菜咯。”

“嚟喇嚟喇,随便坐唎。”“周老梦,饮杯! 请请!”

“喂,何老大,得咯,亚见仔坐埋个位大少处啰。换金坐嚟呢便,转好同贵财,就坐开头呢两位大少处咯。”“点都好啫唎。”

“饮饮,饮胜佢。”“嚟,胜嘅。”“饮杯亚,劳大哥,请!”“吴大哥,请!”“钟大哥,请!”

“嚟,梦,猜几拳。”“点猜法?”“三拳一局盅,抢子,有底。”“吴,又好。”

“嚟嗱,三三,四红四,绿豆粥粥,七个潮潮。你嘅。”“八皮,又系你嘅。”“开清佢,快哋嚟,对手宝。”“哈哈,又系你嘅,直落三祸,饮!”

“够钟咯,唔好猜咯。”“好咯,敢就唔好猜咯。”“饮茶饮茶,起晏罢唎。”“哦,起晏,食饭食饭。”“呀,散呢个银钱唔抵咯。”“唉,阔佬计嘅咩?”

“请唎何大哥。多谢多谢。”“乜说话,冇事请过我便坐。”“好,扯拿。”“大少,好行唎。听(平)晚至紧请翻嚟呀。”

(1907年12月26日)

近事小说:淫贼(耀)

高某,讳其字。世居佛山之古洞,以商业起家,积资巨万。前数年,在奇龄街张开某绒线生理。是时店中旺畅,各伴均甚相得。高某日间在店司理,夜间则耑返住家。家人嘻嘻,婢仆怡怡,诚乐事矣。适店中有某甲,系高之侄儿行者,高待之颇不薄,并津贴钱银使营妻室。无奈甲赋性固属愚戆,更有一种硬顽气习。自娶妻后,回店每向各伴自道其洞房之夕,其妻如何秽亵状。各伴以其戆也,咸以青头目之(粤谚谓妻之不贞者为青头)。时高某有子,亦在店司数,见兄弟之被人耻辱也,愤骂甲曰:“你造青头,亦何须向人称道?”甲不悟其责己,而误会以为辱己也。突于某夜,暗中持刃,俟高子睡后,潜揭帷刺之,中股。高子大叫,各伴亟燃火奔救,以为贼也。乃见店门洞开,惟遍觅甲不见,知系甲所为。迨后侦甲不见,而高子亦寻愈,故此事暂搁不表。且高某以子被刺既愈,亦觉安心,家人康泰,如常慰悦矣。越旬余,日之下午六打钟时候,高某在家晚膳后,还未及寝,忽闻门外叩门声,命仆妇出视。则见一纯朴人,状类巡城马一流人物,手捧饼食一塔,并信一函,声言由省寄到者。仆妇信之,才启户前躺栊,带信人踊身一入,而强徒数辈,遂跟住一拥而进,拔枪指吓,复为之扃户。入内,先用手枪禁勿声张,旋将高某及妻女佣妇等,以绳系在一处,即入内搜刮财帛,及种种物件一空。搜刮后,该强徒等逍遥行坐,并搜出所蓄之鸡鸭,及海味各项,入厨烹煮。更在厅前,大张筵席,一若自忘其为盗贼也者。入席后,勒令高之妻妾女儿及佣妇婢辈,间列同坐,如阔佬之饮花酌者然。饮毕,各肆其淫孽手段,作佛法之无遮大会,轮而遍奸之。斯时为高者,欲声张则身被系而口不能言。欲拚死与搏,又力不自由,虽铁石人当代不平矣。先是高有女,年已二八,许字黄姓,生得羞花蔽月。高平日固视如掌珠,乃此时亦被淫污。娇的的一个好女儿,撑拒弗能,无可如何,亦可怜矣。各佣妇们,见此情形,赧对强徒言,愿各以身代,任从纵恣,弗能免,旋被污。斯亦极弥天之冤辱,言之足令人发指者矣。(未完)

(续)诸强徒等,既奸淫妇女后。如是者,又复埋席,直饮至五更后,料各街上经已开闸,乃并将妇女各人,再以绳系之,以布塞口,乃从容而去。来去自如,直是无人知觉。幸得有一使婢,当贼入屋搜括时,忙中跳上柴楼伏避,不至淫污。迨后闻贼去,始逡巡下楼,将主仆各人解脱,即奔报营勇。无奈贼已去如脱兔,徒呼奈何而已。却说高宅自贼去后，一家人均泪眼盈盈，惨不能语。而所最难堪者，则二八年华，字人未嫁之深闺娇女也。女对母垂泪言曰："人之所以贵生世上者，惟名节耳。今凶淫贼如此无状，强淫女儿身，蒙地球上最惨、最秽之羞点，虽拨西江之水，莫涤斯耻。夫岂白圭之玷，尚可磨耶？儿惟有一死而已矣，勿以女为念。"母闻女言，苦中更苦，几弗能言。有间，慰曰："此非女儿过，何以死为？且凶淫贼如此无状，皇天弗祐，鬼神有灵，当有捕获之日，为儿报仇者。"女弗应，惟早萌一个死志，侍婢进茶饭弗食。至夜，入房阖户，作睡状。家人疑之，潜隙窥之，见其睡，以为彼真睡也。岂知女俟家人睡静后，潜起，系绳自缢。及晓，家人叩户弗应。捣门入，突见女缢情状，惊报主人。趋视抚之，身体如冰，一缕香魂，已不知飘去黄泉路上几时矣。高某夫妻大恸，即家人亦不胜凄楚，亟奔报女许字之夫家。一惊非小，详悉始末，深悼其死节的苦衷，旋开丧殓之。是时佛山镇上，人人都知此段劫案之惨状。高某并贼等劫财、劫色始末情由，具禀地方官凶缉，迄未破获。越月余，高某偕一伴，为生意街上同行。至一个所在，系南擎观音庙前，有个算命先生，观者如堵。高与伴行近一望，一眼见四人围坐算命，的系是晚劫贼真犯，即与伴奔报附近营勇。到，当场拘捕四人，观者一哄而散。该勇既拘四人解地方官，复由地方官转解省城南海县。提讯，供认，系狱。是役也，不惟高某以为天眼之报应不爽，即佛山人亦莫不谓真贼凶犯，必送断头台去矣。怎料该处有一个绅士，系新科翰林院庶吉士，竟为虎作伥，贪钱滥保，至冤狱之付诸流水也。（未完）

（再续）初，佛山有个翰林院庶吉士，姓周名用旌，系贫寒起家。其兄字竞符，又绰号单眼应，自其弟点翰后，乃混充一个大绅派，专造各行师爷，包揽词讼，拨草寻蛇，无所不为，但惟孔方兄之令是听矣。当时四贼被拘系狱，贼之窝主，因静中往求周竞符取保。周每名索谢银五百元。窝主着保甲、乙、丙三人，第四名亚丁则不保。订允后，周乃检出其弟翰林院之三个大字阔佬名帖，竞往见南海县主，说此三人如何良善，如何冤枉。县主以新科翰林声势，且周又说是他的姻亲，即批准释放，由周保领带出。县主退堂，即入内饬差人到狱中，取出亚丁一名，面示之曰："你与他三人造贼，是当真的么？"丁曰："当真。"县主曰："彼翰林何不保你？"丁曰："吾无钱，且无姻亲之翰林。"县主笑曰："吾放你，翰林保三人，知县保一人，方成盗贼世界。但你释后，宜认真改造好人，否则谋定钱，请定翰林，然后好去造贼也。"丁感而出。县主之言，其不平哉？而用意亦奇矣。自四贼保释，不料贼等耑回佛山，胆敢经行高氏某绒线店前，声言曰："即管捉，吾今出矣。大个翰林看顾，其奈我何？"高与伴闻言，细心一望，果是淫贼本来面目，大惊。自此消息一播，佛山人均大惊，无男无女，皆怨周之行为。有訾其恃翰林以欺压人者，有骂其贪钱不顾名节者，纷纷不一。翰林见不理于人口也，乃每向人言，尽诿咎于其兄。是年翰林返京散馆，竟散归知县班，分发广西某县。到任后，广西乱起，翰林奔避，谨以身免。后数年而卒，人以为滥保淫贼，高氏女冤魂不息之所致云。惟高氏自贼劫后，察其致贼之原因，有谓即其侄之所搅弄者，有谓高之兄弟身为武营，酷治贼徒，故贼假此为报复者。著者莫决其是否，但贼释后，高宅亦无再劫，生意如常兴隆焉。

著者曰：福善祸淫，本旧学因果之说。然以如此明目张胆之巨贼，为绅士者，乃贪贿而滥保之，亦当得恶报。如此办法，天道仍是瞶瞶耳。然吾恐堂堂绅士，不惟保贼，而甚于贼者，且比比也，又安见有天道？（已完）

（1907年12月27日、12月28日、12月30日）

《中外小说林》

前身为《粤东小说林》，旬刊，1906年创刊于广州，1907年5月改名为《中外小说林》，从广州迁至香港发行，1908年1月刊名加“绘图”二字。黄世仲、黄伯耀主办。代售点有江门、石岐、佛山、大良、澳门、香港、小吕宋、新加坡等。是岭南地区影响较大的小说专刊，“外书”一栏多载小说理论，其余“近事小说”“冒险小说”“政治小说”“短篇小说”等栏目刊载小说，“杂俎”“班本”“粤讴”“龙舟歌”等栏目多载与粤地相关的文学样式。现存小说共40篇，其中长篇小说5篇，不列入整理对象。其余35篇均为短篇小说，本集全部整理。

艳情义侠　冒险小说：匪里霜(斧)

叶芍农，秦之故家子。貌韶秀，性温雅。年十七为邑名士，以居父丧，故母未为之求凰。会上元普救寺作盂兰会，独狂往嘱。至则士女如云，笙歌聒耳，知为演戏，乃购券入场。同座先有一女郎偕婢在，略睨之，秋波流慧，秀色可餐，诚绝世容华也。生停睛不转。女似觉其注己，附耳不知与婢作何语，已而正容观剧。生顿怀顾忌，不敢凝睇。而台上演《西厢》一出，颇觉传神，观者掌声雷动。偷视女，则首微摇，一若无可赞羡也者。俄司院者次第收券，邻座一客独少之，云偶失落。司院者怒，要逐出。客不肯，喧嘈一遍。生睹客，虎头燕颔，豹体猿腰，固非无赖者，趋近出资代给。客起致谢，并展问邦族，自言岳宗武，山左人。归座，经女前，椅位太逼，偶蹑翘凤。女急敛足，以巾拭鞋，殊无愠怒。生益偷喜而心德之。无何，场终。女扶婢起，绕过曲栏，辗然斜瞬而去。生神志飞扬，亦起行。忽睹女坐处，遗一罗巾。拾视，麝香液脑绣有

"何佩环"三字，知为女郎姓字，欲追而还之。亟怀巾出，则女已登肩舆，迅步及婢，授之曰："此尔家小姐所弃，为小生拾得，敬以归赵。"婢接巾走至舆前，搴帘三数语，返巾与生曰："小姐言此非若物，可将去。"生愕然不知所以，而女已去远，怅然遂返。

展巾细玩，窃忖确系女物，何以不认？得勿阴以此相赠耶？什袭藏之，每于斋中无人时，辄出巾嗅赏。余香馥郁，仿佛如亲脂泽，对物怀人，半月而病。母抚问所由，始犹遁词，继渐惫，不得已直告。母刻日倩媒物色，殊无其人，而病益剧。母大忧，商诸舅，舅亦无策。越日，有邮者递来一函，生扶病拆阅，盖女芳信也。略云：

与君一面，恋恋难忘。别后因想成病，命延一线，君如见怜，尚乞今夜逾垣一会。妾家东村，庭前红杏一株，窗外置盆花者是妾居也。(佩环待命)

生得书惊喜曰："噫！千古有情人，皆不免相思之苦耶？何其不约而同也！"一跃遂起，病如失。母闻病愈良慰。至夜，乘月出门。抵村，一户西向，墙内杏花正繁，四顾无人，如言逾垣入。则窗下盆兰宛然，以指弹棂。内小语曰："郎来耶？"启窗鞠腰入，暗无灯火。女执手坐床前，方泣诉曲衷，闻房外阿欠声，女急推之仍自窗出。生惧，一跳过墙，回首隐有人赶来，魄丧胆裂，尽力而奔。至一处，乱山重叠，追者已杳。然不敢即归，踯躅山经[径]，遥闻虎啸猿蹄，心术魂悸。俄睹谷底有小里落，趋之。中一大第，朱扉阖焉。乃伫立叩门，阍者启关，问何来。告以迷途，且求借宿以避豺狼。而怜者纳之，嘱卧庑下，天明宜自去。生兀坐空阶，月明如昼，万籁俱寂。回忆美人，悔恨交集。起而徘徊，见屋旁，斜通一径，修竹交加，逡巡而入，俨然园亭。奇花异卉，夹道栽培。飘拂香风，爽人胸臆。穿过曲槛，又一院宇，遥望碧纱窗内，烛影朦胧，疑是闺阁，恇怯不敢进。忽一女自内出,瞥见生,怪问阿谁。欲潜伏丛中,而女已行近,彼此双眸一盼,则女即何佩环也。生不禁泫然揖之曰:“卿乎?卿乎!何颠倒仆至此甚也?”女急止之,导入院内,逊坐而询以夜深何得至此。生愕然曰:“乍间之会,仆几遭不测,卿何时先来此而竟忘却耶?”女闻言骇曰:“君梦耶?别后一缕痴魂,徒萦寤寐,妾何时晤君也?”生历述所遭,且言有书为证。女曰:“若然,则君所遇者,非鬼则狐,妾岂有分身述[术]哉?”于是相与诧异,既而各道相思。女哽咽曰:“吾辈深情,已达神明,故暗教巧合也?”生曰:“今夕获亲芳范,虽死不憾,未卜卿将何以教我?”女赧然曰:“既荷垂爱,君归速通媒妁。妾少孤,母李氏钟爱妾,事无不谐。妾父官司马,因避祸居此。”生曰:“佩环固卿小字耶?”女俯首不答,复诘之曰:“既知之,又何必问?”转询手巾尚在否。生乃于怀中取出。女接视,笑曰:“此比婴宁之梅花何如?”曰:“诚有以过之。”谈间壁钟“冬

冬”二打,女倚椅侧坐,似倦甚,遂扃户抱臂入帏,两相倾爱。女曰:“曩者,观演《西厢》故事,傀儡登场,未足喻其万一,徒玷古人而已。圣叹有灵,当击其脑之不暇,而观者犹拍掌相和,可见世人半皆盲聋也。”生曰:“吾国戏本,积陋使然,诚不足寓目。然姑莫论其文否,第问仆较张生何如?”女不乐曰:“《会真》一记,千古伤心,假如张生,则终成遗恨耳。”语未毕,忽砰一声,有数贼撬扉入。女忙推生落床下,大声喊救。贼以布塞女口,扛之以去。

何夫人闻呼,率家人至,失女所在。举室仓惶,四处追寻,渺无踪迹。末于床下觅见生,提耳以出,生长跽,直白无讳。夫人大怒,执送有司,勒令交女,宰械梏臻至,卒无词,下诸于狱。生冤抑难伸,惟有待死。母知百计营脱,不能为力,咯血以逝。生闻以颓触地,一晕而绝,移时复苏。启目见岳宗武琅当铁锁,坐身旁,问何以至此。生泣诉而转诘之。岳蹙然曰:“仆因罹党祸,新系缧绁。请小安勿躁,今晚当脱君于危。”生喜,坐相候。入夜,伺押者

熟睡，岳振臂一挥，铁链尽断，并替去之，负生飞檐而出，刻离秦界。税居逆旅，生再三谢其活命之恩，而叩其术。曰："仆□[1]党也，混迹江湖，访寻同志。昔蒙梨园之惠，故相救也。我侪既离虎口，可暂栖此，徐图别计。"

居月余，一日粮罄，岳出一时镖付生往质长生库。至则先有一小沙尼，出一金钗索质。生讶其出家人，焉得有此闺中物？旋视手中所持手巾，微露"佩环"二字，因大疑，尾之归，入一古寺去。生急返告岳，岳亦异之，曰："足下之祸，得勿秃奴所嫁耶？我当往侦察。"于衾底出一小匣启视，则盈尺之匕首莹然。谓生曰："此救世之活宝也。"命生坐守，藏铗径去。甫入寺，一僧阻门，不许入内。岳刺之立倒，直奔方丈。听枪声隆然，两僧突出，并刺之，亦倒。岳乃隐身柱后，以觇其变。俄见大士座下，一僧伸头自穴中出，潜劈之亦踣。岳料殿底必系贼巢，按剑伺之，出一削一，亦如削瓜，约毙十余秃，始无影响。俯视穴中深无底止，冒险蛇行入，昏暗异常。俄睹漏光，遥见别有舍宇，一幼女司火阶下。岳疑是佩环，招之以手。女忙趋近，询之，果然。女骇问何来。岳俱告之，而欲携之归。女曰："不可，妾被劫，而未蒙辱者，因老贼抱病故也。然彼虽病，十里外取人首级，易如反掌。即逃出寺门，亦不能免。"问病几久。曰："据云半年矣。"曰："我已连诛十余贼，彼久病非我敌，无碍也。"女泣曰："彼一刻不见妾，则必追究，断难逃也。蒙君从井相救，妾死不足惜，恐辜累君耳。"岳踌躇间，问所煮者何物。曰："老贼命煮药耳。"岳沉思曰："得之矣。"卿可往对贼云，药已熟矣，问其服否，令仆一听其声音，便悉是否利害。"女如命入室关白。闻贼叱曰："尔所为何事，语言如此之讷讷？"女诡对曰："药暴滚揭盖不慎，泡及手也。"复叱曰："可速将药来。"女诺而出，神色俱变。岳雀行

① 原文印刷即为□。

近前，力壮其胆，随女托药人。刚举步入室，内复叱曰："何以有人尾尔后？"女曰："师兄到来定省。"岳此际势如骑虎，奔入，猛刺其喉。贼举足一踢，岳颠蹶屋隅，头触壁，血流如注。女亟取架上药敷之，痛立止。起视，贼目灼灼而气绝矣，不敢再近，急率女寻遂返回寓。见生相抱而哭。拟即日买棹返。岳曰："大仇已雪，请从此别。"生与女泣问何往。叹曰："腥胡猾夏，豪杰思兴。仆实不能伴行也。倘缘分未尽，后会有期。"说罢，遂去。生偕女归，恐有追捕者，不敢入里门。同到女家，何夫人见女，悲已而喜。缕述前因，遽以女赘生。每以不知东村女是谁为憾。后生舅上墓，误投女家，见生哭失声。因细叙往事，舅曰："噫！东村女，乃吾设妓赚尔，以期愈甥病也。"生始恍然，舅去不久，仍携女归。(完)

（1906年第3期）

短篇小说：回生术(放光)

文先者，本巴黎富家子，性挥霍。父母亡后，性益纵，家遂中落。而文又不事家人生产，昔之高车驷马，今则裘敝衣鹑。只余一仆，仆亦颇善词令者。文萧然落魄，自问无一长技足资糊口，继思世之称医生，名盛一时者，多不知医理为何物，何不效彼等所为？虽不能为人瘳病，却可为己瘳贫。乃高悬"名医文先精医内外科、一切奇症"之招牌，复使仆为之游扬，奈过问者寥寥。文乃妙想天开，别巴黎，往利安城。甫到，即广登告白，遍派传单，言名医文先，能起死回生，并约十五日后，在该处坟场试演，虽葬已十年，亦能生死人而肉白骨。告白一出，阖城哗然。文欲坚人信，请地方官，请以兵守己宅，而防己遁。自是求医求药者，渐多，文之囊橐亦渐丰。而十五日之期亦渐至，仆有忧色。文见之，笑曰：

"何忧为？子未细察人之情耳，请俟之。"语未竟，邮人传一函入，拆阅则本城某富翁函，求文勿演回生术者。言有悍妻，没已数月。生时，翁刻无宁晷，如能勿演，请以百金为寿云。片晌，有二纨绔子，踵门求见。言父已死，父固著名守财虏，如复生，则二子将不利。倘文允不使之更生，将重酬之。文不可，二子丧气出。去后，一寡妇至，夫死三月，今将再醮，伏地哀求。文亦不可。自朝至暮，求医者，求勿演回生术者，络绎不绝，户限为穿。名大噪，阖城震动。忧者有之，惧者有之，欲一观回生术以扩眼界者有之。地方官，恐生风潮，乃召文至，谓之曰："君之术神矣。君约明日在坟场起死回生，知必能如约。然试观本城，今已哄动若是，若任君明日尽起地下人，其变象有不可思议者。今为保全治安起见，敢请勿演此神技。而技之不克一试者，吾等之过，君无与焉。敬具证书一纸，表君真能起死回生，以颂君术，可乎？"文受书而退，遂别利安城，赴别处招摇矣。人之易惑，有如是者。

（1906年第3期）

短篇小说：强骗（放光）

某甲，富人子也，新承父业，名噪一时。远近念秧者流，涎其多资，咸欲骋其智术，设计饵之，然皆未得间。盖甲生平极至谨慎，凡银券不逾千员者不署名，取其流传小而假冒难也。复以世传家珍，尽贮诸银行，防盗劫掠。可谓谨小慎微矣。有李某亦豪族，而家近中落。甲与其女缔好，情甚殷笃。一日，忽接李女函，内言暂罢避暑之行，请午后过访云云。甲展视狂喜。先是，甲知李家拟挈眷游各名胜，避暑数月，并拟去后以在城之宅出租，藉资弥补，一切布置已定。今女函邀访，且惊且喜，忙整衣往。抵李宅，一生面阍者候门。甲询李姑在否，阍人点首肃客入，引至书楼。甲乃坐候。移时，二人入，一修一短，貌类外省人。问甲曰："子欲见李姑乎？"甲应曰："然。"客曰："李姑今当抵罗浮矣。"甲言："适接李函约会于此。"客曰："李眷去后，余等即承赁是屋。该函实余等所书，幸君过爱辱临，感甚。"甲知有异，诘彼意将何为，辞色俱厉。客曰："请少安，漫藏诲盗，至理也。矧近日公理大明，人莫不知利益均沾为主义。仆等无他求，望少分余润，一偿往日计画之劳足矣。"复谓曰："君之守财慎密如是，不图今日亦落吾辈计圈也？"呵呵大笑。甲闻之，忿极。四顾无策。自念颇有膂力，背城借一，或可幸脱网罗，遂疾起奋击。二客亦孔武有力，相持片刻，甲势不敌，被击倒地，晕去。醒时，觉身卧漆室中，见一灯萤然，床一盥一，重门关锁，知已入陷阱矣，姑静坐以观其变。然鼠跃蜗篆，虫声唧唧，闻此恶感，愤郁欲绝。无何，一女子携筐悄然入，貌颇娟好，揖而前曰："妾不幸失身从贼，然人皆有恻隐心，观子一派斯文，竟陷虎口，且微闻贼有死君意，情难自已，敢以饭进。"甲辞曰："深感娘子盛情，现殊不饥。如娘子肯拯手援我出此，仆感且不朽。"妇曰："力与愿违，奈何？"甲曰："娘子既能入，岂不能拯我以出？"妇曰："有贼党守门。妾此来，已大冒险，如为贼首知，恐将不免。况拯子出耶？"甲哀求不已。妇寻思良久，乃曰："守门贼颇贪，或可以利动。君能授妾五千金，当为君作说客。"甲曰："仆现身上只一时镖，安得有此巨金？无已，姑以时镖与之，亦价值五百金者。"妇曰："彼受时镖，能勿虞败露耶？盍书一五千金券，事或可为。"甲无奈，可之。妇出取笔墨，返曰："事谐矣，请速书。二贼行将返，迟且恐守贼有悔意。"甲乃书五千金券，署名于上，授妇。妇出，甲危坐候门。顷，门启，前之二贼入，笑言曰："守门者拜登银券，使仆等敬道谢意。然仆等岂意在五千金耶？欲得君之署名耳。现已将银券改易，持往银行取君之家珍。"授甲以手锉二,曰:“仆等去后,君可自破锁出。然慎毋躁妄,倘二锉俱断,则君困死于此矣。”言已,逍遥去。重门三锁,呼吁无闻。甲穷半日之力,乃能出险,然贼已鸿飞冥冥矣。

（1906年第8期）

短篇小说:狡骗(佩铿)

英京伦敦,有区歧连者,殷户也,家逾百万,为该处鼎鼎人物。在城中创立一厂,专制造金银首饰及一切器皿玩物等具。布陈品物,备极辉煌,鬼斧神工,眩人心目。加以区在厂司事,名誉素著,多财善贾,而其厂之声名价值,亦炫耀于一时。一日方午,有一马车临门,点缀华丽,装演雅致,一望而知为名贵者服御。区见其驻跸门前,注目视之,旋见其仆扶一陆军装束人下车。其人以束帛缠裹右手,似受伤状。仪表轩昂,服物华富。心口针镶以大红宝石。胸前则横搭金链,闪耀夺目。区趋前极意逢迎,延入上座,殷勤询问,靡不周至。陆军装束者颔之,且自道:“姓名云区歧连,现充英国御营参将。因奉命往征非洲,鏖战时为敌军轰伤右手,今返国调治。适有某公爵,与余为总角交,定于下月举行婚礼。余欲购一副精致金茶具,约值五千磅者,以为贺仪。素闻贵厂工艺精巧,殷实可信。故特亲来定购,并面订一切。”区遂饬伴将各茶具款式,捡齐听其自择。那参将选阅良久,就中拣出一款,嘱区照式制造。随在衣袋内,取出银包,当区开视,内夹五百磅之银券,凡数十则。遂任意抽出一张,交区作定,且云“区区五百磅,聊交收存。余俟取货之日,如数珍缴”等语。复坐少顷,匆匆出门,复乘马车而去。区目逆送之,至影没而回。呆坐半晌,疑义顿生,忽翻阅报纸,见载有“南非洲战事死伤纪录表”一段,内果有

"区歧连参将受伤回英调理"字样。循次阅去,不数篇,又有载某公爵定于下月成婚。区阅至此,疑团顿解。越数日,陆军装束者再亲至该厂,询以定制茶具如何。区即捡出。其人一见,甚为爱悦,把观不忍释手,并谓:"如此工巧,询为伦敦城中之首屈一指者也。余再欲照式定制一副,为自己私用。现公爵婚期尚远,余欲俟下旬两副茶具制造完善,然后一齐携银则取如何?"区诺之。陆军装束人玩弄叹赏,且对区曰:"工艺之巧,以余所见,当推贵厂为冠。余今愿以前交定银五百磅,赏与工人,以为技巧者勉。"仍赞勉数言,乃登车而别。至下旬又乘车到区店,区取出其定做茶具二副,他犹极口诩扬。随以左手遍索衣裤各袋,作惊讶状,且腮颊晕赤曰:"忙碌出门,忘携带银包及汇单部。现右手受伤,未能执笔,烦店主人代余书数字于内子,嘱其即交银一万磅,与来人带返。"区领诺,其人呼御者至,嘱其将此字带回,面呈夫人。御者领命飞奔而去。其人在区店坐候许久,未见御者复回,乃谓区曰:"余饬仆夫回府取银,久而不返,莫非其顿起贪念,挟资逃越耶?余心躁急,欲回家一看也。倘伊回来,祈嘱他在此听候,余亦片刻即返矣。此两副茶具,请暂收回。"区允之。其人即超乘驰驱而去。久之,两人均无消息。区于此事,虽属狐疑,而以茶具尚在,且有五百磅银为定,故不甚介意。及夕间回家,其妻问曰:"今日有何急需,使人回家取如此多金耶?"区力辩其无,其妻即取出片纸示之。区一见此纸,即连声叹曰:"我误矣!"……

(1906年第8期)

短篇小说　叙事小说:昏庸镜(亦然)

汉阳叶名琛,幼聪慧,过目成诵。惟酷信佛教,咿唔之暇,辄俯跪偶像前，喃喃诵经不辍。母王氏，分娠时，梦寐间觉一禽渠跃入怀中，醒而叶生，知必有异，顾爱如珠宝，任所为弗禁也。叶一日从塾中归，忽一老者出其前，颜红发白，飘飘欲仙。叶至，揖而谓之曰："相君之貌，贵不可言。独惜青筋浮面，恐他日以雷惊死耳。"叶闻言，奇之，挽求解救。老者曰："此天数，乌可解也？惟成名后，遁迹山林可免。"叶深信之，而默不以告人，然心常惕惕不敢忘也。自是刻意益苦，课余专事念佛，以祈忏悔。年十六，掇芹香，逾年领乡荐，又越明年入翰林。琼林宴后，请假谒祖，忆老者言，阴有退志。商诸母，母曰："无论老者之言，诞妄不经，即验焉，俟博得一官，归犹未晚也。安有以年少玉堂清品，而杜门养疴者哉？"叶以母训不可违，且言亦有理，乃为所动。

不数年，由翰林转放外任，仕途日显，官瘾渐深。久之，前所默志者，今抛诸九霄云外矣。年三十八，衔命巡抚广东。时外人方求通商不得，叶每驱逐外国商舶，捏报胜仗，遂积封一等男爵。会广西乱起，两广总督徐广缙，以钦差办广西军务，即以叶转升粤督，时年才四十耳。越三年，以粤督协办大学士。又二年，转升体仁阁大学士，声势赫赫。叶方顾而乐之，惟迷信之念益坚，自计得以有今日，皆仗神佛之力，故公余之暇，念佛不衰。时风气未开，外国有求通商者，皆力拒之。陀城地处洋滨，洋船往来尤众，叶既体政府之心，且既为总督，仇外益力。更命僚属，凡洋舶往来，必要而截之，掠其货物，付之一炬。驰报朝廷，云洋人畏威，不敢逼近。上信之，恩宠愈盛，加宫保衔。叶益盛气，更不以外国为意矣。自此，外人益思有以挫之。调集兵舰，排海而来，势逼虎门，气吞羊石。烽烟告警，士庶张皇。叶犹趺坐蒲团，喃喃诵佛。属吏有请援兵者，则答曰："吾敬佛，佛方助我，不久彼将自退矣，何惊为？"吏无如之何，默然而退。一日，叶方午宴，忽烟焰漫天，轰声震耳，回顾左右，如鸟兽散。叶乍睹此状，惶惑不已。忽报虎门提督已亡,洋舶竟抵珠江,叶犹故作镇定。越日,洋兵已入城矣。时官吏纷纷逃走,叶犹高坐衙中,遂被擒。叶哀恳万端,始准其以一跟役从,吞声就道。行抵海滨,一舰泊岸侧,横桥长丈许,广仅尺余,拥叶登舶。叶喟然曰:“桥窄若此,安能移步哉?”跟役闻而讽之曰:“偌大道,相公尚行不得耶?盖意欲其效屈原蹈海以存节也?”叶不晤,遂登船。舰长处以上房,备极优渥。忽闻汽笛一声,船已离岸。

越月余,抵埠,询诸侍者,知为印度。甫下艇,即有兵官前而致词曰:“公毋惧。敝国以贵国不谙外交,阻吾商务,特迎公莅止,一睹此间风气耳。今备有宾馆,请即屈驾,暂驻行旌,待商约议成,当送返贵国也。”叶称谢。既抵印度,住一洋楼,楼极宏丽,面山背水,窗棂尽辟。门外巡捕,护卫严肃。每膳,有侍者进餐,肴馔备陈,颇形丰腆。翌日,有兵官至请曰:“车已驾矣,请即出游。”

叶闻言惊。兵官曰:“此不过欲公稍知我文明风景耳,岂有他哉?”自是数月皆与叶出游。叶亦安之,暇则礼佛而已。

初,洪秀全之兴师也,天下响应,诸将中有曾天养者,愤叶愚庸误国,思泄其恨,久未得间。领兵过汉阳,顿触所恶,遂下令发其先茔,毁其宅第。岂料火烈具扬,蔓延遍地,六日夜而火始灭。叶闻之,喟然曰:“辱亲辱国,累及乡闾,吾其死无地矣!”自此遂郁郁不乐,渐而顿改常度,医药难进,迄无少效。一日,忽正衣冠,呼跟役至前问曰:“何处为北京?”侍役答。又问曰:“何处为汉阳?”侍役亦答。旋令侍役出,即闭门,望北叩拜。侍役从门外窥之,见叶叩拜时,喃喃语,若谢辱国辱亲之罪者,已而泫然。侍役下楼,叶随隐几卧,恍佛一老者厉声曰:“四十年前之言,犹不忘否乎?可即理身后事,毋缱绻焉。”叶惊起,觉是梦,错愕弗已。搔首凝思,豁然顿悟,知不免,因唤跟役嘱曰:“是日倘闻雷声,当往卧房视我。”言已,正衾仰卧。役聆言,未明其故,即亦不怪,置之而已。俄阴云昼暝，昏黑如夜。役方惊诧间，霹雳一声，摆簸山岳，役为惊惧。少间，悟叶言，急足登楼，见叶已死于榻上，呼救良久。门外护卫者，相将至，睹厥状，大惊，旋报衙署。未几，医生偕来，遍验数四，体洁宛然。嗅之，电气全无，绝不类中雷者。叙谈小时，相与惶惑。先是，外人之掳叶归国也，不过欲以警其骄慢，今见叶死于仓猝，因涂尸身以不坏药，盛以棺，派专使押运回华。开棺请验，以示死非出于谋杀者。时广州知府，叶之私人也，守礼服丧，尤为备至。曾撰挽联云：

公论在人间，追怀十载深恩，情逾骨肉；英魂归海外，剩得一腔遗恨，泪洒波涛。

时挽联甚多，惟此不毁不誉，颇为得体。湖北总督知其事，为之上表报终，邀求恤典。折上留中不发，只置诸不问，而叶家犹是中落焉。

评曰：迷信之于人甚矣哉！吾闻婆罗门之言曰："愿舍生普渡众生。"盖亦顺人之性，就其迷信者而迷信之耳。如其与佛有缘，则谓印度至今自主可也。谓其历千万苦劫，消化环球帝国主义，而为混一之普渡慈航，亦无不可也。何物混沌一品大员好货，乃迷信于此，喃无合掌，阿弥陀佛，视为特别之救国主义，因而失外交，开边衅，辱国体，佛法其安在耶？吾尝聆父老遗言，叶至印度也，某国人舁之游，以示中国人所谓一品大员，亦如此顽固物耳。老者之言，幻想固不可信。然闻雷即死，乌知非彼苍者天，以若辈大懵，迷信脑筋牢不可破，至死不变，特霹雳一声，作惊魂钟也哉？然吾于叶，犹不尽怪焉，以彼时风气尚闭塞也。叶后数十年，而德寿督粤矣，惧外之心，较叶排外异。而咒声喃喃，钟声锵锵，粤之人至今犹笑道之。幸所处非兵舰入粤时耳,否则叶赴印度一剧,安知不再演,贻人笑柄耶?嗟乎,肉食者鄙,未可与谋,顽钝老根,比比皆是。即今大陆通商,洋船飘忽,外交一失,兵战旋开。其排外者,紧握平时不佞佛主意,其媚外者又活现一临时托佛脚观念,虽不敲磬扶乩,亦叶与同一鼻吼[孔]出气耳。辱国害民,梦梦富贵,如若辈者,安得尽付诸一声霹雳哉?著者盖感愤交集矣。书竟,不禁掷笔三叹。

(1907年第5期)

短篇小说:孽(业)

塌其鼻,红其面,挛其指,圈弯其足,浮肿其耳,此何疾?此何疾?疯也。

出自东门,高矗而宽旷者,此疯人院也。彼胡不居于此,独煌煌然胡为乎来哉?客曰:“彼大绅也,富户也,京卿耶,观察耶,某某总办耶?楚楚其衣裳,渠渠其夏屋。马于山,舟于水,车轿于城厢街道。堂哉!皇哉!彼何必居于是?

吾知之矣,若人者,姓楚号湘君,粤之凤城人也。承父业,商于桂,年少补博士弟子员。越数年,挟资斡[斡]旋,得领乡荐。父没,遗资近百万,楚权之。恐兄若弟有以晰产相要者,自知非贵不足以压诸兄弟,乃纳粟报捐道员,分省试用,会政府方议兴学,遂报效得赏给京卿衔。楚既富贵,复巴结当道,炙手可热,其势益不可向迩。诸兄弟皆不敢有异言,楚益得志。顾楚以纨绔子弟,向嗜狎邪游,嗣年近半百,性原未改,第恐以举动不端,不足为子侄矜式,故花街柳巷,足迹略稀。然仆妇有少艾者,多私之,曾不可数计。

楚固凤城巨族，仆妇数十辈，奔走堂前。有陈柳香者，为同乡贫家妇，貌固冶艳，且徐娘半老，而风韵尚存。其夫婿温成者，家不中资，只以收卖旧物为生活。柳香贫之，因不能安其居，遂出为梳傭妇。初，楚有女嫁于邻族，雇柳香为体己梳傭，会以事归宁。楚见柳香而悦之，遂私焉。乃风示其妾，转语其女，使另雇梳傭，而留柳香于家，欲以为长聚首计也。柳香以荡花冶草，自得以委身大户为荣。日者，楚谓之曰："卿自有夫，独傭于外，此何故耶？"柳香曰："家中环堵萧然，不蔽风日，朝饔夕飧，几不能给。且敝履垢衣，蓬头类鬼，谁甘以此身与若辈共枕席耶？"楚曰："卿诚佳人，而所配非偶，何其不幸！然某与卿明来夜去，终无了期。盍归言于若夫，以数百金使另觅妇？而卿正名以为吾侧室，可乎？"柳香闻之喜，遂归寻温成，谓之曰："妾以糊口故，每不能与君聚，君即自甘寂廖，如后嗣何？无已，愿出数百金，为君置妾媵可也。"温成曰："卿意亦复佳。然此数百金，适从何来者，卿盍言之？"柳香诡对曰："妾颇得主人信，或称贷焉，亦无不可。"温成聆此语，以彼只受雇为傭，安得主人信以巨款？中必有暧昧事，可无疑矣。然此亦无如之何，姑诺而试之，遂即应允，柳香遂去。

温成向疾妻不庄，今又以此言相餂，显逼离婚，而失身于主人，怒不可遏，遂与友谋以报之。时楚方办乡团，曾以一二事左袒局员，冤成两案，邑中人皆衔之。当温成之与友谋也，友中有陈某者，其姑嫁于游氏，会游氏子被团局诬禀入狱，苦不能释，具母忧甚，以自经死。故陈某亦衔楚入骨焉。闻温成语，怂之曰："楚某淫人妻女，害人性命，罪及同胞，擢发难数，君固当为人除害。且夺妻之辱，虽决珠江之水，不足以湔其羞。君如欲为血性男子也，当谋以报之。不然，则借妻卖笑，以为生活计，二者君其择之。"温曰："贫吾安然，安有以七尺昂躯，而以床头人居为奇货者哉？"言已，怒形于色。继而互议，遂定计焉。越日，柳香携五百金，过温成宅，令其购妾。温故绐之曰："待娶之日，卿当回来，一睹庶室。且他日孕儿育女，皆出卿赐，不可不一叙也。"柳香诺之。越数日，以三百金纳邻婢为妾。先函告柳香，促之回家。柳香亦以此为最后之夫妻相会，姑允焉。抵暮回温宅，温置酒为欢，而暗下药于酒中，柳香醉甚。温固豫藏疯人某以赚柳香者，乘柳香醉卧，潜使私之而去。温复伴柳香侧，使不之疑。及柳香醒，犹以为与夫同处。

初，不虞其有他也。温纳妾后，琴瑟甚敦，遂移妾作妻，而柳香遂绝迹温成家矣。约三阅月许，楚觉两耳浑红，面如火热。自以既无眠花，亦无宿柳，诚不以为意。未几疯疾竟不能复掩矣。乡人自是不齿之，更有以楚多行不义，以得是为快者。时楚犹翎顶辉煌，出入衙局，意态自雄。继以舆论交攻，无地自容。时有脱《论语》二句，榜于其门者，曰："斯人也，宜有斯疾也。"楚闻而愤甚，遂抑郁以殁。人皆以为恶报，自是柳香不知所终。

（1907年第6期）

短篇小说　狡骗小说：美人局（忏痴随笔）

美人局伎俩，著著出奇，令人不可思议。赵某，古冈州人，谈者妄[忘]其字。家于天河横江附近。是乡之人，多业什货，如粤省藩司前之所谓天津店者。赵小孤，母孀守，雁行三人。赵店长，家故贫，赖母纺织，及蚕月采桑，少继饘粥。赵性愿朴，年十二，始从冬烘读，略识之无。会岁饥，逾年，母即令弃读，而佣于省垣。赵叔某，故城中某肆司事，有戚串设绸缎庄于下九甫，叔即为侄绍介，俾受佣焉。店主人固长厚，以甲驯谨，且有葭莩谊，颇邀青眼。居数年，令司出纳，然以少年失学故，识字少，书计皆付店伙。肆中一切贸易，则躬亲之。人亦喜其诚悫，城中巨室梳佣，多与稔者。赵年弱冠，貌瑰伟，顾性谨愿，妇人稍入游语，面辄发赤。有老媪何三者，年五十许，故某绅家乳媪，貌慈善而性扑[朴]实，常抱小官来肆嬉戏，久渐与赵洽。赵衣敝为之缝，垢为之浣，殆母子弗啻也。未几，托店人通意，欲以赵为螟蛉。赵阴念同是天涯，得一老干母相怜惜，他可勿论，即缝纫浣濯诸事，已大动感情。他日寒暑不慎，医药扶持，亦可于何三是赖，不必归里，重累老母。念此计亦良得，许之。由此结纳，母子之谊始定，如是者有年。

未几，三语赵曰："老妇龙钟，失主人观，已辞却王榭，飞入他家矣。幸得新主妇怜，管钥一以相付。家有婢四，其二年已笄，余皆垂髫，事更清简。视曩日抱小官向街头彳亍，劳逸真天渊隔。暇当为儿物色佳偶，毋俾干亲家望抱孙，眼欲穿也。"赵不能赞一词，惟颔之而已。居有项[顷]，三携银券一纸示赵曰："此某银号凭单也。我家主妇，令老身往收，然数百金若许重，双臂痛欲折，儿可为老身一行否？取得径造宝华坊第几家，门前绿杨一树，壁嵌小圆牌，颜曰"碧萝仙馆"者是也。会当还报主妇，令小婢伺门。"赵阅其券署曰："凭单收银五百两。"末署"西荣巷某号"印章，骑缝皆有号码，印泥若鲜。因语阿三曰："契妈请先归，儿当有以报命。"乃携单往某号如数取资讫，随踵阿三寓。徘徊门外，将欲叩门，忽双扉呀然一声，闻三呼曰："老身迟汝久矣。"赵睹閈闳壮丽，且前且郤[却]，三呵曰："儿为干母效劳，奶奶亦已知之，可入少憩，何逡巡为？"相将偕入。屏门里为一大天阶，夹道回廊，中间为大柱厅，空洞无他物，惟蓝呢大轿一乘。转厅后，逾一路拱，为大花厅。光怪陆离，厅中陈设，俱极华丽。三嘱坐堂隅，持银入呈主妇。小婢捧荼[茶]烟进，器并精美。小[少]选，三出语赵曰："奶奶寄语，今日重烦小老办，家无五尺童，酬应不周，请恕简略，并欲烦小老办一看银色如何？"赵未及答，一及笄女郎，已将银窝竹筐进，旋又一女郎捧原银出，置赵左右。赵不获已，为翻阅一过,历十分钟许。甫毕,垂髫小女又进鸭脯面,置中间大理石圆桌上,匙箸皆银器。三语赵曰:“絮舌竟日,忘吾儿饥欲死。有现成茶点,盍一啖之?”语未竟,屏后呼:“三姐来,为我告语小老办,暇时一来探望。妾家无男子,先人薄有产业,亲眷均非好相识。小老办既与三姐有母子分,情谊如一家,幸弗嫌简亵。”赵闻语,如春莺初转,使人之意也消。然毕竟纯朴,惟有唯唯告退。迨返肆,已交酉刻,夜分颇涉遐念,然终不敢萌张硕想也。自是以后,三姐数日必一至。至则非令收汇单,即理契券,间或持满绿手钏,往质库署数百两,未几又付银令赎回。如是者亦有年。

会清明节,赵归里省墓。三至肆,与店东闲话,并询赵家世,及兄弟若干人甚悉。谈次微露欷歔状,曰:“惜哉!此事恐不谐,白费老身许多周折,奈何?”店东叩以故。密低语曰:“君与吾儿非亲串耶?吾见伊长厚,久欲为之物色一佳偶,然低昂苦不就。吾家主妇,年甫二十外,彼孀守至今,盖六年于兹矣。夫家既无期功强近之亲,依傍族属,万分吃亏损。而外家兄弟,均有盘龙癖,好为牧猪奴戏,频向主妇强索孤注,彼益自危,久欲得磨镜者流,时在老身前,谈某小老办至诚忠厚,人甚可靠,似此则老身作伐,当无不谐。转念吾儿青年,安肯竟赘一文君?老身即与伊母言之,恐亦徒费唇舌。然此段因缘,果有成议,则吾儿一生,吃著不尽。老办以为何如?”店东固长者,闻三言,慨然以黄衫虬髯自任。乃徐语三曰:“此事当为伊叔言,毋徒负闻姥盛意也。”既而往见赵叔,备述妪言,且谀妇之富,绳妇之美,极力怂恿。叔意为之夺,顺道省墓,归与孀嫂言。嫂又惑之,以语赵。赵性固孝,虽雅不欲,然母与升[叔]均为主持,则亦无所可否。至是而议始定。赵叔先函告店东,既又与阿三往返商订再三,始以赵入赘妇家。成礼之夕,妇更备精宴,遍邀赵亲属,戚友咸集。妇一一拜谒如仪。容既美丽,姓[性]复温婉,望之不啻神仙中人。于是羡赵者,妒赵者,

谀赵者,毁赵者,纷然杂沓,不一而足。赵之店东,遇赵时有德色,不知扶余国王之局未终,而早已断送李药师也。既而赵以巢幕燕,代收汇单如故,料理契券如故,即典赎金珠玉钏,亦如故。忽忽几阅五月。

一日亭午,收汇单归,妇即以银与券付赵,往质库,赎取玉钏,归以授妇。妇令阿三为赵设午餐。既竟,妇举钏审谛曰:"噫!是岂吾家故物耶?子得毋为质库所绐否?"赵亟趋视,觉有异,果非床头人物。妇细语赵曰:"此钏即世上所称三万三石,价值不菲,一旦失去,虽有多金,不能再得。"语竟泫然。赵愤作色曰:"此非店伙错误,即属有意计取,当即往询明其事。"言已,向妇手取钏径去,汹汹至质库。叩门入,以钏示肆中人曰:"诸君试看此钏,岂吾家故物耶?"肆中人曰:"顷君赎去者,非此也,何混乃公为?"赵亦曰:"吾向所质者,亦非此也,何欺乃公为?"彼此喧辩,几二刻钟。赵忽大呼腹痛,肆中人以为急症,方施救治,而面色青紫,七窍有血,倒毙阶下矣。不逾一刻,而阿三至。未几,而赵妇亦至。并急遞赵叔,及某店东驰赴理论,将鸣诸官。质库主人惧,竟托阿三关说,赙妇以万金,赵叔千金,始得和平了结。叔以赵柩归,葬于其乡。妇犹缟素送殡,备极号痛。事毕回省,赵叔将与妇言,复至宝华坊,则华屋依然,而桃花人面,双扉倒锁,渺不知其所之矣。幸赵叔贤,以质库千金与嫂,复为两侄论婚于乡,然而赵长已矣。

(1907年第9期)

短篇小说:情天石(忏痴随笔)

张生朴,字公素,番邑人。年二十许,性倜傥,负才名,同辈多器之。顾名场落拓,屡试不售。重以时局困迫,内讧外侮,祸伏于眉睫间。生虽欲揽辔澄清，然权不我属，因放弃人事。惟以诗酒自豪，珠江月夜，雅宴流连，固翩翩裙屐也。十年前，谷埠笙歌，连宵达旦，备极一时韵事。生辄偕二三良友，跌宕其间。日者友邀生饮于某画船，忽有一丽人，年可十六七，态度娴雅，衣白罗衣，时金风初起，皓月斜照，清光袭人。丽人甫至船唇，觉一种英光，豁人眉宇。生亟赏之，询之友人，则某眉史也。生见眉史，魂魄若丧失，半晌不发一言。眉史见生，流盼送情，亦觉万缕情丝，胶黏而不能脱者。盖一点灵犀，两心相印矣。友人从旁静悟此中佳趣，笑而颔之。绮筵既张，群花各就坐，友特顾眉史为生侍酒。生乐不可支，既与眉史结一面缘，时时若有一丽人悬胸臆。后属以他务，未遑问津，茧足不至珠江者累月。

试灯节过，生忆眉史，因约友设宴招之。眉史姗姗来迟，瞥于人丛中睹生，便嫣然一笑。生情不自禁，诘之曰："卿犹识我耶？"眉史笑曰："那得便忘却？同舟共济，犹有三分缘，况共酌耶？"生知眉史为情种，寸心弥眷眷矣。香国旧例，校书侑觞，不及数夕，未许轻赋定情。生眷之既笃，酒酣，强某媪作撮合山。妪哂曰："痴郎情急矣！幸渠解人意，识荆后，微闻与姊妹花道郎蕴藉，宁非夙缘？老身拼掉三寸舌，为郎言之。渠得此如意郎君，想不辱没，请准备画眉妙笔，为君家续留佳话耳。"生爱其捷给，又恶其叨絮，不觉解颐，因敦促之。妪去顷俄，复回曰："事谐矣。"生附耳私语曰："渠索缠头费几许？"妪曰："无之，渠言郎君不是守财虏，此等风雅事，非菜佣可比，而索值耶？"生闻语，颇悔失言。漏四下，便询舟子曰："此何时也？"友既睹生与媪耳语，比闻舟子言，益窥悉之。洗盏以后，迟迟不肯更酌。或调之曰："君真浪费，辜负此黄金时间，独不爱惜。仆窃为君惜之，明日当设筵更为诸公寿。仆能为君关说，肯再破悭囊否？"生被嬲不已，一笑应之。酒阑，舟子提笼烛送生过因缘艇。东方既白矣，眉史迟生久，以为天曙，必不果来。及闻足音跫然，始慰渴望，两情鱼水，一枕巫云，此乐不足为外人道也。日晌午，鸳梦初回，睡觉美人，云髻半偏，玉簪斜插，愈形妩媚。生流连不忍去，故令膳夫具晨餐。眉史曰："侬昨宵已命之矣。"生感其意，益爱怜之。

甫就食，诸友联翩至，谑之曰："阿侬却为情颠倒，游遍巫山第几峰矣？"又一友曰："李四休管得，要约须见还也。"生起逆之。眉史睹客至，亟呼小鬟烹茗。坐定，询生以要约事，生具道其实。眉史亦笑曰："郎受此特恩，理宜图报，宁抵赖耶？"生曰："此等老饕，一闻哺啜，便饶涎欲滴，喉间格格有声，谁抵赖者？"友曰："尔两老尽舌粲连花，我数人却耳游檀岛。子食言多矣，今日犹忍令将军负腹手？"生笑曰："非惟不忍，亦不敢。"是夕买醉于眉史画舫，备极劝酬，生不觉玉山颓倒。眉史扶生就船舱，以参汤进，细意温存，历两小时，生始渐醒，宿酲犹未解也。由是盘桓匝月，靡夕不至。

眉史知生可托，辄欲委身事之。生戚然曰："情之所钟，正在我辈，金屋之贮，宁非素心？顾聘玉量珠，谈何容易？穷措大未敢萌非分矣。"眉史泣听流涕曰："妾怆怀身世，厌倦风尘。爱我如君，犹不一思援手，窃恐飘茵堕混，长此沦胥，奈何，奈何？"生讶曰："卿如此妙龄，便有身世之感耶？"眉史益号咷大哭。生慰藉之曰："何自苦乃尔？当徐图之。"眉史曰："似水流年，驹光易逝，良时不再，老大徒悲，君犹以妾根器浅薄，不足与言耶？妾命不逢辰，备尝坎轲[坷]，生平遭际，百感撄心，恐铁石人闻之，不免潸潸以泣也。"生怃然曰："有是哉？仆不敏，愿问其略。"眉史因自言先世本西粤之容县人，家赤贫，饔飧至不能自给。父邓姓，名猷。母徐氏，无子。有一妹，名巧珍。父嗜酒好博，胜则肥鱼大肉，沽酒归与家人痛饮，败则典鬻诸器物，驰赴博场。顾家中所有，不足以供孤注。妾惟与妹日事樵苏，纵爨火或虚，而杖头钱仍无敢少缺。母缘此郁郁成疾，医药之费，都无所出。未及旬日，遂告终。

时父犹在醉乡也。妾呼之醒，问计，父不名一钱，怆地呼号，迄无良策。邻有王姓媪，颇能周人急，薪粮告罄，媪以时恤之，称贷者屡矣。比闻母死，来助丧事，目睹景况，恻然于怀，慨赠数金，使市薄材以殓。且语妾曰：'你父好博，资财必不能假手，你可自往购之。'妾拜受讫，感激涕零，时妾才十四岁耳。殡殓既毕，即命土工穴地，葬之荒郊。失恃以来，姊妹花相对，益无生人乐趣。日者父饮于友人家，沉醉而返，坠诸河。妾与妹候门，竟夕不归，不觉骇异。凌晨闻道路人传说，前滩有尸浮水面。嘱妹守户，趋往视之，果吾父也。魂魄丧失，晕仆于地。嗣经途人灌救始苏，不得已又求助于媪。媪适拮据，乃携妾转贷于某尼。盖尼固与媪善，朝夕时相过从。闻媪言，解囊相助无吝色，并令人捞尸，一切殓葬，皆尼独任。妾受此厚德，自念无以为报，因决计削发皈依，为尼传衣钵。丧事毕，屏挡诸务，携妹归尼，以情告。尼不可，固强之。尼曰：'娘子乃红尘中人，非空门相。若既无可栖止，姑暂安之，异日将有一段作合奇缘。若既去，留妹事我可也。'妾闻尼言，似有玄理，不敢置喙。姑寄此以作枝栖。日月如流，不觉数月。有周姓妇者，年三十许，佣于富室胡姓，亦与尼善。岁时伏腊，尼尝以五香汤腊八粥馈妇，且时至其主人家。妇往来既稔，怜妾如风絮之无依，必欲收妾为义女，尼从旁赞成之。妾不忍重违其意，遂认为干母，愈见怜恤，时有往还。日者忽为妇主人瞥见，询妇以妾为何许人。妇以实对，主人目灼灼视，一若极涎妾者。妾视胡年五十余，须髯如戟，望之令人恐怖，亟趋避之。胡乃与妇言，其家正欲购一青衣，询妾肯降格相从否。妇不敢自主，还以质尼。尼笑曰：'渠非稚齿，当自择之，何能相强？'妇因说妾曰：'儿愿之否？渠家侍儿罗列，服役等事，自有灶下婢当之，一蒙青睐，便如天上人。且晨夕与母相对，缝衣瀚濯，母可效劳，计亦良得，儿勿失此好机缘也。'妾自念受尼与邻媪厚恩，无以为报，苟有所得，亦聊足相酬，遂允之。订值青蚨三十千，除还尼媪贷资外，尚余十千，举以授尼，权作妹饔飧费。尼拒不纳。妾曰：‘阿傅一日未为妹剃度，仍是篱下人。古人言‘一饭之恩不可忘’，安有寄食数月，而不给费者？受之，庸何伤？”尼知妾意已决，不忍坚却，受资讫，妾遂随妇至胡家。入门，谒见主人妇洎诸姬。主妇年近五十，面有横线纹，诸姬荆钗裙布，殊不类富家装束。主人老无子，纳诸篷室，为延嗣续计。顾妇性奇妒，仓庚之肉，不足以疗之，故诸姬俱莫敢当夕。主人以妾初至，逾格待之，以是尚无所苦。居无何，主人谓妾有宜男相，必使欲充下陈，向周妇风示己意。妇又说妾曰：‘儿福泽良厚，主人雅意，旦晚将赋小星。他日天降玉麟，当擅专房宠。母亦与有荣焉，儿修几世矣。’妾闻语，面壁不作一言。母固问之，妾怫然曰：‘阿母亦太忍心，独不闻宁妒而死之延龄妇耶？何强儿葬此生地狱也？’母语塞。返告主人曰：‘事不谐矣。’主人恨切齿，母以告妾，时有戒心。一夕漏四下，主人微醉，潜至妾卧室……”听至此，忽猝然曰：“事急矣，奈何？”眉史曰：“君毋过虑，妾自有解围之法，勿以他词乱人意，使终其说可乎？”生颔之。眉史因复言：“主人陡至，妾从梦中惊觉，遽呼曰：‘深夜至此者谁也？’主人遽前掩吾口曰：‘勿声张，尔主人耳。’妾闻言，亟推枕起，叩之曰：‘主人夤夜至此胡为者？’主人具道来意，作乞怜状，妾固拒之。主人怒曰：‘若真不中台[抬]举，今慰我饥渴，他日即为我抱衾裯，犹辱没尔耶？’妾泣曰：‘贱婢何敢言辱没？但谚有之，恐山鸡难入凤凰群耳。’主人曰：‘今夕无论如何，必达此目的而后止。’语未讫，遽褫妾衣。妾情急，狂呼有贼。仆役闻警齐集，主人始狼狈而奔。事后主妇备悉前情，防闲甚密，主人知妾志不可夺，乃思鬻妾勾栏以困辱之，妾犹未知也。会有某媪贩人为活，主人乃谓妾曰：“尔既不肯从我，当还我值，听尔自由。”妾曰：“婢自一身以外无长物，安得如许金钱？主人既不肯留，转鬻可也。”主人乃与媪议，不知订

值几何。既成议，促妾束装。妾遂与母洒泪而别，从此与吾妹伯劳飞燕，各判东西，时妾年十六耳。既抵东粤，媪携妾侨居旅邸。每日晨餐甫毕，媪辄外出，日晡始归。时或有妇女数辈联翩入，与媪寒暄数语，即亦兴辞。询之媪，则以亲串对。日者媪言携妾访珠江胜迹，妾不虞其有他意，欣然从之。泛棹鹅潭，登某花舫，即有儿女子笑语相迎曰：'姨妈至矣。'妾不胜错愕。媪嘱妾少憩，遽登船厅。妾久候殊不耐烦，诘之舟人，始知媪去已久。诘其何以不携妾，舟人始备告之。盖从此沉沦苦海中矣。"眉史言至此，哭几失声。生慰之曰："卿半生行状，言止此乎？"眉史曰："尽于是矣。顾犹有进者，妾当日既不肯失身胡某，今腼然作此倚门生活，宁不能一死以明素心，但念既堕风尘，徒死何益？且尼言犹在耳，或合受磨折亦未可知，故姑隐忍偷生。可待爱我如君者，为之救焚而拯溺，鹑衣粗粝，妾自安之。若犹弃我如遗，则惟有死而已矣。"生闻言，意良不忍，因锐然自任，许以勉为其难，眉史乃破涕为笑。

生方经营金屋，俟组织就绪，乃与鸨商。会是岁秋八月朔，珠江大火，兰挠[桡]桂掉[棹]，悉付祝融。翌晨生闻耗，趋往访之，惟见烟水茫茫，一望无际，惆怅而返。自是几废眠食，至今犹引以为憾云。

（1907年第11期）

短篇小说　艳情小说：好姻缘（耀）

炎凉世界，即婚姻大事，多持门户之见。而庸耳俗目，更挟一欺贫重富的思想，朱门自诩，萧郎陌路，好姻缘翻作恶姻缘，顿触有情人无限恶感。是岂月老错结良缘，抑天公故恶作剧？看官，你道炎凉世界中，竟有人焉？身为女子，不以丈夫之穷况而志摇，不以同群之鄙笑而意变，卒之养成丈夫伟望，享后来无量之幸福，斯诚好姻缘哉！

话说吴文绾者，字砚即，淅[浙]江山阴县人也。父母早亡，终鲜兄弟，而家复寒苦。年弱冠，游泮水，尚未议婚。时朝廷以科举取士，文绾操科举业，并潜心经史，一时文名大著，妇孺知名。奈屡困棘围，聊借舌耕以助毫砚。二三知己，有以婚事嗣续计为劝进者。文绾慨然曰："穷措大急思娶妇，其何能就？且一般之油头纷[粉]颈，趋炎附势，所在都是，与其坐对佳人，终夜抱牛衣之泣，甚或怨偶莫谐，下堂求去，以为苏季子羞，宁姑俟之。好姻缘，天将或不我靳也？"友甚然之。

时也，残冬已过，春景繁华，桃之夭，杏之实，尽为龙光点缀。

邻乡有富户陈氏，名大贵者，巨族也。年近六旬，以贩贾起家，惟利是视。妻白氏，颇贤淑，略无欺贫重富而白眼加人者。子少，未成立。三女居长，其长女嫁某宦子，随任异省去。次女适本邑方氏名唐，登某科武进士，豪华之状态，炫人耳目。三女及笄，名爱雪，仍未字人也，素失爱于乃父。然爱雪生有奇性，识字知书，自安淡薄，恒不以二姐之豪侈为然，常规劝之。二姐曰："人生求快活耳，舍现在安享而弗顾，宁非呆人耶？吾妹安淡薄，他日幸得一苏秦辈而嫁之，好饱领犁面敝裘风味。"爱雪叹一口气道曰："人生无定局，即如苏秦，宁可小觑哉？"言罢而退。伊姊妹言论，在爱雪本属无心，而二姐则竟恨之刺骨，必欲中伤之而后已。时母白氏，以三女年已长大，论婚甚切。二姐曰："三妹知书识字，非庸庸富贵之所能支配。邻乡吴文绾，富文才，名下士也。妹既安贫乐道，是诚天生一双佳偶。"母颇难之，姐转白诸父。父固薄视是女者，即倩媒媪往文绾处求婚。文绾初疑之，继而又以为富户之仰慕名下士也，亦姑许之。议将成，事为爱雪之侍婢春香所知，

私告于爱雪。爱雪暗忖:“父姐们何为故意弄我?然三生石上,大有前缘。且吴生学足三余,他年雁塔题名,便另一个神仙富贵相,夫岂终有寒酸气者?”因对婢曰:“婚姻自由,中国儿女现尚程度未足。父母既为侬定议,固所愿也。”婢将爱雪之言告诸白氏,氏见婚议既定,而女志又如足其洒落,遂成之。是年,爱雪出阁,归文缩家,荆钗布裙,相得甚欢,夫妇间大有如宾之乐。

时也,阳春烟景,又来满目韶华矣。三月中旬,为老父大贵寿辰。到时,贺礼预陈,戚友纷至。除长女随夫任去外,其次女夫方唐,少不得厚办礼物,十色五光,偕同内室归宁祝寿。当时酒筵广设,贺客盈庭。文缩与爱雪,亦勉强办些薄物,随同祝寿。母白氏,以爱女故,亦未尝不为女遮掩薄物也。筵宴之间,次婿方唐罗绮辉煌,故炫耀其一种豪概。而安于穷秀才本色之文缩,固志不在此,而亦任彼之阔绰而已。无奈,人情冷暖,席间之亲戚、之朋友,男男女女,长长幼幼,靡不惟方唐夫妻二人之华丽是慕。有笑容满面者,有发声叹羡者。眼有望,耳有听,口有道,亦均注在方唐夫妻身上也。人之稍知情理者,当难为爱雪耐。而其仰承二姐颜色者,其丑态难以言尽矣。忽座中一人问爱雪曰:“令尊红日当升,有甚厚仪致敬?”爱雪未及答,二姐抢口言曰:“是一对好男女耳。”满座哗然。文缩意不自安,乘隙退出,寻而爱雪亦退。入暮返家,文缩愤犹未释。爱雪慰之曰:“丈夫求自立耳,浮云富贵,此何常哉?妾之适君,所以极茹苦含辛,甘受而无怨言者,以丈夫才禀兼优,将其风云际会,大有可慰者在也。寿筵之上,彼等虽无状,丈夫亦奋求自信可矣,奚以戚为?”文缩闻之,如梦初觉,深谢不敏。由是益自砥砺,虽古之所谓刺股悬梁,不足道也。忽忽焉又届秋六月,桂花吐白,槐子铺黄,朝廷为破格用人计,求济时艰,谕开经济特科,凡属稍通经史之士,莫不驰驱皇路,预庆弹寇。文缩经史业操之有素,跃跃欲试,而苦乏资斧。夜月更阑,愁绪欲绝。爱雪爱其情状如此,询之。文绾具以对,爱雪曰:"丈夫有志云程,何戚戚若此?妾薄有奁饰,典之可助行费也。行矣!伫看探花郎,早惠莺莺泥金报。"文绾欣然谢之。于是起程北上。行时,爱雪送之,口赠以诗云:

萤窗雪案几磋磨,长剑无光煞笑多。郑重前程千万里,撩人花柳意如何?

文绾闻之,惧爱雪意之未释也,随亦口占和之曰:

宝剑含光久已磨,风尘骐骥出群多。长安不是临邛路,花柳撩人【意】奈何?

说罢,拜别而去。时轮船初通,不十日已抵京城,寄寓某寺。试期已近,文绾只得填册备卷入场。试毕,时文绾所对安边策,极为淹博,主司击赏,拔以进呈。旨下,特赏探花,加安边大巨衔。斯时文绾引见,蒙朝廷不次之擢,好不荣耀。某相国有女,未适人,具酒邀文绾,欲许以妻之,明示之意。文绾辞曰:"厚蒙相国青眼,奈使君有妇,宋弘有言'贫贱之妻不可忘',愿相国见谅。"某相义之,暂作罢论。

却说文绾特简后,筵请者无虚日。时提塘之报,犹未到乡也。爱雪在家,日盼泥金,甚切望穷措大得泄一肚气。喜鹊未报,亦聊自闷里生活已矣。无何,悠悠岁月,计届经济科发榜期近,又遇伊母白氏寿辰。爱雪念母平日怜爱故,亦欣然返母家祝寿。是夕,就在母家筵宴。二姐们均坐席,一场闹热,与祝父寿时筵席相仿佛。堂中恭祝声,与席外弦管声,嘈杂若不可辨,纷纷扰扰。忽一人自外跑入,手执题名录一纸,笑嘻嘻的,言曰:"三、三,三姑爷高中矣!"众惊愕争看。无何,京报人亦到,入找特赏探花安边大臣的夫人道贺。斯时也,堂中人等,有向爱雪道好者,有赞爱雪福命者。眼有望,望爱雪。耳有听,听爱雪。口有道,道爱雪。堂前爆竹声,门外讨赏声,令人快绝叫绝。时爱雪一一接应。二姐赧颜贺曰:"今而后恭喜三妹好好一个夫人矣。"爱雪坦然曰:"苏秦宁有发达哉?诚如姐前言,妹固饱领犁面敝袍风味久矣。吴郎侥幸成名,何容过誉?况妹之得与吴郎成婚者,姐之力也,异日当具一席谢媒酒,为姐酬敬可也。"二姐知其有意申泄,赧而退。父大贵,亦随众忙扰,备舆送爱雪归家。盈门道喜,好不闹热。俄而文绾之墨信至矣,银号之汇单又到矣。屈指一月外,文绾告假旋里,父老子弟,侧道而迎,乡人啧啧称羡。抵家,爱雪堂前迎入。文绾备与戚友周旋过,张筵极欢。戚友散后,文绾曰:"吾今始一洗寒酸气,爱矣。"雪曰:"郎勿自足,厚德乃载福也。"文绾亦深感佩之。适爱雪之长姐,自某省告假回籍,投刺请见。襟兄弟,姐妹们,久别团聚,意甚乐也,欢罢告别。文绾向爱雪问曰:"二姐夫方进士,独不屑与穷措大相见耶?"爱雪曰:"方姐夫已被逮矣。"盖方自文绾上京后,以夤缘补都司,日前冤杀民命,为苦主上控,被上司参革拘囚也。爱雪曰:"满招损,其是之谓也。"相与叹息久之。言犹未了,见其岳母白氏,带同二姐踵门,求爱雪转语文绾,往见上司,为之营脱。爱雪以母故,使二姐面求文绾,二姐哀求文绾,目不敢仰视。文绾亦不念旧恶,许诺之,竟为设法解免。由是乡闾知者,无不交颂文绾之雅量。

越年,文绾又膺特命,节制诸边,履任,爱雪偕行。抵京,未召见,先谒某相国,至则门前挂白,不胜错愕。未几帖入,内传一请字。文绾入,瞥见一素妆女子,端庄凝重,肃立帘前,娇声让进。自言曰:"妾玉莲也,先相父已逝世矣。前者吾父有言,欲将妾身托君以终身。今不幸先君见背,留此茕茕弱质,衰柳何依?望君全之，以慰先君志，虽箧室所自愿。盖乐得与雄才偶也，抑亦完前议耳。”文绾诺之，归为爱雪述。爱雪喜甚，愿享平等之权利焉。文绾遂娶之。后文绾位至元戎，爱雪生二子，玉莲生一子，皆显达有才望。至今浙省称巨族焉。

评者曰：人生富贵、福泽亦何常哉？彼庸庸者稍享庸福，便沾沾自足，且以骄人。识者知福相之微矣，如爱雪者，特具慧根，自饶慧福。无他，能惟安贫者乃能享福。顾普天下才子，毋恼毋躁。

（1907年第12期）

短篇小说：孽缘公案（忏痴随笔）

珠江花舫，有松天秋月者，花世界饮客，莫不耳其名。其主人林某，恒植二三钱树，借别船为藏春之所。历年既久，蓄资颇饶。尝语人曰：“齐人一妻一妾，遂施施作娇态。吾窃不取，非左拥右抱，与河东狮鼎足而三，无以显老夫伏狮手段。”由是不数年，果置侧室二，从此温柔乡里，顾盼自豪。一时个中人，靡不羡之。林有妡妇曰“大眼转”者，操小舟作生活，恒渡阔少往饮于大沙头，因并以牵头（粤谚谓之扯皮条）为业。转有女名润好，年华二八，风致嫣然。客呼转艇者，每当容与中流，辄欲入以游语。润好似愠非愠，秋波略睨，似恼客之唐突者。润好性好洁，客之衣履不整者，欲邀润好一盼而不可得。以故虽生长珠江，往来于东濠、谷埠，依然是云英未嫁身也。转以润好年长，屡讽使择人而事，否则将婚蜑族。润好乃告母曰：“儿不愿浮家泛宅，终年如蓬飘海上，亦复何味？顾儿阅人多矣，纨绔少年，性情轻薄，既不易谐白首。马齿稍长者,非室有狮子吼,则濯濯童山,浓髯似戟。儿念及此,儿念早灰矣。”转乃慰之曰:“儿勿虑,阿母当物色之。”

居无何。有大腹贾何某,常饮于大沙头者,呼转舟以载,睹润好,魂若被攝去。何强自镇出窍者,按捺而纳于躯壳中。比至,诸客出迎,何惘惘如有所失。转乃扶掖登船与诸客寒暄,皆错愕失常度。迨入席,擎杯默然。妓有举酒向攝,魂之呼某少者,何瞠目若无睹,不饮亦不应也。座有黠者,知来自转艇之使润好故,乃拊肩笑谓之曰:“君何颠倒乃尔?虽然,君之赏识颇不谬,何大声作红娘,为风魔之张生,作攝合山可乎?”甲颔之,亦不答,面微赤而已。必以翌晨,何返舍,就枕假寐,辗转不交睫。忽睹润好姗姗来榻畔,何狂喜,牵请其衣袖,使之坐。润好嘿不语,微睨而笑。何方欲有言,忽问[闻]呼某少者再。睁目而视,则见垂髫婢立帐前,手持一函云,自阍人传入者。何恍然,始悟所历皆梦境。睹函末,

知发自某客所,则大喜过望,急呼盥漱。展函仓猝不得启,乃就唇以唾沫润而撕之。函发,寥寥仅数言,云今夕会于某花舫,当有以报命。何喜极,不俟晚膳而往,呼转艇无应者。榜人谓阿转才渡客往大沙头。何默念必某客所为,为便于畅谈计,转念润好若在,聆客言不知若何愠恼。忽又自解曰:“客素解事,断不唐突至此。虽然,吾当急侦之。”乃觅别舟去。抵花舫,见一人匆匆自船舱出,视之转也。睹何至,意殊落寞。酬应一二语,竟自去。何私念曰:“事不谐矣。”某客迎谓之曰:“君向来赴席必后至,今夕何神速也?”何知其嘲己,亟牵客袖诣烟炕,问顷间消息。客摇首曰:“大难大难!渠愿太奢,恐不易办到。”何曰:“金钱乎?十斛明珠,吾所不惜。抑别营金屋乎?吾筹之已熟,决不令大妇同居。如是足餍奢望否?”客曰:“君虑亦周匝。虽然彼所求之目的,尚有百思不到者。”何亟请其说?客曰:“君之意中人,谓非照婚嫁俗例,礼备六,书备三,以彩舆迎之,以仪仗导之,则虽金重等身,决不从命。

此非极疑难之问题乎？若转则金钱主义，固易与者。”何沉思久之，乃向客曰：“姑允之，然后徐图转圜。世俗娶妇，多以聘娶不如议，大生齟齬，而其后卒帖然者。且有名则平妻，而实居小星之列者。世间女子，特患不善温存耳，何虑为？”客闻言，似甚激刺者，点颔不绝。有顷，客毕至，携花入席。甲善饮，连举数巨觥，一若脑筋中，有非常快乐者。举席皆讶甲今宵之举动，何以迥异于畴昔也。无何酒阑，东方渐发亮。海珠炮声，遥震耳鼓。群雌粥粥，各鸟兽散。何乃别客先返。抵家，暗中运动一切，布置略备，预嘱婢媪，无使闺人知。纳采期近，乃使人风示转。转至是始以情语润好。润好诟怼曰：“儿本自由身，婚事谐否，须依自主。娘以金钱故，竟轻易许人。虽然，必有似[以]自处。”届期，何备白金纳聘如礼。润好亦舍[含]笑登舆而去。

归何未逾月，有泄其事于何妇者。妇大兴娘子军，登门问罪。何不能为左右袒，乃舆润好于其家，拽令叩头，受妇命名，如初入门式。润好不敢较，而怨怼之容，现于眉睫矣。何素有烟霞癖，恒达旦不寐。妇使婢媪复时时瞷之，由是润好益不自安。恨何，并怼其母，幽怨之态，非楮墨所能罄。忽一日，妇归宁，使润好从。妇母家固乡居者，虑己乡旋，则润好将擅专房宠，乃以作伴为名，挟润好与偕。润好亦姑随之。未旬日遄返，偕附火车。抵黄沙，忽失润好所在，侦骑四出，杳无踪影。返家，以润好乘间逃去告何。何大诟恚，然无如妇何，乃悬巨金侦缉之。自是何起居顿失常度。何之友返自港，绐何曰：“吾途次恍惚见润好。”何即日附轮往港，遍侦不获。废然欲返。或又绐之曰：“安之非逃匿濠镜？”何闻言，复如澳，大索十日，冥冥如故。何眠食俱废，形状若发狂，终日书空咄咄。

某客闻而怜之，乃诣何忠告曰：“君许别营金屋，而其后竟不如约，纳诸大妇势力圈中，此润好所以逃也。虽然，润好非水性者。今虽暂匿,断非张公子、刘武威一流人物,挟与俱逃。或者潜匿母所,筹所以对待之策,然后与君再要约,未可知也。仆请诣转艇,察其形迹,徐为君图之。”某客既别去,何废寝食如故,咄咄书空亦如故。翌晨客来,手一函相示,且曰:“此事纵非转所为,然转太强项,且谓将向君索女。吾已谋之警局某君,某亦为君不平,行将施以压力。此函即某君所贻也。”何读函毕,不置可否。徐曰:“一以委君。”客遂去。何仰卧醉翁椅,神思惘惘。蓦然自椅中跳起,抚髀雀跃曰:“噫,吾得之矣!”越日使家人往市金猪饱面等物。家人不悉其用意,姑如命购办。何嘱送往转艇。盖是日转初度,何思感以情,冀转或为情动,不忍终匿润好。转亦知其意,厚犒来使,且使致词曰:“转何忍负某少?惟某少哀怜之。”何知计不行,愤气填胸,惘惘复如故。日者客至,朗声告何曰:“已逮转矣。转实见润好,且知其匿处。问官已讯悉窝主,刻正签拘,想不日定可珠还。君亦愿闻消息否?”何曰:“吾雅不愿置转于缧绁。虽然,事已至此,敢问谁作逋薮者?”客曰:“‘松天秋月’之林某也。君观是人,信欤?”何曰:“吾素知林与转有故。然林饶于资,何至是?噫嘻!吾今而知世上人,洵难测矣。”话未竟,忽睹一衙役持票入,厉声问何曰:“汝即何某否?吾奉委员谕,传汝对质。”何闻一官字,已惊惶失措。张目向客曰:“我固知此事不妙,今焉置此?”客曰:“委员但请君讯颠末耳,行何畏?”何不获已,强随彼去。行数里,抵一处,何惘然不辨途经[径],亦不辨为官衙,为公局,但见高坐堂皇者,俨然官也。兵差环立,叱何使下跪。何亦不觉膝之何以遽屈。张目一睨,则见匍伏身旁者,尚有二人。谛审之,其一林某,其一则转也。问官遥谓之曰:“汝知诱拐串拐,当得何罪?”何曰:“不知。”官徐曰:“按律当缳首。汝控此二人,二人之命,悬诸汝手。汝细思颇有舛误否?”何俯首犹豫,露不忍之色。久之,乃答曰:“某何忍置之死?某所求,但得逃妾耳。请堂上问问转当自知之。”官曰：“转实不承，讵能刑逼？此案情节重大，当移县发落耳。”语毕，遽退堂。役复促何行，出门返顾悬额，始知为巡警局。转随于后，絮絮诟詈。林某复和之。何不能措一词，愧愤交并，汗涔涔下，迤逦行，足重茧。无何抵县署，狼差鹄立两行，面目可怖。何此时方寸扰扰，如辘轳，如悬旌。少憩，闻堂上传呼声。导者偕何拾级上，问官南面坐，何等跪如前。官环质，林某语侵何，转亦痛詈。问官不能定谳，乃命押候。某客闻之，虑何有烟癖，将不堪其苦，乃百计营救之，何始得具保出外。转与林某，遂如笼中鸟，辗转于囹圄者月余。

初，转之被逮也，有为转计者曰：“汝虽不知情，然问官诘汝，当请具保出处访查，然后徐图解释。否则瘐斃狴狱中，于汝终无益。”转私计此言亦良是。翌日传审，转即以此言对。官诘之曰：“吾今悉汝，汝究从何处访寻？”转对以将往戚串家，遍侦其消息。官曰：“汝戚伊何？”转曰：“吾女未嫁时，以小舟逼仄，恒栖息某花舫。花舫之主人某，爱吾女甚于爱若女，闻吾失女，当不知若何焦灼。故欲就商于某，伊究系男子，较之吾女流，当有卓见。”官使述其名，令书吏笔之，盖即“松天秋月林某”数字。林于转之遇事也，欲有所尽力，而无可图。是日方品茗茶肆，正卢仝七碗，两腋风生之际，讵为逻者侦悉，贯以黑索，琅珰过市。市人有识之者，谓必触某阔少之怒，否则违章泊船拘案罚惩而已。及抵局睹转，始恍然知以润好故。虽极口呼冤，然以转一语株连，又不得不效楚囚对泣。转意良不忍，力辨林之无罪。问官察林无狡狯状，亦心知其妄。然格于例，不便遽开释，乃曰：“吾将行查某局，察尔平日行径如何，然后许尔其保。”林无奈，只得跼促于黑暗界中，食则粗粝，居则湮湿。未旬日而大病。病几殆，看管者惧其就毙，乃为之请于官，命觅保省释。先是，林之子数请具保，官以行查未覆拒之，至是疾已大渐，载以小舟，半渡而逝。转闻林之死也，哭失声曰:“我虽不杀林,林实由我而死,异日何面目相唔于九京耶?”由是辍食者屡日。而润好则杳杳如黄鹤,终莫知其消息云。

(1907年第15期)

短篇小说:惩忿镜(敕)

麦某,顺德之富家子也。颇娴技击,馆于邑之勒流,其徒数十,教师之名,震于远迩。然性恬傲,且恃家拥厚资,恒召集无赖辈,作不法事。无赖辈亦籍之为护符,凌轹贫弱,以故乡里多侧目。

有一老僧,挟一徒,云游方外,卖拳棒以作路费。一日,在勒流演武,将开场,适为麦所窥,麦思有以辱之,遽向前曰:“呵呵,老和障,你敢班门弄斧耶?你有胆力,敢来试一试?”僧见其年富力强,不敢与较,怡其色,柔其声,答曰:“区区薄技,非敢夸异于众,特老衲将有远行,聊借此以少助路费耳,幸勿见怪。”麦以为怯,益复欺之曰:“你独不闻麦某大名耶?此处乃我势力范围地,你敢在此搬演,是明有意寻衅。能则与我立比高下,否则即当迁避,毋激乃公怒也。”僧不得已,隐忍迁回旅店避之。方谓彼以逆来,我以顺受,持唾面自干之主义,彼纵凶顽,未必忍再以非礼相加。讵行装甫卸,即闻人声鼎沸,远望麦声势汹汹,与其徒蜂拥而至。向之大喝曰:“你到处骗赚人家钱财,谅为不少,视尔骗财多寡,须抽五成,作我辈饮资。不然,即驱尔境外。”言下大有不肯干休之势。僧知其不可以情遣,解囊以百钱予之。麦少之,再予百钱,仍少之。僧忍无可忍,斯时怒气,已如箭在弦上,蓄极必发矣。然默思彼众我寡,恐势不敌,亦姑听之。讵麦年少气盛,必欲在众人前,显夸其技,且欺他老弱,固邀与之一角。僧始不允,后难之再三,且经旁人怂恿,僧乃对众宣言曰:“老衲今日所处之危境,诸君所

共睹也。老衲非不含垢忍辱，然势已至此，尚有何言？角亦败，不角亦败，无已，唯命是听。虽然，寡不敌众，弱不敌强，诸君之所共知也。一人敌一人，一器敌一器，乃为公理。且两虎相斗，必有一伤，倘有意外，各安天命，诸君其许我乎？”麦允诺，众亦愿作证，乃择一空旷地，为竞斗场。众愿随往，作壁上观。麦持一扒，耀武扬威，已挟必胜之势。僧空手而往，雍容闲暇，若不知战斗者然，众咸惊讶之。僧临行时，嘱其徒曰：“尔温水伺候，吾回时一洗浴便行也，尔谨伺之。”

到场后，脱其袍，以手扭之，如长绳状，肃立以俟。旋见麦大喝一声，挺一数十斤大扒，如猛虎下山，饥鹰侧翅，向僧刺去。僧不慌不忙，以袍拨其扒，扒已坠。进一步，以指削其手，手若断。以手指其身，身立倒。斯时回顾两旁观者，已睛为之定，目为之呆，神为之移，魄为之夺，而喝彩之声，欢呼之声，已纷杂于耳鼓矣。当麦败时，其徒欲前赴救，后经旁人讪阻，卒不敢前。僧回店，水犹未热，浴后，即向黄连北上。至一歧路，有老翁某，在此卖什物者。僧嘱之曰：“阅数时许，有年貌若干，体魄若干，追寻老衲斗者，然其体已伤矣。吾有一丸，留此，倘若追至，翁其以此丸予之，开清水冲服必愈，否则三日后毙矣。翁谨记吾言勿忘。”

当麦之初败也，已中僧点脉术，阅一时许，始起。询诸旁人，问僧何往，人言已向黄连去。麦乃荷一扒，追踪而往，言誓必得老僧而甘心焉。追至歧路，神魂已失。老翁见其形迹可疑，询之，并以前言相告，且以丸赠之。麦以为辱也，接丸投之水，言必寻之复仇乃已。讵言不移时，而已足将进而蹶蹶矣，后回去，肤现黑痕，日夜呼痛不止，果不出三日而毙云。

（1907年第17期）

离奇小说:狡骗(俊叔译意,愚公润词)

余生平赋性好奇,每研究化学,以翘适其精神。亿当一千八百九十五年时,一日,正当斜阳欲坠之际,游罢返家,侍役司利华近前言曰:"主人已返乎?书室外现有一女子,系尼姑装像者,立候请见。"余闻言,暗忖自已生平,并少与女子结识,更何有什么尼姑?今据侍役者言,未识果属何人到访,因自趋往书室相见。至,果有一少年尼姑在焉,察其衣服模样,是由罗马教堂来的。当时尼姑见余,即起迎,婉言道歉,谓闯进唐突,伏乞原谅等语。随达彼之来意,本为求捐义款,救助穷民起见。余心中却甚悦其有救人之善举,即予以英金二磅。该女子称谢而别。余亦不甚理会,因斯时余正发明一种无烟火药。但得此药制成,必为战场妙用,且药性纯而无味,又不易爆炸。惟如何成效之处,尚未完备。深恐久延无成,势同画饼,所以精神向注。

复一日,余方独在化验室凝思,侍役司利华引二客入,来得飘忽,殊深诧异,则以二客之素未谋面故也。第见二客中,一客先入,面犂[黧]黑而高大,眼虽小,却闪闪有光。其一则体瘦而无须,惟头发甚浓。余见了,并未启言。而客之老者,向余言曰"冒昧进来,请乞原宥"云云。并接言:"余名吕云。"复指其同来之人曰:"他为吾友哥老士君。今日之来,盖有求于君者。"余让之坐。老者言曰:"余与哥老士,于去年夏间,在国家化学会内,闻君演说无烟火药一事,知阁下所欲发明者,实与弟等二人所欲求者,正是同调。惟弟等以艰于阻碍,故未经制造。倘阁下一旦发明有效,禀详国家,许以专利,是虚劳弟等半生苦学,情实不甘。因特躁进求见,俾从中商酌,协力讲求制法,亦得权利均沾也。阁下以为何如?”余见其言语,来得奇特,遂起疑团,询之曰:“汝所言余发明者,究指何事耶?”哥老士曰:“余所言者,即汝所欲制之无烟火药耳。”余触起大惊曰:“余并无此事,想汝错认耳。且余于此事,固未有对人言者。”哥老士曰:“余等之言,亦闻汝日前演说得之耳。君所欲为者,正与余等同其目的也。君如弗信,可取余日记部质之。”旋就衣袋中,取出日记一部朗诵。余听之,转觉彼等之心力,尚胜余一筹。哥老士诵毕,其友吕云曰:“哥老士君所记之言非虚也。阁下虽在伦敦,日将此物考验,然余等亦在干和(英国西南)考验,无以异也。惟我等之考验室,略为大些,且地方僻静,能吸当天空气,化验似较胜于阁下。今阁下研究到何处,并缺何物,而未能达其目的,我等亦知之。阁下所欠缺者,是是是……”说至此,口复略停。少选,复曰:“我等已寻得阁下欠缺之物,然尚未完善,故我深信阁下可与我等相得益彰,协力为之,事必有济。不知阁下其有意否?”余未敢答。吕云复曰:“我等所要求阁下者,因我等发明此药,将近成功,献诸德政府,已许有价银一兆金磅。若阁下先成之,独享专利,情实不甘。故要汝合办耳,余等将将将……”说至此,面起怒容。哥老士接口道:“羌路持君,尚其宽恕。顷吕云所言,为财政计,且于名誉大有关系。如阁下允到干和,我等之化验室,定将君所未及知者,开诚相示,愿阁下思之。”余答曰:“余为此药,非为财政起见,亦为国耳。倘余制成此药,送至英皇家,定推为战争利品。若徒为财计,余无妻室,何以钱为哉?”哥老士曰:“若无家室,无怪其然。然我等各有妻奴[孥],须求养赡,诚不能不为谋利想也。君如允合办,彼此互有资益,有何吃亏呢?”余初时本甚愠二人之行为,今听他言,转喜二人之或能助我,遂对哥老士曰:“汝能否将草记部给余一看?”哥老士即以部给余看。余看毕,谓彼曰:“余今未有酌夺。汝明天来,余有以告汝。”二客告别,余亦停止考验,靖思之竟夜弗能寐。

辰十点钟时候，二客复至，并带有少妇来，哥老士自认该女子为伊之妇。惟予乍睹女子，觉颜面甚善，若似曾相识者，惟记不出何时何地曾见得来。各坐下。予曰："昨日之言，亦是有理，故予亦以为合办甚佳。但合办之法，自当签约。待制成时，须先呈英国，如英国不用，始能转呈别国。能依吾言，就此合办便了。"吕云闻言，似有不豫意，惟哥老士夫妇均允照办。哥老士妇曰："姜路持君，须早预备到干和签约可也。"余答曰："甚善。迟两天可往，并带余倩律司[师]拟定合同往签便是。"哥老士妇复曰："余等之屋在亚树村，村近海旁甚静，汝搭火车到村前车站，必着马车候迎。如汝在伯定顿早五点半钟车起程，约晚餐可到矣。奈致君跋涉，实属有劳。"余答道："数点钟火车，何足介意。"言罢遂别。别后，余即往余相识之律师求代拟合同。律师允之，于是夕将合同交我，并嘱细心，勿为人所算弄。余诺之，即部署一切，届期由伯定顿附火车，而一路风景清幽，饱吸早凉空气。

及抵亚树村，果尔日落西山矣。忽然大雨如注，远望有马车一辆俟候。哥老士妇在焉，喜迎曰："姜路持君，今已来耶？"乃邀同上车，执辔人放缰，马跑而去。约历一点余钟，车抵哥老士家。见其屋是古式，甚宏厂[敞]。俄有一传役奴启车门，哥老士妇并余下车，嘱传役代检行李入内，来告知主人。哥老士妇，引余到一大厅，坐下不久，门忽开，而哥老士及吕云入，随行有二猎犬。身穿雨衣短袂，似从游猎而回者。见余即前握手为礼，说的套话，更引余另至一房息抖精神，乃用膳。少顷，锣声大振(富户食餐以锣为号)，余遂往餐楼用膳。吕云对余曰："羌路持君，请饮此砵酒。因藏之已久，味纯而旨也。"余即饮一杯，仍殷勤劝饮。余道顷有公事，不敢多饮。哥老士妇曰："今夕天寒，宜返我丈夫书房栖止。"抵房坐定。哥老士曰："君既带来合同，盍给我看，合即签押。"余返厅上，就皮袋中取出合同，回近房门，闻哥老士妇云："劝他多饮些，便易成事。”余闻惑甚，而房内声亦止。余入房，见桌上有架啡茶在焉。余坐定，将合同交与哥老士。哥老士执过合同，即欲签押。余止之，命彼呼侍役来，可作证人。哥老士掣铃，侍役入，乃签名。侍役亦签名。签毕，哥老士妇曰：“事已妥矣，请饮架啡茶。”余一吸而尽。他又曰：“今可将密事斟酌，何不到化验室，将各物一试？”余允之。三人起行，吕云执灯先行，过一楼复经天阶，乍见一物，如大黑团，乃是一个气球，系于地中铁环上。余不禁大惊起来，问是何物。哥老士妇曰：“此余等之戏具也。余甚好驾气球，以为消遣。”无何，到化验室，见房中佩有电灯及仪器各事，惟嗅有一种恶气，令人欲闷。哥老士曰：“顷午间，曾在此合药，故气犹未散，待启窗纳入空气，便消除去矣。”是时余觉头晕眼眩。哥老士曰：“羌路持君，何作此态？”余答曰：“未悉由今日久屈火车否？”哥老士妇曰：“如此，料君亦久屈火车致之耳。然则君今夕不宜在此化验室，早睡以静养可也。”余此时本欲细察他之化验各事，奈头眩如此，不得不依哥老士妇之言，回房抖养矣。

入房后，头更大痛起来，如沉沉醉醉一样，竟夕弗能成寐。然心却甚醒，惟弗能起动。于朦胧间，闻有女子声，曰：“须要小心，不然，致惊他醒矣。”又闻哥老士声曰：“无用惊，先时他所饮之架啡，余已落重睡药，又何以惊扰为？”续又闻伊告吕云曰：“我将助汝扛他至空阶。”哥老士妇曰：“以快为宜，以大风略静故也。”余闻此等言，不胜惶惧，毛骨悚然，即张开双目，札起不能，若有大石向余身压下者。张眼一望，始知余手足已被紧缚矣。鸣呼！入此牢笼，受人圈套，余是时有望上帝默佑而已。余遂展转床中，极力转动，希冀开脱。忽闻哥老士妇曰：“他仍未死，且有醒状。”余更张望余身已睡在化验室之地板上，不禁大呼曰：“天乎！”余见化验室中，惟有一灯如豆，如黑暗之世界。少顷，吕云及哥老士，将余扛至天阶。讵料一吸空气，便苏醒起来。余始吃惊，冷汗竟涔涔下，遂问曰:“汝等何为将余缚束,欲干何事?”余说时,他等不作一语。余大声告老士妇曰:“汝本女流,当有慈悲的心,胡竟坐视弗救?”吕云怒言曰:“汝勿多言,吾将取汝脑袋。”说完,即着哥老士取一绳来,乃将余绑在一板上。予曰:“汝欲何为?须明说之。”吕云曰:“汝将往游月球。汝勿造声,不然余先取汝。”哥老士携灯天阶,手执一大玻璃樽,及一铁罐,并系之于绑余之板下。更将余板等全系气球之铁环上。时余已魂飞魄散,忽见哥老士妇行近余身旁,低声对余曰:“我来报汝一消息,现汝手所系之绳,是稍松的,如用力一推可脱。惟板下之二瓶,蕴有烈气,一见日光,便即爆炸,汝命则休矣。”他说完,该气球渐渐上升空际,越起越高,不由自主,气球亦飘流靡定。所幸者,能于气球降下,然后日出,或有更生之望矣。猛忆哥老士妇言,用力一伸,双手系住之绳果断。余急欲击碎其玻璃罇,俾烈气泄去。惟身中别无一物可用,乃谋别法。起坐板上,自由活动。遂沿绳而上至气球,用手及牙,出尽生平之力,挖一小孔。及后,越开越大,可容得手入,时气力已竭矣。甫开完,渐觉天星已稀,若报晓而将出日矣。惟时,气球亦渐渐下降。日始将升,余心更着急,惟祈祷气球之速下已矣。果然上帝怜护,命未该终。日未出,而气球先落,坠于旷野之树林。

余虽脱险,回思前事,竟为之昏瞆。醒时,始知我眠在乡落一小室之床上,原该屋主适打猎,见余晕倒,救我回家者。他饮余以佛兰地酒,余一吸而尽,精神略定。我将前事对他说知。怎料因惊致病,还幸二天即愈,遂与屋主告别,感伊拯救不尽。旋往附近有司报案,并将哥老士等之住址详报。该有司闻报,即发电至伦敦警察长。警察长即发警兵一队,往亚树林村,围搜哥老士之屋。不料警差抵步时,屋中已杳无一人。及余返屋时,见伊写字台上,有信件多函。捡视之,内有函云:

羌路持先生鉴，余等耽视阁下，新发明无烟火药，不止一日矣，惟不幸而所谋不遂。阁下又庆更生，诚出意料之外。余等曾已离城他去，一去便如黄鹤。阁下实不用追寻，惟余等敬告于君，如日后有机密事，或草记部，不宜乱放。汝曾记忆前六阅月，有一少女，伪装尼姑到阁下书室以求捐乎？此即予之妻也。当时适君外出未返，故得窃去君之草记部，予等非有聪明慧思，而可以发明无烟火药者，特骗君耳。往者不可追矣，谨此留别，尚其珍重。老士吕云同顿。

（1907年第18期）

社会小说：烟海回澜（伯耀）

张生字雁群，陀城侨寓。少操八股业，年弱冠，得游泮水，掇采芹香。娶妻贾氏，虽商人女，而读书识字，智慧过人，亦女界中所罕觏者也。张生笃爱之情，即鱼水欢谐，有难以状其依恋者。奈张以一介书生，才华自诩，每于绿窗春午之余，黄卷宵深之际，横陈一榻，卧对孤灯，捻崖竹枪，弄青草斗，藉与芙蓉仙子，为解闷遣怀的乐趣。久之，烟葭锢疾，若结不解缘，而鸦片瘾深，萤灯味淡，茫茫烟海，已不觉困倒一个好少年矣。妻贾氏，日久见张生如此情形，不惟耽于洋烟苦海中，炼成一副瘦骨黄皮，乌云涨面，羞杀少年风韵。而且沉油顶旧，日日研究烟味之浓淡，烟质之厚薄。否则烟友往来，讲烟经，倾烟偈。一部五经廿一史，与夫古文等等，直束之高阁，将来学问，更那有进益？因于灯前人散之后，婉言苦劝之曰："郎君耽嗜烟癖，若以为身体故，亦聊以解嘲。今君形容也，已不像往昔矣。无晨无夜，惟枪鸣斗叫之是适，精神既损，血气多亏。若更迷沉不返，纵甚少年好身手，将以老倒终也。妾闻人言，某号之戒烟丸，暂无吗啡毒。某号之戒烟酒，不啻返魂丹。郎君幸勿以妾言为河汉。”张生闻妻贾氏言，亦深自悔沉落烟海，岁月蹉跎。静悄悄的，把镜一照，觉得颜容晦气，视昔年好好一个美少年资格，弄到这样。每向人言，辄道曰：“吾明日戒烟矣。”奈烟引[瘾]发时，则又呼啸如故。洎今年，官府禁烟之令下，张生悚于禁令，亦倩人领得一牌，戒烟之心，尚未有励行之切实观念也。

贾氏忧之，思量无法。窃自念丈夫之爱其妻，恒有因爱生怜之态。郎君眷恋芙蓉仙子，倍甚于怜爱其妻之绸缪，第烟无巧思，而人有巧思，岂一个移动丈夫的爱情，反不如芙蓉仙子之蠢然一物？此无他，人情愈急愈缓，愈亲愈疏。反其道而用之，想必有为郎君拔除烟瘴之一日。于是大变爱情，对于张生，若为索然之无味。而张生之烟具，转为之料理精细。张生初不知其意，以为妻之于洋烟，其感情已合同而化矣。惟时以笑语向贾氏。贾氏则抱定沉默主义。张生转起疑团，诘之曰：“迩来爱卿为吾料理烟具，谈吐生香，足增情韵。惟花难解语，草不忘忧，我其如卿何，盍为我言之？”贾氏曰：“郎君深溺烟海，未到尽头，终不觉悟。妾诚欲乐得郎心，俾速其潮流，以早达尽头之路耳。然青年弱女，未来幸福，所谓妻凭夫贵者，亦复何限？今郎君殆欲以一枕烟云，了却前程万里矣。尚何花之解语？尚何草之忘忧哉？”言罢，眼泪盈盈，枨触无限苦状。手指烟灯枪，而柔情切齿，骂曰：“世间多少英年豪杰，都为你送去尽矣！尔何不返印度之洋，俾英年豪杰，得大解脱，如大海之回澜哉？”骂罢，尚呜咽不已。张生睹此惨状，目不忍睹，口不忍吹。暗忖人生在世，亦何苦堕身烟海之中，惨受风涛恶劫？但贤妻爱我，至于如此，人虽草木，夫孰无情？乃拔把无情慧剑，斩尽缠扰恶魔。温言劝慰贾氏曰：“卿之爱我，足铭五内。然旁观者清，当局者迷。非卿以特别温柔手段，感我于无形，将或终混黑地狱矣。卿其我之苦海救生船哉?”乃立誓戒烟,当前将烟枪、烟灯等等,尽付火劫。即购戒烟酒,以为预备一切。贾氏更精心奉养而调摄之。不满五旬,而烟海苍茫,回头是岸。久之,精采焕发,神气光昌,不减当年游泮水时之美貌青年也。张生烟患屏除后,对贾氏言曰:“现今世界,趋重科学,往时兴八股的遗传,已非世用。最幸贤妻慧敏,藉起沉疴。然非游学求进,人将以臭八股诮我矣。吾欲了此风潮争竞之时,游学东洋,收吸外洋空气,优造个秀才郎多矣,卿能从我游乎?虽然,卿患裹足,其又奚能?”贾氏欣然曰:“这又何难?郎可戒烟,妾宁不可放足?”乃即日放足,同游于东洋。

著者曰:“烟海虽深,回头有岸。人无自立思想耳。乃不意温柔乡中,得大解脱。洋烟也,缠足也,一廊而空之。一双好男女,携手赴东洋。如此,方是真爱情。愿笃于夫妇之情者,细意油绎之,便得天趣。”

(1907年第18期)

短篇小说:花牡丹

伶人花牡丹,产干粤。少失怙恃,厕身优界,性慧而志远。初上场,学曲一师,学歌一师,学手段一师,学举止又一师。其关目也肖神,其口令也肖声,一出而称名角焉。班主人某,珍爱逾于恒,而阅者亦盛道其名不置。每出,喧攘阗【扰】间皆寂,花之名乃噪甚。既而舍身欲游东洋,与主人辞。主人慰留之。花曰:“我黄帝子孙也。牺牲一身之旧名誉,以求一身之新名誉,不【获】已。

而寄意剧场，吾将以心、以思、以泪、以血，唤我国民。断不能以声、以色、以耳、以目，为社会诲淫之导线。吾今日所获得共信者，此笑貌声音耳。欲藉此以笑貌声音，以为容之假，势之曳，作主动力，以观感乎被动。极其至，亦以声音笑貌，取悦下流。如是，吾又何异于德法森卓诸徒，而何为新旧名誉之计？吾意人之于我取悦者，必不知余志之所在也。"主人曰："噫，子过矣！子见尔时舞台之上，孰非柔脆其骨，袅娜其态，粗鄙其武，风情其文？而某也，以声冠，某也以色冠，某也以词令冠，岁中要皆丰于所入，名重一时。而子为拔萃之尤，仍欲顾而之他，恐福禄特尔之与团十郎等，非支那可知，抑非吾粤所尚也。"花曰："此吾国之所以至是也。"主人不解，固谓之曰："吾之所藉于子者，将以子为饵，钓全班而上之也。留矣，其勿去！"花不应，卒只身飘然出，而东洋，而西洋，而南洋群岛。

所过之境，凡见他人技艺上美剧，辄三致意，而于百兽演斗诸技，尤为留心。有善马戏者，投以资，使授术，不逾年，遂尽其道。乃自售马、象、狮、驼等各一，曰："今而后吾可以返国，复登场矣。"遂匆匆而归。

抵国门，有知其名者，咸相传述。事闻于优界，造门请出者，几如草庐之顾。花遂对众曰："诸君毋速吾，吾当自出矣。"主人恐其诈，争以利饵。花又曰："吾所争者名誉，利何为？"主人等无奈，遂去。花乃为之自置田宅，辟广园。日无事，惟与象、马、狮、驼等，相浑处。一日自往葵竹肆，约匠至其宅，高盖蓬屋于园。预日登告通衢，书曰："某日花牡丹在家园演剧。"群皆闻风至。

届时，花登场，先牵一狮出，屋上弦管皆寂，花为之张锦幕四周，推狮而入。狮初入幕，张牙攫爪，伸缩自如，大有气吞河岳之势。已而忽仆，俄而转，不逾时而鼾声作矣。继花又牵一象至狮侧。象横览一遍，景若甚自得者。爰伸长弼，抚狮背，狮不动，又握其吭,狮蠢然如故。象乃蹴前蹄加额狂笑,窥伺幕外。时琴声顿作,象四顾若讶若恐。未几花又逐驼而出。忽然天色顿晦,风雪交作。驼寒甚,乃就象侧,疾声曰:"何物老奴,有耐雪能力耶?"象曰:"吾有皮,毋惧也。"驼曰:"奈我何,锦帐十重,行将与子温暖矣。"象曰:"有守之者。"驼曰:"谁而守者?"乃斜目觑视,既而曰:"疾首东向,病矣。吾与子其共入也。"象可之。而象猾甚,先从北面入,据一方位,身庞大,已实帐内,驼几不能容。驼乃曰:"不容吾身已矣,胡并吾鼻子,而作蛟脊冻也?"象略躲,而驼之脑袋又至。象无奈,逼狮而近。狮微作呻吟,盘其足,又复酣寐。驼睹其状,乃渐以前身爬进。象惊甚,号声而言曰:"老驼,何无厌至此?地甚狭,究不能任若大回旋也。"驼且言且逼曰:"吾脖子,吾脊梁,皆属吾一身之物。能许我进鼻脑,而不许我进此身,恶乎可?"时帐内隘甚,二物入后,彼此充牣,已把狮挤于帐之角下,半身已滚出帐外。花乃叱台上大鼓吹,狮跃然起,一振其威。驼与象急极思避。俄群马复至,猛突冲击,文锦破碎,帐内蹂躏几遍。狮乃复入帐之角下,而驼、象等遂裂锦分地而居,且认作好邻户矣。演至此,夕阳西下,各皆散去,花亦收场。

自是远近喧传,凡聘花往演者,皆络绎不绝。花亦不索值,故道其名者,比前更盛。凡数年,计所得,尽拨之以办公益。后忽中毒而毙,其技不传。有知其事者,谓今某班改良,即师其意云。

(1907年第18期)

离奇小说:大觉悟(菟)

贫道义福,精飞摄术。自言居阴山之中,炉炼数千载,能叱咤风云,号令神鬼。以事欲下江南,道经汉口。人知其至,群相传述，占休咎者，趋就若水。

黄和重，鄂之巨富儿也。居以庐，相与论形象物理。暇，辄以手谈为娱。黄固善弈，而义弈尤卓。黄每指三下，则全军被困。居月余，未胜一局。义略示举动，不旋踵复困，欲求共和，而终不可得。惟义谦甚，未尝以能自炫。一榻茶烟，日相消遣，渐成莫逆。义屡告别，黄弗许，且挽之甚力。义曰："奇人有奇想，留固佳，行亦不可缓也。"黄曰："子所谋者清福，仆仆胡为？"义曰："吾志明道，目睹大千世界之人类，不能穷原以悟性，皈依失所，奇祸立见，何有清福？予以子夙有道根，故就君，欲示以三奇玄理，岂意欲投身清门，只思获福？竟以我为仆仆，子岂斗室之内，遂信得有好乾坤乎？自吾观之，子日形役于斯，已降此身为台隶，日受无形之惨痛矣，乃犹不察，然则子固庸人耳。悔枉顾，悔枉顾，再不进发，吾道穷矣。"言已，倏忽不见。黄失义所在，知是奇人。回视室中，各物皆存。检叠棋秤，于桌上得书一卷，急取披阅，上署"亡史"二字。略翻数页，言轩辕炎皇前代遗事甚悉。细意浏览，中有图画数种，涂野狐豚鹿等无算。再看至末，字墨糊涂不可辨，且编残简断，脓脓血血，濡染殆遍，其腥秽处，几不可近。急置之，而思义之心，由是愈望愈切。且忆义谓己有道根，故凡一切烧丹炼药，与及隐形屏气诸书，皆售之返，味腴穷奥，几及两载，而终莫贯彻其理。痴魂幻想，真宰默证。一日兀坐，沉思独往。恍惚之间，睹义复至，长髯高髻，黄冠羽服，大异同弈时状。手持弹丸一包，自言经无限炉冶，烧炼而成，能治一切恶劣障魔障毒，并能延益。当修炼时，其师偶然假寐，被人窃去十余伙［颗］，沽之俄、法、美各国，皆试验年寿有功。此乃用以沽之中国者。黄请启视，义不可，且曰："非其时不能轻见。"黄问以前何故匆匆遽别。义答曰："吾闻子说清福二字，以为子不肯发奋，只乐优游。今观子焦虑苦心，日求进步，向道之心，诚而且切。故再相访，欲示子以趋注之点，

与入道之门也。"黄闻言喜甚,急以玄机相叩。义曰:"子毋躁,当先求阶级,循之而后进。"乃指画一遍示黄。黄阖目,作冥想,忽张眸,觉天地异境,平原旷野,一望无际,忽然空中天门大开,上悬一额曰:"华胥净土。"义乃居半空,投杖引黄而上,遍游一过。访蚩尤荤粥故址,循海隅一带,凌风而御。所过唐虞之世,夏商之世,凡周公提封万里诸土地,无不骋目。复指百川之东,话平王迁居故事,相与流涕饮泣,徘徊怅望者久之。继至河涅,想长城界限,则又彼此呼欢,相与颂秦王之功不置。及过居胥之山,平城之地,孝高孝武,祖庙岿然独存。惟晋道泥泞,疆土幅裂,殊多阻碍。复进唐室,则已夕阳返照,残日就落,种种不景之象,殊不足观。俯望燕云十六州,隐约在于半云半雾之中。时恰孤月复明,普照万方,一片玻璃,光逾白昼,疆域一统照耀,回首远视,觉"华胥净土"四字,犹触眼帘。忽然雉兔四出,杂以犬羊,东窜西伏,盗窃荐食。黄乃询义曰:"是何怪象,来此恶物?"义乃挥杖向云中一拨,急出手中小包,随杖而掷。俄,烟焰万仗,遍地光芒。黄急思避,转瞬复见义,如姚光高坐火上,呼黄而言曰:"吾道成矣。子归,盍求所以如我者。"黄惊怖,不知所措。忽然而悟,己身仍坐中庭,似梦非梦,似醉非醉。惟见炉香已冷,遂拨金鸭灰燔,再添烘火。自是刻志弥苦,而经此次感召,七窍皆发奇达,每一思索,靡不明通,不逾年乃大觉悟。

按:黄初遇义,其事甚巧。而偶误涉清福想,便几几乎坏此大好之机缘。设非一念之诚,何能有与义复逢之一日?书曰:"至诚感神。"又曰:"克念作圣。"然则人不可不因此而猛悟也。阅者幸勿以事之虚诞,而厚非之。

(1908年第1期)

短篇小说:长恨天(耀公)

吾尝读《西厢记》之言曰:“愿天下有情人都成了眷属。”其真情人语乎?抑痴情人语乎?真也,痴也,均原其人之情为之。而造物不仁,鬼神见妒,有时情与情相遇,卒之情与情相乖,则必有梗其情者,乃不能为个情字炼补天之石,济渡海之航。无他,用情者,究非能善用其情,而徒为情累者,终饮泣于长恨之天,为情生转为情死。善人名士,枉学风流,身世沉沦,古今同慨,是诚恨事,吾以纪白巧云。

白巧云者,青楼女界中之翘楚也。原籍江苏,本宦家女,父以一官匏系,穷死他乡,即母氏亦相继就木。时白巧云二八芳年,姿色佳丽,既失怙恃,复无昆仲,无聊懑处,朝夕弗给,致为浪子陈大文倩媒馅娶。巧云自适大文后,觉大文家势破落,几无以自存,抑郁将谁语哉?然犹曰:“夫婿虽穷,金龟莫卜。或者多文为富,否则赋性端方。孟光之荆钗布裙,白头之约,其又奚求?”不料大文自馅娶巧云后,终日淫赌,巧云屡劝不听。一日,赌败归,思量无计,顿思串卖巧云,藉供孤注。巧云固不知也,遂落圈套,卖在上海某鸨处。鸨母因以巧云为一株钱树,视为奇货。巧云无奈,如鱼游釜中,肉在砧上,遂出应客。斯时也,艳帜高张,名高北里,一时贵介公子,与夫便便硕腹贾,咸以得亲馨欬为荣。即浪嫖无赖辈,亦抖撒香金,造个花界中布施主,冀一博巧云欢。惟巧云练历人士虽多,车马盈门,而其方寸凝结,固无一当意者。尝对其姊妹行言曰:“人生不幸,作女子身。而又蒙以丑业,妇莫大之羞耻,岂西江之水所能雪哉?然士为知己者用,女为悦者容,王魁薄幸,比比皆是,眼孔儿固未可草率以从事也。”姊妹行多匿笑之。巧云微有所觉，然亦以为燕雀岂知鸿鹄志，笑骂由他笑骂而已。

时春风报信，恰是初春气候，巧云枨触春恨，更惹动愁绪万状。一夕，姊妹行有熟客到访，并偕同一客至。是客也，虽非罗绔彰身，而衣冠清俊，知非下流人，更非浪嫖辈。巧云款入后，娘姨献茗，通问姓名。客自言姓张，字朴卿，籍贯粤省，因游历过沪。巧云相与倾谈之际，在巧云固暗自心许。而朴卿亦见得巧云生得貌美如花，谈吐风雅。加以巧云声价自重，虽王孙贵介，曾不获其青眼眷注。自念一介书生，而荷蒙深情款惬之如是，不禁神为之倒。眉目传情，不啻吸电力互相神摄。久之，夜将三鼓，更楼上以丁冬响动，彼导来之客，恋有狎妓，信宿之缘，自不消说。惟朴卿斯时，见夜已深矣，料桃花春洞，必无渔郎下榻处，遂起身告别。巧云知其意，挽留之曰："侬与君虽萍水暂逢，无生平啮臂之感。然交浅言深，彼此赏识，当在风尘之外。陈蕃之榻，独不能为徐稚下耶？且侬混迹娼门，正如飘萍飞絮，思欲择人而事，为求一得意郎君，曾不一遇。侬见君一面，不啻三生，一夕之缘，情深肺腑，君其勿弃。"朴卿闻言，不胜诧异。窃恃巧云名誉，久矣倾动一时，果何爱于我者？第巧云既如此情殷，语语恺挚，因亦诺焉。是夕也，朴卿就宿于巧云房中，巫山之阳，襄王之梦，固非局外人所可得而道也。自是而后，夜来明去，若结不解缘。在巧云固以为朴卿之可依也，遂与朴卿营屋而居，竟然一对好夫妇矣。惟是使君有妇，朴卿家里，久已藏娇，对于巧云，一向未敢明言也。

居数月，朴卿思返故里，商之于巧云，巧云慨然允许，遂附轮返粤。抵里，则所谓糟糠之妻，绝不为平情之谊，视巧云如眼中钉，如灶下婢，日相诟谇，且加以夏楚之凌厉。巧云虽执妾庶礼，绝不与较。奈恶妻难治，朴卿又不能为左右袒，惟暗中流泪，自怨桃花薄命而已。且朴卿素有季常之惧，即对待巧云，亦渐形冷落，巧云亦并不诘责。一夕，巧云在房中揽镜自照，泫然曰："妾自不俗，怎奈眼孔无珠，错认多情薄幸郎，致天天如坐苦地狱，此后更有何生趣？"言已，泪更沾襟不住，因遂萌一个死念。竟于夜静更阑之际，红罗三尺，了却情缘，一缕香魂，永向长恨天上去。翌晨，朴卿始知，未尝不悔巧云之郁死，然死者已矣，亦殡之而已。朴卿无如何，不逾年，妻亦殁。皆以其薄幸，无女以女者，朴卿至是终鳏焉。

著者曰："不善用其情，徒为情累。篇中二语，其普天情魔之代表乎？张朴卿固不免为负心人，然巧云之孟浪结合，亦所自取，天乎何尤？

（1908年第1期）

艳情小说：双美缘（伯耀）

天下有好姻翻作恶姻，即有恶姻翻作好姻者。世界人类，惟此男女私情，最萦人观念，其不轨于正者淫而荡，其苦于遇者愁而惨，其生而离者，为从军之度曲，其死而别者，为寡妇之诉冤，种种恶姻缘，这老天大是不情矣。语曰："最难消受美人恩。"盖非消受之难，而其所以能消受艳福者，非情种之根基特厚，不得也。矧如剧场中双美团圆故事，其消受之真趣，为何如耶？吾以观黄瑞生。

黄瑞生，籍番禺县人，读书人所谓穷学者也。少操八股业，有文名，府县前茅，童军早捷，芹香夸早掇，桂馥待秋扳。虽白屋寒儒，未尝不乡闾生色也。进庠后，棘围战钝，怏怏弗乐。时年已弱冠矣，而入其宫，不见其妻，固依然青年未娶身也。

一日，正当闱后，为友人白道生邀赴花酌，瑞生方愁处无聊，恰友人见招，得以藉此消遣，意甚乐也。时珠海风繁，笙歌彻旦。瑞生随友赴宴，亦趋亦步，直到海旁，一望楼船，上中下三躺，星火辉煌，海天月皎，此殆谷埠之一个好所在矣。招招舟子，摇近楼船，登某花舫，于是写菜单，雇弦索。座中友人辈，围坐谈风。但见海珠营里，才报二更，一派波光，上与月华争映，万声涛响，恰同弦管谐音。瑞生平生，不惯问津，对此好机缘，亦觉得韵事风流，满胸抑郁悲怀，亦不知从那处抛去矣。座中友某氏者，生有赌癖，虽未必终日喝雉呼卢，而叉麻雀，抹纸牌，亦有时好为适兴也。以明月初上，酒筵未开，乃命舟人摆设十五湖局(即纸牌)，瑞生不与其列，作局外人。惟念生年未谙赌趣，亦自在炕床中，聊以偃息而已。或时而对于牌局，作壁上观而已。无何歌妓连翩而至，就在花舫里应酬一番。则有如白道生之旧相好也，有如某甲某乙之新相识也，环坐牌局。有口指手画焉，有欢笑细谈者焉。瑞生一一寓目，固无甚当意者。窃叹天下奇才难遇，世间美女难逢，都是一样的寄意。瑞生返坐炕上。

未几，见有妓由别船娉婷袅娜而来。瑞生向外一瞥，则见该妓年方二八，身裁之修短合宜，个对眉儿，如新月弯弓的样，个幅脸儿，又如出水芙蓉韶秀不过。到花舫后，莺语轻调，殊非硬鼻高头者比。瑞生看过，不觉暗自忖曰："风月场中，琵琶队里，乃有此佳品，那得不令怜香惜玉的青年，消魂真个呢？然彼美非遥，究之自顾阮囊羞涩，一个穷秀才本色，焉获美人青盼？"心上自思自想，一片精神，仍注视此美人身上也。不料该妓竟由牌局闪过，径达炕床边，向瑞生相问讯。瑞生让之坐，徐叩其芳字，次问年华。妓曰："侬姓何，名莲美，年已十有七矣。自愧蒲柳残姿，风尘混落，于今已二年矣。"瑞生测[恻]然，而聆其声情，则言语端庄，举止娴雅，凝神与语。莲美之对于瑞生，亦交浅言深，一见如故。遂叩瑞生里居姓名，操何事业。瑞生一一答道之。莲美闻言，情态愈挚，含言微露,雅【意】相孚,眼角情深,若有特别之吸电力者,所谓细意熨贴乎?款曲正复相似矣。有顷,筵席大开,各友埋席,各妓如围堵焉。而恋坐于瑞生背后者,非他人也,则莲美也。一局未终,各妓均已离席,各自散去。其留落于酒筵间者,惟余些脂粉气而已矣。瑞生以妓已去,回头一顾,而嫣然独坐者,则莲美婉媚犹在也。各友见莲美于瑞生用情如此,多戏笑之。头度已过,瑞生端炕床上,莲美亦近坐炕床边。瑞生言曰:“鄙人与卿,生平无邂逅缘。今一觌面,辙蒙眷爱若此,自份穷措大,得卿藉倾心绪,三生石上,毋亦是前缘之有定者乎?”莲美答曰:“此人间素名孽海,玉堂仙,巨腹贾,有体面,有钱财,不是纨绔豪华,便即嫖儿轻薄,无有如君之性情敦厚,风神俊逸者。且侬阅人多矣,得邀君驾,何止三生?”瑞生为之相慰数语。少选,尾度开矣。各妓复回一坐,却自散去,各友亦将与之俱散矣。莲美执瑞生手言曰:“今夕幸遇君,相见诚恨晚矣。然情天不远,愿君少安毋躁,俾侬得倾竟夕之谈,俾得藉雅人之深致,愿君勿却焉。”瑞生闻言,以为实出意外,乃犹豫未决,各友亦怂恿之,先自回去。是夕,黄瑞生遂留焉。时鱼更已自四跃,瑞生与莲美情投意合,记不尽许多衷情话,言毕就寝。巫峰之云,襄王之梦,良有不足喻者矣。明日,瑞生告别,自此而后,怜我怜卿,正不知若何胶漆也。

越年,又逢科岁,瑞生以南闱棘战不利,意欲投考北闱,奈资斧惟艰,怅恨何似。一日,复到莲美处坐谈,且具言伊有赴北之志,毋奈艰于资斧,将如之何。莲美曰:“侬亦薄有姿饰,无已,其助君一行。”瑞生深自愧谢,并订白头约。莲美曰:“世间多少王魁汉,愁煞桃花薄命人,古今同慨。君虽诚悫士,然长安花好,春色撩人,错蹑足跟儿,已不觉混入临邛去矣。即不然,泥金喜报,朱门闺阁,那复记有青楼弱质也哉?”瑞生指天誓日,以相质信。越数日,典姿饰得白银数百元,于是取道北上。临起程时,莲美送之，赠以诗云：

才郎班马迈英豪，雁塔应题姓字高。记认枇杷旧门巷，休随新梦到阳巫。

瑞生慰一番，附轮北上。不十数日抵京，寓某馆。只以场期已迫，亦无暇他游。到时，备卷入场，榜发，得中魁选。信到，莲美满心喜悦。时莲美已脱离妓籍，独自营屋而居，专候瑞生报人的好消息矣。莲美接获喜信，当即发函道贺，并汇些银元到京酬应。是年，瑞生宿京。翌年，礼部会试，三场已毕，瑞生又高中会魁。一看进士题名录，莲美之喜可知也。在莲美意中，固以为瑞生之当怀旧好，即知其事者，亦莫不为莲美交相颂贺，伫看将来，又一个洪状元金花夫人矣。殿试，瑞生得点翰林庶吉士。

怎料人生骤贵，易启骄心。瑞生得点翰林庶吉士后，暗忖生平尚未娶人，莲美恩情，虽有白头约，然究竟青楼妓女，以今日木天清品，白头践约，终觉羞人，已立有一个另娶的念头。适同乡李侍郎之女公子，尚未嫁人，见瑞生年少俊秀，欣为择婿。瑞生亦以侍郎之女公子，竟搁过莲美之约，即为诹吉迎娶。事后，告假偕同李氏旋里，并不往见莲美。莲美知之，愤恨欲绝。而邻里中，人言啧啧，有嬉笑莲美呢个翰林妻造不成者，有可惜莲美识错薄情郎，而骂瑞生之薄幸者，不一而足。

莲美触念前情，顿增无限恶感。遂愤不欲生，乃作绝命绝句诗一首，函寄瑞生，倩带信人投递太史第。一日，瑞生方往拜客未返，门阍传入一函，面写“黄太史夫君玉披”字样。其妻李氏接着一瞧，大诧。即拆视，原来是绝命诗句。其诗曰：

几年情绪付浮云，不信王魁是此君。新好荣华旧好哭，聊将绝命作回文。

李氏读毕，便悟其中原委。无何，瑞生拜客返，李氏以诗示之，并请白其事。瑞生初犹隐讳。李氏曰："此事何容隐讳？几年情絮，一旦富贵，便贪新忘故。人命已在目前矣，如不明言，妾将呈白大吏。"瑞生不得已，乃将前事历言之。李氏曰："天下负心人，竟至如此耶？妾亦何颜为君妇也？"因力劝瑞生续念前好，速往迎之。瑞生从之，乃亲自乘舆，随即带傭妇使婢等，往见莲美。莲美一见瑞生，切齿愤骂，引刀欲裁。及瑞生多方谢过，并更言李氏候迎之意。莲美感李氏义，始收泪换服，另雇【乘】舆，同归太史第。时街谈巷议者，均道瑞生新妇李氏之贤，而赞莲美当日怜才之巨眼矣。莲美既至太史第，李氏欢迎如礼，日让莲美之先导，而自己退居次位，同享平等之权利焉。瑞生由是双美团圆，全享人间艳福，至今知者犹乐道之。

（1908年第2期）

砭俗小说：孽因孽果（凿）

赖永康，滇之思茅人，家素丰。父没后，挟所遗资，偕妻度鄂，于郡之南门，列肆贩茶为业，营运数载，颇获厚利。由是置田宅，纳少妾，几至巨富。

有友梅鹤洲者，与赖有兰谊之订。初赖父治家甚严，生时非正事，恒不假赖以锱铢，故赖恒仰给于梅，且言异时管钥握权，彼此通融过附。梅以为实，凡岁中所入，恒分而相润，盖意有所希冀，而亦以有同谱之谊也。比永康父没，梅亦中落，且困于家计，每思诣永康称贷，而终不果。旋闻他适，益自惆怅。盖永康去，而梅固未悉也。过岁余，梅谋生无计，用度益窘，乃度鄂寻赖，冀周润。赖见梅，察其行箧，知为筹措而来，乃与妾谋，欲加白眼，以逼其去。梅以千里依人，不敢与忤，亦安焉。然妾自闻赖逼梅时，亦不欲赖过于慢怠，常屡劝之，惟赖不少听。

有妓素娟，何氏女，积缠头锦数千金，挟以择配。而行年四十余，无问津者。适见梅，两意相合，乃纳娟为妾，税一屋，为藏娇之所，侨居于赖之对户。事成后，梅乃舍赖，与娟同居。梅如贫儿暴富，朝夕出入，恒有自傲之态。且每忆赖初时，如此对待，心甚恨恚，故自得娟，与赖往还殊疏。虽为邻，然觌面亦不过稍一点首而已。赖睹梅情状，妒嫉尤甚，时思所以报复，且以绝梅。

客有江达者，黔省人，强壮有力，傭于赖。赖暗授计，投厚赂，使江诱娟。娟贪利者，且烟花中人，未得所安，则思之如饥不择食，既遂其愿，而冶念又复旋生。矧密迩芳邻，眉目顾禔，如江者乎？遂竟许之。赖遂使人潜谮娟于梅，梅疑信参半，乃曰：“此老尤兴复不浅耶？鹤发鸡皮，挟资求售，以我为主，而其志忽然又夺于人，事若非虚，并此区区，终非我有，吾又何乐多此一象形之母也？”人曰：“无惧，盍求所以捕获之法？以实其罪，则此妇厚藏，终当出而附尔作求情之物。视计之得否，财终为汝所有也。”梅然之。人问其计。梅曰：“吾今夕早出，以暮归，俟之于门，急则鸣捕可也。”人善其计，乃反告于赖。赖使江达先期而去，藏械于怀，遇梅则斫而伤之。江依计行，至夜，江故不出。梅俟门外，立久，不耐，乃敲门入。娟急命江蛇伏床下，而已出启户。江佯诺，潜尾娟后，门启，梅入，江直以刀斫其头际。时娟疾呼不已，江急遁。娟转视梅，已血流如注，移时遂毙。娟惧罪，翌晨即鸣之官，捕役纷至。江闻风远飏，凶手在逃，案不可结。邑宰遂讯娟以梅生前有无怨仇，娟以赖对。官即签差拘赖至，诘之，不承，惧以刑，乃供谋杀情状，且直言娟与江事。官不信，遂舍娟而置赖于法，胁从者皆

徒杖有差，随告谕侦捕及江。赖未成谳时，其妾屡欲为夫赎免，皆不得直。至赖正法，其妾亦挟资而奔，与娟同时，再出择配云。

按：梅鹤洲之死，莫不曰财之为祸。然财独不能为福乎？方梅之来也，非真有甚不利于赖。初不过冀赖周给耳，设赖能拔九牛之一毛，以相顾恤，则良朋好友，营业同方，岂不甚善？乃不惟不恤，且逼逐之，猜忌之。忌之不已，竟以江而置之于死。曾亦知梅死，而已[己]亦不能免耶？娟虽不能为梅全节，而究能为梅复仇，半载恩情，其视十年交道，其相去仍有间也？吾愿世之淘古井者，盍以娟为鉴？而世之寄篱下者，亦盍以梅为鉴？至赖之罪，则无可逭矣。

（1908年第2期）

义侠小说：侠女奇男（伯耀）

宗国昌，字华盛，湖北人。少年顿遭家变，怙恃俱失。藉叔父力，得从师肄业。是时朝廷方议行策论试士，末造科举，尚未停止。国昌肄业塾中，天赋性质特颖，过目成诵，年十四，智慧大开，课中所为策论，浩气流行，文不加点。塾师大为嘉许，神童之号，遍于遐迩。时岁考小试，国昌年已十六矣，师劝之应试。国昌曰："末造功名，有何希罕？况所贵读书云者，为其能学贯中西，博通经史，裕将来有用之实学，为国家卓达之材耳。况丁今日之世界，环球斗智，岂惟是揣摩三五篇陈腐策论，而举人、而进士，幸为宗族交游光宠而已哉？学生不患功名不成，而患所以致功名之学问，不可以对人也。"师闻言，大奇之，亦不复劝。国昌由是目不停览，手不停披，凡如中国王阳明学说，如“万国兴亡史”等等，日日研求，胸襟气息，自此更宏博起来。国昌名誉，亦渐且腾达。

一日，有个告老归田的富绅，姓黄名裔兴，系附近书塾邻乡者，偶到书塾参观，塾师颇耳其人，欢意招待之。坐定后，裔兴一眼窥着宗国昌在座，见他方凝神专注桌上书卷，目不转睛。而仪表上，卓荦人材，眉清目秀。比视塾中各童，翘然特异，正如鹤立鸡群一样，心中已赞个不住。且暗忖曰：“谁家老妪，生此宁馨儿？他日学问造成，夫岂墨守陈篇，咿唔呫哔者可比？倘得此快婿，于相攸之愿足矣。”盖裔兴有女，年方二八，深闺待字有日矣。当下心里自思自想，不禁指国昌向塾师问曰：“这学生果谁家之子耶？其学业进境，又若何程度耶？”师具举以对。裔兴志诸心，特前叩国昌姓字，及现时所造的功诣。国昌正立垂手而对，言词了亮，吐属间，隐然现出一个超卓英年本色。裔兴不复言，而东床招赘之心，固已立定八九主意矣。

初，裔兴有女名汉英，性沉静，读书最慧，善工诗词，惟性爱华丽。裔兴夫妻，恒以掌珠珍之，俗所谓娇生娇养，未受文明教育，智慧尚未大开，则儿女子脂粉结习，亦不以为怪。且莲钩纤小，如晓风杨柳，如初日芙蓉，那得不令人怜惜？裔兴既自见过国昌，心上好不眷爱，正欲以爱女招赘之，特未明言耳。如是者，裔兴常常到塾谈话，日久就与宗国昌熟识起来。一日，又到书塾探望，对塾师言曰：“鄙人有小女，虽非绝代名姝，却亦才貌不俗。贵学生宗国昌，品学兼优，吾欲以女字之。未识先生肯为我执柯否？”塾师大悦，允诺。裔兴去后，塾师即以此段佳话，转为国昌道。国昌曰：“学生少失怙恃，家道不丰。黄裔兴为大绅富户，则深闺小姐，声价自高，夫何取乎少年穷学？况祖国沉沦，黄魂欲坠，加以欧风美雨，列强帝国主义，澎涨神州，他纵不弃，如身世何？”师曰：“不然，读书固未可拘泥。黄绅有意怜才，正宜仰承，勿负他栽培一片心，何如许订姻缘，庶几藉资游学，亦不枉贤弟苦学的念头也。”国昌亦以为然，因谢言曰：“学生茅塞固深，幸蒙眷注，全仗恩帅请命于我之叔父便是。”国昌是时，既已许诺，师复以此中情节，寄语于国昌叔父。在国昌叔父势利情殷，见黄系富绅，自无不允之理。翌日，师以成议转达黄裔兴。黄大悦，更面对国昌言明，回家与其妻言之，并将上项事情，说与女儿汉英知之。因汉英虽系脂粉娇惯的气习，然生平读书工诗，与庸俗女子，却自不同，故婚姻大事，不必学世人深自隐讳。当下汉英闻父言，问其父曰：“其才品若何？”裔兴曰：“此人少年，学问宏博，且日以爱国救时为心，立志诚未可限量。”汉英点首称是。裔兴见女已自心许，遂择定日期，通知其师，转达国昌之叔父，就在家中招赘国昌为婿。意在成婚后，好与女儿同学，不至在塾之清苦也。某日裔兴大排筵席，为佳儿佳妇，行结婚礼。亲朋宴集，人人都赞夫夫妇妇，一双好姻缘，自不必细表。

是晚，席散后，新人洞房，侍婢方引导国昌入内。至，则房门紧闭。国昌不知个中原故，遂以诘婢。婢曰：“小姐以郎君才子，今夕佳人相会，的是良缘。但小姐有言，有联语一句，请教郎君，如蒙对就，自当迎迓。”国昌索取联语，侍婢就在衣袋中，取出一联语。联云：

白面书生，莫把文辞充志士。

国昌不假思索，口属云：

红颜闺女，休将才气傲新郎。

女自房内闻之，立将房门开了，相见微哂。国昌入房，坐定，侍婢献茶。国昌曰：“荷蒙尊严过爱，得与姑娘成婚。又蒙姑娘以联语见教，三生石上，缔好前因，是诚厚幸。”汉英曰：“自维葑菲，得侍大雅，良用欣感。惟侬夙闻郎君苦学不试，是奚为者？”国昌曰：“匈奴未灭，何以家为？自古英豪，别有肺腑，鄙人抱愧多矣。然时艰孔棘，英雄造时势，寸念犹耿耿不忘。卿解人，毋诮我迂也。”汉英曰：“丈夫志在成名，今闻郎君言，足觇抱负。从此闺中讨论，有余师矣。”国昌曰：“现今世界，进步文明，野蛮积习，自当改革。卿其容我言乎？”汉英曰：“以夫妇之至情，亦何事不可言者？”国昌深悦之，因进谏曰：“吾国丁斯厄运，灭亡方在旦夕。卿负清才，固当广求学业，俾各尽天下兴亡的责任，而犹沾染女儿脂粉气。且莲钩纤小，有碍文明，卿胡不开放自由，同赴外洋游学，饱吸文明空气乎？金石之言，恳恕唐突。”汉英不俟国昌言论之毕，遽殷然起谢曰：“郎君见教，侬当速行放足，禀知家君，同往东洋可也。”国昌大喜，二人正谈言兴会，侍婢复献香茗。细听樵楼丁冬，已报三鼓，侍婢退出。而两人鱼水风流，说不尽少年情兴。语曰：“洞房花烛夜。”此情此景，固不足为外人道也。无何，晨鸡报晓，不觉日之东升矣。两人漱浣已毕，出堂与黄裔兴相儿[见]，具达游学东洋的意思。裔兴以爱女故，本不欲任他远离，而其母氏之依依不舍情态，更可想而知矣。怎奈方今世界，最重游学，他日成名，前途有绝大之希望，故亦许之。国昌夫妇，好不欢喜。汉英即日放足，得现自由真相。更且文明装束，固居然一对新少年矣。某日赴沪，买了船票，直向东洋而去。

时船正海外驶行，国昌携同汉英登上船面远睨，第见天外浮云，直与风涛汹涌，映作一色，脑筋触着，但觉天海空阔，有无限身世茫茫的观感。国昌触境生情，口占一绝句云：

天涯漂泊我无家，双手谁擎世界花？家恨国仇两哀感，却从乱处忆拿华。

汉英复口和一绝句云：

此去扶桑万里家，谁云镜月水中花？祖生猛击江中楫，不信胡尘混我华。

二人吟罢，大笑，不过寥寥数语，而生平怀抱，尽露言外矣。

不数日，船抵横滨，复由横滨抵东京，凭同乡介绍，投身于某学堂中。由是潜心科学，尤注意于柔术一门。韶光苒荏，不觉三年。每于公课之暇，辄将各国大势，及中国近年如何衰弱，与夫黄帝子孙，当要如何发奋，合夫妇两人数月之力，造成一部新书，名曰《中国还魂史》，一时风行各埠。

忽一日，接得同乡急书一通，急折[拆]视，上写云："自国昌二人赴洋后，汉英之母已死。及后官场因《中国还魂史》出现，即拘黄裔兴到案。"国昌、汉英大惊，大骂官场无理。乃即改姓换名，私返中国。到沪，披阅新闻纸，见有段新闻，言黄裔兴在狱，因年老病故云云。国昌、汉英二人，暗自伤感。入某寓后，两人正细商策画，为乃父复仇计，悄行返里。于某夜，夫妇两人，演其柔术飞檐走璧[壁]手段，偷入某县衙门，跑进上房，将某县夫妻杀却，父仇由是得报。复即返沪，附轮再东渡。现更学问非常，足为将来救国之预备云，亦可谓侠女奇男之卓卓者矣。

（1908年第3期）

短篇小说：现形妖（乱劈）

张德胜，粤之宁邑人。生有异性，甚好怪，尝游欧美，欲以所学，归饷祖国。居外数年，颇持无家主义，蓄志甚远，爰组织一探险队。于某日，自美国柯利近省，约同志数人，乘汽船御风而上，飘摇远引。计五日至一境，人烟稠集，风土繁华，若法之巴黎，又若英之伦敦。临下俯察，持远镜瞩视，觉有一孤坞［岛］，屹然出于巨海之中。其间暗礁甚多，一起一伏，连亘几六七十里，风潮澎湃，颇具形胜。陆上林木亦茂，高十余尺，至四十尺不等。溪流亦堪灌溉。中有屋舍鳞次，但野兽杂处，鹿豕之蜀，千成百群。且多鱼介，生聚碎石间。其地似与北纬百余度六十余分，及东经二百余度四十余分，气候略同。

张谛视久之，俄□见二人，一服文明装者，一服儒装者，出古屋中，貌甚惊张，如皇皇然有所求而不得，口讲指画，一似为秘密运动也者。张忖思此乃荒岛，有此两人投身，无乃亦由探险而至？急取引声筒放下，向后窃听，闻二人言语颇悉，一似操粤之南海音者，一似操粤之古冈音者。所言类为筹款计，其所商，则为赴轮往外，大肆骗术者也。时适有帆船湾泊该岛，二人遂附之而往。张又自计曰："海外孤客，投其足于荒岛之内，仍复欲向侨民行丐，其志必有所向。且窥二人，出入必偕，拟跟踪以随其趋注之方。"转思此岛，为伊两人所先到，意此地必有宝藏，又欲遽下，以试探视，然终恐莫得门径，乃转初意，望其船而尾之。约数日，船至一处，见儒服者先登岸，由手车入一村家，随至花园，倨傲无礼，竟为守园役所执，得人为之排解，始免祸。时其人身曳白长衫，足穿布履，拳拳然有国粹风。比出园时，仍然摇曳多姿，以手捻髭不已。张奇诧无任，回首见文明装者，船已由三岛之地登轮，随入一大宅。张又以引声筒窃听，复以远镜窥视，觉人丛中喧攘［嚷］之声甚厉，若似为人所欢迎。心知此人，远胜夫儒服者之所行为，乃静观之，且默念其所言。未几，闻鼓掌之声不绝。惟其人登坛演说，叨叨絮语，终不可辨。张始闻之，诧为梦呓，心知有异。正欲他适，忽闻坐上同声喝打挞，随见众人哄于一隅。忽有一勇士大呼而言曰:“此何地?此何地?而容汝等妖言惑众耶?”随追扑直前,用革履向其人面部挝去。见其人急急抱头鼠窜,众亦一哄而散。时有警察巡至,勇士随对警察密语,警察亦点头去。张一一察视,快甚。又欲穷究此人,窜往何方。而空中天高风急,不得已,掣其机,使下坠。至,则地乃日本东京也。爰以所见示人,有知者,云儒服装式,是为圣人。文明装束,是为圣人之徒。寄迹四方,栖栖无定,而皆不离乎敛钱主义。张闻之,愤甚,恨不能图其形以归,于是于邑者竟日。

按:旧学说,衾影抱惭,尤不能掩及旦明屋漏。而况二十世纪,报章发达,宣布国音,一有所闻,环球轰播耶?该妖以为寄迹遐荒,可以肆毒簧惑,而不知螳螂捕蝉,固有黄雀之随其后也。张德胜起于天半,密为监督,真神人哉!

(1908年第3期)

短篇小说:烟侦探(敕)

长夜漫漫,鬼声啾啾。灯影幢幢,斗韵呜呜。一枕横眠,默不作语。噫,此何人?此何人?盖烟霞窟里之主人也。

主人方左持枪,右持托,神游象外,目注环中。朦胧间,忽灵魂儿,随庄周蝶,逐逐而飞,栩栩欲活。时黑甜乡中,已现一极乐世界矣。

俄,履声橐橐,自外而内,声缓而微,隐约莫辨。默观之,主人黑甜之游也如故。

维时,身侧卧,首低垂,齿微露,口流涎,鼻鼾之声间作。客笑不可耐，以指弹枕曰："醒，醒，醒！"

主人闻声，身甫转，张其目，擘其口，呵欠一声。定睛以视，乃作惊讶状，曰："客何来，客何来？"厥声似为痰格，且带烟喉者。

客微笑曰："禁令森严，子独弁髦禁令耶？我控官！我控官！"

主人登时面作青，耳发热。良久乃曰："姑且住，姑且住！我有言，与子商，奚急为？"

客心窃喜，大声曰："子何言？现谕旨颁行，风行雷厉。且我会员，断非徇私情而坏公益者。"言罢，愤欲退，而又迟迟其行。

主人惧，骤起，牵其衣，挽其手，哀恳曰："何必乃尔？君究何欲？其明告我。"

客附耳细语曰："吾与子，均宦中人，岂忍见子陷于罪累者？虽然，敝会社需经费甚急，倘量力报效，吾且为子幹[斡]旋。"即暗竖三指示意。

主人诧曰："十欤？百欤？千欤？万欤？"

客笑曰："以子宦囊充裕，出赢余，济不足，即三千，夫何害？"

主人默思，数年苜蓿，积此阿堵物，今弃之一旦，夫焉能忍？面似有难色。

客愤甚，欲再行。

主人不得已，牵衣挽手如前状。

旋，如双门底卖古董者然，始竖三指，继竖二指，终竖三指，决议。

客出门，以手招二人入，作证，立券，预交单鹰四十翼。

移时，主人默然，客欣然，作别而退。

侦探烟侦探默睹之。噫，此何人？此何人？

主人者，梁儒学也。客者，涂巡官也。

（1908年第3期）

近事小说：宦海恶涛(伯耀)

何维新，字作民，籍贯广东南海县黄鼎司属之棉村人。家少康，父以农业起家。田舍翁多收十斛米，仰慕科名荣耀，因不惜钱财，课子读书。将以为有子读书，他日游泮水，折桂枝，捷南宫，登翰苑，堂堂一位太封翁，可立而待也。幸维新天赋颇慧，加以科名念切，与乃父同一希望，故窗课之余，未尝不留心操习。年弱冠，幸捷童军，固居然一个秀才郎矣。游泮之后，旋里谒祖，宗族交游，异常光宠。乃父乃母，其喜可知。少不免芹酌志喜，一番闹热。是时，维新犹未娶也。讵维新自进庠后，趾高气扬，装成乡绅的阔架子，乃父更不敢笃责，遂长成维新一种傲气。后来进身出仕，如何恶劣，都由此根基培成矣。

初，维新定聘邻乡梁氏女，梁氏本先代宦籍，家虽中落，却自富贵之门面。自闻维新进庠，满心欢喜，忙将报红贴在户外，俗情如是。一日，前之媒人捧手盒到宅，口口声声言恭喜老爷，恭喜安人，笑个不断。梁氏开盒捡视，知是何家送日亲迎。梁氏大喜，即回帖发放媒人先返覆命。到是日，何家张灯结彩，为维新迎娶。迨新娘到门后，又少不免宾客迎门，陈设酒筵，以志关雎好逑之喜庆。洞房之夕，维新入房，侍女退出。维新一见新妇，美貌娇娆，正所谓沉鱼落雁，闭月羞花，柔肠几断，欲故意卖弄个新秀才本色，以为媚妇地步。揖妇而言曰："鄙人得娶姑娘，三生有幸。且幸荣游泮水，方称本心，不至没辱姑娘仰望也。"在维新之言，自谓必足以得梁氏之欢心矣。岂知梁氏先代官声颇著，仍是世家的风范，眼孔固自颇大，何尝见得一个秀才是希罕的？当下闻维新言，庄容答之曰："侬父每以妾许字郎君，将望郎君读书抱大志，题雁塔，辅龙廷，俾妾身亦叨藉光阴，方称夙愿。今闻郎君言，作个秀才郎，便已沾沾自足，若无限之光宠者，非妾之所以仰望于君者也。切直之言，幸勿见怪。”维新既闻梁氏之言，如一盘[盆]冷水，忙向冷背浇下，都觉索然无味。但细忖梁氏言，亦却有至理，遂赧颜道歉。梁氏亦谦谢一回。盖梁氏眼光颇阔，冷语相刺，维新未免有些不妥。然毕竟少年风韵，当此洞房之夕，未免有情，亦复谁能遣此？故言语间亦无介嫌，而个中韵事，亦不言而喻矣。

不料兴尽悲来，风云变幻，维新之父，竟一病不起，寻即身故。维新夫妇，举哀成礼，茔葬毕事。在维新亦不以为意，更不料福无重至，祸不单行。维新之母，自老夫死后，日以维新之骄纵为虑，不久亦因病去世。维新丧殓各事，自不消说。由是日在乡中，踞作局绅，武断乡曲。其乡中有小窃者，一被局丁捉获，无钱求脱，便即架罪解官。对于富户，则择肥而噬，以至乡人敢怒而不敢言，人言啧啧。梁氏虽屡向维新面前规谏，均不见听。岁月悠悠，忽又届三年后，丁艰服满，维新打点过科，推其心，必谓侥幸而鹿鸣得宴。就是南宫不捷，得个大挑知县，亦可以得铲地皮，充裕宦囊。他日老归林下，可以弄孙娱晚年矣。果然人怨虽多，老天偏懵，九月榜放，维新竟高中举人一名。报到家乡，人莫不偷相叹息，谓皇天冇眼，这乡蠹得中举人，更不知将来害却多少人矣。人言如是，姑舍勿言。

单说维新自从中举回乡，又一番起色，就有的趋炎附势者，日趋承于维新不已。即平日深嫉维新者，亦姑为隐忍而已。是时维新四处拜祖，所获拜金不少。旋即北上，应考礼部会试。榜放后，孙山名落，维新返粤回乡，仍把持局务，更甚前时。且自恃势力，动演其强硬手段。因是处农户居多，维新新立章程，凡局内各乡耕户，每亩田抽谷若干，主客各半，作为公局经费。各农户十分鼓噪，怎奈维新领得官示，以官力为压制，亦有谁敢与之抗者？维新因此所入更富矣。如是者，光阴似箭，又越数年，维新赴京，得以大挑一等知县用，分发福建某县知县。遂告假旋里，携同梁氏赴任。

时也，山高水远，程途且勿暇计。抵任后，日与梁氏宴饮谈笑，不理政事。梁氏曰："知县为民父母官，所禀报案件，定着不少。今官人日事宴饮谈笑，全不理政事，此诚妾所不解也。"维新曰："余岂真不理事者？奈现报案件，类皆穷民琐事，何足挂意？"梁氏曰："事无大小，仍是官事，岂容缓视？"维新曰："枉汝平日聪明，穷民案件，那得有钱入息？"梁氏正容曰："昔岳武穆有言，'文官不受钱，武官不怕死'，乃能太平。郎君乃欲以知县为财薮，非妾所愿闻也。"维新不答。

闲话不提，其时维新到任，已数月矣。一日，有人投禀到辕，原系劫案，其行劫者之叔父吴某，固有名之富户也。维新阅禀后，计上心生，即发差往拿该贼，贼已远飏。这班狼差，既得维新令，即拘贼之叔父吴某到衙鞫讯，硬加以教侄不严，庇贼逃走之罪，收押监房。吴某家人，具禀保释，不准。后卒托某绅通情，勒罚二千元，作为了事释放。自此案发现后，街谈巷语，无人不知维新之婪劣。

惟是维新赋性贪恶，欲壑难填，不满一月，该县地方有一宗重大冤案出现。因该处之某乡，有富户陈氏，名大年，家财万贯，广有良田。其妻何氏先亡，生下二子，长名人祥，次名人瑞。次又纳一妾李氏，生一子，方二岁。大年既死，时长子人祥，利父家资，惧妾子之占一份子也，乃陡起恶心，具禀县衙。谓父之庶妾，与人久有私情，身怀私胎，败坏家门，就是庶弟，亦系用钱买来，非父嫡裔，要一并驱逐。复贿求奸绅，面达维新，言如妥办此案，酬银一万元。维新见口许万元，便诺一声应允，即着奸绅立了字据，明日派硬签拘李氏到案。李氏情知系长子人祥，欲吞没己子之一份家资所为，立即携同二龄幼子到堂待讯。维新立传皂隶两班，装得威武猛猛，开堂讯李氏云："尔丈夫本来系富家名望，何等荣幸。

你今行为不端，与人偷结丝罗。丈夫在生之时，你又欺丈夫年耄，买人家幼子，认为己子，利分家财。今日拘到案前，该当何罪？你好好远走，免辱陈家门户，本县就恕你无罪。若还不依，刑法难当。”李氏闻言，心中暗忖，青天白日，有此冤案，这狗官一定贪钱。然如此冤捏，何能哑忍？遂跪诉曰：“大老爷明见，小妇人自从先夫纳氏为妾，两年便生此幼子，人所共知。迨先夫弃世，氏未尝稍越闺门范围，那有私情？身怀私胎的事，我想长男人祥无端捏禀，实为霸占氏子家财起见，意图骗逐，以全其阴计耳。望大老爷明察，小妇人母子就沾恩了。”氏诉毕，当时入衙观审的人，亦多有为氏不平者。无奈维新一心注在得收一万元，那里肯听。李氏三番四覆的苦诉，维新只是拍案大怒。李氏愤极。维新便命衙媪验身，媪验毕，以氏身果无怀孕对。维新大怒，命重笞媪，媪正在叫苦。李氏见维新重笞媪，不过逼媪以有孕对耳，倏然无明火陟起三千丈，挺身而立，手夺皂隶所佩利刃在手，双手猛将二龄小孩掷地，当堂跌破头颅而死。旋大声向维新骂曰：“你这狗官，贪赃昧良，硬以买儿私孕，诬屈我母子，天理何在？人心何存？你无容苦逼媪婆，吾与汝亲眼察验可也。”言毕，以利刃划胸而毙。肠脏皆见，尸犹屹立不跌。一堂之人，皆大惊失色。维新遂命退堂，命仵工收尸殡殓，即收了人祥所许一万元。但维新虽受了一万元，究竟良心发现，行坐不安。

其妻梁氏，时怀孕已九月矣，得闻此恶耗，惊忧成疾。一晚，迷梦中，见一小童，满面鲜血，披发跑入，腹大痛，产一男。梁氏心知丈夫多行不义，此子生来必无善果，命其子曰李根，言李氏之祸根也。不久，竟忧郁而逝。吁！梁氏一生良善，卒不能救维新之恶，而至于殒命，亦可怜矣。第李氏死得如此惨烈，事闻于上司，据事奏参，上谕何维新革职，永不叙用。卸任回粤之日，该邑人士，沿途以扫帚送行。至河，又以俗人送鬼之瓦送鬼兜，以示赶鬼之意。则维新之贪恶,不问而知矣。

后维新旋里,迭被盗贼明火打劫,家财一掠而空。其子李根年十四,即已横行达于极点。一日,赌败归家,偷父橐资,维新怒逐之。李根执棍反殴,意欲吓止其父,使之不追也。不料彼此一撞,击破维新头颅而死。知者均以为冤孽之报。陈氏人祥,后亦败家绝嗣。至李根自打死其父维新后,惧罪远逃,不知去向。维新亦因之绝嗣云。

鸣呼!何维新为民父母,只以贪劣故,至丧心昧良,戕人母子而不不[衍字,当删]顾。卒之贪受人财者,贼亦劫其财。屈害人命者,子亦戕其命,覆宗绝嗣,报应不爽。因果之说,未尽无凭也。老天何尝瞆瞆哉!然吾正恐宦海恶涛,如何维新者,且比比也。苍苍者天,其谓之何哉?著者附评。

(1908年第4期)

近事小说:小复仇(译)

粤东张氏女,家綦贫,年二十许,傭城中某富家,日操杂役。适自市上购物归,道经米市口,市数十户,皆米肆,捣米者多少年无赖。中有某甲,尤轻佻,见女色美,调戏之。女正色曰:"幸勿尔,复尔,将不利于子。"甲不听,戏益剧。时女持一伞,爰以伞尖挑其腹,甲应手而倒。众捣米者群哄至,谓女白昼杀人,各持短挺环攻,势如涛涌。女无惧色,惟以一伞护其身,上下飞舞,如蛟龙之破怒湖,众皆辟易。女从容而退,既归,诉之主人。主人惊疑。未几,忽闻门户哗声大震。阍者入报,乃知捣米者欲复仇,前后门皆有伏兵，声言要张氏女出门。主人惧，极力调停，围不解。且谓再迟则火尔居。主人无奈，商之女。女坦然曰：“吾视此辈如犬羊，乌足以污吾刃？”言已，携铁棒出。谓众曰：“欲何为者便何为，何久狺狺也？”众见铁棒，大逾于拳，女绝不费力，运动如拾芥，知非所敌，不战而走。主人仍惧众再至，逼令女归。女抵家，家有母及妹，女言其事，妹亦恶若辈无状，思有以报。

经旬，夜二漏向尽，母女尚未就寝，有盗数十人，明火来攻其家。女阴念距城仅十余里，料必又是若辈光顾，于是母女各持铁棒一，先自启门。盗恃众，蜂拥遽入。女当先御之，连击十数人，毙五六命。余贼见势不利，各鸟兽散。女厉声止之曰：“勿尔，其伤而能逃者，可即逃去。而死于是者，余亦悉听运归，不汝难也。”贼终逡巡不敢抢尸。母及妹复自篱内，次第掷出之，贼始全散。母虑后患，劝女暂徙城中以避，且曰：“处此山麓，非计也，此仇当未已矣。”女曰：“不然，世果治，山居与城郭无殊。母不见督署亦有下炸弹者乎？何论乎居民？今惟合脚放步，以听造物之低昂已矣。”母不能强，但嘱其勿他出。女终不以为意，日往来市上不辍。自归后，日以制履为糊口，时持所制之履，出而求售，且时过访其昔日之姊妹行，独往独来，毫不顾虑。盖其儿视若辈之无能为，亦已甚矣。

一日，归自山村，距家仅里许。时夕阳西下，林树苍茫，巢已鸟归，径无人迹。忽一声镗隆，则铳弹已中其左股矣。女负痛不能复立，跌坐石上。转瞬第二弹复至，中其腹，遂昏仆于地。恰遇女之母及妹，自山采樵归，遇女，惊甚，急负归其家。行未数武，弹子复发，隆隆不绝。幸时已天暮，四望渐黑，母及妹急足负女，狼狈而奔，始免于祸。入室，女犹有微息，忽怒目曰：“杀我者仍若辈也。仇苟可复，吾死目瞑矣。”言已气绝。母翌日为之殓毕，两月亦绝，只余一妹，孤立无援。未敢轻于一掷以报姊仇，后往依其姑母,以度活焉。

按:复仇之义,为《春秋》所赞成。藐尔一弱女子,而欲与大群之众相拮抗,宜其死无日矣。捣米者虽戏之于始,似为厉阶,然安知此女无致人以戏之之行为?而后捣米者乃出而调笑也。复仇乎?复仇乎?吾乃感慨系之。

(1908年第4期)

近事小说:恶因果(伯耀)

钟甲,姑讳其名。祖籍外省,隶番禺县捕属,世居省垣十一甫附近之某巷。椿萱早谢,棠棣双辉,姊妹花亦芬芳几朵。初亦小康家也,只以食口日繁,渐形支绌。甲虽少曾读书,而赋性贪恶,恒郁郁不自得,且是时家既破落,甲遂富于奸淫拐骗的种种思想。兄弟妯娌,固无一非自不明不白得来。而姊妹们鉴于乃兄乃弟之所为,又各寻私欢,为不法律的自由放纵。人言啧啧,臭声达于遐迩。闻者丑之,而甲固自若也。

初,甲妻某氏,本暗柳藏春之夜度娘也。自归甲后,见甲优于马扁之术,终日以诓骗人家财物为生涯,乃助桀为虐。凡与谚所谓扯皮条,趸私窝,与夫开女摊,设花会,及以妻为饵,如天师局赌等等,皆擅长之手段。在甲将以是为无穷之财路,但得神其骗术,则彼苍报应之说,不足道矣。一日,甲命其妻以美人局骗某富室侍妾赌,某侍妾负银数百元,事发,为富室某控诸官。甲乃别妻旅港,止于其所识者某乙之店。乙固豪于财,而又好成人之美者。钟甲既利乙为东道主,更出其阿媚奉承之态度,装其殷勤诚实之性情，乙惑焉，遂出资本数千，任钟营张商店，即以钟甲司理店事，而银匣之管钥属焉。甲握财政权，始未尝不就班按部也。久之，歹念顿生，私攫匣中银纸若干，逃回省城匿迹。乙此时始悔所识人，禀官报案，奈甲已去如黄鹤，侦缉无踪，亦徒呼奈何而已。甲自逃返省寓，虽攫得有千余金，然花消浪费，正如荷叶擎珠，终必为狂风吹散。加以甲之兄弟姊妹，类皆淫魔赌怪，纵骗得昧心钱，又岂能享有长久之挥霍哉？甲于是四顾无聊，亲友之知其行径者，咸羞与为伍，乃愈不得不演其妻外交政策，以为饭碗计矣。甲妻稔知甲之所为，或以身发财，捉登徒少年于圈套，或运动于闺房密友，而生发其金钱主义之生计学。粤人之言曰："奸淫邪盗，无所不为。"抑亦习以为常，不足为怪者也。

当甲之家寓十一甫也，其父执辈，亦多有富于财者。陈氏者，钟之世谊也。陈氏之子名贵，亦少失所怙，以先代缔交故，与甲为友。陈之妻，故亦因而与钟甲之妻为闺友，时相过从。陈妻私蓄颇裕，甲妻遇事假借，已自不少。无如陈妻既视甲妻为知己，引作心腹交，故屡有所求，曾不之吝。甲妻意犹未足，思有以笼络之。会陈贵染病，势且渐剧，因乘间说陈妻曰："姊虽有子渐已长成，然姊不幸而郎君病且剧，若一旦不测，则姊夫家之昆弟们，必将欺吾姊寡妇孤儿，图占财产，将何以自处？吾今为姊计，窃以为姊预为自全之策，将所有私蓄，暗藏我处，我与姊义同骨肉，且尔我丈夫，又属世交，故甘任艰劳，不避嫌疑，而为吾姊谋之。如其吉人天相，尔郎君喜占勿药，既可取之外府，以还实诸内府。即所天竟失，而我亦必能为吾姊保守，决无意外之虞也。"陈妻惑其言，于某日，全出其生平私蓄，共约三千金，尽以纳诸甲妻之手中。无何，陈贵病亡，陈之子遵制成服。陈之昆弟，为之料理一切，以陈贵有子，亦无有计及其身后财产之多少者。

陈宅七旬既满，时陈子亦年已长成矣。陈妻一日到访甲妻，甲妻逆料其来意，先为安慰语，并代跌出几点眼泪来。陈妻略询存款，甲妻尚强颜曰："吾于此款，最为关心，安敢置诸家内？权放姻家生息耳。姊如欲取回，迟数天来领回可也。"陈妻感激而退。甲妻亟与甲商酌。甲曰："此款今虽暂为推避，其将如迟数天之来领何？当谋所以善却之法。"甲妻曰："此事虽无字据执守，然究为彼之的款，若不交还，他怎肯干休？惟素知陈妻迷信神权，吾若假托鬼神言语以恐吓之，则彼或不敢到来领取矣。"甲点首，亦以为然，因答而应之曰："任卿所为可矣。"甲妻由是装颠扮戆，如俗人之所谓鬼魂附身一样，因自言自语曰："吾乃陈贵也，吾妻平日待吾甚薄，而且私没我之钱财，转献与别人。虽我之死，由于命尽，亦由吾妻之以有毒我致之也。吾不久即向他索命矣。他尚不知生活，悔恨私蓄之无归，乃胆敢捏诬吾旧友之妻，谓伊有存款若干，希图索赖耶？吾断不能容他也。"言罢欷歔大哭。甲故意使人请陈妻来，并言陈之附魂状。陈妻至，甲妻见其来，又复弄成面青面黄，大喝曰："贱人来乎？汝真水性妇人哉！汝既私蓄我钱财，又利我之死而毒我，今复出此辣手，诬捏我生前好友之妻，欠汝钱耶？汝宜速退，勿伤吾交情。不然，吾早晚取汝命也。"言罢捶胸大哭，继作怒目切齿状。陈妻胆小，一闻丈夫之鬼魂，大惧不敢明辩。钟又故向其妻为陈妻请命曰："汝妻生平或有触怒于汝，然他虽诬捏吾妻欠他钱银，汝灵魂如此显赫，汝妻亦必自悔，幸勿怪他。"又谓陈妻曰："汝勿惧，吾为汝请命矣。"遂即扶陈妻而退。斯时也，自陈贵鬼魂附身之事，发现出来，街坊邻里，有不明其中情节者，且群相私议，以为陈妻之果有违行也。陈妻退归，愤恨已极，细思自念生平，并无斯须对不住丈夫之处。今丈夫既有灵附身，何以冒昧若此？反谓我利他之死，而施以毒计乎？且我之私蓄，明明交与甲妻代存，何故又谓我诬捏？心上思来想去，始恍然悟出甲妻棍骗行径，一定装作先夫鬼魂以惑我也。如此，若不与他理论，是堕彼术中矣。况甲妻声声说是先夫灵魂所附，即甘自忍哑，而将来毒死丈夫，及诬诈人家钱财之名誉，更何以自解乎？因泣语其子，历举从前以私蓄着甲妻代存之事，一一为子明言之。并谓甲与妻向来贪诈居心，今又假托丈夫鬼魂，反谓我有意毒死丈夫，及诬捏他代存私积等语，显系他夫妻串同恐吓，意在吞没存款起见。其子闻之，愤然大怒，即商之于其叔。其叔陈某，系久充衙门房吏者，乃即缮词由陈妻具禀到县请究。其禀词曰：

禀为冒死欺生，图吞存款，乞即拘讯追偿，没存均感事。窃氏夫在日，向与钟甲谊属世交，故氏素与甲妻往来，亦向无疑忌。前遭变故，氏夫正当病危之际，氏虑夫死子幼，氏所私积巨款，或惹贼人垂涎暗算，因将所积银三千元，亲手交钟甲之妻某氏代存，订明此款系代氏存下，任由氏随时取还，两无异言等语。今氏不幸，犹幸子已成立，当即向甲妻领回，预为吾子料理营娶各事计算。讵料钟甲夫妻，本其平日棍骗技[伎]俩，串使其妻某氏，假托氏夫亡魂附身，慌言恫吓，并谓氏诬捏存款各情。似此奸狡无良，实属目无法纪，迫得匐赴琴阶。伏乞迅拘钟甲夫妻二人到案，勒令扫数归还，以妥亡灵而赡生命，实为德便，切赴大老爷案前恩准施行。某月某日某氏偕子某泣禀。

自此禀上后，幸当时番禺县某令颇明，立传两班票拘钟甲夫妻到案。钟至是大惧，始将用剩银二千余元，交回陈妻，叩头乞命，并求陈子禀销此案。陈妻亦稍念前情，命子禀销控案，故钟甲得以逍遥法外。然因是之故，而钟更大不齿于人类矣。呜呼！如钟者，多行不义，鬼瞰其室。彼苍者天，偏若故厚其冤孽，以相报复。甲固赤贫堕落，其妻更倚门卖笑，以苟求生活，而姊妹们之秽恶历史，亦污人齿颊。古人有言："越贪越狡越贫穷。"钟甲有焉，亦可为世鉴矣。

（1908年第5期）

短篇小说：无名之富翁（莵）

富翁无姓字，或曰即以其名为姓。

居村落九代，以残杀起家。

富翁实非本土人，以外方酋长，至内地游牧，乃获利。

其祖辟地置业，横亘二万余里。近年复创一园，丛花林木，珍禽奇兽，山光溪影，靡所不备。富翁坐食收租。

富翁蓄奴隶以百万计，凡能为其出力者，给财帛，奖宝石有差。不用命者杀。

被杀者，仍当谢恩。

蓄资逾邱陵，母金子金，恒归诸老奴掌核。诸奴狡甚，恒多中饱。然出其唾余，以归之富翁，富翁年中所入，亦约七千余万。

富翁不敷用，责老奴催租不力。老奴乃穷其致富之术为富翁张罗。

富翁仍不敷用，又责老奴张罗不密。老奴复肆其残忍手段，为富翁搜括[刮]。

富翁无事，日与其子若弟，妻若妾，酣嬉醉饱，以优游园林。演剧，烧香，佞佛，诵经，赠送应酬，品物礼仪，不可以数计。故所入恒不敷取出，既不敷出，又借债。

人以其富，多以债饵。由是或押，或抵，或交换，富翁物业，皆为人所觊觎。

附近富翁宅，接富翁邻，与富翁同村居者，穷、苦、饥、寒、疾、病、死、丧，凡有所求，皆为富翁叱，甚或凌夷践踏，视同草芥。

四处传播，人衔富翁之富，肆其浪费，恨切骨。

有壮士数百人相聚，目富翁家产，为纣之鹿台财，思得之，以作散赈。

富翁逖听风声，惟惧祸，严饬诸老奴，密为防范。诸奴为保存身家计，日御壮士，无少懈。

今日遇一生面人过其门，曰形迹可疑，执以杀。明日遇一外来者入其邻，又曰形迹可疑，执以杀。如是者数载，计冤戮不下千百，而人莫之报。壮士至此，气益愤。

乃复相聚曰："各有私怨，各有公仇，为之奈何？"一人曰："必尽报乃已。"一人曰："有刀锯。"一人复曰："所不顾。"一人曰："有鼎镬。"一人复曰："亦不辞。"

一人复曰："如成败何？"一人怒目曰："不计矣。"一人更曰："如生死何？"一人遂流泪曰："度外矣。"彼劝此勉，呼号欲绝，相与指天誓曰："乃赋同袍。"

如此如此，这般这般，计既定，乃行劫焉。

持锤挟刃，长枪短戟，联大群，呼啸而至，直趋富翁宅，破门入。

诸奴中有熟睡者，有惊觉者，仓忙一室。正【按】响钲鸣捕，偶一转侧，而各奴晕身已被刀背击，辫发皆为壮士牵，竟相视而无所措手。

壮士乃大呼曰："财神，速示藏富，悖入悖出，天理显然。"

中有狡奴，知势不佳，战栗授钥，哀饶命，始得免。其中梦被惊者，犹作困兽斗，而身未移，已首领下矣。

富翁吃此一惊，即时泄泻。壮士欲另置一部落，以为彼自了余生之计，而亦不可得。一家之内，相继而没，富翁死尤速。

壮士得资，扬长去，乃为之施济，阖村称均富。

按：为富不仁，鲜不召祸，其所待者时耳。安得黄金三百万，交尽美人名士，更结尽燕邯侠子？篇中纵无其事，而不能无是想。阅者其亦有所感耶？有所感，则亦不妨作如是观也。

（1908年第5期）

讽世小说：猛回头（耀）

芙蓉城里，黑气漫天，遂使烟雾迷离，英雄潦倒。虽迩者西风输入，人人有黑狱红莲的思想，庶乎远年烟障，将由此廓扫而空诸哉？然每叹不自长进者流，甘沉万劫场中，弗求振拔，卒之灰劫余生，无家孑影而不悟。茫茫烟海，此恨何极？亦良足悼矣。吾以观胡为人。

胡为人者，粤人也。世居陀城，弱冠之年，椿萱并谢，所与共晨夕者，惟是乃兄而已。兄成人，立身行己，时以谨厚自持，复致力于商业场中，谋生有术。花粉地，赌博场，未尝蹑足，而尤时时以吸食洋烟为可鄙。故尝对人言曰："今日世界，为竞争生存，富强优胜的世界。人如不自检，混堕洋烟魔劫之中，其不至于耗精伤财，妻离家落而不已。"即其对于乃弟为人，尤谆谆劝导为厌。人虽诮其拘迂，弗计也，而独笃于兄弟情。自父母亡过后，视其为人也，手足之相顾，无以加焉。怎奈为人读书成童之后，性质之所放纵，习惯之所逸惰，已日甚一日。渐而弱冠，则更为花街柳巷之游，广结燕友莺朋之侣。久之，消遣无门，日向芙蓉仙子，订缔交之雅好。盖半榻横陈，一灯斜对，已沉沦烟海而不自觉。其兄成人知之，罕譬而喻，涕泣而道，犹冀为人之痛戒而改革也。岂知言谆听藐，屡戒弗悛，而彼之烟瘾度量，有涨无缩。成人以爱弟故，莫可如何，乃隐忍将就，思本其所嗜好者，以为劝勉，俾伊有所事业,代谋其养身之道而已。

一夕,兄弟闲谈之会,其兄对为人言曰:“吾生平最嫉嗜吸洋烟,常不惜苦口以戒人,而曾不料吾所嫉者,吾弟反因而好之也。今已矣,弟既弗能戒,亦当谋所以自处,庶将来创业营生,宜尔家室,亦不至妻下堂,子号泣,引为乡里羞也。特不知吾弟果欲何为?”为人曰:“弟洋烟,精神恒疲倦,商战舞台,自顾不无颜汗。而且粤谚有言:‘不熟不造。’血本所关,兄纵乐意栽培,亦岂容浪掷?以弟愚意,不如因弟所精练者为之。以弟所计,本钱不多,生计可靠。但求兄助我二百银,开张烟馆可矣。”兄闻言,以他志在开张烟馆,本不甚欢欣喜。然以他烟瘾既深,久无谋生锐气,则营业固难。况人格庸懦,即有资本家,重以相托,更恐掷金银于虚牝。不若姑如其言,或者藉烟业生涯,尚得向黑狱里以讨求生活矣,乃许之。即出其血汗蓄款,予以本银二百元。为人领得二百银元,就购置烟具什物,租了小店一所,号曰“云来”。自烟馆既已开办,为人就在烟馆居住,果然招牌挂起,客仔偕来,所谓烟友烟精烟钢者流,多到吸食。生意虽微,依然畅旺,斯时为人亦足以自给矣。但为人视此间为安乐窝,而平日烟量,竟日有进步,朝朝暮暮,斗叫枪鸣。久之,满面乌云,双肩高耸,精神愈惫。其兄睹伊情形,未尝不叹为人烟癖,如此之大且弱,深以为忧。加以中馈尚虚,嗣子更难希望。于是每一觌面,便相警责。成人之用心,亦良切矣。而无如为人之沉迷烟毒,反以兄言为絮聒,如谚云“过耳之秋风”也。

如是者有年,秋风屡易,瞬度时光,卧榻眠云,一切家室妻儿的思想,直抛诸脑后。而为人行年,亦逾壮立之期矣。其兄焦灼万分,即更代备聘金,为说合邻乡之某氏婢,婢名柳青,为人择日娶了柳青过门。斯时也,为人吸足烟瘾,洗刷烟面,装扮得齐齐整整,自然欢天喜地,乐造一个半老新郎矣。洞房之夕,为人又食足几口日字靓荷，以为刘郎之初到天台，必得仙女款洽无疑也。入房后，见新娘斜坐椅上，为人笑脸相迎，与新娘相见夫妇礼。怎料柳青偷眼一觑，见为人烟油涨面，瘦骨如柴，如城隍庙内九重地狱的变相一样，不禁掷扇大惊，掩袖暗啼，致使姻缘欢悦地，变作红颜粉泪人。为人情知自己烟瘾过深，无些少年风韵，大非少女青年之所满意，因上前慰之曰："我的贤妻，今夕洞房佳事，自应见个夫妻大礼。而乃在此悲啼，果何为也？意者以吾马齿已长耶？古人壮而有室，吾年相去，正不远耳。"言罢，并以手促柳青寐，柳青挥泪答悻之曰："妾诚不愿对此颓唐鸦片鬼。"为人心中颇不愿闻"鸦片鬼"三字，然以年逾三十，始咏好逑，且热望洞房花烛一段风流故事，势不能不忍气吞声也。少顷，又连促之。柳青不耐其扰，移步上床。既睡，为人又欲多方献媚，俾达夫妇主义实行目的。柳青又向面床外，予为人以看髻之管领。为人濆焉。柳青又言曰："面目可憎，烟气逼人，可恼月姥为奴瞎眼矣。"后为人虽强之，得赴云雨巫山之会，然柳青之意，固不属也。由是三两月，时闻诟谇。为人苦之。而自经此一场迎娶用度，未免挥霍多些，云来烟馆本钱，就支绌起来。即个人经济问题，亦拮据渐迫，向之烟客，复少问津。乃将云来烟馆家私烟具，招人承顶去了。成人见此景象，窃念顷方花去一注娶亲钱，云来血本二百元，又如烟消云散。而为人之烟引[瘾]，曾不少减。有弟如此，枉费用情，其痛惜之心，可想而知矣。

一夕，为人方在烟床偃息之际，柳青言曰："妾本青春少女，岂能久为烟鬼执炊？今为君计，如其顾惜娶妾聘金，宜速鬻妾于勾栏妓院中，俾妾厕身妓籍，一可得回妾之身价银钱，而为昔日之聘金补助费。二使妾得享少年风流之幸福，不至随君老死烟枪下，则妾感谢不少矣。如其不然，君纵怜我爱我，不允鬻妻，我久后亦必私遁，自置身于枇杷门巷中，视萧郎如陌路矣。尔时人财两空，君无悔也。"为人闻言，愕甚，然意未即决也。成人知之，谓为人曰:"吾弟平日眈嗜鸦片如性命,诚不自长进,无怪水性妇人之见嫌也。然卖妻为妓,里党羞称。虽身价取回钱钞,依然遗臭。丈夫皮囊七尺,宁死不辱,宁穷不屈。窃愿吾弟之勿贻门户羞也。"为人心然之,然转念柳青以一介淫贱妇人,公然要约丈夫鬻身作妓以为快,我纵为伊爱惜,倘伊果自私逃,则人财两空,定非虚语。况伊既嫌我年之老,吸烟丑貌,就令伊不逃走,又何以善其驾驭哉?立定主意,遂不听兄言,竟凭鸨媒某氏,卖柳青于附城花地之海旁,即俗所谓金针帮。金针帮者,水面蓬寮之下乘烟花地也。自卖之后,而柳青遂得谐如所愿,就在金针帮水寮中当娼,作皮肉生涯。送旧迎新,大领略狂荡少年风味,现前风月。虽曰不随烟鬼讨生活,而凡恶鸨凌辱,及后来色衰堕落种种孽果,彼固未曾计及也。然彼好自为之,抑亦不消提矣。

惟为人自从将柳青发卖为娼,消息一播,其兄成人愤而耻之,以为人生干此丧廉昧耻事,不惟贻手足之污玷,即家门清白,亦因而蒙羞,棠棣之情,由此疏绝。渐而亲戚故旧,哄传其事,均以不齿于人类目之。其尤甚者,柳青香巢不远,好事者更如武陵渔郎,亲访桃花洞口,彼曰此为人之妻也,此亦曰此为人之妻也。呜呼!西江之水,莫涤其垢矣。为人耳闻目睹,知爱兄如此,亲戚故旧,又复如彼,亦颇以为耻。无如鬻妻所得回身价银之百余元,曾无几何,而大碌竹,大口烟,瞬又花消殆尽,始翻然悔悟烟毒之累人,竟达如斯之极点。乃深自痛改,诣兄谢过,誓改前非。并即奔往戒烟会,取了一纸戒烟药方,如法服食,认真切戒。历千辛万苦,不挠其志,不一月,而烟毒扫清,复现光润之本来面目。兄成人大喜,复出其资本,使营商业,为之续娶某氏女。越二年,连产二子,家道日昌。其兄成人,更商业繁盛,子女连群,人以为孝友之果报焉。至柳青为妓,不知所去。或谓误染嫖客疯疾,悲郁以终云。

(1908年第6期)

短篇小说:快梦(凿)

辰丸案后,时事枨触,脑筋激刺,愤从中来,不知所极。

呼童,沽酒,据案独酌,随酌随思。忽然热血满腔,与酒俱升,时口雪茄,身云儿,手握玻璃盅如故,而玉山已颓矣。

俄,心惘惘然,身栩栩然,直向北飞去。

瞥睹有所谓胡同者,人烟稠密,来往攘熙。噫!此何地?此何地?所谓奴隶圈者非耶?

注目久之,忽有前喝道,后随马。中百十健儿,肩长枪,腰洋剑,云屯雨集,夹辅以行。

轿中人,红其顶,花其翎,年可五十许,气昂昂然,有睥睚一切之概。

道侧,警吏站班迎,传者执鞭待。居者惊,行者奔,群呼曰:“老猿来,老猿来。”

时则光线所集,注于轿中人,远近观者,形声俱肃。

倏有大汉侠儿,从人丛中跃出。挟短铳,怀匕首,腾腾杀气,咄咄逼人,奋勇直前。噫!此何为者?此何为者?

侠儿倒竖虎眉,力舒猿臂,出短铳,指仇胸,铳色光锐,耀人眼帘。大声叱曰:“咄!卖国贼,试尝此!”

紫电光腾,长虹气壮,一霹雳,弹从袖里飞出。桥中人一声“嗳哟”,身随声倒。侠儿乃哑然一笑曰:“民贼死,吾愿偿矣。可告无罪于吾国民矣。”枪声甫歇,侍役群哄,路人争奔。银鸡响,警兵集。左右齐呼曰:“虏杀人者!虏杀人者!”

余心忐忑,仓皇失措。斯时盖为侠儿忧,以为击筑秦廷,壮士不可以生还矣。

讵康衢八达，万头攒孔，是兵是凶，仓皇莫辨。喧嚷移时，而侠儿已不翼飞而。

死者死，惊者惊。余乃拍掌欢呼曰："快矣哉卖国贼！壮矣哉侠男儿！"手甫举，杯"冰崩"一声落地，跃然而醒，乃恨南柯一梦。

（1908年第6期）

短篇小说：烟生

烟生，粤人也，家称小康。幼颇聪颖，五六年，四字五经，居然告竣。师授以烂熟时文数十篇，为之批评开导，且教之曰："吾侪无他求，熟此则一生吃著不尽矣。"生谨受教，奉之如帝天。朝夕诵吟，手不忍释。即如厕时，梦寐时，口咿唔而心摹拟者，无非此数十篇。每作文，必套此调。师亦为浓圈密点，谓能得己衣钵，称许者再。生自此信已备学究之资格，因之目空一切，一乡咸称佳子弟矣。应童试子，县府考皆终覆。会盲主试下车，制艺题出"譬如为山"一句，生风檐寸晷中，尽情揣摩于题首二字神理，做到十分完足，出场颇得意。质之师，师击节，摇头作椭圆线，曰："生已入我堂奥矣，何此文之类我作也？"乃评其尾曰："抱定譬字，颠之倒之，已能吸题之髓。声调又复铿锵，具此手笔，取青紫定如拾芥。"是年果入泮，尝自负曰："秀才不出门，能知天下事。凡百学问，毋值乃公一哂。"于是设帐乡里间，约束生徒，大加严厉，稍不如意，辄鞭挞之，如治盗贼。血肉狼藉，呼号振户外，勿顾也。

嗣以劳瘁故，稍吸芙蓉膏，始则偶一问津，继则埋身烟雾窟，俾昼作夜，生徒遂以此星散。后嗜好日深，家计日拙，不得已，将家产售诸人，衣服器皿，付诸质库。久之资尽，益落魄。背伛偻，目迷濛，辫发蓬蓬然，狼狈不堪。见亲友即借贷，不遂，则背后极口诋骂，大为乡里白眼。思重理故业，则科举已废。欲营一教员，其历史又昭昭在人耳目，故无问津者。生见教堂校员学生，革履操衣，或西装者，尤诋诽之，尝曰："吾伏案十余年，辛勤不辍，乃得此青衿。彼何为？装作洋人模样，用夏变夷，时局尚可问乎？吾日吸洋烟，实深得洋务秘诀，奈斧柯莫假何？"言毕，抚膺大恸。尝自恨曲高和寡，遂郁郁成疾。会冬令，大风雪，乃匍伏入厕中，冻馁而死。时乡中有滑稽者，作联以嘲之曰：

十载萤窗，粗语此偏全截搭；五年鸦管，吸得来滑塌精空。

死后又有联嘲之云：

办洋务无主权，逝者已矣；向阴司去过活，鬼其馁而。

（1908年第6期）

侦探小说：凶仇报（耀公）

何朝英，粤之禺山县人也。椿萱早谢，怙恃俱无。兄弟四人，均以雇工觅食。英居次，娶妻植氏。植氏者，固小家碧玉，遭家不造，父亡母出，寄养于舅家者也。自归何英后，即躬亲中馈，恒思积铢累寸，以裕家计，慢藏诲盗，可无忧焉。翌年，何英以失业故，勉筹资斧，奔赴南洋。植氏不之阻，盖知男儿志在四方，不得不任彼远博蝇头，预为将来开拓门面计也。自何英赴南洋后，植氏即由汾江迁回乡里，亦贫寒家撙节主义，无足为怪者。怎料丈夫志气虽高，际遇偏逢不偶。何英自到南洋，蹉跎一载，并无鱼雁通传。植氏茹苦含辛，曾无怨詈，以向未经教育之女子，而安贫若此，亦足称矣。

越年，春风半渡，二月将残。杨柳绿，桃李红。植氏抚景自怜，不无憔悴怆怀之处，然天涯人远，亦无可如何者矣。俄而暮春将尽，去月撩人，植氏方倚立门前，神情默默。忽见邻舍之族亲某甲，笑面相迎，手持一函，包裹看似宏重，近前向植氏言曰："嫂嫂，吾弟阿英有信回矣。"植氏斯时一闻"阿英信回"四字，正如伫立地上，从半天降下佳音，何胜欣忭，欢然答曰："信矣乎？信矣乎？"甲曰："银信也。"即手奉之。植氏接着，略道几句烦劳话。甲去，而植氏返舍，拆视则内有银币五十员。随倩人读信，知何英在外埠，已得某东待厚，在某锡厂职司收数矣，且信内复多安慰植氏语，不尽缠绵之意。植氏听毕，人固为之道祝而已，亦未尝涤去忧思万斛也。自是而后，植氏安之，消息通传。便有的说慌［谎］附和者流，竟误传何英附银数百回家，一时鼠贼觊觎，不无涎想。而只以同乡耳目较近，未敢遽行其贼手段。

转眼时光，又历数月。时也，初秋风气，热气仍未尽消除。一日，甲又自省返乡，复持函报交植氏，内附银币一百员。植氏以本来寒苦，从未见有银币百员，其郑重收藏，可想而知矣。植氏复将函求甲代读，适甲不在，因转而求之某乙。乙盖狡猾者流，生平素不齿于里人者。读信后，而何英昨付百员回家之声浪，已哄传殆遍矣。于月之下旬某夜，月色无光，加以乡闾寂静，阒其无人，秋气微凉，但闻四壁虫声而已。三更而后，万籁无声，竟有贼徒撬门而入，复掩门，燃火入房。植氏从梦中惊醒，贼以刀指吓，植氏不敢声张。贼强索银，植氏抵死不予。贼愤甚，植氏高声曰："吾识汝。"斯言也，邻人房中亦闻之，而万不料植氏之遇贼也，亦姑置之，不以为意。惟贼当时骤闻"吾识汝"三字，即以刀刺插植氏之胸而毙。乃搜掠银币，及衣服数件而去。去时门掩如故，所谓人鬼不知者也。翌晨邻人起，还疑昨晚"吾识汝"三字，即行近植氏门前一望，见门虽掩而门脚略开，西墙又洞穿一吼[孔]，直达植氏房内，情知不美，又未见植氏开门，遂大声哄动。各邻均到，欲开门审视。斯时被贼之声，人人惊疑，乃撬门入屋。忽见植氏尸横地上，满身血迹，右手犹作撑拒状。众人大惊失色，转身奔出，急告各邻曰："植氏被贼刺毙矣！可怜哉！可怜哉！"植氏竟以百元累命也。时植氏遗下女孩一口，嘤嘤作泣，更令人酸鼻。其亲人即奔报乡中更练，并且转告乡绅。绅等以村中劫案，实属凶狼已极，即日为之禀告县官，请验缉凶。其时村中一般鼠窃，均慄慄危惧，有先自逃走者。越二日，县官委员勘验，勘得死者惨受小刀致命，深入四寸。墙旁一吼[孔]，决非来路，系狡贼故作疑案，以示贼之穿逾，俾籍以惑人，以见贼之外来者。如此，在清国委员论，亦颇细心者矣。少顷，村中更练，又报昨早有衣裤各一，在村西塘基执获。验之，的是何英衣物。委员一一存案，仅以"缉凶"二字，暂为慰藉已矣。委员去后，权将植氏殡殓。事隔数天，所谓贼凶手者，毫无影响。植氏之魂，其不瞑乎？

初，何英有外甥黄氏，读书有文名，赋性机警，而品又沉默，善遇人。乡绅固乐与周旋，即下而匪徒亦多畏服，亦一非常人也。当日，黄氏闻伊舅娘被贼刺毙，即奔察视，所有形迹，备志心里。迨官勘验后，自思凶手未缉，则死者一日之冤魂未息，就在该乡公局寄住，郁郁不乐。惟是时，乡人对于此案，所疑之人，正自不一，稍一误会，便冤杀人命，故啧啧人言。黄氏胸中几乎无主，然心中虽乱，却别有注意之人也。伊人为何？则亦何其姓而永其名者也。何永者，年不过三十，居然一美少年，而品行不端，放弃正业，惯于劫窃，而绿林中之卓卓有名者也。黄氏之疑，正在此人。

适某夕之七点余钟，何永潜到公局见黄氏。黄氏惊愕，忽然心生一计，意在何永身上，俾藉以侦探此案一切疑窦，因延之坐，问曰："汝从何处来？"永曰："吾现在河南某汛，充当头人带差之职。今闻贵舅娘被贼劫杀，心实痛恨。而且彼此同乡，理宜助当义务，求破此案，为死者伸冤。"黄曰："好费心。汝今虽当带差，然究是贼案多为，为汝计，最宜留心破获此案，以保全汝之名誉。"何永唯唯。永唯诺后，引黄至局隅僻处，附耳言曰："君知此案之真凶乎？作贼线者，盖亦君之房舅，而死者之伯叔行某丙也。"黄大惊，旋问曰："正凶谁人？"永曰："某乡之黎氏某丁也。是晚由墙穴逾入，去则由村西而逃。至塘基，以衣服各一置基旁，忙奔遗下也。"言毕，复曰："君宜即通知局绅，饬更练拘捕。吾明晚约九点钟，由河南带差来解犯矣。"黄姑诺之。然案无凭据，胡能决其是否？明日，通知乡绅，乡绅乃尽信其言。即饬更练拘捕何丙，加上脚镣。黄睹此，突突不自安，暗忖何永之指攻何丙，得毋何永之先发制人，为自己掩饰地步耶？而且细察永言，尚多破绽。他言墙穴而入，何以开穴之沙泥，反在屋内？是明明由门入，劫后始在内开墙，以作疑阵也。其言衣裤遗置塘基者，又欲移祸于围口中人，使不疑凶者为本乡人也。此贼亦诚狡矣哉！况何永以著名之劫贼，竟贸然自任帮忙破案，而又单刀直入，扳定死者之亲属，巧心思，辣手段，岂某丙之所能为哉？黄主意已定，乃将此等情节，力向乡绅等陈辨，绅等感悟，乃使某丙具结候查，先释放去了。一场搅扰，转瞬又茫无把握。及夜，时钟刚报八点，何永趋进局内，见了黄氏，备言来差已到村口，专候带解等语。黄诡言之曰："现各耆老，均具保某丙，暂释候查。"永面色略变，答言曰："如此，办事诚难，勿谓吾不助力也。"黄伪慰之曰："吾正资助汝，宜勿灰心。夜后可常来见我，我别有心事对汝商量也。"永更不疑。

一日，黄到死者附近之戚某，其戚私向黄言曰："植氏被劫之前一晚，五更后，吾起身拜五更神，晓色微茫之际，见有一少年，约二十来岁，身穿蓝色衫者，徘徊于死者之墙下也。"黄心志之。因黄久疑凶手为何永,迨闻戚言,而何永近数日,又适穿蓝纺绸衫,此一证也。及后,商酌数晚,果然何永口语细心,并无弊窦。至再越二晚,何永又复到叙,时更楼已报三鼓矣。坐客尽散,黄倦眼欲睡,朦胧间,一女人,苦面相迎,满身血染,近前将黄手一推曰:“醒,醒!仇人在是矣!”黄猛省,捏一额汗,原是一梦。暗忖曰:“通人不信梦幻,岂舅娘有灵?而举以示我乎?”惊定,始知何永尚在椅中,作欲睡状。黄微窥之,觉何永面色,都大晦暗。黄敛容呼永曰:“汝睡醒乎?”永猛醒,问黄曰:“余有发开口梦否?”黄自思曰:“此贼胆之心虚也。”故应之曰:“不知,我亦才睡醒!”随即出甘蔗一截,觅刀削节而食。黄曰:“汝有刀否?”永似有难色,忙又应之曰:“有。”从身中检出小刀一柄,刀身约长四寸有半。黄见刀,大惊,几于力不能自制,复强自压制,恐何永疑而私逃也。黄掛刀欲削,戏言曰:“此刀毋乃太钝。”永失口言曰:“此刀杀人有余,何故言钝?”永出此言后,似亦知失言者。黄即借他语乱而掩之。少顷,各睡,至晓,永犹未起。黄即暗通绅耆,讲出各项凭据,并饬更练携带锁具,潜入局中,出其不意而拘之。何永醒,挣札[扎]无能为力。自语曰:“吾上当矣。”即报某营汛发勇来解。至南海县,一鞫而服,供认确凿。某武弁犹到案,以保作线人,将功赎罪,为伊谋脱。幸该乡绅耆公正,力为禀供,乃将何永正法。而后诬扳之疑凶可免,而植氏被杀之冤仇可雪。凶仇果报,其信然哉!然则侦探案情者,决未可草率以将事也,观此可见也。

(1908年第7期)

近事小说:花月痕(凿)

饶于情,小字喜爱,幼随父居沪上。父没,未获图归计,遽坠青楼。时于丹桂院中观剧，有洪生者，貌美冠玉，适与饶对座，约隔五六号次，饶睹洪，屡示眉语，似曾相识。洪觉之，观饶奇甚，凝眸默审，状亦若甚善，惟未知其为谁。初以勾栏视之，而饶旁座，有老妪陪，衣履岸然有古风，酷类良家，仍不敢涉及他想。时台上歌舞正酣闹，洪视线趋注名角，未尝他顾。奈饶自见洪后，欢场若作针毡坐，转身回盼，一刻屡劳顾盼，以故依依人影，与衣香袭袭，频送于洪之眼帘。洪至此，意亦颇摇，但苦无介绍，只得目送。无何曲终，群皆起坐，洪亦趋出。饶挽侍者尾之，至门，洪在车中矣。饶情急，顿忘顾忌，疾呼曰："洪哥哥，将何往也?"洪闻，随答曰："归矣。"饶曰："盍过我须臾，余已粪除旧庐久矣。"洪乃曰："家何住?"饶曰："不远也。"洪乃下车，相将携手。

晚风斜月，往来清阴。未几至一处，灯明如昼，银花艾树，管弦笙歌，去虹口不过指顾间。入一室，珠娘金步，摇曳多姿，洪至是，始悉观剧时，初念所不及。甫坐，茶烟毕至。饶乃挽洪居此此[衍字，当删]，作长夜谈。洪自念此来，囊物既无多，而生平阅历所经，于风月场中，久矣饱受送迎冷暖之情，几不敢过问。遂曰："吾适约友要话，改日当过从。"饶察其意，乃曰："君以寻常校书视我耶?君肉眼矣!"洪曰："否。"盖洪初意，犹以为此乃逢迎惯技，于煊赫之际，视之为无二知己，亦冀行其心所欲。设一偿愿，则刍狗不若。饶复曰："然否。为君所知，真伪为我所悉。无论何干，当俟少选以尽我言。"洪不得已诺之。时璧［壁］上时计，丁丁已响十二下。饶催设宴，举酒相酌。洪仍不知来意。酒三巡，饶乃起坐曰："君此来，以妾为饵君矣。然妾之所以如此者，意不在君也。"洪愕然。饶曰："今夕演剧场中，满座来宾，皆已经吾之目。妾以少年忠厚，有长者态，惟君一人，□兹欲有所托，如自必计不负我者。妾当坦怀，否则妾亦安于多此周旋，此后不相天下士矣。"洪曰："如卿所言，仆当勉赴。惟视事惟我力之所及与不及耳。”饶曰:“天下无不可为之事。妾以为不论力之及不及,而论人之为不为也。”“如此请示端倪。”饶曰:“妾寄迹此间,两易寒暑,雅不欲以风尘形役,老此骷髅。今幸得人,妾欲委身,行将藏我以屋。然妾一生,恒未尝少有损失。妾身十八,依然处子,诚恐失慎,恨成千古。今所求于君者,欲烦君为我作一侦探,何如?”洪曰:“知无不报。”饶曰:“沪上有蔡某者,自言为闽人,与妾曾订莫逆交。去年返浙,现仍通讯,里居姓氏,皆志妾怀。据蔡自言,闽中某银庄,附股若干,某药行,附股若干,共计家资,几乃百万。并云新亡大妇,欲以妾为妻。子能为我向闽一行,窥厥虚实耶?”洪曰:“能。”饶乃授资以往。是夕一醉而别。

洪归,果如饶言赴闽,遍访无迹,数月而返。至沪,复诣饶家。讵饶自洪去后,已另营别室,税居相待。比洪至,娘子等皆曰:“饶已迁矣。虽然,饶别时,曾云君来,可往某处相访也。”洪如言往,至则已摒挡一切。洪责以何相诓骗。饶曰:“余因谓君长者,然恐安乐则易,患难则难。今君慨然,如期往,如期还。妾窃喜不致多此周旋,可以相天下士矣!愿以妾之所谓待蔡某者待君也。”洪奇之,欣诺。遂相与谐白首焉。

（1908年第7期）

短篇小说:朱显传(细)

杨[扬]州朱显,字勿显。盖显之名,为祖所锡[赐],而其字则显之父朱宏所命也。显貌若女子,而性沉毅。祖既殁,会地方大乱,朱宏挈家徙居临安,遂家焉。营丝业,获巨利,家暴富,以是财雄一方。显年渐长,宏为延师教读。性聪颖,过目成诵。九岁,有神童之目。年十四,下笔万言,文名藉甚。且天姿韶秀,举动娴雅，识者皆曰此玉堂人物也。由是世家争欲赘焉，父母悉婉却之。显以为父母恐其早婚误读也，读益力，文思益大进，每有所作，师辄加浓圈密点，尝击节叹曰："以此技投于场屋中，安有不作第一人者？泮宫一捷，即乡会如拾芥者矣。"遂劝宏以显赴应童子军，宏复却之。未几，宏疾，疾且剧，弥留谓显曰："吾将就木矣，汝当守父业。若弃先业而务虚名，捷科场，登仕版，非吾儿也。"显泣问故。宏曰："汝外韶秀而内激烈，此原因吾不能以汝告也，告恐遗祸矣。"言已而卒。显举哀成服。俄而岁荒，居民相掳掠，举家以避难相逃散，母亦不知所适。显逃至杭，客于父执闵子青家。闵爱之，并女以女。以其文名噪于一时，使赴试。显忆父嘱，却之，并告以故。闵曰："此乱命耳。安有得儿若此，不望其他日为宗族交游光龙[宠]耶？且昔之延师课读者何意？子何愚也！"显以为然。遂纳粟以太学生举于乡，逾年捷南宫，以主事用。龙得闵资斡旋，过班知府，除任苏州太守。赴任之日，闵氏偕焉。

初，显母之逃也，不及与显偕。母固苏产，间关至苏，依其舅家。至是欲回临安，闻新任苏守，与己子名同，心异之，窃窥焉，果其子显也。遂投函府署，述其履历家世，显知为母，迎至署中，相见大泣。母责曰："忤儿何贪富贵以背父命？吾乐为民家妇，不乐为官家娘也。"显曰："儿岂忘之？然多以为父之乱命，不能拒岳氏劝，以至于此。然父言，儿究不知其故也。"母曰："父以勿显为儿字，儿当思之矣。汝本前明嗣，福王败后，隐于扬州。顾鼎革时，遭屠城之惨，高若曾，族中死者，何可悉数也？先亡国而继亡家，惨亦甚矣。汝祖幸逃，得延一线，汝父之不举以告儿者，以儿固烈男子，惧妄动耳。今故父虽殁，言犹在耳。忘耻事仇，汝亦安耶？"显听已大泣，立碎冠服，请于上峰，为告终养而归。潜习剑术，若有谋者，不以告其母。

逾年帝驾南巡视河后，遂至杭州。显闻而喜曰："报仇此其时矣。"携剑入杭。至,则见车驾森严,侍卫繁拥,无下手处。愤甚,欲轻一试,已而叹曰:"死不足惜,但恐事未成而先死,死无济也。"逡巡数日,车驾数出,终不能如愿,丧气而归。母诘其何往,诡不以实告。母疑之,幽诸室中,令不告不得出。如是数月,适某总兵巡阅临安,显知某总兵为宗室,而开国勋裔也。跃然曰:"技痒矣,得此亦足以慰也!"侦知某总兵宿于某绅家,显逾垣登瓦,下阶升堂,潜入卧室,刺某总兵而出。事后,侦骑四出,以显固宦户,无有疑者。而是夜归色仓皇,母大疑。请朝闻某总兵被刺事,益大惧。母诘显,并责闵氏,且誓曰:"如再复尔,吾死不复见也。"显不敢忤。明年举一子。又明年,母卒。慨然曰:"三年服终,是吾死期矣。"缞墨闭户读书,至《张良传》,曰:"然哉。使博浪击之幸中,亦匹夫勇耳。今后吾知所从事也。"乃变姓名,投贽于曾静之门,执弟子礼,欲图光复。未几,曾静文字狱发,被罪者千余,显亦株及。以变姓名故,家属幸免焉。

（1908年第7期）

冒险小说:片帆影(伯)

哥仑航海,始获美洲,遂成今日之繁华新世界。足迹遍寰宇,眼界空古今。故西人富有一种冒险的性质,海外奇观,必有足多者焉。吾语吾同胞,为述《片帆影》。

黄汉生者,东方病夫国某县之富家子也。少年读书,即博通经史,文名溢于遐迩。宗族交游中,鲜不以功名富贵厚期之者。而汉生转淡视之,如浮云焉。盖其意之别有在也。是时,汉生年近弱冠,父欲为之早婚,汉生均以阻碍求学为词,盖蕴远游之志久矣。尝对人言曰:“人生世上,具有耳目。六洲之中,五洋之外,必有我所适意之地。岂能郁郁作辕下驹哉?且八股试帖者,消磨壮志之具也。人苟升沉宦海,奴性自生,决无有好为万里游,以漂泊于奔涛骇浪中,而求达其所适意之目的者。吾往矣,吾将假渡片帆之影以倘徉矣。”人之闻之者,固不以为意也。

汉生窃念家道素裕,无所给求于世,况家君虽老,仍属神壮,乃于某日检带金珠银币作游费,私出里门。先到香港,寓于某栈,预购数式西衣,剪去野蛮辫子,为文明之公装。同寓某氏者,亦曾经沧海人也。汉生与语,大悦。叩其姓字,则亦黄其姓而兴其名者。黄兴复言曰:“吾国人囿于浅见,出门百里,家常惘惘,是岂足与语环瀛之大哉?某虽经游不远,然就所历之南洋群岛而论,觉山岳之出产,洋海之奇幻,海岛上居人之自由逸乐,已迥非惨受专制之种族所得而同也。况乎为吾足所未历,目所未观者?吾更何能揭彼情状哉?”汉生闻言,喜不自胜,答言曰:“吾将先往南洋可乎?惜无人为之介绍一东道主耳。”黄兴曰:“是何难?吾有一友,某锡矿主也。此人久于外洋,最爱客。”汉生再叩其名。黄兴曰:“是华裔也。”旋即挥函付汉生,各自归房。次日,打探有新嘉坡船开行,即买二等房票,拜谢黄兴,即时附轮。无何,汽笛一声,该轮鼓浪而去。

不一日,群山不见,白浪翻腾,汉生顿触胸怀,行出船面盼望,但见远天连水,不辨西东。偶于望中,遥见水面一道浪花,愤激数十丈,若有一物焉,冲浪而起者,一腾掉[棹]间,复入水里。惟时轮隔稍远,亦微有震动。汉生急询船上水手曰:“此何物?”水手曰:“此必鲸鱼也。”汉生闻之,暗着一惊,随咏一绝句曰:

重洋极目与天齐,吸水长鲸拍浪低。翻笑龙门盈尺鲤,池塘底事坠污泥。

、吟罢,汉生仰视云端,大有举头天外,俯视人间,尽皆局脊(足旁)之概。方信海外奇观之说,即此凭吊间,已无限感情。看罢,复历游船面一周,见祖国同胞,所谓劳动者流,不下千百数。转叹内地政治不良,教养并失,以至无业之民,不惜险涉重洋,以求生活,因是枨触无量恶感。方欲纵步归房,不意风云变幻,瞬息波涛汹涌,竟落下大雨来。汉生遂回房里去,船上萦思百结,幸不即时抵埠。迨船行三四日之间,复登船面远眺,见船上人多环聚注视。汉生亦随众望去,觉水线之东向,远远现一山影,云水苍茫中,隐隐有树林景色,如画师绘出海外神山一样。汉生急向船上人问曰:"此何地耶?"船上人有知者,答之曰:"此地耶?吾闻人言,即东竺、西竺国境也。古为活佛国,或谓前代帝王遣使臣往西竺求佛,即此地也。"汉生闻斯言,复睹斯境,深以航行水线之不同,不能一履其地之为憾。及船行水线略斜,而山林远影,渐亦不见。归房后,独坐无聊,益叹海外奇观,不啻避秦桃源触目皆是也。更历二日,已闻船上人等,均言将已到埠,若有无限欢喜者。汉生瞥眼,果见海山活现,灯塔巍峨,船将入口矣,乃回房整顿行李。幸船行数日,并无别故,不至禁海逗留。及船泊岸,汉生即将行李点交客栈人役,先投客栈居住。次日,即检出黄兴所赠介绍一书,按址投见华裔。华裔阅书,盛意招待。汉生就此盘桓,不在话下。

却说汉生自到新架坡后,凡山林名胜,固靡不游历,差幸行囊颇裕,故游兴颇壮。然回思背家私游,踪迹渺然,未免贻累老父怅望,不如回书一封,犹属情理两全之道。乃披笺挥函,以便邮寄,函曰:

父亲大人庭训,儿背父出洋,揆诸孔子远游之戒,抱罪多矣。然窃以为人生世上,困死牖下,惟奴隶功名是恋,直井底蛙耳。海外文明之地，收吸风气，良用慰焉。现抵星洲，觉风景繁华，不啻为我同胞之一殖民地。回视黑暗世界，殆天渊矣。为此报呈，敬叩起居。鸟倦知还，幸毋倚闾注念云云。下署汉生敬禀字样。

汉生当时写毕附邮，心愈畅适。附近各埠，游历几遍。一日汉生游罢方回，闻人言缅甸大好风景，游兴遂起，乃拜辞华裔，附轮入缅。但是轮船由新嘉坡赴缅，必先到仰光大埠，水程约六七日始到。

汉生既附轮，不料船开行，不过三两日之间，江中大雾迷障，雾晴后，又陡遇飓风，该轮船把持不定，水线已乱，随风漂流。适是时船中搭客无多，类皆惶恐万分。惟汉生游兴正盛，那计人间有危险事。即果遭危险，亦安命以俟而已，故不以为恐惶，而反觉希望如《鲁孙滨飘流记》[①]，或因此而获睹一海外异境也。俄而风烈波翻，竟把该船飘至一处，见有海岛在焉。岛上树木丛杂，人迹绝稀。望之奇峰突屹，云气回合。汉生心目中，急思置身其间，一探此中佳趣，风雾危险之事，已抛向九天云外矣。争奈船中各客，人人忧惧，固不暇计海岛之登临也，抑亦不敢。惟汉生游志既定，旋对水手言，求假船上小舟移近海岛一游。水手将汉生言请命于船主。船主曰："此海岛耶？本无人到，何必为此危险事？"汉生曰："吾志好游，虽有险难，吾自安之，与人无尤，幸祈许我。"船主壮之，假以手枪曰："聊以助防卫，但闻吾船吹号，即可回也。"汉生诺之，水手乃移舟渡之达岸，水手不敢随，汉生携枪上行，船人均惊叹汉生之胆壮。汉生抵岸后，择路登山，一望山里，古树撑天，有鸟猿三两，在此嬉戏，一见生人携枪至，惊啸而遁。汉生至其处，见石台石椅，天然光洁，坐而少憩。由复林内转过山坳，又见

① 原文如此，当是《鲁宾逊漂流记》。

有山鸡对舞焉。见汉生至,其遁也如故。俯视山岩,现一皮壳,如龟背模样。生检视之,有明光光的宝珠数粒,大如鸽卵,喜极,拾而藏诸怀。再由山坳转去。远瞥一大松林,似有茅寮数间,撑木为架者。然茅茨不甚齐整,似非人为。汉生疑极,意谓此处并无人间烟火,何得有此茅屋?奈眼帘所见定非幻梦,乃大壮其胆,前往探视。将至屋旁,见有男女数人在焉。汉生暗忖曰:“是岂人类耶?”到此时,转悔自己少年气盛,逞一时之游兴,必为野人所害矣。而转念身已到此,虽悔何为?加以手枪自携,即果遇野人,或尚有抵御一线之路,放胆逼进。寮中人似惊讶人来者,群啸出视。汉生倒退数步,右手提枪,眼见寮中人,类是新嘉坡中吉宁人种,而面略黑,身上略有毛,通体并无衣裤,不啻还复天然真相者焉。汉生不胜惊异,而可幸寮中人见汉生来,并无恶意。且察彼情形,若有莫大之欢迎者。汉生斯时,胆更壮,遽前以手把枪作揖,微示敬礼状,寮中人亦如之。汉生知其可与近也,心生一计,就探出怀中带来面包干饼,与之。寮中人大喜,群相食。汉生以言问之,则各以笑口相迎,惟不辨其何语,此真如哑族行之对面着笔者矣。寨中人将面包等食毕,其老者,在山穴中,探出大珠二颗,视顷之所得者更大,举以与汉生,若示酬谢者焉。汉生接受,方欲与坐,俾细探一切,忽闻汽筒乱吹。汉生不及久留,乃向寮中人作辞别状。寮中人嘻笑,若不舍。汉生转欲停顿之,不忍遽去。无奈汽筒大急,遂作揖,缘来路奔而返。至则小舟犹在,渡登轮船。汉生登轮后,水手抽起小舟,盖时已风波胥靖矣。船遂行,船上人均向汉生问海岛上所见。汉生讳言之,但略谈山景而已。

不数日,船抵仰光,入客寓,深忆海岛中人,虽非世界文明繁族,然优游居处,浑忘甲子春秋,且安享自由权利,视祖国同胞之屈处于不自由地位,而任人敲剥者,相去为何如耶?吾恐昔之所谓避秦桃源,尚无此超脱也。汉生游罢,耑返新嘉坡,一路海上凭

观，但见烟水茫茫，杳不知向遇之海岛何在矣。复抵新嘉坡后，将珠贩卖，骤变巨富，开张商店。即命亲信人汇单返里，挈家同往新嘉坡之山巴（即园口）居住云。黄汉生以一副冒险性质，乃于海外觅一乐土，得以自在，诚不负此《片帆影》矣。

（1908年第8期）

趣致小说：沈醉生（荛）

沈酣，字醉生，居江阴。杨[扬]州之役，只身避难，逃于粤，佣粤之某酒肆。南方既定，主人使调曲孽作酿。初甚拮据，久之，精其技。日从事釜甑，每见酒，口辄流涎，恒当瓮头初熟，必饮满腹。饔飧间，皆以大斗自酌，计每日耗主人酒资，逾于偿劳之费。主人苦之，拟暗去。沈觉，乃对主人曰："昔相如有渴疾。然仆之于酒，无异相如，明知以豪量苦君。如蒙作醇赐，使仆得以嬉戏醉饱，了此一生，自愿折其薪费之半以相易。否则不受工值，亦所喜也。"主人固吝，乃曰："如子言，计亦甚得。昔李元忠不以饮酒易仆射，以子方之，诚不多让，殊雅人也。请自今尽量，予不汝瑕疵矣。"沈喜，乃益求醅酝之法。凡所制等等，于浓厚中，皆具有一种服从和顺气味，与市沽者迥别。日中持壶到门者不绝，盖由沈手蒸出者，沽立罄，易其人，则不效。主人嘉之。

公暇，每与沈对酌，餂之以言，并复其酬金，冀得其道。然沈戆甚，酌时语不他及。一把盏，即作牛饮，如长鲸吸川，一引而尽，凡饮必醉，醉必歌，歌必舞，胡然而天，胡然而帝，曾不计人世间有甚事业。甚至形骸放浪，面目变易，恬不为羞。极而手足自缚，衣履不完，无所谓耻。终日言笑，醉中不涉别务，一面较糟量水，酿事恒未少有差舛。

一日，洗斝涤镬，对主人曰："吾居此数年，未尝为君作一佳酿。今当奏吾技，以报厚惠。"主人诺。未几，报成，令主人以樽榼来，盛载殆遍，嘱曰："余一生绝技，尽于此矣。沽之于市，其烈更胜于外国之所谓拔兰地、威士忌也。虽然，设人昔日饮我之酿，而至于一杯，今日复饮我此酿，而至于一杯，非其量之有进，其不酩酊者几希。但非是不足以显名而利市。"主人乃为之登广告，闻者遝然群至，几不足售。有余夫人者，随其夫宦游于粤，素有酒癖，嗜沈味，悦甚。闺中妇女凡饮，非沈制，殊不愿。投以别号，竟曰淡如水，弃之。盖沈出此次之酒后，少饮皆令人醉，故凡有饮兴者，皆无不利其价廉而高味，能以少许胜人多许，远亦至买。

不数年，而沈醉生酒之名，遂遍传远迩矣。粤中买酒家闻之，以其搀夺权利，思设抵御。初售之归，杂以己酿，嗅之，香味无异，而竟不畅售。复以火酒厉其烈，持其原装，鸣之官，谓沈以毒品杂入，酒中澎涨猛力，碍人卫生。官乃着化学家往沈肆，逐一考验，报称蒸气久，热度以冷而凝结，故其力较他家为独猛。非徒卫生无碍，多饮且能令人变志，神忘远虑，促魄力，庞躯体，罪案遂不得入。沈由是愈一心志考察。

会风雨重阳节，为沈初度之辰，主人设馔为贺。兕觥称觞，沈豪兴勃发，引杯及三斗，忽然颓倒，满腹倾吐，呕出蠹虫浪蝶，蚨粪鸦膏等无算，臭腐腥膻，薰蒸一座，蘧然而睡。翌晨不起，主人讶甚。至榻前呼之，不应。推之，殊强硬。乃察其鼻孔，已无出入气。方知沈昨宵醉后，竟以一梦而死云。

（1908年第8期）

豪侠小说:黄善人(太岁)

(前缺)"非呼我声乎?"家人绐之。黄曰:"汝等毋作此态,吾闻呼我者之声,吾知呼我者之意矣,祈速着之来。如其人不畏传染,吾愿一见也。"家人知不可掩,遂命其人入。人曰:"黄善人,何时病也?败吾事矣。"欲趋出。黄止之曰:"勿皇遽,谁败汝事者?盖[盍]以告予?"人曰:"吾母患疫暴亡,此来欲求一薄棺耳。今若此,败吾事矣。"黄急应之,爰命家人,取百金赠之。其人感谢而退。黄病日益剧。一日留弥床褥,闭目便睡,觉有二人,类官差装束,见黄即疾声曰:"吾觅汝久矣。今始见也,急随我来。"遂掖黄行。恍惚入一城门,旁错几案,前行者次第立案前挂号。黄随众挂号已,回首忽不见前二人,伫足城隅候之。俄二人偕一人同来,则昔时旧友方复,疫死月余矣。见黄举手曰:"荷兄张罗身后事,弟事后方知,甚深铭感。顷间二位道及兄名,谓兄与令嗣辈殊不便。昨奉东岳急札,着先提兄投案。弟经托二位照拂,后如不还家,敝庐不远,请暂屈也。"俄闻传鼓声哗曰:"老爷升座。"二人驱黄入,使伏堂阶下。堂上冥黑如墨,无所见。一少年美如冠玉,将官命晓黄曰:"善恶报应之理,儒者不言。然果显因微,非亲历其境者,不能为之说法。汝全家本劫数中人,天帝录汝微善,知汝好施,故破格恩全。汝此次返乡,须于南方加之意,祈将此施惠桑梓之念,扩而充之,以遍拯同胞。汝家有数十万之资,出其半以助义举,大事成矣。汝记此言,毋辜帝恩可也。"时恰滇南义兵有事,声势浩大,虞款不足。黄初不解何意,但闻"好施"二字,切中素愿,慨然疾声应诺,惊动家人,群相环伺,黄亦不知是梦非梦。然追忆情事,历历在目,仍置心坎中。家人固诘其应声之宏,究何所见。

黄不言亦不语。已而病渐瘳,子及孙,以次全愈。越三日而举家相庆平安。记病中天帝之言,爰命子孙至,计家资,共五十余万。乃谓子孙曰:“吾与汝几不保,幸生平好善,故几死而复生之,吾今有大善……”(下缺)

(1908年第11期)

快意小说:飞侠(意)

晚云低垂,天甫薄暝。

一人走壁飞檐,疾趋一署。入,巡捕官止之曰:“何为?”曰:“有事。请见大帅。”

问何事,愿代禀。则曰:“军情秘密,宜面陈。”

巡捕官方欲再问。

人掉臂一挥,夺路而进。抵内署,呼曰:“土地危在顷刻,非大帅督战,诸军不用命。”

署中人惊其来,悚然起立。传令絷之,倏忽不见。

俄,亲军队百数十人,挟快枪突奔来,拥入护。搜之,无有形迹。

俄,各统领,及协、镇、标、营,以次相至,环绕阖署。复搜之,又无有形。(下缺)

(1908年第11期)

《振华五日大事记》

1907年创刊于广州，莫梓铃主办，每五日一期，1908年停刊，共出51期。编辑撰述员有愚公、微全、铁樵、达生、轩胄、亚魂。以“改良社会，维持实业，共图公益”为宗旨。印刷发行所在广州大新街一百三十六号振华排印所。小说作品主要发表在“小说”栏目中。现存小说共14篇，其中长篇小说1篇和翻译小说1篇，不列入整理对象。其余11篇均为短篇小说，本集全部整理。

社会小说：浪淘珠（轩胄）

西风紧起南飞雁，梧桐杨柳半凋残。绿荷减色，黄花盛开。蛱蝶蜻蜓，飞来扑往。

今宵侬乜至凉凉，朱颜绿鬓，结队来也。

约同情，共举觞。趁此好韶光，读《易》焚香。翩翩公子，酒仙诗客，联袂至也。

相逢何必曾相识，只消眉目可传情，此曰：“丛林可作鸳鸯帐。”彼曰：“且学流莺树下藏。”击掌作板，吹口为弦，酣歌艳曲，恶人闻听。衣大镶小捆衫，长襟系其辫发。摇摇摆摆，放荡而行。嘻嘻哈哈，左右穿插，狂童荡子来也。

马车磷磷，自由车钟声之叮叮，人力车口号之来来，喧嚷成一片。

来者似织，去者如流。光梳云髻，衣舄趋时，金玉镯自腕至肘，珠宝皿贴满云鬓，双马车来，名妓也。尾其后，长背心者，姨娘也。长其髦，垂其辫，金丝其银镜，或手洋遮，或手鞭竿，女学生也。有碧眼紫髯，窄衣短袖者，洋人也。有长裙扫地，胸际疏衣者，洋妇也。有长衫马褂者，有携琴者，有带小童者，有挈眷至者，精组美恶，不一而足。

巡警立守于纡径。

假石山也，金鱼池也。楠榆松柏，绿竹红枫。曲径遍植忘忧草，亭台楼榭密遍。

蓬厂枕河。夜香藤环绕左右，茶亭也。

繁华哉！此何地，此何地？沪上著名之愚园。

斜阳下矣，明月与电灯相辉映，星朗郎焉。游人渐散，隆隆然车马声作。

一少年楚楚其衣，眉目清秀，乍睹一女郎登车，秋波横顾，百媚都生，缔[谛]视之，车既行，少年目亦未尝交睫。

一人拍少年肩曰："贤婿别来无恙？"少年回顾，一人二撇其须，年约四十许，装束如官场中人，诧疑不知所对。

二撇须者复曰："贤婿出门后，小女望眼欲穿矣。"少年益愕然。

二撇须者睁目曰："汝虽年少，亦太气盛。得毋以儿女子闺房琐琐，故遂视乃岳为陌路人耶？我而父执也。先君在日，与吾为刎颈交，故以吾子妻之。纵以吾女少忤，遂敢忘先君遗嘱耶？"语竟双目浑红，泪珠欲堕。

少年素聪慧，默念当是误认者。然认之为婿，亦不吃亏，善用之，或得佳遇，含糊应之。

二撇须者拭泪言曰："汝盛气出门后，吾忧甚矣。今也，归则良田大厦，俊童美婢，轻暖适于体，肥甘悦于口，不胜似游荡哉？汝其过矣！"

旁观者皆责少年不是。少年乃长揖谢罪。

二撇须者乃执少年手，若不胜惋惜，又若不胜欢幸者。携手出园，登马车。马夫策鞭疾驰。

行约数十里，至一第，缰松轮止。二撇须者下舆先入，少年坐车中焮许，忐忑不可耐。顷数婢出欢呼曰："姑爷来矣，请姑爷下车。"

少年既入室，婢女导至书房，四顾图书、彝鼎，陈设都丽。机榻椅桌，一尘不染。榻琴壁剑，瓶柏炉香。虽非画栋雕梁，仿佛洋楼雅淡，富贵家亦无逾此。(未完)

(初续)少年独坐室中，久不见主人出。饥肠作声，怦怦不已。俄而婢侍奔走于前，或倒水，或装烟，或捧壶，或煮茗，皆颇具姿色而年未及瓜者。

有顷，一傭妇捧膳至。少年食已，乘间问之曰："小姐在闺中否？甚欲一见。"妇曰："姑爷岂遽尔忘耶？小姐虽念君切，梗性未易下人者。老爷已在闺中代为缓颊，容日当欢庆团园[圆]矣。"少年恐事露，不敢再问。

居数日，尚不见小姐，疑极。转念起居饮食适宜，虽独居，计亦良得。暇则弄琴观书以消遣。

一日，傭妇出白老爷命，请姑爷进内室。少年欢然从之。既入，陈设不亚书房。中设一桌，酒馔毕备。二撇须者延之坐，曰："老夫念汝夫妻年少，因闺房龃龉，至若参商，故设延[筵]为汝等和。"少年唯唯。

俄而帘动，一丽人扶雏鬟出，莲花步，无不令人一睹而讶为消魂物。姿色如绘，摇曳至厅前，见父裣衽。回顾生，则桃花浑两颊，悻悻之色，错杂于眉宇间，若嗔若怜，又若不胜懊悔者。

呼酒，女似勉强就席者。至数巡，生亦弗知所谓，惟有饮啖，而目注视女。二撇须者，发言曰："儿女子以琐琐故，讵可始终芥蒂？宜各尽一杯，往事不须究。"少年曰："唯女尚不语。"二撇须者顾曰："彼所夫也，夫可终忤耶？"女遂不得已而举杯。

二撇须者鼓掌曰："从此团圆，前隙尽泯矣。"女顾生良久，似有千言万语不能出诸口者，既而入寝室。二撇须者亦行。

少年立而思之，喃喃语曰：“此丽姹似曾见面者。”忆度良久，猛然晤于愚园邂逅者，益喜。

俄婢导少年入寝室。女面壁，少年则万种温存。旷既久，乐可知也。

居数月，两情綦笃。少年自念，虽属一时误认，其夫终必返，尔时必遭重谴，思欲乘机遁去，颇难弃女，耿耿于怀，莫知所措。女知其有所疑虑，询之，少年遂直告以故。（仍未完）

（续第四期）女勃然作色曰：“淫荡子敢瞒骗婚姻耶？”少年怖甚，五体投地，长跪乞饶。女乃转怒为笑，扶之起，曰：“蠢哉！痴郎亦太梦梦者。人将以妾为饵杀汝矣。世间安有乍面相逢，遂为而岳、为而妻者？一失足成千古恨，奈何？”

少年目瞪口呆，伏地不肯起。女复曰：“愚莫愚于子者！人掷几许鲜饵，乃钩一金鳌。既钩矣，几见鳌鱼求释幸免者？子不慎于前以吞饵，夫复谁尤？”少年益骇，泪潸潸[潸潸]下。

女郎亦为之泣下，抱少年起，低声问曰：“子知妾属二撇须者何人？”少年曰：“女也。”女笑曰：“误矣。怜君之直，当以实告。侬本苏洲[州]歌妓，彼以千金买妾为姨（妾侍也）。前月游于愚园，以君乍睹而目注，因以饵君，将以利用君之首领耳。”

少年听已，战栗骇汗，曰：“余向未与人为仇，很[狠]贼安忍出此？”

女笑曰：“猎子之张罗以获禽，渔父之设网以捕鱼，游鱼、飞鸟，果何仇于渔父、猎子哉？财路之所在，岂必待仇而后杀者？数年前彼游于粤，尝以其他妾，诱一生，卒至牺牲生之身命，获取富人巨金，请略为君述之。

生固游手好闲者。彼使其妻认为婿，使其他妾淫媚之，复使生受业于某督幕。督幕重富人之婿，爱之。会富人某甲，有事干督幕者，求生为之先容，设筵招生。生既至甲家，酒未阑而暴毙。

甲骇甚，奔告于彼。彼则率其妻若妾，号哭至甲家，指甲毒毙其婿，复得督幕为之助，行将控案。甲以案关人命，贿以数万金乃免。既得金后，乃从容来沪。先是，知生为富人招饮，知机之可乘，潜以药药生，卒遂彼攫金之妙技，然亦骗术之尤者矣。”

少年闻言泣下，毛骨尽悚，求救益切。

女沉吟良久，曰：“妾与君情同一体，安忍目睹君危，而不援者？特未有机可乘，恐一旦事露，死无葬身地耳。倘能出君于生天，妾必不见容于彼，君何以处妾耶？”（仍未完）

（三续）少年曰：“卿如有策，诚生死人而肉白骨矣，唯卿命焉。”

女曰：“君如不以陋质见弃，愿与偕老。”少年曰：“不敢请耳，固所愿也。”乃指天日为誓。

女曰：“彼之谋君亦毒矣。有宦裔某氏子，为党狱所株连，禁诸狱，貌极类君。现已运动看管者，一俟运动妥协，当药君置狱中，而报某氏子狱毙焉。彼计若售，当得千万金。君之性命，生死间不容发。彼所施固毒，报之亦不可不毒，然亦势所不能不毒也。”

生曰：“仆方寸已乱，正如羁鸟之待飞，唯卿图之。”女曰：“人不打虎，虎必伤人。君虽一行一止，彼必使人侦探，俾傭仆妇，皆彼心腹。彼尝虑妾萌异志，居尝以珠玉结妾欢，计值盈万，持此变价不患营生无资。须谋远避计耳。”

时鱼更三下，万籁寂然。生如万箭钻心，女亦筹谋不□，忽跃然起，语少年曰：“计成矣，当诱贼歼之。”搜笥匣，尽出细软纳于少年之怀。

呼婢起，谓曰：“姑爷腹痛，可白老爷。”少顷，婢持小丸至，女纳之，复呼婢睡。

既而自出，直达二撇须者所曰：“此人想患霍乱症，势甚危殆。”二撇须者惶恐曰：“若然，乃事败矣，吾当亲往视之。”

甫入女寝室，骨的一声，二撇须者倒地。盖女乘其不备，掣匕首,照咽喉刺之,再刺其心而毙。

拉少年手,自牖户跃出。取路花圃,从渠窦蛇行而出。夜行数里许,疲极,抖于树下。

少年腹饥甚,商于女曰:“天将亮矣,可暂投旅舍。”女曰:“男女夜行入栈,必启包探之疑。当先附轮往宁波,徐图归计。贼既毙矣,婢妾虽众,皆无能谋者。”

既至宁波,税舍居,闻道路盛传沪有小姨谋杀主夫案。夫妇乃逃避于澳门。生子女各二,已娶媳焉。至今稍稍与人道之。

少年本浙人,世居于沪,而幼失怙恃者。女自言曾习少林技。此廿余年前事也。

轩胄曰:世途险阻,竟有牺牲人命而作马扁生涯者。然非女之多情才智,少年宁不抱恨于九京耶?虽然,使少年苟不萌贪念,亦未易堕其术中也。吁!贪欲真人生之大患也哉!(已完)

(1907年第3期、第4期、第6期、第7期)

侠义小说:侠报(轩胄)

黄生信朋,香山人,富有钱谷。游侠好义,博览欧亚群史,慕林肯之为人。妻操井臼,不役婢仆。妻亦贤,裙腰覆巾,操作如贫家妇。有踵门求卖女图活者,辄赠以金,遣之,曰:“谁无天性,忍教汝失舐犊情,为我奴隶哉?”邑之贫者频效焉,几无虚日。生察其情真伪,悉赠有差。邑令耳其名,临之,辄避。令益重之,颂其品行于学使。学使固令之同年,知非虚誉,笑曰:“此子非郭解流,当案访之。”生闻亡去。至乌石,遇雨,避身庙廊,雨终日不止。有老人来，年可七十许，揖归，馆谷甚丰。既而昏暮，止宿其家，莝豆待客，款洽周至。问其姓字，云："老拙李方直，子少远游，音耗俱杳，惟媳妇在。贫不能待客，幸能垂谅。"问子何之，则南洋。天明，雨乍晴。付之金，弗受，强李持入。俄出，仍以返客，云："媳妇言非业此猎食者。丈夫离家十载，尝不寄一钱。客至吾家，何遂索偿乎？"生赞叹欲行，雨骤至，雷电交作。李复留客，给待如前。问："家徒四壁，翁媳何以存活？"答："以赖媳妇贤，女孙亦巧，操女红，谋升斗矣。"问："孙女年几何？"曰："廿一。"又问："何以不字？"曰："婢子愚孝，未嫁失婚，自顾寒贱，不能占凤于清门，冀半子养母，故矢志不醮耳。"雨晴言别，嘱曰："我石歧黄信朋，暇幸见顾，家颇小康，倘有所需，幸函告焉。"年余无耗。

值剧盗李某，纠党劫掠，水陆无宁路。官军不敢正觑，盗风益炽，掳人勒索，行客相戒。一夕明月莹澈，生与妻少步庭中，对酌弈棋，蓦听扣扉声甚急。妻起问阿谁，门外以李方直对。生茫不忆，申言始忆之。蹑履启扉出，揖客入。媪也，年四十许，衣敝踵决，蹙眉泪目。居之温室，设筵相款。问为李翁何人。答曰："媳某氏也。"言已泣下，生惊问故。氏曰："翁老病长辞，家贫藁葬之。小女阿纤，日往采薪供爨，被盗掳，索金二百，否则烹。自念家贫无担石，丈夫远出，既无叔伯，终鲜戚友。翁在时，尝言君慷慨，不嫌唐突，特求垂悯。今享盛筵，忆及少女，褊心不能无悲望。"生恻然曰："嫂慰毋盼，仆当致母子团圆。"语妻曰："卿善视嫂，少出当返。"妻温语劝慰。食已，留榻。翌日，出美服衣氏，氏望女念切，不能稍慰，辄背泣，倚闾盼。蓦然一人乘肩舆入，下舆，阿纤也。曰："梦幻耶？"悲喜交集。纤曰："被掳时，恐怖万状，以为必遭瑕玷矣。迨至贼居，则女子数十人，共处一室，悲泣之声盈耳，盗党一无敢犯者。昨日一人牵侬出，肩侬至疏林，倩别舆转载。其人顾侬曰：'此行抵黄家，母子欢叙矣。'不期果然。"氏牵阿

纤拜生及妻。视之,虽蓬发破衣,而姿色婉丽,动止清雅。生大悦,留与同居,除舍舍之。氏德之。生曰:“赎令媛[嫒]归,良不费一钱。初,盗某,尝盗吾家,仆执之,行将殴击。余怜而释之,且赠资焉。今为盗魁之左先锋,故盗风披猖,而吾乡无盗患者,盖此耳。”氏母女由是居生家。阿纤与生妻甚得,情逾姊妹。一日氏谓生曰:“阿纤年齿长矣,既蒙夫人垂爱,媵之可也。”生不可,妻亦怂恿之,强之再四。生曰:“赎女为义起,宁以乱终耶?”妻遂不复强。

邑令弟某,恃兄势,鱼肉平民。邑中妇女有姿色者,多奸淫之。一夕过生邻,窥阿纤美,欲罗为侧室,假友微示意生。生素鄙某为人,却之。归谋于兄幕,重以县令命。生闻益怒,出恶声焉。无何妻死遗意,嘱以阿纤继。服阕,遂娶,敦好甚笃。会有族人某甲,嗜赌,屡求生贷,生以欲壑难填,却之。甲衔之。知县令弟与生有隙,诬以通盗党,控诸案,将发签焉。刑名某贫时,曾受生惠,念念不能忘,而又无力阻,奔告之,使即遁。遂收细软,挈阿纤与氏俱遁。过港,取道南洋。

途次飓风作,汽舟覆,幸扳一竹麓,漂泊终夜,挂木而止。援岸方升,有浮尸继至,则阿纤。力引出之,已就毙矣。惨怛无聊,对坐憩息。但见小山耸翠,杉树摇青,行人绝少,无可问途。自迟明以及辰后,依依靡之。忽阿纤之体微动,喜而扪之。有顷,呕水数斗,醒然顿苏,相与饮泣。曝衣石上,近午,始燥可着。而枵腹辘辘,饥不可堪。于是携手越山缓行,冀有村落。才至半山,闻鸣号角声,凝听间,见大队工人,挑箕荷铲,联队而来。最后一指挥者,衣短衣,足革履,执手枪,问客何来。生具道所以,其人自言李少直,亦香山人,引为梓里亲。阿纤从旁听之曰:“是我父也。”乃泣诉母淹没,及归生故。李亦泣数行下。既而呼轿至,归己宅,具膳。生问以久客不归故。李曰:“频接家书,皆道父妻无恙,客冗纷纭,故未遑家顾耳。”先是,李客南洋,操矿工,性勤谨,主人爱重之。偶得无主横财，遂开锡矿，比年获利巨万。有友某乙，寓大埠，李每托付资归，乙皆中饱之，而假家书以覆焉。生由是依岳家，帮理矿务。数年，亦获重资。

又数年，李客死，遗资数十万，悉归生。闻某令已去任，捆载扶榇归。乡人荣之。时已二子一女，皆阿纤所产。后数年，二子成立，人皆以侠义之报云。

（1907年第7期）

侠情小说：海镜光（轩辕之胄）

蛋户，赵梦才，世代浮家于崖门，业渔，与张旭为友。旭，新宁人，颇不拘泥于世俗。结庐于河畔，课蛋蒙。与赵梦才往来甚密。梦才有女，小字阿玉，甫十龄，聪颖异常，貌美如冠玉。旭爱之，认为谊女。课之读，受读倍于诸儿，记力亦广。旭窃叹曰："十室之邑，必有忠信。玉也，惜其生为女子耳。不然，必能竟远祖之志愿也。"由是每逢朔望，必集蛋户，以俗语演词，曰："尔等知乃祖之来广东耶？吾意必无有知之者，盖尔等失于教育故也。昔宋张宏[弘]范，屈志投于金人。金人利用为虎伥，袭宋师于崖门，败之，水军尽溃。中有泳水逃生者，即尔祖也。以广东烟瘴之地，岸不能居，遂相率作楫为家，渔鱼为食。须臾不忘国仇，痛陈亡国之惨状，编成歌谣，以遗子孙，即今之咸水歌是也。其始歌谣之词句，慷慨淋漓，皆嘱子孙世世不可忘仇敌者，以存种族之观念焉。然而叠遭飓风，讴本皆遗失，由是子孙之志亦懈。诸君诸君，亦知尔祖世为汉人，不事元虏之苦志耶？亦知蠢奴张宏[弘]范，为虎作伥，使吾汉族牛马于元虏耶？吾言之吾心痛，吾不知吾泪何从也。"语竟，泪潸潸下。听者皆泫然。阿玉听已，只觉感慨万分，如重物压胸，如榛梗塞咽，如薄荷封眼，跪请旭言其详。听者多为之俯请。旭曰："诸君亦欲一见事迹之实乎？"佥曰："愿详。"旭曰："诸君皆驾舟来，可同渡崖门之东，当为诸君详言之。"众皆踊跃愿往，于是相与下舟，桨橹并发。时许，波浪顿作，至一处，高山屹然。众曰："至矣。"旭既履岸，登山巅，至一庙，颜之曰"宋国母祠"。荒草凄凄，白云满目。丛林阴翳，野鹤横飞。旭谓众曰："是庙即尔祖建设，以留亡国纪念者。"众太息久之。庙右一巨石，勒大字七，曰"张宏范灭宋于此"。旭复谓众曰："此七字即蠢奴自书以纪其功者。昔陈白沙先生，曾一游览于此，见之大骂曰：'蠢奴卖国，尚自矜其功耶？'乃再书一'宋'字于上，看看，最高之沙笔字是也。合读之，岂非'宋张宏范灭宋于此'乎？蠢奴诩功，难逃后世贤人唾詈也。"语毕，解其衣，抹去石上青苔，见刻有小字，模糊犹可辨，曰："纪功铭石张宏范，不是胡儿是汉儿。"旁刻"陈白沙书"四字，乃以浅语晓于众人。众皆切齿，曰："使吾族沉沦，皆张贼之罪也。假吾族当日军威复振于崖门，逐尽腥膻。宋其有豸，讵意天不祚宋，致使狗彘不食之张宏[弘]范，自残同种，立功于元廷，宁勿使吾汉族羞死乎？"(未完)

(续)言已，中有泣下者。阿玉起，抗声而言曰："丈夫立于世间，不奋己心，竟乃祖未竟之志，恢复大宋山河，悲泣宁有济乎？我虽巾帼，愿与诸君共勉之。"闻者皆大感慨。时已斜阳西下，各驾舟返。

舟次，旭指谓玉曰："石峡之侧，即当年国母与皇子同溺之处也。"阿玉凄怆殊甚，曰："愿闻当日沉溺之痛。"旭曰："宋丞相文天祥被执，吞脑子不死。部将刘子浚亦被执，遂自诡为天祥，冀可免天祥而重兴宋室也。及天祥至，各争真伪，子浚遂被烹。天祥既至潮阳，见国贼张弘范，范释其缚，以客礼待之。天祥固请死不许，乃求族属及刘子浚之族属，八千余人悉还之。二族知张世杰拥卫王昺守崖山，投之，由是军威稍振。张宏[弘]范乘北风凛烈，将贼众袭崖山，由潮阳乘舟入海，环舟塞海口。张世杰恐为所困，遂焚行朝草市，结大舶千余，陈碇海中，中舻外舳，贯以大索，四周起楼棚如城堞，奉卫王居其间，以为死计。号众曰：'频年航海，何时能已？今须与决胜负。'弘范终日计较灭宋，见崖山之北线，舟胶不能进，遂由山之东转而南，入大洋，与世杰之师遇，出骑兵断其汲路。世杰舟坚不能动，弘范乃舟载茅茨，沃以膏脂，乘风纵火焚之。世杰乃令士卒涂泥于战舰，缚长木以拒火。弘范亦无如之何，乃求天祥为书招世杰。天祥怒眦欲裂，曰："吾不扞父母，乃教叛父母可乎？"范固请之，天祥遂书所《过零丁洋》诗与之。其末有云：'人生自古谁无死，留取丹心照汗青。'范笑置之。范复使士卒，列阵号于崖山之将士曰：'汝陈丞相已去，文丞相已执。汝等从世杰何为？'将士不为所动，始终无一人叛者。时世杰军中，既被范出骑兵断其汲路，茹干粮已十余日。掬海水饮之，水咸甚，饮即呕泄，兵士大困。范知其内情，乃四分其军，自将一军，相去里许，令诸将曰：'宋舟西舣崖山，潮至必东遁，急攻之。闻吾乐作乃战。'翌午，世杰闻弘范军中乐作，以为且懈，不设备，南北受敌，兵士皆疲，樯旗多仆。世杰知大事已去，乃抽兵入军中。杰之部下陆秀夫，负卫王昺于背，见舟环结，度不能出走，乃驱其妻子入海，谓卫王曰：'德佑皇帝辱已甚，陛下不可再辱。'即负卫[王]同溺，后宫诸臣皆从死。世杰乃与刘苏等，以十六舟夺港而出，行收兵。是役尸浮海上者，十七万余。世杰欲奉杨太妃以求赵氏后，杨太妃始知卫王溺海之闻，抚膺大恸曰：'我忍死间关至此者，正为赵氏一块肉耳。今若此，复何望焉？'遂赴海而死。时人哀之，今崖门之宋国母祠者，即祀杨太妃者也。"阿玉垂泪言曰："杨太妃一女子耳，犹能以身殉国，比诸张弘范贼臣，奚异天渊隔也。玉虽荏弱一女子，国仇岂能亡？如曩日先生所言，我辈无铁血性质者，皆由于无教育。然欲我辈教育之普及，非玉其谁？第学术不精，不足以传道耳。”语竟，嗟呀不已。

旭窥其有大志，既返庐，乃尽其所学以导之。玉向学既勤，性晤亦敏，就学数年，经学史学，莫不成诵，每以开导同魂为己任。转念蛋户皆信神侫佛，非假此不足以坚其信者，乃翻阅史册，考察杨太妃殉国之日，为三月三日也。玉时年已及笄，乃辞旭自置扁舟一叶，舟后祀木雕轩辕黄帝像，旁祀杨太妃及卫王昺。日则舍读书自修外，逢人演说，勉励同侪。夜则学泅水，可没额一昼夜不出。时至崖门，抚摩陈白沙遗字，不禁太息流泪。

一夕，兀坐舟中，对月歌《吊崖门》诗。忽睹豪光闪烁，与明月辉映，奇之。乃棹桨向光处巡视，渺无他异。棹回原处，则光芒如前。转念海上波光原无足异，乃下蓬帘就寝。忽风声大作，潮浪翻漓，披衣起视，但见万道光芒，炫耀于前，有如红日堕于海中，随波汹涌。大奇，解衣濯入水中，泅向光处搜寻。至底，泥滟中，觉有一物触手，亟力攀起，复泳水出。视之，明镜也。其大盈掌，拷之铮铮有声，光彩异常，向月对照，回光万里。默念此镜藏于海底，当是宋室宫中遗物，想因卫王母子赴海时沉下者。言念及此，百感交集。归见父母，伪称己为杨太妃后身。此说一传，远近蛋户，皆不远千里而来争睹芳容，望而知为非常人，咸以仙子目之。玉一一以礼貌待，已而陈说昔日崖门遭难诸苦，听者皆大感激。客临行，玉必以大义相勉，由是玉之名大噪。父母爱如珠宝，欲择清门，而世族每鄙其寒贱，无与论婚者。无何父死，玉亲视殓殡。越年，师张旭亦死，遗书与玉，勉以努力前途之意。玉泣曰：“生我者父母，知我者吾师。今死矣，宁勿恸乎！”亦亲视殓殡，一如父丧。

母以玉年既长，尚未适婚为虑。榜人子之曾窥玉美者，频委冰焉。母商之女，曰：“我儿具如此天姿，父在日，尝欲论婚于清门，冀半子之贵，脱此榜人圈，未果，病卒。今也求婚者众，儿意若何?”玉笑曰:“母忒多虑,亦知清门贵族为奴隶圈耶?我族虽贫贱,宋水军苗裔也。且国仇未复,何暇论及家室事?母休矣,侬留事亲。如有能助我兴复宋室者,当委身以从,幸勿为儿择婚也。”母遂置之。(仍未完)

(再续)有文生祥,系新会人,文天祥之裔也,生有侠骨。偶阅族谱,知乃祖忠于宋,为张弘范所窘毙者,顿怀民族思想,励志苦学。精剑术,外纯朴,不轻与人谈事,以是故,交游绝少。耳玉名,思欲一访,乃携童佩剑,买舟游涯。既至锁江石(崖门之东),漫山松竹丛集,野杉森森。鼪鼯窜穴,鸦鹤高飞。樵歌鸟语,牧曲渔词。清气爽人,野花扑鼻。至宋国母祠,但见颓垣倾圮,顿触感慨。更读石刻遗诗,使人凄然泪下。

游览既毕,访于渔父。渔父曰:“迩来阿玉有神人降其身,能占人休咎,求占者几致应接不暇。君来,得毋欲倩决吉凶否?”生闻言,诧甚,自语曰:“吾闻阿玉深明经史,何假神权以惑世?如渔子说,当是觋巫之流,吾失所望矣。”默念间,渔父笑指曰:“一帆荡波而来者,即阿玉之舟也。”生转念,既到此,当一望其颜色,俾质传言之谬。计定,先下己舟。玉舟既泊定,使舟人请玉至。有顷,小舟一侧,则一丽人立船头,芙蓉如面,细柳如眉,虽荆布裙钗,别具一种天然姿态。既至舱,生让坐。玉略不谦让,容止端正,使人敬畏。生默念,似非生长于榜人家者,曰:“闻卿名久矣,得一聆芳颜,何幸如之!”玉曰:“妾寒贱,劳贵人枉顾,得聆教诲,感慰殊深。请问贵人尊姓名?”生以实对,且述为有宋丞相文天祥之裔。玉叩头便拜。生急扶起,曰:“素未相识,究与卿何恩,遽行叩拜哉?”玉曰:“君为忠臣之后,敢不崇拜乎?”生曰:“痴矣,文氏之后藩衍,逢之便拜,得勿令脑壳苦煞耶?”玉曰:“文氏族虽盛,谁能如君知为文丞相之裔者?即此,已知君念念不忘宋室矣。”生惊其议论之奇,愈加敬服。玉曰:“君到此,曾游锁江石否?”生曰:“然。”

玉曰:“国母庙行将倾圮,对此宁勿怆然耶?”生爱其出言皆有意识,甚属投机,谈至夕阳尽下,玉遂别。

生是晚宿舟中,问榜人曰:“左右有屋租赁否?”榜人曰:“此处皆村落,有之则康公庙之左厢,曩曾租人作蒙馆者。”生曰:“斗室足以自修,明晨当偕往一看。”榜人曰:“可。”翌朝,与生登岸游览,庙固依山旁水,蔬圃密迩。生喜甚,遂与司祝订价毕,即陈榻焉。手书付榜人曰:“持往玉姑。”俄榜人返,曰:“阿玉已应人召,往占休咎矣。”生怅然,如有所失。忽听樵楼报初更,杜鹃啼野外,使人闷然。乃起挑灯,解荷囊,搜经史,朗声诵。

约二时许,倦极欲就寝,闻窗外铁马响。起视,即闻扣门声,乃解剑静俟,细问阿谁。答声如莺喉初啭,诧甚。启扉视之,则一丽人也。左手提葫芦,右手握书卷,短衣窄袖,背剑立,如剧场之武旦焉。凝眸细视,阿玉也。喜极,让之入,备极欢迎。阿玉曰:“妾以孱弱一女子,得聆教诲,幸欣何胜?耿耿于怀,方恨相见之晚。适闻邻舟伯伯言,谓先生以大札见惠,且示以尊寓。值妾他往,未得拜读尊函,使妾如有所失。故不避嫌疑,深夜到访。”语竟,置葫芦于案,曰:“知君独处,特囊酒为君消遣。”生称谢曰:“向慕卿名,如雷贯耳。过访后,聆卿一夕话,乃知传者不虚。故就近税居,冀得早晚亲近。幸卿枉顾,慰我良多,当乐与卿为竟夕谈矣。”阿玉亦不拒。遂倾樽对酌,纵谈天下事。阿玉所发议论,尤属宏伟。生每谢不及,曰:“卿之高论,殆非深明经学,其乌能见及此哉?仆每叹世人读经,多误解忠君爱国之义,至受数千年来专制之毒,遂使胡儿蹂躏宋室,良深慨叹也。卿具如此卓识,真我师也。”阿玉自谦不敢当,出书与生,曰:“妾不惴愚陋,考察史册,著《徽钦陷虏记》,自顾不文,请代斧正,可乎?”生接卷披阅,哦诵不忍释手。读至金人挟帝篇,不觉怒眦欲裂,毫发尽指,击桌喝曰:“胡儿夺吾玉帛子女,挟吾二帝,仅给田一十五顷,令种薯以自给,何薄待乃尔耶？只此已概见元虏牛马我祖宗之一斑也。惜哉！高宗中兴，信用民贼秦桧，陷害岳飞，使飞不得直捣黄龙，歼尽胡种。卒至胡儿倾我宗室，奴隶我神明种族，不大可恨也耶？”语毕，颜色勃然。阿玉满斟一杯，笑谓生曰：“挟大志，谋大事者，岂愤怒便有为耶？”生颜色稍霁。玉吟曰：“劝君且尽一杯酒。”生接酒曰：“须知国仇亦己仇，谋大事虽徒怒无济，然读史至此，虽欲不怒，其可得乎？藉不怒，是无种族观念也。”复将书文吟诵一遍，曰：“文法离奇，真鬼怒神号之笔也，当速付刊。仆不才，亦必为之序。俾吾同胞一读，知种族界线之所宜严也。”玉曰：“妾久有此愿力。今得君助，何幸如之？”生曰：“卿之才力，如著书，如论事，皆足使人崇拜者。但仆甚不欲卿之假神权以惑世也。”玉曰：“妾岂为贪哉？此非子所知也。”生固请其故。玉微笑不语。生益疑，请不已。玉曰：“今之世，所最令人崇拜、令人信仰、令人敬畏者，其惟神道乎？”生曰：“然。”玉又曰：“最易敛财，而使授财者悦服，亦惟神道乎？”生曰：“然。”女曰：“不得社会之信仰，必不可谋大事；非厚有资财，亦不可谋大事。是故，吾敛社会之财，将为社会修幸福，为同胞脱苦海耳。”生鼓掌曰：“妙哉，思想也！”赞叹不置。（仍未完）

（三续）谈次，群鸡初唱，樵楼尽擂残更。玉起作别，生曰：“谈兴方浓，何忍遽别？”玉曰：“人言可畏，暂别，夜当再来领教。”生不得已，叮咛曰：“得与卿谈，如获良师，约今夕幸勿爽。”女口：“诺。”生送出门，天尚未曙，黑暗不可辨岐坳。亟呼女返，女不答。俄顷，则踽踽不知所踪矣。生奇为天人。归寝。午起，披阅《徽钦陷虏记》，羡女之才力与记忆，复奇其夜来独行之能。呼僮弄膳，食已，坐以待玉。入夜不至，忐忑不可耐，立向窗棂窥之。星灯闪闪，月色无光。忽闻犬声嗥嗥，一道电光，从窗隙射入，心窃异之。光顿止，闻扣扉声，知是阿玉。启扉，果玉也。喜不自胜，问玉曰："卿夜行无灯，得毋有异术乎？"玉曰："否，镜光耳。"出镜示之，炫耀逼人，如同丽日。生叩镜之所自来。玉略术[述]一遭，且曰："此必宋国母之遗物也，见物思人，宁勿增人悲慨耶？"言已泣下。生慰之曰："卿善忘耶，何出你反你也？"玉愕然。生曰："卿不云乎？挟大志谋大事，岂愤怒便有为耶？愤怒固无为，岂悲泣乃有为耶？"玉乃收泪，畅谈终夜。由是往来无虚夕。

一夕，相与读《侠烈传》，生论红拂药师事，语不检，偶涉机趣。玉艴然曰："妾不避嫌疑，与君论事达日，诚以君为英雄耳，不期竟以儿女丑态侮我，何见欺之甚也？请从此别！"生懊悔，方欲固挽，而阿玉已拂袖行矣。生追之不及，悻恨而返。自念偶尔失言，致触佳人之怒，此去必不再来。昔日爱情，尽付流水。自怨自怼，且愤且愧，不觉泫然泪下。由是积思成病，扶病书悔过书，浼榜人付玉。炊许，榜人持书返，曰："玉已他往数日矣。"生病益剧，乃买舟

归家，延医诊视，药难奏效。医者询其病源，生隐言之。凡易数医，病势依然。父母忧之，片刻不离左右。但见生奄奄一息，终日昏迷。梦寐间发言，多怨怼之词。初犹以为谵语，继闻连呼："玉姑怜我！玉姑怜我！"乃大骇，搜其书囊，得生与阿玉之书略曰：

薄言不谨，逢[①]卿之怒。悔恨已晚，惶恐莫名。夫过而能改，愿[②]卿怜之，毋使同志交情，付诸流水，幸莫大焉。祥系卧病上言。

生父阅毕，知生必为情魔扰缠，询之随行馆童，曰："随相公游崖，租艇往崖门之东，召某蛋女至，与相公谈吐竟夜，相公因税附近村落之康王庙左廊为馆，女至无虚夕。一夕，女去不复至，相公遂病。然居月余，女从无日间至者。"生父听已，疑是鬼狐作祟。

① 此处原空一格。

② 此处原空一格。

方欲请僧道以祷禳，及再检其书籍，得著书一册，楷法颇妙，题曰《徽钦陷虏记》，旁署“西崖女士璞中赵玉书”。(未完)

(四续)及阅其内容，著述之精细，文法之离奇，殆非老生得而梦见者。叹曰：“巾帼有此奇才，无怪吾儿萦恋也。吾当亲往访之，察其品行如何。如其容止端好，当娶之为媳，俾吾儿得一好内助。”乃嘱家人善视生疾，与馆童治装就道，买舟速行。

顺风送帆，数时已达崖西。访于蛋户，据言玉船与渡广海，遂转而之广海。及访至玉舟，则玉母倚舵恸哭。惊问之。备言：“阿玉被强人掳去，已数日于兹矣。生只此女，将靠之终老。被掳必行远卖，膝下复谁靠哉?”言已，捶胸哀号。生父亦为之动容，乃宛词劝曰：“强盗掳人，无非勒索。嫂其暂宽心，数日必有要金取赎之信，毋徒悲泣也。”顿触己怀，不禁涕泪交泗，谓玉母曰：“嫂亦知我为谁乎？我文祥系之父也。行年五十，生只此子。昔与令媛交，两相爱悦，不期因媛徙桨，遂悲别离之歌，因而病焉。嫂亦知我来意乎？特访令媛与吾儿谐伉俪，成有情之眷属。不期令媛遭此厄，无亦天妒红颜，以折吾儿之寿也？余濒行时，儿尚奄奄一息，此时人鬼尚不可卜也。同病相怜，余将何以为情耶?”言已怆然。玉母默念己女前颂文生之德，继而永不言及，殊多诧疑。及闻生父之言，顿加慨叹，相对默然。半晌，忽见小舟一叶，荡波而来，泊于舟侧。已而一人踊登船首，视之玉也。母向前拥抱，悲喜交集。

先是，邑中纨绔子某氏，窥阿玉色美，委以冰焉。玉母访知其行同无赖，却之。既而屡至舟，假求决吉凶以猎艳，尝以荡词见挑，复遭阿玉斥之，由是衔之刺骨。出资纠集无赖十余人，乘夜往劫，出刀恫吓，挟玉过舟。当时玉母为之吓昏。玉在盗舟自思：“若辈殆无意识之盗贼，当随至彼盗窝，说以民族见解，或得臂助。”及航行里许，乍睹一画舫逆波而来，各施口号，盖接济盗舟

者。舟渐近，盗复挟玉过来舫。一人立船头，若无限欣然者。玉凝眸视之，某纨绔子也。至此，玉已洞知其所为，预备脱身计。俄顷，治酒酬诸人劳，各尽所欢。时浮云满际，月色无光，狂风骤起，波浪顿作，舫受浪击，左右旋转。玉顾某氏，则已神色怖然，若难胜风浪者。玉笑谓之曰："郎君得无自苦耶？我神人也，呼风唤雨，足祸汝奸人。"某氏瑟缩不能对。俄而风浪复作，灯火尽熄，仅余桅灯。玉执桌上酒瓶，并掷灭之。一舫黯然，众皆失色。玉自怀中出明镜，炫耀如日光。众益怖，不知所以。玉乃号众曰："汝辈今后毋党奸人，不然，波浪不息，将尽葬诸鱼腹也。"语毕，赴水而没。(未完)

(五续)时许，东方欲晓，波浪始平。某氏及无赖辈，回忆昨事，仿若梦中，咸惊阿玉为神，相戒不敢再犯。玉既泅水而潜，衡波冲浪，半里许，乃出泳，见一渔舟，急攀桨上，伪为误堕水者。至天明，风浪平静，乃租棹而归。

略述所遭，问客为谁。生父亦道所以，亟请阿玉归，与生一面。母感生之多情，复怂恿之。玉首肯，乃返棹至新会，舍水登陆。及至生家，时生已倩得某医调治，服以宁神之剂，病势渐减。母述父往访玉之意，生闻之喜。母虽羡玉之才，而终以榜人女芥蒂于心。及玉至，一睹姿首清丽，濯濯如初春杨柳，滟滟如出水芙蓉。大悦曰："如此好女子，虽阀阅之家，亦未易得。无怪痴儿梦寐犹呼其名也。"先导玉入生寝所，已而出堂招待玉母。生谓玉曰："尔夕偶尔出言不检，触卿怒去，使仆常怀饮恨终老之叹。今何幸而再睹芳容耶？"玉曰："妾以荏弱一女子，得与君为良友，当誓为刎颈交，共锄国患。君如爱妾，何如商之父母，委妁订婚，乃出以轻佻屑语，致触妾怒耶？黄夜往来，已于古礼不洽，宁复加以游戏之词耶？纵君不防物议，妾也亦畏人言。偶一失足，廉耻道丧。妾当时之不得不怒者，犹望君自悛也，讵料君竟因此而遂废寝食哉？"生唯唯而已，喜不自胜矣。既而曰："婚姻必通媒妁，岂子亦无自由思想耶?"玉曰："虽然，自由结婚，殆宜非于中国今日之时代也。何则?妨今日国民之程度未普及，间有假'自由'二字，以病自由者，人将议我为先导，并病我也。"谈次，玉母及生母比肩入，击掌曰："妙哉！一对红粉英雄也。"玉略无愧色。生母曰："我与赵母面商，为汝二人订婚矣。"生不语，而欢然之色毕露。俄而二母出，玉亦随之出，略谈数语。玉母女起辞，遂归舟中。

一日，有某丙，初行无赖，以事发而入某国教会，籍教会为护身符。闻阿玉以神道收罗蛋户，诋为惑世，且屡挑阿玉，而遭冷眼。俟阿玉他往，率其教中多人，将舟中木偶，尽数携归。玉怒，持剑至丙室，将其室中所悬耶像，卷之而去。临行谓其家人曰："欲赎耶像，当还我神像来。否，不汝恕也。"丙归，家人告之。丙遂指为闹教，诉于牧师。牧师亦明理者，呼两造至，责玉曰："蛋女亦敢闹教耶?"玉曰："彼恃贵教为护符，闹我教也。初，彼知妾不在舟，将神像窃去，故亦卷其耶像以报之。如其送还神像，则耶像具在也，敢云闹教乎?"丙曰："彼设神像于舟，专为蛊惑愚民，故窃之。"牧师亦鄙其崇拜木偶之可哂。玉正色曰："信仰自由哉！而以耶道设教，我以神道设教，同一理也。而以我为惑世，我亦以你为惑世，可乎不可？若以闹教而论，则彼窃我神像，是先闹我教也。我卷其耶像，是谓之直报耳，不得谓之闹教也。若必以闹教动以官力干涉，侬惟有曰：'夺人信仰之自由而已。'请牧师开心见诚，就事论事。彼闹我教乎？我闹彼教乎?"牧师为之语塞，率丙送还偶像，且服玉之口才。尝语人曰："得此女为之传道，吾道行矣。"于是丙与教中人，亦反其仇视之心而爱重之。(未完)

(六续)玉母闻生渐就复元，乃税屋居玉。月余，生病既瘥，择吉迎玉归。合卺之夕，宾客盈庭。有所谓孝廉某，生之族兄，虎而冠者也。是夕亦与贺，睹新妇颜色，心有所触，乃怒目视新妇及生,竟不终席而去。生父怪而挽诘之,孝廉顾而笑曰:“新人得非榜人女阿玉耶?”生父曰:“然。”孝廉曰:“娶蛋女为妇,得勿羞我祖祠耶?宜即逐之,不然当革汝胙也。”语毕恨恨而去。生父唯付之一笑。席散,语于生及妇。玉瞑思良久,猛然悟曰:“是矣。数年前侬受读于张先生时,彼尝求妾为侧室,浼先生作伐,先生宛词谢之。及先生死,彼尝雇妾舟渡江,以谑词说妾,妾羞与闻焉。已而又以他事问妾,妾不之答。彼竟作骄人态,曰:‘汝不识我为举人耶?’妾即应之曰:‘举人是何物?值几文钱耶?’彼忸怩者久之,抵岸后悻恨之色犹错杂于眉宇。适间所言,想因此妒妾耳。”生曰:“臭八股!此等无意识功名,鄙人视同狗屁一放也。”生母从旁曰:“今幸吾儿得佳偶,可不乐饮,而听若辈送是非耶?”于是各举巨觥痛饮数巡。侍儿醮巨烛导新人庆洞房。特别感情,乐可知也。

居月余,伉俪綦笃。玉素不习女红,闺闼未尝拈针线。事翁姑孝,礼夫如宾。暇时阖扉搦管,或舞剑为乐。姑颇忧之,谓之曰:“妇工为四德,一也我家颇丰,不虑无人操井臼。然缝纫不可无人,盍习之乎?”玉微笑不语。母间强省针黹,辄拈针便睡。母虽怒,然终以爱故,未尝稍加辞色。一日,女托归宁,逾月不返。姑屡饬人促之归,辄不答。生悬念不能已,躬往岳家。玉闻之,匿不见。生固请岳母,玉乃出。问生来何为,生具道所以。且曰:“卿岂无爱情,忍久别耶?”玉蹙颜对曰:“丈夫当以国家为念,岂以精神消耗粉黛也?若然,侬也何贵乎有夫?”生赧然,相对默默。玉又曰:“子得毋爱妾情深耶?”生曰:“人孰无情如卿者?”玉笑曰:“君如爱妾,请将其情移爱国家,速就己所学,启迪社会,为同胞修幸福,则爱妾诚厚矣。不然,侬将远徙以避子。”语毕,返身入内。生兴致索然。母从旁周旋曰:“婢子性硬,良由幼时娇养惯,婿勿罪。”生愤曰:“岂真男下于女,为礼之常耶?阿谁非娇养惯,而稔受人气者?”玉自房中抗声而言曰:“子不怜恤妾苦心,反怨妾耶?

若复你,你便当呜呼,志行并堕,两无所益!”(仍未完)

(七续)生无奈,阻气归家。寒斋独坐,甚觉无聊。转念阿玉之言,虽属出于愤激,深味之,其理最当。唯时代之黑暗,非独力所能致光明,尽己所能,唯有著书行世。虽于民智上未尝无裨益,其力亦不足以转移社会。盖中国教育之黑暗,尚八股,如久困人于洞中,乍出则天地异色,无正明也。继念阿玉假神权得社会信仰,然亦必不能步武。忽猛晤曰:“非投身优孟,不足以迪启社会也。”乃合同志黄裔等十余人,历将有宋亡国史,串成剧本,延伶师,习歌本。月余板路娴熟,行将登场作剧。阿玉闻之喜,浼人绣锦袍多袭,躬行送归。生闻玉回亦喜,曰:“今日之有此思想,诚感卿之一激也。”玉戏之曰:“粉墨登场,宁不畏羞耶?”生曰:“羞有甚于忘乃祖宗者?苟能唤醒群迷,虽生取吾头,漆为溺器,夫亦何吝?”玉击掌笑曰:“壮哉,子也!侬今日乃知有夫耳。”乃大出己金,备盛筵,邀黄裔等,共酌同餐。酒半酣,玉乃进言曰:“人之所以异于禽兽者,思想耳。诸君有此大愿力,造福于国家,当不少也。诸君当共勉前途,勿与草木同腐也。”词意慷慨,与席者皆大鼓掌。继而众人依次演说,所见如一,畅饮至更阑始散。生谓玉曰:“仆投身优界,卿愿偿乎?”玉曰:“然。然所愿当不止此也,勉为之。汉高祖一亭长耳,朱洪武一牧牛儿耳。以子才调,前途可限量哉?”生曰:“他日与卿戏登一场可乎?”玉正色言曰:“愿子登大舞台,当作干事业看,勿以为戏也。”生曰:“诺。”翌日玉起,盥浴毕,出堂省视翁姑。无何,又言别。姑曰:“媳归宁两月余,返甫日,即言别,室家云乎哉?”翁亦曰:“媳当留助吾儿。”玉曰:“妻为内助,侬别,盖襄良人建伟业,非他意也。”顾谓生曰:“良人,当各持毅力,毋中止也。”乃行。居月余,生所串剧本既成,始集于本族之大宗祠。继而集于四乡,十番鼓与萧弦并作,粉墨登场。其所演剧本,元朝广民《林桂太起义》一出,为最有精神,《朱洪武起义》

次之。生扮刘伯温登场，其歌本有句云："江山依旧世全非，惠我无山去采薇。"慷慨激昂，阅者皆大感动。行半年，民智多为生鼓舞，乡妪牧竖，皆知有社会主义者。生与黄裔等，知人心所趋，乃集众演说，咸欲祭旗揭竿。(仍未完)

(八续)玉知生有为，亦出藏资集众于崖山，犄角相应。语其母曰："英雄建业，成败后事耳，然不可不预为计。"母其摇舟接翁姑，免多牵挂。母往。越日，生与黄裔等参议，忽闻官军围家，恐害及亲，急与众归援。然众无纪律，闻官军淹至，各有惧色。生知事不可为，与黄裔遁归崖山。玉闻生至，顿足曰："大事去矣！数年之功，败于一旦。时乎，命乎？悠悠彼苍，何不假我有为乎？"语竟，不禁泫然欲涕，仰首长嗟。及生至，则父母无恙。玉泣曰："今日之事，良由子事机不密所致也。今若此，嗟怼无益。差幸诸君无恙，宜速行避祸，犹望坚持勿替也。"众始散。

初，所谓某孝廉者，见玉而艳羡之。因羡而妒，遂生莫大恶感情，将欲革生胙，并欲乘势占其产。而生又能自立，族人多被德化者，咸反对之，皆不以娶蛋女为耻。及生登场作剧，又以优孟为下流，肆行诋毁，且揭贴于通衢，冀革生胙。而生又为一乡所推重，且非寻常演剧者比，族无老少，皆非之。孝廉愈怒。初不知生有所为也，仅以聚众演戏，妨害风俗禀官，而官亦不之理。某无奈，乃集其党羽，乔扮官军，虚张声势。生不察，且自念军械未备，故堕计焉。生由是徙家海口。玉出藏资以给，且倡办公益义举。居月余，黄裔等迹知生，亦徙海口，遂知堕某计。亟归，尽市楼房田地，重兴戏社。而海口居民，多目不识丁者，未易开化，常窃叹之。居数年，玉母卒，生父母亦相继没。夫妻遂泛于江湖，隐避焉。至罗浮山，爱其景，盖芦以居。半载又陡[徙]。数十年后，有人见其夫妇乘槎，衣道装，红颜白发，击剑狂歌，游九洲洋，歌曰：

春雨如雾又如烟，模糊难分辨。江山依旧马不前。怕踏着腥膻，远望天涯阔无边。搔首问青天，黄帝山坟何处见？埋没数千年。（完）

（1907年第8至第13期，第15期、第17期、第18期）

短篇小说：收师傅（而优）

香山韦东勋，曾学万人敌。居尝制铁牛一，重千钧，足驾四轮，早晚牵之行五六里，登山如履平地，时人以韦铁牛称之。性好猎艳，邑之蛋妇与客籍之少艾者，辄被戏之。或以昵语调笑，甚而施以禄山之爪焉。或诘之曰："公妻妾数人，未尝信宿于家。若此，毋乃太不羁乎？"韦曰："余好色而不淫，何害焉。"或曰："似此调笑，足召杀身之道也。"曰："吾力能敌万人，徒众以千计，虽纵横市井，谁奈我何哉？"声厉。或遂不语。

一日，猎于野，持铁棒，午日当中，憩于树下。先有操客语之男女在焉。韦爱其色美，而又知为夫妇也。坐半晌，技痒不可遏，乃以昵语嘲之。男子怒，方欲与争。女以目止之，谓韦曰："来客得非翠微韦师傅乎？"韦曰："然。"曰："久闻棍法，可戏作旋风舞否？"韦怜其美，曰："可。"握棒蹈舞，棒落处，如酷风，如怒涛，上点树杪为之落，下点而蛮石裂然。既停，夫妇皆鼓掌称善。已而男子独行去。女子与攀谈，声音似大小珠儿落玉盘，婀娜如杨柳迎风，曰："离茅舍甚迩，酷热逼人，可屈驾，当以茶果奉客。"韦曰："固所愿。"乃背棍随行。纡曲半里，至一处，竹林开处，水声潺潺，丛阴蔽日，茅檐数椽。女以铁匙启柴扉，入室，虽板壁葵蓬，而青风载室也。女烹茶待客。韦视室中无人，脱衣挨至女前，偎抱摩挲，女不言亦不笑。俄闻击板声，女曰：“邻家龙钟翁来矣。”急倒茗奉客曰：“师傅少坐，顷即返陪。”韦曰：“诺。”女既出，韦扇茶饮。忽闻疏疏有声，起视门外，则竹勒、火殃、芒刺、荆棘，堆积高至檐下。回视檐后，则火光焰炽，骇甚。觅铁棍及其衣，悉被盗去，益骇。耳门外一片声曰：“要命者，可在荆棘中出，否则火毙汝矣。”而火烟逼人，使不可耐，且愧且愤。没奈何，迫得忍痛林从勒蛇行以出，然已遍身损烂。回顾二三十人，皆手洋枪自卫。见韦出，亦不逐。韦遂抱头鼠窜去，医药半月始瘳。访之，则茅檐俱杳。

先是，男子有妹[媳]，颇好姿首，途中遭韦戏，为其翁所目睹，疑其媳不贞，逼令大归。男子每欲报之，不得其间。当韦舞棒时，女子遂授以奇兵，卒为所窘辱。所以不杀者，亦惜其勇技绝伦而不忍耳。

而优曰：色欲之为人生大患，尽人能道耳。熟知嬉笑之词，亦足以杀身耶？调笑出诸口者，则必自谓游戏之无心，而听之者已属难堪矣。游戏且不可，况其他耶？噫！可不戒哉！可不戒哉！

（1907年第12期）

短篇小说：新妇智（而优）

滕县张生，娶邻乡某氏女，丽色也。合卺之夕，会召亲友，行闹房剧。既而夜阑，张已被醉，酣睡昏然。新妇进房，但见烛影摇光，似有人蹑足随后者，窃异之，微语伴娘。闭扉烛之，无他异，乃解衣就寝于春凳（俗例妆奁必有春凳，新妇睡之。盖初归数夕，不与丈夫同床，否则姊妹讪笑之。例诚无理之尤者）。回视张则沉沉然鼾声作矣。甫交睫，则闻声至床侧出，诧之，起视，双烛灭矣，益疑。诧讶间，一人进前搂抱，曰："娘子独睡，得勿饲饱蚊蛊？"氏羞涩不语。又曰："盍埋床睡乎？"氏以为张也，从之。及抵榻，则又一人在焉，骇极。知为奸人算。防蹈不测祸，不敢声张，频以足踢张。张微醒，大吐。氏诈不知。其人摩娑求欢。氏低语曰："容小解。"起搜自来火枝，取火醮烛，而烛已弃于痰盂。其人急起，氏骇狂呼。张亦起。黑暗中，互相摸索。而烁烁者，耀一室中。氏知为凶器，方欲语张避，奈失张所。俄闻启扉声，步履声，继闻呼痛声，哀号声。氏知张必为贼所斫，乃呜呼。家人咸毕，见一人昏绝地上，张也，已断左臂矣。集而痛哭。天既明，延医药之。氏泣曰："良人生死未可卜，侬当先为复仇计。"乃披发踽行。翁姑问何之，不语。

至县衙，呼冤。邑令录其词，委员验伤者。令曰："案出无头，为之奈何？"氏泣告曰："大老爷倘能为妾昭雪，则凶手立可拿。如视民冤为膜[漠]然，则凡案皆无头者。"令曰："汝试言凶手。"氏就身畔出断辫一尾，长二尺，曰："是则凶手之证据也。初，贼挟妾时，妾已知其诈，当时不敢扬声者，已洞悉诡贼必怀利器，已料良人之祸也。乃暗中索剪刀断其辫，贼不知也。"令曰："而夫曾与人为仇乎？"氏曰："无论张生为读书子，因奸谋杀案，何待问仇？"令曰："汝未字时，曾有窥汝美而戏弄汝乎？"氏曰："是则凶手之所在也。先是，姨表兄张大，而良人之昆仲行也。尝到妾家，以妮[呢]语涉机趣，屡挑而妾屡拒之。既而知彼野性难悛，辄避不与见。闹房之夕，彼亦与焉。所题四句，皆粗鄙不堪入耳者。妾实疑之。"令即发签拘至。视之，而发长几垂于地。令目氏曰："所疑不当矣！"氏哭曰："是即凶手也。恐怖羞悔之态毕露，尚谓所疑不当耶？"令拍案怒曰："凶手汝曾剪其发，岂遂汝一己之私仇，枉良民哉？得莫汝与奸夫谋杀所夫耶？"氏曰："冤哉！张大是非凶手，讵难立辨？谓妾不信，请拆其发一验之。”大闻言，色尽失。令从之，饬差拆视，果断发而侵以三辫排，于是不刑而服，律以谋奸谋杀，罪以缧绁十载。生臂创，半年始瘥。邑人咸称氏之才智焉。

（1907年第14期）

短篇小说：强中强（而优）

技击师名烂头何者，述者忘其名，骨立珊珊，丰采亦都。双臂能举千斤。曾与友人戏赌，抱一活牛掷过对河，人惊以为神。性好勇胜。有集徒授技击者，辄被逐去，曰：“勿留此以污我少林派也。”一日，召发匠薙发，适与友人谈事，忘嘱发匠，甫下刀，痛不可忍，昏绝，移时始苏。友询之。答云：“十年前曾遇一击锣卖武者，左臂已刖，止存其右。自言名单技手，击剑舞刀，艺甚娴熟。余戏谓之曰：‘君只手尔。不然，不几为我何某之对手乎？’对曰：‘子何人，敢出此大言也？’余笑曰：‘奇哉！江湖卖武客，亦不识何某者？’彼亦笑曰：‘闻何某名久矣，君即其人耶？只道他七头八臂，原来一孱弱无能者。虽与我担箱亦无力。’余勃然怒。彼即曰：‘有本事者无火气，岂欲登场一较高低乎？’余即下场，方一举手，彼退数武，曰：‘同是少林宗派，勿尔。适间所言，吾过矣，乞恕！’余不应，逼之。彼曰：‘兄不我恕，宁终不我悔否？’余又不应。彼曰：‘若然，则两虎一伤矣。’余怒曰：‘当斗则斗，怯则爬去。岂相斗亦须讲价钱耶？’彼乃与我交拳，数十合，无少弱。旁观者鼓掌喝彩，余力已乏矣。彼忽呼曰：‘少息！’倒跳数丈，立定。余亦乘间休憩。但见彼叉手频扎，如裹物然，转瞬间，刖手复生，曰：‘善斗者当必决雌雄。’余自念只手亦足当吾，况双手乎？逡巡不敢遽答。彼笑曰：‘余尝言之矣，同一宗派不必斗矣。君恃血气之勇，

究何如也？今也亦畏死乎？'余俯首无词，睨其左手，则用铜铸成者，运动一如其右，益骇。彼又曰：'余少时从某师，苦练，艺出侪辈数倍。与师执刀斗，不少让，至师力疾，竟不能避吾刀，遂斫吾手，药愈，谓之曰：'技如此，只手足胜天下英雄矣。'临出山时，叮咛曰：'当养气。否，亦有出而右者。'慎行十余年，不期今日始与君斗，今当止乎？抑再斗乎？'余曰：'止矣。'彼曰：'斗虽止，君病不能止。太阳穴侧，曾被吾指一点，君不自知也，数日病当作。'语毕，出药丸一颗，使余速归敷治。及归家，已作痛不可耐，旋即发溃，急以药丸治。丸尽溃未收口，故长年烂头。适未预嘱发匠，故刀下痛绝耳。"

而优曰：吾国技击，出乎全球之上，惜乎习之者皆好勇无识辈。艺胜者，虎视一乡，其技仅足以欺同胞耳。日本以剑术，闻天下。近则吾国学堂，间有习技击者，诚科学中之不可少哉。

（1907年第15期）

侠义小说：奇际（辕系）

浓烟罩山径，作淡黄色。野花满目，青草茸茸。溪水作潺潺声，几点残星带月沉。

一美女自山坳来，袅袅婷婷。青丝光似鉴，媚眼若银缸。濯濯如初春杨柳，滟滟如出水芙蕖。莲钩踏草块，作蟋蟀斗声。裙裤淡装，施施然，过径去。遥望香茅深处，棕竹动作。女停步，俯仰左右，视良久，自语曰："虎豹欤？非也。蛇鳄欤？亦非也。"乃缓行。

"悄哨"的一声,莲钩跃双飞。"冰彭"的接声,如刀击石。一男子,伟躯强干,仰卧泥洞口。移时起,带羞态,俯首执刀,欲行。女发娇声曰:"止止止。昂藏七尺躯,备五官,不图正事业,手脚软,胆汁半,亦学人剪径,穷耶?来!"乃掷手钏于地,曰:"捡去变价作小经营,力作足活妻儿矣。"男子捡钏,目女而笑,不言谢,别径行。

女奇目送之,树蔽而止。缓行半里,呼的一声,飞弹从后击来,中肩背,痛极,坐地上。倾数人持索至,女计无可遁,疾起。一虬髯执弓者至。女知为打弹者,疾趋之,夺其弓。髯者跃后数武,出钢鞭。女以弓抵,鞭落弓断。复夺绳索,作软鞭,绳出若长蛇,钢鞭不能入。战移时,力将疾。膊早受弹丸击,痛作。彷徨际,"吔"的一声,髯者俯仆,血溢地。一人持刃立,视之,剪经[径]之男子也。挥刀,从人惊散。女德之,纳头便拜。男子曰:"勿尔,事急矣,疾行可免。"相与奔驰。

纡曲半里,竹林开处,榕松蔽日,茅屋一椽。男子启柴扉,邀女入,出冷饭飨女,自微明以及晨后,奔扑终朝,饥肠数作雷鸣,乃相与饱餐,不啻珍馐也。

男子曰:"子知今日事乎?某公子所使也。初,公子与子逢于衢道,爱子,因戏之,为子伤其胁,衔之。查而曾习少林技,且父为技师,思报之。乃养健士,仆其一也。及侦知而过从外祖家,今早归来。相约于山径,仆先为子仆,不杀,且赠钏。自念天下量雄莫子及,知子必难免于打弹者,故暗杀打弹者以报不杀恩。此处仆亦不得久居,行将从子学艺。"女曰:"可。"乃相与归家,父女惊喜,陈男子德于父。男子亦拜父,由是习技击。父爱其勇,以女妻之。(未完)

(续)伉俪笃,习艺精。夫妇鸣锣售技于市,观者咸惊女技之奇,多赠资焉。

技击弄完,收拾刀棒。忽闻喧嚷声,一人乘马过,从人簇拥,锁数人行。询诸路人,知为恃势凌人,而乘马者即某公子。

“呼踏”的一声,公子坠马,血浆溢地,脑壳已裂,昏绝。从人急救,锁者乘势遁,而公子则已僵矣。噫!脑病所致欤!□恶□□,故得此报欤?

喧嚷乘马来,寂然扛尸去。噫!不知者以为坠马死耳,亦知女之飞铊之猛捷欤?出如飞箭,收若递梭,既报私仇,又释公愤,取仇人命能使人不觉者,技亦巧哉。

公子为谁?五十年前著名朝贵胡某子也。作恶种种,笔不胜书矣。竟死于一女子手,势何足恃哉!

女子失其氏,技击师桑园公女也。枪茅刀斧,固其所能,飞铊袖镖,尤出厥父。噫!假此技于俄国之虚无党,炸药亦当无用。(已完)

(1907年第23期、第26期)

社会小说:恶因缘(缕述)

炎云如火,蝉声高咽。万物长养,绿叶成阴。所谓时光已到青团扇,士女新成白苎衣。此何时?夏日烈烈也。见夫肩丝绸,荷长遮,窄衢绕经[径],沿途而呼:“卖生熟绸!卖云熟绸!卖莳苣茧绸!”咄咄!此何声?殆吾粤之氓之蚩蚩,抱布贸丝者非欤?粤人之营此业者,多非大资本家,俱属小商人。持一二百金,往绸缎庄口,几费经营,办得三二十匹丝绸,仍欠下多少余帐,待贩卖清楚,始挪移办济,比比皆然。

有某甲素以贩绸为业,十数年奔走各乡村。时适至古冈州,晴日当中,午云正热,行行且止,渐离廛市。见旁有小巷,儿童三五,踯躅道左。巷内人烟颇密,多是小康之家,杂居其间,虽非高门大户,而门巷亦颇清洁。忽闻有声自内来,由远渐近,连呼曰:“买绸买绸!”凝神静听,声极清亮,如莺喉巧啭。继闻启户声,则见有淡妆少妇,年近三八,风神旖旎,姿态怜人。双扉半掩,以左右手攀按门扇。是时凉风习习,罗衣轻飘,掩映之间,偶露罗袜,故知彼是天然双足者。香唇细动曰:“请客官一入户内,以看货价奚若。”某甲随应声曰:“即来。”遂相入室,将丝绸置台上。室内台椅,雅洁如镜,闪闪逼人,自觉一种清幽温柔之气,沁人心脾,如入芝兰之室。某甲于是将各丝绸陈列,以货物之优劣,定价值之低昂,并问娘子欲裁男衣抑是女服。少妇以女裤对,但遍观各丝绸,若有不满意者,曰:“尚有再胜于此者乎?”某甲曰:“我寓本埠某栈,栈中货物极足,娘子倘有意光顾,我明天当尽送到府,以便自择。”少妇曰:“好好。夫立在省苏杭店经商,明天若来,我当待汝。否则,我亦欲邮函往省,嘱夫付回。”某甲订期的于明天上午十二打钟到府,遂收拾货物而出。

少妇默坐室内,若有所思。片时转身入内,屧声响廊。伊夫方在床笫。黄昏一笛,半枕烟霞,音韵悠扬,不绝如缕。妇履绣闼,伏榻细语,将某甲货物,备述颠末,并说其明天复来,尽出所有,以便自择。夫妇横卧,无言者久之。正在索思间,小声嘤詝,喃喃复作,继闻夫曰:“予熟思之,欲事之谐,非卿不可。”妇有难色。夫云:“无伤,既有我在,伊何能为?诚如所言,计良得矣。”妇为之无言者再。夫曰:“卿亦何忧何虑?系铃解铃,胸有成竹,先操必胜必得之圈[券],乃始图之。”口讲指画,神色飞舞,妇颇微笑,首为之点。(未完)

(1907年第27期)

社会小说：孽镜花（铁樵）

有胡其生，安定人也。父出宰滇南，历任要缺，后迁黄堂，宦囊薄有蓄积。年逾不惑，始举其生。其生生有丽质，美秀而皙，宁馨之爱，甚于掌珠，不在话下。未几年应神童，艳姿焕发，比诸卫玠、六郎等，当出其右。父每见客，其生常依膝下，见者无不羡之。时有籍绅张嘉者，与胡父作缙绅交，成莫逆。每见其生，羡艳不置。适张有女年亦相若，美而端，虽在幼稚，色笑不苟。张已心许胡其生，以为将来二美具矣。间以此意谋之妇，妇曰："儿女尚在童年，性未见真，未可妄许。若果三生石上，各有前因，终不相背驰也。"张亦缓之，惟张爱其生极挚，常邀其生至府，必使女出见，故诱嬉戏，以观其志。无奈女见其生，两小嫌猜，已露眉宇，极似不满意于其生。而其生之视女，则已有金屋贮阿娇思想。张于二人形迹间，亦窥其柄凿，独不解女意。以为童稚之气未定，感情浅薄，亦不为怪。及询诸妇，妇亦以冠玉，一笑置之，张殊错愕。

未几胡父调任别县，与张暌隔，忽忽数年，张已物故。时女年已三五，沉鱼落雁，随序增妍。课于某女塾，学业亦随进步，欲与联婚者，门限几穿。惟女母必商诸女，以为可否，均无可当意。斯时胡父在别任，亦斤斤为其生择配，但未得貌美如其生者，以满儿意。明年胡父复宰此邑，遣其生临存张家，亦世好交谊应尔也。及其生到张府，与女母晤谈，执其侄礼惟谨，实欲以此好面目，留作泰水感情。不料女母与其生应酬套话，绝无注意婿乡。其生已气沮，迭次往还，仍无半点属意情绪。一日其生告辞出堂，适女自学塾回，迎面相遇，女端容正立，行礼而去。其生见之，魂魄荡然，如飞九天，与嫦娥遇。自是返署后，无刻不存女于心，自作多情，

殊深饥渴。(未完)

(续)一日,有某邑绅,门阅胜于胡,欲结朱陈。胡父商于其生,其生喜曰:“是系张某之令淑媛乎?儿少小时,犹记忆也。”胡父备言某绅,其生不答,颦眉低首而坐,殊不快意。胡父窥其意,亦欲令其生得偿宿愿,此溺爱之慈父母本然也。遂婉谢某绅,属意于张家。但张嘉作古,难以面得许可,固着仆妇厚具品物,作太太敬礼,致词于女母。女母曰:“中国婚姻虽由父母,但男女配匹,终身大事,亦必须两人甘愿,方免日后反目。”此言甚是情理,仆妇称是。女母曰:“大老爷与太太不遗葑菲,徐与弱媳言之,才覆尊命就是。”盖实婉却之也。仆以是覆命,胡父亦怏怏。后复以重资餂女母,女母终不为动。胡父无如何,久之其生有所闻,饮食俱废,谓不得张女,愿削发为僧,以要父。胡父爱子情切,后再以百计运动,终不得女母许可。胡父愤极,顿忘前谊,因亲成仇。适张家失去一婢,为婢父诬以打死匿尸控案。胡父明知其伪,因顿生要挟之法,使仆妇通言于女母,并云好事不谐,必有大祸,欲吓以危词。不知女母性贞而烈,作事必不苟就,坚却之,宁受枉法。胡父虽欲挟他,未尝不良心发现,竟没奈伊何。时有某刑席老夫子,知其事,欲讨好于其生,并代其生缮艳词,投递于女,女一一藏之,绝不披答。又百词动胡父,以为此事一举两全,并无失德。实不知婚姻不自由,生出后来之大恶剧也。胡父乃饬差到女家,传女母到案审办。女母对女言曰:“今日此种横祸,实由人造。”备道以故。女乃慨然曰:“今为女故,以贻祸于母,女宁舍身,必不母辱也。”母有难色。女矢志甚坚,使人达于胡父。胡父大喜,即传婢父究责,遂将原禀掷还,注消此案。由是秦晋通好。

后数月涓吉成礼,方入门之始,其生颇以骄气示女,女毫不介意。不知女已早蓄死志,吉期内已以手帕绣成“不自由,毋宁死”六字以自鸣,又绣一“此之谓民之父母”七字以备赠胡父。及交拜

后，托故不与其生近，竟自缢而死。及家人惊觉，一缕香魂，已向九京去矣。其生痛之欲绝，后得手绣帕子，始悉女情良苦。及后半载，胡父以赃发除官，其生破荡，不五年间，竟以溺毙。

天职御史曰：男女婚姻，关系甚大。冰上人勿用奇兵制胜，以为得计也。

（1907年第45期、第48期）

社会小说：骗骗（辛令）

徐伟之，江宁人也，素性狡狯好色。承父商业，颇有蓄积。自发匪乱时，先见乱机将作，收拾账务，歇业宦游，报捐通判，指分广东。徐有妇段氏，富室女也，美姿首，伉俪极笃。随徐至粤，听鼓三年，失于点染，宦路殊窒碍，寓公频迁徙。后租一公馆于老城司后街之某横街，取其便于上衙门也。惟公馆深三座，旁有横厅，亦与正座相称。徐见夫妻外，仅二三门役长随，有余地步，不妨留以后来人，尚不岑寂，亦候补人员未遇所常有也。

适有黔人刘荣业，仪表魁伟，以诸生纳资，试用县丞。初到粤，携丽眷，寓某客栈，未得寓公，过旧友造票号者，该亦徐之新知交也。彼此寒暄，谈及萍水他乡，欲得一同室之人，既不孤单，亦颇省费。友具道徐之欲访德邻，以君处此，极称恰可。刘喜甚，授意于友，友即转达于徐。徐亦极喜，以为同是天涯沦落人，相逢何必曾相识，心许之，仍未诺诺，谓友曰："愿浼子介绍，得近刘君丰采，随即商定就是。"友诺之，徐谋之妇，妇亦许可。翌日徐诣友处，偕行谒刘，到某客栈。刘适与妇共食，友恃在知交，不拘常礼，遂搴帘招徐入。徐瞥见刘妇，心羡其丽，已默许同居，恐不如愿。及道宦况，彼此亦个中人，不觉浃洽，一见如故，并不虞徐意之有所属也，遂订租约。徐曰："小小事情，怎用区区？多少只随君意就是。"刘亦喜其豪爽，遂订约迁就，应酬尽礼而去。翌日刘又偕友踵徐寓回候徐伟之，殷勤如礼，并不拘迂。徐并唤门役摒挡一切，为刘预备，偕友与刘，周览房子。徐妇出见如礼。越日，刘遂命肩舆与妇等搬迁入徐寓，所谓山水有灵，亦惊知己。后徐妇与刘妇，亦极亲洽，虽姊妹妯娌之不若。时与徐见，不复避面。

未几刘得差委赴厂，遗眷在寓。不料徐之人面依然，兽心顿起，欲渔刘妇之色，并利刘氏之财，百计图维。凡有可以取悦于刘妇者，亦不惜罗致之。徐妇心知其有异，但未得其实迹，不敢唐突。一日适值徐妇寿辰，徐借意大治杯勺，优礼延刘妇入席。刘妇亦以为良人他乡知遇，得此尤胜兄弟，他正在欢忭之下，与徐妇杯酒殷勤，不觉将就酩酊，终席而退。

（续前）此时适在炎天，酷暑迫人，已不便窒碍空气。况与徐同居，不啻天下一家，不肖此亲密，亦可不必过于防范，仅将房内门帘放下，不复把门扇关闭。时已鼍更四鼓，夜阑人静。徐妇及服役人等，均已睡着。不料徐早已包藏祸心，欲乘间得手，作第二韩寿。但刘妇于酒后，更添炎蒸，瞌眼不着，火油灯尚留微火。徐乃私搴刘妇门帘，鼠步欲举。刘妇省觉，咳过一声，徐便退缩。刘妇心以为窃，但思重门紧闭，外贼何由而入？遂起挑灯，支颐而坐。暗忖刘已赴差，独守客帏，或为奸人所算，心里惶惑百端。顿触徐之平日，如许周旋，如许真挚，实为恒情所仅见，未必陌路相逢，有此密迩。况迩来官界中人，品流日杂，败类百出，偷窃骗拐，时有所闻。再想玉貌赛花，尤为登徒着眼。徐虽年逾不惑，或者绿意红情，尚未少懈。有顷，越想越真，又恐其出以孟浪手段，不宜预为计画，以便先发制人。正在筹算，未几，时已五鼓，徐心痒不休，再起鼠步，趑趄而入，实见刘妇，对灯欹坐。徐便满面忸怩，恐妇声张，摇手止妇。不知刘妇计已早定，笑曰：“深夜过从，有何见教？毋亦酒醒后欲得茶漱口耶？”徐始心定，但见妇正色，亦不敢以私意侵犯，遂因计就计，举杯斟茶，饮毕而去。妇亦似不为怪，惟徐心愿未偿，终不肯罢。况经此次升堂入室，将来卧榻之旁，定可容我鼾睡矣。后待刘妇，倍加温循，妇亦佯为感激。

一日，刘妇诡为刘欲过班，经已筹措却还未备，以此事语徐，徐欲讨好，无奈宦囊羞涩，难以为计。徐忽触用饵术，强诺之。乃转筹于同乡及识者，寸铢以足其数，以授刘妇。所谓千金买笑，自作多情也。未几，刘果得调任，妇亦随赴新任。徐欲追讨，但无凭证，又恐妇揭其丑，徒呼荷荷而已。(已完)

（1907年第49期、第51期）

近事小说：荡花风（大同）

有胡爵者，辽阳之豪族也。其父胡听春，专造银业，致巨富。其兄为胡贝，恃势横行，终日在花天酒地中。爵亦一流人物，真不愧为同气连枝也。但爵虽豪悍异常，有惧内性质。其妇亦豪族女，父操经纪业，上下其手，颇致富厚。虽未能与胡相埒，却不甚轩轾。爵嗜狎妓，在某南班得一妓，名烂枋，悦其声色，常呼侑觞。彼此情好綦洽，心以为有此名花，不自移植，非所以怜香惜玉也。尝谋于妓，愿纳为小星。烂枋以为爵出豪门，钟鸣鼎食，风尘中亦不易得，竟以身相许。惟妓兄某元绪，居其妹为奇货，索价三千金，方许买娥眉。爵亦竟允许。日前胡爵在某饭庄摆饭，招烂枋侑酒。酒未阑，胡爵不自问交价与否，欲携妓去。妓有难色，爵竟出强梗手段，率家丁之好身手者，强拥妓而去。所谓佳人已入沙咤利，义士谁为古押牙。妓只得听其所为而已。不料入门见忌，不为爵之大妇所容，大有婚姻禀准专利，不许搀夺之势，雌威大发。而爵闻河东狮吼，不觉五体投地，虽有王嫱、西施，亦不敢左右袒。无奈情花蝶恋，殊不忍舍，不得不为变通办理，一以全己，一以全妓，竟将该妓配其长随，不过借此夜雨瞒人耳。岂知墙花路柳，亦不愿作第四、五等奴隶，沾泥柳絮，薄命桃花，竟持厌世主义，亦可谓有“不自由，毋宁死”之梗概也。爵知其意欲轻生，伺之益密，不得死所，与笼中鹦鹉无异。该妓之兄以为摧折花枝，而买笑钱尚未交楚，大为愤激，控之当道。谁想官界中人，瞻徇情面，亦惧彼豪族，搁下不敢申理。该妓愤不欲生，终日如坐针毡，欲乘闲刺爵，恨不得手，乃不食而死。爵犹花心不改，恋一窑姐，后竟染恶疾，不为族中所容云。

（1907年第51期）

《半星期报》

1908年创刊于广州，每周两期，月出八册，馆设广州城大新街振华印刷所。由《振华五日大事记》创办人莫梓軨创办，《振华五日大事记》未完之稿，多在此续刊。小说作品主要发表在“小说”栏目中。现存小说共4篇，其中长篇小说1篇，不列入整理对象。其余3篇均为短篇小说，本集全部整理。

社会小说：偷儿术（治惧）

有易洞之，富商子也。父在省城外，素营米业。生有孺子牛名常，溺爱其子。洞之貌颇俊秀，少读书，不求甚解，久思别业，以陆机入洛年华，遂旅省改习洋文。与同学伦述如极友善，约同居。伦固谨默者，丰于家资。居有年，颇相得，易喜修饰，衣服丽都，纨绔气甚深，文绣罗室内，令人一望而知其为贵介子弟。同居惟二人。一日易对伦说曰：“旅人多作梦，客子每思家，弟欲回乡一行。”是日购买什物，颇形忙碌。黄昏才到，添上影儿一个。伦方举灯上堂，自修功课，万籁俱寂，孤灯荧然，四邻寂无人。突来惊人语，易某忽登堂，势甚躁莽，向伦大声疾呼曰：“我室内衣服，尔知何往乎？”伦大惊愕，答以不知。遂相持灯入室，各为检点。咄咄！伦某床头皮枕箱，同时已不翼飞去。急呼门阍，严词加责。彼云有事外出，俱未知情。易遂大为震怒，声色俱厉，同谋将门阍送交管辖官。

当日伦述如有同族由乡间汇银二百元到省，托代办事，另信一函，俱置皮枕箱内。易切嘱伦：“尔对此事，慎勿放过，务期水落石出。我损失在衣服，君损失在银圆，比较价值，君损失大，而弟损失小。我当旋梓，数天即返。弟处贵重物，颇属不少，既经此事,多有戒心。本族有书室,甚坚固,距不远离,欲渐迁往寄藏,回时当仍旧。”如言遂行。

细察易颜色,若无事然,以彼后固阔少,亦不之怪。易经此次塞翁失马,意非甚适,夜不成寐。明早遂往易某书室,或冀其仍渐勾留,未遽返乡,与之一叙。

(续)适至易某处,内中人说易已附轮归里。伦述如乃渐憩室内,盘桓四顾。窃喜其地,颇觉幽静。庭前一字纸炉,近前细察,见炉上余烬,成一信套形。再辨纸灰,字画痕迹,尚堪认识,是即当日族同所付之银函也。疑团大结,方寸交战。因此函乃密贮藏皮枕箱内,手掬余灰,用纸藏拾,置之怀中,转身遂出。

门外见二皮鞋匠,方埋头从事工作,伦乃前与之谈。语购皮鞋,询其价值。已而问及易某归里时,行李多少,答以若干。再问有皮枕箱否,答以有之。问皮箱与枕箱同时运搬乎,答以不同。问代为运搬者谁乎,答以即某同伴。邀同伴来,诘其颠末,所失之时,所失之物,两者相符,始知偷儿即易某。对二皮鞋匠,动以利心,使为证人。某一慨然诺之,同伴则有难色。伦遂许以报酬。邮函易某,说及赃物已获,并先向易某之父,备述事由。继而易果来,即询赃物在何处。伦以人物俱在管辖官对:“盍往乎?共酌夺。”既至管辖官,伦从怀中,将纸灰字迹,提攻[供]事实,并举证据。才将证人传讯,见易在堂,畏其势力,讷讷不成言。官示以威,始将其事倾吐。易某之父,回视其子,早已面无人色,惭腼大加。管辖官严词厉色,切责易某,以富人之子,盗窃同行,推原其始,皆家庭教育之不良。并责其父,不训子弟,竟至贻羞,以后务宜严加约束,免至后日流为匪徒。该父知事败露,无可隐藏,况为商人,信用名誉,更宜珍惜,遂自愿赔偿损失,了结其事。乃始悔误捕阍人之冤也。(已完)

(1908年第13期、第14期)

社会小说:镇宅符(嚼梦)

新会有梁世恩者,家世业农,高曾以来,薄有田产。至其父奕达,勤俭耐劳,尤善居积,农务之余,兼贩卖烟叶,遂起家,居然乡下财主。恩少读书,性颇聪慧。村先生怂恿其父,使之出省拜大馆。奕达亦自以出身农家,不能与士大夫分庭抗礼,闻村先生言,大动其老太爷思想,遂遣恩就学于吕拔湖,供给丰盛,任其挥霍。恩即恣意声色,征逐交游,而学了无长进矣。年十九,娶妻陈氏,孝顺贤淑,略晓书算,翁姑咸钟爱之。凡产业之增置,资财之出纳,均使与闻。遇有疑难,亦与商榷。陈氏发言多微中,又勇于任事,家务悉心经理。奕达夫妇,深喜治家有人,可免儿子内顾忧,益勗恩奋志读书,以期腾首青云,为昌大门闾计。

而恩则游荡如故,自谓腹中有才,囊中有物,何患乎榜上无名也。每遇岁科两考,县府试多列前茅,而院试辄北。由是暗中运动,百计千方,耗财不资。年三十,尚不能青一衿,而父母已双亡矣。所遗财产,不下十万金。恩是时已有三子一女,凡家政之主持,子女之教育,一委其妻。自以为功名未遂,疑祖宗之庐墓不佳,初不计其学之一无足恃也。于是招集堪舆先生,不惜重币,罗致高明,今日改阳宅,明日改阴宅,前改者既去,后来者又改。其妻屡以婉言相劝,而恩不悟,反谓阴阳二宅,于人生有绝大之关系,岂可漠然不少加意乎?服阕,欲为父母卜葬,苦无吉地。而一般山狗山棍,与堪舆先生,狼狈为奸,得以利用之,而肆其谋夺古坟,假装土色,种种弊混手段。恩日随彼辈奔走于荒山野岭间,日炙风吹,形容憔悴,而一意迷信,不敢告劳。供养堪舆先生,过于孝子之事父母。

诸先生中，多讲峦头，少讲理气。惟梁子光则以理气为主，以峦头为辅，博闻强记，高谈雄辩为侪辈所不及，且仪表轩昂，颇类有道之士。彼固嘉应州人，冒江西籍，满口官腔，与之游者，鲜不堕其其[衍字，删之]术中。恩一见倾心，待以殊礼，所得葬地，皆取决焉，而不见有所许可。恩以葬亲情切，跪求点穴，彼则含糊答之。求之再三，乃正色曰："福人葬福地，子岂未之闻耶？吾非有所靳也。无已，请子自择之。"出山形四轴行于箧中，任取其一。恩顺手拈一轴，舒之挂于壁，见所绘山形，罗围宽大，局势堂皇，来龙甚远，带仓带库，前案近而不迫，案外贵人朝拱，左印右敕，文笔秀拔，两旁砂手重重抱护，三合水到堂，见来源而不见去路。恩视之目不转瞬，极为满意，而不知穴之何在。观左角上有山谶数语，端楷可爱，读之曰："千里来龙一结穴，玉堂金马出王侯。欲寻此地真气脉，五色桃花盖石头。"读竟请曰："此地落在何处？定名若何？"梁子光曰："在恩平之大仁山顶，定名仰天螺。吾怀此十余年，今为君所得，福气过人哉。此山缓脉急受，葬后三年可以开科，五年可以发甲，久之而富贵更无限量。但发达后能否谢我万金？"恩唯唯。梁子光又曰："点穴亦须千金，探之若无确据，则分文不受。君欲速葬，可先立约。"恩一一如命。(未完)

(续)越日，即偕先生及各山狗等往探土。既至，周围查看，与图对勘，无少剌谬。至点穴处探土，掘下五六尺，未有变异。山狗辈不免有微言，恩则心怔忡，而口不知作何语。梁子光曰："公等无馁，气脉雄厚之山，非同小可。"再下尺余，见一石。梁子光曰："石乎？吾眼力自信不谬矣，穿之可也。"凿三日始穿，山狗等杨[扬]声叫热。未几以土递上，干燥嫩滑，色若桃花。梁子光曰："速封之，否则泄气。"恩此时口语心商，手舞足蹈，其乐有不可言者。立使人寻山主议价，以二千金署券购之。进而请于梁曰："此穴可合葬二硇喻否？"子光曰："可即归运硇来。"择日定向，均梁子光任之。遂合葬其父母于离家二百余里之远。随葬随修，监工买料惟山狗辈是赖。山价及葬修，耗至三万余金，而不敢以实数告其妻。既葬，一心以为科甲可安坐而获，虽魂梦间喃喃自语，亦谓三年开科，五年发甲，梁先生当不吾欺也。未几而三年矣，不见开科。未几而五年矣，不见发甲。未几且十余年矣，其为白衣也如故。

梁子光虽有花红万金之约，然葬后已绝迹矣。恩之心未死，犹日望其至，曾不疑己之受骗也。适省中昵友何吉六到访，偕一候补知县吴鼎荣俱来，吴正江西人，吉六盛称其青囊之术，与人种福，历历有据。恩与接谈，觉其言论风采，宗旨见解，更出梁子光之上，亟与至仰天螺比较眼力。吴方至山，即不欲登，谓此山脱气，决无吉地，可不必看。恩闻言知平[凭]空霹雳，气夺息微，面无人色，强请临穴。吴至穴即大骂曰："何物瞎贼，竟以绝地为人祸耶？《山经》云：'也有大地去朝北，须要前案高过额。'此山案低杀重，一绝也。白虎擎拳青龙背，夭折重重见当代，此山左砂反走，右砂怒视，二绝也。水源虽远，而不入怀，全山赤土，不生草木，其脱气可知，三绝也。君葬山后，当必人财两失，宜速改葬，否则君之寿数不永矣！"

恩回忆十余年间，了无佳境，而所得幼丁，均不能长育，诚有如吴先生所云者，大有惧祸心。归与妻商改葬事。陈氏颇不谓然，以随葬随挖，甚非所以妥先灵也，而又不便止其勿改，盖恐蹈忍死其夫之咎。恩卒起之，寄其父母骸础于停柩屋，俟觅吉地，再行迁葬，仍日与山狗山棍为伍。但自葬仰天螺之后，钻弄科名，更豪于挥霍，而财政从此困绌矣。张罗弥补，不敢令其妻知之。会临度岁，恩尚在鹤山之云乡未返，而催赈索债者，络绎而至，陈氏始知家道之现象，大不如前。

（再续）恩归而极力劝之曰："谚云：'算命先生不知死，风水先生无处埋。'彼辈挟惑人之术，为衣食之谋耳，岂真能祸福人哉？

况功名身外事，即终身白衣亦何害？君自迷信风水，积债累累，曾亦全盘核算，家产尚有几何也？若不早图，后悔何追？”恩亦猛然自省，即将各项债赈，与陈氏竟日调查而决算之。若一一清还，则所存无几，门户忽有中落之悲。不还则债积日深，将必至儿辈无立锥地。再三思维，一筹莫展。且儿女均已长成，尚未婚嫁，而家资荡然，功名卒不可就，由是发狂失性，终日如痴如醉。

时吴先生犹在，初不知其失性之故，见其现状如此，即为之开罗盘察视住宅，谓：“行门放水，多有未合，以致家神不安，妖魔相侵，然家长有病，未便修改，惟在张天师处求一镇宅符，悬诸土神之上，便可安宁矣。一符不过五百金，吾日间欲返江西，携带眷属，往返亦仅一月，汝家如诚心求符，可先汇银五百两出省，吾当代劳至天师处一行。”陈氏谢之曰：“吾家有祖传镇宅符，最灵最验，惜吾夫不能用，以至于斯。”遂命其子买黄纸朱砂，书符十余张，遍贴户牖，每符止书“勤俭”二字。吴先生知其命意所在，但索其应得之步金二百两，即日返省，而山狗山棍，亦各鸟兽散。

陈氏乃集子女于庭，而申戒之曰：“汝父以痴心功名，迷信风水，以致倾家失性，愿汝曹勿复效之，须谨守‘勤俭’二字，以盖乃父之愆。”立命阿大、阿二弃读就耕，阿三尚幼，听其读。女则随已习女红，兼司中馈。方针既定，遂邀族长商以弃产还债事。族长嘉氏之智，而哀恩之愚，极力赞成，并劝各债主稍减利息，于是清偿宿债，无少蒂欠。仅存近村鸡口田三亩，及屋两间而已。陈氏固富农之女，奁物颇丰，尽变资以作耕本，又卖两婢以娶长媳焉。氏日以身作则，夙兴夜寐，率其子媳以从事耕种，将卖剩之田，改作菜圃。差幸田接涧泉，灌溉便利。二字［子］亦能听命力作，收粪犁地，不敢后时，布种莳苗，务争先著，凡出市之蔬，皆人所未有，故能得善价。而农圃以外，牧畜彘羊。如是五年，已积三千余金，子女亦婚嫁矣。阿三欲弃读，而二兄请母勿许，母徇其请，勉阿三勤俭苦学。阿二大有祖风，贩卖烟叶，与兄互相联手，或合办一事，或各任一事，所得利益，皆归其母管理。又五年，而祖业尽行光复。阿三且俨然秀才矣，梁兆芹是也。乃父竭生平之力，钻营祈祷而不得者，彼则垂手而得之。世恩于其子谒祖日得病，阅十日而卒。陈氏命其子等，先葬祖父母于曾祖茔，次以父从焉。陈氏至七十六岁乃卒，遗命与夫合葬，戒子孙勿得妄谈风水，而祖传之镇宅符，尤当世世永保用之，并预将财产分发诸子，各有籍记，临终授之，各无异言。（完）

（1908年第15期、第16期、第18期）

社会小说：双冤记（治惧）

河南省商水县，有黄生名应奎，号星垣，早孤，母张氏。黄生甫七龄，母便丸熊课子，黄生极灵敏，母方欣得佳儿，家世将不终落，不料儿生十四岁，父母并相继而亡。黄生以零丁孤苦，无恃无怙，所赖有母舅张厚华者，富家翁也。张厚华扶助黄生，已非朝夕。自黄生父殁后，衣食俱仰张家供给，由是遂寄食母舅家。母舅见应奎喜读书，辄终宵未尝释卷，每念黄氏一块肉，仅存硕果，用过当之劳力，恐易伤生，心焉系之，屡戒其宜自珍惜，毋贻泉下人忧。彼每以乐此不疲见答，母舅常默嘉其志焉。

张厚华有女名梦仙，丰姿雅淡，钟情书史，尤喜吟咏。与表兄星垣研究学问，情深兄妹，不苟颦笑。讨论往事，黄生每为其穷诘，然亦未尝介意，方喜得一女中良友也。

自此叙谈无虚夕，读书每有所惑，必求力释疑团。然而春花秋月，待字闺中，花信催人，摽梅将咏矣。适凭冰人作伐，订婚于邻乡姚氏子，门第俱相若。姚亦素读书，优于才华。曾与黄生同笔砚,颇友善。婚事之谐,未尝不藉黄生赞成之力。遂定吉日举行结婚礼。

其时车马云集,金碧灿烂,歌三星,迓百辆,忽送一绝世丰神之玉人来。堂上嘉宾,视线所注,莫不咸集于新嫁娘之身上。眸凝秋水意,光射锦衣郎。宾客艳羡不置,频向姚生道贺,问其几生修到,得此佳妇。姚亦欣然乐之,自谓可称无憾也。华堂光彩万灯悬,彩笔催妆不夜天。今夕鸳衾香梦结,百年并祝月团圆。洞房花烛夜,其愉快之处,隔壁人只能形容其万一者。

香篆袅房栊,倦倚重篝鬓影松。多事青灯挑不尽,重重,偏向钗头缀玉虫。管弦金屋梦,银烛眼前人。已而欢呼畅饮,洗盏更酌,举座大醉。酒阑漏永,怒发灯花。忽而已报三鼓矣。新嫁娘坐房中,突闻有声自外来,声势汹汹,俨然负痛甚重,逼近房里。

(1908年第17期)

《香山旬报》

1908年创刊于香山，旬刊，第二十四期以前署编辑人郑彼岸，发行人李怜庵，督印人萧硕璜（第九期），印刷人郑自强。第四十九期以后署编辑兼发行人为李怜庵，印刷人郑自强。以“监督地方行政，改良社会风俗，提倡实业，网罗文献”为宗旨。印刷处、总代理处为邑城西门外岐阳里国光排印所。该报门类分为图画、论著、时评、新闻、小说、文苑、谈丛、谐薮、杂录、调查录、香山文献、牌批共十二门。小说作品主要发表在“小说”栏目中。现存小说共14篇，其中长篇连载小说1篇，未完，不列入整理对象。其余13篇均为短篇小说，本集全部整理。

小说：萍水缘（醒广）

淮阳之间，有贾生者，鹾商之子也。少美丰姿，有卫玠璧人之誉，聪敏好学，淹通文史。髫年游泮，父母爱之如掌上珠也。阀阅之家，慕其才貌，争与联婚，蝶使蜂媒，出入其户者，踵趾相接。惟生择偶太苛，非绝色不一顾也，及冠尚未有室。适逢乡试之年，父命生赴都试，与以多金，携仆入都，暂寓旅店。湫隘喧嚣，生居之不可终日，亟思迁寓，因与仆满道访问，多不当意。

忽经一小胡同，第三家门首，有美少年伫立，貌若丽姝，为生平所未睹。生凝视之，心爱其美，趋与为礼。少年面发赪，两颊灼灼现桃花色，亦还揖生，并询来意。生以觅寓对。少年曰：“敝居狭陋，恐不足以辱大雅。”遂返身延生入相。室不甚闳，而爽垲明净。左通夹道，有书斋三楹，中为会客所。左右有小室各一，右室内床桌几案，设置整然。左室虚无器具。少年指之曰：“此室可下榻也。”生以斋舍幽静，且得佳主人，意甚悦，乃展问少年氏族。答云刘姓名珏，号玉卿。生询税金若干。玉卿曰："君如不弃，今夕便可移居，毋庸论值也。"生即命仆返寓，雇车载行李过刘家，处于斋之左室。自是与玉卿晨夕聚首，笑谈款洽。生间以谑语调之，玉卿但微笑而已。

玉卿有一小鬟，名珠儿，姣好而黠，每奉食品出书斋，生尝伺玉卿不在，以言饵之，始悉玉卿之妇何氏尤艳。生一日戏谓玉卿曰："睹兄丰采，如玉山照人，令我自惭形秽，君夫人何修而得偶葛勃邪？吾恨不作君家媵，与夫人争研[妍]而取怜也。"玉卿曰："以君才调丰仪，取青紫如拾芥，一旦得志，当贮丽华于金屋耳。曾谓须髯如戟，而作巾帼之奇想乎？"生曰："佳人难得，若偶嫫母，宁侍子都，此吾素志也。"玉卿笑曰："得君作外宠，亦大佳事。只恐闺中狮吼，割袖之爱不终，有负君意耳。"生曰："吕雉能容籍孺，孙寿乃眷秦宫。夫人虽妒，谅不见恶也。"玉卿笑谢之。生以金付仆，令备酒馔。已而璧月初上，爇绛烛，张琼筵。酒至数巡，玉卿不胜酒力，玉山颓矣。生命仆扶玉卿入右室榻上卧，已乃据案独酌。食已，呼仆撤席，取水盥毕。生入室视玉卿，脸若红霞，呼之不应，乃代解亵衣，皓体呈露，忽现女子身。生惊喜过望，拥之而眠。玉卿酒醒，生诘其由。玉卿自言为左都御史刘焘家青衣。"焘尝开府南北，多购姣童好女，互易其饰。女作男装，使习骑射。男作女装，教以歌舞，以游猎声色自娱。吾本王氏女，从主人姓刘。妇乃何氏子，名曼儿。二人均以色艺兼长，为刘公专宠。公临终时，以巨资遗我，遂与曼儿为夫妇。卜居于此，不意为曲生所困，得与君合，殆前缘也。"生亟欲一见曼儿，恳玉卿为介绍，诺之。

翌日，玉卿以情告曼儿，曼儿未可，玉卿极道生慕之诚，曼儿始首肯。是夕玉卿设席内室，导生入，庭宇幽邃，帘幕甚华。坐少顷，小鬟引曼儿由闺中出，芙蓉烁灼，杨柳婀娜，雅服淡妆，明艳夺目。行至生前，敛衽而拜。生亦答拜。礼毕，三人就坐。生视曼儿，足本天然，而举动和柔，语音娇细，绝不类男子。而笑谈落落大方，亦无女子羞涩状态。及酒肴错陈，杯勺交献，生起而请曰："闻曼卿善歌，未知阳春白雪，可使鲰生得闻乎？"曼儿曰："音律未精，恐下里之音，有辱清听。"乃命珠儿取箜篌谱《莺啼序》一阕。歌曰："今夕月明露华，滋湿寒微重。披衣起，并立瑶阶，昨夜枝栖双凤。宿酒惺忪微觉醒，脸儿只有桃花共。镇云鬟斜倚，仙袂飘飘风送。""漫整鸾梳，懒添龙脑，先把银筝弄。吉丁当，玉指纤纤挑逗，花心还动。又何须檀板金尊，更添些莺啼鸟弄。"噫！卿卿，真是飞琼，凭谁伯仲？歌喉宛转，余音绕梁。生顾而笑曰："二卿颇难伯仲也。"夜阑酒尽，生伪作醉态。左提曼儿，右挈玉卿，迳入寝室，两雄一雌，竟夕相嬲。生由是溺于声色，文艺遂荒。

是秋下闱，榜发无名，侘傺失志，囊金已尽。欲携二人归乡，曼儿曰："君如玉树，某等蒹葭，自惭非偶。但感君情重，暂结萍缘。若订终身，不敢从命。为君计，盍留此间，力攻文学，并续余欢？转盼三秋，苟一战而获擢高科，然后衣锦而归，妙选高门，以谐嘉耦［偶］可也。"生且愧且感，遂留居其家，一意向学，手不释卷。玉卿、曼儿殷勤伴读，一若师长之课学生也。如是两载，而学业精进，逾年遂领乡荐。生感二人之德，固请偕归，皆坚辞不许。生濒行时，玉卿置酒饯之。曼儿亢声歌曰："三载忽言别，逢君未可期。恨无晨风翼，随子东南飞。"再歌曰："抽刀断藕不断丝，分手相别长相思。但愿化为连理枝，生生世世不相离。"歌罢，挥涕而别。

生至家，父母喜甚，乃聘胡氏女为室，美而贤，伉俪颇笃。明年生赴春闱，计偕北上，重访玉卿，门巷依然，室已易主，大有崔护重来之感云。

按：篇中左都卸［御］史刘焘，见于《明史》本传。此篇乃明代轶事也。记者附识

（1908年第18期）

近事小说:杨女士(方容均来稿)

杨女士,邑属大字都人也。父某以贾起家,富甲乡里。晚年始生女士,钟爱若掌上珠。女士生成丽质,红颜绿鬓,袅娜动人。年十六适王某,奁妆丰厚,五光十色,掩映生辉。王某读书子也,丰姿如月底王恭,风前张绪。亲迎之日,一对玉人,见者咸啧啧称羡不已。

合卺之夕,俗例闹房,胜友如云。群盗乘机暗藏手枪,混人丛中而入,直抵新妇房,各出手枪,尽劫奁妆,徉徜而去。王某见盗大惊,骑墙欲遁,不意失足跌[跌]下,遂受重伤。女士含羞抱恨,日夜奉侍汤药,柔言软语。所以慰藉王某者,无微不至,寝食不安,一似重有忧者。然对王则和颜怡色,笑容可掬,以博其欢心,欲求其病之有转机也。呜呼!女士之心苦矣!

王病势日重,自知不起,执女士之手,泣谓之曰:"卿入门,予即罗此无妄之灾,累卿奉侍汤药,日夜不遑,吾何以为情?吾负卿矣。卿如花美貌,薄命人无福消受,夫复何言?今吾奄奄一息,不久于人世矣。如卿者何患乎无如意郎君?吾死勿守,善事新人,无以薄命人为念,此我所以报卿也。其有余恩未报,愿俟来世。"女士曰:"良人何出此不详之言?语云:'无妄之灾,勿药有喜。'还祈安心静养,无庸多憾,以免伤神。"言罢,泪如雨下,急以手帕拭之。

嗟夫!销恨桃花,生成薄命。苍苍者天,竟不假之年,而夺女士所天。王某竟因病逝世。女士披发狂呼,抱尸气绝,经家人救醒,屡欲自尽,均为家人所阻。

女士从此尽抛脂粉,全身缟素,静锁深闺,不出门庭。然每闻翁姑爰子之啼,则忍泪吞声,百方劝解。不意姑不以女士为德,反以女士为仇，谓女士尤物天生，克吾爱子，日夜咒骂，耳不忍闻。谚曰："世无不憎媳之姑。"家庭凄楚，事有难言。女士徒唤奈何，日以眼泪洗面而已。

其母谓女士曰："浮生若梦，不过数十寒暑耳。汝以女子之身，且貌美年轻，若肯别抱琵琶，则人尽可夫，何愁无瞰饭处？何自苦乃尔？"女士曰："烈女不事二夫。未亡人虽苟延残喘，不愿与俗浮沉，随时俯仰。"母曰："'靡不有初，鲜克有终。'吾见亦多矣。若不听吾言，好自为之。吾将不理若，若无后悔。"女士曰："嗟夫！我爱他，我不忍。天崩地裂，我志难移。谨谢母。"

女士既不得志于姑，又不得志于母，暗自伤心，苦情难诉，处境亦良苦矣。然而女士处之若素，行所无事。岁寒知松柏，诚不诬也。

某君富家子也，年廿四丧妻，闻女士美，愿出重资，娶为继室，使人示意于女士之母。母允诺，事为女士所闻，一笑置之。母喜以为女士之心转矣。某夜女士自闭房门，盛妆浓抹，如新妇状。顾影自怜，不胜感慨。蛾眉倒竖，啮指出血，书十六字于壁上曰："女重气节，不事二夫。舍生取义，其在斯乎？"遂悬梁自缢，香罗三尺断香魂，时芳龄二十有四。从此女士为过来人，女士之声音笑貌，不复见于人间世矣。

容均曰：自欧化输入，女子误解自由，行将道德沦丧，气节扫地矣。苟无人出而矫之，恐愈趋愈下，不几有人兽莫辨之势乎？杨女士誓不改字，之死靡他，松柏之操，冰霜之质，古人所谓浩然之气，所谓临大节不可夺，盖如是也。呜呼！今日之所谓士绅，趋炎附势，朝秦暮楚，廉耻尽丧，读此能无愧死耶？

（1908年第49期）

近事砭俗短篇小说:假新郎(绛树)

标梅其吉,三星在户。当此春光明媚,彼百辆将归者,正因时而增兴也。出城西行,复折而南,人居鳞比,衡宇相望,则悦来街也。有某氏宅,方张灯结彩,若举行婚礼者。窥其室,宾客数人欢聚轰饮,喧声达户外。彼新郎者,冠服煊然,顶金花,腰采红,委委蛇蛇,顾盼自得。今夕何夕?此河南首府,将实缺到任矣。惟堂以内,则阒其无人。盖社会习惯,每遇婚嫁,其家之妇女,及亲眷等,类皆妍妆华服,列坐后堂,相与欢宴。而此则寂然,可异孰甚?

邑之西,有溪角乡,刘氏所聚族而居也。有刘某者,与其堂伯某,比邻而居。伯有女,姿首颇佳,二八芳龄,才分瓜字,而青溪妹小,未解言愁。刘以兄妹行,时相过从。盈盈两小,虽本无猜。惟当月夕花晨,谈心一室。双飞蛱蝶,已具同心。比翼鸳鸯,每多情絮。柳梢月上,践良会于黄昏。花坞风清,订香盟于白水。不意春刚二月,豆蔻含苞,而缘证三生,琼枝连理。竟以谱系相联故,使一对璧人,未成眷属。是以拈来红豆,亦解相思。拟到卷葹,定知心苦,亦可怜矣。

无何,女父母已知其事,以门户故,不忍暴其罪,第召某责之曰:“若为此败行,本当重惩。惟以祖若父故,姑贯若。若速为妹也觅佳者,不然,终不若恕也。”某颜赧无以应,遂去。翌日,乃复至,语其伯曰:“有某富家子者,固翩翩少年也,方觅偶,盍婿诸?某既无父母,终鲜兄弟,且与吾为至契,此中事固可毋虑。”伯喜,使为之介绍,果一说而就。遂税居悦来街,委禽装焉。则今兹之举,盖为某富家子亲迎期也。

俄而人声喧闹,彩舆已至,二三随嫁娘,拥新人入。而新郎已俟于户内,与行初见礼,固盈盈而俱拜也。未几新郎复踞坐床隅,食暖床饭。既毕,亲朋之送房,踵且相接,而又可以偻指数也。客辞新郎归,新郎则送之出,时已鱼更二跃矣。

"蜡照半笼金翡翠,麝薰微度玉芙蓉"。旖旎春宵,为个儿郎消受尽矣。而恼人花漏,已报双声。新郎匆匆入洞房,扉随闭,且下键焉。斯时也,彼喜娘辈,已大惑不解。盖新人之初至也,一切应行礼式,皆伊等为之将事。此数小时间,新郎之言动举止,已窥其涯略。今入此室者,体干既判,举动亦殊。讵娶妇也,而有倩他人作嫁者?遂蹲伏门隙,一觇其异。"最消魂是初婚夜,枕角含情悄语时"。人生乐事,盖无有更逾于此者。然由初见而同枕,而私语,彼莽郎君不知献煞几许殷勤,费煞多少唇舌,经若干手续,乃克臻此。想阅者诸君,已尝过此中滋味矣。胡为乎此新郎、新妇,竟若稔识者?方并坐床沿,贴胸交股,作喁喁细语。屏息听之,则絮絮话家常事。互相称谓,则又为兄"兄"若"妹"者。时门外人已忍俊不禁,欲睹新郎之面,适为烛光所阻,遂沿隙窥之,而头忽触户。新郎惊且起,目注门槛。喜娘则大诧,盖此新郎者,与前所见,固一而二者也。

黎明,喜娘促新人起,而新郎亦起。乘间瞻之,已尽得庐山真面。伊何人?即新娘之从兄某也。噫!顾兄妹也而夫妇焉,可怪孰大于是?

未几新人出,客亦踵至。邑俗娶妇者,翌日,妇必归宁母家,婿亦以是日往妇家谒祖,礼也。日已亭午,肩舆至门。新郎结束竟,出门登舆去。而今之所见,则又为昨夕之从事礼仪者,而非复喁喁私语之同根树也。

越数日,伯已探悉其事。惟水经就壑,木已成舟,则亦付之无可如何。而一对可怜虫,永作画梁双燕矣。噫!某其善学温太真者哉(晋温峤,其姑命为女择婿,曰得才貌如若者,斯可耳。温旋下玉镜台聘焉。及婚,女却扇谓温曰:“吾固疑是老奴。”然彼固中表行,而此则姊姊[妹]行也)?不谓某御史同姓为婚之封章,竟为轻薄儿作鸾笺凤牒也。奇!奇!

按:同姓为婚,古有明诫,所谓“男女同姓,其生不繁”者。而西人于血族昏配之害,亦著论痛陈之。至吾粤风俗,则此举尤为绝无而仅有。然则同姓为婚之一问题,揆之种族及伦理上皆大有妨害者也。况刘某既诱奸其妹于前,复诡骗其伯于后,耽色欲之快,贻宗族之羞。噫!以缙绅之门第,有此禽兽之行为,为父兄者竟置之不问,良可慨哉!

(1908年第59期)

短篇小说:温犀影(然者)

(一) 扑朔迷离之品花宴

父女姑侄,同埋一席。招技[妓]侑觞,自由到极。咁嘅叫自治职员咩?唔值。

城内正薰街,某酒楼之斜对门,有某巨宅焉。时也,金乌初坠,银蟾未耀,而某巨宅中,若老、若少、若男、若女,欣笑竞出,行且戏谑,遵道而南,复折而西南,将达其目的地也者。斯何人?去将何之?

盖老者某,固该宅之主人也。少者某某,则主人之弟及侄也。女数人,有笄者,有髻者。曰七姑者,主人之女也。十六姑者，主人之妹也。郑某姑者，七姑之谊女也。余则为主人之脊[眷]属也。履舄钗弁，招摇道左，乐哉此行。

酷暑初退，晚风扇凉。彼新街青楼中，十二珠帘，玉钩尽上。莺莺燕燕，往来于重楼复阁间，如入山阴道中，应接不暇。而繁槽急管，天半笙歌，益复助人清兴。玉楼人醉，金勒马骄。五陵少年，谁不散尽千金，为博一夕欢娱计者？而柳荫西畔，忽驻兰桡，珠箔玻棂，红妆掩映，其某宅女眷，作消夏局耶？雪藕调冰，定饶清兴，令炎威中人，妒煞羡煞矣。无何，一老者探首出船唇，而二三少女尾其后，既达岸，乃径登啸月之楼。适从何来，遽集于此？一般之父女姑侄，乃于花界中叙天伦乐。噫！此殆即若人之所谓自由耶？

琼筵既设，酒绿灯红。彼男若女者，乃均折赫蹄一角，招妓侑酒。时而笑语声，拇战声，手钏相击声，与超、病、哷、衰声，融成一片。脂浓粉腻，荡为香雾，几不辨孰为妓，孰为七姑、十六姑与郑某姑者。此一煞那间，老者少者，亦各拥所欢，狎昵备至。此情此景，谁复知有人间世哉？座中惜无淳于髡，有之，当不止目眙不禁已也。

无何，七姑拥一妓，作喁喁语，听之，盖询妓以身价若干，将为脱藉也。妓固黠者，诘七姑以需彼将何为，而七姑无以应。然七姑虽不言，知阅者诸君，当能代下一转语也。噫，叹观止矣！

（二）经营惨淡之招兵谈

弊家伙，又嚟过，唔怕嘅，招多几个。

距闹捐事出现之数夕，记者行经县衙。时鼍更冬冬，方传子夜。头门以外，麕聚百余人。记者于此，不禁愕然惊也。噫，岂彼闹捐者,复敢于署前滋扰耶?

否,否。此曹肃然无哗,若静听点名者。即而观之,门之中,置桌焉。桌之上,一灯荧荧,焰细如豆。委员某,方伏案作书名状,询之旁人,则招兵也。

俄而一人至,面委员曰:“太老爷,我愿当兵嗜。”委员视之审,曰:“你不食鸦片吗?”甲曰:“我唔食烟嘅。”委员颔之,为登名于册。又一人至,所问如前。委员注视之,曰:“我看你这个样子,一定食烟,那是不成的。”乙曰:“我真系唔食烟嘅,大老爷。”委员不复致诘,又为书名于册。应募者共数十人,而所问所答,均与前同,无一异然者。噫!岂吾邑人,均具干城选,除不食鸦片外,皆可不待教而使战耶?胡为此数十人中,顾无一觖望者?记者乃大诧。

报名既毕,数之得四十人。委员斯时若已满足者,挟册竟入。而案上微茫之灯光,犹闪烁不定云。

记者观阅既竟,取道归,行且思,且大噱。忆前读《宋史》,当徽钦时,金人将渡河,有卒郭京者,能用六甲法破金人,命以官,使募兵,聚京城游民,一夕得千余人,乃一战而溃。今吾邑闹捐者,何足以语金人?而邑令招兵,又不过百,当必能藉固吾圉?惟惜无能六甲法者郭京,为之将耳。经营哉,招兵之苦衷!惨淡哉,招兵时之情况!

(1908年第63期)

短篇小说:某富翁(醉墨)

富翁某,藉先业甚厚,称雄于一乡。性吝,不轻费一钱。尤恶生女,以为女生而外向。未嫁,既供以衣食;迨嫁,须资以妆饰;既嫁,戚属周旋之费尤不资。故彼之理论,尝谓生一女不若产一猪,售猪尚可得微利，嫁女则人去而财空。其持论如此，而其运则蹇甚，连产皆女，年六十已有女七人。人以彼持论奇，时非笑之，翁亦郁郁不得志。未几，诸女长成矣，不得已次第遣嫁之。第每嫁一女，必斤斤然议礼金，讲饼数，务使得于婿家者足以嫁其女而后已，已则未尝破一钱。由长而次而三而四而五皆隐行此术，意颇自得。然里人以其鄙而吝，耻与联婚，又谂知其术，余二女遂无过问者。翁亦不以为意，每对人言，谓尚有奇术以遣此二女也。时婚姻自由之风大盛，而省会而市镇而乡落，皆为此风潮所鼓荡。或日，翁闻友人言某志士与某女士结婚于某所，嫁资若何廉，婚礼若何简，而又为社会所称誉。翁闻竟，狂喜曰："余岂妄哉？老夫得嫁女术矣！"

归与二女言，使束装来省，伴以老妪，令入某女学堂，并为之陈说婚姻自由之佳处。二女闻言，微笑曰："阿父果许余姊妹以自由乎？"翁捻须应曰："然。汝欲自由，斯自由矣。老父不你瑕疵也。"

二女既来省，入某女学校，受自由之教育者二阅月。初与校友结伴旅行，继随校友投身男女交际场，终则舍女友而专与男友结，不半载已完全成一自由之人格，凡谈吐、举止、动作、步履，唯妙唯肖。未几，年假至矣，姊妹偕归面父。翁见女，凝视良久曰："汝之衣长过其膝，费布数尺矣。汝之履以革代布，所费尤巨。咄！汝鼻端之眼镜，果为金制者，则阿父之资产，不几为汝使尽耶？汝臂上之金钏与指端之约环，虽罄吾产不能办也。"二女孰视而笑曰："阿父胡老而善忘？阿父前非予余二人以自由权耶？余惟善用其权，故一身之饰，威[咸]获自由之赐。实告阿父，此皆某志士、某先生等所赠也。"翁捻须笑曰："有是哉？吾今悔不生女也，吾得养女之道矣。虽然，你二人年长矣，盍各择婿？则你真能自由矣。"女曰："诺。"

年假既满，复来省，交际弥广，名誉益著。一般新少年思射雀屏者,如蚁之赴膻,伺女颜色唯谨。二女选择良久,得二人,喜曰:“使阿父见之,当捻须称快婿矣!”刻期旋乡,面父曰:“阿父命我择婿,今既已得之。请偕新婿来此行文明结婚礼,可乎?”翁曰:“所费几何?”女曰:“阿父无虑,近日新学家方持俭婚主义,一切妆饰俱不必较,惟求夫妇之感情佳耳。”翁曰:“若然,固无害。”及婚期,二婿相偕来,皆美少年也。高领而秃袖,革履而短发,意气自若,顾盼甚雄。先期广登告白,召集朋从,开茶会,演说会,兴闹殊甚。而独缺梅酌,婚礼维新盖如是,人不以为怪也。翁既尽嫁诸女,如释重负,默念并无所损,方自庆幸。及之朝,二女踉跄至,痛哭曰:“阿父误我,阿父误我!速予我二人各二千金,为衣食计。不然,果穷饿以死者,阿父抑何忍哉?”翁问所以。女曰:“汝之快婿,一则香港某西人之侍仔,一则某西菜馆之小崽也。”翁闻言,面色灰败,顿足不已。

(1908年第64期)

短篇小说:女丐(宏道译述)

昊天不吊,饥馑洊臻。遍野哀鸿,嗷嗷待哺。一日,寒风凛烈,极目苍凉。僻壤遐陬之中,一素未谋面之女丐,贸贸然来,沿途托钵。

其伍员之乞食吴市耶?则无箫。其重耳之乞食五鹿耶?则无从者。问所衣,纵不若西子所蒙之不洁,已同范叔百结之鹑衣。天方大雪,故蒙首以布。引长杖,挈提篮所过之家,或临轩而施小惠,或踵门而乞其余,其富而骄者,甚且以恶言拒绝,困苦万状。

十室之邑,必有忠信。哀王孙不少漂母,谢嗟来岂乏黔敖。一农夫者,窭人子也,熟视不忍,延入温室,妇方爨,杯酒块肉而食之。

越翼日，喧传宫中大宴宾客。举前女丐所至之家，悉以柬招，咸愕然，讶为千古罕有之奇事。

相与就道，步至食堂。中陈小桌一，罗列八珍，鲜艳夺目，芬馥扑鼻。此外复有一大餐台焉，台何所设？则食器数事。器何所盛？若者为一合之干面，若者为一角之薯芋，若者为一撮之米粉，而空无所有者亦杂陈其中。一贵妇从而申告于众曰："妾畴昔微服之女丐也。欲因无告之颠连，察尔有众之慈善，故昔者以丐相见。"言次，指农人曰："若而人者，家虽赤贫，能竭其力以施济，固一乡之善士也。此席专为使君设，会须一饮三百杯。且为善无不报，吾其岁拨库帑若干以为劝。嗟尔有众，其各认取器上之盛物去，此即尔有众之先于施我者。思之，思之！种瓜得瓜，种豆得豆。来生之苦乐，直今日之因果，如之何其勿思！"

女丐为谁？邦君之妻加里也。事见《英吉利小史》。

（1908年第65期）

小说：小驼子（本立主人译[①]）

（承前）移时商酒醒，自思数拳，何遽毙人命？甚惊疑，盖未知驼之为己死者也。官提讯之。商坚持不认。官想此小驼子乃土耳其之一滑稽者，而商某，乃一耶稣教徒，此二人何作此举动？暂不判断，转入而商之夫人。夫人谓此事经勇丁目睹，固无疑矣。官出，命役明天备缢架，又密嘱侦探随往侦之。翌日，往观刑者甚众。钟五打，死刑执行者，牵商上缢架，以绳索其颈，悬于架上，将行刑。忽办食馆某由人众中趋出，疾呼曰："商某非行凶者，是我

① 目录显示为"本立主人译"，正文中显示"著者德国炎慢纳扶，译者香山本立主人"。

也。”官异之，暂令停刑，转讯某。某言死者昨夜盗入我办食馆行劫，为我所见，即执棒击之，不数棒，伊即死矣。我一时以畏法故，伺无人置于街隅，欲以逭罪耳。今以我之罪，嫁于商某，累人性命，吾心实不忍。伊未尝杀人，实我杀之耳。”官讯毕，以为然，即令将商某解缚，将办食馆某治死罪。忽又一人在架侧疾呼，众视之，乃赵医生也。赵谓：“办食馆某不当受刑，是我之罪耳。”官诧之曰：“办食馆某经自认为真凶者，非商某也。今医生又自谓真凶，何也？”赵曰：“前夜有二人，时当人静，来叩我门，云有急症求治，将病者扛放楼口以待。余闻小厮报，急欲下梯，未持灯，黑暗中误蹴病者坠地。及持灯视之，病者气已绝。吾以洋参水等药灌救，无效，乃与妻谋，将尸縋下邻店。杀人实我。我终不忍以此累人，请就戮。”官闻赵言，尚无确证，益疑惑，因令暂解下办食馆某，并命将医生及商某拘留，俟侦探确证，再行治罪。命令甫毕，忽一人在后呼曰：“吾闻赵某所说，甚为可怜悯者。”官诧问曰：“莫非赵医生又自伪认为凶者耶？”曰：“然。真凶者，缝匠也。”官曰：“你何以证之？此事之原由如何？可详说来。”此人以缝匠某日在店请小驼子归家，因鱼骨塞喉而死，后将尸扛往赵医生家之事，详说一切。官点首曰：“你能作证人否？”曰：“能。”于是官即发令拿匠。此人急步上前笑曰：“缝匠在此矣。”官惊起曰：“你岂即缝匠耶？”曰：“然。求释赵医生，将我行刑可矣。”官益疑惑。适侦探反报谓凶手非他，乃一缝匠，并将查得原由具陈。官听毕，立命将匠治罪。当是时，一薙发匠，医道颇精，常挽医药小箱，随处诊症，偶经此路，闻此奇事，顺往观之。见匠方牵上缢架，薙发匠悯之，便急向官求曰：“上官且慢行刑。因我闻此奇事，甚为可疑。乞将尸骸，俾我考验，视其果为鱼骨塞喉而死耶？抑缝匠行暗杀耶？验明是否，然后行刑，未为晚也。”官见其来意甚奇，姑命卒往验房扛出。薙发匠抱尸置腿上，以手探其胸，喜曰：“尚未死，有可救。”官初以其言谬,曰:“彼死去三日,你云犹未死耶?”薙发匠曰:“吾非颠愚之徒,若不信,请拭目视之。”官曰:“先生岂有仙术乎?”薙发匠曰:“非也。尸有鱼骨横塞于其喉内,过痛而气绝,得赵医生以洋参水、佛兰地酒等物灌救。洋参水,能养其心,佛兰地酒,能养其气,故数天迷懵不醒,犹已死耳。”言次,即开小箱,取镇痛药小瓶,开水敷颈喉部,再取小器皿,撬其口,又以一小钳,向喉内轻轻取骨出,以示众人。又取药小许,倒入口内。随用药小许,吹入鼻孔。俄顷,闻喉中咯咯有声,忽见口半启,数喷嚏,渐能呻吟,居然一活驼子矣。官悦,即释商某四人,观者皆鼓掌,欢跃赞叹而去。(完)

(1908年第69期)

短篇小说:堕指录〔录《神州日报》〕(鲁源)

嗟乎!人生世上,势位富厚,顾可忽哉?当夫困时,形容枯槁,虽亲若父母,犹不以为子。一日高轩驷马,满载黄金,则闾巷之人,从而震慑之,欣羡之,乱于心而眩于目矣。呜呼!一贵一贱,交情乃见。此翟公所以兴悲,而季子所以常叹也。

张生者,东鲁人,小康家也。母早卒,庶母爱所生,笃酷遇某。任以杂役,稍不称,则鞭箠立至。有时令长跪,绝粒四五日,虽长夏隆冬弗顾也。父素有季常癖,初尚怜悯生,后以慑于阃威,亦不之惜。

生性仁孝,虽丁于厄,而口无怨言。且嗜学弥笃,每灯前月下,辄手一书潜诵之。至《蓼莪》诸什,时时废书泣叹曰:“母也天只!何抛儿若是其亟,使抱无涯痛也?”然痛者自痛,而有时闻他室中,尚有喧笑声,唤爷娘儿女声,潜身以观,则父母与弟,方围绕炉旁,烹香茗,哺果饵为乐。则又闻其父向后母曰:“大儿豚犬耳。虽豚犬视之，弗为虐也。”生听至此，不觉悲从中来，双泪籁堕，叹曰：“若亦人，我亦人，使慈母尚存，何至凌虐至此？”

生年既长，虽授室，而茹苦含辛，无异曩昔。且母之于媳，以为逆己。遇尤酷，衣以败絮，食以残羹，所居矮屋一间，颓败等露处。生虽日在温柔乡，而饮泣未少掇。其妻李氏，贤而慧，虽处境至觳，而处之淡然，时谓生曰：“丈夫应有志四方，讵能蠢蠢如鹿家，以终其身？今堂上既莫我恤，而君又不为之所，吾不知何日得死所也。”生曰：“男子志在四方，吾去易耳，奈若何？”妻曰：“吾始以君为丈夫也，今始知其误，怀与安实败名。君无以妾为念。”生曰：“自吾去后，期以十年。过此弗来，卿能守则守之，否则天下不患无美丈夫也。”妻伏地哭曰：“妾自与君结褵，已两易寒暑。虽鲜诵诗书，又宁能以君之不来，背而之他乎？皇天后土，实鉴妾心。”言至此，急取佩刀，断其无名指以誓。生急以布束其手，泣曰：“何若是者？将何为？”妻曰：“失一指何足痛？失节乃真可痛耳。”启诸箧，检败衣一束，授生曰：“寒可御矣，阿堵物不足奈何？”生曰：“无庸。我将乞而南。”言已，嘱曰：“勉事翁姑，无触其戾。”妻亦慰以数语，握手痛哭而别。

生去后，其父闻之，哂曰：“彼出而谋生，吾不知其死于何所也。以彼之才，而可以成名，则吾之目可抉以去矣。来！尔媳！家中事汝任之，误即粉汝骨。”于是井臼烹饪诸役，妇以一身任之，惴惴无敢失。而悍姑日犹必鞭扑数次以为常，盖不如此不足以得其欢也。

光阴迅速，倏忽春秋，又十余年矣。生自外出后，无一纸音问来。而积威之渐，妇周身亦无完肤。会大饥，人相食，翁欲嫁妇媳，得糊口资。谋诸妇，妇不可。乃縶媳暗室中，刺以针。妇媳昏去再四，强而后可，曰：“容理妆，诘朝当首途也。”

妇入室，收拾一切，顿足椎胸泣曰：“天乎！薄幸郎现在何处？自郎去后，妾身幸免死者数。然犹偷存视息，朝夕延颈者，冀郎早日荣锦归，同出火坑耳。今郎不来，翁姑又逼，将使妾有二天也？曩昔送别，言犹在耳。妾岂无心肝者？今兹事逼，不从则必死。从则身污节失，后世将被以恶名，此情此境，郎其闻之否乎？郎如已没也则已，否则天涯海角，必有栖身之所，妾将长征万里，以寻吾心上人矣。"言已，走视家人，皆遁入黑甜，乃轻启重扉出门去。为某年季冬十有二日也。夜阑人静，万籁无声。雨雪霏霏，朔风烈烈。此情此景，虽至强者且弗能堪，矧一弱女子耶？然妇殊无畏。行行重行行，一日复一日。始则典质糊口，继则乞食为生。山遥水长，征途险阻。萋萋芳草，王孙不归。然而妇心中固不少悔。

行可三月余，抵某处，卧一败刹中，病甚，莫能兴。红颜薄命，意此间岂佳人绝命地耶？幸遇一老禅师，悯其遇，与以衣药，得无恙。久之，又前行。乞食至一缙绅家。绅长者，性仁爱，睹而悯之，与以食。告曰："娘子零落人也。睹子之面，若有重忧。可明告所以，吾虽非大侠，然力犹能脱汝火炕。"妇雅不欲，固诘，乃具以告。绅亦为流涕不已。良久，乃曰："去此南百里，某镇有某宦，审其音，类汝同乡。吾助汝资，前往候之，可就询汝夫音耗也。"乃与以金，妇谢而去。

翁自妇去后，疑其投涧死，疑偕人遁。妇家来索人，则以二者对，纠葛久之，事乃寝。

一日亭午，有某显官，盛服乘舆，仪从甚都，投刺谒翁。翁讶之，欲不出。则宦已下舆，迈步入。年可三十余，衣服华丽。至厅，通讯毕。翁曰："鲰生僻处海隅，素少音讯。今日大驾远临，未卜有何事也？"宦答曰："十年前，晚未得志时，与此间某君为莫逆友。今幸邀天眷，得为宦，假道此间，比至详问，始知某君即先生之哲嗣，故前来拜谒，聆教言耳。哲嗣久不出，其人果安在耶？"翁答曰:“亡儿不幸,已先十余年背我大去。至今思之,心有余痛。吾行年六十余,膝下只息子二,长为最慧,不幸早妖[夭]。”言次,泪泫泫下。方拭泪间,宦忽伏地哭曰:“大人以儿为何人?儿乃大人之遗体也。虽十数年久疏定省,然当日之音容,大人岂忘之乎?”遂泣以颠末告。翁始知生是时已由行伍升阃帅矣。父闻喜甚,导以见母,母慰劳者甚至,且曰:“吾闻贵人三妻四妾,古有之。儿既贵,虽珠屋藏娇,谁以为不可?”生曰:“吾妻何在?”母曰:“汝妻已不幸死矣。虽然,儿勿忧,吾当求名妹[姝]为儿续配。”生曰:“是无庸。儿来时途有鬻女者,儿以百金得之,将以奉箕帚。”父母俱喜,赞曰:“儿诚善谋者也。”使舆迎诸河。其人则在舟上,饰而见之,则所谓娟好丽人,即千里寻夫之贤妇也。而某绅所谓某处某宦音类汝同乡者,即妇之所天也。举家相见,破涕为笑。而翁姑亦青眼相加,不复以昔日手段待之矣。

(1908年第70期)

短篇小说:情天恨海(晓峰)

余是岁就席某学校,功课余暇,傍晚散步郊外,藉吸空气。第见万木萧萧下叶,倦鸟归林,夕阳无限好,只恐近黄昏,遂回校。俄而灯下翻阅故事,伥触有感。因著小说刊诸报端,以为不善用情者借鉴焉。著者识。

某氏,居城北,年逾服政,客美洲,好狭邪游,至罄囊中所有。适遇一妇,貌丑而饶于财。某涎之,相与狎匿数载,遂成眷属。无何,举一女,名娟,爱之如掌珠。甫七八龄,聪颖异常,教之读,过目成诵。年才二八,通达文义,凡经史之学,靡不涉猎。且粗知翻译，寻入女校肄业。日与诸同学往来，鬓影衣香，履声橐橐，玉质冰肌，望之翩然一美少年，最是魂销真个。求婚者户限为之穿，父母皆婉却之。时美洲苛禁事起，华商困难，多思归故乡。某氏询妇曰："吾年将老，回国仅此一女。若在美洲结婚，诚恐女儿不能回华。然女儿心醉欧风，每每对人艳羡卓文君与司马相如风流故事，叹为几生修到。其一种自由性质，我实难处置，何如?"既而曰："近日中国风气开通，不似从前之锢蔽，婚姻事不甚专制，儿女辈亦得参预。不若回华时听其择配可也。"妇曰："均无不可。且故乡尚有大妇，不如决计回去。"

及至粤，不一月，娟与一班女士联队游行街市。一日至戚属家，见有一少年，美丰姿，面如冠玉，唇肖涂脂，亦来访其表亲。娟与通姓名里居，少年具告之。喜谈新学，两相投契，遂订密约。后娟频访少年，欲行结婚礼。时少年已别聘某氏为妇。先是少年父母闻知，严禁不使与娟交。厥后娟昏昏沉病，曰："吾不得学卓文君，不如速死之为愈也。"少年闻娟病殆，贻书慰之，曰："非吾实负卿。但亲命不敢违耳。卿多意中人，何必眷眷于仆?"娟得书，泣数行下，大呼曰："吾真薄命也!"猛将食指啮破，鲜血淋漓，大书"女儿毕竟为花亡"七字，遂瞑目而逝。

（1908年第73期）

侠情小说：三韩泪（容均寄稿）

大海茫茫，水天一色。狂澜夜静，沙屿月明。忽有一壮士，年可二十许，容貌奇伟，双眸炯然，凛然具军人气概。然仲宣体弱，叔宝神清，颜色憔悴，形容枯槁，其一种侘傺抑郁之态，恍屈灵均行吟泽畔时也。其时一步一喘，蹒跚于大海之旁，惊鸿顾影，战战兢兢，若有不能自安者。少焉，步至沙洲之侧，仰天长叹曰："三韩，三韩，长此终古乎？四千年锦绣河山，坐付他族，男为人奴，女为人妾。呜呼！时日曷丧？予及汝偕亡。如此世界，生亦何益？哀哉，亡国遗民，终作他人奴隶而已！"言罢，涕泪如雨，肝肠寸断。时夜将半，荒草平漫，绝渺人迹。一碧大海，不见片帆。壮士对此茫茫，百感交集，徘徊而不忍去。

俄见一丽人，提轻裾而徐步，渐近壮士。年华瓜字，丰度宜人，其神韵风采，如红莲浴池，梨花含露。顾壮士揖而言曰："顷于沙洲之侧，仰天长叹者，非郎君也耶？"壮士凝视之，曰："然。阿姊非去秋在绮园相逢之幽兰女史乎？"丽人惊曰："如君言，郎君非光韩先生乎？绮园一别，秋水蒹葭，惆怅无己[已]。不意今夜卒然又相逢，觉人生散聚，亦有多少因缘也。郎君昔曾对妾言，将游学于巴黎，今观郎君神色黯丧，得无染病乎？"壮士怆然曰："游学巴黎，仆索[素]有此志。但时势使我不得不变其宗旨耳。嗟夫！幽兰女史，国破家亡，生民涂炭，救死不赡，奚暇游学哉？"言至此，急以两手掩面，泪如泉涌，声咽不能言。丽人亦为之感动，不觉潸潸而俱涕也。时夜阑人静，悲风萧条，啼猿助其苍凉，唳鹤增其凄楚。

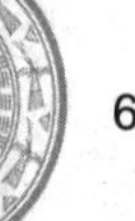

壮士忍泪，更谓丽人曰："韩国已亡，人心皆死。安重根之不作，□□□[①]之已亡，与其忍辱为奴，葵花向日，何如蹈海而死，谢绝尘寰。嗟夫！倭人之于我国也，未烦一兵，未战一士，未绝一弦，未折一矢，安坐而致之。自古亡人国者，未有若斯之易也。三韩三韩，吁其无人！堂堂古国，竟如斯结局耶？"壮士言次，立足不定，几欲发狂。

于是丽人愀然变色，以手紧握壮士之腕，侃侃言曰："郎君无自苦，幸为国自爱，事在人为耳。当共驱除异族，克服神州，何至

① 原文印刷即为□。

作楚囚相对，束手待毙？郎君欲以眼泪湔国耻乎？男儿戮力皇室，光复河山，事不成，命耳。勿作儿女态也。妾虽不肖，生平好驰马试剑，且幼随妾父读兵书，颇谙韬略。妾尝痛恨吾国女子，除涂脂傅粉以外无事业，除春怨秋悲以外无精神。缠绵歌泣，作态效颦，甘作男子玩具。其上焉者，于学问稍涉皮毛，便自托清高，睥睨一切，破坏妇德，气节扫地，愈趋愈下，人兽莫辨。造如是因，结如是果。欲其注意家庭教育，制造好男儿，为国效力，岂非南辕而北辙乎？女子为国民之母，女界腐败若此，国焉得不亡？故妾不揣浅陋，为亡羊补牢之计，现身说法，作女界钟，思有以振聩发聋。妾生平最崇拜者，为罗兰夫人。妾思法国当鼎沸之秋，若斯人不出，法之为法，未可知也。呜呼！以一女子之身，而关系全国若此，吾辈女子盖可以忽乎哉？郎君须眉男子，大好头颅，当勉为之，毋作楚囚泣也。”

壮士闻言，悠然而思，不禁恍然曰：“吾过矣，吾过矣！草莽之夫，不审胜败利钝，徒作感情奴隶，欲以一死了责，使非遇卿，吾死后，东海多一可怜虫而已。语云：‘听君一席话，胜读十年书。’不其然乎？”丽人曰：“郎君思想有余，魄力不足。我辈亡国遗民，丁此阳九，死亦死，不死亦死，与其徒死，不如向死里求生，或者人事尽时天意转，光复旧物，重见汉官威仪。妾思吾国志士，深山大泽，大有其人，惜无人以联络之，大挥返日之戈，以除妖孽耳。妾有一女友，剑法如神，百发百中，取人首级，如探囊取物。若与之共事，招集英雄，大起义师，声罪致讨，收合余烬，背城借一，奋不顾身，以一当百。日人虽欲吞韩，吾恐食不下咽也。法人之言曰：‘事苟不成，将尽法国为蒿里，以营大冢于其上。’壮哉，言乎！为国民者，不当如是耶？”言至此，鸡声四起。丽人乃以目视壮士曰：“天欲晓，我两人痛谈国事，竟忘却也。”遂移步与壮士耳语。壮士点头，握手而别。（未完）

(承前)某夜喧传一女子被警吏捕获,壮士闻之,大惊失色曰:“噫!幽兰女史被捕矣!吾誓必拯救之。”是夜壮士展转反侧,不能合睫。时闻窗外阴雨连绵,凄风萧瑟,竹窗淅沥之声,心为之撼碎。嗟夫!秋雨秋风愁煞人。壮士触景怀人,情难自禁,遂拔剑起舞,高唱曰:“几人解哭亡天下,误读诗书亦可怜。铁锁沉江渡胡马,英雄辛苦正华年。”歌声雄壮,余音绕梁。唱毕,顾盼自豪,满肚抑郁,一齐倾泻,乃浮一大白,坐以待旦。

翌朝,壮士急往裁判所。少焉,法官升堂,阶下狱卒拥一丽人来,枷销[琐]瑯珰。壮士一见,确是幽兰女史,四目交投,默然无语。法官忽唱曰:“小妮子,何不跪下?”幽兰女史蛾眉倒竖,叱法官曰:“咄!尔公义之罪人也。倾覆我国家,散离我兄弟,挠[扰]乱我同盟,摇荡我边疆,凌辱我妇女,杀戮我人民,毒逾永野之蛇,猛过泰山之虎。所谓同洲、同种、同文之国者,固当如是耶?我舍身为韩报仇,不幸为尔等走狗所执,今日惟有死而已。我虽死,犹能为厉,以杀尔公法之叛徒,吾民之蟊贼也。”维时女士面色如朱,冲起三千丈无名业火,举座震动。法官老羞成怒,使群吏击之。女史苦痛闷绝,警吏以水喷面,使渐复苏。法官复大喝曰:“汝敢无礼,叱骂王室,扰乱治安,混闹公堂,一女子而有三罪,汝速画供!”警吏乃逼令画供。女史屡被重刑,仍不少屈,只切齿怒视,听其所为而已。噫,亦惨矣哉!壮士怒发冲冠,几欲挺身而进,杀尽警吏。然默念寡不敌众,徒死非计,乃决意乘机自狱中救出女史。惟是警卫严密之监狱,如何下手?满胸不平,欲求同志,亦不可得。仰悲天道之昏濛,俯慨民心之凋丧。泪洒西风,寸心欲碎。呜呼!拯救之法其何以出于万全耶?局中人曲折困难之苦衷,非局外人所能知也。

女史之被捕系狱也,幽困铁栏,日光稀见,日被呵斥,故颜色苍苍,拊膺自叹。以警卫之严固,知终不可逃出。日顾身体之憔悴，形容之枯槁，反觉一死以外，世间无复有眷恋之事。所遗憾者，出师未捷身先死，长使英雄泪满襟而已。

一夜大雨滂沱，女史独自蜷伏狱中，忽闻步履声与风雨相杂，意必逻者来也。倏见一人，黑布蒙面，跃入狱中，逼近幽室，出利刃断铁锁，探女史之手，扶掖出户。一狱卒突来，壮士锋芒所及，狱卒已殒，乃与女史离狱。翌日，侦骑四出，穷捕逃逸之囚徒。呜呼！鸿风冥冥，戈人何篡耶？

容均曰："呜呼！痛哉！茫茫大陆，天日不明。哀哀众生，蝼蚁同命。开天以来之奇惨大祸，孰有过于亡国者耶？殷鉴不远，唇亡齿寒。同胞同胞，幸勿歌舞升平，断送湖山，而蹈三韩之覆辙也。我书至此，不禁掷笔为之三叹，我同胞尚梦梦也。悲夫！

（1908年第74期、第75期）

短篇小说：奇女儿（铁魂述）

医士培克有女白拉，美而文，遐迩人士之欲得妻者，咸欲坦腹培克家。培克年老矣，其妻之态犹龙钟。暮年无子，意益悒悒。差幸有女侍左右，老人时为之破颜。白拉，贤女也，揣老人意，遂立意不嫁。以为女子嫁人，事舅姑，操家政，职任綦重，将不能长侍父母。且内鲜兄弟，家赤贫，在义犹不可嫁。老人闻女言，甚嘉女孝。有问名者，悉却之。以故女年虽笄，而犹无婿家也。

培克者，退职之军医也。少年从军，出入于枪林弹雨者屡矣。暮年乞休，将军念其劳，资以恩俸，得以不馁。但老况愈甚，而家计益萧条。老人常仰屋咨嗟，束手无策。女以坐食非计，且不欲贻老父以忧，遂请于父曰："儿颇精琴学，以此授徒，薄得修脯，较胜坐困。父以为何如？"培克曰："恣汝意为之，但能使老父不致冻馁以死，则汝之职尽矣。嗟乎！白拉，似汝芳龄，乃不能享女儿应有之乐，老父甚为汝惜也。"至是白拉俨然为琴师矣。白拉之弟子为哈汝森夫人及其女弟辈。白拉貌美而性柔，艺尤精，哈汝森夫人甚爱之。每当月夕花晨，过从甚密，遂成闺中密友。

日者月色微寒，雪花成片，女方自夫人家授业归。时已入夜，四野无声。道经巨堤，一望皆白，寒风袭人，芳心欲僵。女方屏息促步，踽踽独行，陡闻车辚，自对面驰来。一马车忽停道左，车门辟，二人联翩下，作武士装。醉态不可支，似经洪饮者。见女来，双手横亘，如张网捕巨鱼。女见状，肺叶大震，乃乘怒斥之曰："若何人，胡为阻余道？"二人闻女言，相顾而笑曰："我岂妄哉？我料彼必经此也。"遽前抱女于怀，一跃登车，扬鞭直行，瞬息已杳。女且哭且詈，虽竭力狂呼，夜深谁为援者？遂为二人所劫去。

余述至此，又将转叙培克矣。培克是夜不见女归，以为夫人留女作长夜谈，不以为意。及旦，夫人过培克家，候女起居。培克始知女郎不在夫人许，心胆俱震。其妻闻之，几不欲生，长跪神前，愿天主力庇其女，不则愿以身殉。培克往来行室中，时而握手祈天，时而俯首，时而狂呼，时而洒泪，状类痫发。哈汝森夫人则泪被其颊，喃喃自语。嗟乎！脱白拉女郎有不韪者，吾不知彼老夫妇将如何断肠也！

壁上时计，已过九点，女之踪迹仍杳然。夫人微喟曰："已矣！侦骑四出，亦属何济？忍哉！天乎！何夺吾友之速乎？"所言未竟，大门忽辟，一女子及门而仆。黄金之发，散委肩上。衣饰不整，片片作撕裂状。面色青白，眼珠犹含宿泪。唇吻翕张，气息都微。睆其状恍若桃花之带雨，惟见残红狼藉耳。夫人大讶，急奔视之，不觉失声曰："天乎，此非白拉女郎耶？何委顿若是？"老医士遽以酒来，醒此人。培克曰："吾女犹在耶？吾谢天主矣。"回视其妻，已昏仆于女旁。培克乃与哈森夫人舁其妻及女置之睡榻，以白兰吔酒灌其口。守候之。良久，女略清醒，星眸半启，喉中格格作声。忽见母睡其旁，状类已死，老父垂泪握已手，哈汝森夫人则默默侍其右，益悲从中来，纵声大哭，且哭且言曰："女不幸，为奸人所狙劫，虽九死不能湔此辱，所以不即死者，欲使老父母略知儿所苦耳。昨夜归途，忽遭巨变，二人服士官装，以马车劫儿，驰至一小亭中，一人者去。一人独留，以势力挟儿，使作彼妇，势力不敌，卒为所污。又恐所谋败露，委儿路旁，驱车以去。儿思之，殆不可以为人，今请就死老父前，一表素志。儿死，惟愿老父能复此仇，则目瞑矣。"培克闻女言，悲不可仰，姑以言慰女曰："汝毋躁，老父将为汝思一复仇之法。汝能认识彼人之面目否耶？"女曰："于目光中尚能仿佛记忆。"培克曰："彼既服士官装，想必近卫武弁。一得其人，其仇可复矣。顾汝母闻汝归，何不作声耶？"哈汝森夫人以手抚老医士之妻，其体如冰，盖已死去。女闻母死，大哭曰："既污吾身，复死吾母，此仇不报，何以为人？"女既葬母，日游行城市，冀遇其仇。盖一念母遭惨死，益欲得仇人以甘心也。（未完）

（1908年第80期）

短篇小说：耳语奇闻（晓峰）

邑人黄某，寄居羊垣之河南。生平有异人之技，能自动其耳。群友嬲而观之，或赌以小酒食。黄乃戢戢而动，群客大笑，习以为常。黄尝浪游于陈塘一带花丛，与妓小凤最狎。日者黄语小凤曰："吾能自动其耳，卿信之乎？"因动耳以示之。小凤谛视之下,笑不能仰,因以纤手抚其耳曰:“想必为尊夫人惯上钟练,故灵活乃尔。”盖粤谚以被妇扭耳曰上钟练也。黄曰:“此吾绝技,亦即吾二人通情之暗号。以后稠人广座之中,卿如留髡,吾唯动耳相示者,则知不可复强矣。”小凤笑而颔之。自是灯灭酒阑,小凤软语牵留,辄注视黄之耳际,黄耳稍动,凤语即止。黄耳不动,凤乃大欢。久之便为座客所悉。有谐者调之曰:“小凤能以眉视,以目听,而黄君更能以耳语也。真两情相洽哉!”畴昔之夕,黄复偕友人饮于小凤院中。黄头发新薙,濯濯青颅与金边之玻镜相照映。有友引小凤素手以摸之曰:“光靓如许,值得一摸。”黄曰:“吾今早薙发,得一快事。薙匠奏刀笨重,吾使轻之,匠犹不悛。吾因蹙头皮使动,若波浪之起伏焉者,薙刀竟不能下。匠乃大窘,后以好语相求,吾头皮不动,遂得竣事。”友曰:“君之指挧筋络,役令皮肤,真有身使臂,臂使指之能也。岂不异乎?”黄偶一回顾桌上,见奁镜之旁,陈列花露水香枧之属甚伙,皆裹封未开者,知小凤已得新欢,心滋不悦。无何酒罢,小凤低语曰:“今晚勿去乎?”黄耳不动,而脸上殊无欢容。小凤疑之,以为黄踌躇本[未]决也。蓦闻鱼三向[响],友人陆续散,黄亦起著长衣。小凤细语喁喁,牵衣情恳,而黄耳大动,小凤知不可强留。黄去后,小凤归视桌上,见花露香枧,狼藉未收,黄之不欢,因在此,懊恼久之,暗弹珠泪云。

(1908年第81期)

小说:密约案(英勒克维廉著,中兴译)

一千九百年三月,法俄将缔约,预我南非战事。首相梅伯爵遣余之巴黎,探该约之内容。余乃僦居法外相德兰别邸附近古城内,袭法国南部商人,及结纳德兰,伺其动静,效城主之生活以待者，已一月矣。日散步或驰驱于森林，吸自英京购入之雪茄，盖德兰亦酷好此也。每自礼拜五至礼拜一四日间，必访心共话，联络友情。某夕，吾等方吸烟，德兰忽注视余曰："闻先生接有暗号电信，信乎？"言时，双目炯炯，直视余面。其观察锐敏，使余惊悸不已，然尚极力自持，哂曰："然。毛列之电信局员，其善喋喋者乎？"德锐视曰："余来此常接暗号电信，电局遽以二信为余者，故前礼拜，竟遽至巴黎外部。"

其言若此，余大觫震，法外部藏有我国电信之暗号解释，已确然无疑。果尔，则二信之内容，必发露耳。余倾倚坐，佯笑作戏言曰："谅君不能深悉，余之通信者，乃一妇人。"彼笑曰："嘻，余今始恍然！汝盖畏电局之耳目，先事豫防耶？良哉，法也！"余以急智敏辩，秘匿行踪，不觉默谢上帝，幸二信皆由俄京展转，经德国斯士梯加脱城领事馆，始递至者。

余初恐密电，致招疑异，然问题落着后，吾等酬饮，余承认为恋爱函件，反解其探奇心。盖二信必赍至外部秘密检察司，司员亦不能解也。是夜以函通知圣彼得堡，告以勿再用暗号，用佶屈不通之法文可矣。

时余离伦敦已六礼拜，诸新闻得柏林风说，谓俄法拟干预南非战事，全欧注意甚殷，欲悉真相。吾英政府，惟日待俄之决议，无他良策。余由巴玛士公使得梅克里侯爵亲笔之公文两件。盖是时余之踪迹，已尽极秘密，巴公使及俄京使署而外，无知者。

一日午后，德兰来访，并述欲吸冕牌淡色雪茄意。燃烟后，对坐倾谈。余乃循其词意，藉侦俄法之会议，兼可悉我国之安危，谚曰："今日《辩论报》载英人大败于特人之记事，快哉，此举！"德本激烈仇英党，顿欣然振其谈锋，曰："余甚赞君言，英失败于特兰斯法尔，实以实力示天下矣。英政府可拟诸鸵鸟，偶遭危机，即埋首地下，不复他顾。英人粗率轻浮，又尚夸伐，邻岛重雾迷漫，沿袭虚誉。当其沉睡十年，吾法莫敢或怠。凡新来福之军器，地中海之舰队，海峡之水雷艇等，靡不孜孜日为之备。质言之，则复法肖达事件之仇，为日匪远矣。”

余从之起立，入其书斋，瞥见一纸，反置诸书台之吸墨之下，折叠作黄色，乃法邮电部特制供衙署函牍之用者。余急欲窥来电之内容者，无待言喻。乃莞尔坐余习坐之椅上，进雪茄于德，德取一冕牌者。余亦自取一枝。亦虽强制，故作怡静之态，不稍露其感情，然犹弗能自抑，似表极满足于此电音。漫然叙数语后，突为法人之快辨曰：“汝尚忆曩者吾辈评论英人乎？吁！汝今拭目以俟，法兰西依然法兰西也。”烟云喷纳间，余曰：“设英伦挫败，必罪不同情者。”德自近数分，容色惨淡滋甚。且露憔悴之状，戛戛作狂笑声。既而二唇径攀，若受剧烈之激动，而强抑制者。忽自抚其额，嘘气语曰：“咄！此岂火热乎？余觉气弱甚，乞恕我片晌，将自外室以勃兰地少许来。”余述代取意。德执意不肯，满珊向食堂去，缘扇随闭。余即急起至写字台前，转黄色电信，视内容仅二字，录诸白袖上。二字乃暗号，故莫能审其意。此乃圣彼得堡之协约密电，盖字虽少，而其意常有较全篇累幅之意为明晰者。录毕，还置原处，出至食堂，慰其猝然之不扶。德顷刻即愈。余乃道晚安，握荡动全欧之密电归。

毛列、巴黎间之最末火车已去，唯外相所拟乘之里恩急行，尚未至。余不敢趁之行，不得已待至二时，以马车行寂寞乡村十里，达塞恩河畔，更乘火车赴巴黎。五时许，余掣来署呼铃，巴公使着寝衣，延余夹室坐。自库内取法国外交暗号通解出，是书乃我国外交侦探，于二年前获得者，索袖上二语，盖议偕也。

吾等愕然者久之，是乃法俄将挟制英伦决议也，势危矣。巴公使急草一电，缩为暗号，通知政府。逾一时许，吾国外相即手此电，了然于斯约之结果。

次日，内阁会议，训令驻在各国公使谓密约已露，我之位置安然，盖吾等先获其内容。而法俄相议，不再听倭博士之蛊惑，干预特兰法尔事矣。斯事也，外交秘密侦探费，凡五百磅。而欧洲战云，遂寂然消灭。法外相恐犹不知其所取之冕牌雪茄，余曾投以麻醉药。其殷勤之邻右，忽以急事见召，驰归米地者，实英国间谍事。

（1908年第83期）

《广粹旬报》

1909年创刊，旬刊，发行人宋慎公、总编辑邓悲观。发行所在（广州）雨帽街邓氏书室，代售点有广州各处、佛山、高州、茂名、信宜、陵水、遂溪、阳江、吴川、梅菉、电白、北海、江门、合浦、化州、廉城、钦州、防城、廉州、灵山、会同、琼崖、安定、海口、琼州、文昌、雷州。小说作品主要发表在“小说”栏目中。现存小说3篇，其中长篇小说2篇，不列入整理对象。其余1篇为短篇小说，本集整理。

警世小说：鸦片梦（著者百砺）

吾将望门投止耶？则既非张俭，谁肯破家相容。吾将逋逃外洋耶？则津渡不知，又无沮溺之可问。故乡何处，身世栖皇。而且鹦鹉出笼，纵天外飞鸣，亦惧再罹罗网，于是不辨东西，再行一程，冀与城县背驰稍远，则追捕不至如是严紧。正贸贸然趋走之下，忽闻肯[背]后有人呼曰：“何温如，何温如！”何一闻人呼叫声，初尚吓了一跳，疑是捕者至也。旋觉声甚熟，回头仔细一望，乃知窗友张义门。其时为之大喜，盖他乡遇故知，此最欢喜之事，而于患难中遇故知，则喜更可知矣。

张往日与何在县城某先生处，同窗凡三年，而何与张交契又最挚密。张乃富家，其父在广州开张兑汇钱银店，若根究他的历史，说来正长。张之父名乾，其先世原是殷户，后乾之父死，乾乃溺于嫖赌，且好客人之好，客乃含有怜才或搜罗豪俊之意在也。乾则不然，只聚集赌友嫖客，日相讨论乎嫖经与赌术而已。呼垆喝雉，一掷万钱，乾可谓豪矣。座客常满，樽酒不空，乾可谓快矣。闻筵坐花，左拥右抱，乾可谓乐矣。不上数年，张乾竟将乃父遗下一副家资挥霍殆尽，欲还而与往日征逐之朋友挪移，讵可得乎？再过两年，困厄犹[尤]甚，因思往日与父拜把者，有一李某，久居广州，此际呼吁无门，奚不往依之？或怜念世交，冀得好处。于是与妻约，将首饰变卖，始得盘费数元，附船以去。及门，而李某已预闻其所为，乃装出如霜之面孔见之。方道三两句困苦，便大受申饬。乾不能耐，掉头去。然囊钱已罄，阮子途穷，欲留不能，欲归不得。是日只剩得铜钱一文，若不行乞，则必饿死，然乞又实在不愿低首。乃历历回想往日之狂妄、之挥霍、之错误，不禁涔涔泪下，悔已无及。转又思及今日岂便绝路耶？吾躯七尺昂藏，竟无自活之计耶？翻来覆去，想了一回，乃入市买红纸一文，求浆糊一许，于是搜寻竹枝、禾杆、鸡毛等物，以制像生鸡仔。制至昏黄时候，已得十余只，卖与儿童。是晚便有饭噉矣。饭后又制便以备明天。卖了数月可以自给而有余。噫！人患不自立耳，使发奋营谋，即使困厄艰难，天亦不忍驱之而使入于绝路也。后迨闻有还金一事，失主以为忠，便以银店之务付托之，且割四分一之股，令彼守业。乾之发迹，殆由于此。今则自已另辟银店矣。乾之前后迥如两人。古人云："过而能改，善莫大焉。"故君子善改过耳。能以一节而概人一生耶？是时乾已衰老，权衡悉付儿子。

义门此次方由故乡欲返银店，恰与温如遇，乃呼曰："何兄汝从何来？欲往何处也？"温如一眼认得是义门，乃不禁悲喜交集，曰："张兄，此处是君之贵居耶？"义门曰："非也，吾乡离此十余里。吾今欲返广州，故道经此耳。"温如乃红着眼眶，曰："兄赴广州，可携我同行否？予今正若空中飞絮，水面浮萍，飘薄尚无定所也。"张闻言，又再叩其缘故。何道："我之遭际，说来正长。前头有一亭子，我两人假座一谈可乎？"张唯唯，乃到亭子里。何遂备述受累之原起，及赃官蓝心之奸贪，至今日随人越狱而出，是以不辨东西，投奔到此。张大骇曰："吾竟不知仁兄之遭此灾厄！然汝

既反监出，在附近地方行走尤不便。倘汝愿偕行，则一同赴广州亦可。此处官之耳目，谅不及也。”何闻言，正如久旱之中，逢着一场霖雨。张曰：“然则汝今属于逃犯，这名字必须改换，吾今为汝改过其字可乎？”何曰：“甚好。兄不言，吾亦不警觉也。”张曰：“汝旧字温如，吾胆欲代汝将温字除去，而换过一醒字，今而后称君为醒如，可乎？”何大喜，连说改得妥当。行了三里许，便到一市镇，用过晚膳，乃在市上买些食物，然后下船。该船明早启行，故先一晚在船寄宿，即不必明天早行，而远来者亦可以不必再入旅店。二人遂下船，找着妥适地位，安顿行李，一宿无话。而明天则汽笛呜呜，已向南方驶去矣。

汉父评：何温如无可解脱之下，而有反监之机会。四顾彷徨，飘夺无主之下，而又忽遇良友。此是温如之侥幸处。然中国之监狱腐败如此，中国之防务又废弛如此，读之令人失笑。中插张乾一段历吏［史］，是亦以自立之道警人耳。吾知作者之眼光，处处皆注意着“警世”二字，故一搖笔，便是警世语。

（1909年第11期）

《南越报附张》

1909年创刊于广州，日报，苏稜讽主办。卢博浪、李孟哲、杨计白等革命党人参与编务。辛亥革命后由李汇泉任编辑兼发行人，李因反对开放赌禁，遭粤督谭继陈(炳焜)枪杀。李汇泉死后一月，该报于1917年7月停刊。未见发行所及代售点信息，现存《南越报附张》，小说刊登于“说部”。现存民国后版面稍有改变，内容有所扩充，民国前主要用中历记日，民国后用民国某年加西历月日。现存1909至1915年间的小说共102篇，本集整理1911年以前短篇小说35篇。

困新城(拍鸣)

叮当！叮当！叮当！壁上挂钟，连敲八点。

“老爷起来矣，老爷起来矣。”捧盥者，浣巾者，进漱盂者，更仆为役。浣漱毕，草草用过早膳。

红其顶，花其翎，褶其服，蟒其袍，楂地虎其靴，穿戴一新。辉哉煌哉，皇然一监司大员也。

四个推，两个追，一人挟护书前行，吉手一声，出门如飞去。

左上右落，转湾[弯]抹角。过富家大户，挟护书者敲门投帖曰：“亲到拜年。”言未毕，即匆匆去。

如是者两句钟，老城走遍矣。过藩司前，落双门底，直出大南门。

左上右落，转湾[弯]抹角。过富家大户，挟护书者敲门投帖如前。如是者又两句钟，新城走遍矣，将出永清门。

到永清门，门闭。持护书者喝曰：“开城！开城！”无有应者。

返身入大南门，门闭。持护书者喝曰：“开城！开城！”无有应者。

折而之东，东便之城门皆闭。转而之西，西便之城门皆闭。出城不可，入城不可。

不得已，仍返大南门，坐轿以候开城。行人渐集，围轿如堵。

久之久之，城闭如故。轿中人情急矣，面赤矣，耳红矣，汗涔涔滴矣。盖是日天气回南，而轿中人则身披重裘也。益以轿外人气所蒸，故如此其热。

热极，以袖代扇，热不解。更代以冠，入手一挥，而翎折矣。

愤极，气极，而热更极。知袖与冠之不可以摇风取凉也，乃披其襟，解其带，脱其靴。左手摇冠，右手摇袖，快哉风其来乎。

"咿咽"一声，城门开矣。行人乱蜂拥进，密不容芥，顾推及追，已为行人拥之去。

城开有顷，后行者仓狼奔，曰："城闭矣，城闭矣！"轿中人情益急，仓皇下轿来，随之而奔。行人视之，其襟仍披，其带则长而委地也，以袜履地，手持冠。且行且呼曰："来！来！"

甫及城，城复闭，懊恨而退，步行投友人家。

（1910年2月14日）

现事小说：兵上谈纸（拍鸣）

"隆！隆！隆！"此何声？炮也。非烧炮之声，乃拉炮之声。

炮架以架，转之以轮，数人牵于前，数人拥于后。此何人？炮兵也。汉军中之炮兵也。

炮声隆隆，人声唧唧。且行且语，是谈兵，非谈兵。

一兵言曰："今何时？新年也。吾辈新年，恒以纸灯谋生活，兵警交哄，城门四闭，何暇卖纸灯？谁暇买纸灯？纸灯之生涯，不大可虑乎？"

一兵言曰："纸灯然。又岂纸灯惟然？吾辈业纸通花，当此新年，买卖亦多于平时也。今以守城故，无暇业此，不重可惜乎？"

一兵言曰："岂惟纸灯？岂惟纸通花？纸盒一项，亦吾辈所籍以糊口也。当此新正无事，家人团坐，同造纸盒，得资市酒，共醉春风，致足乐也。乃因兵变，舍此而勤王事，不亦可恼乎？"

一队兵过，所谈者纸灯、纸盒、纸通花。又一队兵过，所谈者亦纸灯、纸盒、纸通花。再一队兵过，所谈者仍纸灯、纸盒、纸通花。

夫兵之不足靠者有如纸扎，此则以兵扎纸，所以能守城，所以能获胜仗乎？

嘻！谈兵者多矣！有纸上谈兵者，此则兵上谈纸。

（1910年2月15日）

侠情小说：邂逅缘（芳郎）

（一）杨生希白，吴中人。幼失怙恃，育于季父。及长，有大志，尝读《班定远传》，叹曰："大丈夫不能投笔封侯，立功万里外，亦当战死沙场，以马革裹尸。宁能老死牖下，与草木同腐耶？"弱冠，犹未娶，戚串有欲为之做蹇修者，生谢之曰："匈奴未灭，何以家为？吾闻泰西硕儒，恒有终身不娶，以研求学业者。吾今孑然一身，丫无窒碍，正好行吾素志。若既有室，转眼儿女满前，宁复有自由之一日耶？"或嗤为狂，亦弗与辩。生有母舅旅食京华，为某提督幕客，尝以书来招。生以他事未果往，至是决计北上。一肩行李，仆仆征途。日者途中遇一美少年，戎装佩剑，策蹇驴，由道左疾驰至，见生颇注目。生视少年既无仆从，亦无行李，颇疑为绿林人物。旋以己行囊，无一物可为若辈垂涎者，遂亦不惧。薄暮,抵逆旅,少年已先驱至,起与生为礼。生询其姓氏,少年言朱姓,行三,人咸以三郎呼之,本武林人,因事赴京师,于此期一友。转叩生氏族,生悉举以告。谈次,互恨相见晚。至夜阑,始各归寝。生征途劳顿,倚枕遽入黑甜,一觉醒来,体如火灼,头昏目眩。盖生生平未出里门,不惯跋涉,途中既饱受风霜苦,夜深复为寒气所侵,因而致疾也。三郎早起诣生,知生抱恙,急倩逆旅主人,为之延医调治。生客囊羞涩,医药之费,均出之三郎。甚,三郎复日侍榻前,为生煎茶试药,生心甚德之。(未完)

(二)旬日,病已瘳,向三郎谢厚意,并询悉三郎所期之友犹未至,生以己病新瘥,未遑就道,且获此良友,亦不忍遽别,故亦姑作勾留。三郎性喜猎,日与生驰逐郊原,射獐逐兔以为乐,生遂几忘身在客中矣。一日,猎毕归店,入门,人声喧嚷。有一人状类贵官,立阶前,指挥臧获运行李。三郎微睨以目,径趋而过。生叩诸逆旅主人,始知贵官为某省太守,以大吏保荐入京赴引者。是夕三郎治具,与生对酌。酒酣,引巨觥至生前曰:“吾辈萍踪邂逅,亦具前缘,今行将远别,敬以杯酒为君寿。异日君过武林,尚望临存。儿家居近西湖,门前有垂柳数株者是也。后会有期,尚期珍重。”生乍聆是语,诧问曰:“君不云与一友约会于此耶?今贵友犹未至,胡匆遽若是?若稍缓须臾,仆亦当赴骥,彼此长途有伴,不较胜踽踽独行耶?”三郎曰:“君后自知之,此时且勿多问也。”问其行期,亦不答。再问,则乱以他语。生以良友阔别在即,对酒寡欢,视三郎则举无算爵,若甚愉快者。未几,杯盘狼藉,生已颓然醉卧。(仍未完)

(三)及醒,阖店人声鼎沸,哄传昨夜新来之贵官,已为人杀,并亡其首,然箧中金银固无恙。众咸咄咄称怪,生亦极骇异,往叩三郎室,则阒其无人。问之逆旅主人,言三郎已于鸡鸣时朴□行矣。生颇疑杀人者即三郎,曩所言待一人者,或即指此贵官也。

然以三郎遇己厚,秘不言。翌日,生亦就道,既抵都门。时适江浙用兵,某提奉檄赴浙驻剿,生母舅随之行,留书嘱生投营效力,并遗朱提十笏作盘川。生得书即日首途。既至,母舅为介绍于某提,某提咨生以剿抚之策,生抵掌而谈,洞中肯綮。某提大悦,遂委以记室之任。军书旁午,检摄靡遗,大为居停所器重。值军务稍暇,策马游西湖,偶过灵鹫峰前,遥见一丽人,蛮衣秃袖,跨雕鞍,腰弓矢,有群婢肩短铳系雉兔从其后。生视丽人貌颇熟,若似曾相识者,仓猝间却不忆于何处觌面,姑尾之行。至一大宅,丽人勒马下鞍,偶回眸睹生,秋波凝注,生神为之夺。群婢拥丽人入,尚痴立门前。良久,有雏环自内出,白夫人命,请相见。生殊错愕,问曰:“汝主何人?相邀何事?”环曰:“君入见自知,何问为。”生姑随之入,历门挞数重,至一厅事,铺陈华丽,有一妇,年四十许,斜倚湘妃榻。环低语生曰:“是即夫人也,待君久矣。”(仍未完)

(四)生趋前为礼,夫人亦起立承迎曰:“不知玉趾惠临敝境,未能稍尽地主之谊,负歉何如。适闻吾女言,始知渠曾叨君子雅教。故遣婢子迎迓。复蒙不弃,光增蓬荜矣。”

生不解所谓,随谢曰:“仆初客仙瀛,末[未]由趋谒,何从得接令嫒芳仪?夫人得无错认颜标耶?”夫人笑曰:“君岂忘津门逆旅之朱三郎乎?是即吾女之变相也。”生骤忆女貌酷肖三郎,始恍然悟,然不解其何故易笄而弁也。因以所疑质诸夫人。夫人太息而言曰:“吁,此事言之,至今犹有余痛也。蒿砧在日,颇饶资产。生平专精技击,因为仇家构陷,诬以通匪重罪,县令得贿枉法,遽逮诸狱。未几遂瘐死狱中,幸吾女幼得乃父传授剑术,及长,即以复仇为念,特侨装遍访仇人踪迹,已[以]得仇家而甘心。惟某令诬良为盗,亦在所不赦。惟彼已夤缘得权府篆,守卫森严,未易得志。近闻彼复得大吏保荐,晋京赴引。吾女得此时机,遂改装变服,易名三郎,先待诸途中,取其以首归祭若父,此非徒快一己之私,实欲使一般民贼知所警惧也。”生为之感叹不已。

夫人复谓生曰:“吾女年已及笄,曩以父仇未报,矢志不字,今此愿已偿,天假之缘,复使得邂逅君子,三生石上具有前因,倘蒙不弃,愿令侍巾栉。”生不禁大喜过望,随倩舅为冰人,入赘女家。伉俪之欢,匪言可喻。后生积功保荐至提镇,冲锋陷阵,盖闺中人之力为多云。(已完)

(1910年2月16日至2月19日)

短篇小说:纨绔儿(警黄稿)

华屋之中,有纨绔子者,久失家庭教育,懒于读书。日肆于秦楼楚馆之中,舍问柳寻花之外,无所事也。纨绔子何人?吾忘其名,而知其莫姓,湖南人也,寄籍于广东之番禺。一日午后黄昏,有道友数辈,造门过访。纨绔儿迎之于客厅,奉茶奉烟,奴婢奔腾。莫执一道友之手,微笑而言曰:“连日阴雨,不得出门,倦恹已极。今欲与诸君作陈塘之饮,谅表同情。”诸客齐声答曰:“赞成,赞成。”于是互相讨论歌妓优劣。一道友从而进曰:“吾闻昨天有歌妓,由港至省。现在陈塘某寨,声色俱佳。且颇知文字,门前车马,络绎不绝。吾侪何不往而视之,以评优劣。”莫曰:“好极,好极。”于是梳光其辫发,换鲜衣,擦香水。揽镜数次,惟恐仪式不整。徘徊之间,钟鸣八句,遂携手出门。沿途嬉嬉笑笑,不刹那抵陈塘。上群乐,治酒菜,发票叫该妓。须臾妓至,众迎坐。莫注目而视,睹乎腰如杨柳,脸似桃花。两湾眉似春山,一对眼如秋水。诚绝代之佳人,疑仙姬之下降。一个灵魂儿,已为妓所夺去。无何又有数妓人,群雌呃呃,猜饮浪笑。鸡鸣天曙,始各分道而归。莫自睹该妓后,无时不萦绕寸心,所谓“曾经沧海难为水,除却巫山不是云"也。于是莫无该妓不欢,非该妓不暖。故夜夜浮大白于杯中,拥小红于膝上。只知陈塘为安乐窝,焉知尘世有愁苦事乎?无何椿萱俱谢,家计萧条,而纨绔子仍无感觉也。而该妓一日青楼独坐,抚怀身世,顿触一朝春尽红颜老,那时怕门前冷落,车马定稀,不免老大嫁作商人妇者耶?不若趁莫生如此属意,乘机随他,老来或可栖倚。主意既定,明日生至,妓诈作愁眉不展。莫见之以为不过意于美人也,乃执妓手曰:"卿何事若有忧色,能否告我?"妓乃从容而对曰:"妾以蒲柳之姿,蒙君子过爱,倘能以千金赎我,愿委身以事君子。"莫乃大喜,起立而言曰:"吾有意久矣,但亦未知美人意事如何,故不敢造次,今蒙美人爱视,又何仆吝区区。"即日回家典业千金,以赎妓还。一切家事俱妓理,而莫之嫖饮复如故也,自此家计日衰。该妓自思莫如此荡性,终非久计。于是将其家中之田地契一切贵重物,私自卖去,得金数百,夤夜而逃。越日莫返家,入房中,见镜奁犹在,人影无存。询之家人,据云少奶已于昨夜往梨园观剧,至今未回。莫于房中搜寻物契,亦已一空。此际悔无及也。韶光荏苒,不一年而莫之一副家财已干干净净了。昔日之亲朋爱友,转眼皆不欲相识,而莫亦无可如何,只得欲为人雇工。争奈细少纨绔,骨骨亚官,焉能担负重气?而又愧于求人,未几遂饥饿而死。噫!甚矣,纨绔子之顾前而不思日后也!拥百万之家财,而不能以养老,舍诗书事业而不习,而日迷头十花酒,宜其有此结果也。愿一般之纨绔子弟,盍鉴此?

(1910年3月17日)

义侠小说:侠盗(汉钟[1])

登州杨媪,贫而孀,无子。抚一女,名云儿。貌姣好,性复明慧。媪视之,不啻掌上珠。幼字同里陆生。陆固寒士,家贫未及亲迎,故云儿年及笄,犹嫁杳无期也。云儿事母孝,常彻夜不眠,作女红托邻鬻于市,得钱尽易甘旨以供母。晨起复操井臼,习以为常。媪悯其劳,劝之少休。云儿泫言曰:"儿不幸作女子身,不能效吉人禄养之义,区区服劳之末,固儿女子义所应为,宁足挂母齿颊?且母已春秋高,儿他日欲长侍膝下,犹不可得,敢告劳耶?"其至性类此。河督某公子,虎而冠者也。偶过云儿门,适云儿提瓮出汲,公子见之,惊为天人,思纳为簉室。访于邻妪,知云儿已字人,然犹以贫家女可以利诱也。以重金啖邻妪,使致意女母,愿以千金为聘,并许妪以事成当厚报。妪受公子托,乘间向杨媪道公子意,且怂恿之。媪不顾而唾曰:"妪视我为何如人?吾家虽贫,犹是诗礼后,宁作此无耻事?妪果羡其富,若家也有女,其好自为之。寄语儇薄儿,毋谓多蓄几个臭铜,便可惟吾所欲也。妪休矣,毋多饶舌。"邻妪以事不谐,反受辱,羞极而怒,赴诉公子。公子怒曰:"若何人?敢无礼!以礼遇之既不受,吾自以力取之。若其如我何?"立率健仆数十人,至女家,夺女出,置肩舆中,数仆舁之,蜂拥而去。媪猝遇变,以死力护女,被殴扑地。公子濒行,掷百金于地曰:"是戋戋者,姑为若女聘资。若能悔悟,当不失温饱。纵不从,亦终无能为也。惟汝自择之。"(未完)

言已径去。媪号救,邻里畏公子威,无敢过问。媪乃奔告婿

[1] 续作时作"汉宗"。

陆生。生为具牒控于邑宰。宰素以柔媚著,以某为河督子,故迎上峰意,斥不理,再牒,则以生为诬告,系诸狱,媪闻耗,自投冤状,竟格不得入。媪以女既啖虎口,婿复羁囹圄,痛悼之余,遽萌死志。踟蹰河干,拟向龙宫赴诉。忽有人自后捉其臂,呼曰:"止。"媪即觉身如束缚,莫能稍动。回视之,则一壮汉须髯如戟。媪嗔曰:"客何为者,乃预人事?"壮汉曰:"媪不闻大盗王五耶?余是也。余生平好为人排难解纷。媪胡为轻生?盍语余?当能臂助。"媪素闻侠盗王五名,因具告之,并求援救。王闻言,不觉发指眦裂,怒曰:"鼠辈何披猖乃尔?有我在,媪毋虑,管教今夜为汝夺取掌珠回也。"旋询媪居何所。媪告以处。王五复嘱媪:"勿寻短见,速回寓收拾行李。余今夜来,自有安置。"媪唯唯受教。王五遂大踏步去。妪归家,静候消息。至半夜,影响渺然,心殊忐忑。忽闻人叩关,急启视,非他人,正陆生与女也。王五负革囊随之入。媪喜极,不暇诘彼二人何由得脱。王五谓媪曰:"媪勿喜,宜速逃避。迟则侦者至矣。"旋于革囊出人首,鲜血淋漓。媪视之,盖俨然某公子之首也,骇极,几失声而啼。王止之曰:"媪毋恐,吾自有法。"徐出药屑少许,以指弹之,该骷髅遂化为清水,媪心始定。王谓媪曰:"此地不可居矣。媪有亲串可依者乎?"媪曰:"余有中表在济南,可往依之。"王曰:"善。吾当送汝等离此虎口也。"遂偕媪举家至济南。并赠资与生,使与女成礼。豪饮数日始别去。

初,女为某公子强夺,苦逼不从,遂幽禁于别室。某夜,正欲强污,女惶急间,忽有人从空跃下,而某公子已饮刃倒地矣。其人谓女曰:"余大盗王五也。特来救汝,汝毋恐,匆匆负女逾墙出,则陆生已俟于墙外。盖王先盗得河督名刺,往投县令,出生于狱。翌早,河督闻耗,侦骑四出,而此案卒不能破获云。呜呼!若王五者,其侠而智者欤?(已完)

(1910年3月18日、3月19日)

寓言小说：掷石狗（棱）

半角夕阳，江山残照尽。燕子将归危幕里，暮气沉沉逼人，寝假而遍城黑暗矣。

电灯世界，已及时，红光一灼。所谓“商女不知亡国恨，隔江犹唱后庭花”之大舞台，自当锣鼓喧天，出将入相，五光十色，目为之炫。

时有猪朋狗友，三群二队，肩摩毂击，足无履，衣不完，乖其涎，鹤其颈。至斯时若有所得者，如蜂之散，望眼依稀若小团叙。忽而鱼贯蝉联，群向舞台趋入。

门首有泥狞其面目者，却之却之，以收锣鼓对。

俄，一人出，状甚失意。适有似曾相识之燕，迎面而来，振振有声，彼此会意谈。而后之一人，则大声疾呼曰：“拆！拆！拆！”

噫！是何事？是何事？

但见砖瓦皆飞，闪不及闪，避无可避。岂如五层楼外，查妈仔石战之俗例耶？今非其时也。岂又逢元旦日，新军拆一局之活剧耶？不易再见也。岂堤岸码头被火之梦里观耶？则未入黑甜乡，无此幻境也。又岂轰然一声，巡警伯之长枪，其威力仅足以轰毙路人，仿佛拆六局时之现象耶？噫嘻！是矣，是矣！即其地矣。虽不中，不远矣。

然亦非也，因其时已过矣。正在猜疑间，突见群狗出，猛向屋瓦飞处乱扑。其声呜呜然，若某学堂之“八音克谐，和声鸣盛”之军乐队。其势汹汹然，又若东郊外巡防营之战胜的凯旋军队。而耶稣十字架之现形，华光仇人之什么目的物，皆若颠狗之逐，饿狗之情急，极张皇而兢兢然。

咄咄！怪事，怪事！何来？何来？吾述所见，吾难禁此事之不再出现。

（1910年3月22日）

短篇小说：官引梦（警黄稿）

有某甲，平日闻人谈及官场之腐败，红头黑脚者之混账，就痛骂官场之无理。后因移居某衙门之侧，沾染官瘾，常与该衙差役往来。每询官场各事，差役即以揾钱之易，快乐之处，诚独一无二之事业对。甲聆此，而又见该衙之官，出入之威势，不觉垂涎三尺。每讲到落花流水之时，连饭都忘记食。自此宗旨一变，无复毁及政界者矣。一日，叩某役做官有何法。衙役笑谓之曰："大凡做官，不外金钱而已，谚语所谓'有钱好做官'。汝不观某老爷，某大人，由县而府、而道、而抚、而督，亦钱为之也。子岂非欲做官乎？"甲曰："正是。"役曰："易事。倘汝能不吝，给银五十与我，为汝运动，则某千总缺，定汝做也。倘汝做到千总时，亦能以一二千金运动上司，何难守备、都司？而参戎、而镇军、而提督？此皆用钱运动而已。汝其有意乎？"甲曰："果耳，吾当以五十金给子。"役曰："吾何谤汝？"甲即觅得银五十交与役，自此以为官运将至，日夜萦思，脑中无时不悬住做官一事。过了数日，全无消息，烦厌已极。一日遇某役，询其事如何。彼答曰："待迟两天，定有牌示，调汝署某千总缺。无性急。"明日又问其事，役又以此对。惟是甲官瘾急起来，一刻不能耐。就郁郁不乐，隐几而卧，须臾邯郸入梦。闻某处有党人起事，出示招人攻剿。甲闻之喜曰："正吾做官之机会也。"于是投入营伍，即与党人开战。连日得胜，生获数党人。上司以其有用，即升为队长。甲自此欣欣然，暗忖："上司最忌党

人,凡有形迹可疑者,即获之监禁。今吾倘再擒二三党人,则高升可指日矣。”于是串通劣绅,诬良为奸,就把二三个端正良民,指为革党。形迹可疑,上司信以为真,谓其办事认真,擢为守备。甲自此凡事无不迎合上意,不二三年居然做到镇台。出入头锣彭彭,八人轿子。甲大喜曰:“吾愿遂矣。”忽一日有命案出现,人民咸谓甲办理不善,待其出街,互以大石投之轿子,饱以老拳。甲大惊,呼叫而醒,始知黄粱一梦焉。明日即寻某役询其所谋之事,已知否也。索之银而不还,此际始悔恼不已。旋叹曰:“人生无往不是梦。吾以五十金而得梦中官做,虽梦幻,亦一快耳。世人谓好梦难寻,吾今得之,何悔焉?”旋大笑不已。

(1910年3月23日)

近事离奇小说:三叩首(棱)

洞房花烛夜,至今已隔三载。在龙川县人陈亚良,新夫妇之乐,几忘之矣。

谁知此乐虽忘,而旧情则耿耿于心,大有思之不遑假寐的关系。因其妻叶氏,于去冬潜逃,有如鸳鸯之拆翼,又若凤凰之丧群。盖甚于在家妇之望出戍夫,赋六月之飞霜也。因鸿飞冥冥,恐如黄鹤楼,一别而不复返也。

否否,藕虽断而丝连。东郊有车辚辚之声,彼其之声,邂逅相遇矣。久旱逢甘雨,快哉快哉! 曷其有极?

开步走,急上前,挈纤织之女手,发悻悻之责言。喜怒交集,夫妻相会。不复知长堤飘柳絮之中,不是闺中行云行雨的地矣,而恩爱之情忽活现。

殊知非也,因妇不认夫,不特无关目,抑且有怒色。二人纠缠，继而同行有关系之二人，亦相纠缠。夫则直认妇为妻，妇则痛骂夫为妄，哄声积成一片，警兵遂一并拘之去。

“什么事呀？你是某名某姓？快快讲来吗？”呵！巡官堂讯矣。讵料一一禀上，情词各执。难下断语，又一并解往警总局去。

金课员坐堂矣，若男若女，原告被告，振振有词。审出夫为陈姓，妇亦姓陈，若果真夫妇，则某御史日前所谏之勿弛同姓联婚一折，个老陈已先犯之矣。

对簿公堂之时，察陈氏夫之颜色，一若愤该妇之无情，不认己为夫也者。察陈氏妇之颜色，又甚愤冒认为夫之陈良，恨审判官不能立即判断也者。

岂知不然，金课员最长于声学，能立辨各人之声音。知陈良之妇为龙川县人，而该妇则口操东莞土音，因此知良之冒认，遂唤良上前细认。咄！索然无味矣！指鹿为马乎？鱼目混珠乎？瞠目相视，知错知错！陈氏妇心中话：“[illegible]HO！衰得你，病得你，你个死佬，想食天鹅肉耶？HO！”

裁判官廉得其情，良亦知错。官则慨然作和事老，着良具悔状，对陈氏妇三叩首，作了事。

呵呵！叩三个响头，得一阵老婆，此后白鼻哥，可以援案办理矣。罚翻喇咩？佛系西天处。

（1910年3月24日）

寓言小说：闷葫芦（禅侦探）

人情鬼蜮，所在皆然。黑暗世界，其害尤甚。如明枪正箭，御人于国门之外者，人知之而易防。独有等伎俩，含沙射影，自以为【御】人于不觉，此非鬼蜮之尤者耶？吾慨世情奸险，因忆童时阿姆,为我道一故事,请为诸君述之。空中楼阁,阅者幸勿误会为导人迷信也。

太华山洞有老道士某,喜采补术,生平蛊杀良家妇女无算。有日募化下山,睨见某富室女,慧美双艳,由是日持钵近廛间。适富室有仆妇出,道士追与行礼,探富室家琐事甚详。居数日,富室女忽病,被道士摄去,以利刃刺女心,女觉魂飘飘离壳而立,自顾家舍全非。道士即命党徒,引女魂回家,窃取财物。至晚间纵令道童,逼与女淫,採取阴精,以制红丸。女不从。道士作木椅,中藏一手,下可穿绳,先将手指捆住,令众徒更班拷打。女号咷大哭,叫喊连天,冤气腾腾,上冲星斗。适达文曲星君宝座,星君虽明知尘世黑暗,妖道势力,无可如何。惟心殊不忍,因命值日功曹,将女在洞中诸般苦楚,及道士恶迹,宣布大众,俾下界知所警避。下界哗然。先由正一宗派张天师,致函向道士诘问。道士自以邪术高强,天师非其敌手,不介意。只将木椅虐具埋没,复函天师,请其诣洞勘验,以掩妖迹。讵道祖太上老君,微有所闻。以道士举止乖谬,有污道教,遂手缮勒令,即遣青牛童子,赍赴五岳山神,着将道士查办。道士至是自知有罪,便觉心虚。急觅红须道人,商量对待。红须即代画一策,谓此次祸端,皆由文曲星饶舌,急兔反噬,塞源必流,必须如此如此,这般这般,向道士附耳陈说。道士大喜,急入卧房,取出法宝,将祖传闷葫芦一颗,悬诸门前,念动真言咒语,拔去葫芦塞口。登时闷烟四起,妖气直攻文曲星君枢垣,头目为昏。幸星君正神大道,明知妖道有意挑衅,以此等鬼蜮技俩,原无一驳手之价值。但欲显些道行,使其自惭形秽。爰命值日功曹,复履下界,亲往粤东省城,请各报记者,分携笔枪墨炮,立将其闷葫芦打破。不期内中空无一物,惟存一股臭气。分散地球五大洲,闻之者触鼻欲呕。据格致家言,谓此种遗臭,计中国内地,非有一万年不能销灭。各记者以道士贪淫凶暴,

左道惑人，恐其死灰复燃，流毒社会，复联结团体，带齐三千毛瑟，直抵太华山洞，捣其巢穴，将被害女子救出，交回亲属团聚。其洞里因日阱良民，黑暗无底，遂将道士及其党徒，一并擒获，为之化骨扬灰而去。

（1910年4月1日）

怪象小说：官官相卫（棱）

貔貅座镇，大杀三方。踢，烧溪钱。哄（谐俗音），化宝烛。睇扒睇扒，四咯四咯。

扒吓扒吓，扒出个一嚟，变晓中角。转吓眼，变了二，开正顶门，摊官作弊也。

买摊者系荷官之密友，于是代为不平，将摊官作弊之事情，诉之摊东。

摊东廉知其情，欲赔番所输之银过摊仔。荷官又想两头瞒，话所杀人者系西纸，由是以香港汇丰银纸对。摊东信其言以赔之。

继而摊官知到，又将荷官骗西纸之弊，诉之摊东。摊官于是知两皆作弊也，皆开除之。

然未有指证人，则两伴之心，皆不服。于是欲觅见证人。适座中有厨官老爷，堂官亚乜，彼此各知其事，欲证之，事为摊官、荷官所知，自愿贿以金，勿泄。

后因不能觅出证人，摊东将伴开除，事遂寝。

呵呵，是之谓官官相卫。

（1910年4月2日）

社会小说:谈话会(棱)

风虎云龙,跃跃欲动。是何景像耶?非癫非狂,如痴如醉,实则睡狮将醒而未醒也。起矣,群起张牙伸爪,作起舞状,直欲急抢国会之徽号。

蛇鼠一窝,盘踞已久。攫金去,如黄鹤矣。犹有余怪在,其为鬼乎?为蜮乎?大多数热心家,睹此,不甘于心,奋起而欲驱之。以韩文公自待,而对待鳄鱼,于是整顿路事之声浪,喧传五羊城,如风之起,如水之涌,莫可名状。

最近省地,有此暗涌,人心为之一振,民气为之一伸。弯弓以待,久欲乘机发。

晨起,梳洗毕,红日已现。忽有报纸,由门外掷入,检而阅之,见有电文曰:"汤寿潜即夕搭播宝夜船上省,探悉其侨于浙江会馆。嘻!蛰仙(汤别号),其速开国会之先河欤?其热心路事之巨子欤?

粤之与淅[浙],虽有省界之分,而人则犹是同胞也。况汤有志于国会与路事,言论丰采,素为粤人钦仰,其肯交臂失之乎?有不欲亲其色笑,聆其伟论,新眼帘而惊耳鼓者乎?轰然一声,而谈话会之告白,遍登各报矣。龙旗之招展,生花之灿陈,人物如山如海,议案有井有条,备极宾主欢。堂然开大会矣。快事,快事!

是日也,请愿速开国会之主人翁,非酒亦醉矣。惜茶会之品物,尚缺欠烧饼一样也。而研究声,鼓掌声,祈祷声,均喧阗于醉人之耳。

又有锐意整顿路事之老若幼,几有集铁轨于一堂,见火车于阶下之气概。而惜夫最近之粤汉路线,目下路棍公司之牛鬼蛇神，依然若眼中钉而未能拔去。何时何日，言论得进而为实事乎？

然而口若悬河，目如飞电，高谈雄辩，旁若无人。汤君之识、之言，已入粤人之脑海矣。崇拜者有人，则效者有人，宾主感情，两相交洽，如水与乳，融浃之至。

嗟夫！海内名流，动人倾慕，有如是其情之挚者，谁谓名之不足以动于心乎？吾闻实既至，名必归。惜吾尚未知蜇仙君之所谓事实，其为民族上之精华欤？复我轩辕祖国之文物欤？国家思想所结而成欤？抑目前如浮云之富贵也？稚子见残，燕雀不知鸿鹄志矣。独是日谈话之目的物，如国会，如路事，则已仅见一班【斑】，若欲窥其全豹，还俟汉族大放光明时之大会。

（1910年4月18日）

近事小说：开谈判（铁蕴稿）

极目平芜欲化烟，春愁黯黯不成眠。枯坐无聊，正欲他出。忽有友诣寓谈，慰甚。

友人淅[浙]江籍，肄业于随宦学堂者也。余曳之坐。茶半，谓余曰："郎欲有事，君能偕往乎？"余曰："何往？"友曰："君且言，此行足资报界一好题目。"余允之。

相将携手处，且行且谈。刹那间，至一学校，外护铁栏，植树数本。友遽肃余人。余曰："偕余参观乎？"友曰："诚然。"

既入，则红棉碧嶂，白壁红栏，亦一雅观也。转回廊，经憩室，友复曳余登一楼。

未几，条[倏]闻人声鼎沸。细听之："开谈判，开谈判！"乃皆登楼。睨之，有识者，余亦不暇接洽，姑作局外旁观。

众齐集。有起告众者曰："刘某，我校博物教习也。以讲义口授，两者皆为全堂所不满意。日前举代表请改良，既不获命，又为教务长方某所私庇。反语出无状，拍案肆怒，已而面禀监督。监督命坐，方某遽不准。谓监督前，学生得坐。遂立表众意，举牌示内云教习有不职，可以更换一节以告。语毕皆出。不意昨日揭示处竟悬一条子，斥逐两学生，记一生大过，以捏造黑白，播弄是非为辞。此无据可凭之事，实属故入人罪。且条子之末，只系日月，不署姓名。又被逐者并非此次请改良之主动，而斥逐学生不以牌示，非监督本意可知。鄙意欲请监督来商，诸君赞成否?"众举手，遂饬役请监督来。

有顷，役回曰："监督不在堂。"众曰："可请方某来，开正式谈判。"忽一人起言曰："方某动辄拍案乱骂，如请之来，倘大肆咆哮，弄成冲突，与人口实，反为不美。"又一人起言曰："监督不在，空言无补，不如明天再议。"众赞成，皆散。余亦随众下楼。

偶经一室，有衣长衣小褂者，手一烟袋，默默若有所思。余向诸友人曰："彼何人斯?"友曰："正所欲与开谈判者。"余曰："然耶?"友曰："然。何之怪?"余曰："此室甚清幽，得居之，殊不负。然余此行，获一好题目，亦殊不负。"遂仍携手出，复租两骑作息鞭亭之游。

（1910年4月25日）

写真小说：扫庆（去庆虎）

"劲劲！定定！咳咳！"师爷到，直入内。脱其长衣，手摇草扇，乃登楼。

趾高气扬，伸手卷袂，坐长案侧，露一种羞笑意。

一童，以茶烟进。

乃啜吸，并谓童曰："尽持今日之新闻纸来。"

童如言，一夹一夹，置其前。

一手持烟筒，一手捻其须，且吸且视。

阅一纸，扬言曰："诚者，不出吾所料。"哑然笑，意甚高庆。

又阅一纸，复扬言曰："异哉！彼仍学刘四之骂人耶？"观其妄自尊大之形，亦意甚高庆。

随阅一纸，乃悄然，沉沉自语曰："有此，有此。"只一浏览，而气已略索。

复取二三纸阅之，乃拍案叫曰："此至平和，实狠[很]厉害。其不予我以无藏身之处者，差幸不尽盲从而盲争也。"

语罢，捧其头，若甚痛状。

左右望，觉壁上时计已四点。乃曰："待吾出全力以赴，彼亦一是非，此亦一是非耳，吾誓为华仔之坐车。"

伸纸舐毫，笔而书。以书以思，其状又甚苦。

如是者，约七八点钟。其忙碌，比之古人一夜数十函，恍惚相似。

书罢而读，读而笑，笑而喜，喜而又不胜其高庆。

坐其侧者，只闻稿稿之声不绝。

是夜，终夕不寐。自庆自贺，又自贺自庆。

东方忽白，正欲下榻，谁料房门口之外，崩轰隆辚之声，已振于耳鼓。不觉遂把一场欢喜，吹散在九霄云外去了。

（1910年6月25日）

哀情小说：闺恨（警黄稿）

金陵某县曾一贞者，富家媛也。性娴淑，貌端好。且有侠气，诚绝世陶冶之佳人也。家教甚严,故女一举一动,莫不循规蹈矩。每于做女红事毕,即涉猎乎诸子百家书史,故词章诗赋,莫不通晓。所谓未受学校之陶融,早得家庭之教育。父母爱之甚,择婿而事。争奈求婚者,女皆不属意,却之。韶光荏苒,而女年已二九,婿犹未定也。是年椿萱并谢。贞哭之恸,自念茕茕弱质,倚恃何人?既无叔伯,终鲜兄弟,只有母舅。虽有余资,无奈之何。惟母临终时,嘱往沪上姊丈处。但沪离此地甚遥,非一日可到。娟娟女流,焉能只身千里,有不惧为强盗所害,登徒子所欺乎?故心似辘轳,无由自主。惟有暗自含悲,随天所命而已。所幸者,双足未缠,行动尚可自由。(未完)

不若改扮男装,效木兰之故态,以访姨母。主意既定,明日即禀母舅,一切家事,交与舅父支理,次日束装备资而去。临行,舅父嘱其前途谨慎,以慰予怀。贞曰:“毋须过虑,甥女自有主意。”于是泣下数行,叩别而去。连日在舟中,浏览风景,不觉触景生情,满腹苦衷,何由寄托。惟有偷弹珠泪,不欲人知,免启人惑。

越数日,抵沪。时近黄昏,不便往寻姨母,迫得往投客寓,明日再作绸缪。旋将行李一切,使人迁往某寓安置毕。时当秋天,明月高挂,夜深寂寂,虫声唧唧,更助人愁绪。忽闻隔房有叹息声,一若重有忧者。贞暗想夜深如此,何尚有人未睡,而长嗟短叹,岂非有特别苦况耶?噫!想必同是天涯沦落人,真堪一哭。于是窃窥隔房,见乎孤灯一盏,暗欲明。坐有一青年,年约及冠,风流文雅,一种豪爽之气,见之眉宇。手执一书,托腮而坐,或则泣下沾襟,有如贾长沙之痛哭。或则废书琅诵,有如屈子之狂吟。贞见此,爱慕而生怜之。噫!自古英雄豪杰,惑愤即寄于歌咏文章。因人抱愤,为古担忧。今虽落魄,而心尚欲乘云直上天也?

缘夫某生者,名张直汉,亦金陵某县人也。家本世胄,双亲已逝。年当弱冠,文武学,颇占其长。性本刚直,不甘摇尾媚人。所谓满肚皮气,不合时宜,人皆以此恶之。自家道中落以来,萧条四壁。生自忖人生世上,不过数十寒暑,如弱草栖尘,不转瞬而同归于尽。吾当此青春年少,正宜谋个远大,方不负上天好生之德。古人所谓有志竟成,吾当善体古人之遗训,扬祖逖之鞭,执班生之笔。争奈囊如秋水,难以动身,又无从借贷资。后上峰出示招勇,汉即往投之,以为暂固吾圉。倘有机会,再为后图。自入营伍以来,睹乎酷吏之狼忍,下属之奴隶,已有他图之念。无亦[奈]因未有他项事业谋得,若辞去,定又作无业游民耳,惟有守我清白之身已也。居营伍年余,各勇目因出差得获民间资财,各已满载,惟汉则一毫不有也。有叩其故者,则应曰:"民无辜受祸,以至家散人亡,此民脂民膏,吾何忍取?所谓利禄足以动小人,而不足以感君子。吾宁守颜子清贫之志,誓不为害民也。"有恶生之直者,陷之于上峰,将汉斥退,重刑数十。汉此际亦无可如何,迫得另图别业。呜呼!天之将降大任于是人也,必先投穷辛抑郁之地。而汉之志,尚无馁也。无奈数月以来,业无谋就,幸有某友哀王孙而为之食,尚不致为伍员吹箫求食于吴市也。一日午后,汉游于西郊外,见有一青年道者,独游于绿草茂林中,意颇自得。须臾闻其吟道:(仍未完)

闲步出西郊,看看日危暮。晚景正无垠,触目难指数。寒鸦归茂林,斜阳迷古渡。习习动谷风,朦朦垂薄雾。厌听白雪词,高吟赤壁赋。洗心复涤滤,是非转非素。裘带何足荣,泉石饶野趣。盘桓不忍归,勉认来时路。

诵毕,举首四望。汉暗忖此人,定乃文人墨士,厌倦尘世,而隐逸者也。于是上揖道者而言曰:"适闻高吟,令人崇拜。"道者答曰:

“不过偶尔而为,何足为达人挂齿?”于是互相坐在深林树下,谈论片时。汉不觉叹道:“君可谓超然于富贵功名之外,而为一世之清者也。”道者叩汉所操何业。汉将一生穷愁潦倒之事,叹息一番。道者笑而曰:“今吾有事为子告者,其许我乎?”汉曰:“可。”道者曰:“凡世界一梦境也,庄氏所谓‘大地梦国,古今梦影,众生梦魂,荣乐梦事’者也。语云‘花落人亡两不知’,倘不以贫道之言为唐突,何不与我入山隐逸,以乐终日,何苦营营役役,以自寻烦恼耶?夫泉石烟霞,别有无名之大地,风流云散,自成世外之消[逍]遥。子其有意乎?”汉想道者之言,虽则有理,但于己志,甚不愿也。回忆自己生平境遇,如此舛滞,未知如何结果,不若就随之入山,从此与人无争,与世无患,岂不是好?就把生平报负,尽销磨矣。旋谓道者曰:“倘不我遐弃,愿作肩随。”道者大喜,即欲与汉同去。汉以回家告别戚友方得。道者嘱汉明日往某山某寺寻他。(仍未完)

(四)于是互相揖别而去。汉即回友家,告以其事。友曰:“子正勃勃英年,何速具此遁世之道?况今日烽火生边,男儿仗剑,君若不出,如苍生何?”汉曰:“吾命途多舛,无事可图,非为道,亦无远望也。吾已应承道者,即日束装以去。”友谅其志已决,不便挽留,旋送些资斧,为旅宿☐,该道者之山,须二三日方去得到,故汉是日告别其友,暂寓于沪之某寓。是晚夜深,月光人静,因而抚怀身世,百感交萦,故长嗟短叹。适贞是晚亦寓其右房,闻此叹息,而又窥见汉相貌不凡,非久居人下者,故过其房,轻敲其门数下,乃曰:“何深夜尚未睡也?”汉惊曰:“何人深夜叩吾门?”乃启门一看,见一青年男子,旋请入,坐下。汉曰:“深夜到此,有何指教?”贞曰:“不过闻君叹息,未知有何伤心事?”汉曰:“自家有事自家知,焉能对得人言?”于是谈论数小时,汉尽将平生之境况多舛,并告明日欲入山归隐事。女闻此,为之叹息不置,心殊恻恻,因谓汉曰:“君以青春英雄,无谓遽具遁世之心。”汉曰:“此中原非吾所愿也，奈境遇如此。欲求学则乏资，亦无可如何也。”贞曰：“君果有志向学乎？”生曰：“然。”贞曰：“果尔。”诚有志男儿矣。吾今有资百数金，倘君不我弃，赠君为求堂费。”汉辞曰：“君可自留用。吾不敢受也。”贞曰：“君何客气？吾家大有余资，岂吝区区？”汉想归隐本非志愿，今蒙其慨赠数百金，亦可图谋远大。旋谢曰：“蒙君如此侠气，挥手而赠我百金，何以报德？”贞曰：“些少川资，何足挂齿？惟愿前途努力，奋志图谋。倘以川资告竣，亦可随时飞函与我，吾当备金送至。”汉曰：“多蒙顾视，生死难忘。倘不以鄙人为耻，愿共结生死之交。”贞忖汉如此真情，欲将己真情告诉，只以未尽悉其底蕴，不敢，旋应命共结金兰。明日贞以访姊母告别，握手依依，销魂离别。汉自贞去后，即往辞道者，告以实情。旋投入某实业学堂肄业，自此矢慎矢勤。(仍未完)

（五）分阴是惜。盖贞自抵姊家，即飞函候汉，汉亦复函与贞。自过了此数月，闻汉求学不辍，即飞函将实情告汉，并勉以勤学。又询汉曾有妻否，不然，若不我遐弃，愿委身以事君子。汉接信后，得知前夜所谈而赠金者，乃侠女也。且感且愧，而又爱其侠气，又爱其深情，乃复函听命。自此深情款款，文字往来。讵姨母见贞年已二十，欲为其成婚，贞拒之。姨不知其情，时来相劝，女坚持不允。越年，贞病急，并将实情告姨，无何而卒。呜呼！天长地久有时尽，此恨绵绵无尽期。贞临终时，有遗书与汉。书云：

汉哥左右，妾贞裣衽，窃妾幼而命薄，叠遭家变，故改装千里，依附姨家。得识君于风尘之外，所谓三生有幸矣。并蒙不弃，共赋朱陈，只欲以白头偕老。岂知天命不就，沉疴莫救，从此天荒地老，无相见期矣。惟愿我哥前途努力，莫负光阴，而以国家为念，无以妾为怀，庶几九泉之下，得瞑目也。

汉接书后，哭之恸，如刀攒心。越日即往贞家，则桃李依旧，人面莫寻。从此春风桃李，秋雨梧桐，无时无地，不为贞伤感也。呜呼！今生已负同谐[偕]愿，且向他生续愿来。惟汉感贞之心，而又承其临终勉言，不敢虚负，愈加奋学。时年当二十四，人皆劝其求偶，每以'匈奴未灭，何以家为'对。实则空弹流水，已乏知音，除却巫山，更无好梦也。后年余，与友游学西洋云。(完)

(1910年7月14日至7月19日)

喻言小说：客观梦(百钢少年稿)

雾雾蒙蒙，飞沙重重。人声空空，炮响隆隆。不见天日，不知西东。仰见一物，忽隐忽现，若上若下，随风飘动，状若无魂。噫！此何物欤？遥观之，身首庞大，门户洞开，探步前行，注目细察。

噫，文魁阁耶？何层数之多也？上天桥耶？何级数之多也？约百级一层，十层一□，愈高愈少，愈分愈清，层级井然，不能稍混。再谛视之，高坐者一小子，年极幼。次二三人，再七八人，以次遽加。忽至一层，界限严明，如泾与渭，如水与火，如炭与冰。时或一二老物擒上，然界限尚未融和。每觉足如发麻，隆然塌下，故下级者欲上，亦不敢前。

疾闻闹声，自下层出。视之，层级较多数百，人较多数万。时或升上，时或塌下。骈肩累足，毂击肩摩。抗衡排挤，如丝撩乱，而界线亦严。下者欲上，上者更下。

再细观之，下者待上，奴颜婢膝，媚语谄容，以取其悦。而对下则手椎足蹴，秽语污言。级级如是，层层如斯，煞是难看，煞是奇怪。

最下一层，人类亦多。手足茧缚，口若钢铁。鹑衣百结，体无完肤。火热水深,羹残饭冷。孤灯饮泣,其凄苦莫可言状。

呜呼!此地球之十界乎?何层之多也?观日峰之梯乎?何级之多也?狐种耶?何工于谄媚也?獍种耶?何昧仁心也?

思之既久,茫无头绪。忽见中下层级,风起水涌,金物鼎沸。数千怪人,蓬蓬勃勃,直上第一层,推小子于下层。束手无策,淹淹垂毙。忽下层数人,待为策画。轰然一声,怪人已渺。于是层级如故,谄媚如故,残忍如故,且较昨尤甚。虽层有创钜,亦少顷即平。时或数十物怪,沿级纷下。或掠财,或掠美,其颠连苦状,甚不忍观。

闹犹未已,忽有数人,来自门口,炮击刀挥,手椎足践,咆哮而去。可怜此物,肉碎瓜残,分剖已尽。哀声遍地,冤气攻天,自此更不忍观。而下者尚酣睡未醒,秽气侵人。余欲上前,遍洒甘露,救出生天。奈独力难持,不如归,商之同志。于是寻故道而归。不料风云掀天,山岳摇撼。黄尘扑地,白浪滔天。声如地球裂,黑若太阳亡。余悚然而惊,茫然而恐。忽然卧在榻上,乃知为梦。时灯影离离,虫声唧唧。回思梦境,恍然尚在目前。不禁抚膝大叹曰:“怜哉此物也!愚哉此物也!残忍哉此物也。吁!”

(1910年7月20日)

近事写真小说:田鸡东(禅侦探稿)

骄阳烈日,火□张空。寒暑针低至九十六度,一官科头箕踞坐,手烟袋,若有所伺。

俄顷,一仆仓皇入,挟拜帖盒,置桌间。趋至前,掩口启事,若恐气息之薰触。回称某大老爷不收。

箕踞者色变,愤然曰:“蠢奴才,老不中用!难道不晓说单子是讲断的？今给了银，叫我怎么好？”

大加申饬，气愈忿。两条虾狗须，窍窍然，乌龟王八蛋，狺狺不已。忽有客至，军衣靴股，面挂烟容。（注意）脱帽坐，问何生气乃尔。主人具道原委。客曰：“嘻！我辈负腹将军，岂真如管城子无食肉相？自家不能享用耶？”

主人攒眉皱额，满肚委曲，若难尽道【其】苦。客微窥出，会意，隐情了然。

谓主人曰：“君莫愁，交代我，尽不令你吃亏。”

主人喜，检单交客。客去，取道豆豉巷，回局。过门不入。

噫！其查街耶？非非。气喘喘，汙［汗］涔涔下。翘首一望，“翰香楼”三字伥［枨］触视线，意昂然入。至内进，“隆、隆、隆”登楼。

一榻横陈，烟具摆列，灯光灿然。“喝——喝——喝——”，先有甲乙对吹。睹客至，各起欢迎，伛偻甚恭，虚左以让。客殊不客气，和衣睡，□举厓州枪，打日字荷，连吸数筒。

起顾，甲与语，曰：“正找汝，事非汝不办。”附耳细陈，喁喁不可辨。复从靴筒取单出，红柬端楷，鱼翅燕窝敏肚，写列几满。

甲阅单，感触馋筋，食指跃然动，涎流。

立将单去，须臾回，复命，曰：“他们通回湖南去，一点影子没有，真是凑巧。”客沉吟半晌，忽拊掌大笑，曰：“不妨不妨，六七四块二，二四如八，分两回叙。狠好狠好。”甲曰：“其田鸡东乎？”客怒之以目，若怪其失言。曰：“君真穿凿，画肚子要见肠脏么？速觅同志，六份足耳。我等发起人，应享免费利权。”刹那间，事成。不速之客，陆续继至，各缴一元五毫。

客呼人来，取长衫，派某兵，到某局，请某太爷，到某馆子。寻与众客鱼贯出门，如鸟兽散。

（1910年8月17日）

侠情小说：侠报（芳畹）

（一）张晦广，浙之钱塘人。幼失怙，遗产甚丰，赖寡母抚育。少慕朱家郭解为人，闾里有以急难告者，即慷慨解囊助之，无吝色。稍壮，折节读书，欲以此驰骋当世，然终不遇。乃奉母隐于西湖，日者策马游于途。见路隅有一女子，年可十五六，衣淡红色衣，裳谈红色裳，蓬首垢面，哭甚哀。自言老母死，无以为殓，故不得不哀告于邻里长者之前，倘有仗义挥金以葬侬母者，侬当衔环以报。硬咽而语，几不成声。其容凄以楚，其音酸而悲。生睹女哀泣状，停鞭问之，旁人告以故。生乃下马至女前而问之曰："汝有父乎？"曰："无。""有伯叔乎？"曰："无。""有兄弟姊妹乎？"曰："无。""有亲友乎？"曰："无。""汝母死无以为殓乎？"曰："然。"生泫然曰："嘻！甚矣苦，以孑然无依之身，而乃遭此大戚，虽男儿处此，尚复难堪，况茕茕一弱女子耶？嘻，甚矣苦！"乃以鞭授奚童曰："速驰马去，为我取百金来。"奚童诺，驰马去。须臾而返，以金呈生。生举以授女曰："是戋戋者，不足挂齿颊，聊当生刍一束而已。"女受而不辞，不言亦不谢，惟呜呜然哭甚哀。生亦盈盈欲泪，揽辔上马，谓女曰："速去殓而母。"女收泪呼曰："愿留郎君姓名。"生掉头曰："吾非望报者，奚用姓名为？"遂策马行。（未完）

（二）后数月，【土】寇倡乱，蔓延江浙。民居田园，蹂躏殆尽。时生适奉母命，入京省视母舅，中途闻耗，急折回。既返故居，则一望邱墟，只余瓦砾，母已不知所在。生大惊，遍访旧日邻居，无一存者。生生平事母以孝闻，知母已及于难，乃仰天号泣，一恸几绝。以母死于寇，誓欲灭寇以为母复仇。会有友在某抚军幕中，因往投之，友为荐于抚军，并献剿贼之策，深得抚军意旨。

乃命随营效力,所向有功。某日适与贼交锋,贼佯败走,生不知其诈,穷追之。遇伏被围,左右冲突,皆不得出。正危殆间,忽见贼前锋自乱,一戎装女子单骑挥剑突围而入,贼遇之辄披靡,女遂护生出险。生向之揖谢,并叩其姓名。女笑而不答,曰:“老夫人待君久矣。盍从我来?”生随之行,至一巨宅。女曰:“是矣,君且入,侬去矣。”回首已失女所在。生入,果【其】母【在】焉。一时悲喜交集。叩之母,始知乱起时,正仓皇间,前女忽至,负之至此处,自言曾受郎君惠,故相报。朝夕侍奉如子女,今早言:‘郎君行【将】至矣,侬当往迎之。’今早出后,犹未归也。“生乃为母缅述前事,始悟此,即前此途中相遇赠金之人也。然久俟女,竟不归,亦不知所终,意此即世之所谓剑侠欤?(已完)

(1910年8月18日、8月19日)

怪剧小说:选举镜(禅侦探稿)

肩摩毂击,长衣短褐,哄聚一团。百十视线,共集于通衢照壁,臭汗薰蒸,令人欲呕。

噫! 其舍人庙出会路径耶? 否否,行政官厅告示。其禁戴白狗毛毡耶? 否否,选举仙山自治议员。

斯时也,亚烟、青头、监趸、老追,不期而遇,相与至大屎坑,开秘密会议。亚烟主席,青头宣布,老追书记,随宣布开会理由。

亚烟起而提议曰:“此届仙山选举,剥削我等选举权,及被选举权。鄙人宗旨,急宜奋起力争,如何? 请公定。”

青头起言曰:“烟君高议,弟甚赞成。但我等人格,政界抵制,可奈何?”

亚烟起驳议曰:“人生天地间,同是天赋人权,圆颅方趾,何所谓合格与不合格？即以鄙人而论，烟引[瘾]虽有两许，何尝不可随食随戒？即如青君，纵密营丑业，然以煌煌银铺大都督，谁敢侮之？他若监君，虽在缧绁之中，究非其罪。况以屈宝玉风流公案，尤属五百年前佳话。至于追君，虽曾跟过老爷尾，揸过尿壶，学过裁缝，其平日疴过响屁与否，有谁得知？即后臀菊花心，亦有谁看过？审是般般件件，皆可弥缝。诸君似宜同心戮力，方免利权外溢。”全体鼓掌赞成。

青头【则】驳议曰：“君言诚然。但我等虽有议员资格，奈人避嫌，不敢票举，亦属无济。”

老追则驳议曰：“人嫌钱不嫌？自古道财可通神，难道不可以运动选票耶？”至是鼓掌之声，高震瓦脊。议遂定，随即签名散会。

旬日揭晓，均达目的。亚烟以偈多，得票最占多数，欣欣然有喜色。走相，适遇道友，左挟烟牌，右持酒杯，告从燕福挑烟回。迎头一碰，倾泻满地，杯如粉碎。气忿甚，猛喝曰：“世袭盲眼鱼，行路不带眼者耶？”烟曰：“嘻！子不识仙山新议员乎？何斗胆乃尔？”

道友不知其被选，以为狐假虎威，骤辱之曰：“你个著名烟精，有乌龟王八举你？除是叫个盲官黑帝，监视开票，汝方有做议员时也。”骂竟不顾而去。

（1910年8月20日）

短篇小说：阴寒世界（隐明）

骄阳肆炎，火伞高张。赤日行空，碧天流火。冰帘虽设，难却暑于寒窗。雪馆曾开，讵招凉于牖下，故轻罗羽扇，汗尚如浆。竹径松阴，难消酷暑。有客五内如焚，愁坐窗下。俄有不速之客，邀余作长堤之游。时则远树如烟，海风吹面。睹电灯掩映，尚疑为酷日当阳，心犹怦怦不乐。余谓友曰："举世混浊，况当酷暑？何处更得清凉世界？"一友曰："人生代谢，暑往寒来，君欲避暑，盍觅一官府衙门，此中有阴寒世界也。"遂导之前，则见官场黑暗，日色无光，天地为愁，阴霾密布。况覆盆之下，黑狱长沦。多押无辜，案如山积。或毙于淫刑，或死于非法。苦寒无告，赍恨九京。有如秋雨秋风，气象愁惨，又有一景，习俗移人，贤者不免。日处于凉血队中，朝夕接洽，移易性灵。虽有热度极高，热血愤涌者，恐不免渐靡使然。由热而寒，由寒而遍体生凉。更有一处，日促百里，国步艰难。今日言日本专横，明日言莱阳民变，风惊鹤唳，草木凄悲。稍有人心者，莫不奔走呼号，万分焦灼。惟官则仍熟视无睹，谓非衙署之能使人清凉散热。则官吏何有此头发尾浸浸凉之举动耶？"友言毕，相与一笑而返。时万籁俱寂，夜漏迟迟，忽觉阴寒世界之真相。后人梦，不知所云。

（1910年8月23日）

短篇小说：鸦怪（腾芳稿）

有烟客畏暑者，见烟主人而曰："今祝融握令，赤帝司权，炎伞张空，火云贯日，究何处可以除此暑酷乎？"主人曰："莫若雪宫冰禁，而越女执巾，齐妓捧扇。此非烟人之所得，吾愿不及此。然而开筵作局，避暑于荒园。四围修竹，孤馆其中。倚南窗以寄傲，面蔚绿以怡颜。据烟床而吹啸，抚枪斗而咏薰。与子偕行何如？"客闻之而欣喜曰："余所深愿也。"遂约即夕，竟携烟具载烟酒而至，命童子设席坐。于是开筵局而坐花，飞枪斗而吞云，吸烟霞而醉月。未几烟友如云，烟朋满座，群季黄瘦，皆为可怜。未几而高谈转清，或谈嫖史，或说赌经，四壁嗽嘈，响应一室。主人顾而乐之，而又以诸客曾未谈烟经也，于心意上犹生一憾想。不禁抚腹吟成一诗。诗云："蓬头乱发黑婆娑，早据炕床赶打荷。思到烟经魂欲断，暗停枪斗蹙双蛾。"既而念主人素封，诸客虽知其咸[嫌]，无不曲意奉承者。闻其诗，知主人之好烟经也，于是合群而倡烟论。于夫二烟性质，三沙功力，整烟屎换黑水之法，各穷究无遗，如西人化学师之说法。主人大喜，即赐烟一盒于众客，轮流而食。有客抚提琴作歌，而和其诗。歌曰："烟气满座，涕泪飘零。烟无心而出鼻，枪共斗而不停。闲弹苏琴，净诵烟经。无别说以乱耳，无事业之劳形。暑兮暑兮，奈此荒园烟局何？"歌毕，满座鼓掌称赞，为之哗然。主人乃命烟友醵烟酒为之贺，客辞之不胜，竟酊酩而醉。时主人赐烟诸客，不觉座中一客，竟未尝试者，怏怏不乐，恨烟友之攙夺也。于是兴尽悲来，对酒当歌，歌曰："鸦片烟兮，将抵制。时不利兮，运又滞。运又滞兮可奈何？烟兮，烟兮，奈若何？"其声悲越，满座闻之扫兴。主人撑身而起，正襟危坐而问客曰："胡为乎歌也？"客曰："今者黑籍危若朝露，君不闻乎？文明志士，与烟界为难。朝廷图强，禁令十年为限。始必严查，继必威迫。吾等将无噍类，为之奈何？宜亟谋固守对待，君尚醉生梦死耶？"主人闻言，心如中刺，举止失措。而客有徨彷者，有筹画者，有扫兴者，宛如愁城景象，相对默然。惟闻竹声沥沥，宵虫哀奏，如诉愁怀。良久，不意东方之既白。

（1910年8月26日）

科学滑稽小说：铲穿地球（春）

（一）鸡皮鹤发，大帽上如万绿丛中现一点红。高翘鸟羽如尾，龙钟衰惫，不可名状，如是者十有八人。或曰："此某国之十八学士也。曾登瀛洲，惟以若辈喜肉食，无仙骨，故贬下红尘。日以脂膏血汗充膳品，虽身躯疲懒，若陈死人。而腕力甚强，善于铲地。虽老农老圃，犹望尘弗及。若辈出身，多曾耕砚田，故擅铲地。即稍有疾病，一服地骨皮金银汤等立愈。眠食之余，稍有一隙暇，即从事于铲地功夫。其操业之勤，无间晨夕。有时梦寐之间，立谈【之】顷，亦驰其神于地中。虽愚公移山，精卫填海，不足喻其志之坚定也。顾若群为首者虽十八人，而从党甚众，约数十万人，均以铲地为业。且阅时已二百六十余年，故于地质学上多所发明，比西国地质学家尤精。如西人分为白垩层，侏罗层，三叠层，彼则分为地毛层，地皮层，地骨层。西人于地层中发见倾斜层，直立层，颠覆层等情状，彼则发见倒悬层，困苦层，颠连层等情状。西人分地质为片磨岩，□闪岩，石灰岩，石英岩，蛇纹岩，石墨岩等统系，彼则分为印花岩，落地岩，黑膏岩等统系。一日，因若

辈用力过猛，打破地壳，地【热】之【气】，炎炎而上，燎原之势，热不可当。幸若辈浑身凉血，足以抵御之而有余。正如猪八介在蒸笼时，海龙王命神龙以冷气喷之，直不知有热气在也。若辈勇气百倍，直向地心再铲，谓我等秉五行而成性，周身凉血，以水德王，自能胜火，务必求至黄金世界，入木归土而后已。(未完)

（二）讵愈进愈深，俄而石破天惊，竟铲穿地轴，由东半球而贯通西半球。西半球多民主自由之国，一时自由之新鲜空气，从新穴口灌入。东半球某国黑暗秽浊之旧空气，亦循穴口冲出。两气交战，如水，如火，如雷，如霆，震震冥冥，天下皆惊。斯时若辈为两气所盛荡，既不能进入西半球，又不能退回东半球。盘旋飞舞于空中，如纸鸢在空，如空中飞艇失舵。若辈受大打击于新旧交战之间。死状最为惨烈，当地轴初破，文明自由之新鲜空气，自穴口骤冲而入，若辈日久游泳于腐败秽浊空气之中，不惯闻新鲜空气，故骤闻之下，一触鼻观，抵挡不起，已昏不知人。由是为两

气压迫，光线之射入，尤非久居黑暗世界者所能当。是以一时盲者愈盲，聋者愈聋，其困楚为自有人类以来所未经尝试。已而新旧两气，逐渐调和，若辈尸身，在近穴口处稍为停顿。(仍未完)

（四）西半球之人，从穴口下窥，知讵腐败秽臭之气，咄咄逼人，闻者皆作三日呕。惟巡警办公，不能规避。而尸身皆有珠串网束，如锁练[链]状。巡警乃以钩钩其珠串，由穴口将尸取上。一时咸谓若辈非至死，足迹必不到西半珠。巡警循例将尸移妥报案，裁判官开官研究，有谓宜作为穿逾之盗论者，有谓宜作为禁止入口私行走关论者，为业，应以亚洲工人待也。于是工党从而附和，谓此等亚洲贱工，今既流入西半球，可谓天下之贱工，当暂拨入丁注埃仑木屋，听候轮船解回唐山。然官吏卒判彼以是来，当以是往，着由穴口掷回东半球。于是陈尸穴口，任人纵观。尸身经此滚掷，其前后补掩之处，多有脱落。有好事者，请缝工为之补其补掩，然后由一二三以致十八，一次第投入穴口。须臾一落千丈，已见十八尸身，鱼贯而下，将近到东半球穴入。讵缝口不慎，遗下一针，由西半球直插东半球，穴口太狭，此针直穿过十八个尸身，均由头而入，由谷道而出。或问一针何有此大力。重学家答曰："凡物由高坠下，其力较猛。譬如以一两重之石子，由台坠地，或不致伤人足。倘由屋背下掷，则必伤人。今以西半球之物，坠入东半球，虽一针之微，其力之大，足以贯金石而穿七札。何有于腐败之陈死人？"或曰："此针之大力，惟若辈生前之面皮可以当之。"理或然欤？

作者曰："物极必反，自然之理也。黑暗专制之对照，必为文明自由。故黑暗专制达于极点，必有见文明自由之一日。然当新旧交战之秋，则立于风潮之上者，其死状亦惨矣。(已完)

（1910年8月27日至8月30日）

伦理滑稽小说:振夫纲(笙)

(一) 手绢遮,足革履,口自由平等,此女志士佩欧五年前之行状也。时有书肆伙,王近震者,粗识之无,因送教科书到女校,得与佩欧攀谈,王貌亦可人,遂蒙佩欧青眼,不逾月而【茧结】丝罗,成婚才七度蟾圆,呱呱者竟坠地矣。顾王震于女志士之口,视闺中人若帝大,遇事先口承心,而佩欧亦欺王之无学,大逞雌威,以夫婿作奴隶牛马。尝谓结婚不妨自由,阃令必须专制,王寝苦之。会佩欧别有意中人,往来过密,恐为王所觉,乃谓王曰:"今之志士,胸无点墨者,及一到东洋,留学而返,便如金漆招牌,不愁无啖饭处。男儿志在四方,家食不可以终日,君亦有意乎?"见虽心知其意,然以慑于阃威,亦不得已从之。乃到东,见日本公乡宴客,其夫人且旁侍执役,乃大悟近今中国女子之过于自由,且深愤自已受制于室人之不值。故自抵东后,绝不寄一家书。越一岁,王携其爱姬归,姬日产也。甫入门,佩欧叱问何人。王厉声曰:"东方国俗,一夫多妻。日本名士亦多有妾,汝休得无礼。"佩欧骤闻此言,如雷贯耳,一时目瞪口呆。未几,愤火中烧,神昏目眩,耳际似闻万马奔腾于室内,眼中如儿[见]龙蛇疾走于浑空,渐而昏迷,晕绝于地。姬本为看护妇,粗知医术,乃急于行箧中取齐药物,如法救之,寻复苏醒。佩欧见其妾,如此急难,天真烂然,且感且愤。(未完)

(二) 迄王行近其前,忽又悲从中来,怒不可遏。已而哭骂曰:"一夫一妻之说,汝昔引为口头禅,今何其负心一至于此也?"王曰:"本夫前者学识浅薄,故为此等一夫一妻之邪说所惑。今日学理甚富,顿悟前非。美国有摩门教,亦主张一夫多妻。此是本夫之进步处。不然,卿着本夫求学,本夫学有心得而不敢实行,是背知行合一之旨,而大有负于卿着本夫求学之初心也。今卿尚责本夫负心,请闻其说。”佩欧大吼曰:“男女平等,故妻不得有二夫,夫亦不得有二妻,此乃欧美唯一之学理。今汝逆伦悖理,尚敢侈言理学耶?”王骤不言,惟频频嗤之以鼻。徐徐言曰:“汝言学理,请先征之动物学。大凡生物,其不需藉人力豢养者,始得完全之自由。若须倚赖人以得食,则其自由权必为豢养者所剥夺。不见夫空中飞鸟乎?朝饮湖水,暮啄树实,无所求于豢者也,是以飞鸣上下,恒得自由平等。若鸡之与鹜,仰食于人,则生杀宰割,惟主人命。今汝不能自食其力,须仰给于本夫,而欲享自由平等之利益,毋乃不可乎?”佩欧哂之曰:“此之谓动物学耶?真笑煞人。且汝以鸟畜为比,岂欲同人道于畜类耶?”王恬不为耻,乃曰:“此何足异?以兽畜自喻,惟我国第一等政界大人物方有此权利。汝不见某中堂之谢恩折乎?乃闭目摇首伊唔而诵之曰:

臣以驽骀陋质,效犬马驰驱,敢云开道之骅骝,窃比附尾之骐骥。(仍未完)

(五)“今要求与汝彼此缔立协约,以免日后争端,可乎?”佩欧曰:“汝既引日本人寇,势难将彼驱除,惟有行取缔限制之法。”乃与潘以两方之同意,缔结协约五条:

(一)不得于日本侍妾之外再立别妾。无论何国女子,均不能备妾媵之列。所谓何国者,包括中国在内。

(二)日本侍妾死后,准再续娶一妾。惟不得将日本侍妾谋杀毙命。

(三)日本侍妾倘不遵家法,大妇有教责之权。惟教责之时期及方法,须当丈夫之前行之。

（四）日本侍妾之地位，在大妇之下，婢仆之上。不得无故陵辱之。

尚有一条，系关于□□之事，当互守秘密，不能宣布。

协约既定，夫妇言归于好。潘乃具道："自到日本后，六个月速成毕业，其文凭系用五十金购来。在东京时，曾结识一革命党，该党潜回内地，为我所知，乃跟踪至内地，密告地方官捕之，受赏千金，补六品顶戴。方欲衣锦还乡，忽忆在日本某病院时，与某看护妇私，即复东渡，约之还国，备小星列，即此日本姬人也。"佩欧闻言，乃大悟曰："君已厕身政界，无怪昨先满口本夫邪说等名词矣。然为时仅阅一年，竟能造成学业，财发千金，既得为官，复立功绩。计十二阅月，由卖书佣骤升六品官，且取同胞性命如拾芥，真人杰矣哉！斯诚社会上之新生计，亦预备立宪时代之大人物也。"言毕，倾慕不置，而黄阳刚之气乃大伸。（已完）

（1910年9月2日至9月6日）

短篇小说：哭亡泪（百钢少年稿）

金风萧瑟，玉露惨凄，星□月冷。叶□林□，满□□灯……呜，独立山间，凄寒满目。

□闻有声随风而至，如怨如诉，若感若悲，又如寒士之悲伤，又如秋商之叹苦，□闻之不禁咽然。余四顾遥望，一无所睹。但见野竖含愁，山城带惨，若亦为之哀者。

余循其声之来，急往寻之，侦其故。至一崇岭，崔巍壁立，削悄悬天。乃举足摄衣，攀藤附葛，幸无危殆之患。越岭后，至一旷野，暗无天日，冷气逼人。欲回，而苦不见，而侦异之心，仍未馁也。于是东摧西摸，冀以得之。静察其声，似在东北。急趋近，隐隐有一身披甲胄，状如酋长，与一周朝冠服者，相对恸哭，涕泪满面，湿透重衣。每欲言而哽咽不成，声呜呜不已。余亦为之酸鼻。第未审何人，如此悲惨，瑟缩上前，以究其极。衣冠者曰："吾韩邦自受封以来，为贵国藩属，相安相和无异。不料诸蠢子，习于殆惰，不修政治，不理民生，屡受外侮，以至今日。噫嘻！吾韩国已矣，永无恢复矣！惟□贵子孙代为雪耻而已。"言毕，大哭。甲胄者曰："然。吾之子孙重于利禄，习于苟安，薄于国家思想，祖国尚不能保，遑论代人雪耻？恐亦将为贵国及为印度等已矣。所可恨可怒者，吾二人子孙，不知思创国之苦，结团体以御外人。今一段锦绣山河，送于人手。追思往日，今也何如？呜呼！华韩二国之历史、之伟人、之胜迹，只供人之谈话，供人之用度，供人之游玩耳。"言罢又哭。（未完）

（续）少顷，二老举首，见余，不禁惊愕，叩余何来。余以中周对。甲胄者急曰："此吾之子孙也。可速坐，吾二老有以语汝。"余时暗知甲胄者，黄帝，衣冠者，必箕子也，乃肃然侍，以聆尊命。曰："夫尔等子孙，亦知祖在九泉下之伤心乎？亦知尔祖披荆斩棘，以创中国之苦心乎？知中国屡受夷患之悲乎？亦知今日时局之危乎？亦知近日之日俄协约、日韩合邦、日京迁韩乎？今祖与箕子相对泣诉者，正为此也。嘻！尔之子孙，亦诚蠢矣，昧于公德，妄逞私见，团体不固，畛域时分，□于利禄，惑诸邪说。守古者则不思进步，贪黠者籍公益敛钱。或日夕呜呼，摇头无策。或一言不发，袖手旁观。又何怪吾之国危，吾之子孙牛马哉？蠢尔子孙！国家兴亡，匹夫有责，时局如此，正宜卧薪尝胆，冀以补牢。岂料蠢尔子孙，熟若无睹。每倡一事，有始无终。或畏官府，或惧西人，或解散于同志。今强邻逼处，欺我国贫弱，群起而夺我路矿，开我航海。占我□津，据我财政。所幸者，利势不均，故暂时不瓜分以乱和平耳。（仍未完）

（再续）而蠢尔子孙，眠于薪上，困于牢中，游诸釜内，尚不知危殆。又嘻嗤如故，岂望祖之灵魂，救尔子孙哉？兹日俄韩等条约已定，中国将有创巨起矣。祖语汝，一一谨记，归传诸同胞，信吾言、行吾言者，吾必助之，以达其目的。不然，乃尔子孙之罪，非祖之咎也。吾等去矣，尔其慎之，毋馁也。"说毕，携手飘飘而去。

余时冷汗涔涔，悲惊交集，不知所措。忽红光射影，金铁皆鸣。缥缥茫茫，不知所往。睁目视之，乃觉卧于榻上。时月净如银，风吹铁马。急起床，只见竹影条条，刻压栏外，雅韵铿锵，颇足悦耳。回思所历，方之为梦，不禁爽然。如真如幻，可惊可悲。忆既命传诸同胞，理不宜忤，于是搦笔而记之。

呜呼，同胞其亦信之欤？抑行之欤？抑不信不行欤？然余亦述之诸君，以尽吾责。（已完）

（1910年9月8日至9月10日）

党祸小说：江上英雄（春）

汉皋之役，保皇党以勤王名义谋起事，辟秘密办事处所于汉口租借某洋楼，其后户可通华界，亦狡兔之窟也。先是，该党谋举事，既辟办事所，即以公款置备网篮行李等数十具。同志往还，千人一律。江汉关税务司以一时间浮浪少年，用同式之行装，往来如梭织，疑为走私漏税，乃密派人踪迹之。因是交遍居址，咸为所得。已而闻若辈起点、目的、方针等新名词不绝于口，且有断发者，则又疑为革命党，乃告密于地方官吏。

时专制魔王争治恸为鄂督，闻报之下，鹰犬四出。

党人有约，以某日夜三句半钟举火起事。讵是夕十一句钟后，秘密办事所已为逻卒所包围，党人欲从后户遁，则官兵早以石堵之，方寸不得动。

其时官兵只数十人，党人亦二十余，若从骑楼上以枪下攻，可乘机逃其十之二三，或十之四五也。然党人怀中无寸铁，官兵登楼，垂手就缚。仅一人由骑楼跳下，飞奔而逸。

官兵搜宅中，得一簿录，内记某日买棺材若干，几于习见不鲜，乃大骇，叩党人曰："党中人何死亡之数也？"党人摇首不语。

初，藤随常交通哥老会，会中正龙头乐为之用，所有军伙，均哥老会党为之私运入汉。旷日持久，无有知者。其法以一人伪装孝子，有女眷数口随之，披麻散发，面有戚【色】，且里棺外椁，数十人扛之，势虽重而人不疑。向例，关卡无开验棺木者，其时未经破露，运棺入境，无须铺户作保，故军伙入汉，易如反掌。翌晨，党狱大兴，兵丁沿户搜索富有票，一经搜出，立在门前正法。不肖兵差，多有挟仇诬杀者。武汉上下，一时人心皇皇，晨不为炊，扰攘不可终日。(未完)

(续)当失事之夕，有人见江上有一叶扁舟，中流容与。是夜三句半钟后，即张帆出驶，徐徐而去。及审知其原因，则该党重要人员有汪知府者，颇机警多智。虽厕身是役，然以同志中多浮薄鲜阅历，深恐事败垂成。故起事之夕，掌灯时分，汪即先雇小舟，为退一步想。九句钟后，托词外出，潜下小舟，以观动静。当踌躇不定、抑塞无聊之会，姑效曹瞒酾酒临江横槊赋诗之风，作苏子东望夏口、西望武昌之状。殆三句半钟已过，而岸上火光不作，江乃命舟子张帆，乘风破浪，去如兔脱。其后溯长江出海，由汉口而宜昌，而九江，而安庆，而芜湖，而镇江，而上海，无有识之者。群推为海上英雄。

笑史氏曰：公置行装，千人一律，一若忘其身为谋反大逆，须防外间耳目者，其殆于作反教科书未经寓目者乎？谚曰："有心看破有心人。"今该党以有心惊醒有心人。江汉关税务司以有心惊醒有心人。惟该党因未读过作反教科书,是以税务司本以辑私为业,于侦探学科书未卒业者,亦能看破奸谋。

满口起点、目的、方针等新名词,遂足以破败逆谋,无异未打先招。可见抱负非常者,必不使有丝毫形迹宣露于外。中国官吏可于此得有多□阅历。凡终日逢人高谈革命者,其人必非真正革命党。只可张大其词,拿之以邀功,不必惧其以炸弹见惠也。

党约三句半钟起事,而十一句钟后官兵始露面,可见官吏亦欲待党人毕至,一网而擒。绝不先事张皇,蹈打草惊蛇之弊。其镇密远出该党之上,敬告党人,官吏亦非易与者。

党人经营秘密办事处所,亦知前门临租界,后户枕华界,可以取巧,是何其昭昭?讵失事之夕,元帅之大本营,竟被敌人以石压后户而不自知,又何其昏昏?可见天下事皆由粗心人误之。

党人既有廿余人,而怀中竟无【一】枪,可知此时必无哥老会人在内。盖公已见机而作矣。

康工部以舟为避债之台,汪知府亦以舟为留有余地步。事成则登岸居首功,事败则易于逃走,可谓狡狯已极。对于党事,本为不忠。然以保皇党之反复无信,且又以军事为儿戏,非如此对待之,必反为保党所愚,徒送死耳。故汪知府之行为,毕竟是明哲保身,不失英雄本色。江上英雄之徽号,虽谑而不虐,妥贴极矣。(完)

(1910年9月15日、9月16日)

党祸小说:血字图书(仁父)

一双小夫妇方行结婚礼,男则貌如冠玉,女则飘飘欲仙。亲戚环集，儿童嘲谑备至。新郎新妇，喜溢眉宇。

手缧绁，面有虎色，夺门而入。贺客皆失惊，眼眼相觑。俄将新郎捕去。

新妇此时，且悲且愤。虽痛良人之被逮，然意气激昂，无弱女子态。两颊飞红，时露青紫色，愈觉顽艳动人。

贺客纷向主人慰唁。有出侦消息者，谓新郎已入狱。因党案事发，被累。惟未能深知底蕴。

新郎何人？俄国圣彼得堡寄亚列街十五号屋之居民也。年二十四，少新妇一月。

越三日，俄皇尼古剌士晨兴，见小公主手持一画纸，殷殷玩看。画中设色，光怪陆离，不特孩童见之，无不把玩，即成人见此，当无不注意者。小公主年甫四龄，俄皇叩之曰："爱女，汝手中画片何来？"小公主曰："得之妹妹摇篮中。"俄皇取而视之，见画纸实一书函，署"已名收拆者"。俄皇大惑，启而觑之，内并无书函，仅有一画，似出女子手笔。画中着色之红者，以人血点染之。其笔法之工，真希世之宝，且能达意，与书函无异。中首写少年男女结婚，一堂和乐之喜状，次写狼差虎役入室捕人之凶状，末写着炸弹爆裂，猛烈无伦。有一人被其轰成齑粉，血迹斑斓，支体模糊不可辨，仅有破冠一小角可辨，殆帝皇之冕也。最后署名系俄国字母"乌嘅碑"三字，不类楮墨痕，似是人破其指，即笔手而墨血者，即表示复仇之意也。俄皇密使人侦查此案。侦探旋报，奇亚列街十五号屋事，谓新郎被捕之夕，新妇亦逃遁无踪。后经两月，俄皇于火车上被炸不成，凶手在逃，颇疑与此案有关系云。

（1910年9月20日）

社会滑稽小说:群鬼会(春)

西人轩士,初到中国,来游粤垣,思有以研究中国人吸鸦片之状况。乃募一西人能通华语者为导,引观某烟间。西人佐治者,居羊垣八年,不特省话精熟,即客家语亦能操,乃与轩士偕行,入一秘密烟霞窟。烟客横床直竹,瞥见如列僵尸。见有二西人至,咸斜目而视,又类死羊之瞋目。佐治乃给馆主人某甲以银币一元。甲固佐治所素识者也。甲纳诸怀,一笑由心发,其面上之黑油皱纹,为之一松。众烟客一时如闻银花香发,咸集视线于甲身,目灼灼似贼。

甲旋以衫袖作台布,向椅面磨擦,既洁其一,又及其二。乃殷勤招待轩士与佐治坐下,而衫袖已光可鉴人矣。

众烟客见有西客至,寂然者移时。后见西人久坐不退,乃三三两两,唧唧□□,渐而声浪愈大,谈话如平时。

某乙云:“上先单野系买左两个罗浮唔系亚。”某丙答曰:“两个罗浮橛。”轩士问佐治曰:“乙、丙云何?”佐治曰:“吾亦不解。”

须臾某丁云:“我禽晚律卒罗斗琼,写策黄金殿之后,就去千把大只葵,真醒勒。”某戊答云:“阿,你去千把大只葵嚟咩?”轩士又问佐治曰:“丁、戊云何?”佐治面微赧,答云:“吾又不解。”轩士似有不豫之色。

室隅有某己,方欠伸毕,向某庚云:“闻得大槽成捞左丈几野播。”庚答云:“丈几呀,二丈几亚?”轩士又问佐治曰:“己、庚云何?”佐治情急,忸怩言曰:“不知何故,此中人所言,予无一解者,殆鬼语也。”

未几,某辛问于某壬曰:“听虾去租绣花台围啰。”某壬云:“我租张光身台围罢咯。”佐治闻此言,不禁欣然色喜,不待轩士之问,乃抢言曰:“此二人之言,我晓得。”遂直译与轩士听。轩士闻之,颇讶其不伦。

俄而室之尽处有某癸向某子发言,如诵佛经,颇不类对谈。其声云："林琼难皿柳耳落夕啰啡柳耳脑尾。"某子发言云："脑尾。"须臾有某丑、某寅、某卯三人，貌似斯文主人，惟所穿之白布长衫，周身现出墨水龙形状，似是因某癸及某子之言而生感触。某丑云："真弊咯，上先剃头，畀个调吔知东村喧祸。"某寅云："你的说话点解嫁？"某寅云："你唔识咩？我指教你呀。"某卯哂之曰："你识得几多呀？拜你造师傅，不如吾郡大老倚闾满盈喇。"（未完）

（续）轩士闻声大奇之，问佐治云："华人口音，真是千变万化。某癸、某子、某丑寅卯之言云何？"佐治曰："不特不解，真生平闻所未闻。"

某辰、某巳均剪发西服者，在室之东隅。辰云："今晚行复仇主义，汝赞成否？"巳云："安有不赞成之理？"轩士以其服文明装束，甚注意其言。乃以问佐治，佐治不解。即座中烟客亦若闻其言而深惑者。

众烟客见二西人久坐注视，旋亦沉寂。忽有某午、某未二人，演出怪剧。某午以烟枪头轻击烟盘，作一下。少顷，以枪尾一连作四下，又以枪头作四下，再将枪尾作四下。某未方欲作答，讵回转枪尾，一扫烟灯，肥油满席，合座哗然。轩士、佐治皆不耐，乃央馆主人出，至别座，求将众烟客所言者以华语译与佐治，佐治复以英语译与轩士。

三人坐定，佐治云："乙丙云何？"主人曰："伍仙士为一罗浮，两个罗浮又零一橛，即银一毫半也。"佐治云："丁戊云何？"主人曰："此乃饼行师傅所创之隐语，近于切音，律卒切出。罗斗琼切城，写策切吃，黄金殿切面，千把切打，大只葵切围。殆言出城食面之后往打水围也。不言水者，省文也。"佐治曰："己庚云何？"主人曰："老仟以一百银为一尺野，一丈野即一千元。彼言不止得千几，实获二千余元也。"佐治曰："癸、子、丑、寅、卯所念何经？"主人曰："非念经，乃讲燕子话也。"佐治曰："何谓燕子话？"主人曰："以二字音切出一字，不必道破，而听者自明。林琼切禽，难皿切晚，柳耳切有，落夕切作，啰啡切口，柳耳又切有，脑尾切冇。犹云禽晚有作□冇也。”佐治闻之大笑，轩士则瞠目不解。主人云：“此亦不过燕子乪，尚易听闻。若燕子公则以三字切一字，尤为难听也。”佐治曰：“试为我言之。”主人云：“譬如问人有几多钱亚，则曰‘基里稿哥里都竖侫宠加里奥，盖基里稿（几）、哥里都（多）、竖侫宠（钱叶作粤音曰浅）、加里奥（亚）也。’”时主人口急舌快，轩士闻之，似微有解意。彼殆误以为读西文，盖此数言酷类葡萄牙语也。佑治又问：“某丑所谓东村喧，某卯所谓吾郡大老倚闾满盈者，为公乎，为乪乎？”主人曰：“此儒家者言，是非我之所知也。”佐治闻言讶曰：“儒者亦乐此乎？盍请之来解说？”主人曰：“易事。”乃驰往丑、寅、卯处，曰：“三位亚腥，而家个两个揶升头想你解上先的话【系】听下□。”丑云：“南蛮鴃舌之人，岂吾所当见之者乎？”（仍未完）

（再续）寅云：“西夷之人也，吾不欲见之。”卯云：“当守夷夏之大防，勿往见之。”主人再三请求，三人拒愈坚。“之乎者也”四字，各在口中轮转。主人不得已，乃附丑耳语。丑色动，密商之寅、卯。如枢密院之筹议军国大政者然。已而寅、卯亦欣有喜色，相继点首。丑忽牵主人袖，曰：“相金先惠，分外留神。”主人乃从怀中取银三毫，暗于袖里分给三人，每人七分二厘。众烟客不知多少，羡极生妒，通番卖国之声，沸起于四座。

主人带领丑、寅、卯三人，曳其半黑白之长衫，到二西人所。二西人点首，丑、寅、卯同唱一声大班笺笺。主人乃询东村喧等意义。丑云：“此乃调音歇后之法，东董冻（笃），村忖寸（出），喧犬劝（血），言剃头时被剃头佬取耳笃出血也。吾郡（问），大老（道），倚闾（于），满盈（盲），言问道于盲，乃《镜花缘》所载者也。”说毕，主人即命之退，而三人犹若有不忍遽退之色。时佐治复询主人曰：“辰、巳之言云何？”主人曰：“此乃东洋留学生，有人谓是日本驸马，其言予实不解。或者是革命党欲报满洲之仇，亦未可知。”佐治复询午、未以枪击盘之意。主人不能解，乃走询午、未。午、未云："难言之。"言毕，匆匆相将出门去。主人以询之丑、寅、卯三儒者。丑云："此乃略仿空谷传声之意而变化之者，他各有一部暗号，编明总码分码，非外人所能知。吾意午、未二人，以千字文为暗号，其以枪头所击者为总码，一下为第一字，即"天"字也。以枪尾所击者乃分码，四下即指"天"字之第四转音，即"铁"字。盖天田田铁，居第四位也。其又以枪头作四下者，即指总码之第四字，即"黄"字。枪尾又连击四下，即指"黄"字之第四转音，乃分码之第四音，即镬字，盖黄往旺镬。居第四位也，其意不过指出"铁镬"二字，"天黄"二字，不过总码，非由总码则不能切出分码之音。但其所谓"铁镬"，仍是隐语，隐上加隐。决非局外人所能知。若辈不假口舌，不烦笔墨，而可以通情意，乃一种秘密会社，世上所罕遇者也。"主人闻之，以告佐治。佐治叹曰："无线电报亦不过如是耳。感君传译，受赐多矣。予将以转告轩士。"主人曰："未也，君每人之言必问，何以独不及辛、壬之言？"（仍未完）

（三续）佐治曰："彼言租绣花台围及光身台围，予亦不解。"主人冷笑曰："彼等之乐事也。"佐治曰："租赁台围，有何快乐？"主人曰："省中尼庵多造卖笑生涯，绣花台围者，带发修行之妇女也。光身台围者，尼姑也。"佐治闻言，摇首者久之。

佐治一一转译以告轩士。轩士闻竟，喟然而叹曰："予在欧洲闻人言，中国为半开化之国。惟瓷器、饮食、衣服三者最为进化，非各国所及。以今观之，则言语之进化亦可谓极矣。然终以佐治君在华之久，而竟不能通晓一二，使予不能释然于怀。"佐治曰："冤哉，予于广东省话无所不通，岂意此间隐语之秘奥一至于此？虽然，于外国人也，其不能通晓，曾何足异？但此种语言，即广东土著亦多有不能领解者也。"乃谢主人，并再酬以银币二元而去。

轩士倦游返国，央佐治同行，佐治以离家八载，欣然从之。取道美国回欧,道经日本。一日无意中遇有中国留学生二人,操粤语言及复仇主义四字,佐治询其意义。学生面赤耳热,不能答。后询之某日本人,始知中国留学生之嫖□洲妓女者,谓之复仇主义。盖学生多主张革命,以为淫辱□洲女,可称复入关淫辱之仇,藉逃浪子之名,反博英雄之誉,真不易之美名也。佐治闻言,大悟。始知在粤时烟间留学生之所谓复仇主义者,殆指□洲街之□洲私娼。盖旗界有□女为娼,浪子喜其体魄雄壮,多乐就之。佐治亦曾尝一脔,是以知之。归告轩士,轩士太息。后至美国,渡大西洋而抵欧洲本国,开会演说粤垣烟间隐语之种类,虬须碧眼之徒,莫不叹为奇事。称此烟间之一夕话为群鬼会,而尤推实行复仇主义之留学生为鬼王云。(完)

(1910年9月20日至9月26日)

近事写真小说:恶姻缘(禅侦探子)

堂开喜宴,宾客满前。两旁画烛,光线耀同白昼。中座者头绾金花,红绫绉系颈垂至脚际,如中国刑事犯五花大捆,押赴市曹时候。亦如多神教财帛星君木偶模样,衣冠呆坐,若醉若醒,心急不可名状。

须臾,鼓乐喧天,炮声震地,八只不狼不兽,共舁一彩舆至。那刹间,男的女的,老的少的,蜂拥一室。数健妇负一怪物出,身披红服,戴假面具。数华服人,又拥中座者出,与怪物当天分左右立,共成八体投地,叩头如捣蒜。

噫!此野蛮国千百年来最牢不可破之婚礼怪状。

新郎净(音郑)任剀,新妇猿族女也。演齐百般活剧,相将入洞房,实行结团主义。

略一小时，盘诘声，詈骂声，饮泣声，哀求声，种种声浪，闹作一团，自内涌出于耳鼓。最缠杂之际，忽闻新妇如数(上仄)家珍，金镯若干，毕记银单若干，乜乜阁银单又若干，侍婢若干，约略可辨，片刻寂然。由是首肯声，欢笑声，临之而作，不觉东方之既白。

嘻！说梦呓耶？讲鬼话耶？不然不然，两人交涉，阃以内事，撰述人之笔，殊难代表。总之利权所在，十三国联军入京，亦可讲和，况一顶绿头巾，断不至压人欲死。

倏忽周月，妇守协约，郎释前嫌，鱼水和谐，居然孕育。

久之久之，金钏也，不翼飞矣。侍婢也，胫而走矣。乜乜号银单也，纸则犹是，而归于无效矣。

目证[瞪]口呆，俨如木鸡，贪念一萌，中美人计。心摇摇如悬旌，气愤愤犹烈火。冷水浇背，半载爱情，已飞散九霄云外，决裂热度，遂升至最高极点。

振臂一呼，如食丈夫再造散，先占大易之脱辐，豕突狼奔，直至岳家。翘首一望，猿乜乜第，昂然入。戟指努目，如此如此，这般这般，雀啄不断。

群猿毕集，问曰："新姑爷颠耶？"气愈愤，暴跳如雷。老猿出，睹暴动状，询问罪原委，始以去年十二月之事对。此何事？以□实非原璧也。(未完)

(续)猿怒，号(平)群猿与辨论。相持不下，互扭至大龟塘，开正式谈判。请各水神(两字均上平读)公同研究。大红鳝，鳄鱼公，河鱼，温鸡鳟，寐蹄龟，相继至，执司法权。先由女家宣布起诉理由，继由净任刬陈猿女不贞起点，力指小猿精与姪女通奸，情愿休妻词意。

水神陡听两造投词，深各骇异。大红鳝曰："有是哉？岂有以骨肉支派，而为此禽兽之行哉？胡说！"鳄鱼公晓之曰："猿形虽人，而心实兽也。彼原兽族，乱伦亦固其所。"河鱼曰："兽族聚麀，是何足异？吾家水族，尚有以子丞其母者，不更骇人听闻乎？调和可也。”相评论间，莫衷一是，无从裁断。惟大红鳝以法律世家，尚有见地，直判之曰：“此等暧昧，家丑不出外传。况尔人类而与兽族结婚，亦属自贻伊戚，吾等不能为理也。”挥之使去，任刬忿忿不激，仍取猿女到塘质证。肩舆甫至，大红鳝知事出有因，不欲其和盘托出，立命虾兵蚧将，禁阻不得登门。猿族以当堂出丑，亦不肯干休。众水神素守冤家宜解不宜结，婚案判合不判离尘[陈]旧主义，勒令任刬具过悔状，仍将猿女带回团聚，一哄而散。

侦探子曰：吾中国四万万人类，同是圆颅方趾。而世事无奇不有，有等表面人形，内容畜类，人禽各半。是岂如旧日迷信家言，畜道转轮，投胎时走得快，变其外而未变其内乎？呵呵！（完）

（1910年9月24日至9月26日）

社会小说：自残同种（百钢少年）

（一）金乌斜坠，凉风徐来。树阴浓密，溪水横流。一童手绿盘，竹笠一，草一，两目灼灼，注视前堤。

少顷，二童急趋而至，亦手数物，同坐树下，齐列草盘。初闻声唧唧，继见物怒跃，声撼耳，二童面色骤变。一童鼓掌笑曰：“胜矣，胜矣！”

败童盛怒，足蹴碎各物而逃。胜童手执碎瓦，尾追之，“哎呀”一声，败童中击。一童飞回报叔，叔仓皇至。时胜童既殴败童，奄奄将死。叔向其脑袋一棍，眼火碰发，满天星斗，昏然睡下，仅存一息。

时路人围观，愈聚愈众。童之乡人，亦驰至，大动公愤，声势汹汹。有识者，劝先舁童归，后调和未晚。乃乡人已哄闹成团，有云填命的，有云铲村的，议论纷淆，喧声震地。识者又劝童速回敷治，恐为残伤。惟乡人力阻，谓须补回药费。是时已暮，乡人渐散，明日各补回药费，事乃寝息。不料败童族，财盛人雄，历来霸占横行，从未吃亏者。讵此次被伤及补费，乡人引为大耻。摩拳擦掌，思复大仇，振臂一呼，恶少齐集。于是开大祠堂门，煮大镬饭，农弃其锄，工休其业，布置停妥，即宣布哀的美敦书。(未完)

（二）胜童族骤闻此信，如霹雳临头。自忖丁微财弱，素不善斗，倘一交战，岂不化为灰烬？不如讲和罢了，绅老亦点首赞成。

正欲使人往说，忽见数十人拥三四耆老，蹒跚而至。甫入阈，即恸哭膝下，谓："此次交战，为我数敝乡之生死关头，贵乡胜，则□乡同败，更受其强霸专制，鸡犬不宁，受制其胁下。若尚不乘势团□攻之，还待何时？今数敝村已预备军火，吾等欲出生天，是在此时，岂不明竞争之理乎？"言罢，顿足大哭。

堂上亦为动容，耆老等纷纷历指其强霸，皆缘吾乡之不团体。又云："何处宜攻，何处宜守，若胜则直抵黄龙，将其屋宇，铲为平地。复数百之大仇，得回数千里之大地，岂不美乎？祈诸君思之。"族人大为感触，益加振奋，个个生龙活虎，若思一死以战之。

某甲曰："然胜诚美，而败则将何之？苟他人亦直抵黄龙，铲为平地，试问有何策以善其后？古人有云'小不忍，则乱大谋'，小子年轻，三思乃可。且和，可免灭村。凡人在世，可忍则忍，苟安则安，说什么'竞争'二字，恐为侦探所知，又谓吾等革命党矣。"(仍未完)

（三）说毕，回睹各人，见个个面发青蓝，双目瞠瞠，不发一语。甲知各人无斗意，即唤使者，持书说和。耆老等大愤起，夺纸撕烂，跃身案上，大声宣言曰："从来各国之所以得自由，脱专制者，罔不由枪林弹雨，牺身殪产而来。昔敝数乡与贵乡，本轰轰强盛，不幸年来财困，致同受剧辱。吾意联数小村以攻，必得大胜。不料贵乡如此弱怯，焉能济事？忠告诸君，喘息肘下者，无宁早死。今战期已至，爱自由者举手。"乡人本无甚见识，见言之成理，纷纷举手。鼓掌之声，声震邻近。祠内祠外，寸地无余。耆老又大声曰："欲一死以战者举手。"座上阶下，莫不举手。是时所有懦者、病者皆起。耆老导各人出，分列成行，复陈说利害，滔滔不已。筹银置器械，又令壮者为何事，弱者在何方。号令森严，与行军无稍异。事毕，各食宿祠内。（仍未完）

（四）败童族已侦悉其事，连日操演，巡绕邻村，以示其势。先守要害，添置枪弹。各家纷纷蓄干粮，析木房，毁稿堆，藏木门，以防败时放火烧村。是夜灯火辉煌，照耀如昼。各处巡丁排，列看可疑之人，即发枪，稍不贷[待]，熙来攘往，人影迷离，一若事不暇给者。

甫曙，二军先已驻扎埋伏竹树下。时万壑无声，俄而乍闻枪声"呼呼"，继以大炮，弹雨下人首忽隐，忽现黑雾迷天，咫尺几不辨。酣战少时，胜童见其歇战，意已败，候之许久，亦不动，即乘势直冲前进。忽号炮一声，伏兵四出，反被困垓心，乱发枪。死者无算，且掳十数人回。时已交酉，大擂得胜鼓而回。众军禀云："何不此时先铲其村？"乃回队长笑曰："釜之鱼，笼之鸟，虽生不久，何用速哉？"

正语间，数十壮士飞奔而来，众莫知其故。中有某甲曰："此余（愚）姓族人也，今突如其来，意助（蠢）族攻我者。"急御之，队长力叱其谬，谓："我族地大物博，所至处皆迎风而降，何物余姓，竟敢攻我？是来助我者。"甲又曰："助攻与否，不必较，然防之为妙。"语未毕，壮士已至，大呼："我乡受尔姓专制久矣，兹特来报仇。”即发枪乱击，猺族欠备，死伤已半，人皆弃械而逃。余族长驱直杀，如风卷残云，得枪弹甚多，抬回数人（先所掳者），大奏凯哥［歌］，向秦村回。秦村知余族助己，众出村外迎接，时鱼更三跃矣。（仍未完）

（五）忽探子报曰：“猺族选千余壮士，力攻东路。”众骇然，起与战。忽又报曰：“敌人已破城来杀矣。”即见火焰冲天，哭声遍地。众知大事已去，各寻生路。可怜秦村数小村为火一炬，变成焦土。姚姓所抢得财物，分众兄弟缓缓而返。

金乌初起，鹊噪庭前。人声喧闹，夹以拍台声。乡人环坐立祠内外，挤拥异常。一人曰：“尔二房虽用计破之，使无长房，焉能成此功？速将所夺物交回，不然看看利害也。”二房曰：“他村人用物稀无甚贵件，虽奉上亦不适用，且理别事罢了。”两房争辨许久，几致用武。忽瓦面飞下一人，裸身跣足，手携短枪。大声【申】二房钱财少、功名少，长房三房四房等，亦为所制，不殴之更待何时？祠内外说声打，即砖石横飞，拳脚交下。二房人本极怯弱，一闻打字，各顾命窜走。众恶少尾追之，半里方止。（仍未完）

（六）越日探闻二房结连外姓，约有九千人。且誓焚猺村，事之济否不较，务一死以泄愤。姚姓一接此信，冷汗涔涔，自顶至踵，错愕良久，乃集议祠内。某甲曰：“水来土掩，兵来将投，一定之理，何用议为？况我长房素号强盛，莫敢膺锋。料他等死期至矣。”一人曰：“不然。二房稔知吾经络内，事苟他如此如此，吾村齑粉矣。”或乙曰：“吾有计可破之。”众叩其计，乙曰：“吾弟妇之兄，现为强盗，官府曾悬红侦缉，今在某处落草，兵精良足，若来可破也。”众称妙，烦速邀之。

不数时贼党至，个个眉目睁突，体骨强悍。众半惊半喜，唤厨子排酒迎宾。酒上，杯觥交酢，其乐也。酒微醺，众绅起谢。大意谓蒙各位如此热心，事后多多重报。强盗答曰：“吾辈绿林侠义，扶危锄恶，素不受报，请各位切勿客气。今特问，枪弹粮草，可供吾等五六年之用否？”众绅带醉曰：“慢说六年，即廿年亦给。”强盗等暗喜，酒阑而散。是夜宿于东厅，灯影离离，残星三五，寒月半钩，万籁俱寂，隐约闻人密议声。一人冷笑曰：“蠢尔姚姓，引獍入穴，揖鸢入巢，尚不省悟。反投吾所好，广搜良家妇女，嘉肴美馔，真吾之幸福哉。”一人曰：“莫大声，恐邻有耳。今二房人等已畏势远飏，然飏战与否，干我何事？待攫净钱财乃去。”众点首称是，各就寝。（仍未完）

（七）强盗等据姚村已半载，奸淫妇女，收卖土地，苛待乡人，俨俨然一大尊制君主。族人苦劝不恤，怨声载道，寒苦交迫，尚不悔当初开门揖盗，致有今日。

强盗知人怨己，令乡人扯数百姚姓人，伏跪堂下，不敢仰视。谓：“尔等受吾破贼之恩，尚不图报，反欲逐吾？”乡人悚懔自问，无逐盗心，惟叩首求免，以后缄口图报大恩。盗痛鞭之，释回，乡人如上天堂，如膺九锡，相庆而归。

一日贼性大肆欲戳尽乡人，以他姓众人环跪哀免。盗以大炮击之，众仍不去。血肉横飞，伤心惨目。后拿乡人绅士等回祠叱曰：“尔等无福，难羁吾辈。今吾回寨，速将所有财产迁来。”众唯唯而去。俄顷黄白灿陈阶下。盗等各携之先行。绅民泣送郊外，依依不舍。叩盗贵寨何处，请示以时相往返。盗不应，反身将乡人一一杀尽。血溅衣履，觉一阵冷气，砭人肌骨。以手探血，觉其血冷如冰。盗大笑曰：“凉血动物，凉血动物，尔蟀为华斗，童为蟀斗，乡人为童斗，乡人为乡人斗。且招吾代吾攻敌，岂不思吾今日乎？可惜尔数十里□地，数千强民，今归何处？寄语同胞，警！警！警！”言罢冷笑而去。（已完）

（1910年9月27日至10月7日）

短篇小说：后周游（拍鸣）

秋窗午静，凉风袭人。一枕羲皇，遽然作梦。然吾亦不自知其是梦非梦也。但觉身轻如叶，飘飘御风，如遗世独立，杳不知其何之。

风声簧簧，水声镗镗。耳有所闻，目无所见。孤峰，去天不咫。俯视东西足忽着地，睁目视之，则身在上海。两半球，了了在目。曾不啻齐州九点烟也。

车轮轮，马萧萧。一车两马，从者如云，固不止门徒七十，弟子三千已也。辙迹所经，人争顶视，若大旱之望云霓焉。至西球东球之人怨，曰："奚我夫子？夫子来其苏。"

夫子为谁？其端坐车中者乎？吾瞻其容，温而厉，威而不猛。恭而安，容光所照，黑暗之域，为之正大而光明。所谓光披四表，格于上下者欤？吾也，屏足而立，引领而望，肃然穆然，屏气似不能息。

车马所至，人皆欲迎。万头蠢动，途为之塞。所已至者，人人攀辕而乞留。所未至者，人人揭冠以相待。鼓掌之声，轰传大陆。曰："孔子万岁！孔子万岁！"

回视东西两陆，孔子庙堂，遍地皆是。宫墙九仞，崇丽宏敞，恨不得一睹其宗庙之美，百官之富也。

乃纵身而下，入其门，登其堂，观其车服礼器。诵"高山仰止，景行行止"之诗，低徊而不能去。

俄闻歌声扬扬，履履橐橐，铜鼓喇叭，相与和答。吾闻其声，吾猛惊醒。侧耳细听，则学堂生列队往祝孔子圣诞，沿途唱祝孔圣诞歌也。擦目细视，则仍身在秋窗。

（1910年9月30日）

现象小说:孔诞观(瀛客)

门前结彩,花串高悬,随风招展者,龙旗也。累累如贯珠者,灯笼也。噫!其恭祝宪政耶?其庆贺中秋耶?其盂兰胜会耶?曰:"殆非也。"翳何事?翳何事?盖恭祝孔圣诞也。

有某蒙馆,亦于是日科份金,置品物,率诸学徒于大成至圣孔子先师之牌位前,行三跪九叩礼。祭毕,更治筵聚饮,以记盛典。塾师某洋洋然居首座,笑逐颜开,据案狂嚼。所谓有酒食先生馔,此其时矣。

酒数巡,塾师微醉,时引手捻其两撇之虾须,孜孜然笑。忽顾谓诸生曰:"乐哉斯会乎?然亦知今日我辈得以欢饮一堂者,莫非食孔圣之德,受孔圣之赐乎?"众皆曰:"愿受先生教。"塾师于是引吭发声,阐明孔子垂训万世之微言大义,并旁及三纲五常之至理。谆谆而道,俨然如高坐讲堂说经时。

一徒颇不耐,进而请曰:"孔子之道,既得闻命矣。然今日社会,纷纷扰扰。恭祝圣诞,于社会政治,果有何影响乎?"(未完)

(续)塾师曰:"恶!是何言?天地君亲师,皆吾人所当尊敬者。孔子为万世师表,朝廷且奉为大祀。吾学界中人,敢不竭其诚敬?从前各界少祀者,恐亵之耳。今风气一变,各界皆恭祝圣诞,殆亦出于崇拜之意。倘人人皆能遵孔子之道,则其影响于社会岂鲜哉?"

徒曰:"先生所谓天地君亲师之义若何?"垫师曰:"天神地祇,祷之足以邀福。孔子所谓祷尔上下神祇者也。君为一国之主,臣民有尊君之义。孔子所谓臣事君以忠,又谓事君能致其身者也。若事亲则当尽孝,尊师即以重道。孔子尤常发为至言,垂训后世。诸生皆圣人之徒，读孔子之书，岂未之前闻乎？”徒笑曰：“然则孔子固重神权而尊君权者也。得毋贻后世迷信之害，与专制之毒欤？”（仍未完）

（再续）塾师怒曰：“子好为谬妄之论，乃欲如孟子之好辩耶？”

徒曰：“弟子素志，确不徒尊孔，而且崇孟。而平生读孟子书，最叹服其‘君之事臣如草芥，臣之事君如雠仇’，及‘社稷为重，君为轻’等语，足以为专制君主之当头棒也。”

徒言未毕，塾师陡失色，抢前手掩其口，不使言。继而怒曰：“非吾徒也。”小子鸣鼓而攻之。

正嚷闹间，忽一客入，询知其故。不觉哭□曰：“新旧派之不能相容，有如是哉？我为若作第三国之居间人可乎？要之两方面皆有理由在。当春秋时，乃社会由图腾而将入于宗法之时代也。其时政体淆乱，人心浇漓，故不得不定一尊而统群治，尊东周而攘夷狄也。

迨至战国诸候日寻干戈，以力征经营天下，蔑视人道孰甚。孟子故不得不重民权而诛民贼，时势不同，言论遂异。惟孔孟皆同一救世心，其宗旨则一也。孔子当日，虽明知不适用于后世，亦不能不为此言。且春秋大义，出天王而不为不诚敬。则孔子又何尝不辟君权耶？盖孔于圣之时者也，因时立论，垂空文以自见，其救世之心亦殊苦矣。故孔子者实为中国教育家、哲学家之大伟人。其学说尤足以昭垂万古，后人崇拜之、师法之，亦吾人应尽之义也。虽然，使学孔子者，不问其时势之若何，而唯偏执既往之陈迹，不能领悟其名言至理，而但于形式上求其貌似，则所谓刻舟求剑，失之远矣。不能实行孔子之道，而唯知奉以虚文，整其仪式，则虽日日尊之为大教主，亦无补于中国之危亡也。今先生所持者旧道德，贵徒所持者新学说，皆持之有故。特其说有适时，有不适时者耳。士各有志，各行其是可也。圣人不凝滞于物，而能与世

推移。先生尊孔子,尚其念诸?”遂相与一笑而罢。(完)

(1910年9月30日至10月4日)

怪象小说:贼报报(仁父)

秋风秋雨愁煞人,刺骨砭寒梦幻真。梦入黑甜身远去,中江泛掉证前因。

访得一事,系去年七八月之交,有所谓广东枪棍,上海流氓者,衣冠翎顶,骤升沪道,日与无冠帝王为难,把三千枝毛瑟,禁遏殆尽。有如秦始皇之销兵器,铸为十二金人。

时有取大声疾呼、为民请命之义,组织一《民呼日报》者。该道台因其忤己,干涉之不已,更封禁之,收殁其机件,拘留其人物。

于是被其收殁拘留者不甘,控诸民政部,得直。某道不获已把人释了,机件则交其点收。由是不呼而吁,黑暗中放大光明,深夜如白昼,极庄严的一间《民吁报》,遂复活现于华洋杂处之申江。

不一月间,因排挤某道台之言论如故,某道台终厌之。竭九牛二虎之力,不能驱之去。故转其方针,甘为外人鹰犬,导之反噬同胞。于是由呼而吁移步换形之伟大的报馆,又落在某道台之手,夭折如初产之婴儿。

呼声不作,吁气又绝,旭日无光,沉沉如长夜,一载于兹矣。霹雳一声,轰传某道台革职。呜呼!呜呼!噫吁!噫吁!大快人心,展民权。四马路之妓院酒楼,肩膊相摩,哄传其事,皆举杯而浮一大白。

嗟夫!某道台固报界之蟊贼也。今以贼报之大员,得此现眼报。报其所报,是吾之所谓报。快哉!

一幅贼报报之天然小影，活现于沪上之洋场。而倒影照入支那各省，有其形似者，皆撮之同入去。他日按图索骥，原来是该道台之化身也。陆游诗云："一树梅花一放翁。"吾安得一个摧残舆论者，即为一个蔡道台，使革去之翎，多于鹅毛扇。革去之顶，多于鹅卵石。

梦至此，忽被晨钟惊醒。摩挲案上，见有一封电报，亟拆而视之，则谓沪道蔡乃煌革职也。原来是电是梦，同一事。予喜不自胜，纵笔纪其事，编入说部，俾作蔡道台轶史观。

（1910年10月3日）

逼迫小说：加快引（棱）

"轰铃！""冰崩！""盲，盲，盲"。咃野呀？烧炮仗啯，贺孔圣诞咁话啫。烧完又试静盈盈咯，唔记得孔夫子咯，所以《南越报》唔敢附和嗟。

"冷——冷——冷——"电话嚟咯，频频鳞鳞，接耳筒嚟听。原来报到一声，话船话船，又话摇摇。哈，唔通约我扒艇仔？

因听错"传"为"船"，"邀"为"摇"，乃系亚乜催债啯。

亚乜维何？西天之佛嚟。

然是时尚未知播，于是骑只硫磺马，走到西天佛爷处。

佛爷话："今日孔子诞，你《南越报》都唔摆生花呀，都唔烧炮仗呀。好咯，罚你得。"

余答曰："因乜事呀？罚都咁容易咩？有道理嘅至得嘅播。"

佛爷话："我记得今年正月初一，你与那个拜年，开口就话添丁，岂不是想佢多生养咩？埋口就话佢人丁微薄，恭喜佢要子孙繁衍至得，又句句恭维佢有生养之善法，敢就抵罚喇！"

予答曰:“唔通保佑佢死绝,敢就得赏啰? 何以话佢子孙繁衍,反要受罚呢?”

佛爷话:“我唔晓得讲咁多野,只知系想着你几千吊钱啫。你如不从,就要你坐西天极苦监。”

斩吓眼,佛爷拈起枝大手笔,挥毫落纸如云烟,你估写乜野呢? 原来出佛歇,议佛单,起佛稿,逼还佛数。

斩吓头,一笔企落去,要了一百千(钱)。再一笔,又去了一千个(仙)。

佛爷重话:“因你唔挂生花贺孔诞,故于是日罚你一百千钱。又因你唔烧炮仗,故同日罚你一千个铜仙士。”

“请呀”一声,送了茶,就破一帮大财。亚聋都闻得话“加快引”。

(1910年10月8日)

短篇小说:幻想记(光)

一夕寂寥甚,困倦无聊,伏案而见朦胧之秋月。忽有人抚背呼曰:“速徂,速组。毋悚惶,踵吾凌空可也。”询其故,但嘱勿虑,即挽余手出。令闭两眸,觉已凌飞空际,风声飘飘,砭人肌骨,毛发尽起,益不知所以。虽□诘问,未遑也耳。移时,其人展手曰:“别矣。”余仍恐惧弗能道辞,则觉徐徐若坠,果履岩崭之物。观之,则峻岭也。卒有异装者,陟降随山拥塞至。似趋余所,呼神人之声,振动天地。余惧甚,进退维谷,默默察其来意,甚淑笃者,方寸稍慰。洎近余,则环绕围余,数十重,佥呼神□而行礼,或拱手,或垂手,或合□,不一而足。岭之遐而未能及余□,则以巾作□展状,如是者再,若表其敬意也。余愧才德非蒲曷敢以神人自居,而受众人之罗拜哉？只俯首以答之。少选，询之曰："余蚩蚩异域之氓耳，尊崇若是者，亦有说乎？"佥举一代表扬言曰："吾君王昏暗甚，已逐之于荒岛，议举贤者以补其缺，今必王而也。"初，梦老翁示我以言："若有飞翔坠下镜花山者，而主也。因各徂访察，适与邂逅，则示言我者必神人，而降是山者亦必神人，焉得不王神人哉？"（未完）

（续）余力辨其妄，且郤之。弗信，频频皆如故。询以邦号，以降对曰："降固亡之久矣，尚何有王之足云乎？"答曰："故知其难也，然亡羊补牢，亦未为晚。矧以神人之威灵乎？【且】君位已缺，□国门而冠万民矣。坐视我辈为奴，忍矣哉？"余曰："是犹使猿子冠万民耳。岂敢岂敢！"时喁喁□耳语。已，则齐拥余下峻岭矣。抵坦途，车马已备，趋迫甚，勉从之。且加王者衣，既入国门，佥呼万岁者再。践宫门，丽美无匹，所有身受各事，俨然王者也。既而【理】国事。先以文星掌全国军政，尽藉小黑之族。及问圣人之徒，为奴。虽苛待之，不为酷【刑？】，忽兵部启奏，□□□国举兵侵犯。是役也，以文星督师，捷之。复施以仁慈，遂属其国。其民无敢稍忤者，于是各内咸称臣焉。一日，前招余者至，曰："子遂我愿矣。今来所以视子也，瘁劳否。"□□，尾追之，□□而，余亦从之。骨□一声，不觉惊醒。（已完）

（1910年10月11日、10月12日）

寓言小说：浮海奇谈（百钢少年）

（一）濛濛天日，漫漫汪洋。箕伯怒号，鱼龙失穴。猛声撼地，骇浪腾空。地裂山崩，电飞云卷。

中有朽舟，困于漩涡。倏下倏高，忽来忽往。残舵窳桨，半付东流。浪巨风高，船几没水。吁——险！险！险！

船上器件，或为波卷，或被风吹，七毁八崩，势将沉灭。掌舵者，手桨者，酣酣仰睡，佯若不闻。搭客大惊，互相筹策，互相劝勉。群起，醒之。奈舟子不觉，尽法呼之，推之。始转侧半醒，反怒众客无礼。怒毕，仍复睡下，鼾声雷鸣，与风浪之声相应。吁——险！险！险！

时风雨大作，浪拥如山。众客知船必没，喧哄一堂，群思补救。许久人声愈杂，舟子梦醒。众客或陈说利害，或严词棒喝，或冷笑嘲讽。舟子始稍动容，奈桨舵帆橹，俱已失去，犹复船身崩毁，猝难补修。骇浪惊风，乏人驾驭，东趋西走，屡进屡颠。面面相觑，莫展一筹。时候已迫，风潮日非。吁——吁——险！险！险！

忽有大轮，乘风破浪，万苦千艰，向朽舟而来。既至，众客纷纷过船。夷衣革履，英气勃然。噫！海盗劫船欤？抑同文同种者，代司桨舵欤？曰："非也。此留学外洋，功成回国，修驾朽舟之伟人、之志士也。"嘻！朽舟其可免覆乎？其仍有一息生气乎？喜！喜！喜！（未完）

（二）航衣甫卸，即围坐密谈。风大声微，不克清耳。惟隐闻英、美、日、法，及工商、法政等字。或而攘臂高谈，忽而寂然无声。料商议补船政策矣。喜！喜！喜！

风浪稍退，忽闻曰："尔东学党浮躁无才，画文粉饰，父老犹有东洋漆之讥。洎近以还，来东日广，品流益杂。盖东邻密迩，同种同文，一片风帆，猝息可到。舟费既少，年费亦无多。好事之徒，何难忍耐数秋，虚名毕业，博留学之名，诩耀于侪夷哉？"

言未已，有某驳曰："然则尔西学党亦果能补全无缺点乎？偏重西文，蔑灭国学。竭尔所长，实不过普通康白度之流，谨堪翻译。此等人材，宜不适用于中国。吾党先本国文，次致用以日文，及各科学。基础既同，学业自坚，加之同洲、同种、同文，风俗政治，均与吾邦无异，识者尝谓救中国者必东学党也。"

噫！奇极，怪极，何为东学党？何为西学党？吾前尚云商议进行之法，雀跃异常，今迨知彼辈互相讨难，研论东西。然料其别有目的在也，试再聆之。

讵时闹声益剧，不复细辨。见者或为冷笑，或为叹息，或怒，或喜，均倾耳细听。

所谓西学党，东学党者，争辨不已。加以污言，两不相下，势甚汹汹。

忽有一领顶者(西襄校者)，向西学党耳语少时。众生起，尾随之。至一大舱，细语微言，指手翕目，交头接耳，状甚密严。噫！商议大事欤？抑研究学问欤？重思之，重思之，不禁顿足长吁叹息，自害同舟，自排同类，自残同种。

讵知密商未久，口角已起，愈闹愈喧，声浪四达。或云我游学英吉利，故为范党。或云我游学美利坚，故为美党。或云尔游学法兰西，不应侪吾意大利党。或云他先游学东洋，后始留德意智，何得为德党。或云尔虽与吾辈同国，而地方及学校不同。等等嘈声，轰震耳鼓。进步哉？勇猛哉？将直驾乎列强之上矣。(仍未完)

(三）有某志士大声曰："今吾倡起一会，各留学某国戊申同年会，若同留某国戊申同年及第者，皆可入会，赞成者举手。"同舱者，已不知会何会，名何名。赞成者，又不知如何矣。少顷，人声渐下，诸伟人志士，以次鸟兽散。

返观所谓东西学党者，亦互相执难，剌剌不休，更另开生面。分为工科党、法科乡、农科党。某工科党更谓法律学，不足成科(非此不足以见竞争乎)，紊紊棼棼，各畅己见，与所谓西学党者无稍异。

呜呼！此何时乎？非风雨大作，朽舟将沉之时乎？胡为留学派之互相水火，徒发分门别户之空言，不干救国、救民之实事？一如以国家比过渡之舟，以人民若失舵之舰，将浮将沉，綦危綦险，呈此可惊、可怖、可悲、可痛之现象乎？

予闻舟中人之争论，方品评之而正未已。觉寒风刺骨，惫极，不觉入梦中去。梦着同渡之舟，为怒涛所覆，人物皆进鲛□而一没。醒，方恍然于梦亦真，真成梦也。怪！怪！怪！（已完）

（1910年10月14日、10月15日、10月16日）

趣致小说：魍魉影（驱鬼）

秋风瑟瑟，万籁齐鸣。城之西南隅，有人署焉。署左丛树成林，【树】身墙外，作摇曳状。忽一肩舆至，直人署内。

“呀，契小姐嚟鼻！”

时有袅袅娉婷之妇人出，荡装柔服，令人神消。

“系呀。太太喺内头鸦吗？（借用）”

“契妈！”

“契小姐！乜今日咁好风吹得你嚟呀？”

“冇野。契妈处知到我男人嘅事唔知呀？”

“系咯，我知。乜你男人整得咁崩呀？”

“唉！佢唔造学堂监督，就冇事拿。造左，薪水又唔得多几多。又自己唔信镜，整出噤多事嚟，真系第九咯。契妈处个个月个百银，呢个月就唔知点算咯。”

“契小姐，唔紧要。你每个月这百银，慢的都唔迟嘅。你而家先打算你男人嘅事先喇。”

“契妈，可否就请契爷出出术呢？”

“契小姐，你众唔多计仔咩。俗语有得话，‘做左三年老举，就做得一份状师’。你在大沙头咁耐，难道都冇术咩？”

“一实唔得，一实都要请契爷维持嘅。将来报答就系拿吗。”

时大风适起，沙石飞扬，云翳天中，莫辨一物。俄而风静云开，署外肩舆之影，不知何去。

按：鬼某之妾，携诸大沙头，曾契学界头人之太太为契妈，每月孝敬百元，此可见不至撞板之一证也，说如上。

（1910年11月26日）

《天趣报》

《天趣报》为日新公司发行。最早可见的1910年3月1日的新闻纸号为1417号,据报刊载“本报同人表”及报头信息可知,发行兼撰述员为孔仲南(孔庆增),总编辑兼撰述员为邓叔裕(邓情三),印刷人为胡栋。撰述员还有何笑仙、张云飞。总发行所在(广州)十八甫威建大药房楼上,代售点有广州城内、佛山、梧州、东莞、大良、香港。大部分栏目以“天”字起头,如“天国趣”、“天涯趣语”、“天国趣闻”。小说刊登于“人天眼”、“虞初语”一栏,“海上花”系列多介绍当时妓女,比较值得关注。李默认为创刊于1905年,不过根据新闻纸号推算,当创刊于1907年。现存小说共23篇[①],其中长篇小说4篇,不列入整理对象。其余19篇均为短篇小说,本集全部整理。

短篇小说:某州牧(大哀)

绣幕沉沉,鸭炉烟细,锦屏四照,宝炬交辉。此回霞带□之华堂,实为某大员燕居之所。大员庞眉华首,修髯绕其颔,作商山四皓状。丰颐广下,若代表其虽任方面,无损于养尊处优者。大员膝上拥一歌姬,妖冶无伦,为年可十五六,其旁侧侍者三五辈,环肥燕瘦,各臻其妙。大员手执檀板,口授京腔,命拥诸膝上者,按其音节,以相唱和。侧侍诸姬,或歌或舞,偶有误则执檀板指挥,诸葛羽扇,谢公麈尾,殆不是过也。歌舞未阑,逸兴更发,忽置歌姬于地,传呼曰:“来!”斯时□下,即有【二】三仆从,凫行

---

① 与陈大康《中国近代小说编年史》同者仅为《海上花吴蕊兰》、《海上花刘金枝》、《海上花李蕴玉》、《某州牧》、《潘狄》、《不要米》、《假夫妻》、《广东之革命潮》8篇,其余陈大康未收录。其中陈收录之《猪八戒》、《排九传》未见。

以趋至大员之前。大员顾凡前列者，郑重言曰："汝且速往某【所】，借演剧衣若干袭，余将与若辈尽今夕乐，登台试演。汝辈亦将作壁上观也。"仆敬诺，匆匆去。已而衣至，大员果与诸姬合演。笙管嗷嘈，歌声滑烈，奈何欲唤，梁尘惊飞。大员得意甚，四顾诸姬曰："我孰与梨园子弟胜？"则皆谀言曰："大人春秋高，而声容乃如三河年少，此技殆由天授。梨园子弟，乌足与大人较长短者？"（未完）

（续）方欢笑间，阍人忽以手版进，大员色遽变，斥之曰："汝岂不知吾正行乐，乃以某等事混我耶？"阍人低首不敢辨。大员倏凝视手版曰："请见者乃为彼耶？既知为彼，汝胡不经行之前，而令人为兹郁郁？"语至此，即闻帘外作笑声，一衣冠楚楚，面目之姣好之少年披帘入。见大员，遽跪一膝，作请安状曰："大人毋怒，适寄男以手版见者，礼在固然。然已僭妄非分，随之直至此间，致扰大人清兴，寄男罪万死。"言已，复屈膝诸姬前，请为解免。一姬笑曰："干少既知过，则大人亦当弗较。唯此间既为剧场，忽有此衣冠济楚者，置身其际，令人俯仰殊惭怍。余辈窃愿释此公服，共终斯剧，以博大人欢，何如？"少年闻言起立，即诣大员前告无礼。大员掀髯笑，点首作允许状。于是少年去公服，易优装，场中笙管又作，履舄杂陈，嘲谐臻至，是夕之乐乃无量。而少年之兴亦不浅。少年者谁？新受选之某州牧，而拜于大员门下者也。（完）

（1910年4月4日、4月5日）

潘　狄

潘狄者，年少无赖，恃其血气之勇，刚狠好斗。尝从公人捕盗南湖，盗船蜂拥，火药迸发，狄团伏水底，枪子纷纷击水，声若□鼓齐鸣,激沫如飞,伏不得起,乃水行十余里方脱。行至漂水,得盟友十人,开一酒馆,命曰“好汉馆”。一日有募化僧,手提一钟,置铺案上,问何作,曰:“钟重八百斤,每斤募钱一文,所索八百文耳。有能举此钟者弗索也。”诸伙无敢举者。狄自知非僧对,然性好胜,徘徊观望,欲乘间颠之,乃暗攻其后。和尚岸然坚立,无所撼摇。但一纵送,狄已跌堕康衢,冥然昏愦,逾时始苏。急探溺器,跪而牛饮,尽一器,心始豁然。问和尚,则已提钟他走矣。踪迹得之,尾其后,和尚曰:“不死为幸,何事复来?”答曰:“愧技不如,顺乞指示。”曰:“能为我牛马走则来。”曰:“能。”因以行装一,委狄使肩任之。重不能胜,跛倚行数十步,其状甚惫。和尚曰:“重不四百斤,便乃如许作态,纤纤如儿女子,拳棒粗笨事,其何以堪?”狄固请从。和尚曰:“权过荒山,能否汝自决之。”行数月,至一处,万峰峭立,松杉森郁。一羊肠径,崎岖石罅间,攀藤扪葛而上。出丛林,里许,顿觉山停水静,别有一天,有平坡广数十亩,箭的、马埒备焉。(未完)

(再续)逡巡半里,过桥东折,有坞甚深邃,兰若岿然,聚食数十僧,皆强有力。又有悍鸷少年,寄此习少林业者,亦数十人。钟和尚之上,有父钟和尚者,有祖钟和尚者,且有太祖钟和尚者,重门复道,深闭方丈内,狄所不能通问者也。诸少年身皆轻捷,每跃起迅如飞鸟,寺前银杏十数株,围可三四尺,有数少年,每晓起,向树上疾飞一腿,迅即退立树外,叶□露零如雨,无涓滴沾衣者。或立百步外,以丸弹杨叶,弟[第]认定何枝,弹丸风法,顷刻繁叶乱坠,无【一】存者,他林不误损一叶。或立瓦一片,骈二指削之,则一角落,而瓦立如故。或囊沙悬于四侧,人立其中,四面击之,囊无著身者。又有以手挟数十斤沙囊,耸身中堂,以指掐屋梁而挂其上,半晌乃下。诸如此类,不可殚述。人各【一】技,晨夕演习不倦。因使狄自献所长,于是使拳弄棒,如黄莺扑翅,拨草寻蛇诸技，莫不竭尽平生之力，然而弄斧班门，略无许可。和尚曰："所有来此习技者，类皆弱冠以前。今汝年已三旬，技止此耳，乌能为力哉？及早归去，深自韬晦，或不失为善人之目。若必以区区自喜，好为卖弄，死丧无日矣。"赠二十金，遣【一】老园丁送之出山，狄自是不复敢负气自雄矣。

（1910年4月6日、4月8日）

不要米

甄江上游，有一府治，其地山明水秀，市肆鳞比，人烟稠密。府城东北隅有一直街，街尽有一薙发店贴近城门，店主人好弦索、琵琶、胡琴与羌笛。壁间罗列殆满，游手之徒，尝聚集其间，而衙署之胥役占半数。一日夕阳在山，返照城楼，现黄金色，薙堞上野鸟成群，飞翔上下。忽有客匆匆自东门来，进店坐，连呼："剃头！剃头！"其声与府署之亲随某相似。

薙发匠见其衣服粗旧，漠然问之曰："客何来？"客曰："吾来自河南，与贵太守同乡，顺道过此。敝乡亲在贵处政绩，不识可使远方人一闻否？"

时有一人高坐桌椅上，手执旱烟杆，昂头看檐间画眉，闻言俯视客曰："客问我太守政绩乎？政绩有，不过要钱不要米而已。"（未完）

（1910年4月10日[①]）

① 1910年4月11日报刊并未续完此篇，而1910年4月12日开始连续另一长篇小说《砭俗小说假夫妻》（著者大悲）。

杂志小说　海上花：吴蕊兰（著者司花）

吴蓉，字蕊兰，本姓屈，平湖人。幼失怙恃，依寄母吴氏抚养。年十二，移来歇浦，遂落平康。性情洒落，豪侠善饮，醉拍《大江东》，四座为之倾倒。尤擅北曲胡子生，虽名优如京都李长庚，音节吞吐，有过之无不及，以故年已星宿，艳名如前不衰。尝语人曰："人生堕入青楼，譬犹鸟在笼中，得人来饲者，取其鸣耳。"其慷慨悲歌，自伤其遇有如此。清河九老，沪滨消遣，年必一度，来之日恒起居妆阁。谓其周旋左右，能先意承旨，而□放不苟。又如良友至，陈设之美备，酬应之周至，罔不体会入微。而自奉俭约，又若深知艰苦。是岂入混风尘者耶？姬有蕉叶题诗小照，想亦御沟流叶之微意，为《忆江南》一阕曰："长短梦，珍重玉楼中。上苑旧游还记否？蕉题新绿叶题红。"巧句夺天工。

（1910年11月23日）

短篇小说　海上花：刘金枝（著者司花）

刘琼，字金枝，产湘南，年十五，秀而雅，且好静，羞伍众香，有落落不群之概。巴中南阳笠翁寻芳沪上，万紫千红，迄无当意，物色得姬，品为章台第一流人物。笠翁性癖七弦，每遇花晨月夕，挟琴往弹。姬为焚香煮茗，亲侍其旁，不出雷池一步，且禁奴婢喧杂。虽红笺盈把，叠叠相邀，姬不顾也。其聆静识音有如此，如庵退叟赠姬诗云："阳台鹦鹉好湖山，怪底钟灵此小鬟。爱素馨花双插鬓【涛】，点红牙板九连环。金摇碧落枇杷翠，枝袅阶除芍药般。听罢楚歌三滴漏，娇姿宛似醉中颜。”姬有小照，掀幕徘徊，居中顾盼，左右陈设，几如福地□环，殆仙境也。为谱《霜天晓角》一调曰：“芳姿娟秀，金屋谁消受？试把鸳帏掀起，斜立处花容瘦。寒透香也透。水仙移远岫。压倒诸般珍玩，星眸转，停针绣。”

（1910年11月24日）

短篇小说　海上花：王可卿（著者司花）

王娟，字可卿，平湖人。初与姊宝玉居祥春里，后迁南肇贵。桃花颊浅，杨柳腰纤。客至，寒暄外无他语，俯首弄带，婉娈动人，别有一种娇妍态，盖良家士初堕风尘者。艳声颇著。惜红生赠句云：“不信红楼幻梦真，小名唤处记前身。分明十二金钗里，管领情天第一人。”忏情侍者，品以丽春花，赠句云：“画楼深处记曾游，娇态依依似带羞。寄语春风须爱惜，莫教辜负此风流。”豫章居士粤游倦返，假道申江，慕名走访，一见倾必[心]，赠联云：“可爱可怜寻旧梦，卿才卿貌证前因。”居士以小像贻城北生，嘱为姬补《烧烛照海棠图》，因谱《烛影摇红》一【调】，曰：“锦帐藏娇，一般映出宫妆浅。春阴珍重，护芳姿活泼生机转。自笑逢迎不惯，悟三生红楼顾盼。无端烦恼，无限恩情，伊谁能见？华烛亲移，照来不觉春宵短，红妆应亦感多情。怕与知心远，漫说烟消雾散。最分明看来睡眼霞鬟云鬓，斗艳争妍，黄昏庭院。”

（1910年11月26日）

短篇小说　海上花:李蕴玉(著者司花)

李璞,字蕴玉,雉皋人,年十七。家无立锥,亲老拙于谋生,移来沪上,遂堕风尘。与李静兰结手帕交。小家碧玉,蕴藉可人,裙下双趺,不盈三寸。天真烂熳,秋水无尘,不同名下妖姬,有怨绿愁红之慨。丁亥夏,思隐山人、弘农邑宰、荥阳伯子、学稼山人,集宴于金秀麟妆阁。时姬庐山真面,不借妆饰。与之坐则两颊发赤,掩袖怀惭,有犹抱琵琶半遮面之态。侍席甫终,即缩缩向楼头去矣。学稼山人曰:"习俗移人,贤者不免。彼谑浪笑傲者,其始亦羞涩避人。如姬之白璧无瑕,诚为本色,试于半年后验之,未识犹能抱璞守贞否?"相与拊掌大笑。城北生为绘扫叶图小照,为谱《浪淘沙》一【调】曰:"飘泊一身轻,听到秋声。枫林小立认分明,回首故乡风景,似叶落空庭,【捧?】彗也迎门,无限深情。此时红紫昔时青。旧恨新愁拼扫尽,又见沟盈。"

(1910年12月1日)

海上花:金绣麟(著者司花)

金球,字绣麟,本姓华,如皋人。幼失怙恃,赖祖母抚养,流寓吴门,形单影只,无所依倚,遂落平康。十一岁时来沪习弹词,不数年色艺超绝。秀若横波,圆如替月,解语花良不□也。木易山人道出申江,识姬于桃源,趣拨弦一曲,响遏行云,山人击简叹赏,恨相见之晚。翌日宴其家,姬侧坐侍酒,多情善饮,左右顾盼,令人魂销。蜀人天台过客赠诗四首,录其一云:"仙山海水不曾遥,为报双亲翠袖招。特【地】东风吹梦冷，梨花带雨过春宵。”沧浪客赠诗云：“天台归去已无家，碧岭重来路恐差。今日阮郎仍过客，莫将一饭误胡麻。”京兆后身谓姬性情端好，差可与谈，遂赠四绝，今亦录其一云：“今古繁华逝水流，金陵凄绝帝王州。华池阿阁双栖凤，岂向卢家恋莫愁。”姬有踏雪寻梅小照，韵人韵事，为谱《一剪梅》小令曰：“湿云飞堕万山低，檐下冰垂，树下枝肥。琼楼差与玉楼齐。风正凄凄，雪止霏霏，佳人破冻出香闺。南苑帘推，北苑门开。闲寻三径且徘徊，封了青□，隐了红梅。”

（1910年12月2日）

海上花：姚嫩嫩（著者司花）

姚婉，字媛媛，幼育于姚仙家，忘所自出，遂从其姓。年如筝柱之数，芳姿□露，媚质流霞，淡雅宜人，性尤聪慧。忏情侍者、龙湫旧隐，尝访姬于西荟芳里。姬方衣浅碧绡，倚楼数归雁，见客凝视，急下水晶帘，微窥半面，侍者不觉魂消心醉。旧隐自后呼曰：“痴生，魂灵儿飞上半天矣。是儿固可人，君如有意，当令洞入迷香，无使枕上神鸡，笑人□眼也。”至晚旧隐遂坚邀侍者宴于姚家。姬银灯斜背，歌《七十二心曲》一支，哀感顽艳，余音动人，列坐侑觞，亦颇秩然不紊云。姬有小照，立□药茵中，旁有石笋高竖。又见双燕呢喃，空中飞舞，情移心旷，几如神仙中人。为谱《西江月》一【调】曰：“匝药丛丛扑地，笋香簇簇飞来。四围花气绕裙钗，一刻千金难买。矗立几如玉柱，闲游合步瑶阶。云中舞燕亦双排，指点鸳俦姑待。”

（1910年12月3日）

海上花:张月仙(著者司花)

张娥,字月仙,苏州人。目如秋水,眉列春山,弱质柔枝,自然娇艳。镜中花史评为海棠名友,赠句云:"月桂谁攀第一枝,仙心也合解相思。怜香莫漫愁无主,一曲吴【俞?】鬓已丝。"藜床旧主和赠云:"月下名花艳一枝,移来西府动人思。神仙历劫尘凡堕,一缕情如宛转丝。"忏情侍者谱《海上群芳》,以夜来香品之。赠句云:"黄昏伴坐已销魂,帘卷风清月有痕。淡极始知情更重,梦中领袖两无言。"姬有小照,书斋独座,倚徙无聊,而位置瓶炉,自然华贵,与时贵所设内签押房仿佛。深情若绘,合谱新词,倚声《青玉案》小令曰:"梨花着雨春无语,独自个幽斋去。珍玩纷罗谁部署?古炉香爇,胆瓶花聚,聊作藏娇处。座中悟得闲中趣,侧面斜窥散风絮。指点琴囊山水慕,碧霄仙子,软红初度,休把芳情吐。"

(1910年12月5日)

怜香报(景溪一郎)

博罗有梁清传者,素习医,兼精拳棒。尝为友抱不平,力敌二三十人,当之者无不披靡,其技术亦优矣哉。光绪十九年秋间,梁以事赴省,散步芳郊,藉吸新鲜空气。瞥见草际卧一女子,询之居民,知为某青楼妓女。鸨母不仁,以其垂毙,弃而遗之。梁恻然心动,上前诊其脉,知尚有可医,即倩人舁回己寓,加意调治,无微不至。甚或代为理发,代为擦脸拭体焉,真不啻己女也。如是者两月余,其病寻愈,遂送往某善堂择配。梁随乡旋,寝亦忘其事矣。

时有谢惠庭者,香山人,佣于十三行某店,见女艳之,请为室。女于是归谢焉。谢之店东某甲,大腹贾也,以谢聪慧,且诚实可嘉器之,未几令赴新嘉坡,司理某店事。谢携眷往。抵叻后,声誉鹊起,人信仰之,与友人另设一支店,时来风顺,十余年间,竟获二十余万。

迨宣统纪元,谢之夫妇,迨返香山,居然富甲一乡矣。女不忘梁恩,亟遣人访之。见梁景况,大不如前。子既不贤,携媳远出,妻又物故,孑然鳏居,孤苦零丁。寄食于犹子小店中,以延残喘。女闻耗,亲往迎之。除舍馆梁,衣以罗縠,食以珍馐。一若女之于父然,而谢亦似岳礼待之。居数月,梁思返乡,女弗敢强留,因赠以五千金,并两美婢,以侍巾栉。梁于是称小康。

(1910年12月7日)

某青衣女

青衣女某,传者佚其名。幼鬻身为某观察家婢,以慧黠得夫人欢,不以常婢蓄。既长成,皓齿明眸,娟娟玉立。女素有洁癖,兼耽图史,暇辄披览典籍。遇有名媛事迹足动人崇拜者,必徘徊三复,或扼腕欷歔,自悲此身堕落,不能有所建竖,如是以为常。夫人有公子,与女同庚,幼年又同嬉戏,比长情窦开,每就与语,及狎呢[昵],女必峻拒曰:“婢子以分际故,断难偶公子。若欲令止作桑中欢,有死而已,婢子誓不能从。”公子始犹优容之,忍不发。久而知无望,遂谗之夫人,谓其屡挑己,己顾行止未及乱,若遇他人者殆矣。(未完)

(续)夫人固爱青衣女,然不若其嬖公子甚。至是小忤意,则加呵斥。加膝之余,忽膺以坠渊之痛。女之茹苦,盖可知矣。无何,公子复因间蹑女于卧室,询以知悔未。女涕泣自矢,必不从。公子怒,拥而置诸怀曰:“今日之事,从亦若是,不从亦若是。笼鸟,网鱼,将焉避?”女声嘶力竭,撑拒不能得,忽瞥见案旁有剪刀一,取以刺其喉。公子虽骄,纵究以年少故,竟自忘为己以相逼,为之极声呼救。已而家人群集,急夺剪刀,而喉管未断者不及分许。于是夫人询得原委,子公子【相】责,女子冤始昭然白。是时有名医为之诊治,续以鸡皮,□以药,连合其创,竟获全愈。而节烈之名,自是播遐迩矣。(完)

(1910年12月8日、12月9日)

华十五

华十五,皖孝廉也,佚其名。恃才傲物,好发奇论。邻邑某生,富于文,颇自负,慕孝廉名,挟生平杰作造焉。值华卧方起,蓬跣而出。亟置稿于案,趋揖之。华瞠目四顾,若未之见。顷之,仆进杯茗,不及客。华从容盥沐,旁若无人,洗毕,即以生稿抹其桌。某怒不能忍,曰:“某文虽鄙,字不当惜耶?”华掷稿曰:“正嫌其有字耳。”生取稿,恨恨去。其玩世不恭如此。华有戚宦于越,华往投之。匆匆就道,不计资粮,程未半,而囊金既尽,并罄衣装。复值严寒,枵腹行村落间,朔风侵骨,兼遭雨雪,路滑泥泞,遂陷于淖。良久,始匍匐入一古庙,僵卧神龛下。旋有数丐提筐入,叱曰:“此我侪地,汝垂毙者何卧于此?”华不语,即被拽出,弃道旁。适某翁过其处,怜而舁归,饮以温汤一日,夜始有声。询为孝廉,益善视。华因冻血凝结,数日后,肿处悉溃成疮。患三年,病始愈。又半年,躯体顿伟,迥异昔年,因拜翁而谢曰:“仆受深恩,无以为报,愿授诸郎君业。”翁喜,遂馆于家。凡五年,始终无间。

内而婢仆,咸称其德,外为乡人所敬礼,以是翁益重之。遇春闱,资以多金,应部试,成进士。未几官县令,所至有惠政。洎致仕归,亲旧来问,华曲尽乡谊,又二十年而卒。

(1910年12月13日)

海上花:王宝宝(著者司花)

王珍,字宝宝,苏州观音山人。父早殁,母刘氏,生二女,长曰小宝,已适人。姬其次也,年已及笄,白璧无瑕,天然风韵,态度沉静。初居荣锦里,郁郁不得志。会名校书朱文卿一见叹赏,谓可授以衣砵[钵]也。遂于丁亥夏拔置门下,教以南词北曲,不一月娴熟无遗。近已登场奏曲,冠绝群芳,响可遏云,娇疑滴露,北里笙歌,首屈一指。使无文卿提携,而磨琢之剑气珠光,何由焕发?兰芳轩主稔姬颇详,胶漆之投,非同恒泛。姬有鹤图小影,抱膝临风,松阴小坐,庭鹤旋舞,丰致悠然。为谱《相见欢》一调曰:"昨宵梦醒楼前,雨纤纤。只有凌云双鹤自称仙。露坐处消炎暑,漫情牵。试看□龙百尺绕云烟。"

(1910年12月14日)

海上花:朱素英(著者司花)

朱绚,字素英,琴川人,年十八。轻颦浅笑,流露自然,居同庆里。忏情侍者访姬妆阁,值清恙新瘥,支颐默坐,仿佛画图,有弱不胜衣之态。所谓宜病宜愁,得美人真致。侍者谱《海上群芳》,品姬为玉蕊花。赠句云:"不染纤尘梦亦仙,清风明月漫论钱。笑他凡种多情甚，只为狂蜂醉蝶牵。”四明了缘仙子眷姬最深，尝有致姬书，洋洋数百言，缠绵悱恻，溢于言表。录之日报，几如纸贵洛阳，则姬之情重可知。姬有小照，玉立湖亭，倚栏凝盼，若有所思。为谱《凤凰台上忆吹箫》以缀之曰：“杏面桃腮，不施脂粉，临流一笑回头。正园林风静，月上帘钩。多少离怀别苦枨触处，欲说【还】休。雕栏外，鸳鸯戏水，兀自无愁。休休。这回去也，迢递有关河，慎莫勾留。悄立湖亭内，人似闲鸥。曲曲横桥无恙，谁识我终日凝眸？凝眸处伤春未已，又感悲秋。”

（1910年12月15日）

某生妇

某生，世家子，幼读书，壮游学。自东瀛归，告其父母曰：“现今世界，率皆平权自由。余虽中产，受学泰东，而今而后，幸勿以中礼见责。”其父母止此一子，逐之不舍，容之不安，相对号泣，声达户外。生不顾而去，其妇闻而奔慰曰：“子来膝下，二老悲泣何也？”父母呜咽曰：“吾无子矣。”捶胸益哀。其妇莫知所为，膝行泣请，母以子言告。妇亦号泣，良久曰：“翁姑不以礼法见责，媳得而制之。”母曰：“吾无子，焉有媳？陌路相逢，何责之有？”某夕生归，妇曰：“尔欲自由，约尔父母平权，有诸？”曰：“有之。”曰：“父子平权，夫妇何若？”曰：“既属平等，各许自由。”妇喜曰：“妙哉，尊子能束也。”妇出，生问何之。妇曰：“子出而不告父，妇出而必告夫耶？外国自由权，恐不如是。”生语塞。妇出良久始归，生不敢问。次晨报客至，生以为访己者，仆曰：“请娘子会耳。”生色变。观之，见二三少年握妇手，语甚亲密，细不可辨。夫闻云：“明日幸勿见却。”妇诺以首，少年去。生问客何人，妇曰：“朋友，白昼当无

盗贼,问何为?"生默然。(未完)

(续)询诸老仆。仆曰:"娘子不告,奴仆敢饶舌耶?"次日下午,复有客谒,妇会于外庭。生暗随其后,见客前外复有少年数辈握手小语,偕之□出。生心如火炽,魂若出舍,归卧空房,若无限苦。至更残月落,妇归,乱发蓬蓬,醉态珊珊,和衣卧。生欲刃之,反复数四。叹曰:"君子怀刑而止。"及晨询妇曰:"夫妇至亲,言无所讳,究竟昨聚何所?"曰:"聚于饮所。"问同聚何人,曰:"皆所聚之人。"生怒责之曰:"尔儒门女,于归缙绅族,两家名誉,败于尔耶?"妇益怒曰:"非敢败类,奈自由权逼我何?"生曰:"尔不认我为夫耶?"妇曰:"翁姑因尔不认我为媳,始敢放肆,我未尝不认夫也。夫妇平权,尔辄加以声色,我负尔乎?尔负我乎?明日同游东瀛,归法院判之。"生色稍霁,曰:"尔我中国人,仍行中国礼,判断何为?"妇曰:"父为子纲,夫为妻纲,翁能振父纲,吾何逃焉?"生携妇手至寝所,叩见父母,自责前言之谬,且告之悔。父子夫妇,欢乐如常。一日岳家招饮,生赴席,前之少年皆在座中,严问邦族,皆其妻弟内侄也。生知为妇所弄,又自信才智不敌,从此谨受闺训云。(完)

(1910年12月16日、12月17日[①])

杀妻案

温司敬,粤之龙门县人。娶同里林贵女,结褵才数月,适贵有

① 此小说所在版面标中历日期为"宣统二年十一月十六日",而"新闻纸第1396号"的报头印其中历为"宣统二年十五月十六日",西历为"1910年12月16日",当误,实为"1910年12月17日",可据"新闻纸第1393号"中历日期是"宣统二年十一月十三日"、西历日期是"1910年12月14日"推算。

疾，女请归探，司敬送行。至中途，弟司礼趋至，言母忽眩晕，命兄送嫂归后，无少留。司敬曰："母患病，我当归。弟可代送。"司礼送五里许，女曰："妾家不远，无劳叔相从也。"司礼遂归。数日后，林遣人来言，当日订归未至，故特相迎，途见女尸衣履，识为女，而无首可辨。温闻亦骇，惟言妇已送归。其人返报林，林即以婿杀女控县。邑令拘温堂讯。则以女见杀于途，除司礼无可求，乃加严刑。司礼不胜其楚，遂以逼嫂非礼不从，故杀诬服。其首殆为虎狼所食，无从查觅。邑令据所供定狱，将详宪矣。幕友某素以精细称，阅卷大疑，亲至乡访之。闻有无赖麻子成者，于林氏被杀日，即不知所之。归告令曰："此案必获子成，始能根究。人命重情，万勿草草定拟。无论凶身漏网，死者含冤。倘于别案究出，恐君亦难保此位也。"令是其言，即差干役四出，密拿麻子成，一讯而服。盖其妻马氏素忤，成因欲杀之。是日薄暮，途遇女独行，见其身才[材]年貌与妻相若，遂拉女归。而杀其妻，衣以女之衣，匿其首，而抛尸于途，即挟女以遁。因置麻于法，释司礼，而女仍归温焉。

（1910年12月19日）

双　龄

双龄，邗江村僻女也。年十六，秀骨丰肌，眉目如画，望之若神仙中人。家贫，纺织自劬，依母为活。偶有龌龊隶，见而悦之，欲娶为妇，逼胁再四，女引刀自刺其臂，血溢衾袖，哭甚悲。荐绅某怜其志，诉邑宰而惩是隶焉。时有越人张【秋】士者，游毗陵太守幕。过维杨，客中无以自遣，偕二三友人出郭翔步，野花蓬勃，好鸟勾留。略一瞻顾，有女郎掩映竹篱茅舍。凝睇之，玉蕊琼英，未足方喻。盖女郎非他，即双龄也。生乃叹曰："玉人如可购，何吝明珠一斛哉?”遽倩邻媪示意其母。其母曰:“老身衣食,皆赖女十指,嫁之则无以自存残朽,如郎君果欲得之,非五百金不可。”(未完)

(续)生检点囊资,十不及一,□焉若丧。女知之,谓母曰:“睹郎君器宇不俗,必非长于贫贱者。儿若得所,母无忧矣,何求重值耶?”母不忍拂,廉其价而遣之。生遂献囊,载美而归。夫人贤且勤,见双龄□媚可人,顿生怜爱,即典质钗钿,为女制衣履。令生抚【幺】弦也。女事夫人亦良谨,不苟言笑,米盐琐屑,能代夫人经纪。夫人曰:“向道是画中人,不能操井臼。今若此,吾何虑焉?”田百亩,桑五十株,女缫丝织绢,光洁无匹。贾人踵门争购之,得其值纳太平之赋有余。生由是名花相对,无志功名,亦不复出游吴会。尝有一绝句云:“琴剑飘零久惜身,温柔乡里作齐人。功名二字休重问,日对名花悟夙因。”亦可想其闺房之趣矣。(完)

(1910年12月21日、12月22日)

捕熊谈

昔人说部中,曾载数人在台湾乱山中,为人熊所捕,则以山藤贯腮颊,压藤于巨石,而卒得逃生者。近友人述一事,颇与此相类,且言遇熊之人尚在。就而征之,当必不爽,爰纪其言于左。

云都仁,山西人,而寄籍于粤省者也,年七十余矣。臂□间,现疤痕如掌大,屡袒衣,出旧创以示人,慨然曰:“此某平生最得意之历史,亦即某平生最危险之历史也。

某系出武世家,以拳技名,人呼之为云家拳。某生七岁,天赋奇力,两臂能举重二百斤。父母爱某若拱璧,授以家中秘传练力要诀。诀凡十六字，虽以最孱弱之资禀，每月可递增实力四十斤，至七百斤而止。若体魄雄壮者，不在此例。又教某以各种技艺，并自少时啖某以……束筋力之药酒，故某年甫十六，朋辈中未尝遇敌手。是年进武学，既而试武科，以目力不逮，马步箭全失，遂被黜。某此后亦不复为举子业。（未完）

（续）朋辈中有抵北口外，以较猎作生涯并贩运皮草者。某从之，朋辈亦乐与某偕。由是驱骡车，越沙漠。月余抵一处，万山重叠，远树连天。登高一望，四无人烟，兽蹄鸟皆迹，弥望是，更有触人生感者。则老树之根，山【岩】之畔，枯骨【纵】横，零星不齐。盖行人为猛兽所噬，而遗骨于此者也。

某背一火枪，左手护牌。牌广阔，可覆一人，夜则睡此，日则以避猛兽。右手握刀，刀长三尺余，极锋利。朋辈所恃者此耳，惟较某为轻。

一日入山深处，朋辈皆失，猝遇人熊。高逾丈，某即伏护牌内。人熊已知，前揭护牌。某力挽之，力与熊等，各相持不能下。某窃自计，与熊较蛮力，愚甚。则出其不意，猛弃牌，熊颠丈余外。其跃进，斫以刀，熊□。顾某欲使朋辈知某在此也。执熊足而掷诸空中，意朋辈从究际睹熊，必抵此寻某。嗟乎！孰知事有出人意外若乎？

朋辈忽睹熊，知某所为，果至是而获某也。某大喜，将从朋辈归。半途猝遇一熊，较前为大几逾倍一。见某等猛力扑前，若挟盛怒而来者。盖睹掷熊而知某等之毙其类也。（仍未完）

（续）朋辈皆伏牌内。熊手持巨藤，一一揭之，从臂□之际，皆以巨藤贯。有痛极而晕眩者，有以火枪击熊，有以利刃斫熊。而熊身若钢铁，了无伤损。某起与熊斗，不胜逃惧。而熊步阔而速，卒为所获，亦贯某于藤上，共十余人。以手持之，瞬息数里。既而悬某等于树枝上，飞步而去。某等出刀斩藤皆坠，忍痛疾走中途。有因是伤重者,某背之而趋至一山。一友曰:'止。熊回,知某等逃,必追。彼步快,将再被获,吾等危矣。曷匿山岭中,或枯树里。细侦巨熊消息。彼果至是,吾等觇熊致命处,击以火枪,俾绝后患。'众以为然。须臾,熊果至,若寻觅状。众环攻以火枪,适中熊要害,遂仆。将复起,某疾出,以刀贯其喉,遂毙。

是役也,某等获猛兽,及得各色兽皮极伙。复入关货之,咸获重资。

某亦不复再为此技。今三十余年矣。"言止此。嗟乎!如云某者,亦可谓壮夫事业矣。(完)

(1910年12月23日、12月26日、12月27日)

《国民报》

1906年创刊于广州，日报，发行人李伯抚，编辑人邓悲观。卢谔生亦曾参与主办。“以唤醒国民精神，而发起其爱国思想主义”为旨。辛亥革命后继续发行。发行所在广州西关第七甫九十七号门牌，代售点有江门、三水、韶州、四会、石歧、大良、花县、惠州、石龙、梧州、市桥、佛山、虎门、香港等。小说刊于“小说丛”一栏。现存1910至1913年小说共计40篇，其中长篇小说4篇和翻译长篇小说7篇，不列入整理对象。其余29篇均为短篇小说，本集全部整理。

寓言小说：破棍（诛奸）

骈肩累足，围观如堵。做什么？做什么？

一人曰：“弟辈来到贵境，前有师兄，后有师弟，倘有出错拳头，踏错马步，切莫当堂耻笑。”说声未毕，“呜”的一声，将棍弹响，撑天撑地，舞上两舞，便点点皆错。

旋曰：“弟辈此棍甚重，故名曰重（讼）棍。此棍甚光，故亦有名为光棍的。但棍尾甚硬，可以挑得一百斤水也。”人以白水令挑，一挑便得。人又以净水令挑，亦一挑便得。若换以别物，挑不动矣。人始知其棍尾之硬只如此，而看者亦有投之以钱。

某遂日舞此棍以为食。一日开档未久，悉挑一净水，误泻地上，人多挤之。某害羞，斤斤辩，而阅者遂不投以钱。某恐，复舞动其棍。

有数人昂昂入，指其藉棍骗钱。某更恐，争论不已。数人执其棍破之。彼咆哮乱骂，复竦其党伙，出头相争。数人乃各觅一棒，大喝一声，当头击之。彼知理亏，始抱头而遁。

（1910年6月27日）

寓言小说：推车女（辟臭）

阴云密布，半空中殷殷雷鸣。余乃驾轻气之球，升天而觇之。

车声訇訇，发于云端，车雷车也，御者得非阿香乎？

磐控纵送，诡遇为之，而不范其驰驱。雷公怒，仍未言。

阿香忽而车之上天，上下冲突。忽而车之落地，四面攻击。雷公怒而言曰："尔为何？今日如乱车大炮也。"

香不悛。忽而推入商界中。商界人见其豫奋而至。非畏香，实畏雷公也。急急贶香行，勿再推入。

香不悛。忽又推入学界中。学界人知其虩虩而来。公尚无他，香必有意也。急急挽香打手眼。

香不悛。忽又推入政界中。政界以为媚奥不如媚灶，又拉香说好话。

香仍不悛。忽又推入农工各界。农工中人最畏雷公，故并畏香，急欲买香欢，而以鸡髀打其牙较。

香借雷公之势，而遍地招摇。雷公知之，又欲有言。香急驶其车而入黑暗场，香急又驶其车而入掘头路。

雷公大怒，愤愤言曰："藉公营私，胡许尔？况驾驭无方，吾车不用汝推了。汝寻别样推罢！"

香不舍，雷公卒贬香落下界，乱车大炮过日。

（1910年6月28日）

短篇小说:高等强盗(诛)

小窗雨歇,微月甫上。天际淡云,犹有殢湿气。

主人坐空阶上,纳晚凉。直至三鼓,乃命仆携灯入,遂就寝。

未成寐,忽堂前隆然一声。寻其声线,类由檐际,跳跃而下。

主人异甚,呼仆,仆已酣睡。

乃自出,烛四隅,无所见。

忽索索之声,出于厨间茅草内,遂大踏步进。

见一人,蓬头跣足,状极狼狈。知主人至,急牵茅以掩其面。

主人大呼贼。群仆尽起,乃执之。

视其状,庞面,胖身,披长衣。惟赤足,不穿靴,亦不履屦。

主人谛视之,其人非他,盖素识者。

问之曰:“子非亚乜乎?胡斯文败类,一至于是?”

其人曰:“吾非固来扰君,殆有不得已者在。”

主人诘其故。乃曰:“吾遇仇人于道,欲得而甘心。惟无武器,可以自卫。故逾墙走壁,冀窃一刀。不图误入君府中,遂至被执。愿君相谅。”

主人察其言,斥之曰:“有是哉?微论所遇仇人,在于暮夜,黑暗之候,不能图报。就令天亮,而欲复仇怨,乃以己身为盗贼,是【汝】之仇有限,而与汝为仇者反无穷矣。”立命鞭笞之。

其人呼痛不已,乃曰:“吾非有损于君,而君与我仇,此何故?”

主人曰:“汝背正理,而作贼。非尔我之私仇,乃天下之公仇也。汝尚哓哓耶?”又命鞭笞之。

如是者三,其人乃缄默。

主人遂曰:“吾今姑恕尔,后此不许尔糊涂也。”

遂启门释之出。

其人去后，主人曰："西人之所谓高等强盗者，即此类也。彼虽去，明夜或仍复至。"

众人曰："吾等姑解装。再来，乃对待。"

计既定，复各归寝。

（1910年6月29日）

箴规小说：米中蠹（百罹子）

盖厂支篷，人若沸鼎。男子女子，拥做一团。

观剧耶？卖武弄把戏耶？分祭肉耶？人告余曰："此平粜厂也。"

左手携麻包，或筐篮。右手持银与票，背负孩子，亦有手拖者。汗粒大如豆，抹之复来。挤入人丛中，交易而退。

旋而争论之声起。彼曰："十九斤。"彼曰："二十斤。"彼曰："错量。"彼曰："秤不够。"厂中人亦喝使退，不暇与折驳。人皆恨恨连声。

有一人，负米出，复负米入。曰："此米便足一元半之数耶？"厂中人曰："足。"籴者曰："不足。"互相拗。籴者愤，擘其票成粉碎，掷空中，作蛱蝶飞。曰："办平粜者，将以施济于人也，而反行其侵蚀之手段焉？吾欲求济恤而不能，吾今日请反以此款而济恤尔办事者。"掷票悻悻去。

旋而哗声又起。盖一妇之失其小孩也。籴米时，一男子曰："人太逼仄，携着小孩，岂易措手？吾暂替汝怀抱，汝得从容籴米矣。"妇信之，米未籴，而男子已抱小孩遁矣。

旋而又大哗。盖老妇襁负其孩，勉强逼进人丛处，暑盛人隘，小孩为人所逼,呼吸不通,负米开来,一视小孩,竟已死矣。

呜呼!售米人少,应付不通。持票【立】候,恐后争先。暑酷人稠,致生种种弊害,此由办事人少之过,亦办事人不善应付之过。

争轻较重,沿道怨声。贫户小民,持一两角银子到厂,亦冀便宜得数粒如珠之米耳,岂知弃其事业,到候数时,辛苦之情形,较诸挑担负贩而更甚,而所得者其值又与平常之米店等。此则纵无侵蚀之事,亦难免人疑,岂不与慈善之宗旨大悖乎?

过数天,更往觇之,而赴粜者寥寥矣。呜呼!首事诸君,盍留心而体察之?

(1910年6月30日)

短篇小说:京华梦(过来人)

持一纸书,走万里路。而水,而陆,而航,而车,至一处。

道路辽阔,都邑廓然。烈日中,风卷黄沙,四处飞扑,如入尘网。

群袂戾止,行礼仓皇,乃谋舍馆而定之。

甫卸行装,即趾高气扬,意不胜其自得。

登楼一望,见广场之上,马龙车水,即怡然而生其欣羡之念曰:"此殆名利场,为富贵中人之出产地也。吾辈何幸而至此?更何幸而与诸同志,盛会一时而至此?"

噫!此何人?其获选职员之举贡乎?听候朝考之拔贡乎?抑自外国归来,手皮袋而心策论之留学生也?怪哉!奇,奇。

伺而察其行为,时而合群以商,时而发函以约,更时而致各省团体以电,又时而接外洋华侨,又是电。奔走骇汗,志若甚劳。怪哉!奇,奇,奇。

复伺而察之,未几而征逐于形势之途矣。又未几而伺候于公卿之门矣。而乘兴而入者,类皆索然而出。瞯其状,如皇皇有求而弗得。

或问之曰:“君等之意沮耶?”曰:“否。”“意天沮耶?”亦曰:“否。”穷诘其故,只答曰:“个中情形腐败,而吾等之力,又只及此,可奈何?”言下若有忧色。

寓于寓,久而久之,卒出书投明公,悚惶以行其志。

蟾圆之夕,乃置酒高会,相与祝此书之进行,而收其最良之效果。

一日,一日,又一日,皆梗绝消息。乃私议曰:“殆将鉴此热忱乎?其谅我也。怜此毅力乎?其许我也,事殆成矣。不然,料必不若去年之失败,而复以九载之长期,靳我辈者。”言已而喜,喜而祝,祝而候。

无何,而回音至矣。众争观视,则为之【惊】跳错愕而不已。只闻叹息之声,振于耳鼓。

噫!此何事?怪哉!奇,奇,奇。

(1910年7月1日)

短篇小说:野兽性(雷)

恶阴木下,有骅骝一,与蟏蛸甚善。彼此同在虫兽类,以苛于猛虎,故骝与蟏遂合谋。

骝曰:“吾等日处此间,去人类之形尚远。欲脱虎祸,非以教育增长智识,计不遂。然来去皆伏此山中,欲换形,将何之?”

蟏曰:“君有志耶?吾闻此山之东,有大河,渡而过之,当有合者。”

二物乃偕同渡河去。

至,则见若羊、若麟、若狼、若驴、若马者,咸在。

骝、[illegible]皆一一引为同志,并力陈山中虎患,共图所以谋去之策。

时[illegible]、蛸颇具智慧,且曰:"吾愁丝满腹,久思一吐。今遇君等,吾吐气有日也。"

众大喜,爰相与密[秘]密组织。各就其性之所近,而习最剧烈之手段。为之师者,则固非驴非马,而东河上之一巨虾也。

不旋踵,学成,思返山去。

骝遽止之曰:"此地有老羊,具触藩之力,吾等其合之便。"

蠨可之,又相将携手以投于羊。

羊以其具有一片热诚,乃信以为实。

相与筹渡江策,各携利器行。甫回山,正坐浓荫中,议寻虎穴,挺身而入。

忽来万千红蚁,自树杪堕下,幻作团绕象,愈聚愈众,竟将骝、羊及蠨,扛负而走。

至半山,遇虎长啸而下。见羊、蠨,左攫右爪,戏弄许久,乃衔于之口,惟羊则独免。(未完)

(续)[①]是时,羊视蠨,无语,惟心中只默忖曰:"何以羊不入虎口?"

蠨之视羊,其心中所言,亦复如是。

羊、蠨斜睨于骝,觉其附虎耳,语长久。虎乃露其欣喜之状,且与骝,各点头去。

羊、蠨至是,乃悟骝之术,叹曰:"不图同类,不图同类。"言至此,即梗咽不成声。

虎乃攫二物入山,不知其终极。

① 正文前有说明文字:"廿六日稿,'惟羊则独免'句,'羊'乃'骝'字之误,合校正。"

骝自是，以有能力，可以悦虎，遂引虎以自卫。

虎自是，以有假面，可以瞒骝，又加骝以冠。

一日，虎谓骝曰："吾今有需于汝，汝其代我走。"

骝曰："【善】。"

虎乃召之入山，授以机定，骝靡不一一颔之。

于是泽其毛，镶其足，短其尾，换其形容，复向东河而去。

至，则诩于众曰："吾今又为青黄蚁队中头目矣。凡我同志，曷其弗来？"

时若狼、若驴、若马，皆未遽就。

骝于是日中无度，乃不得不贩鸦以自活，且私雇莺燕，出而摆卖。

如是者有年。

为河中之麟侦知，乃曰："此怪物又来耶？来，乃作此等事耶？"遂毅然曰："吾初以彼为同性，讵料其性之野，若是其难驯，吾不能为此怪物恕也。吾身有口，吾手有笔，吾当斥之以书。"

遂为长文以责之。（未完）

（再续）骝睹书，大怒，乃曰："鼠辈敢与某为难耶？吾当设阱以陷之。"

时有恶豹，居于虎山之南，与虎同其种族者，亦虎之爪牙也。骝乃以电报之，谓与豹同处于南山者，有大鹏。此鹏一振翼，能扶摇九万里。现鹏联结东河外之麟及驴、马等，欲潜回山中，以逐其虎，宜设法防范。

豹得报，惊甚。爰命豸及犴、及蠹等，不动声色，刻日至鹏程下，以燕剪剪鹏翼，并为瓜蔓之抄。

麟闻之，痛不欲生，不得已，乃投诉于东河之虾。

虾以骝惨无人理，立命夜庞数十，星夜驰至骝所，将骝并其骅、骡各党，悉数逮捕。

搜骝之宅,得鸦若干,莺燕若干,尽数提出。

老羊闻之(此老羊乃向日驻东河者),遂往见虾,且力为释骝之请。虾不可,卒置骝于狱。

骝至是,无鸦以相需,亦无莺燕以相随,乃呻吟于狱中之槽,而奄奄待毙。

更益之以屏禁减食之苦刑,不逾月而遂卒。

事闻于虎,亦不之较,只微捋虎须,一笑置之而已。

按:骝与羊、蟒等,同种、同学,而又同志,乃因一冠之加,遂忍然于心,不惜设阱以相陷,卒至己能害人者,人亦能害己。语所谓"多行不义必自毙"者,非骝之谓乎?嗟乎!骝之野性者,其阴险乃至是耶?物犹如此,人何以堪?吾不禁掷笔而叹也。(完)

(1910年7月2日、7月4日、7月5日)

白话小说:睇出神(百罹子)

"啲错,啲错,趺的啲错。"

"喂,亚茂,听吓,有野睇噃,去睇吓嘡乜咧?"

"呼呼——洒洒——"(平读)风雨声。

"儿侬,大风大雨,你去睇呀?亚寿你真好举荐嘞,咁大雨都叫我去睇野。唔知边个娶心抱,择得个咁好日子咧!"

"凄!娶心抱咩?枉你喺佛山咁耐,都唔知佛山嘅野,今日菩萨出宫呀吗。"

"喺菩萨唔食饭嘅,做乜都有公出咧喂?个个系乜野菩萨亚?"

"一位系财神,一位系太上老君。"

“哦，咁大风雨，财神都话有条拐杖扶扶吓呀，难为老君咁老，要佢行去出公，唔怪得话屎急唔怕雨大咯。”

“凄！你估屙屎咩？人地修整间庙，请佢出宫嚟拆卸啫嚅。去屙屎驶乜打锣打鼓亚？”

“敢讶！又要睇吓至得嘞。”

着鞋着鞋，担遮。“胡胡胡，儿侬吹倒人呀。”

“睇野落位。哈哈，做乜抬住咁多油布呢喂？”

“神到咯噃。儿侬，淋到佢利都冇条干，个的人做乜咁嬲个位神唎吓？”

“乜嬲佢亚？个个都好神心架。”

“哦，揩个位神淋到湿水鸡一样，重话神心添呀，等我赶你开去淋吓呀。”

“喂，你咪乱咁得罪人亚！呢的办事嘅人，老师们又有，银行大总理又有，一的都系阔佬亚。”

“敢咩，我敢唔话佢嘞。”

亚茂、亚寿一齐番嚟，人地问佢话：“咁大雨去边庶嚟亚？”

佢话：“睇出神，睇出神。”

“整乜咁好睇亚？”

佢话：“睇菩萨出公呀吗。嘻嘻！”

（1910年7月6日）

近事写真：剃头失妻（不剃头者）

“唉！真正前世唔修，至嫁着你只衰鬼咯！你揾个镜照吓你个衰样丫，薯莨咁嘅头，豆角咁嘅辫，蕉蕾咁嘅手，竹筒咁嘅脚，睇见你个样真正唔食都饱咯。”

“谐,老婆王帝亚！开声话嫁猪随猪,嫁狗随狗,嫁着卖着,有乜好怨丫？鬼叫八个字生得唔好咩？鬼叫你亚妈钟意我咩？怨吓自己条命,同埋怨自己亚妈罢喇。日夜当我系仇人咁,就够唔系野嘅喇。而且我个噻头虽系生得冇人地咁靓啫,求祈有两餐嘅过你就系喇吗？唔通对住个靓仔,就真系冇得食都饱唎咩？乖乖地瞓罢喇,好心唔好成晚咁寻吟嘈住我咯,我听朝晨早要开田架老婆王帝亚！你知到老公千辛万苦,做牛咁做,至揾埋番嚟过你叹正好亚。”

“唔使你出声,我都知到你系牛咯。重讲话揾埋番嚟过我叹添呀,到是番薯唔慌冇得过我捱。番嚟你处成年咁耐咯,有过一餐饭过我食未曾丫？我响亚妈处呀,真系银虾仔咁米至食播。你睁大对鬼鼠眼,睇吓我而家样,同初初嫁你个阵时个样同个唔同丫？而家皮黄骨瘦,个阵啖红啖白。你过得意去就好咯,衰鬼!”

“系咯系咯,总之唔过得意系喇。咪嘈罅,咪嘈罅,有说话听日正讲喇,瞓唎。”

“你唔系有你瞓到够,而家阻你咩。”

“喂,喂喂,我而家唔嘈你,唔闹你罅。孖你慢慢倾吓偈罢罅,开田唔系晏的去系啰。”

“系咯,唔通咁唔话你系好老婆,两公婆好斟好酌正系架。开声话家和万事兴,你想我发达,都咪日夜系炒螺咁嘴至得嘅。倾乜野呢,倾乜野呢?”

“有乜野。不过自从番嚟你处,我年咁耐咯,都未曾番过去外家。唔知我亚妈近来点样,我想番去见吓佢啫。一来母女相会吓,二来我番去一日,你都悭番二斤番薯丫。吓,我听朝搭早车去嘅啰播吓。”(未完)

(续)“乜话？你想番外家？亚乜话事概,有去冇回咯。咪拘咪拘,我宁可一日唔见多二斤番薯罢咯。”

“凄！咪咁癫喇你，我一实番嚟嘅。唔驶慌，你咁靓，人事又唔错，我点舍得你丫。……唎你……”

“唔得唔得，一于唔得！你唔番嚟，叫我去天脚底揾你咩？”

“你真系咁放心唔过，唔啱你又做跟尾狗跟埋我去丫衰鬼！我亚妈买定个口水肩等你好耐嘅罅。”

“咁嚊即管，唔系你自己一个人去嚊得嘅咩。”

“咁我执野喇，同我执齐晒哋野亚，系我嘅就一个烂私钱都要执齐亚。快的喇，就天光咯，唔系搭车唔倒咯。”

“去个三几日，驶乜执咁多野丫？”

“我要嚊，你硬同我执齐佢就冇错。”

“执齐罅，去啰去啰。”

“嗱，我行先，你挽包袱跟尾。去到省城，你正俾番个包袱过我，个阵时你行先，我跟尾。因为省城唔同乡吓[下]丫，省城的人，专笑人跟老婆尾架，你唔听见过自由女跟班个名咩？”

“系咯，行唎行唎。”

“呼呼——洒洒——”“咁大风大雨，点行亚？”

“唔怕，行唎。我女人之家都唔怕，唔通你男人大丈夫就怕风惧雨咩？”

“嗱，到火车头喇，埋去买两条票唎。”

“买乜野票亚？山票嚊白鸽票亚？”

“啋！正山犊，正老乡头亚！买、买、买火车票丫！”（未完）

（再续）“咁你又唔大早话明，我点知你买乜野票啫？我周时听见你话买山票，我正问你乍。”

“唔该大事头，让两条票我去广州大城唎。几多个蠕亚（乡人叫仙士做蠕）？”

“今日打风，唔开得车亚。”

“今日打风喎，唔开车喎。咁大风大雨，点行得番得埋去呢？

我都劝你唔好嚟咯,咁去边处瞓好呢?”

“咪咁吟寻唎你。唔系就响避雨亭处过晚夜,听朝至去系啰。”

“呜呜! 天光嘑,快的起身搭车唎。”

“夷衣! 飞咁快,天咁震,头都瘟左,点似坐大棚渡咁自然丫。”

“咪咁老山唎你! 噃,到嘑噃。呢处就系黄沙丫吗?”

“拧番个包袱嚟我拈唎。你行先唎,唔系人笑你跟老婆尾嘅嘑。”

“哈哈,呢间系乜野咁架势呢? 你听吓里便系乜野声?”

“呢间就系八音学堂丫吗。隔离呢间就系戏子佬会馆嘑。”

“乜行咁耐重唔到嘅? 点解好似运来运去都系呢几条巷嘅亚?”

“行唎,就到嘅咯。你有你行先,驶乜耐耐又拧转头望吓我啫? 你行错慌我唔会话过你听咩?”

“喂,呢度叫做乜野桥亚。”

“桥东西就系呢处唎,直过去就系观音大巷唎。呀,啱嘑,桥脚个间唔系剃头铺? 你吔头发咁长,好似黑沙煲敢,失礼我外家。噃我俾五百蟠你入去剃光个头至去,我喺门口等你喇。”(仍未完)

(三续)“你喺门口等我? 唔得唔得! 你想装我剃开头就行去之吗? 你同埋入去铺头坐处等我啰。”

“谐,你真系咁慌,我就又入去铺头等你丫。”

“师傅,多烦你同我刮个头乍。”

“坐庶唎,倒水。乌低个头嚟洗唎。好嘑,剃完嘑。”

“多烦晒喇师傅。弊嘑,乜乜唔唔见左个女人呢?”

“你乌低洗头个阵时个女人就行出去唎。”

“系系,怕就番咯卦。坐处等吓佢乍。”

“乜咁耐都唔番架? 弊咯,走路咯! 唔驶指拟咯,呜呜呜……”

“凄,咁大个男人老狗喊乜野丫? 个女人系你乜人嚟至?”

"系我老婆嚟。我旧年驶成手瓜咁长银,喺省城娶佢嘅,带番去花县。点知佢番到去,日夜打我闹我,又嫌我唔靓,又嫌我穷,周时话要同我生离去嫁过递个。寻日话要出嚟外家,我都精嘅咯,慌佢借意走路,要同埋佢嚟咯。到左省城行左几十条街,佢都话未到,运来运去,都系喺个左右,我都见奇嘅咯。点知佢想卖甩我,扭计叫我剃头,装我洗头个一阵唔见佢,佢就走左去呢。我而家一个钱都冇亚,你地好心施舍几个蠕我搭渡番归咧,阴功亚阴亚!"

著者曰:以上所述,乃前数天目击之实事。呜呼!女子无教育,婚姻不自由,因之夫妇之道苦。此等背夫潜逃者,已数见不鲜矣,良可慨也。(已完)

(1910年7月7日至7月11日)

短篇小说:暴虎(过来人)

清邑多山林,恒有虎患。居此者,每于门前,截尖竹,削成芒刺,周插墙外,以相抵御。

黄某家此,遭虎害者已屡。

余兄弟四人,恨虎刺骨。恒持短铳长矛入山,思与虎遇,则团而击之。

山高且深,遍觅一无所见。

遇一人,谓黄曰:"汝兄弟何往?"黄以暴虎对。人曰:"欲搏虎欤?不知虎穴,焉所得虎者?"

黄曰:"吾当求之。"

人曰:“求则无不得。然如生命何？天下危险之事,无有过于与虎斗。”

黄曰:“如以为危险,而不思除其害而去,则虎之遗毒,从虎祖而虎父,而虎子、虎孙,靡有穷期。久之,虎之种类渐蕃,虎将与人战。而吾等一旦被其征服,则将反人而与虎同化。汝不观西哲之论人类,殆由猿而成乎？吾为此惧,故不惮而为冯妇。”

人曰:“汝能牺牲此身,吾当示以虎之所在。”爰命黄,尾随之而行。

越岭逾岩,约行八十里。

指一窟,谓黄曰:“入此,当与虎相见。”(未完)

(续)黄乃挟短铳,挺身欲投入。

已而顾诸弟,谓之曰:“吾此行济,则报死虎者之仇。不济,则以身饷之。汝姑守候此,久不见吾出,当归家,另谋对待,毋自馁也。”

诸弟应之曰:“诺。”

黄遂入,约一小时许。

诸弟以黄投穴中,久而不出,又不闻轰崩之枪声,意黄必入于虎口。

顾谓其人曰:“吾兄殆又将死于虎矣。”

人曰:“未可知也,姑俟之。”

俄,黄大笑而出。诸弟以为毙虎也,群趋而问之。

黄曰:“异乎,吾所见！非虎穴,殆宝藏也。”遂约诸弟同入,拟迁其所有而出,归共享之。

时其人仍与黄并立,观其状,亦现一种喜悦之色。

诸弟又谓其人曰:“子言此中有虎,胡至是?”

人曰:“吾恒于此见虎之啸谷,或见虎之从风。不图吾所见为虎穴者,而汝等见为宝藏,殆君等之福相也,盍入而采取之?”

黄兄弟乃呼笑而入。

路甚曲，黑暗无一点光明气。山石幻作门户，门户又绕作圈形。至最深处，见一大棺，满载黄白物。

黄指以示诸弟曰："此必古之疑冢也。珍贝珠饰，胥在是矣。"遂合众力，移其棺而出。(未完)

(再续)视之，内载虎皮、虎牙、虎爪，并有不知鸟名之羽翼无算。

众大异，随曰："此必虎食虎所留遗之馂余也。虎其自残同类欤？不然，胡有此等物脱落？"

正在商议，忽又于棺内，复检得脱去皮肉之骨头一具。

黄见之，奋然怒曰："此人首也。被噬于虎者也，哀哉，此人！惨哉，虎！"

言下，又有攘臂欲行之意。

诸弟止之曰："休躁妄。今日非再投穴中，入至尽头，料虎必不得见。惟欲得虎，遽以身从，明示虎来，何如以计取之？我可以防虎，而虎不我防，策之上者也。"

黄曰："善。"乃对诸弟曰："此间有虎皮、虎牙、虎爪，吾当蒙其皮、镶其牙、套其爪而往，可乎？"

诸弟犹未决。其人旁立，听至是，乃急曰："不可，不可。"

黄兄弟等，诘以故。人曰："虎穴中，为虎所据有者，珍贝、珠饰、财宝，不知凡几。君等利心未忘，见棺内物，志已为之动摇。复蒙其皮以行，设虎果误以为同群，而不与君等为敌，而君又目睹虎穴中之财与宝，一心趋注于是，与虎同享。久之，虎威自假，其结局亦与虎等。斯时，势将引虎以自卫，尚遑论暴虎之一念之未有销灭，似非计之善者也。"

黄闻【言】，乃曰："然则如何而可？"

人曰："君等初志如何？亦曰重言诺，轻生死，无改初志焉，斯已耳。”

众皆赞其议。旋问其人曰:“然则此真虎穴耳?”曰:“然。”曰:“何以虎中藏有羽翼爪牙?”曰:“此乃虎用以为牢笼之术,亦以为收拾人心之计者也。”

黄曰:“然则虎留此无皮肉之骨人头,以示人者,何故?彼岂不惧人之见此,自伤其类,而有恶感之挑拨耶?”

人曰:“不然,此非骨人头,乃假面具也。盖虎每出,必蒙此假面具而行。而此假面具,又全是人形,虎藉此以自掩其形,使人之见之者,不以为【虎】,而以为人,故虎乃得藉此以为食人之计。”(仍未完)

(三续)黄闻之,勃然变色曰:“然则世之所谓虎伥者,殆即此耶?”

人曰:“诚哉此言!诚哉此言!”

黄兄弟等,泫然泣下曰:“虎计如是之巧,吾一日不毙虎,吾一日未能为居民除患也。”

兄弟数人,乃再思同入虎穴以去。

计既定,方欲复入。

忽山前腥风卒起,树木摇动。

回头,已见虎迎面从穴而出。

黄急轰以短铳,连放数声,虎益威。

突然爬前,一转瞬间,而黄已被虎攫去。

诸弟大惧,直奔而走。

约行数里,神志未定,惴惴然气喘欲绝。

回顾众人,先后跑至,惟余被虎攫去之黄氏不在。

诸弟乃曰:“今日吾兄被害,又多一仇。现断不能归家,小歇□□,复行入穴以轰之。”

数人乃坐村落破庙中少憩。

已而复行。

将至虎穴，忽又见虎由远而至。

诸弟中，一弟谓众曰："此次宜分散队以击之，勿全向一处以迎敌也。"

言未已，虎已吼一声而至。

相与搏击，虎之尾，略受长矛所伤，虎乃佯奔。

诸人又团而追之，被虎一回头，又攫去一人，伤毙一人。

时只余两人，幸前所遇之人尚在。

黄弟痛哭而言于其人曰："吾黄氏祖宗，血食所不斩者，幸有我耳。再冒险而行，将不祀矣。吾当返，不与虎斗也。"

人曰："血食固当延，其如大仇未复何？与虎斗，非我死，即虎死，断无中立者。如以为险，斯不斗，虎祸其曷有已也？为子计，宜急回家，联合兄弟，埋炸药于山之前后，而再轰之。倘子不馁，吾愿随子行也。"

黄弟感其言。翌日，如法而往，卒焚弊猛虎数十头，焚伤者无算。

乃携伤虎归，囚以虎槛，置之村门之外。

自是该处，十余年来无虎患。

（1910年7月12日、7月13日、7月15日、7月16日）

诙谐小说：三大（一棒）

屋角空旷处，人围绕如圈，挤前观之，始知是洒拳脚者也。

客告予曰："此弄拳者名三大，日以洒拳舞棍为生。然好夸张，且满口不通之新名词，自以大称，所称有三种，故名三大也。"

予目注视，耳倾听，见打棍者曰："鄙人鼎鼎大名，来到贵境团体,洒出卫生拳脚,度度文明。况兼弟辈生平所谓大和魂,有改良棍法,极为起点自由,并无野蛮桥段。若有出错拳头,踏错马步,弟辈不任其责。前有师兄,后有师弟,左有师叔,右有师伯,倘有当堂特别耻笑,先生亦大度包涵。听我先洒一路棍法,俾过诸君眼帘吓罢。”

予听毕笑不可仰,忽见使动棍法,点点皆错。

“窝呵,窝呵!”挤台之声,不绝于耳。

忽又跑一人出,客告余曰:“此有头龟也。”意是其徒。

才执棍跑到中心点,便一步蹉跌,棍折人翻。

“窝呵,窝呵”之声又起。

警丁以其嘈闹,扰乱治安也,执之去,处以罚。其徒幸免,遂拾了师傅之棍,抱头窜匿。观者亦渐散矣。

(1910年7月14日)

活动写真:会客(岁)

山高路斜,峭立如壁。

路之左方,建立高楼一。基础皆奠以石,约峻逾丈。四面只有小窗通风,窗大仅盈尺,无骑楼以资眺望。

门外,有荷枪者,约数十人,昼夜于此逡巡。

一日,有乘舆者、跨马者、步行者,结队联群,先后继至。

到门,投刺入。守者审查良久,检验良久,乃引之进。

入门一重,反钥之。又入门一重,亦反钥之。而至于登楼。

守者乃语众人曰:“子姑小候,吾小[少]选再来。”

守者复登楼。约一小时,乃急足下,谓众人曰:“请来见客。”

众乃拥上。

楼中分两重，内重环以铁槛，网以铁丝。外重亦环以铁槛，网以铁丝，中厂一道。

内重实人无算，外重则虚无一人。守者遂引众人，至于外重。

外重人，与内重人相见，隔绝中路。众至外重，时只见内重人，争至槛网之孔隙处，脱帽举手为礼。外重人之答礼者，亦如之。

彼此相见，伫立遥望，欲语不语。只见外重人□对于内重人，若露一种惨怛悲凉之形，又若现一种恳切尊敬之意思。

时向内外重夹缝之道中，直立而左右望者两人，一则专注其面于内，一则专注其面于外。两人皆各视其人，又皆各视其一己腰中之佩刀。

外内重人，皆不发一语。

俄【而】欲语，忽又若咽着苦水，呜呜然大哭。外重人哭，内重人亦哭。大家说话，都拘束得说不出来。

哭罢而行。

行时，仍各映其手帕，点其首不已。

按：此是何景像？其俄之莫斯科狱耶？法之巴士的狱耶？抑一般之革命党狱耶？然彼犹能于监牢里，与其亲戚朋友，偶一相见。以视吾国牢狱中之所谓革命党，一入狱门，则惟以秘密主义死之者，其相去为何如也？然而其他之狱，欲相见狱者，仍不免通门头矣，况党耶？甚矣！野蛮国之制度，无一而有人道。

（1910年7月18日）

怪象小说:电一通(哲)

热心如焚,翘首引领,反顾祖国,戚然以忧,曰:“时至今日,国会犹未开乎?”

于是奔走骇汗,大声疾呼,以告同志,曰:“时至今日,国会犹未开也,将如何?”所谓同志,一时而集多人。

议曰:“吾侪虽远适异国,然祖国之事,未尝须臾去诸怀。朝廷圣德如天,许人民以立宪。国会之开,可坐而至也。乃迟之久,而寂然。迟之又久,而又寂然,何耶?”

忽有人抗声曰:“行有不得者,当反求诸己。吾闻国内同志,举代表数十人,挟书入都,伏关请愿。夫国会何事?可以数十代表,数页请愿书,而可冀其必得者。主合谋者,书生之见也,何能为?吾华侨固多金,盍购以金钱?”言至此,举座鼓掌,佥曰:“善。”相约解囊,八千万两之海军捐一呼而集。

遂即拟电文一通,曰:“请速开国会,愿报效海军捐若干”云云。

电既发,一般同志,欣喜若狂,手舞足蹈,期在必得。乃迟之久,而寂然。迟之又久,而又寂然。一般同志,于是乎索然。

未几,祖国已接有非速开国会,不纳海军捐之电一通矣。

哀哀诸公,传观此电,不禁哑然而笑,旁观者见之亦笑。

(1910年7月19日)

短篇小说:亚如(碎)

浙[浙]人名亚如者,不详其姓,有浑敦穷奇之绰号。

性阴贽而鬼魅,举动怪异。少读书,颇聪慧。

比长,常居某显者幕中,司笔札。

惟淫于口腹,每食必低其鼻于珍馔中而嗅之。恒有今日嗜此物,以为异味者,明日着烀人复弄之,而以为臭腐。凡举膳,必碎掷其磁碗等物无算。盖偶一不适意,则怒。怒,则桌上膳具,必受其冲。

一日,偶嚼食品,以为不佳,呼厨至,逼其人,当堂自嚼,且逼其人,嚼且尽。

厨大惧,欲嚼。亚如忽又止之,喃喃自悔,且咒其一己之将死。

所倩仆役,只理粪者亦二人。

缘亚如,日食七八次,食后,必遗粪,然甚自珍之。每粪,皆着仆以油纸包裹,悬之后园内墙上,以烈日曝之,雨则拾藏。

公余之暇,辄至悬粪处,巡视一周,意若甚得。故后园墙上,无时不累然,满排此秽品。

亚如日巡至时,又必指而数之,悉记其数。偶遗其一,必责仆。然仆或告以干化,为风卷去,如亦不较。

如是者数十年,不改其度。

有子数人。死之夕,着其子以油包之粪殉葬。子亦不忍拂其意。此事,迄今浙之父老,犹有能言者。

按:此等人类,似甚怪诞。然闻之非洲之野番,则以食人为乐。沙朥越之朥子,则以人头为戏。天地气类之感召,盖有之生种人者。亚如只以粪为珍品,犹似较野番朥子,而略有智识也。至喜怒无常,威福自擅,宦途中,亦不独亚如其人矣。呵呵!

(1910年7月20日)

短篇小说:大虫(雷)

粤中番邑,有破园一,相传为某富者业。富者已逝世,遗此以贻子孙。子孙置不理,故园遂日就零落。然自外视之,仍若个里别有天地。而不知其中,花木代谢,苔藓遍生,无人迹者,已不知几何年矣。

园中蚁巢、鼠穴、蛇窦、兔窟无算。深闭园门,寂寞荒芜,种种不景之象,难以言喻。

园之中央,有古木,大约十围,叶脱干枯,树体已通,洞然现一深孔。

孔中藏大虫一具,遍体皆毛,毛长亦约数寸。

日居孔中,蠕蠕然动。每饿,则伸其舌以出。不旋踵,而鼠子遂群趋而至,至而供此虫之饥食。

虫若怒,则探首向孔外,将须一竖。园中各动物,感其虫气,遂各急回穴。或径至虫之孔前,俯伏不敢稍动。

某夜忽狂风,骤雨大作。蛇穴被水浸入,蚁不能居,乃奔蛇窦。然蛇窦甚坚,蚁又缓步,卒隔于水,不能至,乃就近投鼠内。

大虫知之,乃探首出孔,嘘一口气。

俄,四壁小虫,闻大虫之气,遂为之唧唧齐鸣。似欲救护,又似甚联络,而终以雨水急流,只闻在墙间呼唤而已。

风雨定后,起视园中,蚁巢、鼠穴、蛇窦,已被水冲去,虫饿亦不得食。而园主人,亦以园日就倾跌,乃命人辟治一切。伐其树为柴,树倒,而虫仍软睡,饿至不能动。以斧断之,虫乃死,然重仍约八百余斤云。

(1910年7月22日)

短篇小说:香海车尘(过来人)

天生尤物,原非供好于登徒;人种情根,奚必耽迷于孽账。然而天下无真爱感,谁解闲情?更兼世上多假因缘,交由挟富,而杜其渐者,又只防之以礼,肆为劫持。故蹈其愆者,偶然堕之于淫,遂益放纵。此非由人类之窳败,实缘于智识之低陋也。则有绛珠风韵,碧玉年华。薄雾额云,斜抹梅花之额;靡颜蜚襳,轻盈杨柳之腰。尖靴与绢盖同乌,金镜并钗钿一色。恍郑庄之千里,车轨尘宵;异方朔之一囊,新书盈箧。华言绮语,自云由濠镜远来;问俗采风,假道向香河小住。楼临上海,耻近花丛。店爱中华,雅怀祖国。不辞迁徙,遂作居停。店伴某睹其眉抽柳业[叶],靥泛桃花,人物第一流,料是仙屏之选;举止大家范,定然帷薄之修。于是呼仆役而寓以头等之房,问姑娘而进以西餐之馔。另加青眼,捧出丹心。备极逢迎,尽情招待。女始则宛通眉语,虽万钱一食而不论。继则接以心声,指拳石三生而共证。原夫中华酒店者,昔为保党,今始易人。而该女至此之时,正该店新张之后,而且未申明禁,不许留娼,故教一任污藏,无妨作祟。不谓女既与店伴洽,复与寓客亲。盖华鬘天中,虹气贯双桥而落;长安市上,花枝任过客同攀。其所以贾爱商人,实因其职为地主。乃店伴蚕丝自缚,鸳梦徒萦。以为权擅持筹,品是最高之格;兼且衣皆窄袖,貌侪美少之年。居唐人店,而能有洋务仔派头;在生意场,而学得小花旦关目。既已羡六郎之美,傅粉无须;尤宜邀十娘之怜,明珠双赠矣。

(1910年7月23日)

寓言小说：一文钱（哲）

小巷殊僻静，民居栉比。巷之深处，有一家焉。嘻嘻然稚子嬉笑声。

稚子数人，提抱者，学步者，最长者亦仅五六龄。乳媪偕之，戏于门首。

移时，提抱者饿，不得食，呱呱然哭。学步者见其哭，亦哭。长者亦随之哭。乳媪曰："小乖乖，毋尔。吾给尔钱。卖烧饼者，行且止。"

即探裹，各给一钱。

"烧饼，烧饼！"一褴褛汉，手竹筐，伛偻而至，抗声曰："烧饼，烧饼！"

稚子闻其声，已反哭为笑。媪曰："乖乖，将钱来，吾买饼啖尔。"

言已，与褴褛汉钱，买烧饼数枚。稚子各得其一，乃孜孜然笑。

各张口啖饼，未下咽，复呀然而啼。媪曰："乖乖，尔何所苦？既啖饼，何又啼？其毋然！否，娘将挞尔。"媪言再四，儿啼愈□。媪乃恍然悟，曰："咦，是殆饼不适口也。"取饼视之，嗅以鼻，奇臭，使人闷欲死。反复展视，不知为何物。

乃掷饼于地曰："咄！吾以为烧饼，可止儿啼，尚值一钱，宁知烧饼亦伪者？今观之，真不值一文钱，虽狗彘亦不食也。"

儿闻言，亦不复啼。

烧饼立宪，贻笑久矣。今更伸其义而为寓言。心醉立宪者，盍深长思之？

（1910年7月25日）

富家谷记(无我)

西江泣歧子,好云游,忘路之远近。忽见一谷,日已衔山。有一老人呼曰:“前途甚险,行不得也。”泣歧子闻之,爽然自失。老人曰:“无伤也,寒谷之中,颇堪驻足。”泣歧感其殷勤,欣然从之。入其谷,则见阿堵之累累,于是始知老者之为富家翁也。谷中闻有此客,咸来窥视。自云居此谷中,未尝见有襤褛如客者。群欲奋臂,老人以目止之。问其地名,则曰富家谷。问种族则不答。固问之,而老人始忸怩而言曰:“实不知谁氏之种。但闻之先人言曰:‘俺家鼻祖,尝居南山石室中,乃高辛氏少女之所出也。’而或人又谓好衣斑斓,语言侏俪,外痴内黠,性好动,而居于长沙武陵间者,始为高辛氏女之所出。若吾等之明察锱铢,胸有钱癖,僻处山陬,常畏人而不敢有作为者,乃汉王宫女之所出耳。知有母而不知有父,是以不敢答也。”泣歧子曰:“审如是,则仆知其略矣。未知老者愿闻否?”老人首肯。泣歧子曰:“昔高辛氏有戎患,令能得吴将头者,配以少女。而其所畜之狗槃瓠,衔其头以献。帝难之。女知令不可违,遂请行。槃瓠得女,负归南山石室中。生男女各六,自相婚配。帝以名山大泽赐之,号曰蛮夷。由是言之,则高辛氏少女之所出者狗种也。昔汉江都工建,尝欲人与禽兽交而生子,于是令宫人裸而据地,引狗交之。又齐王终古赏使宫人白昼裸伏,与狗交接,王旁观之以为乐。由是言之,则汉王宫女之所出者亦狗种也。(未完)

(续)抑种同而予姓异者,盖少女之配狗也,出自己愿。而宫女之交狗也,由于王使。出己愿者有欢心,由人使者多冤气。有欢心者如春前之草木,微沾雨露,勃然而生。故少女之所出者,唐

虞时为要服,夏商时为【乱】患,周宣时为仇仇。多冤气者如秋后之榆柳,纵有萌孽,其生不蕃。故汉王宫女之所出者,种族不传,姓氏不著。自汉至今,仅有此少数富民而已。以彼例此,其得失固不可同日语也。虽然,彼以其强,此以其富,则即谓木同一本,水同一源也亦可。"言未毕,老人遽起曰:"恶有是哉?恶有是哉?"嗾诸恶少逐之谷外。泣歧子日暮穷途,计无复之。于是怆然泣下曰:"史汉误我矣。"

记者曰:狗儿之所见者钱耳、钞耳,所守者家耳、财耳。与之言史汉,彼乌知史汉为何物哉?况泣歧子言近于讦,其得免于泽狗吻,而葬狗腹也,亦云幸矣。然则士之博群书,而好为骇俗言者,可不惧哉?可不慎哉?

(1912年1月30日、1月31日)

亡清记念品(期期)

(续)侍者进袍加带,整外褂,挂朝珠,诸事皆备。复进以冠,红纬而花翎,与其未剪之豚尾相焜耀。

此时室外嗤嗤声,已变为纵笑。侍者行所无事,复进缎子靴。客舒足纳踵,昂然起立。

此时室外纵笑之声,又顿变为怒詈。

甲曰:"满奴。"

乙曰:"亡国贱种。"

丙曰:"博物院中之陈列品。"

丁曰:"妖!妖!"

众宾哄然,侍者泰然。就其绝大护书中,取一梅红名刺,扬诸(下缺)

(1912年9月5日)

近事写真:大有所获(百嚁子)

星稀露重,曙光隐微。伯什村龙,吠声相应。

野老村妪,戒勿声张。惊怯忧疑,隐缩如蜎。

俄而枪声大作,兵兵崩崩,若近若远,鼓噪未已。而东方红矣。

枪声渐歇,而村庄儿女,犹未敢启户出也。

东向一家,门高一丈有咫。双扉坚闭,阒然如无人。门外率来十数人,衣紫衣,佩长械,猛叩其门,曰:“开门!开门!查军火呀!”内无应者。

忽然坪然一声,门破矣。佩长械者蜂拥入矣。

老者少者,惊若失巢鸟。诘问声,么喝声,哭泣声,哀恳声,辩论声,翻箱倒箧声,混做一团。

呵呵!金阿,玉阿,珠阿,银阿,钱阿,纸币阿,衣服阿,七手八脚,卷的,裹的,折的,怀的,披的,忙个不了!

西向一家,以其叩门甚厉也,启扉纵之入,哀声恳曰:“先生阿,大哥阿,我家安份的人,无窝匪类者。”

既而声又大作,嘈闹如对门,又忙个不了。

哈哈,奇怪!搜检遍了,爬攫饱了,忽而房室里突起怪声。

“【吔】吔,唔得架!唔好呀!救命呀!”随而衣服息綷声,床板振响声,鼻息哼唔声,女子嘶叫声,都不知其缘何。(未完)

(续)天大亮矣,人渐多疑。“嗒嗒”的喇叭声,响彻霄汉矣。

乡人突然走相告曰:“唉,拿了某某去也。某某,某店伙也。

某某，大耕户也。何以故，而竟拘拿之？”

“呜，呜呜。”沿路嚎哭而来，视之，尽蓬头跣足之妇女也。

佩械者，吹号者，方聚集徒众，点验其齐全与否。而妇遽抢前，伏地狂叩，若崩厥角。曰：“冤哉，我丈夫向无为非作歹者，何故拿捉也？乞放回，乞放回，受恩不浅矣！”其声凄急，听者泪下。而佩械者如不闻也，只喝一声，曰：“拿回大营去再说。”

众方欲行，而长衣长须者，又成队至，打恭作揖，曰：“大某某，大某某，某先生，此数人非作贼者，我等所素知也，乞放回。”佩械者又喝一声，曰：“毋多言，拿回大营去，非作贼则来取保可也。”喇叭声呜呜，大旗蔽空，而佩械者舞蹈去矣。

门标长条，映以红旗。粗长大汉，或起或立，皆有得意色。旋而白发老者数辈，仓皇投入，手一纸，若有所禀白焉。座上人斥之曰：“未经审讯也，汝可迟日来。”老者犹斤斤言不已。又复斥之

曰：“速去速去，毋喋喋混乃公。”老者不得已，狼狈出。

又明日，老者复至，呵斥复如前。

又明日，老者又复至，欲关白，而阍者阻不使进矣。

俄闻若干人打靶矣，其余犹未卜能保全其生命否也。

老者煞耐烦，呵之又复至，呈一纸，红印盖几满。阅者颔之曰：“汝不必数数来，视门外有悬牌宣示时，汝则遵照可矣。”

日复一日，老者如早晚趁市，朝暮必一来，运动多方，而绝无影响。

奔走疲矣，形神瘁矣。乡下人函件往来，询问佳耗，书已盈尺。老者是日循例一行，而煌煌揭示矣。阅之有保交释放字样，群相(下缺)

（1912年10月2日、10月3日）

近事写真：纸世界（废帝）

“咳，老兄往那里去？走的怎么狼忙？”

“唉，我肚子饿得不耐烦，现在十二点多钟，遂没有饭吃。我家里的人，等着我买米回去，现在还没有饭吃。”

“咳，老兄不见几天，你就穷苦成这个样子吗？”

“不是不是！我还有一块钱呢。”

“哦，你看着那块钱来挨饿吗？哈哈，奇怪得狠。”

“你那里知道，我这块钱是银票。今早拿去买米五毫，讲成价钱，是一块钱十八斤的。我买半块，要他找回五毫，他就说没有银子找续啰。我再往别店，他知道是用银票买的，他就说道：‘这米五毫子，只可买六斤罢了。’”

“阿，你有一块钱，就买一块钱，何必要他来找续呢？”

“唉，你是有钱的人，怎知道我的艰难呢？我这块钱，米也靠他，柴也靠他，菜也靠他，油盐酱醋都是靠他，怎能通通买了米呀？若是五毫子，少了两斤的米，岂不是白白要挨一天饥饿吗？走了几处，都买不成。将来换银子，又无人肯换，故此跑到下午，还没有饭吃呢。”

“听你讲起来，十分可怜的咯！我们身上，还有三两块银子，我换给你罢。”

“好啰好啰，感老哥的恩啰。”

“老兄不必讲这话，赶快前去买米罢。请呀！请呀！”

（1912年10月4日）

王氏(善之)

武林有名妓,曰杏绡。年十七,美姿容,善酬应,尤工为酒录事。笑谈谐谑,一座风生。顾性绝矜尚,王公贵人,富商豪估,平时诙谈狎弄,无所不可。一旦及留髡送客,虽积金为山,曾不少应。以是爱之者多,而昵之者殊鲜。鸨母或强迫之,辄以绳药自誓。有时偶然意兴所到,眉语目成,不一二日,又以白眼加人矣。一时传以为乖癖,或曰:“名妓之性,固当如是。”白下黄公子者,家世显宦。少负才气,佚荡不羁,以资郎来钱江,见杏绡而悦之。杏绡亦虚与委蛇,外示亲密,至欲作夜度娘,则力持不可。迫促之,则声色俱变。公子知不能强,力止。访之于人,知其习性固如此也。公子殊不自已,日日往妆阁中,笑言晏晏,冀以柔情动之。杏绡有所欲,公子辄及其未言,而先进之。有所爱,辄及其未求,而先奉之。如是者月余。杏绡叹曰:“侬贱人也,不敢以贱质污公子。公子之用情如是,得毋人笑为痴耶?”公子曰:“是何伤?吾自钟爱,卿以此自致耳。”杏绡感其意,始肯定情。公子遂沉迷颠倒于温柔乡中。念暮雨朝云,终非久计,乃有金屋藏娇之意矣。间向杏俏[绡]述之,杏俏[绡]微颦不语。再诘之,则左右顾而言他。公子疑其别有心事也,越日复问之,答曰:“侬以酬恩足矣。君有雅致而无雅骨……”(下缺)

(1912年10月4日)

社会小说:贼秃(何立三)

前清某县令,富于资,以运动手段高,得宰某邑。令素信佛,妻亦持斋,焚香终日,口中喃喃不少息。一日有少尼至,求化缘。自谓居某庵,幼以贫故,削发为尼。并谈佛法甚显,历历如数家珍。

令与妻俱大喜,厚给之,称之曰仙姑。

仙姑自是深得令妻欢,往来署(下缺)

(1912年10月5日)

诬孔(破)

三家之村,村郭有庙。庙甚颓废,狗矢瓦砾,陈列阶前。过而觇之,门亘巨额,额上颜曰"文帝庙"。而旁悬粉白板,则又某某小学校也。

庙之内,长桌数条,墨水污泥,涂抹殆遍。字纸痰唾,蕉皮榄核,抛掷满地,几难插足。

一白衣裤之中年人,据上坐,小孩三十余人绕之。

中年人振振有词曰:"明日乃孔夫子得道之日,汝等应每人科银一元,以贺诞也。"

忽一童子问曰:"孔夫子亦教学堂者耶?"

曰:"然。孔夫子杏坛设教,当日学生共有三千名,而最优等者有七十二名也。"

童又问曰:"三千学生,共坐一堂,其堂想必极为广阔。"

曰:"夫子有云'奚取于三家之堂',有三家之大,合为一堂,尚且不取，则其堂阔大可知。子贡谓夫子之墙数仞，则其高大又可知。”

童又问曰：“一堂三千人，夫子讲书之时，岂易听闻？而黑版[板]上所写之讲义，又岂易看见耶？”

曰：“当日学生有云‘望之俨然’，则望见可知。‘听其言也厉’，厉者，猛也，则声之大又可知。况夫子所布算式，及所画图式，皆使人担牌巡行，使学生易见，故曰式(下缺)

(1912年10月7日)

滑稽短篇：帽之泪(瀑石)

某处宴会，甲乙二客至。

甲乙二客，均冠呢帽。

甲之帽，外国货也。乙之帽，中国货也。

甲乙既至，各脱帽置于几。

乙之帽，适压于甲帽之上。

甲帽不服，谓乙帽曰：“汝何能处于我之上？”

乙帽素主礼让，谦谢曰：“此非我意，此我之主人，偶尔置之者也。”

甲帽又曰：“虽然，尔诚无耻。我族在我国，无一外族可搀入者。尔国国民头上，现均为我族殖帽地，本无尔族之一席。现尔族虽稍稍萌动，行将灭种，尔固坦然居我之上，不亦耻耶？”(下缺)

(1912年10月15日)

纪【事】小说：两面观(痴萍)

“好热闹的纪念会，这才是民国新气象。虽然，累我磨穿鞋底，出了一身臭汗，塞上两鼻孔的尘沙，也还值得。”

“热闹是果然热闹，但是……”

“但是什么？讲吓，为什么又不做声了呢？”

“你这个人慌慌张张，一味的顾前不顾后，乐的还成个样子，走在街上，也是手舞足蹈。我打量你的魂灵儿坐上火车，还在那里飞跑呢！傻子，你还想我告诉你吗？”

“你真有些儿呆气。今天这种大纪念日，你不叫我乐，难道叫我哭不成？”

“那个叫你哭？你既然知道今天乐，就该想想这个乐的原因。”

“那要想什么？我早就知道的，无非是去年独立，到如今整整一年，所以开这个光复纪念会，庆贺庆贺。”

“不错，这一半儿你是知道了，那一半儿呢？”

“什么这一半儿，那一半儿，这件事什么分作两截呢？”

“所以我说你是个傻子。”

“呔！你哭丧着你那张鬼脸，说这些颓气话，到底葫芦里卖的什么药？你骂人傻子，你才是个呆子呢。”

“唉，傻子，我不替你讲，实在撇的慌。替你讲，又怕你未必以我的话为然。你应该晓得我们中华民国，革命大功是告成了，人民权利是恢复了，但是各国尚未承认，满蒙西藏，变乱未已。内政又为财政支绌，一切不容易举办，这如何是个国民卸责的时候？这回举行光复纪念，虽然是个祝典，却也有警励的意思在里头。要是人家多像你，以为中华民国是太平无事的了，个个把担负一松，这国事那个去支撑呢？所以我对大纪念会，另有一层意思。过去一年中，费了若干精神，才能有这些进步。未来一年中，应该预备如何如何的进行手……”（下缺）

（1912年11月9日）

诗塚(善之)

(再续)女毅然曰:“是人儿睹之,并见其诗,一轻薄子耳。且儿终身之事,岂可以更易者?愿吾父勿为彼甘言所惑也。”父出,以告媒氏。媒去。女自是敛迹自晦,足不出户,终日惟刺绣作诗词而已。年二十,嫁有期矣。乃请于父母,发箧出旧时装著之,直造江滨,寻得一地,傍山面水者,下骑,手畚畚,探怀出诗文稿数巨册,亲自埋之。埋已,督婢仆合力,拥土作马鬣封,明日更为文镌碑树之。伏地大哭,哀声动人,见者以为深深埋玉者,必为挚爱之人也,而抑知不然。女哀极,至气绝,昏仆于地。家人舆以归,不数日遂嫁。嫁后,夫不能文,女手未尝近文墨。如是者十年,无所出,遂呕血死。死之日,夫家皆以为寻常女子也。其侍婢某,从女学略涉之无,嫁一书生为侧室,尝为诵女诗数首。又云“女游戏时,或拔头上钗掷飞鸟,无不命中,盖武艺尤绝人”云。婢后生子而正室卒,遂摄嫡位。书生亦起家,竟夫妇偕老,人皆谓婢福过其主远矣。(完)

(1913年6月3日)

幻情短篇:相思误(善之)

长街十里,毂击肩摩,车马骈阗,黄尘如雾。倏然手铃一声,一自由车,从人丛中疾驶而来。车上人著邮局制服,知为送信人也。此信包之中,重重叠叠,不知共若干封。世间游子之心情,金闺之涕泪,与夫悲欢得失、合离忧喜之寄,咸存于此。此送信人之重任，虽国务总理不啻也。送信人既按封面居址，沿途投递。最后至市尽处，小楼一所，掩映于绿阴中。门前小沟流水汩汩，荒草一片，逶迤甚远。门榜曰“博陵崔寓”。送信人既叩门投书，即有老妇人，年可五十许，白发飘萧，一手接函，摩挲老眼，审视封面者久之。曰：“噫！字乃不类何耶？”旋仰呼曰：“桂珍，成都有书来矣。”楼上应曰：“阿母，书来耶？”即闻梯声登登，须臾人下矣，就阿母手中取函拆视，视未竟，面色已白如纸，俄而手中书直片片作蛱蝶飞，非阿母急行攫取者，将随风飘摇而去矣。是时母女相顾，更无一言。俄放声大哭。久之，阿母仍收泪力慰其女。明日纸黏其门，比邻左右，知崔氏女今而后为杞梁妻矣，皆相与叹息。谓女以盛年玉貌，复嫁得掷果潘郎，曾未三年，遽赋离鸾之曲，天之弄人，何其酷也！（未完）

（再续）弄月自得某女士之称扬，年虽幼冲，而才名已播于一郡。在女学生界，已骎骎乎首屈一指矣。不数年，应毕业之试验。此试验中，凡著名之女校六所，合考者近千人。弄月拔戟成队，即为第一，同时高才生皆敛手退避。及举行毕业式之日，弄月以十二岁之玲珑娇小女儿，代表千数之女同学，独致答词，语言明晰，态度从容，校长见之尤喜不可仰。其明日，凡著名各报，无不有此女神童合影焉。

天下之祸福人者，莫如名誉。彼一时之轰轰然，震耀寰区者，名致之也。其忧苦悲哀，穷愁潦倒，亦无非名致之也。弄月以一娇憨儿女，不识世事，居然得此意外之遭逢。虽时过境迁，己身有时不复记及。而此亭亭之影，其由各报所播而印入人之脑筋者，靡不知为某某女学士也。然而弄月从此累矣。

弄月芳名一播，于是四方问字者，户限为穿。母以女年幼，概勿许也。此时平时肄业之校，校长某女士者，方被征为省立女子师范校长，言于弄月之母，挈之以去。更越三年，毕业之期又近。

忽然电信传来，则外祖母业经病重，于是不得不归。此老人早日备受艰难，晚岁复处凄凉之境。病榻垂危，幸得与最爱之外孙女一面，然已不能多言，惟握弄月手曰："汝好自为之，毋以盛年为情网所罥也。"语未终而气噎。盖风烛残年，不可挽矣。此时母女之悲哀凄怆，殆难言喻。孀居闭户以来，二十年不与外事，是以门前吊客，殊属寥寥。

一日忽有白袷少年来，至灵前行礼。母固不识其人，以问弄月，曰："此保宁秦印川也。"母问于何识之。弄月迟回良久，乃曰："此省中某报馆主笔。昔在省时，曾投文其中。"语时粉靥轻垂，星眸低顾，神情顿觉与平时有异。母闻女言，亦甚致疑，从穗帷中，窥少年丰姿朗朗，如玉山照人。且其举止神情，一似曾经相见者。少年行礼已毕，少坐即去。家中本无他人，弄月之母亲出送客，弄月则痴坐无言。母送客返，诘之曰："汝何为如是？将一点灵犀，漫无归宿耶？"弄月佯不解，顾此时一寸芳心，阿母亦猜得大半。特以少年情愫，有类山花，先具根亥，次含蔓芷，继乃活色生香，然后以结子成阴，谢东皇之恩泽。己身固过来人，雅不愿反其道而行之，将掌上明珠，苦为拘束也。(未完)

(1913年6月5日、6月9日)

新情史一则(善之)

纸笔之暇，偶作遨游。观西人影戏数则，有可为情史资料者，因记之。

英国一妇人，美而艳，芳年近花信矣。飞扬荡逸，风流自喜。眷之者则一医士与一少年。医士差长，自顾星星潘鬓，非复张绪当时，虽频邀美人青眼，自分不复作并蒂连枝想矣。少年以冰清玉润之资，挟铜山金谷之富，未几而却扇仪成，藏娇屋启。此中年之医士，虽不胜惆怅之情，然亦私庆玉人得所。且与少年分为倾盖，不妨随众称贺，更叨合卺之余卮，参共牢之吉席焉。花嫁年余，乃生一女，婴婉绣褓。夫妇为情至欢，未几而絮絮花花，又惹入浪蝶游蜂之目。一银行管理人者，亦少年友也。年事视少年尤后，善修饰，美容止。与少年往来既稔，渐至瞰其闺帷，施其媚术。妇一旦不谨，遂坠彀中，由是朝暮往还。少年初不甚觉，已而情致方浓，忽然为少年突入，不须打鸭，已自惊鸳。丈夫意气方豪，岂容室有荡妇？于是伯劳飞燕，决绝西东。妇亦自以覆水难收，落花不复，无已，则惟有共有情人，成其眷属。事前已误，虽明知彩凤随鸦，亦不暇顾。于是驰函相约，翌日同行。银行管理人者，本一荡子，偶然以赠芍之欢，竟遂其桑中之喜，事出望外，得意之极。惟比翼虽有人，而双栖则无所，不得不筹所以备之者。寻思至再，乃蓦然生盗跖之心矣。荡子者于银行为副管理人，行中一切出纳之权，正管理司之，副管理但有辅助，不能专断也。荡子既怀此念，乃不患无间可乘。是夕荡子从正管理在行中，稽核一切，管理室内，纸币累累，二人一一检阅已讫，各以手拈取，纳之柜内。（未完）

（1913年7月5日）

八松墓（昂孙）

（续）年余，有客莅止，入夜哭不已。义士骇而问之，客曰：“我某省之布商伙也。客岁将阑，仓卒之间，拥三千金，驰回乡里，比及点交主人，则失其五百。主人怒我不慎。自思无以对，乃变产以偿之。不足，则质其妻孥。又不足，愿效力五载。主人素信我，亦怜而允之。今岁又将阑矣,回忆往事,此予之所以悲也。"义士曰:"银有囊否?"客曰:"有。布囊。"曰:"有记号否?"客曰:"有。鼎盛。"曰:"银数若干?"客曰:"五百。"曰:"是整是零?"客曰:"整宝一枚。"义士闻至此,笑容谓客曰:"然则客毋悲,原物犹在也。待予取来,请客验收之。"客见囊金如故,惊诧不已,意若曰:"天下安有此拾金不昧者?"载欣载拜,愿以半数为寿。义士曰:"客所为,是污我也。"乃拜谢而去。去数日,偕其主人来,愿结识义士,曰:"我阅人多矣,从未见有寒俭士,而五百金不足以动其心者,愿兄事义士,请言所欲焉。"(未完)

(1913年7月5日)

《时谐新集》

郑贯公编辑，1904年出版。分文界、小说、诗界、歌谣、粤曲、南音、小调、班本、传奇九类，共200篇报刊作品。其中“小说界”选录小说27篇，全部整理。集前有郑贯公所作之《序》，并有“墨隐主人谨识”之《凡例》。这是最早的岭南报刊作品选集。

人肉楼

天冶子产于华胥国，其国不知所谓君臣，不识所谓治乱，世界中目然一极乐国也。天冶子一日欲有所适，偕一童子行，徜徉自恣，任意所之，不择地而蹈。适至一地，见夫帘随风卷，酒楼高张。楼上悬额，字迹模糊，不甚认识。熬煎芬芳，香气喷鼻，虽天国中人无不食指动也。夷道骈阗，百数十里，无不如是。行行复行行，不觉数里，忽失童子所在，嗒然若丧。欲质诸人，又不识此国风俗若何，人情若何。急欲速返，忽转念曰：“何不遍游此地，以观察其情状何如也。”步行旷野，啸歌自若。见有迫于其后，于于然负载而来者，摩肩错趾，不审其为何物。远视之则类豚子，近视之则似猴子，侧视之则非豚非猴。噫！果何物乎？凝神注视，门(闷)思良久，猝遇一老翁撞著倒地。老翁拍手欢呼曰：“是此物也，是此物也！”命众人舁之归，亟欲支解之。天冶子大呼曰：“子人也，非禽兽也。”老翁曰：“汝知此地否？此地名为须那。吾祖自扪焦来居于此，已数百年，专以食人为事。不意此地有□亿人，愈食愈多，食之不尽，顾未尝得一洁白皙如汝者也。他日，我如此必尝异味矣。”遂将天冶

子带至一处，视之乃前所见酒楼。细审其楼上悬额，则“人肉楼”三字也。上坐一少年，后坐一老妪。其老妪啖人肉最多，十余年间，啖须那人数百万。其旁坐者数十人，专执剖割之役，以供奉老妪者。老妪见天冶子言语不同，状貌亦异，以为异味，遂欲烹之。旁坐者数人起曰：“吾察此种非可漫烹也。必须养于一室，待其驯性，察其举动，乃可烹之。”天冶子被拽于室内，其室广大无垠，不见朕兆。其中蓄人无数，食人品分为数千，又分新旧，一一标识。故古者为比干心，为鄂候脯，其次为子胥目，为方孝孺舌，此其古者也。若其新者，人皮为一堆，人眼为一堆，人耳为一堆，人脑为一堆，人心为一堆，人手足为一堆，腰与下体为一堆。最上品者则为人脑，闻之须那人脑力甚大，故最为可啖。烹人亦分先后，最肥胖鲁钝不适于用者后焉，哑者次之，盲者次之，跛者次之，聋者次之。其目炯炯，其心昭昭而又最多言语者，则先之。不特先之，而又多之，故今所余炯炯、昭昭者无几也。老妪一日忽发啖痒，不能自禁，以一啖为快，速欲烹天冶子。旁坐者复起止之，老妪不问是非，并旁坐者亦烹之。又有一旁坐须那人曰：“烹我、烹我！烹我同族尚可，烹天冶子必起杀祸。”原来前此偕行之童子，果向何去。此童子极为智慧，知天冶子必有祸患，伺间遁去，改易服色，习其言语，达其人情，与此地人甚亲昵，故人亦不觉其异也。独一人察识之，作歌以讽之曰：“大狗小狗，一齐可走，大狗既烹，小狗不宥。”童子遂测知天冶子被祸，将必及己。刻速装返国，急报华胥帝。华胥帝大惊，即举大兵，飘忽飞来，遂迫其国，大声其罪曰：“吾种不同须那种，非易烹也。岂有野蛮烹文明者乎？”遂肆意杀戮。须那人与扪焦人皆受戕贼，达于数十万焉。老妪亦不知何去。须那人至此，始为醒悟，知扪焦人专食我种也，并起而逐之。闻老妪走于村野，后为村夫执杀之云云。

肝脑地

联军破北京后，有两西人联袂游行禁城里。见道路净白，油滑可爱，不知用何物筑成。踯躅道左，欲觅一人问之。瞥见一本国人，久来中土者，握手为礼，即以所疑质问。其人答曰："此必脑浆所制也。"两人不胜诧异，急询来历。其人答曰："中国大员，遇有超升，所上谢恩折，无不曰'肝脑涂地'。大清二百余年，不知几多大员涂脑于此，方成得这个可爱道路也。"两人听罢，接口曰："然则中国各处道路，如是污秽，是其心肝所涂无疑矣。"

手足奴

富室嫁女，例有媵婢（此第五等奴隶，为生人最不幸之名称，文明国所不忍为也）。有某志士，欲革除陋俗，提倡风气。适有女年将及笄，某家求聘，询其媵婢几何。志士笑应曰："必有四名。"冰人作覆。某家利其所有许之。于归之日，妆奁草草，侍婢不来。某家翁姑错愕，着人往责前言。志士曰："你翁娶媳妇乎？抑为买奴仆计乎？今之女子，刻责侍婢以代劳，不亲妇事，凝妆坐食，目指眉语，稍不如意，并加鞭挞，使家庭如牢狱，某不敢为。吾女具一双天然足，一双强硬手，步步牢固，事事亲为，即四媵婢也。你家若娶缠足女儿，不能行步，是去其二矣。今既省四人之食，又得四人之用。鲤脍作羹，不假痴奴，岂不两善？"某翁得命，无以应。

按：中国女学未兴，软弱无才，恒为夫累，复多其奴婢。以一人劳动，供数人给养，已属力疲。况家庭细故，亦妇人天职。既不了家事，每假人为，又何必多一赘瘤耶？

涕泪汉

或相聚言人身之上最不怕冷者为面，故隆冬可以不衣。最怕冷者为屁，故一向都伏在肚内。才自肛门出，即急急向鼻孔钻入也。或又言最不怕痛者为手臂，故无论何人，凡何物打来，手臂必当先挡住。或曰否否，手臂虽不怕痛，然打得狠了，也要退缩。以余观之，最不怕痛者为涕泪，不信你看越是打他，越是涕泪飞出。

眼耳嘲

眼谓耳曰："近日个的世界，实系睇唔过眼。好彩出一班人，与我挂一张帘，他眼前有什么变动，我都不见得，就安乐一世了。"耳曰："不解这班人，何以于尔眼前，就挂一张帘，俾尔得享福。于我耳边，就要挂一面鼓，日日嘈闹不休，使我咁难受。难道我该听佢嘈闹的么？"眼曰："若得的好议论听听亦好。"

头脚辩

头毛谓脚毛曰："尔甘居人下，实为吾族羞。看我日与红顶花翎，何等亲密，尔能无愧死耶？"脚毛曰："我虽居人下，然自生自长，仍得保其固有。不似尔被人削去一半，撚成一条，似僧非僧，似猪非猪,形容难看也。非我族类,请毋多言。”

手口争

有姓容名恭者,字赤手。兄弟二人,各生五子,终日造作,藉谋生计。一日与其弟阿口不和,互相吵骂。赤手曰:“骂声你个臭口,想我子侄十人,终日拮据,一刻不停,年中所入不资,都为你一口食尽,问你点过得意?不绝你口,则我子侄终岁颇勤,永无余资。”阿口曰:“你子侄十人,讲什么本事?近来世界,全凭恃我一个口三寸舌尚在,你子侄不过听吾驱使。衙门顾问,请我传话,每月获千百金。你子侄或作咕哩,或作车夫,终日辛苦,所得不及我十分之一。稍闲暇时,则打纸牌,推牌九,买番摊,赌各项票,皆你子侄所为,备极化荡,以我一口运动之资,全被你子侄化用。况我待你子侄辈不薄,计年中香枧毛巾,为若辈沐浴及装点之金戒指,御寒之皮袖笠,所费不资,何责我为?”双手奋[愤]然打口一掌曰:“你个臭口运动几何?计除常餐外,饮花酒,食洋烟,至小如烟仔、生果等物,所化不知几何,你尚不知错。”口乃大张啮两手指曰:“我之饮食耗财,尚有益于驱壳,倘得面部团团,人亦目为富家翁。即烟膏入骨,亦得闲中趣。你子侄虽辛苦万分,而多少钱财,却从手罅漏去。眼睁睁,口苦苦,到不得了时,把刀刎颈,都系你赤手之累。就以散财论,我犹贤于你。”赤手曰:“你个臭口,讲错一句,立刻贾祸。唇剑舌枪,到不平时,即要我兄弟子侄帮助,尝因你口过而受损伤。若以维新论,得毋以能操几句西话,便称文明乎?凡化光电重诸艺学,非我兄弟子侄不能运动,而海陆军相见之日,更无论矣。你虽有淳于髡之口辨[辩],将喃几句八股文,可以退万人敌乎?”阿口曰:“你以战言,必有罢战讲和之日,我中国恒以讲和为得计。李鸿章鼎鼎人耳，亦为能讲两次和议。若论赤手善战，如甲午、庚子两次得力人员，有何好处？”赤手曰：“你口术将穷，此次俄日失和，不许中国中立，将来俄人蛮横入京，虽起李鸿章于九泉，以活机运其捷舌，亦讲不得和来。必须我强硬手段，扎硬寨，打死仗，心灵手敏，命中及远。虽不用口号，把俄人驱尽，复我神州。你个臭口作什么用？”鼻哥闻争，出为排解曰：“三子血族至亲，毋吵闹尔。你两兄弟十子侄，果能力戒赌博，各执一艺，毋游手好闲，异日我国民大众一心，自然额手称庆。亦不嫌你讲大声口，总要戒了口烟，少饮花酒，学番一口官话，几句英话，勿学李鸿章善讲和，为后世口实。凡争论时，忍几句口气，与赤手二人互相策应。如世俗所谓手扶得口，口扶得手，彼此自有一番大世界。”耳仔曰：“小子听之。”手口之争乃罢。

毛发答

人闻危言，则毛发森竖。或问毛发曰：“人身之受痛苦者，皮肉耳。纵而危迫，于毛发无与焉，若何苦而一闻危言，即为之森竖哉？”毛答发曰：“吾虽痛痒无关，然于人身，究属相切。且语有之曰‘皮之不存，毛将焉附’，吾恐无附，故为之森竖耳。夫岂痛痒无关，即可置之事外哉？”或闻之曰：“足见人之一身，无大小，无贵贱，皆相关切者。其有不关切者，惟屎尿屁乎？”或笑曰：“是亦有关切。倘无关切，何以打人起来，可以打到屎尿直流？”

动物谈

哀时客隐几而卧。邻室有甲、乙、丙、丁四人者，咄咄为动物谈。客倾耳而听之。甲曰："吾昔游日本之北海道，与捕鲸者为伍。鲸之体不知其若干里也，其背之凸者，暴露于海面，面积且方三里。捕鲸者刳其背以为居，食于斯，寝于斯，日割其肉以为膳，夜然其油以为烛。如是者，殆五六家焉。此外鱼虾、鳖蚝、贝蛤，缘之嘬之者，又不下千计，而彼鲸者冥然不自知，以游以泳，偃然自以为海王也。余语渔者：'是惟大故，故旦旦伐之，而曾无所于损，是将与北海比寿哉？'渔者语：'余是惟无脑气筋故，故旦旦伐之，而曾无所于觉，是不及五日将陈于吾肆矣。'"

乙曰："吾昔游意大利，意大利之历啤多山，有巨壑，厥名曰'兀孑壑'，黑暗不通天日。有积水方十数里，其中有盲鱼，孳乳充斥。生物学大儒达尔文氏解之曰：'此鱼之种，非生而盲者。盖其壑之地，本与外湖相连，后因火山迸裂，坼而为壑，沟绝而不通。其湖鱼之生于壑中者，因黑暗之故，目力无所用，其性质传于子孙，日积日【迈】，其目遂废。'自十数年前，以开矿故，湖壑之界忽通，盲鱼与不盲者复相杂处，生存竞争之力不足以相敌，盲种殆将绝矣。"

丙曰："吾昔游于巴黎之市，有屠羊为业者。其屠羊也，不以刀俎，不以笠缚，置电机，以电气吸群羊，羊一一自入于机之此端，少顷自彼端出，则已伐毛洗髓，批窍柝理，头胃皮肉骨角，分类而列于机矣。旁观者无不为群羊怜。而彼羊者，前追后逐，雍容雅步，以入于机，意甚自得，不知其死期之已至也。"

丁曰："吾昔游伦敦，伦敦博物院，有人制之怪物焉，状若狮子,然偃卧无生动气。或语余曰:‘子无轻视此物,其内有机焉,一拨捩之,则张牙舞爪,以搏以噬,千人之力未之敌也。’余询其名,其人曰:‘英语谓之佛兰金仙,昔支那公使曾侯纪泽译其名谓之睡狮,又谓之先睡后醒之巨物。’余试拨其机,则动力未发,而机忽坼,螫吾手焉。盖其机废置已久,既就锈蚀,而又有他物梗之者。非更易新机,则此佛兰金仙者,将长睡不醒矣。惜哉。”哀时客历历备闻其言,默然以思,愀然以悲,瞿然以兴。曰:“呜呼,是可以为我四万万人告矣!”

虫族世界

昆虫部中,也有一世界。其世界之丙[内],也有朝廷,也有郡县,也有别部交涉。昆虫皇帝,先是令粪蛆执政,久之国权尽失,国势不振。昆虫皇帝大惧,下诏求贤。争奈蛆既当国,所汲引者,无非是其同类。皇帝不得已,亲拔蠹鱼,置于政府,而逐粪蛆。久之,国之腐败如故,委靡如故。皇帝叹曰:“吾初见蠹鱼,出没于书堆之中,以为必是饱有学问的。不期试以政事,竟与那吃屎的东西差不多。”

水族世界

自轮舶通商以来,往来海面,鼓动海水,波涛益多。龙王不安于宫,欲遣使臣与外国人商量设法,使水族宁静。遂登殿问诸臣,谁能任交涉之事者。乌龟乃学毛遂之自荐。龙王大喜,即敕令前往。乌龟衔命而去。在路上遇见一轮船,龟欲登船致意,苦于无路可上，乃环舟觅路。正徘徊间，忽船后放出热气，不偏不倚，正射着乌龟。龟大惊，遁回。龙王问交涉事如何，龟顿首曰："臣今实无此才干，请别遣能员去办罢。"龙王又问何故回来。龟细奏前事。龙王大怒曰："亏你起先还挺身自荐，说是能办交涉，怎么外国人放了一个屁，你便吓的跑回来。"

走兽世界

狮能行仁政，使各兽均能平等自由，各安生业。惟猫则饥饿欲死，无可得食。今日诸猫纷纷辞行，名片上都写着恭辞北上。诸兽问北上何故。猫曰："吾等散居各处，不能得食，故欲入京以谋食耳。"问京都何便可得食。猫曰："吾闻京师为钻营之总会，想来鼠辈必多。"

飞禽世界

每雁一队，必有雁奴二只，夜宿芦荡，则奴为之守夜巡警。猎雁者至，先以□筐覆火碗，俟群雁睡熟，则揭其筐。雁奴见火光【狂】鸣，则急仍覆之。群雁醒亦乱鸣，既而察视无他，则又睡。俟其睡静，又揭其筐。雁奴又鸣，则又覆之。群雁又醒又鸣。如是者数次，群雁以雁奴之屡屡无故报警也，群起啄之。雁奴痛甚，自是再揭其筐，雁奴不敢复鸣矣。携火至近，张网罗之，无一免者。群雁乃怒责雁奴曰："奴才误我！"雁奴曰："奴才误主，诚有之。然非众主人横施无理之压制力，奴才又何致误主？"

避祸新法

新党得势,趋之若鹜。新党失事,避之若浼。此其人盖与蔑片滑头无异,本无足责。而有足令人可笑者,则莫若粤中之某君。其初见新党得权,彼原无经济特科之望,而素与交游,遂藉其气焰,以陵铄一切学究先生。及闻八月六日之变,捕拿新党,彼原可以逍遥事外,不受株连,奈平日受其狎侮者,声言指攻,乃大惧而逃至香港,置身密室,一步不敢出门。后为友人侦知,潜到访问。某君以为作线人也,大惧,开门走出,对友人曰:"若果欲构拿,则我即往马路上小便矣。"友茫然不解其言。某君栩栩然曰:"港地禁人在路小解,犯者必拿禁数天。吾既为黑面浓髯者所擒,则尔亦无力向洋人讨取也。"友知其胆小可怜,因戏之曰:"在路小解,不过坐监数天,即行放出,我仍在此候尔,当又何如?"某君谓:"若一味等候,我即一味小便,看尔能候得到我无小便之时否?"友人乃大笑而退,曰:"君好谈新法,今避党祸,亦复有新法在,不敢请矣。"

妓院述谐

有一少年过妓楼,妓见其多金,欲钩引之,装假为真,百般献媚。临别谓少年曰:"郎君勿忘妾,妾怨为带不能缠君之腰,怨为床不能安君之体。郎勿忘妾,妾岂忘乎?"揽袂揽带,涕泣滂沱。少年疑其假情,窃察之,袖下置小瓶,中有水勺许,妓时时渍指于其中,拭目捺眶,伪为涕泣之状也。少年心中大笑之,而不显于面。窃以所携墨斗之汁点其中,徐徐谓妓曰:"我岂木石乎?卿之真情,我既已知之,我岂忘卿乎? 谓予不信,有如皦日。"妓心大喜,以为秘计已成,今瓯水之伪泪,他日必得丽水真金无疑,自贪黄物于后。而不知少年暗置之黑物也,频渍频拭,既而满面深黑。少年出门外,顾妓笑曰:"黑矣哉,黑矣哉!"妓不知其嘲,以为彼已受我之欺矣,心喜之,闭户而入。家人见其面,捧腹绝倒。妓不知其何故,把镜照之,则满面皆黑色,恰如黑面神。妓于是惭愧,赧然数日,不敢出房焉。

噫! 无有伪状而不败露,天下事大都如是。

缝匠寓言

某京官任御史时,召缝匠至,命缝朝衣一套。缝匠既研究身裁尺寸,遽问曰:"大人现官御史,是初任,抑久任?"京官不悦曰:"吾命缝衣而已,何多言为?"缝匠曰:"不然。凡初任御史者,气昂昂,头伸伸,如是则胸突,胸突则前幅略长,后幅略短,始能相称。若一二年后,气渐平,焰渐戢,胸不突,背不俯,如是则前幅与后幅长短一律可矣。若久任之后,阅人已多,挫跌日甚,接见同僚,一味恭顺,则头必低,背必俯,如是则前幅须略短,后幅须略长,乃为合式也。"某闻言默然者久之,曰:"余虽初任御史,然前后幅长短一律可也。"缝匠受命而去。噫! 如缝匠者,可谓深知官场变态矣。

扫墓余话

粤俗每于清明节前后登山扫墓,男妇杂沓。妇人之有新忧及念旧者，莫不与杜宇同哀，举山多杞梁妻，故事也。予于某日过某山下，见有题故将军某某之墓，旁有妇人痛哭。细聆其语，备诉哀感，其中有不了了者，爰述于左，以志感慨。其语云："唉，夫呀！官场好似如春梦。呀，夫唉！做乜贪图统带咁痴呆？呀，噎！任你做到镇台，都怕唔好结果？呀，夫！人人做得郑润材呀？你睇个个盲眼阎罗咁大火气。呀，夫！电催人命唔在黑牌来呀！唉，噎！你话放枪自裁，都系同咁辛苦。呀，夫！他生唔好向官场来呀！今日叫起你个灵魂，来共你掷纸。呀，夫唉！等你来生赎罪，大把钱财。呀，噎！"

梁山别解

小说如《梁山演义》一书，人所共睹，无待赘言矣。乃有塾师课童，至"去邠逾梁山"一句，童问其师曰："弟子闻梁山为盗贼巢穴，其中好汉共一百零八名，以太王一人过此，岂不患盗之行劫耶？"师答曰："及时雨宋江，久已闻名，不过替天行道，所劫者暴官污吏而已。若太王为古圣人，宋江自必致敬郊迎，尽力保护也。"童又曰："闻宋江本宋朝人，其梁山在山东。若太王则商朝人，其梁山在陕西，岂地亦有迁徙耶？"师怒曰："愚公移山，古有其事，且我有诗为证的。诗云：'古公亶父，来朝走马。率西水浒，至于岐下。'岂不是明明说水浒么？"众为之粲然。

翻译笑话

中国有某公使者，颇通泰西文义，惟本国文字，反一窍不通。

大约如楚项羽之学书，仅足以记姓名而已。日者有西人来华，求公使代聘一中国书记，以便华文易于通达。其幕下有某宾者，愿就斯席，爰修一华文荐书，属某公使译以西文。大概说此君精于华文，可以无负所托。中有"驰骋文场"一语，某公搁笔久之，竟将"文场"二字，译作"书堆"，而"驰骋"二字，则译作"骑马跑来跑去"，合成文法，则曰"某君能骑马向书堆里跑来跑去"云。西人接得荐书之下，阅至此语，不觉大惊，谓书里何能跑马？千思百想，终不得其解。携示同人，莫不捧腹喷饭，几于气绝。其所以然者，因某公使不通中文，但听某君将华文解去，以为如此方合，遂以意为之，而不图竟弄出笑话也。

奇格致谈[①]

某学究，工制艺，旁通星命之学。训蒙于乡，一时富家巨室子弟多从之游，岁入修脯甚丰。近以士夫喜谈新学，子弟辈多有改习西文者，学者亦争相涉猎西书。或举以问究，学究茫然无以对也。由是从游者日稀，修脯所入，至不足供朝夕。学究固恶人谈西学，至是为衣食计，亦不得不略趋时尚。乃窃窃向人问习西学，当读何书最为浅近，为今日应试计，当习某门。或举以告之。乃购得西书十余种，昕夕披览，而实非性之所好也。一日偶检《机器》一门，书中有图，图之旁有甲、乙、丙、丁、子、丑、寅、卯诸字样。如甲为正面式，乙为旁面式，丙为剖面式之类。学究恍然大悟，不觉拍案叫绝，自言曰："西人之学，不过从支干推究而出。中国学者，习而不察，推为绝学，何其愚也。"既而读《电学》一门，有

① 该篇在《时谐新集》目录中题为"格致奇谈"。

阴电阳电之说。读《天文》一门，有金、木、水、火、土五星之说。学究益自信，谓阴阳五行，为天下古今所莫能外，人能熟究阴阳五行之说，则西学无不可通。因发箧出星命诸书，与西学之书构通而互勘之。研究期年，自以为确有心得，著成一书，将刻以问世，谓此书一出，《格致精华录》当不能专美于前矣。有见之者言："其书中大旨，如西人星学，谓出于挨星；西人声学，谓出于纳音；西人化学，谓本于生克制化。诸如此类，不一而足，牵合附会，洵能于《格致精华》外，别开生面者。"学究谓："中国术数之学，皆有精理，西人窃其绪余，便能独步一时。某若穷究十年，定当驾西人而上。"云云。闻者唯唯，竟无以测之。

观音菩萨

佛典本极邃，绝非愚瞽之辈所可梦见。而愚瞽之辈，又偏偏最崇拜佛法。久而久之，牛鬼蛇神之神号、佛号，填塞其脑中，虽水火刀兵在其前，豺狼虎豹在其后，亦不敢须臾离，可怜亦可哀也。某愚夫，每有事必呼"救苦救难观音菩萨"。某生笑之曰："汝何故屡呼此聋菩萨名号？"愚夫曰："罪过，罪过！菩萨那有聋之理？"生曰："倘使不聋，你叫了这许多，他必定答应你。他总未答应过你，可见他总未听见也，非聋而何？而且他人以眼观色，以耳听音，今渠乃曰'观音'，可知其不能听也。"

财帛星君

财神之全衔曰"都天致富财帛星君"。而世之求财者，昧于财帛星君之为财神，转以立坛为财神，甚或以齐天大圣为财神，或又祀招财童子为财神，甚有以披麻戴孝之地方鬼为财神者。而五路财神之说以出，财帛星君转觉落寞非常，不觉叹曰："我如今就同世上的皇帝一般，徒拥虚名高位，却被群小弄权，闹得我认真变了一个孤家寡人。"

雷慰电母

雷公见电母愁眉不展，问是何故。电母曰："我二人向来威权无限，生杀自由。如今世上之人愈弄愈坏了，驱我去代他通信，代他点灯，代他镀金银，我倒变了世人的奴隶了，如何不愁？"雷公曰："原来你有所不知，世人虽然驱使你，却还尊敬你，将你的电字放在头上，如电报、电车、电气灯、电镀金银首饰等是也。世人驱使我者，还要将我压在底下，如鱼雷、水雷、地雷之类，岂不比你还要难受么？"

盗怕医生

医入病家诊脉，正欲按指，适强盗大至，病家惊甚。医曰："有先生在，毋用惊也。"医径出，强盗十余辈已入。医但轻举其三指，强盗见之，呼众没命奔，若恐不及然。医[病]家谢其功，而问其何能至此。医曰："彼辈知机走得快，若迟半步，则无遗类。盖吾之三指，不知杀【死】几多人也。"病家亟赞曰："难得先生。"

鸡鸭相庆

序属中秋，家家送礼，担来担去，不损一毛。所以鸡鸭互相称庆，谓近日得人抬举，长街短巷，来往安闲，高室华堂，观瞻自得，增了许多游历见识。议尽将所得见礼钱，向保命燕梳公司买了保险，可免今生流血之痛。并非借此生事，实望年年今日，有人抬起，到处行游，与戴顶踏靴等官，一样阔绝，于愿已足。遂亲诣某公司订买若干年，以为自兹以往，无忧惨祸矣。岂料该公司素明公理，谓："此牲禽下类，官瘾太深，且所得钱财，均非正路，何可以有限保费，而误本公司远大声名乎？不准。"于是为主人做节所杀，鸡先鸭后。其临死时，似多悔意，鸡曰："嗟嗟。"鸭曰："及及。"然主人若无闻也者。

饼芋同悲

月饼、芋头，同时出世，遂称莫逆。连日芋头见月饼大有不豫之色，亟问其故。月饼曰："我自己以为当时推重，故用了多少群力，始得结成团体，将谓无负所生。不料世人多诈，以我为口实，目下就有瓜分之惨。"言毕潸潸泪下。芋头戚然曰："原来如此。但尊驾瓜分之后，吾亦不免剥皮之痛矣。"遂相向而哭。哭既竟，月饼勉芋头曰："吾尽八月内，一定匿迹销声，归于无有之乡。惟尊驾幸有种在，事尚可为，独惜贵种终难免剥皮之痛。尊驾欲保种，非自立不可。圣人云'人贵自立'，岂物独不然乎？临别赠言，祈知自爱。"芋头曰："唯唯。"

丸价起色

某甲，大腹贾也，目仅识丁。业膏丹丸散之术，本少利厚。日来获资颇丰，遂值是业以谋生焉。一日，偶拾人家报纸看阅，至《日俄战纪》一则，中有日战舰某某丸价值若干，以为药丸之丸，便欣喜无限，以为独得秘计。归店向其伴某乙曰："吾适得一大理财门径，我等复奚忧贫哉?"其伴急询其故。甲附耳低言曰："吾适看某报，始知日本人之药丸最值钱，每丸所值不资。其塞旅顺海口用丸不少，其一种名志柯丸，值银十六万三千员；河奥丸，值银九万一千八百员，其余难以枚举。我想志柯丸，即我店所制止疴丸；河奥丸，即我店所制疴呕丸。我思译音，必不讹也。物离乡贵，自古如是，兹特欲即速办货，往日本发售。况他要丸来塞海，不知用几多方能够，其销路之广，断断然矣。此时我等何难富甲地球哉！"言罢，嘱伴切勿泄漏。其伴闻言，欣喜莫名，力赞其议，闻不日将东[束]装起程矣。

附录:近代岭南报刊短篇小说一览表

序号	报刊名	创始年份(年)	篇名	署名	日期或期号	小说标注类型
1	安雅书局世说编	1900	智醒迷龙		1901-07-24、07-25	
2			勇爷私逃		1901-07-31	
3			烦恼秀才		1901-08-16	
4			殇儿救母		1901-08-30	
5			导淫孽报		1901-08-31	
6			夫妇道苦		1901-09-05	
7			是真是幻		1901-09-10	
8			骗中骗		1901-09-23	
9			琉璃世界		1901-09-25、09-27	
10			老尚多情		1901-10-23	
11			古董奇谈		1901-10-30	
12			夫也不良		1901-11-01	
13			珠江狮吼		1901-11-01	

（续表）

序号	报刊名	创始年份（年）	篇名	署名	日期或期号	小说标注类型
14			同名被祟		1901-11-02	
15			口腹之累		1901-11-04	
16			伧父解嘲		1901-11-04	
17			偷儿巧窃		1901-11-06	
18			述鬼趣图		1901-11-06	
19			负痴情		1902-01-01～1902-01-03	
20			以身试法		1902-01-07	
21			盘上人头		1902-01-15、01-16	
22			书娟娘事		1902-02-01	
23			千一夜夫妻		1902-09-27	新译泰西小说
24	中国日报	1900	窃马贼		1907-03-23	短篇小说
25			情侠		1907-09-09	民族小说
26			鬼王会		1907-09-10、09-11	怪诞小说
27			打		1907-11-22、11-25	辟疫小说
28			厌世之富翁	英国霍尔克尼著	1907-12-17	短篇小说

（续表）

序号	报刊名	创始年份(年)	篇名	署名	日期或期号	小说标注类型
29			钱神		1907-12-18、12-19	短篇小说
30			无形骗		1908-01-14、01-15	近事小说
31	真光月报	1902	渐渐仙女	湛罗弼译	1906年第2期	小说
32	广东日报	1904	一掴血	伟	1905-07-26	短篇小说
33			樱花梦	伟	1905-07-28	记事小说
34			百合花〔选录〕		1906-01-04~01-08	小说
35	女界灯学报	1905	丽娘	女雄	1905年第3期	小说
36	唯一趣报有所谓	1905	佳人泪	亚父	1905-07-20~07-28	艳情小说
37			天涯恨	亚斧	1905-07-31~08-07	政治小说
38			阎应元〔白话〕	萍初四郎	1905-08-08~08-21	民族伟人
39			巾帼魂	亚斧	1905-08-24、08-25，09-01～09-04	任侠小说
40			闷葫芦	亚斧	1905-11-20~12-02	义侠小说
41			郑生	死国青年	1905-12-08、12-10	意匠小说
42			海底针	亚斧	1906-01-29~02-07	侦探小说

（续表）

序号	报刊名	创始年份(年)	篇名	署名	日期或期号	小说标注类型
43			茅店月〔短篇〕	亚斧	1906-02-10、02-11	义侠小说
44			牛背笛	亚斧	1906-02-16、02-17	短篇小说
45			千钧一发	粗斧	1906-02-21、02-22，03-01、03-03	冒险小说
46			秃	亚斧	1906-03-19	短篇小说
47			贼	斧	1906-03-23~03-26	义侠小说
48			新妇智	侠	1906-05-17	离奇小说
49			巴上刀	斧	1906-05-18	短篇小说
50			肝胆镜	斧	1906-05-28~06-02	义侠小说
51			专制果	粗斧	1906-06-29~07-04	盲情小说
52	时事画报	1905	老妪泪	浣白女士	1906年第29期	短篇小说
53			纨绔镜	啸虎来稿	1906年第30期	短篇小说
54			瞒瘾	亚退	1906年第30期	白话写生小说
55			无私会	剑	1906年第32期、第33期	喻言小说
56			长辫梦	铁苍	1906年第34期	短篇小说
57			捉贼	示武	1907年第1期	短篇小说

（续表）

序号	报刊名	创始年份(年)	篇名	署名	日期或期号	小说标注类型
58			棋贼	述奇	1907年第2期	短篇小说
59			肉枕	振聩	1907年第3期	短篇小说
60			一夕之险影	法国Courier著，中国燕红生译	1907年第3期	短篇小说
61			骗之骗	述奇	1907年第4期	短篇小说
62			骗又骗	述奇	1907年第5期	短篇小说
63			医之神用	剑	1907年第5期	心理小说
64			骗上骗	述奇	1907年第6期	短篇小说
65			色魔	铁龛	1907年第7期	短篇小说　喻言小说
66			冯秋绮	述奇	1907年第7期	短篇小说
67			孖指印	述奇	1907年第9期	短篇小说
68			玉蟾蜍	述奇	1907年第10期	短篇小说
69			精卫冤	溥	1907年第12期	近事小说
70			女昙花	溥	1907年第12期	近事小说
71			烟猪	述奇	1907年第15期	短篇小说

（续表）

序号	报刊名	创始年份(年)	篇名	署名	日期或期号	小说标注类型
72			错认夫婿	述奇	1907年第16期	短篇小说
73			秀才娘	述奇	1907年第19期	短篇小说
74			鬼侦探	述者亚剑	1907年第20期	短篇小说
75			健蟀	美魂女士	1907年第21期	喻言小说
76			科举梦	陶	1907年第24期	短篇小说
77			晏起	述奇	1907年第26期	烟魔镜　绝妙写真　短篇小说
78			中国魂	奇	1907年第27期	滑稽短篇小说
79			封女摊	述奇	1907年第32期	最新短篇小说
80			谁薄幸	惁	1907年第29期、第30期、第32期，1908年第2期、第3期	短篇小说　言情小说
81			家之盗	非	1908年第1期	短篇小说
82			警警警	喆	1908年第2期	短篇小说　近事小说
83			驱鬼	少琼	1908年第5期	短篇小说　警幻小说
84			（一）械斗	喆	1908年第6期	社会小说　尚武精神

（续表）

序号	报刊名	创始年份(年)	篇名	署名	日期或期号	小说标注类型
85			蒙馆	喆	1908年第7期	短篇小说　社会小说　尚武精神
86			(三)争花	喆	1908年第8期	社会小说　尚武精神
87			女权	喆	1908年第9期	滑稽小说　尚武精神
88			(五)兄弟	喆	1908年第10期	短篇小说　社会小说　尚武精神
89			技勇	喆	1908年第11期	社会小说　尚武精神
90			竞渡	喆	1908年第12期	社会小说　尚武精神
91			贱格鬼	喆	1908年第14期	短篇小说　寓言小说
92			明日黄花之七夕谈	劳人	1908年第16期	短篇小说
93			国会潮	劳人	1908年第20期	没头没尾的小说
94			公堂	劳人	1908年第21期	短篇小说　社会小说　活地狱
95			烟窟	劳人	1908年第23期	短篇小说　社会小说　活地狱
96			古井潮	救人	1908年第24期	短篇小说　趣致小说

（续表）

序号	报刊名	创始年份(年)	篇名	署名	日期或期号	小说标注类型
97			三绝	劳人	1908年第25期	短篇小说　喻言小说
98			尊制	子民	1908年第27期	短篇小说
99			天上之国丧〔录《神洲报》〕		1908年第28期	短篇小说　神怪小说
100			过去及现在	劳人	1908年第30期	短篇小说　滑稽小说
101			牛仔佛	佛仇	1908年第30期	神怪小说
102			鸡谈	美魂女史	1909年第1期	警世小说
103			军装	劳人	1909年第1期	短篇小说　趣致小说　蠹侦探
104			现在及将来	劳人	1909年第2期	滑稽小说
105			满街革命党满街侦探	劳人	1909年第5期	趣致小说　蠹侦探
106			吞产案	少琼	1909年第6期	短篇小说
107			轮船	劳人	1909年第7期	短篇小说　趣致小说　蠹侦探
108			反心贼	自觉	1909年第10期	小说　短篇小说　诛奸小说
109			摄青鬼	苍生	1910年第4期	短篇小说

（续表）

序号	报刊名	创始年份(年)	篇名	署名	日期或期号	小说标注类型
110			时事	承露	1912年第1期	小说　短篇小说
111			猴	幺凤	1912年第1期	短篇小说
112			如是观	拨弦	1912年第2期	短篇小说　短篇小说
113			侠女盗	香草	1912年第3期	短篇小说　纪事小说
114			无题	无	1912年第3期	最短短篇小说
115			无题	弦	1912年第3期	最短短篇小说
116			无题	客	1912年第3期	最短短篇小说
117			畸人记		1912年第4期	未标注
118			杀人慈善会	升平	1912年第5期、第6期	短篇小说　豪侠小说
119			水怪	大悲	1912年第7期	短篇小说
120			回头岸	尘根	1912年第8期	短篇小说　短篇小说
121			医医	自在	1913年第11期	短篇小说
122			贼！贼！	不文	1913年第12期	短篇小说
123	珠江镜	1906	情侠		1906-05-27~06-05	写情小说
124			本地状元		1906-06-06、06-11	涤垢小说

（续表）

序号	报刊名	创始年份（年）	篇名	署名	日期或期号	小说标注类型
125			戆旅行	止戈	1906–06–07	短篇小说
126			险里姻缘	止戈	1906–06–08、06–09	短篇小说
127			意外缘	云慧	1906–06–12、06–14、06–15	短篇小说
128			崖门余痛	崖西六郎	1906–06–20~07–03	短篇小说
129	香港少年报	1906	生死恨	计三郎	1906–08–22~08–27	幻情小说
130			醋海波	亚斧	1906–09–01~09–03	贼情小说
131			女贼	父	1906–09–12	短篇小说
132			媒祸	斧	1906–09–14~09–18	故事小说
133			硫黄马	逖生	1906–10–08	怪诞小说
134			南无阿弥陀佛	斧	1906–10–09	光怪小说
135			蚁阵	斧	1906–10–10	复仇小说
136			醒狮	斧	1906–10–12	警醒小说
137			锦囊	斧	1906–10–13	短篇小说
138			走狗	嗤	1906–10–20	趣致小说

（续表）

序号	报刊名	创始年份(年)	篇名	署名	日期或期号	小说标注类型
139			听	斧	1906–10–21	七情小说
140			熊	斧	1906–10–22	短篇小说
141			芙蓉血	计伯	1906–10–23、10–24	绘情小说
142			偷侦探	斧	1906–10–26	短篇小说
143			鸟媒	斧	1906–10–29、10–30	短篇小说
144			中国之摆伦	斧	1906–11–01	义侠小说
145			葡萄酒	斧	1906–11–07、11–08	短篇小说
146			西狩	朕	1906–11–15	白话小说
147			美人墓	斧	1906–11–16、11–19	短篇小说
148			蒸人甑	计伯译	1906–11–22、11–23、11–24	因果小说
149			冤业	遯生	1906–11–26	薄命小说
150			疑团	斧	1906–11–27、11–28	侦探小说
151			附骨疽	斧	1906–12–20、12–21	短篇小说
152			泼妇	金人	1906–12–22	短篇小说
153			粉侠	神父	1906–12–29	奇遇小说

（续表）

序号	报刊名	创始年份(年)	篇名	署名	日期或期号	小说标注类型
154			孽姻缘	弟	1907-01-07~01-12	贼情小说
155	赏奇画报	1906	藜杖叟		1906年第1期	
156			韦髯	季毓	1906年第2期	
157			完婚	季毓	1906年第3期	
158			谋杀案		1906年第4期	
159			海外萍因	钜鹿六郎	1906年第5期	
160			僵尸		1906年第6期	
161			毒蟒		1906年第7期	
162			静禅	钜鹿六郎	1906年第12期	
163			怪兽	溎沃	1906年第15期	
164			名妓知义	槎客	1906年第17期	
165			烹珠	钜鹿六郎	1906年第19期	
166	东方报	1906	指环故事	陆生	1907-01-11	警世小说
167			色迷	破迷	1907-01-12	警示小说
168			醋海波	斌次郎	1907-01-13	短篇小说

（续表）

序号	报刊名	创始年份(年)	篇名	署名	日期或期号	小说标注类型
169	孔圣会星期报	1906	盗	黄魂	1910年第106期	寓言小说
170	广东戒烟新小说	1907	烟侦探	哲	1907年第7期	戒烟小说
171			昙化影	毅伯著	1907年第7期	短篇小说
172			警痴	佥夫	1907年第9期	短篇小说
173			烟缉捕	哲	1907年第9期	戒烟小说
174	广东白话报	1907	打贼	凿	1907年第2期	寓言小说
175			好箭法	来稿	1907年第2期	趣致小说
176			妖魔声	庐亚	1907年第5期	辟疫小说
177			七姐	辑	1907年第7期	趣致小说
178			女侠血	庐	1907年第7期	冤情小说
179	农工商报	1907	陶朱公致富来历记	侠庵	1907年第1期、第3期	
180			机器大家鲁般师傅小史	侠庵	1907年第2期	
181			红毛大制造家矮克办脱致富来历记	铁汉来稿，侠庵参订	1907年第7期	

（续表）

序号	报刊名	创始年份(年)	篇名	署名	日期或期号	小说标注类型
182			端木赐	明园主人	1907年第8期	中国农工商伟人事迹
183			制造瓷器大家巴律西小传	侠庵	1907年第10期、第11期，1908年第35期、第38期	
184			爱国商人弦高之伟绩	陈铁庵	1907年第11期、第12期	
185			五文钱发财十万小史	谭鼎铭来稿	1907年第12期	
186			信义商家朱紫奔传	文屏来稿	1907年第13期	
187			广东忠信商家袁友信小传	李鼐来稿	1907年第15期、第16期	
188			召信臣	明园	1907年第16期	
189			猗顿	明园	1907年第19期	
190			李悝	明园	1907年第19期	
191			美国大北铁路公司发起人占士比儿小传〔用演说体〕	张石鹏遗词	1908年第31期、第32期	

（续表）

序号	报刊名	创始年份(年)	篇名	署名	日期或期号	小说标注类型
192			临邛卓氏打铁发财小传	铁庵	1908年第33期	
193			著名船商特琼司小传	铁庵	1908年第34期	
194			兽肉霸王亚模小传	铁庵	1908年第45期、第46期、第47期、第49期	
195			德国农业发达史演义	铁庵	1908年第50期、第51期、第52期、第54期	
196	社会公报	1907	浪嫖镜	贤	1907-12-05~12-08	警嫖小说
197			寒丐	荛	1907-12-08、12-12	短篇小说
198			文明战	耀	1907-12-13	短篇小说
199			女侠	耀	1907-12-14	短篇小说
200			自作孽	贤	1907-12-16~12-18	近事小说
201			幻境	荛	1907-12-19、12-20	理想小说
202			恶姻缘	耀	1907-12-21、12-23、12-25	短篇小说
203			撞饮	太岁	1907-12-26	白话小说
204			淫贼	耀	1907-12-27、12-28、12-30	近事小说

（续表）

序号	报刊名	创始年份(年)	篇名	署名	日期或期号	小说标注类型
205	中外小说林	1907	匣里霜	斧	1906年第3期	艳情义侠　冒险小说
206			回生术	放光	1906年第3期	短篇小说
207			强骗	放光	1906年第8期	短篇小说
208			狡骗	佩铿	1906年第8期	短篇小说
209			昏庸镜	亦然	1907年第5期	短篇小说　叙事小说
210			孽	业	1907年第6期	短篇小说
211			美人局	忏痴随笔	1907年第9期	短篇小说　狡骗小说
212			情天石	忏痴随笔	1907年第11期	短篇小说
213			好姻缘	耀	1907年第12期	短篇小说　艳情小说
214			孽缘公案	忏痴随笔	1907年第15期	短篇小说
215			惩忿镜	敕	1907年第17期	短篇小说
216			狡骗	俊叔译意，愚公润词	1907年第18期	离奇小说
217			烟海回澜	伯耀	1907年第18期	社会小说
218			花牡丹		1907年第18期	短篇小说
219			大觉悟	荛	1908年第1期	离奇小说

（续表）

序号	报刊名	创始年份(年)	篇名	署名	日期或期号	小说标注类型
220			长恨天	耀公	1908年第1期	短篇小说
221			双美缘	伯耀	1908年第2期	艳情小说
222			孽因孽果	凿	1908年第2期	砭俗小说
223			侠女奇男	伯耀	1908年第3期	义侠小说
224			现形妖	乱劈	1908年第3期	短篇小说
225			烟侦探	敕	1908年第3期	短篇小说
226			宦海恶涛	伯耀	1908年第4期	近事小说
227			小复仇	译	1908年第4期	近事小说
228			恶因果	伯耀	1908年第5期	近事小说
229			无名之富翁	荛	1908年第5期	短篇小说
230			猛回头	耀	1908年第6期	讽世小说
231			快梦	凿	1908年第6期	短篇小说
232			烟生		1908年第6期	短篇小说
233			凶仇报	耀公	1908年第7期	侦探小说
234			花月痕	凿	1908年第7期	近事小说

（续表）

序号	报刊名	创始年份（年）	篇名	署名	日期或期号	小说标注类型
235			朱显传	细	1908年第7期	短篇小说
236			片帆影	伯	1908年第8期	冒险小说
237			沈醉生	荛	1908年第8期	趣致小说
238			黄善人	太岁	1908年第11期	豪侠小说
239			飞侠	意	1908年第11期	快意小说
240	振华五日大事记	1907	浪淘珠	轩胄	1907年第3期、第4期、第6期、第7期	社会小说
241			侠报	轩胄	1907年第7期	侠义小说
242			海镜光	轩辕之胄	1907年第8至13期、第15期、第17期、第18期	侠情小说
243			收师傅	而优	1907年第12期	短篇小说
244			新妇智	而优	1907年第14期	短篇小说
245			强中强	而优	1907年第15期	短篇小说
246			奇际	辕系	1907年第23期、第26期	侠义小说
247			恶因缘	缕述	1907年第27期	社会小说
248			孽镜花	铁樵	1907年第45期、第48期	社会小说

（续表）

序号	报刊名	创始年份(年)	篇名	署名	日期或期号	小说标注类型
249			骗骗	辛令	1907年第49期、第51期	社会小说
250			荡花风	大同	1907年第51期	近事小说
251	半星期报	1908	偷儿术	治惧	1908年第13期、第14期	社会小说
252			镇宅符	嚼梦	1908年第15期、第16期、第18期	社会小说
253			双冤记	治惧	1908年第17期	社会小说
254	香山旬报	1908	萍水缘	醒广	1908年第18期	小说
255			杨女士	方容均来稿	1908年第49期	近事小说
256			假新郎	绛树	1908年第59期	近事砭俗短篇小说
257			温犀影	然者	1908年第63期	短篇小说
258			某富翁	醉墨	1908年第64期	短篇小说
259			女丐	宏道译述	1908年第65期	短篇小说
260			小驼子	本立主人译	1908年第69期	小说
261			堕指录〔录《神州日报》〕	鲁源	1908年第70期	短篇小说
262			情天恨海	晓峰	1908年第73期	短篇小说

（续表）

序号	报刊名	创始年份（年）	篇名	署名	日期或期号	小说标注类型
263			三韩泪	容均寄稿	1908年第74期、第75期	侠情小说
264			奇女儿	铁魂述	1908年第80期	短篇小说
265			耳语奇闻	晓峰	1908年第81期	短篇小说
266			密约案	英勒克维廉著，中兴译	1908年第83期	小说
267	广粹旬报	1909	鸦片梦	著者百励	1909年第11期	警世小说
268	南越报附张	1910	困新城	拍鸣	1910-02-14	
269			兵上谈纸	拍鸣	1910-02-15	现事小说
270			邂逅缘	芳郎	1910-02-16~02-19	侠情小说
271			纨绔儿	警黄稿	1910-03-17	短篇小说
272			侠盗	汉钟（续篇时标为汉宗）	1910-03-18、03-19	义侠小说
273			掷石狗	棱	1910-03-22	寓言小说
274			官引梦	警黄稿	1910-03-23	短篇小说
275			三叩首	棱	1910-03-24	近事离奇小说
276			闷葫芦	禅侦探	1910-04-01	寓言小说

（续表）

序号	报刊名	创始年份(年)	篇名	署名	日期或期号	小说标注类型
277			官官相卫	棱	1910–04–02	怪象小说
278			谈话会	棱	1910–04–18	社会小说
279			开谈判	铁蕴稿	1910–04–25	近事小说
280			扫庆	去庆虎	1910–06–25	写真小说
281			闺恨	警黄稿	1910–07–14~07–19	哀情小说
282			客观梦	百钢少年稿	1910–07–20	喻言小说
283			田鸡东	禅侦探稿	1910–08–17	近事写真小说
284			侠报	芳畹	1910–08–18、08–19	侠情小说
285			选举镜	禅侦探稿	1910–08–20	怪剧小说
286			阴寒世界	隐明	1910–08–23	短篇小说
287			鸦怪	腾芳稿	1910–08–26	短篇小说
288			铲穿地球	春	1910–08–27~08–30	科学滑稽小说
289			振夫纲	茥	1910–09–02~09–06	伦理滑稽小说
290			哭亡泪	百钢少年稿	1910–09–08~09–10	短篇小说
291			江上英雄	春	1910–09–15、09–16	党祸小说

（续表）

序号	报刊名	创始年份（年）	篇名	署名	日期或期号	小说标注类型
292			血字图书	仁父	1910-09-20	党祸小说
293			群鬼会	春	1910-09-20~09-26	社会滑稽小说
294			恶姻缘	禅侦探子	1910-09-24~09-26	近事写真小说
295			自残同种	百钢少年	1910-09-27~10-07	社会小说
296			后周游	拍鸣	1910-09-30	短篇小说
297			孔诞观	瀛客	1910-09-30~10-04	现象小说
298			贼报报	仁父	1910-10-03	怪象小说
299			加快引	棱	1910-10-08	逼迫小说
300			幻想记	光	1910-10-11、10-12	短篇小说
301			浮海奇谈	百钢少年	1910-10-14~10-16	寓言小说
302			魍魉影	驱鬼	1910-11-26	趣致小说
303	天趣报	1910	某州牧	大哀	1910-04-04、04-05	短篇小说
304			潘狄		1910-04-06、04-08	
305			不要米		1910-04-10	
306			吴蕊兰	著者司花	1910-11-23	杂志小说　海上花

（续表）

序号	报刊名	创始年份（年）	篇名	署名	日期或期号	小说标注类型
307			刘金枝	著者司花	1910–11–24	短篇小说　海上花
308			王可卿	著者司花	1910–11–26	短篇小说　海上花
309			李蕴玉	著者司花	1910–12–01	短篇小说　海上花
310			金绣麟	著者司花	1910–12–02	海上花
311			姚嫩嫩	著者司花	1910–12–03	海上花
312			张月仙	著者司花	1910–12–05	海上花
313			怜香报	景溪一郎	1910–12–07	
314			某青衣女		1910–12–08、12–09	
315			华十五		1910–12–13	
316			王宝宝	著者司花	1910–12–14	海上花
317			朱素英	著者司花	1910–12–15	海上花
318			某生妇		1910–12–16、12–17	
319			杀妻案		1910–12–19	
320			双龄		1910–12–21、12–22	
321			捕熊谈		1910–12–23、12–26、12–27	

（续表）

序号	报刊名	创始年份(年)	篇名	署名	日期或期号	小说标注类型
322	国民报	1910	破棍	诛奸	1910-06-27	寓言小说
323			推车女	辟臭	1910-06-28	寓言小说
324			高等强盗	诛	1910-06-29	短篇小说
325			米中蠹	百罹子	1910-06-30	箴规小说
326			京华梦	过来人	1910-07-01	短篇小说
327			野兽性	雷	1910-07-02、07-04、07-05	短篇小说
328			睇出神	百罹子	1910-07-06	白话小说
329			剃头失妻	不剃头者	1910-07-07~07-11	近事写真
330			暴虎	过来人	1910-07-12、07-13、07-15、07-16	短篇小说
331			三大	一棒	1910-07-14	诙谐小说
332			会客	岁	1910-07-18	活动写真
333			电一通	哲	1910-07-19	怪象小说
334			亚如	碎	1910-07-20	短篇小说
335			大虫	雷	1910-07-22	短篇小说

（续表）

序号	报刊名	创始年份(年)	篇名	署名	日期或期号	小说标注类型
336			香海车尘	过来人	1910–07–23	短篇小说
337			一文钱	哲	1910–07–25	寓言小说
338			富家谷记	无我	1912–01–30、01–31	
339			亡清记念品	期期	1912–09–05	
340			大有所获	百濯子	1912–10–02、10–03	近事写真
341			纸世界	废帝	1912–10–04	近事写真
342			王氏	善之	1912–10–04	
343			贼秃	何立三	1912–10–05	社会小说
344			诬孔	破	1912–10–07	
345			帽之泪	瀑石	1912–10–15	滑稽短篇
346			两面观	痴萍	1912–11–09	纪【事】小说
347			诗塚	善之	1913–06–03	
348			相思误	善之	1913–06–05、06–09	幻情短篇
349			新情史一则	善之	1913–07–05	
350			八松墓	昂孙	1913–07–05	

（续表）

序号	报刊名	创始年份(年)	篇名	署名	日期或期号	小说标注类型
351	时谐新集	1904	人肉楼			
352			肝脑地			
353			手足奴			
354			涕泪汉			
355			眼耳嘲			
356			头脚辩			
357			手口争			
358			毛发答			
359			动物谈			
360			虫族世界			
361			水族世界			
362			走兽世界			
363			飞禽世界			
364			避祸新法			
365			妓院述谐			

（续表）

序号	报刊名	创始年份(年)	篇名	署名	日期或期号	小说标注类型
366			缝匠寓言			
367			扫墓余话			
368			梁山别解			
369			翻译笑话			
370			奇格致谈			
371			观音菩萨			
372			财帛星君			
373			雷慰电母			
374			盗怕医生			
375			鸡鸭相庆			
376			饼芋同悲			
377			丸价起色			

后　记

近三年了，这项工作终于有了初步的结果。从整理、统计近代岭南报刊小说开始，到决定整理其中数量较多的短篇小说，这其中，工作重点在不断调整，工作心态也在不断地改变。因为一旦投身近代岭南报刊小说整理与研究，就如同走进了一条长途盘山路，需要全神贯注地驾车。我深深地意识到，这项工程没有三五年的全身心投入，很难完成，这种思想随着工作虽有序而进展却缓慢的情况出现后，则越来越强烈。到如今，更加觉得没有十年八年的功夫，真的很难穷尽——较长一段时间内专注于一项比较大的工程是我的工作原则。近代岭南报刊小说是一座宝库，取之不尽，对于研究者来说，无疑充满希望，因而有了动力。可是有时候心情又较郁闷，因为这座宝库的挖掘，没有边界，越挖发现的材料越多，感觉自己此前写的东西总不够完善、科学。于是，让我陷入矛盾：一方面，希望赶紧能把这项工作完成；另一方面，又害怕自己不能把这项工作做好。所以，虽然投入了大量的时间和精力，可总担心投入得还不够。也常常被一些莫名的烦躁扰乱心神，因为在这过程中还发现了其他同样有趣或者更有意义的选题，却因为这个浩大工程而长期不能脱手。就是在这样的煎熬中，始终默默地、充满干劲和热情地工作，希望做得更多、更好，才能对得起这座闪闪发光的宝藏。假日里，或夜深人静，或清晨五点，我便坐在电脑前忙碌着，有些痴迷的态势。

时而清醒，时而沉沦。

某日某时，心眼中一个激灵，果断地给整理稿加了一个“初”字，变成了《近代岭南报刊短篇小说初集》，以毅然决然的态度给这项无休止的工作画上了一个临时的句号,断绝了许多能够扩大工作量的机会,于是便成为以上向大家呈献的文字。心头一阵快感涌来。因为,人在江湖。项目要结题,团队要验收,各种中期考核,都要有可以量化的东西呈现。我接受着规范管理和江湖道义精神的双重约束,得回报。这是怀着一颗感恩的心在做事情。

所以,第一个感谢的是百色学院,给我充足的经费资助,让我能够专心地投入工作。感谢百色学院的领导和老师的帮助,特别是韦复生副校长、吕嵩崧院长、黄玲处长、曹阿林主任,是他们的责任心和热心,让我的学术工作能够一切顺利。感谢!感谢!

这期间得到了师妹刘晓宁的大力支持,她做了很多工作,录入、校对了不少文字,不时交流、讨论一些模糊的文字,她是整理者之一,感谢就不多说了。同时也感谢百色学院的本科生黄燕美、谢兵、梁耀燕、蒋嫔等,她们利用课余时间帮忙录入文字,核对材料,真的很辛苦。如今谢兵、梁耀燕已经考上了研究生,估计将来她们也会做这样的工作,这应该是一种最好的学术基本功训练吧。在这项工作中,结交了很多情谊,很感动。暨南大学新闻学院的黎藜博士,同为博士后,偶然的机会结识,便开启了一段缘份,交往甚密。分享资料、分享学术资源获取的途径、分享学习心得的同时,还分享家庭的快乐、育儿的经验。在学术工作的漫漫长路中,无论是由学术而家庭,还是从家庭而学术的结交方式,都让我受益一生。认识黎藜,就是这段时间内由学术而家庭之一吧。在茫茫人海中,遇到你,犹记那天在深圳机场见的第一面。在奔赴汉中的途中,一路滔滔不绝,一生友情不断。

更感谢博士后合作导师程国赋教授,他一直支持我做这么好的选题,经常关注我的整理与研究进展,给了很多建议,包括出版社的选择,都有他参与的痕迹。做博士后这两三年,得他悉心指导,我的学术视野有了很大的拓展,我的学术思维有了很大的改进，而学术资源也有了很大的开掘。同时也感谢程老师给我提供了一个温馨、团结、友好的学习氛围，与同门之间的相处极为融洽，这也是人生一笔最大的财富。感谢程门师友！

感谢王清溪兄的热心与指导，让这本集子的出版成为可能，让我的工作有了呈现于学界的机会！

感谢最亲近的家人杨雄东先生和杨小呆同志。是这两位先生的支持与谅解，让我能够全身心地投入我最热爱的职业中。职业与兴趣爱好合一，是我今生最快乐的事情。感谢二位先生给我健康的家庭环境、幸福的家庭生活，让我有热情、有信心做好这些工作，成为有职业操守的学术工作者。因为我也秉持着硕士生导师纪德君教授所教导的家和才能万事兴的生活准则。

梁冬丽

2017年7月19日于社步镇四旺塘村公姑家